중국시가선

하북
산서
산동
하남
안휘
강소
절강
강서
복건
황하
황해
동중국해
장강
대운하
회하
태항산
대별산
무이산
석가장 石家莊
태원 太原
정형 井陘
제남 濟南
태산 泰山
개봉 開封
낙양 洛陽
숭산 崇山
남경 南京
상해 上海
항주 杭州
소주 蘇州
무한 武漢
한구 漢口
황학루
합비 合肥
남창 南昌
장사 長沙
복주 福州
악양루
파양호
태호
천태산
보타산
대북
대유령 大庾嶺

중국시가선

지영재 편역

을유문화사

지영재池榮在

1936년에 태어나 한국외국어대학교 중국어과를 졸업하고 대만으로 건너가 대만성립사범대학교 국문연구소에서 수학하였다. 이듬해 귀국하여 성균관대학교 대학원 중어중문학과 석사과정을 수료하였다. 이후 한국외국어대학교, 성균관대학교, 숙명여자대학교, 고려대학교, 연세대학교, 중앙대학교에서 강사를 지냈으며, 단국대학교에서 중어중문학과 교수로 정년을 마쳤다. 그는 주로 당송시(唐宋詩), 사곡(詞曲), 중국문학사(中國文學史) 등을 강의하였다. 저서로 고려의 문인 익재 이제현의 여행과 그 시 세계를 음미하며 쓴 기행문 『서정록을 찾아서』가 있고, 역서로 『부생육기』, 『지봉유설』(초역)이 있으며, 엮은 책으로는 『중한성어소사전』(공편) 등이 있다.

중국시가선

발행일

1973년 5월 30일 초 판 1쇄
2007년 7월 10일 증보판 1쇄
2011년 4월 25일 증보판 2쇄

편역자 지영재
펴낸이 정무영
펴낸곳 (주)을유문화사

창립 1945년 12월 1일
주소 서울특별시 종로구 수송동 46-1
전화 734-3515, 733-8153 | FAX 732-9154
E-Mail eulyoo1945@gmail.com
ISBN 978-89-324-7124-2 03820

* 값은 뒤표지에 표시되어 있습니다.
* 편역자와의 협의하에 인지를 붙이지 않습니다.

증보판을 내며

30여 년 전에 『중국시가선』이 출간되어 지금까지 독자의 사랑을 꾸준히 받아 왔다. 정말 감사하게 여기면서, 이제 증보판을 낸다.

처음 책을 엮을 때 내 생각은 시인詩人 중심으로 하려고 했던 모양이다. 아주 유명한 시인은 시를 많이 뽑고 그냥 유명한 시인은 적게 뽑되, 최소한 한 시인의 시를 2수 이상씩 뽑기로 한다는 것이다. 그 기준을 따르고 보니, 어떤 시 1수는 아무리 좋아도 2수 이상 뽑기에 마땅치 않은 시인은 아예 수록지 않게 되었다. 지금 와서 보니 그런 이유가 합당치 않다. 시가 좋으면 1수라도 되는 것이지 시인 이름이 중요한 게 아니지 않은가.

증보판은 사람들이 애송하는 시를 더 찾아 넣으니, 먼저보다 분량이 약 10퍼센트 증가하였다.

시는 눈으로 보고 뜻을 이해하는 것만으로는 충분치 못하다. 모름지기 입으로 소리 내어 낭송해야 한다. 소리에 운율이 있기 때문이다.

한시는 당운唐韻을 기준으로 한다. 당대 이후 1,000년 이상 지나면서 자음이 많이 바뀌었다. 오늘날 북경 · 상해 · 홍콩 · 대만 등 각 지방의 발음이 다르고 한국에서 쓰는 한자음도 다르다. 그렇지만 평측平仄과 압운

押韻은 일정한 틀을 지니고 있어 각각 그 발음으로 읽어도 운율을 즐길 수 있다. 우리나라 사람은 오랫동안 한시를 한국 한자음으로 읽고 운율을 즐겨 왔다.

이가원李家源 선생의 한시 강의를 50여 년 전에 처음 들었는데, 시를 낭송하시던 음성이 지금도 귀에 쟁쟁하다. 한번 듣고 그냥 알 것 같았다. 안중근安重根 의사는 "하루라도 글을 읽지 않으면 입안에 가시가 돋친다."라고 말했다. 공부하는 사람이 매일 입을 열어 열심히 글을 읽다가 갑자기 입을 다물고 있으면 입안이 답답했을 것이다. 우리 선대는 이렇게 소리 내어 한시를 읽었다.

근년에 우리나라 국어 교육이 부실하여 학생들이 한자를 잘 읽지 못한다. 가르치는 글자 수도 줄고, 눈으로 보기만 하면서, 한자 어휘 또는 한문 구절을 입으로 소리 내어 읽는 일이 드물다. 그래서 한시가 멀어졌다. 그러나 한국어 한자 어휘는 한시에서 나온 것이 많아, 한시를 낭독하면 저절로 뜻을 알 수 있다. 그 어휘는 생소한 외국어가 아니라 정감 어린 모국어이다.

증보판은 독자가 낭독하기 편하게 한글로 독음을 달았다. 특히 운율을 살릴 수 있도록 긴소리(:)와 띄어 읽기(빈칸)도 표시하였다.

『중국시가선』 증보판은 눈으로 보는 책일 뿐만 아니라 입으로 소리 내어 읽는 책이다. 우리가 이 책을 읽고, 시 몇 수를 애송할 수 있다면 삶이 여유로울 것이다. 시는 원래 네 것 내 것 따로 없고, 읽는 사람이 곧 임자이다.

2007년 5월 30일

지영재

차례

2. 한·위·진 남북조 시

3. 당시

4. 사

5. 산곡

6. 송·금·원·명·청 시

일러두기

1. 본서는 공동연대 이전 약 1050년 주周나라 초기부터 공동연대 1911년 청淸나라 말년까지 약 3,000년 사이에 중국에서 나온 『시경』詩經 · 초사楚辭 · 악부樂府 · 고시古詩 · 율시律詩 · 절구絶句 · 사詞 및 산곡散曲에서 모두 556수를 수록했다.

2. 본서의 배열은 시인 또는 시형을 한 묶음으로 하여 대략 그 연대순에 따랐다. 악부 가운데 일부는 한위진남북조 시와 송금원명청 시는 사 · 산곡과 각각 연대적으로 중첩되지만 시형을 우선한 것이다. 그리고 당시에서는 거의 같은 기간에 많은 시인이 나와, 연대순에 따른 배열이 의미가 없다고 판단해 시인의 기풍을 가려 배열했다. 한 작가의 작품들은 제작 연대, 시형별 · 내용별 등, 그 시인에게 적절한 방법으로 배열했다. 같은 묶음 속에 들거나, 이러한 구분이 확실하지 않을 경우에는 장편을 앞에 놓고 짧은 시를 뒤에 놓았다.
   * 작품 배열은 대체로 시사詩史를 따랐지만, 시 1수는 독립된 것이므로 독자는 이 배열에 상관없이 어느 작품부터 읽어도 상관없다.

3. 연대는 공동연대Common Era로 표시하되, 필요한 때에는 제왕 연호를 병기했다. 월일은 음력으로 표시하되, 필요한 때에는 양력을 쓰기도 했다.

4. 역시의 제목은 원제原題를 의역하되, 글자 수를 맞추기 위해 너무 긴 것은 줄였다. 무제無題일 경우는 '무제'로 하되, 제목을 모르거나 없는 경우에는 첫 시행詩行에서 말을 골라 제목을 붙였다. 사나 산곡에는 사패詞牌나 곡패曲牌만 있고 따로 제목이 없는 경우가 많은데, 본서에서는 역시 앞의 예에 따라 제목을 붙이고 또 사패와 곡패를 음역하여 부기했다. 같은 제목 아래 2수 이상의 작품이 있어 이를 모두 수록한 경우에는 그 차례대로 1, 2, 3으로 적고, 일부만 수록한 경우에는 새 번호를 써서 · 1, · 2, · 3으로 적었다.

5. 초사 · 악부 · 고시는 읽기 편하도록 중간에 1행을 띄우거나 또 (1), (2), (3)을 넣어서 단락을 표시했다.

6. 시가의 1구句는 1행으로 적었다. 1구가 끝나면서 압운하는 곳은 '。'으로, 압운하지 않는 곳은 ','으로 표시했다. 1구 중간에 쉬는 곳은 '、'으로 표시했다.

7. 한자로 된 중국의 인명 · 지명 · 서명은 '한국 한자음(원음)'으로 표기했다.

8. 시 원문(漢字)과 독음(한글)을 병기했다.

시 원문 읽기

1. 한국 한자음으로 중국 시 원문을 읽을 때, 글자의 평측平仄을 짧은소리와 긴소리로 구분할 수 있다. 긴소리를 장음부호 ' : '로 표시했다.

   • 한국 한자음 표시에 장음부호 ' : '가 있는 글자는 상성上聲과 거성去聲이며, 받침 'ㅂ, ㄹ, ㄱ'이 있는 글자는 입성入聲이다. 상성 · 거성 · 입성은 모두 측성仄聲이다. 입성 글자가 아니면서 장음부호 ' : '도 없는 글자는 모두 평성平聲이다.

2. 시가는 1구절을 천천히 읽을 때 2자, 3자 또는 1자씩 띄어 읽을 수 있다. 띄어 읽을 곳을 빈칸으로 표시했다('띄어 읽기' 설명 참조. 본서 130쪽).

3. 한국어는 'ㄹ, ㄴ' 두음법칙이 있고, 또 '불, 부 不'를 구분하여 읽지만 중국어에는 그러한 구분이 없다. 본서는 원음 표기를 원칙으로 했다.

   • 독자는 익숙한 대로 두음법칙을 적용하여 읽거나(예: 리백 / 이백 李白, 락매풍 / 낙매풍 落梅風, 녀관자 / 여관자 女冠子), 또 불不 자를 구분하여 읽을(예: 불득 / 부득 不得, 불족 / 부족 不足) 수도 있다. 한국 속음은 밑줄로 표시했다.

해 설

1.

시詩는 중국 문학의 꽃이다. 그리고 중국에 있어 문학은 다른 모든 예술 위에 군림하는 왕자이다. 중국 민족은 회화·서예·조각·건축·음악·무용 등의 분야에서도 훌륭한 성적을 거두었지만, 그중에서도 언어와 문자에 의한 예술, 즉 문학에서 특히 뛰어났다. 그들은 그들의 문자—한자漢字에 대한 자긍심이 유난하다. 한자는 바로 그들이 쌓아올린 높은 문화 수준의 상징인 것이다. 그래서 문학은, 특히 시는, 한낱 재주가 아니라 인간 생활에 필수 불가결한 부분이 된 것이다.

과거 글을 아는 사람은 모두 시를 읽고 또 지었으며, 글을 모르는 사람도 시를 듣고 노래했다. 벼슬을 하는 사람이나 하려는 사람이 모두 시인이었다. 그밖에 승려와 도사, 재원과 기녀, 그리고 제왕과 귀족 가운데서도 시를 읊는 사람이 많았다.

당시唐詩는 중국 시사詩史에서 가장 우뚝한 기념비이기도 하지만, 시인 2,200여 명과 그 작품 4만 8,900여 수가 1,000년 시간의 마멸을 견뎌내고 지금도 꿋꿋이 서 있다(彭定求, 『全唐詩』, 1703). 당시의 뒤를 새로운 시형으로 이은 송사宋詞도 시인 1,300여 명과 그 작품 1만 9,200여 수가 지금 전하고 있다(唐圭章, 『全宋詞』, 1965년). 송나라 때에는 또한 당시와 같은 시형으로 쓴 시인도 3,800여 명이나 되며(厲鶚, 『宋詩紀事』), 그들은 한 사람이 수천 수씩 짓는 일이 흔했으니, 아마 송나라 시가의 총 수량은 수십만 수나 될 것이다.

『시경』詩經은 중국이 가진 최초의 시집으로 공동연대 전 6세기에 편집된 것이다. 그 가운데 《고비 캐세》(采薇, 본서 92쪽)는 전 9세기의 작품으로 추정되며, 『시경』에서 맨 처음 나온 것은 연대가 전 11세기까지 올라갈지도 모른다. 『시경』의 시대는 희랍의 『일리아스』(*Ilias*)나 『오디세이아』(*Odysseia*)와 거의 일치할 것이다.

세계문학에 있어 가장 오래된 것으로는 이집트 · 헤브루 · 인도의 고대문학을 꼽을 수 있겠지만, 그것들은 헬라 고대문학까지 포함하여 문학의 흐름이 중간에서 고갈되고 말았다. 그러나 중국 문학은 『시경』 이후 오늘날에 이르기까지 3,000년 이상 끊임없이 계승 · 발전되어 왔다. 그 동안 그들이 문학의 언어로 사용한 문언(文言, 즉 漢文)은 그 문자 표기 · 언어 형태에 있어 기본적으로 변화가 없었다. 공동연대 이전 8세기의 『시경』, 공동연대 이후 8세기의 『당시』, 20세기 청나라 말엽의 작품은 모두 오늘날의 독자가, 일정한 교육을 받으면, 별 어려움 없이 읽을 수 있다.

중국 시가처럼 높은 수준, 많은 수량, 그리고 오래되고 또 끊임없는 역사는 세계의 시사 가운데 유례가 없을 것이다.

동서 여러 성현 가운데 시詩의 가치를 가장 먼저 인정한 분은 아마 공자(孔子, 전 551~전 479)일 것이다. 공자는 『시경』을 편집하고 이를 교과서로 채택하여 제자들에게 시 읽기를 가르쳤다. 그는 『론어』(論語, 「陽貨篇」 · 「季氏篇」 · 「子路篇」)에서 이런 뜻의 말을 하였다.

"시를 읽으면 품성品性이 도야되고 언어言語가 세련되며 물정物情에 통달되니, 수양과 사교 및 정치생활에 도움이 된다."

"시를 읽지 않은 사람은 마치 바람벽을 대한 것과 같다."

공자는 중국 문화의 기본 방향을 지시한 분이다. 공자가 시를 높이 평가한 것은 후일 중국 시가의 찬란한 발전과 깊은 관계가 있을 것이다. 공자는 그 이전 중국 문화의 정수精粹를 정리함으로써 그 이후 중국 문화의 방향을 지시했기에 성공한 것이다. 공자는 『론어』「술이편」述而篇에서 또 이런 뜻의 말을 했다.

"나는 고인古人의 도道를 서술하되 스스로 창작하지는 않으며, 전통을 믿고 그대로 좋아한다."

공자의 사상이 중국에서 정통이 된 것은, 다시 말하면, 거기에 중국 문화의 최대공약수와 같은 성질이 있었기 때문이다. 중국 시가의 홍성과 공자의 가르침과의 관계 역시 이러한 관점에서 파악되어야 할 것이다. 중국 문화 자체에 시가가 홍성할 수 있는 소지素地가 마련되어 있었던 것이다.

그 소지는 중국어가 가진 단음절어單音節語·고립어孤立語의 특성에서 많이 보인다. 원래 언어의 예술인 문학은 언어의 제약을 받게 마련인데, 중국어의 이러한 특성은 시가에 아주 적합한 것이기 때문이다. 단음절어는 동음이의同音異義가 많아 단어의 혼란이 있을 수 있겠지만, 음악성이 중시되는 시가에서는 리듬을 다듬고 각운脚韻을 맞추는 데 아주 용이하다. 고립어는 논리적인 과학의 언어로서는 다소 결함이 있을지 모르지만, 직관적인 시가의 언어로서는 장점이 많다. 중국어의 특성에서 나온 음악성과 시적詩的 사고방식은 중국 민족으로 하여금 시의 언어로써 시인의 견지에서 생각하고 느끼게 만들었다고도 볼 수 있다.

중국 민족이 가진 시인의 바탕은 위대한 사상가 공자에 의해서 확인되고 긍정되었으므로 구김 없이 피어날 수 있었던 듯하다.

2.

올망졸망 조아기,
이리저리 붙잡고요.
하늑하늑 아가씨,
자나 깨나 구하고요.

구하여도 못 얻어,
자나 깨나 생각노니,
아이고오 아이고,
엎치고요 뒤치고요.

시집으로 중국에서 처음 나온 『시경』의 첫째 시 《물수리》(關雎, 본서 59쪽)에는 이처럼 처녀를 구하는 총각의 애타는 심정을 그린 시구가 있다. 그런데도 중국 시가에는 남녀의 애정을 다룬 작품이 없다는 느낌이 일반적이다. 미국의 여류시인 에이미 로웰(Amy Lowell, 1874~1925)은 그녀의 역시집(*Fir Flower Tablets*)의 서문에서 이렇게 말했다.

"중국 사람은 서양 사람 같았으면 연애시에 기울일 감정의 연소燃燒를 다른 것을 위해 보존했다. 그것은 우정友情이었다."

그리고 중국의 현대 시인 여광중(余光中, 1928년생) 교수는 그의 에세이(『掌上雨』, 「論情詩」)에서 이런 뜻의 말을 했다.

"중국 고전 시에 있어 연애시의 지위는 서양 고전 시에 있어서의 그것보다 못한 것 같다. 로망 드 라 로즈(*Roman de la Rose*)는 2만 행이나 되며, 많은 연애시인이 전문적인 연애시집을 가지고 있다. 셰익스피어(W. Shakespeare)는 소네트(sonnet)로 154수의 달콤한 연애시를 썼다. 그러나 중국의 두보杜甫는 주목받을 만한 연애시를 남기지 않은 듯하고, 리백李白은 애정을 그린 작품이 없지는 않지만 그것은 참다운 연애시가 아니었다."

『시경』 가운데 문학적으로 가장 우수한 국풍國風에는 연애시가 많다. 악부樂府에는 남녀의 정을 주제로 한 것이 많지만 그중에서도 남조南朝의 그것은 모두 애정의 노래다. 그리고 초기의 사詞·산곡散曲은 모두 사랑의 시다. 그런데 도연명陶淵明·리백李白·두보杜甫 등 위대한 시인이 즐겨 썼던 5언시·7언시에는 연애시가 드물다. 5언시·7언시는 당唐나라 때 놀라운 수준에 올랐으므로, 중국 시라고 하면 곧 이것을 가리키게까지 되었다. 우리가 한시漢詩라고 부르는 것도 이것이다. 이 시형에 연애시가 드물었기 때문에 중국 시가에는 남녀의 애정을 다룬 작품이 없다고 느껴진 것이다.

그러므로 중국 시가는 연애시가 많은 시형과 드문 시형으로 나눌 수 있다. 각 지방의 민요에서 나온 시형(國風·樂府), 도시의 유행가에서 나온 시형(詞·散曲), 즉 평민의 노래에는 남녀의 사랑을 노래한 것이 많다. 그러나 지식인·시인의 5언시·7언시에는 애정을 노래한 것이 드물다. 초사楚辭는 원래 무가巫歌에서 나온 것으로 초기의 작품(九歌)에는 로맨틱한 분위기가 감돌았지만 시인 굴원屈原의 개성이 표현된 작품(離騷)이 되면서는 연애감정과 멀어졌다.

중국 시가 가운데 평민의 노래에는 연애시가 많지만, 이른바 시인의 시에는 그것이 결핍되어 있다고 말할 수 있을 것이다.

글자를 안다는 것만으로도, 과거 중국에서는, 사람들이 우월감을 가질 수 있었다. 고대의 귀족사회에서 문자는 당연히 귀족들이 독점하였지만, 당나라 중엽 이후 혈통에 따른 신분의 제도적인 구속이 풀리고 난 뒤에도 문자는 여전히 평민과 거리가 멀었다. 이러한 상황은 의무교육이 보편화된 오늘날에 이르기까지 별로 변동이 없었다. 그날그날 생활에 쫓기던 평민은 경제적으로나 시간적으로나, 또 의식意識에서 문자를 배울 여유가 없었던 것이다. 문자는 자연히 지주나 관료의 자손들만 배우게 되었으며, 송나라 이후에는 도시 상인의 자손이 여기에 끼일 수 있었을 뿐이다.

문자를 해득하는 소수의 선택된 사람들에게는 관료가 되어 출세할 수 있는 특전이 주어졌다. 고급 관료의 등용문인 과거科擧의 시험 과목은 대개 유가儒家의 경전(哲學)과 논문(政治), 그리고 작시作詩가 중심이었다. 그래서 지식인은 철학 · 정치 · 문학에 모두 참여하지 않으면 안 되었다. 시인이란 전문가가 따로 있었던 것이 아니라, 지식인이 곧 시인이었던 것이다.

공자의 가르침인 유가사상은 중국에서 실질적으로 최초의 통일제국인 한나라로부터 최후의 왕조인 청나라에 이르기까지 언제나 정통이었다. 거의 모든 지식인은 이를 진리로 신봉했다. 그들의 이상은 사서四書의 하나인 『대학』大學에서 언명한 것처럼 "자기의 본원적인 덕성을 밝히고(明明德), 이로써 백성을 새롭게 한다(親民)"는 데 있었다. 그것은 "개인의 수양(修身), 가정의 화목(齊家), 국가의 안정(治國), 세계의 평화(平天下)"를 위한 단계적인 노력이 요구되었다. 그들이 관료가 되는 것은 그들의 유일한 생업인 동시에 그들의 이상을 실현키 위한 필수적인 과정이기도 했다. 그들은 평민보다 우월한 엘리트로서 평민에게 봉사하는 관료가 되는 것이었다. 그들의 의식은 그렇게 작용했으며, 적어도 명분은 확실히 그러했다. 그들은 공인公人이었으니, 설사 이것이 가면이었다 하더라도, 개인적인 남녀의 애정은 정면으로 들고 나올 수 없는 일이었다. 그들은 연애시를 쓸 수 없었다.

시가는 문학의 다른 장르(주로 散文)와 함께 유가의 진리를 선양하는 방법(文以載道)이었다. 과거에 작시가 시험 과목이 된 중요한 원인도 여기에 있을 것이다. 공자의 시에 대한 높은 평가는 중국 시가의 홍성과 관계가 있음을 이미 언급한 바 있지만, 동시에 수양·사교·정치에 대한 그 효능의 강조는 중국 시가를 딱딱한 도학자적인 문학관(載道文學)에 예속시키려는 부단한 시도의 원인도 되었다. 그러나 긍정적인 면에서 본다면, 유가사상을 신봉하는 지식인의 본령은 사회시로 나타났다. 시인은 사회·정치 또는 모랄이란 것에 밀착되는 자세를 취하려 했고, 따라서 시(文學的發言)를 통해서 사회·정치·인간에 대해 의미 있는 발언을 하려고 했던 것이다.

중국 사상의 정면正面이 유가라면, 반면反面은 도가道家다. 사회에 대한 개인의 책임을 강조한 유가와는 달리, 도가에서는 자연적인 개인의 완성을 추구했다. 중국 사상계의 유일한 외래 요소인 불가佛家도 이 점에서는, 어느 쪽이냐 하면, 도가에 가까웠다. 그들의 의식은 관료가 되어 정치에 참여하는 길보다는 자연에 묻혀서 인간의 본성을 때묻지 않게 지키는 것을 귀하게 여겼다. 그들도 처음 글자를 배울 때에는 역시 유가의 경전을 읽었고 좋으나 싫으나 그 영향을 받았던 터이므로, 글을 아는 지식인으로서 엘리트의 강한 자부심을 가진 점은 유가의 선비와 같았다. 그들에게도 아녀자의 풋사랑은 하찮은 것이었으며, 연애시는 역시 쓸 수 없었다. 그들은 그들의 세계인 자연, 그리고 구속받지 않는 인생을 주제로 하는 낭만시浪漫詩를 썼다.

유가나 도가는 사상이 반대였지만, 연애시를 쓸 수 없는 엘리트 의식에서는 같았다. 그러나 지식인으로서 연애시를 쓴 경우가 없는 것은 아니다. 그것은 데카당스(décadence)가 일어난 때이다. —어떤 완성된 형태가 난숙해져서, 지금까지 그 형태를 추진하던 원리가 이번에는 그 형태를 파괴하는 원리로 변하는 곳에 데카당스의 경계가 있다. 지금까지는 그것 때문에 뻗어 나온 특색이 있어서 그것으로써 완성으로 향했던 것이지만, 완성을 맞이한 직후에 지금까지 가장 중요했던 원리가 오히려 그것 때문에 형태가 무너지는, 즉 내부붕괴를 가져온다는 것이 데카당스의 본질적인 이념이다. 이것은 어떤 장르에 대해서도 적용되는 것이지만, 당시唐詩의 경우에는 말기의 상징적이고 관능적인 시에서 남녀의 애정을 다룬 작품으로 나왔다. 같은 사정은 남조南朝의 관능적인 고시古詩, 남송南宋의 상징적인 사詞에서도 뚜렷하다.

데카당스의 작품에도 걸작은 있지만 이것이 시가의 주류가 될 수는 없다. 중국 시가의 주류는 어디까지나 사회시와 낭만시로 보아야 할 것이다.

문자를 가지지 못한 평민은, 비록 유가의 교화를 받지 않은 것은 아니지만, 가식假飾을 필요로 하지 않으므로 보다 솔직한 감정을 지녔고 또 이를 솔직하게 표현할 수 있었다. 남녀의 사랑은 어느 민족, 어느 시대를 막론하고 예술의 영원한 주제였으니, 중국의 평민도 예외는 아니었다. 그들은 가식 없이 사랑했고, 또 그렇게 사랑을 노래했다. 그러나 평민이 부른 사랑의 노래는 데카당스의 상징적이고 관능적인 애정시와는 본질적으로 달랐다. 그것은 단순하고 보다 건강한 것이었다.

문자를 모르는 평민은 거의 농민이었다. 과거 중국의 농민은 의복·식량 등의 생산자로서 나라로부터 받는 혜택은 대개의 경우 보잘것없었지만, 언제나 나라를 위해서 땀 흘리며 세금을 물어야 했고, 또 피 흘리며 병역을 치러야 했다. 그런데 위정자는 착취자로서 나타날 때가 많았다. 제왕과 귀족·관료는 사치생활을 향유하기 위해서, 또는 침략전쟁을 수행하기 위해서 평민의 부담을 견딜 수 없을 정도로 늘리기 일쑤였던 것이다. 평민들의 불평불만은 사회시로 나타났으니, 시경·악부 가운데 민요는 사랑의 노래와 함께 전쟁과 빈곤의 괴로움을 호소한 작품으로 가장 큰 두 부분을 이루고 있다.

이른바 시인의 사회시는 평민의 그것과 차이가 있었다. 평민은 자신이 당하는 고통이었으므로 보다 극렬하고 직설적인 것이었다. 그러나 시인은 평민과 통치자의 중간에서 사회의 부조리를 개선하려는 데 중점이 있었다. 시인의 순수한 동정심과 예리한 관찰력은 평민의 고통을 자기 것으로 느꼈고 문제의 핵심을 정확하게 보았지만, 그 해결 방법은 제왕에 대한 충성심을 전제로 하는 이른바 풍간諷諫에 의존했다. 그들은 온화하고 함축적인(溫柔敦厚) 표현을 즐겨 썼다. 그래서 평민의 사회시는 진실성이 뛰어나지만 시인의 사회시는 예술성이 두드러지게 된다.

평민은 또한 중국 시가의 모체였다. 최근세에 이르기까지 중국은 상대될 만한 외국과의 관계가 거의 없었다. 중국의 주변에는 문화 수준이 낮은 야만(東夷, 西戎, 南蠻, 北狄)이 있었을 뿐이므로 중국 문화는 고립된 것이었다. 서양 같았으면 외국에서 받아들일 수도 있었던 '새로운 것'을 중국에서는 평민에게서 찾을 수밖에 없었다. 시의 정신, 시의 형식도 모두 평민에게서 나왔다. 평민의 노래가 갖는 신선함과 진실함은 독자에게 호소력이 크나 아직 미숙한 점이 있으므로, 문자를 알고 교양이 있는 시인이 이것을 갈고 닦아서 예술적으로 완성된 시를 만들어낸다. 그러나 예술적으로 완성된 직후 데카당스가 일어나 이것은 붕괴되기 마련이니, 다시 평민의 창조력을 기다릴 수밖에 없다. 평민은 문자를 해득하지는 못해도 하나의 새로운 시형이 완성될 때까지는, 그것이 아직 생명감이 충실할 때까지는 감상할 수 있었지만, 데카당스가 일어나면서 그 시형은 평민과 완전히 동떨어지게 된다. 평민은 자체의 요구로 인해서 새로운 시형을 찾는다. 당시唐詩가 극성했을 때 평민은 이미 사詞를 모색했고, 송사宋詞가 극성했을 때 산곡散曲을 모색했던 것이다.

중국 시가는 허구虛構를 요하는 영웅이나 위인의 서사시가 아니었다.

시인 자신의 실재적인 경험, 특히 일상생활에서 일어나는 그것, 또는 인간의 일상생활을 감싸고 있는 자연을 포함해서의 그것을 노래하는 서정시였다. 그 가운데 유가의 시인, 사회참여의 의식을 가진 시인은 사회의 부조리를 고발하는 사회시社會詩를 썼고 자기의 감정은 우정시友情詩로 노래했다. 그리고 도가의 시인, 은둔생활의 의식을 가진 시인은 아름다운 자연과 자유로운 인생을 표현하는 낭만시浪漫詩를 썼고, 자기의 사상은 철리시哲理詩로 노래했다. 그들이 시로써 읊은 대상은 달랐어도, 거기에는 아직 평민이 감상할 수 있는 여지는 마련되어 있었다. 그러나 평민과 유리된 데카당스의 시가는 상징적이고 관능적인 탐미시耽美詩였고 진실한 감정이 없는 영물시詠物詩였다. 그래서 평민은 새로운 시가를 찾는 것이다.

3.

感時花濺淚, 감:시 화 천:루: (—) — // — / + +,
恨別鳥驚心。한:별 조: 경심 (+) + // + / — —。

烽火連三月, 봉화: 련 삼월 (+) + // — / — +,
家書抵萬金。가서 저: 만:금 (—) — // (+) / + —。

시국이 슬퍼 꽃을 보고 눈물 뿌리고,
이별이 아파 새 소리에 마음 놀란다.

봉화대 오른 불은 석 달씩 이어지니,
집에서 부친 글은 만금이나 나간다.

이것은 두보杜甫의 율시律詩 《봄을 바라보며》(春望, 본서 597쪽)에 나오는 대구다. 중국의 시성 두보를 통해 예술적으로 최고 수준에 오른 율시는 바로 중국 시가의 대표적 시형詩形이다. 그런데 율시 8행 가운데 4행은 반드시 대구를 써야 한다. 대구對句란, 두 구절 사이에, ① 각각 글자 수가 같으며, ② 문법적 구성이 같으며, ③ 문법적 구성이 같으므로 대응되는 두 단어는 원칙적으로 같은 품사이지만 그 위에 같은 종류거나 반대되거나 어떤 의미에서든 대응의 관계를 가지며, ④ 성조聲調가 대립되는 것—한마디로 말해서, 짝을 이루는 것이다. 앞에 예시한 대구는 다음과 같이 짝을 이루고 있음을 볼 수 있다.

① 글자 수 : 사詞나 산곡散曲, 또는 문학의 다른 장르처럼 한 구절의 글자 수가 일정치 않을 경우엔 이것이 문제가 되지만, 여기선 한 구절의 글자 수가 일정한 5언시, 애초에 문제가 안 된다.

② 문법적 구성 : 가령, 감시(感時, 시국이 슬퍼)와 한별(恨別, 이별이 아파)은 모두 보족구조補足構造이면서 또 다음 말의 조건을 나타내며, 봉화烽火와 가서家書는 모두 수식구조修飾構造이면서 또 다음 말의 주어가 되고 있다.

③ 단어의 대응관계 : 가령, 화(花, 꽃)와 조(鳥, 새)에서 하나는 정적이고 하나는 동적인 것이지만 다 같이 아름다운 자연이며, 삼월三月과 만금萬金에서 그 실수實數 3과 1만에는 엄청난 차이가 있지만 "무척" 오랜 기간과 "무척" 비싼 금액이라는 같은 의미를 나타낸다.

④ 성조 : 한국 한자음으로 읽을 때, 흰 글자는 평성平聲을, 검은 글자는 측성仄聲을 표시한 것인데, 제1구와 제2구, 그리고 제3구와 제4구에서, 서로 대응하는 글자는 대립되는 성조를 가지고 있다. 평측도를 보면 더 확실하다. 평측도에서 기호 '－'는 평성, '＋'는 측성 글자를 표시한다. '(－), (＋)'는 (평성), (측성)이 원칙이지만 꼭 지켜야 하는 것

은 아님을 표시한다. '。'는 압운하는 구점이고, ','는 압운하지 않는 구점이다.

대구는 율시律詩에서 뿐만 아니라 산곡散曲에서도 어떤 구절은 그것이 필수적인 것이었지만, 그밖의 중국 시가에도 흔히 쓰는 수사법이었다. 대구는 하나의 사물을 양면에서 표현한다. 같은 개념을 다른 표현으로써 두 번 되풀이하는 것이다. 독자는 두 개의 선線을 교차시켜 바라는 점을 찾듯, 두 구절에서 귀납적으로 정확한 의미를 파악하게 된다. 만약 한쪽에 대해 이해할 수 없거나 동의할 수 없을 경우라도, 다른 한쪽으로부터 힌트를 받아 그 의미를 유추할 수도 있고 설득될 수도 있다. 서양의 논리로써 본다면 조잡하고 비약하는 수도 있지만, 대구는 감성적感性的으로 독자를 설득시키고 공감시키는 힘이 있다. 그것이 사상思想의 서술에 쓰일 경우에는 설득의 문장이 되고, 감정感情의 토로에 쓰일 경우에는 휘감기는 정서의 시가가 된다. 대구는 궁극적으로 시적詩的인 논리이다.

대구는 시가에서뿐만 아니라 보통 산문에도 응용되며, 기사·상주上奏·서간문·외교문서 등에 많이 쓰이는 변문騈文은 전편이 대구로 되어 있다. 중국인은 글을 쓸 때에만 대구를 이용한 것이 아니라, 생활 그 자체가 대구적 발상에 의한 이원론二元論적인 것이라고도 말할 수 있다. 대구와 대구적 발상이 이처럼 광범하게 사용되는 것은 중국어의 특성과 밀접한 관계가 있을 듯하다.

중국어는 단음절어單音節語의 특성을 가지고 있다. 이것은 중국어의 형태소形態素—동일하든가 유사한 의미를 가지는 한, 그 이상 분할할 수 없는 언어요소가 단음절로 된 것이 압도적으로 많다는 뜻이다. 중국어의 단어는 역사적으로 보아 단음절로부터 복음절로 이행移行되는 경향이 현저하지만, 그렇다고 고대 중국어의 모든 단어가 단음절이었던 것은 아니다. 가령, 『맹자』의 단어는 단음절어가 66%라고 한다(『孟子譯注』, 中華書局, 1960년). 다만 문언文言의 경우, 복합어도 그것을 구성하고 있는 형태소는 원칙적으로 독립된 단어이므로, "중국어 문언의 단어는 단음절"이라고 말할 수는 있다. 가령, 가서家書란 단어는 2음절로 된 복합어이지만, 가家와 서書는 독립된 단어이기도 하다. 또 서書는 1음절로 하나의 형태소를 나타내지만, 영어의 letter는 2음절이 하나의 형태소를 나타낸다. 한편 우리말의 글월은 2음절의 복합어이다.

중국어는 또, 고립어孤立語의 특성을 가지고 있다. 이것은 단어가 문文 가운데 있어서 다른 단어와의 관계를 보이는 표지를 갖지 않는 언어라는 뜻이다. 중국어에 있어 다른 단어와의 관계는 거의 어순語順에만 의존한다. 가령, 한별恨別은 "이별을 아파한다"는 뜻이지만, 별한別恨은 "이별의 아픔"이 되는 것이다. 또, "나는 그를 사랑한다." "我愛他." "I love him."이라는 말에서 어순을 바꾸어 보면, "그를 나는 사랑한다." "他愛我." "him love I."가 되는데, 여기서 우리말은 의미의 큰 변화가 없고, 중국어는 의미가 바뀌고(주어 목적어 뒤바뀜), 영어는 말이 되지 않는다. 영어는 어순이 고정되어 있으면서 어형 변화까지 겹쳐서 격格을 보이지만, 우리말은 조사助詞만으로, 중국어는 어순語順만으로 격이 나타난다.

중국어의 이러한 특성은 언어 형태를 간결하게 만든 반면 의사전달에 혼란이 생기기 쉽게 했다. 이 결점을 구제해 주는 것이 성조聲調와 숙어熟語의 발달이다. 성조는 음절의 수를 증가시켜 단음절에서 생기는 동음이의同音異義의 상충을 감소시키는 데에 도움이 되었고, 숙어는 단어와 단어와의 관계를 특정지어 고립어에서 생기는 신조어新造語의 범람을 방지하는 데에 도움이 되었던 것이다. 대구는 간결한 언어에서 생겼지만 성조와 숙어를 포함시켜 중국 시가의 독특한 수사법으로 활용된 것이다.

중국어의 성조聲調는 오래전부터 있었지만 5세기 말경(483~493)에 비로소 정리되었다(沈約, 『四聲譜』). 불교의 전래와 함께 따라온 고대 인도의 발달된 음성학의 영향을 받아 중국어의 성조를 밝힌 것이다. 성조를 포함하는 음운音韻에 대한 연구는 이를 계기로 활발히 진행되어 7세기 초엽(601년)에는 처음으로 운서韻書가 나왔다(陸法言, 『切韻』). 음운이란 시대에 따라 변하고 지역에 따라 차이가 나므로 과거 어느 시기의 실재한 발음을 알기는 어렵다. 다만 문언文言에서는 종래 평·상·거·입平上去入의 네 가지 성조에, 200 전후의 운(『切韻』의 193韻, 『廣韻』의 206韻)으로 나눈다. 이러한 연구의 주목적은 시가의 음악성을 높이기 위한 것이었는데 시가의 운률韻律은 실용적인 것이니까 이론상으로 약간의 차이가 있어도 통합할 수가 있다. 중세 이후 시사詩詞에서는 107운(『禮部韻略』, 속칭 詩韻)과 평성平聲·측성(仄聲, 上去入)만 구분했다.

중국 시가에서 평측平仄을 배열하는 것은 라틴 시의 장단격(長短格 trochee, 英詩의 强弱格)이나 단장격(短長格 iambus, 英詩의 弱强格)에서 노리는 효과와 비교되지만, 보다 변화가 풍부한 것이다. 중국 시가에서 평측을 맞추는 것은 절대적이며, 이것을 무시한 시구는 생각할 수 없다. 평측은 한국 한자음에서도 구분한다. 중국 시문을 한국 한자음으로 읽을 때, 측성 가운데 입성은 ㅂ, ㄹ, ㄱ 받침이 막아 '짧은 소리', 상성·거성은 '긴 소리'(:)이고, 평성은 모두 '짧은 소리'이다. 앞에 예시한 대구에서 흰 글자는 평성이고, 검은 글자는 측성이다. 한국 한자음으로 중국 고전 시문을 낭독해도 평측 압운의 원래 미감을 살릴 수 있다. 근세의 시가 가운데 산곡散曲의 어떤 구절은 평측만으로 만족지 않고 상성·거성 등 특정한 성조를 요구하는 것도 있다. 그리고, 중국에서 압운押韻은 이미 『시경』에서 사용되었는데, 당시 서양의 시가에는 아직 압운이 없었다. 다만, 『시경』의 압운은 운률韻律이 정비되기 전이었으므로 자연발생적인 것이었다. 30 전후의 운부韻部로 나눌 수 있다. 압운과 평측은 중국시가의 운률이 완전히 정비된 당시唐詩부터 엄격하게 되었다. 앞에 예시한 대구의 "심心。금金。"은 107운 가운데 평성 침(侵, jĭəm)운이다. 또 산곡의 압운은 원대 북경 어음에서 입성이 탈락되었으므로 중원음운中原音韻을 사용한다. 중원음운은 19음부로 되어 있다. (산곡의 평측 압운은 한국 한자음과 다를 수 있다.)

숙어熟語는 습관적으로 쓰이는 낯익은 말이다. 그것은 두 단어가 결합하면서 그 의미 및 품사가 자동적으로 고정되어, 고립어에 있기 쉬운 오해를 일으키지 않는다. 그래서 글을 지으려면 반드시 숙어를 써야 했다. 시인에게 있어 이것은 하나의 구속이었지만, 여기서 중국 고전문학의 전통은 유지되었다. 숙어의 제약을 거꾸로 이용하여 표현상의 효과를 올린 것에 전고典故가 있다. 그 근본은 두 단어가 결합하여 하나의 의미가 고정될 경우, 그것이 발생했을 때 씌어진 방법에 영향을 받고 구속되는 것이다. 역사적 사실이나 경전에 뿌리를 박은 말이므로 그 사실史實이나 문장文章을 모르면 이해할 수 없는 것이다. 전고를 쓴 문장은 작가와 동등 이상의 독서 교양을 갖춘 독자를 요구한다.

전고의 사용은 페댄틱한 면이 없지도 않지만, 그렇다고 단순한 지적 유희知的遊戱만은 아니었다. 전고는 하나의 사물을 말할 때, 사실史實이나 고전古典의 이미지를 거기에 겹쳐서 독자에게 인상지으려는 방법이다. 그것은 일종의 몽타주 수법인 것이다. 가령, 재기再起를 위하여 분투 노력하는 장면에 와신상담臥薪嘗膽이라는 전고를 썼다면, 춘추시대 월越나라 구천句踐과 오吳나라 부차夫差의 고사를 아는 독자는 선명한 인상을 얻을 수 있다. 추상적인 설명이 마치 구체적으로 눈앞에 보이는 느낌을 주는 것이다. 몽타주 수법은, 어느 쪽이냐 하면, 산문보다는 시가에 용도가 많다. 시가는 제한된 어휘로 큰 감동을 전달해야 하므로 밀도 높은 전고가 애용되는 것이다. 중국 시가 가운데 전고를 쓰지 않은 것은 찾기 힘들 정도다.

중국 시가는 문언文言으로 쓰는 것이 원칙이었다. 문언은 입에서 귀로 전달되는 구어口語와는 달리 기록을 전제로 하는 특수한 언어다. 중국은 그 넓은 영토(960만km²)에 많은 인구(13억 명 / 2005년)가 살고 있어 방언도 복잡하지만, 3,000년 이상 하나의 국가, 하나의 문화를 계승하고 있다. 그 원동력의 하나가 문언文言이요, 그것을 표기한 한자漢字라고 할 수 있다. 문언은 금세기 초엽까지 표준어로서 최소한도의 요구를 충족해 왔던 것이다.

중국어 문언을 표기하는 가장 적합한 문자가 한자漢字이다. 한자는 글자마다 형태(形)·발음(音)·의미(義)를 구비하고 있다. 그래서 의상문자意象文字라고도 하는 것이다. 한글이나 서양의 알파벳은 표음문자表音文字로서 의미(義)는 애초에 없고, 글자 수가 2·30에 불과하니 형태(形)는 발음(音)을 표시하는 단순한 기호에 지나지 않는다. 그러나 한자는 의미·발음이 있을 뿐만 아니라 무수한 형태가 있다. 『강희자전』(康熙字典, 1716년)에는 4만 545자가 수록되어 있고, 『대한화사전』(大漢和辭典, 諸橋轍次, 1960년)에는 4만 8,902자가 수록되어 있으며, 『한어대자전』(漢語大字典, 1986년)에는 약자까지 포함하여 5만 4,655자가 수록되어 있다. 그 많은 글자의 형태는 복잡한 가운데 조화를 이루고 있다. 그래서 서예書藝라는 특수한 미술까지 성립된 것이다.

중국 시가가 기록을 전제로 하는 문언을 썼고, 그 문자가 한자인 것은 그 시가에 또 하나의 특성을 부여했다. 평측과 압운에 따른 청각적인 시가이면서 다시 의상문자로 시각적인 시가까지 겸한 것이다. 시가를 주로 음악성에서 받아들인 서양에서는 리듬이 중핵이었으며 문자는 그것을 복원하기 위한 수단에 불과했다. 그러나 중국에서는 시가가 주로 문자를 중개로 해서 전달되었다. 가령, 리백李白의 《청평조 노래》(본서 537쪽)는 서양 중세(특히 2세기~14세기)의 음유시인(吟遊詩人, troubadours) 같았으면 제금(fiddle)에 맞춰 즉흥적으로 노래를 지어 불렀을 것이다. 그러나, 술집에서 곤드라져 있다가 어명으로 불려나왔는데도 술이 깨지 않아 얼굴에 냉수를 끼얹어야 했던 한림학사翰林學士 리백은 느긋이 붓을 잡아 단숨에 써내려갔다(『舊唐書 · 李白傳』과 『新唐書 · 李白傳』). 때는 늦봄, 후원(沈香亭)에 모란은 흐드러져 있는데, 임금(玄宗, 李隆基)이 지켜보고 임금의 애인(楊貴妃)이 벼루를 받쳐 들고 있는 낭만적인 무대에서 이 시인은 속으로 읊조리면서 붓을 든 것이다.

중국 시가의 시각성은 서예의 대상이 되어 주련 · 족자 · 액자 · 병풍, 심지어 부채에까지 올라 생활 주변에 파고들었다. 특히 정사각형을 원칙으로 하는 한자의 자형字形은 대구의 경우 한눈에 그 균제미均齊美를 보여주기도 한다.

시는 언어言語로써 표현한다. 언어에 따라 시가 형식이 정해진 것이다. 중국 고전 시가에 사용한 언어는 지금의 중국어—소위 북경어北京語가 아니라, 당나라 때 중국어 문언, 즉 우리가 한문漢文이라 부르는 것이다. 그 언어의 특징이 중국 고전 시가를 이상에서 말한 것과 같은 특징을 갖게 만들었다. 중국 시가를 소리 내어 읽을 때, 지금 북경어로 읽을 수도 있지만, 한국 한자음으로 읽어도 충분하다. 오히려 낭독의 요체인 평측平仄 각운脚韻은 한국 한자음이 더 분명하다.

4.

중국 시의 황금 시기는 당대(唐代, 618~907)였다. 그러나 당나라의 시는 그 이전 2,000년에 걸친 평민과 시인의 끊임없는 시도試圖의 소산이었다. 선진시대先秦時代의 시경詩經 · 초사楚辭가 그것이고, 한 · 위 · 진남북조漢魏晉南北朝의 악부樂府 · 고시古詩가 그것이다. 당나라 시의 높은 수준은 그 이후 1,000년 동안 시인과 평민의 끊임없는 도전挑戰의 대상이었다. 송 · 금 · 원 · 명 · 청宋金元明淸의 사詞와 산곡散曲, 그리고 5언 · 7언 율시 절구가 그것이다.

중국 최초의 문자는 은殷나라의 갑골문甲骨文이다. 거북껍질(甲)과 쇠뼈(骨)에 새겨진 이 문자(文)는 공동연대 이전 1400년경부터 만들어진 것으로, 현재 약 3,000가지가 구별되며, 그중 약 1,000자는 정확히 판독되는데, 문자의 운용은 지극히 유치하다. 시가 따위를 찾을 수는 없지만, '춤출 무'(舞, 𠆢) 자나 '풍류 악'(樂, 𠂤) 자가 보이니, 원시적인 대로 시가도 있었을 법하다. 태고太古 시대에는 무용 · 음악 · 시가가 삼위일체를 이루고 있었기 때문이다.

은나라 다음 왕조가 주(周, 약 전 1050~전 770~전 221)나라이다. 『시경』의 시는 이때 나왔으니, 실지로 중국에서 최초의 시가가 된다. 다만, 시경은 일시에 이루어진 것이 아니라 서주 초기부터 춘추 중엽까지 약 500년 동안에 걸쳐서 이루어진 것이다. 시경에서 가장 이른 부분은 제정祭政일치 시기의 국가의식, 특히 종묘宗廟에 바친 종교시(宗敎詩, 頌 · 雅)이다. 그 다음 부문은 왕공 귀족들의 여흥에 쓰인 연회시(宴會詩, 雅)이다. 민족영웅의 사적을 읊은 서사시 비슷한 것도 여기에 넣을 수 있다. 이상은 통치자 · 귀족의 시가인데, 그 나머지 부분(雅 · 風)은 평민의 노래다. 그것은 주나라가 이민족(犬戎)으로부터 치명적인 타격을 받고 동쪽으로 쫓겨난 때(전 770년, 이후 東周)를 전후해서 나왔다. 전쟁이 빈번하고 생활고가 가중된, 그리고 민지民智가 깨어 이를 불평하게 된 시기에 평민은 사회시社會詩로써 그들의 괴로움을 호소했다. 평민의 애정시는 시경의 가장 늦은 부분이다. 애정시의 발생은 사실 종교시보다도 일렀을 것이지만 정치적·종교적인 효용 면에서 중시되지 못했으므로 문자화가 늦었을 따름이다. 평민의 노래인 사회시와 애정시는 시경 가운데 가장 우수한 부분이다. 시경의 리듬은 4언을 기조로 하는 소박하고 단조로운 것이지만 반복함으로써 끈질기고 힘찬 것이 되었으니, 고대의 참모습을 잘 간직하고 있다. 시경의 형식은 그 단조로움 때문에 후대 시가에 직접 쓰이지는 않았다. 그러나 시경의 정신은 공자에 의해 높이 평가되어 후대에 연면히 이어졌다.

『초사』는 『시경』보다 약 200년 뒤에 나왔다. 시경은 단조로운 리듬에 실은 질박하고 사실적寫實的인 것이었지만, 초사는 활발한 리듬에 옮긴 기려하고 낭만적浪漫的인 것이었다. 전자는 황하黃河 유역—북국의 시가였고, 후자는 장강長江 유역—남국의 시가였다. 중국은 엄청나게 넓은 국토 탓으로 문화의 모든 면에서 북방과 남방의 성격이 잘 대조되는데, 시가에서는 그 첫 모습이 시경과 초사로 나타났다. 초사는 원래 무가巫歌에서 비롯되었으나 천재 시인 굴원屈原이 나오면서 위대한 작품으로 승화되었다. 그래서 초사 곧 굴원의 작품이라고 연상될 정도다. 정열가인 굴원의 작품세계는 이상과 현실과의 괴리에서 빚어지는 개인의 고민을 다룬 것이었으며, 그 어조는 비분강개·자유분방한 것이었다. 이것은 초사의 남국적인 기풍과 합치되는 것이었으므로 마침내 초사의 특성으로 굳어졌다. 초사에는 또 장편이 많았다. 굴원의 《리소, 애타는 호소》(離騷, 본서 160쪽)는 375구 2,461자로서, 이것은 장편 서사시로 유명한 《공작새 동남으로》(孔雀東南飛, 본서 232쪽)의 357구 1,785자보다도 길다. 시경의 리듬은 2언을 중첩한 4언으로 안정적인 데 대하여 초사는 3언을 중첩한 6언으로 변동성이 크다. 후일 5언·7언 구법이 생성하는 데에 시경과 함께 초사가 상당한 영향을 끼쳤을 것이다. 초사의 과장된 수사법은 한대 부賦에 직접 계승되었지만, 그 남국적이고 개인적인 서정시의 특성은 후일의 시가에 지대한 영향을 끼쳤다.

한(漢, 전 206~후 8, 25~220)나라는 실질적으로 중국 최초의 통일국가이자 고대의 마지막을 장식하는 대제국이었다. 강력한 왕권과 정비된 제도로 제국의 표면은 화려했지만, 상대적으로 개인은 하찮은 존재가 되었으며 인간으로서의 비애를 느끼기 시작했다. 제후에게 영합하는 고급 문인은 부賦라는 문체文體로 그 공덕을 과장했고, 일반 평민과 무명 시인은 『악부』樂府와 『고시』古詩로 인생을 표현했다. 후자는 당시 아직 미숙하였지만 중세中世에 이르러 시사의 주류를 이루게 된다. 그러므로 한대는 고대에 속하지만 이들 악부와 고시는 중세에 합쳐서 설명하는 것이 좋을 것이다. 중세 전기는 한나라가 멸망된 뒤로부터 시작되는데, 위·진 남북조(魏晉南北朝, 220~581)의 분열 시기와 대당제국의 통일 시기로 양분된다. 한나라 말엽부터 혼란되기 시작한 사회는 이 분열 시기에 더욱 가중되었다. 인생무상을 느낀 그들의 시가는 악부·고시를 막론하고 모두 비애·우수의 기조 위에 씌었다. 일찍이 전래된(68년, 洛陽 白馬寺 건립) 불교는 이때 극성했으며, 원래 난세의 철학인 도가道家사상도 이때 유행했다. 지식인의 의식은 도가의 무위無爲사상을 위주로 하면서 불가의 염세厭世사상과 유가의 계급사상·유명론有命論을 받아들인 것이다. 중세 전반기의 시가는 이러한 지식인의 고시와 평민의 악부로 대별할 수 있다.

악부樂府란 원래 음악(樂)을 관장하는 관청(府)이었다(漢 武帝 劉徹 창설). 거기에는 귀족의 노래—국가의 의식이나 연회의 여흥에 쓰인 것, 평민의 노래—외국에서 수입한 것과 민간에서 채집된 것이 있었다. 그런데, 시사詩史에서는 이들 노래를 『악부』樂府라는 이름으로 불렀으며, 그 중에서도 특히 문학적인 가치가 높은 평민의 노래를 지칭하게 되었다. 『한대 악부』의 민요는 『시경』의 민요처럼 사회시 · 애정시가 주류다. 『남북조 악부』는 남조南朝의 여성적인 세계와 북조北朝의 남성적인 세계로 판이한 구별을 보여준다. 악부의 리듬은 일정치 않으나 5언 기조가 주도적이다. 4언으로부터 5언으로 발전하는 과정의 한 단계일 듯하다. 악부 제도가 후대 시가에 끼친 공로는 지대하다. 민간의 노래가 문자화되고, 지식인과 접촉이 생기고, 지식인의 작품이 그 영향을 받아 평민화된 것이다. 이러한 관계는 위 · 진 남북조를 지나 당대唐代에까지 계속되었다.

『고시』古詩는 위 · 진 남북조 시인이 쓴 시를 당나라 사람의 관점에서 일컬은 말이다. 그것은 같은 5언 · 7언시였지만, 당대唐代에 완성된 율시律詩나 절구絶句에 비교해서 시구詩句, 평측平仄, 압운押韻의 규정이 보다 자유로운 것이었다. 당나라 사람은 이것을 고시古詩, 그들의 율시 · 절구를 근체시近體詩라고 구별했던 것이다. 5언 고시는 공동연대 전 1 · 2세기(前漢)에 시작되어 공동연대 후 1 · 2세기(後漢)에 성립되었으니, 무명 시인들의 『고시 19수』는 그 성립을 알리는 표지였다. 한편 7언 고시는 위魏나라 때 시작되어 당나라 초기에 완성되었다. 남북조 시대의 시인들은 중국어의 성조聲調가 시가의 음악성과 관계있음을 느끼고 이것을 응용하기에 전력을 바쳤으며, 또한 그들의 환경이 궁정 · 귀족의 살롱과 같은 것이었으므로 시가의 내용보다는 시가의 수사법에 관심을 기울였다. 남북조의 시가는, 특히 남조의 그것은, 이러한 사정에서 탐미적인 방향으로 흘렀다. 그래서 이 시기의 중요한 시인은 현실적인 작풍으로 자기의 감정이나 사상을 표현한 시인들(曹植 · 阮籍 · 陶淵明 등)과 수사에 심력을 경주한 시인들(謝靈運 · 鮑照 · 謝朓 등)로 대별된다.

한 · 위 · 진 남북조는 시어詩語로서의 중국어의 가능성을 철저히 모색한 시기였고, 철학적으로 자아自我를 발견한 시기였다. 이것은 당시唐詩의 찬란한 개화開花를 위한 밑거름이 되었다.

당(唐, 618~907)나라는 중국이 다시 한번 이룩한 대제국이었다. 한나라가 멸망한 뒤 400년 동안 중국은 분열과 혼란의 연속이었다. 이른바 중원中原인 황하 유역에는 여러 이민족의 왕조(五胡十六國)—북조北朝가 도사리고 있었다. 이 시기에 중국 문화는 외래적인 요소를 많이 흡수했고, 중국 민족은 이민족과 적잖이 혼혈되었을 것이다. 중세적 통일국가인 당나라는 고대적 통일국가인 한나라와 이미 문화적으로나 민족적으로나 다른 것이었다. 당나라에서는 그 이전 혼란기에 비뚤어졌던 인간성이 새롭게 고쳐졌다. 남조의 여성적이고 유순한 면과 북조의 남성적이고 과격한 면이 절충된 당나라 문화는 보다 자신감이 넘치고 다이내믹한 것이었다. 이 특질은 당시唐詩에서도 유감없이 발휘되었다. 당시는 중국 시가의 절정일 뿐만 아니라 세계의 모든 시가 가운데에서도 뛰어난 위치를 차지하고 있다.

당나라 시인은 새로운 시형詩形을 빌려 『악부』 · 『고시』의 마음을 번안했다. 남조에서 발달한 운률韻律과 대구對句의 수사법은 마침내 당대에 이르러 율시律詩와 절구絶句를 완성시켰다. 절구는 남북조 말기에, 율시는 당나라 초기에 성립되었지만 그것이 예술적으로 완숙된 것은 리백李白의 절구, 두보杜甫의 율시였다.

당시唐詩는 시풍으로 보아 낭만시 · 사회시로 크게 나눌 수 있으며, 여기에 데카당스의 작품이 뒤따른다.

낭만시는 복고파 · 산수파 · 악부파로 세분할 수 있는데, 이 셋을 통합한 리백李白이 그 대표다. 복고파(復古派, 陳子昂 · 張九齡 등)는 시가의 허식을 배척하고 작가 개인의 생명과 감정을 담았다. 그들의 슬로건은 복고였으나 실은 혁신이었다. 산수파(山水派, 王維 · 孟浩然 등)는 농촌과 대자연의 아름다움을 그렸다. 간결한 스케치로써 담담한 시풍을 조성했다. 악부파(樂府派, 岑參 · 高適 등)는 악부의 정신과 어조를 채택하고 운률韻律을 포기했다. 변화 자재한 구법句法으로써 국경지대의 풍경, 놀라운 전쟁 등 평범치 않은 인간을 소재로 삼았다. 그런데 리백李白은 복고파의 진실함을, 산수파의 담박함을, 악부파의 호탕함을 갖추고, 5언 · 7언의 장편 · 단편을 자유자재로 구사해서 노래했다. 그는 수백 년 동안 중국 시가에 겹쳐진 온갖 제한을 통쾌하게 분쇄하고 생명감 넘치는 새로운 격조를 완성시켰다.

두보杜甫는 여러 가지 면에서 리백과 대조되는 시인이다. 리백이 그 이전의 시사를 모두 정리했다면, 두보는 그 이후의 시사를 새로 전개시켰다. 두보의 사회시는 '안사安史의 난리'와 직접 관련이 있다. '안사의 난리'(755~763)는 번영으로 치닫던 당나라가 쇠망으로 굴러떨어지는 고비였을 뿐만 아니라, 중국의 중세 전기가 중세 후기로 옮아가는 전기轉機였다. 이 비상한 체험이 두보를 자극하여 사회 문제에 눈길을 돌리게 했다. 리백은 두보와 같은 시대에 처했지만 개성 · 사상 · 환경이 달랐으므로 의식도 감정도 달랐다. 리백은 자기를 깊게 높게 하는 데에서는 큰 성과를 거두었으나 국가나 사회에 대한 관심은 보다 적은 듯하다. 두보는 사회의 부조리를 고발했을 뿐만 아니라 그것이 예술적으로도 완벽한 시가 되게 했으므로 중국 시사의 최고봉이 된 것이다.

두보가 완성시킨 사회시는 바로 백거이白居易 등에게 계승되었다. 그리고 이 전통은 청淸나라 말엽까지, 중국 고전시의 가장 중요한 흐름이 되었다. 중국의 시인은 마침내 진정으로 평민을 향하게 되었다. 이제까지는 시인 · 귀족이 자기와 지배층을 주제로 삼았던 것이나, 이제는 시인 · 지식인이 일반 평민을 의식하게 된 것이다. 다만 백거이와 그 일파는 시의 정신에서는 두보보다 나은 점이 있을지 몰라도 시의 언어에서는 미치지 못했다. 한편, 두보의 시 언어를 계승한 것은 한유韓愈 등이었다. 그들은 열심히 특이한 구법句法을 만들고 참신한 어휘를 찾아 새로운 시를 모색했으나, 결과는 난해하거나 시적 감흥이 모자라는 것이었다. 결국 백거이나 한유는 일급 시인이긴 했지만 두보의 특출한 수준에 미치지는 못했다. 중국 문학사에서 서정시의 절정이 지나고 이제 서사 문학이 대두한 것이다.

리백 · 두보의 수준은 아무도 넘어설 수 없었다. 시단에는 마침내 데카당스가 휩쓸었다. 리상은李商隱 등의 상징적이고 관능적인 애정시가 그것이다. 5언 · 7언의 고시 · 율시 · 절구로써는 더 높은 수준을 바라볼 수 없게 되었다. 당조唐朝의 멸망이 중세의 종언이었듯이 당시唐詩의 쇠퇴는 5언 · 7언시의 종말이었어야 했다. 그러나 리백 · 두보를 비롯해서 왕유 · 백거이 · 리상은이 이룩한 높은 수준은 당시의 형식을 영원한 것으로 받아들이게 했다. 역대 왕조의 과거科擧에는 여전히 작시作詩가 출제되었고, 유가의 재도載道 문학관에 의해 중국 시가의 정통으로 계속 인정되었기 때문에 송 · 금 · 원 · 명 · 청대 모든 지식인의 커뮤니케이션은 이 시형으로써 하였다. 그리하여 5언 · 7언시는 금세기 초(1919년), '오사 운동' 때까지 존립되었다.

중세 후기부터 시가는 사詞와 산곡散曲이 주류다. 사는 당시唐詩에 데카당스가 일어나자, 산곡은 사에 데카당스가 일어나자, 평민의 새로운 노래로서 마련된 것이었다. 사와 산곡은 5언 · 7언시처럼 구법句法이 가지런하지 않다. 그것은 노래를 부를 때, 보다 자연스러운 리듬을 위해서다. 5언·7언시도 일부는 노래로 부를 수 있었지만, 그것은 시가 있고 나서 악공樂工이 작곡한 것이었으나, 사와 산곡은 곡이 있고 나서 여기에 맞춰 시인이 작사한 점이 다르다. 당나라 때 이미 외국 음악이 많이 들어왔지만, 이민족이 통치한 금金나라나 원元나라 때에는 더욱 심했다. 중국의 노래—유행가가 변하지 않을 수 없었다. 여기에서 구법이 들쭉날쭉한 것(長短句)이 생긴 것이다. 그러나 이것은 악부의 구법(雜言體)처럼 아무렇게나 된 것은 아니다. 사와 산곡의 장단구에는 일정한 규칙이 있는데, 이를 사패詞牌 또는 곡패曲牌로 지정한다. 사패나 곡패는 원래 곡조의 뜻이지만, 가사—시에서는 구법의 장단을 규정하는 것으로 볼 수 있다. 같은 장단구지만 산곡은 사보다 구법의 변화가 더 풍부하다.

사詞는 처음 시정의 청루靑樓에서 부르던 서민의 노래였지만 곧 궁정이나 귀족의 연회에서 여흥으로 즐기게 되었다. 사를 본격적으로 지은 최초의 작가는 당나라 말엽의 온정운溫庭筠이다. 그러다가 오대(五代, 907~960)의 두 왕궁에서, 즉 촉蜀나라 재상 위장韋莊과 남당南唐 임금 리욱李煜을 중심으로 발전해 나갔다. 초기의 사는 단편(小令)이며 여흥적인 것이므로 개성을 찾기 어렵다. 다만 망국亡國의 임금 리욱李煜의 특수한 사정은 여기서 예외가 된다. 사는 송나라 때 크게 홍성했으니, 그것은 이미 여흥이 아니라 북송(北宋, 960~1127) 시가의 대표가 된 것이다. 먼저 류영柳永 등에 의해 장편(慢詞)이 마련됨으로써 형식이 확장되더니 사는 여기서 '시詩로서의 사'로 받아들인 일파(蘇軾·辛棄疾 등)와 '노래로서의 사'를 받아들인 일파(周邦彦·李淸照·姜夔 등)로 나뉘었다. 사는 원래 노래이지만 소식蘇軾은 이것을 하나의 새로운 시형詩形으로 받아들여 그 음률音律을 무시하면서까지 내용에 충실하려 했던 것이다. 그러나 주방언周邦彦은 사를 본래의 노래로 되돌려 그 내용보다는 음률을 까다롭게 따졌던 것이다. 남송(南宋, 1127~1279) 이후로는 신기질辛棄疾이 소식의 기풍을 계승하여 사詞의 대가가 되었지만, 전반적인 면에서는 데카당스가 일고 있었다. 사詞의 종말이 온 것이다. 그 뒤로는 청淸나라의 납란성덕納蘭成德 등이 새로운 일면을 열었을 뿐이다.

산곡散曲은 주르친(女眞)의 금(金, 1115~1234)나라 치하에서 그 시원을 찾을 수 있다. 그러나 산곡의 완성은 몽골(蒙古)의 원(元, 1206~1234~1271~1368)나라 때부터다. 군사적으로는 우수했으나 문화적으로 후진이었던 몽골 지배 밑에 중국의 지식인은 설 곳이 없었으니, 당시 10계급 가운데 제9계급으로 전락된 것이다. 과거 지식인은 그가 관료였거나 은사였거나 아무튼 엘리트로서 자부심을 가지고 있었는데, 여기서는 창녀(제8계급)와 거지(제10계급)와 같이 취급되었다. 과거科擧가 실질적으로 철폐되고 지식인의 유일한 생업인 벼슬길이 막혔다. 지식인의 일부는 극장에서 극곡劇曲을 썼고 청루에서 산곡散曲을 지었다. 극곡과 산곡은 문자의 성질에서는 같으므로 함께 원곡元曲으로 통칭되기도 하지만, 문학의 성질에서는 달랐다. 극곡은 희곡이고 산곡은 시가다. 사와 산곡은 모두 서민의 노래에서 시작되었으나 사는 일찍부터 궁정과 그 주위의 고급 문인에게 채택되었으므로 전아한 것이 되었지만 산곡은 오래도록 통속적임을 면치 못했다. 그래서 오늘날 고전에 대한 새로운 평가가 내릴 때까지 산곡은 정통 문학으로서 평가되지 못했으니, 중국 고전의 집대성인 사고전서(四庫全書, 1782년)에 수록되지 못했다. 산곡은 형식이나 기풍으로 보아, 북곡(北曲, 馬致遠 · 馮惟敏 등)과 남곡(南曲, 張可久 · 王磐 등)으로 나눌 수 있다. 북곡은 금金나라 때 이미 시작된 것으로 기풍이 호방한데, 남곡은 원元나라 때 처음 나온 것으로 기풍이 청려하다. 중국 고전시가 가운데 최후의 시형詩形인 산곡은 역시 중국 서정시의 전통을 계승한 것이다.

당시唐詩의 절정을 지난 5언·7언시는 근세에도 많은 사람의 창작 대상이 되었다. 그래서 송나라 때에는 당시唐詩의 세계와는 다른 송시宋詩의 독자적인 세계(蘇軾·黃庭堅 등)를 구축했다. 그러나 그 이후는 모방 시대였으니 문자 그대로 천편일률千篇一律이었다. 다만 국가의 흥망 같은 대변동 시기에는 예외적으로 걸출한 작품이 나왔다. 실지 회복에 애태우던 남송 시기(陸游), 금·원 교체기(元好問), 원·명 교체기(高啓), 명·청 교체기(吳偉業), 그리고 청나라의 멸망—아니 중국적인 전통의 붕괴를 눈앞에 두었을 때(龔自珍·黃遵憲) 몇몇 훌륭한 시인이 나왔다. 그처럼 큰 자극만이 매너리즘을 극복할 수 있었던 모양이다.

중국의 근세문학은 이미 희곡·소설이 주류가 되었다. 그것은 또한 문언文言에서 구어口語로 문학의 언어가 바뀐 것을 뜻한다. 그러나 이러한 조건에서도 중국 서정시가의 뿌리 깊은 전통은 사와 산곡의 새로운 시형을 낼 수 있었고, 5언·7언시에서도 걸작을 낼 수 있었다.

5.

중국 시가는 3,000년 동안 줄곧 발전해 왔다. 시대마다 새 시형詩形으로 창작創作함으로써 항상 참신하였으며, 끊임없는 독자들이 즐겨 수용受用함으로써 작품들은 하나하나 불후의 고전古典이 되었다. 문언으로 쓴 고전시가는 '5·4 문학혁명'을 맞아 일단 종막을 내렸다. 그러나 문언文言이 아닌, 구어口語로 쓴 새로운 시가 우후죽순처럼 나오고 있으니, 중국 시의 미래는 밝다 하겠다.

시경詩經 이후 중국 시가는 모두 공자孔子의 영향(詩教)을 크게 받았다. 거기에는 부정적인 면도 없지 않았지만, 그 긍정적인 면에서는 인간사회에 충실한 시가가 가치 있다는 평가를 들 수 있겠다. 중국 시가가 항상 정치적 색채를 잘 띠는 것도 이 때문이지만, 동시에 그 시가가 세계에 있어 휴머니즘의 크나큰 원천이 되는 것도 이 때문이다.

중국에서는 대대로 시 읽기로써 초등교육이 시작되었다. 3,000년의 찬란한 시사詩史는 바로 세계문화유산이다. 오늘날 중국에서 시구詩句가 들어가지 않은 신문·잡지 문장文章이나 일상생활 회화會話는 상상하기 어렵다. 지금도 많은 사람이 시를 보석으로 알고 자랑스럽게 낭독하고 암송한다. "시를 읽지 않은 사람은 마치 바람벽을 대한 것과 같다"고 믿기 때문이다.

1
시경 · 초사 · 악부

중원 땅에 처음 나온 문자인 갑골문甲骨文이나 두 번째인 금문金文은 점복 · 제사 · 기념 등 용도가 따로 정해져 있었다. 처음 나온 도서, 간책簡冊(대쪽), 백서帛書(명주)는 오경과 제자백가의 글을 적은 것이다. 고대문자는 진秦나라 때 개혁하여 소전小篆이 나왔고, 한漢나라 때는 필사가 발전하여 례서隸書 · 초서草書가 나왔다. 간책은 상고부터 동진東晋까지 유행하였다.

고대문학은 곧 민요이다. 시경 · 초사 · 악부의 노랫말은 오랫동안 구전하다가 후일에 문자화되었다. 우리가 보는 텍스트는 오랜 세월 여러 사람을 거친 것이다. 시경은 주周나라 때 노래이면서 텍스트는 서한西漢 때 세상에 알려진 모시毛詩이다. (삼가시三家詩가 먼저 인정받았지만 중간에 산일되어 지금은 전하지 않음.) 초사는 초楚나라 굴원屈原의 노래이면서 텍스트는 동한東漢 때 나온 초사장구楚辭章句이다. 이 노래들이 유행한 때부터 텍스트가 나오기까지에는 수백 년이 경과하였다.

시경 詩經

Shijing

『시경』詩經은 처음에 단순히 시詩, 또는 시삼백詩三百이라고 불렀다. 시詩가 경經(영원한 고전)으로 인정된 것은 전국시대 말년부터이며, 시경이란 말을 처음 쓴 것은 훨씬 나중의 일이었다(北宋 말년 廖剛의 『詩經講義』가 효시일 듯. 屈萬里설). 그러므로 본래의 이름인 시, 또는 시삼백을 되찾는 것이 합당할 듯하지만 관습에 따라 지금도 그냥 시경이라고 부르는 것이다.

『시경』은 중국에서 가장 오랜 시가집詩歌集이다. 대체로 서주西周 초기(공동연대 전 1050년경)부터 춘추시대 중기(전 570년경)까지 약 500년 사이에 나온 시가詩歌다. 이것은 당시 극동에서 제일 오랜 것이며, 서양문학의 시초인 호메로스Homeros(전 9세기경)의 작품과 대략 같은 시기에 해당된다.

『시경』은 지금 모두 305편으로 되어 있다(제목만 있는 것 6편이 더 있다). 시의 성질로 보아 풍風·아雅·송頌의 세 가지로 나눈다.

풍風은 또한 국풍國風이라고도 부르는데, 이것은 각 지방의 풍습이라는 뜻으로, 대개 민요들이다. 여기에는 15국풍國風, 즉 주남周南 · 소남召南 · 패풍邶風 · 용풍鄘風 · 위풍衛風 · 왕풍王風 · 정풍鄭風 · 제풍齊風 · 위풍魏風 · 당풍唐風 · 진풍秦風 · 진풍陳風 · 조풍曹風 · 회풍檜風 · 빈풍豳風 등이 있다. 모두 160편, 양적으로 절반이 넘지만 문학적 가치도 아주 높다.

아雅는 중앙정부였던 주周나라 왕실의 노래다. 소아小雅와 대아大雅로 나뉘는데, 전자는 귀족들의 연회 · 수렵의 노래, 후자는 궁중의 공적인 의식에서 연주되던 것으로 민족 영웅의 사시史詩 같은 것도 있다. 아雅는 원칙적으로 귀족의 시가이지만, 그중에는 또한 사회의 혼란에 대해 불평을 하소연하는 서민적인 것도 있다. 모두 105편.

송頌은 종묘宗廟에서 연주되던 것으로, 천신 · 조상신에게 제사를 올리는 종교시다. 주송周頌 · 상송商頌 · 로송魯頌의 세 가지가 있는데, 주송은 중앙정부였던 주나라 왕실의 것이고, 로송 · 상송은 제후국이었던 로魯나라와 송宋(商의 후예)나라의 것이다. 모두 40편이 있다.

『시경』은 지금은 문학으로서만 파악하지만 최초에는 무용 · 음악 · 가사가 한데 어울린 실용적인 효능을 지녔다. 가장 먼저 나온 송頌은 이 관계가 특히 밀접했으며, 그 다음에 나온 아雅나 맨 나중의 풍風으로 내려오면서 가사문학의 가치가 점점 높아졌다.

『시경』은 원칙적으로 4언시, 즉 한 구句가 4음절로 된 원시적인 리듬의 소박한 시가다. 영원히 변치 않을 인간의 생활과 심리의 진솔함이 소박하기에 더욱 힘차게 나타난다.

소박한 대로 『시경』은 또한 독특한 표현 기법이 있다. 『시경』은 그 표현으로 보아 흥興 · 부賦 · 비比의 세 가지로 나뉘는데, 흥興의 기법이 특이하다.

흥興의 기법은, 어떤 주제를 노래하려고 할 때 노래하려는 주제와 비슷한 현상을 자연 속에서 찾아내어 그것으로 노래를 시작하는 것이다. 자연과 인간과의 미묘한 교향交響을 의식적·무의식적으로 지적하고 있는 것이다. 다만 그 관계는 논리적인 것은 아니고, 분위기로서의 어떤 연결을 짓는 것이라고 하겠다.

부賦는 직선적 서술이고, 비比는 비유이다.

이 절에서 든 흥·부·비와 앞 절에서 든 풍·아·송의 여섯 가지를 함께 묶어 『모시』毛詩의 「대서」大序에서는 육의六義(여섯 개의 법칙)라고 불렀다.

『시경』은 공자孔子(전 551~전 479년)가 편집하였다. 그 이전엔 3,000여 수의 시가 있었는데, 공자가 그 10분의 9를 버리고 지금같이 300여 편을 남겼다는 설(刪詩)이 『사기』史記 「공자세가」孔子世家에 나오지만, 지금은 믿는 사람이 없다. 약간의 중복을 제거하고 정리한 것으로 보고 있다.

공자는 『시경』을 아주 중시하여 그 제자들을 가르치는 교과서로 택했다. 중국 문화의 방향을 설정한 공자가 『시경』을 중시한 것은 큰 의미를 지니는 것이다. 중국이 3,000년 시인왕국을 이루고, 글을 배운 사람은 누구든지 시인으로 자처할 만큼 시 공부를 한 것은, 물론 다른 이유도 있겠지만 공자의 영향이 컸기 때문이라고 아니할 수 없다.

『시경』의 역사는 처음 무용·음악·가사의 실용적 단계에서 시작되어 나중에 가사문학의 가치를 인정받다가, 공자가 이를 교과서로 채택하고, 그 뒤로 유가儒家가 문화의 정통의 위치를 잡자(漢나라 때) 신성한 시경詩經으로 존중되면서부터 문학의 의의는 사라지고 고리타분한 도학자들의 경전經典, 청년들의 윤리 교과서가 된 것이다(劉大杰, 『中國文學發達史』, 台北: 台灣中華書局, 1960, 上卷 38쪽).

『시경』은 한漢나라 때 이미 주석 없이는 읽을 수 없는 고어古語였다. 이때 제시齊詩·로시魯詩·한시韓詩의 세 가지 주석, 소위 삼가시三家詩가 나왔다. 삼가시는 각각 자구에 사소한 차이가 있고 각 편의 해석 방법도 다른 것이었지만 서한西漢 때에 통용되었다. 삼가시는 모두 금문今文(隸書 : 西漢시대 字體)으로 썼는데, 그때 또 고문古文(篆書 : 先秦시대 字體)으로 쓴 『모시』毛詩가 나왔다. 금문파今文派와 고문파古文派는 서로 대립했다. 서한에서는 삼가시 금문파가 통용되었으나, 동한東漢에 와서는 모시 고문파가 존중되었으며, 그 뒤로 삼가시가 산일되어 지금은 전하지 않는다.

『모시』毛詩는 모전毛傳으로도 불리는데, 전傳은 주석이라는 뜻이고 모毛는 주석을 단 학자의 성씨다. 서한 초기라면 모형毛亨, 모장毛萇이라는 두 학자의 이름이 떠오르지만 확실한 것은 지금 모른다. 『모시』에는 삼가시에 없던 「대서」大序와 「소서」小序가 있다. 「대서」는 『시경』 전체의 이론을 설명한 긴 서문이고, 「소서」는 각 시 앞에 붙어 그 내력을 설명한 짧은 해석이다. 앞서 말한 육의六義의 이론도 「대서」에 나온다. 특히 「소서」는 후대 『시경』을 해석하는 데 절대적인 영향을 끼쳤지만 불행하게도 그것은 오도誤導된 것이 많았다. 다만 『모시』의 자구 주석은 신빙할 만한 것이 많다. 지금 우리가 읽는 『시경』은 이 『모시』를 계승한 것이다.

동한의 대학자 정현鄭玄(127~200년)이 『모시』에 부가적 주석을 단 것을 정전鄭箋이라 하는데, 이 『모시정전』毛詩鄭箋의 권위는 북송北宋(10세기경)에 이르기까지 800년 동안 군림했다. 북송北宋 말기의 대학자 주희朱熹(1130~1200년)가 지은 『시집전』詩集傳은 『모시정전』의 위치를 빼앗고 20세기 초기까지 『시경』 주석의 권위를 확보했다. 이 권위는 우리나라에까지 미쳤다. 주희의 주석은 『모시』「소서」의 해석을 좀더 자연스럽고 합리적인 것으로 다시 해석한 점이 높이 평가된다. 다만 언어학 지식의 결여로 자구에 대한 주석은 억측이 많은 흠이 있다.

청淸나라 학자들의 고어古語에 대한 연구는 활발한 것이었으니, 『시경』의 자구에 대한 연구도 훌륭한 업적을 얻었다. 특히 호승공胡承珙, 진환陳奐, 마서진馬瑞辰이 유명하다.

근년에 들어서는 문자학·언어학에 새로운 자료가 발견되고 새로운 이론이 도입되어 중국은 물론, 일본과 서양 학자들의 연구업적도 괄목할 만한 것이 많다.

번역은 『모전』毛傳의 자구에 대한 주석, 주희朱熹의 각 시에 대한 해석, 청淸나라 학자들과 근년의 여러 학자들, 특히 칼그렌Bernhard Karlgren의 연구 업적을 참고했다. 시는 서정적인 애정시와 평민들의 불평을 호소한 사회시를 중심으로 하여, 국풍國風과 소아小雅에서 주로 뽑았다.

시경 현토

한시를 한국 한자음으로 읽으면서 우리 선인들은 또 한국어로 토를 달기도 하였다. 그 가운데 『시경』詩經의 현토懸吐가 잘 보존되어 있어 소개한다. 독자는 본문에 현토를 붙여 읽을 수도 있고, 현토를 떼고 본문만 읽을 수도 있다.

- 『詩經集傳』(영인본, 서울: 二以會, 1982); 成百曉(역), 『懸吐完譯 詩經集傳』(서울: 전통문화연구회, 1993) 참고.

물수리[1] | 『시경』 주남

關雎
관저

꽈안꽈안 물수리,	關關雎鳩 관관저구 여
황하 섬에 있고요.	在河之洲。 재:하지주 로다
하늑하늑 아가씨,[2]	窈窕淑女, 요:조:숙녀: 여
님[3]의 좋은 짝이고요.	君子好逑。 군자:호:구 로다

•

올망졸망 조아기,[4]	參差荇菜, 참치행:채: 를
이리저리 붙잡고요.[5]	左右流之。 좌:우:류지 로다
하늑하늑 아가씨,	窈窕淑女, 요:조:숙녀: 를
자나 깨나 구하고요.	寤寐求之。 오:매:구지 로다
구하여도 못 얻어,	求之不得, 구지부득 이라
자나 깨나 생각노니,	寤寐思服。 오:매:사복 하나니
아이고오 아이고,	悠哉悠哉, 유재유재 라
엎치고요 뒤치고요.	輾轉反側。 전:전:반:측 하소라

•

올망졸망 조아기,

이리저리 캐내고요.

하늑하늑 아가씨,

거문고[6]로 사귀고요.

올망졸망 조아기,

이리저리 고르고요.[7]

하늑하늑 아가씨,

쇠북으로[8] 즐기고요.

參差荇菜,
참치행:채: 를

左右采之。
좌:우:채:지 로다

窈窕淑女,
요:조:숙녀: 를

琴瑟友之。
금슬우:지 로다

參差荇菜,
참치행:채: 를

左右芼之。
좌:우:모:지 로다

窈窕淑女,
요:조:숙녀: 를

鐘鼓樂之。
종고:락지 로다

1_ 주남周南의 한 편이다. 『시경』의 각 시의 제목은 원래 없었는데 나중에 편의상 첫 줄의 독특한 말의 몇 글자를 따서 붙였다. 이 《관저》도 원시 첫 줄의 관關 자와 저雎 자를 따서 붙인 것이다. 이 시는 행복한 혼인을 축복하는 노래로, 주희朱熹는 주周나라의 기초를 세운 문왕文王 희창姬昌과 그의 아내 태사太姒를 기리는 것이라고 보았다. 모두 3장으로 나뉘어 있다.

2_ 하늑하늑 아가씨 : 원문은 요조숙녀窈窕淑女, 우리 국어에도 쓰인다.

3_ 님 : 원문 군자君子는 좋은 지배자, 넓게는 신사紳士의 뜻이다.

4_ 조아기 : 원문은 행채荇菜(*Nymphoides peltatum*), 국어로는 노랑어리연꽃. 육당六堂의 『신자전』新字典에 '조아기'로 되어 있다. 본서 『시경』詩經의 식물은 반부준의 책을 참고했다(潘富俊, 『詩經植物圖鑑』, 上海: 上海出版社, 2003).

5_ 붙잡고요 : 원문은 류流, '고기 잡는 통발 류罶' 자나 '잡아둘 류留' 자와 같은 음으로, 뜻도 통하는 글자로 보았다. '찾을 구求' 자의 뜻으로 풀이한 것도 있으며, '물의 흐름(流)에 따른다'는 뜻으로 풀이한 것도 있다.

6_ 거문고 : 원문은 금슬琴瑟, 금슬은 거문고 비슷한 두 종류의 악기, '금'은 7현이고 '슬'은 25현이다. 그 이중주는 퍽 잘 어울린다고 한다. 국어에서 부부 간

의 화목한 애정을 뜻하는 '금실'이란 말은 이 시에서 나온 것이다.

7_ 고르고요 : 원문은 모芼, '가릴 택擇' 자의 뜻으로 본 모전毛傳의 설을 따랐다. '나물로 여긴다'는 뜻으로 풀이한 것도 있으며, '익혀서 진상한다'는 뜻으로 풀이한 것도 있다.

8_ 쇠북으로 : 원문은 종고鐘鼓, 종과 북. 금琴 · 슬瑟 · 종鐘 · 고鼓는 귀족의 가정에서 연주되던 악기이다. 이 구절 운자 락지樂之와 모:지芼之는, 중고어음中古語音으로 볼 때 압운이 맞지 않자, 진陳나라 륙덕명陸德明(약 550~630년)은 『경전석문』經典釋文에서, "樂은 발음이 락洛 또는 악岳이지만, 혹자는 협운協韻하여 요:(五敎反)로 한다."라고 썼다. 그러나 이 설은 고대古代 어음語音에 대한 이해 부족에서 나온 억측이다(藤堂明保(외), 『中國文化叢書1, 言語』, 東京: 大修館書店, 1967, 34쪽).

도꼬마리[1] | 『시경』 주남

卷耳
권:이:

도꼬마리 캐고 캐어도,	采采卷耳, 채:채:권:이: 호되
광주리[2]는 차지 않아,	不盈頃筐。 불영경:광 하야셔
아아, 내 그리운 이여!	嗟我懷人, 차아:회인 이라
저 주도[3]에 팽개쳤지요.	寘彼周行。 치:피:주행 호라

•

저 산꼭대기[4] 오르니,	陟彼崔嵬, 척피:최외 하니
내 말은 비칠비칠.[5]	我馬虺隤。 아:마:회퇴 란대

내 잠깐 저 황금 단지[6]를 따라, 我姑酌彼金罍,
아: 고작 피: 금뢰 하야

그리움을 잊어 볼까나! 維以不永懷。
유이: 불영:회 호리라

•

저 언덕배기[7] 오르니, 陟彼高岡,
척피:고강 하니

내 말은 씨근펄떡[8] 我馬玄黃。
아:마:현황 이란대

내 잠깐 저 무소 뿔잔[9]을 따라, 我姑酌彼兕觥,
아: 고작 피: 시:굉 하야

쓰라림을 잊어 볼까나! 維以不永傷。
유이: 불영:상 호리라

•

저 바위산[10] 오르네. 陟彼砠矣。
척피:저의: 에

내 말은 병이 드네. 我馬瘏矣。
아:마:도의: 며

내 종은 고달프네. 我僕痡矣。
아:복부의: 니

어찌 하리까, 슬픈데! 云何吁矣。
운하우의: 리오

1_ 주남周南의 한 편이다. 먼 길 떠난 남편을 그리는 아내의 정(1장), 그 남편이 집을 그리는 정(2·3·4장)을 노래한 것이다. 주희는 모두 아내의 정으로 보면서 주 문왕 희창姬昌이 길 떠난 뒤 그를 기다리는 아내 태사太姒의 노래가 아닌가 여겼다. 도꼬마리 원문은 권이卷耳(*Xanthium strumarium*)이다.

2_ 광주리 : 원문 경광頃筐은 키처럼 생긴 광주리의 일종.

3_ 주도周道 : 주周나라의 국도國道라는 뜻.

4_ 산꼭대기 : 원문은 최외崔嵬, 높고 가파른 모양을 형용하는 첩운疊韻 의태어, 또는 그 산을 가리킨다. 『모전』毛傳에는 "흙산에 바위를 이고 있는 것"이라 했다.

5_ 비칠비칠 : 원문은 회퇴虺隤, 피로한 모양을 형용하는 첩운 의태어.

6_ 황금 단지 : 원문은 금뢰金罍, 운뢰雲雷의 무늬를 조각하고 황금으로 장식한 술 단지.

7_ 언덕배기 : 원문은 고강高岡, 높은 언덕이라는 뜻. 쌍성雙聲으로 되어 다음 구절 현황玄黃의 쌍성과 대對를 이룬다.

8_ 씨근펄떡 : 원문은 현황玄黃, 피곤한 모양을 형용하는 쌍성 의태어. 『모전』에는 "검은(玄) 말이 피로하여 누렇게(黃) 되는 것"이라고 풀이했다.

9_ 무소 뿔잔 : 원문은 시굉兕觥, 시兕는 무소과에 속하며 들소 비슷한데 뿔이 하나이다. 그 뿔로 술잔을 만든다고 한다.

10_ 바위산 : 원문은 저砠, 『모전』에는 "바위산에 흙을 이고 있는 것"이라 했다.

죽은 노루[1] | 『시경』 소남

野有死麕
야:유: 사:균

들판에는 죽은 노루—	野有死麕, 야:유:사:균 이어늘
하얀 띠[2]로 싸서 둬요.	白茅包之。 백모포지 로다
봄 그리는 처녀 있어,	有女懷春, 유:녀:회춘 이어늘
씩씩한 총각이 꾀어요.	吉士誘之。 길사:유:지 로다

•

수풀에는 떡갈나무—	林有樸樕。 림유:복속 하며

들판에는 죽은 사슴—

野有死鹿。
야:유:사:록 이어늘

하얀 띠로 묶어 둬요.

白茅純束。
백모돈속 하나니

옥 같은 처녀 있어요.

有女如玉。
유:녀:여옥 이로다

•

천천히 가만가만히 하셔요.

舒而脫脫兮。
서이 태:태:혜 하야

나의 손수건 흔들지 마셔요.

無感我帨兮。
무감: 아:세:혜 하며

삽살개도 짖게 하지 마셔요.

無使尨也吠。
무사: 방야:폐: 하라

1_ 소남召南의 한 편이다. 남녀가 서로 유혹하는 노래. 주희는 예절을 갖추지 않은 구애求愛를 거절하는 여자의 호소라고 보았다.

2_ 띠 : 원문 모茅(*Imperata cylindrica*).

제비 제비[1] | 『시경』 패풍

燕燕
연:연:

제비 제비 날아가며,

燕燕于飛,
연:연:우비 여

크게 작게 깃 놀리네.

差池其羽。
치지기우: 로다

이 아가씨 시집가니,

之子于歸,
지자:우귀 에

들에 나가 배웅하네.	遠送于野。 원:송:우야: 호라
바라봐도 아니 보여,	瞻望弗及, 첨망:불급 이라
눈물 콧물 비오시네.	泣涕如雨。 읍체:여우: 호라

•

제비 제비 날아가며,	燕燕于飛, 연:연:우비 여
위로 아래로 바꾸네.	頡之頏之。 힐지항지 로다
이 아가씨 시집가니,	之子于歸, 지자:우귀 에
멀리 나가 배웅하네.	遠于將之。 원:우장지 호라
바라봐도 아니 보여	瞻望弗及, 첨망:불급 이라
눈물을 참고 서 있네.	佇立以泣。 저:립이:읍 호라

•

제비 제비 날아가며,	燕燕于飛, 연:연:우비 여
높고 낮게 지저귀네.	下上其音。 하:상:기음 이로다
이 아가씨 시집가니,	之子于歸, 지자:우귀 에
남녘 나가 배웅하네.	遠送于南。 원:송:우남 호라
바라봐도 아니 보여,	瞻望弗及, 첨망:불급 이라

애간장을 다 태우네.	實勞我心。 실로아:심 호라

•

둘째[2]는 믿음직하고	仲氏任只, 중:씨임지: 하니
성실하고 후덕하네.	其心塞淵。 기심색연 이로다
따뜻하고 상냥하며	終溫且惠, 종온차:혜: 하야
선량하고 정숙하네.	淑愼其身。 숙신:기신 이요
선친 생각 일깨워서	先君之思, 선군지사 로
이 몸을 도와주었네.	以勖寡人。 이:욱과:인 이로다

1_ 패풍邶風의 한 편이다. 멀리 시집 가는 누이를 오빠가 배웅하는 노래. 중국 송별시送別詩의 시조. 송나라 허기許顗는 "참으로 귀신 울릴 수 있다"(彦周詩話)라고 극찬했다. 다른 해석도 있다. 신기질《아우 무가와 헤어지며》〈하신랑〉 주 7 참조(본서 963쪽).

2_ 둘째 : 누이. 제4장은 누이가 떠난 뒤 그 덕성을 생각하는 것이다.

북문으로[1] | 『시경』 패풍

北門
북문

북문[2]으로 나가니,	出自北門, 출자:북문 하야

가슴이 답답하네.[3]	憂心殷殷。 우심은은 호라
초라하고 가난한	終窶且貧, 종구:차:빈 이어늘
나의 고생 모르지.	莫知我艱。 막지아:간 하나다
두어라.	已焉哉。 이:언재 라
하늘[4]이 하신 일이니,	天實爲之, 천실위지 시니
말해 무엇 하겠나!	謂之何哉。 위:지하재 리오

•

왕사[5]도 내게만 닥치고,	王事適我, 왕사:적아: 하며
정사[6]도 모두 내게만 늘어나네.	政事一埤益我。 정:사: 일비익아: 로다
밖에서 들어오면,	我入自外, 아:입자:외: 호니
집안사람 번갈아 나만 꾸중하지.	室人交徧謫我。 실인 교편:적아: 하나다
두어라.	已焉哉。 이:언재 라
하늘이 하신 일이니,	天實爲之, 천실위지 시니
말해 무엇 하겠나!	謂之何哉。 위:지하재 리오

•

왕사도 내게만 쌓이고,	王事敦我, 왕사:퇴아: 하며

정사도 모두 내게만 불어나네. 政事一埤遺我。
정:사: 일비유아: 로다

밖에서 들어오면, 我入自外,
아입자:외: 호니

집안사람 번갈아 나만 억누르지. 室人交徧摧我。
실인 교편:최아: 하나다

두어라. 已焉哉
이:언재 라

하늘이 하신 일이니, 天實爲之,
천실위지 시니

말해 무엇 하겠나! 謂之何哉。
위:지하재 리오

1_ 패풍邶風의 한 편이다. 불행한 관리의 탄식.

2_ 북문北門 : 성곽의 북문, 북문은 음산한 곳, 시의 음산한 분위기와 어울린다.

3_ 답답하네 : 원문은 은은殷殷, 근심의 의태어.

4_ 하늘(天) : 인간 운명의 지배자로서의 하늘.

5_ 왕사王事 : 중앙정부인 주나라 왕실에서 제후국인 위魏에게 의무로 부과하는 업무.

6_ 정사政事 : 『정전』鄭箋에는 "부세賦稅에 관한 업무"라고 했고, 주희는 왕사가 중앙정부의 업무인 데 대하여 이것은 지방(諸侯國)의 업무로 보았다.

그 사람[1] | 『시경』 위풍

氓
맹

싱글거리던 그 사람 氓之蚩蚩,
맹지치치 여

명주실 산다더니,[2]	抱布貿絲。 포:포:무:사 러니
명주실은 안 사고	匪來貿絲, 비:래무:사 라
나를 꾀러 왔다오.	來卽我謀。 래즉아:모 러라
기수 건너 돈구[3]까지	送子涉淇, 송:자:섭기 하야
바래주고 이른 말,	至于頓丘。 지:우돈:구 호라
"제가 늦추는 게 아니라	匪我愆期, 비:아:건기 라
그대가 중매 없기 때문.	子無良媒。 자:무량매 니라
그대는 성내지 마셔요,	將子無怒, 장자:무노: 어다
가을로 기약하리니."	秋以爲期。 추이:위기 라호라

•

높다란[4] 담에 올라	乘彼垝垣, 승피:궤:원 하야
돌아오는 것[5] 바라봐도,	以望復關。 이:망:복관 호라
돌아오는 것 안 보여서	不見復關, 불견:복관 하야
눈물이 주룩주룩.	泣涕漣漣。 읍체:련련 이러니
돌아오는 것 보이기로	旣見復關, 기:견:복관 하야

웃고 재잘거린 말,	載笑載言。 재:소:재:언 호라
“당신이 점을 치셔요.[6]	爾卜爾筮, 이:복이:서: 에
점괘가 안 나쁘다면	體無咎言。 체:무구:언 이어든
수레를 보내 주셔요,	以爾車來, 이:이:거래 하라
재물 갖고 따르리니.”	以我賄遷。 이:아:회:천 이라호라

•

뽕나무 낙엽 지기 전엔	桑之未落, 상지미:락 에
그 빛이 반들반들.	其葉沃若。 기엽옥약 이러니라
아이고, 비둘기[7]야,	于嗟鳩兮, 우차구혜 여
오디를 따먹지 말아요.[8]	無食桑葚。 무식상심: 이어다
아이고, 아가씨야,	于嗟女兮, 우차녀:혜 여
사내에게 반하지 말아요.	無與士耽。 무여:사:탐 이어다
사내가 반하는 것은	士之耽兮, 사:지탐혜 는
얘기할 수도 있지만,	猶可說也, 유가:설야: 어니와
아가씨가 반하는 것은	女之耽兮, 녀:지탐혜 는

얘기할 수가 없다오.	不可說也. 불가:설야: 니라

•

뽕나무는 낙엽 질 때	桑之落矣, 상지락의: 니
누래져서 떨어지죠.	其黃而隕。 기황이운: 이로다
나는 당신에게 가서	自我徂爾, 자:아:조이: 하나로
삼 년 동안 가난살이.	三歲食貧。 삼세:식빈 호라
기수 물 찰랑거리며	淇水湯湯, 기수:상상 하니
수레 휘장 적시었죠.[9]	漸車帷裳。 점거유상 이로다
계집[10]은 잘못 없건만	女也不爽, 녀:야:불상: 이라
사내[11] 행실 다르군요.	士貳其行。 사:이:기행 이니라
사내란 어이없죠.	士也罔極, 사:야:망:극 하니
변덕이 한둘이 아니군요.	二三其德。 이:삼기덕 이로다

•

삼 년 동안 아내 노릇,	三歲爲婦, 삼세:위부: 하야
살림 수고 마다 않고,	靡室勞矣。 미:실로의: 며
새벽부터 밤중까지	夙興夜寐, 숙흥야:매: 하야

쉴 사이도 없었거늘,
靡有朝矣。
미:유:조의: 호라

나는 언약 지켰어도
言既遂矣,
언기:수:의: 어늘

갖은 학대 받았거늘,
至于暴矣。
지우포:의: 하니

형제들은 멋모르고
兄弟不知,
형제:부지 하야

히히거리고 웃는다오.
咥其笑矣。
희:기소:의: 하나다

가만히 생각하면
靜言思之,
정:언사지 요

내 신세만 불쌍하군요.
躬自悼矣。
궁자:도:의: 호라

•

해로할 줄 알았더니,
及爾偕老,
급이:해로: 러니

늙으매 날 버리다뇨!
老使我怨。
로:사:아:원: 이로다

기수도 언덕이 있다오.[12]
淇則有岸,
기즉유:안: 이며

진펄도 기슭이 있다오.
隰則有泮。
습즉유:반: 이어늘

처녀 총각 시절에[13]
總角之宴,
총:각지연: 에

도란도란 얘기하며
言笑晏晏。
언소:안:안: 하며

굳게굳게 맺은 맹세,
信誓旦旦,
신:서:단:단: 일새

지킬 생각 안한다오. 不思其反。
불사기반: 호라

지킬 생각 안한다면, 反是不思,
반:시:불사 어니

또한 그만두어야죠! 亦已焉哉。
역이:언재 엇다

1_ 위풍衛風의 한 편이다. 타처의 남자에게 꾀여서 그 아내가 되어 실컷 고생만 하다가 버림받은 여인의 한탄.

2_ 명주실 산다더니 : 원문은 포포무사抱布貿絲, 화폐로도 쓰이던 베를 안고 와서 명주실과 바꾼다는 뜻.

3_ 기수淇水 / 돈구頓丘 : 기수는 하남성 림현林縣에서 발원하여, 위하衛河로 들어간다. 돈구는 지금의 하남성 청풍현清豊縣 서남 약 15킬로미터 거리에 있다. 기수와 돈구와의 직선거리는 약 60킬로미터. 일설에는, 돈구는 고유명사(지명)가 아니라 '두터운 언덕'이라는 보통명사라고도 한다.

4_ 높다란 : 원문은 궤垝, 일설에는 '무너진'으로 보고 있다.

5_ 돌아오는 것 : 원문은 복관復關. 관문關門으로 돌아온다는 뜻으로 보았다. 이 시는 타처의 한 사내가 명주실을 산다는 핑계로 어떤 성에 왔다가 한 처녀에게 구애하여 혼기를 가을로 약속하였는데, 그때가 되자 처녀는 그를 생각하면서 담 위에 올라가 그가 언제 관문으로 돌아오는가 하고 기다리는 것이다. 일설에는 복관을 지명, 즉 남자가 사는 곳으로 보기도 한다. 지금의 하남성 복양현濮陽縣이라 하며, 복양은 청풍 서남 20킬로미터 거리에 있다.

6_ 당신이 점을 치셔요 : 원문은 이복이서爾卜爾筮, 복卜은 거북 등껍질을 불로 구워 그 균열된 모양에 따라 길흉을 판단하는 점. 은殷나라 때 이런 점을 쳤던 유물인 거북 등껍질이 19세기 말부터 많이 출토되는데, 이것은 갑골문甲骨文이라 하여 중국 최초의 문자로서 중요한 학술 자료가 된다. 서筮는 점대로 치는 점.

7_ 비둘기 : 원문은 구鳩. 비둘기에는 여러 종류가 있는데, 여기서 말하는 비둘기는 산비둘기(鶻鳩).

8_ 오디를 따먹지 말아요 : 비둘기가 오디를 많이 따먹으면 취해서 몸을 해친다고 한다.

9_ 수레 휘장 적시었죠 : 처음 시집 올 때를 회상한 말로 보았다. 일설에는 시집와서 3년 지내다가 지금 쫓겨갈 때의 정경을 말하는 것이라고도 한다.

10_ 계집 : 여주인공의 자칭.

11_ 사내 : 여주인공의 남편을 가리키는 말.

12_ 기수도 언덕이 있다오 : 다음 구절 "진펄도 기슭이 있다오"와 함께, 아무리 넓고 큰 기수나 진펄도 끝이 있지만 사내의 어이없음은 끝간 데가 없다는 뜻이다.

13_ 처녀 총각 시절에 : 원문은 총각지연總角之宴, 총각總角은 지금 우리 국어에는 혼인하지 않은 남자의 뜻으로 쓰이지만, 원뜻은 머리 위에 머리칼을 뭉쳐 두 개의 뿔처럼 잡아맸던 동남·동녀를 가리킨다. 이 구절은 혼인을 하기 전, 세상 물정 모르던 시절이라는 뜻이다.

임자는[1] | 『시경』 위풍

伯兮
백혜

임자는 영웅이어요.
伯兮朅兮。
백혜흘혜 하니

나라의 호걸이어요.
邦之桀兮。
방지걸혜 로다

임자는 창[2]을 잡고,
伯也執殳。
백야:집수 하야

임금 위해 앞장섰어요.
爲王前驅。
위:왕전구 로다

•

임자가 동으로 간 뒤,
自伯之東。
자:백지동 하야

내 머리 쑥 덤불 같아요.
首如飛蓬。
수:여비봉 호라

기름 뜨물[3] 없을까만,
豈無膏沐,
기:무고목 이리오마는

누굴 위해 단장할까요? | 誰適爲容。
수적위용 이리오

•

비 오실까,[4] 비 오실까? | 其雨其雨,
기우:기우: 에

그러나 햇볕만 쨍쨍. | 杲杲出日。
고:고:출일 이로다

임자 생각 골똘하여, | 願言思伯,
원:언사백 이라

가슴 답답[5] 머리 아파요. | 甘心首疾。
감심수:질 이로다

•

어디서 원추리[6] 얻어, | 焉得諼草,
언득훤초: 하야

뒷마당에 심을까요? | 言樹之背。
언수:지배: 리오

임자 생각 골똘하여, | 願言思伯,
원:언사백 이라

내 가슴 병이 들었어요. | 使我心痗。
사:아:심매: 로다

1_ 위풍衛風의 한 편이다. 출정 군인의 아내가 남편을 그리는 노래. "임금 위해 앞장섰어요"라는 시구로, 공동연대 전 707년, 『춘추』春秋(桓公 12年)의 "채蔡나라 사람, 위衛나라 사람과 진陳나라 사람이 임금(周, 桓王)을 따라 정鄭나라 백伯을 치다"라는 역사에 비교하기도 한다.

2_ 창 : 원문은 수殳, 대나무 다발을 묶어서 여덟 모가 진, 날이 없는 창. 길이는 약 2.5미터(周尺으로 1丈 2尺). 병거兵車 위에 서서 적병이 다가드는 것을 떼치는 데 쓰는 병기.

3_ 기름 뜨물 : 기름은 머릿기름, 뜨물은 머리를 감는 쌀뜨물.

4_ 비 오실까 : 원문은 기우其雨, 이것은 은殷나라(전 16세기~전 11세기) 때의 점치

던 유물인 갑골문甲骨文에 많이 나오는 어법語法이다.

5_ 가슴 답답 : 원문은 감심甘心, 여기서 감甘은 싫증난다는 뜻.

6_ 원추리 : 원문은 훤초諼草(*Hemerocallis fulva*). 이 화초에 근심을 잊게 하는 효능이 있다고 믿었다. 일설에는 실물이 있는 것이 아니라 상상의 풀이라고도 한다.

얄미운 녀석[1] | 『시경』 정풍

狡童
교:동

고 얄미운 녀석은요,
彼狡童兮,
피:교:동혜 여

나하고는 말도 하지 않는대요.
不與我言兮。
불여:아: 언혜 하나다

에구, 저 때문에,
維子之故,
유자:지고: 로

나는 밥도 못 먹고 있는데요.
使我不能餐兮。
사:아: 불능찬혜 로다

고 얄미운 녀석은요,
彼狡童兮,
피:교:동혜 여

나하고는 밥도 먹지 않는대요.
不與我食兮。
불여:아: 식혜 하나다

에구, 저 때문에,
維子之故,
유자:지고: 로

나는 잠[2]도 못 자고 있는데요.
使我不能息兮。
사:아: 불능식혜 로다

1_ 정풍鄭風의 한 편이다. 박정한 남자를 원망하는 노래.

2_ 잠 : 원문은 식息. 식에는 쉰다는 뜻과 숨쉰다는 뜻이 있는데, 본서에서는 전자를 택했으나 일설에는 후자를 택하기도 한다. 즉 너무 화가 나서 숨도 못 쉰다는 뜻이라는 것.

그대 옷깃[1] | 『시경』 정풍

子衿
자:금

새파란 그대 옷깃,[2]
아득한 나의 마음.
나는 못 간다 해도,
그대 어찌 소식 없나요?

青青子衿。
청청자:금 이여
悠悠我心。
유유아:심 이로다
縱我不往,
종:아:불왕: 이나
子寧不嗣音。
자:녕불사:음 고

•

새파란 그대 매듭,[3]
아득한 나의 생각.
나는 못 간다 해도,
그대 어찌 오지 않나요?

青青子佩,
청청자:패: 여
悠悠我思。
유유아:사 로다
縱我不往,
종:아:불왕 이나
子寧不來。
자:녕불래 오

•

왔다갔다 하면서요,

挑兮達兮。
도혜달혜 하며

성벽 위에 있지만요,

在城闕兮。
재:성궐혜 로다

하루만 보지 못해도

一日不見,
일일불견: 이

석 달이나 된 듯해요.

如三月兮。
여삼월혜 로다

1_ 정풍鄭風의 한 편이다. 애인을 그리는 여자의 노래. 이런 해석은 주희朱熹에게서 비롯된 것이다. 그 이전에는 정鄭나라의 학교 제도가 폐지되었을 때, 잔류하여 재학하고 있는 학생이 퇴학한 학생을 부르는 노래로 보았다. 조조曹操(154~220년)의 《단가행》短歌行에는 이 시의 첫 두 구절이 인용되어 있는데, 역시 실학失學한 청년(孫權 등을 가리킨다)을 타이르는 뜻으로 썼다.

2_ 새파란 옷깃 : 부모가 살아 계시는 젊은 사내는 옷깃을 새파랗게 만들어서 입는다고 한다. 일설에는 학생의 제복으로 풀이하기도 한다.

3_ 새파란 매듭 : 구슬을 꿰어 허리에 차는 끈을 말한다.

닭이 웁니다[1] | 『시경』 제풍

雞鳴
계명

"닭이 벌써 웁니다.[2]

雞既鳴矣。
계기:명의: 라

조회 벌써 시작되었습니다."

朝既盈矣。
조기:영의: 라하니

"닭의 울음 아니라,

匪雞則鳴。
비:계즉명 이라

쇠파리 소리 아닌고?" — 蒼蠅之聲。 창승지성 이로다

•

"동이 벌써 틉니다.[3] — 東方明矣。 동방명의: 라

조회 벌써 한창입니다." — 朝既昌矣。 조기:창의: 라하니

"동이 튼 게 아니라, — 匪東方則明, 비: 동방즉명 이라

떠오른 달빛 아닌고?" — 月出之光。 월출지광 이로다

•

"벌레들이 윙윙 나니[4] — 蟲飛薨薨。 충비횡횡 이어든

저도 함께 꿈꾸고 싶지만, — 甘與子同夢。 감여:자: 동몽: 이언마는

모였다 가면 저 때문에 — 會且歸矣, 회:차:귀의: 란

미움 사실까 걱정되어요." — 無庶予子憎。 무서: 여자:증 가

1_ 제풍齊風의 한 편이다. 아침잠을 자는 임금을 깨우는 현숙한 왕비의 노래. 일설에는 애공哀公(전 860년까지 재위) 강불진姜不辰이 황음·태만함을 풍자한 것이라고 한다. 따라서 이 설에 따르면, 이 시는 국풍 가운데 가장 오래된 시가 된다.

2_ 닭이 벌써 웁니다 : 닭이 울 때는 아내가 일어나는 시간. 이 구절은 아내의 말, 다음 구절은 남편의 말이다.

3_ 동이 벌써 틉니다 : 동이 틀 때는 아내가 화장하는 시간. 이 구절은 아내의 말, 다음 구절은 남편의 말이다.

4_ 벌레들이 윙윙 나니 : 아침의 풍경이라 한다. 이 장은 모두 아내의 말이다.

민둥산에 올라[1] | 『시경』 위풍

陟岵
척호:

저 민둥산 올라가	陟彼岵兮, 척피:호:혜 하야
아버님 바라보오.	瞻望父兮。 첨망:부:혜 호라
아버님 말씀, "아이고,	父曰嗟, 부:왈 차
우리 아들 부역 나가,	予子行役, 여자:행역 하야
새벽 밤 끝도 없구나.	夙夜無已。 숙야:무이: 로다
부디 몸조심 잘하여,	上愼旃哉, 상:신:전재 어다
머물지 말고 돌아와라."	猶來無止。 유래무지: 니라

•

저 푸른 산 올라가	陟彼屺兮, 척피:기:혜 하야
어머님 바라보오.	瞻望母兮。 첨망:모:혜 호라
어머님 말씀, "아이고,	母曰嗟, 모:왈 차
우리 막내 부역 나가,	予季行役, 여계:행역 하야
새벽 밤 쉬지도 못하나.	夙夜無寐。 숙야:무매: 로다
부디 몸조심 잘하여,	上愼旃哉, 상:신:전재 어다

버리지 말고 돌아와라."

猶來無棄。
유래무기: 니라

저 높은 언덕 올라가

陟彼岡兮,
척피:강혜 하야

형님을 바라보오.

瞻望兄兮。
첨망:형혜 호라

형님의 말씀, "아이고,

兄曰嗟,
형왈 차

우리 아우 부역 나가,

予弟行役,
여제:행역 하야

새벽 밤 따라다니나.

夙夜必偕。
숙야:필해 로다

부디 몸조심 잘하여,

上愼旃哉,
상:신:전재 어다

죽지 말고 돌아와라."

猶來無死。
유래무사: 니라

1_ 위풍魏風의 한 편이다. 상상 속에 가족이 나에게 당부하는 말을 통해 시인은 가정에 대한 그리움, 부역에 대한 불만을 표현한다. 이 시는 당·송대 사향시思鄕詩에 큰 영향을 끼쳤다.

큰 쥐[1] | 『시경』 위풍

碩鼠
석서:

큰 쥐야, 큰 쥐야,

碩鼠碩鼠,
석서:석서: 야

우리 기장 먹지 마라.

無食我黍。
무식아:서: 어다

세 해를 길렀어도,

三歲貫女,
삼세:관:여: 호늘

우리 아니 돌봐 주네.

莫我肯顧。
막아:긍:고: 란대

이제 너를 떠나서,

逝將去女,
서:장거:여: 하고

즐거운 땅 가련다.

適彼樂土。
적피:락토: 호리라

즐거운 땅, 즐거운 땅,

樂土樂土,
락토:락토: 여

거기가 내 살 곳.

爰得我所。
원득아:소: 로다

•

큰 쥐야, 큰 쥐야,

碩鼠碩鼠,
석서:석서: 야

우리 보리 먹지 마라.

無食我麥。
무식아:맥 이어다

세 해를 길렀어도,

三歲貫女,
삼세:관:여: 호늘

우리 아니 도와 주네.

莫我肯德。
막아:긍:덕 이란대

이제 너를 떠나서,

逝將去女,
서:장거:여: 하고

즐거운 나라 가련다.

適彼樂國。
적피:락국 호리라

즐거운 나라, 즐거운 나라,

樂國樂國,
락국락국 이여

거기가 내 쉴 곳.

爰得我直。
원득아:직 이로다

큰 쥐야, 큰 쥐야,

碩鼠碩鼠,
석서:석서: 야

우리 곡식 먹지 마라.

無食我苗。
무식아:묘 어다

세 해를 길렀어도,

三歲貫女,
삼세:관:여: 호늘

우리 아니 찾아 주네.

莫我肯勞。
막아:긍:로 란대

이제 너를 떠나서,

逝將去女,
서:장거:여: 하고

즐거운 곳 가련다.

適彼樂郊。
적피:락교 호리라

즐거운 곳, 즐거운 곳,

樂郊樂郊,
락교락교 여

누가 크게 통곡하나.

誰之永號。
수지영:호 리오

1_ 위풍魏風의 한 편이다. 세금을 과중하게 물리는 군주를 큰 쥐에 견주어 비난하는 시. 착취자를 멸시, 혐오하면서 자유와 행복에 대한 희망을 노래한다.

칠월엔[1] | 『시경』 빈풍

七月
칠월

칠월[2]엔 대화성 기울고,

七月流火,
칠월류화: 어든

구월[3]엔 겨울옷 장만하네. 九月授衣。
구월수:의 하나니라

첫째 달[4]엔 바람이 씽씽, 一之日觱發,
일지일 필발 하고

둘째 달[5]엔 날씨가 쌀쌀. 二之日栗烈。
이:지일 률렬 하나니

입성 없고 털옷 없이 無衣無褐,
무의무갈 이면

어떻게 해를 넘기리? 何以卒歲。
하이:졸세: 리오

셋째 달[6]엔 보습 손질, 三之日于耜,
삼지일 우사: 요

넷째 달[7]엔 밭을 가네. 四之日擧趾。
사:지일 거:지: 어든

며느리 손자 데리고 同我婦子,
동아:부:자: 하야

밭에 점심 가져가면, 饁彼南畝,
엽피:남묘: 하거든

권농도 와서는 기뻐하시네. 田畯至喜。
전준:지:희: 하나니라

•

칠월엔 대화성 기울고, 七月流火,
칠월류화: 어든

구월엔 겨울옷 장만하네. 九月授衣。
구월수:의 하나니라

봄날은 따뜻도 한데, 春日載陽,
춘일재:양 하야

들리느니 꾀꼬리 소리. 有鳴倉庚。
유:명창경 이어든

처녀는 예쁜 광주리 들고 女執懿筐,
녀:집의:광 하야

오솔길을 따라가며	遵彼微行, 준피:미행 하야
여린 뽕잎을 따네.	爰求柔桑。 원구유상 하며
봄날은 길기도 한데,	春日遲遲, 춘일지지 어든
산흰쑥[8] 많이도 뜯네.	采蘩祁祁。 채:번기기 하나니
처녀 마음 슬프다네,	女心傷悲, 녀:심상비 여
아가씨[9]와 함께 시집가고 싶다네.	殆及公子同歸。 태:급공자:동귀 로다

•

칠월엔 대화성 기울고,	七月流火, 칠월류화: 어든
팔월엔 물억새[10] 거두네.	八月萑葦。 팔월환위: 니라
누에 치는 달이 되면	蠶月條桑, 잠월조상 이라
도끼를 손에 들고	取彼斧斨。 취:피:부:장 하야
높은 가질 찍어내니,	以伐遠揚, 이:벌원:양 하나니
여린 뽕잎[11] 많기도 하네.	猗彼女桑。 의피:녀:상 이니라
칠월엔 때까치 울고,	七月鳴鵙, 칠월명격 이어든
팔월엔 길쌈을 하네.	八月載績。 팔월재:적 하나니
검정[12] 노랑 물들이고,	載玄載黃, 재:현재:황 하야

빛깔 고운 빨강으론
我朱孔陽,
아:주공:양 이어든

도련님 바지 만드네.
爲公子裳。
위 공자:상 하나니라

•

사월엔 애기풀[13] 여물고,
四月秀葽,
사:월수:요 어든

오월엔 쓰르라미 우네.
五月鳴蜩。
오:월명조 며

팔월엔 곡식을 거두고,
八月其穫,
팔월기확 이어든

시월엔 낙엽 떨어지네.
十月隕蘀。
시월운:탁 이니라

첫째 달엔 수렵을 나가[14]
一之日于貉,
일지일 우학 하야

여우 너구리 잡아서,
取彼狐狸,
취:피:호리 하야

도련님 갖옷 만드네.
爲公子裘。
위 공자구 하고

둘째 달엔 함께 모여서
二之日其同,
이:지일 기동 하야

전쟁 연습 몰이사냥.[15]
載纘武功。
재:찬:무:공 하야

작은 멧돝[16]은 우리 차지,
言私其豵,
언사기종 이요

큰 멧돝[17]은 대감님께 바치네.
獻豜于公。
헌:견우공 하나니라

•

오월엔 메뚜기가 다리를 흔들고,
五月斯螽動股,
오:월 사종:동:고: 요

유월엔 베짱이가 날개를 떨치네.	六月莎雞振羽。 유월 사계진:우: 요
칠월엔 들판에 있더니,	七月在野, 칠월재:야: 요
팔월엔 처마에 있더니,	八月在宇, 팔월재:우: 요
구월엔 방문에 있더니,	九月在戶, 구월재:호: 요
시월엔 내 침상 아래로 들어온 귀뚜라미.	十月蟋蟀入我牀下。 시월 실솔 이 입아:상하: 하나니라
틈 막고, 쥐구멍 그을리고,[18]	穹室熏鼠, 궁실훈서: 하며
창 바르고, 방문엔 흙칠.[19]	塞向墐戶。 색향:근:호: 하고
아아, 며느리 손자야,	嗟我婦子, 차아:부:자: 야
이제 해가 바뀌려 하니,	曰爲改歲, 왈위개:세: 어니
방 안에 들어가 있을지어다.	入此室處。 입차:실처: 어다

•

유월엔 산앵도와 까마귀머루[20] 먹고,	六月食鬱及薁, 유월 식울 급욱 하며
칠월엔 아욱과 콩[21]을 삶네.	七月亨葵及菽。 칠월 팽규 급숙 하며
팔월엔 대추를 따고,	八月剝棗, 팔월 박조: 하며
시월엔 벼를 거두네.	十月穫稻。 시월 확도: 하야

이걸로 봄술[22]을 빚어,

爲此春酒,
위:차:춘주: 하야

노인의 건강을 비네.

以介眉壽。
이:개:미수: 하나니라

칠월엔 참외 먹고,

七月食瓜,
칠월식과 하며

팔월엔 박 타고,

八月斷壺,
팔월단:호 하며

구월엔 삼씨 줍네.

九月叔苴。
구월숙저 하며

방가지똥 뜯고 가죽나무[23] 패어서,

采荼薪樗,
채:도신저 하야

우리 농부를 먹이네.

食我農夫。
사:아:농부 하나니라

•

구월엔 채마밭에 마당맥질,[24]

九月築場圃,
구월 축장포: 요

시월엔 볏가리를 들여쌓네.

十月納禾稼。
시월 납화가: 하나니

메기장, 찰기장, 삼, 콩,

黍稷重穋,
서:직중륙 과

늦벼, 올벼, 곡식, 보리.

禾麻菽麥。
화마숙맥 이니라

아아, 우리 농부야,

嗟我農夫,
차아:농부 야

우리 밭일 끝냈으니,

我稼既同,
아:가:기:동 이어니

들어가 집안일 손질하세.

上入執宮功。
상: 입집궁공 이니

낮에는 띠를 베고	晝爾于茅, 주:이:우모 요
밤에는 새끼를 꼬아,	宵爾索綯。 소이:삭도 하야
얼른 지붕에 올라가야지,	亟其乘屋, 극기승옥 이오아
이제 온갖 곡식을 뿌려야 하리니.	其始播百穀。 기 시:파:백곡 이니라

•

둘째 달엔 쾅쾅 얼음 깨고,	二之日鑿冰沖沖, 이:지일 착빙충충 하야
셋째 달엔 빙고 속에 넣네.	三之日納于凌陰。 삼지일 납우릉음 하나니
넷째 달엔 아침 일찍	四之日其蚤, 사:지일 기조: 에
새끼양과 부추로 제사드리네.[25]	獻羔祭韭。 헌:고제:구: 하나니라
구월엔 된서리 내리고,	九月肅霜, 구월숙상 이어든
시월엔 마당을 치우네.[26]	十月滌場。 시월척장 하고
두 통의 술로 잔치하니,	朋酒斯饗, 붕주:사향: 하야
새끼양[27]을 잡아라.	曰殺羔羊。 왈살고양 하야
저 큰 집[28]에 올라가,	躋彼公堂, 제피:공당 하야
저 무소 뿔잔[29]을 치키어,	稱彼兕觥, 칭피:시:굉 하니

만수무강 축원하세. 萬壽無疆。
만:수:무강 이로다

1_ 빈풍豳風의 한 편이다. 국풍 가운데 가장 긴 시. 농사에 관한 월령가月令歌. 주공周公 희단姬旦이 그의 형인 무왕武王 희발姬發(전 1134~전 1116년 재위)이 죽은 뒤 어린 임금인 성왕成王 희송姬誦(전 1115~전 1079년 재위)을 보좌하면서, 새로운 국가의 출발에 당하여 그의 먼 조상들이 빈豳(섬서성 두메)에서 농사에 힘쓴 생활을 민족이 기억해야 한다는 뜻에서 지은 것, 또는 어린 임금에게 알려 주기 위해 지은 것이라는 설이 있다. 그러나 괴로운 농사에 지친 농민들이 지어 부른 노래로 보아야 할 것이다.

2_ 칠월 : 음력 7월. 양력으로는 8월 또는 9월에 해당된다. 이 시에서는 하력夏曆·주력周曆 두 종류의 역법이 사용되고 있다. 원문에서 七月·八月·十月로 표기한 것은 하력으로 역문에서는 칠월·팔월·시월로 옮겼으며, 원문에서 一之日·二之日·四之日로 표기한 것은 주력으로 역문에서는 편의상 첫째 달·둘째 달·넷째 달로 옮겨서 그 차이를 구분했다. 하력은 지금의 음력과 같고 주력은 지금의 음력보다 두 달이 앞당겨진 것이다. 대화성大火星은 전갈자리(Scorpius)의 주성, 즉 안타레스Antares이다. 일몰 직후의 별자리로 계절을 알 수 있는데, 초가을엔 안타레스가 서쪽으로 조금 기울어진다.

3_ 구월 : 음력 9월은 서리가 내리는 계절로, 이때 양잠과 길쌈이 끝나 겨울옷을 장만한다.

4_ 첫째 달 : 음력 동짓달. 원문은 일지일一之日. 주력周歷의 정월, 하력夏曆의 동짓달이다.

5_ 둘째 달 : 음력 섣달.

6_ 셋째 달 : 음력 정월.

7_ 넷째 달 : 음력 2월.

8_ 산흰쑥 : 원문 번蘩(*Artemisia sieversiana*).

9_ 아가씨 : 이 구절 원문은 태급공자동귀殆及公子同歸. 대감(公, 領主)의 아가씨가 시집갈 시기와 동시에 시집가기를 바란다는 뜻. 공자公子를 아가씨가 아니라 도련님으로 보고, 농사일 보러 나온 도련님에게 강제로 끌려갈까 두렵다는 농부(아마 農奴)의 딸의 슬픔이라고 해석하는 설도 있다.

10_ 물억새 : 물억새는 이때 성숙하는데, 이것을 거두어 명년에 누에를 칠 때 깐다는 뜻이라 한다.

11_ 여린 뽕잎 : 원문의 의猗 자를 많다는 뜻으로 보았다. 일설에는 이를 기掎 자의 뜻, 즉 끌어올린다는 뜻으로 보는 것도 있으며, 또 잎만 훑고 가지는 남겨둔다는 뜻으로 보는 것도 있다. 그래서 "여린 뽕나무를 묶는다", 또는 "여린

뽕나무를 훑는다"라고 해석하기도 한다.

12_ 검정 : 원문의 현玄은 붉은 기운이 도는 검정이라 한다. 여기서는 길쌈한 피륙을 검정·노랑·빨강 등으로 염색하는 것.

13_ 애기풀 : 일명 원지, 원문 요葽(*Polygala tenuifolia*).

14_ 수렵을 나가 : 원문은 우학于貉, 학貉은 보통 오소리이므로 오소리를 잡는다고 해석하기도 하지만 여기서는 수렵의 뜻, 즉 렵獵 자로 해석했다.

15_ 전쟁 연습 몰이사냥 : 원문에는 연례행사로서 한다는 뜻이 부가된다.

16_ 작은 멧돝 : 원문은 종豵, 한 살짜리 돼지라는 뜻.

17_ 큰 멧돝 : 원문은 견豜, 세 살짜리 돼지라는 뜻. 대감(公)은 빈공豳公을 가리킨다고 한다.

18_ 쥐구멍 그을리고 : 연기를 피워 쥐구멍을 그을려서 쥐 떼를 내쫓는 것.

19_ 방문엔 흙칠 : 민가의 집은 방문이 사립짝이기 때문에, 겨울이면 찬바람을 막기 어려우므로 진흙을 개어 바르는 것이다.

20_ 산앵도와 까마귀머루 : 산앵도 원문은 울鬱(*Prunus japonica*). 까마귀머루 원문은 욱薁(*Vitis thunbergii*).

21_ 아욱과 콩 : 아욱 원문은 규葵(*Malva verticilata*). 콩 원문은 숙菽(*Glycine max*).

22_ 봄술(春酒) : 겨울에 담근 술.

23_ 방가지똥 / 가죽나무 : 방가지똥 원문은 도荼(*Sonchus oleraceus*). 가죽나무 원문은 저樗(*Ailanthus altissima*). 여기 다른 식물은 모두 먹는 것이지만 가죽나무는 땔감이다.

24_ 채마밭에 마당맥질 : 채마밭은 봄·여름엔 밭으로 쓰다가 가을엔 타작을 위해 마당을 닦는다.

25_ 부추로 제사드리네 : 부추 원문은 구韭(*Allium tuberosum*). 음력 사월에는 '겨울 신(冬神)'에게 제사드리고 빙고氷庫를 여는 의식을 행한다.

26_ 마당을 치우네 : 앞 장에서 마당맥질한 것을 추수가 끝났기에 다시 정리하는 것. 이것으로 한 해 농사는 모두 끝난다.

27_ 새끼양 : 좋은 음식. 당시 시골 사람들은 개고기로 잔치를 차리고 대부大夫는 새끼양을 더 썼다고 한다.

28_ 큰 집 : 원문은 공당公堂, 학교라고 한다. 학교는 또한 회관으로도 사용되었다.

29_ 무소 뿔잔 : 《도꼬마리》 주 9 참조(본서 63쪽).

고비 캐세[1] | 『시경』 소아

	采薇 채:미
고비 캐세, 고비 캐세,	采薇采薇, 채:미채:미 여
고비도 돋아나네.	薇亦作止。 미역작지: 엇다
돌아가세, 돌아가세,	曰歸曰歸, 왈귀왈귀 여
올해도 저문다네.	歲亦莫止。 세:역모:지: 리로다
집도 없는 나의 신세,	靡室靡家, 미:실미:가 여
험윤[2] 놈 때문일세.	玁狁之故。 험:윤:지고: 이며
편할 틈도 없는 신세,	不遑啓居, 불황계:거 여
험윤 놈 때문일세.	玁狁之故。 험:윤:지고: 니라

•

고비 캐세, 고비 캐세,	采薇采薇, 채:미채:미 여
고비도 보드랍네.	薇亦柔止。 미역유지: 엇다
돌아가세, 돌아가세,	曰歸曰歸, 왈귀왈귀 여
마음도 걱정되네.	心亦憂止。 심역우지: 로다
걱정 근심 쓰라리네,	憂心烈烈, 우심렬렬 하야

주리고 목마르네.[3]	載飢載渴。 재:기재:갈 호라
수자리도 정처 없네.	我戍未定, 아:수:미:정: 이니
안부 전할 길 없네.	靡使歸聘。 미:사:귀빙: 이로다

•

고비 캐세, 고비 캐세,	采薇采薇, 채:미채:미 여
고비도 쇠어지네.	薇亦剛止。 미역강지: 엇다
돌아가세, 돌아가세,	曰歸曰歸, 왈귀왈귀 여
어느덧 시월[4]이네.	歲亦陽止。 세:역양지: 리로다
나랏일은 빈틈없네,	王事靡盬, 왕사:미:고: 라
쉴 틈도 없는 신세.	不遑啓處。 불황계:처: 하니
걱정 근심 병이 되네,	憂心孔疚, 우심공:구: 나
돌아가지 못하네.	我行不來。 아:행불래 니라

•

저기 핀 건 무얼까?	彼爾維何, 피:이:유하 오
산이스랏 꽃이라네.	維常之華。 유상지화 로다
저 수레는 뉘 핼까?	彼路斯何, 피:로:사하 오

장군님 병거兵車라네.
君子之車。
군자:지거 로다

병거를 몰아가네,
戎車旣駕,
융거기:가: 하니

사마[5]는 씩씩하네.
四牡業業。
사:모:업업 이로다

잠신들 머무를까?
豈敢定居,
기:감:정:거 리오

달에 세 번 이기라네.
一月三捷。
일월삼첩 이로다

•

사마를 몰아가네,
駕彼四牡,
가:피:사:모: 하니

사마는 꿋꿋하네.
四牡騤騤。
사:모:규규 로다

장군님은 올라타네,
君子所依,
군자:소:의 오

병졸은 좇아가네.
小人所腓。
소:인소:비 로다

사마는 가지런하네,
四牡翼翼,
사:모:익익 하니

활과 전통[6] 갖췄네.
象弭魚服。
상:미:어복 이로다

하룬들 방심할까?
豈不日戒,
기:불일계: 리오

험윤 놈이 재빠른데.
玁狁孔棘。
험:윤:공:극 이로다

•

옛날 내가 갈 때에,
昔我往矣,
석아:왕:의: 엔

버들가지 하늑하늑.	楊柳依依。 양류:의의 러니
지금 내가 올 때에,	今我來思, 금아:래사 엔
진눈깨비 부슬부슬.	雨雪霏霏。 우:설비비 로다
갈 길은 멀고 먼데,	行道遲遲, 행도:지지 하야
목마르고 주리네.	載渴載飢。 재:갈재:기 호라
나의 마음 구슬프네,	我心傷悲, 아:심상비 어늘
나의 설움을 모르네.	莫知我哀。 막지아:애 하나다

1_ 소아小雅의 한 편이다. 수자리 사는 사람이 그 괴로움을 하소연한 노래. 『모전』毛傳에서는, 수자리 살러 가는 사람을 전송하는 노래로 보았다. 이 시는 종래 문왕文王 희창姬昌 때 지은 것이라고 해 왔지만, 사실은 선왕宣王 희정姬靜(전 828~전 782년 재위) 때 지은 것이다.

2_ 험윤玁狁 : 중국 북방에 있으면서 유사 이전부터 중국인들과 끈질기게 투쟁해 내려온 민족. 시대에 따라 명칭이 다른데, 은殷나라 때에는 귀방鬼方, 서주西周 중엽에는 험윤, 한漢나라 때에는 흉노匈奴라고 불렀으며, 남북조南北朝 때에는 황하 유역에 오랫동안 왕조를 유지하기까지 했다. 터키 종족에 몽골 피가 섞인 민족이라는 가설이 있다.

3_ 주리고 목마르네 : 앞 구절의 쓰라린 정도가 이렇다는 뜻이라고 한다.

4_ 시월 : 원문은 양陽, 중국 북부에서는 음력 시월이 봄 날씨처럼 따뜻하기 때문에 소양춘小陽春이라 부른다.

5_ 사마 : 원문은 사모四牡, 하나의 수레를 끄는 네 필의 말. 로마 시대의 전차(chariot)도 네 필의 말이 끌었다.

6_ 활과 전통 : 원문은 상미어복象弭魚服으로, 상아로 꾸민 활고자와 어魚의 가죽으로 만든 전통이라는 뜻. 어魚는 중국의 동쪽 바다에 있는 짐승 이름인데, 돼지처럼 생겼다 한다.

기둥머리 같은 남산[1] | 『시경』 소아

節南山
절남산

기둥머리 같은 남산,	節彼南山, 절피:남산 이여
바위가 울툭불툭.	維石巖巖。 유석암암 이로다
빛나는 태사 윤시,[2]	赫赫師尹, 혁혁사윤: 이여
평민들이 쳐다보네.	民具爾瞻。 민구:이:첨 이로다
근심은 불붙지만,	憂心如惔, 우심여담 하며
농담도 할 수 없네.	不敢戲談。 불감:희:담 호니
나라 이미 망했거늘,[3]	國既卒斬, 국기:졸참: 이어늘
어찌 아니 살펴볼까?	何用不監。 하용:불감 고

•

기둥머리 같은 남산,	節彼南山, 절피:남산 이여
알차고 헌거롭네.	有實其猗。 유:실기아 로다
빛나는 태사 윤시,	赫赫師尹, 혁혁사윤: 이여
공평하지 않다네.	不平謂何。 불평위:하 오
하늘의 잇닿은 재앙,	天方薦瘥, 천방천:차 라

화란도 하고많네.	喪亂弘多。 상란:홍다 며
평민들은 원망커늘,	民言無嘉, 민언무가 어늘
한탄도 안 막아 주네.	憯莫懲嗟。 참:막징차 하나다

•

윤시 태사 두 분은,	尹氏大師, 윤:씨태:사 여
아아, 주나라의 근본.	維周之氐。 유주지저: 라
국가 권한을 잡았으면,	秉國之均, 병:국지균 이란대
사방을 지탱해야지.	四方是維。 사:방시유 하며
나라님을 보좌하고,	天子是毗, 천자:시:비 하야
평민들을 인도해야지.	俾民不迷。 비:민불미 어늘
무자비한 하늘아,	不弔昊天, 부조:호:천 하니
우리 군중 버려서는 안 되오.	不宜空我師。 불의 공아:사 니라

•

스스로 나서지 않으면,	弗躬弗親, 불궁불친 을
서민들은 믿지 않소.	庶民弗信。 서:민불신: 하나니
의견도 묻지 않고서,[4]	弗問弗仕, 불문:불사: 로

군자[5]를 속이지 마소.	勿罔君子。 물망:군자: 어다
조용히 분수를 지켜	式夷式已, 식이식이: 하야
소인을 가까이 마소.[6]	無小人殆。 무소:인태: 어다
하찮은 인척들에게,	瑣瑣姻亞, 쇄:쇄:인아: 는
고관대작 주지 마소.	則無膴仕。 즉무무:사: 니라

•

하늘도 공정치 못하지,	昊天不傭, 호:천불총 하야
이런 재앙을 내리다니!	降此鞠訩。 강:차:국흉 이며
하늘도 은혜롭지 못하지,	昊天不惠, 호:천불혜: 하야
이러 변괴를 내리다니!	降此大戾。 강:차:대:려: 샷다
군자가 늦추어 주면,[7]	君子如屆, 군자:여계: 면
민심은 편히 쉬리.	俾民心闋。 비:민심결 이며
군자가 종요로우면,	君子如夷, 군자:여이 면
증오 분노 없어지리!	惡怒是違。 오:노:시:위 하리라

•

자비를 모르는 하늘아,	不弔昊天, 부조:호:천 이라

혼란이 끝도 없구나!	亂靡有定。 란:미:유:정: 하야
달마다 일이 생기니,	式月斯生, 식월사생 하야
평민들은 편치 못하네.	俾民不寧。 비:민불녕 하나다
근심은 숙취[8] 같으니,	憂心如酲, 우심여정 호니
누가 국권을 잡았을까?	誰秉國成。 수병:국성 이완대
스스로 정사를 안 보아,	不自爲政, 부자:위정: 하야
백성을 야위게 했을까?	卒勞百姓。 졸로백성: 고

•

저 사마[9]를 몰아 보니,	駕彼四牡, 가:피:사:모: 호니
사마는 목을 뽑네.	四牡項領。 사:모:항:령: 이로다마는
사방을 휘둘러보아야,	我瞻四方, 아:첨사:방 호니
다급하기만 하고 갈 곳 없네.	蹙蹙靡所騁。 축축 미:소:빙: 이로다

•

바야흐로 악이 받치면	方茂爾惡, 방무:이:악 일샌
창이라도 꼬늘 듯하고,	相爾矛矣。 상이:모의: 러니
종요롭고 즐거울 때면	旣夷旣懌, 기:이기:역 이란

잔이라도 권할 듯하네.10

如相酬矣。
여상수의: 로다

•

하늘도 공평치 못하지,

昊天不平,
호:천불평 이라

우리 임금 편치 못하니?

我王不寧。
아:왕불녕 이어시늘

그 마음 고치기는커녕,

不懲其心,
부징기심 이오

고쳐 주는 이 원망하네.

覆怨其正。
복원:기정: 하나다

•

가보11는 노래를 지어

家父作誦,
가보:작송: 하야

재앙의 원인을 캐네.

以究王訩。
이:구:왕흉 하노니

너의 마음 움직이어

式訛爾心,
식와이:심 하야

천하태평 이루리라.

以畜萬邦。
이:휵만:방 이어다

1_ 소아小雅의 한 편이다. 권신權臣들 때문에 민생은 도탄에 빠졌지만 최후로 호소할 하늘도 권위를 잃었다는 암울한 분위기의 시. 시구의 "나라 이미 망했거늘"이란 말로 보아, 아마 동주東周 초기의 작품인 듯하다.

2_ 태사大師 윤시尹氏 : 태사와 윤시는 모두 관명. 고대 관직에 내사윤內史尹·작책윤作册尹이 있는데, 왕왕 윤시尹氏라고만 부르기도 한다. 성씨가 아니다. 윤시는 태사와 함께 국정國政을 좌우했다.

3_ 나라 이미 망했거늘 : 나라는 서주西周(전 1134~전 771년)를 가리키는 듯하다.

4_ 의견도 묻지 않고서 : 원문은 불문불사弗問弗仕. "의견도 묻지 않고 관직도 안 주면서"라는 뜻.

5_ 군자君子 : 주나라의 귀족을 뜻한다. 다음 구절의 소인小人과 짝을 이루는 것. 임금이 아니라 귀족을 뜻한다.

6_ 소인을 가까이 마소 : 원문은 무소인태無小人殆. "소인들의 위해危害를 받지 마소"라는 뜻이다.

7_ 군자가 늦추어 주면 : 원문은 군자여계君子如屆. 여기서 계屆는 한계, 즉 자기를 제한하며 남에 대한 압박을 늦춘다는 뜻이다.

8_ 숙취宿醉 : 원문은 정酲, 술에 곯았다는 뜻도 있다.

9_ 사마 : 《고비 캐세》 주 5 참조(본서 95쪽).

10_ 잔이라도 권할 듯하네 : 원문은 여상수의如相酬矣, 여기서 수酬 자는 보복하는 뜻이라는 풀이도 있다.

11_ 가보家父 : 이 시를 지은 사람의 이름(字), 구설에 주周나라의 대부大夫라 한다. 『주전』朱傳에 "춘추春秋 환공桓公 15년(전 697년)에 가보家甫라는 이가 수레를 요구했다. 이것은 유왕幽王(전 781~전 771년 재위)의 마지막으로부터 75년 될 때의 일이다."라는 구절이 있다. 가보家甫와 가보家父가 같은 사람인지는 확정짓기 어렵다. 이 시는 여기서 작시의 동기를 명백히 한 것으로, 이것이 의식적으로 지어졌음을 나타낸다.

정월에[1] | 『시경』 소아

正月
정:월

정월[2]에 내리는 된서리,	正月繁霜, 정:월번상 이라
나의 이 아픈 마음.	我心憂傷。 아:심우상 이어늘
평민들의 헛된 소문,	民之訛言, 민지와언 이
그 역시 엄청나네.	亦孔之將。 역공:지장 이로다

나의 외로움 생각하면, 念我獨兮,
념:아:독혜 여

근심이 크기만 하네. 憂心京京。
우심경경 호니

서럽다, 나의 소심小心, 哀我小心,
애아:소:심 이며

괴로움에 병이 드네. 癙憂以痒。
서:우이:양 호라

•

부모님 나를 나시어 父母生我,
부:모:생아: 여

왜 주셨나, 괴로움을! 胡俾我瘉。
호비:아:유: 오

내 앞부터도[3] 아닐세, 不自我先,
부자:아:선 이며

내 뒤부터도 아닐세. 不自我後。
부자:아:후: 로다

좋은 말도 그 입에서, 好言自口,
호:언자:구: 며

궂은 말도 그 입에서. 莠言自口。
유:언자:구: 라

근심이 더하기만 하네, 憂心愈愈,
우심유:유: 하야

이 때문에 모멸 받네. 是以有侮。
시:이:유:모: 호라

•

근심이 외롭기만 하네, 憂心惸惸,
우심경경 하야

살길 없는 나의 신세. 念我無祿。
념:아:무록 하노라

평민들은 죄도 없는데,[4] 民之無辜,
민지무고 여

종놈으로 만들었네. 幷其臣僕。
병:기신복 이로다

서럽다, 우리 사람, 哀我人斯,
애아:인사 는

어디서 살길을 찾을까? 于何從祿。
우하종록 고

까마귀[5]를 바라보니, 瞻烏爰止,
첨오원지: 혼대

어느 집에 멈추는가? 于誰之屋。
우수지옥 고

•

저 숲 속을 바라보니, 瞻彼中林,
첨피:중림 혼대

굵은 나무 잔 나무. 侯薪侯蒸。
후신후증 이로다

평민들 위태롭건만, 民今方殆,
민금방태: 어늘

하늘은 꿈만 꾸네. 視天夢夢。
시:천몽:몽: 이로다

바로잡을 뜻 세우면,[6] 旣克有定,
기:극유:정: 이면

이길 사람 없는데, 靡人弗勝。
미:인불승 이니

위대한 하느님이시어, 有皇上帝,
유:황상:제: 여

도대체 누가 밉사오니까? 伊誰云憎。
이수운증 이시리오

•

산이 낮다고들 하지만,
謂山蓋卑,
위:산개:비 나

산등과 언덕이 있네.
爲岡爲陵。
위강위릉 이니라

평민들의 헛된 소문,
民之訛言,
민지와언 을

금지시킬 수가 없네.
寧莫之懲。
녕막지징 이로다

고로[7]들을 불러다가,
召彼故老,
소:피:고:로: 하며

해몽을 부탁했더니,
訊之占夢。
신:지점몽: 하니

다들 잘났다고만 하네.
具曰予聖。
구:왈여성: 이라하나니

누가 까마귀 암수를 가려낼까?
誰知烏之雌雄。
수지 오지 자웅 고

•

하늘이 높다고들 하지만,
謂天蓋高,
위:천개:고 나

굽혀 서지 않을 수 없네.
不敢不局。
불감:불국 하며

땅이 두껍다고들 하지만,
謂地蓋厚,
위:지:개:후: 나

살살 걷지 않을 수 없네.
不敢不蹐。
불감:불척 호라

이처럼 호소하는 소리,
維號斯言,
유호사언 이

도리도 있고 이유도 있네.
有倫有脊。
유:륜유:척 이어늘

서럽도다, 지금 사람,	哀今之人, 애금지인 은
왜 도마뱀[8]이 되었을까?	胡爲虺蜴。 호위훼:역 고

•

저 자갈밭을 바라보니,	瞻彼阪田, 첨피:판:전 혼대
돋아 나온 싹[9]이 있네.	有菀其特。 유:원:기특 이어늘
하늘이 날 흔들었지만,	天之扤我, 천지올아: 여
날 이기지는 못했네.	如不我克。 여불아:극 이샷다
저들이 날 모방했지만,	彼求我則, 피:구아:측 일새
날 미치지는 못했네.	如不我得。 여불아:득 이러니
날 원수처럼 잡았지만,	執我仇仇, 집아:구구 나
날 누르지는 못했네.	亦不我力。 역불아:력 하나다

•

마음이 근심스러우니,	心之憂矣, 심지우의: 여
맺힌 데가 있는 듯.	如或結之。 여혹결지 로다
오늘날의 정치는	今茲之正, 금자지정: 은
어찌 그리 모질까?	胡然厲矣。 호연려:의: 오

들에 불길이 세차도	燎之方揚, 료:지방양 을
어떻게 끌 수 있지만,	寧或滅之。 녕혹멸지 리오
빛나던 옛 서울[10]은	赫赫宗周, 혁혁종주 를
포사[11]가 멸망시켰네.	褒姒威之。 포사:혈지 로다

•

시름은 그지없는데,	終其永懷, 종기영:회 호니
궂은비까지 막아서네.	又窘陰雨。 우:군:음우: 로다
수레에 실은 뒤에	其車既載, 기거기:재: 하고
양쪽 널[12] 떼어 내어,	乃棄爾輔。 내:기:이:보: 하니
실은 짐 잃고 나서	載輸爾載, 재:수이:재: 오야
도와 달라고 청하네.	將伯助予。 장백조:여: 로다

•

양쪽 널 버리지 말게,	無棄爾輔, 무기:이:보: 하야
바퀴살에 떨어지리니.[13]	員于爾輻。 운우이:복 이요
마부를 자주 돌아보게,	屢顧爾僕, 루:고:이:복 하면
실은 짐 아니 잃도록.	不輸爾載。 불수이:재: 하야

험한 길 넘어서리라곤,	終踰絶險, 종유절험: 이
생각도 못한 일이지.	曾是不意。 증시:불의: 리라

•

고기가 못 속에 있어도	魚在于沼, 어재:우소: 하니
역시 즐겁지 못하고,	亦匪克樂。 역비:극락 이로다
무자맥질한다 해도	潛雖伏矣, 잠수복의: 나
그 역시 훤히 비치네.	亦孔之炤。 역공:지작 이로다
근심이 아프기만 하네,	憂心慘慘, 우심참:참: 하야
나라의 가혹한 정치 생각하니.	念國之爲虐。 념: 국지위학 하노라

•

저들은 좋은 술에다	彼有旨酒, 피:유:지:주: 하며
훌륭한 안주가 있고,	又有嘉殽。 우:유:가효 하야
이웃과 가까운데다	洽比其鄰, 흡비:기린 하며
인척들이 많기도 하네.	昏姻孔云。 혼인공:운 이어늘
나의 외로움 생각하면,	念我獨兮, 념:아:독혜 여
근심이 무겁기만 하네.	憂心慇慇。 우심은은 호라

왜소한 저들에게는 가옥이 있고,	佌佌彼有屋, 차:차: 피:유:옥 하며
야비한 저들에게는 양식이 있네.	蔌蔌方有穀。 속속 방유:곡 이어늘
평민들이 지금 살길 없는 것은	民今之無祿, 민금지무록 은
하늘이 내린 타격이다.	天夭是椓。 천요시:탁 이로다
좋구나, 부자들은!	哿矣富人, 가:의:부:인 이어니와
서럽다, 이 외톨박이!	哀此惸獨。 애차:경독 이로다

1_ 소아小雅의 한 편이다. 혼란스러운 사회상을 고발한 노래. "빛나던 옛 서울은 포사가 멸망시켰네"라는 구절로 보아 동주東周(전 770~전 221년) 초기의 작품으로 보는 견해가 있다.

2_ 정월正月 : 정:양지월正陽之月, 음력(夏曆)으로 사월에 해당된다. 이 정:월은 길게 읽고, 음력 1월의 정월은 짧게 읽는다. 이 구절의 뜻은 초여름(四月)에 당치않은 된서리가 내리듯 모든 사회상이 비정상적이라는 뜻이다.

3_ 앞부터도 : 이 구절과 다음 구절의 뜻은, 자기가 태어난 시기가 공교롭게도 환란患亂의 시기와 일치되었음을 한탄하는 것이다.

4_ 죄도 없는데 : 옛날에 죄 있는 사람은 종으로 만들었다. 여기서 죄 없는 사람을 종으로 만들었다 함은 국정이 문란함을 뜻한다.

5_ 까마귀 : 까마귀는 부잣집에 내려앉는다는 속설이 있다.

6_ 뜻 세우면 : 주어는 '하늘'. 이 장의 뜻은 하늘이 행하는 일은 사람으로서는 어쩔 수 없이 위대한 것인데도 '꿈만 꾸고' 모른 체하시니 웬 까닭인가 하는 하소연.

7_ 고로故老 : 경험 많은 노인.

8_ 도마뱀 : 도마뱀은 겁쟁이의 상징. 이 장의 뜻은, 너무나 무서운 세태에 소심해진 평민들을 한탄하는 것이다. 즉 허리를 쭉 펴고 서지도 못하고 힘차게 발을 내딛지도 못할 지경이라는 뜻.

9_ 싹 : 자갈밭에 돋아 나온 싹은 시인 자신의 처지를 상징하는 듯하다.

10_ 옛 서울 : 본문은 종주宗周, 즉 호경鎬京. 호경은 지금의 섬서성 서안西安 부근에 있었다. 주나라 무왕武王, 희발姬發(전 1134~전 1116년 재위)이 처음 세웠으며, 유왕幽王 희녈姬涅(전 781~전 771년 재위) 때 견융犬戎에게 함락되었다. 뒤를 이은 평왕平王 희의구姬宜臼(전 770~전 720년 재위)는 수도를 락읍洛邑, 지금의 하남성 락양洛陽으로 옮겼다. 이전을 서주西周, 이후를 동주東周라 한다.

11_ 포사褒姒 : 유왕幽王의 총희寵姬. 포는 나라 이름, 사는 성씨. 포사는 잘 웃지 않았는데, 그 웃음을 보려고 유왕 희녈은 거짓 봉화를 올려 제후들을 참집시켜 포사를 웃겼다는 고사가 유명하다. 뒤에 신후申侯가 쳐들어와 유왕 희녈은 죽고 포사는 포로가 되었으며, 서주는 종막을 고했다.

12_ 양쪽 널 : 원문은 보輔, 보의 일반적인 뜻은 덧방나무. 이 글자의 해석에는 여러 설이 있지만, '수레 위에 짐이 떨어지지 않게 양쪽에 대는 널'이라는 설을 따랐다.

13_ 바퀴살에 떨어지리니 : 원문은 운우이복員于爾輻. "바퀴살을 많도록 (개량)하소"라는 뜻으로 해석한 것도 있다.

대 동[1] | 『시경』 소아

大東
대:동

밥이 수북 담긴 그릇,

有饛簋飧,
유:몽궤:손 이오

대추나무 굽은 숟갈.[2]

有捄棘匕。
유:구극비: 로다

주도[3]는 숫돌 같고,

周道如砥,
주도:여지: 하니

화살처럼 똑바르네.

其直如矢。
기직여시: 로다

관원들은[4] 지나가고,
서민들은 지켜보네.
고개 젖혀 돌아보니
줄줄이 눈물 흐르네.

君子所履,
군자:소:리: 오
小人所視。
소:인소:시: 니
睠言顧之,
권:언고:지 오
潸焉出涕。
산언출체: 호라

•

소동 대동[5] 지방에는
북도 바디도 없다네.[6]
어설픈 칡 신[7]으로
서리를 밟는다네.
도련님들[8] 사뿐사뿐
저 주도를 지나가네.
왔다갔다 하는 모양
내 마음 병들게 하네.

小東大東,
소:동대:동 에
杼柚其空。
저:축기공 이로다
糾糾葛屨,
규규갈구: 여
可以履霜。
가:이:리:상 이로다
佻佻公子,
조조공자: 여
行彼周行。
행피:주행 하야
既往既來,
기:왕:기:래 하니
使我心疚。
사:아:심구: 로다

•

차갑게 흐르는 샘물[9]아,
땔나무를 적시지 마라.

有洌氿泉,
유:렬궤:천 에
無浸穫薪。
무침:확신 이어다

내쉬느니 한숨일세,	契契寤歎, 계:계:오:탄: 호니
서럽다, 우리 지친 백성.	哀我憚人。 애아:탄:인 이로다
베어놓은 땔나무는	薪是穫薪, 신시:확신 이란대
실어서 날라 가야지.	尙可載也。 상:가:재:야: 며
서럽다, 우리 지친 백성,	哀我憚人, 애아:탄:인 이란대
또한 쉴 틈 있어야지.	亦可息也。 역가:식야: 니라

•

우리 동쪽 사람은	東人之子, 동인지자: 는
위로 없이 고생만 하네.	職勞不來。 직로불래 오
저들 서쪽 사람은	西人之子, 서인지자: 는
옷치장도 찬란하네.	粲粲衣服。 찬:찬:의복 이로다
저들 서울 사람[10]은	舟人之子, 주인지자: 는
곰과 말곰 갖옷 입네.	熊羆是裘。 웅비시:구 요
저들 아랫사람[11]도	私人之子, 사인지자: 는
온갖 구실 얻어 갖네.	百僚是試。 백료시:시: 로다

•

술은 가끔 마시지만,[12] 或以其酒,
혹이:기주: 라도

마실 물은 모르네. 不以其漿。
불이:기장 이며

패옥은 깨끗하지만, 鞙鞙佩璲,
현:현:패:수: 를

좋은 점은 모르네. 不以其長。
불이:기장 이로다

아아, 하늘의 은하수, 維天有漢,
유천유:한: 하니

바라보니 빛이 나네. 監亦有光。
감역:유:광 이며

저 직녀성[13] 찾아보니, 跂彼織女,
기:피:직녀: 여

하루 일곱 자리 옮기네.[14] 終日七襄。
종일칠양 이로다

•

일곱 자리 옮기지만, 雖則七襄,
수즉칠양 이나

비단 무늬 못 짜네.[15] 不成報章。
불성보:장 이며

저 견우성[16] 쳐다보니 睆彼牽牛,
환:피:견우 여

수레를 아니 끄네. 不以服箱。
불이:복상 이로다

동천에는 계명성,[17] 東有啓明,
동유:계:명 이오

서천에는 장경성,[18] 西有長庚。
서유:장경 이며

휘우듬한 천필성[19]은 有捄天畢,
유:구천필 이

뭇별 속에 놓였을 뿐. 載施之行。
재:시지행 이로다

•

아아, 남기성[20] 있건만, 維南有箕,
유남유:기 하나

까불질하여 날릴 수 없네. 不可以簸揚。
불가:이: 파:양 이며

아아, 북두성[21] 있건만, 維北有斗,
유북유:두: 하나

술과 물을 뜰 수 없네. 不可以挹酒漿。
불가:이: 읍주:장 이로다

아아, 남기성 있건만, 維南有箕,
유남유:기 하니

삼킬 듯 혀[22]를 내밀었네. 載翕其舌。
재:흡기설 이며

아아, 북두성 있건만, 維北有斗,
유북유:두: 하니

자루가 서쪽에[23] 들렸네. 西柄之揭。
서병:지갈 이로다

1_ 소아小雅의 한 편이다. 『시경』 각 시의 제목은 대체로 첫 줄의 몇 자를 딴 것이지만, 이 시는 특히 시구 가운데의 두 글자로써 전체의 내용과 관련이 있는 것을 택하고 있다. — '서쪽 사람(西人)'의 착취를 받는 '동쪽 사람(東人)'의 슬픔을 노래한 것. 서쪽은 주周나라 왕실이 있는 곳, 즉 중앙정부이며, 동쪽은 지금의 산동성 일대 제후국을 가리킨다.

2_ 대추나무 숟갈 : 중국에서는 옛날에 길사吉事면 대추나무(棘, *Zizyphus jujuba*)로 만든 숟갈, 상사喪事면 뽕나무(桑)로 만든 숟갈을 썼다고 한다.

3_ 주도周道 : 주周나라의 국도. 이 구절과 다음 구절은 "숫돌처럼 길이 판판하고 화살처럼 길이 똑바르다."라는 뜻이다. 고속도로의 개념을 그때 벌써 가진 듯

하다.

4_ 관원들은 : 이 구절과 다음 구절의 뜻은, 그 국도를 달리는 것은 '저들 잘난 사람'이고, 옆에서 구경만 하는 것은 '우리 못난 사람'이라는 불평이다. 당시 주도周道는 관리들만 통행할 수 있었고 일반인의 통행은 금지되었다고 한다.

5_ 소동小東 대동大東 : 동방의 크고 작은 제후 나라. 이 시의 제목 대동大東은 이 구절에서 나왔다.

6_ 북도 바디도 없다네 : 북과 바디는 베틀의 부속품이다. 따라서 베를 짜지 못한다는 뜻.

7_ 칡 신 : 칡 섬유로 만든 신. 옛날 여름에는 칡 신을 신고 겨울에는 갖신을 신었다. 여름에 신는 칡 신을 걸치고 겨울을 나야 하는 가난함을 말하는 것이다.

8_ 도련님들 : 원문은 공자公子, 여기서는 착취자인 서쪽 사람의 도련님으로 보았다. 일설에는 동쪽 지방에 있는 담譚나라의 도련님으로 해석했다. 그러면 이하 네 구절은, "(담나라) 도련님은 외롭게 저 주도周道를 지나간다. 자주 왔다갔다 하느라고 피로에 지친다. (그것이 안타까워) 내 마음 병들게 된다."라고 풀이할 수 있다.

9_ 샘물 : 원문은 궤천氿泉, 물이 옆으로 흐르는 샘물이라는 뜻.

10_ 서울 사람 : 원문은 주인지자舟人之子, 여기서 주舟 자는 주周 자로 해석하는 것이 정설이다. 주周나라는 여러 제후국을 통할하는 중앙정부, 그래서 본서에서는 '서울(首都) 사람'으로 의역한 것이다.

11_ 아랫사람 : 중앙정부에서 나온 사람의 가신家臣이라는 뜻이다.

12_ 술은 마시지만 : 이하 네 구절의 원문은 특히 해석이 곤란하다. 따라서 이설이 분분한데, 본서에서는 칼그렌B. Karlgren의 설을 따랐다. 조금 설명적으로 다시 써 보면 다음과 같다. "저들 서쪽 사람은 가끔 술을 마신다. 그러나 저들은 저들의 값싼 음료는 마시지 아니한다. 저들의 패옥은 아주 깨끗하다. 그러나 저들은 그 좋은 점을 모른다. 즉 좋은 벼슬을 하고 있지만 그것을 가지고 좋은 일을 하지 않고 있다." 또 본서에서는 『시경』의 장章을 나눔에 있어 전통적인 방법을 묵수墨守하고 있지만, 이 장의 하반은 다음 장과 연결이 되어야 할 듯하다.

13_ 직녀성織女星 : 거문고자리(Lyra)의 주성, 베가Vega. 직녀성의 문자적 의미는 '베 짜는 여자'이다. 그래서 다음 구절에 "무늬를 못 짜네"라는 말이 나온 것이다.

14_ 일곱 자리 옮기네 : 하늘은 자子・축丑……술戌・해亥 등 열두 자리가 있는데, 별들은 1주야에 이것을 한 바퀴씩 돌고 있다. 여기서 '종일토록'이라 한 것은 낮만 말한 것으로 열두 자리 가운데 일곱 자리(卯・辰・巳・午・未・申・酉)를 옮겼다는 뜻이라고(朱熹 설) 한다.

15_ 비단 무늬 못 짜네 : 위의 주 13을 볼 것.

16_ 견우성牽牛星 : 독수리자리(Aquila)의 주성, 알타이르Altair. 견우성의 문자적 뜻은 '소를 끄는 남자'이다. 그래서 다음 구절에 "수레를 아니 끄네"라는 말이 나온 것이다.

17_ 계명성啓明星 : 샛별, 즉 금성金星(Venus)이다.

18_ 장경성長庚星 : 개밥바라기, 즉 금성이다. 계명성과 장경성은 같은 금성金星이지만, 해 뜨기 전 동천에 나타나면 계명성(샛별)이고, 해 진 뒤 서천에 나타나면 장경성(개밥바라기)이라고 한다.

19_ 천필성天畢星 : 황소자리(Taurus)의 ε 68 δ γ α θ^1 71 λ 여덟 별로 이루어졌다. 그 가운데 주성 알데바란Aldebaran은 일등성이다. 천필성은 필畢자의 뜻에서 나왔는데, 이것은 Y자형으로 된 고기를 찍는 기구(叉子)를 뜻한다. 일설에는 토끼 따위를 잡는 자루가 달린 Y자형의 그물이라고도 한다. 실제로 천필성은 Y자형을 이루고 있는 별자리이다. 따라서 다음 구절에 "뭇 별 속에 놓였을 뿐"이라 한 것은 "고기를 찍지 못하고 있다."(또 하나의 설을 따르면 "토끼를 못 잡고 있다")는 뜻.

20_ 남기성南箕星 : 궁수자리(Sagittarius)의 γ ε η δ 네 별. 그 형태가 키(箕) 같다고 해서 작명된 것이다. 따라서 다음 구절에 "까붐질하여 날릴 수 없네"라고 한 것이다.

21_ 북두성北斗星 : 궁수자리(Sagittarius)의 ζ τ σ φ λ μ 여섯 별. 그 형태가 구기(斗) 같다고 해서 작명된 것이다. 따라서 다음 구절에 "술과 물을 뜰 수 없네"라고 한 것. 그리고 이 북두성은 큰곰자리(Ursa Major)의 북두칠성과는 별개의 것이다. 남기성南箕星 북쪽에 있다 하여 북두성北斗星이라 부른다. 북두칠성과 구별하려고 남두육성南斗六星이라고도 부른다.

22_ 혀 : 남기성 네 별 가운데 γ η 두 별은 혀(舌)라고 부른다.

23_ 자루가 서쪽에 : 이 시에 나오는 별들은 허울좋게, 견우牽牛·직녀織女·천필天畢·남기南箕·북두北斗 따위의 이름을 가지고 있어, 마치 소를 몰고, 베를 짜고, 고기를 찍고, 까붐질을 하고, 술이나 물을 뜰 수 있을 것 같지만, 모두가 환상幻想, 유명무실有名無實한 것이라는 얘기다. 서쪽 사람의 관원들은 관직만 가졌지, 일은 보지 않는다는 의미를 부가한 것이다. 그리고 끝의 네 구절에 와서는 유명무실하기만 한 것이 아니라, 한 걸음 더 나아가, 착취당하지 않을까 하는 두려움까지 느끼고 있음을 말하고 있다. 즉, 혀를 내밀어 삼키려 하고, 구기의 자루가 서쪽에 있으니 동쪽에서 술(사실은 평민의 고혈)을 뜨려 하는 것이 아니냐 하는 뜻이다.

진펄의 뽕나무[1] | 『시경』 소아

隰桑
습상

진펄의 뽕나무는	隰桑有阿, 습상유:아 하니
그 잎도 야들야들.	其葉有難。 기엽유:나 로다
우리 님 만났으니	旣見君子, 기:견:군자: 호니
즐거움 어떠하랴.	其樂如何。 기락여하 오

•

진펄의 뽕나무는	隰桑有阿, 습상유:아 하니
그 잎도 반들반들.	其葉有沃。 기엽유:옥 이로다
우리 님 만났으니	旣見君子, 기:견:군자: 호니
즐겁지 아니하랴.	云何不樂。 운하불락 이리오

•

진펄의 뽕나무는	隰桑有阿, 습상유:아 하니
그 잎도 가뭇가뭇.	其葉有幽。 기엽유:유 로다
우리 님 만났으니	旣見君子, 기:견:군자: 호니
굳은 언약 맺었네.	德音孔膠。 덕음공:교 로다

•

마음에 사랑하니 | 心乎愛矣,
심호애:의: 어니

어찌 아니 말하랴. | 遐不謂矣。
하불위:의: 리오마는

마음 속 품었으니 | 中心藏之,
중심장지 어니

어느 날에 잊으랴. | 何日忘之。
하일망:지 리오

1_ 소아小雅의 한 편이다. 아름다운 사랑 노래로, 깊고도 열렬하다. 그러나 『시서』는 "유왕幽王을 풍자한다. 소인이 관직에 있고 군자가 재야에 있다."라고 하고, 『정전』은 "현인 군자가 임용되지 못하여 재야에 있다."라고 한다. 주희朱熹는 "군자를 기쁘게 만나는 시"라고 하면서, "그러나 군자는 누구를 가리키는지 모른다."라고 한다.

어느 풀이[1] | 『시경』 소아

何草不黃
하초: 불황

어느 풀이 아니 누르며, | 何草不黃,
하초:불황 이며

어느 날에 아니 걸을까? | 何日不行。
하일불행 이며

어느 사람 아니 가서, | 何人不將,
하인부장 하야

사방 일을 아니 할까! | 經營四方。
경영사:방 이리오

•

어느 풀이 아니 검으며,

何草不玄,
하초:불현 이며

어느 사람 홀아비 아닐까?[2]

何人不矜。
하인불관 이리오

서럽다, 우리 역군,

哀我征夫,
애아:정부 여

우린 백성이 아닐까!

獨爲匪民。
독위비:민 가

•

무소 아니고[3] 범도 아닌데

匪兕匪虎,
비:시:비:호: 어늘

황량한 들판을 헤매네.

率彼曠野。
솔피:광:야: 아

서럽다, 우리 역군,

哀我征夫,
애아:정부 여

아침저녁 틈도 아니 주네.

朝夕不暇。
조석불가: 로다

•

털이 두꺼운 여우란 놈은

有芃者狐,
유:봉자:호 여

시커먼 풀밭을 헤매네.

率彼幽草。
솔피:유초: 로다

부역 나온 달구지,

有棧之車,
유:잔:지거 여

저 주도[4]를 지나가네.

行彼周道。
행피:주도: 로다

1_ 소아小雅의 한 편이다. 끝없는 부역에 시달리는 고통을 노래한 것. 주희는 "주周나라 왕실이 망하려 함에 부역이 끊일 새 없어, 부역 나온 사람이 이를 괴롭게 여겨 이 시를 지었다."라고 했다.

2_ 홀아비 아닐까(不矜) : 원문의 矜은 '불쌍히 여길 긍' 또는 '홀아비 관'으로 읽을 수 있다. 따라서 일설에는 "어느 사람 아니 불쌍할까"라고 해석하기도 한다.

3_ 무소 아니고(匪兕) : 원문의 비匪는 '저'라는 지시사, '아니'라는 부정사 두 가지로 풀이된다. 따라서 일설에는 "저 무소와 저 범은 황량한 들판을 헤매네"라고 해석하기도 한다.

4_ 주도周道 : 주나라 국도. 『시경』《대동》 주 3 참조(본서 113쪽).

우러러봐도[1] | 『시경』 대아

瞻卬
첨앙:

우러러봐도 하늘은	瞻卬昊天, 첨앙:호:천 호니
은혜를 베풀지 않네.	則不我惠。 즉불아:혜: 라
오랫동안 영일 없게	孔塡不寧, 공:전불녕 하야
이 큰 재앙을 내렸네.	降此大厲。 강:차:대:려: 샷다
나라는 안정이 없고	邦靡有定, 방미:유:정: 하야
민중들은 병들었네.	士民其瘵。 사:민기채: 하니
해충[2] 같은 무리들은	蟊賊蟊疾, 모적모질 이

평정도 절제도 없네.	靡有夷屆。 미:유:이계: 하며
범죄자 잡히지 않아,	罪罟不收, 죄:고:불수 하야
평정도 치유도 없네.	靡有夷瘳。 미:유:이추 로다

•

남이 가진 토지를	人有土田, 인유:토:전 을
네가 도리어 차지하고,	女反有之。 여:반:유:지 하며
남이 가진 장정을	人有民人, 인유:민인 을
네가 오히려 빼앗았네.	女覆奪之。 여:복탈지 하며
이쪽은 의당 무죈데	此宜無罪, 차:의무죄: 를
너는 도리어 잡아가고,	女反收之。 여:반:수지 하며
저쪽은 의당 유죈데	彼宜有罪, 피:의유:죄: 를
너는 오히려 놓아줬네.	女覆說之。 여:복탈지 로다

•

밝은 남자 나라 세우고,	哲夫成城, 철부성성 이어든
밝은 여자 나라 망치네.	哲婦傾城。 철부:경성 하나니라
저 똑똑한 여자[3] 예뻐도,	懿厥哲婦, 의:궐철부: 여

바로 흉측한 올빼미.[4]	爲梟爲鴟。 위효위치 로다
여자가 수다스러운 건,	婦有長舌, 부:유:장설 이여
아아, 재앙의 사다리.[5]	維厲之階。 유려:지계 로다
환란은 하늘에서 내리지 않고,	亂匪降自天, 란: 비:강:자:천 이라
여자에게서 생기네.	生自婦人。 생자:부:인 이니라
타이를 수 없는 건,	匪教匪誨, 비:교:비:회: 는
아아, 여자와 내시들.	時維婦寺。 시유부:시: 니라

•

변덕쟁이[6] 남을 해칠 때,	鞫人忮忒, 국인기:특 하야
헐뜯던 말 그냥 두더니,	譖始竟背。 참:시:경:배: 어든
어찌 말하나, "별수 없다"고?	豈曰不極, 기:왈불극 이리오
"저들이 무슨 짓 하겠냐"고?	伊胡爲慝。 이호위특 고하나니
저들은 세 곱절 장사꾼.	如賈三倍, 여고:삼배: 를
관원은 이것을 알기에,	君子是識。 군자:시:식 이라
여자에겐 벼슬 안 주고,	婦無公事, 부:무공사: 어늘

물러나 길쌈이나 하라고.	休其蠶織。 휴기잠직 이로다

•

하늘은 왜[7] 꾸중하는가?	天何以刺, 천하이:자: 하며
왜 신은 복을 안 주는가?	何神不富。 하신불부: 오
네 큰 근심[8]을 버리고,	舍爾介狄, 사:이:개:적 이오
아아, 나만 미워하는가?	維予胥忌。 유여서기: 하나다
불행하고 불길하네.	不弔不祥, 부조:불상 하며
엄숙한 의식 불미하네.	威儀不類。 위의불류: 하며
현명한 사람 없으니,	人之云亡, 인지운망 이니
나라는 병이 드네.	邦國殄瘁。 방국진:췌: 로다

•

하늘이 내린 혼란,	天之降罔, 천지강:망: 이여
아아, 얼마나 널따란가?	維其優矣。 유기우의: 로다
현명한 사람 없으니,	人之云亡, 인지운망 이여
마음에 걱정되네.	心之憂矣。 심지우의: 로다
하늘이 내린 혼란,	天之降罔, 천지강:망: 이여

아아, 얼마나 가까운가? 維其幾矣。
유기기:의: 로다

현명한 사람 없으니, 人之云亡,
인지운망 이여

마음이 슬퍼지네. 心之悲矣。
심지비의: 로다

•

퐁퐁 솟아나는 샘물, 觱沸檻泉,
필불함:천 이여

아아, 깊기도 하네. 維其深矣。
유기심의: 로다

마음에 걱정됨이 心之憂矣,
심지우의: 여

어찌 지금부터인가? 寧自今矣。
녕자:금의: 리오

내 앞부터도[9] 아닐세. 不自我先,
부자:아:선 이며

내 뒤부터도 아닐세. 不自我後。
부자:아:후: 로다

까마아득한 하늘, 藐藐昊天,
막막호:천 이나

두렵지 않을 수 없네. 無不克鞏。
무불극공: 이시니

조상님께 욕보이지 마소. 無忝皇祖,
무첨:황조: 면

그러면 후손을 구하리니. 式救爾後。
식구:이:후: 리라

1_ 원제는 첨앙瞻卬, 대아大雅의 한 편이다. 후궁의 여자로 말미암아 나라가 혼란스러워짐을 개탄한 노래. 일설에는 "유왕幽王 희녈姬涅이 포사褒姒를 총애

하여 난세가 되었음을 고발하는 시"라고 보았다.

2_ 해충 : 원문은 모蟊, 곡식의 싹이나 나무 뿌리를 갉아먹는 벌레이다.

3_ 똑똑한 여자 : 원문은 철부哲婦, 슬기로운 여자. 여기서는 포사褒姒를 가리키는 듯.

4_ 올빼미(梟鴟) : 올빼미는 제 어미를 잡아먹는 새라고 하여 흉측한 새로 여긴다. 또 그 소리가 흉측하여 그 소리를 들은 사람은 화를 당한다고 여기기도 한다.

5_ 재앙의 사다리 : 재앙으로 빠지는 지름길이라는 뜻.

6_ 변덕쟁이 : 이 장은 특히 난해하여 이설이 분분하지만 만족할 만한 것이 없다. —그지없이 교활하고 거짓이 많은 사람들(鞫人)이 민중을 해치고 변덕을 부릴(忮忒) 때, 저들이 임금 앞에서 헐뜯던 말(譖)을 처음(始)에는 완전히(竟) 모른 체하고 놔두더니(背), 지금 와서는 또 어찌하여 말하는가(豈曰). "그렇게 헐뜯어야 결과는 별 수 없다(不極). 저들이(伊) 무슨 나쁜 짓을 할 수 있겠느냐(胡爲慝)"고? 저들은 세 곱절 속여서 이문을 남기는 장사꾼 같은 놈(如賈三倍)이다. 관원들(君子)은 이러한 이치를 알고(是識) 있으므로, 여자(婦)에게는 관직이 없게(無公事) 하였던 것이며, 여자들은 사회에서 가정으로 물러나(休) 저들의(其) 누에치기(蠶)나 베짜기(織)를 하게 했던 것이다.—

7_ 하늘은 왜 : 이 구절과 다음 구절은, 이 일 모두 자초自招한 것이라는 뜻이다.

8_ 큰 근심 : 여자(婦, 褒姒)와 내시(寺)들로 말미암아 날로 악화되는 국정에 대한 근심을 가리킨다.

9_ 앞부터도 : 『시경』《정월에》 주 3 참조(본서 108쪽).

초사, 굴원 楚辭、屈原

Chuci, Qu Yuan

초사楚辭는 전국시대 초楚나라에서 일어난 일종의 시가 양식이다. 초사라는 명칭은 서한西漢(전 206~후 8년) 전기에 처음 보인다. 또 사辭 또는 사부辭賦라고도 불렀다. 초사의 주요 작가는 굴원屈原이다. 그의 이름으로 《구가》九歌, 《리소, 애타는 호소》(離騷), 《구장》九章, 《천문》天問 같은 불후의 작품들이 전한다. 그밖에 송옥宋玉과 한대漢代 작가의 작품까지 합치면 『초사』는 모두 17권이 된다.

초楚나라는 공동연대 이전 223년에 진秦나라가 6국을 병탄할 때 멸망했고, 진나라는 공동연대 이전 206년 한漢나라가 중원을 통일할 때 멸망했다. 그런데 한나라 고조 류방劉邦은 초나라 사람이었으므로, 한나라 제국을 이룬 지배계층의 문화 배경은 초나라 영향이 컸다. 초사가 한대에 갑자기 유행하고 초나라 비극의 주인공 굴원이 한대에 환영받게 된 배경이 여기에 있었다. 초사의 특징은 송대 황백사黃伯思가 「교정초사서」校定楚辭序에서 "초나라 말, 초나라 소리, 초나라 땅, 초나라 명물을 썼으니 초사라 하는 것"이라 개괄하였다. 『시경』이 북방에서 나온 문학이라면, 『초사』는 역사, 전설, 신화, 풍속, 예술 등 여러 방면에 걸쳐 모두 남방 색채가 농후하다.

굴원의 작품은 공동연대 이전 139년 회남왕 류안劉安이 『리소전』離騷傳을 썼다지만 이미 실전되었고, 공동연대 이전 26년에 사부를 잘하는 학자 류향劉向이 처음 『초사』를 엮었다는데 역시 실전되었다. 그러나 후자는 공동연대 이후 114~119년에 왕일王逸이 주를 달아 『초사장구』楚辭章句를 내었다. 이 책이 우리가 읽는 텍스트이다.

굴원屈原(약 전 339~약 전 278년)은 중국 최초의 위대한 시인이다. 중국의 시사詩史는, 물론 『시경』詩經에서 시작되는 것이기는 하지만, 그것은 대부분이 무명씨의 작품으로 민요풍이었으니 시인으로서의 최초의 자리는 굴원에게 남겨졌다. 《리소, 애타는 호소》 등이 그의 이름으로 전하기 때문이다. 고대문학은 필사되기까지 상당한 기간 구전口傳 단계가 있게 마련인데, 이 기간이 길면 『시경』처럼 무명씨의 민요가 되고, 짧으면 『초사』처럼 굴원의 이름으로 전할 수 있다. 시인의 이름으로 전하긴 해도 텍스트는 본래 모습에서 상당한 변화를 거친 것이다. 그래서 이 작품을 전국시대戰國時代의 초사楚辭가 아니라 한대漢代의 사부辭賦로 보는 견해도 있지만, 고대문학은 그런 것이다. 고대 작품을, 후대 종이가 필사에 쓰인 중세 이후, '작시 곧 문자화' 되어 시인의 개성이 드러나는 작품과 같이 놓고 작자를 이야기할 수는 없다.

굴원의 생존 시기는 전국시대戰國時代 말엽에 중국 철학의 꽃을 피웠던 위대한 사상가들과 거의 일치한다. 굴원에 조금 앞선 이로는 맹가孟軻·장주莊周가 있었고, 조금 뒤진 이로는 순황荀況·한비韓非가 있었다. 굴원은 철학의 길을 걷지 않고, 처음에는 정치에 투신했다가 실패, 뒤에는 오로지 시에만 전념했다.

굴원의 집안과 일생에 대해서 우리가 아는 것은 단편적인 것에 지나지 않는다. 그의 작품들과 『사기』史記 「굴원가생렬전」屈原賈生列傳을 통해 조금 더듬어 볼 수 있을 뿐이다.

굴원은 장강長江 중류에서 남중국을 대표하고 군림하던 초楚나라의 귀족 신분이었다. 25세 무렵에는 회왕懷王 웅괴熊槐(전 329~전 299년 재위)의 좌도左徒(諫官)가 되었는데, 그 학식과 변설 · 문필로써 외교와 내정에 관여하여 임금에게 특별한 신임을 얻었다.

그런데 당시 북방 중국에서는 제후국 사이에 세력 균형이 크게 동요되고 있었다. 옛 전국칠웅戰國七雄의 우두머리는 산동성에 있던 제齊나라였는데, 섬서성에서 진秦이란 신흥국이 파죽지세로 일어나고 있었기 때문이다. 초나라에서는 외교 문제를 놓고 귀족들 간에 친제파親齊派와 친진파親秦派로 분열되었다. 진나라에서는 세객說客 장의張儀를 시켜 초나라로 하여금 제나라와 단교하게 만들었다. 친제파였던 굴원은 이러한 이유로 추방당했다.

장의는 처음에 초나라가 제나라와 단교하면 진나라에서 영토 '600리'를 주겠다고 약속했는데, 뒤에 가서 '6리'로 말했다고 번복하였다. 초나라는 이 때문에 진나라와 전쟁을 벌였으나 그것도 실패였다. 이때 굴원은 추방에서 풀려났다.

굴원이 제나라에 사신으로 간 사이, 장의는 초나라에 와서 다시 교묘하게 초나라 임금 웅괴의 화를 풀고 친진파가 득세하게 만들었다. 또 웅괴는 진나라 측의 감언에 속아 진나라로 가다가 복병에게 사로잡히고 마침내 진나라에서 객사했다.

굴원이 분격한 것은 말할 것도 없다. 초나라 사람들의 진나라에 대한 원한도 골수에 사무친 것이었다. 그러나 회왕 웅괴의 아들로 왕위를 이은 경양왕頃襄王 웅횡熊橫(전 299~전 263년 재위)은 진나라의 정략政略에 따라 춤추면서 필사적으로 간하는 굴원을 다시금 추방했다. 굴원은 초나라의 서울 영郢(호북성 江陵)을 떠나 동정호洞庭湖를 헤매다가 《돌을 품고》(懷沙)를 절명사로 남기고 강물에 투신자살했다. 때는 음력 5월 초닷새, 곳은 동정호로 빠지는 멱라강汨羅江이었다 한다.

초사楚辭는 무계巫系의 문학이라는 것이 정설이다. 그렇다면 왜 굴원이 무巫의 전통을 지켰으며, 왜 비극의 생애를 보내지 않으면 안 되었을까? 이 점을 구명하는 것은 그의 작품의 위치를 정립하는 데 필요할 것이다.

고대의 무巫는 인간 최고의 지혜를 갖춘 성직聖職이었다. 인간세계를 다스리는 왕王은 사람과 신령들의 교량인 무巫와 동격이었던 것이다. 그러나 전국시대에 와서는 사람을 다스리는 지상의 권세만 팽창되어 반비례로 신령들에게 봉사하는 무巫는 일개 술사術師로 격하되었다. 귀족의 우두머리인 령윤令尹(宰相)이 정권을 한손에 장악하면서, 성스러운 무巫의 가계家系를 잇는 청순한 지혜자智惠者인 령균靈均(屈原의 字, 令尹과 語源이 같다)은 권좌에서 쫓겨난 것이다.

굴원은 《리소, 애타는 호소》에서, 신령을 찾아 하늘 · 곤륜산崑崙山 · 서해西海로 마구 달리지만 끝에 가서, "밝은 해가 빛나는 하늘로 올라가는데, / 문득 옛 고향이 내려다보입니다. / 마부도 슬퍼하고 말도 그리워하여, / 돌아보며 머뭇머뭇 나아가지 못합니다."로 끝맺고 있다.

성스러워야 할 무巫는 마침내 하늘의 신령들과 만나지 못했다. 그럴 뿐 아니라 굴원은 부정 · 부패 · 혼란이 가득한 인간세계에만 마음이 끌린 것이다. 무巫가 왜 신통력을 잃었을까? 그것은 신령들에 대한 소박한 신앙이, 다른 사람은 제쳐두고라도, 굴원 자신의 마음에도 동요되었기 때문이다. 이제 고대인古代人은 모두 스러진 것이다. 그런데도 굴원은 고대의 성스러운 전통을 이어서 지상 권력의 횡포에 저항한다는 본능을 잃지 않았다. 그것은 굴원의 혈통 같은 것으로 아무리 해도 불식될 수 없는 것이었다. 이 딜레마 속에 굴원의 비극이 있는 것이 아닐까?

《구가》九歌는 《리소》나 《천문》, 그리고 『산해경』·『대황서경』의 설명을 보면, 전설적인 하나라 임금 계啓가 천상에서 가져왔다고 한다. 그 이름은 상고시대에 이미 있었던 것이다. 《구가》 11수는 편수나 곡조에서 상고의 구가와 다르다. 그런데 11수首를 9가歌에 맞추려고 시편을 붙이고 떼면서 여러 해석을 시도했으나, 결국 9를 허수로 인정할 수밖에 없었다. 《구가》는 내용 및 형식에서 굴원의 이름으로 전하는 다른 작품들과 차이가 많다(《구가》와 굴원과의 관계를 부정하는 학자도 있다). 아마 어떤 계기가 있어, 굴원은 초나라 남방 무가巫歌를 기본으로 삼아 표현을 다듬은 듯하다. 1구가 어조사 혜兮 자와 3언 기조로 이루는 형식도 더 간명하다. 민요의 원래 모습을 많이 지니고 있다는 점에서, 《구가》는 《리소》보다 초사의 본 모습일지 모르겠다.

《구가》 11수는 국가적인 제례에 사용하는 악장으로, 장막 가무극, 또는 열한 마당의 굿으로 볼 수 있을 것이다. 《구가》는 비록 신에게 제사지내는 의식에서 부르는 노래이지만, 내용은 청춘 남녀의 연가이다. 민간의 야성미 넘치는 연가이다.

굴원의 작품은 총 25편이라는 것이 종래의 설이지만 그 속에는 진위가 의심스러운 것이 있다. 본서에서는 《구가》 11수, 그의 대표작 《리소, 애타는 호소》와 절명사 《돌을 품고》를 뽑았다.

띄어 읽기

1. 시詩의 1구는 4언, 5언, 7언 등 여러 구법이 있지만, 읽을 때는 대개 2언 또는 3언으로 띄어 읽기를 한다. 4언시, 5언시, 7언시의 띄어 읽기는 대개 정해져 있다.

4언시(시경)	□□ □□, □□ □回。
5언시	□□ □□□, □□ □□回。
7언시	□□ □□ □□□, □□ □□ □□回。

• 기호 '□'는 일반 한자漢字, '回'는 운자韻字이다. 빈칸은 띄어 읽기를 표시한다.

2. 사詞, 산곡散曲은 같은 4언, 5언, 7언이라도 띄어 읽기는 사보詞譜나 곡보曲譜에 따라 다를 수가 있다.

3. 초사楚辭는 좀 복잡하지만, 다수를 차지하는 기본적인 띄어 읽기는 다음과 같다고 할 수 있다(이것은 하나의 시안이다).

구가(상부인)	□□□兮 □□, □□□兮 □回。
리소	□□□*□* □□兮, □□□*□* □回。
구장(회사)	□□ □□兮, □□(*□*) □回。

• 《리소》의 *□*는 대개 之, 其, 夫, 以, 而, 於, 乎, 與, 焉 등 허자虛字인데, 이 글자는 적당히 길게 읽어 그 1구의 리듬을 조정한다. 《구가》의 혜兮는 의미에 있어 특정한 허자로 볼 수 있으며, 역시 길게 읽어 그 1구의 리듬을 조정한다. 《리소》의 *□*는 《구가》의 혜兮에서 발전한 것인 듯, 둘은 리듬과 의미에서 상통하는 역할을 한다.

• 본서에서 독음을 적을 때, *□*는 *기울임* 자체로 썼다. 낭독할 때 이 글자는 본래의 장·단음에 상관없이 적당히 길게 읽는다.

4. 시구 가운데 3언(□□□)은 '리듬 단위' 또는 '의미 단위'에 따라 다시 2+1언(□□ □), 또는 1+2언(□ □□)으로 띄어 읽을 수 있다.

- 陳少松, 『古詩詞文吟誦』(北京: 社會科學文獻出版社, 2002); 盧元駿, 『四照花室詞譜』(台北: 正光書局, 1976); 金海明, 「離騷의 리듬 유형 연구」, 『중국어문학논집 · 15』(서울: 연세대학교, 2000); 黃鳳顯, 『屈辭體研究』(長沙: 湖南人民出版社, 2002) 참고.

동황태일, 천신[1] | 『초사』 구가

東皇太一
동황 태:일

길일하고도 좋은 시각에,
吉日兮辰良。
길일혜 신량

상황[2]님 전 공손히 제사를 올립니다.
穆將愉兮上皇。
목 장유혜 상:황

옥으로 꾸민 장검[3]을 손으로 잡으니,
撫長劍兮玉珥,
무: 장검:혜 옥이:

구슬 소리 찰그랑찰그랑 울립니다.
璆鏘鳴兮琳琅。
구장 명혜 림랑

깨끗한 자리에 옥돌 누르고,
瑤席兮玉瑱,
요석혜 옥진:

예쁜 꽃다발 가득 늘어놓았습니다.
盍將把兮瓊芳。
합 장파:혜 경방

혜초로 제육 싸서 택란[4]으로 받치고,
蕙肴蒸兮蘭藉,
혜: 효증혜 란자:

계피 술에 산초[5] 물을 차렸습니다.
奠桂酒兮椒漿。
전: 계:주:혜 초장

북채를 들어서 북을 치니,
揚枹兮拊鼓,
양포혜 부:고:

..............................[6]
□□□兮□□。

느린 박자 따라 찬찬히 노래하고,
疏緩節兮安歌,
소 완:절혜 안가

관악기 현악기 소리 울려 퍼집니다.
陳竽瑟兮浩倡。
진 우슬혜 호:창

신이 내려[7] 춤을 추니 예쁜 옷이요, | 靈偃蹇兮姣服,
령 언:건:혜 교:복

향내가 물씬 방 안에 가득 찹니다. | 芳菲菲兮滿堂。
방비비혜 만:당

오음[8]이 잘 어울리어 악장을 이루니, | 五音紛兮繁會,
오:음 분혜 번회:

님께서는 기뻐하며 또 즐거워합니다. | 君欣欣兮樂康。
군 흔흔혜 락강

1_ 동황태일은 천신, 태일은 그 별 이름. 태일성을 제사 지내는 위치가 초나라 동쪽에 있기에 동황이라고 한다. 《동황태일》은 무당이 독창 독무했다. 《구가》 11수 전체의 영신곡迎神曲이다. 「구가」 11수 각 편 주석은 부석임의 책을 참고했다(傅錫任, 『新譯楚辭讀本』, 台北: 三民書局, 1976).

2_ 상황上皇 : 동황태일.

3_ 장검 : 주제主祭가 장검을 잡고 하늘 신에게 배례함을 나타내는 것.

4_ 혜초 / 택란 : 혜초 원문은 혜蕙(*Ocimum basilicum*), '바질'이라는 외래어로 부른다. 택란 원문은 란蘭(*Eupatorium japonicum*). 「구가」 11수에 나오는 식물은 반부준의 책을 참고했다(潘富俊, 『楚辭植物圖鑑』, 上海:上海書店出版社, 2003).

5_ 계피 / 산초 : 계피는 계수나무 껍질. 계수나무 원문은 계桂(*Cinnamomum cassia*). 산초 원문은 초椒(*Zanthoxylum bungeanum*).

6_ …… : 이 구절은 누락된 것인 듯.

7_ 신이 내려 : 동황태일이 무녀에게 내린 것이다.

8_ 오음五音 : 중국 음악의 음계를 이루는 궁·상·각·치·우宮商角徵羽.

운중군, 천둥 신[1] | 『초사』 구가

雲中君
운중군

택란 탕[2]에 목욕하여 향기로우며,	浴蘭湯兮沐芳。 욕 란탕혜 목방
화려한 옷이 꽃송이와 같습니다.	華采衣兮若英。 화채: 의혜 약영
님[3]은 굽이굽이 돌아서 내려오며,	靈連蜷兮既留, 령 련권혜 기:류
환하게 번쩍번쩍 모두 비춥니다.	爛昭昭兮未央。 란:소소혜 미:앙
아, 이제 편히 쉬려는 수궁[4]이니,	蹇將憺兮壽宮, 건: 장담:혜 수:궁
해와 달과 함께 빛나고 있습니다.	與日月兮齊光。 여: 일월혜 제광
용 수레를 타고 오색[5] 옷을 입고,	龍駕兮帝服, 룡가:혜 제:복
살짝 날아올라 빙글빙글 돕니다.	聊翺遊兮周章。 료 고유혜 주장
님[6]은 번쩍번쩍 세상에 내려오다가,	靈皇皇兮既降。 령 황황혜 기:홍
갑자기 먼 구름 속으로 올라갑니다.	猋遠擧兮雲中。 표 원:거:혜 운중
기주[7]와 그 너머까지 다 둘러보니,	覽冀州兮有餘, 람: 기:주혜 유:여
변두리 사방에 이르러 끝없습니다.	橫四海兮焉窮。 횡 사:해:혜 언궁

저 님 생각하느라 긴 한숨이 나고, 思夫君兮太息,
사 부군혜 태:식

애를 태워서 마음이 울렁거립니다. 極勞心兮忡忡。
극 로심혜 충충

1_ 운중군은 '천둥 신'이다. 일설에는 '구름 신'이라고도 한다. 또 '달 신(月神)', '운몽 늪 신(雲夢澤)', '운중 지방 신(雲中郡)' 등 여러 설이 있다. 제1장은 무녀가 목욕 갱의하고 영신하는 정성을, 제2장은 천상의 그 거처와 행색을 묘사하여 간절한 기대를 부풀렸다. 그런데 제3장을 보면 운중군이 느닷없이 왔다가 갑자기 사라져 사람들을 탄식하게 한다. 신과 사람과의 연애하는 분위기도 보이면서 걷잡지 못할 운중 신의 특성을 나타낸다. 가사는 무녀가 독창하고, 무용은 운중군으로 분장한 박수가 독무한다.

2_ 택란 탕 : 택란을 우린 온탕.

3_ 님 : 운중군.

4_ 수궁壽宮 : 운중군이 거하는 천상의 궁궐.

5_ 오색 : 파랑, 노랑, 빨강, 하양, 검정.

6_ 님 : 운중군.

7_ 기주冀州 : 중국 9주 중 으뜸. 중심지.

상수 신[1] | 『초사』 구가

湘君
상군

님[2]은 나오지 아니하고 머뭇거립니다. 君不行兮夷猶。
군 불행혜 이유

아, 누구 때문에 모래톱에 머뭅니까? 蹇誰留兮中洲。
건: 수류혜 중주

아름다운 모습에 의젓한 치장입니다. 美要眇兮宜修,
미: 요:묘:혜 의수

나[3]의 계수나무 배는 빠르기도 합니다.
沛吾乘兮桂舟。
패: 오승혜 계:주

물결도 안 일고 원수 상수[4] 내려갑니다.
令沅湘兮無波,
령: 원상혜 무파

강물을 따라가니 흐름이 편안합니다.
使江水兮安流。
사: 강수:혜 안류

저 님 바라보아도 오지 아니합니다.
望夫君兮未來。
망: 부군혜 미:래

참치[5]를 불면서 누구를 생각합니까?
吹參差兮誰思。
취 참치혜 수사

나는 비룡을 몰아서 북으로 갑니다.
駕飛龍兮北征。
가: 비룡혜 북정

나의 길을 돌아서 동정호[6]로 갑니다.
邅吾道兮洞庭。
전 오도:혜 동:정

발은 벽려[7]이고 휘장은 혜초이니,
薜荔柏兮蕙綢,
벽려: 백혜 혜:주

노는 창포[8]이고 깃발은 택란입니다.
蓀橈兮蘭旌。
손뇨혜 란정

잠양[9]을 바라보니 먼 물가에 있습니다.
望涔陽兮極浦,
망: 잠양혜 극포:

큰 강을 건너가며 정성을 다합니다.
橫大江兮揚靈。
횡 대:강혜 양령

정성을 다하여도 다다르지 못하니,
揚靈兮未極。
양령혜 미:극

시녀는 안타까이 나 때문에 탄식합니다.
女嬋媛兮爲余太息。
녀: 선원혜 위:여 태:식

눈물 콧물이 섞이어 줄줄 흐릅니다.
橫流涕兮潺湲,
횡 류체:혜 잔원

가만히 님을 생각[10]하니 애가 탑니다. 隱思君兮陫側。
은: 사군혜 비:측

노는 계수나무, 키는 목련[11]나무. 桂櫂兮蘭枻。
계:도:혜 란예:

얼음을 깨어 눈[12]을 쌓았습니다. 斲冰兮積雪。
착빙혜 적설

벽려를 물 속에서 캐려 합니다, 采薜荔兮水中,
채: 벽려:혜 수:중

부용[13]을 나무 끝에서 따려 합니다. 搴芙蓉兮木末。
건 부용혜 목말

마음 아니 같아 중매만 고생이요, 心不同兮媒勞,
심 불동혜 매로

은혜 아니 깊어 쉬이 끊어집니다. 恩不甚兮輕絶。
은 불심:혜 경절

자갈 여울에 물은 조잘조잘, 石瀨兮淺淺。
석뢰:혜 천:천:

비룡 같은 내 배는 펄럭펄럭.[14] 飛龍兮翩翩。
비룡혜 편편

신실치 못한 사귐에 원망만 자라니, 交不忠兮怨長,
교 불충혜 원:장:

기약 아니 지키고 나에게 시간이 없다 말합니다. 期不信兮告余以不閒。
기 불신:혜 고:여 이:불한

아침에 강변 언덕으로 달려 나아가, 鼂騁騖兮江皐,
조 빙:무:혜 강고

저녁에 북쪽 물가 섬에서 쉽니다. 夕弭節兮北渚。
석 미:절혜 북저:

새는 지붕 위에 깃들이는데, 鳥次兮屋上,
조: 차:혜 옥상:

물[15]은 대청 아래 가득합니다. 水周兮堂下。
수: 주혜 당하:

나의 옥결을 장강[16] 가운데 던지고, 捐余玦兮江中,
연 여결혜 강중

나의 패옥을 례수[17] 갯가에 남깁니다. 遺余佩兮醴浦。
유 여패:혜 례:포:

싱긋한 모래섬에서 고량강[18]을 캐어, 采芳洲兮杜若,
채: 방주혜 두:약

이를 하녀[19]에게 갖다 주려 합니다. 將以遺兮下女。
장 이:유:혜 하:녀:

시간은 가고 다시 아니 돌아옵니다. 旹不可兮再得,
시 불가:혜 재:득

잠시 서성이며 그냥 머뭇거립니다. 聊逍遙兮容與。
료 소요혜 용여:

1_ 이 편은 다음의 《상수 부인》 편과 한 쌍을 이룬다. '상수 신'은 순舜이고 '상수 부인'은 요堯의 두 딸 아황娥皇과 녀영女英이라는 설, '상수 신'은 아황이고 '상수 부인'은 녀영이라는 설 등 이견이 많다. 《구가》로 보건대 '상수 신'과 '상수 부인'은 원시종교 안에서 부부신인 듯하다. 《상수 신》 편에서는 '상수 부인'이 '상수 신'을 그리워하고, 《상수 부인》 편에서는 '상수 신'이 '상수 부인'을 그리워하는데, 두 편 모두 사모하는 둘의 기약이 어긋나 만나지 못하는 애정 희극을 묘사하고 있다. 이 두 편은 고대 애정시의 한 전형이다. 《상수 신》은 '상수 부인'으로 분장한 무녀가 독창한다.

2_ 님 : '상수 부인'이 '상수 신'을 부르는 존칭.

3_ 나 : '상수 부인' 자칭.

4_ 원수 상수 : 원수는 너스레 떤 것이고 실제로는 상수만 가리킨다. 원수는 원강沅江, 상수는 상강湘江의 옛 이름이다. 상강은 광서 자치구에서 발원하여 동북으로 흘러 호남성 장사長沙를 지나 상음현에 이르러 동정호로 들어간다. 호남성의 대표적인 강. 원강은 귀주성에서 발원하여 동정호로 들어간다.

5_ 참치參差 : 죽관을 여럿 묶어 만든 퉁소. 죽관 길이가 들쭉날쭉 같지 아니하다.

6_ 동정호洞庭湖 : 호남성 북부에 있는 중국 제2의 담수호. 상수 원수 물이 들어오고 장강으로 물이 빠진다. 우기에는 물이 역류하여 수위가 올라간다. 연안 풍경은 소상팔경瀟湘八景으로 손꼽힌다.

7_ 벽려 : 원문은 벽려薜荔(*Ficus pumila*). 일명 줄사철나무.

8_ 창포 : 원문은 손蓀(菖蒲, *Acorus calamus*).

9_ 잠양涔陽 : 지명. 잠수 북안에 있다. 잠수는 호남성에서 발원하여 동정호로 들어간다.

10_ 님 생각 : '상수 부인'은 기약이 어긋나 '상수 신'과 만나지 못했다.

11_ 목련 : 원문은 란蘭(木蘭, *Magnolia denudata*).

12_ 얼음 / 눈 : '상수 부인'의 배로 나아가기 어려움 또는 빠름을 나타낸다.

13_ 부용 : 원문은 부용芙蓉(荷, *Nelumbo nucifera*). 연꽃. 이 연에서, "벽려(줄사철나무)는 육상에서 자라는데 물 속에서 캐려 하고, 부용(연꽃)은 수상에서 자라는데 나무 끝에서 따려 한다."니, 이는 한마디로 '불가능'을 뜻한다.

14_ 조잘조잘 / 펄럭펄럭 : '상수 부인' 배는 빠른데, 물이 너무 옅음을 뜻한다.

15_ 새 / 물 : 이 연은 황량한 풍경을 묘사한 것이다.

16_ 장강長江 : 티베트 고원에서 발원하여 청해, 사천, 운남, 호북, 호남, 강서, 안휘, 강소성을 지나 동중국해로 들어간다. 중국에서 가장 긴 강으로, 약 6,300킬로미터에 이른다.

17_ 례수 : 례강澧江의 옛 이름. 호남성에서 발원하여 동정호로 들어간다. 이 단락은 '상수 부인'의 실망과 분노를 나타낸다.

18_ 고량강 : 원문은 두약杜若(高良姜, *Alpinia officinarum*).

19_ 하녀 : '상수 신'에 대한 불만 때문에 엉뚱하게 선물받는 사람.

상수 부인[1] | 『초사』 구가

湘夫人
상부인

부인[2]이 내려오는 북쪽 물가.

帝子降兮北渚。
제:자: 강:혜 북저:

눈이 가물가물 시름겹습니다. | 目眇眇兮愁予。
목 묘:묘:혜 수여

산들산들 가을바람이 입니다. | 嫋嫋兮秋風,
뇨:뇨:혜 추풍

동정호 물결치고 낙엽이 집니다. | 洞庭波兮木葉下。
동:정 파혜 목엽 하:

백번[3] 언덕에서 멀리 바라봅니다. | 登白薠兮騁望。
등 백번혜 빙:망:

부인과 기약한 저녁을 차립니다. | 與佳期兮夕張。
여:가 기혜 석장

새 떼가 왜 수초 안에 모여듭니까. | 鳥何萃兮蘋中,
조:하 췌:혜 빈중

그물[4]이 왜 나무에 걸려 있습니까. | 罾何爲兮木上。
증하 위:혜 목상:

원수에 구리때[5]요 례수에 택란이라. | 沅有茝兮醴有蘭。
원유:채:혜 례:유:란

부인 생각 하지만 말은 못합니다. | 思公子兮未敢言。
사 공자:혜 미:감: 언

황홀한 가운데 바라볼 뿐입니다. | 荒忽兮遠望,
황홀혜 원:망:

흐르는 물은 조잘조잘 흐릅니다. | 觀流水兮潺湲。
관 류수:혜 잔원

순록이 왜 뜰 안에서 풀을 뜯습니까. | 麋何食兮庭中,
미하 식혜 정중

교룡[6]이 왜 물가에서 헤엄을 칩니까. | 蛟何爲兮水裔。
교하 위:혜 수:예:

아침에 나는 말을 달려 강변 언덕으로 나가서, 朝馳余馬兮江皐,
조치 여마:혜 강고

저녁에는 서쪽 기슭으로 건넙니다. 夕濟兮西澨。
석제:혜 서서:

부인이 나[7] 부르는 소리를 듣습니다. 聞佳人兮召予,
문 가인혜 소:여

수레를 빠르게 몰아 함께 가렵니다. 將騰駕兮偕逝。
장 등가:혜 해서:

우리 집[8]을 물 가운데 짓습니다. 築室兮水中,
축실혜 수:중

연잎으로 지붕을 잇습니다. 葺之兮荷蓋。
즙지혜 하개:

담벽은 창포요, 화단은 지치[9]입니다. 蓀壁兮紫壇,
손벽혜 자:단

산초를 뿌리니 향기가 가득합니다. 播芳椒兮成堂。
파: 방초혜 성당

마룻대는 계수나무, 서까래는 목련, 桂棟兮蘭橑,
계:동:혜 란료:

문미[10]는 신이, 안방은 구리때입니다. 辛夷楣兮葯房。
신이 미혜 약방

줄사철나무 이은 휘장을 늘이고, 罔薜荔兮爲帷,
망: 벽려:혜 위유

혜초 병풍을 펼치어 놓습니다. 擗蕙櫋兮旣張。
벽 혜:면혜 기:장

하얀 옥돌로 사방을 눌러놓고, 白玉兮爲鎭,
백옥혜 위진:

석골풀[11]을 세우니 향기가 물씬합니다. 疏石蘭兮爲芳。
소 석란혜 위방

연잎 지붕 위에 구리때를 덮습니다. 芷葺兮荷屋,
지:즙혜 하옥

바깥에는 족두리[12]를 늘어놓습니다. 繚之兮杜衡。
료지혜 두:형

온갖 풀들 모아서 뜰을 채웁니다. 合百草兮實庭,
합 백초:혜 실정

꽃들이 회랑과 대문에 가득합니다. 建芳馨兮廡門。
건: 방형혜 무:문

구의산[13] 여러 신이 마중 나옵니다. 九嶷繽兮並迎,
구:의 빈혜 병:영

신령님 오는 것이 구름 같습니다. 靈之來兮如雲。
령지 래혜 여운

나[14]의 소맷자락을 장강에서 텁니다. 捐余袂兮江中,
연 여메:혜 강중

나의 홑바지를 례수 갯가에 남깁니다. 遺余褋兮醴浦。
유 여접혜 례:포:

강 속의 모래섬에서 고량강을 캐어, 搴汀洲兮杜若,
건정 주혜 두:약

이를 멀리 있는 이[15]에게 주려 합니다. 將以遺兮遠者。
장이: 유:혜 원:자:

시간은 가고 금방 아니 돌아옵니다. 時不可兮驟得,
시 불가:혜 취:득

잠시 서성이며 그냥 머뭇거립니다. 聊逍遙兮容與。
료 소요혜 용여:

1_ '상수 부인'을 제사 지내는 노래. 앞《상수 신》을 참조할 것.《상수 부인》은 '상수 신'으로 분장한 박수가 독창 독무한다.

2_ 부인 : '부인'은 '상수 신'이 '상수 부인'을 부르는 호칭. '북쪽 물가'는 앞《상수 신》 편에서 '상수 부인'이 "아침에 강변 언덕으로 달려 나아가, 저녁에 북쪽 물가"라고 한 것과 이어진다.

3_ 백번 : 원문은 백번白薠(*Scirpus triangulates*). 사초과 식물.

4_ 새 / 그물 : 새는 나무에, 그물은 물에 있어야 하는데, 모두 제자리를 떠나 있다.

5_ 구리때 : 원문은 채茝(*Angelica dahurica*).

6_ 순록 / 교룡 : 순록은 산야에, 교룡은 심해에 있어야 하는데, 모두 틀린 위치에 있는 것이다.

7_ 나 : '상수 신' 자칭. 주변 상황이 아무리 꼬여도 '상수 신'은 '상수 부인' 오기를 기다리고 있는 것.

8_ 우리 집 : '상수 신'이 '상수 부인'과 함께 살 집을 짓는 상상(이하 16구).

9_ 지치 : 원문은 자紫(*Lithospermum erythrorrhizon*).

10_ 문미門楣 : 문 위에 가로 댄 나무. 신이辛夷(*Magnolia liliflora*)는 자목련이다.

11_ 석골풀 : 원문은 석란石蘭(*Dendrobium nobile*). 암석 위에 자라는 난초.

12_ 족두리 : 원문은 두형杜衡(*Asarum forbesii*).

13_ 구의산九嶷山 : 호남성 도현道縣 동남쪽에 있다. 아홉 봉우리가 비슷하여 헷갈리기에 붙인 이름. 여기서 '상수 신'의 달콤한 꿈은 깨어진다.

14_ 나 : '상수 신' 자칭. 이 단락은 '상수 신'의 실망과 분노를 나타낸다.

15_ 멀리 있는 이 : '상수 부인'에 대한 불만 때문에 엉뚱하게 선물받는 사람. 《상수 신》 주 19 참조(본서 139쪽).

큰 생명 신[1] | 『초사』 구가

大司命
대사명

"널따랗게 하늘 대문이 열립니다.

廣開兮天門。
광:개혜 천문

나[2]는 검은 구름을 타고 오릅니다. 紛吾乘兮玄雲。
분 오승:혜 현운

돌개바람 앞장세워서 나아가게 하여, 令飄風兮先驅,
령: 표풍혜 선구

소낙비 뿌려 길의 먼지 가라앉힙니다.” 使涷雨兮灑塵。
사: 동우:혜 쇄:진

님[3]은 빙글빙글 돌아 아래로 내려가니, 君迴翔兮以下。
군 회상혜 이:하:

저도 공상산[4]을 넘어 그대를 따릅니다. 踰空桑兮從女。
유 공상혜 종여:

“벅적벅적 사람들 붐비는 구주[5]이지만, 紛總總兮九州,
분 총:총:혜 구:주

오래 살고 못 사는 일 나[6]에게 달렸습니다.” 何壽夭兮在予。
하 수:요혜 재:여

높이 날아 올라가 찬찬히 돕니다. 高飛兮安翔。
고비혜 안상

맑은 기운 타고서 음양을 거느립니다. 乘淸氣兮御陰陽。
승 청기:혜 어: 음양

저도 그대[7]를 좇아 정성 공경 다하여, 吾與君兮齋速,
오 여:군혜 재속

하느님[8] 계신 구주 높은 산에 이릅니다. 導帝之兮九坑。
도: 제:지혜 구:갱

“구름 옷자락이 뭉글뭉글, 靈衣兮被被。
령의혜 피피

옥돌 노리개가 반짝반짝. 玉佩兮陸離。
옥패:혜 륙리

하나 숨고 하나 나옵니다. 壹陰兮壹陽,
일음혜 일양

무리들은 내[9]가 하는 일을 모릅니다.” 衆莫知兮余所爲。
중: 막지혜 여 소:위

신령한 대마[10]를 꺾어 옥색 꽃다발 만드니, 折疏麻兮瑤華。
절 소마혜 요화

이를 갖다 저 먼 곳 님[11]에게 드리렵니다. 將以遺兮離居。
장 이:유:혜 리거

늙음이 슬몃슬몃 이미 다다랐습니다. 老冉冉兮旣極,
로: 염:염:혜 기:극

이제 가까이 아니하면 곧 멀어집니다. 不寖近兮愈疏。
불 침:근:혜 유:소

비룡을 타고[12] 덜컹덜컹. 乘龍兮轔轔。
승룡혜 린린

높다랗게 하늘을 찌릅니다. 高駝兮沖天。
고타혜 충천

계수나무 다발 묶고 기다립니다. 結桂枝兮延竚,
결 계:지혜 연저:

아아, 생각할수록 시름겹습니다. 羌愈思兮愁人。
강 유:사혜 수인

시름겹다[13] 한들 어찌하겠습니까. 愁人兮柰何。
수인혜 내:하

오늘만 같았으면 모자람이 없습니다. 願若今兮無虧。
원: 약금혜 무휴

진실로 사람 목숨은 정해진 것일진대, 固人命兮有當,
고: 인명:혜 유:당:

누구 멋대로 만나고 떠날 수 있습니까? 孰離合兮可爲。
숙 리합혜 가:위

1_ 『주례』, 『례기』, 『사기』 「천관서」 등에 사명司命이란 칭호가 나오는데, 이는 사람의 생명을 맡은 신이다. '큰 생명 신', '어린 생명 신' 둘이 있다. 신을 맞고 제사를 올리는 분위기가 엄숙 신비하고, 무녀가 신을 접하고 신을 위해 춤추고 신을 즐겁게 하므로, 구성이나 가사는 사람과 신이 연애하는 요소가 포함되어 있다. 박수가 분장한 '큰 생명 신'을 무녀가 맞이하는 가무극. 《큰 생명 신》 가사 가운데 큰따옴표는 '큰 생명 신'으로 분장한 박수가 노래하고, 그 밖의 가사는 무녀가 노래한다. 춤은 모두 함께 춘다.

2_ 나 : '큰 생명 신'. 제1장은 '큰 생명 신'이 노래한다.

3_ 님 : 무녀가 '큰 생명 신'을 부르는 존칭.

4_ 공상산空桑山 : 신화 속의 산 이름. 『산해경』에 보인다. 여기서 '저'는 무녀, '그대'는 '큰 생명 신'이다.

5_ 구주 : 중국 고대에 전국을 9주로 나누었다. 『서경』書經 「우공」禹貢에 따르면, 기주冀州(황하 중류 이북), 연주兗州(산동 하북), 청주靑州(산동), 서주徐州(안휘), 양주揚州(장강 하류), 형주荊州(장강 중류), 예주豫州(황하 중류 이남), 량주梁州(섬서 사천), 옹주雍州(섬서 감숙)이다.

6_ 나 : '큰 생명 신'. 제2장 제2연은 '큰 생명 신'이 노래한다.

7_ 저 / 그대 : '저'는 무녀, '그대'는 '큰 생명 신'.

8_ 하느님 : 조물주, 인간의 생살여탈 대권을 가졌다. '큰 생명 신'은 그 집행자이다.

9_ 내 : '큰 생명 신'. 제4장은 '큰 생명 신'이 노래한다.

10_ 대마 : 원문은 마麻(*Cannabis sativa*).

11_ 저 먼 곳 님 : '큰 생명 신'. 거처하는 곳이 하늘 위 높이 있다는 것이다.

12_ 비룡을 타고 : '큰 생명 신'이 떠나는 것이다.

13_ 시름겹다 : 무녀가 '큰 생명 신'을 그리워한다.

어린 생명 신[1] | 『초사』 구가

少司命
소사명

가을 택란, 그리고 또 천궁[2]이	秋蘭兮蘪蕪。 추란혜 미무
섬돌 아래 촘촘하게 자랐습니다.	羅生兮堂下。 라생혜 당하:
푸른 이파리에 하얀 줄기입니다.	綠葉兮素枝, 록엽혜 소:지
향내가 몰캉몰캉, 나를 엄습합니다.	芳菲菲兮襲予。 방 비비혜 습여
아, 사람들은 귀여운 자식이 있습니다.	夫人自有兮美子, 부:인 자:유:혜 미:자:
님[3]은 무엇 때문에 괴로워합니까?	蓀何以兮愁苦。 손 하이:혜 수고:
가을 택란은 싱싱하고 깨끗합니다.	秋蘭兮青青。 추란혜 청청
푸른 이파리에 자줏빛 줄기입니다.	綠葉兮紫莖。 록엽혜 자:경
넓은 대청에 미인이 가득하였는데,	滿堂兮美人, 만:당혜 미:인
문득 홀로 나하고 눈이 맞았습니다.	忽獨與余兮目成。 홀독 여:여혜 목성
들 때 말씀 없더니 날 때 인사 없습니다.	入不言兮出不辭。 입 불언혜 출 불사
회오리바람 타고 구름 깃발을 꽂습니다.	乘回風兮載雲旗。 승 회풍혜 재: 운기

슬픔 가운데 큰 슬픔은 생이별이구요. 悲莫悲兮生別離。
비 막비혜 생 별리

기쁨 가운데 큰 기쁨은 새 친구입니다. 樂莫樂兮新相知。
락 막락혜 신 상지

연꽃[4] 옷에 혜초 띠를 매었습니다. 荷衣兮蕙帶。
하의혜 혜:대:

갑자기 왔다가는 또 느닷없이 갔습니다. 儵而來兮忽而逝。
숙 이래혜 홀 이서:

저녁에 하늘나라 들판에서 잡니다. 夕宿兮帝郊,
석숙혜 제:교

님은 구름 끝에서 누구를 기다립니까. 君誰須兮雲之際。
군 수수혜 운지 제:

(그대와 아홉 황하에서 놉니다. (與女游兮九河。
여:여: 유혜 구:하

돌개바람이 가로 물결칩니다.[5]) 衝風至兮水揚波。)
충풍 지:혜 수:양파

그대와 함지[6]에서 머리를 감겠습니다. 與女沐兮咸池。
여:여: 목혜 함지

머리칼을 양지 언덕[7]에서 말리겠습니다. 晞女髮兮陽之阿。
희 여:발혜 양지 아

미인을 바랐지만 오지 아니합니다. 望美人兮未來,
망: 미:인혜 미:래

바람을 맞으며 서러워 크게 노래합니다. 臨風怳兮浩歌。
림풍 황:혜 호:가

공작 일산에 비취 깃발입니다. 孔蓋兮翠旍。
공:개:혜 취:정

구천[8]에 올라서 혜성을 쓰다듬습니다. 登九天兮撫慧星。
등 구:천혜 무: 혜:성

장검을 치켜들고 어린 쑥[9]을 지킵니다. 竦長劍兮擁幼艾,
송:장검:혜 옹:유:애:

님만 오직 만민을 주재하실 분입니다. 蓀獨宜兮爲民正。
손 독의혜 위 민정

1_ '큰 생명 신'은 엄숙한 남성인 데 대하여 '어린 생명 신'은 부드러운 여신이다. 이 시는 제1장과 제6장에서 정면으로 '어린 생명 신'의 공덕을 기리고 있지만, 그 밖에는 모두 남녀의 사랑을 노래하고 있다. 민간 문예와 신화 이야기 사이 논리성이 확실치 않다. 《어린 생명 신》의 가사는 무녀가 혼자 노래하고, 춤은 '어린 생명 신'과 무녀가 함께 춘다.

2_ 천궁 : 원문은 미무蘪蕪(江離, *Ligusticum chuanxiong*). 궁궁이.

3_ 님 : '어린 생명 신'

4_ 연꽃 : 원문은 하荷(*Nelumbo nucifera*).

5_ 그대와 아홉 황하에서 놉니다. 돌개바람이 가로 물결칩니다 : 이 2구는 후인이 잘못 삽입한 듯. 《황하 신》 첫머리에 나온다.

6_ 함지咸池 : 전설에 해가 목욕하는 못.

7_ 양지 언덕 : 바로 양곡暘谷인 듯. 『회남자』에 "해는 양곡에서 나와 함지에서 목욕한다."라고 했다.

8_ 구천 : 전설에 하늘은 아홉 층이 있다고 한다. 높은 하늘이라는 뜻.

9_ 어린 쑥 : 예쁜 어린이.

동군, 태양신[1] | 『초사』 구가

東君
동군

"붉은 햇살이 동녘에서 나옵니다. 暾將出兮東方。
돈 장출혜 동방

나의 난간과 부상나무를 비춥니다.　照吾檻兮扶桑。
조: 오함:혜 부상

나는 말을 몰아 찬찬히 나아갑니다.　撫余馬兮安驅,
무: 여마:혜 안구

밤은 이미 훤하게 새어 버렸습니다.[2]"　夜晈晈兮既明。
야: 교:교:혜 기:명

용머리 끌채를 몰아 우레를 타니,　駕龍輈兮乘雷。
가: 룡주혜 승뢰

높다란 구름 깃발이 펄럭거립니다.　載雲旗兮委蛇。
재: 운기혜 위이

길게 탄식하고 하늘로 날아오르지만,　長太息兮將上,
장 태:식혜 장상:

망설망설 그리움에 뒤를 돌아봅니다.　心低佪兮顧懷。
심 저회혜 고:회

소리와 빛깔은 사람을 즐겁게 하니,　羌聲色兮娛人,
강 성색혜 오인

구경꾼들[3]은 돌아갈 줄을 모릅니다.　觀者憺兮忘歸。
관자: 담:혜 망귀

슬을 조이고 북을 두드립니다.　縆瑟兮交鼓。
긍슬혜 교고:

종을 치니 나무틀 흔들립니다.　簫鍾兮瑤簴。
소종혜 요거:

지 피리 불고 우[4] 피리 붑니다.　鳴篪兮吹竽,
명지혜 취우

아, 신 내린 무녀[5] 어질고 어여쁩니다.　思靈保兮賢姱。
사 령보:혜 현과

살짝 물총새같이 날아오르면서,　翾飛兮翠曾,
현비혜 취:증

시를 노래하고 함께 춤춥니다.	展詩兮會舞。 전:시혜 회:무:
음률 어울리고 박자도 맞습니다.	應律兮合節。 응:률혜 합절
신령들[6] 오시며 햇빛을 가립니다.	靈之來兮蔽日。 령지 래혜 폐:일
"푸른 구름 저고리에 흰 무지개 치마.	青雲衣兮白霓裳。 청운 의혜 백예 상
긴 화살 들어 '하늘 이리'[7]를 쏩니다.	擧長矢兮射天狼。 거: 장시:혜 사: 천랑
내 활 잡고 되돌아서 아래로 내려가,	操余弧兮反淪降, 조 여호혜 반: 륜강:
'북쪽 구기'[8] 당기어 계피 단술 뜹니다.	援北斗兮酌桂漿。 원 북두:혜 작 계:장
내 고삐 당기어 높이 날아올라서,	撰余轡兮高駝翔, 찬: 여비:혜 고 타상
아득히 가물가물 동방[9]으로 갑니다."	杳冥冥兮以東行。 묘:명명혜 이: 동항

1_ '태양신'에게 제사 지내는 노래이다. 『이아』「석천」, 『회남자』「천문훈」, 『산해경』「대황남경」에서는 희화羲和라고 부르는 신, 《구가》 11수와 『한서』「교사지」에서는 동군東君이라고 부르는 신. 이 두 신은 명칭은 다르지만, 그 묘사로 보건대 모두 '태양신'이다. 문일다聞一多는 『초사 교보』楚辭校補에서 "《동황 태일》과 《운중군》 사이에 《동군》이 와야 한다."라고 했다. 《동군》 가사 가운데 큰따옴표(제1 · 4장)는 동군으로 분장한 박수가 노래하고, 그 밖에는 무당들이 합창한다(제2 · 3장). 춤은 모두 함께 춘다.

2_ 밤은 이미 훤하게 새어 버렸습니다 : 제1장은 여명을 묘사한다.

3_ 구경꾼들 : 제2장은 동군이 출장하는 열렬한 장면이다.

4_ 슬 / 지 / 우 : 슬은 현악기, 지 · 우는 모두 죽관악기. 제3장은 동군에 대한 제사 장면이다.

5_ 무녀 : 동군으로 분장했다.

6_ 신령들 : 동군을 따라온 신령들.

7_ 하늘 이리 : 별 이름, 천랑성. 시리우스(Sirius), 큰개자리(Canis Major)의 주성. 온 하늘에서 가장 빛나는 흰색 별, 거리는 8.7광년. 고대 중국에서는 잔혹한 침략자를 비유한다.

8_ 북쪽 구기 : 별 이름, 북두칠성. 큰곰자리(Ursa Major)의 일곱 별. 그 모습이 구기 같다.

9_ 동방 : 예전에는 해가 낮에 서쪽으로 가고 밤에 대지 뒤에서 동쪽으로 간다고 생각했다. 제4장은 동군이 스스로 하는 이야기이다.

황하 신[1] | 『초사』 구가

河伯
하백

그대와 아홉 황하[2]에서 놉니다.
與女遊兮九河。
여:여: 유혜 구:하

돌개바람이 가로 물결칩니다.
衝風起兮橫波。
충풍 기:혜 횡파

연꽃 덮개 물수레[3]를 탑니다,
乘水車兮荷蓋,
승 수:거혜 하개

용 두 마리에 이무기 두 마리.[4]
駕兩龍兮驂螭。
가: 량:룡혜 참리

곤륜산[5] 올라 사방을 바라보니,
登崑崙兮四望。
등 곤륜혜 사:망:

마음이 날아 호호탕탕합니다.
心飛揚兮浩蕩。
심 비양혜 호:탕:

해가 저물어도 돌아 못 가더니,
日將暮兮悵忘歸。
일 장모:혜 창: 망귀

물가에서 정신이 퍼뜩[6] 듭니다.

惟極浦兮寤懷。
유 극포:혜 오:회

고기비늘[7] 지붕에 용트림 대청,

魚鱗屋兮龍堂。
어린 옥혜 룡당

자주색 조개 궐문에 빨간 궁전.

紫貝闕兮朱宮。
자:패: 궐혜 주궁

님은 왜 수궁 안에 있습니까.

靈何爲兮水中。
령 하위:혜 수:중

하얀 자라를 타고 잉어를 쫓습니다.

乘白黿兮逐文魚。
승 백원혜 축 문어

그대와 함께 황하 풀등에서 놉니다.

與女遊兮河之渚。
여:여: 유혜 하지 저:

흐르는 물은 질펀하게 흘러옵니다.

流澌紛兮將來下。
류시 분혜 장 래후:

그대[8]는 작별하고 동으로 갑니다.

子交手兮東行。
자: 교수:혜 동행

고운 사람[9] 남포에서 배웅합니다.

送美人兮南浦。
송: 미:인혜 남포:

물결은 넘실넘실 마중 나오고,

波滔滔兮來迎。
파 도도혜 래영

고기는 줄지어 나를 따라옵니다.

魚隣隣兮媵予。
어 린린혜 잉:여

1_ 전설에 따르면 '황하 신'은 풍류를 좋아하고 '락수 여신' 복비宓妃를 아내로 삼았다 한다. 이 시는 '황하 신'의 연애 놀이를 묘사하고 있다. 《황하 신》은 무녀가 독창 독무한다.

2_ 아홉 황하 : 우禹(약 전 2205~전 2198년)가 황하를 다스려 물길을 아홉 갈래로

잡았다 한다. 또 자고로 황하는 '아홉 굽이(九曲)'라고도 한다. 황하는 청해성에서 발원하여 감숙성, 섬서성, 산서성, 하남성, 산동성을 흘러 발해로 들어간다. 길이 5,464킬로미터. 중국에서 장강長江 다음으로 큰 강이다.

3_ 물수레 : 물로 만든 수레. '황하 신'은 수상으로 이동한다.

4_ 용 두 마리에 이무기 두 마리 : '물수레'도 사두마차 같다. 다만 말 대신에 용과 이무기가 끄는 것.

5_ 곤륜산崑崙山 : 옛날 중국 서쪽에 있다고 생각한 산. 선녀 서왕모西王母가 산다든지 보석이 난다든지 하여 신선사상과 결부시킨 성지이다. 지금의 곤륜산은 파미르 고원 동부에서 신강성 티베트 경계를 따라 청해성까지 닿는데, 길이는 약 2,500킬로미터, 주봉 무즈타그Muztag는 해발 7,723미터이다.

6_ 정신이 퍼뜩 : 제2장은 곤륜산 놀이에 빠져 돌아가지 못하다가 다시 물가로 내려온 것이다.

7_ 고기비늘 : 제3장과 제4장은 '물나라'에서의 생활을 묘사했다.

8_ 그대 : '황하 신'.

9_ 고운 사람 : '황하 신'.

산중 귀녀[1] | 『초사』 구가

山鬼
산귀

마치 사람 있는 듯합니다, 산자락에,

若有人兮山之阿。
약 유:인혜 산지 아

줄사철나무 소나무겨우살이[2] 걸치고.

被薜荔兮帶女羅。
피 벽려:혜 대: 녀:라

정다운 눈에 웃음 머금고 있습니다.

旣含睇兮又宜笑。
기: 함제:혜 우: 의소

그대 나를 사모하며 하늑거립니다.

子慕予兮善窈窕。
자: 모:여혜 선: 요:조:

빨간 표범 타고 너구리를 딸리니, 乘赤豹兮從文狸。
승 적표:혜 종: 문리

자목련[3] 수레, 계수나무 깃발입니다. 辛夷車兮結桂旗。
신이 거혜 결 계:기

석곡풀 걸치고 또 족두리 두르고서, 被石蘭兮帶杜衡,
피 석란혜 대: 두:형

향초를 캐어 사모하는 이에게 드립니다. 折芳馨兮遺所思。
절 방형혜 유: 소:사

"나[4]는 깊은 대숲에 살아 끝내 하늘을 못 보는데, 余處幽篁兮終不見天,
여처: 유황혜 종불 견:천

길 또한 험하여 홀로 뒤늦게 왔습니다." 路險難兮獨後來。
로: 험:난혜 독 후:래

우뚝 홀로 섰습니다, 이 산꼭대기에. 表獨立兮山之上,
표: 독립혜 산지 상:

구름은 서리서리 아래에 퍼집니다. 雲容容兮而在下。
운 용용혜 이 재:하:

깊고 깊어, 아 대낮에도 어둡습니다. 杳冥冥兮羌晝晦,
묘:명명혜 강 주:회:

동풍이 불자 신령이 비를 뿌립니다. 東風飄兮神靈雨。
동풍 표혜 신령 우:

아름다운 이를 두고 돌아 못 갑니다. 留靈脩兮憺忘歸,
류 령수혜 담: 망귀

나이 드니 누가 나를 예뻐하겠습니까. 歲既晏兮孰華予。
세: 기:안:혜 숙 화여

영지버섯을 무산[5]에서 찾아 캡니다. 采三秀兮於山間。
채: 삼수:혜 어 산간

돌은 동글동글, 칡덩굴[6]은 얼키설키.	石磊磊兮葛蔓蔓。 석 뢰:뢰:혜 갈 만:만:
님[7]이 원망스러워서 돌아 못 갑니다.	怨公子兮悵忘歸, 원: 공자혜 창: 망귀
나를 생각한다면 왜 틈을 못냅니까.	君思我兮不得閒。 군 사아:혜 불득 한
산사람[8]은 고량강처럼 향기롭습니다.	山中人兮芳杜若。 산중 인혜 방 두:약
바위 샘 마시고 소나무 아래 삽니다.	飮石泉兮蔭松柏。 음: 석천혜 음: 송백
나를 생각한다고 믿기가 어렵습니다.	君思我兮然疑作。 군 사아:혜 연의 작
우레는 우르릉우르릉, 비는 부슬부슬,	雷塡塡兮雨冥冥。 뢰 전전혜 우: 명명
잔나비는 찌익찌익, 또 밤에 웁니다.	猨啾啾兮又夜鳴。 원 추추혜 우: 야:명
바람은 선들선들, 나뭇잎은 우수수.	風颯颯兮木蕭蕭。 풍 삽삽혜 목 소소
님을 생각하면 공연히 시름겹습니다.	思公子兮徒離憂。 사 공자:혜 도 리우

1_ 내용을 보건대, 이 귀녀는 결코 무섭지 않을 뿐 아니라 오히려 정겹고 부드러운 여성이다. 당시 초나라 전설이 배경일 듯하지만 확실하지는 않다. 당나라 심아지沈亞之(815년 진사)의 『굴원 외전』屈原外傳에 따르면, 굴원이 '산중 귀녀'를 완성하자 "사방 산에서 홀연히 찌익찌익 슬피 울어 그 소리가 십 리 밖까지 들렸으며, 이때 풀과 나무가 모두 시들어 버렸다."라고 했다. 《산귀》는 무녀가 독창 독무한다.

2_ 줄사철나무 / 소나무겨우살이 : 줄사철나무 원문은 벽려薜荔(*Ficus pumila*). 소나무겨우살이 원문은 녀라女羅(*Usnea diffracta*).

3_ 자목련 : 원문은 신이辛夷(紫玉蘭, *Magnolia liliflora*).

4_ 나 : 산귀 자칭. 제3장 제1련은 산귀의 말을 인용한 것이다.

5_ 무산巫山(於山) : 사천성 무산현 동쪽에 있는 산. 초나라 양왕襄王이 동정호洞庭湖 부근에 있는 고당高唐에 놀러 갔다가 꿈에 한 여인과 사귀었는데, 그 여인이 이튿날 아침에 떠나면서 자기는 무산 양지에 사는데 아침이면 구름, 저녁이면 비가 된다고 말했다고 한다. 운우雲雨라는 말이 여기서 나왔다.

6_ 영지버섯 / 칡덩굴 : 영지버섯 원문은 삼수三秀(*Ganoderma lucidum*), 칡 원문은 갈葛(*Pueraria lobata*).

7_ 님 : 산귀의 애인.

8_ 산사람 : 산중 귀녀(山鬼).

젊은 죽음[1] | 『초사』 구가

國殤
국상

오나라 창[2] 잡고 무소 갑옷을 입습니다.

操吳戈兮被犀甲。
조 오과혜 피 서갑

바퀴통 부딪으며 백병전을 벌입니다.

車錯轂兮短兵接。
거 착곡혜 단:병 접

해를 가린 깃발, 적군은 구름 같습니다.

旌蔽日兮敵若雲。
정 폐:일혜 적 약운

쏟아지는 화살, 전사는 앞을 다툽니다.

矢交墜兮士爭先。
시: 교추:혜 사: 쟁선

우리 진영 뚫리고 우리 행렬 밟힙니다.

凌余陣兮躐余行。
릉 여진:혜 렵 여항

왼쪽 말 쓰러지고 오른쪽도 찔립니다.

左驂殪兮右刃傷。
좌:참 에:혜 우: 인:상

두 바퀴 처박고 말 네 필[3]을 묶습니다. 霾兩輪兮縶四馬。
매 량:륜혜 집 사:마:

옥돌 북채를 들어 북을 쳐서 울립니다. 援玉枹兮擊鳴鼓。
원 옥포혜 격 명고:

하늘은 슬퍼하고 신령님도 노하십니다. 天時墜兮威靈怒。
천시 추:혜 위령 노:

처참하게 다 죽어 들판에 버려집니다. 嚴殺盡兮棄原野。
엄 살진:혜 기: 원야:

나면 아니 들고, 가면 아니 돌아옵니다. 出不入兮往不反。
출 불입혜 왕: 불반:

평원은 아득하고 길은 멀기도 멉니다. 平原忽兮路超遠。
평원 홀혜 로: 초원:

긴 칼을 차고 진나라 큰 활을 잡습니다. 帶長劍兮挾秦弓。
대: 장검:혜 협 진궁

머리 몸 떨어져도 마음 아니 뉘우칩니다. 首身離兮心不懲。
수:신 리혜 심 불징

진실로 용감하고 또한 무예도 뛰어나며, 誠既勇兮又以武,
성 기:용:혜 우: 이:무:

끝내 굳세고 강하니 능멸하지 못합니다. 終剛强兮不可凌。
종 강강혜 불가: 릉

육신은 이미 죽었어도 정신은 영험하니, 身既死兮神以靈,
신 기:사:혜 신 이:령

그대 혼백이여, 귀신 가운데 영웅입니다. 子魂魄兮爲鬼雄。
자: 혼백혜 위 귀:웅

1_ 국사를 위해, 즉 전쟁하다 죽은 이를 애도하는 노래. 《구가》 가운데 풍격이 특별하다. 다른 노래들은 모두 섬세纖細한데, 이 노래는 비장悲壯한 미학 특

색을 보인다. 열렬 강개한 애국주의를 잘 나타냈다. 《젊은 죽음》은 무당이 독창한다.

2_ 오나라 창 : 창의 일종으로, 끝이 갈고리같이 생겼다. 춘추 때 오吳나라는 야금술이 발달하여 날카로운 무기를 생산했다. 전국 후기에 오나라 영토는 초楚나라에 소속되었다. 이 말은 그냥 '우리 날카로운 무기'라는 뜻이 된다.

3_ 두 바퀴 / 네 필 : 고대 전차는 바퀴가 둘, 말 네 필이 끌었다. 바퀴를 땅에 박고 말을 묶어 놓고, 즉 퇴로를 끊고, 결사 항전한다는 뜻. 북 치는 것은 공격 신호.

송신 노래[1] | 『초사』 구가

禮魂
례혼

제례 마치고 모여서 북을 칩니다.	成禮兮會鼓。 성례:혜 회:고:
꽃을 돌리며 차례로 춤을 춥니다.	傳芭兮代舞。 전파혜 대:무:
……………………………2	□□兮□□,
고운 여인이 노래하니 옹용합니다.	姱女倡兮容與。 과녀: 창:혜 용여:
봄에는 택란 잎, 가을에는 국화꽃,	春蘭兮秋菊, 춘란혜 추국
길이 끊임없이 영원하도록 빕니다.	長無絶兮終古。 장 무절혜 종고:

1_ 제례를 마치고, 신령을 배웅하는 노래. 제전의 마지막 순서이다. 《송신 노래》는 여러 무당이 합창한다.

2_ …… : 이 구절은 누락된 것인 듯.

리소, 애타는 호소[1] | 『초사』 굴원

離騷
리소

(1)

나의 집안은 고양[2] 임금의 후예,
帝高陽之苗裔兮,
제: 고양지* 묘예:혜

나의 선친은 백용이라 합니다.
朕皇考曰伯庸。
짐: 황고:왈* 백용

섭제격[3]의 해, 바로 첫 정월달
攝提貞于孟陬兮,
섭제 정우* 맹:추혜

아아, 경인 날에 태어났습니다.
惟庚寅吾以降。
유 경인오* 이:홍

선친은 나의 첫 모습을 살피시고,
皇覽揆余初度兮,
황 람:규: 여초도:혜

나에게 좋은 이름을 지어 주셨습니다.
肇錫余以嘉名。
조: 사:여이: 가명

이름은 정칙이라 하시었고,
名余曰正則兮,
명여왈 정:칙혜

자는 령균[4]이라 하셨습니다.
字余曰靈均。
자:여왈 령균

아, 나는 이처럼 타고난 미덕이 크고,
紛吾既有此內美兮,
분오 기:유:차: 내:미:혜

또한 뛰어난 재주를 겹치고 있습니다.
又重之以脩能。
우: 중지이: 수능

천궁과 구리때[5]로 몸을 덮고,
扈江離與辟芷兮,
호: 강리여: 벽지:혜

* 지, 왈, 우, 오 … 등은 적당히 길게 읽는다. 이하 같음. "띄어 읽기" 참조(본서 130쪽)

택란[6]을 엮어 허리에 찼습니다.	紉秋蘭以爲佩。 인: 추란이: 위패:
나는 대지 못할까 봐 서두르고 있으니,	汩余若將不及兮, 율 여 약장 불급혜
세월이 아니 나를 기다릴까 두렵습니다.	恐年歲之不吾與。 공: 년세: 지 불오 여:
아침엔 언덕의 목련꽃[7]을 뜯고,	朝搴阰之木蘭兮, 조건 피지 목란혜
저녁엔 모래톱의 숙근초를 캡니다.	夕攬洲之宿莽。 석람: 주지 숙망:
일월은 쉬지 않고 빨리도 가니,	日月忽其不淹兮, 일월 홀기 불엄혜
봄은 어느 새 가을로 바뀌었습니다.	春與秋其代序。 춘 여:추기 대:서:
아아, 초목이 시들어 떨어지니,	惟草木之零落兮, 유 초:목지 령락혜
젊은 이 몸[8] 늙을까 두렵습니다.	恐美人之遲暮。 공: 미:인지 지모:
젊은이 아니 사랑하시고 늙은이 아니 버리시니,	不撫壯而棄穢兮, 불 무:장:이 기:훼:혜
어찌 이런 일 고치지 아니하실까?	何不改乎此度。 하불 개:호 차:도:
천리마[9]를 타시고 달리신다면,	乘騏驥以馳騁兮, 승 기기:이: 치빙:혜
나야말로 앞서서 길을 인도하련마는!	來吾道夫先路。 래 오도:부 선로:

(2)

옛 삼후[10] 님들 순수한 미덕이여,	昔三后之純粹兮, 석 삼후: 지 순수: 혜
진실로 많은 꽃향기를 지니셨습니다.	固衆芳之所在。 고: 중: 방 지 소: 재:
산초나무도 있었고 계수나무[11]도 있었으니,	雜申椒與菌桂兮, 잡 신초 여: 균: 계: 혜
혜초나 구리때[12]만 엮어 단 건 아니었습니다.	豈維紉夫蕙茝。 기: 유 인: 부 혜: 채:

아, 요·순[13]의 빛나는 공덕이여,	彼堯舜之耿介兮, 피: 요순: 지 경: 계: 혜
애초에 바른 길만 좇아서 나아가셨습니다.	既遵道而得路。 기: 준도: 이 득로:
아, 걸·주[14]의 창피한 행적이여,	何桀紂之猖披兮, 하 걸주: 지 창피혜
오로지 지름길만 따라서 허둥거렸습니다.	夫唯捷徑以窘步。 부유 첩경: 이: 군: 보:

생각건대, 제 속만 차리는 도당들 때문에	惟夫黨人之偷樂兮, 유부 당: 인 지 투락혜
길은 어둡고도 험하게 되었으니,	路幽昧以險隘。 로: 유매: 이: 험: 애:
어찌 이 몸의 재앙만 걱정되겠습니까?	豈余身之憚殃兮, 기: 여신 지 탄: 앙혜
임금님의 수레가 엎어질까 두렵습니다.	恐皇輿之敗績。 공: 황여 지 패: 적

부산하게 앞뒤로 뛰어다니며,
忽奔走以先後兮,
홀 분주: 이: 선후: 혜

선왕[15]의 발자취를 따르려고 했건만,
及前王之踵武。
급 전왕지 종: 무:

상감님[16]은 나의 충정 아니 살피시고,
荃不察余之中情兮,
전 불찰 여지 중정혜

오히려 참소를 믿고 노하셨습니다.
反信讒而齌怒。
반: 신: 참이 재: 노:

나는 바른 말이 해가 되는 것을 잘 알지만
余固知謇謇之爲患兮,
여 고: 지 건: 건: 지 위환: 혜

차마 그만두지 못했던 것은,
忍而不能舍也。
인: 이 불능 사: 야:

저 하늘께서 증인이 되시리,
指九天以爲正兮,
지: 구: 천이: 위정: 혜

오로지 훌륭한 분[17] 때문이었습니다.
夫唯靈脩之故也。
부유 령수지 고: 야:

(황혼[18]으로써 기약하자 하시더니,
(曰黃昏以爲期兮,
왈 황혼이: 위기혜

아이고, 중도에 길을 바꾸셨으니!)
羌中道而改路。)
강 중도: 이 개: 로:

처음 나와 언약을 하시고서는,
初既與余成言兮,
초기: 여: 여 성언혜

뒤에 파약하고 딴 곳에 마음 두셨습니다.
後悔遁而有他。
후: 회: 둔: 이 유: 타

나는 그 이별은 언짢게 아니 여기지만,
余既不難夫離別兮,
여기: 불난부 리별혜

훌륭한 분의 잦은 변덕이 안타깝습니다. 傷靈脩之數化。
상 령수지 수:화:

(3)

나는 택란을 일백팔 이랑[19] 퍼쳤으며, 余旣滋蘭之九畹兮,
여기: 자란지 구:원:혜

또 혜초를 일백 이랑 길렀습니다. 又樹蕙之百畝。
우: 수:혜:지 백무:

작약과 큰까치수염[20]을 두둑으로 나누고, 畦留夷與揭車兮,
기 류이여: 계거혜

족두리[21]와 구리때를 섞어 심었습니다. 雜杜衡與芳芷。
잡 두:형여: 방지:

가지와 이파리가[22] 우거지길 바랐으니, 冀枝葉之峻茂兮,
기: 지엽지 준:모:혜

때를 맞추어 나는 베려고 했던 것입니다. 願竢時乎吾將刈。
원: 사:시호 오장 예:

시들어 버리는 게 무어 안타깝겠습니까만, 雖萎絶其亦何傷兮,
수 위절기 역 하상혜

많은 꽃향기가 더럽혀지는 것이 서럽습니다. 哀衆芳之蕪穢。
애 중:방지 무예:

(4)

중인衆人들은 다투어 재물에 욕심을 내며, 衆皆競進以貪婪兮,
중:개 경:진:이: 탐람혜

가득 차도 배부른 줄 모릅니다. 憑不厭乎求索。
빙 불염:호 구색

아이고, 제 소가지로 남을 가늠하면서, 羌內恕己以量人兮,
강 내: 서:기:이: 량인혜

각각 시새우는 마음만 일으키는구나!	各興心而嫉妬。 각 흥심이 질투:

부산하게 세도가를 찾아 날뛰고 있지만,	忽馳騖以追逐兮, 홀 치무: 이: 추축혜
이런 건 나의 급선무가 아닙니다.	非余心之所急。 비 여심지 소:급
늙음이 슬몃슬몃 다가드는데,	老冉冉其將至兮, 로: 염: 염: 기 장지: 혜
조촐한 이름 얻지 못할까 두렵습니다.	恐脩名之不立。 공:수명지 불립

아침엔 목련꽃 방울지는 이슬을 마시고,	朝飮木蘭之墜露兮, 조음: 목란지 추: 로: 혜
저녁엔 국화꽃 떨어지는 꽃잎을 먹습니다.	夕餐秋菊之落英。 석찬 추국지 락영
진실로 나의 마음이 미쁘고도 결곡하기만 하다면,	苟余情其信姱以練要兮, 구: 여정기 신:과 이: 련: 요: 혜
언제까지 안색이 창백한들[23] 무어 안타깝겠습니까?	長顑頷亦何傷。 장 함: 함: 역 하상

목련 뿌리 캐어다가 구리때를 맺고,	擥木根以結茝兮, 람: 목근이: 결채: 혜
줄사철나무[24] 떨어진 꽃을 꿰어 걸쳤습니다.	貫薜荔之落蕊。 관: 벽려: 지 락예:
계수나무 가지 들어서 혜초를 엮고,	矯菌桂以紉蕙兮, 교: 균: 계: 이: 인: 혜: 혜

마늘과 뱀도랏[25]을 꼬아 기다랗게 둘렀습니다. 索胡繩之纚纚。
색 호승지 시:시:

맙소사, 나는 옛날 어진 분을 본떴기에, 謇吾法夫前脩兮,
건: 오법:부 전수혜

세상 사람들이 입는 옷과는 다릅니다. 非世俗之所服。
비 세:속지 소:복

비록 지금 사람들에게는 맞지 않겠지만, 雖不周於今之人兮,
수 불주어 금지 인혜

팽함[26]이 남긴 본보기를 따르려는 겁니다. 願依彭咸之遺則。
원:의 팽함지 유칙

(5)

길게 한숨 쉬면서 눈물을 닦으니, 長太息以掩涕兮,
장 태:식이: 엄:체:혜

인생살이 어려움이 서럽습니다. 哀民生之多艱。
애 민생지 다간

나는 비록 결곡하고 조심도 한다고는 했지만, 余雖好脩姱以鞿羈兮,
여 수호: 수과이: 기기혜

맙소사, 아침에 바른 말씀 올리자 저녁에 쫓겨났습니다. 謇朝誶而夕替。
건: 조수: 이 석체:

혜초의 띠를 둘렀다고 나를 쫓아내더니, 既替余以蕙纕兮,
기: 체:여이: 혜:양혜

또한 구리때를 캐어 가진 것도 나쁘답니다. 又申之以攬茝。
우: 신지이: 람:채:

그러나 내 마음에는 좋은 것이기에, 亦余心之所善兮,
역 여심지 소:선:혜

비록 아홉 번 죽는다 해도 뉘우치지 않겠습니다. 雖九死其猶未悔。
수 구:사:기 유미: 회:

훌륭한 분의 무분별함이 원망스러우니, 怨靈脩之浩蕩兮,
원: 령수지 호:탕:혜

끝끝내 사람의 마음을 살피지 않습니다. 終不察夫民心。
종 불찰부 민심

많은 계집들은 나의 고운 눈썹을 시새워,[27] 衆女嫉余之蛾眉兮,
중:녀: 질여지 아미혜

터무니없게도 나를 음란하다고 합니다. 謠諑謂余以善淫。
요착 위:여이: 선:음

진실로 지금 세상의 목수들이란, 固時俗之工巧兮,
고: 시속지 공교:혜

그림쇠와 곱자를 엇대어 놓고 자리를 바꾸며, 偭規矩而改錯。
면: 규거: 이 개:착

먹줄을 비키어 놓고 굽혀서 자르며, 背繩墨以追曲兮,
배: 승묵이: 추곡혜

다투어 비위 맞추는 걸[28] 법으로 삼습니다. 競周容以爲度。
경: 주용이: 위탁

울울한 마음으로 멍청하니 서서, 忳鬱邑余侘傺兮,
둔 울읍여 차:제:혜

나 홀로 이 세상에서 곤란을 당하지만, 吾獨窮困乎此時也。
오독 궁곤:호 차: 시야:

차라리 금방 죽어서 사라진다 해도, 寧溘死以流亡兮,
녕 합사:이: 류망혜

나는 차마 이런 짓[29]은 못하겠습니다. 余不忍爲此態也。
여 불인: 위 차: 태:야:

맹금[30]은 무리를 짓지 아니하니, 鷙鳥之不群兮,
지:조:지 불군혜

옛날부터 그렇게 정해진 법입니다. 自前世而固然。
자: 전세:이 고:연

어찌 네모꼴과 동그라미[31]가 맞겠으며, 何方圜之能周兮,
하 방환지 능주혜

대체 누가 길이 다른데 서로 용납하겠습니까? 夫孰異道而相安。
부숙 이:도:이 상안

마음을 굽히고 뜻을 억눌러서, 屈心而抑志兮,
굴심이 억지:혜

원망을 참고 치욕을 견딥니다. 忍尤而攘詬。
인:우이 양구:

결백한 몸이 죄를 쓰고 죽는 것, 伏清白以死直兮,
복 청백이: 사:직혜

진실로 옛 성인들이 기리셨습니다. 固前聖之所厚。
고: 전성:지 소:후:

(6)

길을 잘 살피지[32] 못한 것 뉘우치며, 悔相道之不察兮,
회: 상:도:지 불찰혜

우두커니 서서 돌아갈 생각을 합니다. 延佇乎吾將反。
연저:호 오장 반:

나의 수레를 돌려서 되돌아가야겠습니다, 回朕車以復路兮,
회 짐:거이: 복로:혜

헤맨 길이 아직 멀지 않은 지금. 及行迷之未遠。
급 행미지 미:원:

나의 말을 택란의 늪가에서 걸리다가, 步余馬於蘭皐兮,
보: 여마:어 란고혜

산초나무의 언덕[33]으로 가서 쉽니다.	馳椒丘且焉止息。 치 초구차: 언 지:식
나아가 용납되지 못하고 꾸중만 받았으니,	進不入以離尤兮, 진: 불입이: 리우혜
물러나 나의 애초의 옷을 가다듬겠습니다.	退將復脩吾初服。 퇴:장 부:수오 초복
마름과 연잎[34]으로 윗옷을 짓고	製芰荷以爲衣兮, 제: 기:하이: 위의혜
부용꽃[35] 모아 아래옷을 만듭니다.	集芙蓉以爲裳。 집 부용이: 위상
나를 아니 알아준대도 좋습니다,	不吾知其亦已兮, 불 오지기 역이:혜
진실로 나의 충정이 향기롭기만 하다면!	苟余情其信芳。 구: 여정기 신:방
나의 갓은 삐죽하고 높다라며,	高余冠之岌岌兮, 고 여관지 급급혜
나의 노리개는 눈부시고 기다랗습니다.	長余佩之陸離。 장 여패:지 륙리
향기와 빛깔[36]이 서로 어울리니,	芳與澤其雜糅兮, 방 여:택기 잡유:혜
환한 바탕, 아직은 아니 이지러졌습니다.	唯昭質其猶未虧。 유 소질기 유미:휴
문득 고개를 젖혀[37] 훑어보면서,	忽反顧以遊目兮, 홀 반:고:이: 유목혜
이제 사방 끝을 구경해 볼 생각입니다.	將往觀乎四荒。 장 왕:관:호 사:황

노리개는 주렁주렁 예쁘게 꾸며 있고,
佩繽紛其繁飾兮,
패: 빈분기 번식혜

향기는 물씬물씬 더더욱 피어납니다.
芳菲菲其彌章。
방비비기 미장

사람들은 제각기 낙樂이 있지만,
民生各有所樂兮,
민생 각유: 소:락혜

나는 홀로 결백을 좋아합니다.
余獨好脩以爲常。
여독 호:수이: 위상

몸이 갈가리 찢겨도[38] 나는 변치 않으리니,
雖體解吾猶未變兮,
수 체:해:오 유미: 변:혜

어찌 나의 마음이 고쳐지겠습니까?
豈余心之可懲。
기: 여심지가:징

(7)

우리 누님은 걱정이 되시어,
女嬃之嬋媛兮,
녀:수지 선원혜

거듭거듭 나를 나무라셨습니다.
申申其詈予。
신신기 려:여

"곤[39]이는 고지식해서 몸을 망쳤어요.
曰鮌婞直以亡身兮,
왈 곤: 행:직이: 망신혜

끝내 우산羽山의 들에서 요절했어요.
終然夭乎羽之野。
종연 요:호 우:지 야:

"넌 어찌 올곧고 결곡하다면서,
汝何博謇而好脩兮,
여:하 박건: 이 호:수혜

홀로 이런 미쁜 절개만 지키느뇨?
紛獨有此姱節。
분 독유:차: 과절

남가새·조개풀·도꼬마리[40] 방 안에 가득한데,
薋菉葹以盈室兮,
자 록시이: 영실혜

홀로 멀리하고 이것을 아니 걸치느뇨? 判獨離而不服。
판: 독리이 불복

"집집마다 찾아가 얘기할 수도 없는데, 衆不可戶說兮,
중: 불가: 호:설혜

누가 '나의 충정을 살펴준다'[41]느뇨? 孰云察余之中情。
숙운 찰여지 중정

세상에선 끼리끼리 도당을 짓는데, 世並擧而好朋兮,
세: 병:거: 이 호:붕혜

외톨박이로 어쩌자고 내 말 아니 듣느뇨?" 夫何煢獨而不予聽。
부하 경독이 불여 청

(8)

옛 성인에게 나의 올바름을 판단받자고, 依前聖以節中兮,
의 전성: 이: 절중혜

한숨 쉬며 이런 결의를 세운 겁니다. 喟憑心而歷茲。
위: 빙심이 력자

원수와 상수[42]를 건너 남녘으로 가서, 濟沅湘以南征兮,
제: 원상이: 남정혜

중화[43] 님 앞에 나아가 말씀드렸습니다. 就重華而陳詞。
취: 중화이 진사

"계[44]는 구변과 구가를 노래했건만, 啓九辯與九歌兮,
계: 구:변: 여: 구:가혜

그 아들 태강[45]은 멋대로 놀아났으니, 夏康娛以自縱。
하: 강오이: 자:종:

환란도 앞일도 돌보지 아니하다가, 不顧難以圖後兮,
불 고:난이: 도후:혜

다섯 아우는 집을 잃고 헤매었나이다. 五子用失乎家巷。
오:자: 용:실호 가홍:

"예[46]는 방탕하게 사냥에 미치어,	羿淫遊以佚畋兮, 예: 음유이: 일전혜
저 큰 여우 쏘기만 즐기더니,	又好射夫封狐。 우: 호:사: 부봉호
진실로 도리를 어기면 망하는 법인 듯,	固亂流其鮮終兮, 고: 란:류기 선:종혜
한착이 그의 아내를 앗았나이다.	浞又貪夫厥家。 착우: 탐부 궐가
"오[47]는 그 몸에 굳센 힘을 가지고,	澆身被服强圉兮, 오:신 피:복 강어:혜
욕심을 부리며 절제를 모르고,	縱欲而不忍。 종:욕이 불인:
날마다 즐기면서 자기를 잊더니,	日康娛而自忘兮, 일 강오이 자:망혜
그 목은 그래서 떨어졌나이다.	厥首用夫顚隕。 궐수: 용:부 전운:
"걸桀은 행실이 언제나 무도하더니,	夏桀之常違兮, 하:걸지 상위혜
그래서 드디어 재앙을 만났으며,	乃遂焉而逢殃。 내: 수:언이 봉앙
주紂는 사람을 소금에 절이더니,[48]	后辛之菹醢兮, 후:신지 저해:혜
은나라는 그래서 망했나이다.	殷宗用而不長。 은종 용:이 불장
"탕과 우[49]는 근엄하게 공경했으며,	湯禹儼而祗敬兮, 탕우: 엄:이 지경:혜

주나라 임금[50]은 도리를 꼭 지켰으니,	周論道而莫差。 주 론:도: 이 막차
현명하고 유능한 선비를 등용하여,	擧賢而授能兮, 거:현이 수:능혜
법도에 따라서 치우침이 없었나이다.	循繩墨而不頗。 순 승묵이 불파

"하늘은 공평하시고 무사하시니,	皇天無私阿兮, 황천무사아혜
사람의 덕을 보시고 도울 사람 내리시니,	覽民德焉錯輔。 람: 민덕언 조:보:
아, 대체로 거룩하고 훌륭한 사람만이,	夫維聖哲以茂行兮, 부유 성:철이: 무:행혜
진실로 이 천하를 얻었나이다.	茍得用此下土。 구:득 용:차: 하:토:

"고금의 흥망성쇠[51]를 더듬으며,	瞻前而顧後兮, 첨전이 고:후:혜
인간 경영의 극치를 살펴보니,	相觀民之計極。 상:관 민지 계:극
누구 의 아닌데 천하를 다스릴 수 있었나이까?	夫孰非義而可用兮, 부숙 비의: 이 가:용:혜
누구 선 아닌데 백성을 거느릴 수 있었나이까?	孰非善而可服。 숙 비선: 이 가:복

"위태로운 이 몸이 곧 죽는다 해도,	阽余身而危死兮, 점: 여신이 위사:혜
나의 초지를 생각하면 뉘우침 없나이다.	覽余初其猶未悔。 람: 여초기 유미: 회:

구멍을 재지 않고 장부를[52] 맞추려다가, 不量鑿而正枘兮,
불 량착이 정:예:혜

옛 현인이 소금에 절여 죽은 본보기도 있나이다." 固前脩以菹醢。
고: 전수이: 저해:

느껴 울면서 마음은 울울하니, 增歔欷余鬱邑兮,
증 허희여 울읍혜

나에게 안 맞는 세상이 서럽습니다. 哀朕時之不當。
애 짐:시지 불당

보드라운 혜초를 추려서 눈물을 닦으니, 攬茹蕙以掩涕兮,
람: 여혜:이: 엄:체:혜

나의 옷깃 적시며 주르르 흐릅니다. 霑余襟之浪浪。
점 여금지 랑랑

(9)

옷자락 헤치고 꿇어앉아 아뢰니, 跪敷衽以陳辭兮,
궤: 부임:이: 진사혜

환하게 내 이미 이 올바름을 얻었습니다. 耿吾既得此中正。
경:오 기:득차: 중정:

옥규 네 마리가 끄는 예[53]를 타고, 駟玉虬以乘鷖兮,
사: 옥규이: 승예혜

티끌을 떨치며 하늘로 올라갑니다. 溘埃風余上征。
합 애풍여 상:정

아침에 창오산[54]을 출발했더니, 朝發軔於蒼梧兮,
조 발인:우 창오혜

저녁에 나는 현포[55]에 도착했습니다. 夕余至乎縣圃。
석 여지:호 현포:

잠깐 이 신령스러운 문간에 머물려니, 欲少留此靈瑣兮,
욕 소:류차: 령쇄:혜

날은 슬몃슬몃 저물려 했습니다.	日忽忽其將暮。 일 홀홀기 장모:
나는 희화[56]를 시켜 해의 길을 늦추어,	吾令羲和弭節兮, 오령: 희화 미:절혜
엄자산[57] 앞에서 더 가지 못하게 했습니다.	望崦嵫而勿迫。 망: 엄자이 물박
길은 까마득히 멀기도 먼데,	路曼曼其脩遠兮, 로: 만:만:기 수원:혜
나는 오르며 내리며 지기知己를 찾았습니다.	吾將上下而求索。 오장 상:하:이 구색
나의 말을 함지[58]에서 물 먹이고,	飮余馬於咸池兮, 음: 여마:어 함지혜
나의 고삐를 부상[59]에 매어 두고,	總余轡乎扶桑。 총: 여비:호 부상
약목[60]을 꺾어 해를 좇아 버리고,	折若木以拂日兮, 절 약목이: 불일혜
잠깐 어치렁어치렁 거닐었습니다.	聊逍遙以相羊。 료 소요이: 상양
망서[61]는 앞세워 길잡이 시키고,	前望舒使先驅兮, 전 망:서사: 선구혜
비렴[62]은 뒤에서 좇아오게 하고,	後飛廉使奔屬。 후: 비렴사: 분속
란황[63]은 나를 위해 호위하고 있는데도,	鸞凰爲余先戒兮, 란황 위:여선계:혜
뢰사[64]는 나에게 채비가 덜 됐다 합니다.	雷師告余以未具。 뢰사 고:여이 미:구:

나는 봉황을 시켜 높이 날게 하며, 吾令鳳鳥飛騰兮,
오령: 봉:조: 비등혜

낮에 이어 밤 도와 달렸습니다. 繼之以日夜。
계:지이: 일야:

회오리바람은 모였다 흩어지더니, 飄風屯其相離兮,
표풍 둔기 상리혜

구름과 무지개 이끌고 마중 나왔습니다. 帥雲霓而來御。
수: 운예이 래어:

얽히며 풀리며 우르르 몰리더니, 紛總總其離合兮,
분 총:총:기 리합혜

오르며 내리며 쭈르르 흩어집니다. 斑陸離其上下。
반 륙리기 상:하:

나는 제혼[65]에게 문을 열라고 했지만, 吾令帝閽開關兮,
오령: 제:혼 개관혜

창합문[66] 기대어 나를 바라보기만 합니다. 倚閶闔而望予。
의: 창합이 망:여

때는 어둑어둑 하루가 끝나려는데, 時曖曖其將罷兮,
시 애:애:기 장피혜

택란을 묶어 갖고 우두커니 섰습니다. 結幽蘭而延佇。
결 유란이 연저:

세상은 혼탁하여[67] 분간이 없으니, 世溷濁而不分兮,
세: 혼:탁이 불분혜

좋아라고 미덕을 가리며 시새우는구나! 好蔽美而嫉妒。
호: 폐:미:이 질투:

(10)

밝는 아침에 나는 백수[68]를 건너려고, 朝吾將濟於白水兮,
조 오 장제:우 백수:혜

랑풍산[69]에 내려 말을 매었습니다.	登閬風而緤馬。 등 랑:풍이 섭마:
문득 뒤를 돌아보니 눈물이 흐릅니다.	忽反顧以流涕兮, 홀 반:고:이: 류체:혜
서럽게도 이 높은 산에 미인이[70] 없구나!	哀高丘之無女。 애 고구지 무녀:
갑자기 이 춘궁[71]에 와서 노닐며,	溘吾遊此春宮兮, 합 오유차: 춘궁혜
옥 가지를 꺾어 노리개에 이었습니다.	折瓊枝以繼佩。 절 경지이: 계:패:
초목의 꽃들이 떨어지기 전에,	及榮華之未落兮, 급 영화지 미:락혜
선사할 지상의 미녀를 찾아야겠습니다.	相下女之可詒。 상: 하:녀: 지가:이
나는 풍륭[72]에게 구름을 타고 가서,	吾令豐隆乘雲兮, 오령: 풍륭 승운혜
복비[73] 있는 곳을 찾으라고 시켰습니다.	求宓妃之所在。 구 복비지 소:재:
노리개의 띠를 끌러 정표를 삼아서,	解佩纕以結言兮, 해: 패:양이: 결언혜
나는 건수[74]에게 중매를 서라고 시켰습니다.	吾令蹇脩以爲理。 오 령: 건:수이: 위리:
얽히며 풀리며 우르르 몰리더니,	紛總總其離合兮, 분 총:총: 기 리합혜
갑자기 일이 어긋나서 나아가기 어려웠습니다.	忽緯繣其難遷。 홀 위:화: 기 난천

저녁에 돌아와 궁석산[75]에서 묵고,	夕歸次於窮石兮, 석 귀차: 어 궁석혜
아침에 유반강[76]에서 머리를 감았습니다.	朝濯髮乎洧盤。 조 탁발호 유:반

그 아름다움을 뽐내며 교만하니,[77]	保厥美以驕傲兮, 보: 궐미: 이: 교오:혜
날마다 즐겁게 놀아나기만 하는구나!	日康娛以淫遊。 일 강오이: 음유
진실로 아름답다 하더라도 예절이 없으니,	雖信美而無禮兮, 수 신:미: 이 무례:혜
자, 버려두고 달리 찾아봐야겠습니다.	來違棄而改求。 래 위기: 이 개:구

사방의 끝까지 휘둘러보고는,	覽相觀於四極兮, 람: 상:관어 사:극혜
하늘을 돌아서 지상에 내려왔습니다.	周流乎天余乃下。 주류 호천여내:하:
높다란 옥 누대를 바라보니,	望瑤臺之偃蹇兮, 망: 요대지 언:건:혜
유숭씨[78]의 가인이 보이는구나!	見有娀之佚女。 견: 유:숭지 일녀:

나는 짐새[79]에게 중매를 부탁했더니,	吾令鴆爲媒兮, 오령: 짐: 위매혜
짐새는 좋지 않다고 말했습니다.	鴆告余以不好。 짐:고: 여 이:불호:
산비둘기는 제가 나서겠다고 울지만,	雄鳩之鳴逝兮, 웅구지 명서:혜

나는 그 까부는 것이 싫었습니다.
余猶惡其佻巧。
여유오: 기 조교:

마음은 망설여지고 주저되니,
心猶豫而狐疑兮,
심 유예: 이 호의혜

스스로 가볼 수도 없습니다.
欲自適而不可。
욕 자: 적이 불가:

봉황이 이미 폐백을 들고 갔으니,
鳳凰旣受詒兮,
봉: 황기: 수: 예혜

고신씨[80]가 나보다 앞설까 두렵습니다.
恐高辛之先我。
공: 고신지 선아:

멀리 날아가려도 머물 곳이 없으니,
欲遠集而無所止兮,
욕 원: 집이 무 소: 지: 혜

잠깐 허공에 떠서 어치렁거립니다.
聊浮遊以逍遙。
료 부유이: 소요

소강[81]이 미처 장가들기 이전에,
及少康之未家兮,
급 소: 강지 미: 가혜

유우씨 두 미녀를 맞아야겠습니다.
留有虞之二姚。
류 유: 우지 이: 요

떳떳하지 못한데 중매도 서투니,
理弱而媒拙兮,
리: 약이 매졸혜

얘기가 단단히 안 될까 두렵습니다.
恐導言之不固。
공: 도: 언지 불고:

세상은 혼탁하여 어진 이 시새우니,
世溷濁而嫉賢兮,
세: 혼: 탁이 질현혜

좋아라고 미덕을 가리며 악덕을 기리는구나.
好蔽美而稱惡。
호: 폐: 미: 이 칭악

규중[82]은 너무나 깊고도 먼데,	閨中旣以邃遠兮, 규중 기:이:수:원:혜
슬기로운 임금님 또한 만나지 못했습니다.	哲王又不寤。 철왕우:불오:
나의 품은 충정을 나타내지 못하고,	懷朕情而不發兮, 회 짐:정이 불발혜
내 어찌 차마 세상 사람들과 길이 어울리겠습니까?	余焉能忍與此終古。 여언 능인:여차: 종고:

(11)

예쁜 띠와 대쪽[83]을 마련해 점괘를 보자,	索瓊茅以筳篿兮, 색 경모이: 정전혜
령분[84]이 더러 나를 위해 점치라 했습니다.	命靈氛爲余占之。 명: 령분 위:여점지
이르기를, "아름다운 한 쌍 꼭 합치지만,	曰兩美其必合兮, 왈 량:미:기 필합혜
누가 그대의 결백함을 사모하랴!"	孰信脩而慕之。 숙 신:수이 모:지

생각건대, 넓고 넓은 구주九州[85] 땅이니,	思九州之博大兮, 사 구:주지 박대:혜
어찌 이 곳에만 숙녀가 있을까?	豈唯是其有女。 기: 유시:기 유:녀:
이르기를, "주저 말고 힘내어 멀리 떠나소라.	曰 勉遠逝而無狐疑兮, 왈 면:원:서:이 무 호의혜
누가 미남을 찾으면서 그대를 놓치랴!	孰求美而釋汝。 숙 구미:이 석여:

"어느 고장인들 향기로운 풀이 없으랴! | 何所獨無芳草兮,
하소: 독무 방초:혜
그대 어찌 고향을 그리 잊지 못하느냐?" | 爾何懷乎故宇。
이: 하회호 고:우:
세상이 깜깜하여 빛은 눈이 부신데, | 世幽昧以眩曜兮,
세: 유미: 이: 현:요:혜
누가 나의 선악을 살핀단 말입니까? | 孰云察余之善惡。
숙운 찰여지 선:악

사람들의 호오는 각기 다르지만, | 民好惡其不同兮,
민 호:오:기 불동혜
이 도당들만 참으로 유별납니다. | 惟此黨人其獨異。
유차: 당:인기 독이:
누구나 산쑥[86]은 허리에 늘이면서, | 戶服艾以盈腰兮,
호: 복애: 이: 영요혜
택란은 찰 수 없다고 말합니다. | 謂幽蘭其不可佩。
위: 유란기 불가: 패:

초목조차 제대로 못 살피는 주제에, | 覽察草木其猶未得兮,
람:찰 초:목기 유미: 득혜
어찌 구슬의 아름다움을 알 수 있겠습니까? | 豈珵美之能當。
기: 정미: 지 능당
거름을 주워서 향낭香囊을 채우며, | 蘇糞壤以充幃兮,
소 분:양: 이: 충위혜
산초나무는 향기롭지 못하다고 말합니다. | 謂申椒其不芳。
위: 신초기 불방

(12)

령분의 길점을 따르고 싶지만, | 欲從靈氛之吉占兮,
욕종 령분지 길점혜

마음은 망설여지고 주저됩니다.	心猶豫而狐疑。 심 유예: 이 호의
무함[87]이 오늘 저녁 내려온다니,	巫咸將夕降兮, 무함 장 석강: 혜
산초와 고운 쌀 가지고 물어봐야겠습니다.	懷椒糈而要之。 회 초서: 이 요지
온갖 신령들이 휩쓸며 내려오니,	百神翳其備降兮, 백신 의: 기 비: 강: 혜
구의산[88] 신령들이 떼 지어 마중합니다.	九疑繽其並迎。 구: 의 빈 기 병: 영
무함이 번쩍번쩍 영검한 기운을 내면서,	皇剡剡其揚靈兮, 황 염: 염: 기 양령혜
나에게 길吉한 까닭을 말해 주었습니다.	告余以吉故。 고: 여 이: 길고:
이르기를, "하늘로 오르고 땅으로 내려서,	曰勉陞降以上下兮, 왈 면: 승강: 이: 상: 하: 혜
법도가 같은 임금을 찾아보소라.	求矩矱之所同。 구 구: 획 지 소: 동
탕과 우는 근엄하게 현신을 찾더니,	湯禹儼而求合兮, 탕 우: 엄 이 구합혜
지와 고요[89]가 나와서 잘 어울렸노라.	摯咎繇而能調。 지: 고요 이 능조
"진실로 그대가 결백을 좋아한다면,	苟中情其好脩兮, 구: 중정 기 호: 수혜
또한 어찌 중매가 필요하리?	又何必用夫行媒。 우: 하필 용: 부 행매

열[90]은 부암에서 도로를 닦더니,	說操築於傅巖兮, 열 조축어 부:암혜
무정이 기용하고 신임하였노라.	武丁用而不疑。 무:정 용:이 불의

"려망[91]은 식칼을 든 백정이지만,	呂望之鼓刀兮, 려:망:지 고:도혜
주나라 문왕을 만나서 등용되었노라.	遭周文而得擧。 조 주문이 득거:
녕척[92]이는 소 치며 노래 부르더니,	甯戚之謳歌兮, 녕:척지 구가혜
제나라 환공이 듣고 보좌로 삼았노라.	齊桓聞以該輔。 제환 문이: 해보:

"아직 나이가 더 들기 이전에,	及年歲之未晏兮, 급 년세:지 미:안:혜
시기가 또한 늦기 이전에 하소라.	時亦猶其未央。 시 역유기 미:앙
두려워라, 때까치[93]가 먼저 울면,	恐鵜鴂之先鳴兮, 공: 제결지 선명혜
저 온갖 풀들 꽃향기 이울겠노라."	使夫百草爲之不芳。 사:부 백초: 위:지 불방

(13)

아아, 나의 노리개는 예쁘고 고운데,	何瓊佩之偃蹇兮, 하 경패:지 언:건:혜
뭇사람들이 왈칵 덤벼 가리려 합니다.	衆薆然而蔽之。 중: 애:연이 폐:지
아아, 이 속이 시커먼 도당들아,	惟此黨人之不諒兮, 유차: 당:인지 불량:혜

시새우면서 이것을 꺾을까 두렵구나! 恐嫉妒而折之。
공: 질투: 이 절지

시절은 어지럽게 변해 가는데, 時繽紛其變易兮,
시 빈분기 변: 역혜

또 어찌 머물게 할 수 있겠습니까? 又何可以淹留。
우: 하가: 이: 엄류

택란 구리때는 변해서 향내 나지 않고, 蘭芷變而不芳兮,
란지: 변: 이 불방혜

창포[94] 혜초는 바뀌어 띠가 되었습니다. 荃蕙化而爲茅。
전혜: 화: 이 위모

어찌하여 옛날 향기롭던 풀들이, 何昔日之芳草兮,
하 석일지 방초: 혜

지금은 곧 이처럼 쑥덤불이 되었습니까? 今直爲此蕭艾也。
금 직위차: 소애: 야:

그 연고는 달리 있는 것이 아니라, 豈其有他故兮,
기: 기유: 타고: 혜

결백을 좋아했던 피해가 아니겠습니까? 莫好脩之害也。
막 호: 수지 해: 야:

나는 택란은 믿거니 했더니, 余以蘭爲可恃兮,
여 이: 란위 가: 시: 혜

아이고, 속은 비고 덩치만 크구나. 羌無實而容長。
강 무실이 용장

그 아름다움 버리고 시속을 좇아, 委厥美以從俗兮,
위: 궐미: 이: 종속혜

많은 꽃들 속에 어물쩍 끼어들었구나. 苟得列乎衆芳。
구: 득렬호 중: 방

산초나무는 아첨만 알고 절제 없으며,	椒專佞以慢慆兮, 초 전녕: 이: 만:도혜
머귀나무[95] 또한 향낭을 채우려드는구나.	榝又欲充夫佩幃。 살 우: 욕충부 패:위
채용되기를 바라고 힘을 썼으니,	旣干進而務入兮, 기: 간진: 이 무:입혜
또 무슨 향내 따위 아랑곳하겠습니까?	又何芳之能祗。 우: 하방지 능지
진실로 시속은 유행 따라 움직이는데,	固時俗之流從兮, 고: 시속지 류종혜
또 누가 변화하지 않을 수 있겠습니까?	又孰能無變化。 우: 숙능무 변:화:
산초나무나 택란조차 이러할진대,	覽椒蘭其若玆兮, 람: 초란기 약자혜
또 큰까치수염 · 천궁[96]이야 일러 무삼하리오?	又況揭車與江離。 우:황: 계거여: 강리
오직 이 귀중한 노리개는,	惟玆佩之可貴兮, 유 자패: 지 가:귀:혜
그 아름다움을 버렸기에 이렇거니와,	委厥美而歷玆。 위: 궐미: 이 력자
향기는 물씬물씬 다치지 않았으며,	芳菲菲而難虧兮, 방 비비이 난휴혜
향내는 오늘까지 가시지 않았습니다.	芬至今猶未沬。 분 지:금유 미:매:
도량을 넓혀서 스스로 위로하며,	和調度以自娛兮, 화 조:도: 이: 자:오혜

애오라지 허공에 떠서 숙녀를 구할까나?　聊浮游而求女。
료 부유이 구녀:

나의 꾸민 꽃이 향기로울 동안에,　及余飾之方壯兮,
급 여식지 방장:혜

천상과 천하를 두루 돌아볼까나?　周流觀乎上下。
주류 관호 상:하:

(14)

령분이 이미 나에게 길점을 알려 주었으니　靈氛既告余以吉占兮,
령분 기: 고:여이: 길점혜

길일을 택해서 나는 떠나겠습니다.　歷吉日乎吾將行。
력 길일호 오장 항

옥 가지를 꺾어 반찬을 삼았으며,　折瓊枝以爲羞兮,
절 경지이: 위수혜

옥가루를 빻아 양식을 삼았습니다.　精瓊爢以爲粻。
정 경미이: 위장

나를 위해 비룡을 부려 주오.　爲余駕飛龍兮,
위:여가: 비룡혜

옥돌과 상아로 수레를 꾸며 주오.　雜瑤象以爲車。
잡 요상:이: 위거

어찌 떠나간 마음이 한데 어울리겠습니까?　何離心之可同兮,
하 리심지가:동혜

내 이제 멀리 가서 스스로 피하겠습니다.　吾將遠逝以自疏。
오장 원:서:이: 자:소

나의 길은 저 곤륜산을 돌아가는데,　邅吾道夫崑崙兮,
전 오도:부 곤륜혜

돌고 도는 아득히 먼 길이랍니다.　路脩遠以周流。
로: 수원:이: 주류

구름과 무지개의 깃발은 하늘을 가리고,
揚雲霓之晻藹兮,
양 운예지 엄:애:혜

옥란새[97] 방울 소리 딸랑딸랑 울립니다.
鳴玉鸞之啾啾。
명 옥란지 추추

아침에 은하수를 출발하여,
朝發軔於天津兮,
조 발인:어 천진혜

저녁에 서극에 도착했습니다.
夕余至乎西極。
석 여지:호 서극

봉황은 공손히 깃발을 받들고,
鳳凰翼其承旂兮,
봉:황 익기 승기혜

훨훨 날며 가지런히 뒤따랐습니다.
高翺翔之翼翼。
고 고상지 익익

갑자기 나는 이 사막[98]을 지나서,
忽吾行此流沙兮,
홀 오행차: 류사혜

적수[99]를 좇아서 조용히 놀았습니다.
遵赤水而容與。
준 적수:이 용여:

이무기와 용을 불러 다리를 놓게 하고,
麾蛟龍使梁津兮,
휘 교룡:사: 량진혜

서황[100]의 안내로 나는 강을 건넜습니다.
詔西皇使涉予。
소: 서황사: 섭여

길은 멀고멀어 고생도 많겠기에,
路脩遠以多艱兮,
로: 수원:이: 다간혜

따르는 수레를 지름길로 보냈으니,
騰衆車使徑待。
등 중:거사: 경:대:

나는 불주산[101]을 왼편으로 돌아,
路不周以左轉兮,
로: 불주이: 좌:전:혜

서해에서 만나기로 기약했습니다.	指西海以爲期。 지: 서해: 이: 위기
천 대나 될 나의 수레들은 줄지어,	屯余車其千乘兮, 준 여거기 천승: 혜
옥 바퀴도 나란히 잘도 달리는구나.	齊玉軑而並馳。 제 옥대: 이 병: 치
굼틀거리는 여덟 마리의 용을 부리어,	駕八龍之婉婉兮, 가: 팔룡지 원: 원: 혜
펄럭거리는 구름의 깃발을 꽂고 갑니다.	載雲旗之委蛇。 재: 운기지 위이
뜻을 억눌러 천천히 가려고 해도,	抑志而弭節兮, 억지: 이 미: 절혜
넋은 아득한 곳으로 높이 달립니다.	神高馳之邈邈。 신 고치지 막막
구가를 노래하며 구소[102]를 춤추며,	奏九歌而舞韶兮, 주: 구: 가이 무: 소혜
애오라지 한갓진 틈을 즐겨 봅니다.	聊假日以媮樂。 료 가: 일이: 투락
밝은 해가 빛나는 하늘로 올라가는데,	陟陞皇之赫戲兮, 척 승황지 혁희: 혜
문득 옛 고향이 내려다보입니다.	忽臨睨夫舊鄕。 홀 림니: 부 구: 향
마부도 슬퍼하고 내 말[103]도 그리워하여,	僕夫悲余馬懷兮, 복부 비여마: 회혜
돌아보며 머뭇머뭇 나아가지 못합니다.	蜷局顧而不行。 권국 고: 이 불항

(15)

끝 노래[104]에 이르되—	亂曰: 란:왈
그만두소라!	已矣哉, 이:의:재
나라에 사람이 없어 나를 아니 알아주는데,	國無人莫我知兮, 국 무인막 아:지혜
또 어찌 고향을 그리워할까나!	又何懷乎故都。 우: 하회호 고:도
함께 손잡고 아름다운 정치를 할 수 없는 마당이니,	旣莫足與爲美政兮, 기: 막족여: 위 미:정:혜
나는 이제 팽함이 있는 곳을 찾아가리다!	吾將從彭咸之所居。 오 장종 팽함지 소:거

1_ "애타는 걱정에 걸리다"라는 뜻이다. 이 밖에 "근심에 걸리다", "근심을 떠나다", "불평불만"이라고 해석하는 설도 있다. 굴원이 제1차로 호북성 한수漢水 북방으로 귀양갔을 때 지은 것으로 추정된다. 이 작품은 굴원의 대표작으로, 고민하는 영혼의 추구追求와 훼멸毁滅을 그린 중국 낭만 시가 중의 걸작이다. 여기에는 또한 굴원의 위대한 인격과 고결한 감정이 잘 묘사되어 있다. 장편이므로 내용에 따라 전체를 15단락으로 나누어 보았다.

2_ 고양高陽 : 중국 전설에 나오는 오제五帝의 하나인 전욱顓頊의 호. 초楚나라 임금의 선조라고 하며, 굴원도 왕족이었다.

3_ 섭제격攝提格 : 고갑자古甲子의 하나. 간지干支의 인寅에 해당한다. 간지는 처음 날(日)을 표시하는 데만 사용되었으며, 한대漢代 이후에 비로소 해(年)와 달(月)을 표시하는 데도 사용되었다. 이 구절을 간지로 표시하면 '인寅의 해, 인寅의 달'이 되며, 다음 구절의 '경인庚寅 날'과 함께 묘한 일치를 느끼게 한다. 여기서 작자 굴원은 자기의 우수성을 운명적으로 타고났다고 느낀 듯하다.

4_ 령균靈均 : 령윤令尹과 같은 어원에서 나왔다. 령윤은 초楚나라에서 재상宰相을 가리키는 말이다. 일설에는, 정칙正則은 그의 이름인 평平의 뜻을, 령균靈均은 그의 자인 원原의 뜻을 각각 담은 익명이라고도 한다.

5_ 천궁 / 구리때 : 천궁 원문은 강리江離(*Ligusticum chuanxiong*), 구리때 원문은 지芷(*Angelica dahurica*). 둘 다 향초香草이다. 《리소, 애타는 호소》에 나오는 식물은 반부준 책을 참고했다(潘富俊, 『楚辭植物圖鑑』, 上海:上海書店出版社, 2003).

6_ 택란 : 원문은 란蘭(*Eupatorium japonicum*). 실제로 이런 복장을 했다기보다는 작자의 정신 수양을 우의寓意한 것이다. 즉 청렴결백한 행위를 상징한다.

7_ 목련꽃 : 원문은 목란木蘭(*Magnolia denudata*). 그 껍질을 벗겨 향료로 쓰는데, 껍질을 벗겨도 말라 죽지 않는다고 한다. 목련꽃과 숙근초의 강인한 특성을 가지고 작자의 굳은 절개를 상징한 것이다.

8_ 젊은 이 몸 : 원문에는 미인美人, 초나라 회왕懷王(전 328~전 299년 재위) 웅괴熊槐를 가리킨다는 설도 있으나, 본서에서는 굴원 자신을 가리킨 것으로 본다. 앞 연 "세월이 아니 나를 기다릴까 두렵습니다."를 이은 것으로 보았기 때문이다.

9_ 천리마 : 현신賢臣을 상징한 것. 즉 "임금이 현신을 임용하여 치적을 높이려 하신다면"이라는 뜻이다.

10_ 삼후三后 : 하나라 우왕禹王, 은나라 탕왕湯王, 주나라 문왕文王(西伯).

11_ 산초나무 / 계수나무 : 산초나무 원문은 신초申椒(*Zanthoxylum bungeanum*), 계수나무 원문은 균계菌桂(*Cinnamomum cassia*). 두 가지 모두 향목香木이다.

12_ 혜초 / 구리때 : 혜초 원문은 혜蕙(*Ocimum basilicum*). 지금 한국에서는 외래어 바질basil이라고 부른다. 구리때 원문은 채茝(*Angelica dahurica*). 삼후三后는 단지 한두 사람의 총신寵臣에게만 정치를 전임시키지 않고 널리 현신賢臣을 임용하였다는 비유이다. '혜초·구리때'는 총신, '산초나무 · 계수나무'는 현신을 상징한 것인 듯.

13_ 요堯 · 순舜 : 중국의 전설적인 두 성군.

14_ 걸 · 주 : 걸桀(전 1818~전 1766년 재위)은 하나라 마지막 임금. 주紂(전 1154~전 1122년 재위)는 은나라 마지막 임금. 두 사람 모두 폭군이었다고 한다. 성군과 폭군이 따라간 정도正道와 사도邪道를 대조하여, 초나라 회왕 웅괴가 마땅히 취할 길을 보인 것이다.

15_ 선왕 : 초나라 임금의 조상.

16_ 상감님 : 원문은 전荃, 붓꽃과의 향초香草. 여기서는 인칭대명사로, 왕을 가리킨다.

17_ 훌륭한 분 : 원문은 령수靈脩, 천성과 재능이 훌륭하다는 의미로 여자가 그 연인을 부르는 미칭美稱인 듯. 여기서는 회왕 웅괴를 가리킨다.

18_ 황혼 : 이 2구는 후인이 잘못 삽입하였다. 「구장」《추사》抽思에 나오는 것이다.

19_ 일백팔 이랑 : 원문은 9원畹. 1원은 밭 12이랑(畝). 일설에는 20이랑, 또는 30이랑이라고도 한다. 1이랑(畝)은 지금의 약 170평, 0.06헥타르이다.

20_ 작약 / 큰까치수염 : 작약 원문은 류이留夷(*Paeonia lactiflora*), 큰까치수염 원문은 계거揭車(*Lysimachia clethroides*).

21_ 족두리 : 원문은 두형杜衡(*Asarum forbesii*). 여기에 열거한 작약 · 큰까치수

염·족두리·구리때는 모두 향초香草 이름. 이것을 심었다는 것은 정신수양에 더욱 힘쓴다는 우의寓意이다. 인仁·의義·충忠·효孝의 덕목에 비유한 것이라는 해설도 있다.

22_ 가지와 이파리가 : 이 연의 우의는 애써 닦은 수양인데 성과를 얻지 못하고 임금에게 버림받아 시들어 버리는 것은 안타깝지 않지만 도당들의 참언으로 더럽혀지는 것이 서럽다는 뜻인 듯하다.

23_ 안색이 창백한들 : 영양실조로 안색이 나쁨을 말한다. 이 연은 음식의 청결함으로써 행위의 결백함을 비유한 것. 영양실조는 고관대작을 얻지 못한 것을 상징하는 것이다.

24_ 줄사철나무 : 원문은 벽려薜荔(*Ficus pumila*).

25_ 마늘 / 뱀도랏 : 마늘 원문은 호胡(*Allium sativum*), 뱀도랏 원문은 승繩(*Cnidium monnieri*). 이 연에서는 향초香草를 가지고 청결한 복장을 꾸민다고 되어 있으나 구체적인 것이 아니라, 요컨대 결백한 행위의 상징인 듯하다.

26_ 팽함彭咸 : 은나라 때의 현신. 임금을 간했으나 듣지 않자 물에 뛰어들어 죽었다.

27_ 고운 눈썹을 시새워 : 도당들이 굴원을 시새워 임금에게 참소한 것을 남녀의 관계로 비유한 것.

28_ 비위 맞추는 걸 : 이 연은 도당들이 상도常道를 굽히어서 임금의 뜻에만 영합하고 있음을 비유한 것이다.

29_ 이런 짓 : 앞 연에 나온 목수들의 짓을 가리킨다.

30_ 맹금猛禽 : 뜻이 강직한 사람, 즉 굴원 자신을 여기에 비기고 도당들을 뭇 새들에게 비긴 것이다.

31_ 네모꼴과 동그라미 : 목수가 나무에 구멍을 뚫어 장부를 맞출 때를 상징한 것으로, 네모꼴의 장부는 동그란 구멍에는 맞지 않는다는 말이다.

32_ 길을 잘 살피지 : 이 연은, 나아가 임금에게 충성을 다하려 했으나, 오히려 참소를 받고 쫓겨났으므로, 자기의 불찰을 뉘우치며 차라리 물러나 유유자적한 생활로 들어갈까 하고 생각하기 시작한다는 것이다.

33_ 이 연에서 '택란의 늪가'와 '산초나무의 언덕' 등 향초나 향목이 있는 장소를 든 것은 역시 정신수양의 뜻을 담은 것인 듯하다.

34_ 마름 / 연 : 마름 원문은 기芰(*Trapa bispinosa*), 연 원문은 하荷(*Nelumbo nucifera*).

35_ 부용 : 원문의 하荷·부용芙蓉 모두 연蓮이다. 역시는 내용을 보아 연잎과 연꽃으로 달리 옮긴 것.

36_ 향기와 빛깔 : 수련修練의 재료인 향초·향목의 향기와 빛깔. 나아가서 그것은 또한 자신의 고결한 인격의 비유이기도 하다.

37_ 고개를 젖혀 : 일단 은퇴했다가, 아무래도 이 세상을 잊을 수 없기에 다시 "고개를 젖혀 훑어보면서" 사방 끝으로 현명한 임금을 찾으러 나가련다는 것.

38_ 몸이 갈가리 찢겨도 : 중국에는 옛날 지해支解라는 형벌이 있었는데, 수족을 잘라 죽이는 것이다.

39_ 곤鮌 : 하나라 시조 우왕禹王의 아버지. 수리사업의 실패로 순舜임금이 우산羽山에서 처형하였다. 우산의 위치에 대해서는 두 가지 설이 있다. 하나는 강소성 동해현東海縣의 서북에 있다는 것, 또 하나는 산동성 봉래현蓬萊縣의 동남에 있다는 것이다.

40_ 남가새·조개풀·도꼬마리 : 원문은 자薋(*Tribulus terrestris*), 록菉(*Arthraxon hispidus*), 시葹(*Xanthium sibiricum*). 이 세 가지 풀은 모두 악초惡草이다. 즉 조정에 못된 도당들이 가득하다는 뜻이다.

41_ 나의 충정을 살펴준다 : 굴원의 말투를 옮겨온 것이다. 대체로, 굴원이 사방 끝을 찾아 나서려는 것은 그의 충정을 알아줄 지기知己를 찾기 위한 것일 텐데, '누님'은 이 기도企圖가 도로에 끝날 것이니 오히려 고향에서 중인衆人들에게 영합하는 것이 현명할 것이라고 타이르고 있다.

42_ 원수 / 상수 : 원수는 원강沅江, 상수는 상강湘江의 옛 이름. 둘 다 동정호洞庭湖로 흘러 들어가는 강이다. 호남성 남쪽에 순舜임금의 묘지가 있다고 한다. 주 54 참조.

43_ 중화重華 : 순舜임금의 호. 이 대목은 실제로 여행한 것이 아니라 다음에 나오는 여러 여행과 마찬가지로 상상이다.

44_ 계啓 : 하나라 임금. 우왕禹王의 아들로 어진 임금이었다. 계는 하늘로 올라가 구변九辯·구가九歌 두 가지 음악을 얻어 왔다고 한다(『山海經』). 그 정치가 잘되었음을 뜻하는 것.

45_ 태강太康 : 하나라 임금. 계啓의 아들. 태강은 놀이를 좋아하여 수렵을 나갔다가 오래도록 돌아오지 않았으므로 유궁국有窮國 임금 예羿가 그 돌아오는 길을 막아 태강太康은 나라로 돌아오지 못하고 마침내 왕위를 잃었으며, 이로써 그의 다섯 아우도 집을 잃게 되었다.

46_ 예羿 : 유궁국有窮國 임금. 태강을 폐위시키고 대신 국정을 잡았지만, 재상 한착寒浞을 신임하여 국정을 맡기고 자기는 놀러만 다녔는데, 한착은 가신家臣 봉몽逢蒙을 시켜 예가 수렵에서 돌아오는 것을 사살하고 그의 아내를 앗았다.

47_ 오澆(奡) : 한착寒浞의 아들로, 한착이 앗은 예羿의 아내가 낳았다. 오는 하나라 임금 상相(太康의 조카)을 죽이고는 일락을 일삼다가 상相의 아들 소강少康에게 주륙당했다.

48_ 소금에 절이더니 : 고대의 가혹한 형벌의 하나인 저해菹醢를 말한다. 사람을 죽여 그 뼈와 살을 소금에 절이는 것. 주紂는 현인 비간比干을 이렇게 죽였

다. 걸桀과 주紂는 주 14 참조.

49_ 탕湯과 우禹 : 우는 하나라 시조, 순舜임금에게 선양禪讓을 받았다. 어진 임금이었다. 탕은 은나라 시조, 하나라 끝 임금 걸桀(폭군)을 토벌하고 즉위했다. 역시 어진 임금이었다.

50_ 주나라 임금 : 문왕文王과 무왕武王(전 1134~전 1116년 재위)을 가리킨다. 문왕(西伯)이 주나라의 기초를 닦아, 그 아들 무왕이 주나라 시조가 되었다. 탕·우·문왕은 주 10에서 말하는 삼후三后. 모두 어진 임금이었다.

51_ 고금의 흥망성쇠 : 앞에서 말한 하夏·은殷·주周 3대의 역사를 말한다.—이 연에서는 인간이 천명天命을 받들어 왕업王業을 이루는 경영의 극치를 살펴보고 그 핵심을 제시한 것이다.

52_ 구멍을 재지 않고 장부를 : 주 31 참조.

53_ 옥규 / 예 : 옥규玉虯는 뿔이 없는 용. 예鷖는 봉황의 한 종류. 공중을 비행하려고 이것을 탈것(비행기나 우주선)으로 대용한다는 뜻인 듯하다.

54_ 창오산蒼梧山 : 바로 구의산九疑山이다. 구의산은 호남성 상강湘江의 지류인 소수瀟水의 발원지이며, 순舜(重華)임금을 장사 지낸 곳이다. (8)단에서 순임금을 방문, 하소연하고, 이제는 그를 하직하고 하느님(天帝)을 알현하려고 떠나는 것이다.

55_ 현포縣圃 : 곤륜산崑崙山에 있는 하느님의 밭. 곤륜산은 중국 최고, 최대의 산맥. 티베트와 신강 경계, 그 부근의 산악지대를 가리킨다. 지리 지식이 부족했던 고대에 있어 서방 산악지대의 무수한 산에 대해 외경의 마음을 품고 신령스러운 산으로 여겼으며, 많은 전설이 여기서 나왔던 것.

56_ 희화羲和 : 해님의 마차를 부리는 마부.

57_ 엄자산崦嵫山 : 감숙성 천수현天水縣 서쪽에 있는 산. 해님이 저녁에 들어가는 고장이라고 한다.

58_ 함지咸池 : 해님이 목욕한다는 못.

59_ 부상扶桑 : 신령스러운 나무 이름. 상상의 식물이다. 해님이 아침에 그 밑에서 나온다고 한다.

60_ 약목若木 : 곤륜산의 서쪽 끝머리에 자란다는 나무 이름. 해님이 저녁에 들어가는 곳이라고 한다.

61_ 망서望舒 : 달님의 마차를 부리는 마부.

62_ 비렴飛廉 : 바람 신.

63_ 란황鸞凰 : 털빛이 푸른 봉황, 신령스러운 새 이름. 상상의 동물이다.

64_ 뢰사雷師 : 천둥 신.

65_ 제혼帝閽 : 하늘나라 수문장.

66_ 창합문閶闔門 : 하늘나라 대문.

67_ 세상은 혼탁하여 : 속세뿐만 아니라 하늘나라에서도 이처럼 수문장이 남의 아름다움을 시새워서 문을 열어 주지 않음을 한탄한 것이다.

68_ 백수白水 : 곤륜산에서는 오색五色의 물이 흘러내린다는데, 백수는 그 중의 하나이다.

69_ 랑풍산閬風山 : 곤륜산은 3층으로 되어 있다는데, 아래는 반동樊桐, 가운데가 랑풍, 위는 층성層城이라고 한다. (9)단 둘째 연의 현포와 같은 곳이라고 한다. 주 55 참조.

70_ 이 높은 산에 미인이 : 높은 산은 랑풍산, 미인은 지기知己. 구설에는 현군 또는 현신이라고 한다.

71_ 춘궁春宮 : 동방 신, 청제靑帝의 궁전.

72_ 풍륭豊隆 : 구름 신.

73_ 복비宓妃 : 중국 상고시대 삼황三皇의 하나인 복희씨伏羲氏의 딸. 락하洛河에서 익사했는데, 뒤에 그 강의 신神이 되었다고 한다. 락하는 하남성 락양시洛陽市 부근을 흘러 황하黃河로 들어간다.

74_ 건수蹇脩 : 복희씨의 신하. 일설에는 중매의 미칭.

75_ 궁석산窮石山 : 감숙성 장액시張掖市 서쪽에 있는 산. 지금은 기련산祁連山이라고 한다.

76_ 유반강洧盤江 : 감숙성 엄자산에서 흘러내리는 강.

77_ 교만하니 : 이 동사의 주어는 복비宓妃이다.

78_ 유숭씨有娀氏 : 옛날 유숭국 임금에게 아름다운 두 딸이 있었는데, 언니는 간적簡狄, 아우는 건자建疵라 했다. 부왕은 '옥 누대(瑤臺)'를 지어 두 딸이 거처하게 했다. 간적은 은나라 조상 설契을 낳았다고 한다.

79_ 짐새(鴆) : 새 이름. 깃에 독毒이 있는데, 이것으로 독주毒酒를 만들어 독살하는 데 썼다고 한다.

80_ 고신씨高辛氏 : 중국 상고시대 오제五帝의 하나, 제곡帝嚳이라고도 한다. 전설에 따르면 유숭씨의 딸 간적簡狄을 비妃로 맞았다고 한다. 중매를 조류에게 부탁하는 습관은, 간적이 '옥 누대'에 있을 때 하느님이 제비(燕)를 시켜 알(卵)을 선사해 왔으므로, 그것을 삼켰더니 태기가 있어 설契(고신씨의 아들, 은나라 선조)을 낳았다는 얘기에서 비롯한 것일 듯.

81_ 소강少康 : 하나라 임금. 상相의 아들. 상이 한착의 아들 오(奡)에게 피살되었을 때, 소강은 유우국有虞國으로 피신했다. 유우국 임금은 그의 두 딸을 아내로 내주었다. 주 47 참조.

82_ 규중閨中 : 부녀자들이 거처하는 곳. 상단에서 거론한 복비 이하의 숙녀들을 가리킨다. 이 연에 와서 우언寓言으로 말하던 숙녀를 찾는다는 것이 실은

'슬기로운 임금'을 구한 것임을 고백하고 있다.

83_ 띠 / 대쪽 : 모두 점칠 때 쓴다.

84_ 령분靈氛 : 길흉吉凶을 점치는 사람.

85_ 구주九州 : 고대 중국에서 전국을 아홉 주州로 나누었다. 여기서는 초楚나라 이외의 온 천하를 가리킨다.

86_ 산쑥 : 원문은 애艾(*Artemisia indica*). 앞에 예로 든 '향기로운 풀'에 반대되는 것으로, 냄새가 나쁜 풀로 든 것이다. 이 연과 다음 연은 악惡을 좋아하며 선善은 좋아하지 않는 세상이라는 뜻.

87_ 무함巫咸 : 은나라 중종中宗(전 1637~전 1563년 재위) 태무太戊 때 재상, 무巫의 시조라고 한다.

88_ 구의산九疑山 : 호남성 남쪽에 있는 산, 즉 창오산. 주 54 참조. 하늘 신령들이 초나라 땅에 내려오는 것이니 그곳 명산 신령들이 마중한다는 것이다.

89_ 지와 고요(摯 · 咎繇) : 지는 은나라 시조 탕왕湯王의 신하 이윤伊尹의 이름. 고요는 하나라 시조 우왕의 신하. 모두 현신이다.

90_ 열說 : 은나라 고종高宗(전 1324~전 1266년 재위) 무정武丁의 명신. 열은 처음에 죄인으로서 부암傅巖이라는 곳에서 길을 닦는 일꾼으로 있었는데, 고종 무정이 꿈에 현인賢人을 보고 그 모습을 찾다가 마침내 열을 얻었다고 한다. 열은 뒤에 부암이라는 지명에서 성을 따 부열傅說이라고 부른다.

91_ 려망呂望 : 주나라 사람. 본성은 강姜. 그 조상이 려呂 땅에 봉封을 받았다. 주나라 문왕文王(西伯)에게 등용되고 무왕武王 희발姬發을 보좌하여 은나라의 주紂를 쳐서 주나라를 세웠다. 강태공姜太公, 태공망太公望, 려상呂尙이라고도 부른다.

92_ 녕척甯戚 : 춘추시대 위衛나라 사람. 집이 가난하여 짐수레를 끌며 입에 풀칠을 했다. 제齊나라로 가서 수레 밑에 소를 기르며 그 뿔을 두드리면서 노래했는데, 제나라 환공桓公(전 685~전 643년 재위) 소백小白이 이것을 기이하게 여겨 재상 관중管仲을 시켜서 맞아들이고 상경上卿의 벼슬을 주었다. 뒤에는 재상이 되었다.

93_ 때까치(鵜鴂) : 때까치가 우는 계절은 여름(음력 5월) 또는 가을(음력 7월)이라 한다. 추분秋分 전에 울면 초목이 모두 시든다고 한다.

94_ 창포 : 원문은 전荃(*Acorus calamus*). 여기서는 향기로운 풀로 나온다. 띠는 번식력이 강하여 창포 혜초를 밀어낸 것. 이 연은 인심이 악화된 것을 향초밭이 잡초로 바뀐 것으로 비유하였다.

95_ 머귀나무 : 원문은 살樧(*Zanthoxylum ailanthoides*).

96_ 큰까치수염 · 천궁 : 이것들도 향기로운 풀이지만, 산초나무나 택란에는 향기가 미치지 못한다. 주 5, 20 참조. 위 네 연聯은 굴원이 즐겨 찾는 향기로

운 풀에 비유하여 주위의 변절자를 풍자한 것이다. 그들은 일찍이 굴원의 동지였던, 말하자면 같은 당파 사람들이었던 듯.

97_ 옥란玉鸞 : 수레 횡목橫木에 다는 방울. 여기서는 아마 난鸞새 울음소리를 그 대용으로 삼은 듯하다. 난새는 봉황의 일종으로, 상상의 새다.

98_ 사막 : 아마 지금의 신강성 고비사막을 가리키는 듯하다. 곤륜산은 그 서쪽에 있다.

99_ 적수赤水 : 곤륜산에서 흐르는 강물의 하나. 남해南海로 빠진다고 한다.

100_ 서황西皇 : 구주舊注에 제소호帝少皞(五帝의 하나)라 한다. 제소호는 금金씨인데, 오행설五行說에 보면 금金이 서방西方에 해당되기에 나온 것인 듯하다.

101_ 불주산不周山 : 곤륜산의 서북쪽에 있다는 산.

102_ 구가九歌 / 구소九韶 : 구가는 우禹임금 때의 음악, 구소는 순舜임금 때의 음악이라고 한다. 훌륭한 음악이라는 뜻이 있다.

103_ 마부 / 말 : 마부나 말을 빌려 자기의 심중을 얘기한 것이다. 그는 차마 조국—인간 세상을 떠날 수 없었던 것.

104_ 끝 노래 : 한 편의 시가詩歌의 대요大要를 말하고 맺는 노래이다.

돌을 품고[1] | 『초사』 구장

懷沙
회사

(1)

펄떡펄떡 뛰는 초여름[2]이여,

陶陶孟夏兮,
도도 맹:하:혜

초목도 빽빽이 우거졌구나!

草木莽莽。
초:목 망:망:

아픈 가슴 끝없는 슬픔이여,

傷懷永哀兮,
상회 영:애혜

허둥지둥 강남땅으로 갑니다.

汩徂南土。
율조 남토:

쳐다만 봐도 어질어질,	瞬兮杳杳, 순:혜 묘:묘:
무척이나 고요하고 소리 없습니다.	孔靜幽默。 공:정: 유묵
답답하고 울울한 심정,	鬱結紆軫兮, 울결 우진:혜
시름겨워 못내 괴롭습니다.	離愍而長鞠。 리민:이 장국
정을 억누르고 뜻을 헤아려,	撫情效志兮, 무:정 효:지:혜
분을 삼키고 스스로 참습니다.	冤屈而自抑。 원굴이 자:억
네모꼴을 깎아 동그라미를 만든대도	刓方以爲圜兮 완방이: 위환혜
일정한 법도는 바꾸지 못합니다.	常度未替。 상도: 미:체:
근본이나 초지를 고치는 것,	易初本迪兮, 역초 본:적혜
군자君子가 얕보는 거랍니다.	君子所鄙。 군자: 소:비:
먹줄로 선명하게 줄을 그은,	章畫志墨兮, 장획 지:묵혜
옛날의 설계는 변경치 못합니다.	前圖未改。 전도 미:개:
충정이 도탑고 성질이 바른 것,	內厚質正兮, 내:후: 질정:혜

대인大人이 기리는 거랍니다.	大人所盛。 대:인 소:성:
교수[3]라도 실지로 자르지 않으면,	巧倕不斵兮, 교:수 불착혜
누가 그 치수의 바름을 알겠습니까?	孰察其撥正。 숙찰기 발정:

(2)

까만 무늬[4]라도 어둠에 놓이면,	玄文處幽兮, 현문 처:유혜
청맹과니는 불분명타고 합니다.	矇瞍謂之不章。 몽수: 위:지 불장
리루[5] 같은 이도 실눈을 뜨면,	離婁微睇兮, 리루 미제:혜
맹인은 못 보는 줄로 여깁니다.	瞽以爲無明。 고: 이: 위무명

하양을 바꾸어 검정[6]이라 하고,	變白以爲黑兮, 변:백 이: 위흑혜
위를 거꾸로 아래라 합니다.	倒上 以爲下。 도:상: 이: 위하:
봉황은 어리 속에 있는데,	鳳凰在笯兮, 봉:황 재:노혜
닭과 집오리는 훨훨 춤춥니다.	雞鶩翔舞。 계목 상무:

옥과 돌을 함께 섞어 놓고,	同糅玉石兮, 동유: 옥석혜
하나의 평미레로 재려 합니다.	一概而相量。 일개: 이 상량

저 도당들의 비천함이여,

夫惟黨人之鄙固兮,
부유 당:인지 비:고:혜

아이고, 나의 지닌 값을 모르는구나.

羌不知余之所臧。
강 불지 여지 소:장

무거운 짐을 많이도 실어,

任重載盛兮,
임:중: 재:성:혜

바퀴가 빠지고 아니 움직입니다.

陷滯而不濟。
함:체:이 불제:

아름다운 보석을 품고 있지만,

懷瑾握瑜兮,
회근: 옥유혜

길이 막히니 보일 데 모르겠습니다.

窮不知所示。
궁 불지 소:시:

마을 개가 떼 지어 짖는 건

邑犬之群吠兮,
읍견:지 군폐:혜

이상한 사람7을 짖는 거랍니다.

吠所怪也。
폐: 소:괴:야:

영웅과 호걸을 비방하는 건

非俊疑傑兮,
비준: 의걸혜

본래가 용렬한 짓이랍니다.

固庸態也。
고: 용태:야:

(3)

무늬와 바탕은 안으로 갖춰져,

文質疏內兮,
문질 소내:혜

중인들은 나의 이채로움을 모릅니다.

衆不知余之異采。
중: 불지 여지 이:채:

재목과 원목은 산처럼 쌓여도,

材朴委積兮,
재박 위:적혜

나의 소유인 것을 모릅니다.	莫知余之所有。 막지 여지 소:유:
사랑과 정의가 겹치고,	重仁襲義兮, 중인 습의:혜
근신하고 온후한 덕이 많아도,	謹厚以爲豊。 근:후: 이: 위풍
중화 님[8]은 만날 수 없거니,	重華不可迕兮, 중화 불가:오:혜
누가 나의 거동을 이해하겠습니까?	孰知余之從容。 숙지 여지 종용
옛적에도 성군과 현신은 동시에 나오지 않았지만,	古固有不竝兮, 고: 고:유: 불병:혜
어찌 그 무슨 까닭인지 알겠습니까?	豈知其何故。 기:지기 하고:
탕 임금과 우 임금[9]은 태곳적 이야기,	湯禹久遠兮, 탕우: 구:원:혜
아득하여 생각할 수도 없습니다.	邈而不可慕。 막이 불가:모:
원한과 분노를 석삭이고,	懲違改忿兮, 징위 개:분:혜
마음을 억눌러 스스로 참습니다.	抑心而自强。 억심이 자:강
시름겨워도 변치 않으리니,	離愍而不遷兮, 리민: 이 불천혜
나의 뜻, 후세의 본보기 되어지이다.	願志之有像。 원:지: 지 유:상:

길을 나아가 북녘에서 묵으니,[10] | 進路北次兮,
진:로: 북차:혜

해는 어둑어둑 어두워집니다. | 日昧昧其將暮。
일 매:매:기 장모:

시름을 풀고 서러움을 달래어, | 舒憂娛哀兮,
서우 오애혜

하나의 큰일로써 마감하겠습니다.[11] | 限之以大故。
한:지이: 대:고:

(4)

끝 노래[12]에 이르되— | 亂曰:
란:왈

넘실넘실 원수와 상수[13]여, | 浩浩沅湘,
호:호: 원상

두 갈래로 굽이쳐 흐르는구나! | 分流汩兮。
분 류율혜

기다란 길은 깊이 가려서, | 脩路幽蔽,
수로: 유폐:

아득한 끝머리 사라지는구나! | 道遠忽兮。
도: 원:홀혜

도타운 바탕과 결곡한 마음이 | 懷質抱情,
회질 포:정

견줄 데 없이 우뚝하지만, | 獨無匹兮。
독 무필혜

백락[14]이 이미 죽어 버렸으니 | 伯樂旣沒,
백락 기:몰

천리마를 어떻게 품평하겠습니까! | 驥焉程兮。
기: 언정혜

만민은 한세상 태어나서 萬民之生,
만:민 지생

각기 제 자리[15]가 있거든, 各有所錯兮。
각유: 소:조:혜

마음을 잡고 뜻을 넓히면 定心廣志,
정:심 광:지:

내 무엇을 두려워하겠습니까! 余何畏懼兮。
여하 위:구:혜

상심을 더치이 서럽게 울며,[16] 增傷爰哀,
증상 원애

길게 한숨을 쉬는구나! 永歎喟兮。
영: 탄:위:혜

세상은 혼탁하여 나를 아니 알아주며, 世溷濁莫吾知,
세: 혼:탁 막오지

사람들 마음은 일깨울 수[17]도 없습니다! 人心不可謂兮。
인심 불가:위:혜

죽음은 물릴 수 없음을 알았으니, 知死不可讓,
지사: 불가:양:

애석히 여기지 말아지이다. 願勿愛兮。
원:물 애:혜

분명히 세상의 군자에게 알리노니, 明告君子,
명고: 군자:

내 이제 충신의 본보기[18]가 되렵니다. 吾將以爲類兮。
오장이: 위류:혜

1_ 『초사』 「구장」九章의 한 편. 『사기』史記 「굴원가생열전」屈原賈生列傳에 "여기서 돌을 품고 스스로 멱라강汨羅江에 몸을 던져 죽었다."라는 기록이 있으므로 종래 이 시는 굴원의 절필로 여기고 있다. 사沙는 사석沙石의 뜻. 장편이므

로 내용에 따라 전체를 4단락으로 나누어 보았다.

2_ 초여름(孟夏) : 굴원은 초나라 서울 영郢(호북성 江陵)을 중춘仲春(음력 2월)에 떠나 맹하孟夏(음력 4월)에 강남땅으로 갔다.

3_ 교수巧倕 : 순舜임금 때의 공공共工(기술관)의 이름. 교巧는 그 재주가 공교하기에 붙인 것이다.

4_ 까만 무늬(玄文) : 흑백이 선명한 무늬라는 뜻.

5_ 리루離婁 : 황제黃帝 때의 사람. 눈이 무척 밝았다고 한다. 이 연은 자기의 재능을 인정받지 못한 것을 한탄한 것.

6_ 하양 / 검정 : 이 연은 현명한 사람(즉 자기)은 쫓겨나고 오히려 소인들이 득세한 세상을 통탄한 것.

7_ 이상한 사람 : 자기는 중인과 판이하게 훌륭한 재주와 좋은 바탕을 가졌기에 오히려 이상한 사람으로 보여 배척당한다는 뜻이다.

8_ 중화重華 님 : 순舜임금의 이름.

9_ 탕 / 우 : 은나라 시조 탕왕湯王, 하나라 시조 우왕禹王.

10_ 북녘에서 묵으니 : 굴원은 원강沅江 상류 산골짜기에서 북행하여 동정호洞庭湖로 나와서, 호수를 가로질러 호수 동쪽의 멱라강汨羅江으로 가서 투신자살한 듯하다.

11_ 마감하겠습니다 : 자기의 의지로 목숨을 끝맺겠다는 결의. 즉 시름을 풀고 서러움을 즐거움으로 바꾸는 방법은 죽음밖에 없다, 그러니 죽음으로써 마감한다는 뜻이다. 일설에는 천명天命이 생명을 마감하는 것이라고 본다.

12_ 끝 노래 : 《리소, 애타는 호소》 주 104 참조(본서 196쪽).

13_ 원수와 상수 : 원수는 원강沅江, 상수는 상강湘江. 모두 호남성 경내를 흘러 동정호로 빠지는 강물. 원강은 동정호의 서쪽으로 들어가고, 상강은 동정호의 남쪽으로 들어간다.

14_ 백락伯樂 : 고대에 말(馬)을 잘 보던(相) 사람. 천리마(驥)를 알아보는 재주를 가졌다.

15_ 자리 : 천명天命으로 정해진 경우를 말한다.

16_ 이 4구는 "도타운 바탕과 결곡한 마음이" 앞에 오면 좋을 듯. 주희朱熹 설.

17_ 일깨울 수 : 《리소, 애타는 호소》 (7)단의 구절, "집집마다 찾아가 얘기할 수도 없는데"(본서 171쪽)와 같은 뜻이다.

18_ 충신의 본보기 : 《리소, 애타는 호소》 (4)단 "팽함의 남긴 본보기를 따르려는 겁니다"(본서 166쪽)나 그 (15)단 끝 구절, "나는 이제 팽함이 있는 곳을 찾아가리다"(본서 189쪽)와 같은 뜻인 듯하다—이 노래를 마지막으로 굴원은 정말 멱라강에 뛰어들었나?

항적

Xiang Ji

項籍

항적項籍(전 232~전 202년)은 항우項羽라는 이름으로 더 잘 알려졌다. 적籍은 명, 우羽는 자이다. 초楚나라 하상下相, 지금의 강소성 숙천현宿遷縣 사람이다. 진秦나라 말년에 종부 항량項梁과 함께 의병을 일으켰다. 진이 망한 뒤 스스로 서초패왕西楚霸王이 되어 류방劉邦과 중원을 다투면서 여러 번 전쟁에서 승리하였으나 공동연대 이전 202년 섣달 해하垓下의 전투에서 대패하였다. 해하는 안휘성 령벽현靈璧縣 동남 넓은 평원 가운데 있는, 작지만 유일한 고지(높이 12미터)이다. 여기에 진을 친 항우 군사 10만이 한신韓信 군사 50만에게 철저히 섬멸당한 것이다. 이《해하노래》를 부른 다음, 우희虞姬는 죽고, 항우는 오강烏江까지 나아갔다가 자결하였다. 오강은 안휘성 화현和縣 동북 장강長江 북안에 있으니, 해하에서 동남쪽 182킬로미터 거리이다.

해하 노래[1] | 항적

垓下歌
해하:가

힘은 산을 뽑고, 기운은 세상을 덮네.

力拔山兮氣蓋世。
력발 산혜 기:개: 세:

때가 불리하니, 오추마[2] 가지 아니하네.

時不利兮騅不逝。
시 불리:혜 추 불서:

오추마 가지 아니하니, 어이하리오!

騅不逝兮可奈何。
추 불서:혜 가: 내:하

우희여, 우희여, 그대를 어이하리오!

虞兮虞兮奈若何。
우혜 우혜 내:약 하

1_ 일명 《우미인가》虞美人歌. 영웅이 말로에 이르러 부른 비장한 노래. 『사기 7』, 주희朱熹의 『초사집주』楚辭集註 「후어」後語, 곽무천郭茂倩의 『악부시집 58』, 심덕잠沈德潛의 『고시원 2』에 수록되어 있다.

2_ 오추마烏騅馬 : 검은 털에 흰 털이 섞인 말.

류철

Liu Che

劉徹

한 무제武帝 류철劉徹(전 156~전 87년)은 공동연대 이전 141년에 즉위하여 대내적으로 정치·경제 개혁을 시행하고, 대외적으로 여러 번 침략전쟁을 감행하여 중앙집권제를 확립하고 영토를 확장하였다. 한반도 평양 부근에 락랑군樂浪郡이 설치된 것도 이때다. 재위 기간에 태학太學을 세우고 오경박사五經博士를 두어, 이후 유교儒教가 역대 왕조의 지도이념으로 자리잡을 수 있게 하였다. 또 악부樂府를 세웠는데, 여기서 각 지방 민요를 수집하여, 민요가 중국 시사에 오를 수 있게 하였다. 류철은 특히 사부辭賦를 좋아하였다.

가을바람 노래[1] | 류철

秋風辭
추풍사

가을바람 이는구나, 하얀 구름은 날고.	秋風起兮白雲飛。 추풍 기:혜 백운 비
초목이 누렇게 떨어지는구나, 기러기는 돌아오네.	草木黃落兮雁南歸。 초:목 황락혜 안: 남귀
택란 꽃 예쁘구나, 국화 향기는 맑고.	蘭有秀兮菊有芳。 란유: 수:혜 국유: 방
고운 님 그립구나, 잊지 못할 사람아.	懷佳人兮不能忘。 회 가인혜 불능 망
이층 배를 띄워라, 분하[2]를 건너가자.	汎樓船兮濟汾河。 범: 루선혜 제: 분하
중류를 가로질러라, 흰 물결 일으키며.	橫中流兮揚素波。 횡 중류혜 양 소:파
퉁소와 북을 울려라, 뱃노래도 부르며.	簫鼓鳴兮發棹歌。 소고: 명혜 발 도:가
기쁜 일 다하였구나, 슬픔에 젖는 마음.	歡樂極兮哀情多。 환락 극혜 애정 다
젊은 날의 혈기는 언제더냐, 늙음을 어이하랴?	少壯幾時兮奈老何。 소:장: 기:시혜 내:로: 하

1_ 가을 경치를 보고 인생 쉬이 늙음을 한탄한 노래. 소통蕭統의 『문선 45사』, 주희의 『초사집주』楚辭集註 「후어」後語, 곽무천의 『악부시집 84』, 심덕잠의 『고시원 2』에 수록되어 있다. 기원전 113년 지은 것으로 추정하기도 하지만, 이 시를 류철이 지었다는 것조차 회의하기도 한다.

2_ 분하 : 산서성에서 발원하여, 서남으로 가로지르며 태원시, 림분시, 후마시를 지나 하진河津현에서 황하와 합류한다. 산서성의 대표적인 강. 산서성 만영현萬榮縣 묘전촌廟前村 황하 동안에 추풍루가 있는데, 1307년에 새긴 추풍사가 있다.

한대 악부 漢代樂府

Handai Yuefu

한漢나라 무제武帝(전 141~전 87년 재위) 류철劉徹 때, 악부樂府라는 관청이 처음 설립되었는데, 여기서는 한편으로 종묘宗廟 악장樂章을 제작하고, 또 한편으로는 민간 가사歌辭를 수집하여 음악에 맞추는 일도 하였다. 악부에서 수집한 민간의 가사는 모두 138편이 있다. 이 악부제도로 말미암아 우리는 한대漢代 평민들의 노래를 들을 수 있게 된 것이다. 당시 사회현상을 표현하는 질박한 문자 가운데 풍부한 감정과 진실한 내용을 담고 있으니, 전쟁·빈곤·사망, 그리고 가정 비극·남녀 문제 등을 다룬 이들 가사는 평민들의 호소였다.

악부에 수집된 가사를 악부시樂府詩 또는 생략해서 악부라고 부른다. 악부는 한漢나라에서 당唐나라에 이르기까지 많은 시인들에게 커다란 영향을 끼쳤다. 악부는 원래 평민들의 가락이므로 시인의 시가 평민화平民化할 수 있었는데, 시인이 지은 이러한 민요조의 시를 의고악부擬古樂府라 하여 구별한다.

본서에서는 12편을 골랐다. 〈내성 남쪽에서〉(戰城南), 〈열다섯에 군대에 나가〉(十五從軍征)는 전쟁의 비극성을 그리고, 전쟁을 반대하는 내용을 담은 것이다. 〈슬픈 노래〉(悲歌), 〈염교 위의 이슬〉(薤露歌), 〈호리는 누구네 땅〉(蒿里曲)은 이별의 한, 장송의 슬픔을 담은 것이다. 〈하늘이여〉(上邪), 〈강남으로 연 따러 가세〉(江南可採蓮), 〈고운 노래〉(豔歌行), 〈길가의 뽕나무〉(陌上桑)는 남녀 간의 사랑을 구가하는 내용을 담은 것이다. 〈병든 부인의 노래〉(婦病行), 〈고아의 노래〉(孤兒行), 〈산에서 궁궁이를〉(上山採蘼蕪), 〈공작새 동남으로〉(孔雀東南飛)는 가정 비극을 내용으로 하는 것이다. 다만 〈공작새 동남으로〉는 한漢나라 때의 작품이란 확증이 없다.

내성 남쪽에서[1] | 한대 악부

戰城南
전: 성남

(1)

내성 남쪽에서 싸웠소.
戰城南,
전: 성남

외성 북쪽에서 죽었소.
死郭北。
사: 곽북

들에 죽어 못 묻으니 까마귀 밥 되겠소.
野死不葬烏可食。
야:사: 불장: 오 가:식

나를 위해 까마귀에게 말해다오.
爲我謂烏,
위:아: 위:오

"잠깐 나그네를 위해 울어 주렴.[2]
且爲客豪。
차:위: 객호

들판에서 죽어 장사 못 지낼 터이니,
野死諒不葬,
야:사: 량: 불장:

썩은 고기 어찌 너의 입을 벗어나련!"
腐肉安能去子逃。
부:육 안능 거:자: 도

깊은 물, 물살도 세차오.
水深激激,
수:심 격격

부들과 갈대도 거뭇거뭇.
蒲葦冥冥。
포위: 명명

용감한 기병은 싸움에 죽고,
梟騎戰鬪死,
효기: 전:투: 사:

둔한 말은 어치렁거리며 우오.
駑馬徘徊鳴。
노마: 배회 명

(2)

들보를 올리고 집을 지었소.[3] 梁築室,
량 축실

어찌하여 남쪽인고? 何以南,
하이: 남

어찌하여 북쪽인고? 何以北。
하이: 북

조 기장 안 거두면 임금님 무엇을 드실꼬? 禾黍不獲君何食,
화서: 불획 군 하식

충성된 신하가 되려고 해도 될 수 있을꼬? 願爲忠臣安可得。
원:위 충신 안 가:득

귀여운 자식, 선량한 신하, 思子良臣,
사자: 량신

선량한 신하가 정말 생각나오. 良臣誠可思。
량신 성 가:사

아침에 공격에 나왔다가 朝行出攻,
조행 출공

밤이 되어도 돌아가지 못하오. 暮不夜歸。
모:불 야:귀

1_ 중국 시에는 반전反戰을 내용으로 한 것이 많지만, 『시경』詩經에 있는 몇 편과 함께 이 시는 초기의 대표적인 작품이다. 이 시는 두 부분으로 나뉘는데, 첫째 부분에서는 전투가 끝난 뒤의 황량한 모습을 그렸고, 둘째 부분에서는 전사자의 한 많은 생각을 그린 듯하지만 말이 잘 통하지 않는다. 이 시는 한나라 요가鐃歌라는 군악 속에 들어 있는데, 이 속의 시는 대부분 원문에 오자, 탈자가 많다.

2_ 잠깐 나그네를 위해 울어 주렴 : 이 구절은, "또한 외지에 나온 용사였지만"이라는 해석도 가능하다.

3_ 들보를 올리고 집을 지었소 : 이 구절과 다음의 두 구절은 아마 탈자, 오자가 있거나, 또는 단순히 가락을 맞추려고 무의미한 말을 삽입한 것일 듯하다.

열다섯에 군대에 나가[1] | 한대 악부

十五從軍征
십오: 종군 정

열다섯에 군대에 나갔다가, 十五從軍征,
십오: 종군 정

여든 살에 비로소 돌아오오. 八十始得歸。
팔십 시:득 귀

길에서 마을 사람 만나, 道逢鄕里人,
도:봉 향리: 인

"집 안에는 누가 있소?" 家中有阿誰。
가중 유: 아:수

"멀리 보이는 곳 당신 집이오." 遙望是君家,
요망: 시: 군가

소나무 측백나무[2] 무덤만 올망졸망. 松柏冢纍纍。
송백 총: 루루

토끼는 개구멍으로 들고 兔從狗竇入,
토:종 구:두: 입

꿩은 들보 위에서 나오. 雉從梁上飛。
치:종 량상: 비

마당에는 날려온 곡식이 자라고, 中庭生旅穀,
중정 생 려:곡

우물에는 날려온 동규가 자라오. 井上生旅葵。
정:상: 생 려:규

곡식을 찧어 밥을 만들고 舂穀持作飯,
송곡 지작 반:

동규를 뜯어 국을 만드니, 采葵持作羹。
채:규 지작 갱

국과 밥은 금방 익었건만 羹飯一時熟,
갱반: 일시 숙

누구와 함께 먹을지 모르오. 不知貽阿誰。
불지 이 아:수

대문을 나서서 동쪽을 바라보니, 出門東向望,
출문 동향: 망:

눈물이 떨어져 내 옷을 적시오. 淚落沾我衣。
루:락 첨 아:의

1_ 역시 반전反戰을 내용으로 하는 시다. 유명한 두보杜甫의 《집 없는 이별》(無家別)(본서 632쪽)은 분명히 이 시의 영향을 받은 것이다.

2_ 소나무 측백나무 : 이 나무들은 무덤 옆에 많이 심는 것이다.

슬픈 노래[1] | 한대 악부 悲歌
비가

슬프게 노래하니 울음만하고, 悲歌可以當泣,
비가 가:이: 당읍

멀리 바라보니 돌아감만하오. 遠望可以當歸。
원:망: 가:이: 당귀

고향을 생각하면, 思念故鄉,
사념: 고:향

겹겹으로 답답하오. 鬱鬱纍纍。
울울 루루

돌아가려도 집에 사람 없고, 欲歸家無人,
욕귀 가 무인

건너가려도 강에 배가 없소.	欲渡河無船。 욕도: 하 무선
생각을 말할 수 없으니,	心思不能言, 심사 불능 언
창자 속에서 수레바퀴 구르오.	腸中車輪轉。 장중 거륜 전:

1_ 고향으로 돌아가고 싶어도 돌아가지 못하는 신세를 한탄한 것이다.

염교 위의 이슬[1] | 한대 악부

薤露歌
해:로: 가

염교 위의 이슬은,	薤上露, 해:상: 로:
그리 쉬이 마르나?	何易晞。 하이: 희
이슬은 말라도 밝는 아침에 또 내리지만,	露晞明朝更復落, 로:희 명조 갱: 부:락
사람 죽어 한번 가면 언제 다시 돌아오나?	人死一去何時歸。 인사: 일거: 하시 귀

1_ 이 노래는 다음의 〈호리는 누구네 땅〉(蒿里曲)과 함께 본래 하나로서, 전횡田橫(전 202년 사망)이 자살하자 그 문인들이 애도하기 위해 지었다고 한다. 그 뒤 한나라 무제武帝 류철劉徹의 협률도위協律都尉인 리연년李延年이 이를 둘로 나누어 〈염교 위의 이슬〉은 왕공王公과 귀인貴人을 장사지낼 때, 〈호리는 누구네 땅〉은 사대부士大夫와 서인庶人들을 장사지낼 때 상여꾼에게 부르게 했다고 한다.

호리는 누구네 땅[1] | 한대 악부

蒿里曲
호리: 곡

호리는 누구네 땅인고?

蒿里誰家地,
호리: 수가 지:

혼백을 거둠에 잘나고 못나고 없구료.

聚斂魂魄無賢愚。
취: 렴: 혼백 무 현우

귀백[2]님은 어찌 그리 재촉만 하시는고?

鬼伯一何相催促,
귀:백 일하 상 최촉

사람 목숨 조금도 머뭇거릴 수 없구료.

人命不得少踟躕。
인명: 불득 소: 지주

1_ 바로 앞 〈염교 위의 이슬〉 주 1을 참조할 것. 호리蒿里는 산동성 태산泰山의 남쪽에 있는 산 이름. 사람이 죽으면 혼백이 이곳에 모인다고 한다. 묘지라는 뜻으로도 쓰인다.

2_ 귀백鬼伯 : 사망을 관장하는 신.

하늘이여[1] | 한대 악부

上邪
상:야

하늘이여—

上邪,
상:야

내 님과 맺는 사랑은

我欲與君相知,
아:욕 여:군 상지

오래오래 아니 끊이리.

長命無絶衰。
장명: 무 절쇠

산줄기 닳고 山無陵,
산 무릉

강물 마르고 江水爲竭。
강수: 위갈

겨울에 천둥이 우르르, 冬雷震震,
동뢰 진:진:

여름에 눈보라 치고 夏雨雪。
하: 우:설

천지가 합친다 해도 天地合,
천지: 합

어찌 감히 내 님과 끊이리. 乃敢與君絶。
내:감: 여:군 절

1_ 원제 상야上邪의 뜻은 미상. 노래는 군악의 가락에 맞춘 것이다. 군악의 강렬한 가락과 인간의 지순至純한 애정이 아마 어떤 일치점을 보게 되는 모양이다. 대신이 임금께 충성을 맹세하는 것으로 해석하기도 한다.

강남으로 연 따러 가세[1] | 한대 악부 江南可採蓮
강남 가: 채:련

강남으로 연을 따러 가세. 江南可採蓮。
강남 가: 채:련

연잎은 동글동글[2] 동그라네. 蓮葉何田田。
련엽 하 전전

고기가 연잎 사이에서 노네. 魚戲蓮葉間。
어희: 련엽 간

고기가 연잎 동쪽에서 노네. 魚戲蓮葉東,
어희: 련엽 동

고기가 연잎 서쪽에서 노네. 魚戲蓮葉西,
어희: 련엽 서

고기가 연잎 남쪽에서 노네. 魚戲蓮葉南,
어희: 련엽 남

고기가 연잎 북쪽에서 노네. 魚戲蓮葉北。
어희: 련엽 북

1_ 강남은 시대에 따라 다르다. 지금 중국에서는 장강 하류 강소성 남부를 가리키지만, 한나라 때에는 장강 중류 호남·강서성 일대를 가리켰다. 우리나라 서울 강남과는 또 다르다. 한자 련蓮은 련戀의 뜻을 포함하니, "연 따러" 가는 것은 "뽕 따러" 가서 임도 보는 경우와 같다.

2_ 동글동글(田田) : 모네Claude Monet(1840~1926년)의 수련睡蓮이 연상된다.

고운 노래[1] | 한대 악부

艷歌行
염:가행

팔랑팔랑 집 앞의 제비, 翩翩堂前燕,
편편 당전 연:

겨울엔 숨고 여름엔 나오네. 冬藏夏來見。
동장 하:래 견:

형과 아우 두세 놈이 兄弟兩三人,
형제: 량:삼 인

타향에서 떠도네. 流宕在他縣。
류탕: 재: 타현:

헌 옷은 누가 기우며, 故衣誰當補,
고:의 수당 보:

새 옷은 누가 지을까? 新衣誰當綻。
신의 수당 탄:

사람 좋은 주인아줌마, 賴得賢主人,
뢰:득 현 주:인

집어다가 지어 주네. 覽取爲吾綻。
람:취: 위:오 탄:

남편이 대문을 들어서더니, 夫壻從門來,
부서: 종문 래

서북쪽에 기대어 흘겨보네. 斜柯西北眄。
사가 서북 면:

이 양반아, 흘겨보지 마소라. 語卿且勿眄,
어:경 차: 물면:

물이 맑으니 돌이 아니 보일까? 水淸石自見。
수:청 석 자:견:

돌은 참 다닥다닥 보이네. 石見何纍纍,
석견: 하 루루

나그네 길은 돌아감만 못하네. 遠行不如歸。
원:행 불여 귀

1_ 하숙집 아줌마, 하숙생, 그리고 하숙집 아줌마의 남편과의 미묘한 관계를 그린 것. 물이 맑으니 개울 바닥의 돌이 보이듯 양심에 부끄러움 없다는, 그러나 하숙인의 심정은 고향으로 일찍 돌아가고 싶다는 내용이다.

길가의 뽕나무[1] | 한대 악부

陌上桑
맥상:상

(1)

해는 동남녘에서 떠올라,	日出東南隅, 일출 동남 우
우리 진씨네 다락을 비추네.	照我秦氏樓。 조:아: 진씨 루
진씨네는 좋은 여자 있으니,	秦氏有好女, 진씨 유: 호:녀:
스스로 이름을 라부[2]라 하네.	自名爲羅敷。 자:명 위 라부
라부는 누에를 잘 먹이니,	羅敷善蠶桑, 라부 선: 잠상
성 남쪽에서 뽕을 따네.	採桑城南隅。 채:상 성남 우
푸른 실은 바구니의 끈,	青絲爲籠系, 청사 위 롱계
계수나무는 바구니의 고리.	桂枝爲籠鉤。 계:지 위 롱구
머리에는 동글납작한 쪽,	頭上倭墮髻, 두상: 왜타: 계
귓밥에는 빛나는 야광주.	耳中明月珠。 이:중 명월 주
아래는 담황색 비단 치마,	緗綺爲下裙, 상기: 위 하:군
위는 자주색 비단 저고리.	紫綺爲上襦。 자:기: 위 상:유

길을 가던 사람도 라부를 보면, 行者見羅敷, 행자: 견: 라부
짐을 내리고 수염을 배배 꼬네. 下擔捋髭鬚。 하:담: 랄 자수
나이 젊은 사람도 라부를 보면, 少年見羅敷, 소:년 견: 라부
두건을 벗고 망건을 매만지네. 脫帽著帩頭。 탈모: 착 초:두

밭 갈던 사람이 쟁기를 잊는 것, 耕者忘其犁, 경자: 망 기려
김매던 사람이 호미를 잊는 것, 鋤者忘其鋤。 서자: 망 기서
집으로 돌아와서 골을 내는 것, 來歸相怨怒, 래귀 상 원:노:
오로지 라부를 쳐다본 탓이라네. 但坐觀羅敷。 단:좌: 관 라부

(2)

사또님이 남쪽에서 오시는데, 使君從南來, 사:군 종남 래
말 다섯 필[3]이 멈칫멈칫. 五馬立踟躕。 오:마: 립 지주
사또님은 아전을 보내어, 使君遣吏往, 사:군 견:리: 왕:
누구네 아가씨냐고 물으시네. 問是誰家姝。 문:시: 수가 주

“진씨네는 좋은 여자 있으니, 秦氏有好女, 진씨 유: 호:녀:

스스로 이름을 라부라 한다오." 自名爲羅敷。
자:명 위 라부

"라부는 나이가 얼마나 되오?" 羅敷年幾何。
라부 년 기:하

"스물은 채 되지 못하지만, 二十尙不足,
이:십 상: 불족

열다섯은 훨씬 넘었다오." 十五頗有餘。
십오: 파: 유:여

사또님이 라부를 꾀는 말씀, 使君謝羅敷,
사:군 사: 라부

"차라리 함께 타지 않겠소?" 寧可共載不。
녕:가: 공:재: 부

라부가 나아가 여쭙는 말씀, 羅敷前致辭,
라부 전 치:사

"사또님 어찌 그리 어리석소! 使君一何愚。
사:군 일하 우

사또님은 부인이 있고, 使君自有婦,
사:군 자: 유:부:

라부는 낭군이 있거늘!" 羅敷自有夫。
라부 자: 유:부

(3)

동방의 천千이 넘는 기병 가운데, 東方千餘騎,
동방 천여 기:

낭군이 우두머리에 있다네. 夫婿居上頭。
부서: 거 상:두

무엇으로써 낭군을 알아내리까? 何用識夫婿,
하용: 식 부서:

백마가 검은 말들을 거느리네.	白馬從驪駒。 백마: 종: 려구

말꼬리엔 푸른 실을 매고	靑絲繫馬尾, 청사 계: 마:미:
말머리엔 황금 굴레 씌웠네,	黃金絡馬頭。 황금 락 마:두
허리에 찬 것은 녹로검[4]이니	腰中鹿盧劍, 요중 록로 검:
값이 천만 금도 넘는다네.	可値千萬餘。 가:치 천만: 여

열다섯엔 소리가 되고,	十五府小吏, 십오: 부: 소:리:
스무 살엔 대부가 되고,	二十朝大夫。 이:십 조 대:부
서른 살엔 시중[5]이 되고,	三十侍中郞, 삼십 시:중랑
마흔 살엔 성주가 되었다네.	四十專城居。 사:십 전성 거

사람이 허여멀쑥 잘났고,	爲人潔白皙, 위인 결 백석
채 좋은 수염도 많다네.	鬑鬑頗有鬚。 렴렴 파: 유:수
관청에선 느릿느릿 걸어가고,	盈盈公府步, 영영 공부: 보:
병영에선 뚜벅뚜벅 나아간다네.	冉冉府中趨。 염: 염: 부:중 추

좌중에 있는 수천 사람이 坐中數千人,
좌:중 수:천 인

모두들 낭군이 뛰어나다 말하네. 皆言夫婿殊。
개언 부서: 수

1_ 이밖에 '일출동남우행日出東南隅行', '염가라부행豔歌羅敷行'이라고도 부른다. 이 시는 세 부분으로 나뉘니, 첫째 부분에서는 라부羅敷의 아름다움이 묘사되고, 둘째 부분에서는 사또가 라부를 탐내다가 거절당하는 대화가 기록되고, 셋째 부분에서는 라부가 그의 낭군을 자랑하는 독백이 서술된다. 이 시는 대단히 유머러스한 내용에다 희곡적인 구성을 가진 것으로, 악부樂府 가운데 아주 뛰어난 작품이다. 송宋나라 주희朱熹는 라부의 낭군이 바로 그 사또였다고 하여, 유머러스한 위에 또 유머러스한 해석을 붙였다. 그것은 '추호희처秋胡戲妻(오랫동안 객지에 나가 있던 추호가 돌아올 때 마침 한 여자가 뽕을 따고 있는 것을 보고 유혹했더니 그 부인은 추호의 무례함을 꾸짖고 거절했는데 집에 돌아와 보니 바로 자기 아내였다는 희극적인 이야기)'와 결합한 것. 이러한 해석은 량梁나라 왕운王筠이 지은《맥상상》陌上桑이란 시에도 나오는 것이다.

2_ 라부(秦羅敷) : 주인공의 이름. 후대 시가에서 미인의 대표로 인용된다.

3_ 말 다섯 필 : 한漢나라 때 태수는 말 네 필(駟)이 끄는 수레를 탔었는데, 큰 고을 태수는 예비 말(駙) 한 필이 더 있었던 것.

4_ 녹로검 : 칼자루에 옥玉으로 고패(鹿盧) 모양의 장식을 단 장검長劍.

5_ 시중侍中 : 원문에는 시중랑侍中郞이라고 되어 있다. 그러나 관제에 시중랑은 없고, 시중侍中, 시랑侍郞, 중랑中郞, 랑郞의 벼슬이 있다.

병든 부인의 노래[1] | 한대 악부 婦病行
부:병:행

(1)

여러 해 병든 부인이, 婦病連年累歲,
부:병: 련년 루:세:

사람 시켜 남편을 불렀소.	傳呼丈人前。 전호 장:인 전
마음에 맺힌 한마디,	一言當言, 일언 당언
미처 입도 열기 전에	未及得言。 미:급 득언
벌써 눈물 고여	不知淚下, 불지 루:하:
하냥 주룩주룩.	一何翩翩。 일하 편편

"당신에게 어미 없는 애들을 맡겨요.	屬累君兩三孤子, 촉루: 군 량:삼 고자:
배고프지 않게 춥지 않도록 하셔요.	莫我兒飢且寒。 막 아:아 기 차:한
잘못이 있더라도 매를 들지 마셔요.	有過愼莫笡笞。 유:과: 신:막 달태
이제 죽어 가는 목숨이라,	行當折搖, 행당 절요
다시 생각이 간절하여요."	思復念之。 사부: 념:지

(2)

끝 노래에 이르되—	亂曰: 란:왈
안아 보니 두루마기 없고,	抱時無衣, 포:시 무의
저고리는 또 안이 없소.	襦復無裏。 유부: 무리:

들창을 걸고 방문을 닫고,	閉門塞牖, 폐:문 색유:
애들을 놓아두고 시장으로 갔소.	舍孤兒到市。 사: 고아 도:시:
길에서 친구를 만나,	道逢親交, 도:봉 친교
울며 주저앉아 일어나지 못했소.	泣坐不能起。 읍좌: 불능 기:
애를 위하여 떡을 사달라고 빌었소.	從乞求與孤買餌。 종 걸구 여:고 매:이:
마주 잡고 우니,	對交啼泣, 대:교 제읍
눈물 아니 그치오.	淚不可止。 루:불 가:지:
"난 아니 애처로워하려도	我欲不傷, 아:욕 불상
슬픔을 어쩔 수 없소."	悲不能已。 비 불능이:
품속을 뒤지어 동전을 꺼내 주었소.	探懷中錢持授交。 탐: 회중 전 지수:교
방문에 들어와 애들을 보니,	入門見孤兒, 입문 견: 고아
울면서 어미 품을 찾고 있소.	啼索其母抱。 제색 기모:포:
빈 방 안에서 어치렁어치렁,	徘徊空舍中, 배회 공사:중
"곧 또 그렇게 되고 말겠군.	行復爾耳, 행부: 이:이:

그만두소, 다시 말하지 마소."

棄置勿復道。
기:치: 물부: 도:

1_ 가난한 살림 속에 오래 앓던 부인이 임종하면서 남편에게 애들을 부탁했지만, 남편은 애들을 먹이지도 입히지도 못했다는 비참함을 노래한 시이다. 이 시도 다음의 〈고아의 노래〉(孤兒行)와 내용·형식이 흡사하여 같은 사람의 붓으로 쓰인 듯하다. 이 두 시는 후대에 큰 영향을 주었다.

고아의 노래[1] | 한대 악부

孤兒行
고아행

(1)

고아는

孤兒生,
고아 생

아아, 고아는

孤子遇生
고자: 우:생

팔자가 괴롭게 마련.

命獨當苦。
명:독 당고:

부모님이 계실 때엔

父母在時,
부:모: 재:시

튼튼한 수레를 타고

乘堅車,
승 견거

말 네 필로 달렸건만,

駕駟馬。
가: 사:마:

부모님이 돌아가시니

父母已去,
부:모: 이:거:

큰형, 형수는 나를 장사 보냈소.	兄嫂令我行賈。 형수: 령:아: 행고:
남으로 구강[2] 갔고	南到九江, 남도: 구:강
동으로 제나라 로나라[3] 갔소.	東到齊與魯。 동도: 제 여:로:
섣달에 돌아와도	臘月來歸, 랍월 래귀
괴롭다는 말도 못하오.	不敢自言苦。 불감: 자:언 고:
머리엔 이가 많고	頭多蟣虱, 두다 기:슬
얼굴엔 먼지가 많소.	面目多塵土。 면:목 다 진토:
큰형은 밥을 지어라 하고	大兄言辦飯, 대:형 언 판:반:
형수는 말을 돌봐라 하오.	大嫂言視馬。 대:수: 언 시:마:
윗방에 오르고	上高堂, 상: 고당
뜰아랫방으로 내리며	行取殿下堂, 행취: 전:하: 당
고아는 눈물이 비 오듯.	孤兒淚下如雨。 고아 루:하: 여우:

(2)

아침에 물 길러 가서	使我朝行汲, 사:아: 조 행급
저녁에 물 얻어 오니,	暮得水來歸。 모: 득수: 래귀
손은 터지고	手爲錯, 수:위착
발에는 짚신도 없소.	足下無菲。 족하: 무비
비칠비칠 서리를 밟으니	愴愴履霜, 창:창: 리:상
거기엔 남가새가 많소.	中多蒺藜。 중다 질려
남가새를 뽑아내니	拔斷蒺藜, 발단: 질려
창자 속으로부터	腸肉中, 장육 중
한숨이 나와 슬프오.	愴欲悲。 창: 욕비
눈물은 글썽글썽,	淚下渫渫, 루:하: 설설
콧물은 훌쩍훌쩍.	淸涕纍纍。 청체: 루루
겨울에 겹저고리 없고	冬無複襦, 동무 복유
여름에 홑옷도 없소.	夏無單衣。 하:무 단의

살기가 재미 없으니	居生不樂, 거생 불락
일찍 가느니만 못하지,	不如早去, 불여 조:거:
땅 속 황천으로 내려가리라.	下從地下黃泉。 하:종 지:하: 황천

(3)

봄기운이 동하니	春氣動, 춘기: 동:
풀은 싹이 트오.	草萌芽。 초: 맹아
삼월엔 누에를 먹이고	三月蠶桑, 삼월 잠상
유월엔 참외를 거두오.	六月收瓜。 륙월 수과

참외 수레를 몰고	將是瓜車, 장시: 과거
집으로 돌아오는데,	來到還家。 래도: 환가
참외 수레가 엎어지니	瓜車反覆, 과거 번복
나를 돕는 사람은 적고	助我者少, 조:아:자: 소:
참외 먹는 사람만 많소.	啗瓜者多。 담:과자: 다

"참외 꼭지를 돌려주오.	願還我蒂。 원:환 아:체:

큰형과 형수가 엄하니　兄與嫂嚴,
형 여:수: 엄

혼자라도 빨리 돌아가　獨且急歸,
독차: 급귀

숫자를 맞춰야 한다오."　當興校計。
당흥 교:계:

(4)

끝 노래에 이르되—　亂曰:
란:왈

동네는 언제나 시끌시끌!　里中一何譊譊,
리:중 일하 뇨뇨

편지를 부치고 싶소.　願欲寄尺書。
원:욕 기: 척서

지하에 계신 부모님께,　將與地下父母,
장여: 지:하: 부:모:

큰형, 큰형수와는 함께 살기 어렵다고.　兄嫂難與久居。
형수: 난여: 구:거

1_ 또 '고자생행孤子生行', '방가행放歌行'이라고도 한다. 부모가 죽은 뒤 형과 형수 밑에 사는 고아의 하소연을 노래한 것이다.

2_ 구강九江 : 여러 곳이 있으나, 후한後漢 때의 구강은 지금의 안휘성 정원현定遠縣의 서북에 있었다.

3_ 제齊나라 로魯나라 : 지금의 산동성에 있었던 춘추·전국시대 두 나라 이름. 여기서는 산동성을 범칭하는 것.

산에서 궁궁이를[1] | 한대 악부

上山采蘼蕪
상:산 채: 미무

산에 올라가 궁궁이를 캐다가,	上山采蘼蕪, 상:산 채: 미무
내려오는 길에 전남편 만났네.	下山逢故夫。 하:산 봉 고:부
절하고 나서 전남편에게 물었네.	長跪問故夫, 장궤: 문: 고:부
"새사람은 또 어떠하니잇고?"	新人復何如。 신인 부: 하여
"새사람은 좋다고들 하지만,	新人雖言好, 신인 수언 호:
옛사람만큼 곱지는 못하오.	未若故人姝。 미:약 고:인 주
얼굴빛은 대강 비슷하지만,	顏色類相似, 안색 류: 상사:
손재주는 전혀 같지 못하오.	手爪不相如。 수:조: 불 상여
"새사람이 문으로 들어서니,	新人從門入, 신인 종문 입
옛사람이 방에서 떠나갔소.	故人從閤去。 고:인 종각 거:
새사람은 합사 비단을 짜지만,	新人工織縑, 신인 공 직겸
옛사람은 생사 비단을 짰소.	故人工織素。 고:인 공 직소:

"합사 비단은 하루에 네 길, | 織縑日一匹, 직겸 일 일필

생사 비단은 다섯 길 남짓. | 織素五丈餘。 직소: 오:장: 여

합사 비단을 생사 비단에 견주면, | 將縑來比素, 장겸 래 비:소:

새사람은 옛사람보다 못하오." | 新人不如故。 신인 불여 고:

1_ 산에서 내려오다 만난 몇 분 동안의 대화 속에, 버림받은 아내, 새 아내, 그리고 남편, 이 세 사람의 성격과 가정 형편이 잘 묘사된 시이다. 특히 남편의 가치 기준이 흥미롭다.

공작새 동남으로[1] | 한대 악부

孔雀東南飛
공:작 동남 비

(1)

공작새는 동남으로 날아가며, | 孔雀東南飛, 공:작 동남 비

오 리에 한 바퀴 빙그르르.[2] | 五里一徘徊。 오:리: 일 배회

"열셋에는 생견을 짜고 | 十三能織素, 십삼 능 직소:

열넷에는 의복을 짓고 | 十四學裁衣。 십사: 학 재의

열다섯엔 공후를 뜯고 | 十五彈箜篌, 십오: 탄 공후

열여섯엔 시서를 읊고,
十六誦詩書,
십륙 송: 시서

열일곱에 당신 아내 되었지만
十七爲君婦,
십칠 위 군부:

마음은 늘 괴롭고 슬퍼요.
心中常苦悲。
심중 상 고:비

당신은 부리[3]가 되어
君旣爲府吏,
군기: 위 부:리:

딴마음 없이 근면하시지만,
守節情不移。
수:절 정 불이

저는 빈 방에 남아
賤妾留空房,
천:첩 류 공방

뵐 날이 드물어요.[4]
相見常日稀。
상견: 상일 희

"달구리에 베틀에 오르면
雞鳴入機織,
계명 입 기직

밤늦도록 쉬지도 못하고,
夜夜不得息。
야:야: 불득 식

사흘에 다섯 필씩 끊어내도
三日斷五匹,
삼일 단: 오:필

어르신네는 굼뜨다 탓하셔요.
大人故嫌遲。
대:인 고:혐 지

베 짜기가 굼뜬 게 아니라
非爲織作遲,
비위 직작 지

이 집 며느리 노릇이 어려워요.
君家婦難爲。
군가 부: 난위

부릴 만하지 못하다면
妾不堪驅使,
첩 불감 구사:

공연히 놔둬야 소용없으니
徒留無所施。
도류 무 소:시

바로 시부모님께 사뢰고	便可白公姥, 변:가: 백 공모:
일찌거니 돌려보내 주셔요!"	及時相遣歸。 급시 상 견:귀
부리는 이 말을 듣고	府吏得聞之, 부:리: 득 문지
안방으로 올라가 어머님께 아뢰었소.	堂上啓阿母。 당상: 계: 아:모:
"저는 본래 못난 놈이온데	兒已薄祿相, 아이: 박록 상:
요행히 이 처를 얻었습니다.	幸復得此婦。 행:부: 득 차:부:
머리 얹고 부부 된 것은	結髮同枕席, 결발 동 침:석
황천까지 함께 갈 생각입니다.	黃泉共爲友。 황천 공:위 우:
함께 부모님 모시기 두세 해,	共事二三年, 공:사: 이:삼 년
오래된 것도 결코 아닙니다.	始爾未爲久。 시:이: 미:위 구:
행실에 나쁜 점이 없는데	女行無偏斜, 녀:행 무 편사
어찌하여 야박하게 하십니까?"	何意致不厚。 하의: 치: 불후:
어머님은 부리에게 이르셨소.	阿母謂府吏, 아:모: 위: 부:리:
"어찌 그다지 용렬하냐?	何乃太區區。 하내: 태: 구구

이 애는 예절도 없는데다가	此婦無禮節, 차:부: 무 례:절
거동도 모두 제멋대로다.	擧動自專由。 거:동: 자: 전유
내 오랫동안 분을 참고 왔는데	吾意久懷忿, 오의: 구: 회분:
네가 네 멋대로 할 테냐?	汝豈得自由。 여:기: 득 자:유
동쪽 집에 참한 색시가 있지,	東家有賢女, 동가 유: 현녀:
진라부[5] 같다고 말한단다.	自名秦羅敷。 자:명 진 라부
사랑스러운 몸매가 그만이고!	可憐體無比, 가:련 체: 무비:
어미가 너를 위해 얻어 줄 테니	阿母爲汝求。 아:모: 위:여: 구
빨리 이 애를 쫓아내거라,	便可速遣之, 변:가: 속 견:지
쫓아내고 다시는 들이지 말라."	遣之愼莫留。 견:지 신: 막류

부리는 꿇어앉아 아뢰었소.	府吏長跪告, 부:리: 장 궤:고:
"엎드려 어머님께 여쭈옵거니와	伏惟啓阿母。 복유 계: 아:모:
지금 만약 이 처를 쫓아내시면	今若遣此婦, 금약 견: 차:부:
늙도록 아니 다시 장가들겠습니다."	終老不復取。 종로: 불부: 취:

어머님은 이 말씀을 들으시고	阿母得聞之, 아:모: 득 문지
마루를 치시며 대노하셨소.	椎牀便大怒。 추상 변: 대:노:
"이놈이 두려운 게 없구나!	小子無所畏, 소:자: 무 소:외:
감히 계집의 역성을 들다니!	何敢助婦語。 하감: 조:부: 어:
내 이미 의리를 잃었으니,	吾已失恩義, 오이: 실 은의:
결단코 허락할 수 없다!"	會不相從許。 회:불 상 종허:

(2)

부리는 잠잠히 소리도 없이	府吏默無聲, 부:리: 묵 무성
두 번 절하고서 방으로 돌아왔소.	再拜還入戶。 재:배: 환 입호:
좋은 말로 새색시에게 이르려 하나	擧言謂新婦, 거:언 위: 신부
목이 메어 말이 안 나왔소.	哽咽不能語。 경:열 불능 어:
"내가 그대를 몰아내는 게 아니라	我自不驅卿, 아:자: 불 구경
어머님께서 핍박하신 것이오.	逼迫有阿母。 핍박 유: 아:모:
그대는 잠시 친정으로 돌아가오,	卿但暫還家, 경단: 잠: 환가
나는 우선 관청으로 가야 하오.	吾今且報府。 오금 차: 보:부:

오래지 않아 돌아올 테니,	不久當歸還, 불구: 당 귀환
돌아올 때에는 꼭 맞아들이겠소.	還必相迎取。 환필 상 영취:
이렇게 마음을 정하고	以此下心意, 이:차: 하: 심의:
제발 내 말을 들어주오!"	愼勿違我語。 신:물 위 아:어:
새색시가 부리에게 말했소.	新婦謂府吏, 신부: 위: 부:리:
"다시 시끄럽게 하지 마셔요.	勿復重紛紜。 물부: 중 분운
옛날 그 좋은 정이월에	往昔初陽歲, 왕:석 초양 세:
친정을 하직하고 시집 온 뒤,	謝家來貴門。 사:가 래 귀:문
시부모님 말씀을 따르느라	奉事循公姥, 봉:사: 순 공모:
걸음조차 제대로 못 옮겼어요!	進止敢自專。 진:지: 감: 자:전
밤낮으로 부지런히 일하면서	晝夜勤作息, 주:야: 근 작식
외톨로 고생만 흠뻑 했어요.	伶俜縈苦辛。 령빙 영 고:신
말하자면, 별로 잘못도 없고	謂言無罪過, 위:언 무 죄:과:
시부모님 봉양으로 은혜도 갚은 셈.	供養卒大恩。 공:양: 졸 대:은
그런데 몰아서 좇아내면서	仍更被驅遣, 잉갱: 피: 구견:

다시 돌아오라니 무슨 말씀이셔요?
何言復來還。
하언 부: 래환

“제게는 반짝반짝 빛나는
妾有繡腰襦,
첩유: 수: 요유

수놓은 저고리[6]도 있고요,
葳蕤自生光。
위유 자: 생광

네 모에 향주머니 늘인
紅羅複斗帳,
홍라 복두: 장:

붉은 깁 방장도 있고요,
四角垂香囊。
사:각 수 향낭

초록 실 남청 실로 맨
箱簾六七十,
상렴 륙칠 십

고리 상자도 육칠십,
綠碧青絲繩。
록벽 청사 승

이것저것 형태도 다르고
物物各自異,
물물 각자: 이:

가지가지 내용도 달라요.
種種在其中。
종:종: 재: 기중

사람이 천해지면 물건도 값없어
人賤物亦鄙,
인천: 물 역비:

뒷사람 눈에는 차지도 않겠지요.
不足迎後人。
불족 영 후:인

남겨 두었다가 남에게나 주셔요.
留待作遣施,
류대: 작 견:시

지금부턴 만날 인연 없으리니.
於今無會因。
어금 무 회:인

가끔가끔 기별이나 주시고
時時爲安慰,
시시 위: 안위:

오래오래 저를 잊지 마셔요.”
久久莫相忘。
구:구: 막 상망

(3)

달구리에 동이 트려 할 때,
雞鳴外欲曙,
계명 외: 욕서:

새색시는 일어나 성장을 갖추었소.
新婦起嚴妝。
신부: 기: 엄장

수놓은 그리운 겹치마를 입으면서
着我繡裌裙,
착아: 수: 겹군

하나하나 네댓 번씩 갈아 보오.
事事四五通。
사:사: 사:오: 통

발에는 비단신을 꿰고
足下躡絲履,
족하: 섭 사리:

머리엔 대모[7]가 빛나고,
頭上瑇瑁光。
두상: 대:모: 광

귀에는 야광주를 달고
腰若流紈素,
요약 류 환소:

허리엔 명주가 흐르고,
耳着明月璫。
이:착 명월 당

손가락은 벗긴 파뿌린 듯
指如削葱根,
지:여 삭 총근

입술은 주단[8]을 머금은 듯.
口如含硃丹,
구:여 함 주단

작은 발로 떼어놓는 걸음새,
纖纖作細步,
섬섬 작 세:보:

세상에 둘도 없는 그 아름다움.
精妙世無雙。
정묘: 세: 무쌍

안방으로 올라가 하직하였지만
上堂謝阿母,
상:당 사: 아:모:

어머님은 만류하지 않으셨소.
母聽去不止。
모:청 거: 불지:

"옛날 소녀로 있었을 때	昔作女兒時, 석작 녀:아 시
저는 시골에서 성장하여	生小出野里。 생소: 출 야:리:
본래 배운 바도 없었기에	本自無教訓, 본:자: 무 교:훈:
귀한 아드님은 분에 넘쳤습니다.	兼愧貴家子。 겸괴: 귀:가 자:
어머님의 예물을 많이 받고도	受母錢帛多, 수:모: 전백 다
부릴 만하지 못하셨습니다.	不堪母驅使。 불감 모: 구사:
오늘 친정으로 돌아가지만	今日還家去, 금일 환가 거:
어머님 고생이 마음에 걸립니다."	念母勞家裏。 념:모: 로 가리:

그리고는 시누이와 작별하는데	卻與小姑別, 각여: 소:고 별
눈물이 방울방울 떨어졌소.	淚落連珠子。 루:락 련 주자:
"새색시로 처음 왔을 때	新婦初來時, 신부: 초래 시
아기씨는 걸음마를 배웠죠?	小姑始扶牀。 소:고 시: 부상
몰려서 쫓겨나는 오늘[9]	今日被驅遣, 금일 피: 구견:
아기씨는 나만큼 자랐네요.	小姑如我長。 소:고 여아: 장
부지런히 부모님을 받들고	勤心養公姥, 근심 양: 공모:

스스로도 몸조심해요.	好自相扶將。 호:자: 상 부장
초이렛날과 열아흐렛날[10]	初七及下九, 초칠 급 하:구:
즐거웠던 놀이 잊지 말아요."	嬉戲莫相忘。 희희: 막 상망

대문을 나와 수레에 오르니	出門登車去, 출문 등거 거:
줄줄이 흘러내리는 눈물.	涕落百餘行。 체:락 백여 항
부리의 말은 앞으로 나서고	府吏馬在前, 부:리: 마: 재:전
새색시의 수레는 뒤를 따랐소.	新婦車在後。 신부: 거 재:후:
삐걱삐걱 또 느릿느릿,	隱隱何甸甸, 은:은: 하 전:전:
큰길 어귀에 다다랐소.	俱會大道口。 구회: 대:도: 구:
말에서 내려 수레 안에 들어가	下馬入車中, 하:마: 입 거중
머리 숙이고 하는 귀엣말,	低頭共耳語。 저두 공: 이:어:
"맹세코 그대와 헤어지지 않으리니	誓不相隔卿, 서:불 상 격경
잠시 친정으로 돌아가오,	且暫還家去。 차:잠: 환가 거:
나는 우선 관청으로 가야 하오.	吾今且赴府, 오금 차: 부:부:
오래지 않아 돌아올 테니	不久當還歸, 불구: 당 환귀

하늘에 맹세코 저버리지 않겠소."

誓天不相負。
서:천 불 상부:

새색시가 부리에게 이르는 말,

新婦謂府吏,
신부: 위: 부:리:

"당신의 절실한 마음이 사무쳐요.

感君區區懷。
감:군 구 구회

당신이 저를 거느리시겠다니

君旣若見錄,
군기: 약 견:록

오래지 않아 당신이 찾아오셔요.

不久望君來。
불구: 망: 군래

당신은 반석이 되셔요,

君當作磐石,
군당 작 반석

저는 갈대가 되겠어요.

妾當作蒲葦,
첩당 작 포위:

갈대는 실처럼 질기고

蒲葦紉如絲,
포위: 인: 여사

반석은 꿈쩍도 않아요.

磐石無轉移。
반석 무 전:이

저의 아버님과 오라버님은

我有親父兄,
아:유: 친 부:형

성격이 천둥처럼 급하셔요.

性行暴如雷。
성:행: 포: 여뢰

아마 제 뜻대로 두시지 않고

恐不任我意,
공:불 임: 아:의:

저의 마음을 태울 것이어요!"

逆以煎我懷。
역이: 전 아:회

손을 들어 오래오래 흔드니

擧手長勞勞,
거:수: 장 로로

두 마음은 아른아른 엉겼소.

二情同依依。
이:정 동 의의

대문으로 들어가 안방에 오르지만 入門上家堂,
입문 상: 가당

나가도 물러나도 얼굴을 못 들었소. 進退無顔儀。
진:퇴: 무 안의

어머님은 손바닥을 치시며, 阿母大拊掌,
아:모: 대: 부:장:

"자식이 혼자 올 줄은 몰랐다! 不圖子自歸。
불도 자: 자:귀

열셋에는 베틀을 가르치고 十三教汝織,
십삼 교:여: 직

열넷에는 침선을 배워 주고 十四能裁衣。
십사: 능 재의

열다섯엔 공후를 익혀 주고 十五彈箜篌,
십오: 탄 공후

열여섯엔 예절을 알려 주고, 十六知禮儀。
십륙 지 례:의

열일곱에 너를 시집보냈거니 十七遣汝嫁,
십칠 견:여: 가:

허물이 없으리라 장담했다. 謂言無誓違。
위:언 무 서:위

너는 지금 무슨 잘못으로 汝今何罪過,
여:금 하 죄:과:

마중도 않는데 스스로 왔느냐?" 不迎而自歸。
불영 이 자:귀

란지[11]는 어머님이 부끄러웠소. 蘭芝慚阿母,
란지 참 아:모:

"저는 실로 잘못이 없어요!" 兒實無罪過,
아실 무 죄:과:

어머님은 몹시 슬퍼하셨소. 阿母大悲摧。
아:모: 대: 비최

(4)

친정에 돌아온 지 열흘 남짓하여
還家十餘日,
환가 십여 일

현령[12]이 중매를 보내 왔소.
縣令遣媒來。
현:령: 견:매 래

말하기를, "셋째 도령이 있다오,
云有第三郎,
운유: 제:삼 랑

풍신은 세상에 둘도 없고
窈窕世無雙,
요:조: 세: 무쌍

나이는 이제 열아홉에다
年始十八九,
년시: 십 팔구:

말 잘하고 재주 뛰어나다오."
便言多令才。
편언 다 령:재

어머님이 딸에게 이르셨소.
阿母謂阿女,
아:모: 위: 아:녀:

"너 여기에 응하는 게 좋겠다."
汝可去應之。
여:가: 거: 응:지

딸은 눈물 머금고 대답했소.
阿女含淚答,
아:녀: 함루: 답

"란지가 처음 돌아올 때
蘭芝初還時。
란지 초환 시

부리가 재삼 당부했어요,
府吏見丁寧,
부:리: 견: 정녕

맹세코 이별치 아니하리라고.
結誓不別離。
결서: 불 별리

이제 약속을 어긴다면
今日違情義,
금일 위 정의:

좋지 못한 일 아니겠어요?
恐此事非奇。
공: 차:사: 비기

중매는 그만 돌려보내시고	自可斷來信, 자:가: 단: 래신:
천천히 다시 이야기하셔요."	徐徐更謂之。 서서 갱: 위:지

어머님은 중매에게 말씀하셨소.	阿母白媒人, 아:모: 백 매인
"가난한 사람의 이 딸애는	貧賤有此女。 빈천: 유: 차:녀:
방금 집으로 돌아왔으니,	始適還家門, 시:적 환 가문
아전의 아낙 노릇도 못했소.	不堪吏人婦。 불감 리:인 부:
높은 댁 도령에게 맞을 턱 없소.	豈合令郎君, 기:합 령: 랑군
달리 찾아보는 게 좋을 듯,	幸可廣問訊, 행:가: 광: 문:신:
우리는 허혼할 수 없다오."	不得便相許。 불득 변: 상허:

중매가 돌아간 지 며칠 뒤	媒人去數日, 매인 거: 수:일
곧 군승[13]을 시켜 부르셨소.	尋遣丞請還。 심 견:승 청:환
아뢰기를,[14] "란지 아가씨는	說有蘭家女, 설유: 란가 녀:
벼슬하던 집안이올시다."	承籍有宦官。 승적 유: 환:관

말하기를,[15] "다섯째 도령은	云有第五郎, 운유: 제:오: 랑
미남에다 아직 미혼이라네.	嬌逸未有婚。 교일 미:유: 혼
군승이 중매를 서 주고	遣丞爲媒人, 견:승 위 매인
주부[16]도 말을 전해 주게."	主簿通語言。 주:부: 통 어:언

"태수[17] 댁으로 말씀드린다면	直說太守家, 직설 태:수: 가
이러이러한 도령이 있소이다.	有此令郎君。 유:차: 령: 랑군
인륜대사를 정하고자 하여	既欲結大義, 기:욕 결 대:의:
귀댁으로 저를 보내셨소이다."	故遣來貴門。 고:견: 래 귀:문

어머님은 중매에게 사례하고,	阿母謝媒人, 아:모: 사: 매인
"딸아이가 전에 맹세했다니	女子先有誓, 녀:자: 선 유:서:
늙은 어미가 뭐라 하겠소?"	老姥豈敢言。 로:모: 기:감: 언

오라버니는 이 말을 듣고	阿兄得聞之, 아:형 득 문지
안타까워 속이 타올라,	悵然心中煩。 창:연 심중 번

좋은 말로 누이에게 일렀소.	擧言謂阿妹, 거:언 위: 아:매:
"어찌 그리 헤아림이 없니?	作計何不量, 작계: 하불 량
먼저는 부리에게 시집갔지만	先嫁得府吏, 선 가:득 부:리:
뒤에는 도령에게 시집간다면,	後嫁得郎君。 후: 가:득 랑군
고생과 호강이 하늘과 땅 차이	否泰如天地, 비:태: 여 천지:
너에게는 영광이 될 텐데.	足以榮汝身。 족이: 영 여:신
의로운 낭군[18]에게 아니 시집간다면	不嫁義郎體, 불가: 의:랑 체:
도대체 어떻게 하겠다는 거니?"	其往欲何云。 기왕: 욕 하운
란지는 고개를 젖히고 대답했소.	蘭芝仰頭答, 란지 앙:두 답
"사리는 오라버니가 옳아요.	理實如兄言。 리:실 여 형언
집을 하직하고 남편을 섬기다가	謝家事夫婿, 사:가 사: 부서:
중도에 오라버니께 돌아왔으니	中道還兄門。 중도: 환 형문
오라버니 처분만 바라는 처지,	處分適兄意, 처:분: 적 형의:
어찌 제 뜻대로 하겠어요?	那得自任專。 나:득 자: 임:전
비록 부리와 약속은 했지만	雖與府吏要, 수여: 부:리: 요

그이와는 영원히 인연이 없군요!”	渠會永無緣。 거회: 영: 무연

즉석에서 좋다고 말하니	登卽相許和, 등즉 상 허:화
곧장 혼인하게 되는구나!	便可作婚姻。 변:가: 작 혼인
중매는 마루를 내려가며	媒人下牀去, 매인 하:상 거:
벙글벙글, 연방 끄덕끄덕.	諾諾復爾爾, 낙낙 부: 이:이:
관청으로 돌아가 태수께 아뢰었소.	還部白府君。 환부: 백 부:군
“하관이 분부대로 여쭈었더니	下官奉使命, 하:관 봉: 사:명:
정말 연분이 잘 맞았나이다.”	言談大有緣。 언담 대: 유연

(5)

태수는 이 말씀을 들으시고	府君得聞之, 부:군 득 문지
마음이 퍽도 즐거우신 모양,	心中大歡喜。 심중 대: 환희:
책력을 보시고 사주단자를 쓰셨소.	視曆復開書, 시:력 부: 개서
“이 달 안이 참으로 좋구료.	便利此月內。 변:리: 차:월 내:
육합[19]이 바로 맞아 어울리니	六合正相應, 륙합 정: 상응:

길일은 바로 그믐날이라……	良吉三十日, 량길 삼십 일
오늘이 벌써 스무이레,	今已二十七, 금이: 이:십 칠
그대는 가서 혼약을 맺어 주게.”	卿可去成婚。 경가: 거: 성혼

얘기가 정해지자 준비를 서두르니	交語速裝束, 교어: 속 장속
오가는 사람들이 구름처럼 이었소.	絡繹如浮雲。 락역 여 부운
청작의 채선과 백곡[20]의 방주,	青雀白鵠舫, 청작 백곡 방:
네 모서리엔 용의 깃발이	四角龍子幡。 사:각 룡자: 번
팔랑팔랑 바람에 나부끼오.	婀娜隨風轉, 아:나: 수풍 전:
황금의 수레에 벽옥의 바퀴,	金車玉作輪。 금거 옥 작륜
바장이는 퍼렇고 하얀 말,	躑躅青驄馬, 척촉 청총 마:
황금 술이 안장에 늘어지오.	流蘇金縷鞍。 류소 금루: 안
빙금[21]은 삼백만,	齎錢三百萬, 재전 삼백 만:
모두 파란 실에 꿰이고,[22]	皆用青絲穿。 개용: 청사 천
채단은 삼백 필,	雜綵三百疋, 잡채: 삼백 필
또 교광[23]의 산해진미.	交廣市鮭珍。 교광: 시: 해진

하인[24]은 사오백 從人四五百,
종인 사:오: 백

빽빽하게 군문에 모이오. 鬱鬱登郡門。
울울 등 군:문

어머님이 딸에게 이르셨소. 阿母謂阿女。
아:모: 위: 아:녀:

"방금 태수의 혼서를 받았더니 適得府君書,
적득 부:군 서

내일 너를 친영하겠단다. 明日來迎汝。
명일 래 영여:

어찌 의복을 짓지 아니하냐? 何不作衣裳,
하불 작 의상

일이 어긋나지 않도록 해야지!" 莫令事不擧。
막령: 사: 불거:

딸은 잠자코 소리도 없이 阿女默無聲,
아:녀: 묵 무성

수건으로 입을 가리고 우니 手巾掩口啼,
수:건 엄:구: 제

눈물은 쏟아지듯 흘렀소. 淚落便如瀉。
루:락 변: 여사:

유리[25]를 박은 그리운 평상을 移我琉璃塌,
이아: 류리 탑

남쪽 창가에 옮겨다놓고, 出置前窗下。
출치: 전창 하:

왼손에는 가위 자를 들고 左手持刀尺,
좌:수: 지 도척

오른손에는 능라를 집으니, 右手執綾羅,
우:수: 집 룽라

아침에는 수놓은 겹치마 되고 朝成繡裌裙,
조성 수: 겹군

저녁에는 비단 홑저고리 되었소. 晩成單羅衫,
만:성 단 라삼

어둑어둑 날도 저무는데 晻晻日欲暝,
엄:엄: 일 욕명

시름겨워 대문을 나가서 울었소. 愁思出門啼。
수사 출문 제

(6)

부리는 이 변고를 듣고, 府吏聞此變,
부:리: 문 차:변:

이내 말미 받아 잠깐 돌아오는데, 因求假暫歸。
인 구가: 잠:귀

이삼 리도 채 못 와서 未至二三里,
미:지: 이:삼 리:

애끊는 듯, 말 울음도 슬프다오. 摧藏馬悲哀。
최장 마: 비애

새색시는 말의 소리 알아듣고 新婦識馬聲,
신부: 식 마:성

신을 꿰고 마중 나간다오. 躡履相逢迎,
섭리: 상 봉영

안타깝게 멀리 바라보니 悵然遙相望,
창:연 요 상망:

옛사람 오는 게 분명하지. 知是故人來。
지시: 고:인 래

손을 들어 안장을 토닥이며 擧手拍馬鞍,
거:수: 박 마:안

한숨을 쉬니 마음이 쓰라렸소,
嗟歎使心傷。
차탄: 사:심 상

"당신이 저를 떠나신 뒤,
自君別我後,
자:군 별아: 후:

사람의 일은 헤아릴 수 없었어요.
人事不可量。
인사: 불가: 량

과연 바라던 대로는 못된 것,
果不如先願,
과:불 여 선원:

또한 당신은 소상치 않겠지요?
又非君所詳。
우:비 군 소:상

저의 친정 부모님과
我有親父母,
아:유: 친 부:모:

또 형제들이 핍박하여
逼迫兼弟兄。
핍박 겸 제:형

저를 다른 사람에게 허하였으니,
以我應他人,
이:아: 응: 타인

당신은 돌아와 무엇을 바라나요?"
君還何所望。
군환 하 소:망

부리는 새색시에게 말했소.
府吏謂新婦,
부:리: 위: 신부:

"그대가 높아지는 것을 축하하오!
賀卿得高遷。
하:경 득 고천

반석은 번듯하고 두꺼워서
磐石方且厚,
반석 방 차:후:

천 년이라도 가련마는,
可以卒千年。
가:이: 졸 천년

갈대는 한때 질겼으나
蒲葦一時紉,
포위: 일시 인:

바로 조만간에 변하오.
便作旦夕間。
변:작 단:석 간

그대는 날로 귀하게 되고 | 卿當日勝貴, 경당 일 승:귀:
나는 홀로 황천으로 향하오!" | 吾獨向黃泉。오독 향: 황천

새색시가 부리에게 말했소. | 新婦謂府吏, 신부: 위: 부:리:
"무슨 뜻으로 이 말씀을 하셔요? | 何意出此言。하의: 출 차:언
똑같이 핍박받아 한 일, | 同是被逼迫, 동시: 피: 핍박
당신도 그렇고 저도 그런 것을! | 君爾妾亦然。군이: 첩 역연
황천 아래에서 뵙겠어요, | 黃泉下相見, 황천 하: 상견:
오늘 말을 어기지 마셔요!" | 勿違今日言。물위 금일 언

손을 잡았다가 갈라지니 | 執手分道去, 집수: 분도: 거:
각각 집으로 돌아가오. | 各各還家門。각각 환 가문
산 사람끼리 영결을 고하니 | 生人作死別, 생인 작 사:별
원한이야 이루 말할 수 있을까? | 恨恨那可論。한:한: 나:가: 론
세상을 하직할 생각이니 | 念與世間辭, 념:여: 세:간 사
결단코 구차히 살지는 않으리라! | 千萬不復全。천만: 불부: 전

(7)

부리는 집으로 돌아가서	府吏還家去, 부:리: 환가 거:
안방으로 올라가 어머님께 절했소.	上堂拜阿母, 상:당 배: 아:모:
"오늘 센바람이 몹시 춥습니다.	今日大風寒。 금일 대:풍 한
추운 바람에 나무가 꺾어지니	寒風摧樹木, 한풍 최 수:목
서릿발이 마당의 난초에 엉깁니다.	嚴霜結庭蘭。 엄상 결 정란
저는 오늘 어두운 나라로 갑니다,	兒今日冥冥, 아 금일 명명
뒤에 어머님을 외롭게 남겨 두옵고.	令母在後單。 령:모: 재:후: 단
일부러 궂은 길을 택한 것이오니	故作不良計, 고:작 불량 계:
귀신일랑 원망치 마십시오.	勿復怨鬼神。 물부: 원: 귀:신
남산 위의 저 바위처럼	命如南山石, 명:여 남산 석
오래오래 만수무강하십시오!"	四體康且直。 사:체: 강 차:직
어머님 이 말씀 들으시더니	阿母得聞之, 아:모: 득 문지
눈물이 주르륵 흘렀소.	零淚應聲落。 령루: 응:성 락
"너는 행세하는 집안의 자식,	汝是大家子, 여:시: 대:가 자:

관청에서 벼슬하는 몸.	仕宦於臺閣。 사:환: 어 대각
제발 계집 때문에 죽지는 말아라.	愼勿爲婦死, 신:물 위:부: 사:
귀천이 다른데 박정이랄 게 있니?	貴賤情何薄。 귀:천: 정 하박
동쪽 집에 참한 색시가 있지,	東家有賢女, 동가 유: 현녀:
아리따움이 성 안팎으로 소문났단다.	窈窕豔城郭。 요:조: 염: 성곽
어미가 너를 위해 얻어 줄 테니	阿母爲汝求, 아:모: 위:여: 구
바로 조만간에 이루어질 게다."	便復在旦夕。 변:부: 재: 단:석
부리는 두 번 절하고 돌아와	府吏再拜還, 부:리: 재:배: 환
빈 방에서 길게 탄식하오,	長歎空房中, 장탄: 공방 중
갈 길은 이에 정해져 있지만.	作計乃爾立。 작계: 내: 이:립
고개 돌려 방 안을 살펴보니	轉頭向戶裏, 전:두 향: 호:리:
점점 쓸쓸한 생각이 드오.	漸見愁煎迫。 점:견: 수전 박
그날 소와 말이 울 때,	其日牛馬嘶, 기일 우마: 시
새색시는 청려[26]로 들어갔소.	新婦入靑廬。 신부: 입 청로

어둑어둑 황혼이 지난 다음,	奄奄黃昏後, 엄엄 황혼 후:
조용조용 인정[27]이 된 처음에,	寂寂人定初。 적적 인정: 초
"내 목숨은 오늘로 끊어지리니,	我命絶今日, 아:명: 절 금일
넋은 떠나고 주검만 길이 남으리."	魂去尸長留。 혼거: 시 장류
치마를 여미며 비단신 벗어 놓고,	攬裙脫絲履, 람:군 탈 사리:
몸을 일으켜 맑은 못에 들어갔소.	擧身赴淸池。 거:신 부:청지

부리는 이 일을 듣자	府吏聞此事, 부:리: 문 차:사:
영원한 이별임을 확신하고,	心知長別離。 심지 장 별리
마당의 나무 밑에서 어치렁거리다가	徘徊庭樹下, 배회 정수: 하:
스스로 동남쪽 가지에 걸었소.	自掛東南枝。 자:괘: 동남 지

(8)

두 집안에서 합장을 요구하여	兩家求合葬, 량:가 구 합장
화산[28] 곁에 둘을 합장했소.	合葬華山傍。 합장 화산 방
동서로는 소나무 측백나무를,	東西植松柏, 동서 식 송백

좌우에는 오동나무를 심었소.	左右種梧桐。 좌:우: 종: 오동
가지와 가지가 서로 덮고	枝枝相覆蓋, 지지 상 복개:
이파리와 이파리가 서로 닿았소.	葉葉相交通。 엽엽 상 교통
그 안의 한 쌍의 새는	中有雙飛鳥, 중유: 쌍비 조:
사람들이 원앙이라 불렀소.	自名爲鴛鴦。 자:명 위 원앙
고개 젖혀 서로 보며	仰頭相向鳴, 앙:두 상향: 명
밤마다 오경까지 우오.	夜夜達五更。 야:야: 달 오:경
나그네는 걸음을 멈추어 듣고,	行人駐足聽, 행인 주:족청
과부는 일어나 어치렁거리오.	寡婦起彷徨。 과:부: 기: 방황
후세 사람들에게 많이 알려서,	多謝後世人, 다사: 후:세: 인
조심하고 잊지 않도록 하소.	戒之愼勿忘。 계:지 신: 물망

1_ 또는 '고시, 초중경의 처를 위하여 지음(古詩爲焦中卿妻作)'이라고도 한다. 이 시는 진陳나라 서릉徐陵의 『옥대신영』玉臺新詠에 처음 보였는데, 거기에는 다음과 같은 「서」序가 붙어 있다—한漢나라 말엽, 건안建安 연간에, 려강부廬江府(안휘성)의 소리小吏 초중경焦仲卿의 처 류劉씨는 시어머니에게 쫓겨났다. 그녀는 재혼하지 않겠다고 맹세했지만 친정에서 강요하므로 마침내 물에 빠져 죽었다. 중경仲卿은 이를 듣고 마당의 나무에 스스로 매달았다. 당시 사람이 이를 애처롭게 여겨 시를 지은 것이다— 이 시는 중국 5언시에 있어서 가

장 긴 서사시敍事詩로, 전부 357구(1,785자)이다. 이 시의 연대는 종래 여러 가지 가설이 있지만 확정된 것은 없다. 이야기가 발생한 건안建安 연간(196~220년)부터, 시가 처음 보인 서릉徐陵(507~583년) 시기 사이에 지어진 것만 확실할 뿐이다.

2_ 공작새는 동남으로 날아가며, 오 리에 한 바퀴 빙그르르 : 시 전체의 서장序章. 주인공의 처지를 상징하려고 쓴 듯하다. 이 구절과 비슷한 내용으로 좀더 길게 된 것이 한대漢代의 민요에 있다.

3_ 부리府吏 : 부府는, 즉 군郡으로서, 한漢나라 지방 행정구역의 하나. 장리長吏와 소리少吏가 있으며, 소리의 녹봉은 100섬(石) 이하이다.

4_ 저는 빈방에 남아 뵐 날이 드물어요 : 원문에서 이 두 구절은 판본에 따라 없는 것도 있으며, "彼意常依依"라는 구절을 더 붙인 것도 있다.

5_ 진라부秦羅敷 : 미인의 대명사. 〈길가의 뽕나무〉 주 2 참조(본서 223쪽).

6_ 저고리 : 원문에는 요유腰襦, 허리까지 내려오는 상의上衣.

7_ 대모瑇瑁 : 거북 비슷한 동물, 그 껍질은 황갈색으로 빛이 나고 아름답다. 여기서는 그것으로 만든 비녀를 가리킨다.

8_ 주단硃丹 : 은주銀硃와 단사丹砂, 모두 빨간 물감이다.

9_ 아기씨는 걸음마를 배웠죠? 몰려서 쫓겨나는 오늘 : 원문에서 이 두 구절은 판본에 따라 빠진 것도 있다. 이 구절의 논리는 잘 맞지 않는 듯. 다만 시가에 흔히 나타나는 수사의 과장이 지나친 것으로 보아야 할 것이다.

10_ 초이렛날과 열아흐렛날 : 초이레는 칠월 칠석, 이 날은 부녀자들의 명절이다. 매달 열아흐렛날에 부녀자들은 양회陽會라는 놀이를 했다. 양회에서는 여러 사람이 허리띠 고리(鉤)를 숨기고 이를 알아맞히는 놀이 따위를 하면서 늦은 달이 떠오르기를 기다리는데, 재미에 열중하여 밤을 새우기도 한다고.

11_ 란지蘭芝 : 여주인공 이름.

12_ 현령縣令 : 현縣은 한대의 지방 행정구역의 하나. 군郡에 속한다. 우리나라 면面에 해당된다. 현縣 가운데 큰 곳(萬戶 이상)에는 영令을 두고, 작은 곳(萬戶 이하)에는 장長을 둔다. 현령의 녹봉은 1,000섬(石)에서 600섬(石) 사이.

13_ 군승郡丞 : 군수郡守(또는 太守)를 보좌하는 관원. 문서文書를 맡아 보았다. 이 구절의 숨겨진 주어主語는 태수太守이다.

14_ 아뢰기를 : 먼젓번의 중매가 태수太守에게 나아가 아뢰는 것으로 해석해야 할 듯. 이 부근의 해석은 여러 가지가 있는데, 원문이 모호하기 때문이다. 여기 란지蘭芝는 원문에 또 란가녀蘭家女라고 되어 있다.

15_ 말하기를 : 태수太守가 말한 것으로 해석해야 할 듯.

16_ 주부主簿 : 군郡 하급 관리들 가운데 우두머리.

17_ 태수太守 : 즉 군수郡守, 녹봉은 2,000섬(石)이다.

18_ 의로운 낭군 : 새 낭군은 먼저 낭군(仲卿)처럼 불의不義하지 아니할 것이란 뜻이 내포된 듯.

19_ 육합六合 : 음양가陰陽家에서는 월건月建(북두성의 자루가 저녁에 가리키는 방위)과 월장月將(日月이 서로 만나는 방위)이 서로 합치는 날을 길일吉日로 친다. 여기에는 여섯 가지, 즉 자·축子丑, 인·해寅亥, 묘·술卯戌, 진·유辰酉, 사·신巳申, 오·미午未가 있다.

20_ 청작 / 백곡 : 청작青雀은 익鷁이라는 새. 이 새는 백로 비슷한데, 풍파에 잘 견디므로 뱃머리에 이 새의 모양을 새기거나 그리거나 한다. 백곡白鵠은 고라니. 이 구절에서는 예물을 실어 나르는 배가 훌륭하다는 뜻이다.

21_ 빙금聘金 : 중국에서 약혼 성립의 증표로 신랑 집이 신부 집에 증여하는 금전.

22_ 꿰이고 : 한漢나라 때는 동전銅錢, 즉 엽전이 통용되었으며, 1,000잎을 한 꿰미(貫)로 꿴다.

23_ 교광交廣 : 교는 교지交阯, 지금의 베트남 북부이고, 광은 광동성 광주廣州이다.

24_ 하인 : 신랑 집에서 신부 집으로 예물을 나를 때 일할 하인을 가리킨다. 중국에서는 혼례의 예물을 거리의 사람들도 구경할 수 있도록 전시하면서 신부 집으로 가져간다.

25_ 유리 : 옥玉같이 푸르고 아름다운 돌의 이름. 편청석扁青石에 약품을 넣어 태워서 인공으로 만들기도 한다. 지금의 유리(glass)와 다르다.

26_ 청려青廬 : 남북조시대 북조北朝에서는 혼례를 올릴 때, 문밖에 푸른 장막을 쳐서 방을 만들고, 여기서 신부를 맞이했다는 기록이 있다. 이 장막이 청려이다.

27_ 인정人定 : 해시亥時, 저녁 9시부터 11시까지. 조선시대 서울에서 밤 10시에 성문을 닫고 28번 타종하여 통행을 금지하는 것을 인정이라 하였다.

28_ 화산華山 : 화산이라는 산은 여러 곳에 있지만 이 시에서 말하는 것은 확인할 수 없다. 유명한 섬서성 화산華山(해발 2,160미터)은 이 시의 무대가 되는 안휘성 려강廬江에서 너무 멀리 있다. 또는 부부의 합장 이야기가 나오는 《화산 땅》(華山畿)(본서 269쪽)이라는 노래에서 유사점을 찾아 화산이라고 가탁한 것이라고도 한다.

남북조 악부 南北朝樂府

Nan-Beichao Yuefu

한漢나라 400년(전 206~후 8년, 후 25~220년)의 강력한 통일왕조는 공동연대 3세기에 이르러 위魏·오吳·촉蜀 세 나라로 분열되었고 잠시 진晋나라로 통일되었다. 그러나 곧 황하 유역 북중국에는 흉노匈奴·선비鮮卑·갈羯·저氐·강羌이 일시에 일어나 소위 오호십륙국五胡十六國의 큰 난세가 되었으며, 남방으로 쫓겨난 진나라(東晋)로 해서 중국의 정통문화는 겨우 장강長江 유역에 보존되었다. 북방의 난리는 약 100년(317~439년)이 지나자 선비鮮卑 민족의 탁발拓拔 씨가 일어나 북방을 평정하여 차츰 안정을 회복했다. 이리하여 북조北朝에는 북위北魏(뒤에 東西로 갈린다)·북제北齊·북주北周가, 남조南朝에는 송宋·제齊·량梁·진陳이 나타났다가, 수隋가 남북을 다시 통일하였다(589년).

장구한 남북 대립 시기에 나타난 민간의 문학은 민족과 지방에 따라 저마다의 특성을 지니게 되었다.

남조南朝의 문학은 또 오가吳歌와 서곡西曲으로 나뉜다. 오가吳歌는 장강 하류 옛날 오吳나라 지방에서 부르던 노래이고, 서곡西曲은 장강 중류와 그 지류인 한수漢水 부근에서 부르던 노래다. 남방의 문학은 아녀자들의 사사로운 연정을 그린 것인데, 오가는 미려하고 유약한 특성이 있으며, 서곡은 낭만적이고 열렬한 특성이 있다.

북조의 문학은 유목민족의 특성으로 남조의 문학과는 판이한 성격을 형성하고 있다. 남조문학의 특성이 평화롭고 여성적이며 개인적이라면, 북조문학은 전투적이고 남성적이며 사회적인 것이다. 표현에서도 북방의 감정은 다분히 직선적이고 설명적이며, 남방처럼 간곡하고 상징적인 것이 아니다.

본서에서는 남조 오가吳歌에서 〈자야 노래〉(子夜歌) 등과 서곡西曲에서 〈나가 여울〉(那呵灘) 등을 수록하고, 북조 노래에서 〈칙륵의 노래〉(勅勒歌)를 수록했다.

자야 노래(5수)[1] | 남북조 악부

子夜歌
자:야:가

· 1

해질 무렵 앞문으로 나서서,	落日出前門, 락일 출 전문
그대 건너오는 것 바라보네.	瞻矚見子度。 첨촉 견: 자:도:
예쁜 얼굴에 멋들어진 모습,	冶容多姿鬢, 야:용 다 자빈:
꽃다운 살내 길에 가득하네.	芳香已盈路。 방향 이: 영로:

1_ 자야는 동진東晋 때의 한 여자 이름이다. 그녀는 음곡에 정통하여 5언 네 구절의 짤막한 시를 지어 애인에게 보냈는데, 이것이 〈자야 노래〉이다. 동진東晋은 장강 하류인 오吳 지방 일대를 영토로 하고 있었기 때문에 〈자야 오가〉子夜吳歌라고도 한다. 현존하는 〈자야 노래〉는 모두 42수, 그중 많은 부분은 진晉·송宋·제齊의 시인들이 그 체재를 본떠서 지은 것으로, 모두 남녀 간에 주고받는 노래이다. 본서에서는 5수를 뽑았는데, 편의상 임의로 순서를 붙였다. 다만 ·1과 ·2는 연관을 지을 수 있을 듯하다. 즉, ·1은 남자가 부른 노래, ·2는 여자가 화답한 것으로 보인다.

· 2

꽃다운 살내는 향[1] 때문이지만,	芳是香所爲, 방시: 향 소:위:
예쁜 얼굴이라니 당치 않아요.	冶容不敢當。 야:용 불 감:당
하느님이 저를 버리지 않아서,	天不奪人願, 천 불탈 인원:

당신을 오늘 뵈옵게 된 거죠. 故使儂見郞。
고: 사:농 견:랑

1_ 향 : 향내가 나는 각종 물건. 가루를 지어 반죽하여 여러 가지 모양으로 만들어 노리개로 몸에 지니는 것이다.

· 3

베개 안고 북창 아래[1] 누웠더니, 攬枕北窗臥,
람:침: 북창 와:

당신이 오시어 저는 즐거워요. 郞來就儂嬉。
랑래 취: 농희

좀 즐거우면 굉장히 당돌하죠? 小喜多唐突,
소:희: 다 당돌

서로의 사랑이 얼마나 갈까요? 相憐能幾時。
상련 능 기:시

1_ 북창 아래 : 집안에서 한갓진 곳. 밀회를 암시하는 듯.

· 4

간밤에는 머리를 빗지 아니하여, 宿昔不梳頭,
숙석 불 소두

기다란 머리카락 어깨를 덮어요. 絲髮被兩肩。
사발 피: 량:견

당신 무릎에 에구붓이 누우니, 婉伸郞膝上,
완:신 랑슬 상:

사랑스럽지 아니한 곳 있나요?	何處不可憐。 하처: 불 가:련

· 5

기나긴 밤에 잠도 못 드는데,	夜長不得眠, 야:장 불득 면
달은 어쩌면 저다지 밝을까요?	明月何灼灼。 명월 하 작작
부르시는 소리 들리는 듯하여,	想聞歡喚聲, 상:문 환환: 성
대답하고 보니 허공에 울려요.	虛應空中諾。 허응: 공중 낙

자야의 사철 노래(5수)[1] | 남북조 악부

子夜四時歌
자:야: 사:시가

봄 노래 · 1

春歌
춘가

봄 동산 꽃은 곱기도 고운데	春林花多媚, 춘림 화 다미:
봄 하늘 새는 슬피도 우는데	春鳥意多哀。 춘조: 의: 다애
봄바람 또한 다정도 하여라,	春風復多情, 춘풍 부: 다정
내 비단 치마를 불어 젖히네.	吹我羅裳開。 취아: 라상 개

1_ 〈자야 노래〉를 본떠 진晉·송宋·제齊 등의 시인이 사철의 행락을 노래한 것. 봄 20수, 여름 20수, 가을 18수, 겨울 17수, 도합 75수가 현존하고 있다. 본서에서는 5수를 뽑았다. 〈자야 노래〉를 본뜬 것은 이 밖에 〈대 자야가〉大子夜歌, 〈자야 경가〉子夜警歌, 〈자야 변가〉子夜變歌 등이 있다. 또 당唐나라의 리백李白은 〈자야의 오나라 노래〉를 지었다(본서 533쪽).

봄 노래·2

春歌
춘가

매화꽃은 떨어져 없어지는데

梅花落已盡,
매화 락이: 진:

버들 꽃은 바람에 흩어지는데

柳花隨風散。
류:화 수풍 산:

아아, 나의 청춘 한심하여라,

歎我當春年,
탄:아: 당 춘년

아무도 불러 주지를 아니하네.

無人相要喚。
무인 상 요환:

여름 노래

夏歌
하:가

꽃무늬 돗자리에서 뒤척이다가,

反覆華簟上,
번복 화점: 상:

방장은 끝내 펼치지 않았어요.

屛帳了不施。
병장: 료: 불시

낭군은 잠깐 들어오지 마세요,

郎君未可前,
랑군 미:가: 전

나의 매무새를 다듬어야겠어요.	待我整容儀。 대:아: 정: 용의

가을 노래 秋歌 추가

임과 이별하고 난 뒤로부터	自從別歡來, 자:종 별환 래
어느 날인들 그립지 않았을까!	何日不相思。 하일 불 상사
언제나 두렵네, 낙엽이 되면	常恐秋葉零, 상공: 추엽 령
다시 가지에 붙지 못하는 것.	無復連條時。 무부: 련조 시

겨울 노래 冬歌 동가

길이 막혀 다니는 사람 없건만,	塗澁無人行, 도삽 무 인행
추위를 무릅쓰고 찾아 나섰어요.	冒寒往相覓。 모:한 왕: 상멱
저의 말씀 믿지 못하시겠다면,	若不信儂時, 약불 신:농 시
단지 눈 위의 발자국만 보세요.	但看雪上跡。 단:간: 설상: 적

조용히 부르는 노래(4수)[1] | 남북조 악부

讀曲歌
독곡가

· 1

꼬끼오 하는 닭을 때려서 죽이고,

打殺長鳴雞,
타:살 장명 계

깍깍 하는 오구조[2]를 쏘아 없애어,

彈去烏臼鳥。
탄거: 오구: 조:

날 새지 않는 깜깜한 밤만 이어지다가,

願得連冥不復曙,
원:득 련명 불부: 서:

일 년에 아침은 한 번만 오너라.

一年都一曉。
일년 도 일효:

1_ 독곡의 의미는, "공동연대 440년, 송宋나라 원후袁后—문제文帝의 황후가 사망하여 가무·음곡을 할 수 없었을 때, 관리들이 주연에서 소리를 죽이고 '악보를 읽듯이(讀曲)' 가만히 부른 데에서 기인했다."라는 설이 있고, 또는 같은 해에 "민간에서 송宋나라 팽성왕彭城王 의강義康의 억울함을 대신해서 부른 노래"라는 설도 있다. 내용은 〈자야 노래〉처럼 남녀의 사랑을 노래한 것이나, 형식이 조금 어지럽고 표현이 다소 거친 것은 오히려 민요의 순박성이 잘 나타난 것이라 하겠다. 현존하는 것은 모두 89수인데, 본서에서는 4수를 뽑았다.

2_ 오구조烏臼鳥 : 비둘기 비슷한데 볏이 있고 검은색이며, 새벽에 닭보다 먼저 '깍깍' 하고 운다고 한다.

· 2

버들가지[1]를 꺾으니,

折楊柳。
절 양류:

온갖 새가 동산 숲에서 우네,

百鳥園林啼,
백조: 원림 제

임은 안 떠나신다고 하는 듯이! 道歡不離口。
도:환 불 리구:

1_ 버들가지 : 중국에서는 이별할 때, 배웅하는 사람이 버들가지를 꺾어 떠나는 사람에게 선사하는 풍습이 있었다. 따라서 버들가지는 이별을 상징한다.

· 3

온갖 꽃들이 고운데, 百花鮮。
백화선

어느 누구 봄을 그리면서, 혼자 誰能懷春日,
수능 회춘 일

비단 장막에서 잘 수 있으리! 獨入羅帳眠。
독입 라장: 면

· 4

헝클어진 머리칼 다듬지 못하니, 逋髮不可料,
포발 불가: 료:

초췌한 모습은 누구 때문일까? 憔悴爲誰睹。
초췌: 위:수 도:

내 상사병 깊이를 알고 싶으면, 欲知相憶時,
욕지 상억 시

치마끈이 얼마나 느슨한지 보도록 하소. 但看裙帶緩幾許。
단:간: 군대: 완: 기:허:

화산 땅(2수)[1] | 남북조 악부

華山畿
화산 기

· 1

화산 땅— | 華山畿。 화산 기

당신이 저 때문에 돌아가셨거늘, | 君旣爲儂死, 군기: 위:농 사:

혼자 누굴 위해 꾸미리? | 獨生爲誰施。 독생 위:수 시

님께서 저를 어여삐 여기신다면, | 歡若見憐時, 환약 견:련 시

관은 저를 위해 열리리! | 棺木爲儂開。 관목 위:농 개

1_ 화산華山은 강소성 구용句容 북쪽에 있는 산. 〈화산 땅〉에 대해서는 다음과 같은 이야기가 전해지고 있다—송나라(劉宋) 소제少帝(423~424년 재위), 류의부劉義符 때 남서南徐의 한 선비가 화산 땅을 지나 운양雲陽으로 갔는데, 여관에서 나이 열열아홉 되는 여자를 보고 첫눈에 반하여 집에 돌아오자 그만 병이 들고 말았다. 어미가 까닭을 물었더니 사실대로 고했다. 어미는 화산으로 가서 그 여자를 찾아보고, 병든 얘기를 낱낱이 전했다. 여자는 손수건(보통 허리춤에 찬다)을 풀어 주며, 자리 밑에 깔아서 자기 대신으로 삼으라고 했다. 그렇게 해서 며칠 지나니 과연 차도가 있었다. 선비는 자리를 들치다가 손수건이 보였으므로, 껴안았다가 곧 삼키고 죽었다. 숨이 넘어갈 때, 어미에게 이렇게 말했다. "장사지낼 때, 수레에 실어 화산으로 해서 보내 주셔요." 어미는 그 뜻을 따랐는데, 여자 집 문 가까이 이르자 수레를 끌던 소가 나아가려 하지 않았다. 아무리 때려도 꿈쩍하지 않았다. 여자는 "잠깐 기다려 주셔요."라고 말하더니, 집으로 들어가 목욕하고 치장한 뒤, 나와서 · 1의 노래를 불렀다. 관은 과연 그 노래에 맞추어 열렸다. 여자는 그냥 관 속으로 들어갔다. 집안 식구들이 두드려도 소용없었다. 그래서 합장을 치러 주고, '신녀의 무덤(神女冢)'이라고 불렀다— 남서는 지금의 강소성 진강鎭江, 운양은 지금의 단양丹陽이다. 화산이 있는 구용句容과는 30킬로미터쯤 되는 정삼각형의 정점에 각각 위치한다. 이 노래 이하 서곡西曲은 장강 중류와 그 지류인데, 한수漢水 부근의 민요이다. 〈화산 땅〉은 모두 25수로, 본서에서는 2수만 뽑았다.

· 2

어이하여—	奈何許。 내:하허:
천하 사람 많기도 많은데,	天下人何限, 천하: 인 하한:
울렁울렁 너만 생각될까!	慊慊祇爲汝。 겸:겸: 지: 위:여:

나가 여울[1] | 남북조 악부

那呵灘
나가 탄

님께서 양주[2]로 가신다기에,	聞歡下揚州, 문환 하: 양주
강진[3] 물굽이에서 배웅하네.	相送江津灣。 상송: 강진 만
노는 꺾이고 삿대는 부러져라,	願得篙櫓折, 원:득 고로: 절
님께서 되짚어 돌아오시게.	交郎到頭還。 교랑 도:두 환

1_ 이 여울은 아마 장강에 있는 듯. 모두 6수인데, 본서에서는 1수만 뽑았다. 〈자야 노래〉 등 오가吳歌는 장강 하류 일대의 민요이다.

2_ 양주揚州 : 남경南京 동쪽 약 60킬로미터 지점, 장강 하류 쪽이다. 남북 대운하와 장강이 교차하는 곳으로, 일찍부터 상업이 번성하였다. 이 시의 '님'도 아마 상인일 듯.

3_ 강진江津 : 장강 상류의 한 고을, 중경시重慶市 서남 약 40킬로미터 지점에 있다.

막수의 풍악[1] | 남북조 악부

莫愁樂
막수 악

님께서 양주[2]로 가신다기에,
초산[3] 끝머리에서 배웅하네.
손을 더듬더듬 허리 껴안으니,
강물은 끊어져 아니 흐르네.

聞歡下揚州,
문환 하: 양주
相送楚山頭。
상송: 초:산 두
探手抱腰看,
탐:수: 포:요 간:
江水斷不流。
강수: 단: 불류

1_ 막수는 석성石城, 지금의 호북성 종상鍾祥에 살았던 여자로, 노래를 잘했다고 한다. 〈막수의 풍악〉은 서곡西曲의 하나이다. 모두 2수인데, 본서에서는 1수를 뽑았다.

2_ 양주揚州 : 〈나가 여울〉 주 2 참조.

3_ 초산楚山 : 호북성 양번시襄樊市 서쪽에 있는데, 지금의 이름은 형산荊山이다. 여기서 발원한 강은 한수漢水로 들어가고 다시 장강과 합쳐진다.

칙륵의 노래[1] | 남북조 악부

勅勒歌
칙륵 가

칙륵의 냇가,
음산[2]의 아래,

勅勒川,
칙륵 천
陰山下。
음산하:

하늘은 둥근 천막과 같이 天似穹廬,
천사: 궁려

사방 들판을 뒤덮고 있네. 籠蓋四野。
롱개: 사:야:

하늘 새파란데, 天蒼蒼,
천 창창

들판 아득한데, 野茫茫。
야: 망망

바람 불어 풀 누우니 소와 양이 보이네. 風吹草低見牛羊。
풍취 초:저 견: 우양

1_ 칙륵은 중국 고대 북방민족, 몽골 셀렝가Selenga 강과 그 지류인 투라Tuura 강 유역에 살았다고 한다. 이 노래는 원래 선비鮮卑 말로 된 것을 한문으로 번역한 것인데, 다음과 같은 이야기가 전한다—북제北齊의 신문제神文帝 고환高歡은 북주北周의 문제文帝 우문태宇文泰를 공격했다가 병사를 4, 5할이나 잃어 분을 못이겨 병이 났다. 우문태는 "고환이 쥐새끼가 친히 옥벽성玉壁城(북주 점령)을 범했으니 칼과 쇠뇌로 함께 나가면 원흉은 스스로 뒈질 거다."라고 말했다. 고환은 이 말을 전해 듣고 병을 무릅쓰고 일어나 앉았다. 그리고는 부하들을 불러 놓고 곡률금斛律金을 시켜 〈칙륵의 노래〉를 부르게 하고, 스스로도 따라 불러 병사들을 안심시켰다.

2_ 음산陰山 : 내몽골(內蒙古)의 남방을 가로지르는 산맥이다.

리파 집안 아기씨[1] | 남북조 악부 李波小妹歌
리파 소매 가

리파 집안 아기씨 이름은 음전이, 李波小妹字雍容,
리:파 소:매: 자: 옹용

치마 걷고 말 달리니 구르는 다북쑥,[2] 褰裙逐馬如卷蓬。
건군 축마: 여 권:봉

외로 쏘나 바로 쏘나 모두가 명중. 左射右射必疊雙,
좌:사: 우:사: 필 첩쌍

계집들도 오히려 이러할진대, 婦女尙如此,
부:녀: 상: 여차:

사내들과 어떻게 맞닥뜨리나! 男子安可逢。
남자: 안 가:봉

1_ 리파李波는 북위北魏 때의 사람. 그 일족은 몹시 강성하고 백성들을 많이 노략했다고 한다.

2_ 구르는 다북쑥 : 다북쑥은 가을에 물이 마르면 뿌리째 뽑혀 바람에 날려 굴러다닌다. 여기서는 그 재빠르기가 구르는 다북쑥 같다는 뜻으로 쓰였다.

버들 꺾는 노래(2수)[1] | 남북조 악부 折楊柳歌辭
절양류:가사

· 1

아득히 맹진[2] 강 바라보니, 遙看孟津河,
요간: 맹:진 하

휘휘 늘어진 버드나무 숲. 楊柳鬱婆娑。
양류: 울 파사

우리는 오랑캐 자식이라, 我是虜家兒,
아:시: 로:가 아

중국 아이 노래는 모르오. 不解漢兒歌。
불해: 한:아 가

1_ 『악부시집 25』에 실린 악곡(梁鼓角橫吹曲)의 하나. 원래 〈절양류〉는 한漢나라 때부터 있었던 곡조로, 이별의 정을 노래했던 것이다. 여기에 나온 가사歌辭는 북조北朝의 선비鮮卑족들이 붙인 것. 그들의 씩씩한 생활상을 내용으로 하고 있다. 모두 5수인데, 본서에서는 2수만 뽑았다.

2_ 맹진孟津 : 하남성 락양洛陽 동북 20킬로미터쯤에 있는 고을로, 그 바로 북쪽에 황하가 흐르고 있다. 고래로 황하를 건너는 나루였다.

· 2

용사는 빠른 말을 바라고,	健兒須快馬, 건:아 수 쾌:마:
빠른 말은 용사를 바라오.	快馬須健兒。 쾌:마: 수 건:아
먼지 내면서 차고 밟으니,	跳䟦黃塵下, 필발 황진 하:
그래야만 누가 센지 아오.	然後別雄雌。 연후: 별 웅자

랑야왕 노래[1] | 남북조 악부

琅琊王歌
랑야왕가

새로 사온 다섯 자[2] 칼,	新買五尺刀, 신매: 오:척 도
대들보 기둥에 걸어놓고	懸著中梁柱。 현저 중량 주:
하루에 세 번씩 쓰다듬소,	一日三摩娑, 일일 삼 마사

열다섯 처녀보다 더 아끼오.　　劇於十五女。
극어 십오: 녀:

1_『악부시집 25』에 실린 악곡(梁鼓角橫吹曲)의 하나. 모두 8수인데, 본서에서는 1수만 뽑았다.

2_ 자 : 자의 길이는 시대에 따라 다른데, 남북조 때는 24.5센티미터, 또는 29.5센티미터였다.

기유 노래(3수)[1] | 남북조 악부　　企喩歌
기:유:가

· 1

사내가 굳세어지고 싶다면　　男兒欲作健,
남아 욕작 건:

많은 친구 필요한 건 아니오.　　結伴不須多。
결반: 불수 다

새매가 하늘을 가로 나니　　鷂子經天飛,
요:자: 경천 비

참새 떼들 두 갈래로 나뉘오.　　羣雀兩向波。
군작 량:향: 파

1_『악부시집 25』에 실린 악곡(梁鼓角橫吹曲)의 하나. 본래 북적北狄 선비鮮卑에서 말 타고 연주하던 군악이었다. 이 노래는 중국에 들어와 수隋나라 때는 그 가사가 일반적으로 노래되었다.

· 2

말을 진펄에 풀어놓으니,
放馬大澤中,
방:마: 대:택 중

풀이 좋아 말은 살찌오.
草好馬著臕。
초:호: 마: 착표

방패 같은 무쇠 배자,
牌子鐵裲襠,
패자: 철 량:당

꿩 꼬리 같은 무쇠 창끝.
鉅鉾鸐尾條。
호:모 적 미:조

· 3

앞 친구 뒤 친구 바라보니,
前行看後行,
전항 간: 후:항

모두 무쇠 배자를 입었소.
齊著鐵裲襠。
제착 철 량:당

앞 사람 뒤 사람 바라보니,
前頭看後頭,
전두 간: 후:두

모두 무쇠 창끝을 들었소.
齊著鐵鉅鉾。
제착 철 호:모

롱두 노래(3수)[1] | 남북조 악부

隴頭歌辭
롱:두 가사

· 1

롱두에서 흐르는 물,
隴頭流水,
롱:두 류수:

산 아래로 흘러넘치오. 流離山下。
류리 산하:

내 한 몸을 생각하니, 念吾一身,
념:오 일신

광야에 표연히 서 있소! 飄然曠野。
표연 광:야:

1_ 롱두는 산 이름, 즉 롱산隴山. 이 산은 섬서성 롱현隴縣의 서북에서 감숙성 경계에 걸쳐 있다. 롱산 위에는 맑은 물이 있어 사방으로 흘러내린다고 한다. 또 산의 동쪽 사람이 부역을 나와 이곳에 올라오면 뒤를 돌아보고 슬퍼하지 않는 사람이 없었다고 전한다. 산 아래에 있는 관문은 진秦나라 땅으로 통하는 요해처였다.

· 2

아침에 흔성[1]을 떠나서, 朝發欣城,
조발 흔성

저녁에 롱두에서 자오. 暮宿隴頭。
모:숙 롱:두

추워 말할 수 없으니, 寒不能語,
한불 능어:

혀가 목구멍에 기어드오! 舌卷入喉。
설권: 입후

1_ 흔성欣城 : 지명. 위치는 미상이나, 아마 주인공의 고향에 있는 조그만 성인 듯하다.

·3

롱두에서 흐르는 물, 隴頭流水,
롱:두 류수:

울리는 소리 흐느끼오. 鳴聲幽咽。
명성 유열

멀리 진천[1]을 바라보니, 遙望秦川,
요망: 진천

애간장 모두 끊어지오! 肝腸斷絶。
간장 단:절

1_ 진천秦川 : 지금의 섬서성 위하渭河 유역을 가리키는 옛 이름. 또한 관중關中이라고도 한다.

자류마 노래[1] | 남북조 악부 紫騮馬歌辭
자:류마: 가사

불이 타니, 밭과 들이 타니, 燒火燒野田,
소화: 소 야:전

들오리는 하늘로 날아오르오. 野鴨飛上天。
야:압 비상: 천

어린 사내가 과부를 얻으니, 童男娶寡婦,
동남 취: 과:부:

젊은 계집은 우스워 죽겠소. 壯女笑殺人。
장:녀: 소:살 인

1_ 자류마는 밤색 털을 가진 명마 이름. 또한 한나라 악부의 음곡 이름이기도 하

다. 이 노래는 북방민족의 특이한 혼인제도를 보여 주고 있다. 모두 6수, 본서에서는 1수만 뽑았다.

목란이 노래[1] | 남북조 악부

木蘭辭
목란사

(1)

절거덕, 절거덕 또 절거덕,	喞喞復喞喞, 즉즉 부: 즉즉
문간에서 베 짜는 목란이.	木蘭當戶織。 목란 당호: 직
베틀 소리 안 들리고,	不聞機杼聲, 불문 기저: 성
한숨 소리만 들리오.	惟聞女歎息。 유문 녀: 탄:식
"애야, 무엇을 생각하느뇨?	問女何所思, 문:녀: 하 소:사
애야, 무엇을 걱정하느뇨?"	問女何所憶。 문:녀: 하 소:억
"저는 생각하는 것도 없어요.	女亦無所思, 녀:역 무 소:사
저는 걱정하는 것도 없어요.	女亦無所憶。 녀역 무 소:억

“간밤 내려온 포고문 보니,	昨夜見軍帖, 작야: 견: 군첩
가한[2]께서 동원령 내리셨어요.	可汗大點兵。 가:한 대: 점:병
명부는 모두 열두 권[3]인데,	軍書十二卷, 군서 십이: 권:
아빠의 이름도 들어 있었어요.	卷卷有爺名。 권:권: 유: 야명
“아빠는 큰아들이 없어요.	阿爺無大兒, 아:야 무 대:아
목란인 큰오빠가 없어요.	木蘭無長兄。 목란 무 장:형
시장 가서 말과 안장 사다가,	願爲市鞍馬, 원:위: 시: 안마:
인제 아빠 대신 나가겠어요.”	從此替爺征。 종차: 체:야 정

(2)

동문 시장에서 준마를 사오.	東市買駿馬, 동시: 매: 준:마:
서문 시장에서 안장을 사오.	西市買鞍韉。 서시: 매: 안천
남문 시장에서 고삐를 사오.	南市買轡頭, 남시: 매: 비:두
북문 시장에서 채찍을 사오.	北市買長鞭。 북시: 매: 장편
아침에 부모님께 하직하오.	旦辭爺孃去, 단:사 야냥 거:

저녁에 황하 가에서 자오.	暮宿黃河邊。 모:숙 황하 변
부모님 부르시는 소리 들리지 아니하고,	不聞爺孃喚女聲, 불문 야냥 환:녀: 성
들리는 것은 오직 황하 흐르는 물결 철썩철썩 울릴 뿐.	但聞黃河流水鳴濺濺。 단:문 황하 류수: 명 천천
아침에 황하에게 하직하오.	旦辭黃河去, 단:사 황하 거:
저녁에 흑산[4] 끝에서 자오.	暮宿黑山頭。 모:숙 흑산 두
부모님 부르시는 소리 들리지 아니하고,	不聞爺孃喚女聲, 불문 야냥 환:녀: 성
들리는 것은 오직 연산[5] 되놈 말방울 짤랑짤랑 울릴 뿐.	但聞燕山胡騎鳴啾啾。 단:문 연산 호기: 명 추추

(3)

작전 시기[6]에 맞추어 만 리 밖	萬里赴戎機, 만:리: 부: 융기
국경의 산을 나는 듯이 넘소.	關山度若飛。 관산 도: 약비
북국의 바람, 징 딱따기 차갑소.	朔氣傳金柝, 삭기: 전 금탁
싸늘한 달빛, 투구 갑옷 빛나오.	寒光照鐵衣。 한광 조: 철의
장군도 싸움에 지쳐 죽었소.	將軍百戰死, 장군 백전: 사:
장사만 십 년 만에 돌아오오.	壯士十年歸。 장:사: 십년 귀

돌아와 상감님[7]께 뵈오니,	歸來見天子, 귀래 견: 천자:
상감님께서는 명당[8]에 앉으셨소.	天子坐明堂。 천자: 좌: 명당
훈작勳爵은 열두 등급[9]의 으뜸,	策勳十二轉, 책훈 십이: 전:
하사품은 백천 가지가 넘소.	賞賜百千强。 상:사: 백천 강
가한께서 소원을 하문하셨소.	可汗問所欲, 가:한 문: 소:욕
"목란이는 상서랑[10] 벼슬 일없나이다.	木蘭不用尙書郎。 목란 불용: 상:서랑
천 리를 달리는 역참의 약대[11]를 빌려 주사,	願借明駝千里足, 원:차: 명타 천리: 족
저를 고향으로 보내 주옵소서."	送兒還故鄕。 송:아 환 고:향

(4)

부모님은 딸 온다는 소식 듣고	爺孃聞女來, 야냥 문 녀:래
성 밖까지 나와 마중하시오.	出郭相扶將。 출곽 상 부장
언니[12]는 동생 온다는 소식 듣고	阿姊聞妹來, 아:자: 문 매:래
문간에서 화장을 매만지오.	當戶理紅妝。 당호: 리: 홍장
남동생은 누나 온다는 소식 듣고	小弟聞姊來, 소:제: 문 자:래

칼을 쓱쓱 갈아 돼지도 잡고 양도 잡소.	磨刀霍霍向猪羊。 마도 곽곽 향: 저양

이 방 덧문을 열어 놓소.	開我東閣門, 개아: 동각 문
저 방 침상에 걸터앉소.	坐我西閣牀。 좌:아: 서각 상
쌈터의 군복을 벗어 버리고,	脫我戰時袍, 탈아: 전:시 포
옛날의 평복으로 갈아입소.	著我舊時裳。 착아: 구:시 상
창가에서 구름머리를 빗고,	當窗理雲鬢, 당창 리: 운빈:
거울 보고 금빛 장식을 꽂소.	對鏡貼花黃。 대:경: 첩 화황

대문 나와 전우들 돌아보니,	出門看火伴, 출문 간: 화:반:
전우들은 모두 깜짝 놀라오.	火伴皆驚惶。 화:반: 개 경황
"함께 열두 해를 지냈건만,	同行十二年, 동항 십이: 년
목란이가 여자인 줄은 미처 몰랐구료!"	不知木蘭是女郎。 불지 목란 시: 녀:랑

수토끼 발걸음은 폴딱폴딱.	雄兔脚撲朔, 웅토: 각 박삭
암토끼 눈동자는 깜박깜박.	雌兔眼迷離。 자토: 안: 미리

토끼 두 마리 나란히 달리니,	兩兎傍地走, 량:토: 방지: 주:
어느 게 수놈이고 어느 게 암놈일꼬?	安能辨我是雄雌。 안능 변:아: 시: 웅자

1_ 악부樂府 안의 민요가 다 그렇듯 작자는 알 수 없다. 다만 북위北魏(386~534년, 鮮卑족) 때 나온 작품이 후대 문인들의 윤필潤筆을 받은 듯하다. 목란木蘭 자신에 대해서는 여러 가지 추측이 있지만, 북국의 영웅적인 여성의 상징으로 보면 족할 것이다. 이 시는 민간의 장편 서사시로 〈공작새 동남으로〉(孔雀東南飛)와 쌍벽을 이루고 있다. 그런데 〈공작새 동남으로〉가 연약하고 여성적인 가정 비극을 그린 남방문학의 대표인 것이라면, 〈목란이 노래〉는 강인하고 남성적인 사회 희극을 다룬 북방문학의 대표로 선명한 대조를 이루고 있다. 남장男裝한 미녀美女가 종군從軍하여 무공武功을 세운다는 스토리는 대단히 극적이라, 후세에 희곡·소설로 발전한 것도 당연하다. 소설로는 『수당연의』隋唐演義 제56회 「목란 종군」木蘭從軍이라는 제목으로 자세히 이야기되고 있으며, 희곡도 같은 제목으로 전全 29장의 경극京劇이 있다. 근년에는 애니메이션(『뮬란』Mulan by Walt Disney Pictures, 1998)으로도 제작되었다. 또 당唐나라 위원보韋元甫는 〈목란사〉木蘭辭라는 모방작을 지었다.

2_ 가한可汗 : 몽골(蒙古)이나 돌궐突厥 등 민족의 국왕에 대한 칭호이다.

3_ 열두 권 : 열둘이란 것은 실수實數가 아니라 많다는 상징으로 쓰인 것이다.

4_ 흑산黑山 : 산 이름. 하북성 산해관山海關 부근에 있다는 설, 북경시 사하沙河 부근에 있다는 설, 산서성 살호구殺虎口 부근에 있다는 설 등이 있다.

5_ 연산燕山 : 북경시 북쪽 경계선 넘어 동서로 벋어 있는 산맥. 연산과 흑산을 관련지어 본다면, 산해관의 흑산은 연산산맥 동쪽 끝에, 사하의 흑산은 연산산맥 바로 남쪽에, 살호구의 흑산은 연산산맥 서쪽 끝에 있다. 연산과 흑산은 북경 북쪽 멀리 있는 산이라는 상징으로만 쓰인 듯하다.

6_ 작전 시기 : 이 구절 이하 4구, 즉 이 연은 남북조시대의 민요풍이 아니다. 후세 사람들, 아마 당나라의 문인들이 윤필했으리라는 것이 정설로 되어 있다.

7_ 상감님 : 원문은 천자天子.

8_ 명당明堂 : 임금이 중요한 정무를 보는 궁전. 여기서 개선용사를 접견한 것이다.

9_ 열두 등급 : 당나라 제도에 훈작은 열두 등급이 있었다. 그 으뜸의 명칭은 상주국上柱國이다. 목란이가 아무리 공로가 많았다 하더라도 이처럼 높은 훈작은 받을 수는 없는 것이다. 시인의 과장이다. 또 이것이 당나라 제도란 점에서, 이 서사시 자체를 당나라 때의 작품으로 보는 견해도 있으나, 이것은 후인이 윤필할 때 첨가된 것으로 해석할 수 있다.

10_ 상서랑尙書郎 : 관명. 시대에 따라 다르지만 이 시가 나왔을 시대와 가장 가까울 진晉나라 때엔 대신大臣급의 높은 관원이었다.

11_ 약대 : 원어는 명타明駝. 당나라 제도의 역참에는 '명타'라는 약대를 두었는데, 이 약대는 하루에 1,000리를 간다고 한다. 국경 지방의 긴급한 군사작전에 관한 것이 아니면 이용할 수 없었다. 그러므로 목란이가 특청한 것이다. 이 구절도 분명히 후세 사람이 윤필한 것이다.

12_ 언니 : 판본에 따라서는 여동생으로 된 것도 있다.

2

한·위·진 남북조 시

한대에 종이가 발명되면서 도서는 간책簡冊에서 권축卷軸(종이)으로 발전하였다. 글씨는 종이에 필사하면서 행서行書·해서楷書가 나왔다. 권축은 동한東漢부터 북송北宋 초기까지 유행하였다.

종이가 필사도구로 되자, 이제 시인이 시를 지으면 곧 문자로 정착되었다. 시고詩稿가 남는 것이다. 작품과 작자가 밀착되니, 시인과 작품에 대한 비평이 나올 수도 있었고, 시단도 형성되었다. 도성의 건안칠자建安七子나 강호의 죽림칠현竹林七賢 모두 시를 종이에 써서 주고받을 수 있었다. 교양 있는 귀족들이 작시에 많이 참가하였다. 서진西晉 때 좌사左思의 작품이 인기를 끌면서 사람들이 다투어 베끼어 "낙양의 지가가 올랐다"고 한다. 종이와 작품 유통은 밀접한 관계가 있는 것이다.

한·위·진 남북조는 중세 전기 서정시의 시대를 처음 열었다. 불교의 전래와 함께 따라온 고대 인도의 음성학을 공부한 사람들은 한자의 성조聲調를 알게 되었다. 작시에 평측平仄 압운押韻을 응용하여 운율을 다듬고 드디어 5언·7언 시를 만들어냈다. 중세 전기 서정시의 주류는 당대까지 계속된다.

고시 19수 古詩十九首

Gushi Shijiu Shou

『고시 19수』古詩十九首는 후한後漢 말엽에 이름이 전하지 않은 여러 시인들이 지은 걸작들이다. 이러한 시가 당시에 얼마나 더 있었는지 알 수 없으나, 량梁나라 소명태자昭明太子 소통蕭統(501~531년)이 『문선』文選(60권)을 편찬할 때 『고시 19수』라고 한 묶음을 만들었다. 이밖에 다른 책, 예컨대 서릉徐陵(507~583년)의 『옥대신영』玉臺新詠(10권)에도 고시古詩 몇 수가 더 전해지고 있다. 『고시 19수』는 5언시五言詩(一句의 字數가 다섯인 詩形)의 성숙기에 나온 대표작이다. 평이하고 질박한 언어로 심각한 감정과 내용을 담은 이들 시는 자연미自然美가 인공人工을 뛰어넘는 예술상의 대성공을 거두었다.

중국 시가의 원천은 물론 『시경』詩經에 있다. 『시경』의 주류는 4언시四言詩(一句의 字數가 넷인 詩形)인데, 이 형식은 감정을 풀어내는 데에 큰 제약을 가하여 작자의 천재天才를 충분히 발휘하기에는 어려운 점이 많다. 5언시는 4언시에 비하여 1언이 더할 뿐이지만 거기서 생기는 자유는 아주 큰 것으로, 시의 운치와 시인의 개성을 고도로 발휘할 수 있다. 그러므로 4언에서 5언으로 변화한 것은 중국 시사에 있어 커다란 진보라고 말할 수 있다. 5언시는 지금까지, 적어도 20세기 초엽까지는 계속 되었지만, 4언시는 『시경』 이후로 가작佳作이 몇 편 나왔을 뿐, 필경 쇠퇴했다. 따라서 『고시 19수』는 중국 시사에서 차지하는 위치와 후대 문학에 끼친 영향으로 보아 『시경』에 못지않다.

『고시 19수』가 나온 후한後漢 말엽은 나라가 극도로 어지러웠던 시기였다. '당고黨錮의 변', '황건黃巾의 난' 등 소설 『삼국지』三國志 초반에 나타나는 바와 같이, 끝없는 전란 · 살육 · 기근 · 역병에 사람들은 모두 생활의 안정이 파괴되고 정당한 가치관마저 동요되기에 이르렀다.

이러한 난세에 처한 평민들의 사상 · 감정을 표현한 시가 『고시 19수』다. 《가고 가고 또 가고》, 《마당에 있는 나무》, 《밝고 밝은 달빛》 등은 모두 이별 · 향수 · 그리움 같은 고통을 묘사한 것이다. 공자孔子가 말한 "생각에 간사함이 없음(思無邪)"이라는 경지에 도달한 작품이다. 그리고 《오늘은 좋은 잔치》, 《상동문으로 나가》, 《백 년을 못 누리는》 등은 인생의 허무와 환멸 속에서 향락주의 · 찰나주의를 그린 것이다. 특히 후자는 뒤의 위진魏晉 시대의 중심적인 사조로 발전했다.

가고 가고 또 가고[1] | 『고시 19수』

行行重行行
행행 중 행행

가고 가고, 또 가고 가고,
行行重行行,
행행 중 행행

그대와 서로 헤어진다.
與君生別離。
여:군 생 별리

서로 만 리나 떨어져 있다.
相去萬餘里,
상거: 만:여 리:

각각 하늘 끝에 가 있다.
各在天一涯。
각재: 천 일애

길은 험하고도 또 머니,
道路阻且長,
도:로: 조: 차:장

만날 일 어찌 알 수 있나?
會面安可知。
회:면: 안 가:지

오랑캐 말[2]은 북쪽 바람에 기댄다.
胡馬依北風,
호마: 의 북풍

월나라 새[3]는 남쪽 가지에 깃든다.
越鳥巢南枝。
월조: 소 남지

떨어지기 날마다 멀어져 가니,
相去日已遠,
상거: 일 이:원:

허리띠[4]는 날마다 느슨해진다.
衣帶日已緩。
의대: 일 이:완:

뜬구름[5]이 밝은 해를 가렸기에,
浮雲蔽白日,
부운 폐: 백일

나그네는 돌아올 생각 아니한다.
遊子不顧返。
유자: 불 고:반:

그대 생각에 사람은 늙는다. 思君令人老,
사군 령:인 로:

한 해는 또 빨리도 저문다. 歲月忽已晩。
세:월 홀 이:만:

두어라. 다시는 말하지 마라. 棄捐勿復道,
기:연 물 부:도:

애써 밥이나 더 먹도록 하라. 努力加餐飯。
노:력 가 찬반:

1_ 원제는 모른다. 제1행으로써 제목을 대신한다(이하 같음). 제1수. 이 시는 모두 4연聯으로 되어 있는데, 역시에서는 앞 2연은 여행을 떠난 남편이 고향에 있는 아내를 생각해서 지은 것이고, 뒤 2연은 고향에 있는 아내가 여행을 떠난 남편을 생각해서 지은 것으로 해석했다(4연 모두 아내가 지은 것으로 해석할 수도 있다).

2_ 오랑캐 말(胡馬) : 즉, 북국北國에서 온 말이라는 뜻이다. 당시 몽골 지방에는 중국 사람이 오랑캐로 보았던 흉노匈奴들이 살고 있었다.

3_ 월나라 새(越鳥) : 즉, 남국南國에서 온 새라는 뜻이다. 월越나라는 시대에 따라 강남 지방, 동남해안 여러 지방을 가리킨다. 이상 두 시구의 뜻은, 말이나 새도 제가 난 고장을 그리는데 사람이 고향 생각을 아니할 것인가 하는 것이다.

4_ 허리띠 : 시름에 겨워 몸이 말랐으므로 전부터 매던 허리끈이 길어진 듯 느껴진다는 뜻이다.

5_ 뜬구름 : 세상 일이 일시적으로 비정상이 되었다는 뜻이다. 첩妾이라도 생긴 듯.

싱싱하게 푸른 잔디[1] | 『고시 19수』 青青河畔草
청청 하반: 초:

싱싱하게 푸른 강가의 잔디, 青青河畔草,
청청 하반: 초:

빽빽이 우거진 동산의 버들.	鬱鬱園中柳。 울울 원중 류:
곱고 날씬한 다락 위 여인이	盈盈樓上女, 영영 루상: 녀:
환하고 깨끗한 창문 앞에서	皎皎當窗牖。 교:교: 당 창유:
아름답고 빨간 연지를 찍는다,	娥娥紅粉妝, 아아 홍분: 장
하얗고 가냘픈 손을 내밀어.	纖纖出素手。 섬섬 출 소:수:
옛날엔 청루의 여인이었지만,	昔爲唱家女, 석위 창:가 녀:
오늘은 탕자의 아내 되었네.	今爲蕩子婦。 금위 탕:자: 부:
탕자는 가고 아니 돌아오니,	蕩子行不歸, 탕:자: 행 불귀
빈 침상은 혼자 지키기 어렵네.	空牀難獨守。 공상 난 독수:

1_ 원제는 모른다. 제2수. 청루靑樓의 창녀가 결혼한 뒤, 멀리 여행 떠난 남편을 기다리는 마음을 그린 것. 제삼자의 입장에서 묘사된 것은 이 19수 가운데 특별한 예이다.

푸릇푸릇한 측백나무[1] | 『고시 19수』

青青陵上柏
청청 릉상: 백

푸릇푸릇한 언덕 위의 측백나무,	青青陵上柏, 청청 릉상: 백
동글동글한 시내 속의 돌덩이들.	磊磊澗中石。 뢰:뢰: 간:중 석
사람만 하늘과 땅 사이에서	人生天地間, 인생 천지: 간
정처 없이 나도는 나그네 같다.	忽如遠行客。 홀여 원:행 객
말술로 서로 즐거워하면서,	斗酒相娛樂, 두:주: 상 오락
맛 좋은 양, 싱겁다지 아니한다.	聊厚不爲薄。 료후: 불위 박
둔한 말 채찍질하여 수레를 몰아,	驅車策駑馬, 구거 책 노마:
완현[2]과 락양으로 나가서 논다.	游戲宛與洛。 유희: 완: 여:락
락양 성 안은 복작복작도 하구나!	洛中何鬱鬱, 락중 하 울울
양태 허리끈이 서로서로 걸린다.	冠帶自相索。 관대: 자: 상색
큰 거리 작은 골목 널렸으니,	長衢羅夾巷, 장구 라 협항:
귀하신 분들의 저택도 많다.	王侯多第宅。 왕후 다 제:택

두 궁전[3]은 멀찍이 마주 보는데, 兩宮遙相望, 량:궁 요 상망:

두 대궐은 백 척이 넘는다. 雙闕百餘尺。 쌍궐 백여 척

질탕한 잔치로 마음을 즐긴다. 極宴娛心意, 극연: 오 심의:

근심 걱정이 어디로 올 터인가? 戚戚何所迫。 척척 하 소:박

1_ 원제는 모른다. 제3수. 이 시는 인생의 무상을 노래하며 죽기 전에 환락을 진탕 맛보자는 주지이다. 후반에서는 당시의 서울 락양洛陽의 번화한 모습을 그리고 있다.

2_ 완현宛縣 : 지금의 하남성 남양현南陽縣.

3_ 두 궁전 : 락양에는 당시 남궁南宮과 북궁北宮의 두 궁전이 있었으며, 그 사이는 4킬로미터 정도 떨어져 있었다.

오늘은 좋은 잔치[1] | 『고시 19수』 今日良宴會 금일 량 연:회:

오늘은 좋은 잔치에 모이니, 今日良宴會, 금일 량 연:회:

즐거움이 이루 말할 수 없다. 歡樂難具陳。 환락 난 구:진

쟁[2]을 타서 뛰어난 소리 울리니, 彈箏奮逸響, 탄쟁 분: 일향:

이상하고 아름답다, 새 가곡. 新聲妙入神。 신성 묘: 입신

훌륭한 덕을 노래한 말씀, 令德唱高言,
령:덕 창: 고언

아는 이는 그 진리를 듣는다. 識曲聽其眞。
식곡 청 기진

한 마음으로 같은 소원,[3] 齊心同所願,
제심 동 소:원:

품긴 뜻은 모두 아니 말한다. 含意俱未申。
함의: 구 미:신

사람의 한평생은 人生寄一世,
인생 기: 일세:

폭풍 속의 먼지다. 奄忽若飆塵。
엄:홀 약 표진

어찌 닫는 말에 채찍질 더하여 何不策高足,
하불 책 고족

먼저 좋은 목을 잡지 않을 텐가? 先據要路津。
선거: 요:로:진

곤궁함과 비천함을 지킬 것 없다, 無爲守窮賤,
무위 수: 궁천:

불우하게 오래 고생할 것 없다! 轗軻長苦辛。
감:가 장 고:신

1_ 원제는 모른다. 제4수. 친한 친구와 잔치를 벌이고 쟁箏을 타면서, 인생은 무상한 것이니, 부귀영화를 누리는 것이 소원이라는 내용. 맨 뒤 연의 4구는 지나치게 노골적인 것 같으나, 그것이 오히려 꾸밈없는 인간을 표현한 점에서 귀중할 듯하다.

2_ 쟁箏 : 열세 줄의 현악기.

3_ 소원 : 부귀영화를 뜻하는 듯.

서북쪽 높다란 누각[1] | 『고시 19수』

西北有高樓
서북 유: 고루

서북쪽에 높다란 누각이 있으니,	西北有高樓, 서북 유: 고루
하늘 위 구름에 닿을 듯하다.	上與浮雲齊。 상:여: 부운 제
투조[2] 창문에는 비단을 발랐고,	交疏結綺窗, 교소 결 기:창
아각[3]은 세 겹 층계로 오른다.	阿閣三重階。 아각 삼중 계
그 위에서 타는 거문고 노래,	上有絃歌聲, 상:유: 현가 성
어찌 그리 슬프게 울려 퍼지나.	音響一何悲。 음향: 일하 비
이 곡조를 지은 이는 누구일까?	誰能爲此曲, 수능 위 차:곡
아마 기량[4]의 아내가 그 아닐까?	無乃杞梁妻。 무내: 기:량 처
바람결에 흐르는 청상[5]의 가락,	淸商隨風發, 청상 수풍 발
중간에 이르러 그냥 맴돈다.	中曲正徘徊。 중곡 정: 배회
퉁길 때마다 두세 번 한숨지으니,	一彈再三歎, 일탄 재:삼 탄:
북받치는 슬픔에 슬픔이 이어진다.	慷慨有餘哀。 강개: 유: 여애

노래하는 이 괴로움 애처롭지 않고, 不惜歌者苦,
불석 가자: 고:

공명하는 이 드문 것에만 애태운다. 但傷知音稀。
단:상 지음 희

원컨대, 쌍쌍이 우는 두루미 되어 願爲雙鳴鶴,
원:위 쌍명 학

날개를 떨치며 높이 날아지이다. 奮翅起高飛。
분:시: 기: 고비

1_ 원제는 모른다. 제5수. 물질적인 생활에는 부자유함이 없는 부인이 충족되지 못하는 마음을 읊은 것이다.

2_ 투조透彫 : 조각법의 하나.

3_ 아각阿閣 : 사각추四角錐의 지붕을 올린 누각.

4_ 기량杞梁 : 중국 춘추시대 제齊나라 대부大夫, 량梁은 자字, 식殖이 이름이다. 그가 전사했을 때 그의 아내는 그 시체를 10일 동안이나 끌어안고 울다가 강물에 몸을 던져 자살했다. 그 슬픈 소리는 사람의 마음을 아프게 했으며, 성벽까지 무너졌다고 한다.

5_ 청상淸商 : 가곡 이름.

강을 건너 연꽃을[1] | 『고시 19수』 涉江采芙蓉
섭강 채: 부용

강을 건너 연꽃을 딴다. 涉江采芙蓉,
섭강 채: 부용

진펄에는 향기로운 풀도 많다. 蘭澤多芳草。
란택 다 방초:

따다가 누구를 주려는가? 采之欲遺誰,
채:지 욕 유:수

마음의 사람은 멀리 있는 것을!	所思在遠道。 소:사 재: 원:도:

돌아서 옛 고향 바라보니,	還顧望舊鄕, 환고: 망: 구:향
아득한 길은 끝이 없다.	長路漫浩浩。 장로: 만: 호:호:
마음은 함께, 몸은 떨어져 있어,	同心而離居, 동심 이 리거
시름에 지쳐서 늙어만 간다.	憂傷以終老。 우상 이: 종로:

1_ 원제는 모른다. 제6수. 전반은 고향에 있는 아내가 여행 떠난 남편을 생각한 것, 후반은 그 남편이 아내를 생각한 것으로 보았다(전반과 후반을 모두 여행 떠난 남편이 아내를 생각한 것으로 해석할 수도 있다).

달빛이 밝은 밤[1] | 『고시 19수』

明月皎夜光
명월 교: 야:광

달빛이 환하게 밝은 밤,	明月皎夜光, 명월 교: 야:광
귀뚜라미는 바람벽에서 울고	促織鳴東壁。 촉직 명 동벽
옥형[2]은 서북 방향을 가리키고	玉衡指孟冬, 옥형 지: 맹:동
별들은 또 아주 또렷하다.	衆星何歷歷。 중:성 하 력력

흰 이슬[3]이 풀밭을 적시니,	白露沾野草, 백로: 첨 야:초:
시절은 어느덧 다시 바뀐다.	時節忽復易。 시절 홀 부:역
가을 매미는 나무에서 울지만,	秋蟬鳴樹間, 추선 명 수:간
제비는 어디로 가는가?	玄鳥逝安適。 현조: 서: 안적
옛날 나의 동창생들은	昔我同門友, 석아: 동문 우:
높이 올라 날개를 떨친다.	高擧振六翮。 고거: 진: 륙핵
손 잡던 정리 아니 생각하고	不念攜手好, 불념: 휴수: 호:
헌신짝처럼 나를 버린다.	棄我如遺跡。 기:아: 여 유적
남기, 북두[4]가 무슨 소용인가?	南箕北有斗, 남기 북 유:두:
견우[5]도 멍에를 메지 않는다.	牽牛不負軛。 견우 불 부:액
진실로, 반석 같은 우정 없으니,	良無磐石固, 량무 반석 고:
헛된 이름이 무슨 소용인가?	虛名復何益。 허명 부: 하익

1_ 원제는 모른다. 제7수. 여름이 지나가고 가을철이 되었을 때 눈에 띄는 슬픈 경치, 다시 여기서 야기되는 인정세태의 각박함을 그린 것이다.

2_ 옥형玉衡 : 북두칠성 가운데 다섯째 별. 즉, 큰곰자리(Ursa Major)의 ε이다.

'서북녘'은 원문 맹동孟冬을 번역한 말인데 맹동은 해亥(330도) 방위이다.

3_ 흰 이슬 : 백로白露(양력 9월 8일경)의 계절을 뜻한다.

4_ 남기, 북두南箕北斗 : 유명무실하다는 뜻. 즉, 남기성은 키箕는 키지만 까부질을 못하고, 북두성은 구기는 구기지만 국을 뜨지 못한다는 것이다. 『시경』《대동》 주 20, 주 21 참조(본서 115쪽). 끝 구절 "헛된 이름이 무슨 소용인가?"는 이 구절과 연결된다.

5_ 견우牽牛 : 즉 견우성, '소를 끈다'라는 뜻이 포함되므로 "멍에를 메지 않는다." 하는 말이 다음에 나온 것이다. 『시경』《대동》 주 16 참조(본서 115쪽).

하늑하늑 대나무[1] | 『고시 19수』

冉冉孤生竹
염:염: 고생 죽

하늑하늑 외로운 대나무,	冉冉孤生竹, 염:염: 고생 죽
뿌리를 태산[2]에 박고 있다.	結根泰山阿。 결근 태:산 아
그대와 새로 혼인한 것,	與君爲新婚, 여:군 위 신혼
새삼이 송라[3]에 붙은 격.	兔絲附女蘿。 토:사 부: 녀:라
새삼에게 한 철이 있듯,	兔絲生有時, 토:사 생 유:시
부부도 단란해야 할 법.	夫婦會有宜。 부부: 회: 유:의
천 리나 멀리 혼인 맺었으니,	千里遠結婚, 천리: 원: 결혼

아득하다, 가로막은 산 산.

悠悠隔山陂。
유유 격 산피

그대 생각에 사람은 늙는다.

思君令人老,
사군 령:인 로:

헌거[4]는 어찌 그리도 더딘가?

軒車來何遲。
헌거 래 하지

애처롭다, 저 혜초 난초 꽃은

傷彼蕙蘭花,
상피: 혜:란화

향기를 품고 빛을 내건만,

含英揚光輝。
함영 양 광휘

때가 지나도 캐지 않으니

過時而不采,
과:시 이 불채:

가을 풀 따라 시들겠구나.

將隨秋草萎。
장수 추초: 위

그대는 진실로 지조가 높으니,

君亮執高節,
군량: 집 고절

천한 계집이야 또 어찌할까?

賤妾亦何爲。
천:첩 역 하위

1_ 원제는 모른다. 제8수. 신혼의 부인이 멀리 떠난 남편을 생각하며 쓴 것인 듯하다.

2_ 태산泰山 : 중국 산동성에 있는 유명한 산으로, 해발 1,545미터. 이 두 구절은 여자가 혼인하면 남자에게 의지한다는 것을 비유했다.

3_ 새삼 / 송라 : 새삼 원문은 토사兔絲(*Cuscuta chinensis*), 송라 원문은 녀라女蘿(*Usnea diffracta*). 모두 기생식물寄生植物이다.

4_ 헌거軒車 : 중국 북방에서 쓰는 여행용 마차. 노새 한 필 또는 두 필이 끈다.

마당에 있는 나무[1] | 『고시 19수』

庭中有奇樹
정중 유: 기수:

마당에 있는 진기한 나무,	庭中有奇樹, 정중 유: 기수:
푸른 잎에 흐드러진 꽃.	綠葉發華滋。 록엽 발화 자
가지를 당겨 그 꽃을 꺾어	攀條折其榮, 반조 절 기영
그리운 사람에게 주련다.	將以遺所思。 장이: 유: 소:사
향기는 소매 속에 차지만	馨香盈懷袖, 형향 영 회수:
길이 멀어 보내지 못한다.	路遠莫致之。 로:원: 막 치:지
물건이야 보배로울 것 없지만,	此物何足貴, 차:물 하족 귀:
이별의 기간을 느낄 수 있다.	但感別經時。 단:감: 별 경시

1_ 원제는 모른다. 제9수. 역시 멀리 떠난 남자를 그리는 여인의 노래. 해가 바뀌고 다시 꽃은 피었건만 한번 떠난 임은 돌아오지 않는다는 애상哀想을 그린 듯하다.

견우 직녀[1] | 『고시 19수』

迢迢牽牛星
초초 견우 성

멀고 아득한 견우성 보고,	迢迢牽牛星, 초초 견우 성
밝고 또렷한 직녀성 본다.	皎皎河漢女。 교:교: 하한: 녀:
하얗고 가냘픈 손을 내밀어	纖纖擢素手, 섬섬 탁 소:수:
절꺼덕 절꺼덕 베를 짠다.	札札弄機杼。 찰찰 롱: 기저:
종일토록 무늬를 못 마치니,	終日不成章, 종일 불 성장
눈물이 비 오시듯 하기 때문.	泣涕零如雨。 읍체: 령 여우:
은하수는 맑고도 얕은데,	河漢淸且淺, 하한: 청 차:천:
상거는 또 얼마나 되는가?	相去復幾許。 상거: 부: 기:허:
찰랑찰랑, 물 한 가닥이지만,	盈盈一水間, 영영 일수: 간
말똥말똥, 말을 하지 못한다.	脈脈不得語。 맥맥 불득 어:

1_ 원제는 모른다. 제10수. 견우·직녀에 비겨, 부부 이별의 슬픔을 하소연한 것이다. 은하수의 전설은 꽤 오래된 듯 『시경』에도 그 원형이 보이지만, 한漢나라 때에 이미 오늘날과 같은 이야기를 하고 있었음을 볼 수 있다. 견우성牽牛星(Altair)은 독수리자리(Aquila)의 α, 지구에서 15.9광년의 거리에 있고, 직녀성織女星(Vega)은 거문고자리(琴座, Lyra)의 α, 지구에서는 27광년의 거리에 있다. 두 별 모두 일등성一等星으로, 항성恒星이다.

수레를 돌려 여행을[1] | 『고시 19수』

迴車駕言邁
회거 가: 언매:

수레를 돌려 여행을 떠나서,
느릿느릿 먼 길을 지나온다.
사방을 둘러봐야 그저 망망할 뿐,
동풍에 온갖 풀들만 흔들린다.

迴車駕言邁,
회거 가: 언매:
悠悠涉長道。
유유 섭 장도:
四顧何茫茫,
사:고: 하 망망
東風搖百草。
동풍 요 백초:

눈 닿는 모두 옛날 경치 없다,
어이 빨리 늙어 간 것 아닌가?[2]
영고성쇠는 각각 때가 있는 법,
입신양명은 젊어서 할 것이거늘!

所遇無故物,
소:우: 무 고:물
焉得不速老。
언득 불 속로:
盛衰各有時,
성:쇠 각 유:시
立身苦不早。
립신 고: 불조:

인생이란 무쇠나 바위가 아니니,
어찌 영원한 존재가 되겠는가?
갑자기 흙으로 돌아갈 것이로되,
영광의 이름은 보배가 되리라.

人生非金石,
인생 비 금석
豈能長壽考。
기:능 장 수:고:
奄忽隨物化,
엄:홀 수물 화:
榮名以爲寶。
영명 이:위 보:

1_ 원제는 모른다. 제11수. 오랫동안 여행을 떠났다가 이제 고향에 돌아오니, 주위의 경치가 모두 변해 있다는 것, 짧은 인생에서 명예가 가장 값지다는 것을 노래했다.

2_ 눈 닿는 모두 옛날 경치 없다, 어이 빨리 늙어 간 것 아닌가? : 진晉나라 전장군前將軍이었던 왕공王恭이 그 아우 왕서王署에게, "고시古詩 가운데 이 구절이 가장 좋다."라고 말했다는 이야기가 『세설신어』世說新語(文學)에 수록되어 있다.

동녘의 성벽은[1] | 『고시 19수』

東城高且長
동성 고 차:장

(1)

동녘의 성벽은 높고도 길어, 　東城高且長,
동성 고 차:장

구불구불 서로 이어져 있다. 　逶迤自相屬。
위이: 자: 상속

회오리바람이 대지를 흔들어, 　迴風動地起,
회풍 동:지: 기:

가을 풀은 푸르죽죽 쇠었다. 　秋草萋已綠。
추초: 처 이:록

사철은 번갈아 변화하지만, 　四時更變化,
사:시 경 변:화:

세모는 어찌 그리 빠른가? 　歲暮一何速。
세:모: 일하 속

송골매[2]는 고심 품고 나는데, 　晨風懷苦心,
신풍 회 고:심

귀뚜리[3]는 움츠리고 운다.	蟋蟀傷局促。 실솔 상 국촉
씻어 버리고 뜻을 펼쳐야지,	蕩滌放情志, 탕:척 방: 정지:
어찌 스스로 결박을 짓는가?	何爲自結束。 하위: 자: 결속

(2)

연나라 조나라[4]는 미인도 많아,	燕趙多佳人, 연조: 다 가인
아름다운 얼굴은 옥과도 같아.	美者顔如玉。 미:자: 안 여옥
입은 것 비단 치마 저고리,	被服羅裳衣, 피:복 라상 의
집에서는 맑은 가락 흐른다.	當戶理淸曲。 당호: 리: 청곡
음향은 어찌 그리 슬픈가?	音響一何悲, 음향: 일하 비
줄이 팽팽하니 안족[5]이 밭은 듯.	弦急知柱促。 현급 지 주:촉

뛰는 가슴 허리띠로 매만지고,	馳情整巾帶, 치정 정: 건대:
웅얼웅얼 애오라지 망설망설.	沈吟聊躑躅。 침음 료 척척
"쌍쌍이 나는 제비 되고 싶다,	思爲雙飛燕, 사위 쌍비 연:
그대 집 처마에 깃들고 싶다."	銜泥巢君屋。 함니 소 군옥

1_ 원제는 모른다. 제12수. (1)단에서는 쉬이 가는 청춘이니 공연히 애태울 것이 아니라 즐겁게 지내야 한다는 것을, (2)단에서는 아름다운 여인을 그리워하는 정을 각각 노래한 것이다(이 시는 각각 독립된 2수의 시로 보는 설도 있다).

2_ 송골매 : 『시경』詩經(秦風)에 《송골매》(晨風)라는 시가 있는데, 아내가 남편의 부재不在를 한탄하는 노래이다.

3_ 귀뚜리 : 『시경』詩經(唐風)에 《귀뚜리》(蟋蟀)라는 시가 있는데, 시간의 흐름이 빠름을 노래한 것이다.

4_ 연燕나라 조趙나라 : 지금의 하북성에 있었던 전국시대戰國時代 나라 이름. 여기서는 다만 북방北方이라는 뜻으로 볼 것이다. 한나라 리연년李延年의 시에 있는 "북방에 미인이 있어(北方有佳人)"라는 구절이 참고가 될 것이다.

5_ 안족雁足 : 즉 기러기 발. 현弦을 고르는 데 쓰이는 제구. 안족을 밭게 놓으면 현이 팽팽하게 되고, 소리가 높아진다. 이 높은 소리가 슬픈 소리로 들린 것이다.

상동문으로 나가[1] | 『고시 19수』

驅車上東門
구거 상:동 문

상동문으로 수레를 몰고 나가, | 驅車上東門, 구거 상:동 문

멀리 성북의 묘지[2]를 바라본다. | 遙望郭北墓。 요망: 곽북 묘:

백양나무[3]는 너무나 쓸쓸한데, | 白楊何蕭蕭, 백양 하 소소

소나무 측백나무는 큰길이 좁다. | 松柏夾廣路。 송백 협 광:로:

그 아래에는 묵은 주검들이 | 下有陳死人, 하:유: 진사: 인

빛 없는 영원한 어둠 가운데 　杳杳卽長暮。
묘:묘: 즉 장모:

황천에서 깊이 잠들어 있으니, 　潛寐黃泉下,
잠매: 황천 하:

천 년이 가도록 깨어나지 않는다. 　千載永不寤。
천재: 영: 불오:

크나큰 시간 흐름 가운데, 　浩浩陰陽移,
호:호: 음양 이

목숨은 아침 이슬일 뿐이다. 　年命如朝露。
년명: 여 조로:

인생이란 덧없는 더부살이, 　人生忽如寄,
인생 홀 여기:

무쇠나 바위의 영구성이 없다. 　壽無金石固。
수:무 금석 고:

만 년을 차례로 장사 지내 왔으니, 　萬歲更相送,
만:세: 경 상송:

성현도 건너뛰지 못한 것을! 　聖賢莫能度。
성:현 막 능도:

불사약을 먹고 신선이 되려다가 　服食求神仙,
복식 구 신선

대부분 약 때문에 먼저 죽었다. 　多爲藥所誤。
다위: 약 소:오:

차라리 좋은 술이나 마시고 　不如飮美酒,
불여 음: 미:주:

명주옷이나 차려입을 것이다. 　被服紈與素。
피:복 환 여:소:

1_ 원제는 모른다. 제13수. 역시 인생무상을 노래한 것이다. 락양洛陽에는 열두 개의 성문이 있는데, 동쪽에 있는 셋 가운데 가장 북쪽에 있는 것이 상동문上東門이다.

2_ 성북의 묘지 : 락양성 북쪽에 망산邙山이 있는데, 여기에는 귀인貴人들의 묘지가 많다. 심전기《북망산》참조(본서 431쪽).

3_ 백양나무 : 원문은 백양白楊(*Populus tomentosa*).

간 사람은 멀어지고[1] | 『고시 19수』

去者日以疏
거:자: 일 이:소

간 사람은 날로 멀어지고, 去者日以疏,
거:자: 일 이:소

온 사람은 날로 친해진다. 來者日以親。
래자: 일 이:친

성문을 나서서 똑바로 보니, 出郭門直視,
출 곽문 직시:

다만 언덕과 무덤이 보일 뿐. 但見丘與墳。
단:견: 구 여:분

옛 무덤 갈아엎어 밭이 되고, 古墓犁爲田,
고:묘: 리 위전

소나무 측백나무 땔감이 된다. 松柏摧爲薪。
송백 최 위신

백양나무에 겨울바람 세차다. 白楊多悲風,
백양 다 비풍

쓸쓸하여 시름겨워 죽겠다. 蕭蕭愁殺人。
소소 수살 인

고향으로 돌아가고 싶지만	思還故里閭, 사환 고: 리:려
돌아가려 해도 갈 길이 없다.	欲歸道無因。 욕귀 도: 무인

1_ 원제는 모른다. 제14수. 옛 무덤 옆을 지나면서 세월이 흐름에 따라 모든 것이 망각되어 감을 느끼고 읊은 시이다.

백 년을 못 누리는[1] | 『고시 19수』

生年不滿百
생년 불만: 백

백 년을 못 누리는 생명이,	生年不滿百, 생년 불만: 백
늘 천 년의 근심을 품는다.	常懷千歲憂。 상회 천세: 우
낮은 짧고, 괴롭게 밤은 길다.	晝短苦夜長, 주:단: 고: 야:장
어이 아니 촛불을 켜고 놀까?	何不秉燭遊。 하불 병:촉 유
즐기려면 바로 이때라야지,	爲樂當及時, 위락 당 급시
어이 능히 내년을 기다릴까?	何能待來玆。 하능 대: 래자
바보는 비용을 아끼다가,	愚者愛惜費, 우자: 애:석 비:

후세의 웃음거리가 될 뿐. 但爲後世嗤。
단:위 후:세: 치

신선 왕자교[2] 같은 분은 仙人王子喬,
선인 왕자: 교

우리와 비교할 수 없구나. 難可與等期。
난가: 여: 등:기

1_ 원제는 모른다. 제15수. 이 시도 짧은 인생이니 즐겁게 놀고 보자는 것을 읊었다. 부귀에 마음 졸이는 사람을 조소하고 있다. 맨 끝 두 구절에서는 신선 왕자교王子喬를 선망하고 있는데, 신선사상을 읊은 것은 『고시 19수』 가운데 유일한 예이다.

2_ 왕자교王子喬 : 주周나라 령왕靈王 설심泄心(전 572~전 545년 재위)의 태자로서 이름은 진晉이다. 생笙을 잘 불어 봉황새가 따라 울었으며, 뒤에는 도사를 좇아가 신선이 되었다는 전설이 있다.

냉랭한 가운데[1] | 『고시 19수』 凜凜歲云暮
름:름: 세: 운모:

냉랭한 가운데 한 해는 저무니, 凜凜歲云暮,
름:름: 세: 운모:

땅강아지의 저녁 울음 슬프다. 螻蛄夕鳴悲。
루고 석 명비

북풍이 갑자기 몰아치는데, 涼風率已厲,
량풍 솔 이:려:

나그네는 추위에 옷이 없다. 遊子寒無衣。
유자: 한 무의

비단 이불은 락포[2]에서 잃었나?
錦衾遺洛浦,
금:금 유 락포:

두루마기 덮어 줄[3] 사람도 없다.
同袍與我違。
동포 여:아: 위

긴긴 밤 혼자 자기 몇 번인가?
獨宿累長夜,
독숙 루: 장야:

꿈에 빛나는 모습을 본 듯하다.
夢想見容輝。
몽:상: 견: 용휘

낭군은 옛날처럼 반가워하며
良人惟古懽,
량인 유 고:환

수레 몰고 와 손잡이를 내미니,
枉駕惠前綏。
왕:가: 혜: 전수

이제는 늘 귀엽게 웃으면서
願得常巧笑,
원:득 상 교:소:

손을 맞잡고 함께 돌아가겠지.
攜手同車歸。
휴수: 동거 귀

그러다가 잠시도 안 되었는데,
既來不須臾,
기:래 불 수유

또 안방에서 모습이 사라진다.
又不處重闈。
우:불 처: 중위

실로 송골매의 날개가 없거니,
亮無晨風翼,
량:무 신풍 익

어이 능히 바람타고 날겠는가?
焉能淩風飛。
언능 릉풍 비

되돌아보면 마음이 편하겠는가?
眄睞以適意,
면:래: 이: 적의:

고개를 빼어 멀리 바라본다. 引領遙相晞。
인:령: 요 상희

어치렁거리니 슬픔이 북받친다. 徙倚懷感傷,
사:의: 회 감:상

눈물이 흐르니 문짝이 젖는다. 垂涕沾雙扉。
수체: 첨 쌍비

1_ 원제는 모른다. 제16수. 세모에 여행 떠난 남편을 꿈에 본 아내의 마음을 읊은 시. 셋째 연의 꿈을 중심으로 앞 2연에서는 꿈을 꾸기 전의 상념想念을, 뒤 2연에서는 꿈을 꾼 뒤의 감상感傷을 아주 정연히 묘사하고 있는데, 당시로서는 드문 예이다.

2_ 락포洛浦 : 락양洛陽 옆에 흐르는 락하洛河, 또는 그 갯가.

3_ 두루마기 덮어 줄 : 원문은 동포同袍. 『시경』詩經(秦風) 「무의」無衣 편에서 나온 것으로, 원래는 전우애를 나타낸 구절이지만 여기서는 가난한 부부의 정리를 그리고 있다.

초겨울 추위가[1] | 『고시 19수』 孟冬寒氣至
맹:동 한기: 지:

초겨울이라 추위가 닥친다. 孟冬寒氣至,
맹:동 한기: 지:

북풍은 이다지도 떨리는가? 北風何慘慄。
북풍 하 참:률

시름이 많으니, 밤이 긴 탓. 愁多知夜長,
수다 지 야:장

우러러 뭇 별들을 쳐다본다. 仰觀衆星列。
앙:관 중:성 렬

보름이면 둥그렇게 될 옥토끼,	三五明月滿, 삼오: 명월 만:
스무날엔 이지러질 금두꺼비.	四五蟾兔缺。 사:오: 섬토: 결
손님이 먼 곳에서 찾아와,	客從遠方來, 객종 원:방 래
나에게 편지 한 통 주었다.	遺我一書札。 유:아: 일 서찰
한없는 그리움으로 시작하여	上言長相思, 상:언 장 상사
오랜 헤어짐으로 끝맺었다.	下言久離別。 하:언 구: 리별
편지를 품속에 넣고 있지만	置書懷袖中, 치:서 회수: 중
삼 년 가도 글씨 안 지워진다.	三歲字不滅。 삼세: 자: 불멸
외곬으로 흐르는 조그만 마음,	一心抱區區, 일심 포: 구구
그대는 깨닫지 못할 것이다.	懼君不識察。 구:군 불 식찰

1_ 원제는 모른다. 제17수. 멀리 여행 떠난 남편이 아내에게 준 편지. 3년 전에 쓴 단 한 통의 편지를 가슴에 품고 홀로 밤을 보내는 마음을 읊은 시.

손님이 찾아와[1] | 『고시 19수』

客從遠方來
객종 원:방 래

손님이 먼 고장에서 찾아와,	客從遠方來, 객종 원:방 래
나에게 비단 반 필[2]을 준다.	遺我一端綺。 유:아: 일단 기:
만 리 넘게 떨어져 있지만	相去萬餘里, 상거: 만:여 리:
님의 마음은 오히려 이렇구나!	故人心尙爾。 고:인 심 상:이:
원앙이 한 쌍 있는 무늬,	文綵雙鴛鴦, 문채: 쌍 원앙
잘라서 동침할 이불 만든다.	裁爲合懽被。 재위 합환 피:
상사相思의 솜[3]을 이어서 두고,	著以長相思, 착이: 장 상사
인연因緣의 명주실로 옭맨다.	緣以結不解。 연이: 결 불해:
그야말로 아교에 옻칠 섞으니,	以膠投漆中, 이:교 투 칠중
누가 여기를 떠날 수 있을까?	誰能別離此。 수능 별리 차:

1_ 원제는 모른다. 제18수. 역시 멀리 떠난 남편을 그리는 아내의 심정을 읊은 시. 그 심정은 비단이불을 만들면서 더욱 깊어지고 있다.

2_ 반 필 : 원어는 1단端, 1단은 18척 또는 20척, 2단이 1필匹이 된다고 한다. 지금 우리나라에서 쓰는 필匹과는 단위가 다르다.

3_ 상사相思의 솜 : '솜 면'綿 자에는 면면綿綿이라는 뜻도 있으므로 그리움이 면면히 이어진다는 뜻이 내포되어 있다.

맑고 밝은 달빛[1] | 『고시 19수』

明月何皎皎
명월 하 교:교:

맑고 밝은 저 달빛은 환하게,
내 침상 휘장을 비추어 준다.
우수에 싸여 잠을 못 이루어,
옷을 걸치고 일어나 서성거린다.

明月何皎皎,
명월 하 교:교:
照我羅床幃。
조:아: 라 상위
憂愁不能寐,
우수 불능 매:
攬衣起徘徊。
람:의 기: 배회

나그네 길에 즐거움도 있겠지만,
일찍 돌아오는 것만 못한 것을!
방문을 나가서 혼자 방황하니,
고민을 누구에게 말하겠는가?
바라보다가 방에 다시 들어오니,
눈물 흘러 옷이 다 젖어 있다.

客行雖云樂,
객행 수 운락
不如早旋歸。
불여 조: 선귀
出戶獨彷徨,
출호: 독 방황
愁思當告誰。
수사 당 고:수
引領還入房,
인:령: 환 입방
淚下沾裳衣。
루:하: 첨 상의

1_ 원제는 모른다. 제19수. 역시 멀리 떠난 남편을 생각하는 아내의 심경을 노래한 것이다(또는 먼 길을 떠난 나그네가 고향에 돌아가고 싶은 뜻을 표현한 것으로도 볼 수 있다).

조식 曹植

Cao Zhi

조식曹植(192~232년, 자 子建)은 '건안문학建安文學'의 대표였다. 건안建安은 동한東漢 최후의 연호로, 이 시기는 『소설 삼국지』(三國演義)에 펼쳐진 모습과 같이 역사적인 대전환기였다. 전환기에는 대개 처참한 사건이 따르게 마련이다. 사람들은 저마다 가진 모든 힘을 다하여 내일의 운명을 위해 싸웠다. 그들은 자기를 암살하려는 벽壁의 존재를 늘 의식한 것임에 틀림없다. 그래서 그러한 공포 상태에서 탈출하는 것을 타인의 말살이라는 수단에서 구한 듯하다. 그렇지 않다면 역사에 나타난 너무나 많은 무의미한 죽음을 해석할 길이 없는 것이다. 이러한 상태에서 태어난 건안문학은 다만 인간의 끝없는 악의에 대한 반발을 잘 나타내서 훌륭한 것이 아니라 그 악의의 소유자인 인간 자체에 대한 파악에 뛰어들었기 때문에 훌륭하다고 평가되는 것이다. 건안문학에서 우리는 문학의 기성 관념을 날려 버린 자유로움·분방함을 느낌과 동시에 인생의 심연深淵을 보여 주는 듯 여겨지는 것도 이 때문이다. 건안문학의 주장이 수십만 목숨을 앗아간 조조曹操이고, 그 대표 선수가 조조의 아들인 조식曹植이라는 점을 우리는 잊을 수 없는 것이다(伊藤正文, 『曹植』, 東京: 岩

波書店, 1968).

조식은 패국沛國의 초譙, 지금의 안휘성 박주亳州 사람이다. 조조曹操와 변씨卞氏와의 사이에 태어났으니, 뒷날 위魏 문제文帝가 된 조비曹丕와는 한 어머니에서 태어난 형제다. 조식의 일생은 크게 2기로 나눌 수 있다.

전기는 조비가 아직 황제가 되기 전까지, 조식은 아버지 조조의 총애를 받으며 공자公子로 화려한 생활을 누렸다. 문재文才가 뛰어나 사교적인 시를 지으며 많은 문인들과 사귀었다. 다만 전기의 후반에는 조조의 후계 상속을 위해 조비와 다투었으므로 그의 운명은 차츰 어둡게 되었다. 전기에 나온 조식의 시는 호협하고 낭만적인 색채를 띤 것이었으나 진실한 감정은 결핍된 것이었다. 이때는 또한 건안 문단의 최성기이기도 했다.

후기는 조비가 즉위한 뒤, 정치적인 압박, 친구들의 피살 같은 경우를 당하고 일체의 행동에서 자유를 잃었다. 또 허울 좋은 왕王·후侯의 이름을 지니면서 각지로 전전, 생이별·사별의 쓰라림을 한껏 맛보았다. 그의 작품은 무한한 비분과 억울함이 표현되며 두려움에 떠는 심정과 원망이 충만하게 되었다. 이 시기에 나온 조식의 시는 그의 대표작이 되고 있다. 생활에 압박을 받을수록 자유를 추구하는 심경은 더욱 열렬해지는데, 이처럼 자유를 추구하는 심경이 조식의 모든 작품의 기초가 되고 있다.

본서에서는 전기의 작품으로는 〈큰 도회지 편〉(名都篇)과 〈넓적한 바위 편〉(盤石篇)의 낭만적이고 호협한 악부 시 2편을 싣고, 나머지는 모두 후기의 대표적인 작품을 택했다. 《백마왕에게》(贈白馬王彪), 《칠애시》七哀詩, 《일곱 걸음》(七步詩)은 고시이고, 〈부평초 편〉浮萍草篇, 〈어이구 편〉(吁嗟篇)은 또 악부시이다.

백마왕에게[1] | 조식

贈白馬王彪
증:백마:왕 표

공동연대 223년, 즉 황초[2] 4년, 오월에 백마왕,[3] 임성왕,[4] 그리고 나는 함께 상경하여 황제를 뵈옵게 되었는데, 월초에야 락양洛陽에 도착하였다. 임성왕은 서거하였으므로, 칠월에 나와 백마왕만 제 나라로 돌아가게 되었다. 그때 해당 관원이 말하기를, 두 왕이 나라로 돌아가는 길[5]에 있어 숙박과 휴식은 시간을 달리하여야 한다는 것이었다. 나는 마음으로 심히 한스러웠다. 며칠 안에 기약 없는 이별을 하게 되기 때문이다. 그래서 속을 털어놓고 백마왕과 작별하였으며, 울분 속에서 이 시편을 이룬 것이다.

(1)

승명문[6] 들어가 황제를 뵈옵고,	謁帝承明廬, 알제: 승명 려
이제 예전의 강토[7]로 돌아간다.	逝將歸舊疆。 서:장 귀 구:강
새벽에 서울을 떠났건만	淸晨發皇邑, 청신 발 황읍
저녁에 수양산[8]을 지난다.	日夕過首陽。 일석 과: 수:양
이수·락수[9]는 넓고도 깊은데,	伊洛廣且深, 이락 광: 차:심
건너가려야 다리가 없구나.	欲濟川無梁。 욕제: 천 무량
배를 띄워 큰 물결을 넘으니,	汎舟越洪濤, 범:주 월 홍도
원망스럽다, 저 머나먼 동녘 길.	怨彼東路長。 원:피: 동로: 장

뒤를 돌아보면 그리운 대궐. 顧瞻戀城闕,
고:첨 련: 성궐

목을 빼니 속으로 타는 마음. 引領情內傷。
인:령: 정 내:상

(2)

태곡관[10]은 아주 휑뎅그렁하고, 太谷何寥廓,
태:곡 하 료곽

산은 나무가 울울창창하다. 山樹鬱蒼蒼。
산수: 울창창

장맛비가 나의 길을 막는다. 霖雨泥我塗,
림우: 니: 아:도

고인 물이 여기저기 흥건하다. 流潦浩縱橫。
류료: 호: 종횡

갈림길에도 바퀴 자국 없으니, 中逵絶無軌,
중규 절 무궤:

방향을 바꾸어 언덕으로 오른다. 改轍登高岡。
개:철 등 고강

벋어 나간 언덕은 구름에 닿는다. 修阪造雲日,
수판: 조: 운일

나의 말은 씨근씨근 펄떡펄떡.[11] 我馬玄以黃。
아:마: 현 이:황

(3)

씨근펄떡하면서 나아가기는 하지만, 玄黃猶能進,
현황 유 능진:

나의 마음은 시름에 젖는다. 我思鬱以紆。
아:사 울 이:우

시름에 젖어 무엇을 생각하는가? 鬱紆將何念,
울우 장 하념:

사랑하는 형제가 떨어져 산다는 것. 親愛在離居。
친애: 재: 리거

함께 가자던 본래의 계획은, 本圖相與偕,
본:도 상 여:해

중간에 바뀌어 이룰 수 없구나. 中更不克俱。
중경 불극 구

올빼미[12]는 멍에 옆에서 울어 댄다. 鴟梟鳴衡軛,
시효 명 형액

승냥이[13]는 한길 가운데 막아선다. 豺狼當路衢。
시랑 당 로:구

파리[14]는 하얀 것을 까맣게 더럽힌다. 蒼蠅間白黑,
창승 간: 백흑

참언은 가까운 사이를 멀게 만든다. 讒巧令親疏。
참교: 령:친 소

돌아가려야 갈 길이 없다. 欲還絕無蹊,
욕환 절 무혜

고삐를 잡고 머뭇머뭇한다. 攬轡止踟躕。
람:비: 지: 지주

(4)

머뭇머뭇한들 머물 수 있겠나, 踟躕亦何留,
지주 역 하류

외곬으로 치닫는 마음은 끝이 없다. 相思無終極。
상사 무 종극

가을바람은 선득선득 불어오고, 秋風發微涼,
추풍 발 미량

쓰르라미는 내 곁에서 울어 댄다. 寒蟬鳴我側。
한선 명 아:측

평원은 너무나 쓸쓸하구나, 原野何蕭條,
원야: 하 소조

태양도 갑자기 서녘으로 지니. 白日忽西匿。
백일 홀 서닉

돌아가는 새는 큰 수풀로 향하면서, 歸鳥赴喬林,
귀조: 부: 교림

푸드득푸드득 날개를 치는구나. 翩翩厲羽翼。
편편 려: 우:익

외로운 짐승은 무리 찾아 달리느라, 孤獸走索羣,
고수: 주: 색군

입 안의 풀도 씹을 틈이 없구나. 銜草不遑食。
함초: 불황 식

이러한 경치로 감상에 젖은 마음, 感物傷我懷,
감:물 상 아:회

가슴을 쓸며 길게 탄식한다. 撫心長太息。
무:심 장 태:식

(5)

탄식한들 이제 어떻게 할 텐가? 太息將何爲,
태:식 장 하위

천명은 나를 저버렸거늘! 天命與我違。
천명: 여:아: 위

어쩌자고 친동기[15]를 생각하는가? 奈何念同生,
내:하 념: 동생

한번 가면 못 돌아오는 육신인 것을! 一往形不歸。
일왕: 형 불귀

혼백은 예전 성[16]으로 날고,	孤魂翔故城, 고혼 상 고:성
영구만 서울에 남는 것을!	靈柩寄京師。 령구: 기: 경사
산 사람[17]도 훌훌 지나가면서,	存者忽復過, 존자: 홀 부:과:
죽으면 저절로 스러지는 것을!	亡沒身自衰。 망몰 신 자:쇠

사람은 한세상 살아가다가,	人生處一世, 인생 처: 일세:
아침 이슬처럼 떠나는 것인데,	去若朝露晞。 거:약 조로: 희
지는 해 같은 나의 나이는	年在桑榆間, 년재: 상유 간
빛이나 소리[18]처럼 잡을 수 없다.	影響不能追。 영:향: 불능 추
스스로 돌아봐야, 무쇠 바위[19] 아니다.	自顧非金石, 자:고: 비 금석
아이고, 마음만 슬퍼진다.	咄唶令心悲。 돌차: 령:심 비

(6)

마음이 슬퍼 정신이 흔들리니,	心悲動我神, 심비 동: 아:신
팽개치고 다시 말하지 않겠다.	棄置莫復陳。 기:치: 막 부:진
사나이라면 천하에 뜻을 두어야지.	丈夫志四海, 장:부 지: 사:해:

만 리 밖도 오히려 이웃이지. 萬里猶比鄰。
만:리: 유 비:린

천륜의 정이 온전하기만 하면, 恩愛苟不虧,
은애: 구: 불휴

멀리 있어도 마음은 날로 가까워지지. 在遠分日親。
재:원: 분: 일친

어찌, 한 방에서 기거해야만, 何必同衾幬,
하필 동 금주

비로소 다정할 수 있단 말인가? 然後展殷勤。
연후: 전: 은근

근심과 걱정으로 병이 드는 것은 憂思成疾疹,
우사 성 질진:

바로 아녀자의 사랑이 아니겠는가? 無乃兒女仁。
무내: 아녀: 인

급작스럽다, 형제의 이별. 倉卒骨肉情,
창졸 골육 정

무슨 수로 아니 괴롭겠는가? 能不懷苦辛。
능불 회 고:신

(7)

괴로운데 또 무엇을 염려하는가? 苦辛何慮思,
고:신 하 려:사

천명은 진실로 의심스러운 것을! 天命信可疑。
천명: 신: 가:의

허망스럽다, 신선을 구했던 일. 虛無求列仙,
허무 구 렬선

적송자[20]는 오랫동안 나를 속여 왔다. 松子久吾欺。
송자: 구: 오기

재난과 사고는 순간에 일어나는데, 變故在斯須,
변:고: 재: 사수

백 년의 목숨을 누가 보장하겠는가? 百年誰能持。
백년 수 능지

헤어지면 영원히 만날 길 없다. 離別永無會,
리별 영: 무회:

손을 맞잡을 때는 언제일까? 執手將何時。
집수: 장 하시

백마왕이여, 옥체를 사랑해야 한다. 王其愛玉體,
왕기 애: 옥체:

함께 머리가 누렇도록[21] 살아야 한다. 俱享黃髮期。
구향: 황발 기

눈물을 거두고 먼 길을 나선다. 收淚卽長路,
수루: 즉 장로:

붓을 잡고 시를 지어 작별한다. 援筆從此辭。
원필 종차: 사

1_ 공동연대 223년에 락양洛陽에서 지은 것이다. 7장으로 되어 있다. 어떤 이는 제1·2장을 하나로 보아 6장으로 치기도 한다. 제3장 이하 각 장은 수련 기구起句가 앞 장 말련 수구收句에서 2자를 따서 중복하는데 제2장은 그렇지 않은 점, 제3장 이하 각 장은 압운을 달리하는데 제1·2장은 압운이 같은 점을 이유로 삼는다.

2_ 황초黃初 : 위魏나라 문제文帝 조비曹丕의 연호, 공동연대 220~226년 사이를 가리킨다.

3_ 백마왕白馬王 : 이름은 조표曹彪, 조조曹操와 손희孫姬 사이에서 태어났다. 251년에 문죄를 당하여 자살했다. 그때 나이는 57세. 조식曹植의 이복동생이다. 백마白馬는 지금의 하남성 활현滑縣 동쪽에 있었다. 조표가 백마왕이 된 것은 226년의 일, 따라서 이 시를 쓴 223년에는 백마왕이 아니었다. 시의 제목과 서문은 후인이 붙였을 것이다. 아마 그 부근의 다른 곳이 임지였던 듯하다.

4_ 임성왕任城王 : 이름은 조창曹彰, 조조曹操와 변후卞后 사이에서 태어났다. 조식의 동복형이다. 223년에 급서急逝했다. 그의 동복형이며 당시 황제였던 조

비曹丕가 그의 용감함을 두려워하여 독살하였다는 이야기, 또는 조비가 그를 만나 주지 않자 울화가 치밀어 죽었다는 이야기 등이 전한다. 임성任城은 산동성 제녕현濟寧縣 부근에 있었다.

5_ 나라로 돌아가는 길 : 이때 조식은 견성왕鄄城王이었다. 견성鄄城은 지금의 산동성 견성현鄄城縣에 있었다. '백마'와 '견성' 모두 락양 동북동에 있는데, 백마는 약 210킬로미터 거리에, 견성은 약 300킬로미터 거리이다.

6_ 승명문承明門 : 원문에는 승명려承明廬로 되어 있는데, 뜻이 명확지 않다. 위나라 궁전 안에 승명문이 있고 그 옆에 숙직하는 건물이라는 설이 있다. '황제'는 위나라 문제文帝 조비曹丕를 가리킨다.

7_ 예전의 강토 : 즉 견성鄄城.

8_ 수양산首陽山 : 락양 동북 10킬로미터쯤에 있는 산. 망산邙山에서 가장 높은 곳이다.

9_ 이수·락수(伊洛) : 모두 락양 부근을 흐르는 강. 이수와 락수는 락양 동쪽에서 합류하여 이락(伊洛河)이 되고, 이 강은 다시 황하黃河로 흘러간다. 223년 음력 6월에 큰 비가 내려 이수·락수가 범람하여 많은 사람들이 죽고 집이 무너졌다고 한다(『三國志』 魏書 文帝紀).

10_ 태곡관太谷關 : 락양 동남 약 30킬로미터 지점에 있던 관문. 태곡은 또 통곡通谷이라고도 한다.

11_ 씨근씨근 펄떡펄떡(玄黃) : 앞 구절의 '언덕으로(高岡)'와 함께 『시경』《도꼬마리》에 나온 구절, 동 주 7, 주 8 참조(본서 63쪽).

12_ 올빼미 : 간악한 소인을 비유하는 것. '멍에'는 임금이 타는 수레를 가리킨다.

13_ 승냥이 : 역시 간악한 소인을 가리킨다.

14_ 파리 : 역시 간악한 소인을 가리킨다.

15_ 친동기 : 조창曹彰을 가리킨다. 조비·조창·조식은 조조曹操의 아들로, 모두 변후卞后 소생이다.

16_ 예전 성 : 조창의 임지인 임성任城을 가리킨다.

17_ 산 사람 : 조표와 자기(曹植)를 포함한 모든 사람을 가리키는 것이다.

18_ 빛이나 소리(影響) : 광속光速·음속音速의 빠름을 일컫는 것이다.

19_ 무쇠 바위 : 『고시 19수』《수레를 돌려 여행을》에서 "인생이란 무쇠나 바위가 아니니, / 어찌 영원한 존재가 되겠는가?"라고 했다(본서 304쪽).

20_ 적송자赤松子 : 고대의 신선 이름. 일설에는 적송자와 왕자교王子喬로 해석하기도 한다. 왕자교도 신선이 되었다고 한다.

21_ 머리가 누렇도록 : 머리카락은 나이가 먹음에 따라 하얗게 되었다가, 다시 누렇게 된다고 한다.

칠애시[1] | 조식

七哀詩
칠애시

밝은 달,[2] 높은 누각을 비추니,	明月照高樓, 명월 조: 고루
흐르는 빛[3]이 어치렁거리고 있다.	流光正徘徊。 류광 정: 배회
그 위 시름에 젖은 새색시의	上有愁思婦, 상:유: 수사 부:
슬픈 탄식, 애처로움이 넘친다.	悲歎有餘哀。 비탄: 유: 여애
탄식하는 사람이 누구냐는 물음에,	借問歎者誰, 차:문: 탄:자: 수
떠나간 나그네의 아내라는 이야기.	言是客子妻。 언시: 객자: 처
"당신이[4] 가신 지 십 년이 넘어요.	君行踰十年, 군행 유 십년
천첩만 외롭게 늘 혼자 지내어요.	孤妾常獨棲。 고첩 상 독서
"당신은 맑은 길 위의 먼지라면,	君若淸路塵, 군약 청로: 진
천첩은 흐린 물 속의 진흙이어요.	妾若濁水泥。 첩약 탁수: 니
날리고 처지는[5] 형세가 다르지요.	浮沈各異勢, 부침 각 이:세:
만나서 언제 화목하게 될까요?	會合何時諧。 회:합 하시 해

"서남풍[6]이 될 수 있다면 좋겠어요. | 願爲西南風,
원: 위 서남 풍

멀리 당신 품으로 들어가고 싶어요. | 長逝入君懷。
장서: 입 군회

당신의 품이 열리지 않는다면, | 君懷良不開,
군회 량 불개

천첩은 어디에 기대야 할까요?" | 賤妾當何依。
천: 첩 당 하의

1_ 칠애의 뜻은 여러 설이 있으나 분명하지 않다. 다른 시인들에게도 《칠애시》가 있다. 이 시는 『고시 19수』의 영향을 특히 많이 받은 듯하다.

2_ 밝은 달 : 이 연은 『고시 19수』의 《맑고 밝은 달빛》과 발상이 비슷하다(본서 316쪽).

3_ 흐르는 빛(流光) : 달의 움직임이 빨라 달빛이 흐르는 것 같다는 뜻이다.

4_ 당신이 : 이하는 '아내'가 남편에게 하소연하는 직접화법.

5_ 날리고 처지는 : 날리는 것은 먼지, 처지는 것은 진흙. 원래 먼지와 진흙은 동일한 물질, 부부가 일체라는 것을 비유한다. 다만 남자의 성질은 '길 위의 먼지'처럼 날려서 객지로 떠돌아다니고, 여자의 성질은 '물 속의 진흙'처럼 처져서 고향에 남아 있다는 뜻이다.

6_ 서남풍 : 서남은 곤坤의 방향, 곤은 아내의 길을 나타낸다는 설이 있다. 단순히 남편이 동북방에 있어서 한 말로 보아도 좋을 듯.

일곱 걸음[1] | 조식

七步詩
칠보: 시

콩 삶아[2] 국을 끓이는데, | 煮豆持作羹,
자: 두: 지 작갱

된장 걸러 국물을 부었다. | 漉豉以爲汁。
록시: 이: 위즙

콩대는 솥 밑에서 타고,	其在釜下燃, 기재: 부:하: 연
콩알은 솥 안에서 운다.	豆在釜中泣。 두:재: 부:중 읍
"본래 한 뿌리[3]에서 났거늘,	本是同根生, 본:시: 동근 생
어찌 이리 심히 지지나요?"	相煎何太急。 상전 하태: 급

1_ 위魏나라 문제文帝(220~226년 재위) 조비曹조가 사이가 나빴던 동생 조식을 몰아세우면서, 일곱 걸음 걸을 동안에 시를 지어내지 못하면 법(欺君罔上)에 따라 처단하겠다고 하여 지어낸 것이라고 한다. 이 시가 과연 조식의 작품인지 하는 것도 의심스럽고, 이 에피소드 자체의 신빙성도 문제가 된다. 시와 에피소드는 류의경劉義慶(403~444년)이 지은 『세설신어』世說新語에 처음 나온다. 그러나 이 시를 조식과 연결짓는 것은 고래로부터 상식이 되어 있다. 이 시는 여섯 구절로 이루어져 있는데 『소설 삼국지』 등을 통해서 세상에 전해지는 것은 네 구절로 되어 있다.

2_ 콩 삶아 : 네 구절로 된 시는 "콩 삶는데 콩대를 태운다"(煮豆燃豆萁)로 시작하여, 다음의 "된장 걸러……"와 "콩대는……"이라는 두 구절 없이, 바로 "콩알은 솥 안에서……"로 이어진다.

3_ 본래 한 뿌리 : 이하는 콩알이 콩대에게 하는 말. 또한 조식이 동복형인 조비에게 하는 말이다.

큰 도회지 편[1] | 조식

名都篇
명도편

큰 도회지에는 예쁜 계집이 많다.	名都多妖女, 명도 다 요녀:

락양 서울에는 젊은 사내가 있다. 京洛出少年。
경락 출 소:년

허리에 찬 보검은 값이 천 금, 寶劍直千金,
보:검: 치: 천금

의복은 찬란하고도 화려하구나. 被服麗且鮮。
피:복 려: 차:선

동쪽 교외에서 닭싸움[2] 구경하고, 鬪雞東郊道,
투:계 동교 도:

추나무[3] 길에서 말달리기 한다. 走馬長楸間。
주:마: 장추 간

질주한 지 채 절반도 되지 않아, 馳騁未能半,
치빙: 미:능 반:

토끼 두 마리가 앞으로 지나간다. 雙兔過我前。
쌍토: 과: 아:전

활을 잡고 '우는 살'[4]을 꽂아, 攬弓捷鳴鏑,
람:궁 첩 명적

멀리 남산 위까지 몰아가, 長驅上南山。
장구 상: 남산

왼쪽으로 당기어 오른쪽으로 쏘니 左挽因右發,
좌:만: 인 우:발

한 번에 두 마리가 걸려든다. 一縱兩禽連。
일종: 량:금 련

재주를 모두 피운 것은 아니지, 餘巧未及展,
여교: 미:급 전:

손을 치켜 나는 소리개를 맞힌다. 仰手接飛鳶。
앙:수: 접 비연

구경꾼은 모두들 잘한다는 소리,	觀者咸稱善, 관자: 함 칭선:
명수들도 나에게 찬탄을 돌린다.	衆工歸我姸。 중:공 귀 아:연
돌아와 평락관[5]에서 잔치 벌이니	歸來宴平樂, 귀래 연: 평락
좋은 술은 한 말에 만 잎[6] 나간다.	美酒斗十千。 미:주: 두: 십천
잉어 회, 알배기 새우 찌개에다,	膾鯉臇胎鰕, 회:리: 전: 태하
자라 조림, 곰 발바닥 구이라.	寒鱉炙熊蹯。 한별 적 웅번
고함치는 무리, 휘파람 부는 친구들,	鳴儔嘯匹侶, 명주 소: 필려:
느런히 앉아 기다란 자리가 차는구나.	列坐竟長筵。 렬좌: 경: 장연
격국 · 격양[7] 놀이도 그냥 훌떡훌떡,	連翩擊鞠壤, 련편 격 국양:
교묘하고 민첩하여 천태만상이로구나.	巧捷惟萬端。 교:첩 유 만:단
하얀 해가 서남녘으로 달려가니,	白日西南馳, 백일 서남 치
흐르는 시간은 잡을 수 없구나.	光景不可攀。 광경: 불가: 반
구름처럼 흩어져 성 안으로 돌아가지만,	雲散還城邑, 운산: 환 성읍

내일 새벽엔 또들 돌아오겠지. 清晨復來還。
청신 부: 래환

1_ 도회지 청년의 호사스럽고 방자한 생활을 그린 것이다. 제작 연대는 건안建安 연간(196~220년)인 듯한데, 이 시기는 그의 형 조비曹丕가 아직 임금이 되기 전으로 조식의 생활은 바로 공자公子의 그것이었다. 원제 명도名都는 시의 첫 구절에서 딴 것이다. '큰 도회지'는 당시의 수도 락양洛陽을 가리킨다.

2_ 닭싸움 : 닭끼리 싸움을 붙이고 벌이는 노름. 닭싸움의 역사는 퍽 오랜 듯, 『좌전』左傳(昭公 25年條)에도 보인다.

3_ 추나무 : 원문은 추楸(*Catalpa bungei*).

4_ 우는 살 : 끝에 속이 빈 나무 깍지를 달아 붙인 화살. 쏘면 날아갈 때에 공기와 마찰되어 소리가 난다. 명적鳴鏑, 효시嚆矢.

5_ 평락관平樂館 : 락양성洛陽城 서쪽에 있는 궁전의 이름. 후한後漢 명제明帝(58~75년 재위) 류장劉莊이 장안長安 비렴관飛廉觀에서 비렴飛廉 및 동마銅馬를 가져다가 락양성 서문 밖에 설치한 것이다. 비렴관은 기원전 109년에 전한前漢 무제武帝 류철劉徹이 지은 것이다.

6_ 만 잎 : 동전 1만 전, 비싸다는 뜻이다. 리백《술잔을 드시오》주 8 참조(본서 528쪽).

7_ 격국擊鞠·격양擊壤 : 격국은 속을 털로 채워 만든 공을 차는 놀이. 격양은 길이 약 40센티미터, 넓이 약 10센티미터 되는 나무토막 두 개를 만들어, 하나는 땅에 놓아두고 다른 하나는 손에 들고 약 30, 40걸음 떨어진 곳에서 던져 맞히는 놀이이다.

넓적한 바위 편[1] | 조식

盤石篇
반석편

넓적넓적한 산꼭대기의 바위. 盤盤山巓石,
반반 산전: 석

펄렁거리는 개울 밑의 다북쑥.[2] 飄颻澗底蓬。
표요 간:저: 봉

나는 본디 태산[3] 사람이거늘,	我本泰山人, 아:본: 태:산 인
어찌하다 동해 나그네 되었는가?	何爲客海東。 하위: 객 해:동
갈대는 개펄에 그득하지만,	蒹葭彌斥土, 겸가 미 척토:
수풀에는 나무가 많지 않다.	林木無分重。 림목 무 분중
깎아지른 해안이 무너지는가?	岸巖若崩缺, 안:암 약 붕결
조수潮水[4]는 사뭇 흉흉하구나!	湖水何洶洶。 호수: 하 흉흉
대합조개는 물가를 뒤덮고 있는데,	蚌蛤被濱涯, 방:합 피: 빈애
찬란한 빛은 비단 무지개.[5]	光采如錦虹。 광채: 여 금:홍
높은 파도는 하늘을 치고 있는데,	高波凌雲霄, 고파 릉 운소
떠오르는 신기[6]는 노란 용.	浮氣象螭龍。 부기: 상: 리룡
고래의 등은 산줄기와 같고,	鯨脊若丘陵, 경척 약 구릉
수염은 산 위의 소나무 같다.	鬚若山上松。 수약 산상: 송
그 숨결은 배도 삼켜 버리고,	呼吸呑船欐, 호흡 탄 선려:

그 물결은 기러기를 때린다. 澎濞戲中鴻。
팽비: 희: 중홍

방주[7]는 비싼 보배를 찾자고, 方舟尋高價,
방주 심 고가:

값진 보물 실어 유통하자고, 珍寶麗以通。
진보: 려: 이:통

한 번 나섰다 하면 천 리 가니, 一擧必千里,
일거: 필 천리:

서늘한 바람에 돛을 올린다. 乘颸擧帆幢。
승시 거: 범당

위태롭고 험악한 길을 지나가니, 經危履險阻,
경위 리: 험:조:

닥칠 운명은 자기가 모르는 것. 未知命所鍾。
미:지 명: 소:종

항상 두렵다, 황천 밑에 가라앉아, 常恐沈黃壚,
상공: 침 황로

거북이나 자라와 동무가 되는 것. 下與黿鼈同。
하:여: 원별 동

남녘 창오의 들[8]을 끝까지 가서 南極蒼梧野,
남극 창오 야:

구강[9]의 구석까지 휘돌아본다. 遊眄窮九江。
유면: 궁 구:강

한밤에 삼성과 심성[10]을 가리키니, 中夜指參辰,
중야: 지: 삼진

스승으로 삼아 그대로 좇아야지. 欲師當定從。
욕사 당 정:종

하늘을 우러러보며 길게 탄식하니,	仰天長歎息, 앙:천 장 탄:식
생각할수록 고향이 그립구나.	思想懷故邦。 사상: 회 고:방
뗏목[11]을 타고 어디로 지향할까?	乘桴何所志, 승부 하 소:지:
어이구, 우리 어르신 공자님.	吁嗟我孔公。 우차 아: 공:공

1_ 해상海上을 떠도는 사람의 망향의 정을 노래한 것. 시의 내용과 제명과는 직접 연관이 없는데, 제명은 시의 첫 구 두 글자를 딴 것이다. 다만 〈큰 도회지 편〉, 〈부평초 편〉, 〈어이구 편〉은 첫 구절의 첫 두 글자를 딴 것인 데 대하여 이 시는 첫 구절의 첫 자와 끝 자를 택한 것이다. 이 시는 조조曹操가 공동연대 206년, 즉 건안建安 11년 8월에 해적 관승管承을 정벌하였을 때, 조식도 종군하여 지었을 것이라는 추정이 있다. 당시 조식의 나이는 열다섯이었다.

2_ 다북쑥 : 바람에 날리는 것이 덧없는 인생을 비유하는 것으로 곧잘 쓰인다. 〈어이구 편〉 참조(본서 338쪽).

3_ 태산泰山 : 산동성에 있는 산으로, 해발 1,545미터. 중국 오악五嶽의 하나이며, 신앙의 대상이기도 하다. 조식은 출생 및 전후 옮겨 간 곳이 모두 산동성이므로 태산 사람이라 한 것이다.

4_ 조수潮水 : 원어는 호수湖水, 조수의 오자誤字라는 설을 따라 역문에서 고친 것이다.

5_ 무지개(虹) : 옛날에는 용의 일종으로 생각했다고 한다.

6_ 신기蜃氣 : 신蜃은 대합조개 또는 이무기. 그가 내쉬는 숨이 신기루蜃氣樓를 만든다고 생각했던 것.

7_ 방주方舟 : 두 배를 붙인 것.

8_ 창오蒼梧의 들 : 순舜임금을 장사 지냈다는 곳. 창오는 산의 이름. 별칭은 구의산九疑山. 호남성 도현道縣 동남쪽에 있다.

9_ 구강九江 : 여러 설이 있다. 동정호洞庭湖에 들어가는 것, 파양호鄱陽湖에 들어가는 것, 장강長江에 들어가는 것 등이 있다.

10_ 삼성參星과 심성心星(辰, 商) : 삼성은 28수宿의 하나, 오리온자리(Orion)의 α β γ δ ε ζ κ 42 θ ι 열 별로 이루어져 있다. 심성은 28수宿의 하나, 전갈자리(Scorpius)의 σ α τ 세 별로 이루어졌다. 오리온자리 α는 베텔게우스 Betelgeuse, β는 리겔Rigel, 전갈자리 α는 안타레스Antares로, 모두 1등성이

다. 삼성은 겨울 남천南天에 보이고 심성은 여름 남천에 보이니, 두 별이 동시에 보일 수는 없다. 옛사람들은 이 별로써 계절이나 방향을 알아냈다. 또 두 별을 함께 볼 수 없기 때문에, 오래 이별한 사이, 또는 형제가 화목하지 않은 데에 대한 비유로 썼다.

11_ 뗏목 : 『론어』論語 「공야장」公冶長에, "공자가 말씀하되, '도道가 행해지지 아니하니, 뗏목을 타고 바다에서 노닐고자 한다.'"라는 구절이 있다.

부평초 편[1] | 조식

浮萍篇
부평편

부평초는 맑은 물에 의지하여 — 浮萍寄清水, (부평 기: 청수:)
바람 따라 이리저리 흘러가요. — 隨風東西流。 (수풍 동서 류)
머리 얹고[2] 부모님께 하직하고, — 結髮辭嚴親, (결발 사 엄친)
와서 당신의 배필이 되었지요. — 來爲君子仇。 (래위 군자: 구)
아침저녁으로 근신 근면하였지만, — 恪勤在朝夕, (각근 재: 조석)
무단히 죄를 얻어 가졌군요. — 無端獲罪尤。 (무단 획 죄:우)

옛날, 사랑 한창 받았을 때에는 — 在昔蒙恩惠, (재:석 몽 은혜:)
거문고와 비파[3]처럼 화락하였거늘, — 和樂如瑟琴。 (화락 여 슬금)

어찌하다 이제는 깨지고 무너져 何意今摧頹,
하의: 금 최퇴

심성과 삼성[4]처럼 멀어졌는가요? 曠若商與參。
광:약 상 여:삼

머귀나무[5]는 자체에 방향이 있지만 茱萸自有芳,
수유 자: 유:방

계수나무나 난초와는 같지 않아요. 不若桂與蘭。
불약 계: 여:란

새사람은[6] 사랑스럽기는 하지만 新人雖可愛,
신인 수 가:애:

옛날 예쁜 님과는 같지 못하지요. 無若故所歡。
무약 고: 소:환

떠가는 구름도 돌아올 기약 있으니, 行雲有反期,
행운 유: 반:기

당신 사랑도 혹시 중간에 돌아설까요? 君恩儻中還。
군은 당: 중환

원망스러워 하늘을 우러러 탄식하니, 慊慊仰天歎,
겸:겸: 앙:천 탄:

수심은 누구한테 하소연할까요? 愁心將何愬。
수심 장 하소:

해와 달은 항상 정해진 처소가 없고, 日月不恆處,
일월 불 항처:

인생이란[7] 잠깐 부친 몸이래요. 人生忽若寓。
인생 홀 약우:

슬픈 바람이 가슴 속으로 파고드니, 悲風來入懷,
비풍 래 입회

눈물은 떨어지는 이슬이래요. 淚下如垂露。
루:하: 여 수로:

상자를 열고 옷이나 만들까요? 發篋造裳衣,
발협 조: 상의

흰 깁과 생명주를 말라 꿰매어요. 裁縫紈與素。
재봉 환 여:소:

1_ 제명은 첫 구절의 첫 두 글자에서 딴 것이다. 내용은 버림받은 여인의 심정을 노래한 것이다. 황초黃初(220~226년) 연간에 지은 것이라는 설이 있다.

2_ 머리 얹고(結髮) : 옛날 중국에서는 성년이 될 때 머리를 묶어 올렸다. 남자는 20세, 여자는 15세가 성년이다.

3_ 거문고와 비파(琴瑟) : 부부애를 현악기의 조화되는 음조에 비교한 것. 『시경』《물수리》 주 6 참조(본서 60쪽).

4_ 심성과 삼성 : 조식 〈넓적한 바위 편〉 주 10 참조(본서 335쪽).

5_ 머귀나무 : 운향과에 속하는 낙엽교목. 방향芳香이 있는 그 적자색 열매를 짜서 머릿기름으로 쓴다. 굴원《리소, 애타는 호소》 주 95 참조(본서 195쪽).

6_ 새사람은 : 한대 악부 〈산에서 궁궁이를〉에, "새사람은 좋다고들 하지만, / 옛사람만큼 곱지는 못하오."가 있다(본서 231쪽).

7_ 인생이란 : 『고시 19수』《상동문으로 나가》에, "인생이란 덧없는 더부살이"라는 구절이 있다(본서 308쪽).

어이구 편[1] | 조식 吁嗟篇
우차편

어이구, 이 굴러가는 다북쑥아, 吁嗟此轉蓬,
우차 차: 전:봉

세상에 어찌 네 혼자 이러한가? 居世何獨然。
거세: 하 독연

멀리 뿌리 빠져 다니노라니,	長去本根逝, 장거: 본:근 서:
낮이고 밤이고 쉴 사이 없구나!	夙夜無休閒。 숙야: 무 휴한
동서의 두둑 일곱을 지났는가?	東西經七陌, 동서 경 칠맥
남북의 두렁[2] 아홉을 넘었는가?	南北越九阡。 남북 월 구:천
그러다가 졸지에 만난 돌개바람,	卒遇回風起, 졸우: 회풍 기:
나를 불어서 구름 사이로 넣는다.	吹我入雲間。 취아: 입 운간
천로 역정을 끝내 보는가 여겼더니	自謂終天路, 자:위: 종 천로:
홀연히 깊은 침연[3]으로 급강하.	忽然下沈淵。 홀연 하: 침연
그런데 폭풍이 나를 받아 올린다.	驚飆接我出, 경표 접아: 출
이제는 저 밭[4] 가운데로 돌아가는가?	故歸彼中田。 고:귀 피: 중전
남녘으로 가나 하면 북녘으로 돌리고,	當南而更北, 당남 이 경북
동녘으로 가나 하면 서녘으로 바꾼다.	謂東而反西, 위:동 이 반:서
넓고 넓구나, 의지할 곳 어딘가?	宕宕當何依, 탕:탕: 당 하의

깜박 죽었다가 다시 살아난다. 忽亡而復存。
홀망 이 부:존

여덟 개의 늪[5]을 돌아서 펄렁펄렁. 飄颻周八澤,
표요 주 팔택

다섯 개의 산[6]을 거쳐서 훌떡훌떡. 連翩歷五山。
련편 력 오:산

떠돌이 신세, 일정한 장소가 없다. 流轉無恆處,
류전: 무 항처:

누가 알아줄까, 나의 고생을? 誰知吾苦艱。
수지 오 고:간

원컨댄, 숲 속의 풀 되어지이다, 願爲中林草,
원:위 중림 초:

가을 들불에 따라 살라지이다. 秋隨野火燔。
추수 야:화: 번

타 버리는 것, 어찌 아니 아플까만, 糜滅豈不痛,
미멸 기: 불통:

원컨댄, 줄기 뿌리[7] 이어지이다. 願與株荄連。
원:여: 주해 련

1_ 제명은 역시 시의 첫 두 글자를 따서 지은 것이다. 우차吁嗟는 탄식하는 소리. 이 시편은 굴러가는 다북쑥에 자기의 신세를 비교하면서 유전流轉생활의 비통함을 노래하는데, 비통함은 동기 형제가 흩어진 원한을 품으면서 극히 격렬한 가락을 이루고 있다. 공동연대 229년 이후의 작품일 것으로 추정한다.

2_ 두둑 / 두렁 : 원문에는 맥陌 · 천阡으로 되어 있는데, '맥'은 동서로 통하는 밭 사이 길, '천'은 남북으로 통하는 밭 사이 길, 편의상 밭 사이의 길을 뜻하는 두둑 · 두렁으로 옮긴 것이다. '일곱 · 아홉'은 많다는 뜻을 표시할 뿐이다.

3_ 침연沈淵 : 전욱씨顓頊氏(黃帝의 孫)가 목욕했다는 못.

4_ 저 밭 : 본래 자기(다북쑥)가 자라난 고장을 가리킨다.

5_ 여덟 개의 늪(八澤) : 옛날 중국에 있었던 여덟 개의 큰 늪, 『상서』尙書 「우공」

禹貢에는 아홉 개의 늪(九澤)이, 『이아』爾雅 「석지」釋地에는 열 개의 늪(十藪)이, 『한서』漢書 「엄조전」嚴助傳에는 여덟 개의 늪(八藪)이 나온다.

6_ 다섯 개의 산(五山) : 중국에 있는 대표적인 다섯 개의 산. 오악五嶽이라고도 한다. 실재의 산을 가리키기도 하며, 공상적 · 신앙적 산을 나타내기도 한다. 태산泰山(산동성), 화산華山(섬서성), 형산衡山(호남성), 항산恒山(산서성), 숭산崇山(하남성)은 실재의 산이고, 선산仙山으로는 황제黃帝가 유람했다는 화산華山, 수산首山, 태실太室, 태산泰山, 동래東萊가 있다.

7_ 줄기 뿌리 : 이 구절은 같은 뿌리에서 태어난 형제들과 운명을 같이하고 싶다는 뜻으로 보인다.

원적 阮籍

Ruan Ji

원적阮籍(210~263년, 자 嗣宗)은 《회포》(詠懷詩) 82수를 지음으로써 5언시五言詩의 지위를 공고히 하고 그 예술성을 성숙시킨 시인이다. 시사詩事를 비평하고, 예법禮法을 반대, 자유自由를 추구한 그 내용은 후대 많은 시인의 추종을 불러일으켰다.

원적은 하남성 위시尉氏 사람이다. 성격이 오만하지만 마음이 넓고 술과 풍류를 즐긴 유명한 낭만주의자였다. 그는 유가儒家의 명교名教·인의仁義를 반대하고, 로장老莊의 무위無爲·소요逍遙를 추구했다. 그는 세상을 바로잡을 뜻이 없었던 것은 아니나, 정치와 사회가 너무나 혼란하여 여기에 반발을 품고 퇴폐의 길을 치달은 것이었다. 이것은 그 당시 지식인들의 기풍이기도 했다.

원적이 살았던 위魏나라에서는, 특히 말기에 와서 정권이 사마司馬(뒤에 晉나라를 세운 가문)씨의 손으로 넘어가고 나서부터는, 혼란이 그치지 않았고 많은 문인文人이 비명에 횡사했다. 이러한 현실에 대처하기 위한 인생관이 원적과 같은 유형을 만들어낸 것이다.

원적을 잘 그려낸 다음과 같은 에피소드가 있다. 즉, 당시의 실력자

사마소司馬昭가 그의 아들 사마염司馬炎(뒷날 晉 武帝)의 아내로 삼기 위해 원적의 딸을 얻으려고 했다. 응낙하기도 싫고 거절하기도 난처했던 원적은 날마다 술을 퍼마셔 60일 동안이나 곤드레만드레가 되어 사마소로 하여금 입을 열 기회를 주지 않았다고.

회포(5수) | 원적

詠懷詩
영:회시

· 1[1]

밤중이 되어도 잠들 수가 없어, 夜中不能寐,
야:중 불능 매:

일어나 앉아서 거문고를 탄다. 起坐彈鳴琴。
기:좌: 탄 명금

엷은 휘장엔 달이 환히 비치고, 薄帷鑑明月,
박유 감: 명월

맑은 바람은 옷깃에 인다. 淸風吹我衿。
청풍 취 아:금

외로운 기러기는 들에서 소리치고, 孤鴻號外野,
고홍 호 외:야:

북국의 새들은 수풀에서 우짖는다. 朔鳥鳴北林。
삭조: 명 북림

어치렁거리며 무엇을 보려는가? 徘徊將何見,
배회 장 하견:

시름겨운 생각, 마음만 탄다. 憂思獨傷心。
우사 독 상심

1_ 모두 82수 가운데 제1수. 《회포》(詠懷詩)의 여러 시들은 일시에 지은 것이 아니라 상당한 기간을 두고 하나씩 읊어서 모은 것이다. 이 시들은 종래 불분명하다는 평을 들어 왔다. 그것은 당시 위魏·진晋 왕조 교체기에 정치와 사회가 극도로 혼란했으며, 언론의 자유도 보장되지 않는 환경이라 시인은 그의 회포를 직서하지 못하고 고작 아리송한 베일을 칠 수밖에 없었기 때문이다. 그러나 이 82수 연작시의 문학적 가치는 조금도 손상되지 않았으니, 그 중심 사상이 1,000년 이상이나 독자들의 보편적인 공감을 불러일으키고 있기 때문이다. 그 중심 사상은 한마디로 무상無常, 즉 우주공간 일체의 무상이라 말할 수 있다. 우정의 무상, 생명의 무상, 부귀의 무상, 명예의 무상 등을 시름겨운 생각으로 되풀이하여 노래한 것. 본서에서는 1, 2, 3, 6, 15 다섯 수를 뽑았다.

· 2[1]

두 선녀[2]가 강가에서 노닌다.	二妃遊江濱, 이:비 유 강빈
살랑살랑 순풍 타고 날아오른다.	逍遙順風翔。 소요 순:풍 상
교보[3]는 둥근 패옥을 품었으니,	交甫懷環珮, 교보: 회 환패:
아름다운 소년이 향기를 풍긴다.	婉孌有芬芳。 완:련 유: 분방
쫄래쫄래 따르며 사랑이 깊다.	猗靡情歡愛, 의:미: 정 환애:
천 년이 가도 잊지 못하리라.	千載不相忘。 천재: 불 상망
하채[4] 사람을 반하게 만든 미인.	傾城迷下蔡, 경성 미 하:채:
마음에 깊은 인상을 남긴 미모.	容好結中腸。 용호: 결 중장
다정다감하여 시름겨운 생각,	感激生憂思, 감격 생 우사:
원추리[5]나 난방蘭房 뒤에 심을까?	萱草樹蘭房。 훤초: 수: 란방
기름 뜨물[6] 누굴 위해 쓸까?	膏沐爲誰施, 고목 위:수 시
비 오실까[7] 했더니, 햇빛이 밉다.	其雨怨朝陽。 기우: 원: 조양
어찌 금석金石처럼 굳었던 사이,	如何金石交, 여하 금석 교

하루아침에 이별을 안겨 주실까? 一旦更離傷。
일단: 갱:리상

1_ 모두 82수 가운데 제2수.

2_ 두 선녀 : "강비江妃(長江 神女) 두 여자가 장강 가에 나와 노닐다가 정교보鄭交甫를 만나 패옥을 끌러 선사했다. 정교보는 패옥을 받아 수십 걸음 갔더니 품속의 패옥이 없어졌고 여자도 보이지 않았다."라는 이야기가 『렬선전』列仙傳에 보인다.

3_ 교보交甫 : 즉, 정교보鄭交甫. "정교보가 남쪽으로 초楚나라로 가는 길에, 한고의 돈대를 지날 즈음 두 여자를 만났는데, 크기가 형계荊雞(닭의 일종)의 알만한 구슬 두 개를 차고 있었다."라는 이야기가 『한시외전』韓詩外傳에 보인다. 한고漢皐는 산 이름인데, 지금의 호북성 양번시襄樊市 서북에 있었다고 한다.

4_ 하채下蔡 : 지금의 안휘성 수현壽縣 북쪽에 있었던 지명. "천하 미인은 초楚나라 사람만한 것이 없고, 초나라 미인은 신臣 마을 사람만한 것이 없고, 신 마을의 미인은 신의 동쪽집 사람만한 것이 없습니다. ……곱게 웃으면 양성陽城을 혹하게 하고, 하채를 반하게 만듭니다."라는 이야기가 송옥宋玉의 《등도자호색부》登徒子好色賦에 보인다. 양성은 지금의 하남성 등봉현登封縣 동쪽에 있었던 지명이다.

5_ 원추리 : 시름을 잊는다는 풀. 『시경』《임자는》 주 6 참조(본서 76쪽).

6_ 기름 뜨물 : 『시경』《임자는》 주 3 참조(본서 75쪽).

7_ 비 오실까 : 『시경』《임자는》 주 4 참조(본서 75쪽).

· 3[1]

좋은 나무[2] 밑에는 길이 생기니, 嘉樹下成蹊,
가수: 하: 성혜

동산에는 복사나무 또 오얏나무. 東園桃與李。
동원 도 여:리:

갈바람이 콩잎을 불어서 날리니, 秋風吹飛藿,
추풍 취 비곽

이제부터는 시들어 떨어지는 계절. 零落從此始。
령락 종차: 시:

무성하던 꽃이 말라비틀어지고, 繁華有憔悴,
번화 유: 초췌:

집 위에도 가시나무가 자란다. 堂上生荊杞。
당상: 생 형기:

말을 몰아 이를 버리고 갈까? 驅馬舍之去,
구마: 사:지 거:

가서 서산[3] 발치에 숨을까? 去上西山趾。
거:상: 서산 지:

제 몸도 추스르지 못하는데, 一身不自保,
일신 불 자:보:

처자를 돌볼 수 있을까? 何況戀妻子。
하황: 련: 처자:

된서리가 들의 풀을 뒤덮고, 凝霜被野草,
응상 피: 야:초:

한 해는 또 저무는구나. 歲暮亦云已。
세:모: 역 운이:

1_ 모두 82수 가운데 제3수.

2_ 좋은 나무 : 복숭아나무와 오얏나무. 이 구절은 한漢나라 때의 속담에서 나왔다. "복사 · 오얏나무는 말이 없건만, 밑에는 절로 길이 생긴다."

3_ 서산西山 : 산서성 영제永濟 남쪽에 있는 수양산首陽山을 가리킨다. 주周나라 무왕武王(전 1134~전 1116년 재위) 희발姬發이 상商나라를 멸하자, 백이伯夷 · 숙제叔齊는 주나라의 곡식(粟)을 먹는 것을 부끄러이 여겨 수양산에 숨어서 고비를 캐어 먹다가 마침내 아사했다고 한다.

· 4[1]

예전 동릉[2] 참외를 좋다더니 昔聞東陵瓜,
석문 동릉 과

요즘은 청문[3] 밖에 있구나. 近在青門外。
근:재: 청문 외:

밭둑에서 또 밭둑으로 넘으며 連畛距阡陌,
련진: 거: 천맥

참외와 덩굴이 서로 잇닿는다. 子母相鉤帶。
자:모: 상 구대:

아침 해에 오색[4]이 찬란하구나. 五色曜朝日,
오:색 요: 조일

참외 손님 사방에서 모여든다. 嘉賓四面會。
가빈 사:면: 회:

기름불[5]은 스스로 타게 마련, 膏火自煎熬,
고화: 자: 전오

많은 재물은 재앙이 된다. 多財爲患害。
다재 위 환:해:

평민으로도 일생을 잘 살거늘, 布衣可終身,
포:의 가: 종신

부귀를 어찌 얻으려 할까? 寵祿豈足賴。
총:록 기: 족뢰:

1_ 모두 82수 가운데 제6수.

2_ 동릉東陵 : 진秦나라 동릉후東陵侯 소평邵平을 가리킨다. 소평은 진나라가 망하자 관직을 버렸고, 가난하여 장안성長安城 동쪽에서 참외 농사를 지었다. 그 맛이 좋아, 세상에서는 '동릉 참외'라고 불렀다고 전한다.

3_ 청문青門 : 장안의 성문 이름. 원명은 패성문霸城門인데, 그 색깔이 청색이었으므로 사람들은 청성문青城門 또는 청문이라 불렀다고 한다.

4_ 오색五色 : 참외의 다섯 가지 색깔.

5_ 기름불 : 『장자』莊子 「인간세」人間世에 "기름과 불은 스스로 탄다."라는 말이 있다. 스스로 고생을 사서 하는 것을 비유한 것이다.

· 5[1]

내 나이 열네댓[2]이었을 때	昔年十四五, 석년 십 사:오:
뜻을 글공부에 두었으니,	志尙好書詩。 지:상: 호: 서시
누더기 입고도 마음엔 구슬을 품어,[3]	被褐懷珠玉, 피:할 회 주옥
안회와 민손[4]을 사모했다.	顔閔相與期。 안민: 상 여:기
창을 열어 사방 들판을 바라보고,	開軒臨四野, 개헌 림 사:야:
산에 올라 옛날 사람을 생각한다.	登高望所思。 등고 망: 소:사
올망졸망한 무덤이 언덕을 덮어,	丘墓蔽山岡, 구묘: 폐: 산강
어느 대에서나 한결같구나.	萬代同一時。 만:대: 동 일시
천 년이 흐르고 만 년이 지난 뒤,	千秋萬歲後, 천추 만:세: 후:
영광과 명예는 어디로 갈까?	榮名安所之。 영명 안 소:지
여기서 나는 선문자[5]를 깨닫고	乃悟羨門子, 내:오: 선:문자:
키득키득 이제 스스로 웃는다.	噭噭今自蚩。 교:교: 금 자:치

1_ 모두 82수 가운데 제15수.

2_ 나이 열네댓 : 『론어』論語 「위정」爲政에 "나는 열다섯 살에 학문에 뜻을 두었다."라는 구절이 있다.

3_ 마음엔 구슬을 품어 : 『공자 가어』孔子家語에 "자로子路가 공자孔子에게 '여기 누더기를 입고도 마음엔 구슬을 품은 사람이 있으니, 어떠합니까?' 하고 여쭈었다. 공자는 '나라에 도道가 없을 경우에는 괜찮지만, 나라에 도가 있을 경우에는 벼슬을 해야 한다.'라고 하셨다."라는 구절이 있다.

4_ 안회顔回와 민손閔損 : 춘추시대 로魯나라 사람인 안회는 공자의 제자. 부지런하고 학문을 좋아하며, 빈민촌에서 가난하게 살았지만 도道를 즐겨 마지않았다고 한다. 민손은 춘추시대 로魯나라 사람이며, 공자의 제자다. 효자로 이름이 났다. 어렸을 때, 계모가 제 소생 두 자식에게는 좀 더 따뜻한 버들강아지(絮) 솜털로 옷을 만들어 주고 민손에게는 덜 따뜻한 갈꽃(蘆) 솜털로 옷을 만들어 주었다고 한다(아직 목화솜이 전해지기 전이다). 아버지가 이것을 알고 계모를 쫓아내려 했는데, 민손은 "어머님이 계시면 자식 하나가 춥고, 어머님이 가시면 자식 셋이 외롭습니다."라고 말하여 계모가 쫓겨나지 않았다고 한다.

5_ 선문자羨門子 : 고대의 신선. 『사기』史記 「진시황본기」秦始皇本紀에, "시황始皇(嬴政)은 32년(공동연대 전 215년), 갈석산碣石山(지금의 하북성에 있다)에 이르러 연燕나라 사람 로생盧生을 시켜 선문羨門 고서高誓를 찾게 했다."라는 기록이 있다.

도연명 陶淵明

Tao Yuanming

도연명陶淵明(365~427년)은 리백李白·두보杜甫가 나오기 전 중국을 대표하던 시인이다.

도연명은 심양潘陽의 재상柴桑, 지금의 강서성 구강九江 사람이다. 일명 잠潛, 자 원량元亮, 호 오류선생五柳先生, 시호는 정절靖節이다. 태어난 해를 372년으로 보는 견해도 있다.

도연명의 일생에는 불분명한 점이 무척 많다. 도연명의 증조부(陶侃)는 진晉나라의 대사마大司馬(국방장관)였고, 외조부(孟嘉)는 정서대장군征西大將軍이었으나, 도연명은 아마 소지주小地主였는지 살림이 어려웠으며, 겨우 작은 벼슬을 잠깐 하다가 오래도록 은둔생활을 했다. 이런 점에서 그의 일생 또한 잘 알려지지 아니한 듯하다.

도연명이 29세 때 처음으로 작은 벼슬을 얻기까지, 그의 작품으로 확실히 추정되는 것은 거의 없다. 뒤에 지은 그의 시에 따르면, 어려서 아버지를 잃었으며 열두 살 때 의붓어머니를 잃었다. 어려서부터 가난이 찾아들었지만 공부는 게을리 하지 않았다. 대상은 유가儒家의 고전(六經 따위)이었으며, 그래서 유학이 가르치는 인간 긍정, 또는 현실 긍정의 정신이 그의 신념을 이루었다. 그는 어려서부터 한정閑靜한 것을 좋아했다. 그렇지만 그에게도 소년다운 꿈이 있고 피가 있었다. 젊어서 씩씩한 뜻(猛志)을 품고 칼을 차고 사방을 돌아다닌다는 내용의 시도 보인다.

도연명의 작품은 전후 2기로 나눌 수 있다. 전기는 29세 때부터 41세 때까지다. 이 13년간, 그는 적어도 다섯 차례나 집을 떠나 벼슬을 얻었다. 취직의 이유는 가난이었지만, 계속하지 못하고 자주 그만둔 것은 아무래도 답답한 관리생활을 견디지 못했기 때문인 듯하다. 이 기간은 도연명이 사회봉사와 자신의 경제문제 해결을 위해 적극적으로 나선 때이다. 당대의 정치·사회에 대해서는 혐오감을 가졌지만 그가 아직 정말로 은거할 뜻을 갖기 전이었다.

후기는 41세 때 팽택彭澤(강서성) 현령縣令을 팽개치고 고향에 돌아온 이후다. 이 시기에 대해서도 전기 자료는 드물다. 그의 시가 대부분 이 시기에 나왔는데, 거기서 우리는 은사隱士, 전원시인으로서의 그의 모습을 볼 수 있다.

팽택 현령을 그만둔 것은 도연명의 일생에 있어 큰 고비였다. 즉 동적인 고민의 세계로부터 정적인 소요자적의 세계로 옮아간 것이다. 그리고 여기서 우리가 도연명의 시에서 대하는 아름다운 전원과 술의 세계가 펼쳐지는 것이다. 후기의 작품은 양적으로도 아주 많으며 그 예술적 가치도 최고의 경지에 드는 것이다(劉大杰, 『中國文學發達史』, 台北: 台灣中華書局, 1960, 上卷 204쪽).

도연명 시의 첫째 테마는 전원생활의 동경이다. 그것은 제2기의 관리생활에서도 집요할 정도로 반복된 것이다. 전원생활은 도연명에게 있어 자기를 구속하는 사회적 멍에를 벗어던지고 인간 본래의 모습을 되찾을 수 있는 삶이었다. 그 희망이 이루어진 제3기의 거의 모든 시에서는 테마가 전원생활 자체를 노래하는 것으로 바뀌었다. 노동을 노래한 시인은 적지 않겠지만, 도연명이 살았던 봉건시대에 스스로 몸을 놀려 노동을 경험하면서 그것을 노래한 시인은 드물 것이다. 무엇보다도 생활시인이었다는 점, 그것이 1,500년 이상의 세월이 흐르는 동안 끊임없이 사람들의 심금을 울린 도연명 시의 생명의 비밀이었던 것이다.

도연명의 시 언어는 평이하고 그 표현은 담박하다고 알려져 있다. 이것은 그의 시가 일상생활을 직접 노래했다는 부분과 관련이 있을 것이다. 시 언어가 평이하다고 해서 내용도 평이한 것은 아니다. 오히려 그의 시는 난해한 부분이 많다. 그 난해성은, 사회 정치에 대한 풍자와 이른바 철리시哲理詩가 적지 않기 때문이다.

도연명은 고독한 사람이었다. 전원에서 농부들과 잘 어울렸지만, 그는 어디까지나 지식인, 선비였다. 버리려야 버릴 수 없는 의식이 있었을 것이다. 같은 지식계급의 친구라도 도연명의 고매한 정신과 교통할 수 있었던 사람이 과연 얼마나 되었을까? 고독을 해소하는 방법으로 역사상의 결백한 인물을 동경하고, 술을 찾고, 픽션의 세계를 그렸다(一海知義, 『陶淵明』, 東京: 岩波書店, 1969).

도연명이 남긴 시는 모두 130여 편, 본서에서는 12편을 골랐다. 《전원으로 돌아와》 등 3편은 모두 연작連作으로서 도연명 시의 대표작이다. 《곡아를 지나며》 등 2편은 연대가 분명한 것으로, 관리생활을 하는 동안 여행하면서 읊은 것들이다. 《집을 옮기고》 등 3편은 고향에서의 생활에 대한 구체적 묘사가 나타난 시다. 《형가를 읊다》 등 4편은 특이한 형식 또는 특이한 내용을 담은 것들이다.

전원으로 돌아와 5수[1] | 도연명

歸園田居五首
귀원전거 오:수:

1

젊어서 세속에 적응 못하였으니,	少無適俗韻, 소:무 적 속운:
성격이 본래 언덕과 산을 사랑했다.	性本愛邱山。 성:본: 애: 구산
잘못하여 올가미에 빠져들었으니,	誤落塵網中, 오:락 진망: 중
내처 삼십 년[2]이 지나가 버렸다.	一去三十年。 일거: 삼십 년
새장의 새[3]도 예전 숲을 그리워하고,	羈鳥戀舊林, 기조: 련: 구:림
연못의 고기도 놀던 늪을 생각한다.	池魚思故淵。 지어 사 고:연
남쪽 들의 황무지를 개간하자,	開荒南野際, 개황 남야: 제:
고집을 세우고 전원으로 돌아온다.	守拙歸園田。 수:졸 귀 원전
마당은 천여 평 가량 되지만,	方宅十餘畝, 방택 십여 무:
초가집은 열아홉 간일 뿐이다.	草屋八九間。 초:옥 팔구: 간
느릅·버드나무 뒤 처마를 그늘 짓고,	楡柳蔭後檐, 유류: 음: 후:첨
복사·오얏나무 마루 앞에 늘어 있다.	桃李羅堂前。 도리: 라 당전

가물가물 촌락은 멀기도 먼데,	曖曖遠人村, 애:애: 원: 인촌
하늘하늘 마을의 연기 오른다.	依依墟里煙。 의의 허리: 연
개는 깊숙한 골목 안에서 짖고,	狗吠深巷中, 구:폐: 심항: 중
닭은 뽕나무 위에 올라가 운다.	雞鳴桑樹巔。 계명 상수: 전

뜰 안에 번거로운 일이 없으니,	戶庭無塵雜, 호:정 무 진잡
빈 방에 한가로움이 넘치어 난다.	虛室有餘閒。 허실 유: 여한
오랫동안 새장 속에 갇혀 있다가	久在樊籠裏, 구:재: 번롱 리:
다시 자연으로 돌아왔도다!	復得返自然。 부:득 반: 자:연

1_ 모두 5수. 도연명이 벼슬을 그만두고 고향에 돌아온 직후의 생활과 심정을 그린 것이다. 아마 공동연대 405년, 팽택彭澤(강서성) 현령縣令을 그만둔 직후에 쓴 듯. 유명한 《귀거래사》歸去來辭에 표현된 심정과 같은 것이다.

2_ 삼십 년三十年 : 십삼 년十三年의 오자로 생각하는 설도 있다. 즉, 도연명이 처음으로 벼슬한 것은 공동연대 393년이고, 벼슬을 그만둔 것은 405년으로 꼭 13년이 되기 때문이다. 바로 앞 구절의 '올가미'는 관리생활의 부자유함을 가리킨 것이다. 그러나 제4수에 "한 세대면 세상이 바뀐다고"라는 구절로 보면 '삼십 년'이 맞을 듯도 하다.

3_ 새장의 새 : 『고시 19수』《가고 가고 또 가고》에 "오랑캐 말은 북쪽 바람에 기댄다. / 월나라 새는 남쪽 가지에 깃든다."와 같은 취지이다(본서 290쪽).

2

들판 밖에는 인사치레가 적으며, 野外罕人事,
야:외: 한: 인사:

골목 안에는 거마 왕래가 드물다.[1] 窮巷寡輪鞅。
궁항: 과: 륜앙:

대낮에도 가시나무 사립을 걸어 두니, 白日掩荊扉,
백일 엄: 형비

빈 방에는 번잡스런 생각이 끊어진다. 虛室絶塵想。
허실 절 진상:

때로는 후미진 길을 따라 時復墟曲中,
시부: 허곡 중

풀을 헤치며 서로 내왕도 하지만, 披草共來往。
피초: 공: 래왕:

만나야 허튼소리는 없고 相見無雜言,
상견: 무 잡언

다만 뽕나무·삼이 자라는 얘기. 但道桑麻長。
단:도: 상마 장:

뽕나무·삼은 날마다 자라나고 桑麻日已長,
상마 일이:장:

내 땅은 날마다 넓어지지만,[2] 我土日已廣。
아:토: 일 이:광:

늘 두렵기는 서리와 싸락눈이 와서 常恐霜霰至,
상공: 상산: 지:

잡초와 함께 시들까 하는 것이다. 零落同草莽。
령락 동 초:망:

1_ 거마 왕래가 드물다 : 세속에서 은퇴했기에 거마를 타고 찾아오는 손님이 없

다는 뜻.

2_ 내 땅은 날마다 넓어지지만 : 황무지를 자꾸 개간하므로 넓어지는 것이다.

3

콩을 남산 아래에 심었더니,	種豆南山下, 종:두: 남산 하:
풀만 무성하고 콩 모종은 드물다.	草盛豆苗稀。 초:성: 두:묘 희
새벽에 일찍 일어나서 김매고,	晨興理荒穢, 신흥 리: 황예:
달빛 속에 호미[1] 메고 돌아온다.	帶月荷鋤歸。 대:월 하:서 귀
길은 좁은데 초목만 크게 자라,	道狹草木長, 도:협 초:목 장:
저녁 이슬에 내 옷이 젖는다.	夕露霑我衣。 석로: 점 아:의
옷이 젖는 거야 아깝지 않지,	衣霑不足惜, 의점 불족 석
다만 소망[2]만 어그러지지 말아라.	但使願無違。 단:사: 원: 무위

1_ 호미 : 중국의 호미는 서서 사용하며, 자루가 길어서 둘러멜 수 있다.

2_ 소망 : 이 셋째 시는 조선朝鮮 영조英祖 때 시인 이재李在의 시조 "샛별 지자 종달이 떴다……아희야 시절이 좋을세면 옷이 젖다 관계하랴?"와 비슷하다.

4

오래 산과 진펄을 떠나긴 했지만 久去山澤遊,
구:거: 산택 유
광막한 숲과 들은 즐거운 곳이다. 浪莽林野娛。
랑:망: 림야: 오
아이놈들 데리고 떨기나무 헤치며 試攜子姪輩,
시:휴 자:질 배:
황폐한 촌락을 거닐어 본다. 披榛步荒墟。
피진 보: 황허

무덤 사이에서 오락가락하다가, 徘徊邱壟間,
배회 구롱: 간
예전 집터에서 서성거려 본다. 依依昔人居。
의의 석인 거
우물과 부뚜막이 있었던 자리, 井竈有遺處,
정:조: 유: 유처:
뽕나무와 삼이 썩은 그루터기. 桑竹殘朽株。
상죽 잔 후:주

나무꾼을 찾아 물어본다. 借問採薪者,
차:문: 채:신 자:
“이 사람들 모두 어디로 갔나요?” 此人皆焉如。
차:인 개 언여
나무꾼이 나에게 대답한다. 薪者向我言,
신자: 향:아: 언
“죽어 버리고 남은 사람이 없습죠!” 死沒無復餘。
사:몰 무 부:여

한 세대면 세상이 바뀐다고, 一世異朝市,
일세: 이: 조시:

이 말은 참으로 거짓이 아니다.

此語眞不虛。
차:어: 진 불허

인생이란 환상과 같은 것,

人生似幻化,
인생 사: 환:화:

끝내 공허로 돌아가고 만다.

終當歸空無。
종당 귀 공무

5

언짢은 마음, 홀로 막대를 짚고

悵恨獨策還,
창:한: 독책 환

꾸불꾸불 떨기나무 사이로 온다.

崎嶇歷榛曲。
기구 력 진곡

산골 물은 맑고도 얕아서,

山澗淸且淺,
산간: 청 차:천:

나의 발을 씻을 수 있놋다.

可以濯吾足。
가:이: 탁 오족

새로 익은 술을 걸러다오,

漉我新熟酒,
록아: 신숙 주:

닭 마리로 이웃을 부르겠다.

隻雞招近局。
척계 초 근:국

해가 지니 방 안이 어둡지만

日入室中闇,
일입 실중 암:

가시나무로 촛불을 대신한다.

荊薪代明燭。
형신 대: 명촉

즐거울 땐 짧은 밤이 안타깝다.

歡來苦夕短,
환래 고: 석단:

벌써 아침 해가 떠오른다.

已復至天旭。
이:부: 지: 천욱

술을 마시며(6수)[1] | 도연명

飮酒
음:주:

나는 조용히 지내느라(閑居) 즐거움이 적은데, 거기에다 요즘은 밤도 길어졌다. 우연히 명주名酒라도 생기면 마시지 아니하는 저녁이 없다. 제 그림자를 돌아보면서 혼자 잔을 비우노라면 깜박 술에 취한다. 술에 취하면 문득 몇 줄의 시를 지어 스스로 즐겨 본다. 이래서 종이와 먹을 많이 썼지만 말에 순서도 없다. 그렇지만 친구에게 청서淸書하도록 하여 즐겁게 웃어 보자는 것뿐이다.

· 1

영고성쇠는 일정한 것 아니라,	衰榮無定在, 쇠영 무 정:재:
서로서로 돌아가게 마련.	彼此更共之。 피:차: 갱: 공:지
소생[2]이 참외 밭에 선 모습,	邵生瓜田中, 소:생 과전 중
어찌 동릉후 시절과 같을까?	寧似東陵時。 녕:사: 동릉 시
추위 더위는 자리를 바꾸니,	寒暑有代謝, 한서: 유: 대:사:
사람의 길[3]도 매양 이와 같다.	人道每如茲。 인도: 매: 여자
달관한 사람은 그 요결을 알아,	達人解其會, 달인 해: 기회:
마침내 다시 아니 회의한다.	逝將不復疑。 서:장 불부: 의
문득 한 단지의 술과 더불어	忽與一樽酒, 홀여: 일준 주:

이 밤을 즐겁게 지내는 거다. 日夕歡相持。
일석 환 상지

1_ 모두 20수. 본서에서는 6수를 뽑았다. 도연명의 시는 "편篇마다 술이 있다." 라고 하지만, 이 일련의 시는 특히 유명하다. 도연명이 전원으로 돌아온 뒤 틈틈이 지은 시를 모아 《술을 마시며》라는 제목을 붙인 것이지만, 술이 반드시 테마가 아니라, 술잔을 들면서, 또는 술단지를 쓰다듬으면서, 사회와 인생에 대해 마음에 떠오르고 또 가라앉는 감정·사상을 나타낸 것이다.

2_ 소생 : 진秦나라 동릉후東陵侯 소평邵平. 원적의 《회포·4》 주 2 참조(본서 348쪽).

3_ 사람의 길(人道) : 인간을 지배하는 법칙(道)을 가리킨다.

· 2[1]

길이 없어진 지[2] 천 년 가까우니, 道喪向千載,
도:상: 향: 천재:

사람마다 제 속을 아니 보인다. 人人惜其情。
인인 석 기정

술이 있어도 마시려 아니하고, 有酒不肯飮,
유:주: 불긍: 음:

다만 세상의 명성만 돌보는구나. 但顧世間名。
단:고: 세:간 명

내 몸을 귀중히 하는 까닭은 所以貴我身,
소:이: 귀: 아:신

한평생을 생각해서가 아닐까? 豈不在一生。
기:불 재: 일생

그렇지만 한평생은 얼마나 되나? 一生復能幾,
일생 부: 능기:

번갯불에 놀라듯 빠른 것을!
倏如流電驚。
숙여 류 전:경

백 년도 거침없이 흐르는 세월—
鼎鼎百年內,
정:정: 백년 내:

이것[3] 간직하여 무엇을 이루려나?
持此欲何成。
지차: 욕 하성

1_ 모두 20수 가운데 제3수.

2_ 길이 없어진 지 : 고대사회를 지배하던 '올바른 길(道)이 사람들에 의하여 적극적으로 실천되지 아니한 이래로'라는 뜻으로 보아야 할 것이다.

3_ 이것 : '세상의 명성'을 가리킨다.

· 3[1]

마을[2]에 오두막을 엮어 놓았는데,
結廬在人境,
결려 재: 인경:

그런데도 번거로운 거마[3]가 없다.
而無車馬喧。
이무 거마: 훤

"어떻게 하면 이렇게 되는가요?"
問君何能爾,
문:군 하능 이:

"마음이 멀면[4] 땅도 후미집니다."
心遠地自偏。
심원: 지: 자:편

동쪽 울밑[5] 국화꽃을 따서 드니,
采菊東籬下,
채:국 동리 하:

유연하게 보이는 남산[6]이로다.
悠然見南山。
유연 견: 남산

산기운은 해질녘이 더욱 좋지,
山氣日夕佳,
산기: 일석 가

새들도 무리 지어 돌아오는구나. 飛鳥相與還。
비조: 상여: 환

이 속에 참뜻이[7] 있는 것이지만, 此中有眞意,
차:중 유: 진의:

설명을 하려니 이미 말을 잊었다. 欲辨已忘言。
욕변: 이: 망언

1_ 모두 20수 가운데 제5수.

2_ 마을 : 은자는 보통 마을을 떠난 산 속에 사는 것으로 되어 있는데, 그런 것이 아니라, 시정인이 살고 있는 장소라는 뜻이다.

3_ 거마 : 집을 찾아오는 거마를 뜻한다. 집 앞을 지나가는 짐수레 따위를 가리키는 것이 아니다. 당시 거마는 관리 전용이었다.

4_ 마음이 멀면 : 마음이 세속과 인연을 맺지 않은 경지를 뜻한다(그렇게 되면 물리적인 거리는 상관이 없어진다는 것이 이 구절의 뜻이다).

5_ 동쪽 울밑(東籬) : 이 구절이 하도 유명해서, 후대에는 이 말이 바로 '국화'의 대명사가 되었다.

6_ 유연하게 보이는 남산 : 여기서 '유연하게'는 도연명의 심경을 나타내기도 하지만, 남산의 모습을 형용하기도 한다. '보이는 남산'의 원문은 어법적으로 '남산이 보인다'(見南山)로 되어 있다. 이에 대한 소식蘇軾의 해설, "국화를 따 들다가 문득 산의 모습이 눈에 보인(見) 것이지, 일부러 산을 바라본(望) 것이 아니다."(東坡志林.)라고 한 것이 특히 유명하다.

7_ 이 속에 참뜻이 : '이 속에'는 바로 앞 두 구절에서 노래한 풍경을, '참뜻'은 이 세상에서 진실한 것을 희구하는 마음을, 각각 가리키는 듯하다.

· 4[1]

가을 국화는 고운 빛이 있구나. 秋菊有佳色,
추국 유: 가색

이슬 젖은 그 꽃봉오리를 딴다. 裛露掇其英。
읍로: 철 기영

근심을 잊는다는 술[2]에 띄우면,	汎此忘憂物, 범:차: 망우 물
내, 세상 버린 뜻 멀어만 진다.	遠我遺世情。 원:아: 유세: 정
첫 잔은 비록 자작하였어도,	一觴雖獨進, 일상 수 독진:
잔 비우니 절로 기우는 항아리.	杯盡壺自傾。 배진: 호 자:경
해가 지면 활동을 쉬는 때다.	日入羣動息, 일입 군동: 식
잘 새도 숲으로 향하면서 운다.	歸鳥趨林鳴。 귀조: 추림 명
동쪽 처마 아래 심신은 해방되어,	嘯傲東軒下, 소:오: 동헌 하:
잠깐 다시 누려 보는 이 생명.	聊復得此生。 료부: 득 차:생

1_ 모두 20수 가운데 제7수.

2_ 근심을 잊는다는 술 : 술로써 근심을 잊는다는 말은 『시경』詩經(「邶風」·「栢舟」) 『모전』毛傳에서 나오는데, 그 뒤로 '근심을 잊는 물건'이라 하면 술의 대명사가 되었다.

· 5[1]

늘 한집에 사는 두 나그네[2]—	有客常同止, 유:객 상 동지:
그러나 행동은 영 딴판이다.	取舍邈異境。 취:사: 막 이:경:

한 양반은 언제나 취해 있고,	一士長獨醉, 일사: 장 독취:
한 사람은 일년 내내 말똥말똥.	一夫終年醒。 일부 종년 성:

취했느니 말짱하니 비웃지만,	醒醉還相笑, 성:취: 환 상소:
얘기는 각각 통하지 아니한다.	發言各不領。 발언 각 불령:
꼬장꼬장, 참 우둔하기도 하다.	規規一何愚, 규규 일하 우
건들건들, 좀 총명한 듯도 하다.	兀傲差若穎。 올오: 차약 영:
거나한 친구에게 이르고 싶네,	寄言酣中客, 기:언 감중 객
해가 지면 촛불을 켜야[3] 한다.	日沒燭當秉。 일몰 촉 당병:

1_ 모두 20수 가운데 제13수.

2_ 두 나그네 : 도연명이 자기 속에서 분열하고 있는 양면성을 객관화한 것으로 보아야 할 것이다.

3_ 촛불을 켜야 : 『고시 19수』《백 년을 못 누리는》의 "낮은 짧고, 괴롭게 밤은 길다. / 어이 아니 촛불을 켜고 놀까?"(본서 310쪽)라는 뜻이 포함된 것이다. 낮은 물론이고, 밤 시간까지 쾌락으로 보냄으로써 한정된 생명을 완전히 연소시키고 근심·걱정을 떨쳐 버리려는 기분을 말하는 것이다.

· 6[1]

친구들이 나의 멋을 사서,	故人賞我趣, 고:인 상: 아:취:

항아리를 들고 날 찾아온다. 挈壺相與至。
설호 상 여:지:

풀을 깔고 솔 밑에 앉으니, 班荊坐松下,
반형 좌: 송하:

두어 잔에 벌써 또 취한다. 數斟已復醉。
수:짐 이: 부:취:

어른들 말씀도 어지러워지고, 父老雜亂言,
부:로: 잡 란:언

잔 돌리는 차례도 없어진다. 觴酌失行次。
상작 실 행차:

내가 있는 것도 알지 못하는데, 不覺知有我,
불각 지 유:아:

몬[2]이 귀한 것을 어떻게 아나? 安知物爲貴。
안지 물 위귀:

둥실둥실 머물 곳을 헤맨다,[3] 悠悠迷所留,
유유 미 소:류

술 안에 깊은 맛이 있거늘! 酒中有深味。
주:중 유: 심미:

1_ 모두 20수 가운데 제14수.

2_ 몬(物) : 자기 이외의 재산·지위를 포함한 모든 외물外物. 로장老莊사상에서는 나 이외의 몬과 관계를 맺어, 그것을 발판으로 나를 어떻게 높이려는 태도를 거부하며, 따라서 몬에 가치를 주는 것을 부정한다. 가치의 기준은 길(道)에 있다고 보았다. 길을 기준으로 하면 몬에 귀천이 있을 수 없는데, 몬을 기준으로 생각하므로 거기에 귀천의 가치가 생긴다고 본다. 이 두 구절의 뜻은 이러한 사상이 포함되어 있는 듯하다.

3_ 둥실둥실 머물 곳을 헤맨다 : 나를 확고히 잡지 못하고 발이 공중에 뜬 것처럼 공연히 명리名利를 좇느라고 자기가 머물 곳도 모른다는 뜻이다.

잡시[1] | 도연명

雜詩
잡시

인생은 뿌리도 꼭지도 없이,[2]
길 위의 먼지처럼 날린다.
흩어져 바람 좇아 굴러가니,
이게 벌써 영원한 존재 아니지.

人生無根蔕,
인생 무 근체:
飄如陌上塵。
표여 맥상: 진
分散逐風轉,
분산: 축풍 전:
此已非常身。
차:이: 비 상신

땅에 떨어졌으면 모두가 형제,
구태여 핏줄을 따져야 할까?
기쁜 일이면 즐겨야 할지니,
말술[3]로 이웃을 불러 모으지.

落地爲兄弟,
락지: 위 형제:
何必骨肉親。
하필 골육 친
得歡當作樂,
득환 당 작락
斗酒聚比鄰。
두:주: 취: 비:린

젊은 시절 다시 아니 오고,
하루에 새벽은 한 번뿐.
시간에 맞춰 힘써야 할지니,
세월은 사람 아니 기다리지.

盛年不重來,
성:년 불 중래
一日難再晨。
일일 난 재:신
及時當勉勵,
급시 당 면:려:
歲月不待人。
세:월 불 대:인

1_ 일종의 무제시無題詩. 모두 12수가 있는데, 만년의 작품인 듯하다. 그러나 같은 시기에 다 지은 것인지는 알 수 없다. 본서에서는 그 중 제1수만 뽑았다.

2_ 뿌리도 꼭지도 없이 : 나무의 뿌리, 과실의 꼭지처럼 확고하게 잡을 것이 없다는 뜻이다.

3_ 말술 : 한 말(斗)쯤 되는 술, 즉 많은 술을 가리킨다. 일설에는 한 구기(斗)쯤 되는 술, 즉 적은 술을 가리키는 것이라고 한다. 이때 술은 양조주이다(증류주는 13세기 원나라 때부터 유행했다).

곡아를 지나며[1] | 도연명

始作鎭軍參軍經曲阿作
시:작 진:군참군 경곡아 작

젊은 나이 세상 밖에 맡겼으니,
弱齡寄事外,
약령 기: 사:외:

마음을 바친 곳은 거문고와 책.
委懷在琴書。
위:회 재: 금서

베옷 입고도 기쁘게 만족하고,
被褐欣自得,
피:할 흔 자:득

뒤주 비어도 언제나 태평이다.
屢空常晏如。
루:공 상 안:여

때가 오면 절로 깨달을 것,
時來苟冥會,
시래 구: 명회:

고삐를 늘이고 큰길에서 쉰다.
宛轡憩通衢。
완:비: 게: 통구

막대를 던지고 새벽길 떠나니,
投策命晨裝,
투책 명: 신장

잠시 전원과 멀어지게 된다. 暫與園田疏。
잠:여: 원전 소

아물아물 외로운 배는 나아가고, 眇眇孤舟逝,
묘:묘: 고주 서:

주절주절 돌아갈 생각이 얽힌다. 綿綿歸思紆。
면면 귀사 우

나의 길이 멀지 아니한가? 我行豈不遙,
아:행 기: 불요

오르락내리락 천 리가 넘는다. 登降千里餘。
등강: 천리: 여

낯선 강물과 길로 눈은 지겹고, 目倦川途異,
목권: 천도 이:

살던 산과 진펄에 마음은 간다. 心念山澤居。
심념: 산택 거

구름 위로 나는 새가 부끄럽고,[2] 望雲慚高鳥,
망:운 참 고조:

물 속에서 노는 고기가 부럽다. 臨水愧游魚。
림수: 괴: 유어

참된 상념 애초부터 흉금에 있거늘, 眞想初在襟,
진상: 초 재:금

누가 말했나, 형적에 구애된다고? 誰謂形迹拘。
수위: 형적 구

그런 대로 추이를 따르긴 하지만 聊且憑化遷,
료차: 빙 화:천

종당에는 반생[3]의 초막으로 가련다. 終返班生廬。
종반: 반생 려

1_ 원제는 "처음으로 진군의 참군이 되어 곡아를 지나며 지음"이라는 뜻이다. 곡아曲阿는 지금의 강소성 단양시丹陽市, 진군鎭軍은 장군의 칭호, 참군參軍은 그 참모이다. 당시의 진군이 누구인지 확실하지는 않지만 류로지劉牢之라는 설이 있다. 이 시를 지은 연대도 확실하지는 않으나 공동연대 400년 이전의 것이다. 이 시는 마지못해 벼슬을 하지만 끝내는 전원으로 돌아오겠다는 다짐을 노래한 것이다.

2_ 새가 부끄럽고 : 이 구절과 다음 구절의 뜻은, 새나 물고기는 자연에서 유유자적하는데 사람만 속세에 구속되어 본성을 저버렸다는 한탄이다.

3_ 반생班生 : 즉 반고班固, 후한後漢의 역사가로, 『한서』漢書(120권)를 지었다. 그는 《유통부》幽通賦에서 "종당에는 당신을 보전하시고 (저에게) 법칙을 주셨으니, / 지극히 어진 사람의 초막에서 살라 하셨습니다."(終保己而貽則兮, 里上仁之所廬。)라고 했다.

규림에서 물길 막혀 2수[1] | 도연명

庚子歲五月中從都還阻風于規林二首

경자:세: 오:월중 종도환 조:풍 우규림 이:수:

1

걸음걸음이 귀로를 좇는다. 行行循歸路, 행행 순 귀로:

날을 꼽으며 옛집을 바란다. 計日望舊居。 계:일 망: 구:거

첫째, 온화하신 안색 모실 즐거움, 一欣侍溫顏, 일흔 시: 온안

둘째, 사랑하는 형제 만날 흐뭇함. 再喜見友于。 재:희: 견: 우:우

노 저어 가는 길은 구불구불,　　鼓棹路崎曲,
고:도: 로: 기곡

가리키는 곳은 오로지 서녘,[2]　　指景限西隅。
지:경: 한: 서우

강과 산이 어찌 험하지 아니할까만,　　江山豈不險,
강산 기:불 험:

돌아가는 자식은 앞길만 생각한다.　　歸子念前途。
귀자: 념: 전도

마파람[3]이 나의 마음을 저버려,　　凱風負我心,
개:풍 부: 아:심

노를 거두고 궁박한 호수를 지킨다.　　戢枻守窮湖。
집예: 수: 궁호

우거진 풀은 아득히 끝없고,　　高莽眇無界,
고망: 묘: 무계:

여름 나무는 홀로 싱싱하다.　　夏木獨森疎。
하:목 독 삼소

누가 말했나, 나그네 배는 멀다고?　　誰言客舟遠,
수언 객주 원:

가까이 보면 백 리 남짓하거늘!　　近瞻百里餘。
근:첨 백리: 여

눈을 들면 남산을 알아볼 텐데,　　延目識南嶺,
연목 식 남령:

부질없는 탄식이 무슨 소용인가?　　空歎將焉如。
공탄: 장 언여

1_ 원제는 "경자년 오월에 서울에서 돌아오다가 규림에서 바람에 뱃길이 막힘" 이라는 뜻이다. 경자년은 공동연대 400년이고, 규림規林은 지명, 그 장소는 미상이지만 아마 장강 연안, 고향과 가까운 곳일 듯하다. 송宋나라 주희朱熹

(1130~1200년)는 일찍이 어떤 선비에게 이 시를 적어 주고, "이 시를 철저히 이해한다면 오늘의 고시 공부나 뒷날의 부귀공명에 대해 반드시 애를 쓰지 않아도 될 것"이라고 말했다고 한다. 모두 2수이다.

2_ 서녘 : 도연명의 고향 재상柴桑(九江)은 서울(南京) 서남, 직선거리 약 360킬로미터, 장강長江 상류에 있었다.

3_ 마파람(凱風) : 남쪽에서 부는 바람. 이것은 또한 홀어머니를 생각하는 효자의 마음을 그린 『시경』 「패풍」邶風의 한 편명篇名이기도 하다. 이때 도연명은 어머니인 맹부인孟夫人을 찾아뵈러 가는 길이었다.

2

예부터 나그네 길 한탄했지만,	自古歎行役, 자:고: 탄: 행역
내 이제 비로소 알겠다.	我今始知之。 아:금 시: 지지
산과 강은 이다지 넓었던가?	山川一何曠, 산천 일하 광:
비바람은 기약하기 어렵구나!	巽坎難與期。 손:감: 난 여:기
격랑은 하늘에 울려 퍼지고,	崩浪聒天響, 붕랑: 괄천 향:
폭풍은 끊일 새 없이 분다.	長風無息時。 장풍 무 식시
오래 떠돌아, 어버이가 그리운데,	久游戀所生, 구:유 련: 소:생
어찌 여기서 지체한단 말인가?	如何淹在茲。 여하 엄 재:자

생각할수록 옛 동산이 좋으니 | 靜念園林好,
정:념: 원림 호:

사람 사는 고장은 떠날 수 있다. | 人間良可辭。
인간 량 가:사

그 시절은 몇 년이나 되는가? | 當年詎有幾,
당년 거: 유:기:

마음대로 하지 못할 법 없다. | 縱心復何疑。
종:심 부: 하의

집을 옮기고 2수[1] | 도연명

移居二首
이거 이:수:

1

전부터 살고 싶었던 남촌[2]— | 昔欲居南村,
석욕 거 남촌

그 집이 탐나서가 아니라, | 非爲卜其宅。
비위 복 기택

소박한 사람들[3]이 많다기에 | 聞多素心人,
문다 소:심 인

아침저녁 만날 일이 즐거워서다. | 樂與數晨夕。
락여: 삭 신석

마음먹은 지 몇 해가 지나 | 懷此頗有年,
회차: 파: 유:년

오늘에야 이 일을 이룬다. | 今日從茲役。
금일 종 자역

허름한 집이 넓어야만 하나? 敝廬何必廣,
폐:려 하필 광:

침상이나 들여놓으면 좋겠지. 取足蔽牀席。
취:족 폐: 상석

이웃이 때때로 찾아오면 鄰曲時時來,
린곡 시시 래

큰 소리로 옛날을 얘기하거나, 抗言談在昔。
항:언 담 재:석

뛰어난 글을 함께 감상하고 奇文共欣賞,
기문 공: 흔상:

애매한 점을 서로 분석한다. 疑義相與析。
의의: 상여: 석

1_ 도연명은 원래 재상현柴桑縣(九江縣) 재상리柴桑里에 살았는데, 공동연대 408년에 화재를 만나 이듬해 남촌南村으로 이사했다. 역시 평화로운 전원에 은거하고 있는 생활과 심경을 그린 것이다. 모두 2수.

2_ 남촌南村 : 즉 남리南里, 또는 률리栗里라고 한다. 재상산柴桑山 부근에 있다.

3_ 소박한 사람들 : 안연지顔延之, 은경인殷景仁, 방통지龐通之 같은 친구를 가리킨다. 안연지는 자를 연년延年이라 하는데, 시문詩文을 잘하고 성품이 고결하고 술을 좋아했으며, 도연명이 죽은 뒤 그 생전의 공을 칭송한 《도 징사 뢰》陶徵士誄를 지었다. 은경인은 남조南朝 송나라(劉宋)에서 상서복야尙書僕射의 벼슬을 했는데, 도연명이 이별시를 지어 주기도 했다. 방통지는 참군參軍의 벼슬을 했는데, 도연명이 답시를 써 주기도 했다.

2

봄가을엔 좋은 날씨도 많아, 春秋多佳日,
춘추 다 가일

산에 올라 새로운 시를[1] 짓는다. 登高賦新詩。
등고 부: 신시

문 앞을 지나면 서로 부르고 過門更相呼,
과:문 경 상호

술이 있으면 함께 마신다. 有酒斟酌之。
유:주: 짐작 지

농사가 바쁘면 각각 돌아가지만 農務各自歸,
농무: 각자: 귀

한가한 틈에는 문득 생각나는데, 閒暇輒相思。
한가 첩 상사

생각나면 옷을 걸치고 가서 相思則披衣,
상사 즉 피의

웃고 떠드느라 싫증을 모른다. 言笑無厭時。
언소: 무 염:시

이런 생활은 가장 좋은 것, 此理將不勝,
차:리: 장 불승:

여기를 느닷없이 떠나지 말라. 無爲忽去玆。
무위 홀 거:자

옷과 밥은 모름지기 애써야 하지만 衣食當須紀,
의식 당수 기:

힘써 밭 갈면 나를 안 속인다. 力耕不吾欺。
력경 불오기

1_ 산에 올라 새로운 시를 : 풍속에 따르면, 봄에는 정월 초이레, 가을에는 구월 초아흐레에 산에 올라 시를 지었다.

올벼를 거두고[1] | 도연명

庚戌歲九月中於西田穫早稻
경술세: 구:월중 어서전 확조:도:

인생의 목표는 도덕적 완성인데,
먼저 닥치는 것은 의식 문제.
누구든 일도 아니하면서
스스로 편케 될 수 있을까?

人生歸有道,
인생 귀 유:도:
衣食固其端。
의식 고: 기단
孰是都不營,
숙시: 도 불영
而以求自安。
이이: 구 자:안

초봄에 '천하지대본'[2]에 힘쓰면,
가을걷이가 그런 대로 볼 만하다.
새벽에는 나가서 좀 힘써 갈고,
저녁에는 쟁기를 메고 돌아온다.

開春理常業,
개춘 리: 상업
歲功聊可觀。
세:공 료 가:관
晨出肆微勤,
신출 사: 미근
日入負耒還。
일입 부:뢰: 환

산 속이라 서리와 이슬도 많고
바람도 먼저 차가워지니,
농가에서야 괴롭지 아니할까만
이런 어려움을 마다고 못한다.

山中饒霜露,
산중 요 상로:
風氣亦先寒。
풍기: 역 선한
田家豈不苦,
전가 기:불 고:
弗獲辭此難。
불획 사 차:난

온몸이 실로 고단하지만, 四體誠乃疲,
사:체: 성 내:피

다른 근심이 없기만 바란다. 庶無異患干。
서:무 이:환: 간

세수하고 처마 밑에서 쉬면, 盥濯息簷下,
관:탁 식 첨하:

한 구기의 술로 가슴이 풀어진다. 斗酒散襟顏。
두:주: 산: 금안

아득한 장저 걸닉[3]의 마음은, 遙遙沮溺心,
요요 저:닉 심

천 년[4] 너머까지 이어지고 있다. 千載乃相關。
천재: 내: 상관

항상 이러하기만 바라니, 但願常如此,
단:원: 상 여차:

밭갈이는 한탄스럽지 아니하다. 躬耕非所歎。
궁경 비 소:탄

1_ 원제는 "경술년 구월에 서쪽 밭에서 올벼를 거두고"라는 뜻이다. 경술년은 공동연대 410년이다. 이 시는 앞의 《전원으로 돌아와 3》의 "콩을 남산 아래에 심었더니……"와 《집을 옮기고 2》의 "옷과 밥은 모름지기 애써야 하지만 / 힘써 밭 갈면 나를 안 속인다."와 같은 내용이다. 진晉나라 때에는 많은 지식인이 은거했지만, 도연명처럼 자기 노력으로 밭을 갈아먹은 사람은 흔치 않다. 이 점이 실로 도연명의 고상한 절개를 더욱 돋보이게 한다.

2_ 천하지대본 : 원문은 상업常業, 농사일을 가리킨다.

3_ 장저長沮 걸닉桀溺 : 중국 춘추春秋시대의 은사. 『론어』論語 「미자」微子에 이야기가 나오는데, 조금 장황하지만 본문을 소개하면 다음과 같다—장저와 걸닉이 짝을 지어 밭을 갈고 있었다. 공자孔子가 그 앞을 지나다가 자로子路를 시켜 나루터를 묻게 했다. 장저가 말하기를, "저 수레의 고삐를 잡고 선 사람이 누구요?"라고 하므로 자로는 "공구孔丘요."라고 답했다. "로魯나라의 공구요?" "맞았어요." "그렇다면 그 사람이 나루터를 알고 있을 텐데!" 다시 걸닉에게 물었다. 걸닉이 말하기를, "그대는 누구요?"라고 하므로 "중유仲由(子路

의 名)요."라고 말했다. "로나라 공구의 제자로군요?" "그래요." "탁류가 도도한 것은 천하가 모두 그런 것이니, 어느 누가 이것을 잡아 돌릴 수 있겠소? 그리고 그대는 저 사람처럼 속인을 멀리하는 선비를 따르느니 우리처럼 속세를 멀리하는 선비를 따르는 것이 나을 것이오!" 그러고는 흙으로 씨앗을 덮는 일을 멈추지 아니했다. 자로가 돌아와서 아뢰니까 공자는 쓸쓸한 낯빛으로, "새나 짐승과는 같은 무리가 될 수 없는 것, 내가 이 세상 사람들과 함께 지내지 아니한다면 누구와 함께 지낼 것인가? 천하에 정도正道가 있다면 나는 개혁하려고 하지 않을 것이다."라고 말씀하셨다.

4_ 천 년 : 장저 걸닉의 연대는 공자孔子와 같다고 볼 수 있다. 공자의 연대는 전 552~전 479년이고, 도연명이 이 시를 쓴 것은 410년이니, 그 사이 약 1,000년 간격이 있다.

아들 책망[1] | 도연명

責子
책자:

허연 머리털[2]이 양 옆 살쩍을 덮고,	白髮被兩鬢, 백발 피: 량:빈:
살갗도 이젠 윤기가 나지 않는다.	肌膚不復實。 기부 불부: 실
비록 아들은 다섯 놈이 있건만,	雖有五男兒, 수유: 오: 남아
아무도 종이나 붓[3]을 좋아하지 않는다.	總不好紙筆。 총:불 호: 지:필
서舒야는 이미 이팔청춘,[4]	阿舒已二八, 아:서 이: 이:팔
게으르기는 처음부터 짝이 없구나.	懶惰故無匹。 란:타: 고: 무필

선宣아는 이제 공부할 나이,[5] 阿宣行志學,
아:선 행 지:학

그런데 문장을 사랑치 않는구나. 而不愛文術。
이불 애: 문술

옹雍아 · 단端아[6]는 나이 열셋. 雍端年十三,
옹단 년 십삼

여섯하고 일곱[7]도 모르는구나. 不識六與七。
불식 륙 여:칠

통通아 놈은 거의 아홉 살, 通子垂九齡,
통자: 수 구:령

다만 배 · 밤[8]을 찾기만 하는구나. 但覓梨與栗。
단:멱 리 여:률

운명이 진실로 이러할진대, 天運苟如此,
천운: 구: 여차:

우선 잔이나 들고 봐야겠다. 且進杯中物。
차:진: 배중물

1_ 도연명이 44세경에 지었다는 설이 있다. 도연명의 다섯 아들은 모두 '인 변'을 붙인 엄儼 · 사俟 · 빈份 · 일佚 · 동佟으로 이름 지어졌다. 이 시에 보이는 이름은 아명兒名인 듯하다. 이 시는 아들을 책망하고 있는 듯해도 오히려 자식 사랑을 희화화戲畵化한 것으로 보인다.

2_ 허연 머리털 : 44세 때 지은 것이라는 설을 따른다면, 너무 조로早老한 듯.

3_ 종이나 붓 : 필기도구, 즉 학습을 뜻한다.

4_ 이팔청춘 : 이팔은 십륙, 16세는 결혼할 나이이다. 그래서 다음 구절에서 '게으르기 짝이 없다'라고 했다. 이 시에서 아들을 형용한 어휘는 두 가지 뜻을 포함하고 있어, 독자로 하여금 웃음을 짓게 한다.

5_ 공부할 나이 : 『론어』論語 「위정」爲政에, "나는 열다섯에 공부에 뜻을 두었다."라는 말이 있으므로 이것 또한 15세를 가리킨다.

6_ 옹아 · 단아 : 둘이 같은 나이이니 쌍둥이인지, 또는 하나는 첩의 소생인지 하

는 의견이 있다.

7_ 여섯하고 일곱 : 셈을 모른다는 뜻으로 썼으면서, 그 합이 13, 즉 그들의 나이 13세가 되도록 한 것이다.

8_ 배 · 밤(梨栗) : 먹을 것만 찾는다는 뜻과 함께, 발음이 분명치 않다는 뜻도 포함된 듯하다. 초성初聲이 같다.

형가를 읊다[1] | 도연명

詠荊軻
영: 형가

연단[2]은 무사들을 잘 키웠으니, 燕丹善養士,
연단 선: 양:사:

강포한 영씨[3]에 보복하려는 뜻. 志在報强嬴。
지:재: 보: 강영

뛰어난 용사들을 불러모으다가, 招集百夫良,
초집 백부 량

마지막에 가서 형경[4]을 얻는다. 歲暮得荊卿。
세:모: 득 형경

군자는 지기를 위해선 죽는 법,[5] 君子死知己,
군자: 사: 지기:

칼 들고 연나라 서울[6]을 나선다. 提劍出燕京。
제검: 출 연경

백마[7]는 넓은 길에서 우는데, 素驥鳴廣陌,
소:기: 명 광:맥

비분강개 속에서 배웅하는 사람들. 慷慨送我行。
강개: 송: 아:행

뻣뻣한 머리털, 높은 갓을 치켜올린다. 雄髮指危冠,
웅발 지: 위관

씩씩한 기상, 긴 갓끈을 곤두세운다. 猛氣衝長纓。
맹:기: 충 장영

역수[8] 가에서 전별주 마실 때, 飮餞易水上,
음:전: 역수: 상:

자리에는 느런히 영웅들 앉아 있다. 四座列群英。
사:좌: 렬 군영

점리[9]는 비창하게 축을 연주하고, 漸離擊悲筑,
점:리 격 비축

송의[10]는 소리 높여 노래를 부른다. 宋意唱高聲。
송:의: 창: 고성

썰렁썰렁 구슬픈 바람 지나가고, 蕭蕭哀風逝,
소소 애풍 서:

출렁출렁 차가운 물결 일어난다. 澹澹寒波生。
담:담: 한파 생

상조[11]에 눈물은 더욱 흐르고, 商音更流涕,
상음 갱: 류체:

우조[12]에 장사도 또한 놀란다. 羽奏壯士驚。
우:주: 장:사: 경

마음으로 안다, 가서 돌아 못옴을! 心知去不歸,
심지 거: 불귀

그렇지만 후세에 이름은 남으리! 且有後世名。
차:유: 후:세: 명

수레에 올라서는 돌아볼 틈도 없이 登車何時顧,
등거 하시 고:

차개[13] 날리며 달린다, 진 왕궁으로. 飛蓋入秦庭。
비개: 입 진정

후딱후딱 넘은 만 리의 산하.[14] 凌厲越萬里,
릉려: 월 만:리:

구불구불 지난 천 개의 성곽. 逶迤過千城。
위이 과: 천성

지도[15]를 펼치자 당장 벌어진 일, 圖窮事自至,
도궁 사: 자:지:

호탕한 주인도 그만 허둥지둥, 豪主正怔營。
호주: 정: 정영

아깝구나, 검술이 미숙한 것, 惜哉劍術疏,
석재 검:술 소

뛰어난 공적은 마침내 이루지 못한다. 奇功遂不成。
기공 수: 불성

지금 그 사람 육신은 없어졌지만, 其人雖已歿,
기인 수 이:몰

섭섭한 심정은 천 년을 가리! 千載有餘情。
천재: 유: 여정

1_ 형가는 전국시대戰國時代의 자객. 연燕나라 태자 단丹의 의뢰로 진왕秦王(始皇帝, 전 247~전 210년 재위) 영정嬴政을 암살하러 갔다가 실패하여 죽었다. 이 시는 도연명이 아직 전원으로 은둔하기 이전에 쓴 작품인 듯. 당대의 정치·사회에 대하여 어쩔 수 없는 혐오를 느끼면서도 일종의 분노와 열정을 가지고 사회를 위해 애써 보려는 심정이 폭군을 제거하려고 발벗고 나선 형가에게 깊은 동정을 느낀 것으로 보인다.

2_ 연단燕丹 : 연燕나라 태자 단丹. 연나라는 전국시대의 한 나라이다. 지금의 하북성 북부 일대를 차지했으며, 공동연대 이전 222년까지 존속했다. 단은 연나라 최후의 태자. 그는 형가를 시켜 진왕秦王을 암살하려다가 실패했다. 진나라가 연나라로 쳐들어왔을 때, 연왕燕王 희喜(전 255~전 222년 재위)는 태자 단을 베어 진나라에 바쳤다(전 226년).

3_ 영嬴씨 : 진秦나라 임금의 성. 여기서는 진왕秦王 영정嬴政을 가리킨다.

4_ 형경荊卿 : 연나라 사람들이 형가를 존경하여 부른 말. 경卿은 존칭이다.

5_ 군자는 지기를 위해선 죽는 법 : 『사기』史記 「자객렬전」刺客列傳의 말. "사나이는 자기를 알아주는 사람(知己)을 위해서 죽고, 계집은 자기를 좋아하는 사람을 위해 용모를 가꾼다."에서 인용한 것이다.

6_ 연나라 서울 : 즉 계薊, 지금의 북경北京 부근.

7_ 백마 : 형가가 자객으로 떠날 때, 배웅 나온 태자와 빈객들은 모두 백의를 입고 백마를 탔다고 한다.

8_ 역수易水 : 지금의 하북성 역현易縣을 흐르는 강. 하류는 거마하拒馬河로 들어가서 천진天津을 통해 발해만渤海灣으로 빠진다. 역현은 북경 서남쪽으로 직선거리 100킬로미터쯤 되는 곳에 있다.

9_ 점리漸離 : 성은 고高, 이름이 점리이다. 형가의 친구로, 거문고 비슷한 축筑이란 악기의 명수였다. 연나라가 망한 뒤, 한때 몸을 숨겼다가 발각되자, 진시황제 영정 앞에서 축을 탔는데, 그때 남몰래 악기 속에 숨겨 둔 납(鉛)을 꺼내 영정을 죽이려다가 실패, 당장에 살해되었다.

10_ 송의宋意 : 『사기』에는 보이지 않지만, 『회남자』淮南子 「태족훈」泰族訓에, "형가가 진왕을 자살刺殺하러 갈 때, 고점리와 송의는 그를 위하여 축을 타면서 역수 가에서 노래하였다."라는 기록이 있다. 또 『사기』에는 노래를 형가가 부른 것으로 썼다. "바람은 썰렁썰렁, 역수는 차갑습니다. / 장사는 한번 가서 돌아오지 아니합니다."(風蕭蕭兮易水寒, 壯士一去兮不復還。)

11_ 상조商調 : 중국 고대음악에는 궁宮 · 상商 · 각角 · 치緻 · 우羽의 다섯 개의 기본음이 있는데, 상商이 기준이 되는 음계를 말한다. 상조는 애상적인 감정을 일으키는 곡조이다.

12_ 우조羽調 : 우羽가 기준이 되는 음계. 감정을 격동시키는 데 적합한 곡조이다.

13_ 차개車蓋 : 고대의 수레 위에 받치는, 비단으로 만든 일산日傘. 이 구절의 뜻은 수레를 몹시 빠르게 몬다는 형용이다.

14_ 만 리의 산하 : 형가가 떠난 연나라 서울 계薊(지금의 北京)에서 진나라 서울 함양咸陽(西安市 북)까지는 직선거리 약 900킬로미터이다.

15_ 지도 : 형가는 진왕 영정을 만나기 위하여, 진나라 장군으로 연나라에 망명하고 있던 번어기樊於期가 자진하여 내어 준 자기의 수급首級과 연나라 독항督亢의 지도를 선사품으로 가져갔다. 지도는 돌돌 말게 되어 있었는데, 그 속에 비수匕首를 간직했다가, 이것으로써 영정을 찔러 죽일 계획이었다.

복사꽃 피는 고장[1] | 도연명

桃花源詩
도화원 시

공동연대 4세기 말경, 즉 **진**:晉나라[2] 태원[3] 연간의 일이다. 무릉[4] 사람으로 고기잡이를 생업으로 하는 이가 있었다. 하루는 개울을 거슬러 올라갔는데, 얼마나 멀리 갔는지 모를 즈음 갑자기 복사꽃이 핀 수풀을 만났다. 강가의 양편으로 수백 걸음이나 되는 어간에 다른 나무는 하나도 없고, 향기로운 풀밭은 산뜻하게 예쁘고, 떨어지는 꽃잎은 팔랑팔랑 날리고 있었다. 어부는 퍽 이상하게 여겨져, 다시 앞으로 나아가 그 수풀의 끝간 데를 알아보려 하였다. 수풀은 강의 원천이 있는 곳에서 끝났고, 거기에는 산이 하나 있었다. 그 산에는 작은 동굴이 있었는데, 거기서 빛이 나오고 있는 듯하였다. 어부는 배를 버리고 그 동굴로 들어갔다. 처음엔 아주 좁아 겨우 한 사람이 지나갈 만하였으나, 수십 걸음을 더 나아가니 눈앞이 환하게 툭 트이는 것이었다. 보아하니, 토지는 펀펀하고 넓었으며, 가옥들도 제법 번듯하였으며, 기름진 밭과 아름다운 못, 그리고 뽕나무와 대나무 따위도 있었다. 길은 동서남북으로 통하였으며, 여기저기서 닭이 울고 개가 짖는 소리도 한가롭게 들려왔다. 그 가운데에서 왕래하거나 밭갈이하는 남녀들의 복장은 어부가 살고 있는 바깥세상 사람들의 그것과 같았다. 머리가 누런 노인이나 다박머리의 아이들까지 모두 화목하고 각각 즐거운 모습들이었다.

어부를 보고 깜짝 놀라, 어디서 왔느냐고 물었다. 자세하게 대답해 주니까 집으로 청했다. 집에 가서는 술을 내고 닭을 잡고 밥을 지어 주었다. 동네 사람들은 이 사람 소식을 듣고 모두 찾아와 이것저것 질문하였다. 집주인이 말하기를, "우리 선조께서는 **진**秦나라[5] 난리를 피해서 처자와 동네 사람을 데리고 이처럼 후미진 고장으로 왔습니다. 그리고 다시는 여기서 나가지 않았으니, 마침내 바깥세상 사람들과는 단절된 것이죠." 라고 하더니, "지금은 무어라 하는 시대입니까?" 라고 물었다. 아, **한**:漢나라[6]가 있은 줄도 모르고 있으니, **위**:魏나라,[7] **진**:晉나라는 말할 것도 없는 것이다. 그래서 어부는 자기가 아는 대로 낱낱이 알려 주니 모두 감탄하고 놀라워하였다. 다른 사람들도 각각 그들의 집으로 초대해서는 모두 술과 밥을 내었다. 이렇게 며칠 머물다가 돌아가겠다고 인사하였더니, 그 고장 사람들이, "바깥세상 사람들에게는 말하지 않는 것이 좋겠어요." 라고 부탁하는 것이었다.

어부는 그곳에서 나와 그의 배를 찾아 앞서의 길을 따라오면서, 곳곳에 표지를 하여 두었다. 성 밑으로 돌아온 어부는 태수[8]를 찾아가 이러한 이야기를 하였다. 태수는 곧바로 사람을 시켜 어부를 따라가게 하였다. 그래서 앞서의 표지를 찾아 가 봤으나, 마침내 헤매기만 하고 길은 찾지 못하고 말았다.

남양[9] 사람 류자기[10]는 고상한 선비였다. 그는 소문을 듣고 기뻐하면서 자기도 찾아갈 계획을 서둘렀지만, 목적을 이루지 못하고 그만 병들어 죽었다. 이리하여, 그 뒤로는 마침내 그 나루터[11]를 묻는 사람이 없어진 것이다.

영씨[12]가 하늘 질서 어지럽히니,	嬴氏亂天紀, 영씨 란: 천기:
현인들은 세상에서 피신하였다.	賢者避其世。 현자: 피: 기세:
네 노인[13]들은 상산으로 갔고,	黃綺之商山, 황기: 지 상산
이 사람들[14]도 떠났던 것이다.	伊人亦云逝。 이인 역운 서:

지난 발자취가 점점 파묻히니,	往迹浸復湮, 왕:적 침: 부:인
찾아온 길은 드디어 없어졌다.	來逕遂蕪廢。 래경: 수: 무폐:
서로 권면하며 농사일 힘쓰지만,	相命肆農耕, 상명: 사: 농경
해만 지면 마음대로 쉬는 고장.[15]	日入從所憩。 일입 종 소:게:

뽕 · 대나무는 널찍한 그늘 드리웠고.　　桑竹垂餘蔭,
상죽 수 여음:

콩 · 메기장은 계절에 맞추어 심었다.　　菽稷隨時藝。
숙직 수시 예:

봄누에로부터 기다란 실을 얻으며,　　春蠶收長絲,
춘잠 수 장사

가을 결실에 나라님 세금도 없다.　　秋熟靡王稅。
추숙 미 왕세:

거친 길은 아득히 벋어 나갔는데,　　荒路曖交通,
황로: 애: 교통

닭이 울고 또한 개도 짖는구나.　　雞犬互鳴吠。
계견: 호: 명폐:

제기祭器[16]는 옛날의 법도와 같고,　　俎豆猶古法,
조:두: 유 고:법

의복衣服은 새로운 형식이 없다.　　衣裳無新製。
의상 무 신제:

아이들은 멋대로 노래를 부르고,　　童孺縱行歌,
동유 종: 행가

노인들은 즐겁게 돌아다닌다.　　斑白歡游詣。
반백 환 유예:

풀이 우거지면 절기가 온화한 것.　　草榮識節和,
초:영 식 절화

나무가 시들면 바람이 사나운 것.　　木衰知風厲。
목쇠 지 풍려:

달력의 표시가 없다 하더라도,　　雖無紀歷志,
수무 기:력 지:

사철은 저절로 일 년을 이루게[17] 마련.
四時自成歲。
사:시 자: 성세:

화목하고 즐거움이 마냥 넘쳐나니,
怡然有餘樂,
이연 유: 여락

무엇 하러 애써 머리를 짜겠는가?
于何勞智慧。
우하 로 지:혜:

이상한 종적 숨겨서 오백 년[18] 지나,
奇蹤隱五百,
기종: 은: 오:백

하루아침 열린 신비의 세계로다.
一朝敞神界。
일조 창: 신계:

순박함과 각박함[19]은 원천이 다른 것,
淳薄既異源,
순박 기: 이:원

깜박할 사이에 또 깊숙이 가려졌다.
旋復還幽蔽。
선부: 환 유폐:

속세만 돌던 선비에게 물어 본댔자,
借問游方士,
차:문: 유방 사:

어찌 헤아릴까, 이 청정한 세계를!
焉測塵囂外。
언측 진효 외:

바라건대, 가벼운 바람을 타고
願言躡輕風,
원:언 섭 경풍

높이 올라, 이상향을 찾았으면!
高擧尋吾契。
고거: 심 오계:

1_ 앞에 소기小記가 있다. 현실에 대한 반발 또는 비판으로서 고대古代라는 까마득히 먼 시간 속에 이상의 세계를 구했던 도연명이 그 유토피아를 공간 속에 그려본 것이 이 〈복사꽃 피는 고장〉 얘기(記)와 시詩이다. 얘기는 도연명이 지은 것으로 알려졌던 지괴소설집 『수신후기』搜神後記에도 나온다.

2_ 진晉나라 : 공동연대 265년부터 420년까지 존속했던 왕조. 317년을 고비로 하

여 서진·동진으로 나뉘었다. 시조는 사마의司馬懿의 손자 사마염司馬炎이다.

3_ 태원太元 : 진나라 효무제孝武帝(372~396년 재위) 사마요司馬曜의 연호. 공동연대 376년부터 396년 사이이다. 도연명의 나이로는 12세부터 32세 사이이다.

4_ 무릉武陵 : 호남성 상덕시常德市에 있다. 또 그 옆에 도원桃源이 있다. 상덕시 서쪽 직선거리 120킬로미터 되는 곳에 '무릉원武陵源 자연보호구', 즉 장가계張家界가 있다.

5_ 진秦나라 : 공동연대 전 221년부터 전 206년까지 존속한 통일 왕조. 시황제始皇帝 영정嬴政은 무력으로 전국시대 6국을 통합하였으나 미구에 멸망했다.

6_ 한漢나라 : 전한과 후한을 가리킨다. 전한은 공동연대 이전 206년부터 이후 8년까지, 후한은 공동연대 25년부터 220년까지 존속한 왕조. 전한의 시조는 류방劉邦, 후한의 시조는 류수劉秀이다.

7_ 위魏나라 : 공동연대 220년부터 265년까지 존속한 왕조. 시조는 조조曹操의 아들인 조비曹丕.

8_ 태수太守 : 군郡의 장관, 군은 현縣의 상위 행정구이다. 『수신후기』搜神後記에는 류흠劉歆이라고 이름까지 나와 있다(전한의 유명한 학자로서 『칠략』七略을 저술한 류흠劉歆은 아닌 듯, 시대가 다르다).

9_ 남양南陽 : 지금의 하남성 남양시南陽市이다. 이 이야기가 전개되는 동진東晋 태원 연간(376~396년)에 있어 남양南陽은 외국(前秦, 後秦) 땅이고, 직선거리 450킬로미터 떨어진 곳이었다.

10_ 류자기劉子驥 : 이름은 린지驎之, 자기는 자字이다. 산천 유람을 좋아하여, 호남성의 형산衡山(해발 1248미터) 일대에서 사람 발길이 뜸한 오지를 많이 여행했다고 한다. 『진서』晉書 「은일전」隱逸傳 참조.

11_ 나루터 : '복사꽃 피는 고장'으로 들어가는 길이다.

12_ 영嬴씨 : 진秦나라 임금의 성씨姓氏. 즉 진나라 시황제 영정嬴政을 가리킨다. '하늘 질서'는 곧 이 세계를 지배하고 있는 법칙을 가리킨다.

13_ 네 노인 : 진나라의 폭정을 피해서 하황공夏黃公·기리계綺里季·동원공東園公·록리선생角里先生 등 네 노인은 지금의 섬서성 상주시商州市 상산商山에서 은둔생활을 했다. 상산사호商山四皓로 알려졌다. 원문에는 하황공·기리계만 들어 있다.

14_ 이 사람들 : '복사꽃 피는 고장'으로 온 사람들을 가리킨다.

15_ 해만 지면 마음대로 쉬는 고장 : 중국인의 이상적인 생활을 노래한 고대가요 《격양가》擊壤歌의 "해가 뜨면 일하고 / 해가 지면 쉬노라."(日出而作, 日入而息.)를 의식하고 쓴 구절일 것이다.

16_ 제기 : 원문에는 조두俎豆라고 하는 특정한 제기를 들었다.

17_ 사철은 저절로 일 년을 이루게 : 이 구절과 앞 구절은, 『론어』論語 「양화편」

陽貨篇의 "하늘이 무슨 말씀을 하셨관대 사철은 저절로 운행되나?"와 같은 사상이다.

18_ 오백 년 : 개수概數를 표시한 듯. 진나라가 망한 뒤부터 태원 연간까지는 약 600년이 된다.

19_ 순박함과 각박함 : '복사꽃 피는 고장'의 순박함과 '어부가 살고 있는 바깥세상', 즉 현실 세계의 각박함을 뜻한다.

『산해경』을 읽고[1] | 도연명

讀山海經
독 산해:경

초여름은 풀과 나무가 자라서	孟夏草木長, 맹:하: 초:목 장:
집 둘레에는 신록이 풍성풍성.	繞屋樹扶疏。 요:옥 수: 부소
뭇 새들은 의지가 생겨 기쁘겠지만,	衆鳥欣有托, 중조: 흔 유:탁
나는 또 우리 오두막집을 사랑한다.	吾亦愛吾廬。 오역 애: 오려
밭은 갈았겠다, 또 씨는 뿌렸겠다,	旣耕亦已種, 기:경 역 이:종:
때때로 나의 책이나 읽는 거다.	時還讀我書。 시환 독 아:서
골목길에 관원의 거마는 없지만,	窮巷隔深轍, 궁항: 격 심철
제법 친구들의 수레는 찾아든다.	頗回故人車。 파회 고:인 거

즐거운 애기로 봄 술[2]을 따르고,	歡言酌春酒, 환언 작 춘주:
우리 채마전에서 푸성귀를 딴다.	摘我園中蔬。 적아: 원중 소
동쪽에서부터 내리는 보슬비,	微雨從東來, 미우: 종동 래
이에 따라서 불어오는 훈풍이라.	好風與之俱。 호:풍 여:지 구
목천자의 애기를 대강 훑어보고,	汎覽周王傳, 범:람: 주왕 전:
산해경의 그림[3]을 두루 살펴본다.	流觀山海圖。 류관 산해: 도
순간에 우주의 끝을 둘러보니,	俯仰終宇宙, 부:앙: 종 우:주:
즐겁지 않고 또 어떠하겠는가?	不樂復何如。 불락 부: 하여

1_ 모두 13수. 본서에서는 제1수만 뽑았다. 『산해경』은 중국 고대의 지리서, 다만 그것은 단순히 산천의 형상만 적은 것이 아니라 각지의 기괴한 초목草木과 조수鳥獸, 내지는 신선생활까지 공상의 붓을 달린 특이한 책이다. 신선사상이 유행했던 이 시기에 지식인들이 즐겨 읽었다. 이 시의 제목은《『산해경』과 『목천자전』을 읽고》(讀山海經穆天子傳)라고 해야 한다는데, 간략히 『산해경』만 말한 것이라는 설도 있다. 제1수에도 『목천자전』을 읽는다는 구절이 나온다. 『목천자전』은 주周나라 목왕穆王(전 10세기경) 희만姬滿이 여러 지방을 유람하면서 견문한 것을 적은 일종의 신괴神怪소설이다. 도연명이 태어나기 70년 전쯤, 공동연대 281년 하남성 위휘衛輝(汲縣)의 한 고총古冢을 발굴하여 얻은 것이다.

2_ 봄 술 : 봄에 담가 겨울에 익는 술. 또는 겨울에 빚은 술. 『시경』《칠월엔》 주 22 참조(본서 91쪽).

3_ 산해경의 그림 : 『산해경』에 붙은 삽화. 공상적인 기괴한 조수鳥獸의 모습을 많이 그려 놓았다. 진晉나라 곽박郭璞(276~324년)이 『산해경도찬』山海經圖讚

을 지었다. 이 구절과 앞 구절은 모두 한가한 마음으로 즐겁게 책장을 넘겨 보는 멋을 그린 것이다.

만가[1] | 도연명

挽歌詩
만:가시

생명 있는 것은 반드시 사망한다.
일찍 죽는 것도 모두가 팔자소관.
어제 저녁 같은 사람으로 있더니,
오늘 아침 귀신의 명부에 올랐다.

有生必有死,
유:생 필 유:사:
早終非命促。
조:종 비 명:촉
昨暮同爲人,
작모: 동위 인
今旦在鬼錄。
금단: 재: 귀:록

영혼은 흩어져서 어디로 가는가?
마른 형체만 속 빈 나무[2]에 맡겼다.
어린 자식은 아비를 부르며 애고애고.
좋은 친구는 나를 쓰다듬고 어이어이.

魂氣散何之,
혼기: 산: 하지
枯形寄空木。
고형 기: 공목
嬌兒索父啼,
교아 색부: 제
良友撫我哭。
량우: 무:아: 곡

잘했나 못했나,[3] 다시 모르는데!

得失不復知,
득실 불부: 지

옳았나 글렀나, 어떻게 깨닫는가?	是非安能覺。 시:비 안능 각
천년만년 세월 흘러가고 난 다음,	千秋萬歲後, 천추 만:세: 후:
누가 알겠나, 영광인지 치욕인지?	誰知榮與辱。 수지 영 여:욕
다만 한스러운 것은, 살아생전에	但恨在世時, 단:한: 재:세: 시
술을 흡족히 마시지 못한 일이라!	飮酒不得足。 음주: 불득 족

1_ 만가는 죽은 사람의 영구를 끌면서(挽) 부르는 노래(歌)로, 한대 악부시 〈염교위의 이슬〉(본서 214쪽), 〈호리는 누구네 땅〉(본서 215쪽)의 전통을 잇는 것이다. 이 시는 도연명이 스스로의 죽음을 상정하고 지은 것이다. 만년의 작인 듯하지만, 반드시 실제로 죽음을 앞두고 지은 것이라고 단정키는 어렵고, 도연명다운 픽션이라고 보아야 할 듯하다. 원시는 모두 3수, 본서에서는 제1수만 뽑았다.

2_ 속 빈 나무 : 관을 가리킨다.

3_ 잘했나 못했나 : 생전의 행동에 대해서 말하는 것인 듯하다. 다음 구절도 같다.

사령운 謝靈運

Xie Lingyun

사령운謝靈運(385~433년)은 산수山水를 좋아하고 산수를 시로 그린 시인이다. 산수를 모티브로 한 시인으로 도연명陶淵明과 병칭되지만, 도연명의 시가 산수에 대한 주관적인 이미지를 읊었다면 사령운의 시는 산수를 객관적으로 리얼하게 그린 것이다. 산수시山水詩는 중국 시에 있어 커다란 흐름을 이루었지만 도연명의 시가 정통의 자리를 차지하고 있다.

사령운은 시에 변우騈偶의 수사법을 채택했다. 변우란 상대되는 두 구절 사이에 어법 구조·의미·음악 효과에 있어 대칭이 되도록 하는 것으로, 이것은 중국어의 특성을 살린 좋은 수사법이긴 하지만 이것에 탐닉되면 언어의 자연스러움이 없어지고 무리가 생긴다. 사령운의 시는 거의 전편이 변우의 구절로 되어 있으며, 또 고전(經典·子書 따위)의 인용이 너무 많아 시의 생동하는 맛은 적지만 기교는 뛰어나다.

사령운은 하남성 태강太康 사람이다. 집안이 좋아 일찍이 강락공康樂公에 습봉襲封되었다. 그는 귀족의 자제로서 훌륭한 교육을 받고 풍족한 생활을 했으며, 스님과 사귀고(당시 불교는 남조 지식인에게 인기가 있었다)

명산대천을 두루 유람했다. 그러나 구속을 모르는 그의 성격과 태도 때문에 광동성 광주廣州로 귀양 가고 기시棄市(死刑의 일종)의 형을 받아 비명횡사했다.

석벽정사에서 호수로[1] | 사령운

石壁精舍還湖中作
석벽정사: 환호중 작

아침저녁에 자주 변하는 기후,
산과 호수는 항상 청신한 광휘.
청신한 광휘, 사람을 즐겁게 하니,[2]
놀러 온 사람, 돌아갈 것을 잊는다.

昏旦變氣候,
혼단: 변: 기:후:
山水含清暉。
산수: 함 청휘
清暉能娛人,
청휘 능 오인
游子憺忘歸。
유자: 담: 망:귀

골을 나서니 해는 아직 이르던데,
배에 오르니 빛은 이미 희미하다.
수풀은 어두움이 살짝 깔리었는데,
구름은 저녁놀 받아 부유스름하다.

出谷日尚早,
출곡 일 상:조:
入舟陽已微。
입주 양 이:미
林壑斂暝色,
림학 렴: 명색
雲霞收夕霏。
운하 수 석비

마름과 연이 함께 빛나는가 하면,
부들과 피는 또 서로 기대는구나.
옷자락 날리며 남쪽 길로 걸어가,
기쁜 마음으로 동쪽 문간에 쉰다.

芰荷迭映蔚,
기:하 질 영:울
蒲稗相因依。
포패: 상 인의
披拂趨南徑,
피불 추 남경:
愉悅偃東扉。
유열 언: 동비

생각 담박하면 만물 절로 가벼워지고,

慮澹物自輕,
려:담: 물 자:경

마음 흡족하면 도리가 어긋나지 않아.

意愜理無違。
의:협 리: 무위

섭생[3]을 꾀하는 이에게 이르노니,

寄言攝生客,
기:언 섭생 객

이러한 도리를 따라 행해 보시오.

試用此道推。
시:용: 차:도: 추

1_ 원제는 "석벽정사에서 호수 가운데로 돌아와 짓다"라는 뜻. 정사는 서재書齋, 또는 서당書堂, 불사佛寺를 가리키기도 한다.

2_ 사람을 즐겁게 하니 : 『초사』「구가」《동군, 태양신》에 "소리와 빛깔은 사람을 즐겁게 하니, / 구경꾼들은 돌아갈 줄을 모릅니다."라는 구절이 있다(본서 150쪽).

3_ 섭생攝生 : 오래 살도록 몸과 마음을 건강하게 하는 것. 양생養生이라고도 한다.

강 가운데 외로운 섬[1] | 사령운

登江中孤嶼
등 강중 고서:

장강 남쪽을 편력하는 게 싫어지니,

江南倦歷覽,
강남 권: 력람:

장강 북쪽을 유람한 지도 오래구나.

江北曠周旋。
강북 광: 주선

신기한 풍경 보고자 멀리 돌아오니,

懷新道轉迴,
회신 도: 전:형:

이상한 경치 찾고자 늦추지 않는다.

尋異景不延。
심이: 경: 불연

물결을 거슬러 바로 절경에 닿으니,	亂流趨正絶, 란:류 추 정:절
외로운 섬은 강 가운데[2] 아양스럽다.	孤嶼媚中川。 고서: 미: 중천
구름과 해가 서로 환하게 비추니,	雲日相輝映, 운일 상 휘영:
하늘과 물은 모두 맑고 깨끗하다.	空水共澄鮮。 공수: 공: 징선
영검이 나타나도[3] 감상할 이 없으니,	表靈物莫賞, 표:령 물 막상:
진솔이 쌓여도 누가 대신 전달하리?	蘊眞誰爲傳。 온:진 수 위:전
곤륜산 선녀[4]의 모습을 상상해 보면,	想像崑山姿, 상:상: 곤산 자
속세의 인연과 멀리 떨어졌으리라.	緬邈區中緣。 면:막 구중 연
이제야 믿으리, 오직 안기[5]의 도술만	始信安期術, 시:신: 안기 술
섭생으로써 천수를 누리게 되리라고.	得盡養生年。 득진: 양:생 년

1_ 원제는 "강 가운데 외로운 섬에 올라"라는 뜻. 외로운 섬(孤嶼)을 고서孤嶼라는 고유명사라고 보기도 한다. 고유명사라면, 절강성 영가현永嘉縣 영가강永嘉江 가운데 있는 것이다. 이 섬은 길이 약 900미터, 너비 약 100미터이며, 두 개의 봉우리가 있고 강심사江心寺라는 절이 있다.

2_ 강 가운데 : 원문 중천中川은 '강 가운데'라는 뜻이지만, 이 시가 유명해지자, 영가강永嘉江을 중천中川이라 부르기도 했다.

3_ 영검이 나타나도 : 이 구절과 다음 구절은 '강 가운데 외로운 섬'의 경치가 훌륭함을 말하는 동시에 인걸人傑을 지칭하기도 한다.

4_ 곤륜산崑崙山 선녀 : 서왕모西王母를 가리킨다. 『산해경』山海經(郭璞 注)에,

"서왕모는 곤륜산에 산다."라는 기록이 있다.

5_ 안기安期 : 『렬선전』列仙傳에, "안기생安期生은 랑야瑯琊의 부향阜鄕 사람, 스스로 나이가 천 세千歲라고 말했다."라는 기록이 보인다.

포조 鮑照

Bao Zhao

포조鮑照(414~466년, 자 明遠)는 악부시의 정신을 잘 발양하여 자기의 시로 성공시킨 시인이다. 이러한 성공은 300년 뒤 리백李白 · 두보杜甫에게서나 기대될 수 있었던 것으로, 당시에는 별로 인정을 받지 못했다.

포조는 어려서 강소성 진강鎭江 일대에서 살았던 것 같다. 빈한한 생활을 했고, 벼슬길도 시원치 않아, 최후에 림해왕臨海王 류자욱劉子頊의 참군參軍(參謀 격)을 지냈다. 그래서 후인들은 포참군鮑參軍으로 통칭한다. 뒤에 류자욱의 거사가 실패하자, 포조는 난군에게 잡혀 죽었다. 그의 누이동생 포령휘鮑令暉는 여류시인이었다.

〈갈 길이 어렵다〉 따라(2수)[1] | 포조

擬行路難
의: 행로:난

· 1

평지에 물을 쏟아 놓으면,
瀉水置平地,
사:수: 치: 평지:

각각 동쪽 서쪽 남쪽 북쪽으로 흐른다.
各自東西南北流。
각자: 동서 남북 류

인생에도 천명이 있거늘,
人生亦有命,
인생 역 유:명:

다만 서서 한숨, 앉아서 시름할 뿐이랴?
安能行歎復坐愁。
안능 행탄: 부: 좌:수

술 따르면서 느긋해 보자.
酌酒以自寬,
작주: 이: 자:관

잔 들고 '갈 길이 어렵다' 그만 부르자.
擧杯斷絶歌路難。
거:배 단:절 가 로:난

사람이 목석이 아니거늘 느낌이 없으랴?
心非木石豈無感,
심비 목석 기: 무감:

소리 죽여 머뭇거리며 말도 하지 못한다.[2]
呑聲躑躅不能言。
탄성 척촉 불능 언

1_ 〈갈 길이 어렵다〉는 악부 제목. 대개 세상살이가 어렵다든지 이별의 슬픔을 노래한 것이다. 포조는 이 악부를 본떠서 자기의 감회를 읊었다. 포조는 처지가 몹시 곤궁하여 당시의 세태에 대해 분개를 느끼고 인생에 대해 또 허무를 느꼈으므로 이러한 심정을 이 작품에 쏟은 것이다. 이 시는 스무 살 때 지은 것이며, 원시는 모두 18수, 여기서는 2수만 뽑았다.

2_ 말도 하지 못한다 : 포조가 살았던 당시는 난세였기에 많은 시인·지식인이 비명에 횡사했다. 이러한 절박한 두려움 속에 시인은 하고 싶은 불평도 참을 수밖에 없었던 것이다.

· 2

상을 받고도 밥이 안 넘어가,	對案不能食, 대:안: 불능 식
장검을 뽑아 기둥을 치며 길게 탄식한다.	拔劍擊柱長歎息。 발검: 격주: 장 탄:식
"사나이 세상에 나서 얼마나 산다고,	丈夫生世會幾時, 장:부 생세: 회: 기:시
죽지를 처뜨리며 바장이고만 있느냐?	安能蹀躞垂羽翼。 안능 접섭 수 우:익
그만두자, 벼슬 버리고 가자,	棄置罷官去, 기:치: 파:관 거:
집으로 돌아가 멋대로 쉬자."	還家自休息。 환가 자: 휴식
아침에 나가며 어버이께 인사하고,	朝出與親辭, 조출 여:친 사
저녁에 돌아오면 어버이를 모시리.	暮還在親側。 모:환 재: 친측
침상에서 장난치는 아이들 어르며,	弄兒牀前戲, 롱:아 상전 희:
베틀에서 베 짜는 아내를 바라보리.	看婦機中織。 간:부: 기중 직
자고로 성현께서도 모두 빈천하셨거늘,	自古聖賢盡貧賤, 자:고: 성:현 진: 빈천:
하물며 외롭고 고지식한 우리 따위랴!	何況我輩孤且直。 하황: 아:배: 고 차:직

매화가 진다[1] | 포조

梅花落
매화 락

안마당에는 여러 나무가 많지만	中庭雜樹多。 중정 잡수: 다
굳이 매화만을 위하여 차탄한다.	偏爲梅咨嗟。 편위: 매 자차
"묻노니, 어찌 그리 독특한가요?"	問君何獨然, 문:군 하 독연
서리 속에서 꽃 피울 수 있기 때문이다.	念其霜中能作花。 념:기 상중 능 작화
이슬 속에서 열매 맺을 수 있고	露中能作實。 로:중 능 작실
봄바람 흔들어 봄날을 화사하게 만들지만,	搖蕩春風媚春日。 요탕: 춘풍 미: 춘일
너는 시들어 버려 찬바람에 쫓기고 마니	念爾零落逐寒風, 념:이: 령락 축 한풍
공연히 서리꽃만 있지 서리 바탕 없도다.	徒有霜華無霜質。 도유: 상화 무 상질

1_ 〈매화가 진다〉는 악부 제목. 본래 피리 곡조이다. 이 시도 포조의 감회를 읊은 것으로, 매화梅花를 인생에 비유한 작품이다.

사조 謝朓

Xie Tiao

사조謝朓(464~499년, 자 玄暉)는 사령운謝靈雲의 산수山水의 시풍을 계승하여 더욱 발전시킨 시인이다. 그는 경치를 훌륭히 묘사했을 뿐만 아니라 작품 속에 그의 개성을 표현하는 데도 성공해서 보다 뛰어난 시를 썼다. 오만했던 리백李白도 사조는 극구 칭찬했다.

사조는 하남성 태강太康 사람이다. 귀족의 집안에 태어났으니, 어머니는 남조 송宋나라의 공주(長城公主)였다. 일찍부터 좋은 환경에서 자라나 청년 시절에 이미 문명文名을 날렸으며, 거기에 용모도 잘생겼고 성격도 호방하여 교유도 폭이 넓었다. 열아홉 살부터 벼슬길에 나아가 관운도 좋았으나, 불행하게도 왕위 계승 문제에 관련되어 서른여섯 살의 나이로 옥사獄死했다.

저녁에 삼산에서 보는 서울[1] | 사조

晩登三山還望京邑
만:등삼산 환망:경읍

파하[2]에서 장안을 바라보았지.	灞涘望長安, 파:사: 망: 장안
하양[3]에서 락양을 쳐다보았지.	河陽視京縣。 하양 시: 경현:
태양이 높다란 용마루에 빛나니,	白日麗飛甍, 백일 려: 비맹
올망졸망한 지붕이 모두 보인다.	參差皆可見。 참치 개 가:견:
남은 놀은 흩어져서 고운 비단,	餘霞散成綺, 여하 산: 성기:
맑은 강은 조용하게 누인 명주.	澄江靜如練。 징강 정: 여련:
봄빛 어린 섬은 새가 가득하고,	喧鳥覆春洲, 훤조: 복 춘주
향내 나는 들은 꽃이 뒤덮였다.	雜英滿芳甸。 잡영 만: 방전:
떠나자,[4] 너무 오래 머물렀다!	去矣方滯淫, 거:의: 방 체:음
그립다,[5] 즐거운 잔치도 싫다!	懷哉罷歡宴。 회재 파: 환연:
좋은 날이 언제일지 원망스러워,	佳期悵何許, 가기 창: 하허:
눈물이 싸라기눈 오시듯[6] 흐른다.	淚下如流霰。 루:하: 여 류산:

정이 있다면 고향을 그릴 터이지.	有情知望鄕, 유:정 지 망:향
머리가 세지 않을[7] 사람이 있을까?	誰能鬒不變。 수능 진: 불변:

1_ 삼산三山은 지금의 강소성 강녕현江寧縣 서남 장강에 있다. 강을 따라 남북으로 세 봉우리가 나란히 있어 삼산三山이라고 하며, 높이는 약 90미터이다. 여기 서울은 남조南朝 제齊나라 수도 건강建康(南京市)이다. 삼산三山과 남경南京과의 사이는 약 35킬로미터.

2_ 파하灞河 : 섬서성 종남산終南山에서 발원, 장안長安(西安市) 동쪽을 북류하여 위하渭河로 들어가는 강. 이 구절은 왕찬王粲(177~217년)의 시(《칠애시》七哀詩), "남쪽으로 파릉灞陵의 기슭에 올라 / 고개 돌려 장안을 바라본다."(南登灞陵岸, 廻首望長安.)라는 구절에서 나온 것이다. 왕찬의 시는, 한나라 때 장안 사람이 손님을 배웅하며 여기까지 와서 강가의 버들을 꺾어 작별하는 풍습을 의식하고 읊은 것이다. 장안과 파하 사이는 약 10킬로미터. 이 시에서는 왕찬이 파하에서 장안 서울을 바라보듯이 자기도 삼산에서 건강 서울을 본다는 것이다.

3_ 하양河陽 : 지금의 하남성 맹현孟縣 서쪽에 있던 고을. 이 구절은 반악潘岳(약 247~300년)의 시(《하양현시》河陽縣詩), "고개를 빼어 수도를 바라보니," (引領望京室,)라는 구절에서 나온 것이다. 반악은 하양 현령이었다. 여기서의 수도는 락양洛陽(西晉의 수도)이다. 하양과 락양과의 사이는 약 40킬로미터, 중간에 황하가 가로지르고 있다. 이 시에서는 반악이 하양에서 락양 서울을 쳐다보듯이 자기도 삼산에서 건강 서울을 본다는 것이다.

4_ 떠나자 : 원문 거의去矣는 한단잠邯鄲湛의 시(《贈伍處玄詩》), "가시오, 말없이, / 헤어지기 쉽고 만나기 어렵소."(行矣去言, 別易會難.)와 비슷한 어법이다.

5_ 그립다 : 원문 회재懷哉는 『시경』詩經(王風, 揚之水)의 "그립다, 그립다. / 어느 달에나 나 돌아가리!"(懷哉懷哉, 曷月余還歸哉.)라는 구절에서 나온 것인 듯하다. 이 구절은 집이 너무나 그리워 즐거운 잔치에도 마음이 없다는 뜻이다.

6_ 눈물이 싸라기눈 오시듯 : 『초사』楚辭(九章, 哀郢)에, "눈물이 주르르, 싸라기 눈처럼 흐릅니다."(涕淫淫其若霰.)라는 구절이 있다.

7_ 머리가 세지 않을 : 장재張載의 시(《칠애시》七哀詩)에, "시름겨우니 머리가 센다."(憂來令髮白.)라는 구절이 있다.

동전에서 노닐며[1] | 사조

游東田
유동전

답답하고 괴로워 즐겁지 못하니,	慼慼苦無悰, 척척 고: 무종
손을 마주 잡고 함께 놀러 나간다.	攜手共行樂。 휴수: 공: 행락
구름 찾아 정자에 올라가서,	尋雲陟累榭, 심운 척 루:사:
산세 따라 누각을 바라본다.	隨山望菌閣。 수산 망: 균:각
퍼렇게 우거진 아득한 수풀,	遠樹曖芊芊, 원:수: 애:천천
끝없이 퍼지는 자욱한 안개.	生煙紛漠漠。 생연 분막막
고기가 노니[2] 새 연잎 흔들리고,	魚戲新荷動, 어희: 신하 동:
새가 흩어지니 남은 꽃 떨어진다.	鳥散餘花落。 조:산: 여화 락
향기로운 봄 술[3] 대하지 않으면,	不對芳春酒, 불대: 방 춘주:
돌아가 성 밖의 청산만 바라보리.[4]	還望青山郭。 환망: 청산 곽

1_ 제齊나라 무제武帝(483~493년 재위) 소색蕭賾의 태자 소장무蕭長懋(493년 사망)는 종산鍾山 아래에 누관樓館을 짓고, 이를 동전東田이라 명명, 자주 놀러나갔다고 한다. 일설에는 종산 동쪽에 사조의 농장이 있었다고도 한다. 종산은 당시 서울 건강성建康城 동쪽, 지금의 남경시 안에 있는 산, 일명 자금산紫金山이다. 해발 448미터.

2_ 고기가 노니 : 한대 악부 〈강남으로 연 따러 가세〉에, "고기가 연잎 사이에서 노네."가 있다(본서 216쪽).

3_ 봄 술(春酒) : 겨울에 빚어 봄에 마시는 술. 『시경』《칠월엔》 주 22 (본서 91쪽), 도연명《산해경을 읽고》 주 2 (본서 390쪽) 참조.

4_ 돌아가 성 밖의 청산만 바라보리 : 아름다운 경치 속에서 지금 술을 마시지 않는다면, 나중에 집에 돌아가서는 쓸쓸히 저 청산만 바라보게 될 것이라는 뜻. 일설에는, 아름다운 경치 속에서 즐기는 법으로는 술을 마시는 것이나 청산을 바라보는 것이나 모두 좋다는 뜻이라고도 한다.

원망스런 대리석 섬돌[1] | 사조

玉階怨
옥계원:

저녁 전각에 구슬발 드리우니,	夕殿下珠簾, 석전: 하: 주렴
흐르는 반딧불 켜졌다 꺼졌다.	流螢飛復息。 류형 비 부: 식
기나긴 밤에 비단옷을 꿰매니,	長夜縫羅衣, 장야: 봉 라의
님 생각은 그 끝이 어디일까?	思君此何極。 사군 차: 하극

1_ 원제 〈옥계원〉은 악부 제목, 궁녀의 원망을 그린 것이다. 당나라 절구絶句의 선성先聲이라고 평가된다. 리백의《원망스런 대리석 섬돌》 참조(본서 541쪽).

유신 庾信

Yu Xin

유신庾信(513~581년, 자 子山)은 포조鮑照, 사조謝朓 등과 함께 육조六朝에서 당대唐代로 넘어가는 중국 시사에서 중요한 위치를 차지하는 시인이다. 특히 그가 북쪽 나라(西魏)에 갔다가 고향으로 돌아오지 못하면서 지은 작품은 모두 시인의 절실한 감정을 표백한 것으로, 당시 형식적인 아름다움에만 치중하던 시풍과는 다른 것이었다. 두보杜甫는 그를 청신淸新하다고 평했다.

유신은 하남성 신야新野 사람이다. 량梁나라에서 높은 벼슬을 지냈으며, 문명文名이 뛰어났다. 그가 서위西魏에 가 있을 때 조국 량梁나라가 멸망(557년), 그 뒤로는 장안長安(西魏의 수도)에 머물렀다. 그는 서위와 그 뒤를 이은 북주北周에서 높은 벼슬을 받아, 생활은 오히려 풍족했으나 늘 망향望鄕으로 애를 태웠다.

다시 이별하며[1] | 유신

重別周尙書
중별 주 상:서

양관[2] 만 리 머나먼 길에
陽關萬里道,
양관 만:리: 도:

돌아가는 이 하나 안 보인다.
不見一人歸。
불견: 일인 귀

오직 황하 위 기러기만
唯有河邊雁,
유유: 하변 안:

가을이라 남으로 날아갈 뿐.
秋來南向飛。
추래 남향: 비

1_ 원제는 "주 상서를 다시 이별하며"라는 뜻. 주周 상서는 미상이다.

2_ 양관陽關 : 감숙성 돈황敦煌의 서남에 있던 관문으로, 그 북쪽에 있는 옥문관玉門關과 함께 중국에서 서역西城으로 나가는 길목이다. 왕유王維의 《양관 이별곡》으로 특히 유명하다(본서 479쪽).

왕림에게 부치다[1] | 유신

寄王琳
기: 왕림

옥관[2] 길은 아득하고
玉關道路遠,
옥관 도:로: 원:

금릉[3] 사신은 뜸하다.
金陵信使疏。
금릉 신:사: 소

홀로 천 가닥 눈물 흘리며,
獨下千行淚,
독하: 천항 루:

그대 만 리 밖 편지를 편다. 開君萬里書。
개군 만: 리: 서

1_ 왕림은 량梁나라의 장군. 량나라가 멸망한 뒤, 제齊나라에서 재기를 도모했으나 진陳나라 군사에 패하여 사망했다. 무학無學이었지만 선정善政이 많아, 백성들이 모두 그의 죽음을 조상했다고 한다.

2_ 옥관玉關 : 감숙성 돈황敦煌 서쪽에 있던 관문. 옥문관.

3_ 금릉金陵 : 지금의 강소성 남경시南京市. 남북조시대 남조南朝의 수도였다. 북조北朝에 왔다가 돌아가지 못하는 유신의 망향의 정을 의탁한 곳이다.

3

당시

당대의 도서 형태는 역시 권축卷軸으로서, 종이에 행서行書·해서楷書로 필사한 것이다. 또 권축卷軸의 두루마리를 개량하여 병풍처럼 한 페이지씩 접은 첩장帖裝이 나왔으며, 그 중 일부는 목각판도 있었다. 도서가 많이 보급된 것이다.

생전에 개인 시집이 나오기는 아직 이른 시기이다. 좋은 시를 보면 사람들이 다투어 베끼었다. 그렇게 선택되어 애송된 시고詩稿는 오랜 세월이 지난 뒤 개인 시집 또는 시선 같은 도서 형태로 정착하는 것이다. 지금 우리가 읽는 당시는 시집이 나오기까지 상당한 시간의 도태淘汰를 겪고 살아남은, 그래서 알알이 빛나는 진주이다.

당대는 중세 전기 서정시의 황금기였다. 당대에 수립된 과거제도에서 작시가 진사進士 시험의 중요한 과목이 되자, 대부분의 선비들이 작시에 열을 올렸던 것이다. 당대는 7언, 5언의 율시律詩와 절구絶句를 완성하였다. 그들은 그 자부심에서 이전의 시를 고시古詩라 하여 저들의 근체시近體詩와 구분하였다.

왕범지 王梵志

Wang Fanzhi

왕범지王梵志(약 590~660)는 백화白話(口語體)로써 탈속脫俗의 경지를 노래한 시인이다. 왕범지의 전기는 알려진 바가 거의 없다. 다음과 같은 전설이 있을 뿐이다.

"왕범지는 하남성 준현浚縣, 濬縣 사람이다. 수隋나라 때, 왕덕조王德祖란 사람의 집에 있는 능금(林檎)나무에 말(斗)만한 혹이 생겼다. 혹이 3년 만에 썩어서 깨보니 어린애가 나와, 왕덕조가 길렀다. 일곱 살 때, '누가 저를 길렀어요?'라 묻고, 또 성명도 물었다. 왕덕조가 사실대로 대답해 주었다. 나무(林木)에서 났기에 범천梵天이라고 했다가 뒤에 범지梵志로 고쳤다. 왕씨 집에서 자랐으므로 성을 왕씨로 했다. 그는 깊은 뜻이 담긴 시를 썼다."(唐 馮翊, 『桂苑叢談』)

왕범지의 시는 당唐나라 · 송宋나라 때 크게 유행했으나 중간에 실전되었다. 20세기 초에 펠리오P. Pelliot가 감숙성 돈황敦煌에서 발견하여, 지금 파리 국립도서관에 보존되어 있다.

무제시(4수)[1] | 왕범지 (無題)

· 1

바람과 먼지만 이는 초가집, 草屋足風塵,
초:옥 족 풍진

침상에는 해어진 담요도 없다. 牀無破氈臥。
상무 파:전 와:

손님이 왔으니 맞아들여야지, 客來且喚入,
객래 차: 환:입

땅바닥에 거적을 깔고 앉힌다. 地鋪稿薦坐。
지:포: 고:천: 좌:

집안에 원래 숯이라곤 없으니, 家裏元無炭,
가리: 원 무탄:

버드나무 꺾어 불을 분다. 柳麻且吹火。
류:마 차: 취화:

막걸리야 질항아리에 있지만, 白酒瓦鉢藏,
백주: 와:발 장

솥[2]이란 놈이 두 발이 짧구나. 鐺子兩脚破。
쟁자: 량:각 파:

사슴 육포 서너 조각이 있고, 鹿脯三四條,
록포: 삼사: 조

또 돌소금 대여섯 개도 있다. 石鹽五六課。
석염 오:륙 과:

"여보시오 손님 그저 이렇소, 看客只寧馨,
간:객 지: 녕형:

당신이 아무리 나를 웃어도!" 從你痛笑我。
종니: 통:소: 아:

1_ 원제는 아예 없다. 설교조의 격언 따위로 인생의 환멸과 청빈을 즐기는 생활을 표현한 이들 시는 자유·낭만을 추구하고 있다. 본서에서는 편의상, 무제시 ·1, ·2, ·3 등으로 표지를 붙였다.

2_ 솥 : 솥은 원래 세 발이 있는데, 두 발이 부러져 있는 것이다.

·2

옛날 내가 태어나기 이전에는,	我昔未生時, 아:석 미:생 시
깜깜한 세상, 아무것도 몰랐다.	冥冥無所知。 명명 무 소:지
하느님이 억지로 나를 낳았는데,	天公强生我, 천공 강: 생아:
나를 낳아 어찌하겠다는 것인지?	生我復何爲。 생아: 부: 하위
옷이 없어 나는 추위에 떨며,	無衣使我寒, 무의 사:아: 한
밥이 없어 나는 배가 고프다.	無食使我飢。 무식 사:아: 기
"하느님이시여, 나를 돌려주소서.	還你天公我, 환니: 천공 아:
태어나기 전의 나로 돌려주소서."	還我未生時。 환아: 미:생 시

· 3

성 밖에 동그만 흙만두,[1] 城外土饅頭,
성외: 토: 만두

소 거리는 성안에 있다. 餡草在城裏。
함:초: 재:성리:

한 사람이 하나씩 먹으니,[2] 一人喫一個,
일인 끽 일개:

맛없다 탓하지 마소라. 莫嫌沒滋味。
막혐 몰 자미:

1_ 흙만두 : 무덤을 가리킨다.

2_ 한 사람이 하나씩 먹으니 : 송나라 시인 황정견黃庭堅(본서 1138쪽)은 이 구절을 비평하여, "이미 흙만두가 되었으니 이제 누가 먹을 수 있겠는가?"라 하면서, "미리 술을 갖다 붓는다. / 맛이 좋게 되도록."(豫先著酒澆, 使教有滋味。)이라고 고쳤다(성묘할 때 술잔 올리는 것을 가리킴). 그리고 남송南宋의 극근선사克勤禪師는 또 이렇게 고쳤다. "성 밖에 동그만 흙만두, / 소 거리는 성안에 있다. / 무리들 울음 배웅 받고, / 뱃가죽 속에 들어와 있다. / 차례차례 모두 소가 되니, / 배웅은 끝날 날이 없구나. / 이는 세상 경고하는 것이니, / 눈을 뜨지 말고 잠드소라."(城外土饅頭, 餡草在城裏。著羣哭相送, 入在肚皮裏。次第作餡草, 相送無窮已。以茲警世人, 莫開眼瞌睡。)

· 4

범지[1]가 버선을 뒤집어 신어, 梵志翻著襪,
범:지: 번착 말

사람들은 모두 틀렸다 말한다. 人皆道是錯。
인개 도: 시:착

"당신 눈에는 거슬리겠지만, 乍可刺你眼,
사:가: 자: 니:안:

내 발이야 가릴 수 없겠소?"

不可隱我脚。
불가: 은: 아:각

1_ 범지梵志 : 시인의 자칭. 이 시(·4)는 황정견黃庭堅이 극구 칭찬했을 뿐만 아니라, 남송南宋의 시승詩僧 혜홍慧洪도 높이 평가했으며, "범지가 버선을 뒤집어 신은 법을 알면 글을 지을 수 있다."(陳善, 『捫蝨新話』)라는 말이 나올 정도였다.

한산 寒山

Hanshan

한산寒山(8세기경)은 왕범지王梵志와 같이 절대자유의 경지에 있는 인간의 즐거움을 노래한 시인이다. 한산은 전기는커녕, 성명도 알 길이 없다. 웨일리A. Waley의 소개를 참고로 들겠다.

한산은 8·9세기 사람. 처음엔 형제와 함께 부모가 물려준 밭을 갈다가, 나중엔 형제와 가족을 떠나 각처로 방랑하면서 많은 책을 읽었다. 자기를 써줄 사람을 찾았으나 허탕이었다. 그는 마침내 한산寒山에 은거하여, 한산이란 이름으로 알려지게 되었다. 거기는 사원寺院·도관道觀으로 유명한 천태산天台山(절강성)으로부터 40킬로미터 떨어진 곳으로 한산도 가끔 이 산을 찾아갔다. …… 그의 시에 있어 한산寒山은 지명으로서보다는 하나의 심경心境의 이름일 경우가 많다. 그의 시의 미스티시즘은 이 이념에 뿌리를 박고 있으며, 그것은 또한 '감추어진 보배', 즉 부처(佛)는 우리들 밖에서가 아니라 우리들 마음 안에서 찾아야 한다는 이념에도 뿌리를 박고 있다(A. Waley, "27 Poems by Han-shan", *Encounter* Vol. III, No. 3, 1954).

무제시(4수)[1] | 한산 (無題)

· 1

진리는 일상생활에 있는 법[2]이니,	自樂平生道, 자:락 평생 도:
송라[3] 석굴 사이에서 스스로 즐겁다.	烟蘿石洞間。 연라 석동: 간
자연인의 마음은 구김 없이 틔었으니,	野情多放曠, 야:정 다 방:광:
언제나 구름과 함께 한가롭게 논다.	長伴白雲閑。 장반: 백운 한
길은 있어도 속세로 통하지 않는데,	有路不通世, 유:로: 불 통세:
무심[4]하면 누구라도 찾아갈 수 있다.	無心孰可攀。 무심 숙 가:반
돌 침상에 외롭게도 밤에 앉았으려니,	石牀孤夜坐, 석상 고 야:좌:
둥근 달이 한산[5] 위에 떠오르는구나.	圓月上寒山。 원월 상: 한산

1_ 원제는 아예 없다. 왕범지王梵志의 무제시를 직접 계승한 작품이며 본서에서는 편의상 무제시 · 1, · 2, · 3 등으로 표지를 붙였다.

2_ 진리는 일상생활에 있는 법 : 원문에는 평생도平生道로 되어 있는데, 이것은 당唐나라 남천선사南泉禪師(748~834)의 유명한 말씀, "일상생활의 마음(平常心), 이것이 진리(道)다"와 같은 것이다.

3_ 송라松蘿(*Usnea diffracta*) : 소나무겨우살이(*Usnea longissima*).

4_ 무심無心 : 당나라 황벽선사黃蘗禪師(斷際禪師希運)의 말씀에, "무심無心이란 일체一切 마음이 없는 것이다."(『傳心法要』)라는 구절이 있다.

5_ 한산寒山 : 절강성 동북의 큰 산맥 천태산天台山의 한 봉우리. 이것은 또한 시인 자신의 이름이기도 하다.

· 2

구름 겹겹, 개울 가닥가닥,	千雲萬水間, 천운 만:수: 간
그 가운데 한가로운 사람.	中有一閑士。 중유: 일 한사:
낮에는 청산에서 놀고,	白日遊青山, 백일 유 청산
밤에는 바위 밑에서 자고.	夜歸巖下睡。 야:귀 암하: 수:
어느덧 봄가을 지나가고,	倏爾過春秋, 숙이: 과: 춘추
고요히 속세가 멀어지고.	寂然無塵累。 적연 무 진루:
쾌재로다, 어디에 기댈까,	快哉何所依, 쾌:재 하 소:의
가을 강물처럼 조용할 뿐.	靜若秋江水。 정:약 추강 수:

· 3

쾌재로다, 혼돈[1]의 몸이여,	快哉混沌身, 쾌:재 혼:돈: 신

밥 안 먹고 오줌도 안 누고.	不飯復不尿。 불반: 부: 불뇨:
누가 끌로 뚫어 주었길래,	遭得誰鑽鑿, 조득 수 찬착
여기 아홉 구멍[2]이 났을까?	因玆立九竅。 인자 립 구:교:

날마다 옷과 밥 염려하고,	朝朝爲衣食, 조조 위: 의식
해마다 국세 지방세 걱정.	歲歲愁租調。 세:세: 수 조조:
천 명이 한 푼을 다투어,	千箇爭一錢, 천개: 쟁 일전
머리 박고 아귀다툼이라.	聚頭亡命叫。 취:두 망명: 규:

1_ 혼돈混沌 : 혼돈渾沌과 같다. 『장자』莊子 「응제왕 편」應帝王篇에 다음과 같은 우화가 있다. —남해 임금은 숙儵, 북해 임금은 홀忽, 중앙 임금은 혼돈渾沌이라고 한다(儵忽은 '갑자기', 渾沌은 khaos의 뜻임). 숙과 홀은 가끔 혼돈의 땅에서 만났는데, 혼돈이 대접을 아주 잘해 주었다. 숙이 홀에게 혼돈의 은혜를 갚자고 하면서 이렇게 말했다. "사람은 모두 일곱 구멍(耳目口鼻)이 있어 듣고 보고 먹고 숨쉬고 하는데 이 혼돈은 하나도 없소. 구멍을 쪼아 줍시다." 그래서 하루에 한 구멍씩 쪼아 주었더니 이레 만에 혼돈은 죽어 버렸다.— 여기서 혼돈은 커다란 무질서, 모든 모순과 대립을 그냥 하나로 뭉친 실재實在 그 자체를 상징한다. 따라서 이 우화는 인간의 영리함—작위作爲와 분별分別이 참된 실재實在, 곧 모든 존재의 생생하고 발랄한 자연自然 경영經營을 질식시키고 사멸시키는 어리석음을 풍자한 것이다. 이 구절에서 "쾌재로다"라고 한 것은 이러한 "생생하고 발랄한 자연 경영"의 즐거움을 가리킨 것이다. 이 시와 같은 내용을 읊은 것으로, 왕범지王梵志의 《무제시 · 2》가 있다(본서 414쪽).

2_ 아홉 구멍 : 인간으로서의 육신을 얻은 것, 즉 인간으로 태어난 것을 가리킨다. 『장자』莊子의 우화에서는 얼굴의 '일곱 구멍'이었으나, 여기서는 하체의 두 구멍을 더하여 '아홉 구멍'이다.

· 4

훌쩍 고승을 찾아갔더니,	閑自訪高僧, 한자: 방: 고승
안개 낀 산은 천 겹 만 겹.	烟山萬萬層。 연산 만:만: 층
스님이 가리켜 주신 귀로에	師親指歸路, 사 친지: 귀로:
달님은 하나의 등불이로다.	月掛一輪燈。 월 괘:일륜 등

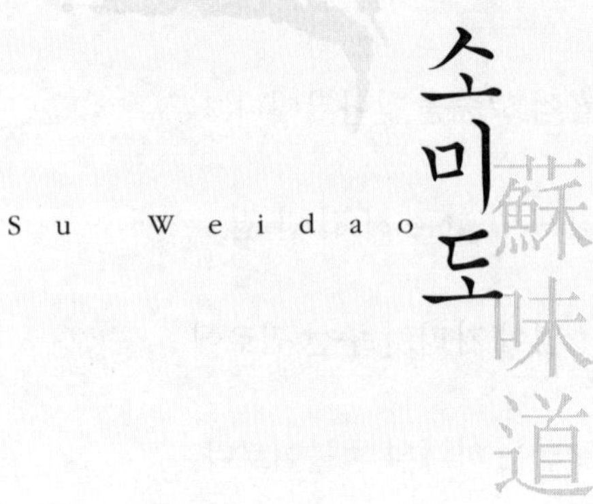

소미도 蘇味道

Su Weidao

소미도蘇味道(648~705)는 하북성 란성欒城 사람이다. 667년에 진사에 급제하고, 무후武后 때 수년간 재상을 지냈다. 치적 없이 세도가 장역지張易之 형제에게 아부하다가, 705년 중종中宗이 복위하면서 미주郿州(섬서성 眉縣) 자사刺使로 좌천되고, 거기서 사망하였다.

소미도는 리교李嶠와 함께 소·리蘇李로 유명하였다. 초당 시인 가운데 심전기沈佺期·송지문宋之問과 비교되는데, 작품에 있어서는 심·송沈宋에 미치지 못하지만 관직이 높았으므로 당시 영향력이 컸다. 5언 율시를 주로 쓰고 지금은 16수가 남아 있다.

정월 대보름 밤[1] | 소미도

正月十五夜
정월 십오:야:

불 밝은 나무에 은 꽃들 에우고,

火樹銀花合,
화:수: 은화 합

은하수 다리에 쇠사슬 풀렸네.

星橋鐵鎖開。
성교 철쇄: 개

어둠 속 먼지는 말 따라 가고,

暗塵隨馬去,
암:진 수마: 거:

밝은 달님은 사람을 쫓아오네.

明月逐人來。
명월 축인 래

오얏꽃[2]처럼 아리따운 기생들이

游妓皆穠李,
유기: 개 농리:

〈매화꽃 진다〉[3] 노래를 하며 건네.

行歌盡落梅。
행가 진: 락매

금오[4]도 야간통행 아니 막으니,

金吾不禁夜,
금오 불 금:야:

옥루[5]야 제발 재촉 좀 하지 말게.

玉漏莫相催。
옥루: 막 상최

1_ 당나라 장안성 정월 대보름 밤 등불 밝힌 경치를 읊은 것. 이날 전후 3일 동안 등불을 밝히고 야간통금도 없어 구경꾼으로 인산인해를 이루었다고 한다. '정월 대보름 밤' 놀이는 당나라 때부터 유행하기 시작해 송나라가 망할 때까지 이어져 많은 사람이 이런 시를 지었는데, 거의 모두 이 시의 영향을 받았다(陳文忠,『中國詩歌接受史研究』).

2_ 오얏꽃 :『시경』(召南 · 何彼穠矣)에, "어찌 저리 아리따울까, 복사 오얏꽃과 같아."(何彼穠矣, 華如桃李。)란 구절이 있다.

3_ 〈매화 꽃 진다〉: 악곡 이름.『악부시집』樂府詩集 24(漢橫吹曲4 · 梅花落).

4_ 금오金吾 : 한대 천자의 호위병. 집금오執金吾의 준말.

5_ 옥루玉漏 : 물시계. 궁중에 있는 물시계를 가리킨다.

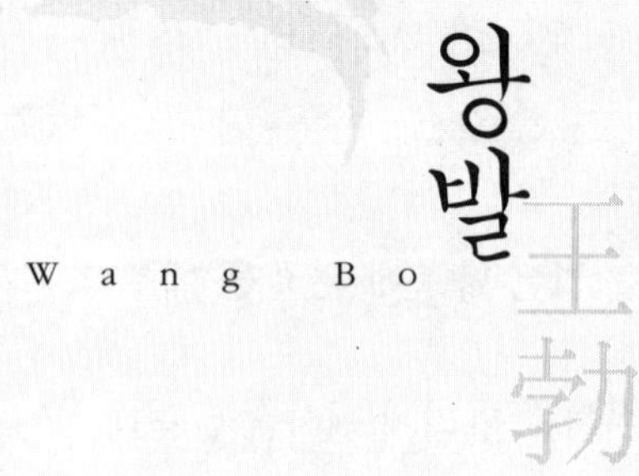

왕발 王勃

Wang Bo

왕발王勃(650~677, 자 子安)은 찬란한 당시唐詩 선구자의 한 사람. 육조六朝의 탐미적인 유풍을 완전히 벗어나지는 못했으나, 그의 악부체樂府體의 짧은 시는 소박한 가운데 시인의 진실한 감정을 잘 나타낸 걸작들이다.

왕발은 산서성 하진河津 사람이다. 여섯 살 때 글을 지었고, 스무 살이 되기 전에 진사進士가 되었다. 고종高宗(649~683 재위) 리치李治의 아들, 패왕沛王에게 총애를 받았으나 투계鬪鷄의 격문을 쓴 것이 여러 황자皇子들의 사이를 이간시킨다 하여 쫓겨나 사천성 성도成都에서 방랑했다. 뒤에 교지交趾(베트남 북부)에 가 있는 아버지(福疇)를 찾아가다가 바다에 빠져 익사했다. 그 도중 강서성 남창南昌에서 지은《등왕각서》(秋日登洪府滕王閣餞別序)와 그 일화는 서른도 채 못되어 죽은 시인의 천재성을 잘 보여준다.

산 속 | 왕발

山中
산중

큰 강은 슬퍼서 막혔거늘,
長江悲已滯,
장강 비 이:체:

만 리 밖에서 돌아갈 생각.
萬里念將歸。
만:리: 념: 장귀

더구나 높은 바람 이는 저녁,
況屬高風晚,
황:속 고풍 만:

산과 산에 누런 잎이 날리니.
山山黃葉飛。
산산 황엽 비

산방의 밤 | 왕발

山扉夜坐
산비 야:좌:

거문고 안고 방문을 열어 놓고
抱琴開野室,
포:금 개 야:실

술잔을 잡고 정인을 마주 본다.
攜酒對情人。
휴주: 대: 정인

숲 속의 못가, 달밤 꽃 아래—
林塘花月下,
림당 화월 하:

또 다른 하나의 봄나라로다.
別是一家春。
별시: 일가 춘

류희이 劉希夷

Liu Xiyi

류희이劉希夷(651~679, 자 延之, 庭芝)는 하남성 여주汝州 사람이다. 672년에 진사에 급제하였다. 술과 풍류를 좋아하고 비파를 잘 탔는데, 그 시는 가행歌行으로 이름났다. 규정시閨情詩는 표현이 완곡 화려하며 감상적이다. 그리고 변새시邊塞詩는 청준 웅혼하고 호방한 기백이 보인다.

백발노인의 슬픔[1] | 류희이

代悲白頭翁
대:비 백두옹

락양 성동 복사 오얏꽃잎이 울긋불긋,	洛陽城東桃李花。 락양 성동 도리: 화
날아오며 날아가며 뉘 집에 떨어지나?	飛來飛去落誰家。 비래 비거: 락 수가
락양 성안 여인네들 얼굴빛을 아끼면서,	洛陽女兒惜顏色。 락양 녀:아 석 안색
길 가다가 지는 꽃을 보고 한숨만 짓네.	行逢落花長歎息。 행봉 락화 장 탄:식
금년에 꽃이 질 때 얼굴빛 이울었으니,	今年花落顏色改。 금년 화락 안색 개:
명년에 꽃이 필 때 또 누가 보게 될까.	明年花開復誰在。 명년 화개 부: 수재:
소나무도 잘라서 땔감으로 쓴다 하더니,	已見松柏摧爲薪, 이:견: 송백 최위 신
뽕밭도 세월 흘러 바다 된다[2]고 들었다.	更聞桑田變成海。 갱:문 상전 변:성 해:
옛 사람 이제 다시 락양 성동에 없거늘	古人無復洛城東。 고:인 무부: 락성 동
지금 사람 아직도 지는 꽃바람을 맞네.	今人還對落花風。 금인 환대: 락화 풍
연년 세세 꽃빛깔은 서로 비슷하지만	年年歲歲花相似, 년년 세:세: 화 상사:
세세 연년 사람 얼굴은 서로 같지 않네.	歲歲年年人不同。 세:세: 년년 인 불동

혈색 좋은 젊은이에게 하고자 하는 말씀,	寄言全盛紅顏子, 기:언 전성: 홍안 자:
반송장 백발노인을 불쌍히 보아 주시게.	應憐半死白頭翁。 응련 반:사: 백두 옹
이 노인 허연 머리는 참으로 불쌍하지만,	此翁白頭眞可憐。 차:옹 백두 진 가:련
옛날에는 멋 부리던 홍안 미소년이었네.	伊昔紅顏美少年。 이석 홍안 미: 소:년
귀하신 공자 왕손과 푸른 나무 아래 서서,	公子王孫芳樹下, 공자: 왕손 방수: 하:
고운 노래와 춤을 지는 꽃 앞에서 즐겼지.	淸歌妙舞落花前。 청가 묘:무: 락화 전
광록[3]님 연못의 돈대는 비단 장막 둘렀고,	光祿池臺開錦繡, 광록 지대 개 금:수:
대장군[4] 누각의 벽은 신선을 그려 놓았지.	將軍樓閣畫神仙。 장:군 루각 화: 신선
하루아침 몸져눕자 알아주는 이 없으니,	一朝臥病無相識, 일조 와:병: 무 상식
석 달 봄 즐거운 놀이는 어느 집으로 갔나.	三春行樂在誰邊。 삼춘 행락 재: 수변
길게 굽은 눈썹은 얼마나 오래 가는가,	婉轉蛾眉能幾時。 완:전: 아미 능 기:시
눈 깜박할 사이 흰 머리칼 실처럼 엉켰네.	須臾鶴髮亂如絲。 수유 학발 란: 여사
다만 옛날 노래하고 춤추던 곳을 보시게,	但看古來歌舞地, 단:간: 고:래 가무: 지:

오직 황혼 맞아 새들만 슬피 울 뿐이라네. 唯有黃昏鳥雀悲。
유유: 황혼 조:작 비

1_ 또 대백두음代白頭吟이라고도 한다. 의고악부이다. 〈백두음〉은 한대 악부(相和歌辭 楚調曲)의 한 제목. 원래는 여자가 사랑을 저버린 남자와 의연하게 결별하는 내용이다. 류희이는 여자로부터 노인으로 주인공을 옮기면서 청춘은 덧없고 부귀는 건잡지 못하는 것임을 노래했다. 초당 때부터 호평을 받았는데, 시간이 흐르면서 더욱 명작으로 수용됐다.

2_ 뽕밭도 세월 흘러 바다 된다 : 상전벽해桑田碧海. 세상 일의 변천이 심한 것을 비유한다.

3_ 광록 : 벼슬 이름. 궁전 문호를 관장했다. 공동연대 전 27년 외척 왕근王根 등 5인을 후작에 봉하였다. 왕근은 정원 연못 속에 돈대를 짓는 등 황제처럼 살았다 한다(『漢書 · 98』).

4_ 대장군 : 대장군은 군 최고사령관. 공동연대 141년 외척 량기梁冀에게 대장군大將軍을 수여하였다. 그는 어마어마한 저택을 짓고 신선 그림으로 장식하는 등 호사를 극진히 하였다 한다(『후한서 · 64』).

심전기 沈佺期

Shen Quanqi

심전기沈佺期(약 656~약 714, 자 雲卿)는 하남성 내황內黃 사람이다. 675년에 진사에 급제하고, 벼슬은 태자소첨사太子少詹事에 이르렀다. 중간에 탐오貪汚로 옥살이도 하고 세도가 장역지張易之에 아부한 것 때문에 환주驩州(베트남 북부)로 유배되기도 하였다.

시는 대개 응제應制의 작품이었으며, 유배지에서는 자기 처지에 대한 불만을 많이 읊었다. 율시 형식에 근엄 정밀하여, 중국 율시 체제가 정립하는 데 상당한 영향을 끼쳤다. 송지문宋之問과 함께 심·송沈宋으로 부른다.

북망산 | 심전기

邙山
망산

북망산[1] 위에 늘어선 크고 작은 무덤들,
北邙山上列墳塋,
북망 산상: 렬 분영

천년만년 변함없이 락양[2]성을 바라본다.
萬古千秋對洛城。
만:고: 천추 대: 락성

성안에서는 낮밤 없이 풍악이 울리지만
城中日夕歌鐘起,
성중 일석 가종 기:

산에는 소나무 측백나무[3] 바람소리뿐이라.
山上惟聞松柏聲。
산상: 유문 송백 성

1_ 북망산 : 망산. 락양시 북쪽에 있어 북망산이라 한다. 왕후공경의 무덤이 많았다. 지금의 락양시 기차역 북쪽 2킬로미터 거리에 열사능원烈士陵園이 있다.

2_ 락양 : 하남성 락양시. 공동연대 전 1000년경, 서주 성왕成王 때, 주공周公이 처음 성을 쌓았으며, 역사상 주(東周) · 한(東漢) · 위(曹魏) · 진(西晋) · 위(北魏) · 수隋(煬帝) · 당唐(武后) · 당(後唐) 등이 여러 차례 수도로 삼았다. 락수洛水 양지에 있어 락양이라 했다. 당 무후는 장안을 싫어하여 락양에 있었으므로 당시 중국에서 제일 번화하였다. 이때 심전기가 시를 지은 것이다.

3_ 소나무 측백나무 : 원문 송松(*Pinus tabulaeformis*) 백柏(*Thuja orientalis*). 당시에 나오는 식물은 반부준의 책을 참고하였다(潘富俊, 『唐詩植物圖鑑』, 上海:上海書店出版社, 2003).

진자앙 陳子昂

Chen Zi'ang

진자앙陳子昂(약 659~700, 자 伯玉)은 초당初唐을 휩쓸던 육조六朝의 기교주의를 배격하고, 개인의 생명과 감정을 시에 부여하여 성당盛唐의 개화開花를 가져오게 한 선구적인 시인이다.

진자앙은 사천성 사홍射洪 사람이다. 부잣집 아들로 태어나 나이 열여덟이 되도록 글을 몰랐는데 뒤에 향교鄕校에 들어가 비로소 후회하고 열심히 공부했다. 무후武后 때 습유拾遺까지 되었으나, 벼슬길은 불우한 것이었다. 벼슬을 그만두고 낙향하고 있을 때, 그의 재산을 탐낸 현령縣令에 의하여 옥사하였다.

불우한 몸[1] | 진자앙

感遇
감:우:

택란과 두약[2]은 봄여름에,
파릇파릇 또 푸릇푸릇.
외진 숲에 홀로 선 빛깔,
빨간 꽃술, 자주색 줄기.
더디더디 저무는 하얀 해,
산들산들[3] 이는 가을바람.
흔들려 다 떨어진[4] 봄이어,
꽃 생각은 필경 어찌 되었나!

蘭若生春夏,
란약 생 춘하:
芊蔚何青青。
천위: 하 청청
幽獨空林色,
유독 공림 색
朱蕤冒紫莖。
주유 모: 자:경
遲遲白日晚,
지지 백일 만:
嫋嫋秋風生。
뇨:뇨: 추풍 생
歲華盡搖落,
세:화 진: 요락
芳意竟何成。
방의: 경: 하성

1_ 모두 38수 가운데 제2수. 명군明君을 만나지 못한 것을 감상感傷한 것이다. 감우는 원적《회포》(詠懷詩, 본서 344쪽)에서 영향을 받았으며, 내용은 역사에 대한 감회나 개인적인 초탈·연민 등의 감정을 서술한 것이다.

2_ 택란과 두약 : 택란澤蘭(*Eupatorium japonicum*) 또는 쉽싸리. 두약杜若(*Alpinia officinarum*) 또는 고량강.

3_ 산들산들(嫋嫋) : 초사「구가」《상수 부인》의 "산들산들 가을바람이 입니다"(嫋嫋兮秋風)라는 구절(본서 140쪽)을 의식하고 쓴 듯하다.

4_ 흔들려 다 떨어진(搖落) : 초사楚辭(九辯)에 있는 "쓸쓸하구나, 풀과 나무 흔들려 떨어지니 앙상한 모습"(蕭瑟兮草木搖落而變衰)이란 구절을 의식하고 쓴 듯하다.

연나라 소왕[1] | 진자앙

燕昭王
연 소왕

남쪽으로 갈석산[2]에 올라 | 南登碣石坂,
남등 갈석 파

멀리 황금대[3]를 바라본다. | 遙望黃金臺。
요망: 황금 대

언덕에 큰 나무 가득한데, | 丘陵盡喬木,
구릉 진: 교목

소왕은 어디에 계시는가? | 昭王安在哉。
소왕 안재: 재

위대한 계획은 사라졌도다. | 霸圖悵已矣,
패:도 창: 이:의:

말을 몰아 다시 돌아온다. | 驅馬復歸來。
구마: 부: 귀래

1_《계구 람고》薊丘覽古 7수 가운데 하나이다. 전국시대 칠웅七雄의 하나였던 연燕나라는 계薊(지금의 북경시)에 도읍을 정하고 하북성 일대를 보유했는데, 왕 쟁王噌(전 321~전 312) 때 제齊나라에게 패했다. 그 뒤를 이은 소왕昭王(전 312~전 279 재위)은 명장 악의樂毅를 기용, 제나라를 쳐서 원수를 갚고 많은 영토를 획득했다. 그러나 소왕이 죽은 뒤 연나라는 제나라의 이간책에 속아 악의를 축출하고, 마침내 영토의 많은 부분을 도로 빼앗겼다.

2_ 갈석산碣石山(해발 695미터) : 하북성 창려현昌黎縣 북쪽에 있는 산. 그 부근에 소왕이 건축한 갈석관碣石館이 있는데, 소왕昭王이 당시의 대철학자 추연鄒衍에게 가르침을 청한 곳이다.

3_ 황금대黃金台 : 연나라 소왕이 돈대台를 쌓고 황금黃金을 걸어 천하의 인재를 초빙했다. 그래서 장군 악의樂毅, 학자 추연鄒衍 등 많은 사람이 모인 것이다. 그 유적은 여러 설이 있지만, 1996년 북경시 조양문 밖 금대로金台路 인민일보사人民日報社 구내에 복원한 것을 1998년 1월 1일, 역자가 탐방했다.

유주 고대에 올라[1] | 진자앙

登幽州臺歌
등 유주대 가

앞에 옛날 분 아니 보이고,
뒤로 오는 이 아니 보인다.
까마득한 하늘과 땅 생각하니,
홀로 상심이 되어 눈물짓노라.

前不見古人,
전 불견: 고:인
後不見來者。
후: 불견: 래자:
念天地之悠悠,
념: 천지:지 유유
獨愴然而涕下。
독 창:연이 체:하:

1_ 유주幽州는 지금의 북경시 대흥현大興縣이다. 우리나라 이황李滉(退溪, 1501~1570)의 시조는, "고인도 날 못보고 나도 고인 못뵈. / 고인을 못 보아도 녀던 길 앏에 있네. / 녀던 길 앏에 있거든 아니 녀고 어쩔고?"라 한다.

하지장 賀知章

He Zhizhang

하지장賀知章(약 659~약 744, 자 希眞)은 스스로 사명광객四明狂客이라 불렀으며, 시와 술을 몹시 사랑했다.

하지장은 절강성 소산蕭山 사람이다. 695년에 진사進士가 되어 순조롭게 승진하여 비서감秘書監(대신급)까지 되었다. 자유분방한 생활을 즐긴 그는 뒤에 도사道士가 되었다. 두보杜甫의 시에 음중팔선飮中八仙의 하나로 나온다. 리백李白을 처음 만나 그를 적선謫仙(귀양 온 신선)이라 부르고, 현종玄宗 리륭기李隆基에게 천거했다.

원씨 별장[1] | 하지장

題袁氏別業
제 원씨 별업

주인과는 일면식도 없지만,

主人不相識,
주:인 불 상식

마주 앉은 건 숲 속 샘물 때문.

偶坐爲林泉。
우:좌: 위: 림천

술 받을 걸 걱정하지 마시오,

莫謾愁沽酒,
막만 수 고주:

이 주머니 속에 돈이 있다오.

囊中自有錢。
낭중 자:유: 전

1_ 『세설신어』世說新語 「간오 편」簡傲篇에, "왕자경王子敬(獻之)이 회계會稽(紹興市)로부터 오군吳郡(蘇州市)을 지나다가 고벽강顧辟疆에게 이름난 동산이 있단 말을 들었다. 주인과는 모르는 사이였지만 곧바로 그 집으로 갔다. 고벽강은 마침 손님을 맞아 잔치를 베풀고 있는 중이었다. 그런데 왕자경은 (동산을) 다 둘러본 뒤, 그 좋은 점 나쁜 점을 지적하며 방약무인이었다."라는 기사가 있다.

고향에 돌아와[1] | 하지장

回鄕偶書
회향 우:서

젊어서 집을 떠나 늙어서 돌아오니,

少小離家老大回。
소:소: 리가 로:대: 회

사투리 여전하지만 살쩍은 빠졌다.

鄕音無改鬢毛衰。
향음 무개: 빈:모 최

아이들은 쳐다봐도 모르는 사람이라,

兒童相見不相識,
아동 상견: 불 상식

웃으며 묻는다, "손님 어디서 오셔유?"

笑問客從何處來。
소:문: 객종 하처: 래

1_ 모두 2수 가운데 제1수.

장약허 張若虛

Zhang Ruoxu

장약허張若虛(약 660~약 720)는 강소성 양주揚州 사람이다. 벼슬은 연주兗州(산동성)의 병조兵曹를 역임하였다. 705년 중종中宗이 복위한 뒤, 하지장賀知章 · 장욱張旭 · 포융包融과 함께 오중사사吳中四士로 이름났다. 지금 시는 2수만 전한다. 그런데, 《봄 강 꽃 달 밤》은 1,000년 이상 무수한 독자가 모두 경도한, "시 가운데 시, 정상 위 정상"(聞一多 설)이다. 장약허는 이 시 하나로 해서 대가가 되었다.

봄 강 꽃 달 밤[1] | 장약허

春江花月夜
춘강화월야:

봄 강 밀물은 바다에 이어서 편한데,
春江潮水連海平。
춘강 조수: 련해: 평

바다 위 밝은 달은 밀물과 함께 생겼다.
海上明月共潮生。
해:상 명월 공:조 생

번쩍번쩍 물결 따라 천 리요 만 리니,
灩灩隨波千萬里,
염:염: 수파 천만: 리:

어느 곳 봄 강에 달이 아니 밝겠느냐?
何處春江無月明。
하처: 춘강 무 월명

강은 흘러 굽이굽이 들판을 감도는데,
江流婉轉繞芳甸。
강류 완:전: 요: 방전:

달은 꽃 수풀 비추어 모두 싸락눈[2] 같다.
月照花林皆似霰。
월조: 화림 개 사:선:

공중에 서리[3] 흘러도 날리는 줄 모르고,
空裏流霜不覺飛,
공리: 류상 불각 비

물가의 하얀 모래는 보이지도 아니한다.
汀上白沙看不見。
정상: 백사 간: 불견:

강 하늘은 한 빛깔 티끌 하나 없는데,
江天一色無纖塵。
강천 일색 무 섬진

밝고 밝은 공중에 둥근 달이 외롭다.
皎皎空中孤月輪。
교:교: 공중 고 월륜

강변의 어느 사람 달을 처음 보았나?
江畔何人初見月,
강반: 하인 초 견:월

강달[4]은 어느 해 사람 처음 비추었나?
江月何年初照人。
강월 하년 초 조:인

인생은 대대로 이어가 끝이 없지만,	人生代代無窮已。 인생 대:대: 무 궁이:
강 달은 해마다 그저 비슷할 뿐이라.	江月年年只相似。 강월 년년 지: 상사:
모른다, 강달이 어느 사람 기다리나.	不知江月待何人, 불지 강월 대: 하인
보이느니, 장강[5]에 물 흘려보낼 따름.	但見長江送流水。 단:견: 장강 송:류 수:
하얀 구름 한 조각 유유히 떠나가니,	白雲一片去悠悠。 백운 일편: 거: 유유
청풍 포구[6]에서 시름을 이기지 못한다.	青楓浦上不勝愁。 청풍 포:상: 불승 수
어느 누구 오늘 밤 쪽배에 누웠나?	誰家今夜扁舟子, 수가 금야: 편주 자:
어디 달 밝은 누각[7]에서 그리워 우나?	何處相思明月樓。 하처: 상사 명월 루
가련타, 누각 위에 달님이 서성이니,	可憐樓上月徘徊。 가:련 루상: 월 배회
이별로 아픈 사람의 경대나 비추겠지.	應照離人粧鏡台。 응조: 리인 장경: 대
옥구슬 발 안에서 말아도 아니 가고,	玉戶簾中捲不去, 옥호: 렴중 권: 불거:
다듬이 돌[8] 위에서 떨쳐도 다시 온다.	擣衣砧上拂還來。 도:의 침상: 불 환래
이때 볼 수는 있어도 들을 수 없으니,	此時相望不相聞。 차:시 상망: 불 상문

달빛을 좇아가서 님 비추면 좋겠다.　　願逐月華流照君。
원:축 월화 류조: 군

큰기러기는 날아도 달빛을 못 넘고,　　鴻雁長飛光不度,
홍안: 장비 광 불도:

잉어[9]는 튀어도 물결만 이룰 뿐이다.　　魚龍潛躍水成文。
어룡 잠약 수: 성문

간밤 꿈에 꽃이 물가에 떨어졌지만,　　昨夜閑潭夢落花。
작야: 한담 몽: 락화

가련타, 봄이 다 가도록 집에 못 가니.　　可憐春半不還家。
가:련 춘반: 불환 가

강물에 흐르는 봄이 다 가려 하는데,　　江水流春去欲盡,
강수: 류춘 거: 욕진:

강가에 떨어진 달은 서쪽에 기울었다.　　江潭落月復西斜。
강담 락월 부: 서사

기운 달은 침침하게 해무에 숨는데,　　斜月沈沈藏海霧。
사월 침침 장 해:무:

갈석산도 소상강[10]도 한없는 길이다.　　碣石瀟湘無限路。
갈석 소상 무한: 로:

달빛을 타고 몇 사람이나 돌아갔나?　　不知乘月幾人歸,
불지 승월 기:인 귀

지는 달 흔든 정 강 나무에 가득하다.　　落月搖情滿江樹。
락월 요정 만: 강수:

1_ 원제는 악부(淸商曲 · 吳聲歌)의 옛 제목. “봄 강 꽃 달 밤”을 묘사하면서, 대자연의 아름다움을 찬탄하고, 인간세계의 순결한 사랑을 구가하고, 인생 철리를 추구하고, 우주 신비를 탐색하고 있다. 봄 · 강 · 꽃 · 달 · 밤이 나오지만 주체는 달. 달이 강에서 뜨고, 높이 올라, 공중에서 서성거리다가, 서쪽으로 기울어, 강으로 지는 하룻밤 전 과정이 바로 이 시의 차례다.

2_ 싸락눈 : 싸락눈처럼 하얀 꽃, 달빛 아래 너무 하얘서 환상적인 화원을 가리킨다.

3_ 서리 : 서리는 땅에 맺히는 것이니 흐르는 것도, 날리는 것도 아니다. 여기서는 차가운 안개를 가리킨 듯하다.

4_ 강달 : 강 · 달 · 물 모두 영원한 존재, 짧은 인생에 대한 감상. 그러나 퇴폐나 절망이 아니라, 인생에 대한 추구 · 열애다.

5_ 장강長江 : 티베트 고원에서 발원하여 청해 · 사천 · 운남 · 호북 · 호남 · 강서 · 안휘 · 강소성을 지나 동중국해에 들어간다. 중국에서 가장 긴 강. 약 6,300킬로미터.

6_ 청풍靑楓 포구 : 호남성 류양시瀏陽市 류양하瀏陽河에 있다. 여기서는 '황량한 물가'의 뜻으로 쓰였다.

7_ 달 밝은 누각 : 새색시가 먼 길 떠난 남편을 그리워하는 마음. 조식 《칠애시》 참조(본서 327쪽).

8_ 다듬이 돌 : 앞 구절과 함께, 달이 너무 밝아 피할 길 없음을 묘사.

9_ 잉어 : 앞 구절의 기러기와 함께, 소식 전하지 못하는 애타는 심정을 표현했다. 물고기가 편지를 가져왔다(古樂府 · 〈飮馬長城窟行〉), 또는 기러기가 편지를 전했다(『漢書』 「蘇武傳」)는 이야기를 염두에 둔 것이다.

10_ 갈석산碣石山 / 소상강瀟湘江 : 갈석산은 하북성에 있으니 북방을 가리키고, 소상강은 호남성에 있으니 남방을 가리킨다. 시에 많이 나오는 지명이다.

장구령 張九齡

Zhang Jiuling

장구령張九齡(678~740, 자 子壽)은 재상宰相까지 지낸 시인이다. 그의 시는 궁정시인의 분위기를 농후하게 띠지만, 한편 진자앙陳子昂의 기풍과 같이 고아高雅한 것도 있으니, 이러한 작품이 그의 걸작이 되고 있다.

장구령은 광동성 소관韶關 사람이다. 어려서부터 총명했으며, 진사進士가 되고 나서는 출세가도를 치달려 마침내 중서령中書令(宰相)까지 되었다. 안록산安祿山 난리 때, 간신(李林甫 등)과 맞지 않았고, 또 마침 트집이 생겼으므로 형주(荊州大都府, 호북성)의 장사長史로 좌천, 거기서 사망했다.

감회[1] | 장구령

感偶詩
감:우:시

강남에서는 귤나무[2] 자라는데, 江南有丹橘,
강남 유: 단귤

겨울에도 항상 푸른 숲이다. 經冬猶綠林。
경동 유 록림

그 고장이 따뜻해서가 아니라, 豈伊地氣暖,
기: 이지: 기:난:

스스로 굳은 절개가 있어서다. 自有歲寒心。
자:유: 세:한 심

좋은 손님에게 드리고 싶은데, 可以薦嘉客,
가:이: 천: 가객

어찌하여 겹겹이 막아서는가? 奈何阻重深。
내:하 조: 중심

운명은 오직 만나기만 할 뿐, 運命唯所遇,
운:명: 유 소:우:

순환[3]은 찾는다고 되지 않는다. 循環不可尋。
순환 불가: 심

복사와 오얏[4]을 심는다 하지만, 徒言樹桃李,
도언 수: 도리:

이 나무라고 그늘이 없겠는가? 此木豈無陰。
차:목 기: 무음

1_ 모두 12수 중 제7수.

2_ 귤나무 : 원문 귤(橘, *Citrus reticulata*).

3_ 순환循環 : 사물의 끝없는 인과왕래因果往來.

4_ 복사와 오얏 : 원문 도桃(*Purunus persica*) 리李(*Prunus salicina*), 복숭아나무 자두나무. "봄에 복사 오얏 심으면, 여름에 그 아래 그늘을 얻고, 가을에 그 열매를 얻어먹는다."(『韓詩外傳』 7)라 했다.

당신이 떠나신 뒤[1] | 장구령

賦得自君之出矣
부:득 자:군 지 출의:

당신이 떠나신 다음부터는요,
짜던 베틀 다시 만지지 않아요.
당신을 생각하니, 보름달처럼[2]
밤마다 맑은 빛이 줄어들어요.

自君之出矣,
자:군 지 출의:
不復理殘機。
불부: 리: 잔기
思君如滿月,
사군 여 만:월
夜夜減清輝。
야:야: 감: 청휘

1_ 원제는 '자군지출의' 제목으로 시를 짓는다는 뜻. 〈자군지출의〉는 악부체, 대개 여인의 연심을 읊은 것이다.

2_ 보름달처럼 : 보름달이 차차 이지러지듯, 나의 몸도 여윈다는 뜻.

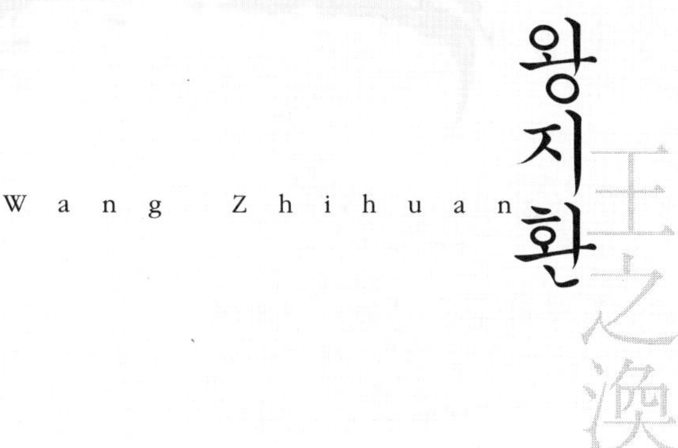

왕지환 王之渙

Wang Zhihuan

왕지환王之渙(688~742, 자 季凌)은 젊어서 술과 검술을 좋아한 협객俠客의 기질이 있었다. 뒤에 생활태도를 바꾸어 독서에 전념, 10년 후에는 문명文名을 날렸다. 그는 국경지대를 소재로 한 낭만적인 작품에 뛰어났다.

왕지환은 산서성 태원太原 사람인데, 그의 사적은 알려진 바가 드물다. 그는 왕창령王昌齡, 고적高適 등과 친교가 있었다. 어떤 날 셋이서 술집에 들렀는데, 옆자리의 기생이 부르는 노래로 세 사람의 우열을 가리자고 정했다. 처음에는 왕창령의 절구, 다음에는 고적의 절구, 다시 왕창령의 절구를 불렀다. 조급해진 왕지환은 이제 다시 자기의 절구를 부르지 않으면 완전히 항복할 참이라고 말했는데, 마침 그의 절구 3수를 연달아 불러줬다고 한다. 그중 하나가 여기에 수록한 〈량주 노래〉이다.

량주 노래[1] | 왕지환

涼州詞
량주 사

황하는 멀리 흰 구름 사이로 오르는데,[2]
외로운 성 하나 만 길 높은 산에 있다.
오랑캐 피리 어찌 버들[3]을 원망해야 하나?
봄바람 아예 옥문관[4]을 넘지도 않거늘!

黃河遠上白雲間。
황하 원:상: 백운 간
一片孤城萬仞山。
일편: 고성 만:인: 산
羌笛何須怨楊柳,
강적 하수 원: 양류:
春風不度玉門關。
춘풍 부도: 옥문 관

1_ 일명 출새出塞라고도 한다. 〈량주사〉는 악부체의 시, 대개 출정군인의 망향의 정이나 국경의 풍경을 읊는 것이다.

2_ 황하는 …… 오르는데 : 위에서 아래로 흐르는 강물을 오히려 '오른다'는 말을 쓴 표현의 기발함이 이 시를 절창絶唱으로 만들었다.

3_ 오랑캐 피리 / 버들 : '오랑캐 피리'는 원문으로는 강적羌笛, 강羌은 지금의 청해성 지방에 살던 민족이다. '버들'은 남북조 악부 〈버들 꺾는 노래〉를 가리킨다(본서 273쪽).

4_ 옥문관玉門關 : 지금의 감숙성 서쪽 끝에 있는 관문. 서역西域으로 통하는 요로이다.

관작루에 올라[1] | 왕지환

登鸛雀樓
등 관작 루

하얀 햇빛이 스러지는 산,[2]

白日依山盡,
백일 의산 진:

누런 강물 흘러드는 바다.[3]

黃河入海流。
황하 입해: 류

천리 너머를 바라보려고,

欲窮千里目,
욕궁 천리: 목

다시 한 층 누각을 오른다.

更上一層樓。
갱:상: 일층 루

1_ 관작루는 산서성 영제시永濟市 서쪽 15킬로미터 포주진浦州鎭에 있다. 황새(鸛, *Ciconia ciconia boyciana*)가 날아와 깃들였기에 관작루라고 부른다. 북주北周 시기(대략 557~571년), 대총재 우문호宇文護가 지은 3층 누각. 원래 군사 목적의 파수대였다. 이 누각은 몽골이 금나라를 칠 때(1222년), 전화로 소실되고 그 뒤 황하의 범람으로 기단마저 흔적 없이 유실되었다. 왕지환의 이 시가 많은 사람에게 애송되면서 그 바람에 새 누각이 섰다. 1997년 12월 기공, 2002년 9월 준공, 10월 1일부터 개방됐다. 새 누각은 기단 높이 16.50미터에 누각 높이 57.40미터를 더하여 총 높이 73.90미터이며, 외관 3층 4처마(1층 처마 두 겹)에 내부 사용 공간 6층이다.

2_ 산 : 관작루 동남동 20킬로미터 밖에 설화산雪花山(해발 1,993미터, 중조산中條山 주봉)이 있고 남남서 45킬로미터 밖에 화산華山(해발 2,160미터)이 있으며, 그 사이를 황하黃河가 꺾어 흐른다(지도상으로 보면 황하가 남하하다가 ㄴ 자로 방향을 바꾸어 동류함). 여기 풍경은 중조산 끝자락이 완만히 스러지면서 황하 수평선으로 이어지는 광활한 2분구도. 상하 아무것도 보이지 않고 그저 망망하다. 수평선 너머 화산이 있지만 가물가물 눈에 들어오지 않는데, 누각에 오르면 시야가 넓어져서, 그 모습이 드러날 것이다. 당대 이후 관작루를 제목으로 한 여러 시문에서 화산을 언급하고 있다. 요즘은 대기오염 때문인지 관작루에 올라가도 화산을 보기 어렵다. 역자는 시정이 좋은 날을 골라 찾아갔으나 관작루에서 남서쪽 45킬로미터 밖 화산을 못 보고, 그 남쪽 18킬로미터 거리 양귀비楊貴妃 고택의 망하정望河亭에서야 남서쪽 27킬로미터 밖 화산을 보았다(2005년 3월 17일 현장을 탐방함). 고려 이제현李齊賢 시(相州夜發)에, "들이 편해 지평선에 숨은 산, 촌이 멀어 허공에 뜬 나무들."(野平山隱地, 村遠樹浮空。)이라 했다. 이제현은 말 타고 대륙을 여행하면서 지평선 아래 가렸던 산이 나오는 것을 본 것이다. 천리 너머, 지평선 너머 경치는 앉은 자리에서는 보기 어렵지만, 높이 오르거나 앞으로 나아가거나 하면 볼 수 있다. 화산은 리백《고풍 · 4》 주 2 참조(본서 513쪽).

3_ 바다 : 황하는 종당에 발해만으로 흘러 들어간다.

왕창령 王昌齡

Wang Changling

왕창령王昌齡(약 698~약 757, 자 少白)은 특히 7언 절구七言絶句로 뛰어난 시인이다. 국경지방의 풍물을 주제로 한 시에도 걸작은 있으나, 그의 시 세계는 어디까지나 부인婦人을 주제로 한 것이다.

왕창령은 장안長安, 지금의 섬서성 서안西安 사람이다. 727년 진사進士가 되었으나 불우한 관리 생활을 보내다가 안록산安祿山 난리를 맞아 고향에 돌아가 있다가 피살되었다. 그는 시천자詩天子라는 별호를 얻었다.

규중의 원망[1] | 왕창령

閨怨
규원:

규중의 새색시 시름을 알지 못해,	閨中少婦不知愁。 규중 소:부: 부지 수
봄날 단장하고 이층에 올랐다가,	春日凝粧上翠樓。 춘일 응장 상: 취:루
문득 길가의 버들 빛[2] 눈에 띄니,	忽見陌頭楊柳色, 홀견: 맥두 양류: 색
출세[3]하라고, 낭군 보낸 일 후회되네.	悔教夫婿覓封侯。 회:교: 부서: 멱 봉후

1_ 지아비가 출정한 뒤 공규空閨를 지키는 새색시가 봄 경치를 보자 문득 이별의 뜻이 밀물처럼 몰려오는 것을 노래하였다.

2_ 길가의 버들 빛 : 버들은 이별을 상징하니까, 옛날 지아비를 떠나보낸 곳인 듯하다. 이제 다시 파래진 버들 빛을 보고, 덧없이 흘러가는 청춘이야말로 지아비의 출세보다 더 아쉽다는 생각이 난 것이다.

3_ 출세하라고 : 지아비가 출정한 것은 부귀공명을 얻기 위해서다.

변경으로 나가[1] | 왕창령

出塞
출새:

진나라의 달, 한나라[2]의 관문.	秦時明月漢時關。 진시 명월 한:시 관
만리 출정군인 돌아오지 못한다.	萬里長征人未還。 만:리: 장정 인 미:환

다못 룡성의 비장군[3]만 있다면,	但使龍城飛將在, 단:사: 룡성 비장: 재:
되놈 말이 음산[4] 넘지 못할 것을!	不教胡馬度陰山。 불교: 호마: 도: 음산

1_ 모두 2수 가운데 제1수. 변경을 지키는 전사戰士들을 위해 그들의 비애와 소망, 동시에 시인 자신의 우국의 충정을 노래한 것이다.

2_ 진나라 / 한나라 : 변경을 나갈 때 본 달은 진秦나라 때부터 비춰 주던 것, 변경으로 나갈 때 통과한 관문은 한漢나라 때부터 서 있던 것, 그러나 진秦 · 한漢 때부터 지금(唐)까지 1천 년 넘도록 그 얼마나 많은 출정군인들이 한 번 가서 돌아오지 못했는가, 하는 뜻이 포함되어 있다.

3_ 룡성龍城의 비장군飛將軍 : 룡성은 한나라 우북평군右北平郡, 지금의 천진시 계현薊縣. 비장군은 리광李廣. 한 무제武帝(전 141~전 87 재위) 류철劉徹 때, 리광이 우북평 태수太守로 있자 흉노匈奴인들은 모두 그를 두려워하며 비장군이라 불렀다 한다.

4_ 음산陰山 : 지금의 내몽골 경내에 있는 산맥. 한족漢族과 흉노匈奴의 자연스런 경계가 됐다.

왕한 王翰

Wang Han

왕한王翰(710년 진사, 자 子羽)은 산서성 태원太原 사람이다. 진사에 급제한 뒤, 벼슬은 가부원외랑駕部員外郎과 선주宣州(안휘성)의 별가(別駕)를 지냈다. 집안에 재산이 상당히 있었던 듯, 술을 좋아하고 무협 기질이 있었으며 구속을 싫어하였다. 행동이 과격하여 도주道州(호남성 道縣)의 사마司馬로 좌천, 이내 사망하였다.

량주 노래[1] | 왕한

涼州詞
량주사

포도주 좋은 술 야광배[2] 비치는 잔에 따라
葡萄美酒夜光杯。
포도 미:주: 야:광 배

마시려니, 마상에서 비파[3] 타면서 재촉하오.
欲飮琵琶馬上催。
욕음 비파 마:상: 최

취하여 모래밭에 누워도 그대는 웃지 마소,
醉臥沙場君莫笑,
취:와: 사장 군 막소:

자고로 전장에 나간 사람 몇이나 돌아왔소.
古來征戰幾人回。
고:래 정전: 기:인 회

1_ 원제 량주사는 악부체 시, 대개 출정군인, 또는 서부 국경 지역의 풍정을 다뤘다.

2_ 야광배 : 주 목왕 희만姬滿이 서방에서 받았다는 술잔. 백옥으로 만들었으며 야광夜光이 가득했다 한다. 옛날 량주, 지금의 감숙성 무위시武威市에 야광배 공장이 있어 관광 상품을 생산하고 있다.

3_ 비파 : 호인胡人의 악기, 마상에서 탄다.

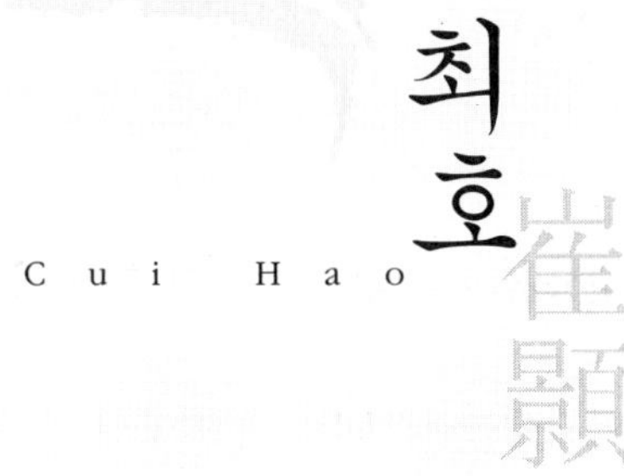

최호 崔顥

Cui Hao

최호崔顥(754년 졸)는 하남성 개봉開封 사람이다. 723년 진사에 급제하여 사훈원외랑司勳員外郞을 지냈다.

전기 시는 규정閨情을 많이 짓고 표현이 경박하였으나, 후기에는 변새邊塞를 겪어 시풍이 웅혼 분방한 것으로 바뀌었다. 최호는 무창武昌에 놀러갔다가 황학루에 올라 이 절창을 이루었다. 전하는 말에, 리백도 황학루에 올라 시를 지으려 하다가 최호의 이 시를 보고, "눈앞에 경치 있어도 말할 수 없으니, 최호 읊은 노래가 위에 있기 때문이라.(眼前有景道不得, 崔顥題詩在上頭。)"고 탄식했다 한다. 송 엄우嚴羽는 『창랑시화』에서, "당인 7언 율시 가운데 최호의 《황학루》가 첫째다."라 하였다.

황학루[1] | 최호

黃鶴樓
황학 루

옛사람 이미 황학을 타고 훌쩍 떠나가니,	昔人已乘黃鶴去, 석인 이:승 황학 거:
이곳에는 덩그러니 황학루만 남아 있다.	此地空餘黃鶴樓。 차:지: 공여 황학 루
황학은 한 번 가 다시 돌아오지 아니하고,	黃鶴一去不復返, 황학 일거: 불부: 반:
흰 구름만 천년 동안 하릴없이 떠돈다.	白雲千載空悠悠。 백운 천재: 공유유
맑은 날 강 건너 한양[2] 나무들 또렷한데,	晴川歷歷漢陽樹, 청천 력력 한:양 수:
싱그러운 풀밭은 앵무새 섬[3]을 덮고 있다.	芳草萋萋鸚鵡洲。 방초: 처처 앵무: 주
해가 저무는데 우리 고향 어디쯤 있을까,	日暮鄉關何處是, 일모: 향관 하처: 시:
물안개 강 위에 피어올라 나는 시름겹다.	煙波江上使人愁。 연파 강상: 사:인 수

1_ 황학루는 무창武昌에 있는데, 장강長江과 한수漢水를 한눈에 볼 수 있다. 황학루에는 다음과 같은 전설이 있다—옛날 신辛씨 주점에 한 사람이 찾아왔다. 술을 좀 얻어 마시자고 했으므로 주인은 큰 사발로 대접했다. 이러기를 반년간, 주인은 조금도 싫어하는 내색을 보이지 않고 그냥 마시게 했다. 그러던 어느 날 그 사람은 주인에게 술값이 많이 밀렸지만 돈이 없다고 하면서 대신에 주점의 벽에 노란 두루미를 그려 주고는 떠나갔다. 그런데 이상하게도 술을 마시러 온 손님들이 박자를 치면서 노래를 부르면 벽의 두루미가 춤을 추는 것이 아닌가? 갑자기 소문이 나서 주점은 크게 번창했다. 10년쯤 되자 신씨는 백만장자가 되었다. 어느 날 그 사람이 슬며시 나타났다. 피리를 꺼내어 부니 흰 구름이 하늘에서 내려오고 노란 두루미가 벽에서 튀어 나왔다. 그 사람은 두루미의 등에 걸터앉아 구름을 타고 날아갔다. 그 사람은 신선이었던 것이다. 신씨는 그곳에 누각을 세우고 황학루라고 이름 지어 이것을 기념했

다. 리백《봉황대에 올라》주 1 참조(본서 549쪽).

2_ 한양漢陽 : 한수가 장강과 합류하는 곳에 강을 끼고 세 도시가 발전하다가 1949년에 행정구획상 무한시武漢市 하나로 통합됐다. 한양漢陽은 한수 남쪽과 장강 서북쪽 사이, 한구漢口는 한수 북쪽과 장강 서북쪽 사이, 무창武昌은 장강 동남쪽에 있고 황학루는 무창에 있다.

3_ 앵무새 섬 : 한양 서남쪽 장강에 있는 섬. 전설에 의하면, 후한 말 강하江夏 태수 황조黃祖의 큰아들이 이 섬에서 잔치를 베풀었을 때 앵무새를 바치는 이가 있어 이를 두고 녜형禰衡이 앵무부鸚鵡賦를 지었으므로 이내 섬 이름이 되었다 한다. 녜형은 황조에게 살해되어 이 섬에 묻혔다고 소설『삼국지』(제23회)에 나온다.

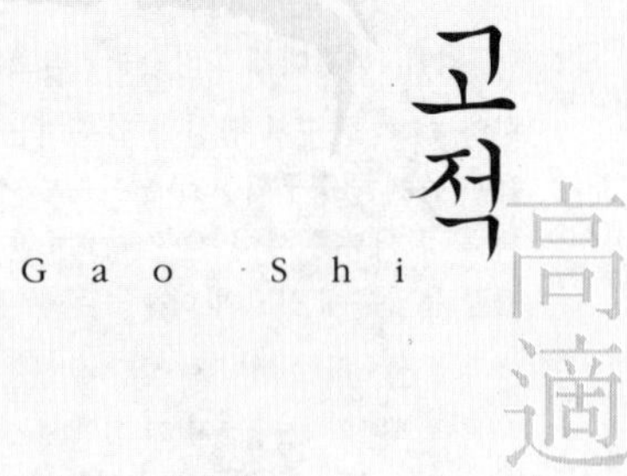

고적 高適

Gao Shi

고적(高適, 약 702~765, 자 達夫)은 잠삼岑參과 함께 국경지대의 풍물과 전쟁을 시의 소재로 많이 취급, 또 훌륭한 작품을 남긴 시인이다.

고적은 하남성 상구商丘 일대에서 살았다. 젊어서는 각지를 전전하며 고등 유랑객으로 지내다가 뒤늦게 도과道科에 합격하여 벼슬길에 올랐다. 그러나 출발은 늦었지만 순조롭게 출세하여 발해현후渤海縣侯 작위에 식읍食邑 700호를 받게까지 되었다. 당나라 시인 가운데 가장 세속적으로 출세한 사람이었다. 그는 사천성 시절 두보杜甫에게도 적지 않은 물질적 후원을 했다. 그의 임지는 대개 국경지방이었으므로 시의 소재도 여기서 많이 택한 것 같다.

고적의 시는 그 기상에 있어 잠삼에게 미치지 못하는 듯하다. 하지만 시 안의 휴머니티는 잠삼보다 뛰어나다. 그는 악부의 민요에서 큰 영향을 받았다.

봉구현[1] | 고적

封丘縣
봉구 현:

내 본래 맹저[2] 들판의 고기잡이 나무꾼,	我本漁樵孟諸野, 아:본: 어초 맹:저 야:
한평생을 스스로 한가롭게 멋지게 지내며,	一生自是悠悠者。 일생 자:시: 유유 자:
가다금 풀밭 진펄에서 마구 노래 불렀거니,	乍可狂歌草澤中, 사:가: 광가 초:택 중
어찌 벼슬아치 되어 풍진에 끌려들었을까?	寧堪作吏風塵下。 녕:감 작리: 풍진 하:
작은 고을이라 할 일이 없다고 말하지만,	祇言小邑無所爲, 지언 소:읍 무 소:위
관청의 온갖 일은 모두 규정이 있는 법.	公門百事皆有期。 공문 백사: 개 유:기
상관을 마중하다 보면 마음이 괴로웠고,	拜迎官長心欲破, 배:영 관장: 심 욕파:
백성을 채찍하다 보면 가슴이 쓰라렸다.	鞭撻黎庶令人悲。 편달 려서: 령:인 비
집으로 돌아와 처자에게 하소연했더니	歸來向家問妻子, 귀래 향:가 문: 처자:
온 집안 떠나가라 웃으며 세상은 그렇단다.	擧家大笑今如此。 거:가 대:소: 금 여차:
살림살이는 남쪽의 밭을 일구기로 하고,	生事應須南畝田, 생사: 응수 남무: 전
세태인정은 동으로 흐르는 물[3]에 부치자.	世情付與東流水。 세:정 부:여: 동류 수:

꿈속의 옛 동산은 어디쯤에서 찾아낼까? 夢想舊山安在哉,
몽:상: 구:산 안재: 재

임금님 명령을 받은 몸[4]이라 잠깐 망설인다. 爲銜君命且遲廻。
위함 군명: 차: 지회

이제야 느껴진다, 매복[5]이 그러한 까닭을! 乃知梅福徒爲爾,
내:지 매복 도 위이:

다시금 생각난다, 도잠의 귀거래[6] 노래가! 轉憶陶潛歸去來。
전:억 도잠 귀거:래

1_ 또 봉구작封丘作이라고도 한다. 봉구현은 지금의 하남성에 있다. 시인이 뒤늦게 처음으로 취임한 관직이 이 고을의 위尉(兵事와 裁判 담당관)였다.

2_ 맹저孟諸 : 하남성 상구현商丘縣 동북에 있는 진펄(澤) 이름. 이곳은 중국에서 9대 진펄 가운데 하나이다. 봉구현은 여기서 서북쪽으로 직선거리 약 140킬로미터 떨어져 있다.

3_ 동으로 흐르는 물 : 리백 《달님에게 묻는 말》 주 5(본서 542쪽), 《꿈에 본 천모산》 주 14(본서 558쪽) 참조.

4_ 임금님 명령을 받은 몸 : 관리의 신분을 가리킨다.

5_ 매복梅福 : 한漢나라 때의 학자. 왕망王莽이 정권을 잡자, 처자를 버리고 구강九江(강서성)으로 갔는데 신선이 되었다고 전한다. 그 뒤, 회계會稽(절강성 紹興市)에서 본 사람이 있는데 성명을 바꾸고 오시吳市(강소성 蘇州市)의 문졸門卒이 되어 있었다고 한다.

6_ 도잠陶潛의 귀거래歸去來 : 도연명의 《귀거래사》는 관직의 구속을 벗어 던지고 전원의 자유로 돌아가는 선언이었다.

영주 노래[1] | 고적 營州歌
영주가

영주 원주민 소년들은 들판을 사랑한다. 營州少年愛原野。
영주 소:년 애: 원야:

더부룩한 갖옷 입고 성 밑에서 사냥한다.	皮裘蒙茸獵城下。 피구 몽용 렵 성하:
천 잔을 마셔도 취하지 않을 오랑캐 술.[2]	虜酒千鍾不醉人, 로:주: 천종 불 취:인
되놈은 열 살이면 벌써 말을 탈 줄 안다.	胡兒十歲能騎馬。 호아 십세: 능 기마:

1_ 영주는 지금의 료녕성 조양시朝陽市. 당唐나라는 여기에 도독부都督府를 설치하여 여러 소수 민족(奚와 契丹 등)을 통치했다. 737년 가을, 고적高適은 영주營州에 갔다가 다음해 가을에 돌아왔다. 이 시는 아마 그때 쓴 것인 듯하다. 영주에 있는 이민족의 생활상을 그렸다.

2_ 오랑캐 술 : 원문은 로주虜酒. 판본에 따라서는 로주魯酒로 된 것도 있는데, 『장자』莊子 「굉협 편」胠篋篇에, "로나라 술(魯酒)은 묽다"라는 구절이 있다.

잠삼 岑參

Cen Shen

잠삼岑參(약 715~770)의 시는 국경지대를 무대로 한 상무적이고 남성적인 꿋꿋한 기풍으로 유명하다. 그의 이러한 시가 나온 것은 그가 당唐나라 때 일선 지방이었던 서역西域에 오래 부임했던 영향인 것 같다.

잠삼은 원래 하남성 남양南陽 사람이지만, 뒤에 호북성 강릉江陵으로 옮겼다. 744년에 진사進士가 된 뒤, 줄곧 안서安西 및 관서關西의 절도판관節度判官(節度使의 속관) 등으로 거의 일생을 서역에서 보내다가, 만년에는 사천성에서 사망했다.

잠삼은 본래 진취적이었던 사람으로, 그는 가난에 쪼들리는 창백한 지식인을 경멸했다. 그가 임지에서 목격한 것은 바람과 모래, 열기熱氣와 빙설氷雪이었으며 비장한 전쟁과 이국적인 호악胡樂이었다. 그는 이러한 위대한 장면을 고악부의 자유분방한 체재로써 표현했다.

주마천 노래[1] | 잠삼
– 원정군을 환송하며

走馬川行, 奉送封大夫出師西征
주:마:천행 봉:송: 봉대:부 출사 서정

그대 보지 못하는가, 주마천[2]을!	君不見走馬川。 군불견: 주:마:천
'눈 바다'[3] 갓으로 흐르는 것을!	行雪海邊。 행 설해:변
망망한 모래벌판[4]이 하늘 위로 사라지는 것을!	平沙莽莽黃入天。 평사 망:망: 황 입천
륜대[5]의 구월, 밤에 울부짖는 바람 소리,	輪臺九月風夜吼。 륜대 구월 풍 야:후:
강에는 온통 깨진 돌, 보릿자루만한 크기.[6]	一川碎石大如斗。 일천 쇄:석 대: 여두:
바람 따라 여기저기 돌들이 마구 뒹군다.	隨風滿地石亂走。 수풍 만:지: 석 란:주:
흉노[7] 땅에 풀이 누래지고 말이 마침 살찌니,	匈奴草黃馬正肥。 흉노 초:황 마: 정:비
금산[8] 서쪽에 연기가 오르고 티끌이 날린다.	金山西見煙塵飛。 금산 서견: 연진 비
한나라[9] 대장은 서방을 원정하러 나선다.	漢家大將西出師。 한:가 대:장: 서 출사
장군은 갑옷을 밤에도 벗지 아니하고,	將軍金甲夜不脫。 장:군 금갑 야: 불탈
한밤에 행군하니 창과 창이 서로 퉁긴다.	半夜軍行戈相撥。 반:야: 군행 과 상발

바람은 칼끝처럼 얼굴을 찢어 놓을 듯.	風頭如刀面如割。 풍두 여도 면: 여할

말 털에 붙은 눈과 땀은 김으로 서리고,	馬毛帶雪汗氣蒸。 마:모 대:설 한:기: 증
오화 말 련전 말[10] 오줌은 얼어붙는다.	五花連錢旋作冰。 오:화 련전 선 작빙
천막에서 격문을 쓰려니 벼룻물이 언다.	幕中草檄硯水凝。 막중 초:격 연:수: 응

되놈 기병은 말만 듣고도 간담이 서늘해서,	虜騎聞之應膽懾。 로:기: 문지 응 담:섭
백병전에 감히 가까이 달려들지도 못하겠지.	料知短兵不敢接。 료:지 단:병 불감: 접
거사[11] 성 서문에서 개선행진을 기다리리.	車師西門佇獻捷。 거사 서문 저: 헌:첩

1_ 원제 주마천행은 고악부의 제목을 본뜬 것인 듯하다. 고악부에 〈주마인〉走馬引이 있다. '봉대부'는 봉상청封常淸을 가리키며 벼슬은 안서사진절도사安西四鎭節度使에 이르렀다. 잠삼岑參은 일찍이 봉상청을 따라 륜대輪臺에 주둔한 적이 있다. 원제의 뜻은 '주마천의 노래, 봉상청 대부의 서방 원정군을 배웅한다'는 것이다.

2_ 주마천走馬川 : 찰찬Qarqan(車爾臣)강. 신강자치구 곤륜산맥과 타클라마칸Takla Makan 사막 사이를 동부에서 흐르다가 로프노르Lop Nor를 통하여 타림Tarim 강과 이어지는 내륙하다.

3_ 눈 바다 : 눈으로 뒤덮인 땅이라는 뜻. 아마 신강을 가로지른 천산산맥天山山脈 부근을 가리키는 듯하다. 이 지대는 해발 수천 미터나 되는 곳으로 여름에도 눈을 이고 있다.

4_ 모래벌판 : 사막, 아마 타클라마칸 사막을 가리키는 듯하다. 이 사막은 동서 약 1,000킬로미터, 남북 약 500킬로미터나 된다.

5_ 륜대輪臺 : 신강자치구 륜대현. 이곳에 봉상청의 군대가 주둔했으며, 잠삼도 그를 따라가 머문 적이 있다. 륜대는 당나라 장안長安으로부터 육로로 약

2,800킬로미터 떨어져 있다(신라 서라벌로부터 압록강을 건너는 육로로 당나라 장안까지 간다면 약 2,400킬로미터 길이 된다).

6_ 보릿자루만한 크기 : 원문에는 말(斗)만한 크기로 되어 있다.

7_ 흉노匈奴 : 한漢·당唐 이래로 중국 민족과 끈질기게 투쟁한 민족. 시경《고비캐세》 주 2 참조(본서 95쪽). "흉노 땅에 풀이 누래지고 말이 마침 살찌니"(匈奴草黃馬正肥)는 두심언杜審言의 시구(贈蘇味道) "가을이 높아 변경의 말이 살찐다"(秋高塞馬肥)와 같이 전쟁이 일어날 상황을 말하는 것이다. 『한서』漢書 「흉노전」匈奴傳에 "흉노는 가을이 되어 말이 살찌고, 활이 팽팽하게 되면 국경을 넘어 들어온다"라 하였다. 우리 숙어 천고마비天高馬肥는 이러한 데에서 나온 듯하나, 엉뚱한 뜻이 되었다.

8_ 금산金山 : 알타이Altai 산맥을 가리킨다. 몽골 말로 알타이는 금金을 뜻한다. 알타이 산맥은 몽골과 신강자치구와의 경계를 이루고 있다. 륜대로부터 직선거리 약 800킬로미터. 이 구절도 전쟁이 일어났다는 것을 말하는 것이다. 연기는 낮에 올리는 봉화, 티끌은 군마가 일으키는 먼지를 가리킨다.

9_ 한나라 : 중국인의 자칭. 즉 당唐나라를 가리킨다.

10_ 오화五花 말 련전連錢 말 : 모두 말 이름. 오화 말은 검고 흰 반점이 있는 말. 련전 말은 동전을 이어놓은 듯한 반점이 있는 말. 또, 당나라 사람은 말을 치장할 때 갈기를 깎아서 땋는데, 다섯 개 땋으면 오화, 세 개 땋으면 삼화라 하는 설도 있다.

11_ 거사車師 : 지금의 신강성 투르판Turpan(吐魯番)시. 사막 도시. 평균 기온이 1월은 섭씨 영하 6.3도, 7월은 섭씨 33.9도. 7월에는 절대 최고기온이 섭씨 49.6도까지 달하고 지표 최고 온도가 섭씨 82.3도에 달한 적이 있다. 여름 낮에는 땡볕 아래 잠시 서 있기도 어렵다. 그늘은 시원하다. 2004년 7월 18일, 역자가 현장을 탐방하였다.

호가 노래[1] | 잠삼
– 안진경을 배웅하며

胡笳歌, 送顔眞卿使赴河隴
호가가 송: 안진경 사:부:하롱

그대 듣지 못하는가? 호가[2] 소리 가장 슬픈 것을! 君不聞胡笳聲最悲。
군불문 호가 성 최:비

자주 수염 초록 눈 호인[3]이 부는 것을!	紫髯綠眼胡人吹。 자:염 록안: 호인 취
한 곡조를 미처 다 불기 이전에,	吹之一曲猶未了, 취지 일곡 유 미:료:
루란[4] 주둔병은 시름겨워 죽는다.	愁殺樓蘭征戍兒。 수살 루란 정수: 아
썰렁한 가을 팔월, 소관[5] 가는 길,	涼秋八月蕭關道。 량추 팔월 소관 도:
북풍이 불어 날린다, 천산[6]의 풀을.	北風吹斷天山草。 북풍 취단: 천산 초:
곤륜산[7] 남쪽의 달이 막 기우는데,	崑崙山南月欲斜。 곤륜 산남 월 욕사
호인은 달을 향하여 호가를 분다.	胡人向月吹胡笳。 호인 향:월 취 호가
호가가 원망스럽다, 임 보내려니.	胡笳怨兮將送君。 호가 원:혜 장 송:군
진산 너머 롱산[8] 구름을 바라보네.	秦山遙望隴山雲。 진산 요망: 롱산 운
변성에는 밤마다 시름겨운 꿈 많은데,	邊城夜夜多愁夢, 변성 야:야: 다 수몽:
달 보고 부는 호가, 누가 듣기 좋달까?	向月胡笳誰喜聞。 향:월 호가 수 희:문

1_ 원제의 풀이는 "호가 노래, 하롱으로 부임하는 안진경을 배웅하며". '호가가'는 고악부의 제목을 본뜬 것인 듯하다. 고악부에 〈호가곡〉胡笳曲이 있다. 안진경顔眞卿(709~785)은 당唐나라 때의 정치가. 안록산安綠山의 반란을 토벌하는 데 공적이 컸지만 강직한 성격 탓으로 마침내 피살되었다. 안진경의 하롱河隴 부임은 안록산의 반란이 일어나기 전, 공동연대 748년 칙명을 받아 감

찰어사監察御使로서 하롱으로 출장 간 것이다. 하롱은 지금의 감숙성 서부 지방이며 당시 국경지대였다. 안진경은 또한 서예書藝의 대가였다.

2_ 호가胡笳 : 날나리. 악기의 기원이 서역이었기에 '오랑캐 호'胡 자가 붙은 것이다. 그 소리가 몹시 애조를 띤 것이었기에, 잠삼의 다른 시(酒泉太守席上醉後作詩)에, "호가 한 곡조, 남의 애를 끊나니"(胡笳一曲斷人腸)란 명구가 있고, 조선 이순신李舜臣(1545~1598)의 시조에도 "한산 섬 달 밝은 밤에 수루에 혼자 앉아 / 큰칼을 옆에 차고 깊은 시름하는 적에 / 어디서 일성 호가는 나의 애를 끊나니"라는 절창이 있다.

3_ 호인胡人 : 오랑캐. 이 시의 형용을 보면 몽골 계통이 아니라 위구르 계통인 듯하다.

4_ 루란樓蘭 : 한漢나라 때 서역西域의 한 국명. 지금의 로프노르Lop Nor 서쪽에 있었다. 원명 크로라이나Kroraina의 음역.

5_ 소관蕭關 : 관문 이름. 녕하자치구 고원현固原縣 북쪽에 있었다. 장안에서 몽골 방향으로 통하는 도중의 요충이었다.

6_ 천산天山 : 신강자치구 안에서 동서로 달리는 산맥. 서역의 길은 이 산맥을 놓고 천산남로 천산북로 두 길이 있다.

7_ 곤륜崑崙산 : 지금은 티베트와 신강자치구 경계를 달리는 산맥을 가리키지만, 예로부터 여러 가지 전설이 있는 산으로 위치가 확정되지 않았다. 대체로 티베트에 있는 높은 산맥을 가리킨다.

8_ 진산秦山 / 롱산隴山 : 진산은 섬서성 여러 산을 가리킨다. 이곳은 옛날 진秦나라였기 때문이다. 롱산은 섬서성 롱현隴縣에 있는 산으로, 감숙성과 경계를 이룬다. 안진경이 부임하는 하롱이 그 너머에 있었다.

상경하는 사신을 만나[1] | 잠삼

逢入京使
봉 입경사:

동쪽으로 고향을 바라보면 아득한 길.

故園東望路漫漫。
고:원 동망: 로: 만만

양쪽 소매 축축하게 눈물 아니 마른다.

雙袖龍鍾淚不乾。
쌍수: 룡종 루: 불간

마상에서 만났으니 종이 붓이 있을꼬?
馬上相逢無紙筆,
마:상: 상봉 무 지:필

그대에게 부탁하노니 안부 좀 전해 주오.
憑君傳語報平安。
빙군 전어: 보: 평안

1_ 서역 지방으로 부임하는 길에 우연히 장안長安(西安市)으로 돌아가는 사신을 만나 창졸간에 집안사람에게 안부를 전하는 상황이 눈앞에 방불하다.

산방의 봄[1] | 잠삼

山房春事
산방 춘사:

량원[2]에 해 지니, 어지러이 나는 까마귀.
梁園日暮亂飛鴉。
량원 일모: 란:비 아

눈길에 닿는 모두가 쓸쓸하다, 두어 집.
極目蕭條三兩家。
극목 소조 삼량: 가

뜰의 나무는 사람이 떠나간 줄 모르나?
庭樹不知人去盡,
정수: 불지 인 거:진:

봄이 오니 다시 피어나는 옛날 꽃이여.
春來還發舊時花。
춘래 환발 구:시 화

1_ 모두 2수 가운데 제2수. 인간세의 영고성쇠를 조상한 시. 전반은 한 폭의 그림, 후반은 시인의 감회.

2_ 량원 : 한나라 문제文帝(전 180~전 157 재위) 류항劉恒의 둘째 아들 량효왕梁孝王 류무劉武가 꾸민 정원. 하남성 개봉開封시 동남에 있었다. 개봉은 옛날 대량大梁이라 불렀다.

왕유 王維

Wang Wei

왕유王維(701~761, 자 摩詰)는 한마디로 자연시인自然詩人이었다. 도연명陶淵明의 전원田園과 사령운謝靈運의 산수山水, 두 장점을 합친 것으로 중국의 자연은 그에 이르러 처음으로 새로운 입김—세계제국을 건설한 당唐나라 사람의 다이내믹한 입김을 쐬었다. 그는 자연의 아름다움과 자연의 한 점경點景으로서 융합된 인간생활의 즐거움을 노래했다.

왕유는 화가로서의 지위도 대단한 것이었다. 후세에 이르러 왕유는 중국 남화南畵의 시조로서 추앙된다. 그가 그린 대석도大石圖는 고려高麗(高句麗)의 신숭산神崇山으로 날아갔다는 전설이 있다. "그의 시에는 그림이 있고 그의 그림에는 시가 있다."라고 송宋나라 시인 소식蘇軾이 말한 것은 그의 시와 그림을 단적으로 표현한 말이다.

왕유는 두보와 같은 시대를 살았으며, 같이 안사安史의 난리를 겪었으나, 사회 민중들의 고통이 시에 나타나지는 않는다. 그는 육조六朝의 정통을 이은 궁정시인宮廷詩人으로 상류계급 살롱의 쾌락을 노래했다. 궁정시인과 자연시인은 그에게 있어 모순되는 것은 아니었다. 그 기조를 이루는 것은 쾌락정신이기 때문이다. 이 정신은 그가 독실한 불교신자라는 점에서도 오히려 긍정적인 답을 얻게 된다. 왕유의 이름 유維와 자 마힐摩詰을 합치면 유마힐維摩詰이 된다. 유마힐은 석가모니와 같은 시대의 유명한 거사居士인 것이다. 또 왕유는 서른 살쯤부터 자기의 집을 절로 만들기까지 했다. 그러나 불교는 그에게 있어 쾌활한 것, 인생에 있어서의 즐거움을 정신적으로 보장하는 것이었다. 자연은 곧 이 세상의 정토淨土였다. 왕유는 두보나 리백과 어깨를 겨룰 중국 최고 시인의 하나이다(都留春雄, 『王維』, 東京: 岩波書店, 1969).

왕유의 생몰연대는 이설이 있으니, 서두에 쓴 생몰 연대에서 각각 1년을 앞당기기도 한다. 왕유는 원래 산서성 기현祁縣 사람이지만, 아버지 때 산서성 영제永濟로 옮겼다. 왕유의 집안은 그리 혁혁하지는 못했다. 다만 그는 조숙한 시인이었다. 열다섯에 서울(長安)로 유학했는데 이때 이미 예술적으로 완성된 시를 썼다. 721년에는 진사進士가 되었다. 안사의 난리 중에 일시 좌천되기도 했으나 차츰 승진되어 상서우승尙書右丞으로 벼슬을 마쳤다. 벼슬에 있어서는 그의 아우(縉)가 훨씬 높았다(同平章事, 宰相).

왕유는 독실한 불교신자인 어머니를 지극한 효성으로 모셨으며 아우(縉)에 대한 우애도 특별한 것이었다. 서른 살쯤에 처와 사별死別한 뒤로는 다시 장가들지 아니하고, 이후 약 30년간 선禪의 생활을 보냈다.

왕유는 어느 때부터인가 초당初唐의 유명한 궁정시인 송지문宋之問의 람전藍田 별장을 입수하여 정사政事의 여가에 여기서 도우道友 배적裴廸과 함께 배를 띄우고 왕래하면서 거문고를 뜯고 시를 읊었다. 이것이 유명한 망천장輞川莊. 그의 시에 여러 번 나온다. 망천장은 뒤에 청원사淸源寺란 절이 되었다. 그는 리백李白·두보杜甫와 사귀었고, 당시의 재상이었던 장구령張九齡과는 절친한 사이였다.

왕유의 시는 지금 약 400수가 남아 있다. 본서에서는 그의 대표작 26수를 뽑았다. 작품에 별다른 유형을 가리기 어려워 절구絶句《사슴 울짱》 이하, 율시律詩《장 소부에게》 이하, 고시古詩《위수 가의 농가》 이하로 나누어 수록하였다.

사슴 울짱[1] | 왕유

鹿柴
록채:

빈 산, 사람은 아니 보이는데 — 空山不見人,
공산 불견: 인

어디서 사람 말소리 울려온다. — 但聞人語響。
단:문 인어: 향:

저녁 햇빛, 깊은 숲에 들어와 — 返景入深林,
반:영: 입 심림

다시 푸른 이끼 위를 비춘다. — 復照青苔上。
부:조: 청태 상:

1_ 이 시는 왕유의 유명한 연작連作인 『망천집』輞川集의 한 편이다. 『망천집』에는 다음과 같은 서문이 있다. "나의 별장은 망천輞川의 산골에 있다. 거기서 놀만한 곳은 …… 록채鹿柴 · 목란채木蘭柴 …… 죽리관竹里館 · 신이우辛夷塢 …… 등(스무 곳)이 있다. 배적裴廸과 더불어 한가할 때 각 곳에 대해 절구絶句를 지어 본 것이다." 『망천집』은 스무 곳에 대해 두 사람이 각각 5언 절구五言絶句를 하나씩 지었으므로 모두 40수가 있다. 《사슴 울짱》은 망천 별장의 일부, 사슴을 기른 곳이다. 본서에서는 『망천집』 가운데 《사슴 울짱》, 《목련 울짱》, 《대숲의 별관》, 《목련 둑》 4수를 뽑았다. 망천輞川은 서안시 남쪽 종남산終南山에서 발원하는 강 이름. 이 강가에 망천장 별장이 있었다. 배적裴廸은 왕유의 친구이다.

목련 울짱[1] | 왕유

木蘭柴
목란 채:

가을 산에 저녁놀 걷히매, — 秋山斂餘照,
추산 렴: 여조:

나는 새는 짝을 좇아간다.

飛鳥逐前侶。
비조: 축 전려:

고운 비취색 시시로 또렷하니,

彩翠時分明,
채:취: 시 분명

저녁 이내 있을 곳이 없다.

夕嵐無處所。
석람 무 처:소:

1_ 『망천집』 연작 가운데 한 편. 목란木蘭(*Magnolia denudata*)은 목련의 일종. 《사슴 울짱》 주 1 참조.

대숲의 별관[1] | 왕유

竹里館
죽리: 관:

홀로 고요한 대밭에 앉아,

獨坐幽篁裏,
독좌: 유황 리:

거문고 뜯고 휘파람 분다.

彈琴復長嘯。
탄금 부: 장소:

깊은 숲이라 사람은 몰라도,

深林人不知,
심림 인 불지

밝은 달이 와서 비추어 준다.

明月來相照。
명월 래 상조:

1_ 『망천집』 연작 가운데 한 편. 죽리관은 대숲에 둘러싸인 별관이다. 《사슴 울짱》 주 1 참조.

목련 둑[1] | 왕유

辛夷塢
신이오:

나무 끝[2]에 연꽃이 달렸는가?
산 속에 피어난 빨간 꽃잎[3]들.
산골짝 오두막은 사람이 없는데,
어지러이 피어났다가 져버렸다.

木末芙蓉花,
목말 부용 화
山中發紅萼。
산중 발 홍악
澗戶寂無人,
간:호: 적 무인
紛紛開且落。
분분 개 차:락

1_ 『망천집』 연작 가운데 한 편. 신이오는 목련을 심은 둑, 신이辛夷(*Magnolia liliflora*)는 자목련이다. 《사슴 울짱》 주 1 참조.

2_ 나무 끝 : 이 구절은 초사 「구가」九歌 《상수 신》의 "연꽃을 따려 합니다, 나무 끝에서"를 의식하고 쓴 것일 듯. 《상수 신》에서는 불가능의 비유로 썼는데, 이 시에서는 그 불가능이 가능으로 바뀐 놀라움을 표현하고 있다. 《상수 신》 주 13 참조(본서 139쪽).

3_ 꽃잎 : 원문은 '꽃받침 악'萼 자인데, 이 말은 넷째 구의 '떨어질 락'落 자와 운韻을 맞추기 위해 쓴 것이다. 꽃 또는 꽃잎을 뜻한다.

배웅(가)[1] | 왕유

送別
송:별

산 속에서 배웅해 드린 다음,
저녁 어스름에 사립을 닫는다.

山中相送罷,
산중 상송: 파:
日暮掩柴扉。
일모: 엄: 시비

봄풀은 명년에도 푸르겠지만,

春草明年綠,
춘초: 명년 록

왕손[2]은 돌아올까 아니 올까?

王孫歸不歸。
왕손 귀 불귀

1_ 본서에서는 왕유의 송별시 3편을 뽑았는데, 제목에 (가) · (나) · (다)를 붙여 구분했다.

2_ 왕손王孫 : 왕유 《산 속 가을 저녁》 주 2 참조(본서 488쪽).

잡 시 3수[1] | 왕유

雜詩三首
잡시 삼수:

1

집은 맹진[2] 강가에 있고요,

家住孟津河,
가주: 맹:진 하

문은 맹진 나루 맞보아요.

門對孟津口。
문대: 맹:진 구:

언제나 강남 배[3]가 오거니,

常有江南船,
상유: 강남 선

집에 부친 편지 있는가요?

寄書家中否。
기:서 가중 부:

1_ 모두 3수, 잡시는 무제無題와 비슷하다. 아마 상용商用을 위해 객지로 떠난 남편과 집을 지키는 아내의 심정을 그린 것인 듯하다. 1, 3편은 아내의 말, 2편은 남편의 말로 볼 수 있을 듯.

2_ 맹진孟津 : 지금 하남성 락양洛陽의 동북쪽, 황하黃河 남안南岸에 있는 나루터.

3_ 강남 배 : 수隋나라 양제煬帝(605~618 재위) 양광楊廣이 운하運河를 개통시킨

이후로 장강 이남과 황하 이북에 배가 통하게 되었다. 아마 이 여자의 남편은 강남 지방으로 여행을 떠난 모양이다.

2

그대는 고향에서 왔으니, 君自故鄕來,
군자: 고:향 래

고향 소식을 알겠구료. 應知故鄕事。
응지 고:향 사:

오던 날 고운 창문[1] 앞에 來日綺窗前,
래일 기:창 전

매화꽃이 피었던가요? 寒梅著花未。
한매 착화 미:

1_ 고운 창문(綺窗) : 화려하게 꾸민 창, 여기서는 아내 방의 창을 가리킨다.

3

매화꽃 핀 것 보았어요, 已見寒梅發,
이:견: 한매 발

또 새 소리도 들었고요. 復聞啼鳥聲。
부:문 제조: 성

수심 겨워 봄 풀[1] 보거니, 愁心視春草,
수심 시: 춘초:

옥계까지 자랄까 두려워요. 畏向玉階生。
외:향: 옥계 생

1_ 봄 풀 : 다음 구절의 옥계玉階(대궐의 섬돌)와 함께 '봄 풀'과 왕손王孫(자기 남편)의 관계가 될 것을 두려워한다는 뜻이다. 《산 속 가을 저녁》 주 2 참조(본서 488쪽).

새 우는 산골짝[1] | 왕유

鳥鳴澗
조: 명간:

인적 고요한데 계화[2]가 지니,
人閒桂花落,
인한 계:화 락

밤도 조용히 봄 산이 비었네.
夜靜春山空。
야:정: 춘산 공

달이 나오자 산새들 놀래어,
月出驚山鳥,
월출 경 산조:

때때로 봄날 산골짝에서 우네.
時鳴春澗中。
시명 춘간: 중

1_ 이 시는 《황보악 운계 잡제》皇甫岳雲谿雜題 5수 가운데 첫 편이다. 황보악은 인명, 『신당서』新唐書(宰相世系表)에 황보순皇甫恂의 아들 악岳이란 이름이 있는데, 이 사람인지 모르겠다. 운계는 황보악의 별장 이름인 듯하다.

2_ 계화 : 원문 계화桂花(*Osmanthus fragrans*). '열 십'+ 자 모양의 조그만 황백색 꽃, 향이 짙다.

즐거운 전원(2수)[1] | 왕유

田園樂
전원락

· 1

마름을 캐니 나루에 바람이 세차다. 採菱渡頭風急,
채:릉 도:두 풍급

막대를 짚으니[2] 서촌에 해가 기운다. 策杖村西日斜。
책장: 촌서 일사

살구나무 선 축대[3] 가의 어부이니, 杏樹壇邊漁父,
행:수: 단변 어부:

복사꽃 피는 고장[4] 안의 인가로다. 桃花源裏人家。
도화 원리: 인가

1_ 전원의 아름다움과 그 속에서의 생활의 즐거움을 노래한 것. 모두 7수, 본서에서는 2수만 뽑았다. · 1은 원시의 제3수.

2_ 막대를 짚으니 : 산책한다는 의미가 포함돼 있다.

3_ 살구나무 선 축대 : 『장자』莊子(漁父)에 이런 고사가 있다—공자孔子가 살구나무 선 축대에 앉아 쉬었다. 제자들은 글을 읽고 공자는 거문고를 뜯었다. 그때 한 어부가 배를 타고 찾아왔다. 수염과 눈썹이 하얀 분이었다. …… 공자는 이 숨은 현인賢人인 어부에게 가르침을 빌었다.

4_ 복사꽃 피는 고장 : 이상향을 가리킨다. 도연명《복사꽃 피는 고장》참조(본서 384쪽).

· 2[1]

푸릇푸릇[2] 싱그러운 풀밭, 가을도 푸르러. 萋萋芳草秋綠,
처처 방초: 추록

시원시원 커다란 소나무, 여름도 서늘해. 落落長松夏寒。
락락 장송 하:한

소와 양은 절로 동네 안으로 돌아온다. 牛羊自歸村巷,
우양 자:귀 촌항:

아이놈은 의관 차림이 무언지도 모른다. 童稚不識衣冠。
동치: 불식 의관

1_ 모두 7수 가운데 제4수.

2_ 푸릇푸릇 : 이 구절과 다음 구절과의 전반은 진晋나라 손작孫綽의 《유천태산부》遊天台山賦에서 나온 말이다. "푸릇푸릇 보드라운 풀밭을 자리로 삼고, 시원시원 커다란 소나무로 그늘을 얻는다."(藉萋萋之纖草, 蔭落落之長松。)

양관 이별곡[1] | 왕유

陽關曲
양관 곡

위성[2] 아침 비 가벼운 티끌 젖으니, 渭城朝雨浥輕塵。
위:성 조우: 읍 경진

객사는 파릇파릇 버들[3] 빛 새로워. 客舍青青柳色新。
객사: 청청 류:색 신

그대에게 권하노니 다시 한 잔 드소, 勸君更盡一杯酒,
권:군 갱:진: 일배 주:

서쪽 양관[4] 나서면 친구가 없음이라. 西出陽關無故人。
서출 양관 무 고:인

1_ 이 시는 송별시로서 유명하다. 송별연에서 제4구, 즉 양관陽關의 구절을 세 번 거푸 불러서 붙은 이름이다. 시의 제목은 또 '송원이 사안서'(送元二使安西), 즉 "원이를 안서의 사신으로 배웅하며"라고도 한다. 안서安西는 당나라 도호부都護府(변경 지방을 통할하는 관청)가 있던 곳, 지금의 신강자치구 투르판Turpan(吐魯番) 옆 쿠차Kuqa(庫車)이다.

2_ 위성渭城 : 서안시 서북 약 20킬로미터 거리, 위하渭河 북안北岸에 있었다. 지

금의 함양시咸陽市로 국제공항이 있다.

3_ 버들 : 중국에서는 옛날, 배웅하는 사람이 버들가지를 꺾어 떠나는 사람에게 선사하는 풍습이 있었다. 따라서 별리別離와 버들은 끊으려야 끊을 수 없는 관계가 있는 것으로, "버들 빛 새로워"라고 노래할 때의 기분은 별리의 뜻을 품고 있다.

4_ 양관陽關 : 감숙성 서쪽 끝에 있는 돈황敦煌 서남방에 있었다. 거의 신강자치구와 접경지대. 옥문관玉門關 남쪽에 있다 하여 '남쪽 관문'(陽關)이란 뜻의 이름을 얻었다. 옥문관과 함께 양관은 중국에서 중앙아시아로 통하는 루트가 된다. 양관 서쪽은 거의 사막지대. 이 시를 읊은 위성渭城에서 양관陽關까지는 직선거리 약 1,400킬로미터, 양관에서 안서까지는 약 500킬로미터가 된다.

배 웅(나)[1] | 왕유

送別
송:별

그대를 남포에서[2] 배웅하니 눈물이 실 같다.
그대 동쪽 고을[3] 가면서 나를 슬프게 한다.
부디 전해다오, 옛 친구[4] 야위어빠진 모습이
지금은 전혀 락양 시절과 같지 못하더라고.

送君南浦淚如絲。
송:군 남포: 루: 여사
君向東州使我悲。
군향: 동주 사:아:비
爲報故人顦顇盡,
위:보: 고:인 초췌: 진:
如今不似洛陽時。
여금 불사: 락양 시

1_《배웅(가)》 주 1 참조.

2_ 그대를 남포南浦에서 : 량梁나라 강엄江淹의 《별부》別賦에, "그대를 남포에서 배웅하니 상심이 그 어떨까?"(送君南浦, 傷如之何。)라는 구절이 있다.

3_ 동쪽 고을(東州) : 지금의 산동성 · 산서성 · 하남성 · 하북성 등지를 가리킨다.

4_ 옛 친구 : 시인 자신을 가리킨다.

젊은이 노래3수[1] | 왕유

少年行三首
소:년행 삼수:

1

신풍[2]의 좋은 술은 한 말에 만 잎이지만, 新豊美酒斗十千。
신풍 미:주: 두: 십천

함양[3]의 협객들에는 젊은이도 하고많아, 咸陽遊俠多少年。
함양 유협 다 소:년

만나자 의기투합하니 같이 술을 마시자, 相逢意氣爲君飮,
상봉 의:기: 위:군 음:

높은 누각[4] 수양버들 옆에 말 매어놓고. 繫馬高樓垂柳邊。
계:마: 고루 수류: 변

1_ 모두 3수. 이 시는 생명을 가볍게 여기고 의리를 무겁게 보는 의협심 있는 젊은이가 주제.

2_ 신풍新豊 : 서안시 동쪽 약 30킬로미터에 있는 도시. 조식《큰 도회지 편》에 "좋은 술은 한 말에 만 잎 나간다"라는 구절이 있다(본서 332쪽).

3_ 함양咸陽 : 옛적 진秦나라 수도. 지금의 서안시 서북방, 위하渭河를 건넌 곳에 있다.

4_ 높은 누각 : 기생이 있는 술집을 가리킨다.

2

벼슬 처음 얻어 한나라 섬기니 우림랑,[1] 出身仕漢羽林郎。
출신 사:한: 우:림 랑

처음으로 표기장군 따라 어양[2]에서 싸운다. 初隨驃騎戰漁陽。
초수 표:기: 전: 어양

누가 알겠나,[3] 국경으로 향하는 괴로움을! 孰知不向邊庭苦,
숙지 불향: 변정 고:

죽더라도 협객의 아름다운 이름은 나리라! 縱死猶聞俠骨香。
종:사: 유문 협골 향

1_ 우림랑羽林郞 : 근위사관近衛士官 격이다.

2_ 표기驃騎 / 어양漁陽 : '표기'는 장군將軍의 명칭, 대장군大將軍과 같은 급. 한나라 때의 명장 곽거병霍去病이 처음으로 받았다. 그래서 흔히 곽거병의 대명사로 쓰인다. '어양'은 지금의 북경北京 동북방, 만리장성萬里長城에 가까이 있는 지명.

3_ 누가 알겠나 : 이 구절과 다음 구절에 대한 본문의 해석은 종래 여러 설이 있으나 모두 완전치 못하다. 대개, "국경지방에서 괴롭게 싸우다가 죽어도 좋다, 사람들은 내가 죽은 뒤 협객의 명성을 알아주겠지"라는 뜻으로 볼 수 있을 것이다.

3

혼자 두 사람 몫 쇠뇌를 당길 수 있으니, 一身能擘兩雕弧。
일신 능벽 량: 조호

되놈 기병 천 겹이라도 없는 거나 같구나. 虜騎千重只似無。
로:기: 천중 지: 사:무

황금 안장 비껴 앉아 흰 살깃[1]을 골라서, 偏坐金鞍調白羽,
편좌: 금안 조 백우:

펄렁펄렁 다섯 선우[2]를 모두 쏘아 죽인다. 紛紛射殺五單于。
분분 사:살 오: 선우

1_ 흰 살깃 : 화살을 가리킨다.

2_ 다섯 선우單于 : 한나라 때 흉노匈奴 임금 다섯, 즉 도기선우屠耆單于·호한야선우呼韓邪單于·호계선우呼揭單于·차려선우車黎單于·오적선우烏藉單于가 유명했다. 『한서』漢書(宣帝紀)를 보면, 흉노 일족이 분열하여 다섯 선우가 되어, 서로 공격하매 죽은 사람이 만 명이 넘었다고 한다.

장 소부에게[1] | 왕유

酬張少府
수 장소:부:

늘그막에는 조용한 것만 좋아,	晩年惟好靜, 만:년 유 호:정:
온갖 일에 모두 관심이 없소.	萬事不關心。 만:사: 불 관심
스스로 돌아봐야 별 수 있을까?	自顧無長策, 자:고: 무 장책
옛 수풀[2]로 올 수밖에 없었소.	空知返舊林。 공지 반: 구:림
솔바람 속에 허리띠[3]를 풀고,	松風吹解帶, 송풍 취 해:대:
산 달빛 아래 거문고를 타오.	山月照彈琴。 산월 조: 탄금
그대는 빈궁 · 형통 이치를 묻지만,	君問窮通理, 군문: 궁통 리:
어부 노래[4] 갯가로 깊숙이 드오.	漁歌入浦深。 어가 입포: 심

1_ 원제는 "장 소부에게 드린다"는 뜻. 소부少府는 관명, 현위縣尉(縣長 보좌관)다.

2_ 옛 수풀(舊林) : 고향을 가리킨다.

3_ 허리띠 : 허리띠를 풀고 여유 있게 사는 생활, 자유인의 모습을 형용한다.

4_ 어부 노래(漁歌) : 『초사』楚辭(漁父)에 나오는《창랑가》滄浪歌를 가리킨다—옛날 초나라 대부 굴원屈原이 추방되어 초췌한 모습으로 강변 호숫가를 어슬렁거리다가 한 어부를 만났다. 서로 인생관을 논하였으나 의견이 달랐다. 어부는 떠나면서 노래 불렀다. "창랑의 물이 맑습니다. / 나의 갓끈을 씻겠습니다. / 창랑의 물이 흐립니다. / 나의 발을 씻겠습니다."(滄浪之水淸兮。可以濯吾纓。滄浪之水濁兮。可以濯吾足。)

망천에서 배 수재에게[1] | 왕유 輞川閑居贈裴秀才迪

망:천 한거 증: 배수:재 적

서늘한 산은 점점 퍼릇퍼릇, 寒山轉蒼翠,
한산 전: 창취:

가을 냇물은 날로 찰랑찰랑. 秋水日潺湲。
추수: 일 잔원

막대 짚고 사립문 밖에 서서, 倚杖柴門外,
의:장: 시문 외:

바람결 저녁 매미소리 듣는다. 臨風聽暮蟬。
림풍 청 모:선

나루에 지는 해 잠깐 멈추고, 渡頭餘落日,
도:두 여 락일

마을에 한 가닥 연기[2] 오른다. 墟里上孤煙。
허리: 상: 고연

또다시 접여[3] 주정을 만나니, 復值接輿醉,
부:치: 접여 취:

미친 듯 오류[4] 앞에서 노래한다. 狂歌五柳前。
광가 오:류: 전

1_ 원제는 "망천에서 한가히 지내며 배적 수재에게 드린다"라는 뜻. 망천 배적은 《사슴 울짱》 주석 참조. 수재秀才는 과거(明經·進士)에 응시할 자격이 있는 사람.

2_ 마을에 한 가닥 연기 : 도연명《전원으로 돌아와 1》, "가물가물 촌락은 멀기도 먼데, / 하늘하늘 마을의 연기 오른다"에서 나온 구절이다(본서 355쪽).

3_ 접여接輿 : 춘추시대 초楚나라 은자隱者, 미치광이 시늉을 하면서 세속을 피했다. 『론어』論語 「미자」微子에, "초나라 미치광이 접여가 공자孔子 앞을 지나가면서 노래 불렀다. '봉황새야, 봉황새야, 너의 덕이 쇠하였구나! / 지난 일은 어쩔 수 없지만, 오는 일은 따를 수 있지. / 그만 둬라, 그만 둬라, 요즘 벼슬살이 위태롭다.'(鳳兮鳳兮, 何德之衰。往者不可諫, 來者猶可追。已而已而, 今之從政者殆而。)" 여기서는 접여를 배적에 비기고 있다.

4_ 오류五柳 : 도연명陶淵明은 집 가에 다섯 그루의 버드나무를 심어놓고, 스스로 오류선생五柳先生이라 불렀다. 여기서는 왕유 자신을 오류선생에 비기고 있다.

국경 요새[1] | 왕유

使至塞上
사:지: 새:상:

혼자 수레를 타고[2] 국경을 살피려,	單車欲問邊。 단거 욕 문:변
속국 담당관[3]은 거연성을 지났다.	屬國過居延。 속국 과: 거연
다북쑥은 한나라 요새를 떠나가고,	征蓬出漢塞, 정봉 출 한:새:
기러기는 오랑캐 하늘로 들어간다.	歸雁入胡天。 귀안: 입 호천
광대한 사막, 외줄기 연기는 수직.[4]	大漠孤烟直, 대:막 고연 직
유장한 황하, 떨어지는 해는 원형.	長河落日圓。 장하 락일 원
소관[5]에서 기병 척후대를 만났더니,	蕭關逢候騎, 소관 봉 후:기:
도호[6] 장군은 연연산에 있다 한다.	都護在燕然。 도호: 재: 연연

1_ 원제는 "사신으로서 국경의 요새에 이르러"란 뜻. 737년 량주涼州 하서절도부대사河西節度副大使 최희일崔希逸이 티베트(吐蕃)에게 전승하자, 당나라 현종玄宗 리룽기李隆基는 감찰어사監察御使 왕유에게 현지로 가서 이를 위로하

고 군정을 살피도록 명했다. 왕유에게는 실질적으로 좌천이었다. 량주는 지금의 감숙성 무위武威, 서안西安으로부터 직선거리로 약 700킬로미터 떨어져 있으며, 당시 국경지대였다.

2_ 혼자 수레를 타고(單車) : 한나라 때 외교관 소무蘇武가 혼자 수레를 타고 외국(匈奴)으로 들어갔다는 고사가 있다. 이 시의 시대는 한대漢代로 잡고 주인공인 시인 자신은 소무에게 견주고 있다.

3_ 속국 담당관(典屬國) : 이 관직은 한나라 무제武帝 류철劉徹 때 생긴 것으로, 항복한 오랑캐를 관장했다. 소무蘇武는 '전속국' 벼슬을 지냈다. 거연성居延城은 내몽골 서북 가순누르Gaxun Nur(居延海) 남쪽에 있었다. 일명 위원영威遠營이라고도 했다. 서안 서북방 직선거리 약 1,100킬로미터 지점에 있었다.

4_ 외줄기 연기는 수직 : 통신을 위해 올리는 연기 한 가닥이 곧추 올라간다는 것이다. 옛날 멀리 있는 곳에 통신하기 위해서는, 야간에는 횃불, 주간에는 연기를 이용했다. 이리(狼)의 똥을 섞어 태우면 연기가 흩어지지 아니하고 곧추 올라간다고 한다. 또는 사막에는 회오리바람이 많아 연기나 모래가 바람에 휩싸여 곧추 올라간다는 설도 있다. 이 대구에서 한 폭의 현대적인 추상화—노랑·하양·빨강 같은 강렬한 색채로 수평선·수직선·원을 구성하는 간결한 기하幾何적 미美를 볼 수 있을 듯하다.

5_ 소관蕭關 : 녕하자치구 고원固原 북쪽에 있었다. 서안시 서북방 직선거리 약 350킬로미터 지점이 된다. 고래로부터 전략상의 요충으로 관중關中 네 관문의 하나다.

6_ 도호都護 : 벼슬 이름. 변경의 정치·군사를 통할하는 장관. 당대唐代에는 대도호大都護가 여섯 있었다. 연연산燕然山은 몽골 중서부를 달리는 큰 산맥, 즉 항가이 산Hanggai(杭愛山)이다. 후한後漢 때, 즉 서기 89년에 북흉노北匈奴를 여기서 쳐부수고 그 승첩을 바위에 새겼다.

향적사를 찾아[1] | 왕유

過香積寺
과: 향적사

알지 못하는 향적사를 찾아서,

不知香積寺,
부지 향적 사:

구름 속으로 들어가기 몇 리인가?	數里入雲峰。 수:리: 입 운봉
고목들이 늘어선 인적 없는 길,	古木無人徑, 고:목 무인 경:
깊은 산중 어느 곳 종소리인가?	深山何處鐘。 심산 하처: 종
샘물은 우뚝한 바위에 목메고,	泉聲咽危石, 천성 열 위석
햇살은 파란 소나무에 차갑다.	日色冷青松。 일색 랭: 청송
저녁 어스름 쓸쓸한 못 굽이,	薄暮空潭曲, 박모: 공담 곡
독룡[2]을 누르고 좌선하는구나.	安禪制毒龍。 안선 제: 독룡

1_ 향적사는 장안長安(서안시) 남쪽 종남산終南山(해발 2604미터) 가는 길 중간(서안에서 약 20킬로미터 거리)에 있다. 이 시를 읽으면 절이 깊은 산 속에 있는 것 같지만 지금은 넓고 편한 밭 한가운데에 있다. 1997년 7월 20일, 역자가 현장을 탐방했다.

2_ 독룡毒龍 : 마음속에 일어나는 망념妄念에 비긴 것. 이 연에 대해서는 못 굽이를 지나면서 시인 자신이 앞으로 좌선할 것을 상상한다는 설, 시인 자신이 이미 절에 들어가서 좌선하고 있다는 설이 있으나, 역시는 절을 찾아가는 길에 스님이 좌선하는 모습이 눈에 띄었다고 해석하였다.

산 속 가을 저녁 | 왕유

山居秋暝
산거추명

빈 산[1]에 새로 비 오신 뒤,	空山新雨後, 공산 신우: 후:

날씨는 저녁이 되자 가을. 天氣晚來秋。
천기: 만:래 추

밝은 달빛 솔 사이로 비추고, 明月松間照,
명월 송간: 조:

맑은 샘물 바위 위로 흐른다. 淸泉石上流。
청천 석상: 류

대숲 왁자하니 빨래꾼 돌아오고, 竹喧歸浣女,
죽훤 귀 완:녀:

연잎 흔들리니 고깃배 내려오지. 蓮動下漁舟。
련동: 하: 어주

봄의 풀들아, 질 테면 져라, 隨意春芳歇,
수의: 춘방 헐

왕손[2]은 스스로 머물 것이다. 王孫自可留。
왕손 자: 가:류

1_ 빈 산 : 인기척 없는 산. 낙엽이 진 산.

2_ 왕손王孫 : 시인 자신. 『초사』楚辭(招隱士)에, "왕손은 떠돌면서, 돌아오지 않습니다. / 봄풀은 자라서, 푸릇푸릇합니다. / …… / 왕손이어, 돌아오소라. / 산속은, 오래 머물 수 없습니다."(王孫遊兮不歸, 春草生兮萋萋。…… 王孫兮歸來, 山中兮不可以久留。)라는 구절이 있다. 여기서 시인은 산속이 좋아 산에 오래 머물겠다고 말하는 것이다.

종남산 별장[1] | 왕유

終南別業
종남 별업

중년[2]부터 자못 불도를 좋아하더니, 中歲頗好道,
중세: 파: 호:도:

늙어서 남산[3] 자락에 집을 장만했다. 晩家南山陲。
만:가 남산 수

홍이 일어날 때마다 혼자 나서니, 興來每獨往,
홍:래 매: 독왕:

자연의 아름다움 저만 알고 있지. 勝事空自知。
승:사: 공 자:지

걸어서[4] 다다르니 개울이 끝난 곳. 行到水窮處,
행도: 수:궁 처:

앉아서 바라보니 구름이 이는 때. 坐看雲起時。
좌:간 운기: 시

우연히 숲 속의 노인[5]을 만나니, 偶然値林叟,
우:연 치: 림수:

웃으며 얘기하며 돌아갈 줄 모른다. 談笑無還期。
담소: 무 환기

1_ 종남산 별장은 곧 망천장輞川莊을 가리킨다. 《사슴 울짱》 주 1 참조(본서 472쪽).

2_ 중년 : 왕유는 30세경에 상처한 뒤 재취하지 않고, 염불念佛 삼매경三昧境(samadhi)에서 나날을 보냈다.

3_ 남산 : 종남산終南山(해발 2,604미터), 서안시 남쪽에 동서로 누워 있다.

4_ 걸어서 : 이 연은 세속적인 사념을 초월한 선禪(dhyâna)의 경지(空間 · 時間)를 표현한 것으로 진작부터 유명한 대구이다.

5_ 숲 속의 노인(林叟) : 나무 하는 노인으로 해석할 수 있다.

장마 지는 망천장에서[1] | 왕유

積雨輞川莊作
적우: 망:천장 작

장마 지는 빈숲에 연기[2]가 낮게 퍼진다. 積雨空林烟火遲。
적우: 공림 연화: 지

명아주 찌고 기장[3]밥 지어 밭에 나른다. 蒸藜炊黍餉東菑。
증려 취서: 향: 동치

막막한 무논에서 하얀 해오리가 날고, 漠漠水田飛白鷺,
막막 수:전 비 백로

침침한 수풀에서 노란 꾀꼬리가 운다. 陰陰夏木囀黃鸝。
음음 하:목 전: 황리

산 속 좌선—아침에 핀 무궁화[4] 보고, 山中習靜觀朝槿,
산중 습정: 관 조근:

솔 밑 재계—이슬 젖은 아욱[5]을 딴다. 松下淸齋折露葵。
송하: 청재 절 로:규

시골 노인은 자리다툼[6] 이미 끝냈거늘, 野老與人爭席罷,
야:로: 여:인 쟁석 파:

갈매기[7]는 어인 일로 의심 아니 푸는가? 海鷗何事更相疑。
해:구 하사: 갱: 상의

1_ 이 시에 대해서는 후인들의 비평이 많다. 특히 함련(제2련)에 대해서는 이것이 리가우李嘉祐의 시구에서 나온 것이지만 "막막한"(漠漠), "침침한"(陰陰)이란 두 단어를 첨가하여 화룡점정畵龍點睛이 되었다고 한다.

2_ 연기 : 밥 짓는 연기. 장마철이라 기압이 낮아 연기가 올라가지 못하고 낮게 퍼지는 것이다.

3_ 명아주 / 기장 : 원문 려藜(*Chenopodium album*), 서黍(*Panicum miliaceum*).

4_ 아침에 핀 무궁화 : 원문 근槿(木槿, *Hibiscus syriacus*), 무궁화는 꽃이 아침에 펴서 저녁에는 진다. 짧은 인생, 인생무상을 말하고 있다.

5_ 이슬 젖은 아욱 : 원문 규葵(冬葵, *Malva verticilata*). 아욱은 이슬에 젖은 것이 맛있다. 소식(素食)을 말한다.

6_ 자리다툼 : 『렬자』列子(黃帝)에 이런 얘기가 있다. —양주楊朱는 여행하는 길

에 우연히 로자老子를 만났다. 로자는 탄식하면서, "처음엔 너를 가르칠 만하다고 여겼더니 이제 보니 가르칠 만하지 못하군." 하고 말했다. 양주는 말없이 여관에 가서 몸매를 정돈하고 로자의 방 밖에서부터 신을 벗고 무릎걸음으로 나아가 공손히 가르침을 청했다. 로자는 "너는 뽐내기만 하고 있으니 누구와 함께 있겠다는 거냐? 아주 결백한 사람은 조금 더러운 듯 보이고, 큰 덕이 있는 사람은 좀 부족한 듯 보이는 거야."라고 말했다. 양주는 깨달은 바가 있었다. 처음에 그가 여관에 왔을 때에는 여관 사람들이 맞아들이며 자리를 깔아주고 비켜주더니, 지금 돌아오니 여관 사람들은 서로 자리를 다투었다. ―이 얘기는 『장자』莊子(寓言)에도 보인다.

7_ 갈매기 : 『렬자』列子(黃帝)에 이런 얘기가 있다. ―바닷가에 갈매기(鷗)를 좋아하는 사람이 살고 있었는데, 아침마다 바닷가에 나가서 갈매기들과 놀았다. 하루는 그 아비가, 갈매기를 잡아오라고 일렀다. 아들이 그럴 양으로 다음날 바닷가에 나갔더니 갈매기들은 하늘에서 춤만 출 뿐 한 마리도 내려오지는 않았다.― 이 연에서는, 세속적인 명리名利를 나는 이제 더 추구하지 아니한다, 자연 속에서 갈매기와 더불어 자유롭게 지내고 싶다는 뜻을 말하고 있다. 조선 초기 시조(작자 미상), "백구白鷗야 놀나지 마라, 너 잡을 내 아니라. / 성상聖上이 바리시니 갈듸 없어 예 왓노라. / 이 후後는 차즈리 없으니 너를 조차 놀리라"와 같은 경우이다.

위수 가의 농가[1] | 왕유

渭川田家
위:천 전가

비낀 햇살이 촌락을 비추는데,
斜光照墟落
사광 조: 허락

후미진 촌길로 소와 양이 돌아온다.
窮巷牛羊歸。
궁항: 우양 귀

시골 노인은 목동을 생각하여,
野老念牧童,
야:로: 념: 목동

지팡이 짚고 사립문에서 기다린다.
倚杖候荊扉。
의:장: 후: 형비

장끼가 울고, 보리 모가 자라고, 雉雊麥苗秀,
치:구: 맥묘 수:

누에가 잠들고, 뽕잎이 드물고. 蠶眠桑葉稀。
잠면 상엽 희

농부는 호미 메고 오다가 서서, 田夫荷鋤立,
전부 하서 립

노인과 인사하고 얘기를 한다. 相見語依依。
상견: 어: 의의

바로 이 평화로운 생활 부러워, 卽此羨閒逸,
즉차: 선: 한일

노래한다, "어이 아니 돌아갈까?"[2] 悵然歌式微。
창:연 가 식미

1_ 위천은 즉 위하渭河. 감숙성에서 발원하여 동쪽으로 흘러 서안시를 지나 동관潼關 부근에서 북쪽에서 흘러온 황하黃河와 합류한다.

2_ "어이 아니 돌아갈까?" : 『시경』詩經(邶風, 式微)에, "하릴없네. 하릴없네. / 어이 아니 돌아갈까?"(式微式微, 胡不歸。)라 하였다.

배 웅(다)[1] | 왕유 送別
송:별

말에서 내려 그대에게 술을 권하며 下馬飮君酒,
하:마: 음:군 주:

그대에게 어디로 가느냐고 물었다. 問君何所之。
문:군 하 소:지

그대는 말했다, 일이 뜻대로 안 되어 | 君言不得意,
군언 부득의:

돌아가 남산[2] 기슭에나 눕겠다고. | 歸臥南山陲。
귀와: 남산 수

그냥 가소라, 다시 묻지 않으리니,[3] | 但去莫復問,
단:거: 막 부:문:

흰 구름은 다 끝날 때가 없으리니. | 白雲無盡時。
백운 무 진:시

1_《배웅 (가)》 주 1 참조(본서 474쪽). 친구를 배웅한 것으로도 볼 수 있고, 자문자답한 것으로도 볼 수 있다.

2_ 남산 : 종남산終南山(해발 2,604미터).

3_ 다시 묻지 않으리니(莫復問) : 이 구절은 또, (지금 은퇴하였으니 세상 일에 대하여 그대는) "다시 묻지 말아라"로 해석할 수도 있다.

푸른 시내[1] | 왕유

青溪
청계

황화천에 들어섰다고 하면서, | 言入黃花川,
언입 황화 천

푸른 시냇물[2] 뒤를 좇아간다. | 每逐青溪水。
매:축 청계 수:

산을 따라서 만 번은 돌았는데, | 隨山將萬轉,
수산 장 만:전:

길은 재촉해도 백 리[3]가 못된다. | 趣途無百里。
촉도 무 백리:

소리[4] 시끄럽고 어지러운 돌 틈. 聲喧亂石中,
성훤 란:석 중:

빛깔도 조용한 깊은 솔숲 사이. 色靜深松裏。
색정: 심송 리:

출렁출렁, 마름과 노랑어리연꽃.[5] 漾漾汎菱荇,
양:양: 범: 릉행:

일렁일렁, 여린 갈대와 큰 갈대.[6] 澄澄映葭葦。
징징 영: 가위:

내 마음 전부터 한가로웠거늘, 我心素已閒,
아:심 소: 이:한

맑은 시내도 이처럼 담담하니, 淸川澹如此。
청천 담: 여차:

바라건대, 바위 위에 머물러 請留盤石上,
청:류 반석 상:

낚시 드리우고 끝내 버리겠다. 垂釣將已矣。
수조: 장 이:의:

1_ 왕유가 황화천으로 여행했을 때 지은 시이다. 황화천黃花川은 섬서성 봉현鳳縣 황화진黃花鎭에 있다. 왕유는 "대산관大散關으로부터 깊은 숲과 바위 길로 사오십 리 가서 황우령黃牛嶺에 다다르고, 거기서 황화천에 들어갔다."고 말한 일이 있다.

2_ 푸른 시냇물(靑溪水) : 제1구 황화천黃花川의 '누른 황'黃 자에 대하여 여기서 '푸른 청'靑 자를 쓴 것은 해학적인 대비對比를 포함하고 있다.

3_ 백 리 : 약 54킬로미터, 또는 65킬로미터.

4_ 소리 : 둘째 연은 냇물을 말한 것이다. 즉, "물 소리, 물 빛깔, 물이 출렁출렁, 물이 일렁일렁"이라고 해석해야 할 것이다.

5_ 마름 / 노랑어리연꽃 : 원문 릉菱(*Trapa bispinosa*), 행荇(*Nymphoides peltatum*).

6_ 갈대 : 한자 가葭 · 로蘆 · 위葦(*Phragmites communis*). 갈대는 새로 나오면 가葭, 꽃 피기 전이면 로蘆, 다 자라 꽃이 피면 위葦이다.

맹호연 孟浩然

Meng Haoran

맹호연孟浩然(689~740)은 자연시自然詩로써 당시 왕유王維와 병칭되던 시인이다. 다만 두 사람 사이에는 분명한 차이가 있다. 왕유는 귀족적인 은사隱士로서 부귀공명을 다 맛본 뒤에 산수山水의 품에 귀의한 사람, 그의 심경과 작품의 분위기는 안정되고 평담한 것이다. 그러나 맹호연은 마흔 살까지, 당시 유행하던 은일隱逸의 기풍을 좇아 오랫동안 산수 속에서 야인으로 지냈지만 한편으로 공명을 세울 마음을 버리지 아니하였다. 그는 마흔 살에 서울로 가서 진사進士 시험을 쳤으나 실패, 크게 낙심하고 돌아왔다. 그렇다고 이것이 그의 작품의 예술적 가치를 손상시키는 것은 아니다. 맹호연의 시는 보다 정열적이고 인간미가 있다 할 수 있다.

맹호연은 호북성 양양襄陽(襄樊市) 사람이다. 그래서 세상에서는 맹양양孟襄陽이라 불렀다. 부근의 록문산鹿門山에서 일생을 야인으로 보냈다. 그는 두어 번 벼슬 할 수 있는 기회가 있었으나 공교롭게도 놓치고 말았다. 그는 마흔 살을 전후하여 장강長江의 남북 지방을 두루 돌아다니며 많은 산수시山水詩를 썼다. 왕창령王昌齡이 양양을 찾아왔을 때, 큰 병을 앓고 났던 몸인데도 너무 기뻐하다가 두렁허리(鱔)를 잘못 먹고 죽었다.

여름 남정에서 신대를 그리며[1] | 맹호연

夏日南亭懷辛大
하:일 남정 회 신대:

서산에 해가 홀딱 넘어가더니,	山光忽西落, 산광 홀 서락
연못에 달이 슬며시 떠오른다.	池月漸東上。 지월 점: 동상:
머리카락 헤치고[2] 바람 쏘이며,	散髮乘夜涼, 산:발 승 야:량
들창 열어 놓고 조용히 눕는다.	開軒臥閑敞。 개헌 와: 한창:
연 꽃에 이는 향기로운 바람,	荷風送香氣, 하풍 송: 향기:
대잎에 지는 맑디맑은 이슬.	竹露滴淸響。 죽로: 적 청향:
거문고를 가져다 타고 싶다만,	欲取鳴琴彈, 욕취: 명금 탄
들을 줄 아는 사람[3]이 없구나!	恨無知音賞 한:무 지음 상:
이 때문에 그리워지는 친구들,	感此懷故人, 감:차: 회 고:인
한밤 꿈속에서 애써 찾아본다.	中宵勞夢想。 중소 로 몽:상:

1_ 신대辛大는 남국南國의 거사居士, 쟁箏을 잘 탔다. 두 사람 우정이 돈독했던 듯, 맹호연은 4수의 시에서 신대를 읊었다.

2_ 머리카락 헤치고(散髮) : 벼슬에 나서면 머리를 묶고 관冠을 썼다. 머리카락을 헤친 것은 야인野人의 복식이다.

3_ 들을 줄 아는 사람 : 좋은 음악 들을 줄 아는 사람은 예나 이제나 흔치 않은 듯. 『렬자』列子(湯問)에 다음과 같은 이야기가 있다. ―백아伯牙가 거문고를 탈 때, 뜻이 높은 산에 있으면 종자기種子期가 "태산泰山처럼 우뚝하구나."라고 했으며, 뜻이 흐르는 물에 있으면 "강하江河처럼 넘실거리는구나."라고 했다. 종자기가 죽은 뒤로 백아는 현絃을 끊고 타지 않았으니, 이는 음악을 들을 줄 아는 사람이 없었기 때문이다.

세모에 남산으로 돌아가며[1] | 맹호연　歲暮歸南山
세:모: 귀 남산

북궐[2]에 상서는 그만 올리고　北闕休上書,
북궐 휴 상:서

남산의 고향집으로 돌아가자.　南山歸敝廬。
남산 귀 폐:려

재주 없어 명군께서 버리셨고,　不才明主棄,
불재 명주: 기:

병이 많아 친구까지 멀어졌다.　多病故人疏。
다병: 고:인 소

흰 머리칼은 노년을 재촉하고　白髮催年老,
백발 최 년로:

새 봄빛은 세모를 몰아낸다.　青陽逼歲除。
청양 핍 세:제

시름 그지없어 잠 못 이루니,　永懷愁不寐,
영:회 수 불매:

소나무 달밤에 들창이 비었다.　松月夜窗虛。
송월 야: 창허

1_ 남산南山은 시인의 고향인 양양襄陽(襄樊市)을 가리킨다. 이 시에는 다음과 같은 에피소드가 있다. ―왕유王維가 맹호연을 내서內署로 불러들였다. 조금 뒤에 현종玄宗 리룽기李隆基가 왔으므로, 맹호연은 침상 밑에 숨었다. 왕유가 사실대로 고했다. 임금이, "짐은 그 사람에 대한 소문을 들었는데 아직 보지 못했소. 무엇이 두려워 숨는고?"라고 하였다. 맹호연을 나오라고 하여 그 시에 대해 하문하였다. 맹호연은 재배再拜하고 자작시를 낭송했다. 낭송이 "재주 없어 명군께서 버리셨고"에 이르자, 임금은, "경은 벼슬을 구하지도 않았고, 짐은 경을 버린 적도 없다. 어찌 나를 무함하는고?"라고 하면서 쫓아냈다.

2_ 북궐北闕 : 궁전 북쪽 궐문. 공거公車가 있는 곳. 한나라 때 상서上書 및 징소徵召의 일은 여기를 통하였다. 맹호연은 은사隱士로 일생을 보냈지만, 중년부터는 벼슬하기를 바랐다. 그의 다른 시에도 여러 차례 상서를 올려 임용되기를 바랐다는 구절이 있다.

친구 농장을 찾아[1] | 맹호연

過故人莊
과: 고:인장

친구가 닭과 기장밥[2] 마련하여,	故人具鷄黍, 고:인 구: 계서:
나를 시골집으로 초대하였다.	邀我至田家。 요아: 지: 전가
신록은 마을 주위를 에워싸고,	綠樹村邊合, 록수: 촌변 합
청산은 성곽 너머에 비껴 있다.	青山郭外斜。 청산 곽외: 사
들창 열고 마당 채마밭[3] 바라보며,	開軒面場圃, 개헌 면: 장포:
술잔 들고 삼밭 뽕나무[4] 애기한다.	把酒話桑麻。 파:주: 화: 상마

중양절[5]이 되기를 기다렸다가,

待到重陽日,
대:도: 중양 일

다시 와 국화 앞에 나서리라.

還來就菊花。
환래 취: 국화

1_ 담담하게 전원생활의 즐거움을 그린 작품이다.

2_ 닭과 기장밥(鷄黍) : 『론어』論語 「미자」微子에, "닭을 잡고 기장으로 밥을 지어 먹였다"라는 구절이 있는데, 후세에 와서는 이것을 "진정에서 우러나온 대접"의 뜻으로 쓰고 있다.

3_ 마당 채마밭(場圃) : 『시경』《칠월엔》에, "구월엔 채마밭에 마당맥질"이란 구절이 있다. 동 주 24 참조(본서 91쪽).

4_ 삼밭 뽕나무 : 농촌 화제는 오로지 농사에 관한 얘기뿐이라는 뜻. 도연명《전원으로 돌아와 2》에 "만나야 허튼 소리는 없고 / 다만 뽕나무 · 삼이 자라는 얘기."라는 구절이 있다(본서 356쪽).

5_ 중양절重陽節 : 음력 구월 초아흐레. 이 날은 산에 올라가 죽은 가족이나 멀리 떨어진 친구를 추억하는 명절. 많은 시인들이 이 명절에 대해 노래하고 있다. 이때는 또한 국화가 피는 계절이기도 하다.

봄 아침[1] | 맹호연

春曉
춘효:

봄잠은 아침도 몰라……

春眠不覺曉。
춘면 불각 효:

곳곳에서 들리느니 새 울음.

處處聞啼鳥。
처:처: 문 제조:

간밤의 비바람 소리,

夜來風雨聲,
야:래 풍우: 성

꽃잎은 얼마나 떨어졌을까?

花落知多少。
화락 지 다소:

1_ 봄날 아침의 명랑한 풍경—다만 청각 심상만 써서 묘사했다.

리백 李白

Li Bai

리백李白(701~762, 자 太白)은 하늘의 별처럼 수많은 중국 시인 가운데에서 샛별(太白星 · 金星)처럼 빛나는 시인이다. 그는 굴원屈原 · 도연명陶淵明 이후의 위대한 시인으로서, 그의 친구 두보杜甫와 함께 중국 시의 황금기인 당시唐詩의 쌍벽을 이루었다.

"이태백이 놀던 달아"의 동요, "백발 삼천 장"白髮三千丈의 시구로 우리나라 사람에게 친근한 리백은, 중국에서는 물론, 동양의 시인으로서는 특례적으로 서양에서도 널리 소개되고 인기도 높다. 그의 시는 많은 외국어로 번역되었다. 세계적인 시인이라고 말할 수 있다(武部利男, 『李白』, 東京: 岩波書店, 1970).

리백의 먼 조상은 원래 감숙성에서 살았는데 아마 수隋나라 말경에 가족 중에 죄를 지은 사람이 있어, 서역西域으로 솔가하여 거기서 100년가량 지내다가 그의 아버지(李客) 때(705~706년) 사천성으로 옮겨온 것으로 추정된다. 어릴 때 살았던 곳은 지금의 강유江油(사천성)라고 한다.

리백은 701년에 이민족 거주지인 서역에서 태어난 듯하다. 그의 어머니는 외국인(胡)이라는 설이 있다. 이것은 그가 여느 중국 시인과는 성격이나 행동이 판이하기 때문에, 혼혈설에서 그 해답을 찾기 위한 것이다.

리백은 청소년기를 사천성에서 보냈다. 어려서부터 남달리 총명했던 그는 15세 때 벌써 사부辭賦를 지었다. 또 검술도 익혀서 협객들과 휩싸여 아미산峨眉山 등지로 놀러다니며 칼싸움도 하여 직접 몇 사람 찌르기도 했다. 또 로장老莊사상에 심취하여 도사道士와 민산岷山에서 은거생활도 했다.

25세 때, 리백은 칼을 차고 넓은 세상을 찾아 사천성을 떠났다. 이 뒤 마흔두 살 때까지 계속되는 유랑流浪에서 그의 발자취는 중원 천지를 누볐다. 호북성 안륙安陸에서 원임 재상 허어사許圉師의 손녀와 결혼했으며, 산서성 태원太原에서 곽자의郭子儀를 만났다. 나중에 장군이 된 곽자의는 당시 병졸로 문죄당하고 있었는데 리백이 구해 준 것이다. 산동성 연주兗州에 집을 정하고, 조래산徂徠山에 가서 친구 다섯과 술을 진탕 마시고 죽계육일竹溪六逸이라고 불렀다. 강소성 양주揚州에서 1년도 못되어 30여 만 금金을 뿌린 일도 있었다. 그리고 도사道士 오운吳筠과 친교를 맺어 절강성 승현嵊縣에서 함께 지냈다.

42세 때, 리백은 오운의 천거를 받아 장안에 들어가, 벼슬(翰林供奉)을 얻었다. 현종玄宗 리륭기李隆基의 우대를 받아, 3년 간의 장안 생활은 무척 풍류로운 것이었다. 임금이 몸소 국에 간을 맞춰 주고, 양귀비楊貴妃가 벼루를 들어 주고, 고력사高力士가 신을 벗겨 주었다. 〈청평조 노래〉를 지을 때의 광경은 이러한 득의한 생활의 최고조였다. 그러나 낭만적인 사상을 품고 낭만적인 생활을 하는 리백에게 구속이 심한 관리생활은 맞지 않았다. 그는 참소를 받아 마침내 장안에서 추방되고 말았다.

44세에 시작된 표류漂流는 다시 중원을 누볐지만, 실의와 가난의 연속으로 참담한 것이었다. 낙척한 시인은 향수에도 젖고 처자도 생각났다. 이 방랑의 시인도 현실 인생의 맛을 조금은 깨달았을 것이다. 그러나 돈이 조금만 생겨도 술을 받는 그의 본성은 바뀌지 않았다.

55세 때, 안록산安祿山의 반란이 일어났다. 현종 리륭기는 사천 지방으로 피란 갔고 숙종肅宗 리형李亨이 새로 등극했다. 현종 리륭기의 열여섯째 왕자인 영왕永王 리린李璘이 딴 뜻을 품었다가 숙종 리형의 군사에게 패했다. 영왕 리린의 막료였던 리백에게도 죽음이 기다렸다. 다행히 전에 도와준 곽자의郭子儀가 적극적인 구명운동을 펼쳐서 귀주성 야랑夜郎 유배로 감형되었으며, 배소로 가던 도중 사천성 봉절奉節 백제성白帝城에서 사면을 받았다. 이때 60세였다. 안휘성 귀지貴池 안경安慶 지방으로 귀환하여, 주변 산천을 감상하면서 시작詩作에 몰두하는 조용한 삶을 누리다가, 62세에 안휘성 당도當塗에서 이승을 하직했다.

리백의 작품에 있어 최대의 특색은 그 웅휘한 기상에 있다. 이것은 그의 천재와 그의 개성에서 말미암은 것이다. 그는 작시作詩에 있어 자잘한 수식어에 얽매이지 않았고 대구를 억지로 맞추려고 하지도 않았다. 장시長詩건 단시短詩건, 마치 조금도 힘 안 들이고 애 안 쓰며 그냥 아무렇게나 적어 내려간 것 같지만, 그것은 그의 인상과 감정을 정확하고 훌륭히 표현해낸 것이다.

리백의 이러한 낭만적 태도는 자연 당시唐詩 이전 수백 년간 가중되어 온 시가에 대한 여러 가지 구속(格律)을 달가워하지 않았다. 현존하는 그의 시는 모두 1,000편이 넘지만 율시律詩는 100편이 못된다. 리백은 악부樂府의 정신과 언어에서 가장 놀라운 천재를 발휘하고 있다. 그의 시집 가운데 악부는 140여 편이 있으며, 율시律詩 · 고시古詩 등 일부의 예외를 제한 대부분이 악부의 변형이다.

리백의 악부 장편, 〈촉나라 길은 어렵다〉는 들쭉날쭉한 시행詩行과 잦은 환운換韻으로 자연스럽게 조화를 이루면서 천군만마가 질주하는 듯한 기개로써 독자에게 낭만문학의 참된 정신을 잘 보여준다. 그의 악부 소품 〈젊은이 노래〉, 〈원망스런 대리석 섬돌〉, 〈고요한 밤의 생각〉은 완곡하고 자상하게 절묘한 아름다움을 창조하는 것이다.

리백의 천재는 절구絶句에서도 최고의 수준을 이루고 있다. 그의 절구 《백제성을 떠나》, 《황학루 배웅》, 《왕창령에게 부치는 시》는 신비한 운치가 있고 깊은 맛이 있으며 기세가 있는 것이다.

본서에서는 악부를 따로 묶고 기타의 시는 내용에 따라 분류했다.

악부는 〈촉나라 길 어렵다〉 이하 10수. 그 다음에는 리백의 한정閑靜을 보여주는 시로서 《달님에게 묻는 말》 이하 7수를 들었고, 다시 그의 여정旅情을 보여주는 시로서 《봉황대에 올라》 이하 7수를 들었으며, 다시 그의 우정友情을 보여주는 시로서 《꿈에 본 천모산》 이하 7수를 들었다. 마지막으로는 리백이 새로운 시형詩形으로 시도한 가음歌吟으로서 《흰 구름 노래》 이하 4수를 들었다. 그리고 여러 시기에 쓴 《고풍》에서 7수를 뽑아 맨 앞에 놓았다. 본서에서 뽑은 리백의 시는 모두 43수이다.

고 풍(7수)[1] | 리백

古風
고:풍

· 1[2]

대아[3]는 오래 아니 지었는데,
내 노쇠하니 누가 맡겠느냐.
왕풍[4]은 덩굴 풀에 버렸으며,
전국[5]은 가시나무만 많도다.

大雅久不作,
대:아 구: 불작
吾衰竟誰陳。
오쇠 경: 수진
王風委蔓草,
왕풍 위: 만:초:
戰國多荊榛。
전:국 다 형진

용호상박 서로 뜯어먹더니,
창칼은 미친 진秦이 거두었다.
바른 소리 그리도 희미하냐,
슬픈 호소는 초사[6]로 나왔다.

龍虎相啖食,
룡호: 상 담:식
兵戈逮狂秦。
병과 체: 광진
正聲何微茫,
정:성 하 미망
哀怨起騷人。
애원: 기: 소인

양웅 사마[7]가 일으킨 물결은
지경을 허물고 흘러나갔다.
홍망성쇠 만 번 변하였어도,

揚馬激頹波,
양마: 격 퇴파
開流蕩無垠。
개류 탕: 무은
廢興雖萬變,
폐:홍 수 만:변:

시가의 법도는 가라앉았다. 憲章亦已淪。
헌:장 역 이:륜

건안[8] 이래 시인이 나왔지만, 自從建安來,
자:종 건:안 래

고운 글은 진기할 것 없다. 綺麗不足珍。
기:려 불족 진

당나라는 태평성대 이루어, 聖代復元古,
성:대: 복 원고:

맑고 참된 글을 높이 친다. 垂衣貴淸眞。
수의 귀: 청진

많은 인재들 환히 빛나니, 群才屬休明,
군재 속 휴명

물결 타고 비늘을 번득인다. 乘運共躍鱗。
승운: 공: 약린

시의 형식 내용 함께 빛나, 文質相炳煥,
문질 상 병:환:

별들이 가을 하늘 가득하다. 衆星羅秋旻。
중:성 라 추민

내 뜻은 우리 시집을 엮어 我志在刪述,
아:지: 재: 산술

빛내고 싶다, 천년의 봄을. 垂輝映千春。
수휘 영: 천춘

공자[9]님처럼 설 수 있다면, 希聖如有立,
희성: 여 유:립

기린[10] 잡을 때 붓을 꺾으리. 絶筆於獲麟。
절필 어 획린

1_ 고풍 59수는 리백이 여러 시기에 따로 쓴 작품으로 사상 내용이 복잡 광범하다. 이 시들은 시인의 인생관·역사관·문예관을 반영한다. 시인은 자신의 이상과 현실에 대한 애증을 솔직히 펼치고 있다. 그는 옛일을 들어 현세를 풍자하고 정치를 비판하였으며, 간특함을 미워하고 의협을 칭송하였으며, 장생불사 못함을 알면서도 신선을 동경하였으며, 세상살이에 고생하면서도 부귀영화를 잊지 못하였다. 그의 감정은 뒤섞이고 엉키어 모순에 빠지니, 그가 세속을 벗어난 신선이 아니라 혈육을 지닌 시인임을 보였다. 본서에서는 7수를 뽑았다.

2_ 고풍 59수 중 제1수. 리백은 주周나라부터 당唐나라까지 시가詩歌 발전사를 개괄하면서, 당시가 이룩한 업적을 긍정하고 시경詩經의 전통을 발전시켜야 할 것을 지적하고 또 자신의 포부와 이상을 말하였다.

3_ 대아大雅 : 『시경』의 한 종류. 크고 바른 시라고 풀이할 수 있다. 『시경』 해설 참조(본서 55쪽).

4_ 왕풍王風 : 『시경』《국풍》 가운데 하나. 주나라 왕실이 쇠퇴했을 때의 시.

5_ 전국戰國 : 공동기원 전 5세기부터 전 3세기까지 중국 여러 나라가 대립하던 시기. 전 221년 진秦나라가 전국을 통일했다.

6_ 초사楚辭 : "초사, 굴원" 해설 참조(본서 125쪽).

7_ 양웅揚雄(전 58~후 18) / 사마상여司馬相如(전 179~전 118) : 두 사람 다 한부漢賦의 작가.

8_ 건안建安(196~219) : 한나라 말년 연호. 이때부터 중국 중세 문학사를 열었다. 중세는 "작시와 동시에 문자화"되어 시인의 이름이 드러났다. 중세 이후 시인의 이름은 곧 개성을 뜻한다. (고대에는 작품이 문자화되기 전 구두로 전파되는 동안 시인의 이름이 스러졌다. 시경이 고대 시를 대표한다.) 건안 다음 육조六朝 시인들은 자구 다듬기에 너무 주력하여 뼈 있는 시가 드물었다. 리백은 이런 기풍을 극복할 것을 주장했다. 그런 뒤에 일어난 당시唐詩가 중세 시를 대표한다.

9_ 공자孔子(전 551~전 479) : 시경을 엮었다.

10_ 기린麒麟 : 공자는 『춘추』를 쓰다가 "기린을 잡았다"는 대목(전 481년)에 이르러 붓을 꺾고 더 쓰지 않았다 한다. 기린은 상상의 동물. 성인이 오실 때 나타난다고 믿었다. 지금 동물원의 기린은 아프리카 지라피를 일본인이 번역한 말로, 별개의 것이다. 지라피를 현대 중국어로는 장경록(長頸鹿, 긴목사슴)이라 부른다.

· 2[1]

진 시황[2] 천하 사방 쓸어내어	秦王掃六合, 진왕 소: 륙합
호시탐탐 그 위엄 드높구나.	虎視何雄哉。 호:시: 하 웅재
칼 휘둘러 구름장 그으니,	揮劍決浮雲, 휘검: 결 부운
제후[3]들 모두 서쪽으로 왔네.	諸侯盡西來。 제후 진: 서래
결단력은 하늘이 내신 것,	明斷自天啓, 명단: 자:천 계:
큰 계획은 재사들을 부렸네.	大略駕群才。 대:략 가: 군재
병기 모아 금인[4]을 만드니,	收兵鑄金人, 수병 주: 금인
함곡관[5] 동쪽 똑바로 열렸네.	函谷正東開。 함곡 정: 동개
공덕은 회계령[6]에 새기고	銘功會稽嶺, 명공 회:계 령:
명망은 랑야대[7]를 바라봤네.	騁望琅邪台。 빙:망: 랑야 대
궁형 도형[8] 받은 칠십만이	刑徒七十萬, 형도 칠십 만:
려산[9] 모서리에 흙을 쌓았네.	起土驪山隈。 기:토: 려산 외
그래도 불사약 구하겠다니,	尙採不死藥, 상:채: 불사: 약

아득하다, 마음만 애처롭네. 茫然使心哀。
망:연 사:심 애

쇠뇌로 바다 고기[10]를 쏘니, 連弩射海魚,
련노: 사: 해:어

고래는 산처럼 우람하네. 長鯨正崔嵬。
장경 정: 최외

이마 코는 오악[11]과 같고, 額鼻象五岳,
액비 상: 오:악

물결은 구름 우레에 닿네. 揚波噴雲雷。
양파 분 운뢰

수염은 청천을 가리니, 鬐鬣蔽青天,
기렵 폐: 청천

어디로 봉래산을 쳐다볼까. 何由觀蓬萊。
하유 관 봉래

서불[12]이 진나라 처녀 태운 徐市載秦女,
서불 재: 진녀:

누선은 어느 때 회항할까. 樓船幾時回。
루선 기:시 회

다만 보이느니 삼천[13] 아래, 但見三泉下,
단:견: 삼천 하:

차가운 재[14]를 담은 금관뿐. 金棺葬寒灰。
금관 장: 한회

1_ 고풍 59수 중 제3수. 앞에서 진 시황의 통일 위업을 칭송하지만, 실은 허망한 장생술에 놀아난 것을 풍자한 것이다. 당 현종 리륭기는 한때 '신선 장생술'에 혹하였다. 『자치통감』資治通鑑에, "734년, 방사 장과張果가 신선술을 말하며 크게 선전했다. …… 가마를 타고 궁궐로 출입하는 등 예우가 융숭했다. 장과가 항산으로 돌아갈 때 '은정 광록대부 통현선생'(通玄先生)이란 호칭을

내렸다."

2_ 진 시황 영정嬴政(전 259~전 210) : 중국 전국시대를 마감하고 통일을 이룬 군주.

3_ 제후: 동쪽 제齊, 남쪽 초楚, 중앙 한韓과 위魏, 북쪽 조趙, 북동 연燕 여섯 나라가 서쪽 진秦나라에 항복했다.

4_ 금인 : 구리 인형. 『사기』「시황본기」 26년 : "온 나라의 병기를 거두어 함양에 모아 …… 금인 12기를 만들었다. 무게는 각각 천 석石(1석은 1인이 질 수 있는 무게)이다."

5_ 함곡관函谷關 : 진秦나라 동쪽 관문, 하남성 령보靈寶 동북에 있었다. 한漢나라 때는 동쪽으로 150킬로미터 더 나아간 신안新安으로 옮겼고, 위魏나라 때(240)는 폐지했다.

6_ 회계령會稽嶺 : 절강성 소흥紹興에 있다. 『사기』「시황본기」 37년: "회계산에 올라 …… 돌을 세우고 진의 공덕을 새기었다."

7_ 랑야대琅邪臺 : 산동성 저성諸城 동남 해변에 있다. 『사기』「시황본기」 28년: "남쪽 랑야산에 올라 3개월 체류하며 …… 랑야대를 짓고 돌을 세워 진의 공덕을 새기었다."

8_ 궁형宮刑 도형徒刑 : 『사기』「시황본기」 35년: "시황은 아방궁을 지었다. …… 당시 궁형이나 도형을 받은 자가 70만 명이었는데 이들을 부려 아방궁도 짓고 려산의 궁궐도 지었다."

9_ 려산驪山(해발 1,302미터) : 섬서성 림동臨潼 동남에 있다. 황토가 깎인 가파로운 산이지만, 지금은 케이블카 타고 오를 수 있다. 진 시황 능이 그 북쪽 평지에 있다. 2005년 3월 14일 역자가 현장을 탐방했다.

10_ 바다 고기 : 상어. 『사기』「시황본기」 28년: "제나라 사람 서불徐市 등이 상서하길, '바다 가운데 봉래蓬萊 방장方丈 영주瀛州 세 신산에 신선이 살고 있다'고 하여 서불을 파견하여 동남동녀 수천 명을 데리고 가 신선을 찾도록 하였다." 『사기』「시황본기」 37년: "방사 서불 등이 해상에서 신약을 얻지 못하고 비용만 들어가자, 처벌이 무서워 핑계 대길, '봉래에서 신약을 얻을 수 있는데 상어 때문에 섬에 갈 수 없으니 쇠뇌로 쏘아 달라'고 하여 …… 진 시황이 직접 쏘겠다고 랑야에서 로산 성산까지 갔으나 나오지 않다가 지부之罘에서 대어를 만나 한 마리를 잡았다."

11_ 오악五嶽 : 중국 명산 5. 동악 태산泰山(산동성), 남악 형산衡山(호남성), 서악 화산華山(섬서성), 북악 항산恒山(산서성), 중악 숭산嵩山(하남성).

12_ 서불 : 서불徐市. 市 자는 형체가 하나지만 '저자 시' '슬갑 불' 두 글자이다. 예부터 잘못 읽기 쉬워 市 자의 음이 福이라고 비슷한 음으로 주註를 달았는데, 이것을 또 잘못 읽어 서불의 이명이 서복徐福이라는 설도 나왔다. 지금 불市, 복福은 중국 음으로 모두 푸(fú)로 읽는다.

13_ 삼천三泉 : 지하수 나오는 층을 셋이나 파내려간 깊이. 『사기』「시황본기」 28년: "진 시황을 려산에 장사하였다. …… 죄인 70만을 부려 삼천 아래까지 파내려가, 그 아래 구리를 붓고 외관外棺을 넣었다."

14_ 차가운 재 : 화장하지 아니해도 차츰 풍화하여 재가 된 것이다.

· 3[1]

연나라 소왕[2]은 곽외를 불러	燕昭延郭隗, 연소 연 곽외:
드디어 황금대[3]를 쌓았었네.	遂築黃金台。 수:축 황금 대
극신이 조나라에서 오면서	劇辛方趙至, 극신 방 조:지:
추연도 제나라에서 왔었네.	鄒衍復齊來。 추연: 부: 제래
어찌 청운의 선비를 구하며,	奈何青雲士, 내:하 청운 사:
나를 티끌만도 못하다 하나.	棄我如塵埃。 기:아: 여 진애
주옥으로 가수 웃음 사면서,	珠玉買歌笑, 주옥 매: 가소:
보리죽으로 인재 키운단다.	糟糠養賢才。 조강 양: 현재
알겠다, 노란 두루미 날면	方知黃鵠擧, 방지 황곡 거:
천리 하늘 홀로 도는 뜻을.	千里獨徘徊。 천리: 독 배회

1_ 고풍 59수 중 제15수. 리백이 황제에게 발탁되기를 바라는 마음을 보인다. 인사가 만사라고 하지만, 2천 년 전 황금대 이야기가 8세기 리백 시대에도, 그리고 21세기 지금도 전해지는 것은 인재를 파격적인 대우로 스카우트하는 꿈이 있기 때문이다.

2_ 연나라 소왕昭王 : 기원전 311년, 소왕이 즉위하면서 전쟁에 패한 작은 연燕나라를 바로 세우기 위하여 현명한 인재를 초빙할 방도를 묻자, 곽외는 "먼저 저를 귀하게 초빙하면, 저보다 훌륭한 인물이 천리 멀다 않고 찾아올 것"이라 하였다. 소왕이 곽외의 궁전을 개축하고 스승으로 모시자 천하의 영재가 다투어 연나라로 모였다. 악의樂毅는 위魏나라로부터, 추연鄒衍은 제齊나라로부터, 극신極辛은 조趙나라로부터 왔다. 『사기』「연소공세가」燕召公世家.

3_ 황금대黃金台 : 소왕이 인재를 구하기 위하여 그 위에 천금을 걸어놓은 대. 그 위치는 여러 설이 있지만, 지금의 북경시 조양문외대가朝陽門外大街 금대로金台路 인민일보人民日報 신문사 구내에 근년 복원한 황금대가 있다. 1998년 1월 1일, 역자가 현장을 탐방했다.

· 4[1]

서쪽으로 련화산[2] 올라가니,	西上蓮花山, 서상: 련화 산
반짝반짝 '밝은 별'[3] 보이네.	迢迢見明星。 초초 견: 명성
흰 손에는 부용꽃을 잡고,	素手把芙蓉, 소:수: 파: 부용
빈 걸음 맑은 허공을 밟네.	虛步躡太淸。 허보: 섭 태:청
무지기에 넓은 띠를 끌며,	霓裳曳廣帶, 예상 예: 광:대:
하늘하늘 공중으로 오르네.	飄拂昇天行。 표불 승천 행

나를 운대[4]에 오르게 하여,	邀我登雲臺, 요아: 등 운대
위숙경[5]과 인사를 시키네.	高揖衛叔卿。 고읍 위: 숙경
어질어질 함께 올라가네,	恍恍與之去, 황:황: 여:지 거:
기러기 타고, 하늘나라에.	駕鴻凌紫冥。 가:홍 릉 자:명
락양 평지[6]를 내려다보니,	俯視洛陽川, 부:시: 락양 천
되놈 병정[7]들 까마득하네.	茫茫走胡兵。 망망 주: 호병
흘린 피가 들풀을 칠하고,	流血塗野草, 류:혈 도 야:초:
승냥이가 모두 감투를 썼네.	豺狼盡冠纓。 시랑 진: 관영

1_ 고풍 59수 중 제19수. 악몽을 꾸고 나서 지은 듯. 앞에서는 신선과 노닐더니 뒤 4구에서는 안록산 난리의 비참한 광경이 펼쳐진다.

2_ 련화산蓮花山 : 화산華山(해발 2,160미터). 지도로 볼 때, 황하가 섬서성·산서성·하남성 경계를 흐르며 크게 ㄴ자로 꺾이는 바깥 모퉁이에 위치한다. 중국 오악 가운데 서악西嶽. 전설에 "정상에 연못이 있고 천 잎 연꽃이 있어 이를 먹으면 신선이 될 수 있다." 했다. 그래서 얻은 이름. 황토지대 산들은 대개 누르스름한 흙산인데, 화산은 푸른 나무 흰 바위가 특히 수려하며 또 락양 장안 오가는 큰길가에 있어 한·당漢唐 이래 많은 사람의 사랑을 받았다. 이 길은 중국 동서를 잇는 대동맥, 지금은 국도 310, 철도 롱해선隴海線이 지나고 있다. 지금 북봉北峰(해발 1,614미터)은 케이블카로 오를 수 있다. 2005년 3월 15일, 역자가 현장을 탐방했다.

3_ 밝은 별(明星) : 원래 화산에 살았던 옥녀玉女라는 선녀가 옥장玉漿(옥을 갈아 만든 드링크)을 마시고 승천하여 별이 되었다 한다.

4_ 운대雲臺 : 화산 동북에 솟은 봉우리.

5_ 위숙경衛叔卿 : 중산中山 사람. 운모를 마시고 선인이 되었다 한다. 한나라 무제 때 이야기: "무제가 어느 날 한가롭게 있는데 돌연히 한 사내가 구름 수레를 타고 나타났다. 나이 서른 전후, 깃털 옷을 입고 별 모자를 쓰고 있었다. 무제가 놀라서 누구냐고 묻자, 중산 사람 위숙경이라고 답했다. 무제는 '아니 짐의 신하가 아니야?'라고 했다. 위숙경은 '황제가 도道를 좋아한다 해서 찾아왔더니 짐의 신하 운운하다니!' 실망하고 홀연히 자취를 감추었다." 중산은 전국戰國시대 나라 이름. 지금의 하북성 정주定州 당현唐縣 일대이다. 한나라 때는 여기에 중산군中山郡을 설치하였다.

6_ 락양 평지(川) : 황토지대는, 오랫동안 우수의 침식으로 황토가 쓸려나간 정도에 따라, 고원(塬) · 줄기(墚) · 구릉(峁) · 평지(川) 네 가지 지형으로 구분할 수 있다. 락양 부근은 평지(川)이다.

7_ 되놈 병정 : 안록산安祿山 반란군. 755년 11월 반란을 일으켜 북경을 출발, 장안을 향하면서 파죽지세로 각지를 석권하여, 12월에는 이미 동도 락양을 함락하였다. 안록산은 이때 황제가 되어 백관을 임명하였는데, 마지막 4구는 그 광경일 듯.

· 5[1]

큰 거마들 먼지를 날리어, 大車揚飛塵,
대:거 양 비진

정오에도 가로가 어둡구나. 亭午暗阡陌。
정오: 암: 천:맥

귀하신 환관[2]들 황금이 많아, 中貴多黃金,
중귀: 다 황금

구름 닿을 저택도 지었구나. 連雲開甲宅。
련운 개 갑택

길에서 닭싸움[3] 마당 만나니, 路逢鬭鷄者,
로:봉 투:계 자:

모자 수레 치장들 번쩍번쩍. 冠蓋何輝赫。
관개: 하 휘혁

콧김에 무지개 흔들릴 듯, 鼻息干虹蜺,
비식 간 홍예

행인들 모두 겁에 질렸구나. 行人皆怵惕。
행인 개 출척

세상에 귀 씻는 노인[4] 없으매, 世無洗耳翁,
세:무 세:이: 옹

누가 가리랴, 요순과 도척[5]을. 誰知堯與跖。
수지 요 여:척

1_ 고풍 59수 중 제24수. 당 현종 리륭기 때 시대상을 표현했다. 이때 당나라는 전성기에서 몰락기로 바뀌는데, 리백은 겉으로 태평한 시대 속에 곪은 곳을 지적하고 있다.

2_ 귀하신 환관 : 『신당서』新唐書(宦者)에, "개원(713~741) · 천보(742~755) 연간에 경기 지역 일등 저택, 이름난 정원, 비옥한 전지는 환관 소유가 절반이었다."

3_ 닭싸움 : 놀음의 하나. 당나라 현종 리륭기를 비롯하여 황실이나 귀족 가운데 이 놀음에 열중하는 이가 많았다. 그 가운데 현종 때 가창賈昌이란 닭싸움꾼이 특히 유명하였다. 당나라 진홍陳鴻《동성부로전》東城父老傳은 전적으로 그 이야기를 다룬 소설이다.

4_ 귀 씻는 노인 : 태곳적 요堯 임금 때의 선비 허유許由. 요 임금이 천자 자리를 물려주려 하자, 영하潁河 북쪽에 가서 귀를 씻고 은거했다 한다. 영하는 회하淮河의 가장 큰 지류이다. 하남성 등봉현登封縣 숭산嵩山 동남에서 발원하여 안휘성 수현壽縣 정양관正陽關에서 회하淮河와 합류한다. 557킬로미터.

5_ 요순堯舜과 도척盜跖 : 요 · 순은 전설적인 고대의 성군. 도척은 춘추春秋시대, 또는 황제黃帝시대의 전설적인 대도.

· 6[1]

깃털 꽂은 문서[2] 날아오더니 羽檄如流星,
우:격 여 류성

범 그린 병부[3]를 성에서 받네. 虎符合專城。
호:부 합 전싱

변경 다급한 사정 구하라고 喧呼救邊急,
훤호 구: 변급

뭇 새들조차 밤새워 운다. 群鳥皆夜鳴。
군조: 개 야:명

환한 햇빛 자미궁[4]에 빛나고 白日曜紫微,
백일 요: 자:미

삼공[5] 대신들 정치도 바른데, 三公運權衡。
삼공 운: 권형

천지가 하나[6]를 얻었다면 天地皆得一,
천지: 개 득일

조용히 사해 바다 맑은 법. 澹然四海淸。
담:연 사:해: 청

그런데, 이 어찌된 일이오? 借問此何爲,
차:문: 차: 하위

답하길, 초 땅의 징병[7]이라! 答言楚徵兵。
답언 초: 징병

로수[8]를 오월 달에 건너서 渡瀘及五月,
도:로 급 오:월

장차 운남으로 간다 한다. 將赴雲南征。
장부: 운남 정

겁쟁이는 전사도 아니며, 怯卒非戰士,
겁졸 비 전:사:

더운 고장은 멀리 못 간다. 炎方難遠行。
염방 난 원:행

길게 울며 부모 하직하니, 長號別嚴親,
장호 별 엄친

햇빛 달빛도 처절하구나. 日月慘光晶。
일월 참: 광정

눈물 그치자 피가 흐르니, 泣盡繼以血,
읍진: 계: 이:혈

가슴이 찢겨도 소리 없다. 心摧兩無聲。
심최 량: 무성

쫓긴 짐승이 범을 만나고, 困獸當猛虎,
곤:수: 당 맹:호:

몰린 고기가 고래 밥 된 것. 窮魚餌奔鯨。
궁어 이: 분경

천이 가서 하나 못 오니, 千去不一回,
천거: 불일 회

응모하면 살 길이 없다. 投軀豈全生。
투구 기: 전생

어찌하면 간척 춤을 추고, 如何舞干戚,
여하 무: 간척

한 번에 유묘[9]를 평정하나. 一使有苗平。
일사: 유:묘 평

1_ 고풍 59수 중 제34수. 무모한 정치가들 때문에 전쟁에 내몰리는 현실을 고발했다. 이런 내용은 중당 백거이의 사회시에 나올 만한 것이다.

2_ 깃털 꽂은 문서 : 소집 영장. 긴급한 문서에는 닭 깃털을 붙였다.

3_ 범 그린 병부兵符 : 발병부. 구리 또는 대 조각을 쓰고 범을 새겼다. 반쪽은 임금이, 반쪽은 장군이 갖고 있다가 발병할 때 이를 대조 확인했다.

4_ 자미궁紫微宮 : 황제가 있는 궁전.

5_ 삼공三公 : 태위·사도·사공. 지위가 가장 높은 대신을 가리킨다.

6_ 하나 : 무위無爲. 『도덕경』에, "하늘은 하나를 얻음으로써 청명하고, 땅은 하나를 얻음으로써 안녕하다."라 하고, 그 주에 "하나는 무위이다."라 하였다.

7_ 초 땅의 징병 : 751년 당 현종은 운남 지방 타이 민족이 세운 남조南詔를 침략하려고 원정군을 보냈다가 대패하였다. 8만 군사가 로수 남쪽에서 전멸하였음에도 불구하고 재상 양국충楊國忠은 승리하였다고 보고하고 이를 가리기 위해 다시 7만 대군을 남조로 보내려 하였다. 운남에 가면 장기 때문에 다 죽는다는 소문이 나서 모병에 응하는 자가 없어 양국충은 강제적으로 징집하여 원성이 높았다. 초 땅은 운남 지방과 접하는 남방이라는 뜻. 두보《병거 노래》 참조(본서 578쪽). 백거이《신풍의 팔 부러진 노인》 참조(본서 690쪽).

8_ 로수瀘水 : 지금 운남성 북쪽 경계를 흐르는 금사강金沙江(長江 상류). 이 강은 장기, 일종의 독가스를 방출하여 삼사월에 건너려면 중독되고 오월에는 건널 수 있지만 조심해야 한다.

9_ 간척干戚 / 유묘有苗 : 간척은 방패 도끼. 그것을 들고 추는 춤 이름. 전설에, "우禹가 유묘 부족을 정벌하려 하자 순舜은 무력 사용에 동의하지 않고 먼저 내정 개선을 요구하였다. 3년 뒤 간척 춤을 추자 유묘 부족이 귀순하였다." 한다.

· 7[1]

훌쩍훌쩍 기로[2]에서 울었고,	惻惻泣路岐, 측측 읍 로:기
어이어이 소사[3]를 슬퍼했네.	哀哀悲素絲。 애애 비 소:사
기로는 남북으로 갈린다고,	路岐有南北, 로:기 유: 남북
소사는 너무 쉽게 변한다고.	素絲易變移。 소:사 이: 변:이
만사는 원래 그런 것이며,	萬事固如此, 만:사: 고: 여차:
인생은 정한 기약이 없네.	人生無定期。 인생 무 정:기
전분 두영[4]은 서로 다투어	田竇相傾奪, 전두: 상 경탈

빈객들이 넘치고 모자라네. 賓客互盈虧。
빈객 호: 영휴

세상살이 엎치락뒤치락, 世途多翻覆,
세:도 다 번복

친구 사귀기 가파른 길. 交道方嶮巇。
교도: 방 험:희

말술에 억지 승낙하지만 斗酒强然諾,
두:주: 강 연낙

속으로는 끝내 의심하네. 寸心終自疑。
촌:심 종 자:의

장이 진여[5]는 끝내 불타고, 張陳竟火滅,
장진 경: 화:멸

소육 주박[6]도 별처럼 갈렸네. 蕭朱亦星離。
소주 역 성리

새들은 꽃가지에 모이지만 衆鳥集榮柯,
중:조: 집 영가

몰린 고기 못에 물이 없네. 窮魚守枯池。
궁어 수: 고지

쯧쯧 환영 못 받는 친구야 嗟嗟失歡客,
차차 실환 객

애써 무엇을 타이르려느냐. 勤問何所規。
근문: 하 소:규

1_ 고풍 59수 중 제59수. 아마 영왕 리린李璘이 기병하였다가 실패한 뒤 지은 듯. 시인은 궁지에 몰린 고기에 자신을 비유하고 있다.

2_ 기로岐路 : 전국시대 철학자 양주楊朱는 기로에 서서 훌쩍훌쩍 울었는데, 이 길은 남으로도 가고 북으로도 갈 수 있기 때문이라고 했다. 『회남자』淮南子에 보인다. 프로스트Robert Frost(1876~1963) 시(The Road Not Taken)에, "노란

숲에 길이 두 갈래로 나 있었는데, / 나는 둘 다 가지 못하고 / 한 길만 가야 하는 것이 안타까워."라 했다.

3_ 소사素絲 : 전국시대 철학자 묵적墨翟은 흰 실을 보고 어이어이 울었는데, 이 실은 노랗게도 물들이고 검게도 물들일 수 있기 때문이라고 한다. 『회남자』에 보인다.

4_ 전분田蚡 / 두영竇嬰 : 한 무제 류철 때 권력자. 모두 황제의 외척으로 무제의 재상이 되었다. 처음 두영이 세력을 펼칠 때는 천하의 유사 빈객들이 모여들었으나, 뒤에 전분이 재상이 되자 권력에 아부하는 무리가 모두 두영을 떠나 전분에게 붙었다. 『사기』, 『한서』에 두 사람 열전이 있다.

5_ 장이張耳 / 진여陳餘 : 진·한 교체기 인물. 두 사람은 처음에 우정이 각별한 것으로 소문이 났었으나, 뒤에 장이는 한나라 장수가 되어 진여를 죽였다. 『사기』史記 「장이·진여」張耳·陳餘에 보인다.

6_ 소육蕭育 / 주박朱博 : 후한 때 인물. 둘은 사이좋기로 세상이 다 알았으나 뒤에 사이가 갈렸다. 당시 사람들은, 이들로 해서, 친구 사귀기 어렵다는 것을 생각하게 되었다 한다. 『한서』漢書(蕭望之)에 보인다.

촉나라 길은 어렵다[1] | 리백

蜀道難
촉도:난

어허야아! 위태롭구나, 높을시고.

噫吁戲危乎高哉,
희우희 위호 고재

촉나라 길은 어렵다, 푸른 하늘
　오르기보다 어렵다.

蜀道之難難於上青天。
촉도: 지난 난어 상: 청천

잠총과 어부[2]가

蠶叢及魚鳧,
잠총 급 어부

개국한 일은 아득하다.

開國何茫然。
개국 하 망연

그 뒤로 사만 팔천 년,	爾來四萬八千歲, 이:래 사:만: 팔천 세:
진나라[3] 변경과 교섭이 없었다.	不與秦塞通人煙。 불여: 진새: 통 인연
서쪽 태백산[4] 너머로 새는 날아서	西當太白有鳥道, 서당 태:백 유: 조:도:
아미산[5] 꼭대기로 빠져올 수나 있었을까?	可以橫絶峨眉巓。 가:이: 횡절 아미 전
땅이 꺼지고 산이 무너져 장사가 죽더니,[6]	地崩山摧壯士死, 지:붕 산최 장:사: 사:
하늘에 닿은 사다리와 돌로 쌓은 잔도[7]가 차츰 놓였다.	然後天梯石棧相鉤連。 연후: 천제 석잔: 상 구련
위로는 햇님의 수레[8]도 돌아가는 높다란 봉우리가 있고,	上有六龍回日之高標, 상:유: 륙룡 회일지 고표
아래로는 세찬 물결이 거꾸로 흐르는 소용돌이가 있다.	下有衝波逆折之回川。 하:유: 충파 역절지 회천
노란 두루미의 날개로도 지나가지 못하고,	黃鶴之飛尙不得過, 황학지 비 상: 부득 과:
원숭이의 재주로도 기어오르기 어렵다.	猿猱欲度愁攀援。 원노 욕도: 수 반원
청니[9] 고개는 서리서리,	青泥何盤盤, 청니 하 반반
백 걸음에 아홉 번은 바위를 돈다.	百步九折縈巖巒。 백보: 구:절 영 암만
삼성을 잡고 정성[10]을 지나며 어깨로 숨쉰다.	捫參歷井仰脅息, 문삼 력정: 앙: 협식

손으로 가슴을 쓸며 앉아서 길게 탄식한다. 以手撫膺坐長歎。
이:수: 무:응 좌: 장탄

묻노니, 그대는 서방 여행에서 언제
돌아오려 하오? 問君西遊何時還,
문:군 서유 하시 환

무섭게 깎아지른 길 더위잡을 수도 없소. 畏途巉巖不可攀。
외:도 참암 불가: 반

보이느니, 고목에서 울부짖는 슬픈 새. 但見悲鳥號古木,
단:견: 비조: 호 고:목

수놈이 날면 암놈도 좇아 수풀 사이로 맴돈다. 雄飛雌從繞林間。
웅비 자종 요: 림간

또 들리느니, 달밤 빈 산 시름겨운
두견이[11] 울음. 又聞子規啼夜月愁空山。
우:문 자:규 제 야:월 수 공산

촉나라 길은 어렵다, 푸른 하늘
오르기보다 어렵다. 蜀道之難難於上青天,
촉도: 지난 난어 상: 청천

얘기만 들어도 홍안에 주름이 생기리라. 使人聽此凋朱顏。
사:인 청차: 조 주안

잇닿은 산봉우리는 하늘과 한 자 사이도 못된다. 連峰去天不盈尺。
련봉 거:천 불영척

마른 소나무는 절벽에 거꾸로 걸려 있다. 枯松倒挂倚絶壁。
고송 도:괘: 의: 절벽

여울물 튀고 폭포수 떨어지는 소리 시끄럽다. 飛湍瀑流爭喧豗。
비단 폭류 쟁 훤회

낭에 부딪고 돌을 굴려 골짜기마다 천둥이다. 砯崖轉石萬壑雷。
빙애 전:석 만:학 뢰

그 험하기 이와 같소. 其險也若此,
기험: 야: 약차:

아아, 그대 먼 길손이여, 어이하려고 왔소?	嗟爾遠道之人胡爲乎來哉。 차이: 원:도:지 인 호위: 호 래재
검각 잔도[12]는 가파르고 우뚝하구나!	劍閣崢嶸而崔嵬, 검:각 쟁영이 최외
한 사람이 관문을 지키면,	一夫當關, 일부 당관
만 사람도 뚫지 못한다.	萬夫莫開。 만:부 막개
지키는 사람이 친한 이가 아니면,	所守或匪親, 소:수: 혹 비:친
이리나 승냥이로 바뀔지도 모른다.	化爲狼與豺。 화:위 랑 여:시
아침엔 사나운 범을 피하고	朝避猛虎, 조피: 맹:호:
저녁엔 기다란 뱀을 피한다.	夕避長蛇。 석피: 장사
이빨을 갈아 피를 빨아먹고	磨牙吮血, 마아 연:혈
삼대를 베듯 사람을 죽인다.	殺人如麻。 살인 여마
금성[13]은 즐겁다고들 말하지만	錦城雖云樂, 금:성 수 운락
일찌감치 집으로 돌아감만 못하다.	不如早還家。 불여 조: 환가
촉나라 길은 어렵다, 푸른 하늘 오르기보다 어렵다.	蜀道之難難於上青天, 촉도:지난 난어 상: 청천

몸을 돌려 서녘을 바라보며 길게 탄식한다.　　側身西望長咨嗟。
측신 서망: 장 자차

1_ 촉도난은 원래 고악부古樂府의 한 제목. 촉蜀은 지금의 사천성. 그곳에 옛날 촉나라가 있었기 때문이다. 사천성은 사방에 높은 산이 둘러싸인 분지이며, 교통이 불편한 곳이다. 이 시는 서안西安(長安)과 사천성(蜀) 사이의 험한 길에 대해서 노래한 것이다. 원시는 7언을 기조로 하고, 여기에 길고 짧은 구절을 섞은 자유분방한 리듬으로 되어 있다. 정형을 타파한 형식이 오히려 기복을 가진 내용과 걸맞은 것이라 하겠다. 이 시의 유래에 대해서는, (가) 장구章仇·겸경兼瓊이란 정치가를 풍자하기 위한 것이라는 설, (나) 엄무嚴武의 횡포에 대해서 지은 것이라는 설, (다) 안록산安祿山의 난리 때 현종玄宗 리룽기李隆基가 촉蜀으로 피난한 것에 대해 반대하는 뜻으로 썼다는 설 등이 있다. 역사적인 사실로 보아 이 여러 설은 신빙키 어렵다. 시에서 세 번이나 반복했듯이, "촉나라 길은 어렵다, 푸른 하늘 오르기보다도 어렵다"가 시의 모티프일 것이다.

2_ 잠총蠶叢과 어부魚鳧 : 모두 전설상의 촉蜀나라 임금이다.

3_ 진秦나라 : 지금의 섬서성을 가리킨다. 그곳에 옛날 진나라가 있었기 때문이다. 섬서성과 사천성은 서로 경계를 맞대고 각각 북쪽과 남쪽에 있다.

4_ 태백산太白山 : 섬서성 미현郿縣 남동쪽에 있는 산 이름. 진령산맥秦嶺山脈의 한 봉우리로 연중 눈을 이고 있기 때문에 태백太白이란 이름이 붙었다. 해발 3,767미터.

5_ 아미산峨眉山 : 사천성 아미산시峨眉山市에 있는 산 이름. 해발 2,150미터. 여기서는 촉나라의 대표적인 산으로 꼽았다. 태백산과 아미산과의 직선 거리는 약 450킬로미터. 이 연의 뜻은 사람이 다니는 길은 없고 새나 겨우 날아다닐 수 있을 뿐이라는 것이다.

6_ 장사가 죽더니 : 전설에 이런 얘기가 있다. 진秦나라 임금(惠王, 전 501~전 491 재위)은 촉나라 임금이 여색을 좋아한다는 것을 알고 다섯 명의 미녀를 보냈다고. 촉나라 임금은 다섯 명의 장사를 보내어 이들을 맞이하게 했는데, 일행이 재동梓潼(사천성)을 지날 때 큰 뱀 한 마리가 구멍 속에 들어가 있기에 장사들이 그 꼬리를 잡아당겼더니 땅이 무너져 남녀 열 명이 생매장되었고 산도 무너져 다섯 개의 고개를 이루었다고 한다.

7_ 잔도棧道 : 벼랑에 선반처럼 붙여 만든 다리. 옛날 사천 지방에서 서안西安으로 나가는 길은 벼랑이 많아서 잔도로 통해야 했었다.

8_ 햇님의 수레 : 원문에는 륙룡六龍. 고대 신화에, 햇님(太陽神)은 '여섯 마리의 용(六龍)'이 끄는 수레를 타고 희화羲和가 그 수레를 몰게 하여 하늘 동쪽부터 서쪽까지 달린다고 한다. 이 구절은 그 수레도 촉나라 산이 하도 높아서 돌아갈 수밖에 없을 것이라는 뜻이다.

9_ 청니青泥 : 고개(嶺) 이름. 섬서성 략양略陽 서북에 있다. 당나라 때, 섬서성에서 사천성으로 통하는 요로要路이다.

10_ 삼성參星 / 정성井星 : 각각 28수宿의 하나. 삼성은 오리온자리Orion 열 별이다(α β γ δ ε ζ χ 42 θ ι). 그 가운데 베텔게우스Betelgeuse와 리겔Rigel은 1등성임. 삼성이란 이름이 붙은 것은 오리온자리 삼형제별(δ ε ζ)에 인한 것이다. 정성은 쌍둥이자리Gemini 여덟 별이다(μ ν γ ξ λ ζ 36 ε). 오리온자리와 쌍둥이자리는 겨울 북천北天에 나타나는데 전자는 후자의 동남쪽에 보인다. 중국 고대 천문학에서는 성좌와 지상의 구역을 관련시켜서 생각했는데, 삼성은 사천성(蜀)에, 정성은 섬서성(秦)에 상당하는 것으로 여겼다.

11_ 두견이(子規) : 촉나라에 특히 많은 새. 이러한 전설이 있다. 망명한 촉나라 임금 두우杜宇는 귀향의 염원도 헛되이 타향에서 원망을 품고 죽었다고. 그 넋이 이 새로 되어, 해마다 늦봄이면 슬픈 소리로 우는데, 그 울음 소리는 불여귀거不如歸去(돌아감만 못해요)라고 들렸다고 한다.

12_ 검각劍閣 잔도 : 사천성 검각현 북쪽 대검산大劍山·소검산小劍山 사이에 있는 잔도. 촉나라 산천은 험하기 그지없지만 검각 잔도는 그중에서도 가장 험한 곳이다.

13_ 금성錦城 : 성도成都의 별명. 이곳은 사천성의 중심지로 중국 굴지의 도회지이다. 옛날에 비단을 짜는 정부의 기관이 있었기 때문에 금관성錦官城 또는 금성錦城이라고 부른 것이다. 사천성 비단(蜀錦)은 이곳 특산이다. 또는 이곳이 금수강산錦繡江山의 아름다움이 있다고 해서 그렇게 부른다고 한다. 이 연의 뜻은 원님(太守)이 범의 기세, 뱀의 독으로 백성의 피를 빨고 백성을 마구 잡아 죽인다는 것인데, 실제로 누구를 가리키는지는 모른다. 이 시 유래에 대한 제가諸家의 설은 이 연을 해석키 위해서 나온 것이다.

술잔을 드시오[1, 2] | 리백

將進酒
장진:주:

그대 보지 못하는가, 황하[3] 물이 하늘
위로부터 와서는

君不見黃河之水天
上來。
군 불견: 황하 지수: 천
상: 래

세차게 흐르다가 바다에 이르러 다시 돌아가지 못함을!	奔流到海不復回。 분류 도:해: 불부 회
그대 보지 못하는가, 고대광실 밝은 거울 속 슬픈 백발은	君不見高堂明鏡悲白髮。 군 불견: 고당 명경: 비 백발
아침에 까만 비단실이더니 저녁에 눈발이 날린 것임을!	朝如青絲暮成雪。 조여 청사 모: 성설
인생은 뜻대로 될 때 마냥 즐겨야 하리.	人生得意須盡歡, 인생 득의: 수 진:환
황금 단지[4]를 달 아래 놀려두지 마소라.	莫使金樽空對月。 막사: 금준 공 대:월
하늘이 내게 주신 재능 반드시 쓰일 것이요.	天生我材必有用, 천생 아:재 필 유:용:
천금을 다 흩어버리면 다시 돌아올 것이라.	千金散盡還復來。 천금 산:진: 환 부래
양을 삶고 소를 잡아 잠깐 즐거움을 누리세.	烹羊宰牛且爲樂, 팽양 재:우 차: 위락
마신다면 모름지기 삼백 잔은 들어야 하리.	會須一飮三百杯。 회:수 일음: 삼백 배
잠[5] 선생님,	岑夫子, 잠 부자:
단구[6] 씨여!	丹丘生。 단구 생
술잔 드리니,	將進酒, 장진: 주:
멈추지 마소.	杯莫停。 배 막정

그대 위해 노래 한 가락 하리니,	與君歌一曲, 여:군 가 일곡
그대는 나를 위해 귀를 기울일지어다.	請君爲我傾耳聽。 청:군 위:아: 경이: 청
멋진 음악[7]도 맛깔스런 음식도 일없소.	鐘鼓饌玉不足貴, 종고: 찬:옥 부족 귀:
다만 오래 취하여 깨어나지 말아지이다.	但願長醉不用醒。 단:원: 장취: 불용: 성
자고로 성현님들은 모두 쓸쓸했었소.	古來聖賢皆寂寞, 고:래 성:현 개 적막
오직 마시는 자만 그 이름을 남겼었지.	惟有飮者留其名。 유유: 음:자: 류 기명
진왕[8]은 옛날 평락관에서 잔치하면서	陳王昔時宴平樂。 진왕 석시 연: 평락
한 말에 만 닢 하는 술을 마냥 즐겼었지.	斗酒十千恣歡謔。 두:주: 십천 자: 환학
주인장은 어이하여 돈이 없다고 하오?	主人何爲言少錢, 주:인 하위: 언 소:전
곧장 술을 받아 그대와 대작해야겠소.	徑須沽取對君酌。 경:수 고취: 대:군 작
오화의 말,[9]	五花馬, 오:화 마:
천금 갖옷,[10]	千金裘。 천금 구
아이놈 시켜 내다가 좋은 술 바꿔 와서,	呼兒將出換美酒, 호아 장출 환: 미:주:

그대와 함께 만고의 시름[11]을 풀어 보세. 與爾同銷萬古愁。
여:이: 동소 만:고: 수

1_ 원제 장진주는 원래 고악부의 한 제목. 리하 〈술잔을 드시오〉 참조(본서 798쪽). 조선 정철鄭澈 〈장진주사〉 : "한 잔 먹새근여 또 한 잔 먹새근여 / 곳 것거 산算 노코 무진무진無盡無盡 먹새근여 / 이 몸 죽은 후면 지게 우해 거적 덥허 / 주리여 매여가나 유소보장流蘇寶帳의 만인萬人이 우러 녜나 / 어욱새 속새 덥가나모 백양白楊 속애 가기 곳 가면 / 누론 해 흰 달 가난 비 굴근 눈 쇼쇼리 바람 불 제 / 뉘 한 잔 먹자 할고 하믈며 무덤 우해 / 잰납이 파람 불 제야 뉘우찬달 엇디리". 리백 〈장진주〉는 술을 마시는 정신적인 즐거움을 나타낸 것이고, 리하 〈장진주〉는 육체적으로 느끼는 향락을 노래한 것이며, 정철 〈장진주사〉는 인생의 무상함을 탄식한 것이라 볼 수 있다.

2_ 752년, 리백이 친구 둘과 함께 숭산에 올라가서 지은 것인 듯. 숭산嵩山(해발 1,440미터)은 하남성 락양 동쪽 60킬로미터 거리에 위치.

3_ 황하黃河 : 황하는 숭산 북쪽 30킬로미터 밖에 동서로 흐른다. 이 구절은 인생이나 인간 역사의 덧없음을 유구한 강물에 견준 것이다. 황하는 중국에서 둘째로 긴 강, 청해성 바얀할 산맥의 약라닥제 산(5,215미터)에서 발원하여 사천·감숙·녕하·내몽골·섬서·산서·하남성을 지나 산동성 북부에서 발해로 흘러 들어간다. 길이 5,464킬로미터.

4_ 황금 단지(金樽) : 술을 가리킨다.

5_ 잠岑 : 잠훈岑勛.

6_ 단구丹丘 : 도사 원단구元丹丘. 리백은 《원단구가》元丹丘歌 등 10여 수의 시를 지었다. 당시 원단구는 숭산 자락 영양潁陽에 거처하고 있었다.

7_ 멋진 음악 : 원문은 종고鐘鼓, 대부大夫 집안에서 연주되는 훌륭한 음악을 뜻한다. 시경 《물수리》 주 8 참조(본서 61쪽).

8_ 진왕陳王 : 삼국시대 조조曹操의 아들 조식曹植. 위魏나라에서 진왕陳王에 봉했다. 그의 시 《큰 도회지 편》에, "돌아와 평락관에서 잔치 벌이니, / 좋은 술은 한 말에 만 잎 나간다."라는 구절이 있다. 동 주 5, 주 6 참조(본서 332쪽).

9_ 오화의 말 : 검고 흰 반점이 있는 말. 일설에는 말갈기를 깎고 다섯 곳을 땋은 것이라 한다.

10_ 천금 갖옷 : 전국시대 맹상군孟嘗君이 가졌다던 백호白狐의 갖옷. 값이 천금千金으로 세상에 둘도 없었다 한다.

11_ 만고의 시름 : 역사·교육·도덕·문명 따위 의상衣裳을 걸칠수록 자연스런 내 모습은 점점 줄어든다. 명교名教에 구속된 부자유, 점점 왜소하게 된 나를 참을 수 없는 것이다.

하염없이 그리워[1] | 리백

長相思
장 상사

하염없이 그리워,	長相思, 장 상사
장안에 있는 님.	在長安。 재: 장안
베짱이가 우는 가을, 우물 난간.	絡緯秋啼金井闌。 락위: 추제 금정:란
무서리 차끈차끈, 차가운 돗자리.	微霜凄凄簟色寒。 미상 처처 점:색 한
흐릿한 등잔불에 생각은 끊일 듯.	孤燈不明思欲絶, 고등 불명 사: 욕절
방장 걷고 달을 보니 공연한 한숨.	卷帷望月空長歎。 권:유 망:월 공 장탄
꽃다운 그이는 구름 가에 있다.	美人如花隔雲端。 미:인 여화 격 운단
쳐다보면 까마득히 푸른 하늘,	上有青冥之高天。 상:유: 청명지 고천
굽어보면 물결치는 맑은 강물.	下有淥水之波瀾。 하:유: 록수:지 파란
큰 하늘 먼 길에 넋은 날지 못한다.	天長路遠魂飛苦, 천장 로:원: 혼비 고:
꿈에도 넋이 가지 못할 국경의 산.	夢魂不到關山難。 몽:혼 불도: 관산 난
하염없이 그리워,	長相思, 장 상사
도려내는 가슴.	摧心肝。 최 심간

1_ 원제 〈장상사〉는 원래 악부 제목. 멀리 출정 나간 지아비를 그리는 여인의 마음을 읊은 것. 상사相思는 그리운 대상을 (일방적으로) 생각하는 것이다.

장간의 노래[1] | 리백

長干行
장간 행

제 머리 이마를 처음 덮었을 때,	妾髮初覆額。 첩발 초 복액
꽃을 꺾어 문 앞에서 놀았지요,	折花門前劇。 절화 문전 극
당신은 죽마[2]를 타고 건너왔고,	郎騎竹馬來。 랑기 죽마: 래
침상 둘레에서 청매[3]를 먹었지요.	遶牀弄青梅。 요:상 롱: 청매
같은 장간 동네 앞뒤 집에 살며	同居長干里, 동거 장간 리:
둘 다 어려서 흉허물 없었지요.	兩小無嫌猜。 량:소: 무 혐시
열넷에[4] 당신 아내 되었지만	十四爲君婦, 십사: 위 군부:
부끄러워 얼굴도 들지 못했지요.	羞顏未嘗開。 수안 미:상 개
고개를 숙여 바람벽만 보면서,	低頭向暗壁, 저두 향: 암:벽

부르고 불러도 돌아보지 못했지요.	千喚不一回。 천환: 불일 회
열다섯에 비로소 환한 얼굴 되어	十五始展眉, 십오: 시: 전:미
평생 함께 살자는 소망이 굳었어요.	願同塵與灰。 원:동 진 여:회
언제나 미생[5]의 믿음이 있었거니,	常存抱柱信, 상존 포:주: 신:
어찌 망부석[6] 전설을 알았겠어요?	豈上望夫臺。 기:상: 망:부 대
열여섯에 당신은 멀리 떠나셨으니,	十六君遠行, 십륙 군 원:행
장강 물길 구당협, 하고도 염여퇴.[7]	瞿塘灩澦堆。 구당 염:여: 퇴
오월에는 닥뜨릴 수가 없다고요,	五月不可觸, 오:월 불가: 촉
원숭이 울음 하늘에 슬프다고요.	猿聲天上哀。 원성 천상: 애
문 앞에 새겨진 전날의 발자국,	門前舊行跡, 문전 구: 행적
하나하나 푸른 이끼 돋았어요.	一一生綠苔。 일일 생 록태
이끼 깊어 쓸어버리지 못하겠어요.	苔深不能掃。 태심 불능 소:
낙엽은 가을바람에 일찍 날리고요.	落葉秋風早。 락엽 추풍 조:

팔월 어느 날 나비가 날아와,	八月胡蝶來, 팔월 호접 래
동산 풀밭에서 쌍쌍이 노는군요.	雙飛西園草。 쌍비 서원 초:
이걸 보고 저의 마음이 아프더니,	感此傷妾心, 감:차: 상 첩심
시름에 겨워 낯빛이 시드는군요.	坐愁紅顔老。 좌:수 홍안 로:
언젠가 삼파[8]를 내려오실 때엔	早晚下三巴。 조:만: 하: 삼파
미리 집으로 편지를 하셔요,	預將書報家。 예:장 서 보:가
멀다 하지 않고 마중 나가리니,	相迎不道遠, 상영 불도: 원:
곧바로 장풍사[9]까지 나가리니.	直至長風沙。 직지: 장풍 사

1_ 장간長干은 지금의 강소성 남경南京 남쪽 작은 동네 이름. 장간 동네에서 소꿉동무였던 두 사람이 결혼, 뒤에 멀리 떠난(아마 장사꾼인 듯) 남편을 그리는 아내의 마음을 노래한 것이다.

2_ 죽마竹馬 : 아이들이 장난할 때, 두 다리 사이에 끼우고 말 타는 시늉을 하는 대나무 가지. 말갈기를 표시하는 술이 끝에 달렸으며 다른 한 끝은 땅에 끌린다. 죽마고우竹馬故友.

3_ 청매靑梅 : 꿀에 저린 매실梅實. 소금에 절인 매실은 백매白梅라 한다. 앞 구절의 죽마와 함께 청매도 어릴 적 친구라는 뜻으로 쓴다.

4_ 열넷에 : 이 시에서 아내가 얘기하는 형식을 쓰고, 또 열넷, 열다섯, 열여섯 하는 등 나이를 꼽고 있는 것은 『한대 악부』 〈공작새 동남으로〉(본서 232쪽)의 형식을 활용한 것이다.

5_ 미생尾生 : 옛날 미생이란 남자는 한 여자와 다리 밑에서 만날 약속을 했는데, 여자가 오기 전에 갑자기 강물이 불어났지만, 미생은 약속한 장소를 떠나는 것은 신용을 잃는 것이라고 여겨, 다리의 기둥을 끌어안고 기다리다가 마침

내 익사했다 한다.

6_ 망부석望夫石 : 먼 길 떠난 남편 돌아오기를 기다리다 그대로 화석化石이 되었다는 전설적인 돌. 또는 그 위에서 기다렸다는 돌. 중국 각지에는 망부석, 망부산이라는 곳이 많이 있으며, 우리나라에도 신라시대 박제상朴堤上의 아내가 서서 기다린 치술령鵄述嶺의 바위가 있다.

7_ 구당협瞿塘峽 / 염여퇴灩澦堆 : 구당협은 장강長江 세 협곡 중 하나. 사천성 봉절奉節에 있다. (그 협곡이 시작되는 곳에 백제성이 있다.) 염여퇴는 구당협에 있는 거북 모양의 큰 바위. 갈수기에는 물 위로 나타나지만 물이 붓는 오월경에는 물 속에 살짝 잠겨, 과거 선박이 항행하는 데 큰 위험이 되었다. 1958년 폭파, 제거했다.

8_ 삼파三巴 : 파군巴郡 · 파동巴東 · 파서巴西의 총칭. 지금 사천성 동부지방을 가리킨다.

9_ 장풍사長風沙 : 지금의 안휘성 안경安慶 부근의 장강長江 연안에 있다. 남경까지 직선거리 약 200킬로미터. —이 시의 남편이 여행하는 길을 이 시의 지명으로 설명하면 다음과 같다. 길은 강을 따라 내려오는 뱃길, 먼저 사천성에서 출발하는데, 파서巴西(閬中 부근)에서 가릉강嘉陵江을 남하하여, 파군巴郡(重慶 부근)에서 장강과 합류, 파동巴東(奉節 부근)의 구당협(염여퇴) 협곡을 지나, 호북성 평지로 나와 동류하다가, 다시 안휘성 장풍사長風沙에서 북상하여, 남경南京 옆 장간長干에 이를 것이다.

자야의 오나라 노래4수[1] | 리백

子夜吳歌四首
자:야: 오가 사:수:

봄 노래

春歌
춘가

진나라 땅 라부[2] 아가씨가

秦地羅敷女,
진지: 라부 녀:

푸른 물가에서 뽕잎을 따오.

採桑綠水邊。
채:상 록수: 변

하얀 손 파란 가지에 오르니 素手青條上,
소:수: 청조 상:

붉은 단장 밝은 햇살이 곱소. 紅粧白日鮮。
홍장 백일 선

"누에 배고파 저는 돌아가오. 蠶飢妾欲去,
잠기 첩 욕거:

말 다섯 필[3] 머뭇거리지 마소." 五馬莫留連。
오:마: 막 류련

1_ 모두 4수. 자야는 진晉나라 여인의 이름. 그가 지었다는 오吳(강소성)나라 민요. 〈자야 노래〉, 〈자야의 사철 노래〉 참조(본서 262쪽, 264쪽).

2_ 진나라 땅 라부 : 미녀 이름. 〈길가의 뽕나무〉 주 2 참조(본서 223쪽).

3_ 말 다섯 필 : 한나라 때 태수(太守)는 다섯 필의 말이 끄는 수레를 탔다. 〈길가의 뽕나무〉 주 3 참조(본서 223쪽).

여름 노래 夏歌
하:가

'거울 호수'[1]는 삼백 리 넓이, 鏡湖三百里,
경:호 삼백 리:

연꽃 봉우리에 꽃이 핀다네. 菡萏發荷花。
함:담: 발 하화

오월에 서시[2]가 연밥을 따면, 五月西施採,
오:월 서시 채:

구경꾼이 약야[3] 개울 메운다네. 人看隘若耶。
인간 애: 약야

달 아니 기다리고 배를 돌려 回舟不待月,
회주 불 대:월

월나라 왕궁으로 돌아간다네. | 歸去越王家。
귀거: 월왕 가

1_ 거울 호수(鏡湖) : 지금의 절강성 소흥紹興에 있는 호수 이름.

2_ 서시西施 : 춘추시대 말엽 월越나라 미녀. 어려서는 지금의 절강성 저기諸暨에서 살았는데 집이 가난하여 나무를 팔기도 하고 연밥을 따기도 했다. 그녀의 아름다움을 정략적으로 이용한 것은 월越(절강성)나라 임금 구천句踐. 구천이 오吳(강소성)나라에게 패하고 원수를 갚기 위해 와신상담臥薪嘗膽한 것은 유명한 이야기인데, 그가 오나라 임금 부차夫差(전 496~전 473 재위)를 타락시키기 위해 서시를 진상했던 것이다. 부차는 미색에 빠져 향락을 일삼다가 월나라 군사에게 패망한다. 그 뒤 서시는 부귀공명을 마다하고 상장군 범려范蠡와 함께 쪽배를 타고 떠나가 은둔하였다.

3_ 약야若耶 : '거울 호수'(鏡湖)로 흘러드는 개울.

가을 노래 | 秋歌
추가

장안[1] 서울 달 한 조각, | 長安一片月,
장안 일편: 월

집집마다 다듬이 소리. | 萬戶擣衣聲。
만:호: 도:의 성

갈바람 끊임없이 불어오니, | 秋風吹不盡,
추풍 취 불진:

모두가 옥관[2]에 이은 정. | 總是玉關情。
총:시: 옥관 정

어느 날에 되놈[3] 평정하고 | 何日平胡虜,
하일: 평 호로:

낭군은 원정을 마치실까요? | 良人罷遠征。
량인 파: 원:정

1_ 장안長安 : 당나라 수도. 지금의 섬서성 서안시西安市. 당시 인구 100만이 넘는 대도회.

2_ 옥관 : 옥문관玉門關의 약칭. 감숙성 서쪽 끝에 있으며, 고래로 중앙에서 신강 방면으로 나가는 길목이다. 당시 전장戰場의 입구였다(지금 새 유전油田지대 입구). 장안에서 옥관까지는 약 1,600킬로미터 거리이다.

3_ 되놈(胡虜) : 흉노匈奴를 가리킨다.

겨울 노래 冬歌 동가

밝는 아침 역마가 떠난다기에	明朝驛使發, 명조 역사: 발
밤새도록 군복에 솜[1]을 두었어요.	一夜絮征袍。 일야: 서:정포
하얀 손에 바늘도 차갑거니	素手抽針冷, 소:수: 추침랭:
어떻게 가위를 잡을 수 있겠어요?	那堪把剪刀。 나:감 파:전:도
바느질해서 먼 길에 부치지만	裁縫寄遠道, 재봉 기:원:도:
며칠 걸려야 림조[2]에 닿나요?	幾日到臨洮。 기:일 도:림조

1_ 솜 : 원문은 서絮, 버들강아지의 솜털이다. 중국에서 목화는 송나라 때부터 퍼졌다.

2_ 림조臨洮 : 감숙성 림조현. 당나라 때 서역으로 통하는 요로였다. 장안으로부터 약 500킬로미터 거리. 지금은 철도 고속도로가 없어 한적한 시골 마을이 되었다. 1997년 7월 14일, 역자가 현장을 탐방했다.

청평조[1] 노래3수[2] | 리백

清平調詞三首
청평조: 사 삼수:

1

구름 같은 의상, 꽃 같은 용모.

雲想衣裳花想容。
운상: 의상 화상: 용

봄바람 이는 울짱에 이슬 짙다.

春風拂檻露華濃。
춘풍 불함: 로:화 농

군옥[3]산 마루에서 못 본다면,

若非羣玉山頭見,
약비 군옥 산두 견:

요대[4] 달 아래에서 만나렷다.

會向瑤臺月下逢。
회:향: 요대 월하: 봉

1_ 〈청평조〉는 곡조 이름. 이 시에는 다음과 같은 에피소드가 있다. —공동연대 743년 봄. 장안 궁중의 침향정 앞에는 모란이 활짝 피었다. 현종 리륭기는 애인 양귀비를 데리고 구경을 나왔다. 악사들이 나오고 당대의 명창인 리귀년李龜年이 노래하게 되었다. 이때 현종 리륭기는, "명화를 바라보고 귀비가 있는 앞에 어찌 낡은 가사로 노래할 것인가?"라 말하고 한림학사翰林學士 리백을 불렀다. 길거리의 술집에서 찾아낸 시인은 그날도 만취해 있었다. 그러나 꽃도 시새울 귀비의 아리따운 모습을 보자 즉각 이 노래 3수를 이루었다.

2_ 이 3수는 모란과 귀비의 아름다움이라는 주제를 가지고, 장을 달리하여 각각 다른 세계를 묘사하면서 전체는 온전한 하나를 표현함. 제1수. 현실 아닌 다른 공간을 묘사하니, 독자를 신선 세계로 안내한다.

3_ 군옥羣玉 : 선녀 서왕모西王母가 살고 있다는 산. 곤륜산崑崙山.

4_ 요대瑤臺 : 오색 구슬로 만든 고대高臺, 역시 선녀가 산다는 곳. —이 장 끝 두 구절은 귀비가 인간이 아니라 선녀라는 뜻이다.

2[1]

새빨간 한 가지, 이슬에 엉기는 향. 一枝紅豔露凝香。
일지 홍염: 로: 응향

무산[2]의 구름과 비에 공연한 단장. 雲雨巫山枉斷腸。
운우: 무산 왕: 단:장

물어보자, 한나라 궁전의 누구더냐? 借問漢宮誰得似,
차:문: 한:궁 수 득사:

사랑홉다, 새로 치장한 비연[3]이어! 可憐飛燕倚新粧。
가:련 비연: 의: 신장

1_ 제2수. 모란과 귀비의 아름다움이 주제이지만 잠시 현실 아닌 다른 시간을 묘사하니, 독자를 과거 시대로 안내한다.

2_ 무산巫山 : 사천성 무산현巫山縣 동쪽에 있는 산. 초楚나라 양왕襄王(전 299~전 263 재위) 웅횡熊橫이 고당高唐에 놀러갔다가 꿈에 미녀를 만나 베개를 함께 했는데, 그녀는 돌아갈 때 "저는 무산巫山의 양지 높은 곳에 사는데 매일 아침이면 구름, 저녁이면 비가 됩니다"라고 말했다고. 다음날 아침에 보니 과연 봉우리에는 구름이 끼어 있었다 한다. 그녀는 무산의 여신이었던 것이다. 그래서 웅횡은 단장斷腸의 사모를 하게 되었다고. ―이 구절의 뜻은, 모란꽃처럼 아름다운 양귀비를 두고서 무산 선녀쯤을 사모하다니, 이는 공연한 일이라는 것이다.

3_ 비연飛燕 : 한나라 성제成帝(전 33~전 7 재위) 류오劉驁의 총희, 조비연趙飛燕. 본래 장안長安 출신으로 신분이 낮았지만 가무歌舞에 능했다. 날씬한 미인으로 그 민첩한 무용은 제비(燕)가 나는(飛) 것 같다고 해서 비연飛燕이라고 불렀다. 임금의 총애를 독차지했으나 임금이 먼저 죽고 난 뒤 그녀의 만년은 불행하게 되어 마침내 자살했다. 중국에서 날씬한 미인의 대표로는 한나라 조비연, 탐스런 미인의 대표로는 당나라 양귀비가 꼽힌다. ―양귀비를 조비연에게 견준 이 구절은 1년 뒤 리백이 장안에서 추방당하게 된 구실이 되었다. 리백은 일찍이 임금 앞에서 당시 세도가였던 고력사高力士에게 신을 벗기게 한 적이 있는데 이것을 절치부심하고 있던 고력사는 훗날 양귀비에게 그녀를 불행하게 끝난 조비연에게 견준 것은 그녀를 모욕하는 것이라고 꼬드겼다. 화가 난 양귀비가 현종 리륭기에게 베개송사하여 리백이 추방당했던 것이다.

3[1]

예쁜 꽃과 고운 님[2]이 서로 반겨, | 名花傾國兩相歡。
명화 경국 량: 상환

언제나 넘치는 임금님의 웃음. | 長得君王帶笑看。
장득 군왕 대:소: 간

봄바람의 가없는 한을 푸는고야. | 解釋春風無限恨,
해:석 춘풍 무한: 한:

침향정[3] 북쪽 난간에 기댄 모습! | 沈香亭北倚闌干。
침향 정북 의: 란간

1_ 제3수. 목전의 현실 세계—당나라 궁정 침향정을 조명한다.

2_ 예쁜 꽃과 고운 님 : 모란과 귀비. 귀비는 글래머 걸, 모란과의 비유가 적절하다.

3_ 침향정 : 당나라 때 장안 궁중에 있던 정자. 침향沈香(*Aquillaria agallocha*) 나무로 지었기에 붙인 이름이다.

젊은이 노래[1] | 리백

少年行
소:년 행

오릉의 젊은이는 금시[2]의 동쪽에서 | 五陵年少金市東。
오:릉 년소: 금시: 동

은안백마를 타고 봄바람 속을 걷는다. | 銀鞍白馬度春風。
은안 백마: 도: 춘풍

낙화를 다 밟고는 어디에서 노는가? | 落花踏盡遊何處,
락화 답진: 유 하처:

웃으며 오랑캐 계집[3] 주점으로 든다. | 笑入胡姬酒肆中。
소:입 호희 주:사: 중

1_ 원제 〈소년행〉은 원래 고악부의 한 제목, 대개 좋은 말을 타고 좋은 옷을 입고 성안의 큰 길을 달리며 쾌락을 즐기는 젊은이를 읊은 것이다.

2_ 오릉五陵 금시金市 : 오릉은 지금 섬서성 서안시西安市 북쪽 위수渭水 너머에 있는 한漢나라 다섯 임금의 능묘. 이 부근에는 부자들이 많이 살았다. 금시는 장안의 서쪽에 있는 시장. 외국 상인이 많고 외국의 진기한 상품도 있으며, 서민들이 잡다하게 들끓는 번화한 곳이다.

3_ 오랑캐 계집(胡姬) : 이란Iran 계통의 미녀로 노래와 춤을 팔며 술잔을 치기도 하는 여자를 가리킨 것이다.

고구려[1] | 리백

高句麗
고구려

황금 꽃으로 꾸민 절풍모[2]를 쓰고,

金花折風帽,
금화 절풍 모:

백마를 타고서 잠깐 멈칫거리네

白馬小遲回。
백마: 소: 지회

펄렁펄렁 넓은 소매를 날리는 모습,

翩翩舞廣袖,
편편 무: 광:수:

바다 동쪽에서 날아온 새[3]와 같구려.

似鳥海東來。
사:조: 해:동 래

1_ 우리나라 삼국시대 고구려는 중국 기록에 고려高麗, 고구려高句麗 또는 고구려高句驪로 표기했다. 고구려는 나당羅唐 연합군에 의하여 서기 668년에 망했으니 리백李白(701~762)이 본 이 고구려 귀인은 망국의 한을 품고 이국 도회지를 유랑하고 있는 것일까?

2_ 절풍모折風帽 : 『위서』魏書 「고구려전」高句麗傳에, "머리에는 절풍折風을 썼는데 그 모습은 고깔(弁)과 같으며, 곁에는 새의 깃털을 꽂았다."라 했는데, 이 모습은 무엇보다도 평안북도 용강군 쌍영총雙楹冢의 고구려 벽화를 보면

알 수 있다.

3_ 새 : 아마 매(海東靑)를 가리키는 듯. 당나라 사람들은 우리나라 매를 사냥용으로 진귀하게 여겼다. 고구려 사람의 씩씩한 모습은 당시 중국인에게 깊은 인상을 주었던 듯하다.

원망스런 대리석 섬돌[1] | 리백

玉階怨
옥계 원:

대리석 섬돌에 흰 이슬 생긴다.
玉階生白露,
옥계 생 백로:

밤이 깊어 비단 버선이 차갑다.
夜久侵羅襪。
야:구: 침 라말

수정 발을 풀어서 늘어뜨리니,
却下水精簾,
각하: 수:정 렴

참으로 영롱하다, 가을 달이여!
玲瓏望秋月。
령롱 망: 추월

1_ 궁녀의 원망을 표현한 노래. 사조 〈원망스런 대리석 섬돌〉 참조(본서 407쪽).

고요한 밤 생각[1] | 리백

靜夜思
정:야: 사

침상 머리에 달빛이 환하여,
牀前明月光。
상전 명 월광

마당에 내린 서리가 여겼다. 疑是地上霜。
의시: 지:상: 상

머리 들어서 환한 달을 보고 擧頭望明月,
거:두 망: 명월

머리 숙이어 고향을 생각한다. 低頭思故鄕。
저두 사 고:향

1_ 악부체 시, 절구처럼 네 구절로 되어 있지만 평측平仄이 규칙에 안 맞는다. 객지에서 가을 달을 보며 망향의 생각이 일어난 것인 듯.

달님에게 묻는 말[1] | 리백

把酒問月
파:주: 문:월

푸른 하늘에 달님 있은 지 얼마런가? 青天有月來幾時。
청천 유:월 래 기:시

나는 지금 잔을 멈추고 물어보노라. 我今停杯一問之。
아:금 정배 일 문:지

사람은 달님을 더위잡을 길 없건만,[2] 人攀明月不可得,
인반 명월 불가: 득

달님은 오히려 사람을 따라 걷노라. 月行却與人相隨。
월행 각여: 인 상수

신선 궁궐 높이 걸린 저 하얀 거울, 皎如飛鏡臨丹闕。
교:여 비경: 림 단궐

파란 안개 걷힌 다음 저 맑은 빛깔. 綠煙滅盡清輝發。
록연 멸진: 청휘 발

저녁 바다 위 솟구치는 건 누구나 보지만, 但見宵從海上來,
단:견: 소종 해:상: 래

새벽 구름 사이 사라지는 건 아무도 몰라. 寧知曉向雲間沒。
녕:지 효:향: 운간 몰

토끼[3]는 갈봄 없이 영약을 찧고, 白兔擣藥秋復春。
백토: 도:약 추 부:춘

항아[4]는 이웃 없이 외롭게 사오. 嫦娥孤棲與誰鄰。
항아 고서 여:수 린

지금 사람은 옛날 달님 보지 못했으되, 今人不見古時月,
금인 불견: 고:시 월

지금 달님은 옛날 사람 비추어 왔노라. 今月曾經照古人。
금월 증경 조: 고:인

옛 사람 지금 사람 다 흐르는 물,[5] 古人今人若流水。
고:인 금인 약 류수:

모두 이처럼 달님을 쳐다봤겠지. 共看明月皆如此。
공:간: 명월 개 여차:

원컨대, 노래 부르며 술 마실 때, 唯願當歌對酒時,
유원: 당:가 대:주: 시

달빛이여, 길이 황금 단지 비추소라. 月光長照金樽裏。
월광 장조: 금준 리:

1_ 고시古詩, 원문은 네 구마다 운韻을 바꾸고 있는데, 내용도 네 단락을 보인다.

2_ 달님을 더위잡을 길 없건만 : 리백으로부터 천 년 이상 지난 지금은 달님을 더위잡는 정도가 아니라, 발로 밟은 시대지만 그렇다고 시상이야 손상될까? 1969년 7월 21일, 지구 사람이 '아폴로 11호'를 타고 달에 착륙했다.

3_ 토끼 : 달에는 토끼가 영약靈藥을 찧고 있다는 전설이 있다.

4_ 항아姮娥, 嫦娥 : 중국 고대 신화 중의 선녀, 원래 하夏나라 때 명궁名弓인 예羿의 아내였는데, 예가 서왕모(西王母)에게서 얻어온 불사약을 남편 몰래 훔쳐

먹고 달나라로 올라가 거기서 산다고 한다.

5_ 흐르는 물 : 옛날 공자는 강가에서 흐르는 물을 보고, "가는 것은 이와 같구나, 밤과 낮을 가리지 않는다"고 말했다(『論語』, 「子罕」). 우리나라 황진이黃眞伊는 시조에서, "산은 녯 산이로되 물은 녯 물이 아니로다. …… / 인걸도 이와 같도다, 가고 아니 오노매라"고 했다.

달 아래 홀로 드는 술[1] | 리백

月下獨酌
월하: 독작

꽃 사이 한 병 술 가지고,
친구도 없이 홀로 마신다.
술잔 들어 달님을 청하니,
그림자와 세 사람이 된다.
달님은 마실 줄도 모르고,
그림자는 흉내만 내는구나.
잠깐 달님과 그림자와 함께
즐기자, 이 봄이 가기 전에

花間一壺酒,
화간 일호 주:
獨酌無相親。
독작 무 상친
擧杯邀明月,
거:배 요 명월
對影成三人。
대:영: 성 삼인
月既不解飮,
월기: 불 해:음:
影徒隨我身。
영:도 수 아:신
暫伴月將影,
잠:반: 월 장영:
行樂須及春。
행락 수 급춘

내 노래에 달님은 서성서성,
我歌月徘徊,
아:가 월 배회

내 춤에 그림자는 흐늘흐늘.
我舞影零亂。
아:무: 영: 령란:

깨었을 때는 함께 즐겁지만,
醒時同交歡,
성:시 동 교환

취한 다음엔 각각 흩어지리.
醉後各分散。
취:후: 각 분산:

영원히 맺은 담담한 우정[2]이여,
永結無情遊,
영:결 무정 유

우리의 기약은 아득한 은하수.
相期邈雲漢。
상기 막 운한:

1_ 모두 4수 가운데 제1수. 혼자 마시는 술이 쓸쓸할 법도 한데 타고난 낭만주의자인 리백은 이처럼 분방하고 명랑한 시를 썼구나.

2_ 담담한 우정 : 원문 무정유無情遊는 세속적인 이해득실을 떠난 우정을 말한다.

종남산에서 내려오니[1] | 리백

下終南山過斛斯山人宿置酒
하: 종남산 과: 곡사산인 숙 치:주:

저녁에 파란 산에서 내려오니
暮從碧山下,
모:종 벽산 하:

산의 달님도 나를 따라 온다.
山月隨人歸。
산월 수인 귀

지나온 오솔길을 돌아다보니,
却顧所來徑,
각고: 소:래 경:

산등성이가 까마아득하구나. 蒼蒼橫翠微。
창창 횡 취:미

손을 맞잡고[2] 농가에 다다르니, 相携及田家,
상휴 급 전가

아이놈이 사립문을 활짝 연다. 童稚開荊扉。
동치: 개 형비

푸른 대나무 지름길로 들어서니, 綠竹入幽徑,
록죽 입 유경:

소나무겨우살이가 옷 먼지 턴다. 青蘿拂行衣。
청라 불 행의

즐거워라, 내 쉴 자리 얻으니. 歡言得所憩,
환언 득 소:게:

좋은 술 잠깐 함께 기울이자. 美酒聊共揮。
미:주: 료 공:휘

긴 노래로 솔바람을 읊었는데. 長歌吟松風,
장가 음 송풍

곡이 끝나자 별들이 희미하다. 曲盡河星稀。
곡진: 하성 희

나도 취하고 그대도 기뻐하니, 我醉君復樂,
아:취: 군 부:락

얼큰히 우리는 속세를 잊는다.[3] 陶然共忘機。
도연 공: 망기

1_ 원제는 "종남산을 내려오다가 곡사 산인에게 들러서 묵으니 술을 마련했더라"는 뜻. 종남산終南山은 섬서성 서안西安 남쪽에 있는 산맥, 또는 그 산맥 속의 한 봉우리(해발 2,604미터), 일명 진령秦嶺. 곡사斛斯는 성씨. 산인山人은 산중에 은거하는 사람.

2_ 손을 맞잡고 : 나를 따라 온 달님을 친구인 양 손을 맞잡고 함께 간다는 뜻이다.

3_ 속세를 잊는다 : 원문은 망기忘機. 이것은 도가道家의 술어. 세속적인 책략이나 인간적인 기교를 망각한다는 뜻, 즉 무위자연無爲自然의 심경을 가리킨다.

황학루 피리 소리[1] | 리백 與史郎中欽聽黃鶴樓上吹笛

여: 사:랑중흠 청 황학루상: 취적

귀양다리[2] 되어 장사로 가는 길,	一爲遷客去長沙。 일위 천객 거: 장사
장안을 바라봐야 집이 안 보인다.	西望長安不見家。 서망: 장안 불견: 가
황학루 위에서는 옥피리를 부니,	黃鶴樓中吹玉笛, 황학 루중 취 옥적
강 마을 오월에 〈매화가 진다〉.[3]	江城五月落梅花。 강성 오:월 락 매화

1_ 원제는 "사흠 랑중과 더불어 황학루 위에서 부는 피리 소리를 듣다"라는 뜻. 사흠史欽은 인명, 미상. 랑중郎中은 관직명. 황학루黃鶴樓는 호북성 무한시武漢市 서남쪽에 있는 누각. 최호《황학루》참조(본서 456쪽).

2_ 귀양다리 : 리백은 안록산安祿山 난리 때 영왕永王 리린李璘(玄宗 第13子)의 수군水軍에 참가했는데, 난리가 평정된 뒤 영왕 리린이 반역으로 몰려 리백도 주륙을 당하게 되었다가 다행히 친구들의 주선으로 야랑夜郎(지금의 귀주성 북부)으로 귀양 가게 되었다. 장사長沙는 호남성 성도, 동정호洞庭湖 남쪽에 있다. 그때만 해도 남만南蠻 지방이었다.

3_ 〈매화가 진다〉: 피리의 곡조 이름. 즉 매화락梅花落. 포조〈매화가 진다〉참조(본서 402쪽).

산중 문답 | 리백

山中問答
산중 문:답

무슨 뜻으로 청산에 사느냐 묻는데,
問余何意棲碧山。
문:여 하의: 서 벽산

웃고 대답 없으니 마음이 한가롭다.
笑而不答心自閑。
소:이 부답 심 자:한

복사꽃 흐르는 물[1] 아득히 나아가니,
桃花流水窅然去,
도화 류수: 요:연 거:

여기는 딴 세상, 인간세계 아니로다.
別有天地非人間。
별유: 천지: 비 인간

1_ 복사꽃 흐르는 물 : 도연명 《복사꽃 피는 고장》 참조(본서 384쪽).

경정산에 홀로 앉아[1] | 리백

敬亭山獨坐
경:정산 독좌:

뭇 새들은 모두 높다랗게 날아갔고,
衆鳥高飛盡,
중조: 고비 진:

외로운 구름은 혼자 천천히 떠나갔다.
孤雲去獨閑。
고운 거:독 한

쳐다보면서 둘이 싫지 않은[2] 것,
相看兩不厭,
상간 량: 불염:

오직 경정산이 있을 뿐이로다.
只有敬亭山。
지:유: 경:정 산

1_ 공동연대 753년 가을에 지었다. 경정산은 선주宣州(안휘성) 서북 5킬로미터에 있으며 해발 286미터 되는 산. 사조·리백·왕유·맹호연·백거이·소식·탕현조가 글을 남겼다.

2_ 둘이 싫지 않은 : 신기질《심하도다 내 늙음이어》〈하신랑〉 참조(본서 978쪽).

스스로 위안하며 | 리백

自遣
자:견:

술을 놓고는 저무는 줄도 모르니,	對酒不覺暝, 대:주: 불각 명
내 옷자락에 수북이 쌓인 낙화여!	落花盈我衣。 락화 영 아:의
취해서 개울의 달을 따라 걷는다.	醉起步溪月, 취:기: 보: 계월
새는 돌아가고 사람 또한 없구나!	鳥還人亦稀。 조:환 인 역희

봉황대에 올라[1] | 리백

登金陵鳳凰臺
등 금릉 봉:황대

봉황새가 그 옛날 놀아서 이름난 봉황대,	鳳凰臺上鳳凰遊。 봉:황 대상: 봉:황 유
봉황새 떠나 덩그런 봉황대, 강물만 흐른다.	鳳去臺空江自流。 봉:거: 대공 강 자:류

오나라 궁전[2] 화초는 후미진 길에 묻혔고,	吳宮花草埋幽徑, 오궁 화초: 매 유경:
진나라 시대 의관[3]은 언덕의 흙이 되었다.	晉代衣冠成古丘。 진:대: 의관 성 고:구
푸른 하늘에 붕 떠오른 세 봉우리 산[4]이요,	三山半落青天外, 삼산 반:락 청천 외:
하얀 백로주[5] 꼭 껴안은 두 줄기 물이라.	二水中分白鷺洲。 이:수: 중분 백로: 주
모두 뜬구름이 해를 가리고[6] 있기 때문에	總爲浮雲能蔽日, 총:위: 부운 능 폐:일
장안이 안 보여 사람을 시름겹게 하노라.	長安不見使人愁。 장안 불견: 사:인 수

1_ 금릉金陵은 지금의 강소성 남경시南京市, 육조六朝의 고도古都이다. 봉황대는 남경에 있는 고대高臺 이름. 육조 송宋나라 때, 남경성 서남쪽 산에 이상하고 아름다운 새가 많이 날아와 군무를 추었다고. 공작새처럼 오색찬란한 모습에 지저귀는 소리도 아름다워 당시 사람들은 이를 봉황이라 부르고 여기에 고대를 지어 봉황대라 이름 붙였다는 것이다. 리백은 일찍이 무창의 황학루에 올라 황학루 시를 쓰고 싶었으나, 최호의 《황학루》(본서 456쪽)를 보고 일단 포기했다. 이 봉황대 시는 최호의 《황학루》 각운을 따랐다.

2_ 오吳나라 궁전 : 삼국시대 오나라 손권이 세웠다.

3_ 진晉나라 시대 의관 : 진나라는 여기서 동진東晉을 가리킨다. 의관衣冠은 관원이 조정에 나갈 때 입는 예복. 또는 그것을 착용하는 신분인 관리 또는 문벌이 좋은 사람을 가리킨다. 여기서는 후자를 가리킨다. 다만 앞 구절의 화초花草(꽃과 풀)와 대對를 맞추기 위하여 의관衣冠(옷과 갓)이란 말을 썼다. 이 연은 찬란한 과거도 모두 허무하다는 감회를 나타낸 것이다.

4_ 세 봉우리 산(三山) : 남경 서남쪽 35킬로미터에 있는 산. 세 개의 봉우리가 남북으로 나란히 섰으며, 그 바로 밑에 장강長江이 흐른다. 사조《저녁에 삼산에서 보는 서울》 주 1 참조(본서 405쪽).

5_ 백로주(白鷺洲) : 남경성 아래 진회하秦淮河 중간에 있었다 한다. 진회하는 남경성을 동·남·서쪽으로 돌아 장강長江으로 들어간다. 지금 남경성 안 동쪽에 '백로주공원'이 있다. 1997년 7월 24일, 역자가 현장을 탐방했다.

6_ 뜬구름이 해를 가리고 : 해는 임금, 뜬구름은 간신배를 가리킨다. 즉 간신배

가 임금의 밝음(明哲)을 가린다는 뜻. 또는 사악함이 일시적으로 밝은 진리를 가리는 비정상을 말하기도 한다.

려산 폭포를 바라보며[1] | 리백

望廬山瀑布
망: 려산 폭포:

해가 비추어 향로봉에 자연[2]이 오르는데,
멀리 바라보니 폭포가 앞내에 걸려 있네.
비류 직하 삼천 척,[3] 아 비류 직하 삼천 척.
아마도 구천에서 떨어지는 은하수인가.

日照香爐生紫煙。
일조: 향로 생 자:연
遙看瀑布挂前川。
요간 폭포: 괘: 전천
飛流直下三千尺,
비류 직하: 삼천 척
疑是銀河落九天。
의시: 은하 락 구:천

1_ 모두 2수 가운데 제2수. 려산은 강서성 구강시九江市 남쪽에 있는 산.

2_ 향로봉香爐峰에 자연紫煙 : 산봉우리가 향로 같아서 향로봉이라 한다. 려산에는 향로봉이 2개 있다. 이것은 남쪽 향로봉, 수봉사秀峰寺 뒤에 위치한다. 백거이《향로봉 아래 초당을 낙성하고》 참조(본서 735쪽). 향로봉이라 했으니 그 안개를 자연紫煙이라 한 것이다.

3_ 삼천 척 : 당나라 때 900미터, 또는 1,080미터이다. 남아메리카 베네수엘라 앙헬 폭포(Angel Falls)는 낙차가 979미터, 세계에서 가장 크다고 한다.

나그네 길에서[1] | 리백

客中行
객중행

란릉의 이름난 술은 울금[2] 향기,
蘭陵美酒鬱金香。
란릉 미:주: 울금 향

옥잔에 가득 부으니 호박[3] 빛깔.
玉椀盛來琥珀光。
옥완: 성래 호:박 광

주인은 나그네를 취토록만 하소,
但使主人能醉客,
단:사: 주:인 능 취:객

타향인지 아닌지 알지 못하도록.
不知何處是他鄉。
불지 하처: 시: 타향

1_ 또는 객중작客中作이라고도 한다. 시인이 장안長安에서 추방되어 산동성 지방을 왕래할 때 지은 것인 듯.

2_ 란릉蘭陵 / 울금鬱金 : 란릉은 산동성 림기시臨沂市 서남에 있다. 명주의 산지. 울금鬱金(*Curcuma domestica*)은 향내 나는 풀 이름, 심황이다. 이것을 술에 넣으면 울창鬱鬯이라는 술이 된다. 다만, 울금향鬱金香은 튜울립(*Tulipa gesneriana*). 전연 별개이다.

3_ 호박琥珀 : 보석의 한 가지. 지질시대地質時代의 수지樹脂가 화석化石이 된 것. 빨강 · 노랑 · 하양으로, 투명 또는 반투명이며, 광택이 많다. 마고자 단추 등 여러 가지 장식으로 쓰인다.

아침에 백제성을 떠나[1] | 리백

早發白帝城
조:발 백제:성

아침에 오색구름[2] 이는 백제성 떠나,
朝辭白帝彩雲間。
조사 백제: 채:운 간

천릿길 강릉[3]을 하루에 돌아오다니!

千里江陵一日還。
천리: 강릉 일일 환

양쪽 강 언덕 잔나비 울음 안 긎는데,

兩岸猿聲啼不住,
량:안: 원성 제 불주:

가벼운 배는 벌써 만 겹 산을 지났다.

輕舟已過萬重山。
경주 이:과: 만:중 산

1_ 백제성은 사천성 기주夔州(지금의 奉節縣) 동쪽 백제산白帝山에 있다. 한漢나라 말엽에 공손술公孫述이라는 영웅이 스스로 백제白帝라 칭하며 쌓은 성이라 한다. 뒤에 삼국시대 촉蜀나라 류비劉備가 오吳나라를 방비하기 위해서 여기에서 지켰다. 장강은 백제성에서부터 삼협으로 이어지니, 백제성은 마치 그 입구를 알리는 등대 같다. 1996년 7월 14일, 역자가 현장을 선편으로 통과했다.

2_ 오색구름(彩雲) : 백제성 동쪽에는 '아침 구름 저녁 비'로 유명한 무산巫山(〈청평조 노래 2〉 주 2 참조)이 있으므로, 여기서 '오색구름'은 '무산의 구름'이라는 설이 있지만 반드시 연상할 필요는 없을 듯. 다만 '오색구름'의 채색과 '백제성'의 백색이 선명한 대조를 이루는 아침 풍경을 상상한다면 좋을 것이다.

3_ 강릉江陵 : 지금의 호북성 강릉현江陵縣. 백제성에서 강릉까지는 물길(長江)로 약 300킬로미터이다. 백제성 바로 밑 구당협瞿塘峽, 그 아래 무협巫峽, 서릉협西陵峽—이상 '장강 삼협'은 강폭이 특히 좁고 양안은 깎아지른 절벽으로 최대 유속流速은 시속 24킬로미터나 된다. 남북조시대 송(劉宋)나라 성홍지盛弘之가 지은 형주기荊州記에도, "아침에 백제성을 떠나면 저녁에 강릉에 이른다. 그 사이는 1,200리里다."라고 적혀 있다.

꿈에 본 천모산[1] | 리백

夢遊天姥吟留別
몽:유 천모: 음 류별

바다 나그네 전하는 영주[2] 섬은

海客談瀛洲。
해:객 담 영주

안개와 파도 아득하여 찾을 길 없지만, 煙濤微茫信難求。
연도 미망 신: 난구

월나라[3] 사람 말하는 천모산은 越人語天姥。
월인 어: 천모:

구름과 무지개 사이로 볼 수도 있겠다. 雲霓明滅或可覩。
운예 명멸 혹 가:도:

천모산은 하늘 닿아 하늘 보고 누웠으니, 天姥連天向天橫。
천모: 련천 향:천 횡

오악을 뽑아내고 적성산[4]을 뒤덮을 기세. 勢拔五嶽掩赤城。
세:발 오:악 엄: 적성

천태산[5]은 높고 높아 사만 하고도 팔천 길, 天台四萬八千丈,
천태 사:만: 팔천 장:

그러나 이 앞에선 동남쪽으로 쓰러질 듯. 對此欲倒東南傾。
대:차: 욕도: 동남 경

나는 이래서 오나라[6] 월나라 꿈을 꾸려고, 我欲因之夢吳越。
아:욕 인지 몽: 오월

하룻밤에 날아 건넜다, '거울 호수'[7]의 달을. 一夜飛度鏡湖月。
일야: 비도: 경:호 월

호수의 달은 내 그림자를 비추며, 湖月照我影,
호월 조: 아:영:

나를 섬계[8]까지 바래다 주었다. 送我至剡溪。
송:아: 지: 섬:계

사 선생이 묵던 곳[9]은 지금도 그냥 있거늘, 謝公宿處今尙在,
사:공 숙처: 금 상:재:

맑은 물 찰랑찰랑, 잔나비도 구슬피 운다. 淥水蕩漾淸猿啼。
록수: 탕:양: 청원 제

발에 사 선생 나막신[10] 신고서, 脚著謝公屐,
각착 사:공 극

몸은 푸른 구름사다리 오른다. 身登青雲梯。
신등 청운 제

절벽에서 바라보는 바다의 해, 半壁見海日,
반:벽 견: 해:일

공중에서 들리는 하늘 닭[11] 울음. 空中聞天雞。
공중 문 천계

수천수만의 바위가 굴러 길은 따로 없구나. 千巖萬轉路不定。
천암 만:전: 로: 불정:

꽃에 홀리고 돌에 쉬다보니 날이 저무는구나. 迷花倚石忽已暝。
미화 의:석 홀 이:명:

곰이 으르릉, 용이 끙끙, 샘물에 울린다. 熊咆龍吟殷巖泉。
웅포 룡음 은 암천

깊은 수풀에 떨리고, 층층 절벽에 놀란다. 慄深林兮驚層巓。
률 심림혜 경 층전

구름은 거뭇거뭇, 비가 오실 듯하다. 雲青青兮欲雨,
운 청청혜 욕우:

바다는 넘실넘실, 안개가 피어난다. 水澹澹兮生煙。
수: 담:담:혜 생연

번갯불, 벼락에 列缺霹靂,
렬결 벽력

언덕이 무너진다. 丘巒崩摧。
구만 붕최

동굴의 돌문, 洞天石扇,
동:천 석선:

쾅하고 열린다. 訇然中開。
굉연 중개

푸른 하늘 넓고 넓어 끝이 안 보이는데, 青冥浩蕩不見底,
청명 호:탕: 불견: 저:

해와 달이 비추어 금은 누각 번쩍번쩍. 日月照耀金銀臺。
일월 조:요: 금은 대

무지개는 옷, 바람은 말이다. 霓爲衣兮風爲馬。
예 위의혜 풍 위마:

구름 신[12]이여, 펄렁펄렁 날아서 내려온다. 雲之君兮紛紛而來下。
운지군혜 분분이 래하:

범이 뜯는 거문고, 난새[13]는 수레를 돈다. 虎鼓瑟兮鸞回車。
호:고:슬혜 란 회거

하늘 신선이여, 삼대처럼 빽빽이 늘어선다. 仙之人兮列如麻。
선지인혜 렬 여마

갑자기 마음이 덜덜 떨린다. 忽魂悸以魄動,
홀 혼계:이:백동:

놀라 일어나니 한숨이 나온다. 怳驚起而長嗟。
황: 경기:이 장차

깨고 보니 베개와 자리뿐이다. 惟覺時之枕席,
유 각시지 침:석

안개와 놀은 간 곳이 없다. 失向來之煙霞。
실 향:래지 연하

세상의 행락도 또한 이와 같은 것이다. 世間行樂亦如此。
세:간 행락 역 여차:

자고로 인생 만사는 동으로 흐르는 물[14]이다. 古來萬事東流水。
고:래 만:사: 동류 수:

그대와 작별하고 떠나니, 언제나 돌아오는가? 別君去兮何時還。
별군 거:혜 하시 환

잠깐 하얀 사슴을 푸른 절벽 아래에 풀어놓자. 且放白鹿青崖間。
차:방: 백록 청애 간

가야 한다면 그걸 타고 곧장 명산을 찾으리라. 須行卽騎訪名山。
수행 즉기 방: 명산

어찌 눈 내리깔고 허리 꺾어[15] 세도가를 섬기라는가?	安能摧眉折腰事權貴, 안능 최미 절요 사: 권귀:
나로 하여금 환한 얼굴 되지 못하게 하는가?	使我不得開心顔。 사:아: 불득 개 심안

1_ 천모산天姥山 : 지금의 절강성 신창新昌 동쪽에 있다. 그 산에 오르면 천모天姥(하늘 할미)가 노래 부르는 것을 들을 수 있다는 전설이 있으며, 도가道家에서는 열여섯째의 복지福地로 여긴다. 류별留別은 먼 길을 떠나는 사람이 남아 있는 사람에게 기념으로 지어 주는 시의 이름이다.

2_ 영주瀛洲 : 중국 사람들은 동쪽 바다에 신선이 사는 세 개의 섬이 있다고 믿었는데, 그 가운데의 하나이다. 나머지 둘은 봉래蓬萊·방장方丈이다.

3_ 월越나라 : 전국시대의 한 나라, 지금의 절강성에 있었다. 따라서 절강성 지방을 시문에서는 '월나라'로 부르기도 한다.

4_ 오악五嶽 / 적성산赤城山 : 오악은 중국 대지를 누르고 있다는 5대 명산, 즉 동방의 태산泰山, 남방의 형산衡山, 서방의 화산華山, 북방의 항산恒山 그리고 중앙의 숭산嵩山이다. 적성산赤城山은 절강성 천태산을 오르는 길목에 있다. 흙의 색깔이 빨갛고 쳐다보면 성 같으므로 적성赤城이란 이름이 붙은 것이다.

5_ 천태산天台山 : 절강성 천태현天台縣 북쪽에 있다. 그 최고봉인 화정봉華頂峰(해발 1,094미터) 서쪽에 천모산이 이어져 있다. 시에서는 비록 천모산이 높은 것처럼 되어 있으나, 이 부근에서는 천태산이 제일 높다. '사만 팔천 길'이란 것은 그 높이를 과장하기 위한 숫자에 지나지 않는다. 앞에 나온 리백 〈촉나라 길 어렵다〉의 '사만 팔천 년'이란 구절과 같은 취지이다(당나라 때 척도는 1丈이 약 2.7미터 내지 약 3미터이다. 따라서 4만 8천 장은 약 14만 4천 미터까지 될 수 있다).

6_ 오吳나라 : 전국시대의 한 나라, 지금의 강소성에 있었다. 따라서 강소성 지방을 시문에서는 '오나라'로 부르기도 한다.

7_ 거울 호수(鏡湖) : 리백 〈자야의 오나라 노래, 여름 노래〉 주 1 참조(본서 535쪽).

8_ 섬계剡溪 : 강 이름. 절강성 천태산 서쪽 약 40킬로미터에 있는 양산배羊山背(해발 902미터)에서 발원하고, 승현嵊縣에서 조아강曹峨江으로 들어가, 끝으로 항주만杭州灣에 빠진다. '거울 호수'로부터 섬계 부근까지는 직선 거리 약 50미터가 된다.

9_ 사 선생이 묵던 곳 : 사 선생은 남북조시대 송(劉宋)나라 시인 사령운謝靈運(385~433). 그의 시(登臨海嶠……詩)에, "저물녘에 섬중에서 묵고, / 밝을녘에 천모산을 올랐다."(暝投剡中宿, 明登天姥岑。)는 구절이 있다. 섬중剡中은 섬계 옆에 있던 옛 고을이다.

10_ 사 선생 나막신 : 사령운은 시인인 동시에 산수山水를 사랑하여 어떤 산이건 오르지 않은 곳이 없는 여행 · 등산가인데, 그는 등산용으로 특별한 나막신을 고안했다. 즉 나막신의 앞뒤의 굽을 뺐다 끼웠다 할 수 있게 하여, 산을 오를 때에는 앞의 굽을 빼고(뒤의 굽만 있으니 마치 하이힐을 신은 모양), 산을 내릴 때에는 반대로 뒤의 굽을 빼서 사용하는 것이다.

11_ 하늘 닭(天鷄) : 중국 고대 신화에, "동남쪽에 도도산桃都山이란 산이 있는데, 거기에는 커다란 나무가 있다. 그 나무는 '도도桃都나무', 가지와 가지와의 사이가 3천 리, 그 위에 '하늘 닭'이 살고 있다. 매일 아침 햇님이 얼굴을 내밀어 나뭇가지를 비출 때, '하늘 닭'이 새벽을 알리느라고 목청껏 운다. 그러면 천하의 닭들이 따라서 운다"는 얘기가 있다.

12_ 구름 신(雲之君) : 초사 「구가」에 운중군雲中君이 있다. 그 해석은 '구름 신', '천둥 신', '달 신' 등등 여러 설이 있다. 동 주 1 참조(본서 135쪽)

13_ 난새(鸞) : 봉황의 일종. 굴원《리소, 애타는 호소》 주 97 참조(본서 196쪽).

14_ 동으로 흐르는 물 : 그냥 '강물'과 뜻이 같다. 중국의 지형은 서쪽이 높고 동쪽이 낮아 대개의 강물(黃河 長江)이 동으로 흐르기 때문이다. 인생만사를 흐르는 물에 비유한 것에 대해서는 리백《달님에게 묻는 말》 주 5 참조(본서 542쪽).

15_ 허리 꺾어 : "나는 쌀 다섯 말 때문에 허리 꺾어 시골 놈 마중할 수는 없다." (我不能爲五斗米, 折腰向鄉里小人。)고 말하며, 관리 노릇을 팽개친 도연명陶淵明의 일화를 생각케 하는 말.

사조루 전별[1] | 리백

宣州謝朓樓餞別校書叔雲

선주 사:조:루 전:별 교:서 숙운

나를 버리고 떠나간 어제라는 날은 붙잡을 수가 없으며,

棄我去者昨日之日
不可留。
기:아: 거:자: 작일 지일
불가: 류

나의 마음을 헤집는 오늘이란 날은
　근심[2]이 많기도 하다.

亂我心者今日之日
多煩憂。
란:아: 심자: 금일 지일
다 번우

세찬 바람은 만리, 가을 기러기 보내온다.

長風萬里送秋雁,
장풍 만:리: 송: 추안:

이걸 놓고 높은 누각에서는 술을 마시렷다.

對此可以酣高樓。
대:차: 가:이: 감 고루

한나라 봉래의 문장이나 건안[3] 시인들의 풍골,

蓬萊文章建安骨。
봉래 문장 건:안 골

중간에는 또 청신하고도 발랄한 작은 사씨,[4]

中間小謝又淸發。
중간 소:사: 우: 청발

모두들 뛰어난 감각에 굉장한 사상을 날렸으니,

俱懷逸興壯思飛,
구회 일흥: 장:사:비

푸른 하늘로 올라가 밝은 달을 잡으려 하였다.

欲上靑天攬明月。
욕상: 청천 람:명월

칼 뽑아 강물을 끊어도 강물은 다시 흘러가듯,

抽刀斷水水更流。
추도 단:수: 수: 갱:류

잔 들어 시름을 지워도 시름은 다시 시름겹다.

擧杯消愁愁更愁。
거:배 소수 수 갱:수

인생은 세상에서 뜻대로 되지는 아니한다.

人生在世不稱意,
인생 재:세: 불 칭:의:

밝는 아침엔 머리 풀고[5] 일엽편주를 타렷다.

明朝散髮弄扁舟。
명조 산:발 롱: 편주

1_ 원제는 "선주 사조루에서 교서 숙운이를 전별한다"는 뜻. 선주宣州(안휘성)는 장강長江 동남쪽에 있다. 사조루謝朓樓는 남북조시대 제(南齊)나라 시인 사조謝朓(464~499)가 선성宣城 태수로 있을 때 세웠다. 북루北樓, 사공루謝公樓로

도 부르며, 뒤에는 첩장루疊嶂樓라고 개명했다. 교서校書는 관명, 궁중의 도서를 교정하는 일을 맡아 본다. 숙운叔雲은 리운李雲, 당시 비서성 교서랑이었다.

2_ 근심 : 지식인이 이상과 현실의 괴리를 보면서 속수무책일 때 받는 스트레스.

3_ 봉래蓬萊 / 건안建安 : 봉래는 한대漢代의 문학이라는 뜻. 한나라 때 궁중의 서고書庫는 동관東觀이라 하여 많은 장서가 있었는데, 신선의 장서는 모두 봉래蓬萊(동쪽바다 신선도)에 있다는 전설에 따라서 사람들은 동관을 봉래라고 불렀다. 건안은 한나라 말엽의 연호(196~220). 당시 조조曹操·조비曹丕·조식曹植의 3부자와 공융孔融·왕찬王粲·진림陳琳·서간徐幹·류정劉楨·응양應瑒·원우阮瑀 등 소위 건안칠자建安七子의 시인이 등장하여 시단은 활기를 띠었는데, 그들의 시는 강건剛健하고 풍골風骨이 있었다. 이것을 시사에서는 건안체建安體라고 부른다.

4_ 작은 사씨(小謝) : 사조謝朓를 가리킨다. 그의 선배 시인 사령운謝靈運을 큰 사씨(大謝)라고 부른다.

5_ 머리 풀고 : 관리의 상징인 관冠을 벗어버리고, 평민이 되어 자유롭게 머리카락을 날린다는 뜻이 포함된다.

친구를 배웅하며 | 리백

送友人
송:우인

청산은 외성 북쪽에 누웠고, 　青山横北郭,
청산 횡 북곽

강물은 내성 동쪽을 둘렀다. 　白水遶東城。
백수: 요: 동성

이곳에서 한 번 작별한다면, 　此地一爲別,
차:지: 일 위별

외로운 다북쑥,[1] 만리를 가리. 　孤蓬萬里征。
고봉 만:리: 정

뜬구름은 나그네의 뜻이요, 浮雲遊子意,
부운 유자: 의:

지는 해는 옛친구[2]의 정이라. 落日故人情。
락일 고:인 정

손을 흔들며 여기서 떠나니, 揮手自玆去,
휘수: 자:자 거:

말도 멈칫멈칫 쓸쓸히 운다. 蕭蕭班馬鳴。
소소 반마: 명

1_ 다북쑥 : 정처 없는 유랑자의 상징. 조식 〈어이구 편〉 참조(본서 338쪽).

2_ 옛친구 : 시인 자신을 가리킨다. 앞 구절 '나그네'는 시인의 배웅을 받는 친구.

금릉의 주점에서[1] | 리백

金陵酒肆留別
금릉 주:사: 류별

버들과 꽃[2]에 바람이 불어 향기로운 주점, 風吹柳花滿店香。
풍취 류:화 만:점: 향

오나라[3] 계집은 술을 걸러 손님을 부른다. 吳姬壓酒喚客嘗。
오희 압주: 환:객 상

금릉 젊은이들[4]이 모여 나를 배웅하는 자리, 金陵子弟來相送,
금릉 자:제: 래 상송:

가려고 하다가 가지 못하고 잔을 기울인다. 欲行不行各盡觴。
욕행 불행 각 진:상

그대여 물어보소, 동으로 흐르는 물[5]에게, 請君試問東流水,
청:군 시:문: 동류 수:

석별의 정과 강물은 누가 길고 짧으냐고. 別意與之誰短長。
별의: 여:지 수 단:장

1_ 금릉金陵은 지금의 강소성 남경시南京市, 장강長江 동안東岸에 있다. 류별留別은 먼길을 떠나는 사람이 남아 있는 사람에게 기념으로 지어 주는 시.

2_ 버들과 꽃 : 원문은 류화柳花, 종래 '버들의 꽃'으로 해석되었다. 그러나 버들의 꽃은 별로 신통치 않아 중국 시가에서는 버들의 꽃보다는 버들개지(柳絮)가 많이 나오는 점, 또한 류암화명柳暗花明(버들은 어둡고 꽃은 밝다)의 숙어가 있는 점을 들어, '버들과 꽃'으로 옮겨 봤다.

3_ 오吳나라 : 오나라는 지금의 강소성 일대에 있던 춘추시대 나라 이름. 금릉金陵(南京市)도 여기에 속했다. '오나라 계집'(吳姬)은 '월나라 색시'(越女)와 함께 미인으로 손꼽힌다.

4_ 금릉 젊은이들 : 리백은 장안長安(西安市)에서 추방된 지 한 10년쯤 될 때 금릉에 발을 들여놓은 듯, 시명이 이미 천하에 날렸으며 호방했던 그는 각처의 협객俠客들과 잘 어울렸다. 여기 '젊은이들'도 그런 사람들인 듯하다.

5_ 동으로 흐르는 물 : 그냥 강물이란 뜻과 같다. 리백《꿈에 본 천모산》주 14 참조(본서 558쪽).

황학루에서 맹호연을 배웅하며[1] | 리백

黃鶴樓送孟浩然之廣陵
황학루 송: 맹:호:연 지 광:릉

옛 친구는 황학루를 서쪽에 두고 떠나간다.	故人西辭黃鶴樓。 고:인 서사 황학루
안개 끼고 꽃피는 삼월에 양주로 내려간다.	煙花三月下揚州。 연화 삼월 하:양주
푸르름 속으로 사라진 외로운 돛 먼 그림자……	孤帆遠影碧空盡, 고범 원:영: 벽공 진:
보이느니, 장강[2]이 하늘 끝으로 흐르는 것.	唯見長江天際流。 유견: 장강 천제: 류

1_ 원제는 "황학루에서 맹호연이 광릉으로 가는 것을 배웅하다". 황학루黃鶴樓는 호북성 무한시 무창武昌의 서남쪽에 있는 누각으로 장강이 내려다보이는 명승지이다. 리백《황학루 피리소리》 참조(본서 547쪽). 맹호연 약전 참조(본서 495쪽). 광릉廣陵은 지금의 강소성 양주시揚州市, 장강 연안의 상업도시. 옛날부터 번화한 곳으로 이름이 났다.

2_ 장강長江 : 중국에서 제일 긴 강, 양자강이라고도 부른다. 본류本流 길이 6,300킬로미터, 이는 세계 제4의 길이이다.

왕창령에게 부치는 시[1] | 리백

聞王昌齡左遷龍標遙有此寄
문 왕창령 좌:천룡표 요유:차:기:

버들개지 다 떨어지니 두견이 우는데,	楊花落盡子規啼。 양화 락진: 자:규 제
그대는 오계[2] 넘어 룡표에 가 있다고!	聞道龍標過五溪。 문도: 룡표 과: 오:계
나는 슬픈 마음을 밝은 달[3]에게 부쳐,	我寄愁心與明月, 아:기: 수심 여: 명월
바람 따라 곧장 야랑[4] 서쪽까지 보낸다.	隨風直到夜郎西。 수풍 직도: 야:랑 서

1_ 원제는 "왕창령이 룡표로 좌천되었단 말을 듣고 멀리서 이것을 부친다."는 뜻이다. 왕창령은 당나라 때 시인. 만년에 두메산골인 룡표龍標로 좌천되어 갔다. 이 시는 이때 쓴 것이다. 왕창령 약전 참조(본서 450쪽). 룡표는 호남성 서쪽, 지금의 검양현黔陽縣이다.

2_ 오계五溪 : 지명. 호남성 서쪽에서 귀주성 동쪽에 이르는 지방. 동정호洞庭湖로 빠지는 원수沅水의 상류지방으로서 웅계雄溪·만계樠溪·유계酉溪·무계無溪·진계辰溪 다섯 개울이 있기 때문에 붙은 이름. 여기는 중국의 소수민족

묘족苗族이 거주하는 궁벽한 곳이다.

3_ 달 : 통신위성의 역할을 하는가?

4_ 야랑夜郎 : 귀주성 서부, 광서자치구 서북부, 운남성 동북부에 걸쳐 있었던 왕국. 처음엔 독립국이었으나 한漢나라 무제武帝 류철劉徹의 침략을 받아 속국이 되었다가(전 111년) 뒤에 완전히 병탄되었다. 한나라 때는 지금의 귀주성 동재현桐梓縣, 당나라 때는 지금의 귀주성 석천현石阡縣 서남에 현을 설치했다. 야랑과 룡표 사이는 150킬로미터이다. 야랑은 또한 리백이 58세 때 가다가 돌아온 유배지이기도 하다.

왕륜에게 드림[1] | 리백

贈汪倫
증: 왕륜

리백이 배 타고[2] 막 떠나려 하는데,
李白乘舟將欲行。
리:백 승주 장욕 행

갑자기 강가의 「답가」[3] 소리 들리네.
忽聞岸上踏歌聲。
홀문 안:상: 답가 성

도화담 깊은 물 천 자나 되겠지만,
桃花潭水深千尺,
도화 담수: 심 천척

왕륜이 나 보내는 정에는 못 미치네.
不及汪倫送我情。
불급 왕륜 송:아: 정

1_ 리백은 왕륜이란 사람의 초대를 받아 안휘성 경현涇縣 서남쪽에 있는 도화담桃花潭이란 곳에 가서 놀았다. 왕륜은 매일 좋은 술을 빚어서 리백을 대접했다. 리백은 이곳을 떠나면서 배웅하러 나온 왕륜에게 감사하는 마음으로 이 시를 지어서 준 것이다.

2_ 배 타고 : 도화담桃花潭에서 배를 타면 청익강靑弋江을 따라 가다가 무호蕪湖에서 장강長江으로 들어갈 수 있다.

3_ 답가踏歌 : 여러 사람이 서서 손에 손을 잡고 발장단 맞추며 부르는 민속 노래.

흰 구름 노래[1] | 리백

– 산으로 돌아가는 류십륙[2]을 배웅하며

白雲歌, 送劉十六歸山
백운가　송: 류십륙 귀산

초산에도 진산[3]에도 모두 흰 구름이 있소.	楚山秦山皆白雲。 초:산 진산 개 백운
흰 구름은 곳곳마다 언제나 그대를 따르니,	白雲處處長隨君。 백운 처:처: 장 수군
언제나 그대를 따르니,	長隨君, 장 수군
그대가 초산 속으로 들어가면,	君入楚山裏。 군입 초:산 리:
구름도 또한 그대를 따라 상강[4]을 건너오.	雲亦隨君渡湘水。 운역 수군 도: 상수:
상강 물가에서는	湘水上, 상수: 상:
송라[5] 옷이 좋소.	女蘿衣。 녀:라 의
흰 구름 누울 만하니 그대는 일찍 돌아가소.	白雲堪臥君早歸。 백운 감와: 군 조:귀

1_ 이 작품은 소위 가음歌吟이라 하여 리백이 시도한 새로운 가곡이다. 이하 4편도 같다.

2_ 류십륙劉十六 : 인명. 자세한 것은 알 수 없으나 초산楚山에 사는 은사일 듯. 십륙은 사촌까지 포함한 형제의 순서(排行)가 열여섯째라는 뜻. 집안에서나 친구 간에서는 이름 대신에 이렇게 부르기도 한다.

3_ 초산楚山 / 진산秦山 : 초산은 어느 특정한 하나의 산을 가리키는 것이 아니라 초楚나라의 산이라는 뜻. 대개 동정호洞庭湖 부근에 있는 산을 가리킨다. 진산은 진秦나라의 산이라는 뜻. 아마 장안長安(西安) 남쪽에 있는 종남산終南山(일명 秦嶺)을 가리키는 듯. —이 구절의 뜻은 배웅을 하는 이곳 장안 부근의

산이나 그대가 돌아가는 저 동정호 부근의 산이나, 어느 산이건 흰 구름이 있다는 말이다.

4_ 상강湘江 : 호남성 동정호洞庭湖 남쪽으로 흘러 들어오는 강.

5_ 송라松蘿 : 녀라女蘿(*Usnea diffracta*), 소나무겨우살이(*Usnea longissima*). 초사 「구가」《산중 귀녀》에, "마치 사람 있는 듯합니다, 산자락에, / 줄사철나무 소나무겨우살이 걸치고."라는 구절이 있다(본서 154쪽). 여기서도 그런 모습을 말한 것일까?

횡강 노래[1] | 리백

橫江詞
횡강사

달무리 진 하늘에 바람 불어도 안개
아니 걷히네.

月暈天風霧不開。
월운: 천풍 무: 불개

고래가 바다 동쪽에서 찡그리면 온 강이
소용돌이.

海鯨東蹙百川迴。
해:경 동축 백천 회

놀라운 물결이 일어나면 세 줄기 산[2]도
움직이네.

驚波一起三山動,
경파 일기: 삼산 동:

당신은 가람을 건너지 마시고 그대로
돌아가소라.[3]

公無渡河歸去來。
공무 도:하 귀거: 래

1_ 모두 6수 가운데 제6수임. 횡강橫江은 지명, 즉 횡강포橫江浦. 안휘성 화현和縣 동남쪽 장강長江 북안에 있다. 그 건너 남안에는 채석기采石磯가 있는데, 옛부터 장강을 건너는 나루였다. 강江을 가로 건너기(橫) 때문에 횡강橫江이란 이름이 붙은 것이다. 남경南京 서남쪽 50킬로미터에 있다.

2_ 세 줄기 산(三山) : 남경 서남쪽 장강 가에 있는 산. 리백《봉황대에 올라》주4참조(본서 550쪽).

3_ '당신은 가람' / '돌아가소라' : 이 구절은 두 개의 인용구를 붙여 만든 것이

다. "당신은 가람을 건너지 마소라."(公無渡河)는 우리나라 가장 오랜 시가의 하나로, 일찍부터 중국에 소개되어 널리 애송된 작품이다. 리백도 같은 제목의 시를 한 수 지은 바 있다. 이 시의 배경에 대해서는 대략 다음과 같은 얘기가 있다. "조선朝鮮의 나루터 뱃사공 곽리자고霍里子高는 어느 날 새벽에 배를 부리고 있었다. 머리가 허연 한 미치광이가 손에 단지를 들고 머리카락을 날리면서 강을 건너려고 했다. 그 아내가 따라와서 막으려고 했지만 채 막기 전에 미치광이는 강에 빠져 죽었다. 아내는 공후箜篌를 타면서 처량하게 노래를 부르고는 역시 강에 빠져 죽었다. 자고子高가 집에 돌아와서 그 아내 여옥麗玉에게 얘기를 전했다. 여옥은 이를 슬퍼하면서 자기도 공후를 타면서 그 노래를 본떴다. 노래를 듣는 사람들은 슬퍼하지 않는 이가 없었다. 여옥은 이 가락을 이웃 색시 여용麗容에게 전하면서 공후인箜篌引이라고 곡명을 붙였다."(宋 郭茂倩, 『樂府詩集』). '돌아가소라'(歸去來)는 도연명陶淵明의 유명한 귀거래사歸去來辭에서 따온 구절. 다만 도연명은 원시에서 스스로 '돌아가자'고 한 것인데, 여기서는 당신은 '돌아가시오'라는 뜻으로 썼다.

아미산 달 노래[1] | 리백

峨眉山月歌
아미 산월 가

아미산 가을 밤하늘에 뚜렷한 반달,[2]
그림자가 평강[3] 강물에 떠서 흐르오.
밤에 청계 떠나 삼협[4]으로 향하느라
그리운 그대도 못보고 유주[5]로 가오.

峨眉山月半輪秋。
아미 산월 반:륜 추
影入平羌江水流。
영:입 평강 강수: 류
夜發淸溪向三峽,
야:발 청계 향: 삼협
思君不見下渝州。
사군 불견: 하: 유주

1_ 리백이 젊은 시절(726년) 중원으로 가려고 사천성을 떠날 때 지은 것인 듯. 아미산(해발 3,098미터)은 사천성 서부에 있는 명산. 지금은 케이블카로 정상까지 오를 수 있다. 1997년 7월 10일, 역자가 현장을 탐방했다.

2_ 반달 : 상현上弦달인 듯. 대략 저녁 6시쯤 중천에 올라, 9~10시에는 서천으로 상당히 기울어지고, 밤 12시쯤 떨어진다. 아미산은 청계(다음 주 4) 서쪽 150 킬로미터 거리에 있다.

3_ 평강平羌 : 강 이름, 즉 청의강青衣江. 아미산에서 발원하여 사천성 락산시樂山市에서 민강岷江과 합치고, 더 흘러내려 의빈시宜賓市에서 장강과 합쳐, 중경시로 간다.

4_ 청계清溪 / 삼협三峡 : 청계는 지금의 사천성 내강시內江市. 그 옆으로 타강沱江이 흘러내려 로주시瀘州市에서 장강과 합쳐 중경시로 간다. 삼협은 장강 물이 사천성 산지를 빠져나가는 협곡, 거대한 수로이다.

5_ 유주渝州 : 중경시重慶市. 유渝는 속음 투이다.

추포 노래[1] | 리백

秋浦歌
추포:가

백발 삼천 장, 아 백발 삼천 장.[2]
시름 때문에 이처럼 길었나?
알지 못할 것은, 밝은 거울 속
그 어디에서 서리를 맞았나?

白髮三千丈,
백발 삼천 장:
緣愁似個長。
연수 사:개: 장
不知明鏡裏,
부지 명경: 리:
何處得秋霜。
하처: 득 추상

1_ 모두 17수 가운데 제15수. 추포는 당나라 때 현縣 이름, 지금의 안휘성 귀지시貴池市이다. 장강 남안에 있다.

2_ 삼천 장 : 당나라 때 1장은 3미터(작은 자), 또는 3.6미터(큰 자)이다. 자고로 센 머리카락을 보고 사람들은 한탄하는데 리백은 한탄이 아니라 경탄하고 있다. 리백의 시, 아니 중국의 문학을 대표하는 것으로 우리나라 사람 입에 자주 오르내리는 구절이다.

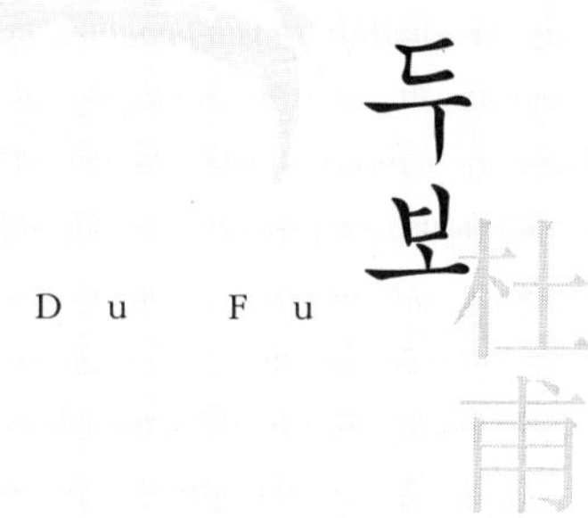

두보 杜甫

D u F u

두보杜甫(712~770, 자 子美)는 중국 최고 시인의 한 사람이다. 그의 친구 리백李白과 함께 리두李杜로 병칭되며, 그 우열을 가리기 위한 논쟁이 끊임없지만, 아무래도 두보가 위에 서는 쪽으로 기울어진다. 감정의 강렬함에 있어서, 상상의 풍부함에 있어서는 리백이 두보보다 위에 설지 모른다. 그러나 그 표현의 적확함에 있어서, 언어의 치밀함에 있어서, 그리고 무엇보다도 인생에 대한 성실함에 있어서는 리백이 두보에게 한 걸음 양보하지 않을 수 없다.

인생에의 성실—이야말로 두보의 문학을 그 근원에서 성립시키는 원동력인 것이었다. 중국 문학의 전통인 휴머니즘 정신은, 이 시인 안에서 다른 어떠한 시인에서보다도 더욱 강렬하게 작용하고 있는 것이다. 환언하면 공자孔子로부터 시작되는 중국 휴머니즘 전통은 이 시인의 문학에 있어 가장 아름다운 결정을 얻었다고 말할 수 있다. 두보가 후세 사람들로부터 시성詩聖의 이름을 얻은 것은, 단지 그 표현·기교의 완벽함에서만 나온 것이 아니다(黑川洋一, 『杜甫』, 東京: 岩波書店, 1969).

두보는 원래 호북성 양양襄陽(襄樊市) 사람이지만, 하남성 공현鞏縣(鞏義市)에서 태어났다. 그의 할아버지(從祖) 두심언杜審言은 초당初唐 문장사우文章四友의 하나로 이름을 얻은 시인이었고, 그의 아버지 두한杜閑은 지방관(奉天縣令)을 지냈다. 말하자면 사대부士大夫 집안이었으나 경제적으로는 퍽 가난했던 듯하다.

20세경에 두보는 집을 떠나 십여 년간 남쪽으로 장강長江 하류 지방과 북쪽으로 황하黃河 유역까지 방랑생활을 보냈다. 그 동안에 과거科擧를 쳤으나 낙방하였다. 관리가 되고자 몹시 원했으나 쉽사리 이루어지지 않은 불평이 방랑생활의 원인인지도 모르겠다. 이 동안 그는 리백李白·고적高適 등과 친교를 맺었으며 서로 시를 교환했다. 그러나 이때의 시는 별다른 특색이 없었다. 나중에 그의 위대한 작품이 나오기 위한 습작기라고 볼 수 있다.

35세경에 두보는 오랜 방랑생활을 청산, 수도 장안長安(西安市)에 정착했다. 이후 8·9년 동안 빈곤 속에서 우울한 나날을 보내며 관리가 되기 위해 백방으로 노력을 기울였다. 이 기간에 그의 시는 특색을 갖추기 시작했다.

현종玄宗(712~756 재위) 리륭기李隆基의 치세는 장장 45년이나 되는데 그 전반기는, 두보의 나이 30 전후까지는, 당唐 왕조의 최성기였다. 국위는 멀리 중앙아시아, 베트남에까지 미쳤으며, 또 우리나라 고구려高句麗까지 삼키는 것이었다. 국내의 치안은 잘 보전되었으며 민중의 생활은 풍족한 것이었다. 당시의 인구는 4,814만이나 되었다. 그러나 처음에 영특한 임금으로 칭송되던 현종 리륭기도 후반에 와서는 간신(李林甫, 楊國忠 등)에게 정권을 맡기었고, 총희(楊貴妃)와의 연애에 정신을 잃었으며, 무익한 국경國境 문제에 많은 인명과 국비를 소모했다. 농민들은 힘겨운 세금과 병역의 부담이 견디기 어려웠다. 여기에 범양范陽(지금의 北京市)

의 절도사節度使로 실력을 기르고 있던 이민족 출신 안록산安祿山이 반란을 일으켰다. 현종 리륭기는 서울(長安)을 버리고 사천성 성도시成都市로 피난 가고 나라는 멸망의 위기에 직면했다. 1년 반 가량 나라를 세차게 뒤흔들던 난리는 반란군의 내부 붕괴와 위구르의 원조로 겨우 수습되었으나 8년간이나 그 여진이 꺼지지 않았으며, 당나라는 끝내 이 타격에서 벗어나지 못하고 내리막길을 달렸다.

두보의 시는 '인생에의 성실'이 그 원동력이기에 이러한 시대상을 그대로 비춘 실록이기도 하다.

40세 때, 두보는 처음으로 벼슬을 얻었지만 가난한 생활이기는 마찬가지였다. 44세 때에는 섬서성 봉선奉先(蒲城縣)에 기탁시켜 놓은 가족 가운데 어린 아들이 아사하고 말았다. 이때 시인의 눈에는 큰 난리가 막 일어나려고 하는 전야前夜의 여러 가지 사회적 모순—일반 서민의 빈곤·고통과 군주 귀족의 황음·사치의 극렬한 대조가 예리하게 반영되었다. 여기서 그의 작품은 평민의 편에 서서 사회적 모순을 고발하는 것으로 나타난다. 이 해에 안록산의 반란이 일어났다. 8년간 계속된 난리 통에 두보는 모진 고생을 했으며 잔혹한 현상을 목격했다. 동시에 그의 사회시社會詩의 소재도 이로써 풍부하게 되었다.

45세 때, 두보는 난리를 피하여 가족을 데리고 섬서성 백수현白水縣으로 옮겼다가 다시 부주鄜州(富縣)의 강촌羌村으로 옮겼다. 그때 숙종肅宗(756~762 재위) 리형李亨이 녕하자치구 령무靈武에서 즉위하였으므로, 가족을 떼어놓고 단신으로 령무로 향하다가 도중에 반란군에게 잡혀 장안에 유폐되었다. 기회를 보다가 9개월 만에 그 손아귀를 벗어나 섬서성 봉상鳳翔의 행재소行在所로 달려갔다. 좌습유左拾遺(諫官임)의 벼슬을 얻었으나 곧 어떤 사건에 연루되어 면직되고 부주의 가족에게 되돌아갔다. 그 해 겨울에 장안이 수복되어 두보는 장안으로 나아가 좌습유로 복직되었으나 1년쯤 뒤에는 지방관(華州)으로 좌천되었다. 큰 기근을 만나 벼슬을 버리고(759) 감숙성 진주秦州(天水市)로 가족을 옮겼다. 거기서도 고생이 심해 다시 그 남쪽의 동곡同谷으로 옮겼으나 역시 초근목피로 목숨을 잇는 생활이었다. 이 기간에 나온 작품들은 모두 그의 대표작이 되었다.

48세 때, 두보는 사천성 성도成都에 이르렀다. 성도는 물산이 풍부한 곳이었고 그의 친구(嚴武, 高適 등)들이 높은 벼슬을 하고 있었으므로 두보의 생활은 겨우 기를 펴게 되었다. 친구의 도움으로 완화계浣花溪에 초당草堂(지금 두보기념관이 됨)을 짓고 두보는 한가한 날을 보냈다. 심경도 평담해지고 작품에는 조용한 기풍이 나타났다. 그러나 2년이 채 못 되어 이 지방에 반란이 일어나 잠시 피란했다. 뒤에 반란이 진압되자 일단 돌아왔으나 도움 주던 친구가 없어져서 의지할 곳을 잃었다.

54세 때, 두보는 다시 유랑의 길을 떠났다. 장강長江을 따라 나가다가 사천성 기주夔州(奉節)에서 2년쯤 머물며 회고적인 율시를 많이 지었다. 57세 때에는 무협巫峽을 빠져서 호남성의 악양岳陽 상담湘潭 형양衡陽을 지나 뢰양耒陽에 이르러, 여기에서 이 세상을 하직했다. 이때 나이는 59세.

지금 전해지는 두보의 시는 모두 1,450수 가량 되는데, 그중에 약 1,040수가 율시와 절구, 나머지 410수가 고시다. 시사時事를 다룬 전기의 작품들은 대개 고시古詩의 자유로운 형식을 채택한 사실적인 것이 많지만, 회고적인 심경을 그린 후기의 작품들은 대개 율시律詩의 까다로운 형식을 채택한 기교적인 것이 많다. 시형詩形과 생활의 차이가 이러한 변화를 불러온 것 같다.

두보 이전의 율시는 단순한 언어적 유희에 빠진 것이 많았지만, 두보는 그 어려운 법칙성을 거꾸로 이용, 치밀한 구성 속에 빈틈없이 다듬어진 언어로 인생의 중대한 일과 복잡한 감정을 담는 시형詩形으로 충실케 하고 완성시켰다. 율시는 두보에 의하여 완성되었다고 말할 수 있다. 그러나 두보 시의 위대한 가치는 또한 전기의 고시에도 많이 있다.

두보 시는 중국 역대 시인 가운데 우리나라 사람에게 가장 많은 공감을 산 듯하다. 조선朝鮮 성종成宗 임금 때, 즉 1481년에 어명을 받든 유윤겸柳允謙 등이 우리말로 옮긴 『두시언해』(分類杜工部詩諺解)는 매우 훌륭하다.

두보의 최초의 작품은 《태산을 바라보며》이다. 두보의 작품이 예술적으로 완성되고 사상적으로 사회시의 특성을 형성하게 된 것은 그의 나이 40세 전후, 즉 장안에서 체재할 무렵부터다. 이때의 작품을 본서에서는 《미녀 노래》 이하 3수를 뽑았다.

안록산의 난리로부터 사천성으로 들어가기까지의 4 · 5년간은 두보의 일생 가운데 경제적으로 가장 고통스러웠던 시기지만 그럴수록 더욱 심각하게 사회를 관찰하고 인생을 이해하게 된다. 그의 가장 위대한 작품들이 이때 나왔다. 장안에 유폐되었을 때 지은 작품은 《왕손을 슬퍼하며》 이하 3수, 피란길의 작품은 《북으로 가는 길》 이하 10수를 뽑았다. 유랑 · 기근 · 사망 · 공포 · 파괴 등등 전쟁의 비참한 현상을 시인은 고통받는 평민의 편에 서서, 그때로부터 1,200여 년이 지난 오늘날의 우리 앞에까지 생생하게 호소하고 있다.

사천성에서부터 호남성으로 옮기며 이승을 하직하기까지의 십여 년간은, 그의 생활이 여전히 유랑의 계속이기는 했지만 상황이 비교적 안정되었으며, 또 그의 연령과 함께 심경도 담담해졌으므로 회고적인 시가 많이 나왔다. 이때 작품 가운데 《강 마을》 이하 16수를 뽑았다. 본서에서 뽑은 두보 시는 모두 49수이다.

태산을 바라보며[1] | 두보

望嶽
망:악

태산[2] 마루는 그 어떠한가 하니,	岱宗夫如何, 대:종 부 여하
제나라 로나라[3] 푸르러 끝없다.	齊魯青未了。 제로: 청 미:료:
신이 빼어난 기운을 쏟아 부으니,	造化鍾神秀, 조:화: 종 신수:
응달 양지[4]는 저녁 아침 갈린다.	陰陽割昏曉。 음양 할 혼효:
구름 겹겹 솟구치니 벅찬 가슴,	盪胸生曾雲, 탕:흉 생 층운
잘 새를 바라보느라 빽빽한 눈.	決眥入歸鳥。 결자: 입 귀조:
언젠가는 절정 위에 올라서서	會當凌絶頂, 회:당 릉 절정:
한 번 보리라, 여러 작은 산을.[5]	一覽衆山小。 일람: 중:산 소:

1_ 동악東嶽(泰山)을 바라보고 읊은 것이다. 공동연대 736년 시인 24세 때, 과거 시험에 실패한 뒤 하남 하북 산동성을 여행하다가 지은 것. 청년 두보의 힘찬 기운을 느끼게 하는 시로 두보의 현존하는 가장 이른 시이다. 두보는《망악》이라는 제목으로 또 남악南嶽(衡山), 서악西嶽(華山)을 읊었다.

2_ 태산 : 산동성 중부에 있는 산, 주봉은 옥황정玉皇頂(해발 1,524미터)이다. 태산은 오악五嶽 가운데 으뜸.

3_ 제齊나라 로魯나라 : 춘추·전국시대, 산동성 태산 남이 로나라, 북이 제나라였다.

4_ 응달 양지 : 태산이 높아 양지는 아침이 빠르고 응달은 저녁이 빠르다. 해 달이 비추어 산의 남북은 명암이 분명하다.

5_ 여러 작은 산을 : 『맹자』孟子 「진심 상」盡心上에, "공자는 동산에 올라 로魯나

라가 작다 하고, 태산에 올라 천하가 작다고 하였다." 태산은 산동 반도에 홀로 우뚝 서 있으며, 주변에 높은 산이 없다. 태산은 지금 정상까지 케이블카 타고 오를 수 있다. 2001년 7월 4일, 역자가 현장을 탐방했다.

미녀 노래[1] | 두보

麗人行
려:인 행

삼월 삼짇날은 날씨도 산뜻하구나, | 三月三日天氣新, 삼월 삼일 천기: 신
장안 물가[2]에 미녀도 많이 나왔구나. | 長安水邊多麗人。 장안 수:변 다 려:인
끌리는 맵시와 먼 눈길 맑고도 참되니, | 態濃意遠淑且眞, 태:농 의:원: 숙 차:진
매끄러운 살결에 균형 잡힌 그 몸매. | 肌理細膩骨肉勻。 기리: 세:니: 골육 윤
수놓은 비단 옷이 늦봄을 비추니, | 繡羅衣裳照暮春, 수:라 의상 조: 모:춘
금실로 만든 공작새, 은실로 꾸민 기린.[3] | 蹙金孔雀銀麒麟。 축금 공:작 은 기린

머리 위에 있는 것은 무엇일까? | 頭上何所有, 두상: 하 소:유:
비취 머리 꾸미개[4] 살쩍에 드리웠지. | 翠爲㔩葉垂鬢脣。 취:위 압엽 수 빈:순
등 뒤에 보이는 것은 무엇일까? | 背後何所見, 배:후: 하 소:견:

진주 꿴 앞 뒤 옷자락이 허리에 겹쳤지. 珠壓腰衱穩稱身。
주압 요겁 온: 칭:신

그중에서도 첫째로 꼽는 후궁의 친척들…… 就中雲幕椒房親,
취:중 운막 초방 친

빛나는 이름은 괵국부인이요 진국부인이라! 賜名大國虢與秦。
사:명 대:국 괵 여:진

약대 봉우리[5]가 푸른 솥에서 바로 나오고, 紫駝之峯出翠釜,
자:타 지봉 출 취:부:

수정 소반에는 하얀 생선이 얌전히 놓이고, 水精之盤行素鱗。
수:정 지반 행 소:린

배불러 무소뿔 젓가락[6]도 오래 안 놀리네, 犀箸厭飫久未下,
서저: 염:어: 구: 미:하:

방울 칼[7]로 채 썰었지만 공연히 말만 많다. 鑾刀縷切空紛綸。
란도 루:절 공: 분륜

내시[8]가 말을 달리니 티끌이 아니 일고, 黃門飛鞚不動塵,
황문 비공: 불 동:진

수라간[9]에서는 계속 산해진미를 보낸다. 御廚絡繹送八珍。
어:주 락역 송: 팔진

퉁소 서러운 읊조림 귀신을 감동시키는데, 簫管哀吟感鬼神,
소관: 애음 감: 귀:신

손님들 벅적벅적 출세의 첩경[10]에 모여든다. 賓從雜遝實要津。
빈종 잡답 실 요:진

나중 말은 어쩌면 그리도 멈칫거리는가? 後來鞍馬何逡巡,
후:래 안마: 하 준순

처마 밑에서 말 내려 비단 보료에 앉는다. 當軒下馬入錦茵。
당헌 하:마: 입 금:인

양화[11]는 눈처럼 떨어져 하얀 네가래를 덮고 楊花雪落覆白蘋,
양화 설락 복 백빈

청조[12]는 날아가서 빨간 수건을 물어 온다. 青鳥飛去銜紅巾。
청조: 비거: 함 홍건

"어이, 손 데이겠다고!"[13] 세도도 대단하다. 炙手可熱勢絶倫,
자:수: 가:열 세: 절륜

가까이 가지 마소, "승상님 진노하실라."[14] 愼莫近前丞相嗔。
신:막 근:전 승상: 진

1_ 당나라 현종玄宗 리륭기李隆基는 양귀비楊貴妃를 몹시 사랑하여, 그 사촌오빠 양국충楊國忠은 재상을 시키고, 큰언니에게는 한국부인韓國夫人, 둘째 언니에게는 괵국虢國부인, 셋째 언니에게는 진국秦國부인의 칭호를 내렸다. 그들 양楊씨 집안의 세도는 아무도 두려울 것이 없었다. 시인의 눈은 겉으로 화려하나 속으로 곪아드는 당제국唐帝國의 병폐를 직시하면서, 이들 귀족·외척들의 사치와 황음을 고발한 것이다. 753년 봄, 42세 때 작품으로 추정된다.

2_ 장안 물가 : 장안은 당나라의 서울, 지금의 서안시西安市. 물은 그곳 서남쪽에 있는 곡강曲江을 가리킨다. 경치가 좋아 장안 사람들이 잘 놀러가던 곳이다. 지금 이곳은 총면적 66헥타르(20만 평), 그중 호수가 20헥타르(6만 평) 되는 대규모 정원형 테마파크 대당부용원大唐芙蓉苑으로 개발하여 2005년 4월 11일 개장하였다. 서울의 창덕궁·후원·창경궁을 합친 넓이(67헥타르)와 비슷하다. 그 안에《미녀 노래》(麗人行) 이름을 붙인 곳도 있다. 2005년 3월 18일, 역자가 현장을 탐방했다.

3_ 기린麒麟 : 상상의 동물. 동물원에서 볼 수 있는 기린(giraffe)이 아니다.

4_ 머리 꾸미개 : 부인의 머리를 싸서 덮는 꾸미개.

5_ 약대 봉우리 : 음식 이름. 서역西域 대월지국大月氏國에서 나왔다.

6_ 무소뿔 젓가락 : 현종 리륭기는 안록산安祿山을 총애하여 무소뿔로 만든 수저를 하사했다.

7_ 방울 칼 : 원문은 란도鑾刀. 방울이 달린 칼로서, 생선이나 새의 요리에 썼던 것이다.

8_ 내시 : 괵국부인이 궁중에 출입할 때에는 늘 보라색 말을 타고 젊은 내시에게 견마를 잡혔는데, 세인들의 눈에 멋있게 보였다 한다.

9_ 수라간 : 현종 리륭기는 진기한 봉물을 받으면 이를 측근에게 나누어 주었다. 이상 2구는 곡강에 놀러 나온 양귀비의 언니들을 위하여 궁중 수라간에서 음식을 날라다 주었다는 것이다.

10_ 출세의 첩경 : 당시 양씨 집안 세도가 좋아, 그들에게 아첨하는 것이 출세의 첩경이었다. 여기서는 그들이 놀러 나온 곳에 아첨꾼들이 모인다는 뜻이다.

11_ 양화 : 버들개지. 여기서는 양국충楊國忠을 가리킨다. 양국충은 그의 사촌누이 괵국부인과 사통私通했다는 얘기가 있는데, 이하 2구는 그것을 상징한 듯하다.

12_ 청조 : 선녀 서왕모西王母의 사자使者이다.

13_ "어이, 손 데이겠다고" : 당시 장안長安의 속어였다.

14_ "승상님 진노하실라" : 한나라 환제桓帝(146~167 재위) 류지劉志 때 동요의 한 구절. 여기서는 역시 재상 양국충楊國忠을 빗대었다.

병거 노래[1] | 두보

兵車行
병거 행

수레들은 삐걱삐걱,
車轔轔,
거 린린

말들은 히힝히힝.
馬蕭蕭。
마: 소소

병사들은 제각기 활과 살을 허리에 찼다.
行人弓箭各在腰。
행인 궁전: 각 재: 요

부모와 처자가 따라가면서 배웅하니,
耶娘妻子走相送,
야낭 처자: 주: 상송:

일어나는 먼지에 함양 다리[2] 안 보인다.
塵埃不見咸陽橋。
진애 불견: 함양 교

옷에 매달려 발 구르며 길 막고 통곡한다.
牽衣頓足攔道哭,
견의 돈:족 란도: 곡

통곡하는 소리는 곧장 구름 위에 닿는다.
哭聲直上干雲霄。
곡성 직상: 간 운소

길 옆에 지나가던 사람이 병사에게 물었다.	道傍過者問行人。 도:방 과:자: 문: 행인
병사의 대답은 짧게, "점고가 잦습니다."	行人但云點行頻。 행인 단:운 점:행 빈
열다섯부터 북녘의 황하[3]를 지키던 사람,	或從十五北防河, 혹종 십오: 북 방하
마흔이 되자 서녘의 둔전을 또 짓는다.	便至四十西營田。 변:지: 사:십 서 영전
갈 때에 이장이 머리띠를 나누어 주더니,	去時里正與裹頭, 거:시 리:정: 여: 과:두
머리 세어 돌아오니 또 수자리 살란다.	歸來頭白還戍邊。 귀래 두백 환 수:변
국경에는 피가 흘러 바닷물이 되었는데도,	邊庭流血成海水。 변정 류혈 성 해:수:
무황[4]의 국경 개척은 전혀 그칠 줄 모른다.	武皇開邊意未已。 무:황 개변 의: 미:이:
그대 듣지 못하는가, 한나라 산동[5] 이백 고을은	君不聞漢家山東二 百州, 군 불문 한:가 산동 이: 백 주
동네마다 마을마다 가시나무 자란단 말을!	千村萬落生荊杞。 천촌 만:락 생 형기:
기운 센 에미네가 호미와 쟁기를 잡지만,	縱有健婦把鋤犁。 종:유: 건:부: 파: 서리
모종이 밭이랑에 자라 동서를 못 가린다고.	禾生隴畝無東西。 화생 롱:무: 무 동서
더구나 진나라 군사[6]는 고생을 잘 견딘다고,	況復秦兵耐苦戰, 황:부: 진병 내: 고:전:

개 닭과 다름없이 이리저리 마구 몰아댄다. 被驅不異犬與雞。
피:구 불이: 견: 여:계

"어르신네가 물어 주시기는 하지만, 長者雖有問。
장:자: 수 유:문:

졸병이 감히 한을 풀겠습니까? 役夫敢申恨。
역부 감: 신한:

또한 금년 겨울과 같이 且如今年冬,
차:여 금년 동

관서 병졸을 쉬게 않는다면, 未休關西卒。
미:휴 관서 졸

나라에서 조세를 재촉한대도 縣官急索租,
현:관 급 색조

조세를 어디서 내겠습니까? 租稅從何出。
조세: 종하 출

"잘 알겠습니다, 아들 낳는 것 싫고 信知生男惡。
신:지 생남 오:

오히려 딸 낳는 것 좋다는 것을." 反是生女好。
반:시: 생녀: 호:

딸을 낳으면 이웃에 시집이나 보내지만, 生女猶得嫁比鄰,
생녀: 유득 가: 비:린

아들 낳으면 잡초처럼 흙에 묻히고 말지. 生男埋沒隨百草。
생남 매몰 수 백초:

그대는 보지 못하는가, 청해[7] 땅 끝을! 君不見青海頭。
군 불견: 청해: 두

예로부터 백골을 거두어 주는 사람 없어, 古來白骨無人收。
고:래 백골 무인 수

새 귀신 원망하고 묵은 귀신 통곡하니,	新鬼煩寃舊鬼哭, 신귀: 번원 구:귀: 곡
흐리고 비 뿌리면 들리는 소리 훌쩍훌쩍.	天陰雨濕聲啾啾。 천음 우:습 성 추추

1_ 이 시는 751년에 지었다. 당시에는 변방에 전쟁이 여러 차례 있었고 많은 병사가 동원되었는데, 751년에는 운남성 토착민과 싸우다가 크게 패하여 병사들이 전멸했다. 그리하여 장안 · 하남성 · 하북성 병사를 끌어다가 운남성 토착민을 치려 했으나 장정들이 응모하지 않자 양국충楊國忠은 각도에 어사御使를 파견하여 사람을 잡아서 군대에 강제로 보냈다. 리백《고풍 · 6》참조(본서 515쪽) 시에서는 필화를 피하려고 무대를 한漢나라로 돌렸다.

2_ 함양咸陽 다리 : 함양은 서안시 서북, 위하渭河를 건너 있다. 그곳은 서쪽 국경지대로 가는 길목이다. 다리의 너비 약 18미터, 길이 약 270미터.

3_ 황하黃河 : 727년에 티베트(吐藩)가 황하 서쪽 지방에 침입했으므로 도합 11만 6,000명의 군사를 소집했다.

4_ 무황武皇 : 한나라 무제武帝(전 141~전 87 재위) 류철劉徹. 시에서는 당나라 현종 리룽기에 견주었다. 판본에 따라서는 "아황"我皇으로 된 것도 있다.

5_ 산동山東 : 지금의 산동성을 가리키는 것이 아니라, 당나라 때 태항산太行山 동쪽, 즉 지금의 하북성 일대를 가리킨다. 당나라 때, 태항산 동쪽에는 211개 고을(州)이 있었다.

6_ 진秦나라 군사 : 진나라는 지금의 섬서성을 가리킨다. 두보와 얘기하고 있는 병사도 이 지방 출신이다.

7_ 청해靑海 : 지금의 청해성 동쪽 큰 호수, 즉 코코노르Koko Nor(넓이 4,583제곱킬로미터). 이 부근에서 티베트와 자주 전쟁이 자주 벌어졌다.

봉선 길 회포[1] | 두보

自京赴奉先縣詠懷五百字
자:경 부:봉:선현: 영:회 오:백자:

(1)

두릉[2]에 베옷 입은 사람이 있으니, 杜陵有布衣,
두:릉 유: 포:의

늙어가며 더욱 세상물정에 서투르다. 老大意轉拙。
로:대: 의: 전:졸

자부하는 마음 어찌 그리 어수룩한가? 許身一何愚,
허:신 일하 우

스스로 직과 설[3]에 갖다 견주다니! 自比稷與契。
자:비: 직 여:설

어느덧 세상에서 버림을 받았으니 居然成濩落,
거연 성 확락

흰머리에 고생을 달게 받는다. 白首甘契闊。
백수: 감 계:활

관 뚜껑 닫은 뒤에 만사가 끝나니 蓋棺事則已,
개:관 사: 즉이:

항상 펼쳐지길 바라는 이 뜻. 此志常覬豁。
차:지: 상 기:활

한평생 다하도록 백성을 근심하며 窮年憂黎元,
궁년 우 려원

또 탄식하느라 오장육부가 뜨겁다. 歎息腸內熱。
탄:식 장 내:열

같이 공부한 노인[4]의 웃음을 받지만 取笑同學翁,
취:소: 동학 옹

크게 더욱 격렬하게 노래 부른다. 浩歌彌激烈。
호:가 미 격렬

강과 바다로 노닐면서,[5] 소탈하게	非無江海志, 비무 강해: 지:
세월 보낼 뜻 없지도 않지만,	蕭灑送日月。 소쇄: 송: 일월
요순[6] 같은 임금님을 만났으니	生逢堯舜君, 생봉 요순: 군
차마 영원히 하직할 수 없다.	不忍便永訣。 불인: 변: 영:결
지금 대들보감[7]이 갖춰 있으니,	當今廊廟具, 당금 랑묘: 구:
전당을 지음[8]에 있어 부족이야 없겠지—	構厦豈云缺。 구:하: 기: 운결
그러나 해바라기는 해를 바라는 것,	葵藿傾太陽, 규곽 경 태:양
사물의 본성은 진실로 빼앗기 어렵다.	物性固難奪。 물성: 고: 난탈
돌이켜 생각건대 땅강아지나 개미는	顧惟螻螘輩, 고:유 루의: 배:
스스로 제 구멍만 찾을 뿐이다.	但自求其穴。 단:자: 구 기혈
어찌하여 커다란 고래를 사모하여,	胡爲慕大鯨, 호위: 모: 대:경
문득 넓은 바다를 삼키려고 했을까?	輒擬偃溟渤。 첩의: 언: 명발
이로써 처세의 원리는 깨달았지만,	以玆悟生理, 이:자 오: 생리:

나는 청탁 드리는 일이 부끄럽다.	獨恥事干謁。 독치: 사: 간알
꿋꿋하게 오늘까지 살아왔으니,	兀兀遂至今, 올올 수 지:금
티끌에 묻히는 것도 참아냈다.	忍爲塵埃沒。 인:위 진애 몰
결국 소부와 허유[9]가 부끄럽지만	終媿巢與由, 종괴: 소 여:유
그 절개는 바꿀 수가 없었다.	未能易其節。 미:능 역 기절
한껏 술 마시니 잠깐 스스로 즐겁고,	沈飮聊自適, 침음: 료 자:적
크게 노래하니 자못 시름이 가신다.	放歌頗愁絶。 방:가 파 수절

(2)

세모에 온갖 잡초가 시들어 버리고,	歲暮百草零, 세:모: 백초: 령
질풍에 높은 언덕이 갈라지는구나.	疾風高岡裂。 질풍 고강 렬
서울 거리에 스산한 기운 쌓이는데,	天衢陰崢嶸, 천구 음 쟁영
나그네[10]는 한밤중에 길을 떠난다.	客子中夜發。 객자: 중야: 발
서리가 차가워 허리띠 끊어져도,	霜嚴衣帶斷, 상엄 의대: 단:
손가락이 곱아 잡아맬 수도 없다.	指直不得結。 지:직 불득 결

어둑새벽에 려산[11] 아래를 지난다. 凌晨過驪山,
릉신 과: 려산

용 평상이 저 높은 곳에 있구나. 御榻在嵽嵲。
어:탑 재: 체얼

짙은 안개[12]는 차가운 공중에 가득하고, 蚩尤塞寒空,
치우 색 한공

발밑의 골짜기는 미끄럽기도 하다. 蹴踏崖谷滑。
축답 애곡 활

요지[13]에 서리는 김은 무럭무럭, 瑤池氣鬱律,
요지 기: 울률

우림[14]의 창검 소리는 쟁강쟁강. 羽林相摩戛。
우:림 상 마알

임금님과 신하가 머물며 즐기니, 君臣留歡娛,
군신 류 환오

풍악은 흘러흘러 먼 하늘에 맴돈다. 樂動殷膠葛。
악동: 은 교갈

온천 궁에는 모두 높은 관원뿐, 賜浴皆長纓,
사:욕 개 장영

잔칫상에는 허름한 백성이 없다. 與宴非短褐。
여:연: 비 단:갈

궁중에서 나누어 주시는 비단은, 彤庭所分帛,
동정 소:분 백

본디 빈한한 계집에게서 나왔으니, 本自寒女出。
본:자: 한녀: 출

그 지아비[15]를 매질로 족쳐서 鞭撻其夫家,
편달 기 부가

끌어 모아 대궐에 바친 것이다. 聚斂貢城闕。
취:렴: 공: 성궐

임금님께서 이것을 하사하시는 것은 聖人筐篚恩,
성:인 광비: 은

실로 나라 위해 일하라는 뜻, 實欲邦國活。
실욕 방국 활

신하가 훌륭한 정치를 소홀히 한다면 臣如忽至理,
신여 홀 지:리:

임금님께서 허비하신 것 아닌가. 君豈棄此物。
군기: 기: 차:물

많은 선비가 조정에 가득하지만 多士盈朝廷,
다사: 영 조정

어진 이라면 마음이 두려울 것이다. 仁者宜戰慄。
인자: 의 전:률

더구나 궁중의 황금 소반은 況聞內金盤,
황:문 내: 금반

모두 위씨네 곽씨[16]네 있다 한다. 盡在衛霍室。
진:재: 위:곽 실

대청에서는 선녀가 춤을 추니 中堂舞神仙,
중당 무: 신선

옥 같은 살결에 서리는 기운! 煙霧蒙玉質。
연무: 몽 옥질

손님은 담비 갖옷 입어 따뜻한데, 煖客貂鼠裘,
난:객 초:서: 구

슬픈 피리와 맑은 거문고 울리네. 悲管逐淸瑟。
비관: 축 청슬

손님에게 권하는 것은 약대[17] 굽 요리, 勸客駝蹄羹,
권:객 타제 갱

서리 맞은 등자와 향기로운 귤[18]이다. 霜橙壓香橘。
상등 압 향귤

대문 안에는 술 고기 냄새 넘치는데, 朱門酒肉臭,
주문 주:육 취:

길에는 얼어 죽은 사람 뼈가 뒹군다! 路有凍死骨。
로:유: 동:사: 골

영고성쇠는 지척이 천리라 하니, 榮枯咫尺異,
영고 지:척 이:

너무 슬퍼서 다시 말하기 어렵다. 惆悵難再述。
추창: 난 재:술

북으로 수레 몰아 경수 위수[19]로 나가, 北轅就涇渭,
북원: 취: 경위:

관영 나루터[20]에서 또 길을 바꾼다. 官渡又改轍。
관도: 우: 개:철

얼음장들이 서녘에서 떠내려 오는데, 群冰從西下,
군빙 종서 하:

눈 닿은 끝까지 모두 우뚝 삐죽하다. 極目高崒兀。
극목 고 줄올

이것은 공동산[21]에서 온 것일까? 疑是崆峒來,
의시: 공동 래

부딪치면 하늘 기둥[22]도 부러질 듯. 恐觸天柱折。
공:촉 천주: 절

배다리는 요행히 안 부서졌지만, 河梁幸未坼,
하량 행: 미:탁

괸 나무에서 삐걱삐걱 소리가 난다.　枝撐聲窸窣。
지탱 성 실솔

길 가는 사람들 서로 더위잡지만,　行旅相攀緣,
행려: 상 반연

강이 넓어 건너지 못할 듯하다.　川廣不可越。
천광: 불가: 월

(3)

늙은 아내를 타향[23]에 붙여 놓았다.　老妻寄異縣,
로:처 기: 이:현:

열 식구를 풍설 속에 떼어놓았다.　十口隔風雪。
십구: 격 풍설

뉘라서 오래도록 못 본 체하겠나?　誰能久不顧,
수능 구: 불고:

가서 배고픔 목마름을 함께하자.　庶往共飢渴。
서:왕: 공: 기갈

문에 들어서니 들려오는 통곡소리,　入門聞號咷,
입문 문 호도

어린 자식[24] 배고파 그만 죽었구나!　幼子餓已卒。
유:자: 아: 이:졸

내 어찌 한바탕 애통치 않겠나?　吾寧舍一哀,
오녕 사: 일애

동네 사람도 목이 메어 운다.　里巷亦嗚咽。
리:항: 역 오열

부끄럽기는, 사람의 아비가 되어　所媿爲人父,
소:괴: 위 인부:

먹이지 못해 요절하게 만든 것.　無食致夭折。
무식 치: 요절

어찌 알았겠나? 풍년이 들었어도,	豈知秋禾登, 기:지 추화 등
가난한 집은 창졸간에 일이 나니!	貧窶有倉卒。 빈구: 유: 창졸
평생에 늘 세금을 면제[25]받았고,	生常免租稅, 생 상면: 조세:
신분은 병역에서 제외[26]되었건만,	名不隸征伐。 명 불례: 정벌
살아온 길 더듬으니 신산하다.	撫迹猶酸辛, 무:적 유 산신
평민들이야 정말 처량하구나.	平人固騷屑。 평인 고: 소설
가만히 생업 잃은 무리 생각하고	默思失業徒, 묵사 실업 도
또 먼 수자리 사는 병졸 생각하니,	因念遠戍卒。 인념: 원:수: 졸
걱정의 실마리는 종남산[27]처럼,	憂端齊終南, 우단 제 종남
서리서리 엉켜서 걷잡을 길 없다.	澒洞不可掇。 홍:동: 불가: 철

1_ 원제는 "수도로부터 봉선현으로 가며 회포를 노래한 오백 자"라는 뜻이다. 755년 동짓달 초순에 지었다. 이때 나이는 44세. 안록산이 반란을 일으키기 며칠 전이었다. 현종 리륭기가 려산驪山의 이궁離宮에 있는 것이 노래되었는데, 현종 리륭기는 이곳에서 모반의 보고를 받았다. 그런데 두보는 우위솔부右衛率府(禁衛軍) 주조참군胄曹參軍(병기과장)이란 작은 벼슬을 얻었기에 가족에게 알리려고 장안(長安) 동북쪽 직선거리 약 90킬로미터에 있는 봉선奉先(蒲城縣)에 기탁한 처자를 찾아 떠났던 것이다.

2_ 두릉杜陵 : 한漢나라 선제宣帝(전 74~전 49 재위) 류병기劉病己의 능, 장안 동남

에 있다. 두보의 조상이 여기서 살았다고 한다. 그 부근에 또 선제 류병기 황후의 능인 소릉少陵도 있다. 그래서 두보는 '소릉' 또는 '두릉'이라고 자칭했다.

3_ 직稷과 설契 : 고대 전설상의 성군인 순舜임금의 현신들. '직'은 농업을 맡았고, '설'은 교육을 맡았다 한다.

4_ 같이 공부한 노인 : 이제 노인이 된 옛날 동창생을 가리킨다.

5_ 강과 바다로 노닐면서 : 벼슬을 버리고 은퇴한다는 것이다.

6_ 요순堯舜 : 요堯임금과 순舜임금은 중국 고대의 전설적인 성군聖君이다. 여기서는 현종 리륭기를 가리킨다.

7_ 대들보감 : 조정朝政을 맡는 대신大臣의 재목.

8_ 전당殿堂을 지음 : 좋은 정치를 하는 것에 비유한 것.

9_ 소부巢父와 허유許由 : 요堯임금 때의 현인들. 허유는 요임금으로부터 임금 자리를 받아달라는 말을 듣고 제 귀가 더러워졌다 하여 냇물에 씻었는데, 소부는 그 냇물이 더러워졌다 하여 건너지도 않았다 한다.

10_ 나그네 : 시인의 자칭.

11_ 려산驪山(해발 1,302미터) : 장안에서 동쪽으로 나가는 큰길 옆에 급경사를 이루고 있어, 산이 특히 높게 보인다. 지금은 중간까지 케이블카를 이용할 수 있다. 산 바로 아래 온천물이 나오는 화청궁華淸宮이 있다. 2005년 3월 14일 역자가 현장을 탐방했다.

12_ 짙은 안개 : 원어는 치우蚩尤. 본래 이것은 황제黃帝 때 전쟁을 자주 일으키다 마침내 토벌당한 제후의 이름이다. 이 시에서는 종래 치우기蚩尤旗, 즉 정기旌旗로 해석되어 왔지만, 호적胡適(1891~1951)의 설을 따라 '안개'로 해석한 것이다.

13_ 요지瑤池 : 선녀 서왕모西王母가 나타났다는 못. 여기서는 려산의 온천을 가리킨다.

14_ 우림羽林 : 금위군禁衛軍의 이름.

15_ 그 지아비 : 납세의무자 호주戶主.

16_ 위衛씨 / 곽霍씨 : 한나라 위청衛靑과 곽거병霍去病. 위청은 한나라 무제 류철의 황후 위씨의 동생, 곽거병은 그 조카이다. 그들은 황후의 외척으로서 황제 류철에게 중용되었다. 시에서는 양귀비의 사촌오빠 양국충楊國忠에 견준 것이다.

17_ 약대 : 두보《미녀 노래》주 5 참조(본서 577쪽).

18_ 등자 / 귤 : 등자나무(橙, *Citrus aurantium var. daidai*) 열매, 광귤. 등자나 귤은 남방 산물로 북방에서는 귀한 것이다.

19_ 경수(涇河) / 위수(渭河) : 경하는 서안시 서북쪽에서 흘러내리고, 위하는 서

안시 북쪽을 서에서 동으로 흐른다. 두 강은 서안을 지나면서 곧 려산 북쪽 림동현臨潼縣에서 합류하여 황하로 빠진다. 봉선으로 가는 데에는 이를 건너야 한다.

20_ 관영 나루터 : 소응현昭應縣(지금의 臨潼) 경내에 있었다. 뒤 구절은 보면, 아마 배다리(舟橋)인 듯하다. 두보는 장안에서 출발, 동쪽으로 려산까지 와서 나루터를 건넌 다음, 북쪽으로 올라간 것이다.

21_ 공동산崆峒山(해발 2,123미터) : 감숙성 평량시 서쪽에 있는 산, 경하涇河의 근원이다.

22_ 하늘 기둥(天柱) : 하늘을 떠받친다는 기둥. 곤륜산崑崙山에 있었다는데, 구리 기둥이라 한다. 공공씨共工氏가 전욱顓頊(五帝의 하나)과 제위帝位를 다투다가 화가 나서 이것을 부러뜨렸다는 전설이 있다.

23_ 타향 : 두보가 가족을 봉선奉先에 기탁한 것은 처가의 고향 사람이 이곳의 지방관으로 있었기 때문이라고 한다.

24_ 어린 자식 : 두보는 다섯 자식이 있었다고 하는데, 아마 그중 막내인 듯하다.

25_ 세금을 면제 : 당나라 때 관리는 조세租稅 의무를 면제받았다.

26_ 병역에서 제외 : 역시 두보가 관리의 신분이었기 때문이다.

27_ 종남산終南山(해발 2,604미터) : 섬서성 서안시 남쪽에 있는 산.

왕손을 슬퍼하며[1] | 두보

哀王孫
애 왕손

장안 성 머리에 머리 흰 까마귀,[2]	長安城頭頭白烏, 장안 성두 두백 오
밤에 날아와 연추문[3] 위에서 운다.	夜飛延秋門上呼。 야:비 연추 문상: 호
또 인가를 향하더니 큰집을 쪼아,	又向人家啄大屋, 우:향: 인가 탁 대:옥
집 밑 고관들은 되놈 피해 달아났다.	屋底達官走避胡。 옥저: 달관 주: 피:호

황금 채찍 부러지고 아홉 말[4] 죽고, 　金鞭端折九馬死,
금편 단절 구:마: 사:

형제들은 함께 말을 타지 못했다. 　骨肉不得同馳驅。
골육 불득 동 치구

허리 아래 패옥은 푸른 산호가지. 　腰下寶玦青珊瑚,
요하: 보:결 청 산호

가련한 왕손이 길가에서 울고 있다. 　可憐王孫泣路隅。
가:련 왕손 읍 로:우

물어봐도 성명은 말하려 아니하고 　問之不肯道姓名,
문:지 불긍: 도: 성:명

고생스러우니 종이나 삼아달라는 말. 　但道困苦乞爲奴。
단:도: 곤:고: 걸 위노

이미 백 날[5] 가시덤불에 숨었다고, 　已經百日竄荊棘,
이:경 백일 찬: 형극

몸에는 둘러봐야 성한 살갗도 없다. 　身上無有完肌膚。
신상: 무유: 완 기부

한 고조[6] 자손은 모두 콧마루 높으니, 　高帝子孫盡隆準,
고제: 자:손 진: 륭준:

용의 씨는 스스로 여느 사람과 다르지. 　龍種自與常人殊。
룡종: 자:여: 상인 수

승냥이 이리는 도읍에, 용[7]은 들에 있다. 　豺狼在邑龍在野,
시랑 재:읍 룡 재:야:

왕손은 천금 같은 몸을 좋이 보전하소라. 　王孫善保千金軀。
왕손 선:보: 천금 구

네거리에서 길게 말씀하기 어렵지만, 　不敢長語臨交衢,
불감: 장어: 림 교구

또한 왕손을 위하여 잠깐 멈추어 선다.	且爲王孫立斯須。 차:위: 왕손 립 사수
간밤 동풍이 피비린내를 불어오더니	昨夜東風吹血腥, 작야: 동풍 취 혈성
동에서 온 약대들[8]이 도읍에 가득하다.	東來橐駝滿舊都。 동래 탁타 만: 구:도
삭방[9]의 건아는 무예도 훨씬 뛰어난데,	朔方健兒好身手, 삭방 건:아 호: 신수:
옛날엔 날쌔더니 지금은[10] 어리석구나!	昔何勇銳今何愚。 석하 용:예: 금 하우
들리는 말에, 천자[11]께선 전위하셨다고,	竊聞天子已傳位, 절문 천자: 이: 전위:
새 임금님께선 남선우[12]와 손잡으셨다고.	聖德北服南單于。 성:덕 북복 남 선우
화문[13]에서는 굳게 복수를 맹세했다니,	花門剺面請雪恥, 화문 리면: 청: 설치:
조심조심 입에 내지 마소, 남이 들을세라.	愼勿出口他人狙。 신:물 출구: 타인 저
슬프다, 왕손이여 제발 소홀히 마소라,	哀哉王孫愼勿疏, 애재 왕손 신: 물소
오릉[14]의 상서로운 기운 없을 때 없으니.	五陵佳氣無時無。 오:릉 가기: 무시 무

1_ 756년, 작자의 나이 45세 때 지은 것이다. 이때 두보는 장안에 연금되어 있었다. 현종 리룽기는 안록산이 쳐들어왔을 때 황급히 떠나느라고 허다한 왕족들이 장안에 처지고 말았다.

2_ 머리 흰 까마귀 : 상서롭지 못한 일의 조짐으로 여겼다.

3_ 연추문延秋門 : 장안 금원禁苑의 서문. 756년 동관潼關(섬서성)이 깨어지자 현

종 리룽기는 황급히 연추문을 나서서 사천성 지방으로 피신했다.

4_ 아홉 말 : 임금의 말을 가리킨다. 한나라 문제文帝(전 180~전 157 재위) 류항劉恒이 임금으로 영립될 때 아홉 필의 말이 있었다는 것에서 나온 것이다.

5_ 백 날 : 현종 리룽기가 피란을 떠난 것이 유월이었으니, 이 시는 구월에 지었을 것이다.

6_ 한 고조 : 한나라 고조高祖(전 206~전 195 재위) 류방劉邦을 가리킨다. 『사기』史記 「한고조본기」漢高祖本紀에, "임금님(高祖)은 콧마루가 높고 용안龍顔이었다."라는 기록이 보인다. 여기서는 당나라 고조高祖(618~626 재위) 리연李淵에 견준 것이다.

7_ 승냥이 이리 / 용 : 승냥이 이리는 안록산의 반란군을 가리키고 용은 임금, 즉 현종 리룽기를 가리킨다.

8_ 약대들 : 안록산 군대에서는 약대를 수송에 이용했다.

9_ 삭방朔方 : 지금의 녕하자치구, 내몽골자치구 지방이다.

10_ 옛날엔 / 지금은 : 삭방 건아는 옛날에 가서한哥舒翰 밑에서 티베트의 침공을 잘 지켜냈다. 756년 유월에는 삭방 건아 20만 명이 다시 가서한 지휘로 동관潼關을 지키다가 령보靈寶의 들판으로 나가서 싸운 전투에서 대패, 마침내 장안이 적중에 들어가게 했다.

11_ 천자 : 현종 리룽기가 사천성으로 피란 간 뒤, 태자 리형李亨은 녕하자치구 은천시銀川市 남쪽에 있는 령무靈武에서 즉위하였다. 령무는 삭방군朔方軍의 근거지였다. 리형李亨은 뒤에 숙종肅宗(756~762 재위)이 된다.

12_ 남선우南單于 : 선우는 흉노匈奴의 임금. 흉노는 고대 중국 북방에 거주한 종족. 한漢나라 때에는 선우라고 했다. 여기서는 역시 중국 북방에 광대한 영토를 가졌던 위구르 임금을 가리킨다. 령무에서 즉위한 숙종 리형은 곧바로 위구르와 협정을 맺고 그 원조를 받는 데 성공했다.

13_ 화문花門 : 위구르의 이칭異稱. 원래 가순누르Gaxun Nur(居延海)의 북쪽에 있는 요새要塞 이름이지만, 당시 그곳은 위구르 영역이었으므로 그 이칭異稱으로 쓴 것이다.

14_ 오릉 : 한나라 장릉長陵(劉邦), 안릉安陵(劉盈), 양릉陽陵(劉啓), 무릉茂陵(劉徹), 평릉平陵(劉弗)이다. 모두 장안 북쪽, 위하渭河를 건넌 곳에 있다. 여기서는 한나라를 빌려 당나라를 가리키고 있으니, 이 구절은 조상의 신령이 보우한다는 뜻이다.

강가에서 슬퍼하며[1] | 두보

哀江頭
애 강두

소릉[2]의 늙은이는 소리 삼켜 울면서	少陵野老呑聲哭。 소:릉 야:로: 탄성 곡
봄날 곡강 물굽이에 가만히 나섰다.	春日潛行曲江曲。 춘일 잠행 곡강 곡
강가 궁전은 문 천 개가 잠겼거늘,	江頭宮殿鎖千門, 강두 궁전: 쇄: 천문
가는 버들, 새 부들 누굴 위해 파란가?	細柳新蒲爲誰綠。 세:류: 신포 위:수 록
옛날 무지개 깃발이 남원[3]에 내릴 적,	憶昔霓旌下南苑, 억석 예정 하: 남원:
남원의 모든 것은 환히 빛났었지.	苑中萬物生顏色。 원:중 만:물 생 안색
소양전[4] 안에서 첫째가는 사람은	昭陽殿裏第一人, 소양 전:리: 제:일 인
임금님 연 타고 임금님 모셨었지.	同輦隨君侍君側。 동련: 수군 시: 군측
연 앞의 재인[5]들은 활과 살을 지니고	輦前才人帶弓箭, 련:전 재인 대: 궁전:
흰 말들은 황금 재갈을 물고 있었지.	白馬嚼齧黃金勒。 백마: 작설 황금 륵
몸을 젖혀 하늘 보며 구름을 쏘니까,	翻身向天仰射雲, 번신 향:천 앙: 사:운
살 하나에 새 두 마리 떨어졌었지.	一箭正墜雙飛翼。 일전: 정:추: 쌍 비익

밝은 눈 하얀 이는 지금 어디에 있나? | 明眸皓齒今何在,
명모 호:치: 금 하재:

피 흘리며 떠도는 혼백[6]은 돌아 못 온다. | 血汚遊魂歸不得。
혈오 유혼 귀 불득

맑은 위하 동으로 흐르고 검각[7]은 깊다. | 淸渭東流劍閣深,
청위: 동류 검:각 심

가버린 그이나 남은 사람 다 소식 없다. | 去住彼此無消息。
거:주: 피:차: 무 소식

인생은 유정, 눈물이 가슴을 적시지만 | 人生有情淚霑臆,
인생 유:정 루: 점억

강 물, 강 꽃은 언제 끝날 날 있겠는가? | 江水江花豈終極。
강수: 강화 기: 종극

황혼에 오랑캐 기병이 먼지 날리니 | 黃昏胡騎塵滿城,
황혼 호기: 진 만:성

성남으로 간다는 것이 성북으로 향했다. | 欲往城南望城北。
욕왕: 성남 망: 성북

1_ 757년 봄, 작자의 나이 46세 때, 반란군이 점령한 장안長安에서 지은 것이다. 곡강曲江 옆에 서서 화려했던 지난날을 추상한 것. 거기에는 현종 리륭기와 양귀비의 호사, 또 양귀비의 슬픈 종말이 그려져 있다. 곡강曲江은 장안성 동남쪽에 강을 굽혀서 만든 유원지, 부용원芙蓉苑 · 자운루紫雲樓의 이궁이 있었으며, 풍경이 아름다워 장안 사람 봄가을의 행락지로서 이름났다. 두보《미녀 노래》 주 2 참조(본서 577쪽).

2_ 소릉少陵 : 두보 조상이 살았던 곳. 두보《봉선 길 회포》 주 2 참조(본서 589쪽).

3_ 무지개 깃발 / 남원(南苑) : 무지개 깃발은 천자기天子旗를 가리킨다. 오색찬란함이 무지개 같다는 뜻인 듯. 남원은 바로 '부용원'을 가리킨다. 곡강의 남쪽에 있었기 때문이다.

4_ 소양전昭陽殿 : 한나라 무제 류철의 총비寵妃 조비연趙飛燕의 편전 이름. 여기서는 양귀비에 비긴 것이다.

5_ 재인才人 : 후비后妃에 수종하는 내관內官, 정4품 벼슬.

6_ 피 흘리며 떠도는 혼백 : 양귀비의 혼백을 가리킨다. 양귀비는 현종 리륭기와

함께 장안을 벗어나 사천성 지방을 향하던 도중 섬서성 마외파馬嵬坡에서, 성난 군사들 요구로 자결하였다.

7_ 위하渭河 / 검각劍閣 : 위하는 섬서성을 서쪽에서 동쪽으로 흐르는 강. 장안에서 위하 따라 가다가, 대산관大散關에서 남으로 꺾이어 사천성으로 들어가는데, 거기서 험한 검각 길을 지나가게 된다. 이 구절과 다음 구절의 뜻은 죽은 양귀비와 사천성에 피란 가 있는 현종 리륭기의 거리를 말한 것이다.

봄을 바라보며[1] | 두보

春望
춘망:

나라는 깨어져도 산천이 남아 있어,
國破山河在,
국파: 산하 재:

성에는 봄이라고 초목이 우거진다.
城春草木深。
성춘 초:목 심

시국이 슬퍼 꽃을 보고 눈물 뿌리고,
感時花濺淚,
감:시 화 천:루:

이별이 아파 새 소리에 마음 놀란다.
恨別鳥驚心。
한:별 조: 경심

봉화대 오른 불은 석 달씩 이어지니,
烽火連三月,
봉화: 련 삼월

집에서 부친 글은 만금이나 나간다.
家書抵萬金。
가서 저: 만:금

흰머리 긁어보니 더욱 짧아지는 것이,
白頭搔更短,
백두 소 갱:단:

전혀 동곳잠을 꽂지도 못할 듯하다.
渾欲不勝簪。
혼욕 불승 잠

1_ 757년 3월, 장안에서 지었다. 봉선奉先(蒲城縣)에 있는 처자를 만난 뒤, 임금이 있는 행재소를 찾아가다가 안록산 반란군에게 사로잡혀 장안에 연금되어 있을 때이다.

북으로 가는 길[1] | 두보

北征
북정

(1)

우리 임금님 즉위하신 2년[2] 가을	皇帝二載秋, 황제: 이:재: 추
윤팔월 하고도 초승[3]에,	閏八月初吉。 윤: 팔월 초길
나, 두자는 북으로 나아가	杜子將北征, 두:자: 장 북정
아스라이 가족을 찾아본다.	蒼茫問家室。 창망 문: 가실
아아, 어려운 시기를 당하여	維時遭艱虞, 유시 조 간우
조정과 민간에 한가한 날 드문데,	朝野少暇日。 조야: 소: 가일
안쓰럽게도 나만 은총을 입어	顧慚恩私被, 고:참 은사 피:
집에 돌아가는 것 허락받는다.	詔許歸蓬蓽。 조:허: 귀 봉필

대궐 아래에서 하직 여쭙고도	拜辭詣闕下, 배:사 예: 궐하:
떨리는 마음, 오래도록 못나온다.	怵惕久未出。 출척 구: 미:출
내 비록 습유[4]의 자질 모자라나	雖乏諫諍姿, 수핍 간:쟁 자
임금님께 잘못 있으실까 두렵다.	恐君有遺失。 공:군 유: 유실
임금님께서는 참으로 중흥의 주인	君誠中興主, 군성 중흥 주:
나라 일에 진실로 애를 쓰시지만,	經緯固密勿。 경위: 고: 밀물
동쪽 오랑캐[5] 반란 아니 그치니,	東胡反未已, 동호 반: 미:이:
이것이 나는 심히 분통하다.	臣甫憤所切。 신보: 분: 소:절
눈물 뿌리며 행재소[6] 돌아보니	揮涕戀行在, 휘체: 련: 행재:
가는 길이 오히려 어질어질.	道途猶恍惚。 도:도 유 황:홀
하늘과 땅, 모두 상처투성이니	乾坤含瘡痍, 건곤 함 창이
근심 걱정, 언제 끝날 것인가?	憂虞何時畢。 우우 하시 필

(2)

느릿느릿 밭두렁을 넘어선다.	靡靡踰阡陌, 미:미: 유 천맥

연기 오르는 집 드물어 쓸쓸하다. 人煙眇蕭瑟。
인연 묘: 소슬

만나느니 상처받은 사람인데 所遇多被傷,
소:우: 다 피:상

신음하면서 또한 피를 흘린다. 呻吟更流血。
신음 갱: 류혈

고개 돌려 봉상을 바라보니, 回首鳳翔縣,
회수: 봉:상 현:

깃발들은 저녁 빛에 보일락말락. 旌旗晩明滅。
정기 만: 명멸

앞으로 차가운 산을 거푸 오르니 前登寒山重,
전등 한산 중

말에 물 먹일 동굴[7]도 여러 곳. 屢得飮馬窟。
루:득 음:마: 굴

빈주[8]의 들은 움푹 꺼졌는데 邠郊入地底,
빈교 입 지:저:

경하는 그 속에서 세차게 흐른다. 涇水中蕩潏。
경수: 중 탕:휼

사나운 범이 내 앞에 서서 猛虎立我前,
맹:호: 립 아:전

절벽이 갈라져라 울부짖는다. 蒼崖吼時裂。
창애 후:시 렬

국화는 이제 가을꽃이 피어 있고, 菊垂今秋花,
국수 금 추화

바위에는 옛날 수레 자국 나 있다. 石戴古車轍。
석대: 고: 거철

푸른 하늘에 두근거리는 마음, 青雲動高興,
청운 동: 고홍:

골짜기의 꽃에도 반가워한다. 幽事亦可悅。
유사: 역 가: 열

산의 열매는 대개 하찮은 것이지만, 山果多瑣細,
산과: 다 쇄: 세:

다닥다닥 상수리가 많이도 열렸다. 羅生雜橡栗。
라생 잡 상: 률

단사[9]처럼 아주 빨간 놈도 있고, 或紅如丹砂,
혹홍 여 단사

옷칠같이 무척 까만 놈도 있다. 或黑如點漆。
혹흑 여 점: 칠

그것은 비와 이슬이 스며들어 雨露之所濡,
우: 로: 지 소: 유

달게도 익었고, 쓰게도 익었다. 甘苦齊結實。
감고: 제 결실

멀리 복사꽃 피는 고장[10] 생각하니 緬思桃源內,
면: 사 도원 내:

더욱 한탄스럽다, 서투른 처세가. 益歎身世拙。
익탄: 신세: 졸

높고 낮은 부주[11]의 산과 산, 陂陀望鄜畤,
파타 망: 부치:

바위와 골짜기는 숨었다 나왔다…… 巖谷互出沒。
암곡 호: 출몰

나는 이미 강가를 걷지만, 我行已水濱,
아: 행 이: 수: 빈

머슴은 아직 나무 끝에 가려 있다.[12] 我僕猶木末。
아:복 유 목말

올빼미는 누런 뽕나무에서 울부짖고, 鴟鳥鳴黃桑,
치조: 명 황상

들쥐는 어지러운 구멍에서 인사[13]한다. 野鼠拱亂穴。
야:서: 공: 란:혈

밤이 깊어 전쟁터를 지나가니, 夜深經戰場,
야:심 경 전:장

차가운 달이 백골을 비춘다. 寒月照白骨。
한월 조: 백골

동관[14]을 지키던 백만 대군이 潼關百萬師,
동관 백만: 사

지난번에 그처럼 갑자기 흩어졌으니, 往者散何卒。
왕:자: 산: 하졸

마침내 진나라[15] 백성의 절반을 遂令半秦民,
수:령: 반: 진민

죽여서 저승의 귀신을 만들었구나! 殘害爲異物。
잔해: 위 이:물

(3)

더구나 오랑캐 먼지에 묻혔다가,[16] 況我墮胡塵,
황:아: 타: 호진

돌아오니 내 머리 희끗희끗하다. 及歸盡華髮。
급귀 진: 화발

해를 넘겨 초가집에 다다르니, 經年至茅屋,
경년 지: 모옥

아내와 자식의 옷은 누더기. 妻子衣百結。
처자: 의 백결

솔바람에 감도는 통곡의 소리, 慟哭松聲廻,
통:곡 송성 회

슬퍼서 샘물과 함께 목이 멘다. 悲泉共幽咽。
비천 공: 유열

평소에 귀여움 받던 사내아이는 平生所嬌兒,
평생 소:교 아

얼굴빛이 눈보다 더 희구나. 顏色白勝雪。
안색 백 승:설

아빠를 보자 돌아서서 운다. 見耶背面啼,
견:야 배:면: 제

때 묻은 발에는 버선도 없다. 垢膩脚不襪。
구:니: 각 불말

침상 앞의 두 계집아이는 牀前兩小女,
상전 량: 소:녀:

기운 옷이 겨우 무릎을 가린다. 補綻才過膝。
보:탄: 재 과:슬

바다 그림은 물결이 동강나 있으니 海圖坼波濤,
해:도 탁 파도

옛날의 수가 옮겨진 까닭. 舊繡移曲折。
구:수: 이 곡절

천오[17]와 보랏빛 봉황새는 天吳及紫鳳,
천오 급 자:봉:

짧은 저고리 위에 곤두서 있다. 顚倒在裋褐。
전도: 재: 수:갈

늙은이[18]는 속이 언짢아져서 老夫情懷惡,
로:부 정회 악

게우고 싸고 며칠이나 몸져눕는다.	嘔泄臥數日。 구설 와: 수: 일
어찌 자루 속에 비단이 없어	那無囊中帛, 나:무 낭중 백
너희들 추위를 못 막아 줄 것인가!	救汝寒凜慄。 구: 여: 한 름: 률
분 곽과 눈썹먹을 보퉁이에서 꺼내어	粉黛亦解苞, 분: 대: 역 해: 포
요와 이불 위에 슬쩍 펼쳐놓는다.	衾裯稍羅列。 금주 초 라렬
수척한 아내 얼굴에 다시 생기 나고	瘦妻面復光, 수: 처 면: 복광
어수룩한 계집아이는 머리를 빗는다.	癡女頭自櫛。 치녀: 두 자: 즐
어미를 본따서 못하는 짓 없어	學母無不爲, 학모: 무 불위
아침 단장이라고 마구 찍어 바른다.	曉粧隨手抹。 효: 장 수수: 말
분 바르고 곤지 찍은 얼굴,	移時施朱鉛, 이시 시 주연
요란도 하구나, 널따란 눈썹.[19]	狼籍畫眉闊。 낭자 화: 미 활
살아와서 어린것들을 대하고 보니	生還對童稚, 생환 대: 동치:
배고픔과 목마름을 거의 잊겠다.	似欲忘飢渴。 사: 욕 망 기갈

묻는 말에 다투어 수염을 당기지만 問事競挽鬚,
문:사: 경: 만:수

어느 누가 화내고 호통 칠 것인가? 誰能卽嗔喝。
수능 즉 진갈

적굴에 잡혀서 근심하던 때 생각하고 翻思在賊愁,
번사 재:적 수

시끄러움도 달게 받는다. 甘受雜亂聒。
감수: 잡란: 괄

새로 돌아온 것만도 즐거운 일, 新歸且慰意,
신귀 차: 위:의:

생활의 법도야 말할 수 있나? 生理焉能說。
생리: 언능 설

(4)

임금님께서는 아직도 피란살이, 至尊尙蒙塵,
지:존 상: 몽진

어느 날에나 전란이 끝날까? 幾日休練卒。
기:일 휴 련:졸

새로운 광명, 하늘에 그득하고 仰觀天色改,
앙:관 천색 개:

요사한 기운, 점차 사라져 간다. 坐覺妖氛豁。
좌:각 요분 활

스산한 하늬바람 속에서 陰風西北來,
음풍 서북 래

고생하는 위구르 군사[20]들. 慘澹隨回紇。
참:담: 수 회흘

그 임금은 우리를 도와주겠다고, 其王願助順,
기왕 원: 조:순:

그 습속은 치돌[21]에 뛰어나다고. 其俗善馳突。
기속 선: 치돌

보내온 병사는 오천 명, 送兵五千人,
송:병 오:천 인

거기에다 군마는 일만 필. 驅馬一萬匹。
구마: 일만: 필

이 무리들은 젊은이를 귀히 여기니, 此輩少爲貴,
차:배: 소: 위귀:

사방에서 과감한 행동에 탄복한다. 四方服勇決。
사:방 복 용:결

싸움에서는 매처럼 날아올라 所用皆鷹騰,
소:용: 개 응등

적을 무찌르니 살보다 빠르다. 破敵過箭疾。
파:적 과: 전:질

임금님께서는 우두커니 바라시지만 聖心頗虛佇,
성:심 파 허저:

세상의 의논은 새로운 근심. 時議氣欲奪。
시의: 기: 욕탈

이하 · 락하[22]는 쉽게 들어올 테고 伊洛指掌收,
이락 지:장: 수

서경[23]은 공격할 것도 없다. 西京不足拔。
서경 불족 발

우리 군사는 제발 깊이 들어가 官軍請深入,
관군 청: 심입

정예를 모아서 함께 쳤으면 좋겠다. 蓄銳可俱發。
축예: 가: 구발

이 싸움으로 청주 · 서주[24]를 열고	此擧開青徐, 차:거: 개 청서
다시 항산 · 갈석산[25]을 겨냥해야지.	旋瞻略恆碣。 선첨 략 항갈
서리와 이슬 내리는 가을,	昊天積霜露, 호:천 적 상로:
하늘과 땅에 넘치는 정기.	正氣有肅殺。 정:기: 유: 숙살
이 해에는 오랑캐를 쳐부수자,	禍轉亡胡歲, 화:전: 망호 세:
이 달에는 오랑캐를 사로잡자.	勢成擒胡月。 세:성 금호 월
오랑캐의 운명이 오랠 수 있나?	胡命其能久, 호명: 기 능구:
황제의 계통은 끊이지 아니하리!	皇綱未宜絶。 황강 미:의 절

(5)

생각하면, 낭패하던 당초[26]에,	憶昨狼狽初, 억작 랑패: 초
옛날에 없던 일이 생겼다.	事與古先別。 사:여: 고:선 별
간신[27]은 필경 소금에 절여졌고,	姦臣竟菹醢, 간신 경: 저해:
그 도당도 따라서 흩어졌다.	同惡隨蕩析, 동악 수 탕:석
하나라 · 은나라는 멸망을 앞두고도	不聞夏殷衰, 불문 하:은 쇠

스스로 말희 · 달기[28]를 벌하지 못했다.	中自誅妹妲。 중자: 주 말달
주나라 · 한나라가 다시 일어선 것은	周漢獲再興, 주한: 획 재:흥
선왕 · 광무제[29]가 명철했기 때문.	宣光果明哲。 선광 과: 명철
훌륭하도다, 진陳장군[30]이어!	桓桓陳將軍, 환환 진 장군
군사를 이끌고 충성을 다한 사람.	仗鉞奮忠烈。 장:월 분: 충렬
그대 아니면 우리는 죽었고,	微爾人盡非, 미이: 인 진:비
그대 때문에 나라는 살았다.	于今國猶活。 우금 국 유활
처량한 대동전[31]이지만,	淒涼大同殿, 처량 대:동 전:
적막한 백수문[32]이지만,	寂寞白獸闥。 적막 백수: 달
도성의 민중들이 비취 깃발[33] 맞으니,	都人望翠華, 도인 망: 취:화
상서로운 기운은 황금 대궐[34] 향한다.	佳氣向金闕。 가기: 향: 금궐
능묘에는 진실로 신령이 있다.	園陵固有神, 원릉 고: 유:신
쓸고 닦는 예법 소홀히 말라.	掃灑數不缺。 소:쇄: 수: 불결

빛나도다, 태종[35]의 위업이어! 煌煌太宗業,
황황 태:종 업

세우신 나라 끝없이 번어난다. 樹立甚宏達。
수:립 심: 굉달

1_ 757년 가을, 46세 때, 섬서성 봉상鳳翔의 행재소行在所에 가서 좌습유左拾遺 벼슬을 얻은 두보는 패장 방관房琯을 변호했다가 숙종 리형의 비위를 건드려, 마침내 섬서성 부주鄜州(富縣) 강촌羌村에 있는 가족에게 돌아가라는 명령을 받았다. 부주는 봉상鳳翔 동북쪽 직선거리 약 250킬로미터 거리에 있다. 757년 팔월에 떠났으며, 시는 구월에 지었다.

2_ 즉위하신 2년 : 숙종 리형 지덕至德 2년, 즉 공동연대 757년.

3_ 초승 : 원문에는 초길初吉. 구해舊解에서는 초하루로 생각했으나, 실은 초하루부터 상현上弦(초이레쯤)까지를 말하는 것이다.

4_ 습유拾遺 : 임금에게 간언諫言 드리는 벼슬. 좌左습유 · 우습유가 있었는데, 두보는 당시 좌습유였다.

5_ 동쪽 오랑캐 : 안경서安慶緖를 가리킨다. 이 해 정월에 안경서는 그의 양부 안록산을 죽이고 하남성 락양洛陽에서 칭제(稱帝)하고 있었다.

6_ 행재소 : 임금이 임시로 머무는 곳. 당시 행재소는 섬서성 서쪽 경계에 가까운 봉상鳳翔에 있었다. 숙종 리형은 처음 섬서성 령무靈武에서 즉위, 다음해 (757) 이월에 봉상으로 와서 수도 회복의 기회를 엿보고 있었던 것이다.

7_ 말에 물 먹일 동굴 : 만리장성에는 여러 곳에 동굴이 있어 말 먹일 물이 있었다. 고악부에 〈음마장성굴행〉飮馬長城窟行이 있는데, 전쟁의 괴로움을 노래한 것이다.

8_ 빈주邠州 : 주변이 모두 황토고원인데, 경하涇河는 고원이 오랫동안 비에 깎인 곳을 따라 흐르며, 빈주는 그 연안에 있으므로 고원 위에서 볼 때 빈주는 움푹 꺼진 아래, 평지에 있는 것이다. 지금은 빈주彬州로 적는다.

9_ 단사丹沙 : 수은水銀의 화합물, 붉은색을 띤 모래. 선약仙藥으로 여겨졌다.

10_ 복사꽃 피는 고장 : 이상향의 이름. 도연명 《복사꽃 피는 고장》 참조(본서 384쪽).

11_ 부주鄜州 : 빈주 동북쪽에 있으며, 당시 두보의 가족이 있었다. 지금은 부현富縣이다.

12_ 나무 끝에 가려 있다 : 이 구절의 뜻은, 두보는 한 발 앞서 고원에서 평지로 내려왔는데, 머슴은 아직 고원 위에 있었으므로, 돌아본 두보의 눈에는 앞에 선 나뭇가지 끝의 높이에서 머슴이 걷고 있는 것으로 보였다는 것이다.

13_ 들쥐는 …… 인사 : 여행자는 내몽골 이흐주멍(伊克昭盟) 황야에서 들쥐가 아침에 구멍 앞에 몇 마리씩 앞발을 들고 있는 것을 볼 수 있다 한다. 그 모습이 인사하는 것으로 두보의 눈에 비친 것이다. 앞 구절과 함께 이 구절의 뜻은 사람은 드물고 짐승들만 있는 황량한 경치를 말한다.

14_ 동관潼關 : 장안長安 동쪽 130킬로미터에 있는 관문. 여기는 756년에 가서 한哥舒翰이 20만의 정예를 끌고 안록산의 군대를 막고 있었다. 그러나 양국충楊國忠에게 협의를 받지 않기 위해 억지로 관문을 나가 공세를 취했다가, 기다리고 있던 적의 함정에 빠져 궤멸되었다. 곧 이어 장안도 함락당했다.

15_ 진秦나라 : 장안長安과 그 주변 일대, 옛날의 진秦나라 땅이었기 때문이다.

16_ 오랑캐 먼지에 묻혔다가 : 두보는 756년에 행재소를 찾아가다가, 중간에 반란군에게 잡혀서 한때 장안長安에 유폐되었다.

17_ 천오天吳 : 바다의 신. 사람 얼굴을 했으며, 머리가 여덟, 다리가 여덟, 꼬리가 여덟인데 모두 푸르고 누른 빛깔이라 한다.

18_ 늙은이 : 두보의 자칭.

19_ 널따란 눈썹 : 당시 장안의 유행은 눈썹을 널따랗게 그렸다.

20_ 위구르 군사 : 757년에 위구르 태자가 4천 명의 병사를 이끌고 안록산 반군 토벌에 참가했다. 숙종 리형은 그 공을 생각하여 후대했으나, 사람들은 그들이 공을 내세워 다시 새로운 화근이 될 것을 두려워했다.

21_ 치돌馳突 : 전차戰車를 몰아서 돌격하는 전법. 여기에는 군사 한 명에 말 두 필이 필요하다. 그러므로 다음 구절에 "병사 오천에 군마 일만"이라 한 것이다. 실수實數는 주 20에 보이듯 병사 4천이었다.

22_ 이하伊河 · 락하洛河 : 하남성 락양洛陽을 가리킨다. 그 곁에 이하 · 락하 두 강이 흐른다. 당시 락양이 수복된 것은 757년 시월이었다.

23_ 서경西京 : 즉 장안長安(西安市). 당나라에서는 동경 락양, 서경 장안의 두 서울이 있었다.

24_ 청주青州 · 서주徐州 : 옛 구주九州의 이름. 대략 산동성과 강소성 · 안휘성 일부에 해당한다.

25_ 항산恒山 · 갈석산碣石山 : 항산은 산서성에, 갈석산은 하북성에 있다. 안록산의 근거지였다.

26_ 당초 : 756년 유월, 현종 리륭기가 장안을 떠났을 때.

27_ 간신 : 양국충楊國忠을 가리킨다. 양국충은 마외파에서 군사에게 잡혀 살해되었다. "소금에 절인다"는 것은 몸을 동강쳐서 소금에 절인다는 것으로 엄형嚴刑을 뜻한다.

28_ 말희妺喜 · 달기妲己 : 하夏나라 마지막 임금 걸桀(전 1818~전 1766 재위)의 왕비가 말희, 은殷나라 마지막 임금 주紂(전 1154~전 1122 재위)의 왕비가 달기,

모두 미색이었으나 덕이 없었다. 결과 말희는 은나라 시조 성탕成湯(전 1766~전 1754 재위)에게 함께 토벌되었고, 주와 달기는 주周나라 시조 무왕武王(전 1134~전 1116 재위)에 의해서 함께 토벌되었다. 妹妲을 褒妲로 쓴 판본도 있다.

29_ 선왕 · 광무제 : 선왕宣王(전 827~전 782 재위)은 주周나라를 중흥시켰고, 광무제光武帝(25~57 재위) 류수劉秀는 한漢나라를 중흥시켰다.

30_ 진장군 : 좌룡무대장군左龍武大將軍 진현례陳玄禮. 근위近衛 6군을 이끌고 현종 리륭기의 피란길을 따르다가 군사들의 분격을 대표하여 양국충과 양귀비의 처벌을 요청했다. 이 거사로 말미암아 간신과 요사스러운 계집이 제거되었으며, 이로써 민심을 수습하고 나라를 바로잡을 수 있었다 하여 그 공적을 두보가 찬양한 것이다.

31_ 대동전大同殿 : 장안 남내南內에 있는 흥경궁興慶宮의 한 궁전.

32_ 백수문白獸門 : 장안의 금원禁苑에 있는 한漢나라 고궁故宮인 미앙궁未央宮의 한 문. 원래는 백호문白虎門.

33_ 비취 깃발 : 황제의 깃발을 가리킨다. 비취는 새 이름, 그 깃털로 깃발을 장식했기 때문이다.

34_ 황금 대궐 : 황제의 궁궐, 황금으로 꾸몄기 때문이다.

35_ 태종 : 당나라 태종太宗(627~649 재위) 리세민李世民을 가리킨다. 당나라 제2대 임금으로 나라의 기틀을 튼튼히 세웠다.

강 촌 3수[1] | 두보

羌村三首
강촌 삼수:

1[2]

서녘에 구름 봉우리가 붉다.

峥嵘赤雲西,
쟁영 적운 서

긴 햇발[3]이 평지에 떨어진다.

日脚下平地。
일각 하: 평지:

사립문에 참새 떼 재잘거리니, 柴門鳥雀噪,
시문 조:작 조

나그네 천리 밖에서 돌아온다. 歸客千里至。
귀객 천리: 지:

아내는 나를 이상하게 보더니 妻孥怪我在,
처노 괴: 아:재:

놀라움이 가시자 눈물을 닦는다. 驚定還拭淚。
경정: 환 식루:

난세에 밖으로 떠돌던 몸이 世亂遭飄蕩,
세:란: 조 표탕:

살아 돌아온 것 우연하구나.[4] 生還偶然遂。
생환 우:연 수:

담 머리에 이웃 사람이 가득, 鄰人滿牆頭,
린인 만: 장두

감탄하고 또 한숨을 짓는다. 感歎亦歔欷。
감:탄: 역 허희

밤이 깊어 다시 촛불을 켜니 夜闌更秉燭,
야:란 갱: 병:촉

마주앉은 것이 꿈인 듯하다. 相對如夢寐。
상대: 여 몽:매:

1_ 강촌은 섬서성 부현富縣(鄜州)에 있는데, 두보의 가족이 756년 여름에 피란 와서 머물고 있었다. 757년에 지은 것이다. 귀향歸鄉 3부곡. 하나하나는 독립된 시이지만 서로 연관되어 또 온전한 하나의 시가 된다. 각 시는 각각 대표적인 생활 단면을 집중적으로 표현하고, 시와 시 중간의 단락은 연극 막이 오르고 내리는 효과, 즉 상상 연상의 공간을 조성한다. 시는 짧지만 장편《북으로 가는 길》내용을 다 담았다.

2_ 3수는 각각 특색을 가진다. 제1수는 흥분興奮. 전란 중에 귀향하여 처자 상봉함.

3_ 햇발 : 구름이나 수풀 사이를 뚫고 사선斜線으로 땅에 닿는 태양광선. 같은 따위로 빗발(雨脚)이 있다.

4_ 살아 돌아온 것 우연하구나 : 두보는 756년에 부주를 떠나 지금 돌아오기까지, 반란군에게 잡히고, 방관房琯의 변호로 숙종 리형의 노여움을 사는 등, 죽을 고비를 몇 번 넘겼다.

2[1]

늘그막에 구차스런 목숨은, 晚歲迫偸生,
만:세: 박 투생

집에 와도 즐거움이 드물다. 還家少歡趣。
환가 소: 환취:

귀염둥이는 무릎에서 맴돌다, 嬌兒不離膝,
교아 불 리슬

무서워 다시 떨어지고 만다. 畏我復却去。
외:아: 부: 각거:

전날 바람 쐬기 아주 좋아서 憶昔好追涼,
억석 호: 추량

거닐었던 못 가의 나무에, 故繞池邊樹。
고:요: 지변 수:

쓸쓸한 북풍이 세차게 부니 蕭蕭北風勁,
소소 북풍 경:

나는 온갖 시름에 잠긴다. 撫事煎百慮。
무:사: 전 백려:

조와 기장[2] 거두었단 말 듣고, 賴知禾黍收,
뢰:지 화서: 수:

벌써 술 향내가 코에 스민다. 已覺糟床注。
이:각 조상 주:

이제는 만족히 술잔을 기울여 如今足斟酌,
여금 족 짐작

늙은 날을 안위할 수 있겠지. 且用慰遲暮。
차:용: 위: 지모:

1_ 제2수는 우울憂鬱. 조정에서 추방되어 귀가한 뒤 모순을 고민함.
2_ 조와 기장 : 술 빚는 원료이기도 하다.

3[1]

닭들이 갑작스럽게 울어 댄다. 群雞正亂叫,
군계 정: 란:규:

손님이 와서 닭이 날뛴다. 客至雞鬪爭。
객지: 계 투:쟁

닭을 쫓아 나무에 올리니까 驅雞上樹木,
구계 상: 수:목

들린다, 사립문 흔드는 소리. 始聞叩柴荊。
시:문 고: 시형

동네 어른[2] 너덧 분이 찾아와 父老四五人,
부:로: 사:오: 인

나의 먼 여행을 위문한다. 問我久遠行。
문:아: 구: 원:행

손에 손에는 예물을 들었으니, 手中各有攜,
수:중 각 유:휴

탁주 병에 또 청주 병이라. 傾榼濁復淸。
경합 탁 부:청

술맛이 엷다 겸사하면서 苦辭酒味薄,
고:사 주:미: 박

기장 밭을 갈 놈이 없었다고. 黍地無人耕。
서:지: 무인 경

전쟁이 아직 끝나지 않아 兵革旣未息,
병혁 기: 미:식

애들은 모두 동쪽[3]으로 갔다고. 兒童盡東征。
아동 진: 동정

어른들 위하여 노래 부르리. 請爲父老歌,
청:위: 부:로: 가

가난 속의 예물 받기 안쓰럽다. 艱難媿深情。
간난 괴: 심정

노래 끝내고 길게 탄식하니 歌罷仰天歎,
가파: 앙:천 탄:

방안에는 눈물이 가득하구나. 四座淚縱橫。
사:좌: 루: 종횡

1_ 제3수는 격앙激昂. 이웃 노인들의 내방으로 우국애민憂國愛民을 생각함.

2_ 동네 어른 : 이들이 시인을 찾아온 것은 관원에 대한 인사이기도 하지만, 세상 소식을 듣기 위한 것이기도 하겠다.

3_ 동쪽 : 당시에는 동도東都였던 락양洛陽에서 전쟁이 계속되고 있었다. 락양은 강촌에서 동남쪽에 해당된다.

곡강 2수[1] | 두보

曲江二首
곡강 이:수:

1

꽃잎 하나 날리어도 봄빛은 깎이는데!

一片花飛減却春。
일편: 화비 감:각 춘

바람이 만 잎을 날리니 못내 시름겹다.

風飄萬點正愁人。
풍표 만:점: 정: 수인

우선 다 떨어지는 꽃을 눈에 담으며,

且看欲盡花經眼,
차:간: 욕진: 화 경안:

지나친 줄 알면서 술을 입에 넣는다.

莫厭傷多酒入脣。
막염: 상다 주: 입순

강변 작은 집에 물총새 둥주리 틀었고,

江上小堂巢翡翠,
강상: 소:당 소 비:취:

동산[2] 옆 높은 무덤에 기린이 누웠다.

苑邊高塚臥麒麟。
원:변 고총: 와: 기린

세상 이치를 보면 즐겁게 놀아야 한다,

細推物理須行樂,
세:추 물리: 수 행락

어찌 덧없는 이름으로 이 몸을 묶으랴?

何用浮名絆此身。
하용: 부명 반: 차:신

1_ 모두 2수. 곡강은 서안시 성남 5킬로미터쯤 되는 곳, 원래 한 무제 류철劉徹이 축조하였으며, 당 현종 리룽기李隆基 때 크게 수리하였다. 물이 맑고 꽃나무가 많아서, 당시 유명한 유원지가 되었다. 이 시는 758년 늦봄, 두보가 마흔일곱 살, 아직 좌습유左拾遺로 있을 때 지은 것이다. 이 해 유월에 두보는 섬서성 화주華州(華縣)의 사공참군司功參軍으로 좌천된다.

2_ 동산 : 곡강 남쪽에 있던 부용원芙蓉苑. 두보《미녀 노래》주 2 참조(본서 577쪽).

2[1]

조회 마치면 하루하루 봄옷도 잡히어,	朝回日日典春衣。 조회 일일 전: 춘의
날마다 강가에 나가 흠뻑 취해 온다.	每日江頭盡醉歸。 매:일 강두 진:취: 귀
술값 외상은 가는 곳마다 그어 있지만……	酒債尋常行處有, 주:채: 심상 행처: 유:
"인생 칠십[2]은 고래 희"라 아니하였나?	人生七十古來稀。 인생 칠십 고:래 희
꽃밭에 들어간 호랑나비 보일락말락,	穿花蛺蝶深深見, 천화 협접 심심 현:
물 위에 점찍은 잠자리 나는 듯 멈춘 듯.	點水蜻蜓款款飛。 점:수: 청정 관:관: 비
봄바람 봄빛이어, 함께 돌고 돌면서	傳語風光共流轉, 전어: 풍광 공: 류전:
잠깐 같이 즐겨보자, 나를 버리지 말라.	暫時相賞莫相違。 잠:시 상상: 막 상위

1_ 제2수는 제1수와 연관된다. 제2수는 제1수 말련, "어찌 덧없는 이름으로 이 몸을 묶으랴?"에 이어짐. 두보는 벼슬길에 득지得志 못하여, 봄이 가는 것을 감상적으로 보는 것이다.

2_ 인생 칠십 : 당시 속담이었던 듯. 이 구절로 인해서 나이 70을 고희古稀라 부름. 이때 두보는 마흔일곱 살이었다.

신안 아전[1] | 두보

新安吏
신안리:

나그네는 신안 지나는 길을 가다가 客行新安道, 객행 신안 도:
시끄럽게 병사 점고하는 것 들었다. 喧呼聞點兵。 훤호 문 점:병
신안 아전에게 물어보았더니, 借問新安吏, 차:문: 신안 리:
"고을이 작아 장정[2]이 더 없습니다. 縣小更無丁。 현:소: 갱: 무정

"관청의 영장[3]이 간밤에 왔기에, 府帖昨夜下, 부:첩 작야: 하:
다음 차례 청소년[4] 뽑는 거랍니다." 次選中男行。 차:선: 중남 행
청소년은 아무래도 몸집이 작으니 中男絶短小, 중남 절 단:소:
어떻게 임금님 성벽[5]을 지키겠나? 何以守王城。 하이: 수: 왕성

살찐 아이는 어미 배웅을 받지만, 肥男有母送, 비남 유:모: 송:
여윈 아이는 홀로 외롭구나! 瘦男獨伶俜。 수:남 독 령빙
허연 강은 어둠 속으로 흐르고, 白水暮東流, 백수: 모: 동류
퍼런 산엔 오히려 울음소리. 青山猶哭聲。 청산 유 곡성

스스로 눈을 마르게 하지 말라.	莫自使眼枯, 막자: 사:안: 고
너의 하염없는 눈물을 거둬라.	收汝淚縱橫。 수여: 루: 종횡
눈이 말라 뼈가 나타나도	眼枯卽見骨, 안:고 즉 견:골
하늘과 땅은 끝내 무정한 법.	天地終無情。 천지: 종 무정
우리 군사 상주[6]를 에워쌌다기에,	我軍取相州, 아:군 취: 상주
이제는 평화가 오려나 했더니.	日夕望其平。 일석 망: 기평
어찌 알았으랴, 적당의 일이기에!	豈意賊難料, 기:의: 적 난료:
관군은 흩어져서, 돌아왔다니.	歸軍星散營。 귀군 성산: 영
옛 보루[7] 근처에 군량 쌓아두고	就糧近故壘, 취:량 근: 고:루:
옛 서울 의지하여 조련하는 것,	練卒依舊京。 련:졸 의 구:경
호를 파도 물이 아니 나고[8]	掘壕不到水, 굴호 불 도:수:
말을 먹여도 또한 가벼운 일.	牧馬役亦輕。 목마: 역 역경
더구나 떳떳한 임금님의 군대,	況乃王師順, 황:내: 왕사 순:

급양과 대우도 심히 분명하다. 撫養甚分明。
무:양: 심: 분명

배웅하면서 너무 울지들 말라, 送行勿泣血,
송:행 물 읍혈

부형처럼 대해 줄 복야[9]가 있으니. 僕射如父兄。
복야: 여 부:형

1_ 759년, 48세 때 중앙의 벼슬(左拾遺)에서 물러나, 섬서성 화주華州(華縣)의 사공참군司功參軍으로 있을 때 작품. 당시 장안은 수복했지만 적군을 평정하지는 못했으므로 징병이 무자비하게 행해졌다. 신안新安은 하남성 락양洛陽의 서쪽에 있다. 두보는 이때 락양에서 화주까지 여행하고, 《신안 아전》《동관 아전》《석호 아전》의 '세 아전'(三吏)과 《신혼 이별》《노인 이별》《집 없는 이별》의 '세 이별'(三別)을 전후해서 지었다. 두보의 '세 아전' '세 이별'은 실제의 견문을 토대로 전쟁에 시달리는 백성들의 괴로움을 리얼하게 그린 명작이다. 특히 백거이白居易의 신악부新樂府의 모델이 되었다. 락양시에서 서안시까지는 약 390킬로미터(철도 기준). 그 사이 거리: 락양―(30킬로미터)―신안―(85킬로미터)―석호―(140킬로미터)―동관―(50킬로미터)―화주―(85킬로미터)―서안. 이 길은 중국 동서를 잇는 대동맥. 지금은 국도 310, 철도 롱해선隴海線이 지나고 있다. 대체로 완만한 비탈길이 길게 이어진다. 1997년 7월 21~22일, 1998년 1일 22~23일, 역자가 이 길을 통과했다.

2_ 장정 : 원문은 정丁. 당唐나라 제도에, 백성을 나이에 따라 다섯으로 분류했다. 즉 3세 이하는 황黃, 4~15세는 소小, 16~20세는 중中, 21~59세는 정丁, 60세 이상은 로老이다. 다만 천보天寶 연간에는 23세부터가 정丁이다.

3_ 관청의 영장 : 원문은 부첩府帖. 부府의 소집영장이다. 당唐나라에서는 부병제府兵制를 채택, 전국에는 600여 군부軍府가 있었다.

4_ 청소년 : 원문은 중中. 주 2 참조.

5_ 임금님 성벽 : 동도 락양洛陽을 가리킨다. 당시 곽자의郭子儀가 지키고 있었다.

6_ 상주相州 : 지금의 하남성 안양현安陽縣이다. 업성鄴城이라고도 불렀다. 안경서安慶緖(安祿山의 양아들, 아비를 죽이고 자리를 빼앗음)는 락양에서 후퇴, 여기를 근거로 삼고 있었다. 관군에서는 곽자의郭子儀 등 아홉 절도사節度使의 지휘로 20만의 대군을 동원하여 포위·공격했다. 그러나 병졸이 피폐되었고 양식도 떨어졌는데 더하여 반군 사사명史思明이 안경서를 도왔으므로 결전에서 대패, 마침내 락양으로 회군하였다.

7_ 옛 보루 : 락양洛陽 부근에 있는 보루라는 뜻이다. 또 다음 구절의 옛 서울은 바로 락양을 가리킨다.

8_ 물이 아니 나고 : 깊이 파지 않는다는 뜻이다.

9_ 복야僕射 : 관직, 총리급이다. 당나라는 좌복야 우복야가 있었다. 여기서는 곽자의郭子儀를 가리킨다. 당시 그는 좌복야였다.

동관 아전[1] | 두보

潼關吏
동관리:

병졸들이 자못 고생스럽게	士卒何草草, 사:졸 하 초:초:
동관 길에 성을 쌓고 있다.	築城潼關途。 축성 동관 도
큰 성은 무쇠보다 튼튼하고	大城鐵不如, 대:성 철 불여
작은 성도 만 길[2]이 넘는다.	小城萬丈餘。 소:성 만:장: 여
동관 아전에게 물어보았더니,	借問潼關吏, 차:문: 동관 리:
"관문 고쳐 또 오랑캐[3] 막아요."	修關還備胡。 수관 환 비:호
나더러 말을 내리라더니	要我下馬行, 요:아: 하:마: 행
나에게 산모퉁이를 가리켰다.	爲我指山隅。 위:아: 지: 산우
구름까지 이어져나간 목책,	連雲列戰格, 련운 렬 전:격

나는 새도 넘을 수 없다. 飛鳥不能踰。
비조: 불능 유

오랑캐 올 때 지키기만 한다면 胡來但自守,
호래 단: 자:수:

서경[4] 근심 다시는 없으리. 豈復憂西都。
기:부: 우 서도

"어르신네[5]는 요해처를 보세요. 丈人視要處,
장:인 시: 요:처:

수레 하나 겨우 지나갈 너비라, 窄狹容單車。
착협 용 단거

어려울 적에 창을 휘두른다면, 艱難奮長戟,
간난 분: 장극

천년이라도 혼자 지킬 수 있어요." 千古用一夫。
천고: 용: 일부

슬프다, 도림[6]의 싸움이여! 哀哉桃林戰,
애재 도림 전:

백만 군사가 고기밥이 되었다. 百萬化爲魚。
백만: 화: 위어

관문 장수에게 부탁하노니, 請囑防關將,
청:촉 방관 장:

가서한[7]의 전철을 밟지 마소라. 愼勿學哥舒。
신:물 학 가서

1_ 동관은 장안의 동쪽을 지키는 중요한 관문이다. 《신안 아전》 주 1 참조.

2_ 만 길 : 성의 길이가 만 길이라는 설도 있고, 성이 산 위에 있으므로 높이가 만 길이라는 설도 있다.

3_ 또 오랑캐 : 756년에 안록산의 반란군이 쳐들어왔음을 의식했기에 '또'라고 한 것이며, 오랑캐는 여기서 안경서 · 사사명의 반란군을 가리키는 것이다.

4_ 서경西京 : 즉 장안長安. '다시'라는 말은 안록산의 반란군에게 한 번 함락되었기 때문이다.

5_ 어르신네 : 동관 아전이 두보를 호칭한 것이다.

6_ 도림桃林 : 하남성 령보현靈寶縣에서 동관潼關에 이르는 약 60킬로미터 사이 요새 이름. 안록산 군에게 가서한哥舒翰의 군대가 대패하였다. 그때 관군은 20만이 궤멸되었는데 황하黃河 물에 빠져 죽은 자가 수만 명이었다 한다.

7_ 가서한哥舒翰 : 성은 가서, 이름은 한. 당나라 장수, 벼슬은 좌복야 평장사左僕射平章事, 안록산 군에게 항복하여 죽었다.

석호 아전[1] | 두보 — 石壕吏 석호리:

저녁에 석호촌에 들렀더니	暮投石壕村。 모:투 석호 촌
아전이 밤에 사람을 잡았다.	有吏夜捉人。 유:리: 야: 착인
할아범은 담 넘어 튀었고,	老翁踰墻走, 로:옹 유장 주:
할멈이 문을 나가 맞았다.	老婦出門看。 로:부: 출문 간
아전의 호통은 어찌 그리 화났고,	吏呼一何怒。 리:호 일하 노:
할멈의 울음은 어찌 그리 슬픈지?	婦啼一何苦。 부:제 일하 고:
할멈의 하소연[2]을 들었더니,	聽婦前致詞, 청부: 전 치:사

"세 아들이 업성[3]의 병졸인데요. 三男鄴城戍。
삼남 업성 수:

"한 아들의 부쳐온 편지에 一男附書至。
일남 부:서 지:

두 아들이 새로 전사했다고요. 二男新戰死。
이:남 신전: 사:

산 사람 또한 목숨만 부지했으니, 存者且偸生,
존자: 차: 투생

죽은 사람은 길이 그만이지요. 死者長已矣。
사:자: 장 이:의:

"집안에 달리 사람이 없고 室中更無人。
실중 갱: 무인

오직 젖먹이 손자만 있어요. 唯有乳下孫。
유유: 유:하: 손

손자 있어 어미 아니 떠났지만 有孫母未去,
유:손 모: 미:거:

나들이에 성한 치마도 없어요. 出入無完裙。
출입 무 완군

"늙은 몸이 기운은 없지만 老嫗力雖衰。
로:구 력 수쇠

나으리 따라 밤 도와 가서요, 請從吏夜歸。
청:종 리: 야:귀

급히 하양[4] 싸움에 댄다면 急應河陽役,
급응: 하양 역

새벽밥만큼은 지을 수 있어요." 猶得備晨炊。
유득 비: 신취

밤이 깊어 말소리 끊였지만 夜久語聲絶。
야:구: 어:성 절

흐느끼는 울음 들리는 듯. 如聞泣幽咽。
여문 읍 유열

날이 밝아 앞길로 나설 적, 天明登前途,
천명 등 전도

홀로[5] 할아범과만 작별하였다. 獨與老翁別。
독여: 로:옹 별

1_ 석호는 지금의 하남성 섬현陝縣 협석진硤石鎭의 한 촌락. 역시 759년에 지었다. 《신안 아전》 주 1 참조.

2_ 하소연 : 다음 13구는 할멈이 단숨에 주줄이 수다 떤 것이 아니라, 할멈이 이야기하다가 멈추고 울면 아전이 호통치고, 할멈이 또 울음 섞어 말을 잇는 것이 되풀이된 것이다. 즉 중복되는 "아전의 호통"은 생략하고, "할멈의 울음"만 녹음한 것. 중간에 잦은 환운換韻(역문의 단락)이 그것을 말한다. 천년 시공을 넘어, 다큐멘터리 라디오 드라마 한 편을 청취하는 듯.

3_ 업성鄴城 : 즉 상주相州이다. 《신안 아전》 주 6 참조(본서 620쪽).

4_ 하양河陽 : 하남성 맹현孟縣에 있다. 락양洛陽에서 황하黃河를 건넌 곳에 있는데, 석호에서 하양까지는 약 120킬로미터 거리이다. 여기서 관군은 안경서安慶緖의 군대를 막고 있었다.

5_ 홀로 : 할멈은 간밤에 끌려갔고, 할아범은 잠시 피했다가 돌아온 것이다.

신혼 이별[1] | 두보

新婚別
신혼별

새삼[2]이 쑥과 삼에 붙었으니, 兎絲附蓬麻,
토:사 부: 봉마

덩굴이 벋어야 길지 못하지. 引蔓故不長。
인:만: 고: 불장

딸을 병사에게 시집보내는 것은 嫁女與征夫,
가:녀: 여: 정부

길 옆에 버리는 것만 못하지. 不如棄路傍。
불여 기: 로:방

머리 얹고 아내가 되었지만 結髮爲妻子,
결발 위 처자:

자리 더울 틈도 없었으니, 席不暖君床。
석 불난: 군상

저녁에 혼인하고 새벽에 이별, 暮婚晨告別,
모:혼 신 고:별

그 아니 너무 빠른가요! 無乃太怱忙。
무내: 태: 총망

당신 가시는 곳 멀지는 않아 君行雖不遠,
군행 수 불원:

변경 지키러 하양[3]에 가시지만, 守邊赴河陽。
수:변 부: 하양

제 몸의 이름[4]이 분명치 않으니 妾身未分明,
첩신 미: 분명

어떻게 시부모님을 뵈옵나요? 何以拜姑嫜。
하이: 배: 고장

저의 부모님 저를 기르실 적 父母養我時,
부:모: 양:아: 시

낮 밤으로 저를 애지중지하셨고, 日夜令我藏。
일야: 령:아: 장

제가 커서 시집 올 때엔 生女有所歸,
생녀: 유: 소:귀

닭과 개도[5] 데려가게 해주셨어요.	雞狗亦得將。 계구: 역 득장

당신 이제 죽을 땅으로 가시니,[6]	君今往死地, 군금 왕: 사:지:
깊은 설움이 속에서 치밀어,	沈痛迫中腸。 침통: 박 중장
맹세코 당신 따라 가고 싶지만,	誓欲隨君往, 서:욕 수군 왕:
형세가 도리어 촉박하군요.	形勢反蒼黃。 형세: 반: 창황

신혼일랑 생각지 마시고	勿爲新婚念, 물위: 신혼 념:
전쟁에만 노력을 다하셔요.	努力事戎行。 노:력 사: 융행
계집이 군대 안에[7] 있으면	婦人在軍中, 부:인 재: 군중
사기 오르지 않을까 두려워요.	兵氣恐不揚。 병기: 공: 불양

혼자 한탄함은, 가난한 집 딸이	自嗟貧家女, 자:차 빈가 녀:
오랜만에 비단 옷 입었기 때문.	久致羅襦裳。 구:치: 라 유상
비단 옷 다시 입지 않겠어요.	羅襦不復施, 라유 불부: 시
당신 앞에서 화장도 씻겠어요.	對君洗紅粧。 대:군 세: 홍장

우러러 온갖 새 나는 것 보니, 仰視百鳥飛,
앙:시: 백조: 비

크거나 작거나 모두가 쌍쌍. 大小必雙翔。
대:소: 필 쌍상

사람의 일은 어그러짐 많으나, 人事多錯迕,
인사: 다 착오:

당신만 길이 바라고 있겠어요. 與君永相望。
여:군 영: 상망

1_ '세 아전' '세 이별'이 모두 전쟁에 시달리는 평민의 편에 서서 노래한 것이지만, '세 아전'은 시인이 제삼자가 되어 당사자와 문답하는 형식인데 대해서, '세 이별'은 시인이 작중 인물이 되어 각각 그 슬픔을 대언代言하는 형식을 취했다. 이 시는 막 신혼하고서 남편을 전쟁터로 떠나보내는 신부를 대신하여 읊은 것이다.

2_ 새삼 : 덩굴식물의 이름. 덩굴식물은 의지하는 것이 크면(소나무 따위) 길게 벋고, 작으면(쑥·삼 따위) 길게 벋지 못한다. 여기서는 여자의 운명은 남자에게 달렸음을 비유한 것이다. 『고시 19수』《하늑하늑 대나무》에 "그대와 새로 혼인한 것, / 새삼이 송라에 붙은 격"이라는 구절이 있다(본서 300쪽).

3_ 하양河陽 : 《석호 아전》 주 4 참조(본서 625쪽).

4_ 제 몸의 이름 : 옛날 제도에 신부는 혼인한 지 사흘 되는 날 사당에 절하고 나서야 정식으로 며느리가 되어 시부모를 뵙게 된다. 그런데 이 신부는 혼인 이튿날 남편을 떠나보내니 아직 정식으로 며느리가 되지 못한 것이다.

5_ 닭과 개도 : 이 구절은 난해하여, 여러 설이 분분하다. "닭에게 시집가면 닭을 따라 날고, 개에게 시집가면 개를 따라 달린다.", 즉 "닭은 닭끼리, 개는 개끼리"라는 뜻으로 본 것도 있다.

6_ 죽을 땅으로 가시니 : 원문은 왕사지往死地, 판본에 따라서는 사생지死生地로 된 것도 있다. 그러면, "당신은 이제 생사生死의 갈림길에 섰다"는 뜻이 된다.

7_ 계집이 군대 안에 : 『한서』漢書 「리릉전」李陵傳에, 리릉李陵은 한나라 군대의 사기가 떨어진 것을 보고 그것은 군대 안에 계집이 있기 때문이라고 생각, 모두 찾아내어 목을 잘랐다는 기록이 있다.

노인 이별[1] | 두보

垂老別
수로: 별

사방이 모두 평화롭지 못하여 / 四郊未寧靜, 사:교 미: 녕정:
늙마에 편안히 지낼 수 없다. / 垂老不得安。 수로: 불득 안
아들 손자 모두 전사하였으니 / 子孫陣亡盡, 자:손 진:망 진:
어찌 내 몸만 온전할 수 있나? / 焉用身獨完。 언용: 신 독완

지팡이 던지고 문을 나서니 / 投杖出門去, 투장: 출문 거:
동행조차 신산하게 여긴다. / 同行爲辛酸。 동행 위 신산
다행히 치아는 성하지만 / 幸有牙齒存, 행:유: 아치: 존
슬프게도 골수는 말랐다. / 所悲骨髓乾。 소:비 골수: 건

사나이가 갑옷·투구 차렸으니, / 男兒旣介冑, 남아 기: 개:주:
군례[2]를 드려 상관께 하직한다. / 長揖別上官。 장읍 별 상:관
늙은 아내 길에 누워 우는데, / 老妻臥路啼, 로:처 와:로: 제
세모에 달랑 홑옷만 걸쳤구나! / 歲暮衣裳單。 세:모: 의상 단

죽음의 이별임을 익히 알지만, 孰知是死別,
숙지 시: 사:별

잠간 그 추울 것이 마음 아프다. 且復傷其寒。
차:부: 상 기한

결코 못 돌아오는 길인 것이지만 此行必不歸,
차:행 필 불귀

또한 밥을 더 먹으라고 권한다.[3] 還聞勸加餐。
환문 권: 가찬

토문[4]의 성벽 몹시 튼튼하고, 土門壁甚堅,
토:문 벽 심:견

행원[5]의 나루 또한 엄중하여, 杏園度亦難。
행:원 도: 역난

형세가 업성[6] 때와는 다르다 하니 勢異鄴城下,
세:이: 업성 하:

죽는대도 시간 여유는 있겠다. 縱死時猶寬。
종:사: 시 유관

인생은 헤어졌다 모였다 하는 것, 人生有離合,
인생 유: 리합

젊을 때 늙을 때를 가리겠는가? 豈擇衰盛端。
기:택 쇠성: 단

옛날 청장년 때를 생각하며 憶昔少壯日,
억석 소:장: 일

천천히 고개 돌려 길게 탄식한다. 遲回竟長歎。
지회 경: 장탄

온 나라가 모두 전쟁터 되었으니, 萬國盡征戍,
만:국 진: 정수:

산봉우리마다 봉화 불 오른다.	烽火被岡巒。 봉화: 피: 강만
시체 쌓여 풀과 나무도 비릿하고,	積屍草木腥, 적시 초:목 성
피가 흘러 내와 언덕도 벌겋다.	流血川原丹。 류혈 천원 단

어느 고장이 낙토일 것이라고,	何鄕爲樂土, 하향 위 락토:
어찌 감히 그냥 어정거릴까?	安敢尙盤桓。 안감: 상: 반환
초가 살림을 버리고 나서니,	棄絶蓬室居, 기:절 봉실 거
철렁하고 가슴이 내려앉는다.	榻然摧肺肝。 탑연 최 폐:간

1_ 역시 759년에 지은 것이다. 《신안 아전》 주 1, 《신혼 이별》 주 1 참조.

2_ 군례軍禮 : 원문은 장읍長揖. 두 손을 맞잡고 위에서 아래로 내리는 것이다. 군인은 절(拜)을 하지 않는다. 노인이 철모 쓰고 거수경례하는 서글픈 풍경과 같을 것이다.

3_ 밥을 더 먹으라 권한다 : 『고시 19수』 《가고 가고 또 가고》에 "애써 밥이나 더 먹도록 하라"는 구절이 있다(본서 291쪽).

4_ 토문土門 : 하북성 정형현井陘縣에 있는 정형관井陘關, 태항大行산맥을 넘는 지레목이다. 산서성 · 하북성이 통하는 길이 된다.

5_ 행원杏園 : 하남성 신향현新鄕縣의 행원진杏園鎭. 위하衛河를 건너는 나루터가 있다.

6_ 업성鄴城 : 즉 상주相州, 《신안 아전》 주 6 참조(본서 620쪽).

집 없는 이별[1] | 두보

無家別
무가별

적막하다, 천보[2]의 뒷날.
寂寞天寶後,
적막 천보: 후:

밭과 집은 오직 쑥대밭.
園廬但蒿藜。
원려 단: 호려

우리 동네 백 가구가 넘었는데
我里百餘家,
아:리: 백여 가

세상 어지러워 동서로 흩어졌다.
世亂各東西。
세:란: 각 동서

산 사람은 소식이 없고
存者無消息,
존자: 무 소식

죽은 이는 흙이 되었다.
死者爲塵泥。
사:자: 위 진니

미천한 놈 패전하였기에[3]
賤子因陣敗,
천:자: 인 진:패:

돌아와 옛길을 더듬는다.
歸來尋舊蹊。
귀래 심 구:혜

오랜만에 보니 빈 골목에는
久行見空巷,
구:행 견: 공항:

설핏한 햇살, 쓸쓸한 기분.
日瘦氣慘悽。
일수: 기: 참:처

오직 여우 너구리 으르렁,
但對狐與狸,
단:대: 호 여:리

털 세워 나를 보고 성낸다.	竪毛怒我啼。 수:모 노:아: 제
사방에 이웃이라고 있을까?	四隣何所有, 사:린 하 소:유:
늙은 과부 한두 사람뿐!	一二老寡妻。 일이: 로: 과:처
잘 새도 옛 가지를 그리니,	宿鳥戀本枝, 숙조: 련: 본:지
어찌 누추한 곳[4] 마다할까?	安辭且窮棲。 안사 차: 궁서
봄이라 혼자 호미를 메고,	方春獨荷鋤, 방춘 독 하:서
해질녘에 또한 밭에 물을 댄다.	日暮還灌畦。 일모: 환 관:휴
고을 아전이 내 온 것 알고	縣吏知我至, 현:리: 지 아:지:
불러다가 북 치는 연습하란다.	召令習鼓鞞。 소:령: 습 고:비
비록 내 고장 부역이라 하나,	雖從本州役, 수종 본:주 역
돌아봐야 가족이라곤 없다.	內顧無所攜。 내:고: 무 소:휴
가까이 가도 한 몸일 뿐이요,	近行止一身, 근:행 지: 일신
멀리 가도 끝내 떠돌이 신세.	遠去終轉迷。 원:거: 종 전:미

고향이 벌써 몽땅 없어졌으니 家鄕旣盪盡,
가향 기: 탕:진:

멀거나 가깝거나 매한가지지. 遠近理亦齊。
원:근: 리: 역제

길이 애통한 것은 병든 어미를 永痛長病母,
영:통: 장병: 모:

오 년[5]이나 시궁창에 버려둔 일. 五年委溝谿。
오:년 위: 구계

나를 낳고도 효도를 못 받았으니 生我不得力,
생아: 불 득력

종신토록 둘이 슬피 울 것이다. 終身兩酸嘶。
종신 량: 산시

인생에 집 없는 이별 당하니 人生無家別,
인생 무가 별

어찌 백성이라 할 것인가? 何以爲蒸黎。
하이: 위 증려

1_ 역시 759년에 지은 것이다. 《신안 아전》 주 1, 《신혼 이별》 주 1 참조. 여기서 집(家)이라 함은, 구체적으로 '집안 식구'를 가리키는 것이다.

2_ 천보天寶 : 당나라 현종 리릉기의 연호. 천보 14년(755) 동짓달에 안록산이 반란을 일으켰다. 천보 15년(756)에 안록산 군이 장안을 점령하고, 현종 리릉기가 피란을 떠났다. 그 해 칠월에 태자 리형이 즉위하여 새로 지덕至德이란 연호를 썼다.

3_ 패전하였기에 : 상주相州 싸움을 가리킨다. 《신안 아전》 주 6 참조(본서 620쪽).

4_ 누추한 곳 : 주인공의 옛집.

5_ 오 년 : 755년에 난리가 시작되었고, 이 시를 쓴 해는 759년이니 햇수로 5년째이다.

달밤에 생각하는 아우[1] | 두보

月夜憶舍弟
월야: 억사:제:

수루의 북소리 통행을 끊는데,
변방 가을 외기러기 울고 가네.
이슬은 오늘밤부터 희어지니[2]
달은 우리 고향처럼 밝구나.
아우 있지만 모두 흩어졌으니,
집이 없어 소식 묻지 못한다.
편지 부쳐야 늘 전해지지 않는다.
하물며 전쟁[3]이 그치지 않았거늘!

戍鼓斷人行。
수:고: 단: 인행
邊秋一雁聲。
변추 일 안:성
露從今夜白,
로:종 금야: 백
月是故鄕明。
월시: 고:향 명
有弟皆分散,
유:제: 개 분산:
無家問死生。
무가 문: 사:생
寄書長不達,
기:서 장 불달
況乃未休兵。
황:내: 미: 휴병

1_ 759년 가을 감숙성 진주秦州(天水市)에서 지은 것. 두보의 아우는 영穎, 관觀, 풍豊, 점占이 있었다. 당시 하나는 하남성에, 하나는 산동성에 있었다 한다.

2_ 이슬은 오늘밤부터 희어지니 : 즉 백로白露(양력 9월 8일경)의 철이 되었음을 뜻한다.

3_ 전쟁 : 당시 안록산은 죽었지만, 그 아들 안경서安慶緖와 그 막하 사사명史思明의 반란은 계속되고 있었다.

동곡의 노래7수[1] | 두보

乾元中寓居同谷縣作歌七首
건원중 우:거동곡현: 작가 칠 수:

1

나그네, 나그네, 그대 이름은 자미.[2]	有客有客字子美。 유:객 유:객 자: 자:미:
허연 머리 어지러이 귀밑에 처져 있다.	白頭亂髮垂過耳。 백두 란:발 수 과:이:
추수라고 상수리 주우며 잔나비 따른다,	歲拾橡栗隨狙公, 세:습 상:률 수 저공
날씨 춥고 해 저무는 산골짝으로.	天寒日暮山谷裏。 천한 일모: 산곡 리:
중원 땅에 소식 없어 못 돌아가니,	中原無書歸不得, 중원 무서 귀 불득
손발이 얼어 터져 살갗은 죽는다.	手脚凍皴皮肉死。 수:각 동:준 피육 사:
아이고! 한 번 노래하니, 노래가 벌써 서럽다.	嗚呼一歌兮歌已哀。 오호 일가혜 가 이:애
슬픈 바람 나를 위해 하늘에서 부는가!	悲風爲我從天來。 비풍 위:아: 종천 래

1_ 원제는 "건원 연간에 동곡현에 우거하며 지은 노래 7수"라는 뜻이다. 시는 759년, 즉 건원 2년에 지은 것이다. 이때 나이는 48세. 두보는 이 해 동짓달에 감숙성 진주秦州(天水市)를 떠나 동곡同谷(成縣)에 머물렀다. 동곡은 감숙성 동남 끝에 있다. 그리고 섣달에 험준한 잔도棧道를 거쳐 사천성 지방으로 들어갔다. 피란살이에서 겪는 빈곤, 흩어진 가족 생각, 나라 걱정, 신세 한탄을 그린 것이다.

2_ 자미子美 : 두보의 자字. 두보는 시 가운데 자기의 성, 명, 자를 넣기를 좋아한 듯하다.

2

보습아, 보습아, 하얀 나무 자루.	長鑱長鑱白木柄。 장참 장참 백목 병:
나는 자네를 의지하여 목숨을 잇고 있다.	我生託子以爲命。 아:생 탁자: 이: 위명:
죽대[1]는 싹이 없고 산에 눈은 깊다,	黃精無苗山雪盛, 황정 무묘 산설 성:
짧은 옷 당겨봐야 정강이를 못 가리는데.	短衣數挽不掩脛。 단:의 수:만: 불 엄:경:
이때 자네와 함께 빈손으로 돌아오니,	此時與子空歸來, 차:시 여:자: 공 귀래
아들딸의 신음소리뿐 방안이 썰렁하다.	男呻女吟四壁靜。 남신 녀:음 사:벽 정:
아이고! 두 번 노래하니, 노래가 비로소 퍼진다.	嗚呼二歌兮歌始放。 오호 이:가혜 가 시:방:
마을 사람들 나를 위해 쓸쓸한 낯빛인가!	閭里爲我色惆悵。 려리: 위:아: 색 추창:

1_ 죽대(黃精) : 풀 이름. 한약재로 많이 쓰이지만, 뿌리에서 전분을 얻을 수 있으므로 흉년에는 곡식의 대용이 된다. 어떤 판본에는 황독黃獨, 즉 토란으로 된 것도 있으나 이 시에 나타나는 계절과는 맞지 않는다.

3

아우[1]야, 아우야, 멀리도 나가 있다.	有弟有弟在遠方。 유:제: 유:제: 재: 원:방
세 사람 다 여위었으나 누가 좀 나은가?	三人各瘦何人强。 삼인 각수: 하인 강

생이별로 떠도니 서로 볼 수가 없다, 生別展轉不相見,
생별 전:전: 불 상견:

오랑캐 먼지[2] 하늘을 가리고 길은 멀다. 胡塵暗天道路長。
호진 암:천 도:로: 장

동쪽으로[3] 날아가는 들거위 뒤쫓는 무수리, 東飛駕鵝後鶖鶬,
동비 가아 후: 추창

나를 네 곁으로 보내 줄 수 있는가? 安得送我置汝旁。
안득 송:아: 치: 여:방

아이고! 세 번 노래하니, 노래가 세 번 흩어진다. 嗚呼三歌兮歌三發。
오호 삼가혜 가 삼발

너는 어디에서 형의 뼈를 추릴 터인가? 汝歸何處收兄骨。
여:귀 하처: 수 형골

1_ 아우 : 두보는 아우 네 사람이 있었다. 그런데 한 아우는 같이 있었으므로 다음 구절에 세 사람이라 한 것이다. 《달밤에 생각하는 아우》 주 1 참조.

2_ 오랑캐 먼지 : 반란군을 가리킨다. 안록산은 이민족 출신이다.

3_ 동쪽으로 : 당시 두보의 아우 가운데 한 사람은 산동성에, 한 사람은 하남성에 있었는데, 동곡에서는 모두 동쪽에 해당된다.

4

누이야, 누이야, 종리[1]에 가 있다. 有妹有妹在鍾離。
유:매: 유:매: 재: 종리

남편 일찍 여의고 아이들 철없다. 良人早歿諸孤癡。
량인 조:몰 제 고치

회수淮水 높은 물결은 교룡이 노한 때문, 長淮浪高蛟龍怒,
장회 랑:고 교룡 노:

십 년을 못 봤는데 언제 올 터인가? 十年不見來何時。
십년 불견: 래 하시

쪽배 타고 가고 싶지만 화살이 가득[2]하고, 扁舟欲往箭滿眼,
편주 욕왕: 전: 만:안:

아득한 남쪽 나라에 깃발도 많다. 杳杳南國多旌旗。
답답 남국 다 정기

아이고! 네 번 노래하니, 노래가 네 번 울린다. 嗚呼四歌兮歌四奏。
오호 사:가혜 가 사:주:

숲 속 원숭이도 나를 위해 낮에 우는가! 林猿爲我啼淸晝。
림원 위:아: 제 청주:

1_ 종리鍾離 : 춘추시대 나라 이름, 지금의 안휘성 봉양현鳳陽縣. 회수淮水의 남안南岸에 있다.

2_ 화살이 가득 : 전쟁이 일어나고 있는 것을 뜻한다. 다음 구절의 "깃발도 많다"도 역시 같은 의미이다.

5

사방 산에 바람 많고 개울 물 빠르다. 四山多風溪水急。
사:산 다풍 계수: 급

찬비 쏴쏴 내리니 죽은 가지 젖는다. 寒雨颯颯枯樹濕。
한우: 삽삽 고수: 습

쑥 덤불 덮은 옛 성을 구름이 가린다, 黃蒿古城雲不開,
황호 고:성 운 불개

흰 여우 검은 여우 들보에서 뛰놀고. 白狐跳梁黃狐立。
백호 도:량 황호 립

내 어찌하여 후미진 골짜기에 있는가? 我生何爲在窮谷,
아:생 하위: 재: 궁곡

밤중에 일어앉으니 온갖 시름 모인다. 中夜起坐萬感集。
중야: 기:좌: 만:감: 집

아이고! 다섯 번 노래하니, 노래가 참으로 길다.	嗚呼五歌兮歌正長。 오호 오:가혜 가 정:장
초혼해도 안 오니 고향으로 돌아갔는가!	魂招不來歸故鄕。 혼초 불래 귀 고:향

6

남쪽에 용이 있다,[1] 산골 웅덩이에.	南有龍兮在山湫。 남유: 룡혜 재: 산추
고목은 높이 솟아 가지 서로 얽혀 있다.	古木巃嵸枝相樛。 고:목 롱:송: 지 상규
나뭇잎 누렇게 질 때 용은 마침 동면한다,	木葉黃落龍正蟄, 목엽 황락 룡 정:칩
동쪽에서 온 살무사[2]는 물 위에서 노는데.	蝮蛇東來水上游。 복사 동래 수:상: 유
내 가는 길에 웬일이냐, 감히 나타나다니,	我行怪此安敢出, 아:행 괴:차: 안감: 출
칼을 빼어 동강 쳐서 끝장을 내어야겠다.	拔劍欲斬且復休。 발검: 욕참: 차:부: 휴
아이고! 여섯 번 노래하니, 노래가 뜻이 깊다.	嗚呼六歌兮歌思遲。 오호 륙가혜 가 사지
개울도 나를 위해 봄 모습[3]으로 돌아오는가!	溪壑爲我廻春姿。 계학 위:아: 회 춘자

1_ 남쪽에 용이 있다 : 현종 리륭기는 당시 장안에 있는 홍경궁興慶宮에 머물렀는데 이곳을 남내南內라 불렀다. 용은 황제를 비유한 것이다.

2_ 동쪽에서 온 살무사 : 안록산의 뒤를 이은 안경서安慶緖·사사명史思明의 반란군을 가리킨다. 또는 남내南內에 있는 현종 리륭기를 서내西內로 옮기게 한 간신 리보국李輔國 등을 가리키는 말이라고도 하지만 이 일은 760년, 즉 이 시를 지은 다음해에 일어난 일이기에 성립되지 않을 듯하다.

3_ 봄 모습 : 봄이 되면 동면하던 용이 깨어 나오니 살무사를 퇴치하리라는 기대를 거는 것이다.

7

남아가 태어나 이름나기 전에 몸이 벌써 늙는다.	男兒生不成名身已老。 남아 생불성명 신 이:로:
삼 년[1]이나 굶주려 거친 산길 헤맨다.	三年饑走荒山道。 삼년 기주: 황산 도:
장안의 공경대신은 젊은이[2]도 많다,	長安卿相多少年, 장안 경상: 다 소:년
부귀공명은 일찍 이루어져야 하겠다.	富貴應須致身早。 부:귀: 응수 치:신 조:
산 속의 선비는 오래 사귄 친구이니,	山中儒生舊相識, 산중 유생 구: 상식
옛날 얘기만 해도 마음이 상한다.	但話宿昔傷懷抱。 단:화: 숙석 상 회포:
아이고! 일곱 번 노래하니, 곡조 조용히 끝난다.	嗚呼七歌兮悄終曲。 오호 칠가혜 초: 종곡
하늘을 쳐다보니 태양은 그리도 빠른가!	仰視皇天白日速。 앙:시: 황천 백일 속

1_ 삼 년 : 757년부터 759년까지 햇수.

2_ 젊은이 : 숙종 리형이 756년에 즉위하자, 중앙정부의 지도자가 구관료로부터 신관료로 교체되었다.

강 마을[1] | 두보

江村
강촌

맑은 강 한 굽이 마을 안아 흐르니,
긴 여름 강 마을은 일마다 한가롭다.
절로 오고 가는 들보 위의 제비들.
서로 가깝고 친한 물가의 갈매기[2]들.
늙은 아내는 종이에 장기[3]판을 그리고,
어린 아들은 바늘로 낚시를 꼬부린다.
많은 병[4]에 필요한 것은 약재뿐이지,
하찮은 몸 이밖에 다시 무얼 바랄까?

淸江一曲抱村流。
청강 일곡 포:촌 류
長夏江村事事幽。
장하: 강촌 사:사: 유
自去自來梁上燕,
자:거: 자:래 량상: 연:
相親相近水中鷗。
상친 상근: 수:중 구
老妻畫紙爲碁局,
로:처 획지: 위 기국
稚子敲針作釣鉤。
치:자: 고침 작 조:구
多病所須唯藥物,
다병: 소:수 유 약물
微軀此外更何求。
미구 차:외: 갱: 하구

1_ 760년 여름에 지음. 이때 두보는 사천성 성도成都의 초당草堂에서 무료한 나날을 보낼 때이다. 초당은 지금 '두보 기념공원'이 되었는데, 송대 이후 간행된 각종 두시杜詩 판본 외국어 번역본 등 문헌 자료 3만 권과 두보 관련 문물 2천 건이 소장되어 있다. 1997년 7월 12일, 역자가 현장을 탐방했다.

2_ 갈매기 : 중국 시에서 은사隱士의 친구로 상징되는 새. 왕유《장마 지는 망천장에서》 주 6 참조(본서 490쪽).

3_ 장기 : 고대 인도에서 발명된 것. 중국 장기도 장기판이나 말이 기본적으로 한국과 같다.(행마법에 약간 차이가 있음.)

4_ 많은 병 : 두보는 당뇨병과 폐병을 앓고 있었다.

손님이 와[1] | 두보

客至
객지:

집 앞이나 집 뒤가 온통 봄물이니,	舍南舍北皆春水, 사:남 사:북 개 춘수:
갈매기[2] 떼 날마다 날아올 따름이라.	但見羣鷗日日來。 단:견: 군구 일일 래
꽃길은 손님 없어 여태 쓸지 않았고,	花徑不曾緣客掃, 화경: 불증 연객 소:
사립문은 그대를 위해 처음 열었네.	蓬門今始爲君開。 봉문 금시: 위:군 개
푼주 찬, 시장 멀어 두어 가지 없고,	盤飧市遠無兼味, 반손 시:원: 무 겸미:
단지 술, 집이 가난해 묵은 탁주뿐.	樽酒家貧只舊醅。 준주: 가빈 지: 구:배
이웃 노인과 함께 마셔도 좋다면,	肯與鄰翁相對飮, 긍:여: 린옹 상대: 음:
울 너머 불러다 남은 잔을 비우세.	隔籬呼取盡餘杯。 격리 호취: 진: 여배

1_ 760년경, 성도의 초당에서 지은 것이다. 모처럼 누리는 안정된 생활을 그린 것.

2_ 갈매기 : 은사隱士의 친구.

강가의 정자[1] | 두보

江亭
강정

따듯한 정자에 배 깔고[2] 엎드려	坦腹江亭暖, 탄:복 강정 난:
길게 읊조리며 들을 바라볼 때,	長吟野望時。 장음 야:망: 시
물이 흘러도 마음은 안 달리니	水流心不競, 수:류 심 불경:
구름이 있어 뜻도 함께 느긋하다.	雲在意俱遲。 운재: 의: 구지
봄은 소리 없이 저물려 하거늘	寂寂春將晩, 적적 춘 장만:
만물은 신나게 제 몫을 챙기네.	欣欣物自私。 흔흔 물 자:사
옛 수풀에 돌아가지 못하므로	故林歸未得, 고:림 귀 미:득
고민 떨치려 억지 시를 짓는다.	排悶强裁詩。 배민: 강: 재시

1_ 761년 성도 초당草堂에서 지음. 정자는 초당 마당 끝에 있었다. 이 시는 경치와 감정이 융합하여 하나가 되어 있다. 송대 이래 많은 사람이 이 시의 철리哲理에 공감하였다.

2_ 배 깔고: 진晉나라 치감郗鑒이 문생을 시켜 왕王씨 집에 가서 사위를 고르게 했더니 자제들이 모두 좀 굳어 있었지만 왕희지王羲之만 평상에 배를 깔고 엎드려 있었다고. 치감은 "좋은 사윗감"이라 하고 딸을 왕희지와 혼인시켰다. 왕희지는 후일 서예로 이름을 떨쳤다. 왕희지의 고사를 써서 시인은 구속 없는 자유를 표현했다.

정자 난간에서 2수[1] | 두보

水檻遣心二首
수:함: 견:심 이:수:

1

성곽[2]을 떠나 정자는 시원한데,
去郭軒楹敞,
거:곽 헌영 창:

촌락이 없어 조망이 아득하다.
無村眺望賒。
무촌 조:망: 사

맑은 금강[3]은 들이라 둔덕도 적고,
澄江平少岸,
징강 평 소:안:

그윽한 수목은 저녁에 꽃도 많다.
幽樹晚多花。
유수: 만: 다화

보슬비에 물고기는 위로 나오고,
細雨魚兒出,
세:우: 어아 출

산들바람에 제비는 비끼어 난다.
微風燕子斜。
미풍 연:자: 사

성안은 십만 호[4]나 살고 있지만,
城中十萬戶,
성중 십만: 호:

여기는 겨우 두세 집일 뿐이라.
此地兩三家。
차:지: 량:삼 가

1_ 모두 2수. "수정水亭의 난간에서 마음을 푼다"는 뜻이다. 761년 봄에 지은 듯하다.

2_ 성곽 : 성도成都의 성을 가리킨다.

3_ 금강錦江 : 성도를 안고 흐르는 강. 이 물은 흘러서 민강岷江에 합치고 다시 장강長江으로 들어가 종당에는 발해로 빠진다. 지금 이름은 부하府河. '들'이란 말은 성도 부근이 분지로서 지세가 편편함을 말한 것이다.

4_ 십만 호 : 당시 성도의 호수는 16만이었으니, 그 번영상을 알 수 있다.

2

촉나라[1]는 밤에 비가 잘 오지만,	蜀天常夜雨, 촉천 상 야:우:
강가 정자는 아침에 날이 개었다.	江檻已朝晴。 강함: 이: 조청
잎이 젖으니 연못물이 그득하고,	葉潤林塘密, 엽윤: 림당 밀
옷이 마르니 잠자리가 깨끗하다.	衣乾枕席淸。 의건 침:석 청
노인병만 해도 참기 어렵거늘,	不堪祇老病, 불감 지 로:병:
허황한 명성이야 어찌 바랄까?	何得尙浮名。 하득 상: 부명
슬쩍 작은 술잔을 손에 잡았지만,	淺把涓涓酒, 천:파: 연연 주:
함빡 나의 여생을 여기 의탁한다.	深憑送此生。 심빙 송: 차:생

1_ 촉나라 : 즉 사천성 지방을 가리킨다. 리백《촉나라 길은 어렵다》주 1 참조 (본서 524쪽).

화경에게 드림[1] | 두보

贈花卿
증:화경

금성[2]의 거문고 피리소리 날로 분분하니,	錦城絲管日紛紛。 금:성 사관: 일 분분

반은 강바람에 들고 반은 구름에 든다. 半入江風半入雲。
반:입 강풍 반:입 운

이 가락 응당 하늘나라에만 있을 것, 此曲祇應天上有,
차:곡 지응 천상: 유:

인간세상에서 몇 번이나 들을 수 있나? 人間能得幾回聞。
인간 능득 기:회 문

1_ 761년에 성도成都에서 지은 것이다. 화경은 검남절도劍南節度 화경정花敬定이다. 화경정은 반란을 일으킨 재주梓州 자사刺史 단자장段子璋을 잡아 죽이고 약탈을 마구 했다(그러므로 이 시로써 그 방자함을 풍자한 것이라는 설도 있으나 확실치 않음).

2_ 금성 : 사천성 성도成都. 성도에는 큰 성과 작은 성이 있는데, 본래는 작은 성을 금성 또는 금관성錦官城이라 불렀으나, 뒤에는 성도의 별칭이 되었다.

가을바람에 부서진 띳집[1] | 두보 茅屋爲秋風所破歌
모옥 위추풍 소:파: 가

팔월[2] 가을 하늘 높은데 바람이 거세게 불어, 八月秋高風怒號。
팔월 추고 풍 노:호

우리 집 지붕 위 세 겹 띠를 말아 올린다. 卷我屋上三重茅。
권:아: 옥상: 삼중 모

띠는 날아 강을 건너 강가의 들에 흩어진다. 茅飛渡江灑江郊。
모비 도:강 쇄: 강교

높게는 우거진 숲의 가지 끝에 걸치고, 高者挂罥長林梢。
고자: 괘:견: 장림 소

낮게는 깊숙한 못의 웅덩이에 박힌다. 下者飄轉沈塘坳。
하:자: 표전: 침 당요

남촌의 아이놈들, 내가 늙고 힘없음을 얕보아,　南村群童欺我老無力。
남촌 군동 기:아: 로: 무력

뻔뻔스런 낯짝으로 도둑질을 한다.　忍能對面爲盜賊。
인:능 대:면: 위 도:적

떳떳이 띠를 안고 대밭으로 들어간다.　公然抱茅入竹去,
공연 포:모 입죽 거:

입술이 타고 입이 말라 소리도 못 지르고는,　脣焦口燥呼不得。
순초 구:조: 호 불득

돌아와 지팡이에 기대어 혼자 한숨을 쉰다.　歸來倚杖自歎息。
귀래 의:장: 자: 탄:식

잠깐 동안에 바람은 멎고 구름이 새카매지더니,　俄頃風定雲墨色。
아경: 풍정: 운 묵색

가을 하늘은 어둑어둑 어두워진다.　秋天漠漠向昏黑。
추천 막막 향: 혼흑

베 이불 여러 해 되어 무쇠처럼 차가운데,　布衾多年冷似鐵。
포:금 다년 랭: 사:철

아이가 잠결에 차버린 그 안은 성한 데 없다.　驕兒惡臥踏裏裂。
교아 악와: 답리: 렬

침상 머리에 집이 새어 마른자리 없는데.　牀頭屋漏無乾處,
상두 옥루: 무 건처:

빗발은 삼밭처럼,[3] 또 끊이지 아니한다.　雨脚如麻未斷絕。
우:각 여마 미: 단:절

난리 겪은 뒤로는 잠이 늘 적지만,　自經喪亂少睡眠,
자:경 상란: 소: 수:면

긴 밤을 흠뻑 젖고서야 무슨 수로 지새울까!　長夜霑濕何由徹。
장야: 점습 하유 철

어떻게 천 간 만 간 되는 집을 얻어,　安得廣厦千萬間。
안득 광:하: 천만: 간

세상의 가난한 선비들을 기쁘게 할 수는 없을까? 大庇天下寒士俱歡顔。
대:비: 천하: 한사: 구 환안

비바람에 끄떡없는 산처럼 말이다! 風雨不動安如山。
풍우: 불동: 안 여산

아이고! 어느 때 눈앞에 우뚝한
이런 집을 본다면, 嗚呼何時眼前突兀見此屋。
오호 하시 안:전 돌올 견: 차:옥

홀로 우리 집은 부서져서 얼어 죽어도 좋겠다. 吾廬獨破受凍死亦足。
오려 독파: 수:동:사: 역족

1_ 원제는 "띠 집을 가을바람에 부순 노래"라는 뜻이다. 761년 가을, 50세 될 때, 성도成都의 완화초당浣花草堂이 가을바람 때문에 띠로 이은 그 지붕이 날아간 것을 노래한 것이다. 완화초당은 두보가 참으로 오래간만에 가까스로 마련하고 자못 기뻐했던 집. 그래서 그의 별호를 초당草堂 또는 완화浣花라 불렀던 것이다.

2_ 팔월 : 음력이다. 양력으로는 대개 9월이다.

3_ 빗발은 삼밭처럼 : 땅에 꽂히는 빗줄기가 굵고 촘촘하다는 뜻이다.

나그네 밤[1] | 두보

客夜
객야:

나그네 잠이 어찌 잘 들겠나? 客睡何曾着,
객수: 하증 착

가을 하늘 아니 밝으려 한다. 秋天不肯明。
추천 불긍: 명

발에 드는 이지러진 달 그림자. 入簾殘月影,
입렴 잔월 영:

베개를 높이니 먼 강 물 소리라.	高枕遠江聲。 고침: 원:강 성
꾀가 서툴러 옷밥이 없는 신세,	計拙無衣食, 계:졸 무 의식
길이 막혀 친구에 기대는 형편.	途窮仗友生。 도궁 장:우: 생
늙은 아내는 두어 장 편지[2]로,	老妻書數紙, 로:처 서 수:지:
돌아 못 가는 심정을 알겠지.	應悉未歸情。 웅실 미:귀 정

1_ 762년 가을 사천성 재주梓州(三台)에 있을 때 지은 것이다. 지방의 반란으로 잠시 성도成都를 떠났을 때이다.

2_ 편지 : 아내가 부친 편지로 해석하는 설도 있다(杜詩諺解).

하북을 찾은 소식[1] | 두보

聞官軍收河南河北
문 관군 수 하남 하북

검각[2] 밖에 문득 날아든 하북 찾은 소식……	劍外忽傳收薊北, 검:외: 홀전 수 계:북
처음 듣자 눈물 흘러 옷을 다 적신다.	初聞涕淚滿衣裳。 초문 체:루: 만: 의상
처자를 돌아보니 시름이 어디 있나?	却看妻子愁何在, 각간 처자: 수 하재:
시서를 마구 마니[3] 기쁨에 미칠 듯!	漫卷詩書喜欲狂。 만:권: 시서 희: 욕광

환한 대낮 노래 부르니 술에 취해야지.	白日放歌須縱酒, 백일 방:가 수 종:주:
푸른 봄철 동행 만들어 고향[4] 가기 좋지.	青春作伴好還鄉。 청춘 작반: 호: 환향
바로 파협으로 해서 무협[5]으로 빠지리.	卽從巴峽穿巫峽, 즉종 파협 천 무협
다시 양양으로 내려 락양[6]으로 향하리.	便下襄陽向洛陽。 변:하: 양양 향: 락양

1_ 원제는 "관군이 하남성과 하북성을 수복하였다는 소식을 듣고"라는 뜻이다. 763년 봄, 재주梓州에서 지었다. 하북성은 안록산의 본거지, 762년 겨울에 잔적을 완전히 소탕하니 전란이 일어난 지 7년 만이다. 두보는 당시 성도에서 지방의 반란(徐知道 반란)을 피하여 가족과 잠시 헤어져서 재주梓州(三台)에 있었으며 수복의 소식을 뒤늦게 알았다.

2_ 검각劍閣 : 사천성 검각劍閣이다. 섬서성에서 사천성으로 들어오는 길목에 있으며, 그 지세가 험하여 잔도棧道를 설치했다. '검각 밖'은 곧 사천 지방이라는 뜻이 된다.

3_ 시서를 마구 마니 : 시서는 본래 『시경』詩經과 『상서』尙書를 가리키는 것이지만 후대에 와서는 넓게 도서라는 뜻으로 쓰인다. 당시의 도서는 두루마리(卷軸)였다.

4_ 고향 : 두보가 고향이라고 하는 곳은 락양洛陽 · 장안長安 두 곳인데, 여기서는 락양을 가리킨다.

5_ 파협巴峽 / 무협巫峽 : 파협은 파군삼협巴郡三峽(明月峽 · 石洞峽 · 銅鑼峽), 중경시重慶市와 부릉涪陵 사이에 있고, 무협은 무산현巫山縣(사천성)과 파동현巴東縣(호북성) 사이에 있다. 모두 장강長江 물길이다. 중국 중앙에서 사천성 지방으로 통하는 길은 거의 두 길밖에 없다. 하나는 두보가 사천에 들어갈 때 택한 검각의 잔도棧道를 통하는 육로, 하나는 이 협곡을 통하는 물길이다. 이 물길은 지금 장강삼협長江三峽 관광 코스로 개발되어 있다. 1996년 7월 12~16일에, 무한-무협-중경 물길을 역자가 통과했다.

6_ 양양 / 락양 : 양양襄陽(襄樊市)은 호북성에 있다. 사천 지방에서 장강을 따라 나와, 다시 한수漢水를 거슬러 오르는데 여기까지는 배를 이용할 수 있다. 여기는 또 두보의 선대先代가 살던 곳이다. 락양은 당나라의 동경東京, 두보의 원주에 "나의 전원田園이 동경에 있다"고 했다.

소나무 넷[1] | 두보

四松
사:송

소나무 넷, 처음 옮겨왔을 때에는 | 四松初移時,
사:송 초 이시

아마 석 자 남짓[2]했을까? | 大抵三尺强。
대:저: 삼척 강

헤어진 지 훌쩍 세 해,[3] | 別來忽三歲,
별래 홀 삼세:

나란히 사람만큼 자라 있다. | 離立如人長。
리립 여인 장

설마 뿌리나 아니 뽑혔을까 했더니, | 會看根不拔,
회:간: 근 불발

가지 시드는 거야 모르겠다 했더니. | 莫計枝凋傷。
막계: 지 조상

그윽한 빛 요행히 씽씽하고, | 幽色幸秀發,
유색 행: 수:발

성긴 가지는 또한 꿋꿋하다. | 疎柯亦昂藏。
소가 역 앙장

꽂아 놓은 작은 울타리, | 所挿小藩籬,
소:삽 소: 번리

본래는 방비도 있었던 것…… | 本亦有隄防。
본:역 유: 제방

끝내 부딪혀 간 곳 없지만, | 終然振撥損,
종연 쟁발 손:

천 잎[4]을 노랗게 아끼고 있다. | 得恡千葉黃。
득린: 천엽 황

내 감히 옛 수풀[5]의 주인 되었다만,　　敢爲故林主,
감:위 고:림 주:

백성들은 여태 편안치 못하다.　　黎庶猶未康。
려서: 유 미:강

피란 갔다 이제 비로소 돌아오니,　　避賊今始歸,
피:적 금 시:귀

봄풀이 빈집에 가득하다.　　春草滿空堂。
춘초: 만: 공당

정경을 보고 노쇠한 몸을 탄식하다가　　覽物嘆衰謝,
람:물 탄: 쇠사:

여기에 이르러 처량한 마음이 위로된다.　　及茲慰凄涼。
급자 위: 처량

맑은 바람, 나를 위해 이는가?　　淸風爲我起,
청풍 위:아: 기:

얼굴에 살짝 서리를 뿌리는가?　　灑面若微霜。
쇄:면: 약 미상

족히 늙마의 벗이 되리니　　足爲送老資,
족위 송:로: 자

일산[6]을 펼쳐라, 애오라지 기다리는 나.　　聊待偃蓋張。
료대: 언:개: 장

나의 생명은 뿌리가 없다.　　我生無根蒂,
아:생 무 근체:

너의 상대 되기는 또한 망망한 일.　　配爾亦茫茫。
배:이: 역 망망

정이 있으면 또 시를 읊자,　　有情且賦詩,
유:정 차: 부:시

오늘 일은 함께 망각해도 좋으련!	事迹可兩忘。 사:적 가: 량:망
빼기지 마라, 천 년 뒷날	勿矜千載後, 물긍 천재: 후:
아득히 하늘에 서릴 것을!	慘澹蟠穹蒼。 참:담: 반 궁창

1_ 764년에 지은 것이다. 두보가 760년에 초당草堂을 지을 때에는 친구들의 많은 도움을 받았고, 꽃나무 묘목도 기증받았다. 가운데 위반韋班으로부터 소나무 묘목을 받았는데, 여기서 노래한 소나무가 이것인 듯하다.

2_ 석 자 남짓 : 약 1미터.

3_ 세 해 : 762년 가을에 성도成都 소윤少尹 서지도徐知道가 반란을 일으켰으므로 두보는 다시 피란, 764년 삼월에야 초당으로 돌아왔다. 실제 기간은 1년 9개월, 햇수로 쳐서 세 해인 것이다(처음 옮겨왔을 때부터는 약 만 4년이 됨).

4_ 천 잎 : 소나무의 낙엽이 소복이 쌓여 있는 것을 말한다.

5_ 옛 수풀 : 소나무 넷을 가리키는 유머.

6_ 일산日傘 : 나무의 잎과 가지가 펼쳐져서 그늘 짓고 있는 것을 비유한 말이다.

절 구 2수[1] | 두보

絶句二首
절구: 이:수:

1

긴긴 해에 강과 산 아름답고,	遲日江山麗, 지일 강산 려:
봄바람에 꽃과 풀 향기롭다.	春風花草香。 춘풍 화초: 향
진흙이 풀리니 제비가 날고,	泥融飛燕子, 니융 비 연:자:

모래가 따뜻해 원앙이 존다.

沙暖睡鴛鴦。
사난: 수: 원앙

1_ 모두 2수, 연장체이다. 764년, 성도成都에서 지은 것인 듯. 제1수는 봄날의 경치를 묘사한 것이다.

2[1]

강은 쪽빛, 새는 더욱 하얗고,

江碧鳥逾白,
강벽 조: 유백

산은 파랑, 꽃은 불이 붙을 듯.

山青花欲然。
산청 화 욕연

올 봄도 보는 동안 또 지나가니,[2]

今春看又過,
금춘 간 우:과:

그 어느 때이런가, 돌아갈 해는?

何日是歸年。
하일 시: 귀년

1_ 제2수는 타향의 봄을 맞아 망향의 정을 표현한 것이다.

2_ 올 봄도 보는 동안 또 지나가니 : 당시에 봄은 먼 길 떠나기 좋은 계절이다.

나그네 밤 회포[1] | 두보

旅夜書懷
려:야: 서회

가는 풀, 산들바람 이는 둔덕,

細草微風岸,
세:초: 미풍 안:

우뚝한 돛대, 외로운 밤 배. 危檣獨夜舟。
위장 독야: 주

별이 드리운 벌판은 너른데, 星垂平野闊,
성수 평야: 활

달이 춤추는 강물은 흐른다. 月湧大江流。
월용: 대:강 류

이름 어찌 시 짓기로 드러날까, 名豈文章著,
명 기:문장 저:

벼슬[2]은 늙고 병들어 쉬어야지! 官應老病休。
관 응로:병: 휴

표표한 몸은 무엇과 비슷한가, 飄飄何所似,
표표 하 소:사:

하늘과 땅 사이의 갈매기 하나. 天地一沙鷗。
천지: 일 사구

1_ 원제는 "나그네 밤 회포를 적다"라는 뜻. 765년 오월, 사천성 성도成都에서 민강岷江과 장강長江을 따라 충현忠縣까지 뱃길로 가는 중에 지은 것이다.

2_ 벼슬 : 이때 두보는 검남절도사劍南節度使 엄무嚴武의 추천으로 절도참모節度參謀 및 검교공부원외랑檢校工部員外郞(건설부 과장)으로 있었다. 후인이 그를 두공부杜工部라고도 부르는 것은 이 때문이다.

추 흥8수[1] | 두보 秋興八首
추흥: 팔수:

1[2]

옥 같은 이슬에 단풍 수풀도 시드니, 玉露凋傷楓樹林。
옥로: 조상 풍수: 림

무산하고 무협[3]은 기운이 서늘하구나.	巫山巫峽氣蕭森。 무산 무협 기: 소삼
강 사이 물결은 하늘까지 솟아오르고,	江間波浪兼天涌, 강간 파랑: 겸천 용:
성채 위 구름은 땅에 닿아 어둡구나.	塞上風雲接地陰。 새:상: 풍운 접지: 음
국화 두 번 피니[4] 지난날의 눈물이고,	叢菊兩開他日淚, 총국 량:개 타일 루:
외로운 배 하나 고향 마음 이어진다.	孤舟一系故園心。 고주 일계: 고:원 심
겨울 옷 지어 달라 여기저기 재촉하니,	寒衣處處催刀尺, 한의 처:처: 최 도척
백제성[5] 높이 저녁 다듬이 소리 들린다.	白帝城高急暮砧。 백제: 성고 급 모:침

1_ 추흥 8수는 766년, 두보 55세 때, 사천성 기주夔州(奉節)에 머물면서 참담한 경영 끝에 지었다. 추흥은 '가을의 감흥', 중점은 감흥에 있지 가을에 있는 것 아니나, 매 편마다 가을이 나온다. — 8수는 하나의 정체整體로서, 각각 다른 각도에서 같은 주제를 표현하였다. 기주에서 장안을 바라보는 것을 씨줄로 하고 "만리 바람 안개 이어 가을은 하얗구나"를 날줄로 하여, 여기에 기주의 쓸쓸한 가을, 시인의 쇠약한 건강, 외로운 신세, 특히 조국의 안위에 대한 침통한 심정 등 무늬를 올려서 낳은 비단이다. 주제는 국가 흥망성쇠를 염려하는 애국사상이다. 구성이 치밀하고 서정이 진지한 한 시리즈의 연장시로서, 시인 만년의 사상과 감정, 그리고 예술적 성취가 잘 표현되어 있다. 추흥 8수는 두보 칠언율시의 대표작으로 공인되었다.

2_ 추흥 1은 서곡. 사람 가슴을 뛰게 하는 무산 무협의 가을 경치를 묘사하여 고독한 감상을 펼침으로써 8수 전체를 위한 쓸쓸한 기조를 이루었다.

3_ 무산巫山 / 무협巫峽 : 무산은 사천성 무산현 동쪽 장강 따라 40킬로미터 절벽을 이루고 있으며, 그 아래 협곡이 곧 무협이다.

4_ 두 번 피니 : 765년 가을 운안雲安에서 보고, 766년 가을 기주에서 본 것이다. 765년 성도를 떠나 떠돌이가 되었다.

5_ 백제성白帝城 : 기주夔州 동쪽 백제산에 있다. 장강 삼협이 시작하는 위치에 등대처럼 서 있는 것이다. 리백《아침에 백제성을 떠나》 참조(본서 552쪽).

2[1]

기부[2] 외로운 성에 해가 꼴깍 넘어가면,

夔府孤城落日斜。
기부: 고성 락일 사

매번 북두성 따라 장안 서울 바라본다.

每依北斗望京華。
매:의 북두: 망: 경화

잔나비 소리 듣고 세 번 눈물 흘리니,

聽猿實下三聲淚,
청원 실하: 삼성 루:

칙사를 따라가는 팔월 뗏목[3] 헛되구나.

奉使虛隨八月槎。
봉:사: 허수 팔월 사

화성 향로[4]를 못 지키고 몸져누웠는데

畫省香爐違伏枕,
화:성: 향로 위 복침:

산성 흰 성가퀴가 호드기 소리 가린다.

山樓粉堞隱悲笳。
산루 분:첩 은: 비가

돌 위 등나무 덩굴에 걸린 달을 보라,

請看石上藤蘿月,
청:간 석상: 등라 월

벌써 섬 앞 갈대 물억새가 비치는구나.

已映洲前蘆荻花。
이:영: 주전 로적 화

1_ 추흥 2. 시인이 외로운 성에서 북쪽을 바라보니, 몸은 기주에 있어도 마음은 장안에 가 있는 것이다. 바라봐도 보이지 아니하니 이 때문에 암담한 것이다.

2_ 기부夔府 : 기주夔州(奉節縣). 일찍이 도독부都督府를 설치한 적이 있다.

3_ 팔월 뗏목 : 『박물지』博物志에, 바다에 사는 한 남자가 어떤 팔월에 흘러온 뗏목을 타고 간 곳이 은하수였다는 이야기가 있다. 또 『형초세시기』荊楚歲時記에, 한나라 장건張騫이 무제 류철의 사신이 되어 서쪽 여러 나라를 찾아갈 때 뗏목을 타고 황하黃河 시원지까지 거슬러 갔더니 은하수에 닿았다는 이야기가 있다. 이 구는 두 전고를 혼합하여 썼다. 가을 하늘 은하수를 보며 생각하는 것이다.

4_ 화성畫省 향로 : 상서성, 그 벽에 옛날 어진 이들의 화상이 그려져 있기 때문에 화성이라 한다. 두보의 검교공부원외랑檢校工部員外郎 벼슬은 상서성 소속이다.

3[1]

천호 산성은 아침 햇빛 받아 고요한데, 千家山郭靜朝暉。
천가 산곽 정: 조휘

매일 강변 누각에 앉아 푸른빛 즐긴다. 日日江樓坐翠微。
일일 강루 좌: 취:미

간밤 새운 고깃배 둥싯둥싯 돌아가고, 信宿漁人還汎汎,
신:숙 어인 환 범:범:

맑은 가을 제비들 일없이 날아다닌다. 淸秋燕子故飛飛。
청추 연:자: 고: 비비

광형[2]처럼 상소 올려 공명 얻지 못해도, 匡衡抗疏功名薄,
광형 항:소 공명 박

류향[3]같이 경전에 주석 달기는 싫구나. 劉向傳經心事違。
류향: 전경 심사: 위

어릴 적 동창생들 많이도 출세했으니, 同學少年多不賤,
동학 소:년 다 불천:

오릉[4] 휩쓰는 옷은 가볍고 말도 힘차다. 五陵衣馬自輕肥。
오:릉 의마: 자: 경비

1_ 추홍 3. 추홍 2를 이어 기주를 이야기함. 새벽 빛 속 기주의 경물을 그리면서 낙척한 자신을 생각한다.

2_ 광형匡衡 : 학자. 한나라 원제元帝(전 48~전 33 재위) 류석劉奭 때, 가끔 상소를 올려 광록대부 태자소부光祿大夫太子少傅 벼슬에 올랐다. 두보는 실각한 재상 방관房琯을 변호하는 상소를 올렸다가 숙종肅宗(756~762 재위) 리형李亨의 노여움을 받고 쫓겨난다.

3_ 류향劉向 : 학자. 한 성제成帝(전 32~전 7 재위) 류오劉驁의 명을 받아 도서의 교정 정리를 하였다. 그 작업은 아들 류흠劉歆이 계승하였다. 기원전 26년에 처음 『초사』를 편집하였다.

4_ 오릉五陵 : 장안 북쪽 위수渭水를 건넌 곳. 거기에는 한 고조 이하 다섯 왕릉이 있다. 그곳은 부자촌으로 이름났다.

4[1]

듣자하니 장안 서울은 바둑판 같다고, 聞道長安似奕棋。
문도: 장안 사: 혁기

백년 세상사 슬픔을 이기지 못하겠다. 百年世事不勝悲。
백년 세:사: 불승 비

왕후 귀족 저택[2]은 모두 새 주인 맞고, 王侯第宅皆新主,
왕후 제:택 개 신주:

문무 대신 의관[3]도 옛날과 같지 않아. 文武衣冠異昔時。
문무: 의관 이: 석시

북녘 관산[4] 징 소리 북 소리 울리는데, 直北關山金鼓震,
직북 관산 금고: 진:

정서장군[5] 깃털 꽂은 공문이 더디구나. 征西車馬羽書遲。
정서 거마: 우:서 지

물고기도 적막한 가을 강물 차가운데, 魚龍寂寞秋江冷,
어룡 적막 추강 랭:

옛 서울[6] 살던 시절이 그립기도 하다. 故國平居有所思。
고:국 평거 유: 소:사

1_ 추흥 4. 앞 3수와 뒤 4수와의 과도기. 앞 3수에서 시인은 극도로 우울 번뇌하였지만 그 내심 세계는 몽롱하고 분명치 아니했다. "듣자하니 바둑판"이라는 구절로 그 우울 번뇌의 응어리가 어디 있는지 밝혔다. 마음의 창문을 열어 우리에게 그 속을 환히 보게 하였다. 두보는 장안에서 10년 살았으며, 그 뒤 늘 장안에 관심을 가졌고 장안을 그리워했다. 장안의 변화는 왕조의 쇠퇴 몰락을 상징하기 때문에 두보는 우울 번뇌한 것이다. 뒤 4수는 중점이 장안을 회상하는 것으로 바뀐다.

2_ 저택 : 리정李靖의 저택은 리림보李林甫가, 마주馬周의 저택은 괵국부인虢國夫人이 주인이 되었다. 세도가가 바뀐 것이다.

3_ 의관 : 정부 고관을 가리킨다. 그런데 환관 리보국李輔國이 조정을 장악하고, 환관 어조은魚朝恩이 병권을 장악한다. 환관이 높은 벼슬에 오른 것을 예법의 붕괴로 본 것이다.

4_ 북녘 관산關山 : 이때 위구르(回紇)의 침입이 있었다. 징을 치면 후퇴, 북을 치면 전진을 알리는 것이다.

5_ 정서(征西)장군 : 이때 티베트(吐蕃)의 침입이 있었다. 깃털 꽂은 문서는 소집 영장. 긴급한 문서에는 닭 깃털을 붙인다.

6_ 옛 서울 : 장안. 지금의 서안시西安市.

5[1]

봉래궁[2]은 종남산을 마주보고 있으며,	蓬萊宮闕對南山。 봉래 궁궐 대: 남산
승로반[3] 금 기둥은 은하수에 닿아 있다.	承露金莖霄漢間。 승로: 금경 소한: 간
서방 요지[4]로부터 서왕모 내려오는데,	西望瑤池降王母, 서망: 요지 강: 왕모:
동방 자색 기운[5]은 함곡관에 가득하다.	東來紫氣滿函關。 동래 자:기: 만: 함관
구름이 꿩 깃을 밀어 궁선[6]이 열리더니	雲移雉尾開宮扇, 운이 치:미: 개 궁선:
햇빛이 용 비늘[7] 돌 때 옥안을 뵈었다.	日繞龍鱗識聖顔。 일요: 룡린 식 성:안
한 번 창강[8]에 누워 늦은 세월에 놀라니,	一臥滄江驚歲晩, 일와: 창강 경 세:만:
몇 번이나 청쇄문[9] 지나 조회에 나갔나.	幾回青瑣點朝班。 기:회 청쇄: 점: 조반

1_ 추흥 5. 화려한 장안 궁궐을 묘사하는데, 특히 황제를 알현한 일을 자랑스럽게 회상하지만, 끝은 강호에 떠도는 현재 처지로 돌아온다.

2_ 봉래궁蓬萊宮 : 662년 대명궁大明宮을 개축하여 봉래궁이라 했다. 날씨가 맑으면 종남산이 손바닥처럼 보였다 한다(『당회요』唐會要, 권 30). 종남산終南山(해발 2,604미터)은 장안에서 남쪽으로 40킬로미터 떨어져 있다.

3_ 승로반承露盤 : 한 무제 류철은 구리로 승로반을 만들어 거기 맺힌 이슬에 옥

가루를 타서 마시고 불로장생을 꿈꾸었다.

4_ 요지瑤池 : 옛날 주 목왕穆王이 곤륜산에 놀러 갔을 때, 선녀 서왕모의 초대를 받아 요지까지 갔다 한다(『렬자』列子).

5_ 동방 자색 기운 : 로자老子가 서방으로 가려고 함곡관函谷關에 이르렀을 때 관령關令 윤희尹喜는 자색 기운이 동방으로부터 오는 것을 보고 성인이 오는 것을 알았다고 한다(『렬선전』列仙傳).

6_ 궁선宮扇 : 둥근 부채. 황제가 거둥할 때는 커다란 궁선 두 개로 가리다가 좌정하면 좌우로 열어 모습을 보인다. 꿩의 꽁지깃으로 장식한 듯.

7_ 용 비늘 : 용포의 장식, 금색 실이 햇빛에 번쩍일 듯. 경련은 황제 알현 장면을 묘사한다.

8_ 창강滄江 : 장강. "창강에 누워"라 함은 기주에 머무는 것을 가리킨다.

9_ 청쇄문青瑣門 : 궁문. 문짝에 쇠사슬 모양을 조각하고 푸른 칠을 함. 두보는 757년 시월부터 758년 유월까지 좌습유左拾遺로 장안 궁궐에 출사했다.

6[1]

구당협 입구로부터 곡강[2] 머리맡까지,	瞿唐峽口曲江頭。 구당 협구: 곡강 두
만리 바람 안개 이어 가을은 하얗구나.	萬里風煙接素秋。 만:리: 풍연 접 소:추
화악루 협성[3] 길은 황궁과 서로 통하니,	花萼夾城通御氣, 화악 협성 통 어:기:
부용원[4] 작은 못도 변방 시름에 빠졌지.	芙蓉小苑入邊愁。 부용 소:원: 입 변수
구슬 발 수놓은 기둥은 황학을 가두고	珠簾繡柱圍黃鵠, 주렴 수:주: 위 황곡
비단 줄 상아 돛대는 백구를 일으켰지.	錦纜牙檣起白鷗。 금:람: 아장 기: 백구
돌아보니 가련하다, 노래하고 춤추던 곳,	回首可憐歌舞地, 회수: 가:련 가무: 지:

진나라 땅은 옛날부터 제왕의 고장[5]인데. 秦中自古帝王州。
진중 자:고: 제:왕 주

1_ 추흥 6. 곡강의 변화한 경치를 그리면서 황제에 대한 견책을 완곡하게 표시하였다.

2_ 구당협瞿唐峽 / 곡강曲江 : 구당협은 장강 삼협 가운데 첫번 협곡. 기주 바로 동쪽에 있다. 곡강은 장안 동남에 있는 유원지. 여기 이궁離宮이나 어원御苑이 있었다. 기주 장안 두 지점을 '만리 바람 안개'로 이었다.

3_ 화악루花蕚樓 협성夾城 : 화악루는 장안 남쪽 홍경궁 서남 모퉁이에 있던 누각. 협성은 좌우를 벽으로 가린 긴 낭하.

4_ 부용원芙蓉苑 : 곡강에 있던 궁원, 연꽃이 많아 붙은 이름. 두보《미녀 노래》주 2 참조(본서 577쪽).

5_ 제왕의 고장 : 기원전 11세기 서주西周부터 진秦·한漢·수隋·당唐은 수도를 여기에 두었다.

7[1]

곤명 연못[2]은 한 수군이 조련하던 곳, 昆明池水漢時功。
곤명 지수: 한:시 공

무제[3] 군사 창검 깃발이 눈에 선하다. 武帝旌旗在眼中。
무:제: 정기 재: 안:중

직녀의 돌 베틀[4]은 밤 달 아래 헛되고, 織女機絲虛夜月,
직녀: 기사 허 야:월

고래의 돌 비늘[5]은 갈바람에 움직이네, 石鯨鱗甲動秋風。
석경 린갑 동: 추풍

물에 떠서 흐른 줄 열매 갈앉아 까만 색, 波漂菰米沈雲黑,
파표 고미:침운 흑

이슬 차가운 연밥 송이 떨어져 빨간 빛. 露冷蓮房墜粉紅。
로:랭: 련방추:분: 홍

요새 밖 하늘에 새 다니는 길 있을까,	關塞極天有鳥道, 관새: 극천 유: 조:도:
강물 가득한 고장에 늙은 낚시꾼[6] 하나.	江湖滿地一漁翁。 강호 만:지: 일 어옹

1_ 추흥 7. 한나라 때 곤명 연못의 성황을 그리워하니 곧 강대한 당나라를 지향하는 것이다. 그러나 끝은 장안을 가고자 하여도 기약 못하는 신세를 보인다.

2_ 곤명昆明 연못 : 장안 서쪽 교외에 있었던 큰 못. 기원전 120년 한나라 무제 류철이 곤명국을 치러 가기 위하여 개착하고 수군을 조련하던 곳이다. 곤명국에 사방 300리 되는 못이 있었던 것이다.

3_ 무제武帝 : 한나라 무제 류철에 대해 이야기하지만 실은 당 현종 리륭기를 암시한다.

4_ 직녀의 돌 베틀 : 곤명 연못 물가에는 견우 직녀 석상이 있었다.

5_ 고래의 돌 비늘 : 곤명 연못 물 안에는 고래의 석상도 있었다.

6_ 낚시꾼 : 두보 자칭.

8[1]

곤오와 어숙천[2]으로 이리저리 걷다가,	昆吾御宿自逶迤。 곤오 어:숙 자: 위이
자각봉 북으로 가면 미피[3]에 들어선다.	紫閣峰陰入渼陂。 자:각 봉음 입 미:피
향도 쌀은 앵무새 쪼다 남은 알맹이요,	香稻啄餘鸚鵡粒, 향도: 탁여앵무: 립
벽오동[4]은 봉황새 늙도록 깃들인 가지라.	碧梧栖老鳳凰枝。 벽오 서로:봉:황 지
미인은 물총새[5] 깃털 주우며 봄 문안하고,	佳人拾翠春相問, 가인 습취: 춘 상문:
친구[6]는 함께 배 타고 저녁에 또 옮긴다.	仙侶同舟晩更移。 선려: 동주 만: 갱:이

채색 붓[7] 놀리던 옛날은 별에 닿았지만, 彩筆昔游干氣象,
채:필 석유 간 기:상:

흰머리로 지금 바라보고 고개를 숙인다. 白頭今望苦低垂。
백두 금망: 고: 저수

1_ 추흥 8. 옛날 미피의 봄놀이를 이제 머리 허옇게 되어 감개무량하게 회상한다. 이제는 기주夔州에서 장안을 바라볼 힘조차 쇠잔한 것이다.

2_ 곤오昆吾와 어숙천御宿川 : 장안에서 미피渼陂 가는 중간에 있는 지명.

3_ 자각봉紫閣峰 / 미피渼陂 : 자각봉은 장안 동남에 솟은 한 봉우리, 종남산의 일부. 미피는 섬서성 호현戶縣 서쪽에 있던 호수, 물맛 또는 물고기 맛이 좋아서 붙은 이름. 두보는 시 《미피행》에서 "잠삼岑參 형제는 모두 호기심도 많구나, 나를 멀리 미피에 끌고 와서 놀잔다." 하였다.

4_ 향도香稻 / 벽오동 : 미피 지방 물산의 아름다움을 표현했다. 실물이 아니다.

5_ 물총새 : 깃털을 머리 장식으로 쓴다.

6_ 친구 : 잠삼 형제. 이 연은 미피 봄놀이에 나온 남녀들을 묘사했다.

7_ 채색 붓 : 강엄江淹은 일찍이 야정冶亭에서 묵었는데 꿈에 곽박郭璞이 이르기를 "내 붓이 그대한테 여러 해 있었소, 돌려주시오."라 하였다. 그래서 품을 더듬었더니 오색 붓이 나와 이를 건네주었다. 그 뒤로는 시를 지어도 좋은 구절이 나오지 않았다. 사람들은 재주가 다한 것이라 하였다(『남사』南史(江淹). 말련은 두보가 751년 《삼대례부》三大禮賦를 올려 현종에게서 상찬받은 영광스러운 과거, 그리고 낙척한 처지에 있는 현재를 대비했다.

높이 올라[1] | 두보 登高
등고

세찬 바람, 높은 하늘, 슬피 우는 원숭이, 風急天高猿嘯哀。
풍급 천고 원 소:애

말간 물가, 하얀 모래, 빙그르르 나는 새. 渚清沙白鳥飛廻。
저:청 사백 조: 비회

가없는 수풀엔 낙엽이 우수수 떨어지고,

無邊落木蕭蕭下,
무변 락목 소소 하:

끝없는 장강[2]엔 강물이 넘실넘실 흐른다.

不盡長江滾滾來。
불진: 장강 곤:곤: 래

만리에 슬픈 가을, 항상 나그네 몸이요,

萬里悲秋常作客,
만:리: 비추 상 작객

백년[3]에 많은 질병, 혼자 오르는 산이로다.

百年多病獨登臺。
백년 다병: 독 등대

가난한 삶이라, 흰 살쩍이 몹시 한스럽고,

艱難苦恨繁霜鬢,
간난 고:한: 번 상빈:

노쇠한 몸이라, 탁주 잔을 새로 멈춘다.[4]

潦到新停濁酒杯。
료:도: 신정 탁주: 배

1_ 등고는 음력 구월 초아흐레, 즉 중양절重陽節에 가까운 사람들과 함께 산에 오르는 민속놀이이다. 767년에 지었다.

2_ 장강長江 : 이 시를 지은 곳은 사천성 봉절현奉節縣, 장강 연안에 있다.

3_ 백년 : 즉, 평생(平生)을 가리킨다. 시인의 나이는 이때 56세. 백년百年이란 말은 또 앞 구절의 만리萬里라는 말과 짝을 채우기 위해서 쓴 것이다. 만리는 개수概數를 표시하는 것. 참고: 서안—(842킬로미터 철도)—성도—(504킬로미터 철도)—중경—(직선거리 약 350킬로미터 수로)—봉절.

4_ 새로 멈춘다 : "병(폐병, 당뇨병)이 들어 몹시 쇠약했으므로 술을 금했다."고 풀이한다. 일설에는, "잡은 잔을 내려놓고 새삼 한숨 쉰다."고 풀이한다.

악양루에 올라[1] | 두보

登岳陽樓
등 악양루

전에 동정호의 얘기를 들더니,

昔聞洞庭水,
석문 동:정 수:

오늘 비로소 악양루에 오른다.	今上岳陽樓。 금상: 악양 루
오와 초[2]는 동남으로 갈려 있고,	吳楚東南坼, 오초: 동남 탁
하늘땅은 낮 밤[3]으로 돌고 있다.	乾坤日夜浮。 건곤 일야: 부
친척 붕우는 한 자 소식 없으며,	親朋無一字, 친붕 무 일자:
늙고 병들어 외로운 배에 있다.	老病有孤舟。 로:병: 유: 고주
고향 북녘은 아직도 전쟁터,[4]	戎馬關山北, 융마: 관산 북
난간에 기대어 눈물 흐른다.	憑軒涕泗流。 빙헌 체:사: 류

1_ 768년 겨울, 57세 때 지은 것이다. 실로 나그네길에서 세상을 하직하기 2년 전에 지은 두보의 대표작이다. 악양루岳陽樓는 호남성 악양시岳陽市 동정호洞庭湖 동안에 있다. 동정호는 중국 최대의 호수, 길이가 남북 100킬로미터, 동서 30킬로미터 내지 100킬로미터나 된다. 동정호의 승경을 내려다보기 가장 좋은 위치가 악양루라 한다.

2_ 오吳와 초楚 : 중국 춘추시대 나라 이름. 오나라는 동정호의 동쪽인 강서성과 강소성 일대, 초나라는 동정호의 남쪽인 호남성과 북쪽인 호북성 일대를 차지했다. 전망의 광대함을 그린 것이다.

3_ 하늘땅 / 낮 밤 : 바다처럼 무한히 크게 보이는 동정호 물 위에 서니, '하늘땅'의 공간과 '낮 밤'의 시간, 즉 쉼 없는 우주宇宙의 운행을 몸으로 느낀다는 뜻이다.

4_ 아직도 전쟁터 : 이 해 8월에 티베트(吐藩)가 장안長安 서쪽 100킬로미터 지점에 있는 봉상鳳翔까지 쳐들어왔다.

강남에서 리귀년 만나[1] | 두보

江南逢李龜年
강남 봉 리:귀년

기왕[2]의 저택에서 예사로 보더니 岐王宅裏尋常見,
기왕 댁리: 심상 견:

최구[3]의 정원에서 여러 번 듣더니, 崔九堂前幾度聞。
최구: 당전 기:도: 문

정말 강남은 풍경이 좋기도 하지, 正是江南好風景,
정:시: 강남 호: 풍경:

꽃 지는 시절에 또 그대를 만났네. 落花時節又逢君。
락화 시절 우: 봉군

1_ 770년, 두보가 생애를 마친 최후의 해 어느 봄날, 호남성 장사시長沙市에서 지은 것이다. 강남江南은 장강 남쪽, 여기서는 곧 장사를 가리킨다. 리귀년은 현종 리륭기에게 잘 보인 일대의 명창名唱, 안록산 난리 뒤에 강남 지방을 유랑하며 아름다운 시절 좋은 경치를 만나면 몇 곡조 불러서 듣는 사람을 모두 울렸다고 한다. 리백《청평조 노래 1》 주 1 참조(본서 537쪽).

2_ 기왕岐王 : 현종 리륭기의 족제族弟, 리범李範. 그는 문사文士를 대접하여 이따금 주연을 베풀었다.

3_ 최구崔九 : "전중감殿中監 최척崔滌, 중서령中書令 최식崔湜의 아우"라는 두보의 원주가 있다. 구九는 배행排行이다.

원결 元結

Y u a n J i e

원결元結(719~772, 자 次山)의 시재詩才는 두보杜甫에 미치지 못했으나, 평민들을 위하여 사회의 모순을 고발한 시의 정신에서는 그와 같은 길을 걸은 시인이다. 두 사람은 비록 직접 사귄 적은 없었던 듯하지만, 두보는《송릉 노래》,《적도가 물러난 뒤》를 읽고 크게 감탄하였으며 화답하는 시(同元使君舂陵行)를 지었다.

원결은 하남성 로산魯山 사람이다. 열일곱 살에 처음 공부를 시작하여 753년 진사進士가 되었다. 안록산의 난리가 일어나자 가족을 이끌고 피란을 갔다가, 759년 산남山南절도사의 참모가 되어 인마를 모집하여 사사명史思明의 반군에 대항하였다. 763년에 호남성 도주道州(지금의 道縣)의 자사刺史(태수)를 지냈다. 죽은 뒤 례부禮部 시랑侍郞에 추증되었다.

송릉 노래[1] | 원결

春陵行
송릉행

공동연대 763년, 만수[2]는 도주道州의 자사刺史로 임명되었다. 도주는 옛날 4만 호가 넘었으나 적란[3]을 겪은 뒤에는 4천 호가 못된다. 태반이 세금을 감당하지 못한다. 부임한 지 50일이 못되는데, 체납을 독촉하는 공문 200여 통을 받았다. 내용에는 모두 "기한을 어길 경우, 죄를 받아 강등될 것" 이라고 하였다. 아아! 만약 명령을 다 따른다면 고을(州縣)이 혼란될 테니 자사는 어디로 그 죄를 피할 것인가? 만약 명령에 응하지 않는다면 또 즉각 처벌받게 될 것이다. 나는 관직을 지키며 백성을 편케 하고 처벌을 기다릴 밖에 없다. 이 고을은 옛날 송릉[4]이기에 《송릉 노래》를 지어 민정을 상달시키는 것이다.

전쟁하는 나라에는 세금도 많은데 — 軍國多所需, 군국 다 소:수
절실한 책임은 관리에게 지워지니, — 切責在有司。 절책 재: 유:사
관리는 고을에 임하여, 다투어 — 有司臨郡縣, 유:사 림 군:현:
법률과 형벌을 시행하게 된다. — 刑法競欲施。 형법 경: 욕시

세금 바치기 근심되지 않을까만, — 供給豈不憂, 공급 기: 불우
세금 거두기 또한 비참하구나. — 徵斂又可悲。 징렴: 우: 가:비
작은 고을이 난리를 겪어 — 州小經亂亡, 주소: 경 란:망
살아남은 사람도 실로 고달프다. — 遺人實困疲。 유인 실 곤:피

큰 마을에 열 집도 안 되고, 大鄉無十家,
대:향 무 십가

큰 집안조차 몇 식구 없다. 大族命單羸。
대:족 명: 단리

아침에는 풀뿌리 씹으며, 朝餐是草根,
조찬 시: 초:근

저녁에는 나무껍질 먹는다. 暮食仍木皮。
모:식 잉 목피

말을 하자니 숨이 끊어질듯, 出言氣欲絶,
출언 기: 욕절

마음은 바빠도 걸음이 더디다. 意速行步遲。
의:속 행보: 지

재촉하기도 차마 안타까운데 追呼尙不忍,
추호 상: 불인:

더구나 이들을 채찍해야 한다니! 況乃鞭撻之。
황:내: 편달 지

파발마가 전하는 다급한 명령, 郵亭傳急符,
우정 전 급부

뒤축을 밟으며 오고 간다. 來往跡相追。
래왕: 적 상추

도무지 관대한 은혜란 없고 更無寬大恩,
갱:무 관대: 은

다만 기일을 재촉할 뿐이다. 但有追促期。
단:유: 박촉 기

아들딸을 내다 팔라고 할까? 欲令鬻兒女,
욕령: 육 아녀:

그러면 난동이 일어나겠고, 言發恐亂隨。
언발 공: 란:수

집안을 샅샅이 뒤지게 할까? 悉使索其家,
실사: 색 기가

그런데 살아나갈 양식도 없다. 而又無生資。
이우: 무 생자

저 길거리의 말을 들어보아라, 聽彼道路言,
청피: 도:로: 언

원망과 한탄을 누가 알겠나? 怨傷誰復知。
원:상 수 부:지

"지난 겨울에 산적이 와서 去冬山賊來,
거:동 산적 래

죽이고 빼앗아 남은 게 없소. 殺奪幾無遺。
살탈 기: 무유

"높은 분이 우리를 위로하고 所願見王官,
소:원: 견: 왕관

은혜를 베풀어 주길 바랐건만, 撫養以惠慈。
무:양: 이: 혜:자

어찌하여 거듭 몰아치면서 奈何重驅逐,
내:하 중 구축

목숨도 부지 못하게 하는고?" 不使存活爲。
불사: 존활 위

민중을 편케 하라는 임금님의 安人天子命,
안인 천자: 명:

부절[5]을 나는 지니고 있으니, 符節我所持。
부절 아: 소:지

고을이 갑자기 난리라도 난다면	州縣如亂亡, 주현: 여 란:망
죄는 누가 뒤집어쓰게 될까	得罪復是誰。 득죄: 부: 시:수
연기하는 것 명령에 어긋나지만	逋緩違詔令, 포완: 위 조:령:
책망을 들어도 마땅한 일이다.	蒙責固其宜。 몽책 고: 기의

옛사람이 일렀으되, 분수를 지키어	前賢重守分, 전현 중: 수:분:
화복에 마음이 변하지 말라고,	惡以禍福移。 오이: 화:복 이
다시 일렀으되, 관직을 지키어	亦云貴守官, 역운 귀: 수:관
세상사에 마음이 동하지 말라고.	不愛能適時。 불애: 능 적시

약한 자를 돕는 것만이	顧惟孱弱者, 고:유 잔약 자:
올바른 나의 본분이다.	正直當不虧。 정:직 당 불휴
누가 국풍[6]을 채집하는가?	何人采國風, 하인 채: 국풍
나는 이 말씀을 바치고 싶다.	吾欲獻此辭。 오욕 헌: 차:사

1_ 또는 용릉행.

2_ 만수漫叟 : 원결의 호號.

3_ 적란賊亂 : 공동연대 763년 겨울, 서원西原 민족이 쳐들어와 도주道州를 달포나 점령한 것을 가리킨다. 서원西原 민족은 지금의 광서자치구 부수현扶綏縣 부남향扶南鄕 서남에 살았다.

4_ 송릉舂陵 : 한 무제 류철이 공동연대 전 128년에 장사정왕長沙定王 아들 매買를 송릉후로 봉하고 송릉향을 설치한다. 지금의 호남성 도현 동북쪽에 있었다.

5_ 부절符節 : 관리의 임명장을 가리킨다.

6_ 국풍國風 : 각 지방의 민요. 『시경』 해설 참조(본서 54쪽).

적도가 물러난 뒤[1] | 원결

賊退示官吏
적퇴: 시: 관리:

공동연대 763년, 서원[2] 적도가 도주道州에 침입하여 약탈·방화를 다하고 떠났다. 그 다음해(764) 적도가 또 영주[3]를 공격하고 소주[4]를 격파했으나 이 후미진 고을(道州)은 다시 침범치 않고 물러났다. 그것은 적도를 물리칠 힘이 있어서가 아니라, 적도들이 이 고을을 불쌍히 여겼기 때문이었을 뿐이다. 그런데 관리들은 어찌하여 무리하게 세금을 거두려고 하는가? 이런 까닭으로 이 시를 지어 관리에게 보이는 것이다.

옛날에 태평한 세월 만나, | 昔歲逢太平, 석세: 봉 태:평

산림에서 스무 해를 지냈다. | 山林二十年。 산림 이:십 년

방문 앞에 샘물이 있었고, | 泉源在庭戶, 천원 재: 정호:

대문 앞은 바로 골짜기였다. | 洞壑當門前。 동:학 당 문전

정한 시기에 정세[5]를 물고,	井稅有常期, 정:세: 유: 상기
해가 저물면 편히 잠들었다.	日晏猶得眠。 일안: 유 득면
갑자기 난리가 일어나서,	忽然遭世變, 홀연 조 세:변:
몇 해를 전쟁터로 좇아다녔나?	數歲親戎旃。 수:세: 친 융전
이제 이 고을에 부임하니	今來典斯郡, 금래 전: 사군:
산적들이 또 소란을 피운다.	山夷又紛然。 산이 우: 분연
작은 성을 적도가 안 쳤으니,	城小賊不屠, 성소: 적 불도
가난한 민중이 불쌍했기 때문.	人貧傷可憐。 인빈 상 가:련
이웃 지경은 함락되었지만,	是以陷鄰境, 시:이: 함: 린경:
이 고을만 온전한 것이다.	此州獨見全。 차:주 독 견:전
왕명을 받들어 모시는 자사刺史—	使臣將王命, 사:신 장: 왕명:
어찌 적도만도 못한가?	豈不如賊焉。 기: 불여 적언
이제 세금을 거두는 관리는	今彼徵斂者, 금피: 징렴: 자:

불에 볶아대듯 재촉한다.	迫之如火煎。 박지 여화: 전
백성의 목숨을 끊는 관리,	誰能絶人命, 수능 절 인명:
누가 훌륭한 사람이라 할까?	以作時世賢。 이:작 시세: 현
생각은, 부절을 던져 버리고,[6]	思欲委符節, 사욕 위: 부절
삿대를 잡고 배나 부릴까?	引竿自刺船。 인:간 자: 자:선
고기잡이로 생계를 꾸리며	將家就魚麥, 장가 취: 어맥
강호에서 여생을 보낼까?	歸老江湖邊。 귀로: 강호 변

1_ 원결이 이 시처럼 민중의 곤궁함을 임금에게 상주했기에, 그때 세금이 면제·경감되었다 한다.

2_ 서원西原 : 중국 변경에 있던 이민족 이름. 《송릉 노래》 주 3 참조.

3_ 영주永州 : 지금의 호남성 령릉零陵.

4_ 소주邵州 : 지금의 호남성 소양邵陽.

5_ 정세井稅 : 우물에 과하는 세금. 당나라 왕유王維의 시(贈劉藍田詩)에 "세모에 정세를 물고"(歲晏輸井稅)라는 구절이 있다.

6_ 부절符節을 던져 버리고 : 관직을 버린다는 뜻이다.

장적 張籍

Zhang Ji

장적張籍(약 767~약 830, 자 文昌)은 사회시社會詩를 두보杜甫에게서 이어받아 백거이白居易로 이어 준 중요한 시인이다. 그는 두보杜甫를 몹시 흠모하여, 전설에 의하면, "두보의 시 1질帙을 불태워 그 재에 꿀과 기름을 섞어 마신 다음 나의 간장肝腸도 바뀌겠지."라 했다고 한다. 그리고 백거이는 장적의 시를 읽고 몹시 감탄했다고도 한다. 그는, 시란 풍월이 아니라 현실의 직시直視며, 유희가 아니라 진지한 것이라야 한다고 주장했으며, 이를 작품에 성공적으로 반영시킨 시인이다.

장적은 원래 강소성 소주蘇州 사람이지만, 뒤에 안휘성 화현和縣 오강진烏江鎭으로 옮겼다. 그는 정원貞元 연간(785~805)에 진사進士가 되었으나 쉰 살에도 태상시太常寺의 태축太祝(祝文·神主를 관장하는 벼슬)이란 미천한 관직에 있었으며, 눈을 몹시 앓아 거의 실명한 듯하다. 뒤에는 수부원외랑水部員外郞(建設部의 과장급)을 지냈고, 다시 국자사업國子司業(국립대학 교수)을 지냈다. 그래서 장수부張水部, 장사업張司業으로 통칭되기도 한다.

장적은 한유韓愈·맹교孟郊 등과 절친한 사이였다. 그러나 시풍은 그들의 난삽·괴벽을 따르지 않고 두보의 사회시를 따랐다. 그는 시로써 전쟁을 반대하고, 봉건정부의 횡포를 고발하고, 농민의 빈곤을 호소하고 여성의 지위 향상을 주장하였다.

떠나는 며느리[1] | 장적

離婦
리부:

십 년 동안 시집살이하면서	十載來夫家, 십재: 래 부가
여자 행실 잘못 없는데,	閨門無瑕疵。 규문 무 하자
박명하군요, 자식 낳지 못하면	薄命不生子, 박명: 불 생자:
쫓겨난다는 옛날의 법.[2]	古制有分離。 고:제: 유: 분리
처음엔 해로동혈 말씀하시더니,	託身言同穴, 탁신 언 동혈
오늘에 일이 어긋나는군요.	今日事乖違。 금일 사: 괴위
당신이 마침내 버리시니,	念君終棄捐, 념:군 종 기:연
누가 억지로 여기 있겠어요?	誰能强在玆。 수능 강: 재:자
시부모님 계시는 큰방에 올라,	堂上謝姑嫜, 당상: 사: 고장
무릎 꿇고 하직인사 여쭈었어요.	長跪請離辭。 장궤: 청: 리사
시부모님은 저를 보시고	姑嫜見我往, 고장 견: 아:왕:
이별을 다시 망설이시더군요.	將決復深疑。 장결 부: 심의

옛날 팔찌를 돌려주시고, 與我古時釧,
여:아: 고:시 천:

혼인 예복을 남겨두셨어요. 留我嫁時衣。
류아: 가:시 의

어른께서는 저를 어루만지시고, 高堂拊我身,
고당 부: 아:신

길모퉁이에서 울어 주셨어요. 哭我於路陲。
곡아: 어 로:수

옛날 처음 며느리 적에는, 昔日初爲婦,
석일 초 위부:

당신이 가난하였을 때. 當君貧賤時。
당군 빈천: 시

주야로 길쌈을 하느라, 晝夜常紡績,
주:야: 상 방:적

눈썹 그릴 틈도 없었지요. 不得事蛾眉。
불득 사: 아미

애써서 황금을 쌓아, 辛勤積黃金,
신근 적 황금

기한에 떠는 당신을 건졌었지요. 濟君寒與飢。
제:군 한 여:기

락양[3]에다 저택을 사고, 洛陽買大宅,
락양 매: 대:택

한단[4]에서 시비를 샀었지요. 邯鄲買侍兒。
한단 매: 시:아

낭군이 용마를 타시니, 夫壻乘龍馬,
부서: 승 룡마:

출입에 빛이 났었지요. 出入有光儀。
출입 유: 광의

장차 부잣집 며느리가 되어	將爲富家婦, 장위 부:가 부:
영원히 자손에 의탁하려 했더니,	永爲子孫資。 영:위 자:손 자
어찌 알았겠어요, 집을 쫓겨나	誰謂出君門, 수위: 출 군문
혼자 수레 타고 돌아갈 줄!	一身上車歸。 일신 상:거 귀
자식 있다고 영화롭지 않지만,	有子未必榮, 유:자: 미:필 영
자식 없으면 비참해지는군요.	無子坐生悲。 무자: 좌:생 비
사람 중에 계집은 되지 말아요,	爲人莫作女, 위인 막 작녀:
계집 되기 참으로 어려워요!	作女實難爲。 작녀: 실 난위

1_ 단지 자식을 못 낳는다는 이유만으로 십 년 혼인생활을 청산하고 쫓겨나는 며느리의 사무치는 원한을 대신하여 읊은 시. 이 시는 『한대 악부』 〈공작새 동남으로〉와 비교된다. 〈공작새〉의 남녀 주인공은 비록 자살하지만, 감정과 심령상으로는 만족을 얻은 데 비하여 여기서는 아무런 보상이 없는 암흑의 비극이 전개될 뿐이다.

2_ 옛날의 법 : 칠거지악七去之惡을 가리킨다. 칠거지악에, "자식이 없을 경우"에 아내를 내쫓을 수 있다. 그러나 내쫓지 못하는 경우로 삼불거三不去가 또 있는데, 거기에 "처음에 가난하다가 나중에 부귀하게 된 경우"가 들어 있다(大戴禮, 本名). 이 시의 여주인공은 옛날의 법으로서도 원통하게 쫓겨난 것이다.

3_ 락양洛陽 : 당나라 때 동도東都. 번화한 도시라는 뜻이다. 지금의 하남성 락양시.

4_ 한단邯鄲 : 전국시대 조趙나라 수도. 조나라에는 미녀美女가 많았다. 지금의 하북성 한단시.

폐가 노래[1] | 장적

廢宅行
폐:택행

오랑캐 말이 마구 날뛰는 거리거리.
胡馬崩騰滿阡陌。
호마: 붕등 만: 천맥

서울 사람 피란 가고 빈 집뿐이라.
都人避亂唯空宅。
도인 피:란: 유 공택

집 둘레 푸른 뽕나무 휘어져 나긋나긋,
宅邊青桑垂宛宛。
택변 청상 수 완:완:

들 누에 뽕잎 먹고 또 고치를 짓는다.
野蠶食葉還成繭。
야:잠 식엽 환 성견:

참새들 풀을 물고 제비 집에 들어가
黃雀銜草入燕窠,
황작 함초: 입 연:과

짹짹 찍찍 지저귄다, 해는 저무는데.
嘖嘖啾啾白日晚。
책책 추추 백일 만:

떠날 때 땅에 묻어둔 벼와 기장,
去時禾黍埋地中。
거:시 화서: 매 지:중

주린 군사가 흙 파서 뒤집어 엎는다.
飢兵掘土飜重重。
기병 굴토: 번 중중

올빼미는 뜰의 나무에 새끼를 치고,
鴟梟養子庭樹上,
치효 양:자: 정수: 상:

굽은 담장 빈방에는 돌개바람 휩쓴다.
曲牆空屋多旋風。
곡장 공옥 다 선풍

난리 뒤 몇 사람 제 고장 돌아왔을까?
亂後幾人還本土。
란:후: 기:인 환 본:토:

오직 나라님만 다시 주인 노릇 한다!
唯有官家重作主。
유유: 관가 중 작주:

1_ 일명 폐거행廢居行. 당시 중국은 여러 차례 티베트(吐蕃) 등 이민족과 전쟁을 하면서 수도 장안 일대도 전재(戰災)를 당했다. 이 시는 그 때문에 황폐화된 장안 모습을 그린 것이다. 끝 두 구절은 너무나 대담한 고발. 사회시社會詩로서의 진면목이 잘 나타났다.

전쟁 과부의 원망[1] | 장적

征婦怨
정부:원:

구월에 흉노[2]가 국경의 장군을 죽이니, | 九月匈奴殺邊將。 구월 흉노 살 변장:

한나라 군사는 료하[3] 위에서 전멸했다. | 漢軍全沒遼水上。 한:군 전몰 료수: 상:

만리 밖에 흩어진 백골들 거둘 사람 없어, | 萬里無人收白骨, 만:리: 무인 수 백골

집집마다 성 밑에서 초혼하여 장사 치른다. | 家家城下招魂葬。 가가 성하: 초혼 장:

부인이 자식을 믿고 남편에게 의지하여 | 婦人依倚子與夫。 부:인 의의: 자: 여:부

함께 살며는 가난해도 마음은 편하거늘! | 同居貧賤心亦舒。 동거 빈천: 심 역서

남편은 전장에서 죽고 자식은 배속에 있으니, | 夫死戰場子在腹。 부사: 전:장 자: 재:복

제 몸은 살아 있어도 한낮의 촛불 신세라오. | 妾身雖存如晝燭。 첩신 수존 여 주:촉

1_ 전장에서 남편을 잃은 여인의 원망을 대신하여 말한 것이다. 가난해도 함께 모여 살기를 바라는 서민의 조그만 희망도 전쟁의 큰 수레바퀴는 용납지 않고 무참히 짓밟고 있음을 고발한 것이다. 새로운 악부樂府의 체재이다.

2_ 구월에 흉노匈奴 : 북방민족의 중국 침입은 대개 가을에 발동된다. 잠삼《주마천 노래, 원정군을 환송하며》 주 7 참조(본서 465쪽).

3_ 한漢나라 / 료하遼河 : 여기서 한나라는 실제로 당나라를 가리킨다. 료하는 지금 료녕성 중부를 흐르는 강. 료동遼東 · 료서遼西는 이 강에 의하여 나누어졌다. 이 부근은 고구려高句麗가 당나라 군사의 침공을 맞아 안시성安市城 등을 지키면서 여러 차례 전투하였던 곳이다.

산골 농부 노래[1] | 장적

山農詞
산농사

늙은 농부 집이 가난하여 산에서 살며, | 老農家貧在山住。 로:농 가빈 재:산 주:

산골 밭 서너 이랑[2]을 애써 일군다. | 耕種山田三四畝。 경종: 산전 삼사: 무:

곡식은 적고 세금은 많아 먹지 못한다, | 苗疎稅多不得食, 묘소 세:다 불득 식

관가 곳간으로 실려 가면 흙이 되는데. | 輸入官倉化爲土。 수입 관창 화: 위토:

세모에 호미와 쟁기를 헛간에 세워놓고, | 歲暮鋤犁傍空室。 세:모: 서리 방: 공실

아이놈 불러 산에 올라 상수리를 줍는다. | 呼兒登山收橡實。 호아 등산 수 상:실

서강의 배를 가진 상인은 진주만 백 섬,[3]	西江賈客珠百斛。 서강 고:객 주 백곡
배 안에 기르는 개도 고기만 먹는단다.	船中養犬長食肉。 선중 양:견: 장 식육

1_ 일명 야로가野老歌. 가난과 세금으로 고생하는 빈농과 하늘 두려운 줄 모르고 사치를 부리는 호상豪商을 대조, 그 격심한 빈부의 차이, 사회의 모순을 고발하는 시. 새로운 악부樂府의 체재이다.

2_ 이랑 : 원문 무畝, 면적 단위. 1무는 약 6.67아르이다(1아르는 100㎡, 약 30평).

3_ 섬 : 원문 곡斛, 용량 단위. 당나라 때 1곡은 20리터(小), 또는 60리터(大)이다.

백거이 白居易

Bai Juyi

백거이白居易(772~846, 자 樂天)는 평이한 언어로 평민들의 관심을 많이 노래한 시인이다. 백거이가 태어난 시기는 리백李白이 떠난 지 10년, 두보杜甫가 죽은 지 2년 되는 해이니, 중국 시문학의 절정인 성당盛唐이 막 지나간 때이다.

백거이는 원래 산서성 태원太原 사람이지만, 증조부 때 섬서성 위남현渭南縣 하길진下吉鎭으로 옮겼다. 집안은 대대로 관리—조부(白鍠)는 공현鞏縣(하남성 鞏義縣) 지사知事, 아버지(白季庚)는 양주襄州(호북성 襄樊市) 별가別駕였다. 그러나 겨우 지방관 정도의 낮은 계층일 뿐, 결코 명문은 아니었다. 그는 어려서부터 가난을 맛보았으나 열심히 공부했다. 젊어서 진사進士로 급제한 뒤, 주질盩厔(섬서성 周至)의 현위縣尉(지방사무관)란 벼슬로 시작하여 한림학사翰林學士(황제의 비서), 좌습유左拾遺(황제의 諫官)를 지내고, 또 충주忠州(사천성 忠縣), 항주杭州(절강성), 소주蘇州(강소성) 등지의 지방장관을 역임하고, 뒤에는 태자소부太子少傅(東宮의 스승), 최후로 형부상서刑部尙書(법무장관)의 직함을 얻고 75세의 나이로 생애를 마쳤다.

백거이는 시인으로서는 드물게 출세가도를 달린 사람이었다. 그렇지만 이것은 그의 뛰어난 천재와 청년시대 각고면려한 결과인 것이다. 거기에 더하여 그 당시의 사회 체제가 안록산安祿山의 반란을 계기로 하여 변혁을 경험한 뒤, 백거이같이 낮은 계층에서 나온 사람도 재능을 펼치고 높은 지위에 오를 수 있도록 열려 있었던 점도 간과할 수는 없다.

그러나 한편 이러한 체제를 좋아하지 아니하는 대지주 계층의 구관료가 있어 백거이같이 진사進士로 등단한 신관료와는 대립하기가 일쑤였다. 또 궁중의 환관宦官들은 황제를 추대한 공에 의하여 큰 권력을 잡고 있었고, 지방 군벌로 변한 번진藩鎭이나 구관료 중에는 그들과 결탁하여 자기의 지위를 높이려고 부심하면서 더러운 투쟁을 거듭하고 있었다. 그 위에 이러한 상류의 지배계층은 날마다 사치한 생활을 하면서 안록산의 난리 이후 피폐할 대로 피폐한 평민들을 착취했다.

성품이 강직하고 천하를 바로잡는 것을 자기의 책무로 알았던 백거이가 상류 지배계층의 이러한 횡포와 타락에 대해 증오했던 것은 당연하다. 그 때문에 그들의 악의에 찬 공격을 받으면서도 여기에 굴하지 아니하고 자기의 직책을 편달하였다. 정치의 폐단을 고치고 평민들의 생활을 조금이라도 편케 하기 위하여 황제에게 건의 · 직간하고, 또한 풍유시諷諭詩라고 스스로 이름 붙인 사회시社會詩를 많이 지었다(高木正一, 『白居易』, 東京: 岩波書店, 1969).

백거이는 수많은 시가詩歌를 지어 당시의 정치의 난맥이나 사회의 혼미를 지적하고 평민들의 호소를 대변했다. 그것은 평민들의 괴로움을 무시한 권력자들의 횡포 · 타락에 대한 분노를 나타낸 것인데, 다만 단순

히 충동에 의한 것이 아니라 확실한 주장에 근거를 둔 행위였다. 그의 주장은,

첫째, 문학은 최고의 의의와 가치를 가진 것, 결코 유희적인 심심파적거리가 아니라고 보았다. 문학의 사명은 현실의 정치를 자세히 살피어 평민들의 불만을 건설적으로 반영시키는 데 있다고 했다. 둘째, 중국의 문학은 시대를 내려오는 동안 이러한 중요한 사명을 망각하고 탐미적이고 개인적이고 낭만적인 길을 걸어왔다고 보았다. 그는 사령운謝靈運·도연명陶淵明의 산수·전원문학은 무용한 것이고, 리백李白도 중시하지 않고, 다만 두보杜甫·장적張籍의 사회시만 높이 평가했다. 즉 그의 이러한 평가는 문학사상의 입장에 기반을 두었지 예술적 가치를 표준으로 삼지는 않았다. 셋째, 과거의 문학에 대해서 이처럼 불만스럽게 생각했기 때문에, 그는 문학을 개혁하려고 결심했다. 문학의 첫째 의의는 사회적이고 실용적인 효능을 다하는 데 있는 것이므로 문자의 수사적인 아름다움은 젖혀놓고 내용의 충실성을 요구했으며, 결론적으로 문장이나 시가는 현실적인 문제에 맞추어 지어야 한다고 주장했다.

이 주장에 따라 그는 풍유시諷諭詩를 172수나 지었다. 그 가운데 『신악부』新樂府 50수, 『진중음』秦中吟 10수는 가장 전형적인 작품이다.

백거이는 일찍이 자기의 시를 풍유諷諭·한적閑適·감상感傷·잡률雜律의 네 가지로 분류했다.

풍유시가 보다 많은 사람들의 행복을 바랐던 작품이라면, 자기 개인 생활에서도 똑같은 행복을 바란 것이 그가 공무의 여가를 틈타 조용하고 쾌적한 생활을 보내면서 지은 한적시이다. 그리고 감상시는 사물에 접촉하여 끓어오른 감상을 노래한 비애의 정을 담은 것이다. 이상 풍유시·한적시·감상시는 노래하는 대상은 다르지만 형식은 고시古詩·악

부樂府 등 운률이나 대구에 구속을 받지 않는 공통점이 있다. 이에 반하여 잡률시는 감흥感興을 아름다운 외형률外形律로 꾸민 작품이다.

백거이는 말년에 와서 풍유시와 한적시는 보존할 가치가 있으나 감상시와 잡률시는 버려도 좋다고 말했다. 그의 사회시 건립을 위한 의식에서 나온 것이다. 그러나 잡률시에도 좋은 작품이 적지 않지만, 감상시 가운데 《못 잊을 한》, 《비파 노래》는 당시부터도 너무나 널리 애송되었다. 평이한 표현과 함께 소설적인 구상에 의하여 독자 청중을 감미롭고 애절한 세계로 끌어들이기 때문이다. 성당까지 서정시에는 없던 새로운 매력과 기교가 거기에 보인다. 시가 산문화되고 문학이 평민들을 위하는 단계로 들어가는 추세인 것이다. 종래 서정시의 함축성보다 일반 평민들은 "언제, 어디서, 누가, 무엇을, 왜, 어떻게" 하고 미주알고주알 밝히는 이야기를 새로 요구하는 것이다. 이런 각도에서 보면 『신악부』 『진중음』과 《못 잊을 한》, 《비파 노래》는 시 내용은 다르지만 시 형식은 서사구조敍事構造라는 공통점을 가지고 있다. 중국 문학은 성당까지 서정시를 중심으로 발전하다가 송대 이후 서사문학—산문 · 희곡 · 소설이 나오기 시작하는데, 중당 백거이의 장편시는 그 전환기에 우뚝 솟은 작품이다.

본서는 풍유시로 『신악부』에서 《신풍의 팔 부러진 노인》 이하 4수, 『진중음』에서 《꽃을 산다》 1수를 뽑았고, 한적시로 《솔바람 소리》 이하 2수를 뽑았으며, 감상시로 《못 잊을 한》 이하 2수를 뽑았고, 잡률시로 《옛 언덕의 풀》 이하 6수를 뽑았다. 모두 15수이다.

신풍의 팔 부러진 노인[1] | 백거이

新豐折臂翁
신풍 절비:옹

— 전공 내세우는 것을 경계한다.

신풍[2] 노인은 나이가 여든여덟,
新豐老翁八十八。
신풍 로:옹 팔십 팔

머리카락 눈썹 수염이 모두 눈빛.
頭髮眉鬚皆似雪。
두발 미수 개 사:설

손자의 손자 부축으로 찻집에 가는데,
玄孫扶向店前行,
현손 부향: 점:전 행

왼팔은 달렸지만 오른팔은 부러졌다.
左臂憑肩右臂折。
좌:비: 빙견 우:비: 절

노인이 팔 부러진 지 몇 년인가 묻고
問翁臂折來幾年。
문:옹 비:절 래 기:년

또 부러진 까닭이 무엇인가고 물었다.
兼問致折因何緣。
겸문: 치:절 인 하연

노인 말하기를, "본래 신풍현 사람이라오.
翁云貫屬新豐縣。
옹운 관:속 신풍 현:

태평성대[3]에 나서 전쟁이 없었으니,
生逢聖代無征戰。
생봉 성:대: 무 정전:

리원제자[4] 올리는 풍류만 들었을 뿐,
慣聽梨園歌管聲,
관:청 리원 가관: 성

깃발 · 창이나 활 · 살 따위는 몰랐소.
不識旗槍與弓箭。
불식 기창 여: 궁전:

"난데없이 천보[5] 연간에 동원령이 내려
無何天寶大徵兵。
무하 천보: 대: 징병

집안에 장정[6]이 셋이면 하나를 뽑았소.
戶有三丁點一丁。
호:유: 삼정 점: 일정

뽑아서는 어디로 몰고 갔는가?	點得驅將何處去, 점:득 구장 하처: 거:
오월에 만리 밖 운남으로 보냈소.	五月萬里雲南行。 오:월 만:리: 운남 행
"들건대, 운남에는 로수[7]란 강이 있는데	聞道雲南有瀘水。 문도: 운남 유: 로수:
산초 꽃이 질 때엔 장기[8]가 서린다고,	椒花落時瘴煙起。 초화 락시 장:연 기:
대군이 걸어서 건너려니 끓는 물이라	大軍徒涉水如湯, 대:군 도섭 수: 여탕
건너기도 전에 열에 두셋은 죽는다고.	未過十人二三死。 미:과: 십인 이:삼 사:
"남촌 북촌에는 곡소리도 슬프게,	村南村北哭聲哀。 촌남 촌북 곡성 애
자식은 어버이와, 남편은 아내와 작별했소.	兒別爺娘夫別妻。 아별 야냥 부 별처
모두 말하기를, 자고로 남만南蠻으로 간 사람,	皆云前後征蠻者, 개운 전후: 정만 자:
천 명 만 명이 넘지만 돌아온 사람은 없다고.	千萬人行無一廻。 천만: 인행 무 일회
"이때 나의 나이는 스물넷,	是時翁年二十四。 시:시 옹년 이:십 사:
병부의 명단에 이름이 들었으므로,	兵部牒中有名字。 병부: 첩중 유: 명자:
밤이 깊어 아무도 모르는 사이에,	夜深不敢使人知, 야:심 불감: 사:인 지

살며시 큰 돌로 쳐서 팔을 부러뜨렸소. 偸將大石鎚折臂。
투장 대:석 추 절비:

“활 당기고 깃발 드는 일 모두 못하지, 張弓簸旗俱不堪。
장궁 파:기 구: 불감

이때부터 비로소 운남 길을 면했소. 從玆始免征雲南。
종자 시:면: 정 운남

뼈 부서지고 살 상한 것 아니 아플까만, 骨碎筋傷非不苦。
골쇄: 근상 비불 고:

그날로 귀향할 수 있는 길이었소. 且圖揀退歸鄕土。
차:도 간:퇴: 귀 향토:

“이 팔 부러진 지 이제 예순 해, 此臂折來六十年。
차:비: 절래 륙십 년

한 팔은 병신이지만 한 몸은 살았소. 一肢雖廢一身全。
일지 수폐: 일신 전

지금도 비바람 치고 으스스한 밤이면, 至今風雨陰寒夜,
지:금 풍우: 음한 야:

날이 새도록 아파서 잠 못 이루오. 直到天明痛不眠。
직도: 천명 통: 불면

“아파서 잠 못 이뤄도, 痛不眠,
통: 불면

끝끝내 후회치 않소. 終不悔。
종 불회:

다만 늙은 몸 혼자 살아남은 것만 즐겁소. 且喜老身今獨在。
차:희: 로:신 금 독재:

그렇지 않았다면 그때 로수 끝에서 不然當時瀘水頭。
불연 당시 로수: 두

몸은 죽고 넋은 떠나고 뼈는 뒹굴었을 것, 身死魂飛骨不收。
신사: 혼비 골 불수

응당 운남의 망향 귀신이 되어, 應作雲南望鄉鬼,
응작 운남 망:향 귀:

만인총[9] 위에서 훌쩍훌쩍 울고 있을 것." 萬人冢上哭呦呦。
만:인 총:상: 곡 유유

노인의 말씀을 老人言,
로:인 언

그대는 들어라. 君聽取。
군 청취:

그대는 듣지 못했는가, 개원 재상 송개부[10]는 君不聞開元宰相宋開府。
군 불문 개원 재:상: 송: 개부:

전공을 상 주지 않아 전쟁을 막았다는 것을! 不賞邊功防黷武。
불상: 변공 방 독무:

그리고 듣지 못했는가, 천보 재상 양국충[11]은 又不聞天寶宰相楊國忠。
우: 불문 천보: 재:상: 양국충

황제 은총 얻고자 전공을 내세웠다는 것을! 欲求恩幸立邊功。
욕구 은행: 립 변공

전공을 세우기 전에 민중의 원망만 샀다. 邊功未立生人怨,
변공 미:립 생 인원:

신풍의 팔 부러진 노인에게 자세히 물을 것이다. 請問新豐折臂翁。
청:문: 신풍 절비: 옹

1_ 이것은 『신악부』 50편 가운데 제9편이다. 『신악부』 첫머리에는 다음과 같은 서문이 있다. "첫머리에 적는다. 『신악부』 글자 수는 모두 9,252자, 이것을

50편으로 끊어서 만들었다. 한 편의 시는 일정한 구절 수가 없고, 또 한 구절은 일정한 글자 수도 없다. 뜻(意)에 중점을 두었지 글(文)에 중점을 두지 않았다. 첫 구절에서는 주제主題를 밝혔고 끝 구절에서는 그 취지를 나타내었으니, 이것은『시삼백편』(詩經)의 방법인 것이다. 그 표현이 소박하고 직선적인 것은 이것을 보는 이로 하여금 쉽게 이해하도록 하기 위해서다. 그 어휘가 솔직하고 절실한 것은 이것을 듣는 이로 하여금 깊이 경계하도록 하기 위해서다. 그 사실이 엄격하고 확실한 것은 후일 이것을 채집하는 이로 하여금 신실信實함을 전하게 하기 위해서다. 그 형식은 순조롭고 율동적인 것이니 음악이나 가곡으로서 널리 펼칠 수도 있을 것이다. 결론 지어 말한다면, 임금을 위해서, 신하를 위해서, 민중을 위해서, 몬(物)을 위해서, 일(事)을 위해서 지은 것이지, 글(文)을 위해서 지은 것이 아니다."

2_ 신풍新豐 : 당나라 수도 장안長安(지금의 西安市) 동쪽 약 20킬로미터에 있던 현縣, 지금은 림동현臨潼縣에 소속됨.

3_ 태평성대 : 여기서는 당나라 현종玄宗 리륭기李隆基의 개원開元(713~741) 치세治世를 가리킨다.

4_ 리원제자梨園第子 : 리원은 현종 리륭기가 몸소 양성한 가무단歌舞團의 명칭. 그 연습생을 리원제자라고 부른다.

5_ 천보天寶(742~756) : 개원開元의 뒤를 이은 연호, 황제는 역시 리륭기. 천보 10년, 즉 공동연대 751년 음력 사월에, 양국충楊國忠이 지금의 운남성에 있던 타이 민족의 남조南詔를 침략하기 위해 대규모로 징병하였다(개원 연간에는 평화를 구가했으나, 천보 연간에는 정벌과 반란으로 난세가 계속되었음).

6_ 장정 : 원문은 정丁, 당나라 제도에 21~59세의 백성은 '정'이라 분류했다. 두보《신안 아전》주 2 참조(본서 620쪽).

7_ 로수瀘水 : 강 이름. 지금은 금사강金沙江. 장강長江 상류, 운남성 지경을 흐른다.

8_ 장기瘴氣 : 습기가 많은 열대지방에서 일어나는 독기. 이 기운을 쐬면 일종의 열병(말라리아 따위)이 난다 한다.

9_ 만인총萬人塚 : 운남성 봉의현鳳儀縣 서쪽에 있는 합동묘지 이름. 당나라 선우중통鮮于仲通 및 리밀李密이 패전하여 사망자 20여 만이 넘는 것을 합라봉閤羅鳳(남조 국왕 이름)이 시체를 거두어 합장했다. 만인총은 장안의 서남쪽 직선거리로 약 1천 킬로미터에 있다.

10_ 송개부宋開府 : 개원 초년의 명재상 송경宋璟이다. 개부는 개부의동삼사開府儀同三司라는 훈관勳官의 약칭. 개원開元 초년 돌궐突厥이 당나라 국경을 침범했을 때, 학령전郝靈筌(계급 牙將)이란 놈이 돌궐 왕 묵철默啜의 수급을 황제에게 바쳤는데, 송경은 이것이 무용한 전쟁을 일으키는 것이라 하여 상급을 내리지 않았다.

11_ 양국충楊國忠 : 양귀비楊貴妃의 종형從兄, 천보 말년의 재상이다. 천보 10년, 즉 751년에 타이 민족의 남조南詔를 침략하기 위해 보낸 총수總帥 선우중통鮮于仲通 휘하의 대군이 로수瀘水 남쪽에서 대패했다. 그럼에도 불구하고 또 천보 13년, 즉 754년에 이를 정벌하기 위해 보낸 리밀李密 휘하의 대군도 대패했다. 두 번의 패전을 양국충은 승전했다고 황제에게 보고했다. 리백《고풍·6》 참조(본서 515쪽).

서량 놀이[1] | 백거이

西涼伎

– 국경 수비를 맡고 있는 장군을 비난한다.

서량 기:

서량 놀이.[2]

西涼伎。
서량 기:

가면 쓴 되놈, 가면 쓴 사자.

假面胡人假獅子。
가:면: 호인 가: 사자:

나무 깎아 머리 삼고 실로 꼬리 만들었다.

刻木爲頭絲作尾,
각목 위두 사 작미:

금으로 눈알 칠하고 은으로 이빨 붙이었다.

金鍍眼睛銀帖齒。
금도: 안:정 은 첩치:

털옷을 잽싸게 돌리면서 두 귀를 뒤흔든다,

奮迅毛衣擺雙耳,
분:신: 모의 파: 쌍이:

마치 만리 밖 류사[3] 지방에서 왔다는 듯이.

如從流沙來萬里。
여종 류사 래 만:리:

보랏빛 수염에 움펑눈 가진 두 명의 되놈,

紫髯深目兩胡兒。
자:염 심목 량: 호아

북 치며 날뛰듯 춤추더니, 나서서 말한다.

鼓舞跳梁前致辭。
고:무: 도:량 전 치:사

“과연 이 사자는 량주가 아직 함락되기 전에, 應似涼州未陷日,
응사: 량주 미:함: 일

안서도호[4]께서 진상하신 것과 똑같구먼입쇼.” 安西都護進來時。
안서 도호: 진:래 시

금방 다시 말한다. “새 소식이 들어 왔는뎁쇼, 須臾云得新消息。
수유 운득 신 소식

안서 길은 끊어져서 돌아가지 못한다굽쇼.” 安西路絶歸不得。
안서 로:절 귀 불득

울면서 사자를 돌아보는데, 눈물이 두 줄기. 泣向獅子涕雙垂。
읍향: 사자: 체: 쌍수

“이놈아, 량주 함락을 아느냐, 모르느냐?” 涼州陷沒知不知。
량주 함:몰 지 불지

사자는 고개를 돌려 멀리 서녘을 바라본다. 獅子回頭向西望,
사자: 회두 향: 서망:

서럽게 울부짖는 소리, 구경꾼들도 슬프다. 哀吼一聲觀者悲。
애후: 일성 관자: 비

정원[5] 연간 국경의 장군들은 이 놀이가 좋아, 貞元邊將愛此曲。
정원 변장: 애: 차:곡

거나한 기분으로 웃으면서 보고 또 본다. 醉坐笑看看不足。
취:좌: 소:간: 간: 불족

손님 청하고 삼군[6] 잔치 차려주는 마당에, 享賓犒士宴三軍,
향:빈 호:사: 연: 삼군

사자와 되놈은 언제나 눈에 띄게 마련이다. 獅子胡兒長在目。
사자: 호아 장 재:목

나이 일흔 살이 된 한 출정군인이 와서, 有一征夫年七十。
유:일 정부 년 칠십

서량 놀이를 보고 얼굴 숙이고 울었다.	見弄涼州低面泣。 견:롱: 량주 저면: 읍
울고 나더니 손을 맞잡고 장군에게 아뢴다.	泣罷斂手白將軍。 읍파: 렴:수: 백 장:군
“‘임금님 근심은 신하의 치욕’[7]이랍니다.	主憂臣辱昔所聞。 주:우 신욕 석 소:문
“천보[8] 연간에 전쟁이 일어난 뒤로부터,	自從天寶兵戈起。 자:종 천보: 병과 기:
견융[9]은 주야로 서부 국경을 침범했습니다.	犬戎日夜呑西鄙。 견:융 일야: 탄 서비:
량주[10]가 함락된 지 이제 사십 년이고요,	涼州陷來四十年, 량주 함:래 사:십 년
하롱[11]이 침범된 것 거의 칠천 리입니다.	河隴侵將七千里。 하롱: 침장 칠천 리:
“평화롭던 예전, 안서[12]는 만리 강토였지만.	平時安西萬里疆。 평시 안서 만:리: 강
전쟁하는 오늘, 일선 지방은 봉상[13]입니다.	今日邊防在鳳翔。 금일 변방 재:봉:상
변경에 쓸데없이 주둔하고 있는 십만 병사,	緣邊空屯十萬卒。 연변 공둔 십만: 졸
배불리 먹고 따뜻이 입고 한가로이 지냅니다.	飽食溫衣閑過日。 포:식 온의 한 과:일
“량주에 버려진 백성은 애끓는 고통을 받는데,	遺民腸斷在涼州。 유민 장단: 재: 량주
장군 병사는 보기만 하고 수복할 뜻이 없습니다.	將卒相看無意收。 장:졸 상:간: 무의: 수

임금님께서는 매양 애처로워하고 계시니, 天子每思常痛惜,
천자: 매:사 상 통:석

장군께서는 말씀 올리기도 낯뜨거울 것입니다. 將軍欲說合慙羞。
장:군 욕설 합참수

"어찌하여 마냥 서량 놀이만 구경하면서, 奈何仍看西涼伎。
내:하 잉간: 서량 기:

웃고 즐기는 것 부끄럽지도 아니합니까? 取笑資歡無所愧。
취:소: 자환 무소: 괴:

설령 지모와 역량이 없어 수복하지 못할지라도, 縱無智力未能收,
종:무 지:력 미: 능수

차마 서량 놀이를 우스개로 여길 수 있습니까?" 忍取西涼弄爲戲。
인:취: 서량 롱: 위희:

1_ 이것은 『신악부』 50편 가운데 제25편이다. 《신풍의 팔 부러진 노인》 주 1 참조(본서 693쪽).

2_ 서량 놀이 : 서량西涼에서 나온 일종의 사자춤(獅子舞), 서량은 량주涼州의 별칭, 지금의 감숙성 무위시武威市이다.

3_ 류사流沙 : 감숙성 돈황敦煌 서쪽에 있는 사막 지방. "만리 밖 류사"라 함은 그만큼 멀리 떨어져 있다는 형용일 뿐이다. 당나라 때 만리는 5,400킬로미터 또는 6,480킬로미터.

4_ 안서도호安西都護 : 도호는 변경의 정치·군사를 통괄하는 장관.

5_ 정원貞元 : 당나라 덕종德宗 리괄李适의 연호 가운데 하나. 785~805년.

6_ 삼군 : 전군全軍.

7_ '임금님의 근심은 신하의 치욕' : 『사기』史記 「월세가」越世家에, "임금이 근심하면 신하는 괴롭다."(主憂臣勞)라는 말이 있다.

8_ 천보天寶 : 당나라 현종玄宗 리륭기李隆基의 연호 가운데 하나, 742~756년. 안록산安祿山의 난리가 천보 연간에 일어났다.

9_ 견융犬戎 : 여기서는 티베트족을 가리킨다.

10_ 량주涼州 : 량주는 당나라 대종代宗 리예李豫 때, 즉 764년, 766년, 776년 등 수차례나 티베트족 수중에 함락되었다.

11_ 하롱河隴 : 감숙성 서부 일대를 부르는 명칭.

12_ 안서安西 : 안서도호부가 있던 곳, 지금의 신강자치구 쿠차Kuqa(庫車).

13_ 봉상鳳翔 : 섬서성 경내에 있다. 영토가 안서에서 봉상으로 줄었다 함은 지금의 신강자치구 동반부와 감숙성 전부를 잃었다는 뜻이 된다. 서안에서 쿠차까지는 약 3,230킬로미터(철도 기준)이다. 그 사이 거리: 서안—(170킬로미터)—봉상—(510킬로미터)—란주—(280킬로미터)—무위—(760킬로미터)—돈황 —(710킬로미터)—투르판—(800킬로미터)—쿠차. 지금 서안에서 란주까지는 철도 롱해선隴海線, 란주에서 투르판Turpan(吐魯番)까지는 란신선蘭新線, 투르판에서 쿠차 가는 중간인 콜라Korla(庫爾勒)까지는 남강선南疆線이 통한다. 서안에서 투르판까지는 국도 310 또는 국도 312가 지나가고, 투르판에서 쿠차까지는 국도 314가 지나간다. 란주蘭州 서쪽은 모두 사막, 영토는 점과 선으로 이어질 뿐이다. 1997년 7월 13일~17일에 란주—서안 길을, 또 2004년 7월 18일~22일에 투르판(우룸치)—란주 길을 역자가 통과했다.

두릉 노인[1] | 백거이

— 농부의 괴로움을 민망하게 여긴다.

杜陵叟
두:릉 수:

두릉[2] 노인은,

杜陵叟,
두:릉 수:

두릉에 산다.

杜陵居。
두:릉 거

해마다 척박한 밭 백 이랑[3]에 씨를 뿌린다.

歲種薄田一頃餘。
세:종: 박전 일경: 여

삼월[4]에 비 안 오시고 마른 바람 일더니,

三月無雨旱風起。
삼월 무우: 한:풍 기:

보리 싹 자라지 않고 누렇게 죽었다.

麥苗不秀多黃死。
맥묘 불수: 다 황사:

구월에 서리 내리고 가을 일찍 춥더니,

九月降霜秋早寒。
구월 강:상 추 조:한

조 이삭 여물지 않고 파랗게 말랐다.	禾穗未熟皆青乾。 화수: 미:숙 개 청건
장리[5]는 잘 알지만 보고하지 아니하고,	長吏明知不申破。 장:리: 명지 불 신파:
심하게 세금을 거두어 성적만 올렸다.	急斂暴徵求考課。 급렴: 포:징 구 고:과:
뽕나무 잡히고 땅 팔아 세금 물었으니,	典桑賣地納官租。 전:상 매:지: 납 관조
내년의 의복 양식은 장차 어떻게 할까?	明年衣食將何如。 명년 의식 장 하여
내 몸 위의 명주[6]를 벗기는구나.	剝我身上帛。 박아: 신상: 백
내 입 속의 좁쌀[7]을 빼앗는구나.	奪我口中粟。 탈아: 구:중 속
사람을 괴롭히는 것은 바로 승냥이, 이리.	虐人害物卽豺狼, 학인 해:물 즉 시랑
어찌 갈고리 발톱 톱날 이빨 있어야 사람 고기 먹을까!	何必鉤爪鋸牙食人肉。 하필 구조: 거아 식 인육
누가 상감님께 아뢰었는지는 몰라도,	不知何人奏皇帝。 불지 하인 주: 황제:
상감님께서는 민폐를 측은히 여기셨다.	帝心惻隱知人弊。 제:심 측은: 치 인폐:
백마지[8] 위에 고마운 말씀을 쓰셨으니,	白麻紙上書德音, 백마 지:상: 서 덕음
경기 지방 금년 세금은 면제하신다고.[9]	京畿盡放今年稅。 경기 진:방: 금년 세:

어제서야 겨우 아전[10]이 문간에 나타났다. 昨日里胥方到門。
작일 리:서 방 도:문

칙첩[11]을 들고 와서 부락에 알리는 거였다. 手持勅牒牓鄕村。
수:지 칙첩 방: 향촌

열 집 가운데 아홉은 이미 세금을 내었으니, 十家租稅九家畢,
십가 조세: 구:가 필

우리 임금 감면의 은혜는 허사가 되었구나! 虛受吾君蠲免恩。
허수: 오군 견면: 은

1_ 이것은 『신악부』 50편 가운데 제 30편이다. 《신풍의 팔 부러진 노인》 주 1 참조(본서 693쪽).

2_ 두릉杜陵 : 장안長安(西安市) 남쪽 교외에 있는 지명.

3_ 백 이랑 : 원어는 1경頃, 즉 100이랑(畝). 1경은 약 614아르이다.

4_ 삼월 : 809년 삼월을 가리키는 듯하다. 전년 겨울부터 이 해 늦봄까지 큰 가뭄이 들었다.

5_ 장리長吏 : 지방의 고급 관리.

6_ 명주(帛) : 특별히 값진 옷이라는 뜻이 아니라 다만 의복의 뜻으로 해석할 것임. 명주를 여기서 내세운 것은 앞 구절에 "뽕나무 잡히고"라는 말이 나왔고, 또 당시 조·용·조租庸調 세금제도에서 조調는 명주(帛)로 바쳤다는 점 때문이다. 그리고 민중의 일반적인 옷감을 짜는 솜(棉)은 인도 등지의 원산으로 중국에는 삼국시대 오吳나라에 처음 들어왔으나, 송宋나라 때에 가서야 많이 수입되었고 원元나라 때 처음 남중국에서 재배되었으니, 당唐나라 때의 옷감은 베(布)와 명주(帛)가 주로 쓰였다는 점을 고려해야 한다.

7_ 좁쌀(粟) : 특별히 나쁜 밥이라는 뜻이 아니라 주식의 뜻으로만 해석할 것이다. 이 시의 무대를 이루는 서안西安 일대는 농업 구역으로 보아 좁쌀과 갈보리를 주로 생산하는 지역이다. 주민들의 주식이 좁쌀이고, 당시의 세금(稅)도 좁쌀로 바치는 것이었다.

8_ 백마지白麻紙 : 하얀 삼(麻)으로 만든 종이. 당나라 제도에, 조서詔書는 황마지黃麻紙 또는 백마지에 썼다. 황마지는 중대한 정무에 관해서 쓰였고, 백마지는 비교적 가벼운 일에 관해서 쓰였다.

9_ 경기 지방 금년 세금은 면제하신다고 : 이것은 810년 윤삼월 초사흗날에 내린 조세 감면을 가리키는 듯하다.

10_ 아전 : 동리의 하급 관리.

11_ 칙첩勅牒 : 황제의 칙어를 쓴 나무 판.

숯쟁이 노인[1] | 백거이
賣炭翁
매:탄: 옹

– 궁시[2]의 횡포를 괴로워한다.

숯쟁이 노인,
賣炭翁。
매:탄: 옹

남산[3]에서 나무 베어 숯을 굽는다.
伐薪燒炭南山中。
벌신 소탄: 남산 중

재를 뒤집어쓴 얼굴은 그을음 색,
滿面塵灰煙火色。
만:면: 진회 연화: 색

두 살쩍은 희끗희끗, 열 손가락은 까맣다.
兩鬢蒼蒼十指黑。
량:빈: 창창 십지: 흑

숯 팔아 얻은 돈 무엇 할 건가?
賣炭得錢何所營,
매:탄: 득전 하 소:영

몸 위의 옷, 입 안의 밥이 되지.
身上衣裳口中食。
신상: 의상 구:중 식

가련하게도 몸 위에 걸친 것 홑옷이건만,
可憐身上衣正單。
가:련 신상: 의 정:단

숯값이 싸다고 날씨 춥기만 바란다.
心憂炭賤願天寒。
심우 탄:천: 원: 천한

밤 사이 성 밖에 눈이 한 자나 와,
夜來城外一尺雪。
야:래 성외: 일척 설

새벽에 숯을 수레에 싣고 빙판으로 몰았다.
曉駕炭車輾冰轍。
효:가: 탄:거 전: 빙철

해 높다라니, 소는 지치고 사람은 시장하여
牛困人飢日已高,
우곤: 인기·일 이:고

저자[4] 남문 밖 진흙 속에서 쉬었다.
市南門外泥中歇。
시:남 문외: 니중 헐

펄렁펄렁, 저 말 탄 두 사람은 누굴까? 翩翩兩騎來是誰。
편편 량:기: 래 시:수

옷이 노란 환관,[5] 옷이 하얀 젊은이. 黃衣使者白衫兒。
황의 사:자: 백삼 아

문서를 손에 들고, "어명이다!" 소리치며, 手把文書口稱勅。
수:파: 문서 구:칭: 칙

수레 돌리고 소 몰아 북쪽으로[6] 끌어갔다. 廻車叱牛牽向北。
회거 질우 견 향:북

수레에는 천 근[7]이 넘을 숯이 있건만, 一車炭重千餘斤,
일거 탄:중: 천여 근

어명이라고 끌어가니 아까운들 어찌할까? 官使驅將惜不得。
관사: 구장 석 불득

붉은 생초 스무 자와 능직 열 자, 半匹紅綃一丈綾,
반:필 홍초 일장: 릉

쇠머리에 걸쳐 주고 숯값[8]으로 친단다. 繫向牛頭充炭直。
계:향: 우두 충 탄:직

1_ 이것은 『신악부』 50편 가운데 제32편이다. 《신풍의 팔 부러진 노인》 주 1 참조(본서 693쪽).

2_ 궁시宮市 : 궁중에 설치된 시장. 당나라 때 이 일을 맡은 관원은 궁시사宮市使라는 환관宦官. 여기에 상품을 조달하기 위해서는 장안長安 시장에서 구입하는데, 실제로는 정당한 값을 치르지 않고 어떤 때는 거의 강탈하다시피 했다. 정원貞元(785~805) 말년에 그 폐단이 두드러지게 커졌다.

3_ 남산 : 종남산終南山(해발 2,604미터), 서안시 남쪽 40킬로미터에 있다.

4_ 저자 : 당시 장안에는 동시東市와 서시西市 두 시장이 있었다.

5_ 옷이 노란 환관 : 궁시宮市를 담당한 관원.

6_ 북쪽으로 : 궁궐은 장안성 북부에 있었다.

7_ 근斤 : 당나라 때 1근은 661그램.

8_ 숯값 : 숯 1천 근에 대한 값으로 생초 20척과 능직 10척은 너무 싼 듯하다. 당시 물가를 보면, 명주 1필匹, 즉 40척은 800문文이고 쌀 대두 1말은 1,500문이었다 한다. 실제로 궁시에서 내어주는 비단은 대개 오래되어 색이 바랜 것, 또는 헌옷 쪼가리 따위였다 한다.

꽃을 사다[1] | 백거이

	買花 매:화
장안의 봄 저물려 하는데,	帝城春欲暮。 제:성 춘 욕모:
딸랑딸랑 거마들 지나간다.	喧喧車馬度。 훤훤 거마: 도:
모란 철이 되었다 하면서,	共道牡丹時, 공:도: 모란 시
서로서로 꽃들을 사간다.	相隨買花去。 상수 매:화거:
비싸고 싼 정가는 없이,	貴賤無常價, 귀:천: 무 상가:
꽃의 수에 따라 다르다.	酬直看花數。 수치: 간: 화수:
불붙는 빨간 꽃 백 송이,	灼灼百朵紅, 작작 백타: 홍
자잘한 흰 꽃 다섯 다발.	戔戔五束素。 전전 오:속 소:
위에는 포장으로 가리고,	上張幄幕庇, 상:장 악막 비:
옆에는 울짱으로 지킨다.	旁織巴籬護。 방직 파리 호:
물 뿌리고 흙을 돋우니,	水灑復泥封, 수:쇄: 부: 니봉
옮겨도 빛깔은 그대로다.	移來色如故。 이래 색 여고:

집집마다[2] 유행을 이루고, 家家習爲俗,
가가 습 위속

사람마다 마냥 열중한다. 人人迷不悟。
인인 미 불오:

어떤 시골 노인 우연히 有一田舍翁,
유:일 전사: 옹

꽃가게에 와서 보더니, 偶來買花處。
우:래 매:화 처:

고개 숙여 탄식하지만 低頭獨長歎,
저두 독 장탄:

이 탄식은 아무도 모른다. 此嘆無人喩。
차:탄: 무인 유:

한 떨기 색깔 고운 꽃은, 一叢深色花,
일총 심색 화

중류층 열 집 세금이라. 十戶中人賦。
십호: 중인 부:

1_ 이것은 『진중음』秦中吟 10편 가운데 제10편이다. 『진중음』 첫머리에 다음과 같은 서문이 있다. "정원貞元부터 원화元和 사이에 나는 장안長安에 있었는데, 거기서 듣고 본 것 가운데에는 슬퍼할 만한 일들이 있기에 그 사실을 바로 노래하고, 이것을 『진중음』이라고 명명한다." 『진중음』이란 진중秦中(長安 일대)에서 읊은 노래라는 뜻. 정원貞元(785~805), 원화元和(806~820)로 이어지는 30여 년간 백거이는 교서랑校書郞 또는 한림학사翰林學士(황제의 비서), 좌습유左拾遺(황제의 諫官)로서 장안에 머물고 있었다. 『진중음』은 『신악부』와 같이 풍유시諷諭詩의 계열에 속하는데, 그것과 내용적으로 중복되는 것이 많다. 이 시는 810년에 지었다고 한다.

2_ 집집마다 : 양귀비楊貴妃 이야기, 리백 〈청평조 노래〉(본서 537쪽)에도 나오는 것처럼 당나라에서는 모란을 아주 귀중하게 쳤다. 당나라 초기(開元, 天寶 연간)에는 다만 진귀한 존재였을 뿐이지만 후기(貞元 · 元和 연간)에 와서는 유행을 조성하여 도하都下에 이르는 곳마다 재배되었다.

솔바람 소리[1] | 백거이

松聲
송성

달이 좋아 홀로 앉기 좋으니,	月好好獨坐, 월호: 호: 독좌:
마루 앞에는 소나무 한 쌍.	雙松在前軒。 쌍송 재: 전헌
서남쪽에서 미풍이 불어와,	西南微風來, 서남 미풍 래
살며시 잎 사이로 든다.	潛入枝葉間。 잠입 지엽 간
쓸쓸하게 소리를 낸다,	蕭寥發爲聲, 소료 발 위성
한밤중 밝은 달 앞에.	半夜明月前。 반:야: 명월 전
산에 찬비 오듯 쏴아쏴아,	寒山颯颯雨, 한산 삽삽 우:
가을 거문고처럼 카랑카랑.	秋琴泠泠絃。 추금 령령 현
처음 들리니 무더위 가신다.	一聞滌炎暑, 일문 척 염서:
다시 들으니[2] 번뇌 스러진다.	再聽破昏煩。 재:청 파: 혼번
밤이 새도록 잠 못 이루어도	竟夕遂不寐, 경:석 수: 불매:
마음과 몸은 모두 날아갈듯.	心體俱翛然。 심체: 구 유:연

남쪽 길의 거마 달리는 소리,	南陌車馬動, 남맥 거마: 동:
서쪽 집의 풍악 울리는 소리.	西鄰歌吹繁。 서린 가취 번
누가 알까, 이 처마 밑에선	誰知茲簷下, 수지 자 첨하:
모든 소리 시끄럽지 않음을!	滿耳不爲喧。 만:이: 불 위훤

1_ 장안長安 수죽리脩竹里라는 동네에 있는 장張씨 댁 남정南亭에서 지었다고 한다. 당시 시인의 나이는 36~37세, 한림학사翰林學士였다.

2_ 들으니 : 앞 구절 '들리니'(聞)와 이 구절 '들으니'(聽)와의 차이에 유의할 것. 즉, 솔바람 소리가 처음엔 멋모르는 중에 들린 것, 소리가 좋아 다시 귀를 기울여 들어본 것이다.

쾌 적[1] | 백거이

適意
적의:

십 년 나그네살이는 언제나	十年爲旅客, 십년 위 려:객
배고플까 추울까 염려했다.	常有飢寒愁。 상유: 기한 수
삼 년 좌습유[2] 노릇은 또한	三年作諫官, 삼년 작 간:관
놀고먹는[3] 부끄러움 많았다.	復多尸素羞。 부:다 시소: 수

술이 있어도 마셔보지 못했고,	有酒不暇飮, 유:주: 불가 음:
산이 있어도 놀아보지 못했다.	有山不得遊。 유:산 불득 유
어찌 '평생의 뜻'[4] 없을까만,	豈無平生志, 기:무 평생 지:
속박당하여 자유롭지 못했다.	拘牽不自由。 구견 불 자:유
하루아침에 위하[5]로 돌아와,	一朝歸渭上, 일조 귀 위:상:
'매이지 않은 배'[6]처럼 떠돈다.	泛如不繫舟。 범:여 불계: 주
마음을 세상 밖에 던지니,	置心世事外, 치:심 세:사: 외:
기쁨도 없고 시름도 없다.	無喜亦無憂。 무희: 역 무우
하루 종일 나물 밥 하나뿐,	終日一蔬食, 종일 일 소사:
일년 내내 베옷 하나 걸친다.	終年一布裘。 종년 일 포:구
추워지면 점점 더 게을러져,	寒來彌懶放, 한래 미 란:방:
며칠에 한 번 머리 빗는다.	數日一梳頭。 수:일 일 소두
아침엔 실컷 자야 일어나고,	朝睡足始起, 조수: 족 시:기:

저녁엔 취하면 그만 마신다.

夜酌醉卽休。
야:작 취: 즉휴

사람의 마음은 쾌적이 첫째,

人心不過適,
인심 불과: 적

쾌적 밖에 또 무얼 바랄까?

適外復何求。
적외: 부: 하구

1_ 811년, 모친상을 당하여 좌습유左拾遺 벼슬을 그만두고 위하渭河 가에 있는 고향, 하규下邽 촌, 지금의 섬서성 위남현渭南縣 하길진下吉鎭에 퇴거했을 때 지은 시. 당시 40세. 세상 구속으로부터 풀려 나와 자유 몸이 된 쾌적의 멋을 읊은 것이다.

2_ 좌습유左拾遺 : 임금을 간하는 관직. 간관諫官. 백거이는 808년 사월부터 3년간 이 벼슬을 지냈다.

3_ 놀고먹는 : 원어는 시소尸素, 시위소찬尸位素餐의 약어. 공로도 없이 벼슬을 지내며 녹봉을 타먹는 것. 즉, 간관의 역할을 다하지 못했다는 겸사.

4_ 평생의 뜻(平生志) : 자유 몸이 되고 싶다는 내용이다. 도연명陶淵明의 《귀거래사》歸去來辭 서문에, "평생의 뜻에 대해 몹시 부끄러웠다."(深愧平生之志)라고 했는데, 이것에 해당된다.

5_ 위하渭河 : 감숙성 위원현渭源縣 서쪽 조서산鳥鼠山에서 발원하여 동관潼關에서 황하黃河와 합류한다. 그 유역에 장안長安이 있고, 또 백거이의 고향 하규下邽가 있다.

6_ '매이지 않은 배' : 아무런 구속 없이 지내는 것을 상징한다. 『장자』莊子(列禦冠)에, "매이지 않은 배처럼 떠돌면서"(汎若不繫之舟)에서 나온 것이다.

못 잊을 한[1] | 백거이

長恨歌
장한: 가

(1)

한나라 임금님 경국지색[2]을 사모하셔도,
용상에 오르신 지 오래도록 찾지 못하셨다.
양씨 댁 아가씨[3] 이제 다 장성하였건만,
규중에 깊숙이 있으니 아는 사람 없었다.
하늘이 내신 아름다움은 스스로 못 버리어,
하루아침 뽑혀서 임금님 곁에 모셨다.
눈동자 굴려 웃으면 온갖 미태 생겨나니,
육궁[4]의 미녀들은 모두 빛을 잃었다.

漢皇重色思傾國。
한:황 중:색 사 경국
御宇多年求不得。
어:우: 다년 구 불득
楊家有女初長成，
양가 유:녀: 초 장:성
養在深閨人未識。
양:재: 심규 인 미:식
天生麗質難自棄，
천생 려:질 난 자:기:
一朝選在君王側。
일조 선:재: 군왕 측
回眸一笑百媚生，
회모 일소: 백미: 생
六宮粉黛無顏色。
륙궁 분:대: 무 안색

봄추위에 내리신 화청궁[5] 온천 목욕.
온천물은 희고 고운 살결에 매끄러웠다.
부축 받아 일어나니 힘없이 요염한 자태,
비로소 새로이 임금님의 사랑을 받은 때.

春寒賜浴華清池。
춘한 사:욕 화청 지
溫泉水滑洗凝脂。
온천 수:활 세: 응지
侍兒扶起嬌無力，
시:아 부기: 교 무력
始是新承恩澤時。
시:시: 신승 은택 시

구름 같은 머리칼, 꽃다운 얼굴, 황금 떨잠.[6] 雲鬢花顔金步搖。
운빈: 화안 금 보:요

부용꽃 방장[7]에서 따뜻하게 봄밤을 지냈다. 芙蓉帳暖度春宵。
부용 장:난: 도: 춘소

봄밤은 고단하구나, 해가 높다래서 일어나니. 春宵苦短日高起,
춘소 고:단: 일고 기:

이때부터 임금님은 조회에 나오지 않으셨다. 從此君王不早朝。
종차: 군왕 불 조:조

비위를 맞추고 잔치에 모시느라 틈이 없으니, 承歡侍宴無閒暇。
승환 시:연: 무 한가:

봄에는 봄놀이, 밤에는 밤놀이 독차지했다. 春從春遊夜專夜。
춘종: 춘유 야: 전야:

후궁의 아름다운 여인들은 삼천 명. 後宮佳麗三千人。
후:궁 가려: 삼천 인

삼천 명 몫의 사랑을 한몸에 받았다. 三千寵愛在一身。
삼천 총:애: 재: 일신

황금 궁전[8]에서 화장 마치고 기다리는 밤, 金屋粧成嬌侍夜,
금옥 장성 교 시:야:

백옥 누각[9]에서 잔치 끝나면 피어나는 봄. 玉樓宴罷醉和春。
옥루 연:파: 취: 화춘

언니들과 오빠들[10]도 모두 제후의 반열. 姊妹弟兄皆列土。
자:매: 제:형 개 렬토:

놀랍구나, 대문에도 후광이 비쳤다. 可憐光彩生門戶。
가:련 광채: 생 문호:

드디어 세상 부모들은 아들 낳기보다는 遂令天下父母心,
수:령: 천하: 부:모: 심

딸 낳기가 더 귀중하다고 여기게 되었다. 不重生男重生女。
불중: 생남 중: 생녀:

려산 이궁[11]은 높아라, 구름 속에 들어갔다. 驪宮高處入青雲。
려궁 고처: 입 청운

신선의 음악[12]은 바람 따라 곳곳에 들렸다. 仙樂風飄處處聞。
선악 풍표 처:처: 문

느린 가락과 춤에 어우러진 피리 거문고, 緩歌慢舞凝絲竹。
완:가 만:무: 응 사죽

임금님은 온종일 보시고도 싫증을 모르셨다. 盡日君王看不足。
진:일 군왕 간: 불족

어양의 북소리[13] 대지를 울리며 다가오니, 漁陽鼙鼓動地來,
어양 비고: 동:지: 래

'무지기와 깃옷'[14] 곡조는 놀라서 깨어졌다. 驚破霓裳羽衣曲。
경파: 예상 우:의 곡

(2)

구중궁궐에 연기와 티끌[15]이 일어나니, 九重城闕煙塵生。
구:중 성궐 연진 생

수천의 수레와 말은 서남쪽으로 갔다.[16] 千乘萬騎西南行。
천승: 만:기: 서남 행

비취 깃발[17]은 흔들흔들 가다가 서다가, 翠華搖搖行復止。
취:화 요요 행 부:지:

서쪽으로 도성의 문을 나서기 백 리 남짓.[18] 西出都門百餘里。
서출 도문 백여 리:

육군[19]이 꿈쩍 않으니 어찌할 수 없구나, 六軍不發無奈何,
륙군 불발 무 내:하

곱다란 아미[20] 숙이고 말 앞에서 죽었구나! 宛轉蛾眉馬前死。
완:전: 아미 마:전 사:

꽃비녀[21] 땅에 버려졌건만 집는 사람 없었다. 花鈿委地無人收。
화전: 위:지: 무인 수

비취 깃털,[22] 공작 비녀, 또 옥비녀까지도. 翠翹金雀玉搔頭。
취:교 금작 옥 소두

임금님은 구해 주지 못하고 얼굴 가리셨으니, 君王掩面救不得,
군왕 엄:면: 구: 불득

돌아보는 얼굴엔 피눈물 섞여 흘러내렸다. 回看血淚相和流。
회간: 혈루: 상 화류

누런 먼지 흩날리고 바람은 썰렁썰렁, 黃埃散漫風蕭索。
황애 산:만: 풍 소삭

높다란 잔도로 굽이굽이, 검각[23]에 올랐다. 雲棧縈紆登劍閣。
운잔: 영우 등 검:각

아미산[24] 밑에는 다니는 사람 드물고, 峨嵋山下少人行,
아미 산하: 소: 인행

늘어진 깃발[25]에는 햇빛 또한 설핏하였다. 旌旗無光日色薄。
정기 무광 일색 박

서촉의 강물은 초록색, 서촉의 산은 감청색. 蜀江水碧蜀山青。
촉강 수:벽 촉산 청

임금님은 아침저녁으로 생각에 잠기셨다. 聖主朝朝暮暮情。
성:주: 조조 모:모: 정

행궁에서 보이는 달, 상심에 젖은 빛깔. 行宮見月傷心色,
행궁 견:월 상심 색

밤비에 들리는 방울,[26] 애가 끊어질 소리. 夜雨聞鈴腸斷聲。
야:우: 문령 장단: 성

천하의 정세가 일변[27]하니 어가가 돌아섰다. 天旋地轉迴龍馭。
천선 지:전: 회 룡어:

여기[28]에 이르러 머뭇머뭇 나가지 못하였다. 到此躊躇不能去。
도:차: 주저 불능 거:

마외역 언덕 아래 진흙 속 바로 그 자리, 馬嵬坡下泥土中,
마:외 파하: 니토: 중

그 얼굴 간데없고 죽은 곳만 허무하구나! 不見玉顔空死處。
불견: 옥안 공 사:처:

임금님 신하 서로 보며 모두 옷[29]을 적셨다. 君臣相顧盡沾衣。
군신 상고: 진: 첨의

동쪽 도성 문을 향하여 힘없이 나아갔다. 東望都門信馬歸。
동망: 도문 신:마: 귀

돌아오니 연못과 동산은 옛날과 같구나. 歸來池苑皆依舊。
귀래 지원: 개 의구:

태액지의 부용꽃, 미앙궁[30]의 버들잎. 太液芙蓉未央柳。
태:액 부용 미:앙 류:

부용꽃은 그 얼굴, 버들잎은 그 눈썹. 芙蓉如面柳如眉。
부용 여면: 류: 여미

이를 보고 어떻게 눈물 아니 흘릴까? 對此如何不淚垂。
대:차: 여하 불 루:수

봄바람에 복사 오얏꽃 피는 날이요, 春風桃李花開日,
춘풍 도리: 화개 일

가을비에 오동 이파리 떨어질 때라. 秋雨梧桐葉落時。
추우: 오동 엽락 시

서궁과 남내[31]에 가을 풀 우거져 있다. 西宮南內多秋草。
서궁 남내: 다 추초:

낙엽은 섬돌에 가득한데 쓸지도 않는다. 落葉滿階紅不掃。
락엽 만:계 홍 불소:

리원[32]의 제자들 하얀 머리가 새롭구나. 梨園子弟白髮新,
리원 자:제: 백발 신

초방의 아감[33]도 검던 눈썹이 세었구나. 椒房阿監青娥老。
초방 아:감: 청아 로:

전각에 반딧불이 나니 생각은 쓸쓸하다. 夕殿螢飛思悄然。
석전: 형비 사 초:연

외로운 등잔을 돋우느라 잠 못 이룬다. 孤燈挑盡未成眠。
고등 조진: 미: 성면

종소리[34]는 느릿느릿, 이제 밤이 길다. 遲遲鐘鼓初長夜,
지지 종고: 초 장야:

은하수는 반짝반짝, 겨우 날이 샌다. 耿耿星河欲曙天。
경:경: 성하 욕 서:천

싸늘한 원앙 기와,[35] 서리꽃 겹쳐 있다. 鴛鴦瓦冷霜華重。
원앙 와:랭: 상화 중:

차가운 비취 이불,[36] 누구와 함께 잘까? 翡翠衾寒誰與共。
비:취: 금한 수여: 공:

아득한 삶과 죽음, 이별이 해를 넘기는데, 悠悠生死別經年,
유유 생사: 별 경년

혼백은 아직 꿈에도 돌아오지 아니한다. 魂魄不曾來入夢。
혼백 불증 래 입몽:

(3)

림공의 도사[37]로 문안에 들어온 손님, 臨邛道士鴻都客。
림공 도:사: 홍도 객

정신을 기울이면 혼백을 모셔온다고 한다. 能以精誠致魂魄。
능이: 정성 치: 혼백

임금님 잠 못 이루시는 그리움에 감동하여 爲感君王展轉思,
위:감: 군왕 전:전: 사

드디어 방사[38]에게 은근히 찾도록 시켰다. 遂教方士殷勤覓。
수:교: 방사: 은근 멱

공중에 솟아 대기를 타니 번개처럼 빠르다. 排空馭氣奔如電。
배공 어:기: 분 여전:

하늘로 오르고 땅으로 들어가 두루 찾았다. 昇天入地求之遍。
승천 입지: 구지 편:

위로는 벽락까지, 아래로는 황천[39]까지, 上窮碧落下黃泉,
상:궁 벽락 하: 황천

그 어디나 모두 망망할 뿐, 보이지 않았다. 兩處茫茫皆不見。
량:처: 망망 개 불견:

홀연히 전하기를, 바다에 신선 산 있단다. 忽聞海上有仙山。
홀문 해:상: 유: 선산

그곳은 아른아른 허공 가운데 있단다. 山在虛無縹緲間。
산재: 허무 표:묘: 간

영롱한 누각에 오색구름이 일어나는데, 樓閣玲瓏五雲起。
루각 령롱 오:운 기:

그 가운데 얌전한 선녀들이 하고 많다고. 其中綽約多仙子。
기중 작약 다 선자:

가운데 한 사람 이름이 태진[40]이라 하니, 中有一人字太眞,
중유: 일인 자: 태:진

눈 같은 살갗, 꽃다운 모습, 기연가미연가? 雪膚花貌參差是。
설부 화모: 참치 시:

황금 대궐 서쪽 별당의 백옥 대문 두드려, 金闕西廂叩玉扃。
금궐 서상 고: 옥경

마중 나온 소옥이 시켜 쌍성[41]이에게 알렸다. 轉敎小玉報雙成。
전:교: 소:옥 보: 쌍성

한나라 임금님[42]의 사신이란 전갈을 듣자, 聞道漢家天子使,
문도: 한:가 천자: 사:

꽃무늬 흐드러진 방장 속 꿈은 놀라 깨었다. 九華帳裏夢魂驚。
구:화 장:리: 몽:혼 경

옷깃 여미며 베개 밀치고 일어나 서성이다가, 攬衣推枕起徘徊。
람:의 퇴침: 기: 배회

진주 발과 은 병풍을 하나하나 열고 나왔다. 珠箔銀屛迤邐開。
주박 은병 이:리: 개

구름머리 쪽 비스듬하니 새로 잠을 깼구나. 雲髻半偏新睡覺,
운계: 반:편 신수: 교:

화관을 매만지지도 못하고 지대 아래 내린다. 花冠不整下堂來。
화관 불정: 하:당 래

바람에 선녀의 소맷자락 팔랑팔랑 나부끼니, 風吹仙袂飄飄擧。
풍취 선몌: 표표 거:

그대로 '무지기와 깃옷' 무용 같구나. 猶似霓裳羽衣舞。
유사: 예상 우:의 무:

옥 같은 얼굴 쓸쓸한데 눈물은 줄줄, 玉容寂寞淚闌干,
옥용 적막 루: 란간

봄비에 젖은 하얀 배꽃 한 가지로다. 梨花一枝春帶雨。
리화 일지 춘 대:우:

정다운 눈길은 멀리 임금님께 예를 올린다. 含情凝睇謝君王。
함정 응제: 사: 군왕

"이별한 뒤 음성과 용모 모두 아득합니다. 一別音容兩渺茫。
일별 음용 량: 묘:망

소양전[43]의 은혜와 사랑은 끊어졌으니, 昭陽殿裏恩愛絶,
소양 전:리: 은애: 절

봉래궁[44]의 달과 해는 지루하기만 합니다. 蓬萊宮中日月長。
봉래 궁중 일월 장

"고개 돌려 인간 세계를 내려다보지만, 回頭下望人寰處。
회두 하:망: 인환 처:

장안은 아니 보이고 티끌과 안개뿐입니다." 不見長安見塵霧。
불견: 장안 견: 진무:

오직 옛 물건만 깊은 정표가 되리라고, 唯將舊物表深情,
유장 구:물 표: 심정

상감 합과 금비녀를 멀리 부치겠단다. 鈿合金釵寄將去。
전:합 금채 기: 장거:

비녀 한 가닥, 합[45] 한 짝을 남겼는데, 釵留一股合一扇。
채류 일고: 합 일선:

비녀는 금을 떼고, 합은 상감을 갈랐다. 釵擘黃金合分鈿。
채벽 황금 합 분전:

마음이 금이나 상감처럼 굳기만 하면, 但敎心似金鈿堅,
단:교: 심사: 금전: 견

하늘 위의 세상에서 만날 길 있으리라. 天上人間會相見。
천상: 인간 회: 상견:

떠날 마당에 은근히 거듭 전갈하였으니, 臨別殷勤重寄詞。
림별 은근 중 기:사

거기에는 두 사람만 아는 맹세가 있었다. 詞中有誓兩心知。
사중 유:서: 량:심 지

"칠월하고도 칠석,[46] 장생전에서 七月七日長生殿,
칠월 칠일 장생 전:

아무도 없는 야반에 속삭이셨어요. 夜半無人私語時。
야:반: 무인 사어: 시

'천상에선 비익조[47] 되어지이다. 在天願作比翼鳥,
재:천 원:작 비:익 조:

지상에선 연리지[48] 되어지이다.'" 在地願爲連理枝。
재:지: 원:위 련리: 지

장구한 천지[49]는 다할 때 있겠지만, 天長地久有時盡,
천장 지:구: 유:시 진:

이 한은 면면히 끊일 날 없으리라. 此恨綿綿無絶期。
차:한: 면면 무 절기

1_ 당나라 현종玄宗 리륭기李隆基의 애인 양귀비楊貴妃에 대한 못 잊을 사랑의 한을 읊은 노래. 모두 120구, 840자나 되는 장편서사시. 그 구상은 사후의 세계에까지 펼쳐지는 로맨틱한 작품이다. 공동연대 806년, 당시 35세의 백거이는 장안長安의 서쪽 근교에 있는 주질盩厔(지금 周至)의 현위縣尉(지방사무관)로 있었는데, 그를 찾아온 진홍陳鴻·왕질부王質夫와 함께 선유산仙遊山으로 놀러가, 거기서 현종 리륭기와 양귀비와의 로맨스가 얘기되어, 왕질부의 제의로 백거이는 이《못 잊을 한》(長恨歌) 노래를 짓고, 진홍은《못 잊을 한 이야기》(長恨歌傳)를 썼다. 노래는 (1) 양귀비가 총애를 받은 시말, (2) 양귀비를 잃은 현종 리륭기의 쓸쓸한 생활, (3) 죽어서 선녀가 된 양귀비를 방사方士가 만나보는 장면의 세 부분으로 되어 있다. 이 시는《비파노래》와 함께, 당나라 때 이미 크게 유행하였다. 백거이《비파 노래》 주 1 참조(본서 730쪽).

2_ 한나라 임금님 경국지색 : 한나라 무제武帝(전 141~전 87 재위) 류철劉徹이지만, 실은 당나라 현종玄宗(713~756 재위) 리륭기李隆基를 가리킨다. 백거이는 당나라 때 사람이었기에 표현을 삼가는 뜻에서 돌려 말한 것이다. 진홍陳鴻의《못 잊을 한 이야기》(長恨歌傳)에서는 분명하게 현종玄宗이라고 밝히고 있다. 경국지색傾國之色은 절세미인을 가리킨다. 이 말은 한 무제 류철과 리부인李夫人을 연결해 준 리연년李延年의 노래에서 나왔다. "북국에 있는 아름다운 여인, / 당대에 견줄 사람 없네. / 한 번 돌아보면 성읍을 기울이고, / 두 번 돌아보면 국가를 기울이네. / 어찌 성읍과 국가가 기울어지는 것 모를까만, / 아름다운 여인 다시 얻기 어려우니."(北方有佳人, 絶世而獨立。一顧傾人城, 再顧傾人國。寧不知傾城與傾國, 佳人難再得。)

3_ 양씨 댁 아가씨 : 양씨 댁은 사천성 촉주蜀州 사호司戶 양현염楊玄琰의 집을 말한다(舊唐書 51). 또, 산서성 포주蒲州 영락永樂 사람이라 한다(新唐書 76). 아가씨 아명은 옥환玉環. 처음엔 현종의 아들인 수왕壽王의 비, 뒤에 고력사高力士의 눈에 띄어 궁중에 뽑혀 들어갔다. 740년, 아가씨 나이는 22세, 현종은 57세 때 일이다.

4_ 육궁六宮 : 천자天子의 후궁後宮으로 지어진 여섯 궁전. 거기에 거처하는 후后·비妃·빈嬪을 가리킨다.

5_ 화청궁華清宮 : 장안長安의 동쪽 근교, 려산驪山 아래, 임금이 피한避寒하기 위하여 지은 온천 이궁離宮. 처음엔 온천궁溫泉宮이라고 불렀다가 현종 때 화청궁으로 개명했다. 지금 관광지로 개방하고 있다. 두보《봉선 길 회포》 주 11 참조(본서 590쪽).

6_ 떨잠(步搖) : 부녀의 예장禮粧의 하나, 떨새를 붙인 비녀. 떨새는 은사銀絲로 매우 가늘게 용수철을 만들고 그 위에 은으로 새 모양을 만들어 붙여 걸음을 옮길 때마다 떨게 되어 있는 것이다. 여기서는 '황금 떨잠'이니 은이 아니라 금을 쓴 듯하다.

7_ 부용꽃 방장(芙蓉帳) : 부용꽃, 즉 연꽃 무늬를 장식한 방장房帳.

8_ 황금 궁전(金屋) : 훌륭한 집. 한 무제 류철이 어렸을 때, 고모(長公主)가 그를 무릎에 앉히고, 색시를 얻고 싶으냐고 물었더니 얻고 싶다고 대답하므로 다시 그의 딸 아교阿嬌를 가리키며 어떠냐고 하니까, 류철은 웃으면서 아교를 얻는다면 '황금 궁전'에 두겠다고 대답했다 한다.

9_ 백옥 누각(玉樓) : 훌륭한 누각. '황금 궁전'과 대對를 이루기 위해 쓴 말이다.

10_ 언니들과 오빠들 : 언니 세 사람은 각각 한국부인韓國夫人 · 괵국부인虢國夫人 · 진국부인秦國夫人의 칭호를 받았으며, 종형 섬銛은 홍려경鴻臚卿, 종형 기錡는 부마도위駙馬都尉, 재종형 조釗(뒤에 國忠으로 賜名)는 재상宰相이 되었다.

11_ 려산驪山 이궁 : 즉 화청궁. 전 주 5 참조.

12_ 신선의 음악 : 천상天上의 음악. 중국에서는 임금을 천자天子라고도 하기 때문에 한 말이다.

13_ 어양漁陽의 북소리 : 755년 동짓달, 안록산安祿山이 어양(지금의 北京 부근)에서 반란군叛亂軍을 일으킨 것을 가리킨다. 다음해 유월에 장안長安을 함락시켰다.

14_ 무지기와 깃옷 : 원문은 예상우의곡霓裳羽衣曲. 서역西域에서 전래된 무곡舞曲의 이름. 일설에는 음악에 조예가 깊었던 현종 리륭기가 젊었을 적 도사의 힘에 의하여 월궁月宮의 선녀들이 가무歌舞하는 것을 듣고 그 곡조를 베낀 것이라고도 한다.

15_ 연기와 티끌 : 봉수대의 연기와 전쟁터의 티끌. 일설에는 장안長安 성중에서 일어난 폭동의 모습이라고도 한다.

16_ 서남쪽으로 갔다 : 현종 리륭기 일행은 양귀비의 재종형이며 당시 재상이었던 양국충楊國忠의 건의에 따라, 장안의 서남방에 있는 촉蜀(成都)으로 피난갔다. 때는 756년 유월 열사흗날 미명이었다.

17_ 비취 깃발 : 임금의 깃발. 비취(물총새)의 깃을 달았다.

18_ 백 리 남짓 : 이곳은 마외역馬嵬驛. 장안 서쪽 50킬로미터 거리에 있다. 지금은 양귀비 무덤을 관광지로 개방하고 있다.

19_ 육군六軍 : 임금의 근위병近衛兵 6개 부대. "꿈쩍 않으니"라 함은, 군사들이 동란의 책임을 임금의 측근, 즉 양귀비와 양국충에 있다고 주장하면서 반항의 기세를 올린 것을 말한다.

20_ 곱다란 아미 : 양귀비를 가리킨다. 군사들의 반항에 대해 근위近衛의 사령이

었던 진현례陳玄禮가 올린 수습책에 따라, 현종 리륭기는 양국충楊國忠을 내주어 사형시키고 양귀비도 불당佛堂 앞 배나무 가지에 목을 매달아 죽게 했던 것이다. 이것을 보고 나서야 반항하던 군사는 발걸음을 떼었다.

21_ 꽃비녀 : 나전螺鈿으로 꽃을 아로새긴 비녀.

22_ 비취 깃털 : 비취(물총새)의 깃털로 만든 머리를 꾸미는 장식. '공작 비녀'는 공작새 모양으로 만든 황금 장식.

23_ 잔도棧道 / 검각劍閣 : 잔도는 절벽에 나무로 선반처럼 달아 만든 통행로. 여기서는 유명한 촉蜀의 잔도를 가리킨다. 검각은 사천성 북쪽에 있으며 촉蜀으로 들어가는 관문이다.

24_ 아미산峨嵋山(해발 3,098미터) : 현종 리륭기의 행궁行宮이 있었던 사천성 성도시成都市에서 서남쪽으로 150킬로미터 거리에 있는 산. 현종 리륭기가 촉蜀으로 들어갈 때 여기를 지났을 리는 없으나 촉의 대표적인 산이기에 이렇게 말한 것이다.

25_ 늘어진 깃발 : 현종 리륭기의 피란길을 끝까지 따라간 사람은 군사 1,300명, 궁녀 24명뿐이었다. 이 구절은 그곳 기후가 안개 많은 고장이라 깃발이 빛을 잃었다는 뜻도 있지만 초라한 임금의 권위를 상징하기도 한다.

26_ 밤비에 들리는 방울 : 현종 리륭기 일행이 촉의 잔도를 지날 때, 빗속에 역마의 말방울 소리만 딸랑딸랑 들렸다는 기록(『明皇雜錄』)이 있다.

27_ 천하의 정세가 일변 : 반란군의 괴수 안록산安祿山이 그의 아들 안경서安慶緖에게 살해된 뒤 757년 구월에 장안長安은 관군官軍에 의하여 수복되었다. 그해 섣달에 현종 리륭기는 장안으로 돌아왔다.

28_ 여기 : 즉 마외역馬嵬驛, 양귀비가 목매달아 죽은 곳.

29_ 임금님 …… 옷 : 현종 리륭기는 장안으로 돌아가는 길에 마외역에 이르러 제사를 지냈는데, 관을 열어보니 향낭香囊이 그대로 들어 있었다고. 현종 리륭기는 이것을 보고 눈물을 흘렸다 한다(『新唐書』, 「楊貴妃傳」).

30_ 태액지太液池 / 미앙궁未央宮 : 태액지는 장안 대명궁大明宮 안에 있던 못. 미앙궁은 금원禁苑 안에 있던 궁. 한漢나라 때 만든 것이다.

31_ 서궁西宮과 남내南內 : 서궁은 태극궁太極宮, 남내는 홍경궁興慶宮, 모두 장안長安에 있었던 황궁이다. 환도한 뒤 현종 리륭기는 처음에 남내에 있었지만, 곧 서궁으로 옮겨갔다. 이미 양위를 받은 숙종肅宗(756~762 재위) 리형李亨이 상황(리륭기)을 연금 상태로 한 것이다.

32_ 리원李園 : 현종 리륭기가 재위하고 있던 옛날 몸소 양성한 가무단歌舞團의 이름. 자제는 그 교습생.

33_ 초방椒房의 아감阿監 : 미앙궁未央宮 안 황후皇后의 방. 산초山椒를 벽에 섞어 바른 것이다. 아감은 궁녀들을 감독하는 환관.

34_ 종소리 : 시각을 알리기 위해 치는 것이다.

35_ 원앙 기와 : 원앙새 모습으로 만든 기와.

36_ 비취 이불 : 비취(물총새) 무늬로 장식한 이불. 원앙과 비취는 자웅 사이 좋게 지내는 새, 따라서 부부의 금실을 상징한다.

37_ 림공臨邛 / 도사道士 : 림공은 사천성 공래현邛崍縣의 옛 이름. 도사는 신선도神仙道를 수련하는 사람. 도사의 이름은 양통유楊通幽라 하는 설이 있다(楊太眞外傳).

38_ 방사方士 : 역시 신선도의 수련자, 앞에 나온 도사의 조수인 듯.

39_ 벽락碧落 / 황천黃泉 : 벽락은 도가道家에서 하늘을 일컫는 말. 황천은 지하地下 세계를 가리킨다.

40_ 태진太眞 : 양귀비의 이름. 양귀비는 처음 수왕壽王의 비妃였는데, 현종 리륭기의 애인으로 신분이 바뀔 때, 일시 여도사女道士가 되었으며 이때 태진太眞이라고 이름을 고쳤다. 여기서는 그것을 이용하여 양귀비가 죽어서 선녀仙女가 된 것으로 한 것이다.

41_ 소옥小玉 / 쌍성雙成 : 모두 양귀비의 시녀. 소옥은 밖에서 심부름하는 시녀, 쌍성은 안에서 심부름하는 시녀인 듯. 소옥은 오왕吳王 부차夫差의 딸 이름, 쌍성은 서왕모西王母의 시녀 이름이기도 하다.

42_ 한나라 임금님 : 당나라 현종 리륭기를 뜻한다.

43_ 소양전昭陽殿 : 한나라 성제成帝 류오劉驁가 그 애인 조비연趙飛燕 자매를 위해 내준 전각 이름. 여기서는 양귀비가 현종 리륭기와 사랑을 얘기했던 전각을 가리킨다.

44_ 봉래궁蓬萊宮 : 바다 밖 선산仙山에 있다는 궁전 이름. 즉 양귀비가 지금 거처하고 있는 곳을 가리킨다.

45_ 비녀 / 합 : 이 비녀(釵)는 가닥이 둘로 갈라진 것이다. 이 합合은 위아래 동글납작한 두 짝으로 되었으며 아주 조그만데 사랑의 징표(同心結)를 넣은 것이다.

46_ 칠월 칠석 : 견우牽牛와 직녀織女가 일 년에 한 번 만난다는 날. 장생전長生殿은 려산驪山의 이궁離宮에 있는 궁전 이름. 진홍陳鴻의《못 잊을 한 이야기》(長恨歌傳)에 의하면, 751년 칠월 칠석 야반에 현종 리륭기는 양귀비 어깨에 기대어 하늘을 쳐다보며, 견우 · 직녀 전설에 감동되어 "영원 세세토록 부부 되어지이다"(願世世爲夫婦)라고 약속했다 한다.

47_ 비익조比翼鳥 : 자웅이 각각 하나의 눈, 하나의 날개만 갖고 있기 때문에 둘이 함께 되어야 난다는 상상의 새.

48_ 연리지連理枝 : 밑둥은 두 그루인데 가지가 서로 이어져 있다는 상상의 나무. 비익조와 연리지는 모두 남녀의 깊은 사랑을 상징하는 것이다.

49_ 장구한 천지 : 『로자』老子 제7장에서 나온 말. 끝의 두 구절은 시인의 평어評語이며, 제목의 뜻을 명시한 것이다.

비파 노래[1] | 백거이

琵琶行
비파 행

공동연대 815년, 즉 원화[2] 10년에 나는 구강군[3] 사마[4]로 좌천[5]되었다. 다음해 가을, 손님을 분포구[6]에서 배웅하는데, 어느 배에선지 밤에 비파琵琶를 타고 있었다. 그 소리를 들어보니 '쨍'하는 맑은 서울 가락이었다. 그 사람에 대해 물었더니, 본래 장안長安 기생으로, 일찍이 목穆·조曹 두 선재[7]에게서 비파를 배웠으며, 나이 들고 태깔이 이울어서는 상인의 아내로 되었다는 것이었다. 이리하여 술을 내고 속히 두어 곡을 타도록 했다. 곡이 끝나자, 가련하게도 고개를 떨구고, 젊었을 적 즐거웠던 추억들, 지금 실의에 빠진 초췌한 모습으로 강호江湖에서 옮다니고 있는 신세타령을 하는 것이었다. 나는 지방 관원으로 쫓겨 나온 2년을 조용하고 편안하게 지내왔었는데, 이 여인의 말에 마음이 흔들려, 이날 저녁 비로소 귀양살이 맛을 느끼었다. 그래서 장구가[8]를 지어 여인에게 선사했다. 모두 616자,[9] 이름하여 《비파 노래》.

(1)

심양강[10] 어귀에서 밤에 손님을 배웅하려니, 潯陽江頭夜送客。
심양 강두 야: 송:객

단풍잎, 물억새꽃, 가을은 서걱서걱. 楓葉荻花秋索索。
풍엽 적화 추 삭삭

주인은 말을 내리고 손님은 배에 올라, 主人下馬客在船。
주:인 하:마: 객 재:선

술을 들어 마시려 해도 풍악이 없구나.	擧酒欲飮無管絃。 거:주: 욕음: 무 관:현
취했어도 흥이 안 나 쓸쓸히 작별하려니—	醉不成歡慘將別。 취: 불성환 참: 장별
작별할 때는 아득한 강물에 달이 젖는구나.	別時茫茫江浸月。 별시 망망 강 침:월
문득 물 위로 들려오는 비파 소리,	忽聞水上琵琶聲, 홀문 수:상: 비파 성
주인은 돌아가길 잊고 손님도 안 떠난다.	主人忘歸客不發。 주:인 망:귀 객 불발

(2)

소리 찾아 살며시 묻는다, 타는 이 누구냐?	尋聲暗問彈者誰。 심성 암:문: 탄자: 수
비파 소리 끊였으나 말은 할 듯 더디구나.	琵琶聲停欲語遲。 비파 성정 욕어: 지
배를 가까이 옮기고 보기를 청하면서,	移船相近邀相見。 이선 상근: 요 상견:
술을 더하고 등불 돌리고 상을 다시 차린다.	添酒廻燈重開宴。 첨주: 회등 중 개연:
천 번 만 번 부르니 비로소 나오는데,	千呼萬喚始出來, 천호 만:환: 시: 출래
오히려 비파를 안아 얼굴은 반나마 가려 있다.	猶抱琵琶半遮面。 유포: 비파 반: 차면:
축[11]을 돌려 줄을 퉁겨 보는 두세 소리,	轉軸撥絃三兩聲。 전:축 발현 삼량: 성
곡조를 채 이루기 전에 정이 앞선다.	未成曲調先有情。 미:성 곡조: 선 유:정

줄줄이 낮게 울리니 소리마다 슬퍼서, 絃絃掩抑聲聲思。
현현 엄:억 성성 사

한평생 못 이룬 뜻을 하소연하는 듯. 似訴平生不得志。
사:소: 평생 불 득지:

아미를 숙이고 손에 맡겨 속속 타니, 低眉信手續續彈,
저미 신:수: 속속 탄

마음속 덧없는 일을 모두 얘기한다. 說盡心中無限事。
설진: 심중 무한: 사:

슬쩍 쓰다듬어 지그시 비틀고 눌러 퉁기니, 輕攏慢撚抹復挑。
경롱: 만:년: 말 부:조

처음은 '무지기와 깃옷', 뒤는 '록요'[12] 가락. 初爲霓裳後綠腰。
초위 예상 후: 록요

굵은 줄 둥덩둥덩 소나기 쏟아진다. 大絃嘈嘈如急雨。
대:현 조조 여 급우:

가는 줄 소곤소곤 귀엣말 속삭인다. 小絃切切如私語。
소:현 절절 여 사어:

둥덩둥덩 소곤소곤 뒤섞어 타니, 嘈嘈切切錯雜彈。
조조 절절 착잡 탄

큰 진주 작은 진주 옥쟁반에 구른다. 大珠小珠落玉盤。
대:주 소:주 락 옥반

꾀꼴꾀꼴 꾀꼬리 소리 꽃 아래 매끄럽다. 間關鶯語花底滑,
간관 앵어: 화저: 활

흐느끼는 샘물 소리 얼음 밑에 답답하다. 幽咽泉流冰下難。
유열 천류 빙하: 난

차가운 샘물 얼어붙듯 줄은 응결되고, 冰泉冷澁絃凝絕。
빙천 랭:삽 현 응절

응결되어 막히니 소리 잠깐 끊인다.	凝絶不通聲暫歇。 응절 불통 성 잠:헐
별달리 깊은 시름 맺힌 한 생겨나니,	別有幽愁暗恨生。 별유: 유수 암:한: 생
이때 소리 없는 것은 있는 것보다 낫다.	此時無聲勝有聲。 차:시 무성 승: 유:성
은병이 갑자기 깨지더니 물이 솟구친다.	銀甁乍破水漿迸, 은병 사:파: 수:장 병:
철기가 졸지에 튀어나와 칼이 부딪친다.	鐵騎突出刀槍鳴。 철기: 돌출 도창 명
곡이 끝나 발목[13]을 거두어 복판을 그으니,	曲終收撥當心畫。 곡종 수발 당심 획
넉 줄은 한 소리, 깁을 째는 듯.	四絃一聲如裂帛。 사:현 일성 여 렬백
동쪽 배 서쪽 배 소리 없이 조용한데,	東船西舫悄無言, 동선 서방: 초: 무언
오직 강 가운데 가을달만 하얗구나.	唯見江心秋月白。 유견: 강심 추월 백

(3)

생각에 잠겨 발목을 내려 줄 안에 꽂고,	沈吟放撥揷絃中。 침음 방:발 삽 현중
옷깃을 여미며 일어나 자세를 고친다.	整頓衣裳起斂容。 정:돈: 의상 기: 렴:용
스스로 말하기를, "본래는 서울 계집,	自言本是京城女。 자:언 본:시: 경성 녀:
하마릉[14] 아래에 집이 있었어요.	家在蝦蟆陵下住。 가재: 하마 릉하: 주:

"나이 열셋에 비파를 배워 익히니, 十三學得琵琶成,
십삼 학득 비파 성

이름이 교방[15]에서 첫째로 꼽혔어요. 名屬教坊第一部。
명속 교:방 제:일 부:

연주가 끝나면 선재님도 탄복했고요, 曲罷曾教善才伏,
곡파: 증교: 선:재 복

화장을 마치면 추낭[16]이도 시새웠어요. 粧成每被秋娘妬。
장성 매:피: 추낭 투:

"오릉[17]의 귀공자들 해웃값을 다투어 五陵年少爭纏頭,
오:릉 년소: 쟁 전두

한 곡조에 붉은 생초가 수도 없었어요. 一曲紅綃不知數。
일곡 홍초 불지 수:

자개 박은 빗치개 장단 맞추다 깨고요, 鈿頭雲篦擊節碎,
전:두 운비: 격절 쇄:

핏빛 비단 치마 술 엎질러 더럽혔어요. 血色羅裙翻酒汙。
혈색 라군 번주: 오:

금년도 웃음 속에, 또 명년도 마찬가지, 今年歡笑復明年,
금년 환소: 부: 명년

가을달 봄바람을 등한히 보냈어요. 秋月春風等閑度。
추월 춘풍 등:한 도:

"오랍동생 병정 가고 양어머니 세상 떠나, 弟走從軍阿姨死,
제:주: 종군 아:이 사:

저녁이 가고 아침이 와서 용색容色이 이울자, 暮去朝來顏色故。
모:거: 조래 안색 고:

문전도 쓸쓸하게 찾아온 거마가 드물어, 門前冷落鞍馬稀,
문전 랭:락 안마: 희

나이 든 몸이 상인의 아내로 시집갔어요. 老大嫁作商人婦。
로:대: 가:작 상인 부:

상인은 이문만 알지 이별은 모르니, 商人重利輕別離,
상인 중:리: 경 별리

지난달에 부량[18]으로 차 사러 떠났어요. 前月浮梁買茶去。
전월 부량 매:다 거:

“떠나간 뒤로 강 어귀에서 빈 배만 지키니, 去來江口守空船。
거:래 강구: 수: 공선

배 둘레에 달은 밝고 강물은 차갑군요. 遶船月明江水寒。
요:선 월명 강수: 한

밤이 깊어 젊었을 적 일을 꿈꾸다가, 夜深忽夢少年事,
야:심 홀몽: 소:년 사:

꿈에 울어 화장한 얼굴 붉은 눈물[19] 주르르.” 夢啼粧淚紅闌干。
몽:제 장루: 홍 란간

(4)

나는 비파 소리 듣고 벌써 탄식했다. 我聞琵琶已歎息。
아:문 비파 이: 탄:식

다시 이 얘기 듣고는 연방 ‘쯧쯧’ 소리. 又聞此語重喞喞。
우:문 차:어: 중 즉즉

하늘 끝에서 유랑하는 다 같은 신세니, 同是天涯淪落人,
동시: 천애 륜락 인

만나면 그만이지 옛 사람 아니면 어떠랴! 相逢何必曾相識。
상봉 하필 증 상식

“나는 작년에 서울을 하직한 뒤로, 我從去年辭帝京。
아:종 거:년 사 제:경

귀양살이 심양[20] 고을에 몸져 누워 있소. 謫居臥病潯陽城。
적거 와:병: 심양 성

심양은 후미진 고장이라 음악이 없으니, 潯陽地僻無音樂,
심양 지:벽 무 음악

일 년 내내 풍류 소리 듣지 못하오. 終歲不聞絲竹聲。
종세: 불문 사죽 성

"거처는 분강[21] 부근 낮고 습한 땅, 住近湓江地低濕,
주:근: 분강 지: 저습

우거진 갈대 참대 집 둘레에 자라 있소. 黃蘆苦竹繞宅生。
황로 고:죽 요:택 생

그 사이에서 아침저녁 들리는 거라고는 其間旦暮聞何物,
기간 단:모: 문 하물

두견이 피를 토하고 원숭이 슬피 울 뿐. 杜鵑啼血猿哀鳴。
두:견 제혈 원 애명

"봄 강 꽃 아침이나 가을 달 저녁[22]이면, 春江花朝秋月夜,
춘강 화조 추월 야:

가끔 술잔을 들어 혼자 기울여 보오. 往往取酒還獨傾。
왕:왕: 취:주: 환 독경

초동의 노래나 목동의 피리야 없을까만, 豈無山歌與村笛,
기:무 산가 여: 촌적

시끌시끌 지절지절 귀에 거슬리오. 嘔啞嘲哳難爲聽。
구아 조찰 난위 청

"오늘 밤 그대의 비파 연주를 들으니, 今夜聞君琵琶語,
금야: 문군 비파 어:

신선 음악 듣는 듯 귀가 번쩍 트이오. 如聽仙樂耳暫明。
여청 선악 이: 잠:명

사양 말고 다시 앉아 한 곡만 타소라, 莫辭更坐彈一曲,
막사 갱:좌: 탄 일곡

그대 위해《비파 노래》옮겨 보리니."
爲君翻作琵琶行。
위:군 번작 비파 행

(5)

나의 이 말에 감동하여 한참 섰다가,
感我此言良久立。
감:아: 차:언 량구: 립

물러앉아 줄을 조이니 줄은 팽팽하구나.
却坐促絃絃轉急。
각좌: 촉현 현 전:급

처절함이 먼저 소리와 또 다르니,
凄凄不似向前聲,
처처 불사: 향:전 성

다시 듣는 사람 모두 눈물을 가린다.
滿座重聞皆掩泣。
만:좌: 중문 개 엄:읍

그중에서 누가 가장 눈물 많이 흘리는가?
座中泣下誰最多,
좌:중 읍하: 수 최:다

강주 사마 푸른 옷[23]이 젖어 있구나.
江州司馬青衫濕。
강주 사마: 청삼 습

1_ 이 시는《못 잊을 한》(長恨歌)과 함께 백거이 장편 서사시의 쌍벽이다. 당나라 때 이미 크게 유행하여 "어린이도《못 잊을 한》을 읊조릴 수 있고, 오랑캐도《비파 노래》를 부를 줄 안다."(童子解吟長恨曲, 胡兒能唱琵琶篇。)고 하였다. 원나라 후세에 여러 사람에 의하여 희곡으로 각색되었다(馬致遠의《青衫淚》; 蔣藏園의《四絃秋》등). 816년, 45세 때 지은 것이다.

2_ 원화元和 : 당나라 헌종憲宗 리순(李純, 805~820 재위)의 연호이다.

3_ 구강군九江郡 : 지금은 강서성 구강시.

4_ 사마司馬 : 주州 · 군郡의 태수太守의 보좌관. 한직이었다.

5_ 좌천 : 백거이는 "무원형武元衡을 찌른 자객을 조속히 체포할 것"이라는 상소를 올렸는데, 이것이 재상의 미움을 사서 "사치스럽고 행실이 나쁘다"는 죄목으로, 태자좌찬선대부太子左贊善大夫 벼슬로부터 구강군사마로 좌천되었다.

6_ 분포구湓浦口 : 지명. 구강九江 서쪽에 있다. 분강湓江이 장강長江으로 들어가는 입구에 있다. 다음 주 21 참조.

7_ 선재善才 : 당나라 때 비파 선생을 일컫던 말.

8_ 장구가長句歌 : 칠언시七言詩를 가리킨다.

9_ '616자' : 원문에서는 '612자'라 했는데, 역문에서 바로잡은 것이다. 모두 88구.

10_ 심양강潯陽江 : 장강長江은 여러 이름이 있는데, 구강시九江市 부근을 흐르는 것을 심양강이라 한다.

11_ 축軸 : 현악기의 줄(絃)을 조이거나 늦추어 음을 조절하는 장치(peg). 줄마다 한 개의 축이 있다. 중국의 비파는 네 줄(四絃), 따라서 네 개의 축이 있다.

12_ 무지기와 깃옷 / 록요 : '무지기와 깃옷'은 곡명. 《못 잊을 한》 주 14 참조. 록요綠腰도 곡명. 록요錄要·륙요六要라고도 한다. 당나라 때 유행했다.

13_ 발목撥木 : 현악기의 줄을 퉁기는 데 쓰는 조각(plectrum). 당나라 때에는 도끼(斧) 모양의 발목을 써서 비파를 탔지만 지금은 손가락으로 그냥 탄다.

14_ 하마릉蝦蟆陵 : 당나라 서울 장안長安의 춘명문春明門 옆 도정방道政坊이란 동네에 있던 지명. 명기名妓와 명주名酒의 산지로 유명하다. 한나라 정치가이고 유명한 학자였던 동중서董仲舒의 무덤이라는 설이 있으며, 또 한나라 무제武帝 류철劉徹이 의춘원宜春園으로 나갈 때면 언제나 여기서 "말을 내렸다"(下馬)고 하여 하마릉下馬陵이라고 부른 것이 후세에 와전되었다는 설도 있다. 하마蝦蟆는 두꺼비.

15_ 교방敎坊 : 배우俳優와 기생倡妓을 교습시키고 관리하는 관아. 714년, 당나라 현종玄宗 리륭기李隆基 때 처음 이 제도가 설치되어 1723년 청나라 세종世宗 윤진胤禛 때까지 존속되었다. 우교방右教坊·좌교방左教坊 둘이 있는데 당나라 때에 전자는 장안의 광택방光宅坊, 후자는 연정방延政坊이란 동네에 있었다.

16_ 추낭秋娘 : 미녀의 대명사, 당나라 때에 두추낭杜秋娘이란 금릉金陵(지금의 南京市) 출신의 명기가 있었고, 리태위李太尉의 첩 사추낭謝秋娘이란 미녀가 있었다.

17_ 오릉五陵 : 장안長安 북쪽 위하渭河 북안北岸에 있는 한나라 고조高祖 류방劉邦 이하 다섯 임금의 능묘. 한나라 때 정치·경제의 중앙집권을 강화하기 위하여 전국의 호족豪族과 거부巨富를 오릉 부근으로 이주시켰다. 그 뒤로 부자 마을의 대명사가 되었다.

18_ 부량浮梁 : 지금의 강서성 경덕진景德鎭. 다시茶市로 저명하였다.

19_ 붉은 눈물 : 화장이 씻겨서 눈물이 붉어진 것이다.

20_ 심양潯陽 : 지금의 구강시九江市. 본래 진晋나라 때에는 심양군尋陽郡이었는데, 수隋나라 때에는 구강九江, 당나라 때에는 심양潯陽으로 바뀌었으며, 당시 강주江州의 수읍首邑이었다.

21_ 분강湓江 : 강서성 서창현瑞昌縣 청분산淸湓山에서 발원하여 동쪽으로 흐르다가 구강九江 성 아래에서 북쪽으로 바뀌어 장강長江에 들어간다.

22_ 꽃 아침 / 달 저녁 : 좋은 계절 아름다운 경치를 가리킨다. 음력 이월 보름은 온갖 꽃의 생일이라 하여 '꽃 아침'(花朝)이라 부르며, 팔월 보름은 '달 저녁'(月夕)이라 하여 민속놀이가 있다.

23_ '푸른 옷' : 원문에는 청삼靑衫, 이것은 당시 하급 관리의 제복이다. 백거이 자신을 가리킨다.

옛 언덕의 풀[1] | 백거이

賦得古原草送別
부:득 고:원초: 송:별

더북더북 언덕 위의 풀들은	離離原上草, 리리 원상: 초:
한 해 한 번 시들고 우거진다.	一歲一枯榮。 일세: 일 고영
들불이 다 태우지 못하니,	野火燒不盡, 야:화: 소 불진:
봄바람 불어 또 살아난다.	春風吹又生。 춘풍 취 우:생
먼 곳 싱그러움은 옛길을 덮고	遠芳侵古道, 원:방 침 고:도:
맑은 날 푸르름은 황성에 닿아.	晴翠接荒城。 청취: 접 황성
또 왕손[2]을 배웅해 보내니,	又送王孫去, 우:송: 왕손 거:
펴릇펴릇 이별의 정 가득하다.	萋萋滿別情。 처처 만: 별정

1_ 원제는 "'옛 언덕의 풀'로 시를 지어 배웅하다"라는 뜻이다. 이 작품은 시인

나이 16세 때 지은 것으로, 과거 보기 위하여 습작한 것이다. 과거시험에서 지정·한정한 시제에는 '부득' 두 글자를 달아야 한다. 이런 시는 주제를 밝히고, 기승전결이 뚜렷하고, 대구가 공교하며, 전편이 온전한 하나를 이뤄야 한다. 백거이가 장안으로 가서 명사 고황顧況을 찾아가 시문을 보일 때 이 작품이 들어 있었다 한다. 고황은 처음 거이居易(살기 쉽다)라는 이름을 보고 "쌀값이 비싸니 살기(居) 쉽지 않다(弗易)."라고 농담을 하였다가, "들불이 다 태우지 못하니, 봄바람 불어 또 살아난다."를 읽고는 "이런 표현을 할 수 있다면 살기(居) 또한 쉽다(亦易)."고 하였다 한다.

2_ 왕손 : 본래는 임금의 자손, 대개 젊은이에 대한 경칭으로 많이 쓰인다. 『초사』楚辭(招隱士)의 "왕손은 떠도니, 돌아오지 않습니다. / 봄 풀은 자라서, 퍼렇게 우거졌습니다."(王孫遊兮不歸, 春草生兮萋萋。)란 구절을 머리에 두고 이 시구를 쓴 것일 듯.

저녁 강[1] | 백거이

暮江吟
모:강음

한 가닥 낙조가 물 가운데 퍼져나간다.
강의 반쪽은 쪽빛이요 반쪽은 빨강.
참으로 아름답구나, 구월 초사흘 밤—
진주처럼 빛나는 이슬, 활처럼 굽은 달.

一道殘陽鋪水中。
일도: 잔양 포 수:중
半江瑟瑟半江紅。
반:강 슬슬 반:강 홍
可憐九月初三夜,
가:련 구월 초삼 야:
露似眞珠月似弓。
로:사: 진주 월사: 궁

1_ 822년, 시인의 나이 51세 때 지었다.

술을 대하며[1] | 백거이

對酒
대:주:

달팽이 뿔 위에서 무슨 일을 다투는고?[2]	蝸牛角上爭何事, 와우 각상: 쟁 하사:
돌 쳐서 일어난 불꽃[3]에 이 몸 부쳤거늘!	石火光中寄此身。 석화: 광중 기: 차:신
부자거나 가난하거나 그냥 즐기소라,	隨富隨貧且歡樂, 수부: 수빈 차: 환락
입을 벌리어 웃지 않는[4] 이놈이 바보.	不開口笑是癡人。 불개구:소: 시: 치인

1_ 826년, 시인의 나이 56세경에 지은 것이다.

2_ 달팽이 뿔 위에서 무슨 일을 다투는고 : 소세계小世界에서의 분쟁을 말한다. 『장자』莊子 「칙양」則陽에 다음과 같은 얘기가 있다. "달팽이의 왼쪽 뿔에는 촉觸씨 왕국이 있었고, 달팽이의 오른쪽 뿔에는 만蠻씨 왕국이 있었는데, 두 왕국은 때때로 땅을 다투어 전쟁을 하였다. 죽은 시체는 수만 구, 도망가는 적군을 추격하여 보름 만에야 돌아왔다."

3_ 돌 쳐서 일어난 불꽃 : 반짝하는 한 순간을 말한다. 진晋나라 시인 반악潘岳의 시(河陽縣作)에 다음과 같은 구절이 있다. "사람은 하늘과 땅 사이에 태어나, / 백년을 어느 누가 얻을 수 있을까? / 돌을 쳐서 일어난 불꽃처럼 반짝, / 길을 가로 건너간 폭풍처럼 깜빡."(人生天地間, 百歲孰能要。 熲如槁石火, 瞥若截道飇。)

4_ 입을 벌리어 웃지 않는 : 입을 벌리어 웃는 것은 유쾌하게 웃는다는 것이다. 『장자』莊子 「도척」盜跖에 다음과 같은 말이 있다. "사람은 아주 많이 살아야 백년, ……그 중간에 입을 벌리어 웃는 것은 한 달에 너더댓새뿐이다."

향로봉 아래 초당을 낙성하고[1] | 백거이

香爐峰下新卜山居, 草堂初成, 偶題東壁
향로봉하: 신복산거 초:당 초성 우:제동벽

들보 다섯, 넓이 세 칸, 새로 지은 초가집. 五架三間新草堂。
오:가: 삼간 신 초:당

돌계단, 계수나무 기둥, 대로 엮은 울타리. 石階桂柱竹編牆。
석계 계:주: 죽편 장

남쪽 처마는 해를 들여 겨울 날 따뜻하고, 南簷納日冬天暖,
남첨 납일 동천 난:

북쪽 문은 바람을 맞아 여름 달 시원하다. 北戶迎風夏月涼。
북호: 영풍 하:월 량

섬돌에 뿌린 샘물은 점을 살짝 남기고, 灑砌飛泉纔有點,
쇄:체: 비천 재 유:점:

들창을 터는 대나무는 기울어 줄 못 선다. 拂窗斜竹不成行。
불창 사죽 불 성항

오는 봄에는 또 아래채에 기와를 올리고, 來春更葺東廂屋,
래춘 갱:용 동상 옥

종이 바르고 갈대 발 걸고 맹광[2]을 맞으리. 紙閣蘆簾著孟光。
지:각 로렴 착 맹:광

1_ 원제는 "향로봉 아래 새로 꾸미는 초당을 낙성하고, 동쪽 벽에 시를 적어 보다"라는 뜻. 817년, 시인 46세 때, 강주 사마로 있으면서 지은 시. 향로봉은 려산廬山에 2개 있는데, 이것은 북쪽 향로봉이다. 일명 석인봉, 동림사東林寺 남쪽에 위치해 있다. 리백《려산 폭포를 바라보며》 참조(본서 551쪽).

2_ 맹광孟光 : 한나라 은둔자 량홍梁鴻의 아내. 부부 금실이 좋았다 한다. 여기서는 '사랑하는 아내'라는 뜻이다.

같은 제목[1] | 백거이

重題
중제

해 높다랗게 자고서도 일어나기 싫어,	日高睡足猶慵起, 일고 수:족 유 용기:
다락 방 겹친 이불 추위를 모르겠다.	小閣重衾不怕寒。 소:각 중금 불파: 한
유애사[2] 종소리는 베개에 기대어 듣고	遺愛寺鐘欹枕聽, 유애: 사:종 기침:청
향로봉 눈경치는 발을 들고 쳐다본다.	香爐峰雪撥簾看。 향로 봉설 발렴 간
광려[3]는 바로 명성에서 숨는 고장이오,	匡廬便是逃名地, 광려 변:시: 도명 지:
사마[4]는 그저 늘그막 보내는 벼슬이라.	司馬仍爲送老官。 사마: 잉위 송:로: 관
마음과 몸 편안한 곳이 내 돌아갈 곳.	心泰身寧是歸處, 심태: 신녕 시: 귀처:
고향이 어찌 장안 서울뿐이겠는가.	故鄉何獨在長安。 고:향 하독 재: 장안

1_ 앞 시《향로봉 아래 초당을 낙성하고》와 같은 제목으로 또 짓는다는 것이다. 역시 817년 작.

2_ 유애사遺愛寺 : 북쪽 향로봉 북쪽에 있던 절.

3_ 광려匡廬 : 려산. 주周나라 때 광匡씨 7형제가 이 산에 올라 수도하면서 초막(廬)을 지었기 때문에, 광려 또는 려산이라 부른 것이다. 려산廬山(해발 1,474미터)은 강서성 구강시九江市 남쪽에 솟은 산. 북은 장강長江, 동과 남은 파양호鄱陽湖로 삼면이 물, 서쪽만 육지에 닿았다. 기이한 봉우리가 많아 천하 절경으로 꼽힌다. 동서 약 25킬로미터, 남북 약 10킬로미터, 타원형으로 보인다. 칠월 평균 기온이 섭씨 22.6도, 피서지로 유명하다. 도연명 · 리백 · 두보 · 백거이 · 소식 · 륙유 · 범중엄 등이 시를 지었다.

4_ 사마司馬 : 백거이는 이때 강주 사마로 있었다.

원진 元稹

Yuan Zhen

원진元稹(779~831, 자 微之)은 백거이白居易와 문학관을 같이했으며, 그들의 우정도 끝까지 한결같았으므로 원백元白이라 병칭되는 시인이다. 그들의 시론詩論은, 시란 평이한 표현이라야 한다는 것, 시란 사회를 개선시키는 도구라야 한다는 것으로 요약할 수 있다. 사회시社會詩를 정립하기 위한 의식적인 주장이었다. 그러나 작품에 있어 원진은 백거이보다 못했으며, 시가 평이하기는 하나 뜻이 잘 통하지 않는 구절도 더러 있다.

원진은 하남성 락양洛陽 사람이다. 가난한 집에 태어나 백거이와 같은 해(798)에 진사가 되었다. 한때(822) 중서문하평장사中書門下平章事(宰相)도 지냈으나 곧 그만두고, 동주同州(섬서성 大荔) 월주越州(절강성 紹興)·악주鄂州(호북성)의 자사刺史(太守)를 역임했다. 나중에 무창 절도사武昌節度使로 있던 중 그곳에서 사망했다.

원진은 자기의 경험을 토대로 한 『회진기』會眞記(鶯鶯傳)라는 연애소설도 썼다. 이것은 뒷날 희곡 『서상기』西廂記로 발전하면서, 한국의 『춘향전』이나 영국의 『로미오와 줄리엣』처럼 중국의 대표적인 사랑 이야기가 되었다.

련창궁 노래[1] | 원진

連昌宮詞
련창궁 사

(1)

련창궁은 궁중에 대나무가 가득하다. 連昌宮中滿宮竹。
련창 궁중 만:궁 죽

오랜 세월 사람 없어 우쭉우쭉 자랐다. 歲久無人森似束。
세:구: 무인 삼 사:속

또 담 머리에는 천엽도 복사꽃 피어,[2] 又有牆頭千葉桃,
우:유: 장두 천엽 도

바람에 흔들리니 붉은 꽃잎 우수수. 風動落花紅蔌蔌。
풍동: 락화 홍속속

궁 옆의 노인이 나에게 울며 말한다. 宮邊老翁爲余泣。
궁변 로:옹 위:여 읍

"젊어서 밥벌이하러 들어가게 되었소. 小年進食曾因入。
소:년 진:식 증 인입

상황[3]님은 마침 망선루에 서 계셨으며, 上皇正在望仙樓,
상:황 정:재: 망:선 루

양태진[4]도 함께 난간에 기대어 있었소. 太眞同凭闌干立。
태:진 동빙 란간 립

"누각 위 누각 앞 모두 진주 비취 꾸며, 樓上樓前盡珠翠。
루상: 루전 진: 주취:

눈부시게 번쩍번쩍, 천지 사방을 비췄소. 炫轉熒煌照天地。
현:전: 형황 조: 천지:

돌아오니 꿈을 꾼 듯, 또 넋이 빠진 듯, 歸來如夢復如癡,
귀래 여몽: 부: 여치

어느 겨를에 궁 안 애기를 갖추어 하겠소.” 何暇備言宮裏事。
하가 비:언 궁리: 사:

(2)

“처음에 동짓날 뒤 일백육[5] 일 한식날은 初過寒食一百六。
초과: 한식 일백 륙

저자에 연기 없고 궁중 나무들 파랬지만. 店舍無煙宮樹綠。
점:사: 무연 궁수: 록

야반에 달 높이 오르자 현악기 울려나니, 夜半月高弦索鳴,
야:반: 월고 현색 명

하 노인[6] 비파 연주가 안팎을 압도하였소. 賀老琵琶定場屋。
하:로: 비파 정: 장옥

“고력사[7]는 어명을 받아 념노를 찾아 나서니, 力士傳呼覓念奴,
력사: 전호 멱 념:노

념노[8] 살며시 낭관들 따라 잠자리 찾다가, 念奴潛伴諸郎宿。
념:노 잠반: 제랑 숙

잠깐 사이에 들키어 재촉 받으며 나가니, 須臾覓得又連催,
수유 멱득 우: 련최

칙명이 떨어져 거리거리 촛불 켜라 하였소. 特敕街中許燃燭。
특칙 가중 허: 연촉

“봄 애교 눈에 가득 붉은 생초에 졸립지만, 春嬌滿眼睡紅綃,
춘교 만:안: 수: 홍초

구름머리 쓸어올려 단장 곱게 꾸미었소. 掠削雲鬟施粧束。
략삭 운환 시 장속

구천 위 날아올라 한 소리 길게 뽑아내니, 飛上九天歌一聲,
비상: 구:천 가 일성

빈왕[9] 이십오랑은 피리를 불어 화답하였소. 二十五郎吹管逐。
이:십 오:랑 취 관:축

"서리서리 돌아가는 량주[10] 가곡은 사무치고, 逡巡大徧涼州徹,
준순 대:편: 량주 철

가지가지 구자[11] 음악은 크게 울려 이어졌소. 色色龜玆轟錄續。
색색 구자 굉 록속

리모[12]는 궁궐 담 모퉁이에서 피리를 불면서, 李謨擫笛傍宮牆,
리:모 엽적 방: 궁장

새로 나온 여러 곡을 남 몰래 훔쳐 배웠소. 偸得新翻數般曲。
투득 신번 수:반 곡

"새벽에 상황님 어가는 행궁을 떠나는데, 平明大駕發行宮。
평명 대:가: 발 행궁

만인들이 길 위에서 춤추며 노래 불렀소. 萬人歌舞途路中。
만:인 가무: 도로: 중

백관 의장대는 기왕 설왕[13] 저택을 돌아가고, 百官隊仗避岐薛,
백관 대:장: 피: 기설

양씨네 이모들[14]은 바람처럼 수레를 몰았소." 楊氏諸姨車鬪風。
양씨: 제이 차 투:풍

(3)

"다음 해 시월[15]에 동도 락양이 깨어졌소. 明年十月東都破。
명년 시월 동도 파:

어가 모시던 길로 안록산[16]이 지나갔소. 御路猶存祿山過。
어:로: 유존 록산 과:

몰아세워 환영하라니 숨지도 못하고, 驅令供頓不敢藏,
구령: 공돈: 불감: 장

만백성 소리 없이 눈물 몰래 흘리었소.	萬姓無聲淚潛墮。 만:성: 무성 루: 잠타:
“동경 서경 회복한 뒤 육칠 년 지나서	兩京定後六七年。 량:경 정:후: 륙칠 년
행궁 앞의 집을 찾아가 살펴보았소.	卻尋家舍行宮前。 각심 가사: 행궁 전
농장은 불에 탔고 우물물 말랐는데,	莊園燒盡有枯井, 장원 소진: 유: 고정:
행궁은 문 닫히고 나무만 뚜렷하였소.	行宮門閉樹宛然。 행궁 문폐: 수: 완:연
“그 뒤를 이어받은 여섯 분 황제들[17]은	爾後相傳六皇帝。 이:후: 상전 륙 황제:
행궁에 이르지 않아 대문 오래 닫혔소.	不到離宮門久閉。 불도: 리궁 문 구:폐:
오가는 젊은이들 장안 얘기 들어보니,	往來年少說長安, 왕:래 년소: 설 장안
현무문 세우자 화악루[18] 무너졌다 하오.	玄武樓成花萼廢。 현무: 루성 화악 폐:
“작년[19]에 칙사가 나와 대나무를 자르기에,	去年勅使因斫竹。 거:년 칙사: 인 작죽
마침 열린 문으로 잠깐 들어가 보았소.	偶値門開暫相逐。 우:치 문개 잠: 상축
가시덤불에 개암나무, 연못은 메었으며,	荊榛櫛比塞池塘, 형진 즐비: 색 지당
여우 토끼 까불까불 수풀에서 놀았소.	狐兎驕癡緣樹木。 호토: 교치 연 수:목

“무대는 기울었지만 기초는 남아 있었고,
창문 무늬 아른아른 깁은 아직 파랬소.
흰 벽에 먼지 쌓이고 꽃무늬 낡았으며,
까마귀는 풍경을 쪼고 주옥은 깨어졌소.

舞榭欹傾基尙在，
무:사: 기경 기 상:재:
文窗窈窕紗猶綠。
문창 요:조: 사 유록
塵埋粉壁舊花鈿，
진매 분:벽 구: 화전:
烏啄風箏碎珠玉。
오탁 풍쟁 쇄: 주옥

“상황님은 섬돌 가의 꽃을 편애하시어,
의연히 어탑은 계단 따라 기울어 있었소.
뱀은 제비 둥지에서 나와 두공에 서렸고,
버섯은 향탁에 자라 용상을 마주하였소.

上皇偏愛臨砌花。
상:황 편애: 림체: 화
依然御榻臨階斜。
의연 어:탑 림계 사
蛇出燕巢盤鬪栱，
사출 연:소 반 투:공:
菌生香案正當衙。
균:생 향안: 정: 당:아

“침전은 단정루[20]와 서로 이어 있었으니,
양태진이 머리 빗던 누마루 위쪽이오.
새벽 빛 나오기 전 발 그림자 어둡더니,
지금은 산호 갈고리 거꾸로 걸려 있소.

寢殿相連端正樓。
침:전: 상련 단정: 루
太眞梳洗樓上頭。
태:진 소세: 루 상:두
晨光未出簾影黑，
신광 미:출 렴영: 흑
至今反挂珊瑚鉤。
지:금 반:괘: 산호 구

“옆 사람 얘기 같아서 모두 통곡했소.

指似傍人因慟哭。
지:사: 방인 인 통:곡

궁궐 문을 나서려니 눈물이 이어졌소. 卻出宮門淚相續。
각출 궁문 루: 상속

이 뒤로 대문을 잡아 걸어 두었더니, 自從此後還閉門,
자:종 차:후: 환 폐:문

밤마다 여우 너구리 문간방에 올랐소." 夜夜狐狸上門屋。
야:야: 호리 상: 문옥

(4)

내 이 얘기 듣고 마음속까지 슬펐다. 我聞此語心骨悲。
아:문 차:어: 심골 비

"태평과 난리를 누가 끌어온 것이오?" 太平誰致亂者誰。
태:평 수치: 란:자: 수

노인이 말하기를, "늙은이 무엇을 알겠소만, 翁言野父何分別。
옹언 야:부: 하 분별

귀 듣고 눈 본 것 당신에게 말하겠소. 耳聞眼見爲君說。
이:문 안:견: 위:군 설

요숭과 송경[21]이 상공으로 있었을 때는 姚崇宋璟作相公,
요숭 송:경: 작 상:공

상황님께 올리신 간언이 절실하였소. 勸諫上皇言語切。
권:간: 상:황 언어: 절

"음양 섭리 맞아 곡식이 풍성하였고, 燮理陰陽禾黍豐。
섭리: 음양 화서: 풍

내외 조화 이루어 전쟁이 없었소. 調和中外無兵戎。
조화 중외: 무 병융

장관은 공평하고 태수들도 훌륭한데 長官淸平太守好,
장:관 청평 태:수: 호:

관원을 상공이 뽑았다고들 말하였소. 揀選皆言由相公。
간:선: 개언 유 상:공

“개원 연간 말엽이 되어 요숭이 죽자, 開元之末姚崇死。
개원 지말 요숭 사:

조정은 점점 양귀비 뜻대로 되어 갔소. 朝廷漸漸由妃子。
조정 점:점: 유 비자:

안록산을 궁 안에서 양자로 삼았고, 祿山宮裏養作兒,
록산 궁리: 양:작아

괵국부인 문전은 성시를 이루었소. 虢國門前鬧如市。
괵국 문전 뇨: 여시:

“권세 부린 재상은 이름을 모르겠소 弄權宰相不記名,
롱:권: 재:상: 불 기:명

희미하게 양가와 리가[22]라고 기억할 뿐. 依稀憶得楊與李。
의희 억득 양 여:리:

조정 방침이 꺾이자 사방이 흔들렸소. 廟謨顚倒四海搖,
묘:모 전도: 사:해: 요

오십 년 동안 상처를 입고 아파하였소. 五十年來作瘡痏。
오:십 년래 작 창유:

“황제[23]는 신성하시고 승상도 현명하여, 今皇神聖丞相明。
금황 신성: 승상: 명

조서 내리니 곧 오와 촉이 평정되었소. 詔書纔下吳蜀平。
조:서 재하: 오촉 평

관군은 또 회서 역적[24]을 잡아들였으니, 官軍又取淮西賊,
관군 우:취: 회서 적

이 역적 또한 제거되어 천하태평이오. 此賊亦除天下寧。
차:적 역제 천하: 녕

“해마다 궁궐 앞길에서 농사지었지만 年年耕種宮前道,
년년 경종: 궁전 도:

올해는 자손 보내어 경작하지 않았소."	今年不遣子孫耕。 금년 불견: 자:손 경
노인의 이 뜻은 요행을 바라는 것이니	老翁此意深望幸, 로:옹 차:의: 심 망:행:
조정 방침은 용병이 없도록 노력하시오.	努力廟謨休用兵。 노:력 묘:모 휴 용:병

1_ 818년 늦봄에 지음. 련창궁은 당대 황제의 행궁 가운데 하나. 지금의 하남성 의양현宜陽縣에 있었다. 의양은 락양 서남 42킬로미터 철도 종점. 시는 818년 원화 13년 늦봄에 지었다. 내용은 크게 두 부분으로 나눌 수 있는데, 전반부는 연창궁의 퇴락한 현황을 묘사하고, 후반부는 그 원인을 분석하고 책임을 추궁하고 있다. 그리고 첫 구절은 주제를 보이고, 끝 구절은 주지主旨—중심 되는 생각을 밝혔다. 다만 사건은 소설적 전형으로써 이용한 것으로, 역사 사실과는 거리가 있다(陳寅恪, 『元白詩箋證考 · 3』). 당대 이후 백거이의《못 잊을 한》과 작품 우열에 대한 비교가 계속되었다.

2_ 천엽도 복사꽃 : 벽도碧桃, 꽃잎이 여러 겹이다.

3_ 상황上皇 : 당나라 현종玄宗(713~756 재위) 리륭기李隆基(685~762). 망선루는 실제로 려산驪山의 화청궁華淸宮에 있었다.

4_ 양태진楊太眞(719~756) : 양귀비. 당 현종과 양귀비가 함께 련창궁에 간 적은 없다.

5_ 일백육一百六 : 한식寒食. 동지 당일부터 쳐서 106일째 되는 날이 한식이다. 또 일백오一百五라고도 하는데, 이는 동지 다음날부터 쳐서 105일째 되는 날이 한식이다. 대개 후자를 쓴다.

6_ 하 노인 : 하회지賀懷智, 비파 연주가.

7_ 고력사高力士(684~762) : 환관. 당나라 현종 리륭기의 총애를 받아 권세를 부렸다. '안사의 난' 이후 실각했다.

8_ 념노念奴 : 념노는 천보 연간(742~756)의 명창으로 노래를 잘 불렀다. 해마다 누각 아래에서 포연酺宴을 베풀 때 며칠 지나면 많은 군중들로 시끄러웠다. 엄안지嚴安之 위황상韋黃裳 등이 질서를 잡으려 해도 잘 안되었으며, 여러 번 연주를 중단해야 했다. 당 명황은 누각 위에서 큰소리로 고력사를 불러, "념노가 노래하고 빈왕 이십오랑이 피리 불었으면 싶은데 들어 볼 수 있겠는가?"라 하였다. 그러면 조용히 명령을 따랐다. 당시 이처럼 소중하게 대접받았다. 당 명황은 협유俠游의 성盛함을 빼앗지 않으려고 금법을 시행하지 아니하였다. 온천으로 가거나 동도(洛陽)로 순수할 때, 관계 관원이 조용히 따라가도록 할 뿐이었다. 이상은 작자 원주임.

9_ 빈왕邠王 : 리승녕李承寧, 피리(管) 연주가.

10_ 량주涼州 : 지명－지금의 감숙성 무위시武威市. 악곡 이름－량주사涼州詞 따위.

11_ 구자龜玆 : 지명－지금의 신강자치구 쿠차Kuqa(庫車). 악곡 이름－구자기龜玆伎.

12_ 리모李謨 : 당 명황은 일찍이 상양궁上陽宮에서 밤에 신곡을 만들었다. 그 다음날 정월 보름, 등불 아래에서 거닐던 중에 문득 피리 부는 소리를 듣고 깜짝 놀랐다. 전날 저녁 만든 신곡이었던 것이다. 피리 분 사람을 조용히 잡아들여 캐물었더니, "전날 저녁 천진교天津橋에서 달 구경하고 있었는데, 궁중에서 신곡 만드는 소리를 듣고 다리 기둥에 악보를 적어 놓았습니다. 신은 장안 소년으로 피리 부는 리모李謨입니다."라 하였다. 당 명황은 신기하게 여기고 그를 놓아 주었다. 이상은 작자 원주임. －천진교는 동도東都(洛陽)에 있었다.

13_ 기왕岐王 설왕薛王 : 기왕 리범李範, 설왕 리업李業은 모두 당 현종 리륭기의 아우. 그 저택은 화악루花萼樓에서 바라볼 수 있었다 한다.

14_ 양씨네 이모들 : 양귀비 세 언니, 한韓국부인 괵虢국부인 진秦국부인. 양귀비의 세도를 믿고 사치를 일삼았다.

15_ 시월 : 실은 섣달이다. '다음해'는 서기 755년이다.

16_ 안록산安錄山(757 사망) : 당 현종 리륭기의 무장. 그의 총애를 받다가 755년에 반란군을 일으켜 락양 장안을 공략한 후 연燕나라 황제라 칭하였으나, 아들 안경서安慶緖에게 살해되었다.

17_ 여섯 분 황제들 : 실은 다섯 황제이다. 당나라 숙종(756~762 재위) 리형李亨, 대종(762~779 재위) 리예李豫, 덕종(779~805 재위) 리괄李适, 순종(805~805 재위) 리송李誦, 헌종(805~820 재위) 리순李純.

18_ 현무문玄武門 / 화악루花萼樓 : 현무문은 황궁을 경비하기 위한 것이고, 화악루는 황제가 형제의 우의를 다지려 한 취지를 담은 것이다. 화악루는 현종 때 지었고, 현무문은 덕종 때 세웠으니, 그 사이 약 50년이 지났다. 장안에 있었다.

19_ 작년 : 817년.

20_ 단정루端正樓 : 려산 화청궁에 있었다 한다(樂史,『楊太眞外傳』).

21_ 요숭姚崇(651~721) / 송경宋璟(663~737) : 당 현종 개원 연간(713~741)의 재상. 두 사람은 이른바 "개원의 통치"를 이루는 데 큰 공을 세웠다.

22_ 양楊가 / 리李가 : 양국충楊國忠(756 사망), 리림보李林甫(752 사망). 양국충은 양귀비의 사촌 오빠. 당 현종 리륭기의 재상, 안록산의 난리가 나자 현종 리륭기를 따라가다가 성난 군사에 의하여 주살되었다. 리림보는 현종 리륭기

때 재상. 19년 동안 재임하면서 자의로 권력을 휘둘러 마침내 안록산의 난리가 일어나게 하였다.

23_ 황제 : 당나라 헌종憲宗(805~820 재위) 리순李純. 이 시는 818년 지은 것이다. 헌종 때, 촉蜀의 류벽劉闢과 오吳의 리기李錡가 평정되었다.

24_ 회서淮西 역적 : 서기 817년 당 장군 리소李愬(773~821)가 역적의 수괴 오원제吳元濟를 생포, 회하淮河 서쪽 지방이 평정되었다. 역적의 본거지는 하남성 여남현汝南縣이었다.

직부 노래[1] | 원진

織婦詞
직부: 사

직부는 어찌 그리 바쁜가!	織婦何太忙, 직부: 하태: 망
누에는 세 잠을 자고 곧 늙으려 한다.	蠶經三臥行欲老。 잠경 삼와: 행 욕로:
누에 여신 일찍이 명주실을 만들었지만,	蠶神女聖早成絲, 잠신 녀:성: 조: 성사
금년 명주실 세금은 일찍도 거두는구나!	今年絲稅抽徵早。 금년 사세: 추징 조:
일찍이 거두는 것 관리들 잘못 아니니,	早徵非是官人惡。 조:징 비시: 관인 악
작년에 나라에서는 전쟁을 치렀기 때문.	去歲官家事戎索。 거:세: 관가 사: 융색
병졸은 전투 심해 창칼 상처 싸매었고,	征人戰苦束刀瘡, 정인 전:고: 속 도창

장군은 공훈 높아 비단 장막 바꾸었다. 主將勳高換羅幕。
주:장: 훈고 환: 라막

실 켜서 비단 짜는 일에 힘을 쓰지만, 繅絲織帛猶努力。
소사 직백 유 노:력

물레 바꾸고 베틀 만지니 짜기가 어렵다. 變緝撩機苦難織。
변:즙 료기 고: 난직

동쪽 이웃의 머리가 하얗게 센 두 여자, 東家白頭雙女兒,
동가 백두 쌍 녀:아

꿩 깃털 무늬[2] 깨치다가 시집도 못 갔다. 爲解挑紋嫁不得。
위:해: 적문 가: 불득

처마 끝에 휘청휘청 휘늘어진 실을 보니, 檐前嫋嫋游絲上。
첨전 뇨:뇨: 유사 상:

그 위에서 거미는 교묘하게 오고간다. 上有蜘蛛巧來往。
상:유: 지주 교: 래왕:

부럽구나, 저 벌레 하늘을 꾸밀 줄 알아 羨他蟲豸解緣天,
선:타 충치: 해:연천

허공에다 비단 그물을 짤 수 있으니! 能向虛空織羅網。
능향: 허공 직 라망:

1_ 세금에 시달려 혼기를 놓친 노처녀의 처지를 동정한 노래. 그 세금은 전비戰費를 대기 위한 것이지만, 전쟁의 결과는 한 사람의 장군만 공훈을 세우고 수많은 병사는 상처로 신음할 뿐이라는 것.

2_ 꿩 깃털 무늬(挑紋, 翟文) : 이 구절 아래 다음과 같은 시인의 자주自注가 있다. "내가 형주荊州(江陵)에서 작은 벼슬(士曹參軍인 듯)을 하고 있을 때, 공릉호貢綾戶(비단으로써 세 바치는 집)에 늙도록 시집 못간 여자가 있는 것을 목격했다."

농가 노래[1] | 원진

田家詞
전가사

소는 헐떡헐떡.	牛吒吒, 우 타:타:
밭은 펄썩펄썩.	田确确。 전 학학
마른 흙덩이에 소 때리니, 굽은 떨걱떨걱.	旱塊敲牛蹄趵趵。 한:괴: 고우 제 박박
관가의 곳간을 채울 진주 알 같은 곡식.	種得官倉珠顆穀。 종:득 관창 주과: 곡
육십 년 동안의 전쟁, 병정은 꾸역꾸역.	六十年來兵簇簇。 륙십 년래 병 족족
달마다 식량을 나르니, 수레는 삐걱삐걱.	月月食糧車轆轆。 월월 식량 거 록록
어느 날 관군이 나라 안을 수복하면,	一日官軍收海服。 일일 관군 수 해:복
소달구지 몰던 사람도 쇠고기를 먹으리.	驅牛駕車食牛肉。 구우 가:거 식 우육
쇠뿔 한 쌍을 얻어서 고향으로 돌아가,	歸來收得牛兩角。 귀래 수득 우 량:각
다시 호미 · 쟁기와 도끼 · 괭이 만들리.	重鑄鋤犂作斤劚。 중주: 서려 작 근촉
시어미 찧고 며느리 지고 관에 가 바친다.	姑舂婦擔去輸官, 고용 부:담 거: 수관
관에 바칠 것 모자라면 돌아와 집을 판다.	輸官不足歸賣屋。 수관 불족 귀 매:옥

관군 일찍 승리하고 원수 일찍 망하기를! 　　願官早勝讎早覆。
원:관 조:승: 수 조:복

농부 죽으면 자식이 있고 소는 송아지 있다. 　　農死有兒牛有犢。
농사: 유:아 우 유:독

맹세코 관군 식량 모자라게 아니하리다. 　　誓不遣官軍糧不足。
서:불견: 관군 량 불족

1_ 무거운 세금에 시달리는 농부, 그러나 집을 팔아도 좋으니 평화만을 갈구한다는 소박한 바람을 표현한 노래. 시의 수식을 보면, 처음부터 다섯 개나 되는 의태어·의성어를 푸짐히 사용하여 악부의 민요조를 나타낸 것이 특징이다.

옛날 행궁[1] | 원진

古行宮
고: 행궁

쓸쓸한 옛날 행궁, 　　廖落古行宮。
료락 고: 행궁

궁 안에는 적적하게 붉은 꽃. 　　宮花寂寞紅。
궁화 적막 홍

머리 하얀 궁녀가 　　白頭宮女在,
백두 궁녀: 재:

한가히 현종[2] 임금 얘기한다. 　　閒坐說玄宗。
한좌: 설 현종

1_ 행궁은 임금이 밖으로 순행巡行할 때 거처하는 곳, 여기서는 당나라 락양洛陽의 상양궁上陽宮을 가리킨다. 백거이 『신악부』《상양궁 머리 하얀 사람》(上陽白髮人)에서는, 이 궁녀가 천보 말년, 16세 때, 상양궁으로 들어와 60세가 되도록 갇혀 살았던 것, 처음 백 명이 들어왔으나 다 죽고 혼자 남은 것 등을 자

세히 읊고 있는데, 여기서는 단지 20자로 그 개요를 빠짐없이 통괄하였다. 또 그 20자 속에 대궐 궁宮 자를 3회나 썼으나 중복되는 느낌은 없고 오히려 기세가 강해지고 있다.

2_ 현종 : 당나라 현종玄宗(712~756 재위) 리룽기李隆基. 그와 양귀비楊貴妃와의 로맨스는 중국 시가의 무진한 원천이 되고 있다. 사실 이 궁녀는 그 밖의 견문이 하나도 없는 것이다.

한유 韓愈

Han Yu

한유韓愈(768~824, 자 退之)는 시인이기도 하지만 그보다 유학자로서 산문개혁자로서 유명하다. 그가 주축이 되어 전개한 새로운 산문 운동(古文運動)은 류종원柳宗元(773~819)의 뒷받침으로 훌륭히 성공하였으며, 후대에 큰 영향을 끼쳤다.

한유의 시는 이전부터 많은 사람들이 걸작이라고 떠받들었다. 그것은 유학자로서의 그의 비중에 기울어진 평가라는 측면도 있지만, 그의 시는 천재와 기백이 뛰어나다. 한유는 시를 지음에 있어, 첫째, 산문을 짓듯이 얘기를 하듯이 썼으며, 둘째, 잘 쓰지 않는 벽자나 괴팍한 구절을 많이 꾸며내었다. 첫째의 방법은 비록 감정은 결핍되어 담담하지만 일종의 독특한 분위기를 이룰 수도 있는 것이었으며, 둘째의 방법은 시 언어의 탐색을 위한 왕성한 실험정신이 나타난 것이었다.

한유는 하남성 맹현孟縣 사람이다. 그는 세 살 때 아버지(韓仲卿)를 여의고 큰형 한회韓會(740~781) 밑에서 자랐다. 그러나 집안이 문학 가정이었으니 그가 그 영향을 받았음에 틀림없다.

한유는 25세 때 진사進士에 합격, 벼슬은 얻지 못하고 지방 절도사의 막료로 지냈다. 그러다가 35세 때 국자감國子監(국립대학)의 사문박사四門博士로서 정식 관리의 첫발을 내디뎠다. 36세 때 감찰어사監察御使가 되었으나 경조윤京兆尹(당시 李實)을 탄핵하였다가 광동성 양산陽山으로 좌천되어 나갔다. 이를 계기로 하여 그의 작품은 습작기에서 새로운 문학을 찾게 되었다.

한유는 39세 때 권지국자박사權知國子博士가 되어 서울로 올라왔다. 사문박사보다 조금 높은 벼슬이었다. 이후 10여 년간은 한유의 문학이 살찔 수 있던 기간이었다. 벼슬도 일시 좌절된 적은 있으나 점점 승진되어 형부 시랑刑部侍郎까지 되었다. 시랑이라면 차관에 해당되지만 당시의 상서尙書(장관)는 이름뿐이고 실권은 시랑에게 있었으니 실제로는 법무부장관 격이었다.

한유는 52세 때 《불골을 논하는 표》(論佛骨表)를 올렸다가, 광동성 조주潮州로 좌천되어 나갔다. 이때부터 그의 시의 기백은 소침해지고 감상적인 경향을 띠게 되었다. 침통한 내용의 서정시가 나왔다. 조주의 좌천은 길지 않아, 다음해에는 국자제주國子祭酒(국립대학 총장)로 상경했다. 그 뒤 중앙의 관리로서 세력을 잡고, 관리의 임면권을 가지는 리부 시랑吏部侍郎까지 되었다가 57세에 타계했다.

한유는 세상에서, 한퇴지韓退之(字), 한창려韓昌黎(본적), 한리부韓吏部(관직), 한문공韓文公(諡) 등으로 부른다.

로동에게 부치다[1] | 한유

寄盧仝
기:로동

(1)

옥천 선생[2]은 락양 성안에 사는데,
玉川先生洛城裏。
옥천 선생 락성 리:

쓰러져 가는 집 두어 간뿐이다.
破屋數間而已矣。
파:옥 수:간 이이: 의:

한 종놈은 긴 수염, 머리도 싸매지 않았다.[3]
一奴長鬚不裹頭,
일노 장수 불 과:두

한 종년은 맨발, 늙어서 이도 없다.
一婢赤脚老無齒。
일비: 적각 로: 무치:

고생고생 십여 식구를 봉양하니,
辛勤奉養十餘人,
신근 봉:양: 십여 인

위로는 양친부모, 아래로는 처자식이 있다.
上有慈親下妻子。
상:유: 자친 하: 처자:

선생은 소싯적부터 속인을 미워하여,
先生結髮憎俗徒,
선생 결발 증 속도

두문불출한 것이 자칫 열두 해[4]나 된다.
閉門不出動一紀。
폐:문 불출 동: 일기:

이웃 중이 쌀을 빌어다 보내기도 했으매,
至令鄰僧乞米送,
지:령: 린승 걸미: 송:

내 현령으로서 안 부끄러울 수 있을까?
僕忝縣尹能不恥。
복첨: 현:윤: 능 불치:

공사의 비용을 제한 봉급의 나머지를 갖다가,
俸錢供給公私餘,
봉:전 공급 공사 여

가끔 조금씩 보내어 제사나 돕도록[5] 하였다. 時致薄少助祭祀。
시치: 박소: 조: 제:사:

(2)

류수[6]를 만나고 대윤을 찾아보라는 말은, 勸參留守謁大尹,
권:참 류수: 알 대:윤:

말이 나오자마자 금방 귀를 틀어막는다. 言語纔及輒掩耳。
언어: 재급 첩 엄:이:

락수 북쪽 선비[7]는 명성을 얻었기에, 水北山人得名聲,
수:북 산인 득 명성

지난해[8]에 건너가 막료가 되었다. 去年去作幕下士。
거:년 거:작 막하: 사:

락수 남쪽 선비[9]도 뒤를 이었으니, 水南山人又繼往,
수:남 산인 우: 계:왕:

말과 하인들이 온 동네를 메웠다. 鞍馬僕從塞閭里。
안마: 복종 색 려리:

소실산 선비[10]는 값을 비싸게 불러, 少室山人索價高,
소:실 산인 색가: 고

간관[11]으로 두 번 불러도 일어나지 않았다. 兩以諫官徵不起。
량:이: 간:관 징 불기:

그들[12]은 모두 따끈한 말로 세상사를 논하더니, 彼皆刺口論世事,
피:개 자:구: 론: 세:사:

실력이 있어 나라 일꾼이 안 될 수 없었다. 有力未免遭驅使。
유:력 미:면: 조 구사:

선생의 사업[13]은 헤아릴 길이 없구나, 先生事業不可量,
선생 사:업 불가: 량

다만 도덕률로써 자기를 구속하고만 있으니. 惟用法律自繩己。
유용: 법률 자: 승기:

『춘추』 풀이 세 책[14]은 다락에 묶어두고, 春秋三傳束高閣,
춘추 삼전: 속 고각

혼자 본문을 처음부터 끝까지 연구하였다. 獨抱遺經究終始。
독포: 유경 구 종시:

왕년엔 붓을 들어 같음과 틀림[15]을 조롱했거니, 往年弄筆嘲同異,
왕:년 롱:필 조 동이:

괴상한 논조에 대중은 놀라 한없이 비방했다. 怪辭驚衆謗不已。
괴:사 경중: 방: 불이:

근자에는 탄탄대로 찾았다고 자기는 말하지만 近來自說尋坦塗,
근:래 자:설 심 탄:도

오히려 록이[16]를 타고 허공을 나는 격이다. 猶上虛空跨綠騏。
유상: 허공 과: 록이:

작년에 자식을 낳고 첨정[17]이라 작명했으니, 去歲生兒名添丁,
거:세: 생아 명 첨정

뜻은 나라에 농군을 보태는 것이라고. 意令與國充耘耔。
의:령: 여:국 충: 운자:

나라의 백성은 땅 끝까지 널려 있으니, 國家丁口連四海,
국가 정구: 련 사:해:

어찌 농부가 없어 몸소 쟁기질해야 할까? 豈無農夫親耒耜。
기:무 농부 친 뢰:사:

선생이 품은 재주는 크게 쓰일 것인데도, 先生抱才須大用,
선생 포:재 수 대:용:

재상[18] 허락이 없어 끝내 벼슬하지 않는구나. 宰相未許終不仕。
재:상: 미:허: 종 불사:

가령 힘껏 일할 자리[19]에는 있지 않더라도, 假如不在陳力列,
가:여 불재: 진력 렬

말씀 세우고[20] 모범 보이면 긍지를 느껴도 된다. 立言垂範亦足恃。
립언 수범: 역 족시:

후예는 십대까지 사면의 은덕[21]을 입을 것인데, 苗裔當蒙十世宥,
묘예: 당몽 십세: 유:

어이하여 자손에게 기업[22]이 없다고 하겠는가? 豈謂貽厥無基址。
기:위: 이궐 무 기지:

그러므로 알겠다, 선생의 충효는 천성인 것임을. 故知忠孝生天性,
고:지 충효: 생 천성:

자기수양뿐 군신관계 모르는 은사와 다르다. 潔身亂倫安足擬。
결신 란:륜 안 족의:

(3)

간밤에 '긴 수염'[23]이 와서 고소장을 내었다. 昨晚長鬚來下狀,
작만: 장수 래 하:장:

이웃집 불량소년은 불량하기 그럴 수가 없다고. 隔牆惡少惡難似。
격장 악소: 악 난사:

언제나 용마루에 걸터앉아서 내려다보아, 每騎屋山下窺闞,
매:기 옥산 하: 규감:

집사람[24]이 놀라서 뛰다가 발을 삐었다고. 渾舍驚怕走折趾。
혼사: 경파: 주: 절지:

사돈의 연줄을 믿고 관리를 얕잡아 보아, 憑依婚媾欺官吏,
빙의 혼구: 기 관리:

법령이 금지시킬 수 있다고는 믿지 않는다고. 不信令行能禁止。
불신: 령:행 능 금지:

선생은 억울함을 당하고도 말씀이 없다가,	先生受屈未曾語, 선생 수:굴 미:증 어:
갑자기 이제 고소하니 참으로 까닭이 있겠지.	忽此來告良有以。 홀차: 래고: 량 유:이:

아아, 내가 적현[25]의 현령으로 있으면서,	嗟我身爲赤縣令, 차아: 신위 적현: 령:
권력을 가지고 지금 안 쓰면 언제 쓰겠는가?	操權不用欲何俟。 조권 불용: 욕 하사:
당장에 적조[26]를 소집하고 오백을 불러들여,	立召賊曹呼伍伯, 립소: 적조 호 오:백
쥐새끼들 잡아다가 저자에 버리라고 하였다.	盡取鼠輩尸諸市。 진:취: 서:배: 시 제시:

선생은 또 '긴 수염'을 보내어 말씀하였다,	先生又遣長鬚來, 선생 우:견: 장수 래
이러한 처치는 좋아하는 바가 아니라고.	如此處置非所喜。 여차: 처:치: 비 소:희:
더구나 지금은 만물이 생장하는 계절[27]인데,	況又時當長養節, 황:우: 시당 장:양: 절
고을에서 가혹한 정치를 해서는 안 된다고.	都邑未可猛政理。 도읍 미:가: 맹: 정:리:

선생은 정말로 내가 두려워하는 분,	先生固是余所畏, 선생 고:시: 여 소:외:
그 끝없는 도량은 들여다볼 엄두도 못 내겠다.	度量不敢窺涯涘。 도:량: 불감: 규 애사:
방종하게 된 것은 누구의 허물일까?	放縱是誰之過歟, 방:종: 시:수 지 과:여

악습 본따고 마부 죽인 역사[28] 읽기 두렵다.　放尤戮僕愧前史。
방:우 륙복 괴: 전사:

양고기 사고 술 받아 불민함을 사죄하려니,　買羊沽酒謝不敏,
매:양 고주: 사: 불민:

마침 밝은 달이 복사꽃 오얏꽃 비추는도다.　偶逢明月曜桃李。
우:봉 명월 요: 도리:

선생은, 왕림을 허락할 의향이 있다면,　先生有意許降臨,
선생 유:의: 허: 강:림

다시 '긴 수염'을 시켜 글월[29]을 주소라.　更遣長鬚致雙鯉。
갱:견: 장수 치: 쌍리:

1_ 811년, 한유가 하남현河南縣(지금의 락양시 일부) 현령縣令으로 있던 44세 때 지은 것이다. 한유 시의 특징의 하나인 "말하는 것처럼 시를 짓는다"의 본보기이다. 로동盧仝 약전 참조(본서 773쪽).

2_ 옥천玉川 선생 : 로동은 스스로 옥천자玉川子라 불렀다. 락양은 지금의 하남성 락양시. 락양은 당나라 때 동도로서, 락양현과 하남현으로 갈라서 다스렸는데, 한유는 당시 하남현 현령으로 있었다.

3_ 머리도 싸매지 않았다 : 하인도 두건을 써야 했던 듯.

4_ 열두 해 : 원문에는 1기紀, 세성歲星(즉 木星)이 천구天球를 일주하는 기간, 즉 12년이다.

5_ 제사나 돕도록 : 생활비를 보탠다면 상대 체면이 손상되므로 점잖게 돌려서 한 말이다.

6_ 류수留守 : 락양은 당나라 때 동도東都라 하여 장안長安과 동격이었으므로, 중앙정부기관의 일부가 두어졌다. 그 최고책임자로서 설치된 벼슬이 류수이다. 이때에는 한유의 후원자의 한 사람인 정여경鄭餘慶(746~820)이 류수였다. 락양은 당시 특별시特別市 격이었으므로 그 수장首長을 대윤이라 하였다. 정식으로는 다만 윤尹이라 하지만 차관인 소윤少尹이 있으므로 특별히 대윤이라 부를 때가 있다. 이때에는 리소李素(755~812)가 소윤으로서 대윤을 대리하였다.

7_ 락수洛水 북쪽 선비 : 석홍石洪(771~812)을 가리킨다. 석홍은 락양에 십수년간 은거하고 있었는데, 하남절도사河南節度使 오중윤烏重胤(761~827)이 그것을 듣고 자기의 막료로 불렀다. 락수는 락양 옆을 흐르는 강.

8_ 지난해 : 서기 810년이다.

9_ 락수 남쪽 선비 : 온조溫造(766~835)를 가리킨다. 온조도 오중윤에 의하여 막료가 되었다. 온조는 뒤에 지방 군벌을 제압하는 데 공을 세워 절도사節度使까지 되었다.

10_ 소실산小室山 선비 : 리발李渤(773~835)을 가리킨다. 리발은 나라에서 좌습유左拾遺의 벼슬로 불렀으나 사퇴했다. 서기 808년에 한유가 편지를 내어 벼슬을 하라고 권했기 때문에, 락양으로 이주, 정치에 대한 의견을 조정에 올리기도 했다. 뒤에(814) 저작랑著作郞으로 벼슬하여, 태자빈객太子賓客까지 나갔다. 소실산은 중국 오악五岳 가운데 중악中岳인 숭산崇山(해발 1,440미터)을 가리킨다. 숭산은 락양 동쪽 60킬로미터 밖(登封縣)에 있다.

11_ 간관諫官 : 천자를 간諫하는 관원. 여기서는 좌습유左拾遺를 가리킨다.

12_ 그들 : 석홍·온조·리발을 가리킨다.

13_ 사업事業 : 천하를 다스리는 일. "그들"처럼 세상사를 논하는 사람은 세속적인 일꾼이 안될 수 없지만, 로동은 세속을 초월했기에 "헤아릴 길이 없다"는 것이다.

14_ 『춘추』 풀이 세 책 : 『춘추』는 공자孔子가 편집한 로魯나라의 연대기年代記로 유가儒家 기본 경전의 하나. 공자가 어떠한 뜻을 품고 이 책을 썼나 하는 것을 해석한 것에 세 책이 있다. 즉, 좌구명左丘明의 『좌씨전』左氏傳, 공양고公羊高의 『공양전』公羊傳, 곡량적穀梁赤의 『곡량전』穀梁傳이 그것이다. 당나라 때까지, 『춘추』를 해석하는 경우, 이 세 가지 해석본이 절대적인 것으로 생각되어, 그 어느 하나의 설에 따라서만 『춘추』를 해석할 것으로 여기고 있었다. 그러나 이때부터 이 세 해석에 의하지 아니하고 직접 『춘추』를 이해하려는 시도가 여러 학자들에 의하여 감행되었다. 로동도 그런 시도를 한 것이다.

15_ 같음과 틀림 : 로동과 같은 시대에 마이馬異라는 시인이 있었는데, 두 사람은 친구였다. 로동은 두 사람의 이름이 '같을 동'仝 자와 '틀릴 이'異 자로 된 점에 착안하여, 《마이와 사귀면서》(與馬異結交詩)라는 시를 썼다. "어제는 같음이 같지 아니하고 틀림은 스스로 틀렸으니, / 이것을 크게는 같지만, 작게는 틀린다고 하는 것이다. / 오늘은 같음은 스스로 같고 틀림은 틀리지 아니하니, / 이것을 같음은 아니 가고 틀림은 아니 온다고 하는 것이다."(昨日仝不仝異自異, 是謂大同而小異。今日仝自仝異不異, 是謂仝不往兮異不至。) 요컨대, 원래 따로 있었던 같음(盧仝)과 틀림(馬異)이 함께 사귀게 되었음을 말하는 것이다. 이 시는 또 한 행의 글자 수가 일정치 않은, 이른바 잡언雜言의 시이며, 내용도 대단히 기묘한 것이다.

16_ 록이綠駬 : 옛날 여행을 좋아한 임금으로 유명한 주周나라 목왕穆王(전 1002~전 947 재위) 희만姬滿이 세계여행을 할 때 마차를 끌었던 준마 여덟 필 가운데 하나. 하늘을 나는 말로 생각했던 듯. 이 연의 뜻은, 로동 자신은 자기의

시문詩文이 탄탄대로같이 평이하게 되었다고 말하지만, 오히려 하늘을 날 듯, 인간을 떠난 기괴한 시라는 뜻이다.

17_ 첨정添丁 : 정丁은 장정, 첨정은 장정이 하나 첨가되었다는 뜻으로 글자 풀이가 됨. 당나라 제도에서는 21세가 되면 일반 백성은 구분전口分田으로 1경頃(약 614아르)의 밭을 받고 납세와 병역의 의무가 생기는데, 그것을 정丁이라고 했다. 그러나 한유의 시대에는 이 제도가 무너졌다. 로동은 두 아들이 있었는데 큰아들은 포손抱孫, 작은아들이 첨정添丁이다.

18_ 재상宰相 : 임금을 도와 정치의 전체를 총괄하던 장관, 지금의 국무총리에 해당된다. 당시에는 '중서문하 동평장사'中書門下同平章事라는 명칭이었다.

19_ 힘껏 일할 차리 : 정치에 참여하는 자리를 가리킨다.

20_ 말씀 세우고 : 원문에는 립언立言. 『좌전』左傳(襄公 24年)에 숙손표叔孫豹가 말한, "가장 훌륭한 것은 덕德을 세우는 것, 그 다음은 공功을 세우는 것, 그 다음은 말씀(言)을 세우는 것인데, 이것들은 시간이 오래 흘러도 폐지되지 아니하므로 불후不朽라고 하는 것이다."라는 대목이 있다. "말씀을 세우는 것"은 문학 · 사학 · 철학 등등 불후不朽의 저술著述을 가리킨다.

21_ 십대까지 사면의 은덕 : 『좌전』左傳(襄公 21年)에 나오는 말.

22_ 기업 : 원문은 기지基阯, 전지田地와 가옥家屋 등의 부동산을 뜻한다.

23_ 긴 수염 : 로동의 종놈. 이 시의 둘째 연의 첫 구절에 나온다. 고소는 당사자나, 당사자의 직계 가족, 또는 노비奴婢가 할 자격이 있다.

24_ 집사람 : 원문 훈사渾舍는 집안사람을 말하지만, 처를 말하는 것인 듯.

25_ 적현赤縣 : 당나라 때에는 현縣을 일곱 등급으로 나누었는데 제1급의 현을 적현이라 한다. 한유가 현령이었던 하남현은 적현이었다.

26_ 적조賊曹 : 한나라 때, 군郡이나 국國의 소송이나 범죄를 단속한 벼슬. 지금의 지방 경찰과 지방 법원을 겸한 것이다. 당唐나라에서는 주州의 법조참군사法曹參軍事가 이에 해당된다. 한유는 주州보다 아래인 현縣을 담당하였으니, 원문의 적조는 아마 경찰 관계를 담당하는 아전을 지칭한 듯. 오백伍伯도 한나라 때의 벼슬. 조장을 뜻한다. 아마 지금의 경위쯤 될 듯. 형벌의 집행인이기도 했다.

27_ 만물이 생장하는 계절 : 옛날 중국에서는, 우리도 같았지만, 봄 · 여름은 만물이 생장하는 자연의 이치에 순응키 위하여 특별한 경우가 아니면 사형을 집행하지 않고 가을까지 연기했다. 특별한 경우란 국가와 왕실의 변란을 목적으로 한 중대한 범죄를 말한다.

28_ 악습 본따고 마부 죽인 역사 : 『좌전』左傳(襄公 21年)에, 다음과 같은 기록이 있다. 란영欒盈이라고 하는 진晋나라 노인이 진나라에서 쫓겨나 초楚나라에 가던 도중에 주周나라 왕성을 지나다가 그곳 사람들에게 약탈을 당하여 그

일을 임금(靈王, 전 571~전 545 재위) 희설심姬泄心에게 호소했더니, 임금은 "악습을 본따는 것이 또한 심하였구나!" 하면서 약탈한 물건을 돌려주었다고 한다. 자기 부하가 저지른 나쁜 짓에 책임을 진 것에 의의를 두는 것이다. 또 『좌전』左傳(襄公 3年)에 이런 기록이 있다. 진晋나라 도공悼公의 아우 양간楊干이 곡량曲粱(하북성 永年)에서 진陣을 문란하게 하였으므로 사령관인 위강魏絳은 그 종인 마부를 책임자로 하여 죽였더니 도공은 대단히 노했지만, 위강이 올린 편지를 읽고, 자기 아우 잘못은 자기가 잘 교훈을 주지 못한 것이라고 자기의 과실에 대한 책임을 느꼈다고 한다.

29_ 글월 : 원문 쌍리雙鯉. 멀리서 보내온 잉어 한 쌍에 편지가 들어 있었다는 고사에서 나온 말.

산의 돌은[1] | 한유

山石
산석

산의 돌은 울묵줄묵, 길이 희미하다. 山石犖确行徑微。
산석 락학 행경: 미

황혼에 절에 다다르니 박쥐가 난다. 黃昏到寺蝙蝠飛。
황혼 도:사: 편복 비

전당에 올라 섬돌에 앉으니 비가 흡족하다. 升堂坐階新雨足,
승당 좌:계 신우: 족

파초 이파리 커다랗고 치자[2]가 탐스럽다. 芭蕉葉大梔子肥。
파초 엽대: 치자: 비

스님은 옛 벽의 불화가 좋다고 말하면서, 僧言古壁佛畫好,
승언 고:벽 불화: 호:

불을 가져와 비추는데, 그림이 희한하다. 以火來照所見稀。
이:화: 래조: 소:견: 희

평상 펴고 자리 깔고 국과 밥을 놓는다. 鋪床拂席置羹飯,
포상 불석 치: 갱반:
악식이지만 또한 내 시장한 배를 불려 준다. 疏糲亦足飽我饑。
소려: 역족 포: 아:기
밤 깊어 조용히 누우니 온갖 벌레 잠잠한데, 夜深靜臥百蟲絶,
야:심 정:와: 백충 절
맑은 달[3] 고개로 올라 빛이 방문으로 든다. 淸月出嶺光入扉。
청월 출령: 광 입비

날이 밝아 홀로 떠나니 길이 없구나. 天明獨去無道路,
천명 독거: 무 도:로:
들락날락 오르내리며 안개 속 지나간다. 出入高下窮煙霏。
출입 고하: 궁 연비
산은 다홍, 개울은 초록, 찬란하기도 하다. 山紅澗碧紛爛熳,
산홍 간:벽 분 란:만:
아름드리 소나무와 참나무[4]도 보인다. 時見松櫪皆十圍。
시견: 송력 개 십위
물가에서 맨발로 개울의 돌을 밟으니, 當流赤足踏澗石,
당류 적족 답간:석
물소리는 콰륵콰륵, 바람이 옷에 분다. 水聲激激風吹衣。
수:성 격격 풍 취의

인생은 이러하면 절로 즐거울 수 있다. 人生如此自可樂,
인생 여차: 자: 가:락
어찌 옹색하게 남에게 고삐를 잡히는가? 豈必局束爲人鞿。
기:필 국속 위: 인기
아아, 아아, 나와 함께하는 제군들[5]이어, 嗟哉吾黨二三子,
차재 오당: 이:삼 자:
어이하여 늙도록 다시 아니 돌아가는가? 安得至老不更歸。
안득 지:로: 불갱: 귀

1_ 원제 '산석'은 첫 구절 첫 두 글자를 딴 것일 뿐, "산과 돌"을 읊은 것이 아니다. 801년 음력 칠월 스무이틀, 한유는 리경흥李景興·후희侯喜·울지분尉遲汾과 함께 락양 북쪽 혜림사惠林寺로 놀러 갔다. 그리고 시로써 이 산수유기山水游記를 지었다. 그러나 경치에서 느끼는 점은 "인생은 이러하면 절로 즐거울 수 있다. / 어찌 옹색하게 남에게 고삐를 잡히는가?"라는 인생관. 송宋나라 문호 소식蘇軾은 일찍이 남계(南溪)라는 곳에서 놀 때, 술에 취해 옷을 끄르고 발을 개울물에 잠그고는 이 시를 읊으면서 그 즐거움에 공감했다고.

2_ 파초 / 치자 : 파초芭蕉(*Musa basjoo*), 치자梔子(*Gardenia jasminoides*). 치자는 크고 흰 꽃이나, 또 크고 노란 열매 모두 탐스럽다(肥)고 형용할 수 있지만, 치자꽃은 음력 삼사월에 피는데 한유의 이 산행은 음력 칠월 스무이틀에 행한 것이므로 꽃이 아니라 열매를 말한 것이다.

3_ 달 : 하현下弦달일 듯. 중국 속담에 "음력 스무하루 이틀 달이 뜨면 새벽 닭 운다"는 말이 있다.

4_ 아름드리 …… 참나무 : 원문 력櫪(*Quercus acutissima*). 상수리나무. '아름드리' 원문 십위十圍는 대개 굵은 나무, 장사의 허리를 형용할 때 쓴다. 1위圍는 약 10센티미터, 또는 2미터라 한다.

5_ 제군들(二三子) : 한유와 산행을 같이 한 세 사람. 『론어』 말투를 빌렸다.

곡식을 싫어하는 말[1] | 한유

馬厭穀
마:염:곡

말은 알곡이 싫다는데,
선비는 겨붙이[2]도 싫다 아니하오.
흙[3]은 수놓은 비단으로 꾸미는데,
선비는 누더기[4]도 없다오.

馬厭穀兮,
마: 염:곡혜

士不厭糠籺。
사: 불염: 강흘

土被文繡兮,
토:피: 문수:혜

士無裋褐。
사:무 수:갈

저는 그리 득의양양하여 | 彼其得志兮,
피:기 득지:혜

아니 나를 생각하오. | 不我虞。
불아:우

하루아침 실각한다면, | 一朝失志兮,
일조 실지:혜

그 어떠하겠소! | 其何如。
기 하여

그만두어라, | 已焉哉,
이:언재

아으, 아으, 촌스러운 사람! | 嗟嗟乎鄙夫。
차차호 비:부

1_ 한유는 괴벽한 시를 쓰기 좋아한다. 이것도 그 하나. 굳이 『초사』楚辭의 혜兮 자를 빌려오고, 잘 쓰지 않는 글자(粔, 裋)를 고집하고, 단문체의 말(其何如, 已焉哉, 嗟嗟乎) 등을 엮고 있다. 이러한 것은 그의 왕성한 호기심과 실험정신에서 나온 것인 듯하다. 『한서』漢書 「화식전」貨殖傳에, "부자는 나무나 흙(土木, 住宅)도 수놓은 비단(文錦)을 입고 개나 말(犬馬)도 고기와 좁쌀이 넘치는데, 가난한 사람은 수갈裋褐도 온전치 못하고, 콩을 씹으며 물이나 마신다."라는 기사가 있다.

2_ 겨붙이 : 원문 강흘糠粔, 강은 겨, 흘은 보릿겨 속의 깨어지지 않은 덩어리. 극히 조악한 음식을 뜻한다.

3_ 흙 : 집을 가리킨다. 흙으로 벽을 치거나, 흙으로 구운 벽돌로 집을 짓기 때문이다. 동시에 원문原文으로 볼 때에는 '선비 사'士 자와 '흙 토'土 자가 섞여 나오는데, 그 시각적 효과도 생각한 것인 듯하다.

4_ 누더기 : 원문 수갈裋褐. 수는 머슴이 입는 옷, 갈은 털로 짠 옷.

좌천되어 가면서[1] | 한유

左遷至藍關示侄孫湘
좌:천 지:람관 시:질손 상

아침에 상서 한 편[2]을 구중궁궐에 올리고,
一封朝奏九重天。
일봉 조주: 구:중 천

저녁에 조주 팔천 리 귀양길[3]을 떠난다.
夕貶潮州路八千。
석폄: 조주 로: 팔천

밝으신 임금님 위해 폐단을 없애려 했거니,
欲爲聖明除弊事,
욕위: 성:명 제 폐:사:

쇠약한 몸인데 남은 목숨이 아까울 것인가?
肯將衰朽惜殘年。
긍:장 쇠후: 석 잔년

구름이 진령[4]에 비끼니 집은 어디에 있나?
雲橫秦嶺家何在,
운횡 진령: 가 하재:

눈이 람관[5]을 막아 말은 나아가지 못한다.
雪擁藍關馬不前。
설옹: 람관 마: 불전

네[6]가 멀리 온 것 응당 뜻이 있음을 알겠다.
知汝遠來應有意,
지여: 원:래 응 유:의:

내 뼈를 장기[7] 서린 강변에 거두면 좋겠다.
好收吾骨瘴江邊。
호:수 오골 장:강 변

1_ 원제는 "좌천되어 람관에 이르러 질손 상에게 보이다"라는 뜻이다. 한유는 당 헌종憲宗(805~820 재위) 리순李純이 불골佛骨을 맞아들인 것을 반대하여《불골을 논하는 표》(論佛骨表)를 올려, 임금의 미움을 사서 형부시랑刑部侍郎 벼슬이 조주潮州 자사刺史(태수)로 좌천되었다. 질손 한상韓湘(794~?)은 한유의 둘째 형 한개韓介의 손자로 823년에 진사, 신선의 술을 배웠다고 하며 팔선八仙의 하나로 꼽힌다. 이 시는 조주로 좌천 가는 도중 람관藍關에 이르렀을 적에 한상에게 보인 시. 819년, 시인의 나이 52세 때 지은 것이다.

2_ 상서 한 편 :《불골을 논하는 표》를 가리킨다.

3_ 팔천 리 귀양길 : 당나라 때 지리책(『元和郡縣志』)에 의하면 그 거리는 5,625리, 즉 2,200킬로미터라고 되어 있다. 서안시에서 조주시까지는 직선거리 약 1,400킬로미터이다.

4_ 진령秦嶺 : 섬서성 종남산終南山(해발 2,604미터)을 주산으로 하는 진령秦嶺 산맥. 장안 남쪽 40킬로미터 거리에 있다.

5_ 람관藍關 : 섬서성 람전현藍田縣 계곡에 있는 관문. 장안 동남 약 40킬로미터 거리에 있다. 장안에서 화중華中 · 화남華南으로 가는 길목이다.

6_ 네 : 질손 한상韓湘을 가리킨다.

7_ 장기瘴氣 : 남방 고온 다습한 지방에 생기는 말라리아 따위의 풍토병을 가리킨다. 이 시에 나타난 의기는 하늘을 꿰뚫을 듯 장한 것이었지만, 안타깝게도 한유는 조주潮州에 도착한 뒤에는 임금님 은총을 감사히 여기는 상서(表)를 올리었다.

맹교 孟郊

Meng Jiao

맹교孟郊(751~814, 자 東野)의 시는 예술적인 기교에 마음을 기울인 것이다. 그는 자구字句에 퍽 애를 써서 천편일률적인 표현을 극력 회피하고 놀라운 언어를 택하기를 좋아했다. 범실凡失이 없는 것은 장점이지만 괴팍하고 난삽하여 운치가 모자라는 것이 흠으로 지적되고 있다. 그러나 그의 작시作詩의 태도는 진지한 것이었다. 두보杜甫의 천재적인 기교를 그의 목표로 삼았음에 틀림없다.

맹교는 원래 절강성 덕청현德清縣 사람이지만, 하남성 락양洛陽에서 오래 살았다. 그는 일생 동안 가난했으며, 나이 50 전후에 겨우 진사進士가 되었다. 만년에 자식이 먼저 죽은 것도 그에게는 큰 타격이었다. 한유韓愈 등의 추천을 여러 번 받았으나 판관判官(節度使 등의 屬官)에 그치고 말았다.

교방의 어린 가수[1] | 맹교

教坊歌兒
교:방 가아

열 살의 조그만 꼬마 아이는
노래 잘해 저 하늘[2]도 듣는데,
예순 넘은 외로운 노인은
시 잘해도 강물만[3] 바라본다.

十歲小小兒,
십세: 소: 소:아
能歌得聞天。
능가 득문 천
六十孤老人,
륙십 고 로:인
能詩獨臨川。
능시 독 림천

작년 서경[4]의 한 절간에서는
가수들이 법회에 모여들어,
〈죽지사〉[5] 가락을 잘도 뽑아
승창에 앉은 스님을 공양했다.

去年西京寺,
거:년 서경 사:
衆伶集講筵。
중:령 집 강:연
能嘶竹枝詞,
능시 죽지 사
供養繩床禪。
공:양: 승상 선

시 잘하기보다는 노래가 낫다,
원망스럽게 바라보는 『삼백편』.[6]

能詩不如歌,
능시 불여 가
悵望三百篇。
창:망: 삼백 편

1_ 교방은 장안에 관설官設된, 음악·가무를 하는 사람을 거주·교육시키는 곳.

2_ 하늘 : 임금을 상징한다. 중국에서는 임금을 천자天子라고 불렀다.

3_ 강물만 : 당시에 시를 쓰는 것은 예술적인 행위이기도 하지만 또한 관리가 되

기 위한 작업이기도 했다. 그러므로 자기는 시를 잘해도 출세하지 못하고 있음을 불평한 것이다. 현대적인 의미로는 인기나 수입 면에서 시인이 가수에 훨씬 못 미친다는 것이다.

4_ 서경 : 당나라에는 서울이 둘 있었는데, 동경은 락양洛陽, 서경은 장안長安이었다. 다만 동경은 유사시를 위한 예비적인 수도이고, 서경이 임금과 조정이 상주하는 수도였다.

5_ 〈죽지사〉 : 류우석 〈죽지사〉 참조(본서 787쪽).

6_ 『삼백편』 : 중국 시의 원천이라 할 『시경』을 가리킨다. 『시경』은 모두 305편. 시詩, 또는 시삼백詩三百이라고 통칭한다. 『시경』 해설 참조(본서 54쪽).

가난살이 가을 저녁[1] | 맹교

秋夕貧居述懷
추석 빈거 술회

냉방에 누우니 큰 꿈은 부질없다.
臥冷無遠夢,
와:랭: 무 원:몽:

가을은 이별의 정이 스산하다.
聽秋酸別情。
청추 산 별정

높은 가지 낮은 가지 바람, 바람,
高枝低枝風,
고지 저지 풍

천 잎사귀 만 잎사귀 소리, 소리.
千葉萬葉聲。
천엽 만:엽 성

이제 마시지 못하는 얕은 우물,
淺井不供飮,
천:정: 불 공음:

벌써 갈지 아니하는 메마른 밭.
瘦田長廢耕。
수:전 장 폐:경

오늘의 인간관계는 옛날과 달라,
今交非古交,
금교 비 고:교

가난한 자의 말은 가볍게 듣는다. 貧語聞皆輕。
빈어: 문 개경

1_ 원제는 "가을 저녁에 가난살이의 감회를 풀다"라는 뜻이다. 맹교의 일생은 가난의 연속, 그의 시도 가난을 묘사한 것이 많다.

유랑자 노래[1] | 맹교 遊子吟
유자:음

자애로운 어머니 손에 들린 실, 慈母手中線,
자모: 수:중 선:

유랑하는 자식의 몸에 걸친 옷. 遊子身上衣。
유자: 신상: 의

떠날 때에 땀땀이 박아 주셨으니, 臨行密密縫,
림행 밀밀 봉

천천히 돌아올까 두려우셨음이라. 意恐遲遲歸。
의:공: 지지 귀

누가 말했나, 풀 한 치 마음[2]도 誰言寸草心,
수언 촌:초: 심

봄 석 달 햇빛[3]에 보답하리라고. 報得三春暉。
보:득 삼춘 휘

1_ 원주에 "어머님을 률수溧水 강가에서 맞아 짓다"라 했다. 률수는 강소성 률양溧陽에 있는 강. 맹교는 률양 현위縣尉를 지낸 바 있다. 〈유랑자 노래〉는 악부의 제목, 다만 종래는 고향에 있는 아내가 여행을 떠난 남편을 그리는 것을 테마로 하고 있는 것이 보통이지만, 여기서는 모자母子의 심정이 그려지고 있다. 자모慈母의 깊은 사랑을 노래한 것으로는 이 작품에 따라갈 것이 없다는

평이 있다.

2_ 풀 한 치 마음 : 하찮은 마음. 즉 시인 자신.

3_ 봄 석 달 햇빛 : 봄은 음력 정월 · 이월 · 삼월 석 달을 가리킨다. 어머님의 자애로움에 견준 말. 어머님의 자애로움은 너무 위대하여 보답할 수 없음을 강조한 말.

로동 盧仝

Lu Tong

로동盧仝(약 775~835, 호 玉川子)은 좀 이상한 시인이었다. 그는 백화白話(口語體)로 시행詩行의 장단이 일정치 않은 새로운 시를 거리낌 없이 썼다. 시체詩體를 해방시키고자 한 새로운 시인이라고 말할 수 있을 것이다.

로동은 하남성 제원시濟源市 사람이다. 그는 락양洛陽에서 오랫동안 가난하게 지냈는데, 한유韓愈가 그 궁상을 보고 가끔 원조하면서 벼슬을 하도록 권했으나 끝내 벼슬하지 않았다. 그는 월식시月飾詩—그의 시의 특징을 잘 대표하지만 사상이 유치한, 1,800자 넘는 장편시—같은 것을 지어 시정時政을 비방하기 일쑤였다. 뒷날 '감로甘露의 변'이 있었을 때(835년), 죽은 재상 왕애王涯의 저택에 가 있다가 잡혀서 죽었다.

어제를 한탄하다 | 로동

歎昨日
탄: 작일

천하잡놈이 술에 곯아빠진다.
天下薄夫苦耽酒。
천하: 박부 고: 탐주:

옥천 선생[1]이 또한 술에 빠진다.
玉川先生也耽酒。
옥천 선생 야: 탐주:

잡놈은 돈 있어 멋대로 풍악 잡히고,
薄夫有錢恣張樂。
박부 유: 전 자: 장락

선생은 돈 없어 조용히 마음 닦는다.
先生無錢養恬漠。
선생 무전 양: 념막

돈이 있거나 없거나 다 가련하니,
有錢無錢俱可憐。
유: 전 무전 구: 가: 련

인생 백년 훌쩍 간다, 강물처럼.
百年驟過如流川。
백년 취: 과: 여 류천

평생의 심사를 모두 헤쳐 버리소.
平生心事消散盡,
평생 심사: 소산: 진:

하늘에는 태양이 유유하게 빛나오.
天上白日悠悠懸。
천상: 백일 유유 현

1_ 옥천玉川 선생 : 시인의 자호自號.

곧은 낚시의 노래 | 로동

直鉤吟
직구 음

처음에 낚시질을 배우면서, 初歲學釣魚,
초세: 학 조:어

고기는 잡기 쉽다고 여겼다. 自謂魚易得。
자:위: 어 이:득

삼십 년 낚싯대 들고 있지만, 三十持釣竿,
삼십 지 조:간

고기는 하나도 잡지 못했다. 一魚釣不得。
일어 조: 불득

남은 굽은 낚시, 人釣曲,
인조: 곡

나는 곧은 낚시. 我鉤直。
아:구 직

서럽도다, 나의 낚시는 또한 밥도 없구나. 哀哉我鉤又無食。
애재 아:구 우: 무식

주 문왕[1]은 벌써 죽고, 다시 아니 태어난다. 文王已沒不復生。
문왕 이:몰 불부: 생

곧은 낚시의 길이 언제나 다시 행해질까? 直鉤之道何時行。
직구 지도: 하시 행

1_ 문왕文王 : 주周나라 시조 무왕武王(전 1134~전 1116 재위) 희발姬發의 아버지. 생전의 칭호는 서백西伯, 무왕이 주나라를 세우고 즉위한 뒤 문왕으로 추존했다. 이름은 희창姬昌. 늙도록 가난으로 고생하던 려상呂尙은 섬서성 위하渭河에서 곧은 낚시로 낚시질을 하다가 문왕 희창에게 발탁되었다. 재상宰相이 된 려상은 희창을 도와 주나라의 기초를 든든히 하는 데 큰 공을 세웠다. 려상呂尙의 본성은 강姜씨. 태공망太公望, 사상보師尙父 등으로 존칭된다. 우리나라에서도 강태공姜太公, "강태공의 곧은 낚시"로 알려져 있다.

병든 군인을 만나 | 로동

逢病軍人
봉 병:군인

가면 병이 자꾸 도지고 머물면 양식이 없다. 行多有病住無糧。
행다 유:병: 주: 무량

만리 밖에서 고향 가지만 고향 닿지 못한다. 萬里還鄉未到鄉。
만:리: 환향 미: 도:향

쑥 덤불 머리로 슬프게 노래하는 옛 성 아래, 蓬鬢哀吟古城下,
봉빈: 애음 고:성 하:

견디지 못할 건, 금창[1]에 스며드는 가을 기운! 不堪秋氣入金瘡。
불감 추기: 입 금창

1_ 금창金瘡 : 칼날이나 창끝 같은 금속에 의하여 다친 상처.

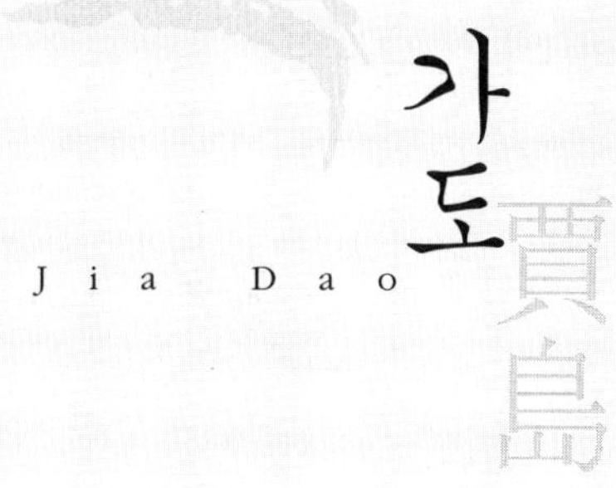

가도 賈島

J i a D a o

가도賈島(779~843, 자 浪仙)는 고음苦吟으로 유명한 시인이다. 그는 멋없는 제재題材나 재미없는 심정을 많이 노래하지만, 서경敍景의 구절은 언어가 세련되고 묘사가 치밀하다.

가도는 범양范陽, 지금의 하북성 탁주시涿州市 사람이다. 처음엔 중이 되어 이름을 무본無本이라 했는데, 811년에 한유韓愈와 알게 되면서 그의 권고를 따라 환속했다. 그 뒤, 과거에 여러 번 응시했으나 낙방하였다. 뒤에 벼슬을 하였으나 비방을 받아서 장강長江(사천성 蓬溪) 주부主薄로 좌천되기도 하였다. 그의 유명한 퇴고推敲의 일화는 한유와 처음 만났을 때 나왔다. 즉, 그가 "새는 연못가의 나무에 잠들고 / 중은 달 아래 대문을 두드린다."(鳥宿池邊樹, 僧敲月下門。)라는 구절을 놓고 '밀 퇴'推 자를 쓸 것인가 '두드릴 고'敲 자를 쓸 것인가 하고 고심하는 중에 한유韓愈를 만나, '두드릴 고' 자가 좋다는 가르침을 받았다. 작은 소리로 인하여 오히려 큰 정적을 느끼게 되는 것이다.

매미소리 듣는 감회 | 가도

聞蟬感懷
문선 감:회

새 매미가 운다, 가장 높은 가지.

新蟬忽發最高枝。
신선 홀발 최:고 지

우두커니 서서 듣는다, 무한한 시간.

不覺立聽無限時。
불각 립청 무한: 시

마침 친구가 와서 작별을 알리니,

正遇友人來告別,
정:우: 우:인 래 고:별

한 마음 나눠어 생긴 두 가지 슬픔.

一心分作兩般悲。
일심 분작 량:반 비

은자를 만나지 못하고[1] | 가도

尋隱者不遇
심 은:자: 불우:

소나무 아래 동자에게 물었더니,

松下問童子,
송하: 문: 동자:

스승님은 약을 캐러 가셨단다.

言師採藥去。
언사 채:약 거:

다만 이 산 가운데 계시련만,

只在此山中,
지:재: 차:산 중

구름 깊어 그 곳을 모르겠구나.

雲深不知處。
운심 불지 처:

1_ 찾아가 만나지 못한 것 당연하니, 그래서 은자인 것이다.

왕건 王建

W a n g J i a n

왕건王建(약 767~약 831, 자 仲初)은 후궁後宮에 대하여 읊은 궁체시宮體詩로 유명하지만, 두보杜甫의 영향을 받아 백거이白居易와 같이 평이한 언어로 사회의 불평을 고발한 작품도 많다.

왕건은 하남성 허창許昌 사람이다. 한미한 집안에 태어나 일시 종군한 적도 있으며, 백발이 되어 처음 벼슬하였으나 시종 관직은 높지 않았다. 최후의 벼슬은 섬주陝州(하남성 陝縣)의 사마司馬(太守 보좌관)였다. 장적張籍과 몹시 친해서 세상에서는 그들을 장·왕張王이라 불렀다. 악부체樂府體의 노래로 전쟁의 비참함이나 평민의 괴로움을 노래한 것도 장적張籍과 비교되는 것이다.

바다 사람 노래[1] | 왕건

海人謠
해:인요

바다 사람 집이 없어서 바다에 살지만,
진주 캐어 코끼리 부려 세금을 바친다.
사나운 파도 하늘 닿고 산이 길 막아도,
미앙궁[2] 안 곳간은 언제나 가득하도다.

海人無家海裏住。
해:인 무가 해:리: 주:
採珠役象爲歲賦。
채:주 역상: 위 세:부:
惡波橫天山塞路。
악파 횡천 산 색로:
未央宮中常滿庫。
미:앙 궁중 상 만:고:

1_ 지방 특산품에 대한 세금 징수의 가혹함을 풍자했다.
2_ 미앙궁未央宮 : 한漢나라 장안長安에 있던 궁전 이름. 여기서는 당唐나라의 왕궁을 가리키는 것이다.

새색시[1] | 왕건

新嫁娘
신가: 냥

사흘 만에 부엌으로 들어가,
손을 씻고서 국을 끓인다.
시어머님 식성을 알지 못해,

三日入廚下,
삼일 입 주하:
洗手作羹湯。
세:수: 작 갱탕
未諳姑食性,
미:암 고 식성:

시뉘에게 먼저 맛을 보인다.　　先遣小姑嘗。
선견: 소:고 상

1_ 모두 3수 가운데 제1수.

장계 張繼

Zhang Ji

장계張繼(753년 진사, 자 懿孫)는 양주襄州, 지금의 호북성 양번시襄樊市 사람이다. 장계는 진사에 급제한 뒤 검교사부원외랑檢校祠部員外郞, 홍주 염철판관洪州鹽鐵判官을 지냈다.

장계의 시는 등림登臨 기행紀行이 많고 조탁彫琢을 일삼지 않았다. 지금 40수가 전한다. 《풍교에서 묵는 밤》은 일찍부터 독자들의 사랑을 받아, 북송 때 이미 소주蘇州에서 각석刻石되었다. 구양수歐陽修가 『륙일시화』六一詩話에서 "야반 종소리"(夜半鐘聲)에 대하여 의문을 제기하자, 여러 사람이 각자 의견을 개진하여, 당나라 사찰은 밤에 종을 쳤다고 증명되었다. 이 과정을 통하여 이 시는 더욱 널리 알려진 것이다(王運熙, 「張繼」, 『中國大百科全書 · 中國文學』, 北京: 1986).

풍교에서 묵는 밤[1] | 장계

楓橋夜泊
풍교 야:박

달 지고 까마귀 우니 서리[2] 찬 하늘이라.

月落烏啼霜滿天。
월락 오제 상 만:천

강 단풍,[3] 고깃배 등불에 시름겨운 잠자리.

江楓漁火對愁眠。
강풍 어화: 대: 수면

고소성 밖 한산사,[4] 아 고소성 밖 한산사.

姑蘇城外寒山寺,
고소 성외: 한산 사:

야반 종소리 울려 나그네 배에 들리노라.

夜半鐘聲到客船。
야:반: 종성 도: 객선

1_ 풍교는 강소성 소주시 서쪽 교외에 있다. 이 고장은 운하가 발달해 있다.

2_ 달 …… 서리 : 이 달은 음력 초이레 전후 반달(上弦)일 듯. 상현달은 대략 저녁 6시쯤 중천에 올라, 밤 12시쯤 서녘으로 떨어진다. 서리는 땅에 생기는 것인데 '하늘'을 든 것은 기세이다.

3_ 단풍 : 빨간 단풍으로 색깔이 떠오르지만, 원래 풍楓은 바람 타는 나무이다. 가을이 되면 잎이 쉽게 말라 소리가 크게 난다. 밤에는 단풍 색깔이 안 보이고 스산한 소리만 들릴 것이다. 이 구절에서 단풍은 청각 이미지이다.

4_ 고소성姑蘇城 / 한산사寒山寺 : 고소성은 강소성 소주蘇州의 옛 이름. 한산사는 소주시 창문閶門 밖 3킬로미터 떨어진 풍교진楓橋鎭에 있다. 시승 한산寒山(본서 417쪽)이 한때 머물렀다 해서 붙은 이름이지, 산사山寺가 아니다. 이 시를 애송하는 사람이 많이 찾아와서 한산사는 자꾸 새로 단장하고 소주시는 관광사업으로 번창했다. 시 한 수가 이렇게 막강한 힘이 있을 줄이야. 1997년 7월 27일, 역자가 현장을 탐방했다.

전기 錢起

Q i a n Q i

전기錢起(722~780, 자 仲文)는 절강성 호주시湖州市 사람이다. 750년 진사進士 시험 때 지은 시구, "곡이 끝나니 사람 아니 보이고, 강 위 두세 봉우리 푸르러라."(曲終人不見, 江上數峰青。)가 절창으로 유명하였다. 섬서성 람전藍田 현위縣尉를 지내고 고공랑중考功郎中으로 벼슬을 마치었다. '대력 10재자'大歷十才子 중 하나. 시는 5언을 주로 지었고 송별 응수 작품이 많았다. 항상 은일할 뜻을 내비치었다.

돌아오는 기러기[1] | 전기

歸雁
귀안:

소상[2]에서 무슨 일로 등한히 돌아왔나,

瀟湘何事等閒回。
소상 하사: 등:한 회

푸른 물 밝은 모래 강기슭 이끼 두고?

水碧沙明兩岸苔。
수:벽 사명 량:안: 태

스물다섯 줄[3] 거문고를 달밤에 타니,

二十五弦彈夜月,
이:십 오:현 탄 야:월

애원성 이기지 못해 그냥 날아 왔어요.

不勝淸怨却飛來。
불승 청원: 각 비래

1_ 영물시. 아름다운 슬픔, 맑은 원망의 경계를 조성하여 돌아오는 기러기의 형상을 새롭게 그려냈다.

2_ 소상瀟湘 : 소수와 상강. 소수는 상강 상류의 한 지류이므로 상강을 또 소상이라 불렀다. 기러기가 날아서 남으로 왔다가 북으로 돌아간다는 형산衡山의 회안봉回雁峰이 그 고장에 있다. 이곳 경치는 "소상팔경"이라 하여 중국인의 이상향을 보인다.

3_ 스물다섯 줄 : 상수 여신이 타는 악기, 가락이 너무 처량하고 애절하다. 순舜 임금이 남방을 순수하다가 돌아오지 않자 두 왕비, 아황娥皇 녀영女英이 소상까지 찾아와서 물에 빠져 죽었다. 그리하여 '상수 여신'이 된 것이다.

류우석 劉禹錫

Liu Yuxi

류우석劉禹錫(772~842, 자 夢得)은 민요의 정신과 형식을 살려 생명감이 넘치는 짧은 시를 만드는 데 성공한 시인이다. 그는 백거이白居易·원진元稹과 친하여 그들과 창화唱和하는 시를 많이 지었지만, 그의 시에는 사회社會를 고발한 내용은 없다.

류우석은 원래 하북성 정주定州 사람인데, 뒤에 하남성 락양洛陽으로 옮겼다. 793년에 진사進士가 되어 벼슬길이 순탄했으나 류종원柳宗元 등과 함께 참가한 왕숙문王叔文의 정치개혁이 실패하여, 호남성 랑주朗州(지금의 常德)의 사마司馬로 좌천되었다. 이때 민요 죽지사竹枝詞 등을 개작, 이 지방에서 널리 불렀다. 벼슬은 최후에 검교례부상서檢校禮部尙書까지 되었다.

죽지사[1] | 류우석

竹枝詞
죽지사

복사나무[2] 빨간 꽃은 산 위에 가득한데요,
山桃紅花滿上頭。
산도 홍화 만: 상:두

촉강[3]의 봄 물결은 산에 부딪치며 흘러요.
蜀江春水拍山流。
촉강 춘수: 박산 류

새빨간 꽃 쉬이 시듦은 님의 마음 같고요,
花紅易衰似郞意,
화홍 이:쇠 사: 랑의:

흐르는 물 끝이 없음은 저의 시름 같아요.
水流無限似儂愁。
수:류 무한: 사: 농수

1_ 모두 9수 가운데 제2수. 〈죽지사〉는 악부樂府의 한 제목. 남녀의 정사, 또는 지방의 풍속을 읊은 것이다. 작자의 평전에서도 언급했듯, 류우석이 호남성으로 귀양 갔을 때 지은 것이 그 효시이다.

2_ 복사나무 : 원문은 산도山桃, 복사나무의 일종. 산에서 절로 나며 열매가 조금 작다.

3_ 촉강蜀江 : 사천성(蜀)을 흐르는 강이라는 보통명사. 호남성 상덕시常德市 옆을 흐르는 원강沅江의 한 지류는 사천성 산지에서 내려오는 것도 있다.

답가사[1] | 류우석

踏歌詞
답가사

봄 강에 달이 솟아나 '큰 둑'[2]은 반반해요.
春江月出大隄平。
춘강 월출 대:제 평

둑 위로는 아가씨들이 팔을 끼고 걸어요.
隄上女郞連袂行。
제상: 녀:랑 련몌: 행

새로운 노래 다 불러도 님이 안 보이는데, 唱盡新詞歡不見,
창:진: 신사 환 불견:

붉은 놀은 나무 비추고, 자고새[3]는 울어요. 紅霞暎樹鷓鴣鳴。
홍하 영:수: 자:고 명

1_ 모두 4수 가운데 제1수. 〈답가사〉는 악부(樂府)의 한 제목. 리백《왕륜에게 드림》 주 3 참조(본서 564쪽).

2_ 큰 둑(大隄) : 지명地名이라고도 한다. 육조시대六朝時代, 호북성 양양襄陽 부근에 있었다는 이름난 색향色鄕.

3_ 자고새 : 메추라기 비슷한 꿩과의 일종, 중국 남방에 있다. 그 울음이 무척 슬픈데 "가지 마오 오빠"(行不得也哥哥)라는 소리로 들린다고 한다. 중국 시가에, 특히 사詞에, 많이 나오는데 대개 님과 이별한 여인의 마음과 관련짓는다.

류종원 柳宗元

Liu Zongyuan

류종원柳宗元(773~819, 자 子厚)은 산문작가로서 당대唐代 최고봉이었다. 산문에서는 문장의 내용보다는 외형적인 아름다움에만 주력하는 변문騈文의 문체를 배격, 이른바 고문운동古文運動을 한유韓愈와 함께 일으켰다. 그러나 시에 있어서는 한유의 괴벽을 따르지 않고 독특한 자기의 세계를 가졌다. 그의 시는 정치에 대한 깊은 슬픔과 인생을 바라보는 진지한 태도를 보여준다. 그리고 왕유王維·맹호연孟浩然 등처럼 자연 묘사에도 뛰어났다.

류종원은 산서성 영제永濟 사람이다. 793년에 진사가 되었으며, 혁신적 정치가인 왕숙문王叔文의 개혁운동에 류우석劉禹錫과 함께 참가했다가 실각되어 호남성 영주永州의 사마司馬로 좌천되었다(805년). 10년 뒤에는 더 먼 광서성 류주柳州의 자사刺史(태수)가 되었다. 그래서 세상에서는 류류주柳柳州라고 통칭한다.

늙은 어부[1] | 류종원

漁翁
어옹

늙은 어부 서쪽 바위에서 자고 난 새벽,
상강[2] 물 긷고 초나라 대나무 불 지핀다.
연기 걷히고 해 나와도 사람이 안 보인다.
어기야 디야 한 소리, 산과 물은 초록빛.
하늘가를 돌아보며 강심으로 내려간다.
바위 위에는 무심히 구름 서로 좇는다.

漁翁夜傍西巖宿。
어옹 야:방:서암 숙
曉汲淸湘燃楚竹。
효:급 청상 연초:죽
煙銷日出不見人,
연소 일출 불견: 인
欸乃一聲山水綠。
애:내: 일성 산수: 록
廻看天際下中流,
회간: 천제: 하: 중류
巖上無心雲相逐。
암상: 무심 운 상축

1_ 이 시는 송나라 사람들 간에 평판이 아주 좋았다. 끝의 2행은 떼어버리는 것이 좋다고 소식蘇軾이 평한 뒤로 그 우열에 대한 의론이 분분했다.

2_ 상강湘江 : 광서자치구 흥안현興安縣 양해산陽海山에서 발원, 호남성을 북류北流하여 동정호洞庭湖로 들어간다. 호남성 일대는 옛날 전국시대 초楚나라 땅이었다.

강 눈[1] | 류종원

江雪
강설

천 겹 산중에 새도 날지 않고,

千山鳥飛絶。
천산 조:비 절

만 갈래 길에 사람 종적 없다.	萬徑人蹤滅。 만:경: 인종 멸
외로운 배, 도롱이 삿갓 노인	孤舟蓑笠翁, 고주 사립옹
홀로 낚시 드리운 추운 강 눈.	獨釣寒江雪。 독조: 한 강 설

1_ 원문 시행의 첫 글자를 이으면 천만千萬 고독孤獨이 되는데, 이를 그림으로 보면, 많은 산과 길— '천만'이 있는 것 같지만 실은 백지일 뿐, '고독'에 초점이 모인다.

리하 李賀

Li He

리하李賀(791~817, 자 長吉)는 스물일곱의 나이로 요절한 시인이다. 이렇게 짧은 동안에 불꽃처럼 모든 것을 연소시키고 간 시인은 3천 년 중국 시사에도 극히 드문 예이다.

리하는 귀재鬼才라고 부른다. 귀재란 우리 말에서 쓰는 것과는 달리, 유령이나 요괴 같은 초자연의 사물에 의하여 귀기鬼氣 서린 신비한 분위기를 빚어내는 이상감각자異常感覺者를 가리키는 것으로 중국에서는 리하李賀에게만 쓰는 특수한 단어다.

죽은 미녀에 대한 사모의 정이 넘치는 《소소소 무덤》, 한밤중의 묘지를 그린 《가을바람에 부치는 감상》, 온갖 도깨비들이 나타나는 《신현곡》, 자기가 귀신이 되어 무덤에 누워 있는 《가을이 오다》 등을 봐도 거기에는 극도로 낭만적인 환상의 세계가 전개된다. 서양의 학자는 리하의 시를 19세기 프랑스 상볼리스트의 그것에 대비對比하기도 한다. 중국 문학은 원래 몽환적夢幻的인 이미지의 창조를 장기로 삼고 있지 아니하며, 시는 대부분 일상생활의 경험에서 촉발된 경험을 테마로 하는 것인데, 리하는 이 점에서 특이하다고 아니할 수 없다(荒井健, 『李賀』, 東京:

岩波書店, 1969).

리하는 또한 아름답고 이상한 문자로 염정적艶情的이고 향락적인 시도 많이 썼다. 당시唐詩가 리백李白·두보杜甫에서 최고 수준을 이룩하자 후세의 시인들은 새로운 길을 찾으려고 몸부림을 치지 않을 수 없었는데, 리하 시의 생성은 그러한 노력의 하나로 봐야 할 것이다.

리하 시의 특징은 상술한 바와 같이 귀기鬼氣 서린 것, 염정적艶情的인 것 등 낭만과 환상이 풍부한 데 있지만, 그 시대의 현실을 느끼지 않은 것은 아니다. 백거이白居易 일파와 같이 직접적인 표현을 쓰지 않았을 뿐, 보다 깊은 면에서 시대의 무거운 고통을 느꼈다. 다만 이러한 작품의 수가 적을 뿐이다. 리하 시는 모두 240여 수가 전해진다. 본서에서는 8수를 수록. 《머리 빗는 미인》 이하 3수는 염정적인 세계를 다룬 것이고, 《소소소 무덤》 이하 4수는 환상의 세계를 다룬 것이며, 《안문 태수 노래》는 시대의 무거운 고통을 다룬 것이다.

리하는 하남성 의양현宜陽縣 창곡昌谷에서 태어났다. 락양洛陽 서남 30킬로미터쯤에 있다. 아버지(李晉肅)는 변방의 하급 관리였다. 그의 집안은 당唐나라 종친宗親이라고 하지만 대단한 것은 아니고 중소지주中小地主에 지나지 않았다. 누나와 아우가 있었으며, 아내가 있었는지는 알 수 없다.

열일곱 살 때, 당시 문단의 대가였던 한유韓愈에게 인정되어 그의 후원을 받았다. 그의 추천으로 진사進士 시험을 보러 갔으나 엉뚱한 이유로 응시 자격을 박탈당했다. 당唐나라 때에는 피휘避諱라고 하여 집안 어른의 이름(諱)은 자손이 쓸 수 없었으므로, 같은 글자가 시험문제에 나오면 시험을 포기해야 했다. 그런데 리하의 아버지 이름, 진숙晉肅의 진晉 자는 진사進士의 진進 자와 음이 같기 때문에 진사 시험에 응할 수 없다는 것이었다. 선비의 유일한 사업이 관리였던 당시에 이것은 이만저만한 타격이 아니었다. 진사進士가 되지 못하면 관리로서의 출세는 바랄 수 없기 때문이다.

스물한 살 때, 장안長安으로 가서 봉례랑奉禮郎(종9품상)을 얻어 한 3년간 봉직했다. 그 뒤 병을 얻어 일단 귀향했다가 다시 취직차 산서성으로 나갔다가 일 년 뒤에 고향으로 돌아와 스물일곱 젊은 나이로 이승을 영원히 하직했다.

머리 빗는 미인 | 리하

美人梳頭歌
미:인 소두 가

서시[1]가 새벽꿈을 꾸는 생초 방장은 차갑다. 西施曉夢綃帳寒。
서시 효:몽: 초장: 한

향기로운 낭자는 느슨한데, 흐려진 연지. 香鬟墮髻半沈檀。
향환 타:계: 반: 침단

고패가 삐걱삐걱 돌아가면서 울리는 소리에 轆轤咿啞轉鳴玉。
록로 이아: 전: 명옥

놀라서 깨어난 부용꽃,[2] 잠은 충분하구나. 驚起芙蓉睡新足。
경기: 부용 수: 신족

쌍란[3] 경대를 열어젖히니 가을 물 빛. 雙鸞開鏡秋水光。
쌍란 개경: 추수: 광

낭자 풀고 거울 보려고 상아 침상에 선다.[4] 解鬟臨鏡立象牀。
해:환 림경: 립 상:상

한 타래 향기로운 실,[5] 땅에 흩어진 구름. 一編香絲雲撒地。
일편 향사 운 철지:

옥비녀 떨어진 곳, 소리 없이 반지르르. 玉釵落處無聲膩。
옥채 락처: 무성 니:

하얀 손이 다시 틀어 올리는 까마귀 빛깔,[6] 纖手却盤老鴉色。
섬수: 각반 로:아 색

새카맣고 매끄러워 칠보 비녀를 꽂기 어렵다. 翠滑寶釵簪不得。
취:활 보:채 잠 불득

봄바람 하늘하늘 불어와 나른한 몸 괴롭다. 春風爛漫惱嬌慵,
춘풍 란:만: 뇌: 교용

열여덟 쪽[7]은 너무 많아라, 기운이 없구나. 十八鬟多無氣力。
십팔 환다 무 기:력

화장을 마치고 보니, 살짝 기울어진 낭자. 粧成髮髻欹不斜。
장성 발타: 기 불사

구름 치맛자락 끌리는 모래톱 기러기 걸음.[8] 雲裾數步踏雁沙。
운거 수:보: 답안:사

사람[9]에게 등 돌리고 말없이 어디로 가는가? 背人不語向何處,
배:인 불어: 향: 하처:

섬돌을 내려서서 혼자 앵두꽃을 꺾는구나! 下階自折櫻桃花。
하:계 자:절 앵도 화

1_ 서시西施 : 춘추시대 월越나라 미녀. 미녀의 대명사로 쓰인다. 리백 〈자야의 오나라 노래, 여름 노래〉 주 2 참조(본서 535쪽).

2_ 부용꽃 : 연꽃. 미녀를 가리킨다.

3_ 쌍란雙鸞 : 난새는 봉황 비슷한 가공의 새. '쌍란 경대'는 경대 뚜껑에 난새 한 쌍을 조각한 것이다.

4_ 침상에 선다 : 머리카락이 너무 길어 방바닥에 끌릴까 봐 침상에 선다는 뜻인 듯.

5_ 향기로운 실(香絲) : 머리카락을 가리킨다. 리하의 신조어新造語.

6_ 까마귀 빛깔 : 머리카락 빛깔을 말한다. 하얀 손과 까만 머리칼의 대조가 눈에 선하게 보인다.

7_ 열여덟 쪽十八鬟 : 머리를 빗는 법의 하나. 쪽을 하나만 만드는 것이 아니라 자그마하게 열여덟 개나 만드는 것인 듯. 열두 쪽十二鬟이라는 것도 있다. 황정견의《악양루에서 군산을 보며 2》주 1 참조(본서 1145쪽).

8_ 모래톱 기러기 걸음 : 잔걸음으로 찬찬히 걸음.

9_ 사람 : 간밤에 미녀와 동침한 사내를 가리킨다는 설이 있다.

비단실 물들여 베틀에 올리며[1] | 리하

染絲上春機
렴:사 상: 춘기

옥 항아리로 오동나무 우물 물 길어,	玉罌汲水桐花井。 옥앵 급수: 동화 정:
실 꼭두서니 담그니 구름 그림자 핀다.	蒨絲沉水如雲影。 천:사 침수: 여 운영:
미인 몸짓 느리니 뺨 연지 시름겹고,	美人懶態燕脂愁。 미:인 나태: 연지 수
봄 비단 짜는 소리 높은 누각에 울린다.	春梭抛擲鳴高樓。 춘사 포척 명 고루
보들보들 색실로 꿰맨 옷은 등이 두 겹,	綵線結茸背複疊。 채:선: 결용 배: 복첩
흰 깃 세운 낭군이 도엽[2]에게 주신 거라.	白袷玉郎寄桃葉。 백겁 옥랑 기: 도엽
님 위해 봉황새 수놓아 허리띠[3]를 만드니,	爲君挑鸞作腰綬。 위:군 도란 작 요수:
님 어디 가시든 봄 술 알맞게 드시라네.	願君處處宜春酒。 원:군 처:처: 의 춘주:

1_ 제1련은 제목의 "비단실 물들여"를 풀이한 것이고, 제2련은 제목의 "베틀에 올리며"를 풀이한 것이다. 제3련은 도엽이가 받은 선물이고, 제4련은 도엽이가 보내는 선물이다.

2_ 도엽: 진晉나라 왕헌지王獻之(344~388)의 애인. 왕헌지 형제들은 흰 깃을 단 옷을 잘 입었다(『三家評注李長吉歌詩』).

3_ 허리띠 : 허리띠를 단단히 매면 과음하기 어려울 것이라는 뜻인 듯.

술잔을 드시오[1] | 리하

將進酒
장 진:주:

유리[2] 술잔에
琉璃鍾,
류리 종

호박[3]이 짙다.
琥珀濃。
호:박 농

작은 술통 방울지는 진주는 새빨갛다.
小槽酒滴眞珠紅。
소:조 주:적 진주 홍

용을 삶고 봉을 구우니 눈물짓는 기름.
烹龍炮鳳玉脂泣,
팽룡 포봉: 옥지 읍

비단 병풍 수 장막에는 구수한 바람.
羅屛繡幕圍香風。
라병 수:막 위 향풍

용적[4]을 불고,
吹龍笛,
취 룡적

타고[5]를 친다.
擊鼉鼓。
격 타고:

하얀 이[6] 노래,
皓齒歌,
호:치: 가

가는 허리[7] 춤.
細腰舞。
세:요 무:

더구나 푸른 봄 해는 저물려 하는데,
況是靑春日將暮,
황:시: 청춘 일 장모:

복사꽃은 마구 져서 붉은 비 내리듯.
桃花亂落如紅雨。
도화 란:락 여 홍우:

그대는 종일토록 곤드레만드레 하소.
勸君終日酩酊醉,
권:군 종일 명:정: 취:

술은 류령[8] 무덤 위 흙에는 이르지 아니하오. 酒不到劉伶墳上土。
주: 불도: 류령 분상: 토:

1_ 악부의 하나이다. 리백 〈술잔을 드시오〉 참조(본서 525쪽).

2_ 유리琉璃 : 보통 유리(glass), 또는 보석의 하나(梵語 Vaidŭrya). 다만 보통 유리도 당唐나라 때에는 귀한 것이었다.

3_ 호박琥珀 : 보석 이름. 노랑 · 빨강 · 하양의 빛깔이 있으며 투명체 또는 반투명체이다. 여기서는 술, 또는 술의 빛깔을 가리킨다. 리백 《나그네 길에서》 주 3 참조(본서 552쪽).

4_ 용적龍笛 : 용의 머리를 아로새긴 피리. 구멍이 일곱, 옆으로 분다고 한다.

5_ 타고鼉鼓 : 악어 가죽으로 메운 북.

6_ 하얀 이 : 미인의 깨끗한 이.

7_ 가는 허리 : 미인의 잘쏙한 허리.

8_ 류령劉伶 : 진晋나라 문인. 소위 '죽림칠현'竹林七賢의 하나. 그는 술을 무척 좋아하여 《주덕송》酒德頌을 짓기도 했으며, 언제나 수레에 술 단지를 실어 놓고 자기가 죽으면 함께 묻어달라고 했다 한다.

소소소 무덤[1] | 리하

蘇小小墓
소소:소: 묘:

그윽한 난초의 이슬, 幽蘭露,
유란 로:

눈물 머금은 눈[2]이다. 如啼眼。
여 제안:

같은 마음 맺을[3] 물건이 없지만, 無物結同心,
무물 결 동심

안개 속의 꽃은 자를 수가 없다. 煙花不堪翦。
연화 불감 전:

풀은 수레의 보료고, 草如茵,
초: 여인

솔은 수레의 덮개다. 松如蓋。
송 여개:

바람은 옷의 소리[4]고, 風爲裳,
풍 위상

물은 패옥의 소리[5]다. 水爲珮。
수: 위패:

깔끔한 유벽 수레[6]는, 油壁車,
유벽 거

영원히 기다리고 있다. 久相待。
구: 상대:

차갑고 파란 촛불[7]은, 冷翠燭,
랭: 취:촉

애 타는 듯 깜박거린다. 勞光彩。
로 광채:

서릉 다리[8] 아래에, 西陵下,
서릉 하:

비와 바람이 어둡다. 風雨晦。
풍우: 회:

1_ 판본에 따라서는 소소소가蘇小小歌로 된 것도 있다. 소소소는 남북조시대 제齊(479~502)나라 전당錢塘(지금의 杭州)에 살았던 명기名妓. 그 무덤은 항주시 서호西湖의 서령교西泠橋 옆에 있어 시인·묵객들이 많이 찾는 명승지가 되었었다. 리하는 이 시에서 300년 전에 죽은 여인에 대한 연모의 정을 읊고 있다. 파란 도깨비불이 깜박이는 귀기鬼氣 서린 무덤에서. 『악부』 〈소소소 시〉에, "저는 유벽의 수레를 탔고, / 님은 청총의 말을 탔어요. / 어디서 같은 마음 맺을까요? / 서릉의 소나무 아래에서요."(妾乘油壁車, 郞乘靑驄馬。何處結同心, 西陵松柏下。)라는 것이 있다. 청나라 때 중수한 소소소 무덤은 1966년 문화혁명 때 파괴되었고, 그 자리에는 1982년에 정자를 세웠다. 1997년 7월 29일, 역자가 현장을 탐방했다.

2_ 눈물 머금은 눈 : 시인의 상상에 나타난 소소소의 눈.

3_ 같은 마음 맺을 : 원문은 결동심結同心, 혼인 때 납폐納幣 매는 실의 매듭인 동심결同心結을 연상함이 좋을 듯.

4_ 바람은 옷의 소리 : 바람 소리에서 소소소 치맛자락이 스치는 소리를 듣는다는 뜻.

5_ 물은 패옥의 소리 : 흐르는 물소리에서 소소소 치마에 늘어진 패옥 소리를 듣는다는 뜻.

6_ 유벽 수레 : 부인용婦人用 수레. 유칠油漆(페인트)로 수레의 벽을 칠했다. 따라서 소소소를 모시고 갈 수레라는 뜻.

7_ 차갑고 파란 촛불 : 도깨비불.

8_ 서릉 다리(西陵橋) : 지금은 서령교西泠橋라 부른다.

가을바람에 부치는 감상[1] | 리하

感諷
감:풍:

남산[2]은 어이 그리 슬픈가?

南山何其悲,
남산 하기 비

귀우[3]가 빈 풀밭에 뿌린다!

鬼雨灑空草。
귀:우: 쇄: 공초:

장안[4] 서울 한밤중, 가을

長安夜半秋,
장안 야:반: 추

바람 앞에 몇 사람이 늙는가?

風前幾人老。
풍전 기:인 로:

황혼의 어슴푸레한 오솔길,

低迷黃昏逕,
저미 황혼 경:

상수리나무[5] 일렁이는 도로.

裊裊青櫟道。
뇨:뇨: 청력 도:

달은 높아 나무 그림자 없고, 月午樹無影,
월오: 수: 무영:

온 산은 오직 하얀 새벽. 一山唯白曉。
일산 유 백효:

옻칠 횃불[6]이 새사람 맞는데, 漆炬迎新人,
칠거: 영 신인

무덤구덩이 어지러운 반딧불. 油壙螢擾擾。
유광: 형 요:요:

1_ 원제는 '감상을 읊다'는 뜻이다. 모두 5수인데, 이것은 제3수이다. 리하는 가을바람 속에서 인간의 운명을 느꼈던 듯. 이 시의 세계는 귀우鬼雨가 뿌리는가 하면 상수리나무 잎에 바람이 일고 또 달이 높으며, 한밤중인가 하면 어슴푸레한 황혼이고 또 하얀 새벽이 되어 시간의 질서가 마구 무시되지만, 독자는 여기에 구애되지 않고 시인의 미학美學을 따를 수 있을 듯. 또 도깨비불이 난무하는 무덤구덩이에 새사람(新婦)이 들어가는, 오싹 소름이 끼치는 정경에 대해서도 공감을 느낄 수 있을 듯.

2_ 남산南山 : 종남산終南山(해발 2,604미터). 섬서성 서안시 남쪽에 있는 산.

3_ 귀우鬼雨 : 망령亡靈이라도 나올 듯 음산하고 기분 나쁜 비. 귀鬼는 죽은 사람. 리하의 신조어新造語.

4_ 장안長安 : 지금의 섬서성 서안시西安市.

5_ 상수리나무 : 원문 력櫟(*Quercus acutissima*).

6_ 옻칠 횃불 : 원문 칠거漆炬, 도깨비불을 가리킨다. 옻칠 특유의 광택으로써 도깨비불을 형용한 것인 듯. 리하의 신조어. '새사람'은 신부新婦이다.

신현곡[1] | 리하 神絃曲
신현 곡

서산에 해가 저물면서 동산이 어두울 때, 西山日沒東山昏。
서산 일몰 동산 혼

회오리바람 속 신령님 말은 구름을 밟는다. 旋風吹馬馬踏雲。
선풍 취마: 마: 답운

거문고 소리 피리 소리 어우러지는 가운데, 畫絃素管聲淺繁。
화:현 소:관: 성 천:번

무당 꽃 치마는 스르르 가을 티끌을 걷는다. 花裙萃蔡步秋塵。
화군 췌:채: 보: 추진

계수나무 잎 바람에 쓸리고, 열매 떨어진다. 桂葉刷風桂墜子。
계:엽 쇄풍 계: 추:자:

파란 너구리 피 토하고, 여우 추워 죽는다. 青狸哭血寒狐死。
청리 곡혈 한호 사:

벽화 속 찬란한 규룡[2]의 황금빛 꼬리를 高壁彩虯金帖尾,
고:벽 채:규 금 첩미:

우공[3]이 집어타고 가을 호수로 들어간다. 雨工騎入秋潭水。
우:공 기입 추담 수:

백년 묵은 올빼미는 고목 도깨비 되었으니, 百年老鴞成木魅,
백년 로:효 성 목매:

웃음소리, 푸른 불,[4] 둥지 안에 사위스럽다. 笑聲碧火巢中起。
소:성 벽화: 소 중기:

1_ 육조시대六朝時代 초기(3세기경)에 있었던 옛 민요. 지금의 절강성 남경南京 부근에서 발생했는데, 제사를 지낼 때 신령님들을 즐겁게 하기 위하여 악기의 반주로 부르던 노래. 리하는 이 제목을 빌려 초자연적인 사물을 노래하고 있는 것이다. 다만 원래의 신현곡 내용은 이처럼 괴기한 것이 아니다.

2_ 규룡虯龍 : 가공의 동물. 용 새끼. 뿔이 있다 한다.

3_ 우공雨工 : 비의 신령.

4_ 푸른 불 : 도깨비불.

가을이 오다[1] | 리하

秋來
추래

오동나무 바람[2]에 놀란 장사 마음은 괴롭다.　桐風驚心壯士苦。
동풍 경심 장:사: 고:

희미한 등잔불, 베짱이가 쓸쓸히 베를 짠다.　衰燈絡緯啼寒素。
쇠등 락위: 제 한소:

누가, 대쪽으로 엮은[3] 이 시집을 읽어 주어　誰看靑簡一編書,
수간: 청간: 일편 서

꽃 벌레[4]가 좀먹어 가루 되는 것을 막아 줄까?　不遣花蟲粉空蠹。
불견: 화충 분: 공두:

생각에 끌려, 오늘 밤 창자가 꼿꼿하게 되리!　思牽今夜腸應直。
사견 금야: 장 응직

비가 찬데, 향기로운 넋이 서생[5]을 조상하는가?　雨冷香魂弔書客。
우:랭: 향혼 조: 서객

가을 무덤에서 귀신은 포조[6]의 시를 읊으니,　秋墳鬼唱鮑家詩,
추분 귀:창: 포:가 시

한 맺힌 피는 천년 동안 흙 속에서 푸르리![7]　恨血千年土中碧。
한:혈 천년 토:중 벽

1_ 리하의 시에는 귀신이 등장하는 경우가 많지만 이 시에서는 자기가 귀신이 되어 땅 속에 누워 있는 것을 보여주고 있다. 그는 스물일곱 꽃다운 나이로 요절했지만 생전에 이미 이승과 저승을 넘나들었던 사람인가?

2_ 오동나무 바람 : 원문 동풍桐風, 오동나무 잎에 부는 바람이라는 뜻인 듯. 리하의 신조어. 장사는 큰 사업을 할 뜻있는 선비. 시인 자칭이다.

3_ 대쪽으로 엮은 : 종이가 채 발명되기 전에는 얇게 다듬은 대쪽을 엮어 거기에 글씨를 썼다(簡冊). 종이는 1세기에 발명되었으니 리하가 살았던 9세기 초에는 물론 종이를 썼을 것이나 리하는 굳이 예스러운 표현을 택한 것이다.

4_ 꽃 벌레 : 원문 화충花蟲은 책벌레, 책을 갉아먹는 벌레기에 운치 있게 꽃 화花 자를 붙인 듯, 리하의 신조어. 이상 전반은 시인이 속절없이 시간이 흘러

가는 데 대하여 초조해하면서 애타게 지음知音(讀者)을 기다리는 것이다.

5_ 향기로운 넋이 서생 : 향기로운 넋(香魂)은 죽은 미녀의 넋을 뜻하는 리하의 신조어. 서생書生은 시인 자신을 가리킨다.

6_ 귀신은 포조鮑照 : '귀신'은 어느새 귀신이 된 리하 자신을 가리킨다. 포조 약전 참조(본서 399쪽). 여기서는 포조의 〈대 호리행〉代蒿里行, 〈대 만가〉代挽歌를 가리킨다는 설이 있다. 이들은 모두 죽은 이의 감개를 노래한 것이다.

7_ 푸르리 : 원문 벽碧은 푸르다는 뜻과 함께 푸른 옥을 뜻한다. 옛날 장홍萇弘이란 사람이 죄 없이 살해되었는데, 그의 피는 3년 뒤에 흙 속에서 푸른 옥이 되어 있었다고(『呂氏春秋』「孝行覽篇」). 이 시구는 이 얘기에서 힌트를 얻은 듯하다. 후반은 시인이 지음知音을 동시대에 못 만나니 과거와 미래에서 기대하는 것이다. 이 시는 리하가 떠난 뒤 이미 1,200년 동안 읽혀 왔으니, 이 시가 바로 푸른 옥—에메랄드가 아닌가?

안문 태수 노래[1] | 리하

雁門太守行
안:문 태:수: 행

검은 구름[2]에 눌린 성, 성이 무너질 듯하다.	黑雲壓城城欲摧。 흑운 압성 성 욕최
해를 향한 갑옷 광채, 황금 비늘 번득인다.	甲光向日金鱗開。 갑광 향:일 금린 개
뿔피리 소리 하늘에, 가을 빛 속에 가득타.	角聲滿天秋色裏。 각성 만:천 추색 리:
국경 요새의 연지[3]는 밤에 자주색으로 엉긴다.	塞上燕脂凝夜紫。 새:상: 연지 응 야:자:
휘감긴 붉은 깃발은 역수[4] 가에 처진다.	半捲紅旗臨易水。 반:권 홍기 림 역수:

된서리에 북소리는 추워서 울리지 않는다.	霜重鼓聲寒不起。 상중: 고:성 한 불기:
황금대[5] 쌓고 부르신 은혜에 보답하고자,	報君黃金臺上意, 보:군 황금 대상: 의:
옥룡[6] 검 들고 나가 님을 위해 죽으리라.	提攜玉龍爲君死。 제휴 옥룡 위:군 사:

1_ 안문은 지금의 산서성山西省 대현代縣 서북에 있던 옛 지명. 거기에는 중국 북방을 수비하는 중요한 요새가 있었다. 리하의 시는 현실을 반영하지 않는 것이 대부분이지만, 이 작품은 한 개인의 배후에 펴지는 중당中唐이라는 괴로운 시대상까지 느끼게 하는 걸작이라고 하겠다. 이 시는 또한 리하가 당시 락양洛陽의 국자감國子監(국립대학) 제주祭酒(총장)였던 한유韓愈를 처음 방문했을 때 제시하여 단박에 인정받았다는 일화가 있다.

2_ 검은 구름 : 수련에 대하여 송 왕안석王安石(1021~1086)이 "'검은 구름에 눌리는 성'인데 어찌 '해를 향한 갑옷의 광채'가 있을꼬?"라고 평했다. 이에 대하여 명 양신楊愼(1488~1559)은 직접 이런 장면을 목도했다고 전제하면서, "송나라 노인께서 시를 모르시네."라고 평했다(『升庵詩話』).

3_ 연지燕脂 : 여자가 입술이나 손톱에 바르는 화장품. 연지는 흉노匈奴 땅 연지산燕支山이 특산지이다. 이 구절은 전투에서 흘린 피는 빨갛고, 빨간 것은 연지고, 연지는 국경 넘어 오랑캐 땅에서 나는 것이라는 연상을 깔고 있다.

4_ 역수易水 : 북경北京 서남 역현易縣을 흐르는 강. 대청하大淸河 상류의 한 지류이다. 안문으로부터는 200킬로미터 이상 떨어진 곳이다. 지리적인 뜻에서보다는 형가荊軻의 얘기에서 끌어온 것인 듯하다. 전국시대 형가는 역수에서, "바람은 썰렁썰렁, 역수는 차갑습니다. / 장사는 한 번 가면, 다시 오지 아니합니다."(風蕭蕭兮易水寒, 壯士一去兮不復還。)라는 시를 읊고 적지로 떠났다. 도연명《형가를 읊다》 참조(본서 380쪽).

5_ 황금대黃金臺 : 전국시대 연燕나라 소왕昭王이 고대高臺를 쌓은 위에 황금을 걸어두고 천하의 인재를 초빙하였다는 전설이 있다. 진자앙《연나라 소왕》 주 3 참조(본서 434쪽). 형가荊軻는 소왕昭王의 후손 태자 단太子丹의 부탁을 받고 떠난 것이다.

6_ 옥룡玉龍 : 옥으로 만든 용처럼 빛나는 칼이라는 뜻인 듯. 리하의 신조어.

두목 杜牧

Du Mu

두목杜牧(803~852, 자 牧之)은 선명한 색채와 화려한 어휘로 술과 여인을 테마로 한 시를 많이 지었다. 그 자신이 일생 동안 풍류를 즐기며 청루를 출입하였으니 당연한 일일지도 모른다.

두목은 섬서성 서안西安 사람이다. 그 집안은 위진魏晉 이래의 명문으로 할아버지(杜祐)는 재상, 그는 스물여섯 살 때(828) 진사가 되었다. 당시 사람들은 그를 소두小杜라 하여 두보杜甫(老杜)와 구별지었다. 호북성 황주黃州, 절강성 호주湖州 등 여러 고을의 자사刺史(太守)를 역임하고, 벼슬은 중서사인中書舍人(詔誥 · 制勅을 관장함. 文士로서 명예로운 직위)까지 이르렀다. 죽기 전에 거의 대부분의 작품을 불태워버렸다 한다.

청 명[1] | 두목

清明
청명

청명[2] 시절인데 웬 비가 부슬부슬?
길 가는 행인들은 넋이 다 빠질 듯.
물어 보자, 술집이 어디에 있느냐.
목동이 멀리 가리키는 살구꽃 동네.[3]

清明時節雨紛紛。
청명 시절 우: 분분
路上行人欲斷魂。
로:상: 행인 욕 단:혼
借問酒家何處有,
차:문: 주:가 하처: 유:
牧童遙指杏花村。
목동 요지: 행:화 촌

1_ 청명은 24 절기의 하나. 양력 4월 5일경. 가족이 모여 성묘 가는 한식과 잘 겹쳐 함께 명절로 여긴다.

2_ 청명 : '맑을 청'清, '밝을 명'明이니, 글자로 보면 봄빛이 화사할 것 같지만, 청명 시절 기후는 변덕을 부리게 마련이다.

3_ 살구꽃 동네(杏花村): 실제 경치, 지명, 또는 술집 이름.

강남의 봄[1] | 두목

江南春
강남춘

천리 꾀꼬리 소리, 초록에 비치는 다홍.[2]
강촌 산성 술집 깃발[3]에 바람이 인다.
남조부터 내려오는 사찰은 사백팔십,[4]

千里鶯啼綠映紅。
천리: 앵제 록 영:홍
水村山郭酒旗風。
수:촌 산곽 주:기 풍
南朝四百八十寺,
남조 사:백 팔십 사:

얼마나 많은 누대가 안개비 속에 있나?

多少樓臺煙雨中。
다소: 루대 연우: 중

1_ 강남은 장강長江 하류 남쪽 지방. 강소성·안휘성 남부, 강서성을 지칭한다. 848년에 두목은 강소성 남경南京을 지나가면서 《강남 회고》江南懷古 1수를 지은 바 있는데, 이 절구도 아마 같은 때 지은 듯하다. 양신楊愼이 "'천리千里 꾀꼬리 소리……'라니 누가 들을 수 있고 볼 수 있나? 십리十里라 하면 괜찮겠다."(『升庵詩話』)고 평했다. 하문환何文煥은 이를 두고 또, "십리라 해도 다 듣고 볼 수 있는 것은 아니다. 제목을 강남의 봄이라 했는데, 강남은 천리이니 그 천리 안에 꾀꼬리 소리, 초록 다홍, 산성 강촌, 절 누대가 다 있는 것이다."(『歷代詩話考索』)라 평했다. 전형화典型化의 수법으로 개괄한 것이다.

2_ 초록에 비치는 다홍 : 초록색 이파리, 다홍색 꽃잎을 가리킨다. 두목의 시는 명랑한 소리, 화려한 색채가 장점이지만 이 구절은 특히 뛰어난 것이다.

3_ 술집 깃발 : 술집 표지로 문 앞에 걸어 놓는 깃발. 여러 폭의 청색과 백색의 헝겊을 이어 높은 장대 끝에 매어 단 것이다.

4_ 남조南朝 / 사백팔십 : 남조는 남북조시대, 남경南京을 수도로 삼은 송宋·제齊·량梁·진陳 네 왕조, 420년부터 589년까지이다. 불교는 한漢나라 때 처음 중국으로 들어왔지만, 남북조시대 남조에서 특히 성행했으며, 당시 남경 부근에는 700여 사찰이 있었다 한다. 480은 실수實數를 말하는 것이 아니다. 두목은 시에 수사數詞를 특히 많이 쓴 시인, 숫자의 시각적·음악적 효과와 의미를 교묘히 배합하여 절묘한 이미지를 형성하는 데 성공한 시인이다. 이 절구에도 천리千里라는 말이 나오고, 다음 《회포》에도 십년일각十年一覺이라는 말이 나온다. 그밖에 십삼여十三餘·이월초二月初·춘풍십리春風十里, 그리고 이십사교二十四橋 등 수없이 많다.

진회에 배를 대고[1] | 두목

泊秦淮
박 진회

안개 차가운 강물, 달빛 어린 모래톱.

烟籠寒水月籠沙。
연롱 한수: 월롱 사

밤에 진회에 배를 대니 술집이 가깝다. 夜泊秦淮近酒家。
야:박 진회 근: 주:가

술 파는 여자들은 망국의 한을 몰라, 商女不知亡國恨,
상녀: 불지 망국 한:

강을 두고 〈뒤뜰의 꽃〉[2] 노래 부른다. 隔江猶唱後庭花。
격강 유창: 후:정 화

1_ 진회는 강 이름. 강소성 률수현溧水縣에서 발원하여 남경南京을 거쳐 양자강으로 들어간다. 진나라 때 수로를 팠기 때문에 진회라 부르는 것이다. 물빛이 푸르러 고래로부터 유명한 놀이터이다. 그 강가에는 술집이 늘어서 있고 기생을 태운 호화롭게 꾸민 배(畵船)가 즐비했다 한다.

2_ 〈뒤뜰의 꽃〉: 노래 이름. 원명은 옥수후정화玉樹後庭花. 남조 진陳나라 후주後主(583~589 재위), 진숙보陳叔寶가 지었다. 진숙보는 주색에 빠져서 정사는 돌보지 않다가 결국 나라를 망쳤다(隋의 統一). 그는 〈뒤뜰의 꽃〉을 스스로 지어 후궁의 미인들로 하여금 잔치에서 노래 부르게 했는데, 가사는 다음과 같다. "아름다운 처마 향기로운 수풀 앞의 높은 다락, / 새로 화장한 어여쁜 바탕은 경국지색이래요. / 방문에 비치는 애교 짓는 모습, 나올 듯 말듯. / 휘장에서 나오는 함초롬한 태깔, 웃으며 마중해요. / 요염한 계집의 얼굴은 이슬 머금은 꽃인 듯. / 옥 같은 나무에 흐르는 빛이 뒤뜰을 비춰요."(麗宇芳林對高閣, 新妝豔質本傾城。映戶凝嬌乍不進, 出帷含態笑相迎。妖姬臉似花含露, 玉樹流光照後庭。) 경박한 가사와 여기 얽힌 사연 때문에 후인들은 이를 망국亡國의 노래라고 평했다.

회 포[1] | 두목

遣懷
견:회

낙척한 몸이 강호로 술에 실려 떠돌았다. 落魄江湖載酒行。
낙척 강호 재:주: 행

초나라 계집 가는 허리,[2] 손바닥에 가벼웠다. 楚腰纖細掌中輕。
초:요 섬세: 장:중 경

십 년 만에 처음 양주의 꿈[3]을 깨어 보니,	十年一覺揚州夢, 십년 일교: 양주 몽:
청루에서는 '매정한 사람'이라 부르는구나.	贏得青樓薄倖名。 영득 청루 박행: 명

1_ 두목은 일생 동안 풍류 속에 지냈으니, 그가 즐겨 찾은 곳은 청루青樓. 이 시는 그의 생활을 솔직히 고백한 것으로 보인다.

2_ 초나라 계집 가는 허리 : 춘추시대 초나라 령왕靈王(전 541~전 529 재위) 웅위熊圍가 허리 가는 궁녀를 좋아하자, 궁녀들이 가는 허리 만들려고 다이어트하다가 많이 죽었다 한다. 한나라 성제成帝(전 33~전 8 재위) 류오劉驁의 총희 조비연은 몸이 가벼워 손바닥에서 춤추었다 한다.

3_ 양주揚州의 꿈 : 양주는 강소성에 있다. 대운하大運河와 장강長江이 교차하는 곳에 있어 예부터 상업이 크게 번성했던 도시이다. 따라서 거기에는 술집과 청루도 많았으니, '양주의 꿈'이란 청루에서 지내는 생활을 가리킨다. 근대에 와서는 철도가 없어 교통이 불편하고, 또 가까운 상해시上海市 항구가 발전함에 따라 전만 못하지만 많은 유적이 옛날을 말하고 있다. 1997년 7월 25일 필자가 현장을 탐방했다.

산 길[1] | 두목

山行
산행

멀리 쓸쓸한 산 오르는 경사진 돌길.	遠上寒山石徑斜。 원:상: 한산 석경: 사
하얀 구름 이는 곳에 인가가 보인다.	白雲生處有人家。 백운 생처: 유: 인가
수레를 멈추니, 단풍 숲 저녁이 좋아서[2]……	停車坐愛楓林晚, 정거 좌:애: 풍림 만:
서리 맞은 잎은 이월의 꽃보다 붉구나.	霜葉紅於二月花。 상엽 홍어 이:월 화

1_ 한 폭의 산수화 같은 절구, 실제로 이 절구를 주제로 한 그림도 많다. 아름답기는 하지만 리백李白·두보杜甫의 기백이 사라진 나약한 구절은 이제 쇠락하는 당시唐詩의 모습을 상징한 듯. 만추晩秋, 더구나 저녁 단풍은 아무리 아름다워도 몰락을 앞둔 경치가 아닐 수 없다는 평이 있다.

2_ 저녁이 좋아서(愛晩) : 호남성 장사시長沙市 악록산岳麓山에 있는 애만정愛晩亭은 이 구절에서 이름을 딴 것이라 한다. 이 정자는 단풍이 특히 유명하다.

리상은 李商隱

Li Shangyin

리상은李商隱(812~약 858, 자 義山)은 만당晩唐 유미唯美문학을 대성시킨 시인이다. 당시唐詩는 그 찬란한 전성기였던 성당盛唐을 지나 중당中唐에 들어와서는 백거이白居易로 대표되는 평이한 시, 한유韓愈를 중심으로 하는 난삽한 시의 두 갈래로 흐르다가, 만당에 이르러서는 유미唯美주의로 흘렀다. 시의 격조는 일반적으로 극히 섬세화되고, 그 내용은 낭만적이고 때로 퇴폐적인 색채가 농후하게 된 것이다. 원칙적으로 정치적이었던 성당의 시인에게서는 정면으로 다루어지지 않았던 인간의 비정치적 측면, 예컨대 남녀 간의 사랑에 대한 강한 관심이 나타났다. 형식적으로는 소위 근체시近體詩, 즉 절구絶句와 율시律詩가 당시의 1급 문학인 시詩의 정수로서 의식되었고 시인들은 화려한 표현, 그리고 정교한 대구에 그 재능을 걸었다. 이들 시인 가운데 두목杜牧은 절구에, 리상은은 율시에 가장 뛰어났다(高橋和巳, 『李商隱』, 東京: 岩波書店, 1969).

리상은은 원래 하남성 심양沁陽 사람이지만, 조부 때 하남성 정주시鄭州市로 옮겼다. 조부나 부친은 모두 하급 관리였으며 그 집안과 교류하는 사람들도 대개 그러한 사람들이었다.

그는 호를 옥계생玉谿生이라고 했다. 그것은 고향에 가까운 옥계玉谿라는 골짜기에 있는 도관道觀(도교 사원)에서 공부를 했기 때문이다. 이것은 뒷날 그의 문학적인 상상력을 결정적으로 방향지었다. 그는 또한 말년에 가서 불교의 선禪에도 깊은 관심을 보였다.

일찍부터 부친을 잃은 리상은은 처음에 절도사(天平軍 節度使) 령호초令狐楚에게서 그의 문학적 재능을 인정받아 그 비호를 받았다. 그때까지 한유韓愈 · 류종원柳宗元 등의 고문운동古文運動에 공감을 품었던 그는 변려문駢儷文의 명인이었던 령호초의 충고를 받아 변려문에 손을 대었고, 후일 변려문의 대가가 되었다.

리상은은 서기 837년(26세), 진사進士가 되었다. 그가 진사가 되기까지, 또 그 뒤로 전과專科의 수험에 여러 차례 실패하는 동안, 실력보다는 추천자의, 그리고 추천자의 파벌이 크게 작용한 관료제도를 실감했다. 그가 진사가 된 그 해에 령호초가 사망한 것은 그에게 큰 불행이었다. 벼슬을 아직 받지 못했던 그는 반대당인 왕무원王茂元이 인정하자 곧 그의 비호를 받아들였다.

당시, 당조唐朝의 관료사회는 리덕유李德裕(789~849)의 귀족파, 우승유牛僧孺(779~847)의 진사파, 두 당파가 분열되어 거의 40년간 정권 쟁탈전을 벌이고 있었다. 령호초는 우승유파의 인물이고, 왕무원은 리덕유의 직계였던 것이다. 이리하여 그는 배반자의 낙인이 찍혔고 그의 불우한 일생이 시작된 것이다.

리상은은 838년에 왕무원의 딸과 결혼했다. 왕무원의 후원으로 비서성교서랑秘書省校書郎(禁中의 圖書秘記의 校正을 담당하는 관원) 등의 직위를 얻었다. 그러나 왕무원이 죽고 난 뒤, 령호초의 아들인 령호도令狐綯의 미움을 받아 진퇴가 어렵게 되었다. 할 수 없이 리상은은 전후하여 지방 절도사節度使의 판관判官·서기書記 등으로 서울을 떠났다. 뒤에는 다시 령호도의 힘을 입어 이름뿐인 태학박사太學博士(국립대학 교수)를 지내기도 했다. 리상은은 858년에 병사했다.

리상은의 시는 난해한 것으로 유명하다. 금金나라 문호 원호문元好問(1190~1257)도 일찍이 그의 시에 주석이 없는 것을 한탄했을 정도다.

리상은이 시를 짓는 것은 달제어獺祭魚와 같다고 했다. 수달은 잡은 고기를 먹기 전에 늘어놓는데 그 모양이 제사 드리는 것 같다고 해서 붙인 이름, 시문詩文을 지을 때 참고서를 많이 나열하는 것을 비유한다. 이 일화는 그의 시의 성질과 그 창작 방법을 잘 상징하고 있다. 그는 너무나 많은 전고典故를 썼으며, 또 그 전고도 괴팍한 것이 많았다. 중국시에 있어 전고는 대개 『론어』論語·『장자』莊子·『사기』史記·『한서』漢書 등에 나타나는 어휘나 인물의 사적이 보통이지만, 그는 어떠한 패사稗史나 소설小說도 가리지 않았다. 당나라 문화가 붕괴하는 시기에 태어난 리상은은 기성 가치를 믿지 않았다. 그는 권위 있는 경전이나 통속적인 소설을 평등하게 보았으며, 이러한 눈은 또 현실의 세계와 환영의 세계, 과거와 현재, 그리고 유교·불교·도교에 대해서도 일관된 것이었다.

그의 시를 난해하게 만든 것은 시의 내용에도 관계된다. 그는 당대의 유명한 연애대장이었다. 그 사랑의 대상은 청루의 기생이나 평범한 아가씨가 아니라, 도사(宋華陽)나 후궁(盧飛鸞, 盧輕風) 같은 여자였다. 이러한 여자와의 연애는 공개할 수 없는 것이 아니겠는가? 그리고 세기말世紀末의 정치사회에서 당쟁의 희생이 된 그는 눈길을 불우한 인간이나 억압된 세계에로 돌렸다. 이러한 시도 명언하기는 어려웠을 것이다. 그래서 그의 시에는 무제시無題詩가 두드러지게 많다.

리상은의 시는 한 번 읽고 명쾌하게 풀리는 시가 아니라 읽을수록 맛이 나는 시다. 그 내용은 몽롱한 대로 원시原詩의 음악적인 효과와 그 표현의 미려함으로 많은 사람의 사랑을 받는 시다. 그러나 또한 화려한 표면에도 불구하고 그의 시는 두보杜甫를 계승하는 인간 직시直視의 문학이라 함을 아는 사람은 드물다.

본서에서는 그의 대표작으로《남아 있는 금슬》이하 3수, 그의 특징인 무제시 및 무제시와 비슷한 것 4수, 그리고 그 자신을 보여주는 시로《개구쟁이》이하 3수를 뽑았다.

남아 있는 금슬[1] | 리상은

錦瑟
금:슬

남아 있는 금슬은 부질없다, 쉰 줄[2]이.
錦瑟無端五十絃。
금:슬 무단 오:십 현

줄마다 괘[3]마다 생각난다, 꽃답던 시절이.
一絃一柱思華年。
일현 일주: 사 화년

장자[4]의 새벽 꿈, 나비 때문에 헤맸거늘!
莊生曉夢迷蝴蝶,
장생 효:몽: 미 호접

망제[5]의 봄 마음, 두견이에게 맡겼거늘!
望帝春心托杜鵑。
망:제: 춘심 탁 두:견

창해 달빛 밝은데, 눈물로 이룩된 진주[6]야.
滄海月明珠有淚,
창해: 월명 주 유:루:

람전 해 따뜻한데, 연기로 사라진 옥돌아.[7]
藍田日暖玉生烟。
람전 일난: 옥 생연

이 마음 이제 추억이라 그런 것은 아니지.
此情可待成追憶,
차:정 가:대: 성 추억

이미 그 당시에도 망연자실했던 것이지.
只是當時已惘然。
지:시: 당시 이: 망:연

1_ 금슬은 오동나무로 된 그 동체에 비단결 같은 무늬가 있는 슬瑟(큰 거문고)이란 현악기. 이 시에 대해서는 여러 설이 있지만, 본서에서는 망처亡妻가 남긴 슬을 보고, 꽃답던 옛 시절을 회고하는 감상적인 노래로 보았다. 리상은의 대표작으로 꼽힌다.

2_ 쉰 줄 : 슬은 스물 세 줄로 된 것(雅瑟), 스물다섯 줄로 된 것(頌瑟) 두 가지가 있다. 옛날 복희씨伏羲氏가 천지天地를 제사지내는 신악神樂으로서 궁녀인 소녀素女에게 연주시킨 슬은 쉰 줄로 된 것이었는데, 그 음색이 너무 슬퍼 복희씨는 그 슬로 연주하는 것을 금지시켰지만 지켜지지 않았기 때문에 이것을 갈라서 스물다섯 줄로 만들었다 한다.

3_ 괘 : 거문고나 가야금 같은 현악기의 줄(絃)을 괴는 기둥. ㅡ이 연聯은, 사랑하던 아내가 죽은 뒤 그녀가 남긴 슬을 보고 느끼는 감상을 읊는다는 주제主題를 밝힌 것. 보통은 스물세 줄이나 스물다섯 줄인 슬을 굳이 쉰 줄로 말한 것

은 복희씨 때의 고사를 끌어 자기의 갈라진 사랑을 상징한 것인가?

4_ 장자莊子 : 전국시대 사상가 장주莊周. 대소大小·현우賢愚·생사生死 등은 상대적인 차이에 지나지 않는 것임을 주장하고 무위자연無爲自然을 최고의 도덕이라 주장했다. 로자老子와 함께 도가道家 철학의 비조로 꼽힌다. 그와 그 일파의 언설言說을 기록한 『장자』莊子 「제물 편」齊物篇에 다음과 같은 얘기가 있다. "옛날 장주莊周는 꿈에 나비가 되었다. 즐겁게 나는 나비였다. 스스로 마음에 흡족하다고 좋아하면서 자기가 장주라는 것도 몰랐다. 조금 있다가 깨어보니 놀랍게도 장주가 되어 있다. 장주가 꿈에 나비가 된 것인지, 나비가 꿈에 장주가 된 것인지를 알 수 없었다."

5_ 망제望帝 : 촉蜀나라의 전설적인 임금. 망제는 부하인 별령鼈靈에게 치수治水의 임무를 맡기어 내보내놓고 그 아내와 간통하였다가 스스로 부끄럽게 여겨 은거하고 말았다. 그가 떠난 음력 이월 달이면 두견이가 슬피 울었기 때문에 촉나라 백성들은 두견이 소리를 들을 때마다 망제望帝를 그리워했다 한다. ―이 연은, 꿈 같은 자기의 사랑 생활은 깨지 않을 수 없는 지금도 오히려 장생의 나비 꿈처럼 헤매게 된다는 것. 또 자기의 사랑의 집착은 망제가 죽어서 두견이가 된 것처럼 주야를 가리지 않고 피를 토하듯 슬프게 운다는 것이다.

6_ 창해滄海 …… 진주 : 가공적인 신선 세계의 푸른 바다. 전설에 의하면, 달이 차면 진주도 둥글게 되고 달이 이지러지면 진주도 그렇게 된다는 이야기가 있다. 또, 옛날 어떤 사람이 바다 밑의 보배를 얻기 위해 인어人魚의 궁전에 들어갔다가, 인어 눈물의 결정인 진주를 얻었다는 이야기가 있다.

7_ 람전藍田 …… 옥돌 : 옥돌의 명산지인 푸른 산. 섬서성 람전현藍田縣 동남쪽에 람전산藍田山이 있다. 여기서는 『산해경』山海經에서 말하는 선녀 서왕모西王母가 사는 옥산玉山, 즉 가공적인 선산仙山을 가리킨다. 춘추시대 오吳나라 임금 부차夫差에게는 딸 자옥紫玉이가 있었는데, 자옥이는 시복侍僕인 한중韓重을 사랑하여 그와 결혼시켜 달라고 부차에게 간청했으나 부차가 허락하지 않자 자옥이는 원망하다가 어느 날 마침 연기를 내면서 사라져 버렸다 한다. ―이 연은, 아내가 살았을 때 그녀가 타는 슬을 감상하면 달빛이 밝은 신선의 푸른 바다, 해가 따뜻한 선녀의 푸른 산으로 함께 거니는 듯했었다는 것을 추억하면서, 지금 달밤에 떠오르는 것은 인어人魚의 눈물 같은 아내의 얼굴, 백주에 꿈꾸는 것은 자옥紫玉이처럼 연기로 사라지는 아내의 모습을 본다는 것이다.

곡강[1] | 리상은

曲江
곡강

평시에 지나가던 비취 연[2]은 이제 아니 보이고,	望斷平時翠輦過, 망:단: 평시 취:련: 과:
자야[3]에 구슬픈 귀신의 노래만 들려올 뿐이다.	空聞子夜鬼悲歌。 공문 자:야: 귀: 비가
황금의 어가도 경성[4]의 자색은 돌리지 못한다.	金輿不返傾城色, 금여 불반: 경성 색
백옥의 전각도 하원[5]의 물결만 그대로 가른다.	玉殿猶分下苑波。 옥전: 유분 하:원: 파
죽어도 화정[6] 생각, 두루미 울음 듣고파 한 사람.	死憶華亭聞唳鶴, 사:억 화정 문 려:학
늙어도 왕실 염려, 약대 동상[7]을 한숨짓던 사람.	老憂王室泣銅駝。 로:우 왕실 읍 동타
하늘이 무너지고 땅이 뒤집혀 마음이 아파도,	天荒地變心雖折, 천황 지:변: 심 수절
봄을 여읜 슬픔[8]에 견준다면 아무것도 아니다.	若比傷春意未多。 약비: 상춘 의: 미:다

1_ 곡강은 장안長安 남쪽의 유원지이다. 당나라 문종文宗(826~840 재위) 리앙李昂은 총희 양현비楊賢妃를 데리고 여기서 놀았는데, '감로甘露의 변'(835) 이후로는 행행行幸을 중지하고 보수작업도 아니했다. 이 시는 문종 리앙이 죽은 뒤, 후계 다툼으로 양현비가 피살되고 그 유해가 곡강에 장사된 일에 대한 감개感慨를 그린 것이다. 곡강은 현종 리륭기와 애인 양귀비楊貴妃와도 연관된다. 두보《미녀 노래》주 1,《강가에서 슬퍼하며》주 1 참조(본서 577, 596쪽).

2_ 비취 연(翠輦) : 황후나 총희가 타던 수레, 양현비가 탔던 것을 가리킨다.

3_ 자야子夜 : 한밤중의 뜻이지만, 또한『남북조악부』〈자야 노래〉(子夜歌)를 가리키기도 한다. 〈자야 노래〉는 동진東晋의 자야子夜란 여자가 처음 만들었는데, 랑야琅邪의 명족인 왕씨王氏 집에서 귀신이 이 노래를 불렀다고 전한다. ―이 연은, 문종 리앙이 죽은 뒤 양현비의 화려한 행렬은 이제 곡강에서 다시 찾을 수 없고 원한 맺힌 슬픈 귀신의 노래만 들린다는 뜻.

4_ 경성傾城 : 여자가 하도 아름다워, 성주가 그녀를 한 번 돌아보기만 해도 넋이 빠져 그가 지키던 성읍城邑을 결딴나게 할 정도라는 것. 백거이《못 잊을 한》 주 2 참조(본서 719쪽).

5_ 하원下苑 : 즉 곡강曲江. —이 연은 앞 연을 이어 한 번 간 사람은 다시 돌아오지 못함을 노래한 듯.

6_ 화정華亭 : 상해시 송강현松江縣 서쪽에 있는 계곡 이름. 오吳나라가 멸망한 뒤 오나라 귀족이었던 륙기陸機(261~303)는 그곳에 은거했다. 그 뒤 륙기는 진晋나라 벼슬을 받았는데 '팔왕八王의 난' 때 성도왕成都王 사마영司馬穎의 장군으로서 장사왕長沙王 사마애司馬乂와 싸워 패하여 환관 맹구孟玖의 비방을 받아 진중陣中에서 처형당했다. 그때 륙기는 "저 화정의 두루미 울음 다시 들을 수 없구나."라고 말했다 한다.

7_ 약대 동상(銅駝) : 락양洛陽 왕궁의 남쪽, 동서로 뻗은 길에 쌍으로 서 있었다. 서진西晋의 오행가五行家 삭정索靖(239~303)은 천하가 어지러워질 것을 예견하고 그 약대 동상을 가리키면서 "지금은 궁문 앞에 버티고 있는 너를, 이제 곧 가시덤불 속에서 보게 되겠지."라고 한숨지었다 한다. 그 뒤 사실로 북방 민족(五胡)들이 쳐들어와 락양은 거의 회진되고 말았다. —이 연의 뜻은, 지금은 천하가 어지러워서 특히 '감로의 변' 이후로는 얼마나 많은 사람이 륙기陸機처럼 죄 없이 죽어갔으며, 또 얼마나 많은 사람이 힘 못 쓰는 삭정索靖처럼 나라를 근심하고 있는가 하는 것이다.

8_ 봄을 여읜 슬픔 : 실은 문종 리앙의 총희 양현비楊賢妃의 죽음을 애도하는 것. —이 연은 천지가 뒤집히는 혁명이 계속되어 마음이 아파도 양현비 같은 한 미인의 죽음을 애도하는 마음에는 미치지 못한다는, 애정지상愛情至上을 선포한 것이다.

락유원에 올라[1] | 리상은

登樂遊原
등락유원

저물녘에 마음이 답답하여,

向晩意不適,
향:만: 의: 불적

수레 몰아 옛 언덕 오르니,

驅車登古原。
구거 등 고:원

석양[2]은 무한히 아름답구나,	夕陽無限好, 석양 무한: 호:
다만 황혼이 너무 가까워서……	只是近黃昏。 지:시: 근: 황혼

1_ 락유원은 곡강曲江 북쪽 언덕으로 장안에서 제일 높은 곳, 사방의 조망이 넓고 시원하여 한漢나라 무제武帝(전 141~전 87 재위) 류철劉徹 때부터 유원지가 되었다. 해마다 정월 그믐, 삼월 삼짇날, 구월 초아흐레면 장안의 사녀士女들이 이곳에 올라와 놀았다. 지금 서안시 대안탑大雁塔 동남쪽 일대에 유원지 대당부용원大唐芙蓉苑으로 정비, 개장했다. 두보《미녀 노래》 주 2 참조(본서 577쪽).

2_ 석양 : 이 구절과 다음 구절에 나타난 바와 같이 아름답기는 하나 나약한 표현에서 우리는 건강한 성당盛唐의 시에서는 볼 수 없는 만당晩唐 문학과 리상은 시의 세기말世紀末적인 면모를 느낄 수 있을 듯.

무 제(가)[1] | 리상은

無題
무제

살랑살랑 동풍[2]이 불고 이슬비가 내린다.	颯颯東風細雨來。 삽삽 동풍 세:우: 래
연못 밖으로 가벼운 천둥소리가 들린다.	芙蓉塘外有輕雷。 부용 당외: 유: 경뢰
황금 두꺼비[3]는 자물쇠 물고 향을 태우고,	金蟾齧鏁燒香入, 금섬 설쇄: 소향 입
백옥 호랑이[4]는 비단실 끌며 물을 긷는다.	玉虎牽絲汲井回。 옥호: 견사 급정: 회
가씨[5]가 발 들여다보니 한연은 나이 젊고,	賈氏窺簾韓掾少, 가:씨 규렴 한연: 소:

복비[6]가 베개 남겨주니 위왕은 재주 있다. 宓妃留枕魏王才。
복비 류침: 위:왕 재

꽃 핀다고 봄 따라 마음을 피우지 마소, 春心莫共花爭發,
춘심 막공:화 쟁발

그리움 한 치에 재 한 치라 아니하였나. 一寸相思一寸灰。
일촌: 상사 일촌: 회

1_ 리상은은 많은 연애시를 무제로 썼는데 이것은 대개 그의 연애가 공언할 수 없는 불행한 것이었기 때문인 듯. 본서에서는 편의상 무제(가), (나) 등으로 구분했다. 이 시는 남몰래 마음을 준 귀인 아가씨에게서 무언지 안절부절못하는 모습을 느끼고, 아마 불행하게 끝날 사랑의 종말을 예감하여, 한수韓壽·조식曹植의 연애 얘기에 이를 부쳐서 노래한 것으로 보았다.

2_ 동풍 : 또한 봄바람의 뜻. 다음 구절의 '가벼운 천둥소리'와 함께 이 연은 봄의 경치를 그리고 있다.

3_ 황금 두꺼비 : 값진 향로香爐. 두꺼비는 습기를 빨아먹는다고 하여 향로를 그 모습으로 많이 제조한다. 이 구절은 그것을 의인화擬人化하여 서술하고 있다.

4_ 백옥 호랑이 : 값진 고패轆轤. 역시 의인화하여 서술하고 있다. ―이 연은, 황금·백옥으로 수식된 것처럼 호화로운 집안에 사는 귀한 아가씨가 누구를 기다리는지 향을 태우고 화장할 물을 긷고 있을까 하는 뜻이다.

5_ 가씨賈氏 : 서진西晋의 재상 가충賈充(217~282)의 딸을 가리킨다. 한연韓掾은 태부연太府掾(장관실의 서기관)인 한수韓壽를 가리킨다. 가충의 딸은 아버지가 잔치를 베풀 때 발(簾) 틈으로 한수 청년을 보고 반하여 정을 통했다. 뒤에 이 일이 발각되었으나 가충은 이를 외부에 숨기고 한수를 사위로 삼았다.

6_ 복비宓妃 : 전설의 임금 복희씨伏羲氏의 딸, 여기서는 진후甄后를 가리킨다. 위왕魏王은 조식曹植(192~232)이다. 위魏나라 진사왕陳思王 조식은 진일甄逸의 딸에게 한눈에 반했는데, 그녀는 조식의 형 조비曹丕(186~226)에게 시집가서 뒤에 진후甄后가 되었다가 그만 일찍 죽고 말았다. 후일 조식은 조비가 진후의 유품이라고 내어준 베개를 보고 눈물 흘렸다 한다. 그리고 돌아오는 길에 락수洛水 가에서 진후의 영혼이 나타나서 "저는 원래 전하께 마음을 두었습니다만 소원대로 되지 못하였습니다. 이제는 이 베개를 전하께 바치겠습니다."라 말하고는 사라졌다 한다. 조식은 락신부洛神賦를 지었는데, 그것은 복비宓妃가 락수洛水에 들어가 수신水神이 되었다는 전설에 근거를 둔 것이지만 실은 진후를 노래한 것이라 한다. ―이 연은, 둘째 연의 그 귀한 아가씨가 가씨賈氏처럼 누군가 사모하는 사람이 있어 그렇게 서두는 모양이지만, 진후甄后처럼 비련으로 끝나지 않을까 염려된다는 뜻이다.

무제(나)[1] | 리상은

無題
무제

만날 때도 어렵고, 헤어질 때도 어렵다.
相見時難別亦難。
상견: 시난 별 역난

봄바람도 힘이 없으니 꽃들이 시든다.[2]
東風無力百花殘。
동풍 무력 백화 잔

누에는 죽고 나서야 실[3]이 끊어진다.
春蠶到死絲方盡,
춘잠 도:사: 사 방진:

촛불은 재가 되어야 눈물[4]이 마른다.
蠟炬成灰淚始乾。
랍거: 성회 루: 시:간

아침 거울 보며[5] 살쩍이 변했다 근심할까?
曉鏡但愁雲鬢改,
효:경: 단:수 운빈: 개:

한밤 시 읊으며 달빛이 차갑다 느끼겠지!
夜吟應覺月光寒。
야:음 응각 월광 한

봉래산[6]은 여기서 그리 멀지도 않으니,
蓬山此去無多路,
봉산 차:거: 무 다로:

파랑새[7]야, 나를 위해 찾아봐 주겠느냐.
青鳥殷勤爲探看。
청조: 은근 위: 탐간

1_ 무제(가) 주 1 참조. 이 시는 축복받지 못한 사랑의 슬픔을 노래한 것인 듯.

2_ 이 연의 첫째 구절과 둘째 구절에는 얼핏 논리적인 연관이 있어 보이지 아니하는데, 실은 우리들의 머리가 그렇게 합리적인 것도 아닐 듯. 여기 단절과 비약은 "아무리 헤어지기가 어려워도 헤어질 수밖에 없었던 것은, 꽃을 피우게 하는 봄바람의 힘으로도 시드는 꽃은 어쩔 수 없는 것과 마찬가지다."라는 뜻으로 연결지을 수 있다. 또한 "우리들 사랑의 종말을 상징하는 것으로 시든 꽃보다 더 좋은 것이 있을까?" 하는 뜻도 포함된다.

3_ 실 : 누에니까 실이라고 했지만 '실 사'絲 자와 '생각 사'思 자는 동음同音, 그래서 중국 시에는 비유로 쓰이는 전통이 있다. '생각의 실마리'처럼 그 둘은 연관될 수 있다.

4_ 눈물 : 촛불의 눈물로 사람의 눈물을 비유했다. 조선 이개李塏(?~1456)의 시

조, "창 안에 혓는 촉불 눌과 이별하엿관데, / 겉으로 눈물지고 속타는 줄 모르는고? / 저 촉불 날과 같아야 속타는 줄 모르더라." —이 둘째 연의 대구對句는 특히 사람 입에 즐겨 오르는 명구. 이 연은, 사랑하는 여인을 떠나보낸 남자, 시인 자신이 죽기까지는 임 생각을 그만둘 수 없으며, 죽어서 재가 되기까지는 눈물이 마를 수 없다는 뜻이다.

5_ 거울 보며 : 떠나간 여인이 주어이다. —이 셋째 연은 떠나간 여인이 지금은 무엇을 하고 있나 하고 추측하는 것이다.

6_ 봉래산蓬萊山 : 바다 가운데 있다는 선산仙山의 하나. 선인이 산다는 곳.

7_ 파랑새(青鳥) : 선계仙界와의 통신을 매개한다는 새. 한漢나라 무제武帝(전 141~전 87 재위) 류철劉徹의 고사에서 나왔는데, 얘기는 다음과 같다. "칠월 칠석, 무제 류철이 승화전承華殿에서 재계하고 있는데 파랑새가 서쪽에서 날아와 전각 앞에 내렸다. 무제 류철이 박식한 동방삭東方朔에게 물었더니, 그것은 선녀 서왕모西王母의 사자라는 것이었다. 조금 뒤에 과연 서왕모가 왔다."—이 끝 연은, "저 봉래산, 즉 낙원은 나의 처소로부터 멀지 않다. 이별했다고는 하지만 같은 성안에 있는 몸이 아닌가? 사랑의 메신저 파랑새야, 그녀가 지금 무엇을 하고 있는지, 내 답답한 마음을 생각해서 알아다 주렴."이라는 뜻이다.

항아[1] | 리상은

常娥
상아

운모 병풍[2]에 촛불 그림자 그윽하매,
은하수 점점 기울고 새벽 별 사라진다.
항아는 영약[3] 훔친 일을 후회하겠지.
푸른 바다 하늘에서 밤마다 생각하겠지.

雲母屛風燭影深。
운모: 병풍 촉영: 심
長河漸落曉星沈。
장하 점:락 효:성 침
常娥應悔偸靈藥,
상아 응회: 투 령약
碧海青天夜夜心。
벽해: 청천 야:야: 심

1_ 항아는 신화 속의 여성. 영웅 예羿는 당시 한꺼번에 지상으로 나온 열 개의 태양 가운데 아홉 개를 쏘아 없앤 궁술弓術의 명인, 그는 선녀 서왕모西王母에게서 불사不死의 영약靈藥을 얻었는데 그의 아내가 이것을 훔쳐 먹고 혼자 달나라로 도망가서 월희月姬가 되었다 한다. 이 시는 배신당한 사랑의 한을 옛 신화에 기탁한 것인 듯. 이 여자는 원래 항아姮娥였으나, 한 문제文帝(전 180~전 157 재위) 류항劉恒의 이름 글자를 피하여 상아常娥, 嫦娥로 썼다.

2_ 운모 병풍 : 반투명체 운모로 만든 호사스러운 병풍. 한漢나라 성제成帝(전 33~전 7 재위) 류오劉驁의 총희 조비연趙飛燕이 썼다 한다. ―이 구절과 다음 구절의 뜻은, 독숙공방 잠 못 이루는 사람이 촛불만 지켜보고 있는 동안에 어느새 날이 밝으려 한다는 것. 이 사람은 배신당한 한을 이기지 못해 잠 못 이루는지, 배신하고 도망왔지만 모든 일이 뜻대로 되지 않아서 그런지는 모르겠다.

3_ 영약 : 즉 불사약不死藥. ―이 구절과 다음 구절의 뜻은, 인간 세계를 떠난 항아는 높기는 하지만 허전한 달나라에서 혼자 있는 신세가 오히려 불만일 듯, 마찬가지로 나를 버리고 간 님도 새로운 쾌락을 얻기 위해 신분 높은 사람에게 갔으나 오히려 이 밤을 쓸쓸히 지내고 있는 것이 아닐까 하는 것인 듯.

무제(다)[1] | 리상은

無題
무제

오시겠다 빈말, 가시더니 종적 없다.

來是空言去絶蹤。
래시: 공언 거: 절종

달 기운 이층 방에 오경[2] 종소리—

月斜樓上五更鐘。
월사 루상: 오:경 종

꿈속의 이별,[3] 울음도 시원키 어렵고,

夢爲遠別啼難喚,
몽: 위: 원:별 제 난환:

서두는 편지,[4] 먹물도 진하지 않다.

書被催成墨未濃。
서 피:최성 묵 미:농

촛불이 반쯤 비치는 물총새 방장[5]에,	蠟照半籠金翡翠, 랍조: 반:롱 금 비:취:
사향이 살짝 풍기는 부용꽃 이불[6]이라.	麝熏微度繡芙蓉。 사:훈 미도: 수: 부용
류랑[7]은 봉래산도 멀다 한탄하였는데,	劉郎已恨蓬山遠, 류랑 이:한: 봉산 원:
지금은 봉래산이 만 개나 겹쳐 있다.	更隔蓬山一萬重。 갱:격 봉산 일만: 중

1_ 무제(가) 주 1 참조. 이 시는 독숙공방하는 여인의 입장에서 연정을 노래한 것인 듯.

2_ 오경五更 : 오전 4시. —이 첫째 연은, 다시 오겠다고 한 굳은 약속은 지켜지지 않고 소식도 끊어져, 시름겹게 밤을 새웠다는 뜻.

3_ 꿈속의 이별 : 이 구절은 밤을 새우는 동안에 잠깐 잠이 들었던 듯, 꿈속에서도 또 이별하는 장면이 나왔는데 꿈이라 소리쳐 시원히 울 수도 없었다는 것이다.

4_ 서두는 편지 : 떠나는데 거기에 맞추어 편지를 서두는 것인 듯하다. 량梁나라 류효위劉孝威(548 졸)의 《겨울 새벽》(冬曉)이라는 시를 의식하고 쓴 것인 듯. "저는 락양 부근에 살아, / 새벽 종소리는 익히 알아요. / 종소리 채 끝나기 전에, / 우리 사자는 떠난다고 해요. / 날씨가 추워 벼룻물 얼어, / 편지 못 쓰는 게 슬퍼요."(妾家邊洛城, 慣識曉鐘聲。鐘聲猶未盡, 漢使報應行。天寒硯水凍, 心悲書不成。)

5_ 물총새 방장 : 중국에 있어 물총새(翡翠)는 부부간의 금실을 상징하는 새이다. 이것은 물총새 모양이 장식된 방장일 듯.

6_ 부용꽃 이불 : 부용꽃은 연꽃의 별명. 역시 부부간의 금실을 상징하는 것이다. 이것은 부용꽃을 수놓은 이불일 듯. —이 셋째 연은 독숙공방하는 정경을 그린 듯. 그 분위기는 화려하고 또 육감적이기도 하다. 이 시는 전체적으로 육조六朝 이래의 염사豔詞의 기풍을 이은 것으로 보이는데, 특히 이 연이 더하다.

7_ 류랑劉郎 : 원래는 한나라 무제武帝 류철劉徹을 가리키는데, 여기서는 단순히 정랑情郎을 뜻한다. 류철은 신선의 존재를 믿고, 신선을 찾기 위하여 수천 명의 신하를 파견하고 몸소 발해渤海까지 나가서 봉래산蓬萊山을 바라보며 제사를 지냈는데, 봉래산으로 가고 싶었으나 길이 멀어 못 간다고 한탄했다 한다. 봉래산蓬萊山은 바다 가운데 있다는 선산仙山의 하나. 선인이 산다는 곳.

—이 끝 연은, "언젠가 당신(劉郞)은, 우리들 사랑은 저 봉래산처럼 멀리 있어 안타깝다고 말씀하셨는데, 지금은 그보다 만 배나 더 멀어져 있다고 말하고 싶어요."라는 뜻.

개구쟁이[1] | 리상은

驕兒詩
교아 시

(1)

곤사[2]는 우리 집 개구쟁이,	袞師我驕兒, 곤:사 아: 교아
예쁘고 똑똑하기 짝이 없구나.	美秀乃無匹。 미:수: 내: 무필
배두렁이 차고 돌도 안 되었을 때,	文葆未周晬, 문보: 미: 주수
여섯하고 일곱[3]도 벌써 알았다.	固已知六七。 고:이: 지 륙칠
네 살 땐 이름을 알았고,	四歲知名姓, 사:세: 지 명성:
배 밤[4]은 쳐다보지도 않았다.	眼不視梨栗。 안: 불시: 리률
친구들도 한참 들여다보더니,	交朋頗窺觀, 교붕 파 규관
말했다. "단혈의 봉황[5]이구나.	謂是丹穴物。 위:시: 단혈 물
재기 용모 숭상한 옛날[6]이라면	前朝尙器貌, 전조 상: 기:모:

유품[7]이 그냥 제일일 거요."　　流品方第一。
류품: 방 제:일

"아닐세, 신선의 자질일세."　　不然神仙姿,
불연 신선 자

"아니네, 귀인의 풍골이네."　　不爾燕鶴骨。
불이: 연:학 골

어찌 이처럼 다투어 말할까?　　安得此相謂,
안득 차: 상위:

늙고 병든 나를 위로하는 거겠지!　　欲慰衰朽質。
욕위: 쇠후: 질

(2)

푸른 새봄 화창한 계절에,　　青春妍和月,
청춘 연화 월

놀이 동무는 모두 사촌 형제자매.　　朋戲渾甥姪。
붕희: 혼 생질

집을 돌고 또 수풀로 내달아,　　繞堂復穿林,
요:당 부: 천림

솥의 물이 끓듯[8] 와자지껄하다.　　沸若金鼎溢。
비:약 금정: 일

대문에 점잖은 손님이 오면,　　門有長者來,
문유: 장:자: 래

아차 할 새에 먼저 뛰어나간다.　　造次請先出。
조:차: 청: 선출

손님이 무얼 갖고 싶으냐고 물어도,　　客前問所須,
객전 문: 소:수

생각은 간절하지만 말은 못한다.	含意不吐實。 함의: 불 토:실
돌아와서는 손님 얼굴 흉내낸다.	歸來學客面, 귀래 학 객면:
문 차고 들어와 아비 홀[9] 잡는다.	闖敗秉爺笏。 위:패: 병: 야홀
장비[10] 같은 수염이라고 놀린다.	或謔張飛胡, 혹학 장비 호
등애[11] 같이 더듬는다고 웃는다.	或笑鄧艾吃。 혹소: 등:애: 흘
날랜 매의 깃털같이 쭈뼛하게,	豪鷹毛崱屴, 호응 모 즉력
굳센 말의 숨길같이 헌걸차게,	猛馬氣佶傈。 맹:마: 기: 길률
푸른 왕대나무를 꺾어 와서	截得青篔簹, 절득 청 운당
말 삼아 타고[12] 마구 덤빈다.	騎走恣唐突。 기주: 자: 당돌
갑자기 또 참군이[13]를 흉내내어	忽復學參軍, 홀부: 학 참군
목소리 꾸며서 창골이[14]를 부른다.	按聲喚蒼鶻。 안:성 환: 창골
다시 또 사등롱[15] 곁에 나가서	又復紗燈旁, 우:부: 사등 방
머리 조아리며 밤 예불[16] 올린다.	稽首禮夜佛。 계:수: 례: 야:불

채찍을 들어 거미줄을 걷는다. 仰鞭罥蛛網,
앙:편 견: 주망:

머리를 숙여 꽃의 꿀을 빤다. 俯首飮花蜜。
부:수: 음: 화밀

가벼운 호랑나비와 경주한다. 欲爭蛺蝶輕,
욕쟁 협접 경

재빠른 버들개지에 안 뒤진다. 未謝柳絮疾。
미:사: 류:서: 질

섬돌 앞에서 누나야를 만나, 階前逢阿姊,
계전 봉 아:자:

쌍륙[17] 치더니 꽤나 잃은 모양 六甲頗輸失。
륙갑 파 수실

몰래 가서 화장대 만지고, 凝走弄香奩,
응주: 롱: 향렴

황금 문고리를 잡아뗀다. 拔脫金屈戌。
발탈 금 굴술

끌어안으면[18] 몸을 뒤채고, 抱持多反倒,
포:지 다 반:도:

성을 내어도 막무가내다. 威怒不可律。
위노: 불가: 률

몸 굽혀 창 그물을 잡아당기고, 曲躬牽窗網,
곡궁 견 창망:

침 뱉어 거문고 칠을 닦아본다. 峪唾拭琴漆。
객타: 식 금칠

어떤 때 붓글씨 쓰는 곁에 오면, 有時看臨書,
유:시 간: 림서

꼿꼿이 서서 무릎도 안 움직인다. 挺立不動膝。
정:립 불 동:슬

비단 보자기로 옷을 짓자고 한다. 古錦請裁衣,
고:금: 청: 재의

두루마리 옥도 갖고 싶다고 한다. 玉軸亦欲乞。
옥축 역 욕걸

아비더러 춘승[19]을 써달라고 조른다, 請爺書春勝,
청:야 서 춘승:

춘승은 봄날에 좋다고 하면서. 春勝宜春日。
춘승: 의 춘일

파초 이파리는 종이처럼 말린다. 芭蕉斜卷箋,
파초 사 권:전

목련[20] 꽃봉오리는 붓처럼 내민다. 辛夷低過筆。
신이 저 과:필

(3)

아비는 옛날 글공부를 좋아하여 爺昔好讀書,
야석 호: 독서

고생하면서 저술에 힘을 썼단다. 懇苦自著述。
간:고: 자: 저:술

초췌하게 마흔을 바라보는데, 顦顇欲四十,
초췌: 욕 사:십

이 벼룩을 겁낼 살도 없단다. 無肉畏蚤虱。
무육 외: 조:슬

애야, 제발 이 아비를 흉내내어 兒愼勿學爺,
아신: 물 학야

글공부로 과거[21] 볼 생각 말아라. 讀書求甲乙。
독서 구 갑을

양저[22]가 전했다는 사마법이면, 穰苴司馬法, 양저 사마: 법
장량[23]이 배웠다는 황석술이면, 張良黃石術。 장량 황석 술
임금님 스승도 될 수가 있으니, 便爲帝王師, 변:위 제:왕 사
다시 자잘한 것은 몰라도 된다. 不假更纖悉。 불가: 갱: 섬실

더구나 지금은 서쪽과 북쪽에 況今西與北, 황:금 서 여:북
오랑캐[24]가 마구 날뛰고 있지만, 羌戎正狂悖。 강융 정: 광발
전쟁도 평화도 이루지 못하고 誅赦兩未成, 주사: 량: 미:성
고질처럼 키워가기만 하고 있다. 將養如痼疾。 장양: 여 고:질

얘야, 하루 빨리 크게 자라서, 兒當速成大, 아당 속 성대:
새끼 찾아 범의 굴로 들어가라.[25] 探雛入虎窟。 탐추 입 호:굴
마땅히 만호[26] 벼슬을 할 것이지, 當爲萬戶侯, 당위 만:호: 후
경전 하나[27] 지키고 있지 말아라. 勿守一經帙。 물수: 일경 질

1_ 이 시는 그의 아들 곤사의 개구쟁이 짓을 그리며 뜻대로 되지 않는 자기의 우수를 펼친 것이다. 849년, 시인의 나이 38세 때 작품인 듯. 도연명陶淵明의 《아들 책망》(責子詩)(본서 378쪽)이란 시를 염두에 두고 이 시를 지은 것이 확

실하다.

2_ 곤사袞師 : 리상은의 적자嫡子, 846년 시인의 나이 35세 때 태어났다.

3_ 여섯하고 일곱 : 도연명《아들 책망》주 7 참조(본서 380쪽).

4_ 배 밤 : 도연명《아들 책망》주 8 참조(본서 380쪽).

5_ 단혈의 봉황 : 단혈丹穴은 신산神山 이름. 그 산에 사는 봉황처럼 준재俊才라는 뜻. 『산해경』山海經에, "단혈의 산에 새가 있는데 모습은 닭 같으며 오색의 무늬가 있다. 봉황이라고 부른다."

6_ 옛날 : 육조六朝시대를 가리킨다. 이 시대에는 월단月旦이라고 하는 인물비평이 성행했는데 변설辨說의 재기才器와 용모容貌가 크게 작용했다.

7_ 유품流品 : 육조에서는 관리를 등용할 때 구품중정九品中正이란 방법을 썼다. 이것은 군郡의 중정中正(인재 등용 담당관)이 향리의 평가를 기준으로 하여, 이 인물은 어느 계층의 관위官位까지 진급할 능력이 있다는 예언적 인물 평가를 하여 중앙에 보고하면, 관직은 그 평가를 기준으로 하여 주어졌다. 그 인물 평가의 등급이 유품流品이다.

8_ 솥의 물이 끓듯 : 난리라도 일어난 듯한 큰 소동. 전진前秦 왕가王嘉의 『습유기』拾遺記에, "우禹임금이 아홉 개의 솥(鼎)을 부어 만들었는데, 걸桀 때, 솥의 물이 갑자기 끓었다."라는 얘기가 있다.

9_ 문 차고 / 홀笏 : 원문 위闈는 '문을 열다'의 뜻. 홀은 천자를 배알할 때 지니는 판. 어명을 받으면 여기에 기록한다. 옥·상아·대나무 등으로 만들었다.

10_ 장비張飛(221 졸) : 삼국시대 촉蜀나라 용장, 자字는 익덕益德. 관우關羽와 함께 촉나라 소렬제昭列帝 류비劉備를 섬겼으나, 뒤에 부하에게 암살당했다. 얼굴빛이 검고 수염이 험악했다 한다. '소설 삼국지'는 이보다 후대에 정착되었지만, 그 이야기는 일찍부터 유행되었다. 이 개구쟁이는 아마 연극에서라도 장비의 모습을 본 듯.

11_ 등애鄧艾(197~264) : 삼국시대 위魏나라 명장. 자字는 사재士載. 사마의司馬懿의 인정을 받아 벼슬에 올라, 촉蜀나라를 쳐서 멸하는 데 큰 공을 세웠으나 참소를 받아 참형되었다. 송나라 류의경劉義慶의 『세설신어』世說新語에 이런 이야기가 있다. ―등애鄧艾는 말더듬이, 말할 때마다 '애, 애'라고 했다. 진晋나라 문왕文王 사마소司馬昭가 놀리느라고, "경은 '애, 애'라고 하는데, 대체 애艾가 몇인가?"라고 하니, 등애는 대답하기를 "'봉이여, 봉이여'(鳳兮鳳兮)라고 하지만 봉은 하나였습니다."라고 했다. ― '봉이여, 봉이여'는 『론어』論語 「미자편」微子篇에 나오는 말.

12_ 말 삼아 타고 : 중국에서 어린이들이 타는 죽마竹馬는 대나무를 샅에 끼고 그것을 끌면서 노는 것이다. 죽마고우竹馬故友.

13_ 참군이(參軍) : 당나라 이후 어릿광대극의 주역. 원 뜻은 군막軍幕의 참모이다.

14_ 창골이(蒼鶻) : '참군이'의 상대역. 글자 뜻은 '푸른 매'지만, 아마 졸개나 하인을 뜻하는 창두蒼頭에서 나온 것인 듯.

15_ 사등롱紗燈籠 : 비단 커버 씌운 램프.

16_ 예불禮佛 : 부처님께 경배하는 것.

17_ 쌍륙雙六 : 도박의 하나. 두 개의 주사위를 던져서 하는 게임.

18_ 끌어안으면 : 아마 아이가 무슨 짓을 하지 못하게 하느라 아이를 끌어안는다는 뜻인 듯.

19_ 춘승春勝 : 비단을 잘라서 번개무늬 꼴로 만든 머리장식. 당唐·송宋 때, 입춘立春 날에는 사대부 집에서 이것을 만드는 것이 풍속이었다.

20_ 목련 : 원문 신이辛夷(*Magnolia liliflora*)는 자목련이다. 북방에서는 목필木筆이라고 부르는데, 그 꽃봉오리가 붓 모양과 비슷하기 때문이다. 남방에서는 영춘迎春이라고 하여 봄맞이꽃으로 여긴다. 그리고 백목련은 목란木蘭(*Magnolia denudata*) 또는 옥란玉蘭이라 한다. ㅡ이 연은 봄이 되니 파초 잎이 말리고, 목련꽃이 피어나는데, 마침 아들이 춘승을 써달라고 하므로 파초 이파리는 종이로, 목련꽃은 붓으로 연상된다는 뜻일 듯.

21_ 과거 : 원문에는 갑을甲乙로 되어 있다. 당대唐代 관리등용 시험에는 명경과明經科에 갑·을·병·정의 네 과科가 있었고, 진사과進士科에 갑·을의 두 과가 있었다. 갑과甲科는 을과乙科보다 시험문제가 보다 어려웠다. 이 시에서는 과거 중에도 진사과를 뜻한 듯. 아니면 단순히 입성入聲의 운자를 맞추기 위함인가?

22_ 양저穰苴 : 사마양저司馬穰苴, 본성은 전田씨, 대사마大司馬의 벼슬을 했기에 그렇게 부르는 것이다. 춘추시대 제齊나라 경공景公(전 548~전 490 재위) 려허구呂許臼를 섬긴 장군. 그 뒤 제齊나라 위왕威王(전 356~전 319) 전인제田因齊가 용병할 때 양저의 방법을 써서 크게 성공했으므로 신하들에게 옛날의 병법을 모아서 책을 쓰게 하고 『사마양저 병법』이라고 불렀다. 이것의 약칭이 『사마법』司馬法. 지금도 책이 전한다.

23_ 장량張良 : 한나라 고조高祖 류방劉邦을 섬긴 참모. 자字는 자방子房. 장량은 일찍이 하비下邳라는 곳에서 한 노인으로부터 책을 받았는데, 그때 "이 책을 읽으면 임금님의 스승이 된다. 뒤에 제濟나라 북쪽 곡성穀城의 산밑에 가보면 황석黃石, 노란 바위를 보게 될 텐데 그것이 바로 나다."라 했다고. 『황석공 삼략』黃石公三略이 바로 그 책이었다고 한다.

24_ 오랑캐 : 원문에는 강羌·융戎, 티베트(吐蕃)·위구르(回鶻) 등 이민족을 가리킨다.

25_ 새끼 찾아 범의 굴로 들어가라 : 『한서』漢書 「반초전」班超傳에 "범의 굴에 들어가지 않으면 범의 새끼를 얻지 못한다."는 말이 있다. 우리 속담은 "범굴에 들어가야 범을 잡는다."이다.

26_ 만호萬戶 : 한나라 제도를 보면, 식읍食邑 1만 호 되는 제후를 가리킨다.

27_ 경전 하나 : 후한後漢 왕충王充의 『론형』論衡 「초기 편」超奇篇에, "대저, 경전 하나에 통달한 사람이 유생儒生이다."라는 말이 있다. 경전은 3경, 5경, 그리고 13경이 있다.

매 미[1] | 리상은

蟬
선

본래 높아서[2] 배부르기는 어려워, — 本以高難飽, (본:이:고 난포:)

공연히 불평불만 우느라고 애쓴다. — 徒勞恨費聲。 (도로 한: 비성)

새벽엔 이따금 단절된 듯한데, — 五更疎欲斷, (오:경 소 욕단:)

나무는 퍼렇게 무정할 뿐이다.[3] — 一樹碧無情。 (일수: 벽 무정)

하급 관리, 나무인형[4]은 떠다니고, — 薄宦梗猶汎, (박환: 경: 유범:)

고향 논밭은 황무지가 다 되었다. — 故園蕪已平。 (고:원 무 이:평)

그대[5]가 엄중하게 깨우쳐 주었지만, — 煩君最相警, (번군 최: 상경:)

나도 역시 온 집안이 깨끗하다.[6] — 我亦擧家淸。 (아:역 거:가 청)

1_ 이 시는 매미에 의탁하여 자기의 불우함을 얘기한 것.

2_ 높아서 : 이 말은, 표면적으로는, "매미는 높은 나무에 붙어 맑은 이슬만 마신

다."(漢, 趙煜의 『吳越春秋』)는 뜻이지만, 높다는 것은 또한 자기가 고고孤高하다는 것을 말하는 것이기도 한 듯. 끝 연의 '온 집안이 깨끗하다'(淸貧)와 연결된다.

3_ 이 둘째 연은, "매미는 울다, 울다 지쳐 새벽이면 울음이 단절된 듯, 안 들리기도 한다. 그러나 그 소리가 아무리 애처로워도 나무는 의연히 싱싱하기만 할뿐이다."라는 말을 압축시킨 것인 듯.

4_ 나무인형 : 『사기』史記 「맹상군전」孟嘗君傳에 다음과 같은 고사가 있다. —소대蘇代가 말했다. "오늘 아침 제가 밖에서 들어오다가 '나무로 깎은 인형'(木偶人)과 '흙으로 빚은 인형'(土偶人)이 서로 얘기하는 것을 들었습니다. '나무인형' 이 말하기를, '하늘에서 비가 오면 자네는 망하지.'라고 했습니다. 그러니까 '흙 인형'이 대답하기를, '나는 흙에서 생겨났으니 망하면 흙으로 돌아가네. 지금 하늘에서 비가 오니, 자네는 떠내려가서 멈출 곳을 모르게 될 걸세.'라고 했습니다." — 이 구절은 하찮은 관리, 시인 자신은 고사 속 나무인형같이 정처 없이 임지에서 임지로 떠돌고 있다는 뜻이다.

5_ 그대 : 매미를 가리킨다.

6_ 깨끗하다 : 청빈하다는 뜻. 자조自嘲가 섞인 말일 듯. 앞에서도 말했지만, 높다(孤高)·깨끗하다(淸貧)가 연결되어 매미와 시인과의 관계를 말하고 있다.

밤비에 부치는 편지[1] | 리상은

夜雨寄北

야:우: 기:북

당신은 돌아올 날 묻지만 날을 잡지 못했소.　　君問歸期未有期。
　　군문: 귀기 미: 유:기

파산[2] 밤비에 가을 연못이 불어나오.　　巴山夜雨漲秋池。
　　파산 야:우: 창: 추지

언제쯤이면 함께 서창의 촛불을 돋우고,　　何當共剪西窗燭,
　　하당 공:전: 서창 촉

그리고 파산 밤비 이야기를 할는지?　　却話巴山夜雨時。
　　각화: 파산 야:우: 시

1_ 원제는 "밤비 속에 북쪽으로 편지를 부치다"라는 뜻이다. 북쪽은 아내(王茂元의 딸)가 있는 곳이다. 계주桂州(광서자치구 桂林市) 자사刺史 정아鄭亞가 좌천되었을 때, 그 밑에 있던 리상은은 사직했지만 곧 귀경하지 아니하고 무슨 까닭에선지 사천성에 체류하고 있었다. 그때 장안長安에 있던 아내에게 부친 시이다. 848년, 그의 나이 37세 때 작품인 듯.

2_ 파산 : 섬서성, 사천성 경계를 달리는 산맥. 대파산大巴山이라고도 한다. 이 짧은 28자 가운데 '파산 밤비'(巴山夜雨) 4자가 중복되지만 독자는 번거롭게 느끼지 않는다. 그 기교는 과연 독보라 할 것이다.

무명씨、두추낭 杜秋娘

Wuming shi
Du Qiuniang

아래 시 작자를 그냥 두추낭杜秋娘이라고 하는 것은 정확하지 않다. 중당 때 진해鎭海(절강성 杭州市) 절도사節度使 리기李錡(807년 졸)가 이 노래를 좋아하여 시첩 두추낭을 시켜 주연에서 노래하게 한 적이 있었을 뿐이다. 당나라 중엽부터 유행하던 노래였던 것이다.

금실 옷[1] | 무명씨, 두추냥

金縷衣
금루:의

그대여 행여 금실 옷[2]을 아끼지 마소. 勸君莫惜金縷衣。
권:군 막석 금루: 의

그대여 모름지기 젊은 시절을 아끼소. 勸君須惜少年時。
권:군 수석 소:년 시

꺾을 꽃이 있으면 바로 꺾을 일이지, 有花堪折直須折,
유:화 감절 직수 절

기다리다 꽃 없는 빈 가지 꺾지 마소. 莫待無花空折枝。
막대: 무화 공 절지

1_ 당송 때 유행하던 노래. 우리 민요 "노세 노세 젊어서 노세"와 같이, "좋은 시절 저버리지 말라"는 내용이다. 간단한 내용이지만 아름다운 선율, 되풀이되는 어휘, 단순하지만 단조롭지 않다.

2_ 금실 옷: 부귀의 상징. 당송 때, 귀부인들이 금실로 수놓은 옷(金縷衣)을 입었다. 또 수의壽衣의 하나이기도 하다. 1968년에 한漢나라 능묘(中山靖王 劉勝)를 발굴하여 '금실 1,100그램으로 옥 조각 2,498개를 꿰어 만든 옷'(金縷玉衣)—실물을 찾았다.

금창서 金昌緖

Jin Changxu

금창서金昌緖는 절강성 항주杭州에 살았다고 할 뿐, 그 밖은 알 길이 없다. 『전당시』에 시 1수가 수록되어 있다.

무정한 봄[1] | 금창서

春怨
춘원:

노란 꾀꼬리를 쫓아 주세요.

打起黃鶯兒。
타:기: 황 앵아

나무 위에서 울지 못하게요.

莫敎枝上啼。
막교: 지상: 제

새가 울면 제 꿈이 깨어져,

啼時驚妾夢,
제시 경 첩몽:

료서[2] 땅까지 갈 수 없어요.

不得到遼西。
불득 도: 료서

1_ 시는 전체가 분할할 수 없는 한 덩이. 구마다 "왜?"가 뒤따른다. 대답에도 또 "왜?"가 뒤따른다(낭군이 출정 나가 있는 료서 땅을 꿈에나 찾아 갈 수 있을까?).

2_ 료서遼西 : 료녕성 땅은 료하遼河를 중간에 두고 서쪽은 료서, 동쪽은 료동으로 구분한다. 옛날 료서는 수·당이, 료동은 고구려·발해가 차지하고 있었다. 국경을 공방하는 전투가 여러 번 있었다. 료하는 내몽골과 길림성에서 발원하여 료녕성을 남하하여 발해로 흘러드는 강.

4

사

송대는 상공업이 발달하여, 북송의 개봉開封이나 남송의 항주杭州 등 대도시가 번영하였다. 도시에는 와시瓦市(유락 지구)가 있고 거기에 여러 구란句欄(극장 시설)이 있어, 대중 연예활동도 다양하였다. 이 환경에서 새로운 노래—사詞가 크게 유행하였다. "우물물이 있는 어느 곳에서든 류영柳永의 사를 노래하였다."라는 기록이 전한다.

사는 대개 남자들이 지었지만, 노래는 가기歌妓들이 불렀다. 그래서 내용이나 표현이 여성적이고 함축적이다. 그래서 "유행하는 노래"로 받아들인 완약파婉約派가 다수인 것이다. 이에 대해 "새로운 시"를 내세운 호방파豪放派는 소수이다.

중국 문학사에서 중세 후기는 당시의 절정을 지나 서사문학으로 그 주류가 바뀌었다. 한편 시가詩歌는 한 구절 길이가 일정한 5언·7언 시 대신에 길고 짧은 구절이 섞인 장단구長短句의 사詞가 나왔다. 장단구는 자유시가 아니라 정형시定型詩의 일종이다. 한 작품의 구절 수, 각 구절의 글자 수, 각 글자의 평측, 그리고 압운이 정해져 있다.

온정운 溫庭筠

Wen Tingyun

온정운溫庭筠(812~약 870, 자 飛卿)은 사詞를 전문으로 지은 최초의 시인이다. 그에 앞서 적지 않은 시인이 사를 지었지만, 그것은 여기餘技에 지나지 않았다. 지금 전해지는 가장 오래된 사집詞集인 『화간집』花間集에 그의 사 66수가 수록되어 있는데, 문학으로서의 사의 최초의 결실이라고 볼 수 있을 것이다.

온정운은 산서성 기현祁縣 사람이다. 젊어서 문재文才라 알려졌으나 진사進士 시험에는 번번이 실패, 불우하게 세상을 살다가 갔다고 한다.

그는 화려한 필치로 염정艷情을 잘 그려, 당시 문단에서 리상은李商隱과 병칭되었다. 만당晩唐의 유미문학唯美文學 시인들(李商隱 · 杜牧 등)이 모두 그러했듯, 온정운의 생활도 퍽 낭만적이었으니 기생들의 청루靑樓가 곧 그의 거처였다. 거기서 나온 작품은 여인의 자태나 연정을 묘사하는 것뿐이었다. 사의 초기 상태는 일종의 상류계급의 향락품이었으니, 청루는 사가 나오기에 가장 좋은 환경이었을 것이다. 다만 온정운의 천재와 노력으로 해서 사는 종래의 고시古詩 · 율시律詩 · 절구絶句 등과 대립되는 하나의 시형詩形으로 확립되었다.

병풍의 겹친 산[1] | 온정운

菩薩蠻
보살만

병풍의 겹친 산에 반짝이는 금빛.[2]
小山重疊金明滅。
소:산 중첩 금 명멸

구름결 머리카락은 눈빛 뺨에 닿아요.
鬢雲欲度香顋雪。
빈:운 욕도: 향시 설

나른히 일어나 아미[3] 그리고
懶起畫蛾眉。
란:기: 화: 아미

단장도 하지만 머리 손질 더뎌요.
弄粧梳洗遲。
롱:장 소세: 지

•

앞 뒤 거울에 비치는 꽃.[4]
照花前後鏡。
조:화 전후: 경:

꽃과 얼굴이 서로 빛나요.
花面交相映。
화면: 교 상영:

수놓은 저고리 새로 지으니,
新貼繡羅襦。
신첩 수: 라유

쌍쌍이 나는 금빛 자고새.[5]
雙雙金鷓鴣。
쌍쌍 금 자:고

1_ 원제는 없다. 사는 대개 사패로 표시하고 따로 제목이 없다. 〈보살만〉은 사패이다. 9세기 중엽에 녀만국女蠻國에서 당나라로 사신이 왔는데, 그 차림이 높은 상투에 금관金冠을 쓰고 온몸에 구슬 목걸이를 휘감고 있었으므로, 중국 사람들은 이들을 '보살만'이라 불렀다고. 당시 미녀를 '보살'이라 속칭했기 때문이다.

2_ 병풍 …… 금빛 : 병풍에 그린 소위 금벽산수金碧山水를 가리킨다. 이것은 석록石綠과 삼청三青으로 채색한 뒤 이금泥金으로 획을 긋고 점을 찍어서 그린 산수화이다. "반짝이는 금빛"은 햇빛을 받아 산수화의 이금이 빛나는 것을 말한다.

3_ 아미蛾眉 : 미인의 눈썹을 가리킨다. 누에나방의 촉수觸鬚처럼 털이 짧고 초승달 모양으로 길게 굽은 눈썹이다.

4_ 꽃 : 머리에 꽂은 꽃이다.

5_ 자고새 : 새 이름. 여기서는 저고리 위에 금실로 수놓은 도안을 가리킨다.

달빛 비치는 옥루[1] 온정운

菩薩蠻
보살만

달빛 비치는 옥루[1]의 끊임없는 생각.
玉樓明月長相憶。
옥루 명월 장 상억

휘늘어진 버들가지[2]는 봄에 힘이 없어요.
柳絲裊娜春無力。
류:사 뇨:나 춘 무력

문밖의 풀은 시퍼렇게[3] 자랐는데,
門外草萋萋。
문외: 초: 처처

낭군을 배웅하며 듣던 말울음.
送君聞馬嘶。
송:군 문 마:시

•

장막에 그린 금빛 물총새.[4]
畫羅金翡翠。
화:라 금 비:취:

초는 녹아서 눈물[5]이 되어요.
香燭銷成淚。
향촉 소 성루:

꽃이 지니 두견이[6]가 우는데,
花落子規啼。
화락 자:규 제

초록빛 창가[7]에 헤매는 새벽꿈.
綠窗殘夢迷。
록창 잔몽: 미

1_ 옥루 : 아름다운 누각을 뜻한다. 또한 여인이 거처하는 곳을 가리키기도 한다.

2_ 버들가지 : 원문은 류사柳絲. 버들가지는 실처럼 늘어졌기에 '실 사'絲 자로 잘

쓰는데 '실 사'絲 자는 '생각 사'思 자와 음이 같기에 뜻도 연관되는 것으로 본다.

3_ 풀은 시퍼렇게 : 초사楚辭(招隱士)의 "왕손은 떠도니, 돌아오지 않습니다. / 봄 풀은 자라서, 길길이 우거졌습니다."(王孫遊兮不歸, 春草生兮萋萋。)라는 구절이 배경이 되고 있다.

4_ 물총새 : 새 이름. 원문은 비취翡翠. 수놈은 비翡, 암놈은 취翠이므로 한 쌍의 물총새라는 뜻이 포함된다. 따라서 홀로 지새우는 여심女心을 더욱 건드리는 표적이 된 것이다.

5_ 눈물 : 초의 눈물이며 동시에 기다리는 여인의 눈물이다. 리상은《무제(나)》 주 4 참조(본서 823쪽).

6_ 두견이 : 새 이름. 그 울음은 "돌아감만 못해요"(不如歸)라고 들린다 한다.

7_ 초록빛 창가 : 여인이 거처하는 방을 가리킨다.

옥로의 향기[1] | 온정운

更漏子
경루:자:

옥로玉鑪[2]의 향기	玉鑪香, 옥로 향
홍촉紅燭의 눈물.	紅蠟淚。 홍랍 루:
짐짓 호화로운 안방의 가을 생각[3]을 비춰요.	偏照畫堂秋思。 편조: 화:당 추사:
지워진 눈썹	眉翠薄, 미취: 박
흩어진 머리.	鬢雲殘。 빈:운 잔
밤은 길고 금침은 차가워요.	夜長衾枕寒。 야:장 금침: 한

오동나무의	梧桐樹, 오동 수:
삼경[4]의 비여.	三更雨。 삼경 우:
이별의 정이 바로 괴로움임을 아랑곳 않아요.	不道離情正苦。 불도: 리정 정:고:
이파리마다	一葉葉, 일엽 엽
소리와 소리,	一聲聲。 일성 성
빈 섬돌에 새벽까지 떨어져요.	空堦滴到明。 공계 적 도:명

1_ 사패 〈경루자〉의 원뜻은 물시계. 당唐나라 사람들은 밤(夜)의 대명사로 경루更漏라는 말을 썼다. 초기 사에 있어 경루자를 사패로 하는 사는 밤과 관련이 있는 것이 많다.

2_ 옥로 : 옥으로 만든 향로.

3_ 가을 생각 : 가을날의 처량함과 적막함에서 비롯되는 감상感傷.

4_ 삼경 : 밤 11시부터 새벽 1시 사이. 한밤중.

천만 갈래의 원한[1] | 온정운 — 夢江南 (몽:강남)

천만 갈래의 원한,	千萬恨, 천만: 한:
원한은 하늘 끝까지 사무쳐요.	恨極在天涯。 한:극 재: 천애

산山의 달은 마음 속 일을 몰라주고,

山月不知心裏事,
산월 불지 심리: 사:

강江 바람은 눈앞의 꽃만 떨구어요.

水風空落眼前花。
수:풍 공락 안:전 화

두둥실 떠도는 푸른 구름.

搖曳碧雲斜。
요예: 벽운 사

1_ 사패 〈몽강남〉은 황보송皇甫松의 "한가로이 꿈꾼다(夢), 강남江南의 매실 익던 때를."(閒夢江南梅熟時)이라는 구절에서 따온 것이다.

세수하고 머리 빗고 | 온정운

夢江南
몽:강남

세수하고 머리 빗고,

梳洗罷,
소세: 파:

혼자 망강루에 기댔어요.

獨倚望江樓。
독의: 망:강 루

천千의 돛단배 다 지나도 모두 아닌데,

過盡千帆皆不是,
과:진: 천범 개 불시:

비낀 해 뉘엿뉘엿, 물결은 넘실넘실.

斜暉脈脈水悠悠。
사휘 맥맥 수: 유유

네가래[1] 피어난 단장斷腸의 섬.

腸斷白蘋州。
장단: 백빈 주

1_ 네가래 : 원문은 백빈白蘋(*Marsilia quardrifolia*).

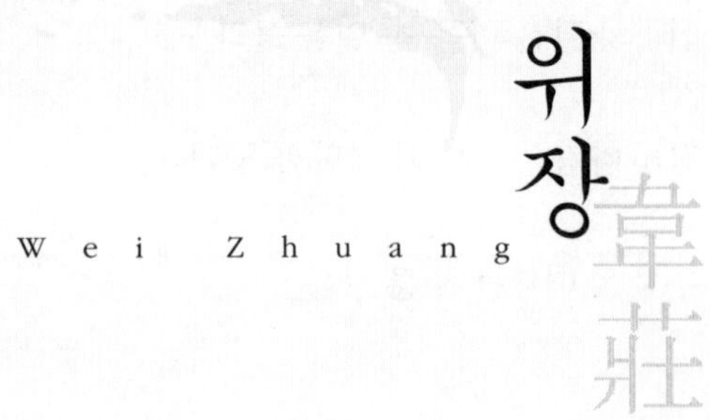

위장 韋莊

Wei Zhuang

위장韋莊(약 836~910, 자 端己)은 초기 사단詞壇에서 온정운溫庭筠과 병칭되는 시인이다. 다 같이 『화간집』花間集에 작품을 남기었고, 또 여인을 주제로 한 것이지만, 온정운의 사를 미녀의 짙은 화장이라 한다면 위장의 사는 엷은 화장이라 말할 수 있다. 위장은 평범한 속어俗語로써 산뜻한 소묘를 하는 데 장기가 있었다.

위장은 섬서성 서안西安 동남 두릉杜陵 사람이다. 당나라 말경에 진사進士가 되었다. 시험 보러 갈 때 '황소黃巢의 난' —당말唐末 약 10년간 계속되어 당조唐朝를 재기불능으로 만든 대란을 목도하고 그 처참한 정경을 1,600자 장시 《진부음》秦婦吟으로 읊어, 유명하게 되었다. 장안이 난리에 휩싸이게 되자 가족을 이끌고 강남 지방을 전전, 주색酒色에 탐닉했다. 난리가 끝난 뒤, 벼슬(校書郎)을 얻었으나 곧 사천성 지방으로 파견되었다. 거기서 당나라의 멸망을 보고 그곳 절도사(四川節度使) 왕건王建을 추대, 촉(前蜀)나라를 세우고 자신은 재상宰相이 되었다. 촉나라 문물제도를 모두 마련하고 3년 만에 죽었다.

홍루에서 이별하는 밤[1] | 위장

菩薩蠻
보살만

홍루[2]에서 이별하는 밤 못 견디게 서러운데, 紅樓別夜堪惆悵。
홍루 별야: 감 추창:

등불은 술[3]을 느린 장막에 반나마 가리우네. 香燈半掩流蘇帳。
향등 반:엄: 류소 장:

지새는 달 보며 대문 나설 적에, 殘月出門時。
잔월 출문 시

고운 사람 눈물 젖어 하직하네. 美人和淚辭。
미:인 화루: 사

•

비파 장식은 금빛 물총새 깃,[4] 琵琶金翠羽。
비파 금취: 우:

현 위에는 노란 꾀꼬리 소리. 絃上黃鶯語。
현상: 황앵 어:

일찍이 집으로 가라고 타이르네. 勸我早歸家。
권:아: 조: 귀가

초록빛 창문[5] 사람은 꽃과 같으이. 綠窗人似花。
록창 인 사:화

1_ 모두 5수, 모두 걸작이기에 그 우의寓意에 대해 종래 여러 가지 추측이 있어 왔지만 하나도 신빙성은 없다. 그리고 5수가 하나의 연작聯作이라는 설도 있고 독립된 것이라는 설도 있다. 본서에서는 2수만 뽑았다.

2_ 홍루紅樓 : 붉은 칠을 한 누각. 당나라 때에는 실제로 이러한 건물이 저택에 있었던 모양이지만 뒤에 와서는 기루妓樓 등을 지칭하게 되었다.

3_ 술 : 원문 류소流蘇는 깃발이나 장막에 새의 꽁지 털을 늘어뜨린 것, 지금에는 실로 대용하기도 한다.

4_ 비파 장식은 금빛 물총새 깃 : 원문 비파금취우琵琶金翠羽의 뜻은 불분명하다. 비파의 장식 또는 그 채의 장식을 말하는 것이라는 설이 있다. 장식은 '물총

새 깃'을 도안으로 하여 황금의 나전세공螺鈿細工으로 박아 넣은 것이다.
5_ 초록빛 창문 : 규방閨房의 창을 가리킨다.

사람마다 강남이 좋다고 | 위장

菩薩蠻
보살만

사람마다 모두 강남이 좋다고[1] 말하는데,	人人盡說江南好。 인인 진:설 강남 호:
나그네야말로 정말 강남에서 늙어야 하네.	游人只合江南老。 유인 지:합 강남 로:
봄물은 하늘보다 더 푸른데,	春水碧於天。 춘수: 벽 어천
배에서 빗소리 들으며 잠드네.	畫船聽雨眠。 화:선 청우: 면

•

술청 가의 사람은 달과 같으니,	壚邊人似月。 로변 인 사:월
서린 듯 눈인 듯 새하얀 손목.	皓腕凝霜雪。 호:완: 응 상설
늙기 전에는 고향[2] 가지 말지니,	未老莫還鄉。 미:로: 막 환향
고향 가면 틀림없이 애가 끊이리.	還鄉須斷腸。 환향 수 단:장

1_ 강남이 좋다고 : 당나라 말기에 있어, 장안을 중심으로 하는 황하 유역에는 전란이 끊이지 않았는 데 비해서, 장강 하류 일대, 특히 강남은 비교적 평화

스러웠으며 경제적 번영을 자랑하고 있었다. 두목杜牧, 온정운溫庭筠 등 만당晩唐의 많은 시인들이 이곳에서 풍류를 즐기며 지냈다.

2_ 고향 : 위장의 고향은 장안 동남 두릉杜陵이다. 황소黃巢의 난리 이후 화북 지방은 폐허가 되었다.

사월 열이레[1] | 위장

女冠子
녀:관자:

사월 열이레,	四月十七。 사:월 십칠
바로 지난해 오늘,	正是去年今日。 정:시: 거:년 금일
그대와 헤어진 때.	別君時。 별군 시
눈물 참고 얼굴 숙이는 체	忍淚佯低面, 인:루: 양 저면:
부끄리며 살짝 미간을 찌푸렸지.[2]	含羞半斂眉。 함수 반: 렴:미
•	
넋이 이미 끊어진 것 모르고	不知魂已斷, 불지 혼 이:단:
부질없이 좇아가는 꿈.	空有夢相隨。 공유: 몽: 상수
하늘가의 달님[3] 말고는	除却天邊月, 제각 천변 월
아는 이 없지.	沒人知。 몰인 지

1_ 사패 〈녀관자〉는 원래 당나라 교방教坊의 곡명, 소령小令은 온정운溫庭筠이 창제하고 장조長調는 류영柳永이 창제했다. 녀관자는 여도사女道士를 뜻한다. 이 사는 월일月日이 분명한 점으로 보아 확실히 지칭하는 대상이 있는 듯하지만, 지금은 알 수 없다(알 필요가 없을지도 모름). 『고금사화』古今詞話(元楊湜 지음)에서는, 위장이 왕건王建(前蜀 高祖)에게 애첩을 뺏긴 것이라고 했으나, 근자에 와서 사실무근임이 증명되었다.

2_ 미간을 찌푸렸지 : 우수憂愁의 표정이다.

3_ 하늘가의 달님 : 열이레 달은 아침 해가 뜬 뒤까지 서쪽 하늘가에 보인다.

무명씨, 리백 李白

Wuming shi
Li Bai

여기에 뽑은 두 수의 사詞는 리백李白(701~762)의 작품이라고 전한다. 〈억진아〉는 『전당시』全唐詩에, 〈보살만〉은 『전당시』와 『존전집』尊前集에 각각 리백의 작품으로 수록되어 있다. 그러나 그의 전집이나 『악부시집』樂府詩集에는 보이지 않는다. 그리고 이들 사패詞牌의 유래를 보면 모두 리백 뒤, 9세기 중엽에 생긴 것이니 리백의 작품이 될 수 없다. 또 사詞의 발전사로 보아도 리백의 시대에 이처럼 완숙한 작품이 나올 수 없다는 것이 많은 학자들의 견해다. 그 내용과 기교로 보아 당나라가 망한 뒤, 『화간집』花間集보다도 뒤에 생성된 것이라고 추측할 수 있다. 그러나 많은 선집에서 이를 리백의 이름으로 수록하고 있다.

퉁소 소리[1] | 무명씨, 리백

憶秦娥
억진아

퉁소 소리 흐느끼네.
簫聲咽。
소성 열

진아[2]의 꿈은 부서지네, 진루의 달에.
秦娥夢斷秦樓月。
진아 몽:단: 진루 월

진루의 달에.
秦樓月。
진루 월

해마다 버들 빛 푸르러,
年年柳色,
년년 류:색

파릉교[3] 애타는 이별에.
灞陵傷別。
파:릉 상별

•

락유원[4] 위에 맑은 가을 드리우네.
樂遊原上淸秋節。
락유 원상: 청추 절

함양[5] 가는 옛길에 소식이 끊기네.
咸陽古道音塵絕。
함양 고:도: 음진 절

소식이 끊기네.
音塵絕。
음진 절

서풍 속에서 석양은 잠깐
西風殘照,
서풍 잔조:

한나라 능묘 궁궐[6] 비추네.
漢家陵闕。
한:가 릉궐

1_〈억진아〉는 사패. 본래 당나라 문종文宗(826~840 재위) 리앙李昂의 궁녀 아교阿翹는 궁을 나와 금오위金吾衛(수도경비사령부)의 장사長史로 있는 진성秦誠에게 시집갔다. 진성이 사신이 되어 신라新羅로 나갔을 때, 아교는 그를 사모하여 억진랑憶秦郞이란 노래를 지었다고. 진성은 꿈에 그 곡조를 들었는데 돌아와서 보니 딱 들어맞았다고 한다. 진루월秦樓月 쌍하엽雙荷葉 등의 이명이 있

다. 이 사에 진아秦娥라는 이름이 나옴으로 해서 억진아憶秦娥로 바뀐 것이다.

2_ 진아秦娥 : 진秦나라 목공穆公(전 660~전 661 재위) 영임호嬴任好에게는 퉁소를 잘 부는 롱옥弄玉이란 딸이 있었다고. 그는 소사簫史에게 시집가, 뒤에 봉황새를 타고 하늘로 올랐다는 전설이 있다. 롱옥과 소사가 피리를 불던 곳이 진루秦樓라고 한다. 진아秦娥는 진나라의 미녀라는 뜻이다.

3_ 파릉교灞陵橋 : 서안 동쪽 10킬로미터에서 북류하여 위하渭河로 들어가는 물이 파수灞水, 그 위에 놓인 다리가 파릉교이다. 옛날 장안에서 동쪽으로 가는 사람을 배웅할 때에는 모두 이 다리에 와서 버들을 꺾고 이별했다고 한다. 지금도 주변에는 버드나무가 많다. 일명 파교灞橋, 소혼교銷魂橋(애간장 녹는 다리).

4_ 락유원樂遊原 : 서안 동남쪽에 있는데, 지세가 높고 사방이 툭 트였다. 옛날 삼월 삼짇날이나 구월 구일(重陽節)에 장안의 선남선녀들은 이곳으로 피크닉을 나갔다. 리상은 《락유원에 올라》 참조(본서 820쪽).

5_ 함양咸陽 : 서안 서쪽 약 40킬로미터, 위하渭河가에 있으며, 진秦나라 수도였다.

6_ 한나라 능묘 궁궐 : 위하渭河의 북안北岸에는 한漢나라 고조高祖 류방劉邦의 능(長陵)을 위시하여 수많은 능묘가 있다. 한나라 장안성 옛터는 당나라 장안성과 진나라 함양성 중간 지점에 있었다.

막막한 평지의 숲[1] | 무명씨, 리백

菩薩蠻
보살만

막막한 평지 숲에는 안개가 서리는데,

平林漠漠烟如織。
평림 막막 연 여직

싸늘한 산은 온통 마음 아픈 파란색.

寒山一帶傷心碧。
한산 일대: 상심 벽

저녁 기운 높은 누각에 드는데,

暝色入高樓。
명색 입 고루

누각 위에서 시름하는 한 사람.	有人樓上愁。 유:인 루상: 수

•

섬돌에 덩그렇게 서 있으려니,	玉階空佇立。 옥계 공 저:립
잘 새는 급히 날아서 돌아가네.	宿鳥歸飛急。 숙조: 귀비 급
어느 곳이 돌아가는 길인가?	何處是歸程。 하처: 시: 귀정
십리 정자 그리고 오리 정자.[2]	長亭更短亭。 장정 갱: 단:정

1_ 〈보살만〉은 사패. 당나라 선종宣宗(846~859 재위) 리침李忱 때, 외국 사신이 왔는데 높은 상투에 금관을 쓰고 전신에 영락瓔珞을 두르고 있어 당나라 사람들은 그들을 보살만菩薩蠻이라 불렀으며, 당시에 보살만이라는 악곡을 지었다는 기사가 있다.

2_ 십리 정자, 오리 정자 : 원문은 장정長亭 단정短亭. 도시와 도시를 연결하는 도로에 일정한 간격을 두고 설치한 휴게소. 진·한秦漢 때부터 이것이 제도화했다. 10리里에 큰 정자(長亭), 5리에 작은 정자(短亭)를 두었다 한다.

풍연사 馮延巳

Feng Yansi

풍연사馮延巳(903~960, 자 正中)는 초기 사단詞壇에서 가장 많은 작품(100여 수)을 남긴 시인이다. 위장韋莊 · 리욱李煜과 함께 오대五代의 사를 대표하는 풍연사는 북송北宋의 사인詞人에게 많은 영향을 끼쳤다.

풍연사는 강소성 양주揚州 사람이다. 아버지(馮令頵)는 남당南唐의 렬조烈祖 리변李昪 밑에서 리부상서吏部尙書를 지냈다. 풍연사의 일생은 관운이 형통하여 비서랑秘書郎으로부터 재상宰相까지 되었다. 섬기던 임금(元宗, 李璟)이 또한 유명한 사인詞人이었으므로 군신간의 분위기도 아주 좋았다. 다만, 반대파에서는 임금의 총명을 가리는 오귀五鬼의 하나라고 매도하였다.

쓸쓸히 맑은 가을[1] | 풍연사

鵲踏枝
작답지

쓸쓸히 맑은 가을에 떨어지는 눈물 구슬.
蕭索清秋珠淚墜。
소삭 청추 주루: 추:

베개와 대자리 조금 선득하니,
枕簟微涼,
침:점: 미량

뒤척이며 도무지 잠들지 못해요.
展轉渾無寐。
전:전: 혼 무매:

남은 술기운 깨는 듯 밤중에 일어나니,
殘酒欲醒中夜起。
잔주: 욕성: 중야: 기:

달빛은 깁과 같고 하늘은 물과 같아요.
月明如練天如水。
월명 여련: 천 여수:

•

섬돌 아래 처량하게 우는 귀뚜라미 소리.
階下寒聲啼絡緯。
계하: 한성 제 락위:

마당 나무에 갈바람[2] 이는데,
庭樹金風,
정수: 금풍

겹겹이 닫혀진 대문, 고요하군요.
悄悄重門閉。
초:초: 중문 폐:

안타깝다, 옛 님이 손을 잡아끌던 이곳.
可惜舊歡攜手地。
가:석 구:환 휴수: 지:

하룻저녁 생각에 몸이 바짝 여위었어요.
思量一夕成憔悴。
사량 일석 성 초췌:

1_ 사패 〈작답지〉는 당나라 교방教坊의 곡명. 뒤에 송나라 안수晏殊의 사에서부터 〈접련화〉蝶戀花로 바뀌었다. 감상에 젖기 쉬운 가을날에 외로움을 지키고 있는 여인의 마음을 노래한 것이다.

2_ 갈바람 : 금풍金風. 오행설五行說에 맞추어 갈바람(秋風), 서풍西風을 가리키는 것이다.

바람 건듯 일더니[1] | 풍연사

謁金門
알금문

바람 건듯 일더니	風乍起。 풍 사:기:
연못 가득 봄물 불어 잔주름[2] 지었어요.	吹縐一池春水。 취추: 일지 춘수:
한가로이 꽃 핀 오솔길로 원앙새 몰다가,	閒引鴛鴦芳徑裏。 한인: 원앙 방경: 리:
손으로 빨간 살구 꽃술을 비볐어요	手挼紅杏蕊。 수:뇌 홍행: 예:
•	
오리 싸움[3] 구경하던 난간에 홀로 기대니,	鬪鴨闌干獨倚。 투:압 란간 독의:
푸른 옥돌의 비녀는 기웃이 떨어질 듯.	碧玉搔頭斜墜。 벽옥 소두 사추:
종일토록 그대 바라도 그대 오시지 않아,	終日望君君不至。 종일 망:군 군 불지:
고개를 드니, 까치 소리 반갑군요.[4]	擧頭聞鵲喜。 거:두 문작 희:

1_ 〈알금문〉은 유생儒生이 임금께 알현한다는 뜻. 금문金門은 금마문金馬門의 약칭인데, 이곳은 한나라 무제武帝 류철劉徹이 학사學士들을 모아 고문顧問에 대비시키던 곳이다. 이 곡조는 당나라 때 창제된 것이다. 이 사는 봄날의 규정閨情을 읊었다.

2_ 연못 잔주름 : 이 구절에 대해서는 다음과 같은 에피소드가 있다. —남당南唐 원종元宗(943~961 재위) 리경李璟은 일찍이 풍연사馮延巳에게 농을 걸었다. "'연못 가득 봄물 불어 잔주름 지었어요.'라니, 경과 무슨 상관이 있소?" 풍연사의 대답, "폐하의 '작은 누각에 불어 사무치는, 생황의 차가움'(小樓吹徹玉笙寒)처럼 묘하지는 못합니다." 이 말씀을 듣고 원종 리경은 기뻐하였다.

3_ 오리 싸움 : 원문은 투압鬪鴨. 투계鬪鷄나 투견鬪犬, 투우鬪牛 같은 유희이다.

삼국三國 육조六朝 시대부터 이런 유희가 강남 지방에 성행한 듯, 삼국시대 손려孫慮나 당나라 때 륙귀몽陸龜蒙의 집에는 투압란鬪鴨闌이 설치되어 있었다 한다.

4_ 까치 소리 반갑군요 : 당나라 때부터 까치 소리는 우리처럼 반가운 소식으로 여겼다고 한다.

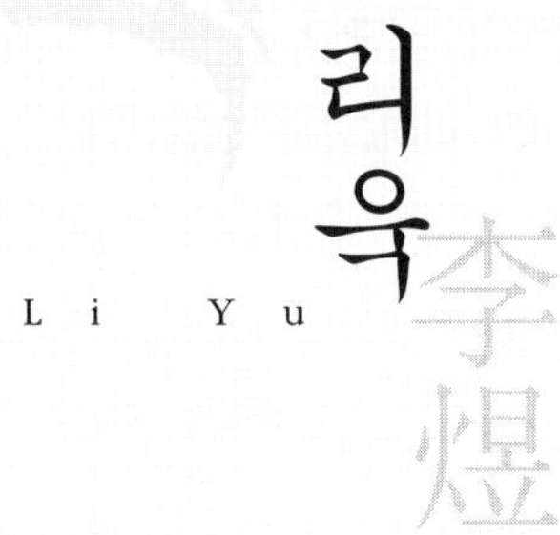

리욱 李煜

Li Yu

리욱李煜(937~978, 南唐 後主)은 어쩌다 임금으로 태어났지만 천성적인 시인이다. 예술을 사랑했던 이 임금은 강력한 송나라 군사력 앞에 나라를 잃고 포로의 몸이 되었다. 그의 사詞는, 특히 후기에 와서, 인간세계의 슬픔을 격조 높게 읊고 있다. 리욱은 제왕帝王으로서는 실패했지만 시인으로서는 최고 경지를 이룩했다.

강력한 제국이었던 당나라가 서기 907년에 멸망한 뒤로부터 960년에 송나라가 통일하기까지 약 반세기를, 중국사中國史에서는 오대五代라고 부른다. 황하 유역, 소위 중원中原 지방에는 이 기간에 다섯 왕조가 흥망했기 때문이다. 그러나 그들의 통치구역은 장강 유역에는 미치지 못했으니, 이곳에는 같은 기간에 열 개의 지방정권이 나타났다. 리욱이 임금 노릇을 한 남당南唐도 그 가운데 하나다. 영토는 강소성·안휘성·강서성 일대, 수도는 남경(南京市)이었다. 남당은 리욱이 태어나던 해에 그의 할아버지 리변李昪(先主)이 세우고 아버지 리경李璟(中主)이 잇고 리욱(後主)이 마지막 임금 노릇을 하다가 건국 39년 만에 송나라에게 망했다. 남당은 비록 지방정권에 불과했지만, 경제력이 풍부하고 문화 수준이 높았다. 다만 군사력이 약하여 북쪽의 강국(後周, 宋 등)에게 조공朝貢을 바치며 평화를 기원했다.

리욱의 재위 14년간(961~975)은 궁정생활이 상당히 사치스러웠다. 그는 시사詩詞를 지었고, 학문을 좋아했으며, 서화書畵와 음악音樂 등 모든 예능에도 통달했다고 한다. 그의 주위에는 재모를 겸비한 부인들(大周后, 小周后)이 있었고, 많은 문인 · 예술가들이 모여들었다. 그러나 그는 정치가가 아니었으며, 풍운이 급박했던 오대五代에 나라를 지탱할 힘이 없었다.

나라가 망한 뒤(975), 송나라 서울 개봉(開封市)으로 끌려가 유폐생활을 하다가, 978년 칠월 칠석, 바로 자신의 생일날에 리욱은 독살되고 말았다.

리욱의 사詞는, 그 생활환경의 급변으로, 전기와 후기로 나눌 수 있다. 시인 국왕으로서 여인의 사랑을 노래한 것이 전기의 특징이라면, 포로로서 인생의 슬픔을 노래한 것이 후기의 특징이다. 절망 속에서 절실하게 호소한 후기 비가悲歌는 예술적으로 불후의 작품이다. 본서에서는 전기의 작품으로는 《저녁 단장 마치고》 〈일곡주〉 이하 2수를 뽑고, 후기의 작품으로는 《사십 년 국가》 〈파진자〉 이하 5수를 뽑았다.

저녁 단장 마치고[1] | 리욱

一斛珠
일곡주

저녁 단장 마치고,
진홍 연지[2]를 가볍게 찍네, 조그만큼.
남 앞에 살짝 보이는, 정향 꽃봉오리.[3]
한 가닥 맑은 노래,
잠깐 앵두 입술 터지네.

晚粧初過。
만:장 초과:
沈檀輕注些兒個。
침단 경주: 사아개:
向人微露丁香顆。
향:인 미로: 정향 과:
一曲清歌,
일곡 청가
暫引櫻桃破。
잠:인: 앵도 파:

•

비단 소매 젖어 검붉은 빛 괜찮아라,
술잔 깊어도 금방 채워지는 진한 술.
자수틀에 비슷이 기대는 말 못할 애교.
빨간 실 잘강잘강 씹어,
웃으면서 낭군 앞으로 뱉네.

羅袖裛殘殷色可。
라수: 읍잔 은:색 가:
杯深旋被香醪涴。
배심 선피: 향료 와:
繡牀斜凭嬌無那。
수:상 사빙 교 무나:
爛嚼紅茸,
란:작 홍용
笑向檀郎唾。
소:향: 단랑 타:

1_ 사패 〈일곡주〉의 유례에 대해서는, "당나라 현종玄宗 리릉기李隆基의 매비梅妃는 양귀비楊貴妃 때문에 상양궁上陽宮으로 쫓겨났다. 현종 리릉기는 그녀를 생각하여 '구슬 한 섬'(一斛珠)을 보내도록 하명했으나, 매비는 시를 지어 이를 사퇴했다. 리릉기는 이를 보고 감상에 젖어 이 시에 맞추어 새로운 악곡을 짓게 했다."는 기록이 있다. 이 사는 리욱의 대주후大周后를 그린 것이라는 전

설이 있다.

2_ 진홍 연지 : 원문은 침단沈檀. 판본에 따라서는 농단濃檀으로 된 것도 있다. 단檀은 붉다는 뜻, 붉은 입술을 단구檀口라고 하는 것과 같다. 일설에는 침단沈檀이란 향香의 이름으로 해석하기도 한다. 그러면, "침단의 향을 입안에 넣네"라는 뜻이 된다.

3_ 정향 꽃봉오리 : 미인의 조그만 혀를 상징하는 말. 정향 꽃봉오리 같이 빨갛고 조그맣고 끝이 뾰족함에서 나온 것이다. 정향丁香(*Syzygium aromatica*)은 일명 계설향鷄舌香(닭 혀)이라고도 한다.

환한 꽃 어두운 달[1] | 리욱

菩薩蠻
보살만

환한 꽃, 어두운 달, 엷은 안개 날리네.
花明月暗飛輕霧。
화명 월암: 비 경무:

오늘밤은 좋아라, 님의 곁으로 가기에.
今宵好向郎邊去。
금소 호:향: 랑변 거:

버선발 고운 섬돌을 걷네,
衩襪步香階。
차:말 보: 향계

금실 수신을 손에 들었네.
手提金縷鞋。
수:제 금루: 혜

•

단청 올린 전당 남쪽에서,
畫堂南畔見。
화:당 남반: 견:

한동안 품속에 안겨 떠네.
一向偎人顫。
일향: 외인 전:

"저는 어렵사리 나왔어요,
奴爲出來難。
노위: 출래 난

당신 뜻대로 사랑하서요."

教君恣意憐。
교:군 자:의: 련

1_ 이 사는 리욱이 소주후小周后와 남몰래 데이트한 정경을 그린 것이라는 전설이 있다.

사십 년 국가[1] 리욱

破陣子
파:진:자:

사십 년[2] 벋어 나온 국가,

四十年來家國,
사:십 년래 가국

삼천 리[3] 넓고 넓은 강산.

三千里地山河。
삼천 리:지: 산하

호화로운 용봉의 누각[4]은 은하수에 닿았고,

鳳閣龍樓連霄漢,
봉:각 룡루 련 소한:

아름다운 경옥의 수목[5]엔 여라가 얽혔으니,

玉樹瓊枝作烟蘿。
옥수: 경지 작 연라

언제 창이나 칼을 알아보았나!

幾曾識干戈。
기:증 식 간과

하루아침에 포로가 되니,

一旦歸爲臣虜,
일단: 귀위 신로:

여윈 허리, 반백의 살쩍.[6]

沈腰潘鬢消磨。
심:요 반빈: 소마

무엇보다도, 허둥지둥 종묘에 하직하던 날,

最是倉皇辭廟日,
최:시: 창황 사묘: 일

교방[7]에서는 오히려 별리의 노래를 올리는데, 教坊猶奏別離歌。
교:방 유주: 별리 가

눈물지으며 궁녀를 보던 일! 垂淚對宮娥。
수루: 대: 궁아

1_ 사패 〈파진자〉는 당나라 때의 파진악破陣樂이란 곡조에서 나온 것이다. 이 사는 남당南唐 서울 금릉金陵(지금의 南京市)이 함락되어 송宋나라 군문에 항복했을 때의 정경을 뒤에 회고하여 쓴 것이다. 이 작품의 끝 구절, "눈물지으며 궁녀를 보던 일"에 대해 종래 도학자들의 비판이 많았으나, 여기서 우리는 임금으로서의 리욱보다 시인으로서의 리욱을 볼 수 있다.

2_ 사십 년 : 남당南唐은 937년에 건국하고, 975년에 송나라에게 멸망되었으니, 39년째이다. 937년은 또한 리욱이 태어난 해이기도 하다.

3_ 삼천 리 : 남당의 영토는 강소성 · 안휘성 · 강서성 대부분과 호북성 · 복건성 일부이다. 남북의 길이는 약 1,000킬로미터 내지 1,200킬로미터이다.

4_ 용봉龍鳳의 누각 : 용 · 봉은 임금의 자리를 상징하는 상상의 동물. 왕궁에는 이들 동물의 그림이나 조각으로 장식한다.

5_ 경옥瓊玉의 수목 : 경 · 옥은 보석 이름. 궁정 안의 아름다운 나무에 대한 형용사이다.

6_ 여윈 허리, 반백의 살쩍 : 원문은 심요沈腰 반빈潘鬢이다. 심요는 심약沈約의 허리, 반빈은 반악潘岳의 살쩍이라는 말. 심약이 자기 친구(徐勉)에게 보낸 편지에, "늙고 병들어 …… 혁대의 구멍을 자주 바꿔야 한다."는 구절이 있다. 여기서 몸이 쇠약하여 허리가 여위는 것을 심요沈腰라 한다. 또 반악의 글(秋興賦)에, "내 나이 서른둘에 머리칼이 희끗하게(二毛) 되니,"라는 구절이 있다. 여기서 살쩍이 희끗희끗하게 된 것을 반빈潘鬢이라 한다.

7_ 교방教坊 : 궁중의 우령優伶 및 여악女樂을 관장하던 기관. 잔치나 종묘의 제사에는 모두 교방에서 음악을 연주한다.

말없이 혼자[1] | 리욱

相見歡
상견:환

말없이 혼자 서편 누각[2]에 오르니,
無言獨上西樓。
무언 독상: 서루

갈고리 같은 초승달.
月如鉤。
월여구

오동나무[3] 적막한 마당에 맑은 가을 잠갔네.
寂寞梧桐深院鎖淸秋。
적막 오동 심원: 쇄: 청추

베어도 잘리지 않고,
剪不斷。
전: 불단:

챙겨도 다시 엉키는,
理還亂。
리: 환란:

이것이 이별의 시름.[4]
是離愁。
시: 리수

또 다른 하나의 깊은 맛이 마음에 생겨나네.
別是一般滋味在心頭。
별시: 일반 자미: 재: 심두

1_ 사패 〈상견환〉은 원래 당나라 교방教坊의 곡조 이름. 오야제烏夜啼, 추월야秋月夜 등의 이명이 있다. 이 작품은 가장 슬픈 탄식이니, 이른바 "망국亡國의 음악은 감상感傷에 젖는다."(『毛詩』「大序」)는 평에 해당된다.

2_ 서편 누각 : 서쪽의 바람(西風)은 가을바람이듯, 서쪽은 관념적으로 가을과 연결되는 단어이다. 단순히 방위만 표시한 것이 아니다.

3_ 오동나무 : 속설에 오동나무는 입추立秋(양력 8월 7일경)날부터 한 잎씩 떨어진다고 한다. 조락凋落의 가을을 상징하는 나무이다.

4_ 이별의 시름 : '실 사'絲 자는 '생각 사'思 자와 음이 같기에 시문에서는 시름이나 마음을 실에 잘 비교한다. 여기서도 같은 생각에서 나온 것이다.

한이 얼마일까[1] | 리욱

夢江南
몽:강남

한이 얼마일까,	多少恨, 다소: 한:
간밤 꿈속의 넋은!	昨夜夢魂中。 작야: 몽:혼 중
그냥 옛날처럼 상원[2]에서 놀았네,	還似舊時遊上苑, 환사: 구:시: 유 상:원:
수레는 강물처럼 흐르고, 용마는 달리고.[3]	車如流水馬如龍。 거여 류수: 마:여 룡
꽃과 달에, 마침 봄바람!	花月正春風。 화월 정: 춘풍

1_ 사패 〈몽강남〉은 일명 억강남憶江南, 망강남望江南, 망강매望江梅라고도 한다. 이 작품은 남당이 망한 뒤, 리욱이 송나라 서울 개봉開封에 유폐되어 있을 때 지은 것인 듯하다.

2_ 상원上苑 : 임금의 사냥터, 또는 정원이다.

3_ 수레는 …… 달리고 : 이 구절은 화려한 왕공 · 귀족들의 사교장으로서의 상원上苑의 모습을 읊은 것이다.

발 밖에는 비가 추적추적[1] | 리욱

浪淘沙
랑:도사

발 밖에는 비가 추적추적.	簾外雨潺潺。 렴외: 우: 잔잔

봄의 뜻은 시들부들.	春意闌珊。 춘의: 란산
비단 이불도 참지 못할 오경[2]의 추위	羅衾不耐五更寒。 라금 불내: 오:경 한
꿈속에선 이 몸이 나그네임을 몰라,	夢裏不知身是客, 몽:리: 불지 신 시:객
잠깐 쾌락을 탐했네.	一晌貪歡。 일상: 탐환

•

혼자 난간에 기대지 말라.[3]	獨自莫凭欄。 독자: 막 빙란
끝없이 이어진 강산.[4]	無限江山。 무한: 강산
헤어질 때는 쉽지만 만날 때는 어렵네.	別時容易見時難。 별시 용이: 견:시 난
흐르는 물, 지는 꽃에 봄은 갔어라,[5]	流水落花春去也, 류수: 락화 춘거: 야:
하늘 위 세상으로![6]	天上人間。 천상: 인간

1_ 사패 〈랑도사〉는 원래 당나라 교방의 가락. 단조單調로 28자였으나, 남당南唐 이후 쌍조雙調 54자를 많이 짓게 되었다. 이 작품 역시 리욱이 유폐되어 있을 때 지은 것이다. 이 해(978) 여름에 리욱은 독살되었다.

2_ 오경五更 : 새벽 4시경.

3_ 난간에 기대지 말라 : 원문은 막빙란莫凭欄. 일설에는 '말 막'莫 자를 '저녁 모'暮 자로 읽고, "저녁에 난간에 기댄다"라고 해석하기도 한다.

4_ 강산 : 고국 강남의 아름다운 강산을 가리킨다.

5_ 봄은 갔어라 : 나라가 망한 것을 상징한다.

6_ 하늘 위 세상으로 : 원문은 천상인간天上人間. 일설에는 "천상으로? 인간세상으로?"라고 해석하기도 한다. 역시는 봄이, 고국이, 자기의 손이 닿지 않는 곳, 완전히 떨어진 곳으로 가버리고 말았다는 슬픔을 표시한 것으로 보았다.

봄꽃 가을 달[1] | 리욱

虞美人
우미:인

봄꽃 가을 달은 어느 때 가서 끝이 날까,
春花秋月何時了。
춘화 추월 하시 료:

지나간 일은 얼마나 알까!
往事知多少。
왕:사: 지 다소:

작은 누각엔 간밤에 또 동풍[2]이 불었네.
小樓昨夜又東風。
소:루 작야: 우: 동풍

고국은 돌아볼 수 없구나, 달 밝은 밤에!
故國不堪回首月明中。
고:국 불감회수: 월명 중

•

아로새긴 난간 대리석 섬돌[3] 그냥 있겠지,
雕闌玉砌應猶在。
조란 옥체: 응 유재:

다만 붉은 얼굴만 세었겠지.
只是朱顔改。
지:시: 주안 개:

"묻노니, 시름은 모두 얼마나 되오?"
問君都有幾多愁。
문:군 도유: 기:다 수

"마치 온 강 봄물이 동으로 흐르듯[4] 하오!"
恰似一江春水向東流。
흡사: 일강춘수: 향:동 류

1_ 사패 〈우미인〉은 당나라 때 교방敎坊의 곡조. 항적項籍의 《우미인가》虞美人歌, 즉 《해하 노래》(본서 203쪽)에서 딴 것이다. 리욱은 개봉開封에 유폐되어 있다가 견기약牽機藥이란 독약으로 피살되었는데, 그 원인의 하나는 이 작품의 구절 때문이었다고 한다.

2_ 동풍 : 봄바람. 대륙성 계절풍지대에 속하는 중국에서는 봄에 동남쪽에서 바람이 불어온다. 또한 남당南唐의 옛 서울 금릉金陵(南京市)은 고래로 강동江東 지방이라고도 부르며, 송나라 서울 변경汴京(開封市)에서 본다면 동남쪽에 위치하기에, 이 말은 암암리에 "고국에서 불어오는 바람"을 뜻하기도 한다.

3_ 아로새긴 …… 섬돌 : 남당南唐의 호화로운 궁전을 가리킨다.

4_ 동으로 흐르듯 : 대체로 중국의 지형은 서북쪽이 높고 동남쪽이 낮아, 황하黃河 · 장강長江 · 회수淮水 등 대부분의 강이 동쪽으로 흐르고 있다. 그래서 "동으로 흐르듯"은 일반적인 경우 흐르는 강물이라는 뜻이고, 나아가 상징적으로는 자연과 인간의 속절없이 흐르는 시간時間을 의미하는 것이다. 그러나 여기서는 암암리에 동방의 나라, 즉 리욱의 고국을 뜻하기도 한다.

안기도 晏幾道

Yan Jidao

안기도晏幾道(약 1030~약 1106, 자 叔原, 호 小山)의 사는 소령小令의 최고 수준을 보이는 것이다. 만당晚唐 · 오대五代의 사도 그렇지만 북송北宋 초기의 사는 대부분 사의 짤막한 형식인 소령小令의 독무대였다. 안기도는 남당南唐의 풍연사馮延巳 · 리욱李煜 등이 이룩한 전통을 이어 이를 활짝 꽃피운 시인이다.

안기도는 강서성 림천시臨川市 사람이다. 그 아버지(晏殊)는 북송 초기의 유명한 사인詞人이며 재상宰相까지 지냈으니, 그 일곱째 아들로 태어난 안기도의 청년 시기는 물질적으로나 정신적으로나 풍부한 것이었지만, 세상살이를 모르고 너무 천진난만했던 그는 결국 현실생활에서는 실패했다. 그는 벼슬이라고는 허전許田, 하남성 허창許昌의 감관監官(왕실 토지 관리관)을 지냈을 뿐이다. 만년에 이르러서는 가난에 쪼들리는 비참한 생활을 했다. 이러한 사정이 그의 사로 하여금 애조를 띠고 추억에 젖게 한 듯하다. 모두 200여 편이 『소산사』小山詞에 수록되어 있다.

안기도의 시대는 장선張先보다 늦으며 아마 류영柳永, 소식蘇軾과 비슷하겠지만 사풍詞風의 흐름으로 봐서 본서에서는 장선 앞에 놓았다.

꿈꾼 뒤에 누각은[1] | 안기도

臨江仙
림강선

꿈꾼 뒤에 누각은 높이 잠겼는데,
술이 깨니 휘장은 낮게 드리웠네.
지난해 봄의 원한이 다시 밀려들 때.
낙화 가운데[2] 사람 홀로 서고,
이슬비 속에 제비 쌍으로 나네.

夢後樓臺高鎖,
몽:후: 루대 고쇄:
酒醒簾幕低垂。
주:성: 렴막 저수
去年春恨卻來時。
거:년 춘한: 각 래시
落花人獨立,
락화 인 독립
微雨燕雙飛。
미우: 연: 쌍비

•

빈아[3]를 처음 만나던 기억이 새로우니,
겹 '마음 심' 자[4] 고를 낸 비단저고리.
비파 현 위에 울리던 그리운 노래.
당시의 밝은 달은 지금도 있으니,
오색구름[5] 비추며 가던 그 달이지.

記得小蘋初見,
기:득 소:빈 초견:
兩重心字羅衣。
량:중 심자: 라의
琵琶弦上說相思。
비파 현상: 설 상사
當時明月在,
당시 명월 재:
曾照彩雲歸。
증조: 채:운 귀

1_ 사패 〈림강선〉은 본래 당나라 교방教坊의 곡명. 초기의 사는 사패와 사의 내용과는 관련이 있었으니 〈림강선〉은 수선水仙을 읊은 것이 많았다. 이 작품은 사랑하는 여인과 헤어진 뒤 그 추억을 노래한 것이다.

2_ 낙화 가운데 : 이하 2행은 그 대우가 정교하여 사람들 입에 회자膾炙되는 명구이다. 이 대구는 본래 오대五代 때 옹굉翁宏의 시(春殘)에서 따왔는데, 그 시

는 알려지지 않고 오히려 이 사에서 빛을 내고 있는 것이다. 점철성금點鐵成金이라는 평이 있다.

3_ 빈아 : 원문은 소빈小蘋, 기생의 이름. 소小 자는 애칭이다. 그의 사집인 『소산사』小山詞의 서문을 보면 련蓮 · 홍鴻 · 빈蘋 · 운雲이란 기생이 그의 친구 집에 있었다 한다.

4_ 마음 심心 자 : 마음 심心 자의 전서篆書체(㣺)로 고를 낸 것.

5_ 오색 구름 : 빈아를 가리킨다. 오색 구름은 예쁘지만 박명한 여자를 뜻한다.

옥잔을 받쳐 들던 푸른 소매 | 안기도

鷓鴣天
자:고천

정답게 옥잔 받쳐 들던 색동 소매 그 여인,	彩袖殷勤捧玉鍾。 채:수: 은근 봉: 옥종
거리낌 없이 얼굴이 발갛게 취하던 그 시절.	當年拚卻醉顔紅。 당년 변:각 취: 안홍
춤 사라지니 양류루[1] 복판에 달빛 환하고	舞低楊柳樓心月, 무:저 양류: 루심 월
노래 끝나니 도화선[2] 아래에 바람이 인다.	歌盡桃花扇底風。 가진: 도화 선:저: 풍

•

이별한 뒤로부터	從別後, 종 별후:
상봉을 기억하니,	憶相逢。 억 상봉
몇 번이나 꿈속의 넋은 그대와 동석했을까?	幾回魂夢與君同。 기:회 혼몽: 여:군 동

오늘 밤 아낌없이 은빛 등잔을 밝히지만 今宵賸把銀釭照,
금소 잉:파: 은강 조:

오히려 꿈속의 상봉이 아닌가 두렵구나. 猶恐相逢是夢中。
유공: 상봉 시: 몽:중

1_ 양류루楊柳樓 : 누각의 이름이라기보다는 버들이 휘늘어진 옆에 있는 누각을 가리키는지 모른다.

2_ 도화선桃花扇 : 복사꽃을 그린 부채.

하늘가 황금 손바닥[1] | 안기도 阮郎歸
원:랑귀

하늘가 '황금 손바닥'[2] 이슬은 서리가 되는데 天邊金掌露成霜。
천변 금장: 로: 성상

구름은 기러기 떼를 따라가며 길어지네. 雲隨雁字長。
운수 안:자: 장

중양절[3]이라 즐겨보는 초록 술잔 다홍 소매, 綠杯紅袖趁重陽,
록배 홍수: 진: 중양

사람의 정은 여기도 고향과 같구나. 人情似故鄕。
인정 사: 고:향

• •

택란[4]을 다니 보랏빛, 蘭佩紫,
란패: 자:

국화를 꽂으니 노랑. 菊簪黃。
국잠 황

정답게 옛날 허물없는 장난 쳐보네. 殷勤理舊狂。
은근 리: 구:광

깊이 취한 술로써 슬픔과 맞바꾸려고 하니, 欲將沈醉換悲涼。
욕장 침취: 환: 비량

맑은 노래여, 간장을 녹이지 마소라. 淸歌莫斷腸。
청가 막 단:장

1_ 사패 〈원랑귀〉는 원주阮肇의 고사에서 나온 것이다. "영평永平(508~512) 연간에 류신劉晨 · 원주阮肇가 천태산天台山으로 약을 캐러 갔다가 두 여자를 만났는데 얼굴과 몸매가 썩 고왔다. 그녀들은 뜻밖에도 류신과 원주의 이름을 부르고 집으로 청하더니 참깨 밥을 대접했다. 조금 있다가 귀가하니 이미 7세대가 지난 후였다"고 한다. 이 얘기는 당나라 때 퍽 유행했던 것이다.

2_ 황금 손바닥 : 한나라 무제武帝 류철劉徹이 세운 동상의 손바닥은 이슬을 받기 위해 쟁반처럼 되었다 한다. 원호문《일천이백삼십삼년 사월 스무아흐레》 주 5 참조(본서 1168쪽).

3_ 중양절 : 음력 구월 구일. 이 날 친구들과 산에 올라 술도 마시고 꽃을 꺾어 머리에 꽂기도 한다.

4_ 택란 : 원문 란蘭은 국화과의 택란澤蘭(*Eupatorium japonicum*), 또는 등골나물(*Eupatorium chinensis*), 패란佩蘭(*Eupatorium fortunei*) 등이 있다.

장선張先

Zhang Xian

장선張先(990~1078, 자 子野)은 류영柳永과 함께 북송北宋의 태평성대에 있어 도회지의 번화한 생활, 특히 청루青樓의 생활을 사에 담은 시인이다. 그리고 사의 형식이 소령小令에서 장조長調로 넘어가는 과도기의 작가이기도 하다.

장선은 절강성 호주湖州 사람이다. 마흔한 살에 진사進士에 급제, 오강吳江(강소성)의 지현知縣을 지내고, 일흔두 살에 도관랑중都官郎中(법무부 국장급)을 지냈다. 말년에는 향리에서 한가로이 지내다가 거의 아흔 살까지 장수했다. 그는 관운이 별로 순탄치 못했으며, 성격이 풍류를 좋아하여 화류계花柳界에 많이 드나들었다. 그의 작품에 나오는 여주인공은 이들 노류장화였다.

수조 노래 두어 구절[1] | 장선

天仙子
천선자:

이때 나는 가화嘉禾(절강성 嘉興)의 판관判官으로 있었는데, 병이 들어 모임에 참석지 않았다.

수조[2] 노래 두어 구절, 술잔 잡고 들으니,	水調數聲持酒聽。 수:조: 수:성 지주: 청:
낮술은 깨었지만 수심은 깨지 아니하네.	午醉醒來愁未醒。 오:취:성:래 수 미:성:
봄을 보내니, 봄은 가서 언제 돌아오는가?	送春春去幾時回, 송:춘 춘거: 기:시 회
저녁에 거울을 보며	臨晚鏡。 림 만:경:
흐르는 세월에 애타네.	傷流景。 상 류경:
지난 일과 앞날의 기약을 공연히 되새기네.	往事後期空記省。 왕:사: 후:기 공 기:성:

•

모래 위 물새 한 쌍, 못 가에 밤이 되니,	沙上竝禽池上暝。 사상: 병:금 지상: 명:
구름 갈라져 달 나와, 꽃이 희롱하는 그림자.[3]	雲破月來花弄影。 운파: 월래 화 롱:영:
겹겹이 내린 발과 장막이 등불을 꼭 가리네.	重重簾幕密遮燈, 중중 렴막 밀차 등
바람은 자지 않지만	風不定。 풍 불정:
인적 처음 조용해지네.	人初靜。 인 초정:

밝는 아침엔 떨어진 꽃잎이 길에 가득하리. 明日落紅應滿徑。
명일 락홍 응 만:경:

1_ 자서가 있다. 사패 〈천선자〉는 원래 당나라 교방敎坊의 곡명. 서역 구자龜茲에서 나온 무곡舞曲이었다. 1041년, 시인 나이 52세 때 지은 것이다.

2_ 수조水調 : 악부樂府 곡명. 본래 수隋나라 양제煬帝(604~618 재위) 양광楊廣이 변하汴河를 개통시키고 스스로 지은 것이라 한다. 곡조가 몹시 슬프고 가사도, "산천이 눈에 가득한데, 눈물이 옷을 적시네."(山川滿目淚沾衣)라는 구절에서 보듯이 슬픈 것이다. 당唐나라 현종玄宗 리륭기李隆基가 사천성에서 피란살이 할 때 들었고, 백거이白居易도 들은 적이 있다 한다. 사패에도 수조가두水調歌頭가 있다.

3_ 꽃이 희롱하는 그림자 : 장선은 '그림자 영'影 자를 즐겨 썼는데, 특히 이 구절은 삼영三影의 하나로 사람의 입에 회자되는 명구이다. 나머지 둘은, "인적 없는 버드나무 길에, 떨어지는 버들개지 날아 보이지 않는 그림자"(柳徑無人, 墜絮飛無影)와 "어여쁜 여인이 일어나기 게을러, 주렴이 눌러 말아버린 꽃 그림자"(嬌柔嬾起, 簾壓捲花影)이다. 이 밖에 "개구리밥이 끊어진 틈으로 보이는 산 그림자"(浮萍斷處見山影), "담장 너머 보내오는 그네 그림자"(隔牆送過鞦韆影) 등이 있다.

단자 보료 항라 휘장 | 장선 更漏子
경루:자:

단자[1] 보료는 다홍, 錦筵紅,
금:연 홍

항라[2] 휘장은 연두. 羅幕翠。
라막 취:

자리에 시중드는 예쁜 색시. 侍宴美人姝麗。
시:연: 미:인 주려:

열대여섯이나 될까?	十五六, 십 오:륙
사람을 알아보아,	解憐才。 해: 련재
나한테로 가득한 술잔을 권한다.	勸人深酒杯。 권:인 심 주:배

•

검은 눈썹은 길고,	黛眉長, 대:미 장
붉은 입술은 작고.	檀口小。 단구: 소:
귀에다 대고서 속삭이는 말.	耳畔向人輕道。 이:반: 향:인 경도:
"버들잎 그늘진 곳이	柳陰曲, 류:음 곡
바로 저희 집이죠,	是兒家。 시: 아가
문 앞에 빨간 살구꽃이 있고요."	門前紅杏花。 문전 홍 행:화

1_ 단자緞子 : 원문은 금錦, 두꺼운 비단이다.

2_ 항라亢羅 : 원문은 라羅, 얇은 비단이다.

류영 柳永

Liu Yong

류영柳永(약 987~약 1053, 자 耆卿)은 오대사五代詞의 기풍을 불식하고 또 장조長調를 처음 정립한 시인이다. 장선張先과 같이 번화한 북송北宋의 도회지 생활, 특히 당시 남녀들의 낭만적이고 병태적인 생활이 그의 작품의 주제가 되고 있다.

류영은 숭안崇安(복건성 武夷山市) 사람, 일설에는 락안樂安(강서성) 사람이라고도 한다. 어려서부터 홍등가에 놀며 염사艷詞를 짓는 등 방탕한 생활을 했으므로 벼슬길이 늦었고 관운도 시원치 않았다. 40여 세나 될 1034년에 겨우 진사進士에 급제, 둔전원외랑屯田員外郎(屯田 및 官田 담당 과장급)을 지냈다. 그의 별호 류둔전柳屯田은 여기서 나온 것이다. 그는 별로 높은 이상도 없었고 사업이라 할 만한 것도 없었다. 일생을 구름에 달 가듯이 보내다가, 말년에는 무척 가난에 허덕인 듯. 죽은 뒤 장례는 평소에 친하던 몇몇 기생들이 주머니돈을 털어 치러줬다 한다.

류영의 사는 아주 통속적인 것으로 당시의 인기는 무척 높았다. "우물물이 있는 어느 곳에서든 류영의 사를 노래하였다."고 한다. 다만 예술적인 가치로 본다면 후기에 이별, 나그네를 주제로 한 것이 그의 대표작이 된다. 본서에서는 이러한 것으로 《쓰르라미 쓸쓸히 우는데》〈우림령〉, 《쏴아 하고 저녁 비 뿌리는》〈팔성감주〉를 뽑았고, 생전에 인기를 얻던 것으로 《수향이 집》〈주야락〉을 뽑았다.

쓰르라미 쓸쓸히 우는데[1] | 류영

雨霖鈴
우:림령

쓰르라미 쓸쓸히 우네.
寒蟬凄切。
한선 처절

십리 정자[2] 저녁때에,
對長亭晩,
대: 장정 만:

소낙비 막 그치는데.
驟雨初歇。
취:우: 초헐

성문 밖 전별연[3]에서 헛갈리는 마음은
都門帳飮無緖,
도문 장:음: 무서:

아직 미련이 남았는데,
方留戀處,
방 류련: 처:

목련의 배[4]는 가자고 재촉하네.
蘭舟催發。
란주 최발

서로 손잡고 눈물어린 눈 쳐다보니,
執手相看淚眼,
집수: 상간 루:안:

끝내 말없이 목이 메네.
竟無語凝咽。
경: 무어: 응열

가고 또 가는 천릿길 희뿌연 물결 생각,
念去去、千里烟波,
념: 거:거: 천리: 연파

저녁놀도 침침한 초나라 하늘[5] 펼쳐지네.
暮靄沈沈楚天濶。
모:애: 침침 초:천 활

•

다정한 사람은 자고로 이별에 마음 아팠거늘
多情自古傷離別。
다정 자:고: 상 리별

더구나 어찌 견딜까, 쓰렁쓰렁 맑은 가을철에!
更那堪、冷落淸秋節。
갱: 나:감 랭:락 청추 절

오늘밤은 어디에서 술이 깰까?
今宵酒醒何處,
금소 주:성: 하처:

버드나무[6] 강기슭, 새벽바람 지새는 달. 楊柳岸、曉風殘月。
양류: 안: 효:풍 잔월

이번에 가면 해를 넘기리니, 此去經年,
차:거: 경년

응당 좋은 시절 아름다운 경치가 헛될 것을. 應是良辰好景虛設。
응시: 량진호:경: 허설

설사 천 갈래 만 갈래 멋이 있다 한들 便縱有、千種風情,
변: 종:유: 천종: 풍정

다시 어느 사람과 얘기할까? 更與何人說。
갱:여: 하인 설

1_ 사패 〈우림령〉은 본래 당나라 악곡樂曲 이름. 다음과 같은 고사가 있다. ―당나라 현종玄宗 리륭기李隆基는 안록산安祿山의 난리를 피해서 사천성으로 갔는데, 그 도중에 총희 양귀비楊貴妃를 부득이 죽였다. 그 뒤 잔도棧道에서 궂은 비(雨霖)와 말방울 소리(鈴)가 어울리는 것을 듣고 양귀비 생각이 나서 이 악곡을 지었다.― 이 사패는 이 곡조에 따라 송나라 사람이 새로 편곡한 것이다.

2_ 십리 정자 : 원문은 장정長亭. 옛날 중국에는 10리(송대 약 5.6킬로)마다 하나씩 장정이 있어 길 가는 사람이 쉬거나 묵게 했다 한다. 5리에 하나씩 있는 것은 단정短亭이라 한다. 여행, 이별의 심상으로 시문에 잘 나온다.

3_ 전별연 : 원문 장음帳飮. 성문 밖까지 배웅하면서 거기에 포장을 치고 술자리를 마련하는 것이다.

4_ 목련의 배 : 목련나무로 만든 배. 좋은 배라는 뜻으로 시사詩詞에 잘 나온다.

5_ 초나라 하늘 : 전국시대 초楚나라는 지금의 호남성·호북성 일대이다. 신기질 《건강 상심정에 올라》〈수룡음〉에, "초나라 하늘 천리"라는 구절이 있다(본서 963쪽).

6_ 버드나무 : 이 구절은 특히 사람들 입에 회자膾炙되고 있다. 이별이 가장 아플 때를 말하는 것이다. 이 사람은 배를 타고 운하를 가기 때문에 이런 풍경이 상상된다.

쏴아 하고 저녁 비 뿌리는 | 류영

八聲甘州
팔성감주

쏴아 하고 저녁 비 뿌린 강 하늘 대하니,
對瀟瀟、暮雨灑江天,
대: 소소　모:우: 쇄: 강천

한 번에 맑게 씻어낸 가을이라.
一番洗清秋。
일번 세: 청추

점점[1] 서릿바람은 드세어
漸霜風凄緊,
점: 상풍 처긴:

변경 산하는 쓰렁쓰렁,
關河冷落,
관하 랭:락

낙조는 누각에 걸리네.
殘照當樓。
잔조: 당루

곳곳에 붉은 꽃 푸른 잎은 이울고
是處紅衰翠減,
시:처: 홍쇠 취:감:

슬몃슬몃 화려한 경치는 스러지네.
苒苒物華休。
염:염: 물화 휴

오로지 장강 물만
惟有長江水,
유유: 장강 수:

말없이 동으로 흐르네.
無語東流。
무어: 동류

•

차마 높이 올라서 멀리 보지 못하리니,
不忍登高臨遠,
불인: 등고 림원:

아득한 저 너머로 고향을 바라보면
望故鄉渺邈,
망: 고:향 묘:막

가고픈 마음 걷잡기 어려워라.
歸思難收。
귀사: 난수

이 수년 동안의 종적을 탄식하니,
歎年來蹤跡,
탄: 년래 종적

무슨 일로 오래 머물며 고생할까! 何事苦淹留。
하사: 고: 엄류

아마 고운님은 누각에서 발돋움하며 想佳人、妝樓顒望,
상: 가인 장루 옹망:

몇 번이고 하늘가 돌아오는 배 잘못 봤으리. 誤幾回、天際識歸舟。
오: 기:회 천제: 식 귀주

그러나 모르지, 내가 난간에 기대어 爭知我、倚闌干處,
쟁 지아: 의: 란간 처:

이처럼 수심에 잠겨 있을 줄이야! 正恁凝愁。
정:임: 응수

1_ 점점 : 이하 3구는 소식蘇軾이 당시唐詩의 높은 수준보다 못지않은 것이라고 평했다.

수향이 집[1] | 류영 晝夜樂
주:야:락

수향이[2] 집은 복사꽃 환한 오솔길에 있는데 秀香家住桃花徑。
수:향 가주: 도화 경:

선녀 말고는 비교할 수가 없다네. 算神仙、才堪並。
산:신선 재 감병:

겹친 물결을 얄팍하게 오려낸 밝은 눈동자, 層波細剪明眸,
층파 세:전: 명모

매끄러운 옥을 동글게 비벼낸 하얀 목덜미. 膩玉圓搓素頸。
니:옥 환차 소:경:

목청 좋은 노래를 연석에서 잘도 뽐내니 愛把歌喉當筵逞。
애:파: 가후 당연 정:

저 하늘가의 구름도 멈추어 수심에 젖네.	遏天邊、亂雲愁凝。 알 천변　란:운 수응:
말은 귀여운 꾀꼬리 같아	言語似嬌鶯, 언어: 사: 교앵
소리소리 듣기도 좋다네.	一聲聲堪聽。 일성 성 감청:

•

안방의 술상을 거두어 발과 휘장은 고요한데,	洞房飲散簾帷靜。 동:방 음:산: 렴유 정:
금침을 덮으니, 기뻐하는 마음.	擁香衾、歡心秤。 옹: 향금　환 심칭:
황금 향로, 사향[3]의 푸른 연기 하늘거리고,	金爐麝裊青煙, 금로 사:뇨: 청연
봉황 장막,[4] 촛불의 붉은 그림자 비추이네.	鳳帳燭搖紅影。 봉:장: 촉요 홍영:
한없이 미치는 마음에 술기운 또한 겹치니,	無限狂心乘酒興, 무한: 광심 승 주:흥:
이 즐거운 놀이는 점입가경일세.	這歡娛、漸入佳境。 저: 환오　점:입 가경:
오히려 이웃집 닭을 원망하며	猶自怨鄰雞, 유자: 원: 린계
가을밤이 너무 짧다고 말하네.	道秋宵不永。 도: 추소 불영:

1_ 이 작품은 너무 통속적이라는 이유로 많은 선집選集에 오르지 못하지만, "우물물이 있는 어느 곳에서든 류영의 사는 노래되었다."—북송 말 남송 초 사인詞人 엽몽득葉夢得이 옮긴 서하국西夏國 사신使臣의 말— 류영의 인기는 이러한 통속성에서 말미암은 것일 듯. 류영의 많은 작품이 청루青樓의 생활을 노래한 것이다.

2_ 수향秀香이 : 기생 이름인 듯.

3_ 사향麝香 : 향료, 흥분제, 회생약回生藥으로도 쓴다.

4_ 봉황 장막 : 봉황새를 수놓은 장막.

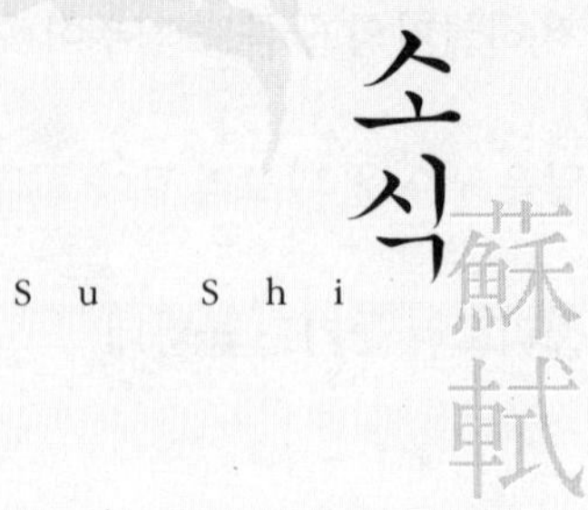

소식 蘇軾

Su Shi

소식蘇軾(1037~1101)은 정말 다재다예한 시인이었다. 그는 시詩에서도 뛰어났지만, 부賦·변문騈文·산문散文에서도 명작을 남겼고, 또 사詞에서도 확고한 위치를 쟁취했다. 그밖에 서예(書)와 회화(畫)에서도 일가를 이루었으며, 동시에 정계에서도 높은 지위를 차지했다. 소식의 '생애와 시'에 대해서는 제6편에서 말하고(본서 1115쪽) 여기서는 그의 사에 대해서 얘기한다.

사詞는 소식의 걸작이 출현함으로 해서, 종래 가인歌人의 것으로부터 시인詩人의 것으로 변했다. 오대五代로부터 북송 류영柳永의 작품에 이르기까지 사의 생명은 음악에 있었으며 사의 내용은 대개 사랑과 이별이었다. 그러므로 사를 지음에 있어서는 음률音律에 맞추고 완곡·간명하게 표현하는 것이 정통이었다. 그러나 그는 이러한 전통을 파괴하고 사에 있어 하나의 신세계를 이룩했다.

소식의 사는, 전부는 아니지만, 대개 노래로 부르기 위한 것이 아니라 문학으로 읽기 위한 것이었다. 따라서 사와 음악과의 관계가 멀어지고, 사가 시화詩化되었다. 그리고 종래 사랑과 이별 따위만을 노래했던 사의 범위는 인생과 자연의 모든 것을 표현한 시의 범위와 동일하게 확대되었다. 종래의 사는 묘사한 내용이 같았고, 언어가 같았기에, 예술적인 우열의 차는 있었지만, 작자와 작품의 개성은 불분명했는데, 소식의 작품에 이르러서는 사의 범위가 확대되고 내용이 복잡하게 됨에 따라 제목이 불가결하게 되고 또 작자의 개성도 강하게 반영되었다.

소식의 시詩는 거칠다는 평을 받았지만 음률을 소홀히 한 소식의 사詞도 후인들은 정통이 아니라고 비평하기도 했다. 그러나 그것은 기풍의 차이로 보아야 할 것이다. 더구나 사의 음악적 생명은 명明나라 때 이미 죽었으며, 오늘날에는 사의 문학적 생명만 남아 있음에랴!

꿈에 본 아내[1] | 소식

江城子
강성자

1075년 정월 스무날 밤에 꿈을 적다.

십년 동안 산 사람 죽은 이[2] 모두 망망한데,	十年生死兩茫茫。 십년 생사: 량: 망망
생각 않으려 해도	不思量。 불 사량
잊을 수가 없다.	自難忘。 자: 난망
천리 밖 외로운 무덤,	千里孤墳, 천리: 고분
처량함을 하소할 곳이 없다.	無處話淒涼。 무처: 화: 처량
설사 만난다 해도 알아보지 못할 것이다,	縱使相逢應不識, 종:사: 상봉 응 불식
먼지 낀 얼굴,	塵滿面, 진 만:면:
살쩍에 서리 내려.	鬢如霜。 빈: 여상

•

간밤 꿈에 홀연히 고향으로 돌아갔더니,	夜來幽夢忽還鄉。 야:래 유몽: 홀 환향
작은 창 앞에서	小軒窗。 소: 헌창
화장하고 있었다.	正梳粧。 정: 소장

돌아보며 아무 말 없이	相顧無言, 상고: 무언
눈물 줄줄 흘리고 있었다.	惟有淚千行。 유유: 루: 천항
생각하면, 해마다 애가 끊였을 것이다,	料得年年斷腸處, 료:득 년년 단:장 처:
밝은 달 밤,	明月夜, 명월 야:
다복솔 언덕[3]에서.	短松岡。 단:송 강

1_ 자서가 있다. 시인의 첫째 부인은 왕불王弗, 열여섯에 시집 와서 스물일곱에 죽었다. 이 작품은 망처를 그리워하는 것이다. 사패 〈강성자〉는 구양형歐陽炯의 사, "서시가 거울로 강성을 비추듯"(如西子鏡照江城)이라는 구절에서 딴 이름이다. 본래는 단조單調였으나 송나라 때에 와서 쌍조雙調가 되었다.

2_ 십년 동안 산 사람 죽은 이 : 소식의 전처가 죽은 때(1065)로부터 이 작품을 짓는 해(1075)는 만 10년이 된다. 산 사람은 자기, 죽은 이는 아내를 가리킨다.

3_ 다복솔 언덕 : 무덤을 가리킨다. 무덤 주위에는 소나무 · 측백나무 · 오동나무를 심어 표지로 삼기에 이르는 말이다.

추석에 술 마시고 아우 그리며[1] | 소식 水調歌頭 수:조:가두

1076년 추석에 즐겁게 술 마시다가 새벽이 되니 크게 취하여 이 사를 짓고, 겸하여 아우를 그리워하다.

"달님이 있은 지 그 얼마런가?"[2]	明月幾時有。 명월 기:시 유:

잔 잡고 푸른 하늘에게 묻는다. 把酒問青天。
파:주: 문: 청천

"모르괘라. 하늘나라 궁궐에서는 不知天上宮闕,
불지 천상: 궁궐

오늘 저녁이 어느 해이런가?"[3] 今夕是何年。
금석 시: 하년

나도 바람 타고 돌아가고 싶다만,[4] 我欲乘風歸去,
아:욕 승풍 귀거:

또한 두렵구나, 보석 누대 백옥 전각[5]은 又恐瓊樓玉宇,
우:공: 경루 옥우:

높은 곳이라 추위를 이기지 못하겠기에. 高處不勝寒。
고처: 불승 한

일어나 춤추며 맑은 그림자 희롱하니[6] 起舞弄清影,
기:무: 롱:청영:

어찌 인간세계에서와 같을까? 何似在人間。
하사: 재: 인간

•

붉은 누각[7]을 돌아 轉朱閣,
전: 주각

비단 방문을 기웃, 低綺戶,
저 기:호:

잠 못 드는 이를 비춘다. 照無眠。
조: 무면

미워서 그러지는 않을 텐데 不應有恨,
불응 유:한:

어찌하여 항상 헤어졌을 때 둥글까?[8] 何事長向別時圓。
하사: 장향: 별시 원

사람은 슬픔 기쁨 헤어짐 만남이 있으며, 人有悲歡離合,
인유: 비환 리합

달님은 흐림 맑음 이지러짐 참이 있지만,	月有陰晴圓缺, 월유: 음청 원결
두 가지 어울리기는 예로부터 어렵다.	此事古難全。 차:사: 고: 난전
원컨대, 다만 사람이 오래 살아	但願人長久, 단:원: 인 장구:
천 리 밖 고운 자태[9] 함께 보았으면.	千里共嬋娟。 천리: 공: 선연

1_ 자서가 있다. 이때 작자는 나이 마흔하나, 밀주密州(산동성 高密)의 태수로 있었다. 그리고 아우(蘇轍, 자 子由)는 제남濟南(산동성)에 있었다. 사패 〈수조가두〉는 수·당隋唐 연간에 처음 나왔다. 장선 《수조 노래 두어 구절》〈천선자〉 주 2 참조(본서 881쪽).

2_ 달님이 …… 얼마런가 : 리백 《달님에게 묻는 말》에, "푸른 하늘에 달님이 있은 지 얼마런가? / 나는 지금 잔을 멈추고 물어보노라."라는 구절을 인식하고 쓴 것이다(본서 542쪽).

3_ 오늘 저녁이 어느 해이런가 : 이 구절의 배경에는 천상계天上界와 지상세계는 시간이 다르다는 생각이 들어 있다. 가령 천상의 하루는 지상의 일 년이라는 따위.

4_ 돌아가고 싶다만 : '귀양 온 신선'(謫仙)이란 별명이 있는 리백李白의 시구가 앞에 인용되었으니, 작자도 그런 기분으로 하늘로 돌아가 봤으면 하는 뜻이다.

5_ 보석 누대 백옥 전각 : 월궁月宮을 가리킨다.

6_ 일어나 춤추며 …… 희롱하니 : 리백 《달 아래 홀로 드는 술잔》의, "내 노래에 달님은 서성서성, / 내 춤에 그림자는 흐늘흐늘."이라는 뜻을 포함한 것이다(본서 545쪽).

7_ 붉은 누각 : 이하 5구는 '달님'이 주어主語이다.

8_ 헤어졌을 때 둥글까 : 달이 둥근 것은 가정의 단원團圓을 상징하는데, "사람이 헤어졌을 때 달은 굳이 둥글게 되어 사람들 헤어짐의 슬픔을 더하여 주는가" 하는 뜻이다.

9_ 천 리 밖 고운 자태 : 소식이 있던 밀주와 소철이 있던 제남과는 거리가 약 250킬로미터이다. '고운 자태'는 둥근 달님을 가리킨다. 원문 선연嬋娟은 본래 여자의 고운 자태를 가리키지만, 꽃이나 대나무 또는 달님에게 비기는 선례가 당시唐詩에도 있었다(孟郊의 《嬋娟篇》).

제비 누각에서 반반이 꿈을 꾸고[1] | 소식

永遇樂
영:우:락

팽성에 가서 밤에 '제비 누각'에서 묵으며 반반이를 꿈꾸고 이 사를 짓다.

밝은 달은 서리 같고	明月如霜, 명월 여상
좋은 바람은 물 같아,	好風如水, 호:풍 여수:
맑은 경치는 끝이 없다.	淸景無限。 청경: 무한:
굽은 후미[2]에 고기 솟구고	曲港跳魚, 곡항: 도:어
둥근 연잎에 이슬 굴러도,	圓荷瀉露, 원하 사:로:
적막하여라, 보는 사람이 없다.	寂寞無人見。 적막 무인견:
두둥둥, 삼경 북소리.[3]	紞如三鼓, 담:여 삼고:
쨍그랑, 나뭇잎 하나.[4]	錚然一葉, 쟁연 일엽
암담하여라, 단 꿈[5]이 놀라 깨진다.	黯黯夢雲驚斷。 암:암: 몽:운 경단:
밤은 망망한데, 다시 찾을 곳 없어	夜茫茫、重尋無處, 야:망망 중심 무처:
일어나 작은 동산을 두루 돈다.	覺來小園行徧。 각래 소:원 행편:

•

하늘가 고달픈 나그네	天涯倦客, 천애 권:객
산으로 돌아가는 길,[6]	山中歸路, 산중 귀로:
고향을 바라보는 마음 눈길 끊긴다.	望斷故園心眼。 망:단: 고:원 심안:
제비의 누각은 비었으니	燕子樓空, 연:자: 루공
가인佳人은 어디에 있을까?	佳人何在, 가인 하재:
괜히 누각의 제비만 갇혔다.	空鎖樓中燕。 공쇄: 루중연:
예나 이제나 꿈만 같지,	古今如夢, 고:금 여몽:
꿈에서 깬 적이 있을까?	何曾夢覺, 하증 몽:각
지나간 즐거움과 새 슬픔일 뿐이다.	但有舊歡新怨。 단:유: 구:환 신원:
먼 후일 저 황루[7] 밤경치를 대하면,	異時對、黃樓夜景, 이:시 대: 황루 야:경:
나를 위해 탄식해다오.	爲余浩歎。 위:여 호:탄:

1_ 자서가 있다. 팽성彭城은 강소성 서주시徐州市의 별명. '제비 누각'은 당唐나라 때(9세기) 이 지방 절도사節度使였던 장건봉張建封이 지은 누각. 거기에 애첩 반반이를 살게 했다. '제비 누각'은 서주徐州 지사知事 관저에 있었다 한다. '제비 누각'(燕子樓)은 고유명사이므로 음역音譯하여 '연자루'라 할 수 있지만 작품 가운데 '누각의 제비' 때문에 의역意譯한 것이다. 반반이는 기생으로 가무에 뛰어난 미녀. 장건봉이 죽고 난 뒤 수절했다. 성씨는 관關이라고도 하고 허許라고도 한다. 1079년, 아마 겨울에 지은 것인 듯.

2_ 굽은 후미 : 강소성 지방에 특히 많은 운하運河(creek)를 가리킨다.

3_ 두둥둥, 삼경 북소리 : 밤에 시각을 알리는 북소리이다.

4_ 쨍그랑, 나뭇잎 하나 : 시인의 예민한 귀에는 나뭇잎 하나 지는 소리도 마치 쇠가 부딪는 것처럼 날카롭게 들렸는가?

5_ 단 꿈 : 원문 몽운夢雲은 남녀 간의 밀회를 암시한다. 리백《청평조 노래 2》 주 1 참조(본서 538쪽).

6_ 산으로 돌아가는 길 : 관계官界를 떠나 은거함을 뜻한다. 희망사항일 뿐.

7_ 황루黃樓 : 소식이 서주徐州의 동문東門 위에 세운 누각 이름. 1078년 팔월에 낙성하였다.

사호 가는 길[1] | 소식

定風波
정풍파

삼월 초이레 사호로 가는 길에 비를 만났다. 우비는 먼저 갔으므로 동행들은 모두 낭패를 봤지만, 나 홀로 아무렇지도 않았다. 조금 뒤에 날이 맑아졌다. 그래서 이것을 지었다.

숲을 꿰뚫고 잎을 때리는 소리 듣지 말라.
莫聽穿林打葉聲。
막청 천림 타: 엽 성

휘파람 불면서 천천히 걷는단들 상관있겠나?
何妨吟嘯且徐行。
하방 음소: 차: 서행

죽장 망혜 짚고 신어 말 타기보다 가볍다.
竹杖芒鞋輕勝馬。
죽장: 망혜 경 승:마:

무에 무서워?
誰怕。
수파:

도롱이 하나[2] 안개비 속에 평생을 맡긴다.
一蓑煙雨任平生。
일사 연우: 임: 평생

•

선득한 봄바람이 불어와서 술을 깨운다.	料峭春風吹酒醒。 료:초: 춘풍 취주: 성:
약간 춥구나.	微冷。 미랭:
산머리에 비낀 낙조가 뜻밖에 맞아 준다.	山頭斜照却相迎。 산두 사조: 각 상영
고개 돌려 지나온 쓸쓸한 길을 바라본다.	回首向來蕭瑟處。 회수: 향:래 소슬 처:
돌아갈까나?	歸去。 귀거:
또한 비바람도 없고 또한 맑음도 없다.	也無風雨也無晴。 야:무 풍우: 야:무 청

1_ 자서가 있다. 사호沙湖는 지명, 호북성 황주시黃州市 동남쪽 약 17킬로미터 거리에 있었다. 소식은 한때 이 부근에서 농지를 구입하고 은퇴하려 했다. 1082년 황주에서 지은 것이다. 사패 〈정풍파〉는 원래 당나라 교방敎坊의 곡명이다.

2_ 도롱이 하나 : 원문 일사一蓑의 '한 일'一자는 문법적으로 도롱이의 수량을 표시하는 수식어지만, 시詩나 사詞에 있어서는 특별용법으로 어떤 사물이 두드러지게 나타나거나 느껴지는 한 점에 초점을 조이는 표현법이다.

적벽 회고[1] | 소식

念奴嬌 赤壁懷古
념:노교 적벽 회고:

동쪽으로 흐르는 강[2]	大江東去, 대:강 동거:
물결은 일어버렸다,	浪淘盡, 랑: 도진:

천고千古의 풍류 인물들[3]을.	千古風流人物。 천고: 풍류 인물
옛 성채의 서쪽을,	故壘西邊, 고:루: 서변
사람들은 말한다, 삼국시대 주랑의 적벽[4]이라고.	人道是、三國周郎 赤壁。 인 도:시: 삼국 주랑 적벽
구름을 뚫갠 석벽,	亂石崩雲, 란:석 붕운
기슭을 찢는 파도,	驚濤裂岸, 경도 렬안:
천 겹 눈을 말아 올리는구나.	捲起千堆雪。 권:기: 천퇴 설
강산은 그림 같다.	江山如畫, 강산 여화:
한때 호걸들은 몇몇이었던가!	一時多少豪傑。 일시 다소: 호걸

•

아득히 생각노니, 공근[5]은 당시	遙想公瑾當年, 요상: 공근: 당년
소교[6]를 처음 맞았고	小喬初嫁了, 소:교 초가: 료:
영웅의 모습도 빼어났지.	雄姿英發。 웅자 영발
우선 · 윤건[7]하고	羽扇綸巾, 우:선: 윤건
담소하는 중에, 강한 적군은 불타서 재를 날렸지.	談笑間、強虜灰飛 煙滅。 담소: 간 강로: 회비 연멸

고국[8]으로 마음 달리니,	故國神遊, 고:국 신유
다정한 이[9]는 웃으리, 나의	多情應笑我, 다정 응소: 아:
머리 일찍 센 것을.	早生華髮。 조:생 화발
꿈 같은 인간 세상,	人間如夢, 인간 여몽:
한 잔 술을 강달에 바친다.	一尊還酹江月。 일준 환뢰: 강월

1_ 1082년에 호북성 황주시黃州市에서 지었다. 유명한 적벽부赤壁賦도 이때 지었다. 사패 〈념노교〉는 당나라 현종玄宗 리륭기李隆基 때의 명창, 념노念奴라는 여자의 이름에서 딴 것이다. 소식의 이 작품이 너무 유명하여, 대강동거大江東去 적벽사赤壁詞로 부르기도 한다. 또 글자가 100자이기에 백자령百字令 백자요百字謠로 부르기도 한다.

2_ 강 : 장강長江을 가리킨다. 이 구절은 단순한 서경敍景 외에, 인생 · 역사의 흐름을 상징한 것이다. 리백《달님에게 묻는 말》 주 5, 《꿈에 본 천모산》 주 14 참조(본서 544쪽, 558쪽).

3_ 풍류 인물들 : 제갈량諸葛亮 · 주유周瑜 등을 가리킨다. 풍류風流의 원뜻은 "매인 데 없는 자유로운 정신", 따라서 속세의 번잡함으로부터 해방되어 자연의 아름다움에서 즐거움을 찾는 것을 뜻한다.

4_ 삼국시대 주랑의 적벽 : 주랑은 주유周瑜(210년 사망, 字는 公瑾), 손권孫權의 군사를 통솔한 장군. 서기 208년 가을에 조조曹操의 소위 백만 대군은 류비劉備를 추격, 장강 연안 적벽에서 류비 · 손권 연합군과 결전을 벌였는데, 류비 · 손권 연합군은 화공火攻을 써서 조조 원정군의 많은 함선을 소각하고 군사도 거의 궤멸시켰다. 장강 연안에 적벽이 두 곳 있으니, 소식이 《적벽부》를 쓴 황주시黃州市의 적벽이 그 하나이고, 거기서 상류로 200킬로미터 가량 올라간 곳에 있는 가어현嘉魚縣의 적벽이 그 하나인데, 주유가 실제로 승전한 곳은 후자이다. '적벽 대전' 결과로 조조의 위魏, 류비의 촉한蜀漢, 손권의 오吳가 정립하는 삼국시대를 맞게 되었다.

5_ 공근公瑾 : 주유周瑜. 위 주 4 참조.

6_ 소교小喬 : 한나라 태위太尉(丞相과 같은 위계) 교현橋玄에게 두 딸이 있었는데, 큰 딸 대교大喬(또는 大橋)는 손책孫策(吳 始祖, 孫權의 兄)에게 시집가고, 작은

딸 소교小嬌(또는 小橋)는 주유周瑜에게 시집갔다. 자매가 모두 뛰어난 미인이었다 한다. 조조가 군사를 이끌고 쳐들어 온 것도 이 자매를 얻기 위해서라는 루머가 당시에 나돌 정도였다.

7_ 우선羽扇·윤건輪巾 : 우선은 새의 깃털로 만든 부채, 윤건은 윤자綸子(두껍고 부드러우며 광택 있는 비단)로 만든 두건. 귀족들이 한가한 사생활에서 쓰던 것이다. 제갈량은 후세 연극 소설에 이런 차림을 한 것으로 잘 나타나므로(실은 갈건葛巾을 썼다 함), 이 구절의 뜻은 "제갈량과 담소한다"는 뜻이다. 일설에는 주유가 대적을 앞에 놓고도 여유만만 이런 차림을 하고 있었다는 뜻이라고 한다.

8_ 고국 : 소식의 고향인 사천성 지방을 가리키는 듯. 소식의 망처의 무덤이 있는 곳이기도 하다. 또한 적벽의 싸움 뒤에 류비와 제갈량이 사천성 지방으로 들어가 촉한蜀漢을 세운 것을 연상한 것인 듯하다.

9_ 다정한 이 : 그의 망처 왕王씨를 가리킨다. 무덤은 사천성 미산시眉山市 동북 팽산현彭山縣에 있다.

설당에서 술 마시고 림고로 돌아와[1] | 소식

臨江仙
림강선

설당에서 밤에 술을 마시고 취해서 림고로 돌아와 짓다.

밤에 동파[2]에서 술 마시니, 깨었다가 취한다.	夜飮東坡醒復醉, 야:음: 동파 성: 부:취:
돌아오니 아마 삼경[3]은 되었을 법.	歸來髣髴三更。 귀래 방:불 삼경
아이놈 코고는 소리 벌써 천둥처럼 울린다.	家童鼻息已雷鳴。 가동 비식 이: 뢰명

문을 두드려도 대답 없으니,　敲門都不應,
고문 도 불응:

지팡이에 기대어 강물 소리 듣는다.　倚杖聽江聲。
의:장: 청 강성

•

늘 이 몸이 나의 것 아님[4]이 원망스러우니,　長恨此身非我有,
장한: 차:신 비 아:유:

언제 악착스러운 삶[5]을 잊게 될까?　何時忘卻營營。
하시 망각 영영

밤은 깊어가고 바람은 자고 잔물결은 펴진다.　夜闌風靜縠紋平。
야:란 풍정: 곡문 평

작은 배로[6] 여기에서 떠나자,　小舟從此逝,
소:주 종차: 서:

강과 바다에 여생을 부치자!　江海寄餘生。
강해: 기: 여생

1_ 자서가 있다. 1082년 봄에 소식은 황주의 동파東坡에 집을 지었는데, 눈 속에 낙성되고 벽에 설경을 그렸으므로 설당雪堂이란 이름을 붙였다. 림고臨皐는 정자 이름. 이 작품은 1082년 구월에 지었다. 사패 〈림강선〉은 원래 수선水仙을 읊었던 노래이다.

2_ 동파東坡 : 시인이 황주에서 귀양살이 할 때, 스스로 밭을 일군 곳. 소식의 호 동파거사東坡居士도 여기서 딴 것이다.

3_ 삼경三更 : 밤 11시부터 새벽 1시 사이. 자정 전후.

4_ 이 몸이 나의 것 아님 : 자기 몸이 자기가 원하는 대로 되지 않는다는 것. 『장자』莊子 「지북유」知北游에, "순舜이 증丞에게 묻되, '도道를 얻어서 가질 수 있습니까?' 대답하되, '네 몸이 너의 것 아닌데, 네 어찌 도를 얻어서 갖겠는가?' 순이 묻되, '내 몸이 나의 것 아니라면 누구 것입니까?' 대답하되, '천지天地가 맡긴 것이다.'"라는 말이 있다.

5_ 악착스러운 삶 : 원문 영영營營은 악착스럽게 영리를 추구하는 모양. 『장자』莊子 「경상초」庚桑楚에 "악착스럽게 영리를 추구하는 너의 생각을 막아라."라는 말이 있다.

6_ 작은 배로 : 소식은 이 사詞를 짓고 나서 손님들과 헤어졌는데, 다음날 그가

정말로 떠났다는 루머가 일어났다고. 군수郡守 서군유徐君猷가 깜짝 놀라(당시 소식은 유배 중, 이는 군수의 관할이었음), 찾아가 보니 소식은 코를 골며 자고 있었다고 한다.

황주 정혜원에서[1] | 소식

卜算子
복산:자

황주 정혜원 우거에서 짓다.

이지러진 달은 성긴 오동에 걸리고	缺月挂疏桐, 결월 괘: 소동
물시계 소리 끊겨 사방은 조용하다.	漏斷人初靜。 루:단: 인 초정:
누가 보는가, 외로운 사람 홀로 오고감을?	誰見幽人獨往來, 수견: 유인 독 왕:래
짝 잃은 기러기 그림자 아득하여라.	縹緲孤鴻影。 표:묘: 고홍 영:

•

놀라 일어나 다시 고개를 돌려봐도	驚起卻回頭, 경기: 각 회두
나의 원한을 알아주는 사람은 없다.	有恨無人省。 유한: 무인 성:
차가운 가지 다 고르더니 깃들지 않는다.[2]	揀盡寒枝不肯栖, 간:진: 한지 불긍: 서
강 속 적막한 모래섬 썰렁하여라.	寂寞沙洲冷。 적막 사주 랭:

1_ 자서가 있다. 1079년에 소식은 정치를 비평한 시를 짓고 하옥下獄되었다가 1080년 이월에 황주黃州로 귀양 왔는데, 황주에서는 정혜원定惠院이란 절간에 숙사를 정했다. 1082년 겨울에 지었다는 설이 있다. 이 사는 기러기를 빌려 자기의 정회를 표현한 것이다. 사패 복산자는 글자 뜻이 점쟁이이다.

2_ 깃들지 않는다 : 이 구절의 주어는 기러기이다.

참료자에게[1] | 소식

八聲甘州 寄參寥子
팔성감주 기: 참료자

정이 있어 바람이 만리 밖 조수[2]를 말아 오고,	有情風、萬里捲潮來, 유:정풍 만:리: 권:조 래
정이 없어 조수를 돌려보낸다.	無情送潮歸。 무정 송:조 귀
묻노니, 전당강 위에	問錢塘江上, 문: 전당 강상:
서흥[3] 포구에	西興浦口, 서흥 포:구:
몇 번 낙조가 비꼈을까?	幾度斜暉。 기:도: 사휘
일없다, 예와 이제의 생각,	不用思量今古, 불용: 사량 금고:
순식간에 옛 님은 사라진다.	俯仰昔人非。 부:앙: 석인 비
누가 동파 늙은이[4]처럼	誰似東坡老, 수사: 동파 로:
허연 머리로 기심[5]을 잊을까?	白首忘機。 백수: 망기

마음에 새긴다, 서호[6] 서쪽 끝엔	記取西湖西畔, 기:취: 서호 서반:
마침 산의 봄빛도 좋아	正春山好處, 정: 춘산 호:처:
비취색 안개가 끼었음을.	空翠煙霏。 공취: 연비
꼽아 봐도, 시인의 우정은	算詩人相得, 산: 시인 상득
나와 그대 같은 건 드물다.	如我與君稀。 여아: 여:군 희
다른 해에 동쪽 바닷길 돌아올 것[7] 약속하리니,	約他年、東還海道, 약타년 동환 해:도:
사안 님[8] 평소 뜻 그대는 저버리지 않기 바란다.	願謝公、雅志莫相違。 원:사:공 아:지: 막상위
서주[9] 길에서 고개 돌려 나 때문에	西州路、不應回首, 서주로: 불응 회수:
옷을 적시어선 아니 된다.	爲我沾衣。 위:아: 첨의

1_ 참료자는 송나라 시승詩僧, 법명은 도잠道潛, 속성은 하何씨. 소식과의 교분이 퍽 두터웠다. 이 사는 1091년, 소식이 항주杭州(절강성)의 지방관으로부터 중앙의 한림학사승지翰林學士承旨(詔勅의 起草를 담당함)로 임명되어 떠나기 직전에 지은 것이다. 이때 참료자는 항주의 지과사智果寺에 묵고 있었다. 8세기 초(天寶 연간)에는 변경의 지명을 딴 악곡이 많이 나왔으니, 〈팔성감주〉도 그중의 하나이다. 감주甘州(감숙성 張掖市)의 이름을 딴 것으로는 감주자甘州子 · 감주편甘州徧 등등이 있는데 모두 다르다. 팔성八聲은 이 사패의 전 후단에 도합 8개의 각운이 있기에 붙은 것이다.

2_ 조수潮水 : 절강성 전당강錢塘江이 빠지는 항주만杭州灣은 그 지형이 나팔 모양으로 되어 있고 간만干滿의 차가 커서(8.9미터), 만조滿潮 때에는 강의 수위보다 최고 3.5미터 낙차를 가진 밀물이 강을 거슬러 올라가는데, 이것을 해소海嘯(bore)라 한다. 특히 음력 팔월 열여드레는 대단한 장관을 이루므로 전국

에서 구경꾼이 모인다. 공자진《서쪽 교외의 낙화》 주 7 참조(본서 1213쪽).

3_ 서흥西興 : 절강성 항주시 동남, 전당강錢塘江을 건넌 대안에 있는 나루터. 소산현蕭山縣에 속한다. 이곳은 고래로부터 명소名所이다.

4_ 동파 늙은이 : 시인 자신을 가리킨다.

5_ 기심機心 : 이해득실을 계산하는 마음. 『장자』莊子 「천지편」天地篇의 말.

6_ 서호西湖 : 절강성 항주 서쪽에 있는 호수. 명승지로서 시가에 자주 나오는 곳이다. 여기에는 소식이 항주 재직 시에 쌓은 소제蘇堤라는 방죽이 지금도 남아 있다. 소식《서호의 아침 해 저녁 비》 2수 참조(본서 1126쪽).

7_ 동쪽 바닷길 돌아올 것 : 동진東晋 사안謝安(320~385)의 고사에서 나온 것이다. 사안은 재상宰相이 된 뒤에도, 전날 은거했던 회계會稽(절강성 紹興市)의 동산東山 풍경을 못 잊어 "북방의 침입군에 대한 방어태세가 정돈되고 평화롭게 된다면 거기로 돌아가고 싶다."고 말했다 한다. 바닷길이라 함은 회계가 바다에 가깝기 때문이다. 여기서는 이 고사를 이용하여, 시인도 언젠가는 항주杭州 근방으로 돌아오고 싶다 함을 표시한 것이다.

8_ 사안謝安 님 : 위 주 7 참조. 이 구절은 참료자에게 부탁하는 말이다.

9_ 서주西州 : 동진東晋의 수도 건강建康(지금의 南京市)의 성문 이름. 사안謝安은 병이 들어 중태에 빠졌는데, 상경하라는 어명을 받고 이제는 면직免職될 수 있겠구나 하고 여겼더니, "서주문西州門으로 가마 타고 들어오라"는 것이라, 결국 자유로운 몸이 될 수 없는 것을 한탄하면서 죽었다고. 사안謝安의 사랑을 받았던 당시의 유명한 문화인 양담羊曇은 사안이 죽은 뒤 서주문 앞길을 지나가지 않았다가 어느 날 술에 취하여 그 문 앞에 이르러 통곡했다고 한다.

진관 秦觀

Qin Guan

진관秦觀(1049~1100, 자 少游)은 하주賀鑄와 함께 사詞의 이른바 정통正統을 계승한 시인이다. 장선張先·류영柳永의 사가 통속적인 유행가 같은 것이라면, 소식蘇軾의 사는 고급스런 시詩와 같은 것이라 말할 수 있는데, 진관의 작품은 이 두 가지의 장점을 취하고 단점을 버려, 사詞다운 특성을 잘 살린 것이라고 할 수 있다. 이러한 흐름은 주방언周邦彦에서 집대성되고, 리청조李清照에서 빛나는 결말을 맺는다.

진관은 강소성 고우高郵 사람이다. 어려서부터 문명文名을 날렸고, 소식蘇軾의 추천을 얻어 태학박사太學博士(국립대학교수), 국사원편수관國史院編修官을 지냈다. 당쟁에 몰려, 호남성·광동성 등지로 귀양 갔다가 말경에 풀려나서 돌아오는 도중에 이 세상을 떠났다.

엷은 구름에 쓸린 산[1] | 진관

滿庭芳
만:정방

엷은 구름에 쓸린 산,	山抹微雲, 산말 미운
시든 풀에 붙은 하늘,	天粘衰草, 천점 쇠초:
아름다운 뿔피리[2] 소리는 문루에서 끊어지네.	畫角聲斷譙門。 화:각 성단: 초문
잠깐 가려는 배를 멈추고	暫停征棹, 잠:정 정도:
애오라지 이별의 잔을 함께 드네.	聊共引離尊。 료공: 인: 리준
그 얼마런가, 봉래각[3]의 지난 일은,	多少蓬萊舊事, 다소: 봉래 구:사:
부질없이 돌아보니, 놀과 안개만 자욱하네.	空回首、煙靄紛紛。 공 회수: 연애: 분분
비낀 해 밖으로	斜陽外, 사양외:
겨울 까마귀[4] 두어 점,	寒鴉數點, 한아 수:점:
흐르는 물은 외로운 촌을 둘러가네.	流水繞孤村。 류수: 요: 고촌

•

넋이 빠졌던	消魂。 소혼
그날 그때,	當此際, 당 차:제:
향낭을 살며시 열었고	香囊暗解, 향낭 암:해:

띠를 가벼이 풀었네.	羅帶輕分。 라대: 경분
하릴없이 청루[5]에서 '매정한 사람' 소리 들었네.	漫贏得、青樓薄倖名存。 만: 영득　청루 박행: 명존
이번에 떠나면 언제나 다시 볼까?	此去何時見也, 차:거: 하시 견:야:
깃과 소매에는 눈물 자국 얼룩지네.	襟袖上、空惹啼痕。 금수: 상:　공야: 제흔
마음 아파라,	傷情處, 상정 처:
성벽 위의 눈길 끊어지어.	高城望斷, 고성 망:단:
등불 켜지니, 벌써 황혼이라네.	燈火已黃昏。 등화: 이: 황혼

1_ 이 사는 진관의 나이 서른한 살 때 지은 것이라고 한다. 그때 진관은 회계會稽, 절강성 소흥시紹興市의 군수로 있는 정사맹程師孟을 찾아가 그 봉래각蓬萊閣에서 묵었다고. 거기서 관기와 사랑하게 되어 이 사를 지은 것이라 한다. 다만, 진관이 그때 봉래각에서 묵은 것은 사실이지만, 연애관계에 대해서는 확인할 수 없다.

2_ 아름다운 뿔피리 : 원문은 화각畫角, 옛날 군악기의 일종. 가락이 유장하게 흐르며 애조를 띠었다는데, 주로 아침이나 황혼 때 부는 것이라 한다.

3_ 봉래각蓬萊閣 : 오대五代 오월吳越(907~978 존속) 국왕이 창건했다. 위 주 1 참조.

4_ 겨울 까마귀 : 이하 2구는 수隋나라 양제煬帝 양광楊廣의 시구, "겨울 까마귀 천만 점, / 흐르는 물은 외로운 촌을 둘러간다."(寒鴉千萬點, 流水繞孤村。)에서 나온 것이다. 까마귀가 멀리 있기에 까만 점點이 된다.

5 청루 : 이 구절은 두목杜牧의 《회포》에서 나온 것이다(본서 811쪽).

높다란 정자에 기대니[1] | 진관

八六子
팔륙자

높다란 정자에 기대니,

倚危亭。
의: 위정

원한은 향기로운 풀처럼

恨如芳草,
한:여 방초:

푸릇푸릇, 깎아 버려도 다시 자라네.

萋萋剗盡還生。
처처 잔:진: 환생

생각하면, 버들 아래 청총마 타고 떠나실 적,

念柳外青驄別後,
념: 류:외: 청총별후:

강기슭에서 붉은 소매[2] 잡으시고 나뉠 때에,

水邊紅袂分時,
수:변 홍메:분시

남몰래 놀라고 탄식했네.

愴然暗驚。
창:연 암:경

•

무단히 하느님은 어여쁨을 주셨으니,

無端天與娉婷。
무단 천여: 빙정

달밤에 발을 드리운 조용한 꿈,

夜月一簾幽夢,
야:월 일렴 유몽:

봄바람 십리 길의 부드러운 정.

春風十里柔情。
춘풍 십리: 유정

어쩌면 요렇게도, 즐거운 시절은 차츰
흐르는 물을 따라가,

怎奈向、歡娛漸隨
流水,
즘:내:향: 환오 점:수
류수:

새하얀 거문고 소리 끊기고

素絃聲斷,
소:현 성단:

초록빛 머리띠[3] 향내 덜리니,

翠綃香減,
취:소 향감:

어찌 견딜까, 조각조각[4] 날리는
  꽃잎에 저녁 되고,

那堪片片飛花弄晩,
나:감 편:편:비화 롱:만:

부슬부슬 떨어지는 비에 날 흐리는데!

濛濛殘雨籠晴。
몽몽잔우: 롱청

넋을 잃고 있는데,

正消凝。
정: 소응

노란 꾀꼬리 또 몇 번 우네.

黃鸝又啼數聲。
황려 우:제 수:성

1_ 사패 〈팔륙자〉는 일명 감황려感黃鸝.

2_ 붉은 소매 : 여인의 자칭.

3_ 머리띠 : 원문은 '머리띠 소'綃자. 머리칼이 흐르지 못하게 잡아매는 띠이다.

4_ 조각조각 : 이하 4구는 당시 명사들이 격찬했다 한다.

침주 객사에서[1] | 진관

踏莎行 郴州旅舍
답사행 침주 려:사:

안개에 잃은 누대,

霧失樓臺,
무:실 루대

달빛에 홀린 나루.

月迷津渡。
월미 진도:

도원[2] 향한 눈길은 끊겨 찾을 곳 없네.

桃源望斷無尋處。
도원 망:단: 무 심처:

외로운 객사에서 봄추위를 견뎌낼까?

可堪孤館閉春寒,
가:감 고관: 폐: 춘한

두견이 소리[3] 속에 해가 기우는 저녁.

杜鵑聲裏斜陽暮。
두:견 성리: 사양 모:

역마에 부친 매화,[4] | 驛寄梅花,
역기: 매화

고기가 전한 글월.[5] | 魚傳尺素。
어전 척소:

쌓아올리는 이 원한, 수없이 겹치네. | 砌成此恨無重數。
체:성 차:한: 무중 수:

침강은 다행히 침산[6]을 돌며 가더니 | 郴江幸自繞郴山,
침강 행:자: 요: 침산

누굴 위해 흘러, 흘러 소상[7]으로 가나? | 爲誰流下瀟湘去。
위:수 류하: 소상 거:

1_ 침주는 지금의 호남성 침주시郴州市이다. 1096년 겨울 진관은 침주로 귀양 왔다. 이 사는 1097년 봄, 작자의 나이 마흔아홉 살 때 지은 것이다. 사패 〈답사행〉은, 쌍조 58자, 전후단 각 5구 3측운, 송나라 구준寇準이 창제한 것이다. 원래 늦봄에 사초莎草(향부자, *Cyperus rotundus*)를 밟는 것을 노래했다. 사패의 유래는 한횡韓翃의 시구, "사초를 밟으며 걸어가, 봄 시내를 건넌다."(踏莎行草過春溪)에서 나왔다. 여기서 행行 자는 다닌다는 뜻이며, 고악부의 '노래'라는 뜻이 아니다.

2_ 도원桃源 : 이상세계. 도연명《복사꽃 피는 고장》참조(본서 384쪽).

3_ 두견이 소리 : 그 울음소리가 "돌아감만 못해요"(不如歸去)라고 들린다고 한다. 신기질《아우 무가와 헤어지며》〈하신랑〉주 4 참조(본서 962쪽).

4_ 역마에 부친 매화 : 남조 송(劉宋)나라 사람 오륙개吳陸凱는 범엽范曄과 친한 사이였다. 오륙개는 강남江南에서 장안長安에 있는 범엽에게 매화를 부치면서, 이러한 시를 적어 보냈다고 한다. 즉, "매화를 꺾다가 역졸을 만났기에, / 롱산隴山(섬서성) 곁의 사람에게 부친다. / 강남에는 별다른 것이 없어, / 애오라지 한 가장귀 봄을 부친다."(折梅逢驛使, 寄與隴頭人。江南無所有, 聊寄一枝春。)

5_ 고기가 전한 글월 : 고악부 〈음마장성굴행〉飮馬長城窟行에, "멀리서 온 손님이, / 잉어 한 쌍을 주었네. / 아이놈 불러 잉어를 가르니 / 가운데에 편지가 들었네."(客從遠方來, 遺我雙鯉魚。呼兒烹鯉魚, 中有尺素書。)라는 구절이 있다. 당시의 서신은 하얀 명주에 썼다. 그래서 척소尺素라고 쓴 것이다. 이상 2행은 시인이 그 친구와 더불어 서신과 선물의 왕래가 있음을 말한 것, 다음 1구는 이러한 교환이 오히려 원한을 쌓을 뿐이라는 것이다.

6_ 침강郴江 / 침산郴山 : 침강은 호남성 침주郴州 옆을 흐르는 조그만 강. 이 물은 곧 뢰수耒水와 합류하여 북류하다가 또 상강湘江과 합류하여 동정호로 들어간다. 침산은 침주郴州 지방의 산이란 뜻일 듯.

7_ 소상瀟湘 : 소수瀟水와 상강湘江의 합칭. 상강은 광서자치구 령천현靈川縣 동쪽 해양산海洋山에서 발원하여 호남성을 북류하여 동정호洞庭湖로 빠지는 강으로 총 길이는 817킬로미터이다. 소수는 상강의 한 지류. 호남성 녕원현寧遠縣 구의산九疑山에서 발원한다. 이상 2구는 사람들이 애송하는 구절, 소식蘇軾은 이 구절을 부채에 적어놓고 때때로 읊조렸다고 한다.

하주 賀鑄

He Zhu

하주賀鑄(1052~1125, 자 方回)는 진관秦觀과 함께 사詞의 정통正統을 다시 이어놓은 시인이다. 다만 진관의 사는 류영柳永의 것과 비슷한 점이 많고, 하주의 사는 안기도晏幾道의 것과 많이 닮았다. 이 점은 그의 생애가 안기도의 그것과 비슷하기 때문인지 모르겠다.

하주는 하남성 급현汲縣(衛輝市) 사람이다. 얼굴이 검푸르고 괴상하게 생겨서 사람들은 하귀두賀鬼頭라고 불렀다. 그러나 그는 황후(孝惠后)의 족손族孫이며, 그의 처가는 종실宗室(즉 趙克彰)이었다. 그리고 그는 장서가 1만 권이나 있었으며, 학문이 깊었다. 집안이 이러하니 일생 동안 부귀를 누릴 수도 있었겠지만, 그는 의협심이 많아 약한 사람을 많이 도왔으며, 성품이 곧아서 아첨할 줄 몰랐기에 편안한 생활은 못했다. 벼슬로는 사주泗州(안휘성 泗縣)·태평주太平州(안휘성 當塗)의 통판通判(副知事)을 역임했으나 평생을 울울불락하게 지냈으며, 만년에는 가난에 쪼들린 살림이었다.

횡당 길[1] | 하주

	青玉案 청옥안:
사뿐한 걸음이 횡당[2] 길 건너오지 아니하매	凌波不過橫塘路。 릉파 불과: 횡당 로:
다만 향기로운 티끌[3]만 눈으로 배웅하오.	但目送、芳塵去。 단:목송: 방진거:
금슬의 꽃다운 시절[4]을 누구하고 지내는고?	錦瑟華年誰與度。 금:슬 화년 수여: 도:
달빛[5]에 잠긴 다리와 화원,	月橋花院, 월교 화원:
꽃무늬 영창과 새빨간 방문.	瑣窗朱戶。 소:창 주호:
오직 봄님만 아시는 곳.	只有春知處。 지:유: 춘지 처:

•

푸른 구름이 족두리 언덕[6]에 피어오르는 저녁	碧雲冉冉蘅皐暮。 벽운 염:염: 형고 모:
채필이 새로 적으니 애끊는 구절이오.	彩筆新題斷腸句。 채:필 신제 단:장 구:
물어보자, 공연한 시름은 얼마나 되느냐고?	試問閒愁都幾許。 시:문: 한수 도 기:허:
개울[7] 가득 안개 어린 풀밭,	一川烟草, 일천 연초:
온 성안 날리는 버들개지,	滿城風絮。 만:성 풍서:
매실 익는 지루한 장맛비.[8]	梅子黃時雨。 매자: 황시 우:

1_ 사패 〈청옥안〉은 원래 술잔을 담아내는 소반의 이름. 당나라 사람이 애용했다 한다. 리백李白의 시에, "붓을 들고 모시는 황금黃金의 누대, / 술잔을 놓고 올리는 청옥靑玉의 소반."(侍筆黃金臺, 傳觴靑玉案。)이라는 구절이 있다.

2_ 사뿐한 걸음이 횡당橫塘 : '사뿐한 걸음' 원문은 릉파凌波, 조식曹植의 《락신부》洛神賦에서, "물결 건너는 작은 걸음, 비단 버선에 티끌 나네."(凌波微步, 羅襪生塵。)라 한 데서 나왔다. 이로부터 '릉파'는 '미인의 걸음'을 뜻하는 말로 시문에 나타난 것이다. 횡당은 강소성 소주蘇州 서남쪽 약 6킬로미터에 있는 경치 좋은 호수. 하주는 이곳에 조그만 집을 짓고 이곳을 거닐며 이 작품을 썼다고 한다. 이 구절의 뜻은 미인이 가고 다시 오지 아니함을 말하는 것이다.

3_ 향기로운 티끌 : 역시 '미인의 걸음'. 전 주 2 조식《락신부》인용 참조.

4_ 금슬錦瑟의 꽃다운 시절 : 리상은《남아 있는 금슬》참조(본서 817쪽). 이 구절은 시인 자신을 말하는 것이다.

5_ 달빛 : 이하 3구는 미인이 있는 곳을 말한 것인 듯. 즉, 그곳은 시인이 알 수도 없고 손이 닿을 수도 없는 곳이라는 것이다.

6_ 푸른 구름 / 족두리 언덕 : '푸른 구름' 원문은 벽운碧雲, 강엄江淹의 시(擬休上人詩)에서 나온 것일 듯. "해는 져서 푸른 구름이 뭉치는데, / 가인은 일부러 오지 않네."(日暮碧雲合, 佳人殊未來。) '족두리 언덕' 원문은 형고蘅皐, 조식曹植의《락신부》洛神賦에서 나온 것이다. "그대는 이에 족두리 언덕에 수레를 풀고, 지초芝草 밭에 사마를 먹이네."(爾迺稅駕乎蘅皐, 秣駟乎芝田。) 이 구절의 뜻은 가인佳人을 맞느라고 향초가 무성한 늪가까지 나갔으나 끝내 가인은 오지 않는다 하는 것이다. '족두리'(杜衡, *Asarum forbesii*)는 굴원《리소, 애타는 호소》주 21 참조(본서 190쪽).

7_ 개울 : 이하 3구는 '공연한 시름'이 많은 것을 비유한다. 시간적으로 봄부터 초여름에 걸침.

8_ 매실 …… 장맛비 : 이 사가 널리 애송되면서, 당시 선비들은 하주를 하매자賀梅子라 불렀다.

다시 창문을 지나니[1] | 하주

鷓鴣天
자:고천

다시 창문[2]을 지나니, 모든 일이 틀렸소. 重過閶門萬事非。
중과: 창문 만:사: 비

같이 왔다 무슨 일로 같이 돌아가지 못하오? 同來何事不同歸。
동래 하사: 불 동귀

서리 내린 뒤에 반쯤 죽은 오동나무, 梧桐半死淸霜後,
오동 반:사: 청상 후:

머리 하얀 원앙새가 짝을 잃고 나오. 頭白鴛鴦失伴飛。
두백 원앙 실반: 비

•

언덕 위의 풀밭에 原上草,
원상: 초:

이슬 이제 말랐소.[3] 露初晞。
로: 초희

옛집과 새로운 무덤 두 곳에 마음 끌리오. 舊棲新壟兩依依。
구:서 신롱: 량: 의의

빈 침상에 누워 듣는 남창의 빗소리, 空牀臥聽南窗雨,
공상 와:청 남창 우:

누가 다시 밤에 심지 돋우고 옷을 깁겠소? 誰復挑燈夜補衣。
수부: 도:등 야: 보:의

1_ 사패 〈자고천〉은 일명 반사동半死桐.

2_ 창문閶門 : 강소성 소주蘇州의 서북문. 그 문 밖은 가장 번화한 구역이다.

3_ 이슬 이제 말랐소 : 『한대 악부』 〈염교 위의 이슬〉 참조(본서 214쪽). 인생을 초로草露와 비긴 것이다.

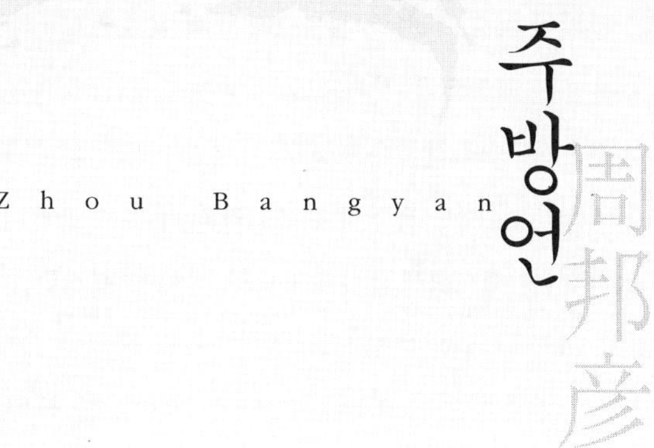

주방언 周邦彦

Zhou Bangyan

주방언周邦彦(1056~1121, 자 美成, 호 清眞居士)은 음악가, 시인으로서 북송北宋의 사詞를 집대성한 대가다. 사의 흐름은 온정운溫庭筠 일파와, 소식蘇軾 일파, 두 큰 줄기가 있는데 주방언의 사는 두 파의 장점을 겸비한 것으로 가장 정통正統을 이룬다고 평가되고 있다.

주방언은 절강성 항주杭州 사람이다. 젊어서 동경東京(하남성 開封市)의 태학太學(국립대학)에 유학했다. 사오 년간 공부하다가 1만여 글자의 장편《변도부》汴都賦를 지어 바쳐, 임금(神宗, 趙頊)이 그를 접견하고 태학의 제생諸生(학생)으로부터 일약 태학정太學正으로 올렸다. 뒤에 휘유각徽猷閣(궁전 이름)의 대제待制(시중고문관), 제거대성부提擧大晟府(국립음악원장)가 되었다.

주방언은 온정운溫庭筠 두목杜牧처럼 품행이 방정치 못하고 풍류를 즐긴 사람이다. 그와 기생 리사사李師師나 악초운岳楚雲과의 연애는 유명한 얘기다. 그의 작품에는 아녀兒女의 정이 많이 그려져 있으므로 후인들은 왕왕 그를 류영柳永에 견준다. 장조長調를 즐겨 쓰고 수사가 화려하고 염정豔情을 잘 그리고 음악에 정통한 점 등 외견상 상통하는 점도 있지만 예술적 수준에는 크나큰 차이가 있다. 류영의 사는 낭만적이고 음률이 자유로운 것이지만 주방언의 사는 고전적이고 음률이 엄격한 것이다. 류영의 작품은 통속적이지만 주방언의 작품은 유미적唯美的이다. 그리고 주방언은 온정운溫庭筠 등에게서 이어지는 완약婉約의 특징을 가졌다. 소식蘇軾의 호방豪放한 기세는 없지만, 그의 사는 소식을 대표로 하는 '시인의 사'의 고상한 품격과 분명한 개성을 구비하고 있다. 그러므로 주방언은 여러 대가의 장점을 갖춘 북송北宋 사詞의 집대성자라 할 수 있다(劉大杰, 『中國文學發達史』, 台北: 台灣中華書局, 1960, 下卷 99쪽).

장미꽃이 진 뒤에[1] | 주방언

六醜 薔薇謝後作
륙추: 장미 사:후: 작

마침 홑옷[2] 입고 술 드니	正單衣試酒, 정: 단의 시:주:
헛되이 버려진 나그네 세월이 한탄스럽다.	悵客裏、光陰虛擲。 창:객리: 광음 허척
봄이 잠깐이라도 머물기를 바랐건만	願春暫留, 원:춘 잠:류
봄은 날개가 돋친 듯 돌아가고,	春歸如過翼。 춘귀 여 과:익
가서는 흔적도 없다.[3]	一去無跡。 일거: 무적
"꽃은 어디에 있느냐고 물어다오."	爲問花何在, 위:문: 화 하재:
"밤 사이 비바람이	夜來風雨, 야:래 풍우:
초나라 왕궁의 절색[4]을 장사 지냈다오."	葬楚宮傾國。 장: 초:궁 경국
금비녀[5]가 떨어진 곳에 향기가 남아,	釵鈿墮處遺香澤。 채전: 타:처: 유 향택
복사나무 골목길에 함부로 점찍고[6]	亂點桃蹊 란:점: 도혜
버드나무 오솔길에 가벼이 날린다.	輕翻柳陌。 경번 류:맥
다정을 누구 때문에 추도하는지?	多情爲誰追惜。 다정 위:수 추석
다만 벌과 나비가 심부름꾼 되어	但蜂媒蝶使, 단: 봉매 접사:

때때로 창문을 두드린다.	時叩窗隔。 시고: 창격

•

동산은 고요하고,[7]	東園岑寂。 동원 잠적
무럭무럭 시퍼렇게 물든다.	漸蒙籠暗碧。 점: 몽롱 암:벽
조용히 훌륭한 숲 속을 도니	靜繞珍叢底, 정:요: 진총 저:
한숨이 난다.	成歎息。 성 탄:식
긴 가지는 일부러 길손을 끌어당기니[8]	長條故惹行客。 장조 고:야: 행객
마치 옷자락을 잡고 말해 주기를 기다리는 듯,	似牽衣待話, 사: 견의 대:화:
이별의 정이 끝없다.	別情無極。 별정 무극
남은 꽃은 작아서, 억지로 두건[9]에 꽂아 봤지만	殘英小、强簪巾幘。 잔영 소: 강:잠 건책
아무래도 못하구나, 비녀 꽂은 머리 위에서 곱게 흔들리며	終不似、一朵釵頭顫裊, 종 불사: 일타: 채두 전:뇨:
님에게 기우는 한 떨기보다는.	向人攲側。 향:인 기측
떠내려 오는 곳에서,[10] 밀물 썰물 타지 못하게 하여라.	漂流處、莫趁潮汐。 표류 처: 막진: 조석
찢긴 꽃잎에 혹시나 아직도 사랑의 글자가 있을지,	恐斷紅、尙有相思字, 공: 단:홍 상:유: 상사 자:

어찌 알 수 있으랴?

何由見得。
하유 견:득

1_ 사패 〈륙추〉는 주방언이 창제한 것이다. 임금(宋, 徽宗 趙佶)이 〈륙추〉의 뜻을 묻자, 주방언은 "이것은 여섯(六) 가지 변조變調를 포함하고 있는데, 모두 아름다운 소리지만 노래하기는 무척 어려운 것입니다. 고양씨高陽氏(중국 고대의 전설적 제왕, 顓頊)에게는 아들이 여섯(六) 있었는데, 재주는 있었지만 용모가 추醜하지 않았습니까? 그래서 이것에 비유해 본 것입니다."라고 대답했다 한다. 이 작품은 장미꽃의 낙화落花를 읊었다기보다는 꽃이 지고 난 뒤 봄·여인·사랑에 대한 추억을 그린 것이다.

2_ 홑옷 : 장미꽃은 져서 봄은 가고 이미 초여름이 되었음을 이 단어에서 느낄 수 있다. 그래서 감상적이 된 시인은 술잔을 들며 한탄하는 것인 듯.

3_ 가서는 흔적도 없다 : 봄·여인·사랑이 아주 가버리고 절망뿐이라는 기분을 말한 것이다.

4_ 초楚나라 왕궁의 절색 : 장미꽃을 상징한 것이다. 초楚는 가시나무라는 뜻도 있고, 허리가 가는 미인을 초요楚腰라고 하기에 시인의 상상이 이렇게 발전한 것이다.

5_ 금비녀 : '초나라 왕궁의 절색'에서, 그 미인이 꽂는 찬란한 장신구가 연상된 것인 듯. 역시 장미꽃을 상징한 것이다.

6_ 점찍고 : 장미의 낙화가 날리는 것을 말한다. 다음 구절의 '날린다'도 역시 마찬가지이다.

7_ 동산은 고요하고 : 꽃이 지니 상춘객이 모두 간 것이다.

8_ 끌어당기니 : 장미는 가시가 있다.

9_ 두건 : 두건에 장미꽃을 꽂는 것은 어울리지 않듯, 철 늦게 남은 두어 송이의 빈약한 장미꽃도 어울리지 않는다는 것인 듯하다.

10_ 떠내려 오는 곳에서 : 다음과 같은 고사가 배경에 깔려 있다. "옛날 로악盧渥이란 사람이 우연히 어구御溝(궁궐 도랑)에서 시가 쓰어진 단풍잎을 주웠다. 거기에는, '흐르는 물 어찌 그리 급한가? / 깊은 궁궐에서는 온종일 한가로운데. / 은근하게 단풍잎에 하직하노니, / 인간 세계로 잘 가소라.'(流水何太急, 深宮竟日閒。殷勤謝紅葉, 好去到人間。)라고 쓰어 있었다."

장대로 거리에서[1] | 주방언

	瑞龍吟 서:룡음
장대로[2] 거리에서	章臺路。 장대 로:
다시 본다,[3] 꽃가루가 다 날린 매화가지와	還見褪粉梅梢, 환견: 퇴:분: 매초
꽃잎이 새로 피는 복사나무를.	試花桃樹。 시:화 도수:
오순도순 모여든 거리[4]의 집에	愔愔坊陌人家, 음음 방맥 인가
보금자리를 틀던 제비가	定巢燕子, 정:소 연:자:
옛날의 자리로 돌아왔구나.	歸來舊處。 귀래 구:처:

•

우두커니 섰으니	黯凝竚。 암: 응저:
문득 생각난다, 나이가 어렸던 그 사람을	因念箇人癡小, 인념: 개:인 치소:
문틈으로 슬쩍 엿보았던 일이.	乍窺門戶。 사:규 문호:
새벽부터 엷게 칠한 궁황,[5]	侵晨淺約宮黃, 침신 천:약 궁황
바람막이에 비친 소매,	障風映袖, 장:풍 영:수:
깔깔대고 웃으며 얘기했지.	盈盈笑語。 영영 소:어:

•

지난번의 류랑[6]이 다시 와서	前度劉郎重到, 전도: 류랑 중도:
동네방네 다니며 찾아보니	訪鄰尋里, 방:린 심리:
함께 춤추고 노래하던 이로는,	同時歌舞。 동시 가무:
오직 옛날의 추냥[7]이만	惟有舊家秋娘, 유유: 구:가 추냥
성가가 여전하구나.	聲價如故。 성가: 여고:
노래 적던 종이 붓,	吟箋賦筆, 음전 부:필
아직도 연대의 구절[8]이 기억난다.	猶記燕臺句。 유기: 연:대 구:
누구와 함께, 좋은 동산에서 술 마시고	知誰伴、名園露飮, 지 수반: 명원 로:음:
동쪽 성[9]에서 산책하는 걸까?	東城閒步。 동성 한보:
옛날은 외기러기[10]와 함께 가버렸다.	事與孤鴻去。 사:여: 고홍 거:
봄[11] 찾는 것은 모두	探春盡是, 탐:춘 진:시:
아픈 이별 일깨우는 실마리.	傷離意緖。 상리 의:서:
길가 버드나무에 금실이 늘어졌다.	官柳低金縷。 관류: 저 금루:
말 타고 돌아가는 저녁,	歸騎晚, 귀기: 만:
보슬보슬 연못에 비가 날린다.	纖纖池塘飛雨。 섬섬 지당 비우:

애가 끊어지는 뜨락, | 斷腸院落,
단:장 원:락

발에는 온통 버들개지. | 一簾風絮。
일렴 풍서:

1_ 사패 〈서룡음〉은 북송北宋 때 창제된 것이다. 이 사는 쌍예두雙拽頭라는 형식으로 되었다. 쌍예두는, 전단前段이 같은 자구字句로 된 두 부분으로 갈라져 있어, 전체적으로는 3단이 되는 것이다. 이 작품은 봄의 경치를 그리면서, 그것이 "애달픈 이별을 일깨우는 실마리"임을 주제主題로 읊은 것이다.

2_ 장대로章臺路 : 한나라 서울 장안長安(西安市)에 있던 거리 이름. 『한서』漢書「장창전」張敞傳에, "장창은 조회朝會가 파하면 장대로에서 말을 달렸다."는 기록이 있거니와, 이것은 본래 장창이 스스로 풍류를 즐겼다는 뜻이었는데, 뒤에 와서는 주색酒色을 즐기는 뜻으로 되었다.

3_ 다시 본다 : 이하 2구는 계절, 즉 매화는 지고 복사꽃이 피는 계절을 말하면서 자연의 운행은 어김없다는 뜻도 포함되어 있다.

4_ 거리 : 원문은 방맥坊陌. 마을의 거리, 기생이 거처하는 곳을 가리키기도 한다. 첫 줄의 '장대로'와 함께 이 '거리의 집'은, 시인이 추억하는 '그 사람'의 신분(즉, 妓女)을 밝히고 있다. 이하 3구는 미물인 제비도 때가 되니 돌아왔다는 뜻이다.

—제1단은 봄은 왔지만, 꽃도 피고 제비도 오고, 그러나 '그 사람'은 없음을 말한 것이다.

5_ 궁황宮黃 : 중국에서는 옛날, 여자들이 화장을 할 때 얼굴에 노란 칠을 하였다고 한다. 리하李賀의 시에, "궁인의 얼굴과 보조개는 노란색."(宮人面靨黃)이라는 구절이 있다.

—제2단은 '그 사람'에 대한 추억을 읊은 것이다.

6_ 류랑劉郎 : 당나라 시인 류우석劉禹錫. 여기서는 작자 자신을 가리킨다. 류우석의 시에, "현도관 복사나무는 천 그루, / 모두가 류랑이 떠난 뒤에 심은 것."(玄都觀裡桃千樹, 盡是劉郎去後栽。)이라는 구절과, "복사나무를 심은 도사는 어디로 돌아갔는가? / 지난번의 류랑이 지금 또 왔다."(種桃道士歸何處, 前度劉郎今又來。)라는 구절이 있다. 서기 805년에는 현도관(長安의 道教 寺院)에 복사꽃이 없다가, 815년에는 복사꽃이 많았고, 828년에는 다시 하나도 없었다고 류우석은 그 서문에서 밝히고 있다. 앞의 시구는 815년에 지은 것, 뒤의 시구는 828년에 지은 것이다.

7_ 추냥秋娘 : 당나라 때, 예기藝妓들에게 추냥이라는 이름이 많다. 백거이《비파 노래》 주 16 참조(본서 731쪽).

8_ 연대燕臺의 구절 : 당나라 시인 리상은李商隱에게 《연대시》燕臺詩 춘·하·추·동 4수가 있다. 락양洛陽의 류기柳技란 아가씨가 이 시를 무척 좋아하여, 데이트하기로 했으나 이뤄지지 못했다. 다만, "먼 곳에서 길게 읊는 연대의 구절, / 오직 꽃의 향기만 배어서 지워지지 않는다."(長吟遠下燕臺句, 唯有花香染未消。)라는 시구를 얻었다고 한다.

9_ 동쪽 성 : 당나라 두목杜牧의 《장호호시》張好好詩 서문에, "829년에 나는 고故 리부吏部 심공沈公을 강서막江西幕에서 보좌하고 있었는데, 그때 호호好好는 나이 열셋, 가무에 능해서 처음으로 악적樂籍에 들었었다. ……그 뒤 두 해 만에, 나는 락양洛陽의 '동쪽 성'에서 다시 호호를 만났는데, 옛날을 생각하고 감상에 젖었다."라는 말이 있다.

10_ 옛날은 외기러기 : 두목杜牧의 시에, "원한은 봄풀처럼 많고, 옛날은 외기러기 따라 가버렸다."(恨如春草多, 事逐孤鴻去。)라는 구절이 있다.

11_ 봄 …… 실마리 : 이 2구는 바로 이 사의 주제이다.
—제3단에서는, 시인과 '그 사람'과의 추억을 류우석·리상은·두목의 고사를 연달아 인용하여 읊었다. 나머지 5구에서 작자의 '그 사람'에 대한 연연한 정을 느낄 수 있다.

버들[1, 2] | 주방언

蘭陵王 柳
란릉 왕 류:

버들 그늘 똑바르다.

柳陰直。
류:음 직

안개 속에 줄줄이 푸른빛 돈다.

煙裏絲絲弄碧。
연리: 사사 롱:벽

수나라 둑[3]에서 몇 번이나 보았을까,

隋堤上、曾見幾番,
수제 상: 증견: 기:번

수면을 스치는 솜털이 떠나는 사람
배웅하는 것을?

拂水飄綿送行色。
불수: 표면 송: 행색

물가에 나아가 고국을 바라보지만, | 登臨望故國。
등림 망: 고:국

누가 알아볼까? | 誰識。
수식

서울의 고달픈 나그네[4]임을! | 京華倦客。
경화 권:객

십리 정자[5] 길로 세월은 오고 또 가니, | 長亭路、年去歲來,
장정 로: 년거: 세:래

물먹은 가지[6]는 천 자 넘게 꺾였으리라. | 應折柔條過千尺。
응절 유조 과: 천척

•

한가로이 예전의 종적을 찾는다. | 閒尋舊蹤跡。
한심 구: 종적

또한, 슬픈 가락이 맴도는 술상, | 又酒趁哀絃,
우: 주:진: 애현

등불이 비치는 전별의 자리. | 燈照離席。
등조: 리석

배꽃 피고, 느릅나무 불 댕기니, 한식[7]도 가깝다. | 梨花楡火催寒食。
리화 유화: 최 한식

시름겨운 것은, 화살처럼 빠른 바람, | 愁一箭風快,
수 일전: 풍쾌:

삿대에 출렁이는 봄물. | 半篙波暖,
반:고 파난:

멀리 고개를 돌리니 지나온 역 마을이 몇이냐? | 回頭迢遞便數驛。
회두 초체: 변: 수:역

그리운 님은 북쪽 하늘가에 있다. | 望人在天北。
망:인 재: 천북

•

슬픈 탄식. | 悽惻。
처측

한이 쌓인다.	恨堆積。 한: 퇴적
차츰차츰 물굽이 따라 맴돌아 가니	漸別浦縈廻, 점: 별포: 영회
나루터 이정표[8]는 쓸쓸하구나.	津堠岑寂。 진후: 잠적
비낀 해는 뉘엿뉘엿, 봄은 끝이 없다.	斜陽冉冉春無極。 사양 염: 염: 춘 무극
생각나는 것은 정자에서 달 보며 마주잡던 손,	念月榭攜手, 념: 월사: 휴수:
다리에서 이슬 맞으며 듣던 피리소리.	露橋聞笛。 로:교 문적
묵묵히 지난날을 생각하니,	沈思前事, 침사 전사:
꿈만 같아라, 눈물이 남몰래 떨어진다.	似夢裏、淚暗滴。 사: 몽:리: 루: 암:적

1_ 사패 〈란릉왕〉은 본래 당나라 교방教坊의 곡명이다. 북제北齊의 란릉왕蘭陵王 고장공高長恭이 500기騎를 거느리고, 자기의 얌전한 얼굴을 가리기 위해 가면을 쓰고 북주北周의 군사를 무찌른 모습을 병사들이 노래했다. 이것을 《란릉왕 입진곡》蘭陵王入陣曲이라 불렀다. 이 사패의 이름은 여기서 딴 것이며, 북송 때 창제되었다. 주방언의 이 작품이 후세에는 《란릉왕》의 본보기로 전해진다.(모두 3단으로 되어 있다. 이 사의 내용도 사패의 문자적 의미와는 상관없다.)

2_ 이 사의 제목은 《버들》이지만, 영물詠物이 아니라, '이별의 정'을 읊은 것이다.

3_ 수나라 둑(隋堤) : 수隋나라 양제煬帝(604~616 재위) 양광楊廣은 변하汴河(淮水로 빠짐)를 파서 양안에는 둑을 쌓고 버드나무를 심었는데, 이것을 후인들은 '수나라 둑'이라 부른다.

4_ 서울의 고달픈 나그네 : 작자 자신을 가리킨다.

5_ 십리 정자 : 장정長亭. 류영 《쓰르라미 쓸쓸히 우는데》 〈우림령〉 주 2 참조(본서 886쪽).

6_ 물먹은 가지 : 버들의 유연한 가지를 가리킨다. 옛날 한漢나라 장안長安 사람들은 친척 친지가 떠나가면 성 동쪽의 파교灞橋까지 나가 거기서 버들가지를

꺾고 배웅했다 한다. 여기서부터 버들은 중국인의 관념에 이별과 관련이 있는 나무가 되었다.

7_ 느릅나무 …… 한식寒食 : 옛날 나무를 마찰시켜 불씨를 얻으면서, 1년에 다섯 번 불씨를 바꾸었는데(이를 改火라 함), 청명清明(양력 4월 5일경)에는 느릅나무 또는 버드나무의 가지로 불을 댕겼다. 동지冬至(양력 12월 22일경)로부터 105일째 되는 날은 한식寒食이라 하여 사흘 동안 불을 금했다. 청명清明과 한식은 겹치기 일쑤이다.

8_ 이정표 : 후堠, 흙으로 높이 쌓은 돈대. 이정里程을 표시하기 위하여 5리에는 후 한 개를, 10리에는 후 두 개를 설치했다 한다.

한식[1] | 주방언

應天長 寒食
응천장 한식

동북풍[2]에도 따사로움 펼치고	條風布暖, 조풍 포:난:
자욱하던 안개가 맑아지니,	霏霧弄晴, 비무: 롱:청
연못에는 온통 봄빛이 가득하다.	池塘徧滿春色。 지당 편:만: 춘색
마침 집 앞에는 달도 없어	正是夜堂無月, 정:시: 야:당 무월
어둠침침한 한식.[3]	沈沈暗寒食。 침침 암: 한식
처마 끝의 제비는,	梁間燕, 량간 연:
사일[4] 전의 손님.	前社客。 전사: 객

나를 비웃는 듯, 문 닫고 쓸쓸히 있다고.	似笑我、閉門愁寂。 사:소:아: 폐:문 수적
함부로 꽃은 져서,	亂花過, 란:화 과:
이웃 마당 운향[5]이	隔院芸香, 격원: 운향
온 땅에 어지럽게 널렸다.	滿地狼籍。 만:지: 랑적

•

영원히 기억한다, 그 시절	長記那回時, 장기: 나:회 시
우연히 서로 만난,	邂逅相逢, 해:후: 상봉
교외에 멈춘 '유벽 수레'[6]를.	郊外駐油壁。 교외: 주: 유벽
또한 생각한다, 한나라 대궐에서 내린 촛불[7]로,	又見漢宮傳燭, 우:견: 한:궁 전촉
연기가 오른 오후[8] 저택을.	飛烟五侯宅。 비연 오:후 택
푸릇푸릇한 풀밭,	青青草, 청청 초:
길을 헤맨다.	迷路陌。 미 로:맥
억지로 술통을 싣고 앞 자국을 자세히 찾는다.	强載酒、細尋前跡。 강:재:주: 세:심 전적
저자의 다리는 멀지만,	市橋遠, 시:교 원:
버드나무 아래 집은	柳下人家, 류:하: 인가

오히려 아는 곳이다. 猶自相識。
유자: 상식

1_ 사패 〈응천장〉은 령사令詞와 만사慢詞 두 가지가 있는데, 이것은 후자이다.

2_ 동북풍 : 원문은 조풍條風, 입춘立春(양력 2월 4일경)에 분다고 한다.

3_ 한식寒食 : 주방언《버들》〈란릉왕〉 주 7 참조.

4_ 사일社日 : 농가에서 토지신土地神에게 제사 지내는 날. 봄·가을 두 번 있는데, 입춘 뒤 다섯째 무일戊日(대개 양력 3월 20일 전후)이 춘사春社, 입추 뒤 다섯째 무일戊日(대개 양력 9월 20일 전후)이 추사秋社이다. 속설에, 제비는 춘사에 왔다가 추사에 돌아간다고 한다.

5_ 운향 : 원문은 운향芸香(*Ruta graveolens*).

6_ 유벽 수레 : 리하 〈소소소 무덤〉 주 6 참조(본서 801쪽).

7_ 한나라 …… 촛불 : 한漢나라 때의 잡사雜事를 기록한 『서경잡기』西京雜記에, "한식寒食은 불을 금하는 날인데, 후작(侯)의 집에 초(蠟燭)를 하사했다."라고 한다.

8_ 오후五侯 : 후작 다섯 명. 『후한서』後漢書 「환자전」宦者傳에, "환제桓帝 류지劉志는 서기 159년에 환관 선초單超(新豊侯), 서황徐璜(武原侯), 구원具瑗(東武陽侯), 좌관左悺(上蔡侯), 당형唐衡(汝陽侯) 등에게 후작을 봉했다. 다섯 사람을 함께 봉했기에 세상에서는 오후五侯라고 불렀다. 이때부터 환관의 세도가 떨치고 조정朝政은 날로 문란케 되었다."라고 한다.

금릉 회고[1] | 주방언

西河 金陵懷古
서하 금릉 회고:

미인의 고장,[2] 佳麗地。
가려: 지:

남조[3]의 찬란한 사적을 누가 기억할까? 南朝盛事誰記。
남조 성:사: 수기:

산은 고국을[4] 에워싸고 맑은 강이 둘렀으니,	山圍故國繞淸江, 산위 고:국 요: 청강
동긋한 봉우리가 마주 서 있다.	髻鬟對起。 계:환 대:기:
성난 파도는 외로운 성을 치는데,	怒濤寂寞打孤城, 노:도 적막 타: 고성
바람 속 돛대는 하늘가로 건너간다.	風檣遙度天際。 풍장 요도: 천제:

•

벼랑의 나무는	斷崖樹, 단:애 수:
아직 거꾸로 섰으니,	猶倒倚。 유 도:의:
막수[5]의 거룻배를 매었던 곳.	莫愁艇子曾繫。 막수 정:자: 증계:
공연히 흔적만 남겨 시퍼렇게 우거졌는데,	空餘舊迹鬱蒼蒼, 공여 구:적 울창창
안개는 성터에 가라앉는다.	霧沈半壘。 무:침 반:루:
밤이 깊어[6] 달이 성가퀴로 넘어올 때,	夜深月過女牆來, 야:심 월과: 녀:장 래
상심정에서 동쪽으로 진회수[7]를 바라본다.	賞心東望淮水。 상:심 동망: 회수:

•

술집 깃발[8] 극장 북소리, 장터는 어디?	酒旗戲鼓甚處市。 주:기 희:고: 심:처: 시:
생각 속에 어렴풋한 왕씨네 사씨네[9] 마을.	想依稀、王謝鄰里。 상: 의희 왕사: 린리:

제비는 어떤 시대인지 모르니,	燕子不知何世。 연:자: 불지 하세:
여느 길거리 집에 들어가,	入尋常、巷陌人家, 입 심상 항:맥 인가
마주보며 흥망성쇠 얘기하는 듯,	相對如說興亡, 상대: 여설 흥망
석양 속에서.	斜陽裏。 사양 리:

1_ 사패 〈서하〉는 지명에서 딴 것. 일명 서호西湖라고도 한다. 모두 3단으로 이루어졌다. 금릉金陵은 지금의 강소성 남경시南京市의 아칭雅稱. 전국시대 초楚나라 지명에서 유래된 것이다.

2_ 미인의 고장 : 원문은 가려지佳麗地. 사조謝朓의 시에, "강남은 미인의 고장, / 금릉은 제왕의 나라."(江南佳麗地, 金陵帝王州。)라는 구절이 있다. 또 남경은 일명 가려성佳麗城이라고도 한다.

3_ 남조南朝 : 두목 《강남의 봄》 주 4 참조(본서 809쪽).

4_ 산은 고국을 : 류우석劉禹錫의 시(金陵詩)에, "산은 고국을 에워싸서 한 바퀴 돌았고, / 조수潮水는 외로운 성을 쳐서 쓸쓸히 돌아간다."(山圍故國週遭在, 潮打孤城寂寞回。)라는 구절이 있다.

5_ 막수莫愁 : 여자 이름. 두 사람이 있는데, 하나는 락양洛陽의 막수, 또 하나는 석성石城의 막수이다. 락양의 막수는 본래 금릉金陵 여자, 그의 집이 있던 곳은 지금 남경의 막수호莫愁湖가 되었다 한다. 석성의 막수는 거룻배로 데려왔다는 시가 있다.(莫愁在何處, 莫愁石城西。艇子打兩槳, 催送莫愁來。) 금릉金陵은 일명 석두성石頭城이라 한다. 이름이 같고 지명이 비슷하기 때문에 시가에 잘 혼돈한다. 『남북조 악부』 〈막수의 풍악〉 참조(본서 271쪽).

6_ 밤이 깊어 : 류우석의 시(金陵詩)에 "진회수 동쪽 옛날부터 비춰 오는 달은, / 밤이 깊어지면서 다시 성가퀴를 넘어온다."(淮水東邊舊時月, 夜深還過女牆來。) 라는 구절이 있다. 류우석의 시는 주 4 시구 다음에 주 6 시구가 이어진다.

7_ 상심정賞心亭 / 진회수秦淮水 : 신기질 《건강 상심정에 올라》 〈수룡음〉 주 1 참조(본서 965쪽).

8_ 술집 깃발 : 두목 《강남의 봄》 주 3 참조(본서 809쪽).

9_ 왕王씨 / 사謝씨 : 동진東晋 때의 유명한 두 문벌. 금릉의 오의항烏衣巷에 살았다 한다. 류우석劉禹錫의 시에, "주작교 주위에는 들풀의 꽃이 피고, / 오의항 어귀에는 석양이 비껴 있다. / 옛날 왕씨네 사씨네 집 앞에서 놀던 제비, / 여

느 백성 집으로 날아 들어간다."(朱雀橋邊野草花。烏衣巷口夕陽斜。舊時王謝堂前燕，飛入尋常百姓家。)라는 것이 있다.

새벽 길[1] | 주방언

蝶戀花 早行
접련:화 조:행

환한 달에 놀란 까마귀 푸드덕거리고
月皎驚烏栖不定。
월교: 경오 서 불정:

물시계[2]도 그치려고 하는데,
更漏將闌，
경루: 장란

삐걱삐걱 우물 긷는 소리.
轣轆牽金井。
력록 견 금정:

불러일으키니, 초롱초롱 맑은 두 눈동자.[3]
喚起兩眸清炯炯。
환:기: 량:모 청 형:형:

눈물 꽃송이[4] 떨어진 베개, 붉은 비단 차갑다.
淚花落枕紅綿冷。
루:화 락침: 홍면 랭:

•

손을 잡으니 서릿바람 살쩍에 부는데,
執手霜風吹鬢影。
집수: 상풍 취 빈:영:

떠날 뜻에서 어치렁거리니
去意徘徊，
거:의: 배회

이별의 말은 듣기에 서럽다.
別語愁難聽。
별어: 수 난청:

다락 위 난간에 북두칠성[5] 가로누웠는데,
樓上欄干橫斗柄。
루상: 란간 횡 두:병:

이슬 차갑고, 사람 멀어지고, 닭은 따라 운다. 露寒人遠雞相應。
로:한 인원: 계 상응:

1_ 사패 〈접련화〉는 당나라 교방教坊의 곡명. 본래는 작답지鵲踏枝, 안수晏殊의 사에서부터 이 이름으로 바뀌었다. 량梁나라 간문제簡文帝 소강蕭綱의 악부시에, "거리에서 팔락거리는 나비, 꽃 그리는 정"(翻街胡蝶戀花情)에서 나온 것이다. 이 작품은 이별의 정을 표현한 것이다.

2_ 물시계 : 원문 경루更漏는 시간을 알리는 누각漏刻, 즉 물시계이지만 '시각 경'更 자는 특히 야간의 시각을 말하는 것이다. 따라서 이 구절은 밤이 다 지나고 새벽이 가까웠다는 뜻이다.

3_ 초롱초롱 맑은 두 눈동자 : 낭군이 밝는 아침에 떠난다는 것을 알고 있으므로 잠들지 못하지만 여인의 눈에는 졸음도 없이 더욱 빛이 나고 있다는 뜻인 듯.

4_ 눈물 꽃송이 : 붉은 비단 베개에 눈물이 떨어져 얼룩져 있는 것을 묘사한 말인 듯.

5_ 북두칠성 : 원문 두병斗柄은 북두칠성의 자루, 즉 큰곰자리(Ursa Major)의 ε ζ η세 별을 지칭한 것이다.

복사꽃 피는 시내[1] | 주방언

玉樓春
옥루춘

복사꽃 시내에서 조용히 머물지 못하였거니, 桃溪不作從容住。
도계 불작 종용 주:

가을 연근은 끊기어 다시 이을 수가 없다. 秋藕絶來無續處。
추우: 절래 무속 처:

그날은 빨간 난간 다리[2]에서 서로 만났는데 當時相候赤欄橋,
당시 상후: 적란 교

오늘은 노란 단풍 산길[3]을 혼자서 찾아간다. 今日獨尋黃葉路。
금일 독심 황엽 로:

안개 속 푸른 봉우리는 수없이 늘어섰는데, 烟中列岫青無數。
연중 렬수 청 무수:

기러기 등 붉은 해는 막 넘어가려고 한다. 雁背夕陽紅欲暮。
안:배: 석양 홍 욕모:

그 사람은 바람 잔 강으로 들어간 구름이요, 人如風後入江雲,
인여 풍후: 입강 운

내 마음은 비 오신 땅에 붙은 버들개지라. 情似雨餘黏地絮。
정사: 우:여 점지: 서:

1_ 『화간집』花間集에 수록된 고형顧敻의 사에, "버드나무 비치는 옥玉 누각(樓), 봄(春)날은 저물어"(柳映玉樓春日晚)라는 구절이 있다. 사패 〈옥루춘〉 이름은 여기서 따온 것이다.

2_ 빨간 난간 다리 : 온정운溫庭筠의 〈양류지〉楊柳枝에, "바로 옥 같은 사람이 애끊이던 곳, / 도랑 가득 봄물은 빨간 난간 다리에 흐르네."(正是玉人腸斷處, 一渠春水赤欄橋。)라는 구절이 있다.

3_ 노란 단풍 산길 : 스님 유봉惟鳳의 시에, "가는 길은 마침 노란 단풍 들었는데, / 그대를 이별하니 흰머리를 견디랴!"(去路正黃葉, 別君堪白頭。)

누각 위 맑은 하늘[1] | 주방언

浣溪沙
환:계사

누각 위 맑은 하늘은 파랑을 사방에 드리웠고, 樓上晴天碧四垂。
루상: 청천 벽 사:수

누각 앞 향기로운 풀밭[2]은 하늘 끝까지 닿았다. 樓前芳草接天涯。
루전 방초: 접 천애

그대여, 가장 높은 층계에는 오르지 마소라. 勸君莫上最高梯。
권:군 막상: 최:고 제

•

새 죽순은 이미 본채 아래의 대나무가 되었고 新筍已成堂下竹,
신순: 이:성 당하: 죽

떨어진 꽃은 모두 제비 집의 진흙으로 올랐다. 落花都上燕巢泥。
락화 도상: 연소: 니

차마 수풀 밖 두견이[3] 울음 들을 수 있으리까! 忍聽林表杜鵑啼。
인:청 림표: 두:견 제

1_ 사패 〈환계사〉는 당나라 교방教坊의 곡명에서 나왔다. 남당南唐 중주中主(李璟)가 지었다는 설이 있다.

2_ 향기로운 풀밭 : 백거이《옛 언덕의 풀》 참조(본서 732쪽).

3_ 두견이 : 온정운《달빛 비치는 옥루》〈보살만〉 주 6 참조(본서 847쪽).

리청조 李淸照

Li Qingzhao

리청조李淸照(1084~약 1151, 호 易安居士)는 중국 문학사에 있어 최고의 여류시인이다. 그녀의 사는 정통을 계승한 것이니, 음률音律이 들어맞고 자구字句가 가다듬어진 것으로 생명감이 넘치고 있다. 그녀는 내용이 비속한 류영柳永, 음률을 무시한 소식蘇軾을 반대했다. 그녀의 사에는 진관秦觀의 자상함이나, 주방언周邦彦의 공교함이 갖추어져 있으나, 전자의 수다스러움이나 후자의 번거로움이 없다. 리청조의 작품은 남당南唐 후주後主 리욱李煜의 것과 비슷한 점이 있다.

리청조는 산동성 제남濟南 부근 장구章丘 사람이다. 그녀의 아버지 리격비李格非는 문장을 잘 지어 소식蘇軾으로부터 높은 평가를 받았으며, 어머니는 장원狀元 왕공진王拱辰의 손녀로 역시 문장을 지을 줄 알았다. 그리고 집안에는 장서도 풍부했다.

리청조는 열여덟 살 때(1101) 태학생太學生 조명성趙明誠과 혼인했다. 시아버지는 당시 유명한 정치가였던 조정지趙挺之다. 그들의 혼인생활은 행복한 것이었으니, 이들 부부의 관심은 시사詩詞를 짓는 것이 아니면 고대의 금석미술金石美術을 수집·연구하는 것이었다. 그 결정이 나중에 30권의 『금석록』金石錄(趙明誠 著, 李淸照 序)으로 나타났다. 1126년에 송宋나라 두 임금(徽宗 趙佶, 欽宗 趙桓)이 금金나라 군대의 포로가 되고, 조정이 남쪽으로 옮겨가, 역사상 남송南宋이 섰다. 이들 부부는 애써 모았던 금석金石 · 서화書畵의 대부분을 팽개치고 피란 가지 않을 수 없었다. 강남江南으로 옮겨온 지 얼마 되지 않아(1129) 남편이 급환으로 사망했다. 전란에 시달리는 판국에 무의무탁한 그녀의 심정이 어떠했을까? 리칭조의 사에는 이러한 현실이 직접적으로는 표현되지 않았지만, 그녀의 슬픈 노래는 바로 당시 수천수만 평민의 고통을 대변한 것이다.

리칭조는 절강성 항주杭州에서 『금석록』金石錄을 나라에 바치며 《후서》後序를 썼고(1132), 뒤이어 절강성 금화金華로 옮겼다. 그녀의 사망 연대는 확실치 않다.

리칭조는 문집文集 7권, 사집詞集 6권을 남겼다는 기록이 있지만 지금은 전하지 않고 겨우 20수 가량의 사가 전한다.

수놓은 방장의 부용꽃[1] | 리청조

浣溪沙
환:계사

수를 놓은 방장의 부용꽃, 방긋 웃고 있는데,
繡幕芙蓉一笑開。
수:막 부용 일소:개

고개를 돌린 향로의 오리, 빰을 대고 있는데,
斜偎寶鴨襯香腮。
사외 보:압 친: 향시

눈길만 깜박해도 남들이 곧 알아차려요.
眼波才動被人猜。
안:파 재동: 피:인 시

•

얼굴에 가득한 풍정風情, 짙은 운치 숨겨 있으니,
一面風情深有韻。
일면: 풍정 심 유:운:

편지지 반쪽의 원모怨慕, 깊은 심정 부쳐 있으니,
半箋嬌恨寄幽懷。
반:전 교한: 기: 유회

달이 꽃 그림자를 옮기면 다시 오셔요.
月移花影約重來。
월이 화영: 약 중래

간밤에 빗발 성기고[1] | 리청조

如夢令
여몽:령

간밤에 빗발 성기고 바람 몰아쳤지요.
昨夜雨疏風驟。
작야: 우:소 풍취:

달게 자고 났어도 술기운 깨지 않아요.
濃睡不消殘酒。
농수: 불소 잔주:

발 걷는 이[2]에게 물었더니,
試問捲簾人,
시:문: 권:렴 인

해당화는 그대로라는군요. 却道海棠依舊。
각도: 해:당 의구:

알겠어요? 知否。
지부:

알겠어요? 知否。
지부:

초록은 살지고 다홍[3]은 말랐을 거예요. 應是綠肥紅瘦。
응시: 록비 홍수:

1_ 후당後唐 장종莊宗 리존욱李存勗(923~926 재위)의 사에, "꿈만 같아. / 꿈만 같아. / 새벽달 지는 꽃에 안개 무거워."(如夢。如夢。殘月落花煙重。)라는 구절이 있다. 원래 억선자憶仙姿라고 불렀으나, 소식蘇軾이 이 구절을 따서 여몽령如夢令으로 바꾸었다 한다.

2_ 발 걷는 이 : 하녀, 또는 남편. 다정다감한 리청조 물음에 그녀, 또는 그의 대답은 너무나 무신경한 것이 아닌가?

3_ 초록 / 다홍 : 초록색 잎사귀와 다홍색 꽃을 가리킨다. 봄에 비바람이 후려쳐, 꽃은 이울고 잎만 싱싱하게 된다는 뜻.

붉은 연꽃 이울고[1] | 리청조 一翦梅
일전:매

붉은 연꽃 이울고 돗자리에 가을이 왔어요. 紅藕香殘玉簟秋。
홍우: 향잔 옥점: 추

얇은 비단 치마를 벗고 輕解羅裳,
경해: 라상

혼자서 목련木蓮 배에 올라요. 獨上蘭舟。
독상: 란주

구름 속에서 누가 편지 전해 줄까요? 雲中誰寄錦書來,
운중 수기: 금:서 래

기러기 떼[2] 돌아갈 즈음 雁字回時,
안:자: 회시

달빛만 누각에 가득하군요. 月滿西樓。
월만: 서루

•

꽃은 절로 팔랑거리고 물은 절로 흘러가요. 花自飄零水自流。
화자: 표령 수: 자:류

한 가닥 그리운 마음, 一種相思,
일종: 상사

두 곳에 떨어져 시름겨워요. 兩處閒愁。
량:처: 한수

이 정감은 풀어 버릴 방법이 없어요. 此情無計可消除,
차:정 무계: 가: 소제

막 미간을 펼치자마자, 才下眉頭,
재하: 미두

다시 가슴에 치미는군요. 卻上心頭。
각상: 심두

1_ 사패 〈일전매〉의 뜻은 "매화 한 가지를 자르다"라는 것이다. 옛날에 사람을 멀리 떠나보낼 때, 매화 한 가지를 주어 상사相思를 표시하는 수가 있었다. 진관《침주 객사에서》〈답사행〉 주 4 참조(본서 913쪽). 리청조와 조명성이 혼인한 지 얼마 되지 않아, 조명성이 태학太學에 공부하러 가게 되었을 때, 리청조는 이 사를 비단 손수건에 써서 정표로 주었다고 한다.

2_ 기러기 떼 : 원문은 안자雁字, 기러기 떼가 날 때, '사람 인'人 자의 형태로 날기 때문이다. 기러기 떼를 보며 사람을 그리워하는 것이다.

구월 구일[1] | 리청조

醉花陰 九日
취:화음 구일

엷은 안개, 짙은 구름, 지겹게 긴 낮.

薄霧濃雲愁永晝。
박무: 농운 수 영:주:

용뇌향[2]이 향로에서 다 타요.

瑞腦消金獸。
서:뇌: 소 금수:

좋은 철에 또 중양절이니,

佳節又重陽,
가절 우: 중양

옥 베개, 깁 방장,

玉枕紗幮,
옥침: 사주

간밤 처음 서늘하게 느꼈어요.

昨夜涼初透。
작야: 량 초투:

•

동쪽 울밑[3]에 술 드는 황혼이 지난 뒤.

東籬把酒黃昏後。
동리 파:주: 황혼 후:

그윽한 향기가 소매에 가득해요.

有暗香盈袖。
유: 암:향 영수:

넋이 아니 빠진다는 말 마셔요,

莫道不銷魂,
막도: 불 소혼

발(簾)이 서풍을 말아 올리니

簾捲西風,
렴권: 서풍

사람은 노란 꽃[4]보다 여위었어요.

人比黃花瘦。
인비: 황화 수:

1_ 원제 구일은 음력 구월 구일의 명절, 즉 중양절重陽節. 중국의 시문詩文에는 이 날 멀리 떨어진 사람을 생각하는 내용의 것이 많다. 리청조는 이 사를 타관에 있는 남편 조명성에게 부친 것이다. 이 사를 받은 조명성은 밥도 먹지 않고 사흘 밤을 새워 같은 사패로 15수를 짓고는 이 사와 섞어서 륙덕부陸德夫에게 보였다고. 륙덕부는 다른 것은 모두 제쳐놓고 이 사가 가장 훌륭하다

고 했다 한다. 사패 〈취화음〉의 유래는 다음과 같다. 정문鄭文이란 사람이 태학太學에서 유학하고 있었는데 아내가 〈억진아〉憶秦娥 한 수를 부쳐 왔다고. 거기에는, "꽃은 깊고 깊어, 비단 버선으로 꽃그늘 걸었어요. 꽃그늘 걸으면서, 비녀의 끈으로 동심결을 맺었어요."(花深深, 一勾羅韈行花陰。行花陰, 閒將鈿帶結同心。) 이 사는 같은 기숙사에 있던 친구들에게 전파되고, 다시 술집·기생집에도 유행되었다고 한다.

2_ 용뇌향龍腦香 : 용뇌향은 향료 이름. 보르네오·수마트라 원산이다.

3_ 동쪽 울밑 : 국화를 심은 곳. 도연명《술을 마시며·3》 주 5 참조(본서 363쪽).

4_ 사람은 노란 꽃 : '노란 꽃'은 국화를 가리킨다. 청淸나라 재녀 진운陳芸(浮生六記 여주인공)의 시구에, "가을이 엄습하여 사람 그림자 여위고, / 서리가 물들이어 국화 꽃송이 살찌네."(秋侵人影瘦, 霜染菊花肥。)가 있다.

바람 멎고[1] | 리칭조

武陵春
무:릉춘

바람 멎고 흙내 좋으니,[2] 꽃은 이미 졌군요.	風住塵香花已盡, 풍주: 진향 화 이:진:
날이 저물도록 머리 빗기 게을러요.	日晩倦梳頭。 일만: 권: 소두
물건 있어도 사람 없어,[3] 모든 일 끝장이어요!	物是人非事事休。 물시: 인비 사:사: 휴
말하려니 눈물이 앞서 흐르는군요.	欲語淚先流。 욕어: 루:선류

•

들리는 말에, 쌍계[4]의 봄은 아직 좋다는군요.	聞說雙溪春尚好, 문설 쌍계 춘 상:호:
그래서 가벼운 배라도 띄울까 해요.	也擬汎輕舟。 야:의: 범: 경주

하지만 아마 저 쌍계의 조그만 거룻배는요,	只恐雙溪舴艋舟。 지:공: 쌍계 책맹: 주
이 많은 시름을 싣지 못하겠지요.	載不動、許多愁, 재: 불동: 허:다 수

1_ 이 사는 아마 1134년, 그녀의 남편이 죽은 지 6년 남짓했을 때, 절강성 금화시金華市에 있으면서 지은 것인 듯하다.

2_ 흙내 좋으니 : 낙화가 많아 그 향기가 흙에 배었다는 뜻이다.

3_ 물건 있어도 사람 없어 : 고려高麗 말엽 길재吉再의 시조에, "산천은 의구하되 인걸은 간 듸 없네"라는 구절이 있거니와, 생각하는 대상의 성질에는 차이가 있지만, 같은 심정을 그린 것이다.

4_ 쌍계雙溪 : 절강성 금화시金華市에 있는 개울인 듯. 개울이 두 곳에서 발원하여 두 가닥으로 나란히 길게 흐르다가 합류할 경우, 이런 이름을 많이 붙인다.

가을 생각[1] | 리칭조

聲聲慢 秋情
성성만: 추정

둘레둘레 찾고 찾아도,	尋尋覓覓。 심심 멱멱
선득선득 썰렁썰렁,	冷冷淸淸, 랭:랭: 청청
쓰리쓰리 아리아리 쓰라리대요.[2]	悽悽慘慘慼慼。 처처 참:참: 척척
따뜻하다 도로 추워지는 요즈음은	乍暖還寒時候, 사:난: 환한 시후:
가장 어려워요, 몸조리가.	最難將息。 최:난 장식

석 잔 두 잔 마시지만 멀건 술은	三杯兩盞淡酒, 삼배 량:잔: 담:주:
어떻게 막겠어요, 저 저녁의 세찬 바람을!	怎敵他、晚來風急。 즘:적타 만:래 풍급
기러기가 지나가요,	雁過也, 안:과:야:
그냥 마음 아프지만, 그래도 낯이 익은 친구래요.	正傷心、却是舊時相識。 정:상심 각시: 구:시 상식

•

온 땅에 노란 꽃[3]이 가득 쌓였어요	滿地黃花堆積。 만:지: 황화 퇴적
시들어 말라 버렸으니, 이제 어느 누가 따겠어요?	憔悴損、如今有誰堪摘。 초췌:손: 여금 유:수 감적
창문을 지키고 앉았어도,	守着窗兒, 수:착 창아
혼자 어떻게 어둡기를 기다리나요?	獨自怎生得黑。 독자: 즘:생 득흑
오동나무에 또 가랑비가 떨어지니,	梧桐更兼細雨, 오동 갱:겸 세:우:
황혼이 되도록, 또닥또닥 똑 똑.	到黃昏、點點滴滴。 도:황혼 점:점: 적적
이런 참에,	這次第, 저:차:제:
어찌 '수심 수' 한 자로 끝낼 수 있을까요!	怎一個、愁字了得。 즘:일개: 수자: 료:득

1_ 사패 〈성성만〉은 조보지晁補之(1053~1110)가 창제한 것으로, 처음엔 승승만勝勝慢이라 하였다. 뒤에 장첩蔣捷(1235?~1300?)이 이 사패로 추성秋聲을 읊었는데, 여기서 모든 운자韻字를 '소리 성'聲 자로 달고 나서부터 〈성성만〉이라고 고쳐 부르게 되었다 한다.

2_ 둘레둘레 …… 쓰라리대요 : 원문에 같은 글자를 두 번씩 겹친 것이 일곱이나 되는데, 이것은 중국 시가에 있어 공전空前의 일이었다. 뜻은 임을 잃은 여인이 허전한 마음에 두리번거리지만, 방안은 썰렁할 뿐이라, 새삼스레 마음 쓰리다는 미묘한 여심女心을 말한 것이다.

3_ 노란 꽃 : 국화를 가리킨다.

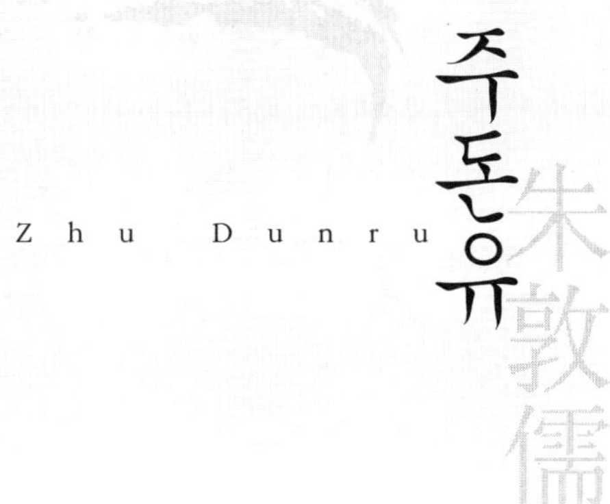

주돈유 朱敦儒

Zhu Dunru

주돈유朱敦儒(1081~1159, 자 希眞)는 남송南宋 사의 고답적高踏的인 면을 대표하는 시인이다. 비참한 국난을 겪은 남송 초기 사단詞壇에는 북송 사의 향락적인 면이 많이 씻기고 소식蘇軾의 '시인의 사'를 잇는 시인이 많이 나왔거니와, 여기에는 적극적으로 국치를 통분하면서 이를 사에 나타낸 시인들(辛棄疾)과, 소극적으로 전원에 은퇴하여 안심입명安心立命을 꾀하면서 고답적인 사를 쓰는 시인들로 나누어진다. 주돈유는 이 점에 있어 도연명陶淵明과 가까운 시인이라 하겠다.

주돈유는 하남성 락양洛陽 사람으로서, 북송北宋·남송南宋을 걸쳐 장수했다. 구속을 싫어하고 자유를 사랑한 그는 일찍부터 명망이 있었으나 과거 시험에 관심이 없었다. 여러 차례 임금에게 불려나가 벼슬을 받았으나 금방 사퇴하고 말았다.

주돈유의 사는 3단계로 나누어 볼 수 있다. 젊었을 적 북송의 평화로운 생활을 화려하게 묘사한 것이 제1단계이고, 중년기 피란길 쓰라린 고생과 나라를 생각하는 마음을 처량하게 표현한 것이 제2단계, 그리고 만년에 와서 고향을 되찾는다는 꿈은 실현될 수 없음을 깨닫고 인생에 대하여 초탈하는 마음을 갖게 되는 제3단계에 그의 사는 예술적으로 최고의 경지에 이르렀다. 사詞의 세계에는 지금껏 없던 도연명陶淵明의 경지를 그가 건립한 것이다. 그는 가장 통속적이고 자유로운 언어로써 가장 진실하고 순결한 감정을 표현하여, 그 자신의 독특한 기풍을 형성한 것이다.

늘그막에 기쁜 일은[1] 주돈유

念奴嬌
념:노교

늘그막에 기쁜 일은

老來可喜,
로:래 가:희:

인간사회 두루 돌아

是歷遍人間,
시: 력편: 인간

세상 밖[2]이 환한 거다.

諳知物外。
암지 물외:

허공을 꿰뚫어보니,

看透虛空,
간:투: 허공

원망의 바다와, 수심의 산을 단번에 문질러 으깬다.

將恨海、愁山一時挼碎。
장 한:해: 수산 일시 뇌쇄:

꽃에게 홀리지도 않고

免被花迷,
면:피: 화미

술에 고생하지도 않아

不爲酒困,
불위 주:곤:

어디 가나 또랑또랑하다.

到處惺惺地。
도:처: 성성지:

배부르면 잠을 자고

飽來覓睡,
포:래 멱수:

자고 나면 배역[3]에 맞추어 놀아 본다.

睡起逢場作戲。
수:기: 봉장: 작희:

•

옛날부터 지금까지 얘기를 말아라!

休說古往今來,
휴설 고:왕: 금래

네 애비 마음속에

乃翁心裏,
내:옹 심리:

이처럼 많은 일이 없다.	沒許多般事。 몰 허:다 반사:
신선도를 닦지도 않고,	也不修仙, 야:불 수선
부처에게 절도 않고, 허둥지둥 공자[4] 공부도 않는다.	不佞佛、不學栖栖孔子。 불 녕:불 불학 서서 공:자:
당신과 다투기 싫고	懶共賢爭, 란:공: 현쟁
남들이 웃어도 그만,	從敎他笑, 종교: 타소:
그저 이러이러할 뿐이다.	如此只如此。 여차: 지: 여차:
연극을 마치고 나면	雜劇打了, 잡극 타:료:
의상[5]은 벗어서 바보에게 준다.	戱衫脫與獃底。 희:삼 탈여: 애저:

1_ 소식《적벽회고》〈념노교〉와는 체가 약간 다르다.

2_ 세상 밖 : 원문은 물외物外, 세상 물정을 벗어난 바깥, 물질계物質界를 벗어난 경지를 말하는 것이다.

3_ 배역配役 : 세상을 하나의 극장으로, 인생을 연극으로 간주한 것이다.

4_ 허둥지둥 공자 : 『론어』論語「헌문」憲問에, "미생무微生畝(魯나라 隱士)는 공자孔子에게 '당신은 어찌하여 이처럼 허둥지둥하오?……'라고 말했다."는 구절이 있다.

5_ 의상衣裳 : 무대의상, 연극을 전제한 것이다.

나는 청도의 산수랑[1] | 주돈유

鷓鴣天
자:고천

나는 하늘나라 청도의 산수랑[2] 벼슬아치인데, 我是淸都山水郎,
아:시: 청도 산수: 랑

천성이 게으른데다가 엄벙덤벙하게 태어났네. 天敎懶慢帶疏狂。
천교: 란:만: 대: 소광

일찍이 이슬 바람 내어주라는 어명[3]이 내렸네, 曾批給露支風敕,
증비 급로: 지풍 칙

여러 번 구름 달님 빌려달라고 상주하였기에. 累奏留雲借月章。
루:주: 류운 차:월 장

•

시는 만 수, 詩萬首,
시 만:수:

술은 천 잔. 酒千觴。
주: 천상

언제 왕공 후작들을 눈 바로 뜨고 보았던가? 幾曾着眼看侯王。
기:증 착안: 간: 후왕

백옥 누각 황금 대궐[4] 돌아가기 귀찮으니, 玉樓金闕慵歸去,
옥루 금궐 용 귀거:

잠깐 매화꽃 꽂고 락양[5] 거리에서 취해 보세. 且揷梅花醉洛陽。
차:삽 매화 취: 락양

1_ 사패 〈자고천〉은 당나라 정우鄭嵎의, "봄에 계록 요새에서 떠도니, 집은 자고새 나는 하늘가에 있다."(春游雞鹿塞, 家在鷓鴣天。)라는 시구에서 나온 것이다. 시구의 '계록 요새'는 내몽골과 몽골 접경에 있는 요새이며, "자고새 나는 하늘"은 남쪽 하늘을 가리킨다.

2_ 청도淸都의 산수랑山水郎: 청도는 도교에서 자미상제紫微上帝(하느님)가 거처하는 곳을 일컫는 말. 산수랑의 랑郎은 랑관郎官이란 관직이다. 즉 이 말은 '산수를 관장하는 하늘나라 관원'이라는 뜻이다.

3_ 이슬 바람 …… 어명 : 시인은 산수랑山水郞이기에 그가 관장하는 일은 '이슬 바람', 그리고 다음 구절에 나오는 '구름 달님'일 뿐이라는 말, 즉 속세의 일은 모른다는 것이다. 여기서 '어명'을 들먹이고 다음 구절에서 '상주'를 말한 것은 하늘나라의 임금과 그 관원인 자기와의 관계, 즉 제1행의 배경을 두고 한 말이다.

4_ 백옥 누각 황금 대궐 : 하늘나라를 가리킨다.

5_ 락양 : 하남성에 있다. 주周나라 이후 여러 왕조에서 수도로 삼았기에 수도의 대명사로 쓰인다. 북송北宋 수도는 변경汴京(하남성 開封市), 남송南宋 수도는 림안臨安(절강성 杭州市)이었다. 락양은 또한 주돈유의 고향이기도 하다.

어부의 노래 | 주돈유

好事近 漁父詞
호:사:근: 어부:사

머리 흔들며 홍진세계 벗어나니,
깨고 취하는 시간 따로 없다.
밥벌이로 도롱이 삿갓 걸치니,
일쑤 서리나 눈을 뒤집어 써.

搖首出紅塵,
요수: 출 홍진
醒醉更無時節。
성:취: 갱:무 시절
活計綠蓑青笠,
활계: 록사 청립
慣披霜衝雪。
관: 피상 충설

•

저녁에 바람 자고 낚시 줄 한가로우니,
위와 아래에 초승달이로다.
천리에 물과 하늘 한 빛인데,

晚來風定釣絲閒,
만:래 풍정: 조:사 한
上下是新月。
상:하: 시: 신월
千里水天一色,
천리: 수:천 일색

멀리 외로운 기러기 가물가물. 看孤鴻明滅。
간: 고홍 명멸

세상은 봄날의 꿈[1] | 주돈유

西江月
서강월

세상은 봄날의 꿈처럼 짧으니 世事短如春夢,
세:사: 단:여 춘몽:

인정은 가을 구름처럼 엷으니 人情薄似秋雲。
인정 박사: 추운

계산하느라고 마음 썩일 거야 없네, 不須計較苦勞心。
불수: 계:교: 고:로 심

만사는 원래부터 천명이 있다네. 萬事原來有命。
만:사: 원래 유:명:

•

다행히 좋은 술 석 잔이 생기니 幸遇三盃酒美,
행:우: 삼배 주:미:

더구나 새 꽃 한 송이를 얻으니 況逢一朶花新。
황:봉 일타: 화신

잠시나마 웃고 즐기고 또 친해 보세, 片時歡笑且相親。
편:시 환소: 차:상친

내일은 흐릴지 맑을지 모른다네. 明日陰晴未定。
명일 음청 미:정:

1_ 사패 〈서강월〉은 원래 당唐나라 교방敎坊의 곡명. 리백李白의 시구(蘇臺覽古), "지금은 오로지 서강 달이 있으니, / 일찍 오나라 왕궁 사람 비췄었네."(只今唯有西江月, 曾照吳王宮裏人。)에서 따온 것이다.

악비 岳飛

Y u e F e i

악비岳飛(1103~1142, 자 鵬擧)는 남송 명장으로 글도 쓰고 시도 썼으며, 사는 〈만강홍〉, 〈소중산〉 2수가 있다. 다만 《성난 머리칼》 〈만강홍〉은 그의 손자가 엮은 문집에 보이지 않다가 1455년 『정충록』精忠錄(袁純 編)에 처음 수록되었다. 그래서 여러 학자가 위작으로 의심하기도 하지만, 많은 사람들은 그 강개 격앙한 기운이 악비의 전형과 흡사하니, 타인의 위탁일 리 없다고 믿는다.

악비는 하남성 탕음湯陰 사람이다. 어려서 집안이 가난하여 어머니가 직접 글을 가르쳤다. 1122년 감전사敢戰士로 응모하여 국경을 지켰으며, 후에 금군金軍과의 전투에서 여러 번 군공을 세워 벼슬도 점차 올라 추밀부사樞密副使가 되었지만, 미구에 남송 주화파 진회秦檜의 모함을 받아, 1142년에 살해되었다. 후일 악왕鄂王으로 추봉되었다.

성난 머리칼[1] | 악비

滿江紅 寫懷
만:강홍 사:회

성난 머리칼[2] 관모에 뻗치어	怒髮衝冠, 노:발 충관
난간에 기대니 사나운 비가 멎는다.	憑欄處、瀟瀟雨歇。 빙란 처: 소소 우:헐
눈을 들어 하늘 우러러 긴 탄식하니	擡望眼、仰天長嘯, 대망:안: 앙:천 장소:
가슴이 벌떡거린다.	壯懷激烈。 장:회 격렬
삼십 년 세운 공명은 먼지와 흙이오,	三十功名塵與土, 삼십 공명 진 여:토:
팔천 리 달릴 장정[3]은 구름에 달이라.	八千里路雲和月。 팔천 리:로: 운 화월
한눈 팔지 말라, 젊은 머리 세면	莫等閒、白了少年頭, 막등:한 백료: 소:년 두
슬픔만 부질없다.	空悲切。 공 비절

•

정강[4]의 치욕을	靖康恥, 정:강 치:
아직 못 씻었다.	猶未雪。 유 미:설
신하의 원한을	臣子恨, 신자: 한:
언제 풀 수 있을까.	何時滅。 하시 멸
많은 병거 몰고 가 뭉개자,	駕長車踏破, 가: 장거 답파:

하란산[5] 터진 구멍을.	賀蘭山缺。 하:란 산결
장한 뜻 세워 시장하면 호로 살 씹고,	壯志飢餐胡虜肉, 장:지: 기찬 호로: 육
웃고 떠들다 목마르면 흉노 피 마시리.	笑談渴飮匈奴血。 소:담 갈음: 흉노 혈
처음부터 고국 강산 바로잡고	待從頭、收拾舊山河, 대: 종두 수습 구:산하
대궐로 찾아뵙자.	朝天闕。 조 천궐

1_ 첫 구절이 유명하여 노발충관怒髮衝冠으로 부르기도 한다. 애국주의 영웅주의가 잘 나타나 있다.

2_ 성난 머리칼 : 『사기』史記 「자객열전」刺客列傳, "의사들 다 눈을 부릅뜨고 머리카락이 모두 관모에 뻗쳤다." 하였다.

3_ 삼십 년 공명功名 / 팔천 리 장정長征 : 지난날을 되돌아보고, 앞으로 나아갈 일을 다짐하는 대구.

4_ 정강靖康 : 송 흠종欽宗(1126~1127 재위) 조환趙桓의 연호. 1127년 금나라 군사가 침입하여 변경汴京(하남성 開封市)을 함락하고, 흠종과 휘종 부자를 포박하였다. 여기서 북송은 멸망하고 일부가 항주로 피하여 남송을 건립했다.

5_ 하란산賀蘭山 : 지금의 녕하자치구 은천시銀川市 서북, 내몽골자치구와 경계를 이루고 있는 산, 해발 3,556미터. 당시 금나라 군사가 점령하고 있었다.

신기질 辛棄疾

Xin Qiji

신기질辛棄疾(1140~1207, 자 幼安, 호 稼軒)은 사詞의 대가다. 그는 소식蘇軾이 문을 연 호방파豪放派의 사를 대성시켰다. 그의 일생은 애국적이고 상무적이었거니와 그의 사는 그의 이러한 모습을 잘 보여주고 있다.

신기질은 산동성 제남濟南 사람이다. 그가 태어났을 때는 그의 고향을 포함한 중국의 북방이 이민족 금金나라의 지배하에 들어간 지 이미 10여 년이 지났을 때다. 그는 성인이 되자 남쪽으로 쫓겨간 조국 송(南宋)나라를 찾아 나서려고 틈을 보고 있었다. 마침 금金나라 임금 완안량完顏亮(1149~1161 재위)이 남송을 치려다가 실패하고 피살되었다. 이때 북방에서는 많은 한족이 의병을 일으켰는데, 산동성에서는 경경耿京이 일어났다. 신기질은 경경에게 투신, 그의 막료로 저항운동에 참여했다. 그리고 경경의 대표로서 송나라 임금(高宗, 趙構)을 찾아뵈옵고 저항운동을 정식으로 인정받았다. 임무를 완수하고 돌아오니, 경경은 배반자 장안국張安國에게 피살되어 있었다. 신기질은 금나라 진영으로 쳐들어가 장안국을 포박하여 남송 임금의 행재소行在所로 데리고 와서 참형에 처하도록 했다. 이때 그의 나이 스물셋이었다.

신기질은 그 뒤 호북성·호남성·강서성·복건성·절강성 등지의 안무사按撫使(省의 兵政·民政을 다스리는 總督)를 역임했다. 그는 정치가로서의 풍도와 식견을, 그리고 군인으로서의 정신과 기백을 갖추고 있었다. 그러나 이민족 지배하의 북방에서 탈출해 온 그에게 있어 남송南宋의 나약한 기질은 맞지 않은 듯, 여러 번 탄핵을 받아 관직을 떠나야 했다.

신기질이 만년에 은퇴하고 있을 때(1205~1207), 한탁주韓侂胄가 북벌을 주장했다. 그는 늙어서 참가하지는 못했으나 그 주장에 찬동했다. 다만 준비를 단단히 하도록 촉구했으나, 한탁주는 성급하게 출동하여, 신기질이 염려한 바와 같이 실패했다. 그때(1209)는 이미 세상을 떠난 그였지만, 찬동한 그 책임으로 사후의 은전恩典을 박탈당하기도 했다.

신기질 사의 특징은, 우선 형식에 있어 시, 사, 산문을 혼합시킨 데 있다. 소식蘇軾의 사詞가 시화詩化되었다지만, 신기질의 사는 한술 더 뜬 것이다. 그리고 음률音律에 맞지 않는 점이 있다는 비평도 받았다. 그러나 신기질은 사詞를 그의 시심詩心을 가장 잘 표현할 수 있는 시형으로 채택했을 뿐, 기생이나 젊은이들의 유행가로 쓴 것은 아니었다.

신기질은 또한 사의 내용과 소재의 범위를 한껏 넓혔다. 역사·철학·정치·자연·애정·불만 등이 모두 사로써 그려졌다. 그는 무인의 기백과 애국자의 열정을 가졌으며, 재능과 학식도 뛰어났으므로, 그의 사는 고결한 풍격을 형성했다. 종래의 사처럼 귀족의 사치한 분위기나 소시민의 통속적인 기운은 말끔히 가셨다(劉大杰, 『中國文學發達史』, 台北: 台灣中華書局, 1960, 下卷 114쪽).

신기질은 장조長調와 소령小令에 모두 좋은 작품 600여 수를 남겼다. 장조로서는 격앙·강개의 비분을, 소령으로서는 감상·온유의 정념을 잘 묘사했다.

아우 무가와 헤어지며[1] | 신기질

賀新郞 別茂嘉十二弟
하:신랑 별무:가 십이:제:

푸른 나무에서 들리는 때까치[2] 울음.

緑樹聽鵜鴂。
록수: 청 제결

더구나 견뎌내랴, 자고새[3] 소리 메고

更那堪、鷓鴣聲住,
갱: 나:감 자:고 성주:

두견이[4] 소리 끊이니!

杜鵑聲切。
두:견 성절

울음은 봄이 돌아간 찾지 못할 곳까지 닿으니,

啼到春歸無尋處,
제도: 춘귀 무 심처:

원망스럽게 향기로운 꽃들이 모두 이우는구나.

苦恨芳菲都歇。
고:한: 방비 도헐

셀 수 없다, 인간세계에 일어난 이별은.

算未抵、人間離別。
산: 미:저: 인간 리별

말 위의 비파,[5] 변경의 저쪽은 어두웠었지.

馬上琵琶關塞黑,
마:상: 비파 관새: 흑

또 장문의 비취 연,[6] 황금 궁궐 하직했었지.

更長門、翠輦辭金闕。
갱:장문 취:련: 사 금궐

제비 제비[7] 쳐다보며,

看燕燕,
간: 연:연:

돌아가는 시앗 배웅했었지.

送歸妾。
송: 귀첩

•

수많은 싸움에 몸과 이름이 찢긴 장군.[8]

將軍百戰身名裂。
장:군 백전: 신명 렬

다리 위에서, 만리 밖을 돌아보며

向河梁、回頭萬里,
향: 하량 회두 만:리:

친구와 길이 작별했었지.

故人長絶。
고:인 장절

역수[9]에는 썰렁썰렁 서풍도 차가웠는데, 易水蕭蕭西風冷,
역수: 소소 서풍 랭:

만좌한 사람들 의관은 눈빛처럼 희었었지. 滿座衣冠似雪。
만:좌: 의관 사:설

마침 장사의, 슬픈 노래 그치지 않았었지. 正壯士、悲歌未徹。
정:장:사: 비가 미:철

우는 새는 또한 이러한 원망을 알아, 啼鳥還知如許恨,
제조: 환지 여허: 한:

맑은 눈물 아니 흘리고, 길이 피를 토하는가보다.[10] 料不啼、淸淚長啼血。
료:불제 청루: 장제혈

누가 나와 함께, 誰共我,
수 공:아:

밝은 달에 취해 보랴! 醉明月。
취: 명월

1_ 무가茂嘉는 신기질의 족제族弟. 사패 〈하신랑〉은 원래 〈하신량〉賀新凉, 소식蘇軾의 사에서 나온 것이다. "소식이 항주杭州 태수로 있던 어느 날, 호수에서 잔치를 베풀었는데 수란秀蘭이란 관기官妓가 늦게 왔다. 까닭을 물었더니 목욕하다가 깜박 졸았다는 대답. 손님들이 퍽 불쾌히 여겼으므로 소식이 〈하신량〉이라는 사를 지어 분위기를 풀었다." 고 한다.

2_ 때까치 : 이 구절과 다음 다섯째 구절, "원망스럽게 향기로운 꽃들이 모두 이우는구나"는 굴원《리소, 애타는 호소》 주 93 참조(본서 195쪽).

3_ 자고새 : 그 울음소리는 중국 사람 귀에, "갈 수 없어요, 오빠"(行不得也哥哥)라고 들리는 듯. 이 새는 이별에 관계되는 것으로 시문에 잘 나타난다.

4_ 두견이 : 그 울음소리는 중국 사람 귀에, "돌아감만 못해요"(不如歸)라고 들리는 듯. 이 새는 망향에 관계되는 것으로 시문에 잘 나타난다.

5_ 말 위의 비파 : 왕소군王昭君의 고사를 인용한 것이다. 왕소군은 한나라 원제元帝(전 49~전 33 재위) 류석劉奭의 후궁으로 있었던 미인. 본명은 왕장王嬙. 정략결혼으로 흉노匈奴의 임금에게 출가되었으므로, 후인의 깊은 동정을 샀다. 그녀는 떠날 때 비파를 안고 말을 타고 갔다고 한다. 왕안석《명비 가락 2》 참조(본서 1109쪽). 신기질은 이 사에서 역사상의 비통한 이별의 예 다섯 가지를 들었는데, 이 고사가 첫째 예이다.

6_ 장문長門의 비취 연 : 한나라 무제武帝(전 141~전 87 재위) 류철劉徹의 진후陳后에 관한 고사를 인용한 것이다. 진후는 류철의 총애를 잃고 장문궁長門宮에 물러나 있었는데, 사마상여司馬相如가 글을 잘 짓는다는 소문을 듣고 황금 100근斤을 내어 사마상여와 그 아내 문군文君에게 술을 대접했다고.(西漢 때 1근=248g) 사마상여가 장문부長門賦를 지어 임금을 깨우쳐, 진후는 총애를 되찾았다고 한다.

7_ 제비 제비 : 『시경』詩經 「패풍」邶風 《제비 제비》(본서 64쪽)는 여러 해석이 있는데, 그중 한 해석을 인용한 것이다. 위衛나라 장공莊公의 후后 장강莊姜은 아들이 없어 시앗 대규戴嬀의 소생을 제 아들로 삼았다고. 장공이 죽은 뒤에 그 아들이 즉위했다가 역신에게 시해되자 고향으로 돌아가는 대규를 장강은 슬퍼하며 배웅했다 한다. 그래서 "제비 제비"를 읊은 것이라 한다.

8_ 몸과 이름이 찢긴 장군 : 한나라 장군 리릉李陵을 가리킨다. 리릉은 공동연대 이전 99년에 흉노匈奴의 본거지로 쳐들어갔다가 중과부적으로 투항, 거기서 아내를 얻고 20여 년 살다가 죽었다. 그보다 앞서, 공동연대 이전 100년에, 외교관 소무蘇武도 흉노에 억류되었으나 절개를 굽히지 않다가 공동연대 이전 81년에 본국으로 돌아왔다. 두 사람이 작별하면서 지었다는 시가 지금도 전해진다. 그 시의 첫 구는 "손을 잡고 다리에 오르니"(攜手上河梁)라는 것이다. 이 사에서는 리릉과 소무와의 작별에 대한 고사를 인용한 것이다.

9_ 역수易水 : 이 구절은 열사 형가荊軻의 고사를 인용한 것이다. 도연명《형가를 읊다》 참조(본서 380쪽).

10_ 피를 토하는가보다 : 백거이《비파 노래》에, "두견이 피를 토하고 원숭이 슬피 울 뿐"(杜鵑啼血猿哀鳴)이라는 구절이 있다(본서 729쪽). 두견이는 늦봄에 너무 슬피 울어 입에서 피가 흐른다고 하지만, 사실은 빨간 입이 침을 흘리기 때문에 피를 토하는 것처럼 보인다 한다.

건강 상심정에 올라[1] | 신기질

水龍吟 登建康賞心亭
수:룡음 등 건:강 상:심정

초나라[2] 하늘 천리에 맑은 가을이니,

楚天千里淸秋,
초:천 천리: 청추

강물은 하늘 따라 가고 가을은 끝이 없다. | 水隨天去秋無際。
수:수 천거: 추 무제:

아득한 봉우리 바라보니, | 遙岑遠目,
요잠 원:목

시름과 원망을 하소하는 | 獻愁供恨,
헌:수 공:한:

옥비녀 찌른 소라 낭자.[3] | 玉簪螺髻。
옥잠 라계:

해 떨어지는 다락 머리에서, | 落日樓頭,
락일 루두

외로운 기러기 울음 속에서, | 斷鴻聲裏,
단:홍 성리:

강남을 떠도는 나그네[4]여— | 江南遊子。
강남 유자:

오구[5]를 들어 살피고 나서 | 把吳鉤看了,
파: 오구 간:료:

난간을 두루 두드리건만, | 闌干拍遍,
란간 박편:

아무도 모르누나, | 無人會,
무인 회:

여기 올라온 뜻을! | 登臨意。
등림 의:

•

말하지 마소, 농어는 회칠만 하거늘, | 休說鱸魚堪膾,
휴설 로어 감회:

서풍이 부는데 계응[6]이가 돌아왔느냐고! | 儘西風、季鷹歸未。
진: 서풍 계:응 귀미:

밭과 집을 장만하려는 생각은 | 求田問舍,
구전 문:사:

아마 부끄러우리라,	怕應羞見, 파:응 수견:
류랑[7]의 기개 앞에.	劉郎才氣。 류랑 재기:
애석하게도 흐르는 세월에,	可惜流年, 가:석 류년
시름겨운 비바람 속에,	憂愁風雨, 우수 풍우:
나무도 오히려 이렇거늘![8]	樹猶如此。 수:유 여차:
누구를 시켜 불러올까,	倩何人喚取, 천:하인 환:취:
파란 소매[9] 빨간 수건으로	紅巾翠袖, 홍건 취:수:
영웅의 눈물 닦을 사람을?	搵英雄淚。 온: 영웅 루:

1_ 건강建康은 지금의 남경시南京市, 남송南宋 때엔 건강부建康府였다. 상심정賞心亭은 건강의 하수문下水門 위에 있는 정자. 그 아래로 진회수秦淮水가 흐른다. 북송北宋 때 정위丁謂가 지은 것이다. 신기질은 스물아홉 살 때, 건강부 통판通判(府의 정치를 감독하는 관원)을 지냈으며 그 뒤 건강에 몇 번 들렀다. 이 사를 어느 때 지은 것인지는 알 길이 없다. 사패 〈수룡음〉水龍吟은 리백의 시구, "피리를 부니 용이 물을 머금는다"(笛奏龍吟水)에서 땄다.

2_ 초楚나라 : 전국시대 나라 이름. 장강 하류가 그 판도였다. 건강建康 일대는 옛날 초나라 땅이었다.

3_ 옥비녀 찌른 소라 낭자 : 푸른 산의 형용, 소라 모양의 낭자를 틀어 올린 여인의 머리 같다는 뜻이다.

4_ 강남을 떠도는 나그네 : 시인 자신을 가리킨다. 신기질은 스물세 살 때, 이민족 지배하에 있던 고향을 떠나 남송南宋으로 찾아왔다.

5_ 오구吳鉤 : 명검의 이름. 칼끝이 갈고리(鉤)처럼 꼬부장하게 생겼는데 오吳나라 임금 합려闔廬(전 515~전 496 재위)가 주문 제작한 것이다.

6_ 계응季鷹 : 진晋나라 때 오군吳郡(강소성 蘇州) 사람 장한張翰의 자字이다. 그는

락양洛陽 서울에서 벼슬을 하고 있다가, 가을바람이 일자, 고향 특산 농어鱸魚 맛이 생각나 벼슬을 버리고 돌아갔다 한다.

7_ 류랑劉郞 : 삼국시대 촉한蜀漢의 임금 류비劉備(221~223 재위)를 가리킨다. 그가 아직 즉위하기 전, 형주荊州, 호북성 양양襄陽의 류표劉表에게 얹혀 있을 때, 허범許氾이 찾아와 진등陳登으로부터 창피당한 얘기를 했다고. 그러자 류비는, "지금 천하에 큰 난리가 났는데 그대 같은 국사國士가 밭이나 집을 장만하려 했으니, 창피를 당하는 것도 당연하오."라고 했다 한다.

8_ 나무도 오히려 이렇거늘 : 동진東晋의 정치가 환온桓溫의 고사에서 나온 것이다. 환온이 길을 가다가 자기가 어릴 때 심은 버드나무(柳)가 열 아름이 넘은 것을 보고 "나무도 오히려 이렇거늘, 사람이 어떻게 견뎌내랴!"라고 탄식했다 한다. 덧없는 세월을 한탄한 것이다.

9_ 파란 소매 : 미녀를 가리킨다. 이 구절의 뜻은 영웅의 내심의 비애는 아름다운 여인으로도, 좋은 술로도 달랠 수 없다는 것이다.

전근 앞두고 동관과 소산정에서 마시는 술[1] | 신기질

摸魚兒
모어아

1179년에 호북 전운부사轉運副使로부터 호남 전운부사로 전근됨에 동관 왕정지와 함께 소산정에서 술상을 벌이고, 이를 읊다.

더구나 몇 차례 비바람 지워버렸다고,	更能消、幾番風雨。 갱:능소 기:번 풍우:
총총히 봄은 또 돌아가는가!	匆匆春又歸去。 총총 춘우: 귀거:
봄을 아껴 꽃 일찍 피는 것도 두려웠거늘,	惜春長怕花開早, 석춘 장파: 화개 조:

하물며 떨어진 꽃잎 무수함에랴.	何況落紅無數。 하황: 락홍 무수:
봄은 잠깐 멈춰라.	春且住。 춘 차:주:
듣자니, 하늘가 향기로운 풀밭에 귀로가 없단다.	見說道、天涯芳草 無歸路。 견:설도: 천애 방초: 무귀로:
말없는 봄이 원망스럽다.	怨春不語。 원:춘 불어:
은근한 정[2]만 있다 칠까,	算只有殷勤, 산: 지:유: 은근
단청 처마 거미줄이	畫檐蛛網, 화:첨 주망:
온종일 날리는 버들개지 끌어당기니.	盡日惹飛絮。 진:일 야: 비서:

•

장문의 일[3]처럼	長門事, 장문 사:
기필코 좋은 기약 또 그르치리,	準擬佳期又誤。 준:의: 가기 우:오:
고운 눈썹[4]은 전에도 시새웠기에.	蛾眉曾有人妒。 아미 증유: 인투:
천금으로 설령 사마상여 글을 산다 해도,	千金縱買相如賦, 천금 종:매: 상여 부:
맥맥이 흐르는 정을 누구에게 호소하랴!	脈脈此情誰訴。 맥맥 차:정 수소:
그대는 춤추지 마소라.	君莫舞。 군 막무:

그대는 보지 못하는가, 옥환이 비연이[5] 모두 흙이 되었음을!	君不見、玉環飛燕皆塵土。 군 불견: 옥환 비연: 개진토:
공연한 시름 가장 괴롭다.	閑愁最苦。 한수 최:고:
높은 난간에 기대지 말지니,	休去倚危欄, 휴 거:의: 위란
해가 마침 안개 끼어드는	斜陽正在, 사양 정:재:
버드나무 애끊는 곳에 기울고 있으니.	煙柳斷腸處。 연류: 단:장처:

1_ 자서가 있다. 신기질은 정치와 군사 방면에서 나라를 위해 큰일을 해보고자 했으나 그에게 주어진 직책은 도道의 재부財賦를 중앙으로 실어 나르는 일을 맡은 전운부사轉運副使. 호북에서 임기를 마치자 다시 호남의 전운부사로 전근되어 불만이 많았다. 왕정지王正之(이름은 正己)는 새로 호북 전운부사로 온 사람. 시문詩文을 잘했다. 소산정은 악주鄂州(호북성)에 있던 정자이다. 이때 시인의 나이는 마흔이었다. 사패 〈모어아〉는 본래 당나라 교방敎坊의 곡명이다. 모어자摸魚子라고도 한다.

2_ 은근한 정 : 이하 세 구절은 남송 화친파로서 후세에 매국노라고 매도된 진회秦檜 일파를 상징했다는 설이 있다.

3_ 장문長門의 일 : 이하 네 구절은 한나라 진후陳后의 고사를 인용한 것이다. 《아우 무가와 헤어지며》 〈하신랑〉 주 6 참조(본서 961쪽).

4_ 고운 눈썹 : 미모美貌를 가리킨다. 굴원 《리소, 애타는 호소》에, "많은 계집들은 나의 고운 눈썹을 시새워" 라는 구절이 있다. 동 주 27 참조(본서 191쪽).

5_ 옥환玉環이 비연飛燕이 : 옥환이는 당나라 현종玄宗 리륭기李隆基의 총희, 즉 양귀비楊貴妃이다. 비연이는 한나라 성제成帝 류오劉驁의 총희이다. 리백 《청평조 노래 2》 주 3 참조(본서 538쪽).

경구 북고정 회고[1] | 신기질

永遇樂 京口北固亭懷古
영:우:락 경구: 북고:정 회고:

천년 강산이거늘	千古江山, 천고: 강산
영웅은 찾지 못한다,	英雄無覓, 영웅 무멱
손중모[2] 고장에서도.	孫仲謀處。 손중: 모처:
춤추고 노래하던 무대[3]	舞榭歌臺, 무:사: 가대
그 풍류놀이는 모두	風流總被, 풍류 총:피:
비에 맞고 바람에 날려 없어졌다.	雨打風吹去。 우:타: 풍취 거:
햇살이 비낀 초목을,	斜陽草樹, 사양 초:수:
여느 거리와 골목을,	尋常巷陌, 심상 항:맥
사람들은 말한다, 기노[4]가 살던 곳이라고.	人道寄奴曾住。 인도: 기:노 증주:
옛날 생각하면, 황금 창 무쇠 말로	想當年、金戈鐵馬, 상: 당년 금과 철마:
만리 삼킬 범 기세였었지.	氣吞萬里如虎。 기:탄 만:리: 여호:

•

원가[5] 연간에는 어설프게,	元嘉草草, 원가 초:초:
랑거서[6] 제전을 올리려다,	封狼居胥, 봉랑 거서

북쪽을 쳐다보며 허둥대게 되었었지.	贏得倉皇北顧。 영득 창황 북고:
마흔세 해[7] 동안,	四十三年, 사:십 삼년
생각 속에도 생생하다,	望中猶記, 망:중 유기:
횃불이 양주 길에 이어졌던 일이.	烽火揚州路。 봉화: 양주 로:
회상할 수 있을까,	可堪回首, 가:감 회수:
필리[8]의 사당 아래	佛貍祠下, 필리 사하:
가득한 신령님 까마귀와 제사 북소리를!	一片神鴉社鼓。 일편: 신아 사:고:
누굴 시켜 물을까, 렴파[9] 장군 늙었느냐고?	憑誰問、廉頗老矣。 빙수 문: 렴파 로:의:
아직도 밥 잘 먹느냐고?	尙能飯否。 상:능 반:부:

1_ 경구京口는 지금의 강소성 진강시鎭江市이다. 남경南京과 지척에 있다. 북고정은 진강 북부 북고산北固山(해발 58미터)에 있었던 정자, 그 높이로도 부근에서는 가장 높아 장강長江을 멀리 조망할 수 있다. 이 작품은 1205년, 작자의 나이 66세 때, 북고정에 올라 과거의 몇몇 영웅을 추억하면서 나라와 자신에 대한 감회를 읊은 것이다. 북고산은 지금 공원이 되었으며, 그 입구에 이 작품을 돌에 새겨 놓고 있다. 1997년 7월 26일, 역자가 현장을 탐방했다.

2_ 손중모孫仲謀 : 삼국시대 오吳나라 임금 손권孫權(222~252 재위). 중모仲謀는 그의 자字이다. 경구 성은 그가 쌓았다. 손권은 이곳을 근거로 하여 북방의 강력한 조조曹操 군사를 막아냈을 뿐만 아니라, 공격으로 나서서 그 아버지 손견孫堅이 전사한 치욕도 씻었다. 신기질이 손권을 영웅으로 떠받든 것은 남송南宋 임금이 북방의 금金나라에 적극적으로 대항하지도 못하고 북송北宋 끝 임금(徽宗 趙佶, 欽宗 趙桓)이 포로 된 원수도 갚지 못하고 있는 데 대한 감회가

있었기 때문인 듯.

3_ 춤추고 …… 무대 : 이하 세 구절은 이곳을 근거로 했던 남조南朝(宋·齊·梁·陳 4왕조, 420~589) 임금들과 귀족들이 풍류 속에 정신을 못 차리다가 폭풍우에 쓸려 나가듯 망해 버린 것을 상징한 것이다.

4_ 기노寄奴 : 남조南朝 송(劉宋)나라를 창건한 무제武帝(420~422 재위) 류유劉裕의 어릴 때 이름. 그는 363년 경구의 가난한 평민 집안에서 출생했다. 다음의 세 구절은 그가 군사를 일으켜 북벌北伐할 때 모습을 그린 것이니 남조南朝의 전 시기를 통하여 그때 영토가 가장 넓었다.

5_ 원가元嘉 : 남조 송(劉宋)나라 문제文帝(424~453 재위) 류의륭劉義隆의 연호이다. 여기서는 원가 26년, 즉 공동연대 449년 오월에 북벌을 계획하고 다음해, 즉 450년에 출병한 것을 가리킨다. 이하 세 구절은 모두 이때의 일을 말한 것이다. 워낙 준비도 없이 어설프게 출병했으므로 결과는 북조北朝 위魏나라 태무제太武帝(423~451 재위) 탁발도拓拔燾가 이끄는 백만 대군이 남하하여 수도(建康, 南京市) 대안까지 육박했으므로, 임금(劉義隆)은 성 위에서 적군을 바라보며 허둥거렸다 한다. 신기질이 이 사를 지었을 때의 남송南宋에도 유사한 일이 생겼으니, 실력자 한탁주韓侂胄가 준비도 없이 북벌을 주장한 것이다. 그러므로 여기에 내포된 뜻은 전철을 밟지 않도록 북벌 준비를 신중히 하라는 것이다. 그러나 역사의 결과는 되풀이되는 듯, 준비 없는 북벌은 단행되었고 금金나라 대군이 남하하여, 남송은 보다 굴욕적인 화의和議를 맺었다.

6_ 랑거서狼居胥 : 산 이름. 내몽골 오원五原 북쪽에 있는 랑산狼山. 또는 거기서 700킬로미터 더 북쪽 몽골 울란바토르 동북에 있는 첸틴 누루(Chentijn Nuruu, 肯特山), 두 설이 있다. 공동연대 이전 119년에 한漢나라 장군 곽거병霍去病은 흉노匈奴를 공격, 흉노 영토였던 랑거서에서 승전을 하늘에 고하는 제전을 올렸다. 여기서는 곽거병이 영토를 확장했듯, 원가元嘉의 임금(劉義隆)도 북벌을 단행했다는 뜻이다.

7_ 마흔세 해 : 신기질이 이민족 지배하의 고향을 떠나 남송南宋으로 온 것은 1162년, 이 사를 지은 때(1205)로부터는 만 43년 전이다. 당시 신기질은 7·8천 명을 이끌고 양주揚州(강소성)에서 장강을 건너 행재소行在所가 있는 건강建康(南京市)으로 왔다. 양주는 경구에서 장강을 건너 직선거리 약 20킬로미터쯤 떨어진 곳에 있다.

8_ 필리佛貍 : 북조 위나라 태무제 탁발도拓拔燾의 어릴 때 이름이다. 그는 선비족鮮卑族으로 중원을 차지하고 또 남조에 침입했으므로(위 주 5 참조) 한족 눈에는 침략의 원흉元兇으로 보였다. 그런데도 사당까지 남기고 거기서 떵떵거리며 제사까지 받아먹고 있으니 이민족에게 저항하는 영웅은 기가 차서 회상할 수 없다는 것이다. 필리 사당 유적은 강소성 륙합현六合縣 동남 과보산瓜步山(해발 98미터) 위에 있다.

9_ 렴파廉頗 : 전국시대 조趙나라 장군. 그 용명은 여러 나라에 알려졌으나 참소를 받아 면직되어 물러났다. 그 뒤 나라에 급한 일이 생기자 임금은 그를 임용하고자 했으나 늙어서 힘을 못 쓸까 걱정되어 사자를 보내어 탐문케 했다. 그때 렴파는 건강을 과시하기 위하여 한 말(1.75리터)의 밥과 열 근(2.5킬로그램)의 고기를 한 끼에 먹어 치웠다고. 그러나 반대파의 뇌물을 받은 사자는 임금에게, "밥은 아직 잘 먹지만 신이 앉아 있는 사이에 변소 출입을 세 번이나 했습니다."라고 복명, 그래서 렴파는 임명되지 못했다고 한다.

늦봄[1] | 신기질

祝英臺近 晚春
축영대근: 만:춘

칠보 비녀[2]를 갈라서	寶釵分, 보:채 분
도엽이 나루[3]에 서니,	桃葉渡, 도엽 도:
안개 낀 버드나무 어두운 남포.[4]	烟柳暗南浦。 연류: 암: 남포:
누각에 오르기 두렵다,	怕上層樓, 파:상: 층루
열흘에 아흐레는 비바람이라.	十日九風雨。 십일 구: 풍우:
팔랑팔랑 날리는 꽃잎에 애 타지만,	斷腸片片飛紅, 단:장 편:편: 비홍
아무도 상관치 않으니,	都無人管, 도무 인관:
더구나 누가 말해 꾀꼬리 울음소리 멈출까?	更誰勸、啼鶯聲住。 갱: 수권: 제앵 성주:

살쩍을 엿보더니	鬢邊覷。 빈:변 처:
꽃을 가지고 돌아갈 날 점치는구나,	試把花卜歸期, 시:파: 화복 귀기
금방 꽂았다가 또 다시 세어 본다.	才簪又重數。 재잠 우: 중수:
비단 장막에 등불도 흐릿한데,	羅帳燈昏, 라장: 등혼
꿈속에서 중얼거리는 목멘 소리.	哽咽夢中語。 경:열 몽:중 어:
"그래, 그 봄이 시름을 데리고 왔었지.	是他春帶愁來。 시:타 춘대: 수래
봄은 어디로 돌아갔을까?	春歸何處。 춘귀 하처:
그런데 시름을 데리고 갈 줄 모르다니!"	卻不解、帶將愁去。 각 불해: 대:장 수거:

1_ 이별을 안타까워한 노래이다. 사패 〈축영대근〉은 중국 민간의 유명한 연애순정戀愛殉情 얘기. 량산백梁山伯과 축영대祝英臺에서 나온 것이다.

2_ 칠보 비녀 : 원문 보채寶釵는 "보석으로 꾸민, 가지 있는 비녀"를 말하는 것이다. 이 구절은 부부간의 이별을 상징한다. 백거이《못 잊을 한》에 "비녀 한 가닥, 합 한 짝을 남겼는데, / 비녀는 금을 떼고, 합은 상감을 갈랐다."라고 했다. 동 주 45 참조(본서 722쪽).

3_ 도엽이 나루(桃葉渡) : 진晋나라 왕헌지王獻之(서예가 王羲之의 아들)에게는 도엽桃葉이라는 애첩이 있었다. 그 누이동생 도근桃根이를 왕헌지가 나루에서 노래를 부르며 배웅한 적이 있었다고. 그래서 그 나루를, '도엽이 나루'라고 부른다 함. 도엽도桃葉渡는 지금 남경南京의 진회하秦淮河와 청계青溪가 합류하는 곳에 있었다 한다.

4_ 남포南浦 : 초사 『구가』《황하 신》에, "고운 사람 남포에서 배웅합니다."라고 했다(본서 153쪽). 강엄江淹의 《별부》別賦에, "그대를 남포에서 배웅하니, / 에는 마음 그 어떠하리!"(送君南浦, 傷如之何。)라 하였다. 시문에서는 이별을 상징하는 말로 쓰였다. 글자 뜻으로는 '남쪽 갯가'이다.

진동보에게 부치는 씩씩한 노래[1] | 신기질

破陣子
파:진:자

진동보를 위하여 씩씩한 노래를 지어 이를 부치다.

술김에 등불 돋우어 장검을 살피니,	醉裏挑燈看劍, 취:리: 도등 간:검:
꿈은 뿔피리[2] 부는 병영으로 돌아간다.	夢回吹角連營。 몽:회 취각 련영
팔백 리 휘하 장병에게 불고기 나누고,	八百里分麾下炙, 팔백 리:분 휘하: 적
오십 현 금슬[3]로 변경 밖 노래를 탄다.	五十絃翻塞外聲。 오:십 현번 새:외: 성
점호하는 사막의 가을.	沙場秋點兵。 사장 추 점:병

•

말은 적로[4]처럼 나는 듯 빠르고,	馬作的盧飛快, 마:작 적로 비쾌:
활은 벼락 치듯 시위가 놀란다.	弓如霹靂絃驚。 궁여 벽력 현경
임금님 위해 천하 사업을 마치고 나면,	了卻君王天下事, 료:각 군왕 천하: 사:
살아서나 죽은 뒤에 좋은 이름 얻는다.	贏得生前身後名。 영득 생전 신후: 명
가련하게 날리는 백발.	可憐白髮生。 가:련 백발 생

1_ 자서가 있다. 진동보는 당시 나라를 바로잡을 뜻을 품었던 사상가였던 진량陳亮이다. 동보同甫는 그의 자字이다. 사패 〈파진자〉는 원래 당나라 교방敎坊의 가락이다. 이 작품에서 작자 신기질은 장군 · 정치가로서 공명功名을 세운다는 평소의 동경을 그렸다.

2_ 뿔피리 : 나팔과 같은 역할을 하는 군악기.

3_ 오십 현 금슬 : 리상은《남아 있는 금슬》주 2 참조(본서 817쪽).

4_ 적로的盧 : 말 이름. 이마의 흰 반점이 흘러 입으로 들어간 모습이다. 종이 타면 객사하고, 주인이 타면 기시棄市(死刑의 일종)된다는 흉마凶馬라 했다. 그러나 삼국시대 류비劉備가 탄 말도 적로인데, 류비가 위급한 경지에 처했을 때 그 말이 빨리 달려 주인을 구한 적이 있다.

조구 바람벽에 적다[1] | 신기질

菩薩蠻 書江西造口壁
보살만 서 강서 조:구: 벽

울고대[2] 아래 흐르는 맑은 강물

鬱孤臺下淸江水。
울고 대하: 청강 수:

가운데 나그네 눈물 얼마쯤일까?

中間多少行人淚。
중간 다소: 행인 루:

서북으로 장안[3]을 바라본다.

西北望長安。
서북 망: 장안

가련하게도 무수한 산과 산!

可憐無數山。
가:련 무수: 산

•

청산이 가로막지를 못하여

靑山遮不住。
청산 차 불주:

끝끝내 동쪽으로 흘러간다.

畢竟東流去。
필경: 동류 거:

저녁 강에서 나는 시름겹다. 江晚正愁余。
강만: 정: 수여

깊은 산 속 자고새[4] 소리. 山深聞鷓鴣。
산심 문 자:고

1_ 조구造口는 강서성 만안현萬安縣의 서남에 있는 지명. 1129년에 금金나라 군대가 침입, 송宋나라 맹태후孟太后(哲宗 趙煦의 后)를 추격하여 여기까지 왔다. 맹태후는 간신히 난을 피했다. 이 작품은 1175년, 또는 1176년에 지은 것. 당시 신기질은 강서성 제점형옥提點刑獄(司法官)의 벼슬에 있었다.

2_ 울고대鬱孤臺 : 강서성 감주시贛州市 서북에 있는 하란산賀蘭山을 가리킨다. 높은 언덕이 막아서듯(鬱) 홀로(孤) 서 있기에 붙은 이름이다. 당唐나라 때 군수郡守 리면李勉이 여기 올라와 멀리 북녘의 대궐을 바라보았다 하여 망궐望闕이라고도 한다. 뒤에 산 위에 올라 망궐하는 대臺를 쌓았다 한다. 이 산 밑을 흐르는 강은 감강贛江. 감강은 강서성을 북류하여 파양호鄱陽湖로 들어가고, 다시 장강長江으로 빠진다. 감주까지는 주운舟運이 통한다.

3_ 장안 : 원래 당唐나라 수도. 그러나 시문에서는 수도가 어디에 있건 수도라는 뜻으로 잘 쓰인다. 여기는 아마 북송北宋 수도 변량汴梁(지금의 하남성 開封市)을 가리키는 듯. '서북으로'(西北)는 '동북으로'(東北)로 된 판본이 있다.

4 자고새 : 《아우 무가와 헤어지며》 〈하신랑〉 주 3 참조(본서 962쪽).

박산 왕씨 암자에서 혼자 자는 밤[1] | 신기질

清平樂 獨宿博山王氏菴
청평악 독숙 박산 왕씨 암

침상 둘레에 배고픈 생쥐. 遶牀飢鼠。
요:상 기서:

박쥐는 등불을 펄럭이며 춤춘다. 蝙蝠翻燈舞。
편복 번등 무:

지붕 위 솔바람은 소나기 모는 듯,

屋上松風吹急雨。
옥상: 송풍 취 급우:

찢어진 창호지 혼자 떠든다.

破紙窗間自語。
파:지: 창간 자:어:

•

평생을 떠돈 북국과 강남.

平生塞北江南。
평생 새:북 강남

돌아오니 머리 세고 얼굴 야위어.

歸來華髮蒼顏。
귀래 화발 창안

베 이불 가을밤에 꿈이 깨니,

布被秋宵夢覺,
포:피: 추소 몽:교:

눈앞에 삼삼한 만리 강산!

眼前萬里江山。
안:전 만:리: 강산

1_ 박산博山은 지금의 강서성 광풍현廣豊縣 서쪽에 있는 산. 이 작품은 1187년경에 지은 것이다. 이때 신기질은 퇴직하고 강서성 상요시上饒市에 살고 있었다.

황사의 밤길[1] | 신기질

西江月 夜行黃沙道中
서강월 야:행 황사도: 중

밝은 달빛, 곁가지의 놀란 까치.

明月別枝驚鵲,
명월 별지 경작

맑은 바람, 한밤중에 우는 매미.[2]

淸風半夜鳴蟬。
청풍 반:야: 명선

벼꽃 향기 가운데 풍년을 얘기하니,

稻花香裏說豐年。
도:화 향리: 설풍년

한바탕 귀에 들리는 개구리 소리.[3] 聽取蛙聲一片。
청취: 와성 일편:

•

별은 일고여덟, 하늘 밖에 있지. 七八個星天外,
칠팔 개:성 천외:

빗방울은 두셋, 산 앞에 뿌리지. 兩三點雨山前。
량:삼 점:우: 산전

옛날 주막 지나 서낭당 숲에 이르니, 舊時茅店社林邊。
구:시 모점: 사:림변

길이 꺾이고 문득 나타나는 다리. 路轉溪橋忽見。
로:전: 계교 홀현:

1_ 신기질은 1181년 모함을 받고 벼슬에서 물러나 강서성 상요시上饒市에서 15년 가량 살았다. 중간에 일시 출사한 적이 있지만 기본적으로 상요에서 산 것이다. 상요 서쪽 20킬로미터 되는 곳에 황사령黃沙嶺이 있는데, 그 아래 샘물이 나와 논밭을 관개할 수 있다. 신기질은 이 일대 풍치를 사 5수로 묘사했다. 이 사를 쓴 것은 1187년경이다.

2_ 한밤중에 우는 매미 : 매미가 한밤중에 운다는 것에 회의를 느끼는 사람이 있을지 모르지만 청나라 학자 송장백宋長白의 『류정시화』柳亭詩話에 의하면 흔한 일이라고 한다.

3_ 개구리 소리 : 중국에서는 옛날부터 개구리 소리를 풍년의 상징으로 보았으며, 시문에 와고蛙鼓(개구리 울음)라는 말이 자주 나온다.

심하도다 내 늙음이어[1] | 신기질 賀新郎
하:신랑

고을 안 후원 정자는 내가 모두 이 노래로 지었다. 하루는 정운당停雲堂에 홀로 앉았더니 물소리, 산 빛깔 다투어 자랑하는 것이 시내와 봉우리도 노래 속에 들고 싶다는 듯. 그래서 몇 자 적으니 거의 도연명陶淵明이 친구 생각하는 뜻과 비슷하리라.

심하도다,[2] 내 늙음이어.	甚矣吾衰矣。 심:의: 오 쇠의:
슬프게도 평생 친구 떨어져 나가,	愴平生、交遊零落, 창: 평생 교유 령락
지금 몇이 남았나?	只今餘幾。 지:금 여기:
공연히 "백발 삼천 장"[3] 늘어트리고,	白髮空垂三千丈, 백발 공수 삼 천장:
인간만사를 일소에 부친다.	一笑人間萬事。 일소: 인간 만:사:
무슨 일이 영감을 기쁘게 하겠소?	問何物、能令公喜。 문: 하물 능령: 공희:
나는 청산이[4] 무척 곱게 보이니,	我見青山多嫵媚, 아:견: 청산 다 무:미:
아마 청산도 내가 그렇게 보일 것이라.	料青山、見我應如是。 료: 청산 견:아: 응 여시:
감정과 용모가,	情與貌, 정 여:모:
대략 비슷하다.	略相似。 략 상사:

•

술 놓고 머리 긁으며 동창에 섰다.	一樽搔首東窗裏。 일준 소수: 동창 리:
도연명이《멈춘 구름》[5] 시를 지을 때,	想淵明、停雲詩就, 상: 연명 정운 시취:

그 멋이 이랬으리라. 此時風味。
차:시 풍미:

강남에서 술[6] 마시며 이름 쫓는 자, 江左沈酣求名者,
강좌: 침감 구 명자:

어찌 막걸리의 참 맛을 알랴. 豈識濁醪妙理。
기:식 탁료 묘:리:

고개를 돌리면 구름 날리고 바람 인다. 回首叫、雲飛風起。
회수: 규: 운비 풍기:

고인 나 못 뵙는 것 아니 한스럽고, 不恨古人吾不見,
불한: 고:인 오 불견:

고인이 미친 나 못 보는 것 한스러울 따름. 恨古人、不見吾狂耳。
한: 고:인 불견: 오광 이:

나를 아는 사람, 知我者,
지아: 자:

제군들[7]뿐이라. 二三子。
이:삼 자:

1_ 원서가 있다. 이 작품 첫 구절이 유명하여 심의오쇠의甚矣吾衰矣로 부르기도 한다. 1198년 전후에 지었다는 고증이 있다. 그렇다면 시인 나이 58세, 귀양살이 여러 해째이다.

2_ 심하도다 : 『론어』「술이」述而 편에, "심하도다, 내 늙음이어. 오래도다, 내 꿈 다시 주공 보지 못함이어."라고 했다. 자기 포부 이상을 펼칠 수 없음을 한탄하는 뜻이 포함되었다.

3_ 백발 삼천 장 : 리백《추포 노래》(본서 568쪽)에서 시구를 인용하였지만, 거기에 "공연히 늘어트리고"를 더하여 또 다른 표현을 낳았다.

4_ 나는 청산이 : 리백《경정산에 홀로 앉아》참조(본서 548쪽).

5_ 도연명이《멈춘 구름》(停雲) : 그 시구에, "조용히 동창에 앉아, 봄 술 혼자 쓰다듬네. 그리운 친구 멀리 있어, 머리 긁으며 기다리네."(靜寄東軒, 春醪獨撫。良朋悠邈, 搔首延佇。)라 했다.

6_ 강남에서 술 : 소식蘇軾은 도연명《술을 마시며》(飮酒) 시에 화답하면서, "강남의 잘난 풍류인들, 술에 취해도 이름을 좇네."(江南風流人, 醉中亦求名。) 라 했다.

7_ 제군들 : 동지가 적음을 한탄하는 것이다. 『론어』의 말투. 한유《산의 돌은》 주 5 참조(본서 764쪽).

자식들에게 가사를 당부하다 | 신기질

西江月 示兒曹以家事付之
서강월 시: 아조 이:가사 부:지

안개처럼 홀쩍 지나간 세상 만사,
萬事雲煙忽過,
만:사: 운연 홀과:

갯버들[1]처럼 지레 시든 인생 백년.
百年蒲柳先衰。
백년 포류: 선쇠

지금 와서 어떠한 일들이 가장 좋을까?
而今何事最相宜。
이금 하사: 최:상의

술에 취하고, 놀고, 잠자는 것이지.
宜醉宜遊宜睡。
의취: 의유 의수:

•

독촉할 때 세금을 일찍 바치고,
早趁催科了納,
조: 진: 최과 료:납

수입 지출 규모를 다시 꾸며라.
更量出入收支。
갱:량 출입 수지

네 아비가 옛날처럼 관심을 두는 것은,
乃翁依舊管些兒。
내:옹 의구: 관: 사아

대나무와, 산과, 물을 보는 것이지.
管竹管山管水。
관:죽 관:산 관:수:

1_ 갯버들 : 원문 포류蒲柳(*Salix gracilistyla*). 일찍 시들기 때문에 고인들은 자신의 조로早老에 자주 비겼다. 『진서』晋書 「고열지」顧悅之에, "고열지는 간문제簡文帝(371~372 재위) 사마욱司馬昱과 동갑이었으나 머리가 이미 세었다. 사마욱이 까닭을 물었더니, 고열지는 '소나무 모습은 서리를 맞고도 무성하지만, 갯버들 바탕은 가을을 바라보기만 해도 먼저 시듭니다.'라고 했다"한다.

강기 姜夔

Jiang Kui

강기姜夔(약 1155~약 1221, 자 堯章)는 순수한 예술인이었다. 그는 일생 동안 벼슬 한 적이 없었다. 음악의 이론 · 작곡 · 연주에 일가를 이루었으며, 석각 · 서예 · 시문에도 조예가 깊었지만, 특히 사詞의 대가다. 그의 사는 주방언周邦彦의 고전파古典派를 계승하여 높은 경지를 이룩한 것이다.

강기는 강서성 파양鄱陽 사람이다. 그는 성격이 소탈하고 인품이 결곡하여 은사隱士에 가까운 생활을 했다. 평생을 남중국 각지의 명산대천을 편력하면서 보냈다. 그는 관직은 없었으나 당시의 명사들, 예컨대, 신기질辛棄疾 · 범성대范成大 · 소덕조蕭德澡 · 륙유陸游 등과 친분이 있었다. 이것은 권세나 부귀에 아첨한 것이 아니라 그들의 취향이 같아 서로 왕래한 것이다.

강기의 사는 음악적인 면(作曲도 많음)과 언어를 가려 쓰는 데 지나치도록 노력을 기울여, 내용 면에서는 오히려 약간 소홀한 흠이 있다. 소식蘇軾의 사를 '시인詩人의 사'라 하는 데 대해서 그의 사는 '사장詞匠의 사'라고 하는 것도 이것을 가리키는 말이다.

양주의 회포[1] | 강기

揚州慢
양주만:

공동연대 1176년 동짓날, 나는 양주揚州(강소성)를 지났다. 간밤의 눈이 개자 돋아나는 냉이와 밀이 눈 안에 가득히 들어왔다. 그 성안에 들어가니 사방이 쓸쓸하고 겨울 물은 새파랬다. 저녁 기운이 감돌 때, 병영의 뿔피리 소리가 슬프게 들려왔다. 나는 마음이 언짢아지고 금석지감今昔之感을 금할 수 없어 이 사를 작곡했다. 천암로인[2]은 이 작품에 《서리》[3]의 슬픔이 있다고 평했다.

회수[4] 왼쪽 이름난 도회지,	淮左名都, 회좌: 명도
대숲 서쪽[5] 아름다운 고장.	竹西佳處, 죽서 가처:
안장 풀고 떠날 길 조금 늦추네.	解鞍少駐初程。 해:안 소:주: 초정
봄바람 지나간 십리[6] 들판에	過春風十里, 과: 춘풍 십리:
가득한 밀과 냉이 푸릇푸릇.	盡薺麥青青。 진: 제:맥 청청
되놈 말[7]이 강남을 엿보고 간 뒤로,	自胡馬、窺江去後, 자: 호마: 규강 거:후:
버려진 연못도 우뚝한 나무도	廢池喬木, 폐:지 교목
오히려 전쟁 얘기조차 지겹다네.	猶厭言兵。 유염: 언병
황혼 무렵 맑은 뿔피리는 추위를 날리네,	漸黃昏、清角吹寒, 점: 황혼 청각 취한
텅 빈 성안 구석구석.	都在空城。 도재: 공성

두랑[8]은 뛰어나다고 기렸지만
杜郎俊賞,
두:랑 준:상:

아마 지금 다시 온다면 틀림없이 놀라리.
算而今、重到須驚。
산: 이금　중도: 수경

아무리 두구 시[9]가 좋더라도
縱豆蔻詞工,
종: 두:구: 사공

청루 꿈[10]이 달더라도
靑樓夢好,
청루 몽:호:

이 심정은 읊기 어려우리.
難賦深情。
난부: 심정

그날 이십사교[11]는 그냥 있건만
二十四橋仍在,
이:십 사:교 잉재:

물결이 싸늘한 달을 일렁이네, 소리 없이.
波心蕩、冷月無聲。
파심 탕:　랭:월 무성

생각하면, 다리 옆 빨간 작약[12]은
念橋邊紅藥,
념: 교변 홍약

해마다 누굴 위해 꽃을 피우는지?
年年知爲誰生。
년년 지위: 수생

1_ 자서가 있다. 사패 〈양주만〉은 원서에 보이듯 강기가 창제한 것이다. 이름의 출처는 두목杜牧의 시구, "십 년 만에 처음 양주의 꿈을 깼더니"(十年一覺揚州夢)이다. 사패의 뜻은 이 작품의 내용과도 맞는 것이다. 만慢은 장조長調의 뜻.

2_ 천암로인千巖老人 : 소덕조蕭德澡(字는 東夫)의 호. 남송南宋의 유명한 시인이며, 강기의 처숙부이다.

3_ 《서리》黍離 : 『시경』詩經 「왕풍」王風의 편명. 그 내용은 나라가 망하고 종묘와 궁전이 허물어져, 그 터가 기장밭이 되었음을 탄식하는 것이다.

4_ 회수淮水 : 강 이름. 하남성과 호북성의 경계를 이루는 동백산東柏山(해발 1,011미터)에서 발원, 하남성 남부를 동류, 다시 안휘성 북부를 지나 강소성에 와서 대운하大運河와 합친다. '회수의 왼쪽'은 곧 회수의 동쪽이다. 양주시揚州市는 북송北宋 때 회남동로淮南東路의 수읍이었다.

5_ 대숲 서쪽 : 두목杜牧의 시(揚州禪智寺)에, "누가 대숲 서쪽의 길을 알까? / 노래와 피리, 여기는 양주."(誰知竹西路, 歌吹是揚州。)라 하였다. 양주 선지사禪智寺에 죽서정竹西亭이 있다.

6_ 봄바람 십리 : 아래 주 9 참조.

7_ 되놈 말 : 금金나라 군사를 가리킨다. 송宋나라는 1127년에 북반부를 금金나라에게 빼앗겼으며(이때부터 南宋), 1129년에 양주는 불타 버렸고 1161년과 1164년 두 차례에 걸쳐 금나라의 대대적인 침공을 받았다.

8_ 두랑杜郎 : 당나라 시인 두목杜牧을 가리킨다. 양주揚州의 태수를 지냈으며, 그곳 화류계에서 풍류를 즐겼다.

9_ 두구豆蔲 시 : 두목의 시(贈別)에, "아리땁고 가냘픈 열세 살 소녀, / 두구 꽃은 이월 초에 뾰족하구나. / 양주 십리 길 불어온 봄바람이, / 주렴 말아 올려도 다 못 견주네."(娉娉嫋嫋十三餘, 豆蔲梢頭二月初。春風十里揚州路, 捲上珠簾總不如。)라 하였다. 두구豆蔲(*Alpinia galanga*)는 꽃이 다 피지 않은 모습(含胎花)이 특별하다. 이를 문학 작품에서는 소녀의 청순한 아름다움으로 묘사한다. 이름이 비슷한 육두구肉豆蔲(*Myristica fragrans*)는 인도네시아 특산으로 그 종자를 약용 향료로 쓰는 것인데, 이와는 전혀 다르다.

10_ 청루靑樓 꿈 : 두목《회포》참조(본서 811쪽).

11_ 이십사교二十四橋 : 두목의 시(寄揚州韓判官)에, "이십사교 그 다리 달도 밝은 밤에, / 옥인은 어디서 퉁소를 불게 하나?"(二十四橋明月夜, 玉人何處教吹簫。)라 하였다. 이십사교는 양주揚州성 서문西門 밖에 있는 명승지. '다리 스물네 개'가 있다. 일설에는 하나의 다리(일명 紅葉橋, 또는 吳家磚橋)라고도 하는데, 옛날에 스물네 명의 미녀가 퉁소를 불었기 때문이라고 한다.

12_ 빨간 작약 : 양주의 작약은 송나라 때 '천하제일'이란 평판이 있었다. 이십사교의 하나인 개명교開明橋에 열리는 꽃시장은 유명한 것이었다.

그윽한 향기[1] | 강기

暗香
암:향

공동연대 1191년 겨울, 나는 눈을 맞으며 석호[2]를 찾아가, 한 달 가량 머물렀다. 간지簡紙를 내어주며 글을 청하고 또 새로운 노래를 구하기에, 이 2수를 작곡했다. 석호는 몹시 사랑하면서, 기생 둘에게 이를 연습시켰는데 음절이 아름답게 조화되었다. 이름을 암향暗香, 소영疏影이라 붙였다.

옛날의[3] 달빛은	舊時月色。 구:시 월색
몇 번이나 비춘 셈일까,	算幾番照我, 산: 기:번 조:아:
매화 옆에서 피리 불던 나를!	梅邊吹笛。 매변 취적
옥인[4]을 불러 일으켜	喚起玉人, 환:기: 옥인
쌀쌀한 추위 상관없이 함께 당겨 꺾었었지.	不管淸寒與攀摘。 불관: 청한 여: 반적
하손[5]이는 이제 점점 늙어	何遜而今漸老, 하손: 이금 점:로:
모두 잊었구나, 봄바람 일던 시詩의 붓을.	都忘卻、春風詞筆。 도 망각 춘풍 사필
그러나 괴이쩍게도, 대나무 밖 성긴 꽃	但怪得、竹外疏花, 단: 괴:득 죽외: 소화
차가운 향香은 고운 방석에 밀려든다.	香冷入瑤席。 향랭: 입 요석

•

강江 나라[6]는	江國。 강국
지금 적적하다.	正寂寂。 정: 적적
부쳐보내려도[7] 길이 멀어 탄식하는데,	歎寄與路遙, 탄: 기:여: 로:요

간밤부터 눈이 쌓이기[8] 시작한다.	夜雪初積。 야:설 초적
초록빛 술 단지는 쉬이 눈물[9]짓건만	翠尊易泣。 취:준 이:읍
다홍색 꽃받침[10]은 말없이 경경히 생각한다.	紅蕚無言耿相憶。 홍악 무언 경: 상억
손 끌어 잡았던[11] 곳 영원히 잊지 못하리니,	長記曾携手處, 장기: 증 휴수: 처:
천 그루에 눌리어 서호[12]는 추워서 파랬었지.	千樹壓、西湖寒碧。 천수: 압 서호 한벽
또 조각조각[13] 다 불려갔으니,	又片片、吹盡也, 우: 편:편: 취진: 야:
어느 때나 다시 볼까?	幾時見得。 기:시 견:득

1_ 자서가 있다. 사패 〈암향〉은 자서에 보듯 강기가 창제한 것이다. 이름의 출처는 림포林逋의 시(山園小梅)에, "성긴 그림자 가로 비끼니 물은 맑고, / 그윽한 향기 떠서 움직이니 달은 황혼."(疏影橫斜水淸淺, 暗香浮動月黃昏。)이라 한 구절이다. 이 시가 너무나 유명하여, '성긴 그림자'(疏影)와 '그윽한 향기'(暗香)는 바로 매화의 대명사가 되었다. 우리나라 정인보鄭寅普의 《매화사》梅花詞에도, "암향暗香 부동浮動 어인 꽃고?"라 하였다. 사패의 뜻은 이 사의 내용과도 맞는 것이다. 이 사는 종래 최고의 평가를 받아 왔는데, 그 언어와 음악성은 훌륭하지만 아쉽게도 감정이 부족하고 내용이 모호한 흠이 있다. 본서에서는 2수 가운데 하나만 뽑았다. 이 사의 주제는 종래 여러 가지 가설이 있어 왔지만, 단순하 매화를 몹시 사랑한 사람의 심정을 그린 것으로 봤다.

2_ 석호石湖 : 소주시蘇州市 남쪽 방산方山 밑에 있는데, 송나라 시인이며 정치가인 범성대范成大의 별장이 그곳에 있었다. 범성대는 스스로 석호거사石湖居士라는 호號를 지어 불렀다. 지금 이곳은 관광지로 개방하고 있다. 1997년 7월 27일, 역자가 현장을 탐방했다.

3_ 옛날의 : 이하 5구는 과거 성개盛開했던 매화를 그린 것이다.

4_ 옥인玉人 : 매화의 조촐한 바탕이 옥玉의 심상을 갖게 하고 인격도 갖게 한 것이다.

5_ 하손何遜 : 남조南朝 량梁나라의 시인. 장안長安에 있다가 전에 손수 심은 매화

를 보기 위해 강남江南으로 달려간 적이 있으며, 매화를 주제로 한 시도 썼다. 후대에 와서 '하손'은 매화를 사랑하는 사람, 또는 매화의 대명사로 쓰이게 되었다.

6_ 강 나라 : 강이 많은 고장. 장강長江 하류지방, 특히 강소성에는 운하가 종횡으로 얽혀 있으며 호수도 많다.

7_ 부쳐보내려도 : 오륙개吳陸凱의 《역마에 부친 매화》 고사를 인용한 것이다. 진관 《침주 객사에서》 〈답사행〉 주 4 참조(본서 913쪽).

8_ 눈이 쌓이기 : 남국의 눈은 내리는 대로 녹아서 쌓이기 어렵다. 석호石湖는 북위 31도쯤에 있다.

9_ 술 단지는 쉬이 눈물 : 매화가 시들어 버림을 애석히 여기는 시인을 그린 것. 우리나라 시인 김광균의 시 《은수저》에, "아기 앉던 방석에 한 쌍의 은수저 / 은수저 끝에 눈물이 고인다."라는 시구와 비슷한 표현이다.

10_ 꽃받침 : 매화의 꽃받침이다.

11_ 손 끌어 잡았던 : 전단 '옥인'의 연상이 다시 나타난 것이다.

12_ 서호西湖 : 단순히 서쪽 호수의 뜻, 아마 석호石湖를 가리키는 듯하다. 이상 2구는 겨울 호수의 푸른빛에 대조되는, 성개했을 때 매화 숲의 장관을 회상한 것인 듯.

13_ 또 조각조각 : 이하 3구는 매화가 모두 지고 난 뒤 극도의 슬픔 속에서도 절망만은 용인치 않는 시인의 믿음을 가냘프게나마 보인 것이다. 우리나라 김영랑의 시 《모란이 피기까지는》이 생각난다.

노르스름한 버드나무[1] | 강기

淡黃柳
담황류

나그네가 되어 합비[2]성 남쪽 적란교赤蘭橋 서쪽에 머무니, 쓸쓸한 거리가 강남지방과는 판이하다. 다만 버드나무만 길 양옆에 늘어서 애틋이 사랑스러울 뿐. 이리하여 이 사를 작곡함으로써 나그네의 회포를 푼다.

휑뎅그렁한 성안 새벽 뿔피리는 空城曉角。
공성 효:각

수양버들 거리에 울려 퍼지는데, 吹入垂楊陌。
취입 수양 맥

말 탄 나그네 홑옷은 추위에 가엾구나. 馬上單衣寒惻惻。
마:상: 단의 한 측측

노르스름 연두빛 새싹을 다 둘러보니, 看盡鵝黃嫩綠。
간:진: 아황 눈:록

모두가 전에 강남에서 사귀던 친구라. 都是江南舊相識。
도시: 강남 구: 상식

•

지금도 쓸쓸한데, 正岑寂。
정: 잠적

밝는 아침은 또 한식[3]이란다. 明朝又寒食。
명조 우:한식

억지로 술병 들고 찾아가는 소교[4] 집. 强携酒、小喬宅。
강: 휴주: 소:교 댁

배꽃 다 떨어져 가을 경치[5] 될까 두렵다. 怕梨花、落盡成秋色。
파: 리화 락진: 성 추색

제비, 제비 날아와서 燕燕飛來,
연:연: 비래

봄이 어디 있냐고 묻지만, 問春何在,
문:춘 하재:

오직 연못물만 절로 푸를 뿐이라. 唯有池塘自碧。
유유: 지당 자:벽

1_ 자서가 있다. 사패 〈담황류〉는, 자서에 보듯, 강기가 창제한 것이다. 사패의 뜻은 여기서 사의 내용도 대표하고 있다. 강기는 1191년에 합비合肥로 여행한 적이 있는데, 아마 이때 지은 것인 듯. 그렇다면 사의 내용으로 보아 《그윽한 향기》〈암향〉보다 한두 달 뒤(즉 매화 필 때와 한식철의 차이) 작품이겠다.

2_ 합비合肥 : 안휘성 합비시는 회수淮水 남쪽 약 90킬로미터, 장강長江 북쪽 약 100킬로미터 거리에 있는데, 당시 군사적으로 중요한 곳이었다.

3_ 한식 : 주방언《버들》〈란릉왕〉 주 7 참조(본서 930쪽).

4_ 소교小喬 : 판본에 따라서는 소교小橋로 된 것도 있다. 소교小喬(小橋)는 삼국시대 오吳나라의 미녀이다. 소식《적벽 회고》〈념노교〉 주 6 참조(본서 901쪽). 다만 여기서는 미인의 대명사로써 아마 기생의 이름으로 쓴 것인 듯. 일설에는 소교小橋라고 다리 교橋 자를 주장, 원서에 있는 적란교赤蘭橋를 가리키는 것으로 보기도 한다.

5_ 배꽃 …… 가을 경치 : 당나라 시인 리하李賀의 시에, "배나무 꽃이 다 떨어지니 가을 동산 된다."(梨花落盡成秋苑。)라는 구절이 있다.

오문영 吳文英

Wu Wenying

오문영吳文英(약 1200~약 1260, 자 君特, 호 夢窗)은 사의 외형적인 아름다움에 전력을 기울인 시인이다. 그의 사는 고전파古典派 사의 음악성과 언어에서는 최고의 경지를 이룩했지만, 그 병폐인 내용의 소홀함도 가장 두드러진 것이다. '사의 수수께끼'(詞迷)라는 평을 들을 정도였다. 본서에서는 내용이 비교적 평이하여 가장 많이 애송되는 2편을 뽑았다.

오문영은 절강성 녕파寧波 사람이다. 그의 사적은 불명한데, 그의 작품으로 보아 아마 대가 집 식객食客으로 각지를 떠돌며 불우하게 지낸 듯하다. 그의 재능은 주방언周邦彦에 뒤졌고, 인품은 강기姜夔보다 못했으나, 그의 사를 아름답게 외형적으로 꾸미는 재주는 이들보다 능가하는 것이었다.

서원의 봄[1] | 오문영

風入松 春園
풍입송 춘원

바람소리 빗소리 청명[2]이 지나가는데,	聽風聽雨過淸明。 청풍 청우: 과: 청명
시름겹게 《꽃을 묻은 비명》[3]을 초하네.	愁草瘞花銘。 수 초: 예: 화명
누각 앞 녹음 깔린 곳은 이별의 길,	樓前綠暗分携路, 루전 록암: 분휴 로:
버드나무 가지마다 생각나는 그 상냥한 마음.	一絲柳、一寸柔情。 일사 류: 일촌: 유정
으스스한 봄추위, 못 이길 숙취에,	料峭春寒中酒, 료:초: 춘한 중:주:
엇갈리는 새벽 꿈 꾀꼬리 소리.	交加曉夢啼鶯。 교가 효:몽: 제앵

•

서원에서 날마다 숲 속 정자 비질하고,	西園日日掃林亭。 서원 일일 소: 림정
예전처럼 맑게 갠 경치를 기리네.	依舊賞新晴。 의구: 상: 신청
노란 벌[4] 자꾸 부딪는 그네 줄에는	黃蜂頻撲秋千索, 황봉 빈박 추천 삭
당시의 섬섬옥수 고운 향 엉겨 있네.	有當時、纖手香凝。 유: 당시 섬수: 향응
을씨년스럽게도, 원앙새는 찾아오지 않고	惆悵雙鴛不到, 추창: 쌍원 불도:
고요한 섬돌은 한밤에 이끼가 자랐네.[5]	幽階一夜苔生。 유계 일야: 태생

1_ 이 작품은 서원西園에서 님을 그리워하는 마음을 읊은 것이다. 서원은 오문영과 그 애인이 살던 곳으로, 또한 둘이 이별한 곳이기도 하다. 그 작품에 여러 번 나온다. 사패 〈풍입송〉은 본래 금곡琴曲, 한나라 때 거문고(琴) 명수 오숙문吳叔文이 은거한 곳(石壁山)에는 소나무가 많아, 무더운 여름이면 소나무 밑에서 이 곡을 탔었다고 한다. 뒤에는 악부樂府의 곡이 되고, 다시 사에 그 이름을 물려준 것이다. 이 작품은 늦봄의 감회를 슬프게 노래한 것이다.

2_ 청명 : 24절기의 하나, 양력 4월 5일경.

3_ 꽃을 묻은 비명(瘞花銘) : 북주北周 시인 유신庾信에게 《꽃을 묻은 비명》이란 글이 있다.

4_ 노란 벌 : 원문은 황봉黃蜂(*Polistes erythrocetus*)이다.

5_ 이끼가 자랐네 : 리백 《장간의 노래》의 "문 앞에 새겨진 전날의 발자국, / 하나 하나 푸른 이끼 돋았어요." 참조(본서 531쪽).

후미진 대문 무성한 꽃 | 오문영

浣溪沙
환:계사

후미진 대문 무성한 꽃, 꿈은 옛날에 노네요. 門隔花深夢舊遊。
문격 화심 몽: 구:유

말 없는 저녁 해, 제비는 쓸쓸히 돌아오네요. 夕陽無語燕歸愁。
석양 무어: 연: 귀수

섬섬옥수 고운 향, 주렴 갈고리에 풍기네요. 玉纖香動小簾鉤。
옥섬 향동: 소: 렴구

•

소리 없이 지는 버들개지, 봄은 눈물짓네요. 落絮無聲春墮淚,
락서: 무성 춘 타:루:

떠다니는 구름 그림자, 달은 수줍어하네요. 行雲有影月含羞。
행운 유:영: 월 함수

동풍[1]도 밤이 되니, 가을철보다 서늘하네요. 東風臨夜冷於秋。
동풍 림야: 랭: 어추

1_ 동풍 : 봄바람.

장염 張炎

Zhang Yan

장염張炎(1248~약 1320, 자 叔夏, 호 玉田)은 만당晩唐으로부터 송宋나라에 이르는 400여 년간의 사詞를 총결산한 시인이다. 이 기간에 형식은 소령小令으로부터 장조長調로, 기풍은 낭만浪漫으로부터 고전古典으로, 표현은 소묘素描로부터 사실寫實로 변했다. 그리고 대중적인 것으로부터 귀족적인 것으로 옮겨졌다. 이러한 점에 있어 장염張炎의 작품은 그 극단에 다다른 것이다.

장염은 원래 감숙성 천수天水 사람이지만, 북송에서 남송으로 바뀔 때 절강성 항주杭州로 옮겼다. 그는 남송南宋 공신(循王 張俊)의 후예로서, 증조부(張鎡)는 사인詞人, 할아버지(張含)·아버지(張樞)는 모두 문학가요 음악가였다. 그러므로 장염은 귀족적이고 문학적인 환경에서 자랐음을 추측할 수 있다. 남송南宋이 망했을 때 그의 나이는 스물아홉이었다. 공신 후예인 그로서는 뻔뻔하게 침략자를 섬길 수 없었던 듯, 일생을 가난 속에서 동분서주했으나 아무것도 이루지 못했다. 말년에는 점쟁이 노릇까지 하다가 쓸쓸히 이 세상을 떠났다고 한다. 오직 240여 수의 사詞를 남겼을 뿐이다.

사는 남송南宋 말기에 이르러 생명력이 약화되고 많은 사인詞人들은 사의 지엽적인 기교에 힘을 기울이게 되었다. 장염의 아버지 장추張樞는 어느 날, "꽃무늬 창문은 깊숙하다."(瑣窗深)라는 구절을 지었으나 '깊숙할 심'深 자가 음률에 맞지 않아 '그윽할 유'幽 자로 바꿔 봤으나 역시 맞지 않아 다시 '밝을 명'明 자로 바꿨다고, 장염은 그의 『사원』詞源에서 음률의 중요성을 강조하는 예로써 들었다. 음률에 맞추기 위해서는 여기서처럼 내용이 정반대로 바뀌어도 괜찮은 모양이었다. 장염은 이처럼 음률을 중시하고 사의 전아한 품위를 지키기 위해 많은 전고를 추려 모은 모자이크를 만들었다. 여기서 사는 일단 종점에 다다른 것이고 후대의 사는 이러한 범위를 벗어나지 못했다.

외기러기[1] | 장염

解連環 孤雁
해:련환 고안:

초강[2]에 부질없이 해가 진다. 楚江空晚。
초:강 공만:

한스럽다, 무리와 떨어지기 일만 리, 悵離群萬里,
창: 리군 만:리:

멍청하게 놀라 흩어졌음이. 恍然驚散。
황:연 경산:

제 그림자 돌아보며 차가운 둑 내리려니, 自顧影、欲下寒塘,
자: 고:영: 욕하: 한당

마침 모래는 깨끗하고 풀은 마르고 正沙淨草枯,
정: 사정: 초:고

물은 넓고 하늘은 멀다. 水平天遠。
수:평 천원:

써도 글씨가 안 되니,[3] 寫不成書,
사:불 성서

다만 사랑하는 마음 한 점을 부칠 뿐이다. 只寄得、相思一點。
지: 기:득 상사 일점:

어물어물 그르친 듯하다, 料因循誤了,
료: 인순 오:료:

담요 뜯어먹고[4] 눈가루 움켜쥐던 殘氈擁雪,
잔전 옹:설

옛 친구의 마음씨를! 故人心眼。
고:인 심안:

•

누가 동정할까, 나그네 수심 가물거려도! 誰憐旅愁荏苒。
수련 려:수 임:염:

속절없이 장문[5]의 밤은 고요한데, 漫長門夜悄,
만: 장문 야:초:

찬란한 쟁[6]은 원망을 탄다. 錦箏彈怨。
금:쟁 탄원:

동무들은 그냥 갈꽃 속에서 잠들고 있을 것, 想伴侶、猶宿蘆花,
상: 반:려: 유숙 로화

나도 생각은 봄이 오기 전에 也曾念春前,
야: 증념: 춘전

갈 길을 바꿔야 한다는 것. 去程應轉。
거:정 응전:

저녁 비가 손짓하니, 暮雨相呼,
모:우: 상호

아마 옥관[7]에서 문득 재회할지 모르겠다. 怕驀地、玉關重見。
파: 맥지: 옥관 중견:

부끄럽지 않다,[8] 쌍쌍이 나는 제비가 돌아오고 未羞他、雙燕歸來,
미: 수타 쌍연: 귀래

곱다란 주렴이 반쯤 말려도! 畫簾半捲。
화:렴 반:권:

1_ 이것은 이 시인의 대표적인 영물사詠物詞이다. 장염은 『사원』詞源에서, 영물사는 그 읊은 실체의 이름을 써서는 결코 안 되며, 함축성을 가지고 그 실체에 관한 전고典故를 끌어서 상징적인 방법을 채택하여야 훌륭한 작품이 된다고 주장했다. 이 작품에서도 '기러기'라는 말은 설파說破하지 아니하고 오직 기러기에 관한 전고典故를 끌어 읊은 것이다. 이 사는 너무나 인기가 좋아 당시의 사람들은 장염張炎을 '장 외기러기'(張孤雁)라 불렀다고 한다. 사패 〈해련환〉은 주방언(周邦彦)의 "설령 묘수가 사슬(連環)을 풀(解) 수 있다 하여도"(縱妙手能解連環)라는 구절에서 나온 것이다. '사슬을 푼다'는 것은 『국책』國策 「제책편」齊策篇에, "진秦나라 소왕昭王(전 307~전 251 재위) 영측嬴則은 사자를 시켜 군왕후君王后(齊 襄王 田法章의 아내)에게 옥 사슬을 선사했다. 그리고 '제齊나라에는 지혜로운 사람이 많다는데, 이 사슬을 풀 수 있습니까?' 하고 물었다. 군왕후는 여러 신하들에게 보였으나 아무도 풀 줄을 몰랐다. 군왕후는 망치를 가지고 이를 두들겨 깨뜨리고는, 진秦나라 사자에게 사례하면서, '겨우 풀었소.'라고 말했다."라는 고사에서 나온 것이다.

2_ 초강楚江 : 장강長江이 호북성·호남성 사이에서 흐르는 구간을 가리킨다. 여기는 옛날 초나라 땅이었다.

3_ 써도 글씨가 안 되니 : 기러기 떼가 날아가는 꼴이 '사람 인'人 자로 보이므로 기러기를 안자雁字라고도 하는데, 외기러기이므로 글씨가 되지 않는다는 뜻. 다음 구절의 '한 점'도 같은 생각에서 나온 것이다.

4_ 담요 뜯어먹고 : 한나라 무제武帝 류철劉徹 때, 외교관으로 흉노匈奴 땅에 나갔다가 거기서 억류되어 추위와 굶주림을 당했으나 끝끝내 버텨서 다시 본국으로 돌아온 소무蘇武의 고사를 인용한 것이다. 신기질《아우 무가와 헤어지며》〈하신랑〉 주 8 참조(본서 963쪽). 여기서는 또한 남송南宋이 멸망한 뒤 순사殉死한 열사에 대해 자기는 구차하게도 목숨을 부지하고 있음을 부끄럽게 여긴다는 뜻을 말한 것이라는 설도 있다.

5_ 장문長門 : 한나라 장안長安의 궁전 이름. 진후陳后의 고사를 인용한 것이다. 신기질《아우 무가와 헤어지며》〈하신랑〉 주 6 참조(본서 963쪽). 남송이 멸망한 뒤 북방으로 연행되어 간 왕후와 후궁들을 암시한 것이라는 설이 있다.

6_ 쟁箏 : 현악기의 일종. 13현(옛날에는 12현)이 있다.

7_ 옥관玉關 : 즉 옥문관玉門關, 서역에서 옥을 수입하던 관문이라 붙은 이름으로, 한나라 때 설치하였다. 감숙성, 하서주랑 서쪽 끝, 지금의 돈황시敦煌市 서쪽 70킬로미터 거리에 있다. 기러기 가는 곳으로 시문에 나온다.

8_ 부끄럽지 않다 : 이하 2구는, "제비는 집주인이 바뀌어도 옛집에 돌아오지만 자기는 나라의 새 주인에게 아첨하지 않겠다."는 뜻이라는 설이 있다.

서호의 봄[1] | 장염

高陽臺 西湖春感
고양대 서호 춘감:

잇닿은 나뭇잎에 깃들인 꾀꼬리,

接葉巢鶯,
접엽 소앵

잔잔한 물결에 말리는 버들개지,

平波捲絮,
평파 권:서:

단교[2]에 해 비꼈는데 배는 돌아간다.

斷橋斜日歸船。
단:교 사일 귀선

몇 번이나 놀았다고, | 能幾番遊,
능기: 번유

꽃을 보려면 또 명년이란다. | 看花又是明年。
간:화 우:시: 명년

동풍[3]이 잠깐 장미꽃과 벗하고 섰지만, | 東風且伴薔薇住,
동풍 차:반: 장미 주:

장미꽃에 이르면 봄도 이미 가련하다. | 到薔薇、春已堪憐。
도: 장미 춘이: 감련

더욱 처량한 것은, | 更淒然。
갱: 처연

신록에 감싸인 서령교,[4] | 萬綠西冷,
만:록 서령

짙은 안개가 덮는구나! | 一抹荒煙。
일말 황연

•

그 시절 그 제비는 어디로 갔는가? | 當年燕子知何處,
당년 연:자: 지 하처:

다만 위곡[5]에 이끼가 끼었고, | 但苔深韋曲,
단: 태심 위곡

사천[6]에 풀이 우거졌다. | 草暗斜川。
초:암: 사천

들리는 말에 새로운 수심은, | 見說新愁,
견:설 신수

지금, 갈매기[7] 곁에까지 닿았단다. | 如今也到鷗邊。
여금 야:도: 구변

다시 생황 노래 꿈[8] 이을 마음이 없어, | 無心再續笙歌夢,
무심 재:속 생가 몽:

겹문 닫고 얼근히 취해서 낮잠 잔다. | 掩重門、淺醉閑眠。
엄: 중문 천:취: 한면

발을 열지 말라, 莫開簾。
막 개렴

날리는 꽃잎 보기 두렵고, 怕見飛花,
파: 견: 비화

두견이 울음 듣기 두렵다. 怕聽啼鵑。
파: 청: 제견

1_ 서호西湖는 남송南宋 수도 림안臨安(지금의 杭州市)의 서쪽에 있는 호수. 거기서 늦봄에 시인이 느낀 감상을 읊은 것이다. 사패 〈고양대〉는 전국시대 초나라 송옥宋玉이 지은 《신녀부》神女賦 사적에서 딴 것으로, 남송南宋에서 창제된 곡이다.

2_ 단교斷橋: 서호西湖 백제白堤 동쪽에 있는 다리. 옛날부터 시문에 자주 나온다. 이상 3구는, 돌아가는 배에서 본 늦봄의 경치를 말한 것이다. 특히 앞의 대구는 사람들 입에 회자膾炙되는 명구이다.

3_ 동풍 : 봄바람.

4_ 서령교西泠橋 : 서호西湖 고산孤山 서쪽에 있는 다리. 일명 서릉교西陵橋. 리하 《소소소 무덤》 주 1 참조(본서 800쪽).

5_ 위곡韋曲 : 지명. 섬서성 서안시西安市 장안현長安縣(韋曲鎭)이다. 당唐나라 때 위韋씨가 대대로 이곳에 살았기에 붙은 이름이다. 당나라 때 장안 서울 귀족들이 즐겨 놀러 나가던 곳이다.

6_ 사천斜川 : 지명. 강서성 성자현星子縣에 있다. 도연명陶淵明은 서기 401년(일설에는 421년) 정월 초닷새날 친구들과 함께 이곳에서 놀고 《유사천》游斜川이란 시를 지었다.

7_ 갈매기 : 갈매기는 가장 한가롭고 수심을 모르는 새로서 은사隱士의 짝으로 여겨진다. 그런 갈매기까지 수심이 닿았으니 수심이 천지에 가득함을 뜻한다. 도연명의 《유사천》 시의 서문에, "갈매기도 평화롭게 날아오른다."라는 구절이 있다.

8_ 생황 노래 꿈 : 평화롭고 행복한 꿈을 가리킨다. 생황은 관악기 이름. 통박에 19관管 또는 13관을 꽂은 것이다.

옛 친구에게[1] | 장염

八聲甘州
팔성 감주

공동연대 1291년에 심요도[2]가 나와 함께 북쪽으로부터 돌아오면서 항주杭州 소흥紹興으로 갈라졌다. 다음 해 심요도가 찾아와 나의 적막을 달래주며, 수일 동안 웃고 떠들다가 또 작별하고 떠났다. 그래서 이 노래를 지은 것인데, 겸해서 조학주[3]에게도 부치는 것이다.

옥관[4]에서 눈 밟으며 맑은 놀이 일삼을 때,	記玉關踏雪事清遊。 기:옥관 답설 사: 청유
찬 기운에 담비 갖옷도 얇았었지.	寒氣脆貂裘。 한기: 취: 초구
마른나무 숲 옛길을 따라가다	傍枯林古道, 방: 고림 고:도:
말에게 강물 먹였었지,	長河飲馬, 장하 음:마:
이 아물아물한 생각.	此意悠悠。 차:의: 유유
짧은 꿈속에 강남은 여전하지만,	短夢依然江表, 단:몽: 의연 강표:
늙은이 눈물을 서주[5] 길에 뿌린다.	老淚灑西州。 로:루: 쇄: 서주
한 자 적을 곳 없으니,	一字無題處, 일자: 무 제처:
낙엽도 모두 시름겹다.	落葉都愁。 락엽 도수

•

하얀 구름을 싣고서 돌아가려 하니,	載取白雲歸去, 재:취: 백운 귀거:

누구에게 초나라 패옥[6] 남기라 하여	問誰留楚珮, 문: 수류 초:패:
모래톱[7] 그림자 어를까?	弄影中洲。 롱: 영: 중주
갈대꽃[8]을 꺾어서 멀리 드리니,	折蘆花贈遠, 절 로화 증: 원:
온몸으로 쓸쓸한 가을 느낀다.	零落一身秋。 령락 일신 추
여느 들판 다리 물이 흐르는 곳으로	向尋常、野橋流水, 향: 심상 야:교 류수:
불러온 것은 옛날 갈매기[9]가 아니다.	待招來、不是舊沙鷗。 대: 초래 불시: 구: 사구
부질없는 감상에, 해가 비끼는 곳에서는	空懷感、有斜陽處, 공 회감: 유: 사양처:
도리어 누각 오르기 두렵다.	卻怕登樓。 각파: 등루

1_ 자서가 있다.

2_ 심요도沈堯道 : 이름이 흠欽, 자는 추강秋江. 장염은 송나라가 망한 뒤, 1290년 원나라 대도大都(北京市)로 가서 금자장경金字藏經을 쓰는 일에 참가하고, 다음해 남방으로 돌아왔는데, 이때 심요도와 조학주도 함께 행동했다. 돌아온 뒤, 심요도는 항주杭州(절강성)에 살았고 장염은 소흥紹興(절강성)에 살았다.

3_ 조학주趙學舟 : 이름이 여인與仁, 자는 원보元父이다. 위 주 2 참조.

4_ 옥관玉關 : 즉 옥문관玉門關. 장염《외기러기》〈해련환〉 주 7 참조(본서 1000쪽). 장염이 북방을 여행했을 때, 이곳까지 가지는 않았다. 막연히 북방의 국경지대를 가리키는 것이다. 그의 조상은 본래 감숙성 사람이므로 고향을 생각하는 마음이 작용한 것인 듯도 하다.

5_ 서주西州 : 소식《참료자에게》〈팔성감주〉 주 9 참조(본서 907쪽).

6_ 초나라 패옥 : 정교보鄭交甫란 사람은 초나라에서 달걀만한 패옥 두 개를 가진 두 여자를 만났다고. 그것을 탐냈더니 두 여자가 풀어서 줬는데, 돌아보니 두 여자는 간 곳 없고 또 패옥도 없어졌다고 함.

7_ 모래톱 : 『구가』《상수 신》에, "님은 나오지 아니하고 머뭇거립니다. / 아, 누

구 때문에 모래톱에 머뭅니까?" (본서 135쪽)라 하였다. 이상 3구는 떠나가는 심요도를 붙잡지 못함을 한탄하는 것이다.

8_ 갈대꽃 : 갈대 원문 로蘆(*Phragmites communis*).

9_ 갈매기 : 은사의 상징. 이 구절은 아마 적잖은 남송南宋의 유민이 중도에 변절한 것을 가리키는 것인 듯.

꽃을 찾는 사람 | 장염

清平樂
청평악

꽃 찾는 사람 아득하다.
采芳人杳。
채:방 인묘:

문득 놀 맛이 슬어지는구나.
頓覺遊情少。
돈:각 유정 소:

나그네살이[1] 봄 구경은 대개 건성건성.
客裏看春多草草。
객리: 간:춘 다 초:초:

모두 시름겨운 시 때문에 갈린다.
總被詩愁分了。
총:피: 시수 분료:

•

작년에 제비[2]는 하늘 끝까지 갔다.
去年燕子天涯。
거:년 연:자: 천애

금년에 제비는 어느 집에 와 있는지?
今年燕子誰家。
금년 연:자: 수가

삼월[3]에는 밤비 소리 듣지 말 것이니,
三月休聽夜雨,
삼월 휴청 야:우:

이제 꽃 피라고 재촉하는 것 아니니.
如今不是催花。
여금 불시: 최화

1_ 나그네살이 : 망국의 유민이 된 장염은 또한 가난 속에서 각처를 떠돌아다녀야 했다.

2_ 제비 : 장염은 매인 데 없는 자기를 제비에 비겼다. 1290년 대도大都(북경시)에 가서 금자장경金字藏經 쓰는 일에 참가하고 다음해 남방으로 돌아온 것을 가리키는 듯.

3_ 삼월 : 음력 삼월. 양력 4·5월에 해당된다.

납란성덕 納蘭性德

· Nalan Xingde

납란성덕納蘭性德(1655~1685, 원명 成德, 자 容若)은 사詞의 부흥기復興期인 청淸나라 때의 대표적인 시인이다. 사는 송宋나라 때 크게 꽃이 피더니 남송南宋 말엽에 이르러서는 막다른 골목에 다다른 듯, 그 후 원元·명明 두 왕조가 지나는 동안 비록 수많은 사인詞人이 나왔지만 뛰어난 사람은 드물었다. 청나라는 중국 고전문학의 모든 장르에 부흥의 물결이 일어났거니와, 사에서도 뛰어난 시인 몇 사람을 배출시켰다. 그 중의 대표로 납란성덕을 들 수 있는 것이다.

납란성덕은 조상이 몽골 사람이지만 일찍이 청나라에 귀부하였으므로 그 귀족(滿洲正黃旗)으로 태어났다. 어려서부터 총명·호학하더니, 스물두 살에는 진사進士가 되었다. 강희康熙(1661~1722) 임금(愛新覺羅 玄燁)의 총애를 받아 계속 임금을 수행하면서 여러 곳을 여행했다. 뒤에 북방으로 출사出使했다가 병이 들어(아마 전염병인 듯) 서른한 살의 나이로 이 세상을 하직했다.

납란성덕은 리욱李煜을 높이 흠모했으며 그의 사는 리욱의 기풍을 띠고 있다. 특히 소령小令에 걸작이 많다.

산화루에서 배웅하며[1] 납란성덕

蝶戀花 散花樓送客
접련:화 산:화루송:객

또 푸른 버드나무 꺾던 곳[2]에 이르렀소.
又到綠楊曾折處。
우:도: 록양 증절 처:

잠잠히 채찍을 늘이고,
不語垂鞭,
불어: 수편

맑은 가을 길 두루 밟아보오.
踏遍淸秋路。
답편: 청추 로:

시든 풀 하늘에 닿아 건잡지 못할 마음.
衰草連天無意緖。
쇠초: 련천 무 의:서:

기러기 소리 멀리 소관[3]을 향해서 가오.
雁聲遙向蕭關去。
안:성 요향: 소관 거:

•

하늘가 괴로운 나그네 길 한스럽지 않고,
不恨天涯行役苦。
불한: 천애 행역 고:

한스럽다면 오직 서풍,[4]
只恨西風,
지:한: 서풍

꿈을 날려 오늘 어제 나누오.
吹夢成今古。
취몽: 성 금고:

내일 가야 할 길은 또한 얼마나 되는지?
明日客程還幾許。
명일 객정 환 기:허:

젖은 옷에 더구나 새로 찬비까지 내리오.
霑衣況是新寒雨。
점의 황:시: 신 한우:

1_ 산화루는 미상.

2_ 버드나무 꺾던 곳 : 전에 이별했던 곳을 가리킨다. 주방언의 《버들》 〈란릉왕〉 주 6 참조(본서 929쪽).

3_ 소관蕭關 : 감숙성 환현環縣 서북에 있는 관문. 관중을 지키는 4관문의 하나이다.

4_ 서풍 : 가을바람.

어찌 이별을 가볍게 보오[1] 납란성덕

菩薩蠻
보살만

묻노니 그대는 어찌 이별을 가볍게 보오?	問君何事輕離別。 문:군 하사: 경 리별
한 해에 몇 번이나 둥근 달[2]을 본다고!	一年幾能團圓月。 일년 기:능 단원 월
버드나무 금세 비단 실 되니,	楊柳乍如絲。 양류: 사: 여사
고향 동산은 봄이 끝나는 때.	故園春盡時。 고:원 춘진: 시

•

봄은 돌아가도 돌아 못 가니,	春歸歸未得。 춘귀 귀 미:득
두 상앗대는 송화[3]에 막히오.	兩槳松花隔。 량:장: 송화 격
지난 일 차가운 썰물 좇으매,	舊事逐寒潮。 구:사: 축 한조
두견이 우는 한[4] 아니 풀리오.	啼鵑恨未消。 제견 한: 미:소

1_ 늦봄에 고향을 그리워하는 정을 읊은 것이다.

2_ 둥근 달 : 가족의 단란함을 상징한다. 소식 《추석에 술 마시고 아우 그리며》 〈수조가두〉 주 8 참조(본서 895쪽).

3_ 송화松花 : 소나무 꽃. 양력 5월경에 노르스름한 꽃가루를 날린다. 또는 송화강松花江을 가리키는지도 모르겠다. 송화강은 우리나라 백두산白頭山에서 발원, 만주 길림성을 북류하다가 흑룡강黑龍江에 합류한다. 길이는 1,927킬로미터이다. 납란성덕은 만주 사람, 그의 조상이 살던 고향은 송화강 지류 이통하伊通河에 가까운 엽혁葉赫(길림성)이다.

4_ 두견이 우는 한 : 두견이는 망향望鄕의 새로 여겼다. 신기질《아우 무가와 헤어지며》〈하신랑〉 주 4 참조(본서 962쪽).

서풍에 홀로 떠는 사람[1] | 납란성덕

浣溪沙
환:계사

서풍에 홀로 떠는 사람 누가 염려할꼬? 誰念西風獨自涼。
수념: 서풍 독자: 량

우수수 날리는 가랑잎에 닫쳐진 영창. 蕭蕭黃葉閉疏窗。
소소 황엽 폐: 소창

옛날 일 생각에 잠겨서 석양 속에 섰소. 沈思往事立殘陽。
침사 왕:사: 립 잔양

•

술에 취하였으니 봄꿈을 깨우지 마소. 被酒莫驚春睡重,
피:주: 막경 춘수: 중:

'글귀 찾아 맞추기'[2]로 엎지른 차 향기. 賭書消得潑茶香。
도:서 소득 발 다향

그때에는 그냥 예사로 여겼었소. 當時只道是尋常。
당시 지:도: 시: 심상

1_ 이 사는 납란성덕이 그의 망처亡妻 로盧씨를 추도한 것이다. 로씨는 량광총독兩廣總督(廣西 · 廣東省의 民治 · 軍務를 총괄함) 로흥조盧興祖의 딸로서 젊은 나이

로 죽어, 납란성덕은 그녀를 추도하는 사를 여러 수 지었다.

2_ 글귀 찾아 맞추기 : 송나라 여류 시인 리칭조李清照와 그녀의 남편 조명성趙明誠과의 고사를 인용한 것이다. 그들은 식사를 마친 뒤에 차를 준비해 놓고서는, 앞에 쌓인 서적을 가리키며 어떠어떠한 사실은 어느 책 몇째 권, 몇째 페이지, 몇째 줄에 있다는 것을 찾아 맞추기로 하여 이긴 사람이 먼저 차를 마셨다고. 그러나 찻잔을 들고는 가끔 너무 웃어서 찻잔이 엎질러져 마시지 못한 적이 많았다고 한다. 금슬이 좋은 부부간의 에피소드로 이것을 예거하여, 납란성덕은 그의 아내를 추억한 것이다.

장춘림 蔣春霖

Jiang Chunlim

장춘림蔣春霖(1818~1868, 자 鹿潭)은 사사詞史의 최후의 위대한 시인이다. 그가 살았던 시대는 태평천국太平天國의 혁명군이 일어나, 그때까지 평화를 누리던 청淸나라의 기반이 처음으로 크게 흔들렸으며, 전란으로 많은 백성이 고생을 겪던 때였다. 그는 백성의 고통을 두보杜甫의 고발 정신으로써 사詞에 반영시켰다.

장춘림은 강소성 강음江陰 사람인데, 북경北京에서 오래 살았다. 벼슬길이 신통치 않아 사업관청(鹽官 따위)에 전후 십여 년 동안 봉직하다가 사고가 나서 면직되었다. 그 뒤로부터는 강호를 떠돌며 술집에서 세월을 보냈으니, 생활은 무척 가난했다. 그는 쉰한 살 때, 음독자살했다.

관군의 양주 수복 소식을 듣고[1] | 장춘림

揚州慢
양주만:

공동연대 1853년 동짓달 스무이레에, 적도가 경구京口, 진강鎭江으로 쫓겨나고, 관군이 양주揚州를 수복했다는 소식을 들었다.

막사에 까마귀 깃들고	野幕巢烏, 야:막 소오
군문에 까치 시끄럽다.	旗門噪鵲, 기문 조:작
망루에서 불던 호가 소리 끊어진다.	譙樓吹斷笳聲。 초루 취단: 가성
상전벽해, 삽시간에 지나가	過滄桑一霎, 과: 창상 일삽
또 옛날의 '황폐한 성'[2] 되었구나.	又舊日蕪城。 우: 구:일 무성
아마 제비 한 쌍 와서는 늦었다고 한탄하리.	怕雙燕、歸來恨晚, 파:쌍연: 귀래 한:만:
해질녘 허물어진 전각은	斜陽頹閣, 사양 퇴각
차마 다시 못 오르리라.	不忍重登。 불인: 중등
다만 빨간 다리[3]에 비바람 치고	但紅橋風雨, 단: 홍교 풍우:
매화는 빈 병영에 피었다 진다.	梅花開落空營。 매화 개락 공영

여기저기 겁화劫火의 잿더미,
劫灰到處,
겁회 도:처:

산전수전[4] 겪은 눈에도 모두 놀랍다.
便司空、見慣都驚。
변: 사공　견:관: 도경

물어보자, 병풍 부채로 먼지 막던 대신들아,[5]
問障扇遮塵,
문: 장:선: 차진

내기 바둑에 별장 걸던 장군들아,[6]
圍棋賭墅,
위기 도:서:

창생을 어찌 하겠느냐!
可奈蒼生。
가:내: 창생

달이 어두운데 반딧불 어디로 흐르나?
月黑流螢何處,
월흑 류형 하처:

서풍은 음산한데 도깨비불 해끗해끗.
西風黯、鬼火星星。
서풍 암:　귀:화: 성성

더욱 아픈 것은 남쪽의 경치,
更傷心南望,
갱: 상심 남망:

강 건너 수많은 산봉우리 푸르러.
隔江無數峯青。
격강 무수: 봉청

1_ 자서가 있다. 적도는 태평천국太平天國(1851~1865 존속)의 군대, 그들은 1853년 삼월 남경시南京市(강소성)를 함락, 그곳을 수도로 삼았다. 이때 시인의 나이는 서른여섯이었다.

2_ 황폐한 성(蕪城) : 제齊나라 시인 포조鮑照는《황폐한 성의 노래》(蕪城賦)를 지어 광릉廣陵, 곧 양주揚州를 애도한 바 있다.

3_ 빨간 다리(紅橋) : 양주성 서북에 있는 다리 이름. 난간을 빨갛게 칠한 다리로 부근에는 연꽃과 버들이 곱고 놀잇배도 많은 놀이터라고 한다.

4_ 산전수전 : 원문은 사공견관司空見慣. 익히 보아 진기한 일도 대수롭게 여기지 않는다는 뜻으로 다음과 같은 고사에서 나온 것이다. 당나라 시인 류우석劉禹錫은 어느 날 사공司空(三公의 하나인 正一品 벼슬) 리신李紳의 초대를 받아 갔다가 잔칫상에 나온 예쁜 기생을 보고 시를 지었다고. 그 시에, "사공께서는 익히 보아 모두 예사로운 일이지만 / 소주 자사의 애간장은 다 녹았소."(司空見慣渾間事, 斷塵蘇州刺使腸。)라는 구절이 있다.

5_ 병풍 …… 대신들아 : 『세설신어』世說新語 「경저문」輕詆門에, "유량庾亮은 권세가 커서 왕도王導를 얕잡아 보았다. 유량은 석두성石頭城(南京의 東쪽)에 있었고, 왕도는 야성冶城(南京의 西쪽)에 있었는데, 어느 날 큰바람이 불어 먼지가 일어났다. 왕도는 부채로 먼지를 털면서, '원규元規(庾亮의 字)의 먼지가 사람을 더럽히는구나.'라고 했다."는 얘기가 있다. 이 구절은 당시 적군을 앞에 놓고도 대신들이 불화不和하고 있던 것을 비판한 것이다.

6_ 내기 바둑 …… 장군들아 : 『진서』晋書 「사안전」謝安傳에, "전진前秦 선소제宣昭帝(357~385 재위) 부견苻堅이 백만 대군을 끌고 쳐들어 왔다. 사안謝安에게 정토대도독征討大都督(총사령관)을 내리고, 별장을 떠나 출진하라는 어명이 내렸다. 친구들이 모여 왔는데, 사안은 사현謝玄과 바둑을 두면서 별장別莊을 내기로 걸었다. 이렇게 놀다가 저녁때에나 출발하여 장수들에게 임무를 내렸는데도 모두 적재적소였다."는 기록이 있다. 이 구절은 당시 전선에 나선 장군들이 허세로 태연한 척하는 것을 비판한 것이다.

단풍나무 고목[1] | 장춘림

唐多令
당다령:

단풍나무 고목은 빨간 빛깔.	楓老樹流丹。 풍로: 수: 류단
갈꽃은 불면 꺼질 듯하다.	蘆花吹又殘。 로화 취 우:잔
거룻배 매고, 함께 붉은 난간에 기댄다.	繫扁舟、同倚朱闌。 계: 편주 동의: 주란
또한 젊어서 노래하고 춤추던[2] 곳 같구나!	還似少年歌舞地, 환사: 소:년 가무: 지:
낙엽 소리 들으며, 장안[3] 서울 그린다.	聽落葉、憶長安。 청 락엽 억 장안

뿔피리 소리 관문에 슬프다.	哀角起重關。 애각 기: 중관
된서리에 초楚나라 강물 차갑다.	霜深楚水寒。 상심 초:수: 한
서풍을 등지고, 가는 기러기 소리 서럽다.	背西風、歸雁聲酸。 배: 서풍　귀안: 성산
한 조각 석두성[4] 위 높이 걸린 달이여!	一片石頭城上月。 일편: 석두 성상: 월
비출 엄두 못 낸다, 옛날의 강산을!	渾怕照、舊江山。 혼 파:조:　구: 강산

1_ 사패 당다령은 또 남루령南樓令이라고도 한다. 이 작품은 앞 사와 마찬가지로 1853년 남경南京이 적군賊軍(太平天國軍)에게 함락된 때 지은 것이다. 만주족滿洲族이 지배한 청淸나라 통치를 처음에는 저항하던 한족도 나중에는 정통 정부로 받아들이고 태평천국을 반역집단으로 여긴 것이다.

2_ 노래하고 춤추던 : 두보《추흥 6》에, "돌아보니 가련하다, 노래하고 춤추던 곳, / 진 나라 땅은 옛날부터 제왕의 고장인데."(본서 662쪽)라 하였다.

3_ 장안長安 : 당나라 시인 가도賈島의 시에, "가을바람이 위수에 부니, / 낙엽은 장안에 가득하다."(秋風吹渭水, 落葉滿長安。)라 하였다.

4_ 석두성石頭城 : 남경南京 서쪽에 있는 산성. 서기 212년에 오吳나라 대제大帝(222~252 재위) 손권孫權이 쌓았다.

5
산곡

몽골이 통치한 원대는 중국 문화가 크게 변한 시기이다. 무엇보다 북경어北京語가 바뀌었다. 사성四聲—평상거입平上去入에서 입성이 없어졌다. 종성 -p, -t, -k가 탈락하여 원래 입성 글자는 다른 성조로 갈려나갔다.(그러면 성조는 3이 되겠지만 평성이 다시 음평陰平, 양평陽平으로 갈라져 성조는 다시 4가 되었음.) 당시를 읽기에 썩 좋은 한국 한자음이 어떤 산곡 구절을 읽기에는 좀 불편하다.(산곡은 북경음으로 근사하게 읽을 수 있음.)

원대 도시는 송대를 이어 극장, 청루가 더욱 번창하였다. 연극 공연이 더욱 홍성하였다. 어음이 바뀌면서 새 가락, 새 노래가 나온 것이었다. 송사宋詞를 이어 원대에 새로 유행한 산곡은 장단구 변화가 더 크고 친자襯字도 있지만 또한 정형시이다.

중국 문학사에서 근세 전기는 희곡이 그 주류였다. 원대 산곡과 잡극을 통틀어 원곡元曲이라 일컫는다. 문학에서는 희곡과 서정시로 가르지만 음악에서는 같기 때문이다. 원대 시인은 시사詩詞도 지었지만 산곡에서 특성을 발휘하였다.

관한경 關漢卿

Guan Hanqing

관한경關漢卿(약 1220~약 1300, 호 已齋叟)은 산곡散曲 초기의 중요한 시인이다. 잡극雜劇의 대가(작품 63편, 현존 13편)인 그에게 있어 산곡의 수량은 적지만, 원대元代 산곡의 특색을 모두 갖추었기 때문이다.

관한경은 대도大都, 지금의 북경北京 사람이라는데, 그의 사적은 잘 알려져 있지 않다. 그가 태의원윤太醫院尹이라는 기록이 있지만, 또 태의원호太醫院戶라는 기록도 있다. 당시 태의원윤 벼슬은 없었으며, 당시 호적 가운데 의호醫戶는 있었다. 그는 일생의 대부분을 배우·기생들과 어울려 지냈다. 자신이 거문고도 타고 노래도 부르고 춤도 추고 시도 읊는, 정말 다재 다예한 풍류인이었다. 그의 잡극은 웅대하고 비장한 성격을 띤 것이지만, 그의 산곡은 한결같이 청루靑樓 남녀들의 사랑을 주제로 했으며, 당시의 속어를 살린 생동하는 작품들이다.

산곡의 각운

시·사詩詞와 달리 산곡散曲은 각운脚韻이 평성·상성·거성을 통압通押하는 19운부韻部이다. 즉 당시唐詩 107운이 19운부로 통합된 것이다.(입성은 운미 -p, -t, -k가 탈락하여 평·상·거성으로 바뀌었음.) 한국 한자음에서 ㅂ, ㄹ, ㄱ 받침이 있는 글자나 없는 글자가 한 운부로 통합되니 한국 한자음으로 읽을 때 산곡의 각운은 별 의미가 없다. 산곡의 운부는 현대 북경음과 비슷하다. —관한경《이별의 정》〈사괴옥〉 참조(본서 1019쪽).

이별의 정[1, 2] | 관한경

南呂 四塊玉 別情
남려: 사:괴:옥 별정

배웅하고 나도,	自送別。 자: 송:별 bié
잊기 어렵군요.	心難捨。 심 난사: shě
한 가닥 그리운 마음 언제나 끊어질까요?	一點相思幾時絶。 일점: 상사 기:시 절 jué
난간에서 소매로 눈 같은 버들개지[3] 털어요.	凭欄拂袖楊花雪。 빙란 불수: 양화 설 xuě
시내는 비껴가고,	溪又斜, 계 우:사
산은 막아서고요.	山又遮。 산 우:차 zhē
사람은 갔어요.	人去也。 인 거:야: yě

1_ 남려궁南呂宮은 궁조, 〈사괴옥〉四塊玉은 곡패, 별정別情은 원제이다. 압운은 제14부 차차車遮, 운자는 別(bié 별) 捨(shě 사:) 絶(jué 절) 雪(xuě 설) 遮(zhē 차) 也(yě 야:)이다. 로마자는 북경음, 한글은 한국 한자음이다.

2_ 사패詞牌가 사 곡조 이름이듯, 곡패曲牌는 산곡 곡조 이름이다. 곡패로써 산곡 한 편의 구절 수, 한 구절의 글자 수, 그 평측 압운 같은 격식을 정한다. 원나라 산곡의 '궁조'는 사詞의 궁조에 근거한 것이다. 사에는 남송南宋 때 17개의 궁조가 있었으나, 중간에 망실되어 원나라 때 북곡北曲에서 상용한 것은 정궁正宮, 중려궁中呂宮, 남려궁南呂宮, 선려궁仙侶宮, 황종궁黃鐘宮, 대석조大石調, 쌍조雙調, 상조商調, 월조越調 등 9개 궁조였다. 궁조의 용도는 서양 음악의 C조調 · D조와 같은 것으로, 음의 높이를 표시하는 것이다. 사와 산곡은 모두 당시의 새로운 시이면서, 또한 음악에 맞추어 부르는 노래이기에 사패와 곡패가 있고 또 궁조가 표시된 것이다. 다만 오늘날에 와서는 이미 부를 수 없어, 이것들은 이제는 맹장 같은 존재가 되었으나 전통적으로 사패 · 곡패로써 부르고 그 궁조를 표시하고 있다.

3_ 버들개지: 『진서』晉書 「왕응지처 사도온전」王凝之妻謝道韞傳에, "진나라 재녀 사도운이 눈(雪)을 가리켜 '버들개지가 바람에 날리는 것 같다.'고 말한 것이 적혀 있다. 또 소식蘇軾의 사(水龍吟)에, "자세히 봐하니 버들개지 아니로고, 점점이 이별한 사람의 눈물이로다."(細看來不是楊花, 點點是離人淚。)라 하였다. 이 구절은 이러한 배경 밑에 이해하는 것이 좋을 듯.

요놈의 웬수야[1] | 관한경

雙調 大德歌
쌍조: 대:덕가

요놈의 웬수야,[2] 俏寃家。
초:원가

하늘 끝에 가서 在天涯。
재:천애

구태여 그곳 푸른 버드나무에 말을 매어야 쓰냐? 偏那裏綠楊堪繫馬。
편나:리: 록양 감 계:마:

고단하게 남쪽 창가에 앉아	困坐南窗下。 곤:좌: 남창 하:
여러 번 바람 맞으며 저를 생각하는구나.	數對淸風想念他。 수:대: 청풍 상:념: 타
눈썹이 지워져도 누구한테 그려 달래나?	蛾眉淡了教誰畫。 아미 담:료: 교:수 화:
바짝 말라서는 석류꽃 꽂기 부끄럽구나.	瘦巖巖羞戴石榴花。 수:암암 수대: 석류 화

1_ 원제는 없다. 곡패의 대덕大德은 원나라 성종成宗 티무르(鐵木耳)의 연호(1297~1307)이다.

2_ 요놈의 웬수야 : 원문은 초원가俏冤家(예쁜 원수), 당시의 속어로 여자가 자기의 애인을 부르던 말, 그냥 원가冤家(원수)라고도 한다.

정에 대하여[1] | 관한경

仙侶　一半兒　題情
선려:　일반:아　제정

푸른 깁 영창[2] 밖 인적 없이 조용한데,	碧紗窗外靜無人。 벽사 창외: 정: 무인
침상 앞에 꿇어앉아 사랑을 보채더군요.	跪在床前忙要親。 궤:재: 상전 망 요:친
한마디 '거짓말쟁이'[3] 욕하고 돌아섰어요.	罵了個負心回轉身。 매:료:개: 부:심 회전: 신
내 말은 골을 내고 있었지만,	雖是我話兒嗔。 수시: 아:화:아 진
절반은 거절이요, 절반은 응락이래요.	一半兒推辭一半兒肯。 일반:아 추사 일반:아 긍:

1_ 이 곡패는 끝 구절이 반드시 "一半兒 …… 一半兒 ……"(절반은 …… 절반은 ……)로 되어야 한다.

2_ 푸른 깁 영창 : 유리가 귀하던 시절에는 종이 또는 깁으로 창문을 발랐다. 푸른 깁 영창은 호사하는 집, 또는 규방閨房을 뜻한다.

3_ 거짓말쟁이 : 원문은 부심負心, 당시의 속어로 사랑의 약속을 지키지 않는 사람을 일컫던 말. 부심한負心漢, 또는 부심적負心賊이라고도 한다.

백박 白樸

Bai Pu

백박白樸(1226~약 1307, 자 仁甫)은 관한경關漢卿과 함께 산곡 초기의 중요한 시인이다. 그의 잡극雜劇 역시 관한경의 그것과 함께 뛰어난 것이다(작품 16편, 현존 5편). 다만 백박은 금金나라 애국시인 원호문元好問(1190~1257)의 영향을 크게 받았고, 학문이 깊었으며 생활도 건실했으므로 관한경과는 다른 작풍을 보인다. 그의 산곡에는 관한경의 통속성과 생동성이 없고 표현이 전아典雅하다.

백박은 욱주隩州(지금의 산서성 河曲縣) 사람이다. 아버지는 금金나라의 높은 벼슬(樞密院判官)을 지냈으며, 원호문元好問과는 세교가 있었다. 금나라가 망했을 때는 그의 나이 일곱 살이었지만 아버지와 원호문의 영향으로 원元나라에 벼슬하지 않았다. 원나라가 중국을 통일한 뒤로는 금릉金陵(강소성 南京市)으로 이사하여 시와 술과 달을 벗삼고 지냈다. 뒤에 아들이 귀하게 되어 명예직(嘉義大夫, 禮儀院大卿)을 받았다. 그는 여든 살 이상의 장수를 누렸다.

술을 권하며[1] | 백박

仙侶 寄生草 勸飮
선려: 기:생초: 권:음:

오래도록 취한 뒤라고 무엇이 방해가 되겠소?	長醉後、妨何碍, 장취:후: 방 하애:
깨어나지 않았을 때에야 무슨 생각이 있겠소?	不醒時有甚思。 불성:시 유: 심:사:
성공과 명예란 두 개의 말을 지게미에 절이고,	糟醃兩個功名字。 조엄 량:개: 공명 자:
홍망을 거듭한 천 년의 일을 막걸리에 담그고,	醅渰千古興亡事。 배엄: 천고: 홍망 사:
무지개와 같은 만 길의 뜻을 누룩에 묻읍시다.	麴埋萬丈虹霓志。 국매 만:장: 홍예 지:
깨닫지 못했을 때는 모두 굴원[2]이 그르다고 웃지만,	不達時皆笑屈原非, 불달 시 개소: 굴원 비
다만 알아주는 사람은 다 도잠[3]이 옳다고 말하는구려.	但知音盡說陶潛是。 단: 지음 진:설 도잠 시:

1_ 이 작품은 범강范康(자 子安)이 지은 것으로 보기도 한다.

2_ 굴원屈原 : 그가 지었다는 《어부》漁夫에, "뭇 사람들이 모두 취했거늘, / 어찌 그 지게미를 먹고, 그 밑술을 들이마시지 않습니까?"(衆人皆醉, 何不餔其糟而歠其釃。)라는 구절이 있다.

3_ 도잠陶潛 : 그의 시는 "편마다 술이 있다"고 하지만, 또 《술을 마시며》(飮酒) 일련의 시는 특히 유명하다(본서 360쪽).

어부의 노래 | 백박

雙調 沈醉東風 漁父詞
쌍조: 침취:동풍 어부:사

갈대 노란 강변, 네가래[1] 하얀 나루,
버들 파란 제방, 여뀌 빨간 여울목.
생명과 바꿀 동무[2]는 없지만,
기심[3]을 잊은 친구는 있단다.
가을 강에 점점이 노니는 해오라기, 갈매기,
인간세계 만호후[4] 뺨칠 오기가 있으니,
글자 모르는 물안개 속 고기잡이[5]란다.

黃蘆岸、白蘋渡口。
황로 안: 백빈 도:구:

綠楊堤、紅蓼灘頭。
록양 제 홍료: 탄두

雖無刎頸交，
수무 문:경: 교

却有忘機友。
각유: 망기 우:

點秋江、白鷺沙鷗。
점: 추강 백로: 사구

傲殺人間萬戶侯。
오:살 인간 만:호: 후

不識字烟波釣叟。
불 식자: 연파 조:수:

1_ 네가래 : 원문 백빈白蘋(*Marsilia quadrifolia*).

2_ 생명과 바꿀 동무 : 원문은 문경교刎頸交, 설사 목을 벨지라도 마음이 변치 아니할 만큼 절친한 사이. 전국시대 조趙나라의 장군 렴파廉頗와 정치가 린상여藺相如와의 우정에서 나왔다.

3_ 기심機心 : 기회를 보고 움직이는 마음.

4_ 만호후萬戶侯 : 한漢나라 제도에 식읍食邑이 1만 호戶 되는 제후.

5_ 물안개 속 고기잡이 : 원문은 연파조수烟波釣叟, 당唐나라 시인 장지화張志和의 아호 연파조도烟波釣徒를 생각나게 한다.

마치원 馬致遠

Ma Zhiyuan

마치원馬致遠(약 1250~약 1321, 호 東籬)은 산곡散曲의 호방豪放한 면을 대표하는 시인, 사詞에 있어서 소식蘇軾과 같은 위치를 차지하고 있다. 산곡의 흐름은 북방의 호방豪放한 면과 남방의 청려淸麗한 면의 두 가지로 크게 나뉘어 있는 것이다. 마치원은 또한 산곡의 범위를 확대시키고 산곡의 수준을 높였다. 그는 여러 가지 제재題材를 모두 소화한 위대한 작가이다.

마치원은 대도大都, 지금의 북경北京 사람인데 그의 생애는 잘 알려지지 않았다. 앞의 생존 연대도 그렇지만, 그의 작품에 나타난 것으로 그의 일생을 간략히 추정해 볼 수 있을 뿐이다. 그는 어려서부터 몹시 총명했고 집안도 부유했으므로 많은 고전을 섭렵한 듯하다. 그는 청년기에 벼슬을 하고 출세해 보려고 했던 듯, 절강행성浙江行省의 무관務官을 지냈다. 그러나 얼마 되지 않아 사정에 의하여 이를 그만두고, 다시는 관리 생활을 하지 않고 강남江南 지방에서 일생을 보냈다. 사정이란 당시의 정치가 암흑으로 가득 차 그의 포부를 펼 수 없었던 이유인 듯하다. 그래서 그는 산림山林에 은둔하고, 가무음곡으로 소일하며 명산대천으로 방랑한 모양이다. 그 자신의 작품 표현을 빌리면, 그는 '술 속의 신선'(酒中仙), '티끌 밖 나그네'(塵外客), '수풀 사이 친구'(林間友)인 것이다.

그의 산곡은 생시에 따로 모은 것이 없지만, 지금 소령小令 104수, 토수套數 17편이 있다. 산곡 전기의 작가로서는 많은 숫자에 속하는 것이다. 그는 잡극雜劇 14편을 창작했는데, 지금 7편이 남아 있다.

가을 생각[1] | 마치원

秋思 [套數]
추사 토:수:

1[2]

雙調 夜行船
쌍조: 야:행선

백년 세월은 한 마리 꿈속의 나비.[3]

百歲光陰一夢蝶。
백세: 광음 일 몽:접

다시금 고개를 돌리니 지난 일 한탄스럽소.

重回首、往事堪嗟。
중 회수: 왕:사: 감차

오늘 봄이 오더니,

今日春來,
금일 춘래

내일 꽃이 이우오.[4]

明朝花謝。
명조 화사:

어서 잔을 드소, 밤이 깊어 등불이 꺼지오.

急罰盞、夜闌燈滅。
급 벌잔: 야:란 등멸

1_ 가을의 감상을 적은 것, 또한 만년에 이른 작자의 의기소침과 염세사상을 상징한 것이다. 원元나라 때의 새로운 시, 산곡散曲은 '소령'小令과 '토수'套數로 나뉘는데, '소령'은 한 개의 곡패曲牌에 맞추어 지은 것이고, 토수는 두 개 이상의 곡패를 연이어 지은 것이다. 이때 곡패는 모두 같은 궁조宮調에 속하며, 토수의 모든 운韻도 같다. 소령을 평시조에 견준다면 토수는 연시조에 견줄 수 있다. 이 작품은 일곱 개의 곡패를 이은 토수이다. 일련 번호는 역자가 붙인 것이다.

2_ 곡패는 『쌍조』雙調 야행선夜行船. 이 토수 《가을 생각》 7개의 곡패는 모두 『쌍조』에 속하며, 또 압운은 모두 제14부 차차車遮를 썼다.

3_ 꿈속의 나비 : 『장자』莊子 「제물편」齊物篇에, "옛날 장주莊周는 꿈에 나비가 되었다, 기뻐하는 나비였다. ……어느 결에 깨어보니, 놀랍게도 장주莊周가 아닌가? 모르겠구나, 장주가 꿈에 나비가 된 것일까? 나비가 꿈에 장주가 된 것일까?"라 했다. 이 1구는 "인생일장춘몽"이라는 뜻.

4_ 꽃이 이우오 : 이상 2구는 좋은 시절 아름다운 경치는 덧없이 흐른다는 뜻이다.

2[1]

喬木查
교목사

생각하면, 진나라 궁전 한나라 대궐[2]은 — 想秦宮漢闕。
상: 진궁 한: 궐

모두 소와 양이 뛰노는 시든 풀밭이 되었소. — 都做了衰草牛羊野。
도 주: 료: 쇠초: 우양 야:

안 그랬다면, 고기잡이 나무꾼 할 얘기 없소. — 不恁麼漁樵沒話說。
불임: 마 어초 몰화: 설

거친 무덤 자빠지고 끊긴 비석 엎어져, — 縱荒墳橫斷碑,
종: 황분 횡 단: 비

용인지 뱀인지[3] 가리지 못하겠소. — 不辨龍蛇。
불변: 룡사

1_ 곡패 교목사는 일명 은한부사銀漢浮槎라고도 한다.

2_ 진나라 궁전 한나라 대궐 : 진나라의 아방궁阿房宮과 한나라의 봉궐鳳闕을 가리킨다. 모두 규모가 장대하고 호사스러웠던 궁궐이다. 아방궁은 진秦나라 시황始皇 영정嬴政이 지은 것으로, 300여 리里나 덮였으며, 다섯 걸음에 누樓, 열 걸음에 각閣이 있었다 하고, 봉궐은 한漢나라 무제武帝 류철劉徹이 지은 것으로, 천 개 만 개의 방문이 있었다고 한다.

3_ 용인지 뱀인지 : 묘비에 쓰인 문자, 특히 꼬불꼬불한 전서篆書를 판독할 수 없다는 뜻. 일설에는 그 무덤 속의 인물이 용처럼 위대한 인물이었는지 뱀처럼 평범한 인간이었는지 가릴 수 없다는 뜻이라고도 한다.

3

慶宣和
경: 선화

여우나 토끼의 굴[1]로 던져진 — 投至狐蹤與兔穴。
투지: 호종 여: 토: 혈

영웅호걸이 얼마나 되는고? — 多少豪傑。
다소: 호걸

삼국[2]은 굳건하였건만 중간에 동강났소.	鼎足雖堅半腰裏折。 정:족 수견 반:요리: 절
위나라요?	魏耶。 위:야
진나라요?[3]	晉耶。 진:야

1_ 여우나 토끼의 굴 : 이하 2구는 많은 영웅호걸의 무덤이 이제는 황폐화되었음을 말하는 것이다.

2_ 삼국三國 : 한나라 말년에 정립鼎立한 세 나라, 즉 조조曹操의 아들 조비曹丕가 세운 위魏(220~265)나라, 류비가 세운 촉한蜀漢(222~263), 손권孫權이 세운 오吳(222~280)나라이다.

3_ 진晉(265~420)나라 : 사마염司馬炎이 세웠다. 이 구절의 뜻은 한때 영웅호걸이 등장하여 거창한 드라마(소설삼국지)를 연출하던 것도 모두 과거가 되었다는 한탄이다.

4[1]	落梅風 락매풍
하늘이 당신 부자 만들었어도,	天教你富, 천 교: 니:부:
너무 욕심 부리지 마소.	莫太奢。 막 태:사
밤낮 좋은 시절은 될 수 없는 거라오.	沒多時、好天良夜。 몰 다시 호:천 량야:
부자여,[2] 또한 당신 마음을 무쇠처럼 다지더라도	富家兒更做道你心似鐵。 부:가아 갱: 주:도: 니:심 사:철

어찌 좋은 집 바람 달을 저버리겠소? 爭辜負了、錦堂風月。
쟁 고:부:료: 금:당 풍월

1_ 곡패 락매풍은 일명 수양곡壽陽曲이라고도 한다.

2_ 부자여 : 원문은 부가아富家兒, 판본에 따라서는 간전노看錢奴로 된 것도 있다. 그러면, "수전노여"가 된다.

5

風入松
풍입송

눈앞에 붉은 해 또 서쪽으로 기우니, 眼前紅日又西斜。
안:전 홍일 우: 서사

내리막길 수레처럼 빠르기도 하오. 疾似下坡車。
질사: 하: 파 차

뜻밖에도 거울 속에 하얀 눈[1] 내렸으니, 不爭鏡裏添白雪。
불쟁 경:리: 첨 백설

침상에 오를 때면 신발과 하직[2]한다오. 上牀與、鞋履相別。
상:상 여: 혜리: 상별

웃지 마소, 비둘기[3] 집 짓는 일 서툴다고. 休笑鳩巢計拙。
휴소: 구소 계:졸

얼렁뚱땅, 원래 멍청한 척하는 것이라오. 葫蘆提一向裝呆。
호로제 일향: 장태

1_ 하얀 눈 : 센 머리칼을 상징한 것이다.

2_ 신발과 하직 : 늙은이 목숨이라 잠든 사이 죽어 버려 밝는 아침에 다시 신발을 신을 수 있을지 모르겠으므로, 침상에 오를 적마다 작별 인사를 한다는 뜻. 당시 침대생활을 했다.

3_ 비둘기 : 『방언』方言(漢 揚雄 지음)에, "비둘기는 촉蜀나라에서 '서툰 새'(拙鳥)라 부른다. 집을 잘 짓지 못하여 다른 새의 둥주리에 들어가 산다."는 기록이 보인다. 이것은 작자가 가정경제에 무능력함을 비유한 것이다.

6[1]

撥不斷
발불단:

명리가 다하고	利名竭。 리:명 갈
시비가 그치고	是非絕。 시:비 절
속세의 티끌[2]이 문 앞에 일어나지 않소.	紅塵不向門前惹。 홍진 불향: 문전 야:
푸른 나무는 공교롭게도 집 모퉁이를 막았고,	綠樹偏宜屋角遮。 록수: 편의 옥각 차
새파란 산은 알맞게도 무너진 담장을 때웠소.	青山正補牆頭缺。 청산 정:보: 장두 결
더구나 대나무 울짱 초가집도 누릴 수 있다오.	更那堪、竹籬茅舍。 갱: 나:감 죽리 모사:

1_ 곡패 쌍조 〈발불단〉은 일명 속단현續斷絃이라고도 한다.

2_ 속세의 티끌 : 속세의 시끄럽고 번화한 일을 비유한 것이다.

7[1]

離亭晏煞
리정안:살

귀뚜라미 소리 끝나야 한숨 푹 자고,	蛩吟罷一覺才寧貼。 공음 파: 일각 재 녕첩
닭이 울 무렵에는 온갖 일 바빠지오.	雞鳴時萬事無休歇。 계명 시 만:사: 무 휴헐
어느 해에나 환히 깨닫겠는고?	何年是徹。 하년 시:철

봐하니, 개미는 새카맣게 줄지어 전쟁 벌이고,	看密匝匝蟻排兵, 간: 밀잡잡 의: 배병
벌은 어지럽게 갈팡질팡 꿀 따 모으고,	亂紛紛蜂釀蜜, 란:분분 봉 양:밀
파리는 바쁘게 진둥한둥 피 빨아먹소.	急攘攘蠅爭血。 급양:양: 승 쟁혈
배공[2]과 록야당이 생각나오,	裴公綠野堂, 배공 록야: 당
도령[3]과 백련사가 생각나오.	陶令白蓮社。 도령: 백련 사:
가을 되면 가장 사랑스러운 것들은	愛秋來時那些。 애: 추래 시 나:사
이슬 머금은 노란 꽃[4]을 따는 것,	和露摘黃花, 화로: 적 황화
서리 맞은 자줏빛 게[5]를 뜯는 것,	帶霜分紫蟹, 대:상 분 자:해:
단풍잎을 살라서 술을 데우는 것이오.	煮酒燒紅葉。 자:주: 소 홍엽
생각하면, 인생에는 한정된 술잔이 있는데,	想人生有限杯, 상: 인생 유:한: 배
모두 몇 번의 중양절[6]을 맞는고?	渾幾個重陽節。 혼 기:개: 중양 절
누가 나를 찾으면, 아이야 잊지 말고,	人問我頑童記者。 인문:아: 완동 기:자:
설사 북해[7]가 나를 찾아오더라도,	便北海探吾來, 변: 북해: 탐:오 래
동리[8]는 술 취했다 이르라고!	道東籬醉了也。 도: 동리 취:료: 야:

1_ 곡패 〈리정안〉離亭晏에 헐지살歇指煞을 붙인 것. 살煞은 살미煞尾, 또는 미성

尾聲의 뜻으로 토수套數의 끝 곡이다. 이 산곡에는 대구를 많이 썼다. 제1·2구, 제4·5·6구, 제7·8구, 제10·11·12구가 대구이다. 특히 3구가 대우를 이루는 것은 정족대鼎足對라 한다.

2_ 배공裴公 : 배도裴度(字는 中立), 당나라 헌종憲宗(805~920 재위) 리순李純 때 재상宰相을 역임, 진국공晉國公으로 봉封하였기에 배공裴公이라 부른 것이다. 그는 은퇴한 뒤 락양洛陽의 오교午橋(성남에서 약 4킬로미터 거리에 위치함)에 별장 록야당綠野堂을 짓고 백거이白居易·류우석劉禹錫 등과 술을 마시며 한가롭게 지냈다.

3_ 도령陶令 : 도연명陶淵明, 일찍이 팽택현彭澤縣 현령縣令을 지냈기에 도령陶令이라 부른 것이다. 동진東晉 때 고승 혜원慧遠이 여러 승려와 명사·유민 등 18명과 함께 려산廬山의 동림사東林寺에서 결사結社하여 예불禮佛·송경誦經했다. 그 절간에 백련白蓮이 많았으므로 이 모임을 백련사白蓮社라 불렀다. 도연명은 심양潯陽에서 은거할 때, 이들과의 내왕은 늘 있었지만 모임에 정식으로 가입하지는 않았다. 이상 2구는 생존경쟁에 여념이 없는 속세(앞 3구)를 보니, 옛날의 은사들이 절로 생각난다는 것이다.

4_ 노란 꽃 : 국화를 가리킨다.

5_ 자줏빛 게 : 가을철에 서리가 내린 다음 특히 게의 맛이 좋다고 한다.

6_ 중양절 : 음력 구월 초아흐레 명절.

7_ 북해北海 : 공융孔融의 별칭. 한나라 헌제憲帝(189~220 재위) 류협劉協 때 북해군北海郡의 재상을 역임했기 때문에 사람들은 그를 공북해孔北海라 불렀다. 공융의 자는 문거文擧, 문장에 뛰어났으며 손님을 좋아했다. 그는 일찍이, "자리에는 손님이 늘 가득하고, 단지에는 술이 떨어지지 않는다."고 했다.

8_ 동리東籬 : 작자의 호號. 마치원은 도연명을 경모하여 그 시어로써 호를 지은 것이다. 도연명《술을 마시며·3》주 5 참조(본서 363쪽).

조용한 은퇴 | 마치원

南呂 四塊玉 恬退
남려: 사:괴:옥 념퇴:

술을 금방 받아오니

酒旋沽,
주: 선고

생선을 새로 사오니,	魚新買。 어 신매:
눈 가득 구름 산이 그림같이 펼쳐진다.	滿眼雲山畫圖開。 만:안: 운산 화:도 개
바람 맑고 달 밝으니, 글 빚[1]이나 갚아 보자.	淸風明月還詩債。 청풍 명월 환 시채:
본래 게으른 사람인데다가	本是個懶散人, 본:시: 개: 란:산: 인
또 세상 바로잡을 재주도 없다.	又無甚經濟才。 우: 무심: 경제: 재
돌아갈까, 돌아가.[2]	歸去來。 귀거:래

1_ 글 빚(詩債) : 선비로서 마땅히 지어야 할 시를 못 짓고 있는 괴로움을 돈 빚진 괴로움에 비긴 말.

2_ 돌아가 : 원문은 귀거래歸去來. 도연명陶淵明의 유명한 《귀거래사》에서 나온 말로, 도연명이 관계官界를 떠날 때 지은 것이다.

평민들에게 영웅을 묻자 | 마치원

雙調 撥不斷
쌍조: 발불단:

평민들에게	布衣中。 포:의 중
영웅을 묻자.	問英雄。 문: 영웅
왕도니 패도니 하지만 무슨 소용이 있나?	王圖霸業成何用。 왕도 패:업 성 하용:

육조[1] 궁궐에 조랑 기장이 높고 낮으며, 禾黍高低六代宮。
화서: 고저 륙대: 궁

천관[2] 무덤에 오동 추나무 멀고 가깝다. 楸梧遠近千官塚。
추오 원:근: 천관 총:

한 차례 악몽일 뿐. 一場惡夢。
일장 악몽:

1_ 육조六朝 : 중원 땅에 한나라가 멸망하고 나서부터 수나라가 통일하기까지 사이(222~589)에 지금의 남경南京을 수도로 삼았던 여섯 왕조. 즉, 오吳나라 · 진(東晉)나라 · 송宋나라 · 제齊나라 · 량梁나라 · 진陳나라이다. 이 구절은 옛날의 궁궐이 지금은 황폐화되어 밭이 되었다는 것이다.

2_ 천관千官 : 많은 관원官員, 백관百官과 같은 뜻이다. 이상 2구는 당나라 시인 허혼許渾의 시(金陵懷古)의 구절을 한 자도 안 바꾸고 인용한 것이다. 다만 원시와 행行의 앞뒤만 바뀌었을 뿐이다. 추나무楸(*Catalpa bungei*)는 개오동(*Catalpa ovata*) 비슷하다.

야인의 흥취 | 마치원

雙調 淸江引 野興
쌍조: 청강인: 야:흥:

서촌에 해는 길고 할 일 드문데, 西村日長人事少。
서촌 일장 인사: 소:

새로 나온 매미 하나 귀 따갑다. 一箇新蟬噪。
일개: 신선 소:

마침 아욱[1] 꽃 피기를 기다리는데, 恰待葵花開,
흡대: 규화 개

또 벌써 벌이 소란을 피운다. 又早蜂兒鬧。
우:조: 봉아 뇨:

높은 베개 위에 꿈은 나비[2] 따라 가버렸다. 高枕上夢隨蝶去了。
고침: 상: 몽:수 접거: 료:

1_ 아욱 : 원문 규葵(*Malva verticilata*).

2_ 꿈은 나비 : 『장자』莊子 「제물편」齊物篇에 나온 이야기가 배경이 되고 있다. 마치원, 토수 《가을 생각》 1 〈야행선〉 주 3 참조(본서 1028쪽).

밤 생각[1] | 마치원

雙調 落梅風 夜憶
쌍조: 락매풍 야:억

구름은 달님을 가리고요, 雲籠月,
운 롱월

바람은 풍경을 건드려요. 風弄鐵。
풍 롱:철

두 가지가 남의 쓸쓸함 더하는군요. 兩股兒、助人淒切。
량:고:아 조:인 처절

은 등잔 돋우어 심사를 적어 보려 했더니, 剔銀燈欲將心事寫,
척 은등 욕장 심사: 사:

긴 탄식 한 소리에 그만 꺼져 버렸어요. 長吁氣、一聲吹滅。
장 우:기: 일성 취멸

1_ 곡패 쌍조 〈락매풍〉落梅風은 일명 수양곡壽陽曲이라고도 한다.

인적이 조용한데 | 마치원

雙調 落梅風
쌍조: 락매풍

인적 처음 조용해지고,[1]	人初靜, 인 초정:
달빛도 마침 환해지오.	月正明。 월 정:명
영창 밖 옥매화가 비스듬히 비치오.	紗窗外、玉梅斜影。 사창외: 옥매 사영:
매화는 나를 비웃듯 짐짓 그림자 놀리오.	梅花笑人偏弄影。 매화 소:인 편 롱:영:
달이 질 때는 똑같이 외로울 것을.	月沈時、一般孤另。 월침시 일반 고령:

1_ 인적 처음 조용해지고 : 장선, 《수조 노래 두어 구절》 〈천선자〉에 "인적 처음 조용해지네."라는 구절이 있다(본서 880쪽).

가을 생각[1] | 마치원

越調 天淨沙 秋思
월조: 천정:사 추사

등덩굴, 고목, 저녁 까마귀.	枯藤老樹昏鴉。 고등 로:수: 혼아
작은 다리, 흐르는 물, 인가.	小橋流水人家。 소:교 류수: 인가
옛날 길, 서풍, 비루먹은 말.	古道西風瘦馬。 고:도: 서풍 수:마:

석양이 서녘에 지는데,

夕陽西下,
석양 서하:

애끊는 사람 하늘가에 있네.

斷腸人在天涯。
단:장 인재: 천애

1_ 마치 흑백영화 한 편의 스틸을 몇 장 모아 붙인 듯, 시간이 정지하였다. 전편에 걸쳐 동작이 배제되어 있다.

장양호 張養浩

Zhang Yanghao

장양호張養浩(1270~1329, 호 雲莊)는 높은 벼슬을 지낸 시인으로, 그의 산곡散曲은 자기 회포를 풀기 위한 방편이었기에 토수套數는 거의 없고(2편뿐) 대개 소령小令들이다. 장양호는 고려高麗 시인 이제현李齊賢(1288~1367)과 시를 주고받은 적이 있다.

장양호는 산동성 제남濟南 사람으로 벼슬이 례부상서禮部尙書까지 올랐다. 감찰어사로 있던 1321년 상소를 올렸다가 모함 받고 벼슬을 그만둔 다음에는 황제가 몇 번 불렀으나 고사하고 전원에서 은거생활을 보냈다. 1329년 섬서성에 가뭄이 들자, 다시 벼슬(陝西行臺中丞)을 받아 임지로 나아가서, 불철주야, 기근에 고생하는 백성들을 구제하다가 순직하였다. 죽은 뒤 빈국공濱國公에 추봉追封되었다.

은퇴 | 장양호

中呂 朝天子 退隱
중려: 조천자: 퇴:은:

감투를 걸고,

挂冠。
괘:관

벼슬을 버리고,

棄官。
기:관

남몰래 련운잔[1]으로 내려왔소.

偸走下連雲棧。
투주: 하: 련운 잔:

호수와 산이 좋은 곳에 집이 두 간,

湖山佳處屋兩間。
호산 가처: 옥 량:간

수양버들이 얼룩지는 물가라오.

掩映垂楊岸。
엄:영: 수양 안:

땅에 가득한 흰 구름을

滿地白雲,
만:지: 백운

동풍이 불어서 흩었지만,

東風吹散。
동풍 취산:

오히려 반나마 산을 가렸소.

卻遮了一半山。
각 차료: 일반: 산

엄자릉[2]이 낚시하던 여울,

嚴子陵釣灘。
엄 자:릉 조:탄

한원수[3]가 배명되던 단상,

韓元帥將壇。
한 원수: 장:단

그 어딘들 우환이 없겠는고?

那一個無憂患。
나: 일개: 무 우환:

1_ 련운잔連雲棧 : 잔도棧道 이름. 섬서성 봉현鳳縣의 초량역草涼驛으로부터 포성褒城의 개산역開山驛까지 이르는 약 100킬로미터의 잔도. 섬서성에서 사천성으로 들어가는 요로이다.

2_ 엄자릉嚴子陵 : 즉 엄광嚴光, 자릉은 그의 자字이다. 뒤에 후한後漢을 세우고

광무제光武帝(25~57 재위)가 된 류수劉秀와 어려서 함께 공부했다. 류수가 임금이 된 뒤로는 변성명하고 숨어 사는 것을 광무제가 찾아 간의대부諫議大夫를 제수했으나 이를 사양하고 절강성 부춘산富春山에 은거했다. 그가 낚시질을 했다고 전해지는 곳이 지금 부춘강富春江 연안에 있다.

3_ 한원수韓元帥 : 즉 한신韓信. 한漢나라 고조高祖(전 206~전 195 재위) 류방劉邦을 도와 6국을 통일한 공신. 그가 아직 비교적 낮은 벼슬(治粟都尉)로 있을 때, 류방이 소하蕭何만 중시하고 자기를 알아주지 않는 것에 대해 불만을 품고 떠나갔다. 소하가 알고 쫓아가 그를 데려와서 임금에게 그의 중요성을 강조했다. 그래서 일약 대장大將에 배명拜命되었다. 대장으로 임명할 때, 흙으로 단壇을 쌓고 의식을 성대히 했던 것이다. 이상 2구의 뜻은 속세를 떠난 은사隱士의 유유자적한 모습, 출세하게 된 장군將軍의 득의양양한 모습을 대비한 것이다.

동관 회고[1] | 장양호

中呂 山坡羊 潼關懷古
중려: 산파양 동관 회고:

뾰족한 봉우리 모인 듯,	峯巒如聚。 봉만 여취:
출렁이는 물결 노한 듯.	波濤如怒。 파도 여노:
산과 강이 안팎으로 감싸는 동관[2] 길.	山河表裏潼關路。 산하 표:리: 동관 로:
서쪽 서울[3] 바라보며	望西都。 망: 서도
머뭇거리는 마음.	意踟躕。 의: 지주
애달프다, 진나라 한나라 지나간 곳,	傷心秦漢經行處。 상심 진한: 경행 처:
궁궐 만 간 모두 흙이 되고 말았구나!	宮闕萬間都做了土。 궁궐 만:간 도 주:료:토:

흥해도	興, 흥
백성은 괴로워.	百姓苦。 백성: 고:
망해도	亡, 망
백성은 괴로워.	百姓苦。 백성: 고:

1_ 장양호는 〈산파양〉으로 회고懷古의 산곡을 모두 9수 지었는데, 이것은 그 중의 하나이다. 장양호는 1329년 섬서성에서 기근에 고생하는 백성을 구제하려고 애쓰다가 임지에서 사망하였는데, 이 작품은 아마 그때 지은 것인 듯.

2_ 동관 : 관문關門 이름. 섬서성 동관현潼關縣에 있다. 서안西安에서 중원으로 통하는 중요한 길목이다(서안 동쪽 약 120킬로미터). 국도 310, 철도 롱해선이 통과한다. 그 서남에는 화산華山(해발 2,160미터), 동북에는 설화산雪花山(해발 1,993미터)이 있으며, 그 사이로 황하黃河가 꺾여 흐르고 있다. 관문은 근년에 철거되고 산 위로 뻗은 토성만 남아 있다. 1998년 1월 22일, 역자가 현장을 탐방했다.

3_ 서쪽 서울(西都) : 장안長安, 지금의 서안시西安市를 가리킨다. 진秦나라 함양咸陽은 서안보다 약간 서쪽에, 한나라 장안은 약간 북쪽에, 당나라 장안은 지금 위치에 있었다. 역사적으로 오랫동안 수도였기 때문에, 동쪽 서울東都인 락양洛陽과 함께 중국인의 마음의 서울이다.

관운석 貫雲石

Guan Yunshi

관운석貫雲石(1286~1324, 号 酸齋)은 원元나라 산곡散曲의 두 가지 흐름, 즉 북방의 호방豪放한 면과 남방의 청려淸麗한 면의 장점을 겸비한 시인이다. 그래서 연대적으로는 후기에 속하지만 여기서 다루었다.

관운석은 위구르(Uigur 維吾爾) 사람이다. 위구르 사람은 터키 계통의 한 부족으로 현재에는 신강新疆 위구르자치구 남부에 많이 살고 있다. 그의 할아버지 아리·해애阿里海涯는 몽골 군대가 송宋나라를 칠 때 공을 세워 승상丞相 벼슬까지 올랐으며, 아버지 관지가貫只哥는 호광행성湖廣行省의 참지정사參知政事를 역임했다.

관운석은 처음엔 아버지의 벼슬을 이어 량회만호부兩淮萬戶府의 다루가치(darugachi, 達魯花赤, 官長의 뜻)가 되었으나, 나중에 아우 홀도·해애忽都海涯에게 물려주고 자기는 학문에 힘을 기울였다. 그래서 시명詩名을 떨치게 되고 급기야 한림시독학사翰林侍讀學士까지 되었다.

관직을 떠난 뒤, 관운석은 이름을 숨기고 약장수를 하면서 십여 년간 강호를 유랑, 많은 명사들과 교유를 즐겼다. 그는 서른아홉 살의 한창 나이에 죽었다.

하찮은 이름[1] | 관운석

雙調 淸江引
쌍조: 청강인:

하찮은 이름 버리니 마음이 시원하구나!
棄微名去來心快哉。
기: 미명 거:래 심 쾌:재

흰 구름[2] 밖에서 한바탕 웃는다.
一笑白雲外。
일소: 백운 외:

알아주는 사람[3] 서너너덧과
知音三五人,
지음 삼오: 인

통음한다 한들 안 될 일 있나?
痛飮何妨碍。
통:음: 하 방애:

취해서 옷자락 날리며 춤추니 천지가 좁구나!
醉袍袖舞嫌天地窄。
취: 포수:무: 혐 천지: 착

1_ 작자가 관직을 물러나 남방을 유람할 때 지은 것이다.

2_ 흰 구름 : 당나라 시인 맹호연孟浩然의 시에, "북산의 흰 구름 속에서, / 은자는 스스로 기뻐한다."(北山白雲裏, 隱者自怡悅。)는 구절이 있는데, 이 구절도 같은 마음을 노래한 것일 듯.

3_ 알아주는 사람 : 원문은 지음知音. 춘추시대에 거문고(琴)의 명수 백아伯牙와 그의 음악을 잘 이해한 종자기種子期와의 고사에서 나온 말이다.

새로 가을이 왔건만[1] | 관운석

雙調 壽陽曲
쌍조: 수:양곡

새로 가을이 왔건만
新秋至,
신추 지:

금방 떠나가는 사람—	人乍別。 인 사:별
장강 물을 따라 지새는 달 흐른다.	順長江、水流殘月。 순: 장강 수:류 잔월
건들건들 그림배는 동으로 가는데,	悠悠畫船東去也, 유유 화:선 동거: 야:
이 생각 처음부터 밤새도록 맴돌아.	這思量、起頭兒一夜。 저: 사량 기:두아 일야:

1_ 곡패 〈수양곡〉은 일명 락매풍이다. 남조 송(劉宋)나라의 류삭劉鑠(南平稷王)이 예주豫州, 지금의 안휘성 수현壽縣에 있을 때 수양악壽陽樂을 지었다고. 곡패는 아마 여기서 따온 것인 듯하다.

주렴 사이로 들어요[1] | 관운석

雙調 殿前歡
쌍조: 전:전환

주렴 사이로 들어요,	隔簾聽。 격렴 청
몇 차례 바람에 실려 온 "꽃 사려"[2] 소리.	幾番風送賣花聲。 기:번 풍송: 매:화 성
밤새 이슬비 내려 '하늘 섬돌'[3] 맑아요.	夜來微雨天階淨。 야:래 미우: 천계 정:
작은 마당 조용한 뜰—	小院閑庭。 소:원: 한정
쌀쌀한 추위 푸른 소매에 느껴요.	輕寒翠袖生。 경한 취:수: 생

꽃핀 길을 빠져서요,

穿芳徑。
천 방경:

열두 난간에 기댔어요.

十二欄杆凭。
십이: 란간 빙

살구꽃 성긴 그림자,

杏花疏影,
행:화 소영:

버드나무 새로운 정.

楊柳新情。
양류: 신정

1_ 비 오신 뒤 새벽 경치를 읊은 것이다.

2_ 꽃 사려 : 륙유《림안에 봄비 개이고》 주 2 참조(본서 1156쪽).

3_ 하늘의 섬돌(天階) : 즉, 삼태성(三台星), 큰곰자리(Ursa Major) $\iota\ \kappa\ \lambda\ \mu\ \nu\ \xi$ 여섯 별이다.

장가구 張可久

Zhang Kejiu

장가구張可久(약 1280~1348 이후, 자 小山)는 산곡散曲에 전 정력을 쏟은 산곡의 대표적 시인이다. 그의 작품은 소령小令 855수, 토수套數 9편으로 원元나라의 산곡 작가 가운데 양적으로도 가장 풍부한 시인이다.

장가구는 절강성 녕파寧波 사람인데, 그의 생졸 연대와 일생 사적은 모두 불분명하다. 그의 이름도 이설이 분분하여 이름이 백원伯遠, 자가 가구可久, 호가 소산小山이라는 설(『堯山堂外紀』), 자는 중원仲遠, 호가 소산小山이라는 설(『四庫全書總目提要』), 이름이 구가久可라는 설(『千頃堂書目』) 등이 있다.

장가구는 일찍이 로리路吏에서 수령관首領官이 되었다고 하는데 이것은 지방 장관의 보좌관으로 지방 사업관청의 책임자, 예컨대 지방 세무서장과 같은 격이라고 한다. 오랫동안 하급 관리로 지내면서 불평스럽게 지냈으나, 열심히 공부하고 또 산곡散曲에 뛰어나 문명文名이 널리 알려졌다. 그는 높은 관원과 명사, 스님, 도사 등과 내왕했으며, 장강長江 남북의 명산대천을 두루 유람했다. 만년에는 항주杭州(절강성)의 서호西湖에 은거했다.

산곡은 관한경關漢卿·마치원馬致遠 등 대가들의 창작이 나온 뒤로부터 그 독특한 위치를 공고히 하여 왔지만, 장가구의 출현으로부터 완전히 당시 시단詩壇의 정통의 지위를 획득했다.

그의 작품은 산곡의 범위를 무한히 개척한 것이니, 그의 800여 수의 소령 안에는 풍경의 묘사와 애정의 호소, 이별과 회고, 그리고 설리說理·담선談禪·영물詠物·증답贈答 등 모든 것이 들어 있다. 그는 정말로 산곡을 하나의 새로운 시형으로 보고 그의 전 생활과 감정을 쏟았던 것이다. 그는 원래 북방에서 발생한 산곡에 남방인 특유의 기질을 가미하고 또 그의 문학적 소양으로 다듬어 산곡의 청려淸麗한 작풍을 완성, 후세 산곡에 지대한 영향을 끼쳤다. 또 그의 작품은 산곡의 기교가 놀랍지만, 이 점은 오히려 산곡의 민요적인 발랄함을 저해한 것이라 하겠다(劉大杰, 『中國文學發達史』, 台北: 台灣中華書局, 1960, 下卷 238쪽).

장가구의 산곡은 원元나라 때 이미 출판된 것만도 여러 책(『今樂府』, 『蘇堤漁唱』, 『吳鹽』, 『新樂府』, 『小山樂府』)이 있다.

봄 생각[1] | 장가구

春思 [套數]
춘사 토:수:

1

中呂 粉蝶兒
중려: 분:접아

꽃이 지고 봄은 돌아갔어요.
花落春歸。
화락 춘귀

원망스럽게 우는 두견이[2] 소리 힘 없고요,
怨啼紅、杜鵑聲脆。
원: 제홍 두:견 성취:

동산 숲의 경치는 온통 어지럽기만 해요.
遍園林、景物狼籍。
편: 원림 경:물 랑자:

풀은 보들보들,
草茸茸,
초: 용용

꽃은 송이송이,
花朶朶,
화 타:타:

흔들리는 버들은 짙은 비취색.
柳搖深翠。
류:요 심취:

온통 도미꽃[3]이 피었어요.
開遍荼蘼。
개편: 도미

맑고 고운 사월[4]이 가까우니 나른한 계절.
近清和、困人天氣。
근: 청화 곤:인 천기:

1_ 사랑하는 사람을 떠나보낸 봄날의 여심女心을 읊은 것. 9개의 곡패로 이루어진 토수套數이다. 곡패는 중려궁 〈분접아〉, 이하 9개의 곡패가 모두 이 중려궁에 속하고, 또 압운은 모두 제4부 제미齊微를 썼다.

2_ 두견이 : 옛날 촉蜀나라 임금 망제望帝의 넋이 변한 새라는 전설이 있다. 늦봄에 우는데, 그 소리가 몹시 처량하고, 간혹 입에서 피가 나도록 운다고 한다. 백거이 《비파 노래》에 "두견이 피를 토하고 원숭이 슬피 울 뿐."(본서 729쪽)이라 한다.

3_ 도미꽃 : 원문 도미荼蘼(*Rubus commersonii*). 장미과에 속하는데, 늦봄에서 초여름 사이에 노랑·하양의 꽃이 핀다.

4_ 맑고 고운 사월 : 원문은 청화淸和, 중국에서는 음력 사월을 청화월淸和月(맑고 고운 달)이라고 속칭한다.

2

醉春風
취:춘풍

부드러운 꽃가루가 벌 수염에 예쁘고요,	粉暖倩蜂鬚, 분:난: 천: 봉수
향기로운 진흙이 제비부리에 묻었어요.	泥香沾燕嘴。 니향 첨 연:취:
더디더디 달그림자는 주렴 갈고리[1]에 오르는데요,	遲遲月影上簾鉤, 지지 월영: 상: 렴구
그냥 내처 아니 일어나요.	猶自未起。 유자: 미:기:
일어나면,	起。 기:
이별이 생각나기 때문에요,	爲想別離, 위:상: 별리
게으름 피다가 화장한대요.	倦餘梳洗。 권:여 소세:
알지 못하게 야위었어요.	暗生憔悴。 암:생 초췌:

1_ 주렴 갈고리 : 주렴을 말아 올려 매어두는 쇠.

3

迎仙客
영선객

짐승 모양 향로[1]에 연기 끊기고요, 獸爐香篆息,
수:로 향전: 식

난새 새긴 거울[2]에 먼지 끼었어요. 鸞鏡暗塵迷。
란경: 암:진 미

수놓은 침상에 몇 번이나 답답하게 기댔을까요? 繡床幾番和悶倚。
수:상 기:번 화민: 의:

팔목이 여위니 금팔찌 헐겁고요, 腕消金釧鬆,
완:소 금천: 송:

비녀가 기우니 낭자가 느슨해요. 釵横翠鬟委。
채횡 취:환 위:

돌아올 기약 손꼽아 세어 보니, 屈指歸期。
굴지: 귀기

모르는 결에 분 바른 얼굴에 붉은 눈물[3] 흘러요. 不覺的粉臉流紅淚。
불각적 분:검: 류 홍루:

1_ 짐승 모양 향로 : 향로를 짐승, 사자 따위 모양으로 만든 것이다.

2_ 난새 새긴 거울 : 이 거울은 아마 동경銅鏡일 듯. 그 뒷면에 난새를 부조浮彫한 것이다. 난새(鸞)는 상상의 새, 봉황鳳凰의 일종이다. 털은 오채五彩를 갖추었고, 소리는 오음五音에 맞는다고 한다. 일설에는 털에 푸른빛이 많은 봉鳳새라고도 한다.

3_ 붉은 눈물 : 화장이 눈물에 섞여 눈물이 붉은 것이다.

4

紅繡鞋
홍수:혜

꽃이 피고 지니 원앙 섬돌[1] 비었고요, 花開盡空閑鴛砌。
화 개진: 공한 원체:

해가 길어 붉은 문짝 조용히 닫혔어요.	日初長靜掩朱扉。 일 초장 정:엄: 주비
수양버들에 매여 어느 곳 총이말[2]이 울까요?	繫垂楊何處玉驄嘶。 계: 수양 하처: 옥총 시
누구 집 '바람 달'[3] 별관에 머물까요?	落誰家風月館。 락 수가 풍월 관:
어디에서 제비 꾀꼬리 기약[4]할까요?	知那裏燕鶯期。 지 나:리: 연:앵 기
말씀 자상하셨어도 기억나지 않아요.	話叮嚀不記得。 화: 정녕 불 기:득

1_ 원앙 섬돌(鴛砌) : 섬돌에 원앙새 모습을 조각한 것인 듯하다.

2_ 총이말 : 푸른빛을 띤 부루말. 갈기와 꼬리가 푸르스름하다. 청총마靑驄馬, '청총이'라고도 한다.

3_ 바람 달(風月) : 여러 가지 뜻이 있는데, 첫째는 바람이 맑고 달이 밝아 아름다운 밤경치, 둘째는 풍류를 즐기는 것, 셋째는 시가詩歌, 넷째는 남녀 간의 정사 등이다. 여기서는 첫째와 둘째의 뜻일 듯하다.

4_ 제비 꾀꼬리 기약 : 사랑하는 사람들의 약속을 가리키는 듯하다.

5	十二月 십이:월
목을 엇걸었던 원앙새[1]가 따로 떨어지고요,	正交頸鴛鴦折離。 정: 교경: 원앙 절리
한 보금자리의 봉황새가 헤어져서 날아요.	恰双栖鸞鳳分飛。 흡 쌍서 란봉: 분비
날개가 나란한 비익조[2]가 혼자서 잠들고요,	效比翼鶼鶼獨宿， 효: 비:익 겸겸 독숙
쌍쌍이 날아가던 제비[3]가 외롭게 깃들여요.	樂于飛燕燕孤栖。 락 우비 연:연: 고서

소식 전할 기러기[4]는 가물가물, 멀기만 해요. 傳芳信歸鴻杳杳。
전 방신: 귀홍 묘:묘:

편지 가져올 잉어[5]는 더디더디, 오지 않아요. 盼音書雙鯉遲遲。
반: 음서 쌍리: 지지

1_ 목을 엇걸었던 원앙새 : 원앙새는 암수의 사이가 좋아 언제나 목을 엇걸고 있다고 한다. 일종의 포옹이다.

2_ 날개가 나란한 비익조 : '비익조'는 한 새가 눈 하나와 날개 하나만 있어서 두 마리가 서로 나란히 해야 비로소 두 날개를 이루어 날 수 있다고 하는 새이다.

3_ 쌍쌍이 날아가던 제비 : 『시경』《제비 제비》에, "제비 제비 날아가며"라는 구절이 있다(본서 64쪽). 이상 4구는 모두 남녀·부부간의 깊은 사랑을 비유하는 새—상상의 새와 실물의 새를 예거하여, 애인을 떠나보내고 외롭게 지내는 여심女心을 노래한 것이다.

4_ 소식을 전할 기러기 : 이쪽의 소식을 타향에 있는 애인에게 전하려 해도 방법이 없다는 뜻.

5_ 잉어 : 옛날 잉어의 뱃속에서 편지가 나왔다는 고사가 있다. 또한 당唐나라 때 사람은 편지를 부칠 때, 30센티미터쯤 되는 흰 비단을 두 마리 잉어 형태로 묶어 보냈다고도 한다. 타향에 있는 애인이 이쪽으로 보내오는 편지가 없다는 뜻이다.

6

堯民歌
요민가

아이고! 이러하기 때문에, 달디 단 '바람 달'[1]은 오래도록 떨어졌고요, 呀因此上美甘甘風月久相違。
하 인차:상: 미:감감 풍월 구:상위

차디찬 '구름 비'[2]는 기약 없이 아득하군요. 冷淸淸雲雨杳無期。
랭:청청 운우: 묘: 무기

조용조용 등잔의 불빛은 깊은 규방을 가리고요, 靜巉巉燈火掩深閨。
정:참참 등화: 엄: 심규

말똥말똥 떠도는 넋은 외로운 장막을 감돌아요. 清耿耿離魂遶孤幃。
청경:경: 리혼 요: 고위

너무 슬퍼요. 傷悲。
상비

고운 말은 가더니 돌아오지 않아요. 雕鞍去不歸。
조안 거: 불귀

모두가 화창한 봄날을 저버리는 것들이죠. 都則爲辜負韶華日。
도즉위: 고부: 소화 일

1_ 바람 달(風月) : 제4수 〈홍수혜〉 주 3 참조. 다만 여기서는 그 넷째의 뜻이다.

2_ 구름 비(雲雨) : 신녀神女의 미칭美稱, 전하여 남녀의 정사를 가리킨다. 전국 시대 초나라 회왕懷王(전 329~전 299 재위) 웅괴熊槐가 꿈에 무산巫山의 선녀를 만나 정을 맺었다고. 선녀는 떠나가면서, 자기는 무산巫山의 양지쪽, 고구高丘의 돌산에 사는데, 아침에는 구름, 저녁에는 비가 된다고 말했다 한다.

71 耍孩兒
솨:해아

이별한 뒤로 진짜 소식은 한 장도 없어요. 自別來無一紙眞消息。
자: 별래 무 일지: 진 소식

해가 장안[2] 그곳보다 가까워요. 日近長安那里。
일근: 장안 나:리:

누각에 기대어, 까딱하면 망부석[3] 되겠어요. 倚危樓險化作望夫石,
의:위루 험: 화:작 망:부석

저녁 구름과 안개 낀 나무가 스산해요. 暮雲烟樹凄迷。
모:운 연수: 처미

춘심을 몇 번 돌아가는 기러기에게 맡겼을까요? 把春心幾度憑歸雁,
파: 춘심 기:도: 빙 귀안:

아침부터 바라보아 지는 햇빛이 원망스러워요.	勞望眼終朝怨落暉。 로 망:안: 종조 원: 락휘
이 지경에 이르니 시름겨워 잠들지 못하겠어요.	到此際愁無寐, 도: 차:제: 수 무매:
흐린 가을 호수[4]—눈물어린 눈 비벼서 빨갛고요,	昏秋水揉紅淚眼, 혼 추수: 유홍 루:안:
엷은 봄날의 산[5]—고운 눈썹 찡그리고 말았어요.	淡春山蹙損了蛾眉。 담: 춘산 축손:료: 아미

1_ 곡패 〈쇄해아〉는 원래 반섭조般涉調에 속하지만, 중려궁中呂宮에도 쓸 수 있다.

2_ 해가 장안長安 : 진晉 명제明帝가 어릴 때, "해는 가깝고 장안은 멀다"고 한 이야기(『世說新語』, 夙惠)에서, 후대에는 서울 가고 싶지만 못 가는 상황을 비유하는 뜻으로 쓰인다.

3_ 망부석望夫石 : 안휘성 당도현當塗縣 서북에 망부산望夫山이 있다. 옛날 어떤 사람이 초楚나라로 여행을 갔는데, 그 아내가 이곳에 올라 오래도록 바라보다가 돌로 변했다고 한다. 우리나라에도 신라新羅 때, 박제상朴堤上의 아내가 서서 기다렸다는 치술령鵄述嶺의 바위가 있다.

4_ 가을 호수 : 여인의 아름다운 눈을 비유할 수도 있다.

5_ 봄날의 산 : 여인의 아름다운 눈썹을 비유할 수도 있다.

8[1]

	一煞 일살
처음 생각하면, 달빛 아래 퉁소 배우면서 즐거웠죠,	想當初教吹簫月下歡, 상:당초 교 취소 월하: 환
꽃 밑에서 술잔 들고 제비 뽑으며[2] 웃었죠.	笑藏鬮花底盃。 소: 장구 화저: 배
이제 와서는 꽃도 달도 모두 묵었군요.	到如今花月成淹滯。 도: 여금 화월 성 엄체:

둥근 달은 뜬구름에 꼼짝없이 갇히고요, 月團圓緊把浮雲閉。
월 단원 긴:파: 부운 폐:

흐드러진 꽃은 소낙비 잦아 꺾어졌어요. 花爛漫頻遭驟雨催。
화 란:만: 빈조 취:우: 최

떨어진 꽃 이지러진 달을 어떻게 하나요? 落花殘月應何濟。
락화 잔월 응 하제:

꽃은 피고 지는 거고요, 花須開謝,
화수 개사:

달은 차고 이우는 거죠. 月有盈虧。
월유: 영휴

1_ 일살一煞, 살煞은 특정한 곡패에 부속되는 곡조라는 뜻. 곡패 〈솨해아〉 뒤에는 반드시 살이 붙는다. 많이는 십여 개, 최소한 한 개는 딸림. 이 토수는 살이 한 개이기에 일살이라 한다. 살이 많으면 그 수를 역순으로 세어, 예컨대 사살, 삼살, 이살, 일살로 부른다. 여기의 살은 살미煞尾의 살과 다르다. 마치 원 토수 《가을 생각》 7 〈리정안살〉 주 1 참조(본서 1032쪽).

2_ 제비 뽑으며(藏鬮) : 일종의 유희, 『예경』藝經(三國時代 邯鄲淳 지음)에 그 노는 방법이 적혀 있으나, 자세하지 않아 확실히 알 수 없다. 아마 어떤 물건을 손안에, 또는 엎은 사발 속에 감추어 놓고, 상대방으로 하여금 알아맞히게 하는 것인 듯하다.

9[1] 尾聲
미:성

한스럽게, 봄은 돌아가도 님 돌아오지 않고요, 嘆春歸人未歸,
탄:춘귀 인 미:귀

기다려도, 아름다운 기약은 기약할 수 없군요. 盼佳期未有期。
반:가기 미:유: 기

만나보려면, 아무래도 다른 방법이 없겠어요, 要相逢料得別無計。
요:상봉 료:득 별 무계:

베개에 남은 향기 맡으며 꿈나라에서 찾는 길 밖에는요.

則除是一枕餘香夢兒裏。
즉제시: 일침: 여향 몽: 아리:

1_ 중려궁 〈미성〉은 토수套數의 마지막 곡패. 또한 정궁 남려 반섭 월조에도 들어간다.

봄 저녁[1] | 장가구

黃鐘 人月圓 春晩
황종 인월원 춘만:

푸릇푸릇 싱그러운 풀밭에 봄 구름 어지러운데,
萋萋芳草春雲亂,
처처 방초: 춘운 란:

저녁 햇살 속에 시름겨운 사람.
愁在夕陽中。
수재: 석양 중

오리 정자[2]에서 이별주,
短亭別酒,
단:정 별주:

잔잔한 호수에 그림배,
平湖畫舫,
평호 화:방:

늘어진 버들과 총이말.
垂柳驕驄。
수류: 교총

•

새가 한 차례 지저귀고,
一聲啼鳥,
일성 제조:

밤비가 한 차례 오시고,
一番夜雨,
일번 야:우:

동풍이 한 차례 불었네. 一陣東風。
일진: 동풍

복사꽃 다 불려나갔는데, 桃花吹盡,
도화 취진:

고운님은 어디에 계실까? 佳人何在,
가인 하재:

낙화만 대문 안에 갇혔네. 門掩殘紅。
문엄: 잔홍

1_ 곡패 〈인월원〉人月圓은 사패와 같다. 다만 사詞에서는 운률이 비교적 자유스러운데, 산곡에서는 엄밀하다. 사처럼 전후 2단으로 되어 있다.

2_ 오리 정자 : 원문은 단정短亭, 무명씨, 리백 《막막한 평지의 숲》 〈보살만〉 주 2 참조(본서 858쪽).

봄 마음 | 장가구

正宮 塞鴻秋 春情
정:궁 새:홍추 춘정

듬성듬성한 별, 으스름한 달, 그네 있는 마당. 疏星淡月秋千院。
소성 담:월 추천 원:

시름겨운 구름, 한스러운 비, 얼굴 같은 부용.[1] 愁雲恨雨芙蓉面。
수운 한:우: 부용 면:

애달프다, 제비 다리 새빨간 실.[2] 傷心燕足留紅線。
상심 연:족 류 홍선:

귀찮구나, 난새[3] 그림 둥근 부채. 惱人鸞影閒團扇。
뇌:인 란영: 한 단선:

향로에는 침향[4]의 연기, 獸爐沈水煙,
수:로 침수: 연

연못에는 떨어진 꽃잎.

翠沼殘花片。
취:소: 잔화 편:

한 줄 한 줄 사랑 얘기책 속으로 적혀 들어간다.

一行行寫入相思傳。
일항항 사:입 상사 전:

1_ 얼굴 같은 부용芙蓉 : 백거이《못 잊을 한》에, "부용꽃은 그 얼굴, 버들잎은 그 눈썹"이라는 구절이 있다(본서 714쪽). 쓸쓸한 비바람 속에 님의 얼굴처럼 환한 부용꽃(연꽃)이 피어 있다는 뜻이다.

2_ 제비 …… 실 : 『남사』南史 「장경인전」張景仁傳에, "패성왕覇城王 정整의 누이는 시집가서 위경유衛敬瑜의 아내가 되었는데, 나이 열여섯에 위경유가 죽었다. 살던 집에 제비 둥지가 있어, 해마다 한 쌍의 제비가 찾아왔었다. 그 뒤 갑자기 제비가 홀로 나는 것을 본 그녀는, 혼자가 되어서도 옛집을 찾아 주는 것에 감동하여 새빨간 실을 그 다리에 매어 주었다. 다음 해 이 제비가 과연 또 찾아왔으니 새빨간 실이 그대로 있었다."는 기록이 보인다.

3_ 난새(鸞) : 봉황새의 일종. 난새나 봉새는 부부의 깊은 사랑을 상징하는 새이므로, 여자가 쓰는 가구에 이것을 모티프로 한 도안이 많이 채택된다.

4_ 침향沈香 : 교지交趾(지금의 베트남 통킹 부근)에서 나는 향료. 침수沈水, 침수향沈水香이라고도 한다.

이별의 정[1] | 장가구

越調 小桃紅 離情
월조: 소:도홍 리정

몇 차례 가을비 내리더니 쇠어 버린 국화,

幾場秋雨老黃花。
기:장 추우: 로:황화

헤어진 사람 걱정 아랑곳 않아요.

不管離人怕。
불관: 리인 파:

한 가락 슬픈 현絃에 떨어지는 두 줄기 눈물.

一曲哀絃淚雙下。
일곡 애현 루: 쌍하:

비파 내려놓고, 放琵琶。
방: 비파

등불 돋우니 병풍 그림[2] 쳐다보기 부끄러워요. 挑燈羞看幃屛畫。
도:등 수간: 위병 화:

소리도 슬픈 처마 끝 풍경, 聲悲玉馬,
성비 옥마:

시름도 새로운 비단 손수건, 愁新羅帕,
수신 라파:

하늘 끝까지 따라 못 간 일 한스러워요. 恨不到天涯。
한: 불도: 천애

1_ 곡패 〈소도홍〉은 또 무릉춘武陵春, 채련곡採蓮曲, 평호악平湖樂이라고도 한다.

2_ 병풍 그림 : 안방에 치는 병풍에는 대개 부부간의 사랑을 상징하는 원앙새 한 쌍이나 연꽃 한 쌍이 그려져 있다.

나그네 길에서[1] | 장가구

雙調 殿前歡 客中
쌍조: 전:전환 객중

장안[2]을 바라보니 望長安。
망:장안

앞길은 가물가물, 살쩍은 희끗희끗. 前程渺渺鬢斑斑。
전정 묘:묘: 빈: 반반

남북으로 오가며 기러기 따르노라, 南來北往隨征雁。
남래 북왕: 수 정안:

나그네길 고달프다네. 行路艱難。
행로: 간난

청니 고개[3] 넘어 검각까지, 青泥小劍關。
청니 소: 검:관

단풍 지는 분강[4] 기슭까지, 紅葉湓江岸。
홍엽 분강 안:

풀이 하얀 련운잔[5] 길까지. 白草連雲棧。
백초: 련운 잔:

공명은 종이 반 장, 功名半紙,
공명 반:지:

풍설 속 천산만수. 風雪千山。
풍설 천산

1_ 모두 2수인데 여기서는 하나만 뽑았다. 일명 객중억별客中憶別.

2_ 장안 : 지금의 서안시西安市. 수도의 뜻으로 썼다. 원나라 수도는 대도大都(지금의 北京市)였다.

3_ 청니 고개(青泥嶺) / 검각劍閣 : 청니령은 지금의 섬서성 략양현略陽縣 서북쪽에 있다. 검각은 지금의 사천성 검각현劍閣縣 북쪽에 있다. 리백《촉나라 길 어렵다》 주 9, 주 12 참조(본서 525쪽).

4_ 분강湓江 : 강서성 서창시瑞昌市의 청분산青湓山에서 발원하여, 동쪽으로 흘러 구강시九江市 옆을 지나 장강長江으로 들어간다. 백거이白居易가《비파 노래》 읊은 곳. 그 첫 2구에, "심양강 어귀에서 밤에 손님을 배웅하려니, / 단풍잎, 물억새 꽃, 가을은 썰렁썰렁."이라고 했다.《비파 노래》 주 6, 주 10, 주 21 참조(본서 730쪽 이하).

5_ 련운잔連雲棧 : 섬서성 봉현鳳縣과 포성褒城 사이에 있는 잔도棧道 이름. 장양호《은퇴》〈조천자〉 주 1 참조(본서 1041쪽). — 이상 3구는 정족대鼎足對이다.

마치원[1] 선배님 운에 맞추어 | 장가구

雙調 慶東原 次馬致遠先輩韻
쌍조: 경:동원 차: 마:치:원: 선배 운

시정이 분방하고	詩情放, 시정 방:
검기가 호탕하니,	劍氣豪。 검:기: 호
영웅은 출세하나 못하나 가리지 않소.	英雄不把窮通較。 영웅 불파: 궁통 교:
강물 속에서 교룡 베고,[2]	江中斬蛟。 강중 참:교
구름 사이로 수리 쏘고,[3]	雲間射雕。 운간 사:조
자리 위에서 붓을 놀리오.[4]	席上揮毫。 석상: 휘호
그가 득지하면 한가한 사람을 웃고,	他得志笑閒人, 타 득지: 소: 한인
그가 실각하면 한가한 사람이 웃소.	他失脚閒人笑。 타 실각 한인 소:

1_ 마치원馬致遠 약전 참조(본서 1026쪽).

2_ 교룡 베고 : 교룡蛟龍은 상상의 동물. 용과 비슷한데 물속에서 산다고 한다. 진晉나라 주처周處란 사람이 물속에 들어가 교룡을 베었고(『晉書』, 「周處傳」), 또 담대자우澹臺子羽란 사람이 황하를 건너다가 두 마리의 교룡을 베었다(『水經』, 「河水注」)고 한다.

3_ 수리 쏘고 : 수리는 맹금猛禽 이름. 높이 또 빨리 날므로 활로 쏘아 맞추기가 퍽 어렵다. 북제北齊 사람 곡률광斛律光이 사냥을 나갔다가 구름 밖에서 날고 있는 수리를 쏘아 맞추었다고 한다(『北齊書』, 「斛律光傳」).

4_ 붓을 놀리오 : 시필詩筆을 놀린다는 것이다. 리백李白의 시에, "붓을 놀려 새로 운 시를 드리니"(揮毫贈新詩)라는 구절이 있다. ―이상 3구는 정족대鼎足對이다.

로경의 암자에서 | 장가구

越調 天淨沙 魯卿庵中
월조: 천정:사 로:경암중

파란 이끼, 늙은 나무, 쓰렁쓰렁, 青苔古木蕭蕭。
청태 고:목 소소

푸른 구름, 가을 호수, 아물아물, 蒼雲秋水迢迢。
창운 추수: 초초

붉은 단풍, 산중 서재, 작디작아. 紅葉山齋小小。
홍엽 산재 소:소:

누가 들른 일 있을까? 有誰曾到,
유:수 증도:

매화 찾는 사람[1]이 다리를 건너네. 探梅人過溪橋。
탐:매 인과: 계교

1_ 매화 찾는 사람 : 륙유陸游의 시에, "스님은 개울의 다리에서 함께 매화를 찾자고 약속한다."(僧約溪橋共探梅)라는 구절이 있다.

장강에서 친구들에게[1] | 장가구

雙調 落梅風 江上寄越中諸友
쌍조: 락매풍 강상: 기: 월중 제우

강촌 길은 江村路,
강촌로:

수묵 그림. 水墨圖。
수:묵도

이름 모를 들꽃이 무수하구나.	不知名、野花無數。 불 지명　야:화 무수:
이별 시름 가슴 차도 편지 부치기 어려워,	離愁滿懷難寄書。 리수 만:회 난 기:서
썰물에 뜬 낙화에 붙여 보낸다.	付殘潮、落紅流去。 부: 잔조　락홍 류거:

1_ 원제는 "장강長江가에서 월越나라 땅에 있는 친구에게 부친다"는 뜻. 월나라는 춘추시대의 나라 이름. 지금의 절강성이 중심이지만 극성기에는 강소성까지 차지했다.

교길 喬吉

Q i a o J I

교길喬吉(1345년 졸, 자 夢符, 호 惺惺道人)은 장가구張可久와 같은 기풍의 시인이다. 그것은 한마디로 말해서 전아하고 온화한 남방의 특질이다. 그는 소령小令 209수, 토수套數 11편을 남겼는데, 이것은 장가구를 제외하고서는 원元나라 사람 산곡 가운데 가장 많은 분량이다.

교길은 원래 산서성 태원太原 사람인데, 절강성 항주杭州에서 오래 살았다. 그의 일생은 알려진 바가 거의 없다. 그는 타향살이를 한 낙척한 문인으로 일생 동안 가난에 쪼들렸다. 그는 강호江湖에서 40년간이나 유랑하면서 자기의 작품집을 간행해 보려고 애를 썼으나 무위에 그쳤다. 그는 공명功名에 있어서는 불우했으나, 시주詩酒와 풍월風月로써 해탈할 수 있었기에 그의 작품에는 어두운 그림자가 없고 소요 자적의 분위기가 충만한 것이다. 그는 장가구처럼 항주杭州 서호西湖의 산수를 사랑하며 많은 산곡을 읊었다.

매화를 찾아서 | 교길

雙調 水仙子 尋梅
쌍조: 수:선자 심매

겨울 앞에 겨울 뒤에 촌락을 몇 개 지났고, 冬前冬後幾村莊。
동전 동후: 기: 촌장

개울 북쪽 개울 남쪽 서리를 두 번 밟았소. 溪北溪南兩履霜。
계북 계남 량: 리:상

나무 끝과 나무 밑을, 또 고산[1] 위를 돌았소. 樹頭樹底孤山上。
수:두 수:저: 고산 상:

찬바람에 어느 곳 향이 풍기는고? 冷風來何處香。
랭:풍 래 하처: 향

문득 하얀 소매 생초 치마[2] 만났소. 忽相逢、縞袂綃裳。
홀 상봉 호:몌: 초상

술이 깨는 추위에 꿈은 놀랐고, 酒醒寒驚夢,
주:성: 한 경몽:

피리가 슬픈[3] 봄에 애는 끊겼소. 笛悽春斷腸。
적처 춘 단:장

달빛 으스름한 황혼이오. 淡月昏黃。
담:월 혼황

1_ 고산孤山 : 절강성 항주杭州 서호西湖에 있는 산. 송宋나라 때의 은사, 림포林逋(和靖先生)가 이곳에 초막을 짓고 20년 동안이나 저자에 나가지 않았다. 그는 아내도 얻지 않고 자식도 없이, 매화를 심고 두루미를 길렀으므로, 당시 사람들은 그에게 있어 "매화는 아내, 두루미는 자식"(梅妻鶴子)이라고 말했다. 이상 3구(鼎足對)는 매화를 찾기 위해 두루 헤맸으나 소득이 없었음을 말한다.

2_ 하얀 소매 / 생초 치마 : 매화를 소복한 여인에게 비유한 것이다. 생초生綃는 생사로 얇게 짠 깁.

3_ 피리가 슬픈 : 한대 악부에 〈매화락〉梅花落이란 피리 곡이 있기 때문이다.

눈앞의 경치 | 교길

雙調 清江引 卽景
쌍조: 청강인: 즉경:

늘어진 버들 푸른 실 천만 가닥이 垂楊翠絲千萬縷。
수양 취:사 천만: 루:

부질없이 감정의 실마리를 건드리오. 惹住閑情緒。
야:주: 한 정서:

눈물 머금으면서 봄을 배웅해 보내고 和淚送春歸,
화루: 송:춘 귀

냇물에 부탁하여 시름 가져가게 하니, 倩水將愁去。
천:수: 장수 거:

이래서 시냇가에는 꽃 지고, 간밤에 비오시고. 是溪邊落紅昨夜雨。
시: 계변 락홍 작야: 우:

세상을 깨닫고 보니[1] | 교길

中呂 賣花聲 悟世
중려: 매:화성 오:세:

애간장은 백 번 달군 대장간 쇳덩이.[2] 肝腸百煉爐間鐵。
간장 백련: 로간 철

부귀는 삼경 베개 위에 꿈꾸는 나비.[3] 富貴三更枕上蝶。
부:귀: 삼경 침:상 접

공명 두 글자는 잔 속에 일렁이는 뱀.[4] 功名兩字酒中蛇。
공명 량:자: 주:중 사

칼바람, 싸락눈, 尖風薄雪,
첨풍 박설

남은 술, 식은 고기. 殘杯冷炙。
잔배 랭:자:

호롱불 가려라, 대나무 울짱 초가 집.

掩淸燈、竹籬茅舍。
엄: 청등 죽리 모사:

1_ 곡패 중려궁 〈매화성〉賣花聲은 쌍조에도 들어간다. 압운은 제14부 차차車遮이다. 운자는 철 tiě(鐵), 접 dié(蝶), 사 shé(蛇), 자 zhì(炙), 사 shé(舍)이다.

2_ 쇳덩이 : 세상살이에서 산전수전 다 겪은 이의 정신상태, 이젠 애간장 태울 일이 없는 것이다.

3_ 나비 : 『장자』의 나비. 장주莊周가 꿈에 나비가 된 건지 나비가 꿈에 장주가 된 것인지, 헷갈렸다. 리상은 《남아 있는 금슬》 주 4 참조(본서 818쪽).

4_ 뱀 : 『진서』晉書 「악광」樂廣에, "어떤 친한 손님이 한동안 찾아오지 않아 까닭을 물었더니 '전에 주신 술을 마실 때 잔 속에 뱀이 보여 싫었지만 억지로 마셨다가 병이 났다.'고 하였다. 생각해보니 벽에 걸린 활이 잔 속에 비친 것을 잘못 본 것이다. 상황을 재연해 보이자 손님은 의심이 풀리고 병도 나았다." 한다. 의심하면 망상이 생긴다(疑心生暗鬼). — 이상 3구 정족대鼎足對이다.

풍유민 馮惟敏

Feng Weimin

풍유민馮惟敏(1511~약 1580, 자 汝行, 호 海浮)은 산곡散曲에 있어 명대明代의 대표적인 작가일 뿐만 아니라, 실로 원대元代의 대가들과 비교해도 손색이 없는 시인이다.

풍유민은 산동성 림구현臨朐縣 사람이다. 그의 아버지(裕)는 유학자儒學者로 시문詩文에 조예가 깊었으며, 그의 형들(惟健·惟訥)도 산동성 일대에서 문명文名을 날렸다. 1537년 향시鄕試에 급제하여 거인擧人이 되었으나 회시會試에는 여러 번 낙방, 관리가 되지 못했다. 그 뒤 약 20년간 고향의 산천에 묻혀 있다가, 탐학한 관원의 등쌀에 못 견뎌 알선謁選(일종의 특채)에 의하여 관리가 되었다. 래수현淶水縣(하북성)의 지현知縣, 진강부鎭江府(강소성)의 교수(敎授), 보정부保定府(하북성)의 통판通判, 연주兗州(산동성) 로왕부魯王府의 심리審理 등을 역임했다. 1572년 고향(臨朐)에 은퇴하여 전원생활을 즐겼다. 그의 칠리계七里溪의 별장은 풍경이 절묘했다.

그의 산곡의 특색은 첫째로 소재가 무척 넓었고, 둘째로 방언方言을 잘 활용했으며, 셋째로 북방의 굳건한 기풍이 남김없이 발휘되었고, 넷째로 기량이나 경지가 크고 높았다. 한마디로 말하여, 명나라 작가 가운데 초기 산곡散曲의 특질을 잘 구비한 시인이다. 그가 명나라 산곡에서 차지하는 위치는 송나라 사詞에서의 소식蘇軾·신기질辛棄疾과, 또 원나라 산곡에서의 관한경關漢卿·마치원馬致遠과 같다.

앙고정에서[1] | 풍유민

仰高亭中自壽 [套數]
앙:고정 중 자:수: 토:수:

평생에 산수山水를 몹시 사랑했다. 제남齊南에 별장이 두 곳 있는데 모두 명승지라, 성 밖으로 나갈 때면 언제나 거기에서 지냈다. 또 사방으로 다니며 박봉의 관리 노릇을 할 때에도 또한 좋은 산수를 만났으니, 래수淶水에는 서산西山의 수려함이 있고, 경구京口(지금의 鎭江市)에는 금산金山·초산焦山의 미려함이 있다. 벼슬하는 사이에 불우했다고 말할 수는 없겠다. 초정草亭(즉 仰高亭)이 처음 낙성되자 혼연히 술상을 차리도록 시켰다. 일정산日精山·월화산月華山·금산金山·초산焦山·북고산北固山의 여러 봉우리가 상 둘레에 늘어 있기에, 스스로 큰 교자상을 받은 것보다 낫다고 여겼다. 그리하여 황종궁 가락을 노래하면서, 명산을 초청하여 스스로 심신을 보양保養하는 것이다.

1

北黃鐘 醉花陰
북황종 취:화음

이슬비 산들바람에 안개가 피어오르고,
細雨輕風淡烟裊。
세:우: 경풍 담:연뇨:

또 일대에는 산이 에우고 물이 두르고.
又一帶山圍水遶。
우:일대: 산위 수:요:

해와 달 옮겨지고 강 물결이 굽이치오.
搬日月滾江濤。
반 일월 곤: 강도

땅 너르고 하늘 높아,
地闊天高,
지:활 천고

조용한 정자는 더욱이 작게 보이오.
越顯的幽亭小。
월현:적 유정 소:

북고산 뛰어넘고 금산·초산[2] 가로질러
超北固跨金焦。
초 북고: 과: 금초

설령 랑원산·봉래산[3]에 이르더라도 그냥 산수가 좋을 뿐이오.

便做道閬苑蓬萊也只是山水好。
편: 주:도: 랑원: 봉래 야:
지:시: 산수: 호:

1_ 원제는, "앙고정에서 스스로 심신을 보양한다"는 뜻. 앙고정은 1566년, 시인의 나이 56세 때, 진강부鎭江府의 교수敎授로 있으면서 지은 것이다. 이 토수는 모두 『황종궁』에 속하는 〈취화음〉 이하 7개의 곡패로 이루어졌다. 또 모두 제11부 소호蕭豪로 압운했다.

2_ 북고산 …… 금산·초산 : 강소성 진강시 정북에 북고산北固山(해발 58미터)이 있고, 북고산 서쪽에 금산金山(해발 44미터)이, 북고산 동쪽에 초산焦山(해발 71미터)이 있다. 초산, 북고산, 금산 사이는 약 20킬로미터 거리로, 모두 장강 남안에 있다. 이를 "경구의 삼산"(京口三山)이라고 부른다. 산들이 별로 높지 않지만 여기서 장강 너머를 바라볼 수 있다. 1996년 7월 7일, 역자가 현장을 탐방했다.

3_ 랑원閬苑산·봉래蓬萊산 : 모두 신선이 산다는 곳.

2[1]

喜遷鶯
희:천앵

마침 맑은 가을 하늘 트였기에

正值着淸秋天道。
정:치착 청추 천도:

손꼽아 세어 보니 중양절[2] 멀지 않소.

數重陽、屈指非遙。
수: 중양 굴지: 비요

높이 오르니,

登高。
등고

지척 안에 푸른 산, 파란 섬—

咫尺內靑山翠島。
지:척 내: 청산 취:도:

일월의 정화[3]가 굼틀거리는 기세 속에 놓였소.

見放着日月精華龍虎朝。
견:방:착 일월 정화 룡호 조

돌아서서 놀았더니, 轉頭來遊翫了。
전:두래 유완료:

한쪽은 단산[4]에 봉황이 날았고, 一壁廂丹山起鳳,
일벽상 단산 기:봉:

한쪽은 적수[5]에 교룡이 올랐소. 一壁廂赤水騰蛟。
일벽상 적수: 등교

1_ 곡패 황종궁 〈희천앵〉은 사패詞牌에서 나온 것이다.

2_ 중양절重陽節 : 음력 구월 초아흐레의 명절. 이 날은 친척 친지와 함께 높은 산에 올라서 노는 풍습이 있다. 그래서 다음 구절에 "높이 오르니"라는 말이 유도됨.

3_ 일월日月의 정화精華 : 이것은 일정산日精山·월화산月華山을 가리키는 것이다. 즉 산의 이름을 뜻으로 풀이한 것이다. 일정산은 앙고정의 약간 동쪽에 있으며(그 뒤에 북고산이 있음), 월화산은 앙고정의 서쪽에 있다. 특히 일정산은 수려하고 낙락장송이 하늘을 찌를 듯하며, 거기에 오르면 금산·초산과 양자강이 한 눈에 들어온다고 한다(仰高亭自壽跋 참조).

4_ 단산丹山 : 단사丹砂가 나오는 산. 신선과 관계있는 상상의 산이다.

5_ 적수赤水 : 지명으로 여러 곳이 있지만, '단산'과 함께 상상의 강이다.

---

3 出隊子
출대:자

이러하여 조용히 사는 것은 즐길[1] 만하고, 這的是幽居墳樂。
저:적시: 유거 전요:

쓸쓸한 서재 옆의 산은 나무 할 만하오. 冷齋邊山可樵。
랭:재 변산 가:초

조그맣고 예쁜 새 거적과 풀로 이은 오두막,[2] 新苫小巧草團標。
신점 소:교: 초: 단표

높고 낮게 둘러싼 보루와 물이 흐르는 다리— 旋疊高低流水橋。
선첩 고저 류수: 교

꽃과 새와 함께 세월을 보내오. 消遣時光花共鳥。
소견: 시광 화 공:조:

1_ 즐길(樂) : 운자 락樂을 "좋아할 요:"로 읽는 구설은 억측이라고 밝혀졌다. 시경《물수리》주 8 참조(본서 59쪽). 다만 이 작품은 구설에 따라 압운한 것이므로, "좋아할 요:"로 읽어야 할 것이다. 압운은 제11부 소호蕭豪, 운자는 樂(yào 요:) 樵(qiaáo 초) 標(biāo 표) 橋(qiáo 교) 鳥(niǎo 조:)이다.

2_ 오두막 : 원문은 단표團標이다. 이것은 단표團瓢라고도 적는데, 은사가 거처하는 오두막이 동그란(團) 박(瓢)처럼 조그맣다는 뜻.

4 刮地風
괄지:풍

얼마나 많은 봄빛을 총총히 보냈는고? 把多少韶華攛斷了。
파:다소: 소화 찬단:료:

나는 다만 경치를 보면서 슬슬 거니오. 俺只待撫景逍遙。
엄:지:대: 무:경: 소요

생각하면, 인생에도 천년 가락이 있는데, 想人生也有個千年調。
상:인생 야:유:개: 천년조

어찌하여 동방삭[1]은 복숭아를 훔쳤는고? 怎做的方朔偷桃。
즘:주:적 방삭 투도

신선의 서툰 꾀와 헛수고를 비웃었지만, 笑神仙計拙心勞。
소: 신선 계:졸 심로

이는 소매치기요 범법행위라오. 是掏摸犯法違條。
시: 도모 범:법 위조

아무래도 맑은 마음 지키어 터럭 하나 물들지 않는 것만 못하오. 總不如守淸眞不染分毫。
총:불여 수:청진 불염: 분호

우주를 낮추어 보며 오래오래 살리니,	傲乾坤長壽考。 오: 건곤 장 수:고:
행동에 있어 남들과 주고받는 아무 일 없소.	行動處水米無交。 행동: 처: 수:미: 무교
왜 참선을 게을리 하고 도학을 허술히 하오?	爲甚麽懶參禪慵學道。 위:심마 란:참선 용학도:
아마도 이 어르신네 돈오[2]가 높은가 보오.	敢只是老先生頓悟高。 감:지:시: 로:선생 돈:오:고

1_ 동방삭東方朔 : 한나라 때 사람. 동방東方은 복성複姓, 삭朔은 이름이다. 그는 인기 있는 개그맨, 임금(武帝 劉徹)에게 직간直諫을 잘했다 한다. 전설(漢武故事)에, "동군東郡에서 난쟁이(短人)를 바쳐 왔기에, 임금은 동방삭을 불렀다. 난쟁이는 동방삭을 보자, 임금에게, '서왕모西王母(仙女)가 심은 복숭아나무는 3천 년에 한 번 꽃이 피고, 3천 년에 한 번 열매를 맺는데, 이 양반이 불량하여 이미 세 번이나 훔쳐갔습니다'라고 말했다."는 얘기가 있다.

2_ 돈오頓悟 : 불교의 용어. 별안간에 망녕된 상념이 없어지고 진리를 깨닫는다는 뜻. '어르신네'는 시인의 자칭이다.

5

	四門子 사:문자
작은 정자에서 그 오묘함을 다 말하지 못하지만,	小亭中說不盡其中妙。 소:정중 설불진: 기중묘:
기쁜 것은, 기운이 맑고 풍치가 좋은 것이오.	喜的是氣韻淸、風致好。 희:적시: 기:운:청 풍치:호:
노란 국화가 피고	黃菊兒開, 황국아 개

빨간 단풍이 곱고 紅葉兒嬌。
홍엽아 교

청순한 달나라 계수나무 향이 떨어지는 것이오. 儁一味天香桂子飄。
준 일:미: 천향 계:자: 표

술잔을 집어 들고, 酒盞兒擎,
주:잔:아 경

시구를 다듬으며, 詩句兒敲。
시구:아 고

혼자 앉아서 잔을 따라 송축하오. 獨自個、稱觴頌禱。
독자:개: 칭:상 송:도:

61

古水仙子
고:수:선자

땅땅땅, 운판[2]을 두드리고, 當當當雲版敲,
당당당 운판: 고

슬슬슬, 하늘 밖에서 선녀가 구소[3]를 연주하오. 是是是空外仙音奏九韶。
시:시:시: 공외: 선음 주: 구:소

고맙소, 천지의 세 가지 빛[4]이여— 謝謝謝天地三光。
사:사:사: 천지: 삼광

청컨대, 문방의 네 가지 보물[5]을 가지고, 請請請文房四寶,
청:청:청: 문방 사:보:

오시오, 떨질 수 없는 어릴 적 친구여— 來來來緊隨身齠齔交。
래래래 긴:수신 초츤:교

보시오, 구름 안개 쓸고 종이 펼치고 붓을 놀리오. 看看看掃雲烟展紙揮毫。
간:간:간: 소: 운연 전:지: 휘호

권커니, '닥나무 어른'[6]은 만좌 손님
모두 취토록 하소.

勸勸勸楮先生滿席
都醉飽。
권:권:권: 저: 선생 만:석
도 취:포:

즐겁소, 좋은 시절에 친구 넷[7]이
모여 잔치하오.

慶慶慶遇良辰四友
齊歡樂。
경:경:경: 우: 량진 사:우:
제 환요:

해마다, 항상 늙은 풍류객[8] 함께 지내주오.

年年年常伴着老風騷。
년년년 상반:착 로: 풍소

1_ 곡패 〈고수선자〉는 그냥 수선자水仙子라고도 쓴다. 이 곡패는 정격과 첩자격疊字格이 있는데, 이것은 첩자격이다. 즉 구句마다 첫머리에 같은 글자를 세 번씩 중복하는 것이다.

2_ 운판雲版 : 절간에서 쓰는 악기 이름. 청동판青銅板을 구름의 모양으로 깎은 것이다. 관청에서 민중을 집합시킬 때 쓰기도 한다.

3_ 구소九韶 : 중국의 전설적 성왕 순舜임금의 음악. '슬슬슬'은 구소 음악을 나타낸 의성어이다.

4_ 천지의 세 가지 빛 : 해 · 달 · 별.

5_ 문방의 네 가지 보배 : 종이 · 붓 · 먹 · 벼루.

6_ 닥나무 어른 : 원문 저선생楮先生. 종이는 닥나무(楮)로 만들기에 종이의 별명이다. 이 구절의 뜻은, 좋은 시를 종이에 써서 만좌한 손님에게 대접한다는 뜻이다.

7_ 친구 넷 : 앞에 나온 '문방의 네 가지 보배', 즉 종이 · 붓 · 먹 · 벼루든지, 또는 다음 7 〈미성〉에 나오는 붓 · 벼루 · 거문고 · 책일 것이다.

8_ 늙은 풍류객 : 시인 자신을 가리킨다.

7[1]

尾聲
미:성

앙고정에는 속세의 티끌이 한 점도 없소.

仰高亭無一點紅塵到。
앙:고정 무 일점: 홍진 도:

또한 술꾼도 시인도 찾아오지 않소.

也不惹酒聖詩豪。
야:불야: 주:성: 시호

다만 내 이 붓 벼루 거문고 책이 한쪽으로 옛정을 펼칠 뿐이오.

只俺這筆硯琴書一壁廂申舊好。
지:엄:저: 필연:금서 일벽상 신 구:호:

1_ 제7수 미성은 이 토수(套數)의 종장(終章)이다.

사표를 내고[1] 풍유민

北正宮 塞鴻秋 乞休
북 정:궁 새:홍추 걸휴

형용을 논해 봐야 공경의 상에 맞지 않고,

論形容合不着公卿相。
론:형용 합불착 공경상:

풍채를 살펴봐야 멀끔한 모습 또한 없소.

看丰標也沒有搊搜樣。
간:봉표 야:몰유: 추수양:

관청에 의논하니 인수인계도 생략해 주었고,

量衙門又省了交盤賬。
량:아문 우:생:료: 교반장:

상관에게 보고하니 내 사표를 받아 주었소.

告尊官便准俺歸休狀。
고:존관 변:준:엄: 귀휴장:

방편문[2]을 활짝 열겠고,

廣開方便門,
광:개 방편:문

포용력을 크게 펴겠소.

大展包容量。
대:전: 포용량:

봄옷을 갈아입고 곧바로 동산[3] 위로 왔소.

換春衣直走到東山上。
환:춘의 직주:도: 동산상:

1_ 풍유민은 여러 지방에서 벼슬을 역임하고 나이 60이 넘어 고향 림구臨朐에 은퇴했다. 이것은 이때의 작품일 듯, 호방하면서도 유머가 있는 좋은 작품이다. 곡패는 북곡 정궁 새홍추. 원대에는 북곡이 유행했을 뿐이지만, 명대에는 남곡 북곡이 함께 유행했으므로 궁조를 말할 때 남곡 북곡을 밝힌다.

2_ 방편문方便門 : 불교의 용어. 부처님이 중생衆生을 인도하기 위한 임시적인 수단. 전하여 임기응변 또는 편의한 방법을 말한다.

3_ 봄옷 …… 동산東山 : 『론어』論語 「선진」先進에서 증석曾晳이 말한 봄옷은 겨우내 입었던 무거운 옷을 벗고 새로 갈아 입었을 때 살가움을 느낄 수 있는 것이다. 진晋나라 사안謝安이 세속을 피하여 절강성 림안臨安(杭州市)의 동산에 은거하여, 여러 번 임금이 불렀으나 응하지 않았다. 이 뒤로 동산은 은거하는 곳이라는 뜻으로 쓰이게 되었다.

벼슬에서 풀려 집으로 돌아와[1] | 풍유민

北中呂 朝天子 解官至舍
북중려: 조천자 해:관 지:사:

청빈한 벼슬을 버렸소. 罷清貧一官。
파:청빈 일관

온갖 고생 다 받았소. 受艱辛百般。
수:간신 백반

천리 밖에 소식이 끊겼소. 千里外音書斷。
천리:외: 음서 단:

북국의 먼지[2]는 빙글빙글, 갈 길은 가물가물. 胡塵滾滾路漫漫。
호진 곤:곤: 로: 만만

급히 돌아보니 굴레[3]가 없소. 急回首無羈絆。
급 회수: 무 기반:

신정[4]에서 눈물 뿌리니, 洒淚新亭,
쇄:루: 신정

고향에서 기꺼운 마음.	甘心舊疃。 감심 구:탄:
정이야 길든 짧든 상관치 않소.	不關情長共短。 불관 정장 공:단:
동쪽의 파란 물굽이를 돌아,	繞東流綠灣。 요:동류 록만
서쪽의 푸른 봉우리를 보오.	看西山翠攢。 간:서산 취:찬
갈매기[5] 몇 놈을 찾아 짝으로 삼겠소.	覓幾個鷗爲伴。 멱 기:개:구 위반:

1_ 모두 20수인데, 1수만 뽑았다. 앞 작품, 《사표를 내고》와 같은 시기의 작품일 듯하다.

2_ 북국의 먼지 : 원문은 호진胡塵, 북방의 사막에서 일어나는 누런 먼지. 풍유민의 고향은 산동성 림구臨朐, 지리적으로 북중국에 속한다. 북중국은 사막에서 불어오는 바람으로, 이른바, 홍진만장紅塵萬丈의 광경을 잘 나타낸다.

3_ 굴레 : 관직이 일신의 자유를 구속하는 것을 상징한다.

4_ 신정新亭 : 강소성 강녕현江寧縣 남쪽에 있던 정자. 강남지방으로 피란 온 동진東晉 명사들은 여기서 술을 마시며 국운이 쇠퇴한 것을 탄식하며 눈물을 뿌렸다 한다. 이 뒤로 '신정의 눈물'은 시사時事를 근심한다는 뜻으로 쓰인다.

5_ 갈매기 : 중국 시에 갈매기는 은사隱士의 벗으로 잘 나온다. 우리나라 시조에도 같은 뜻으로 썼다.

병상에서 일어나 | 풍유민

南商調 黃鶯兒 病起
남상조: 황앵아 병:기:

물가의 정자에서 무릎을 싸안고,	抱膝水邊亭。 포:슬 수:변 정

찌는 더위 피해 저자거리를 멀리 하니,	避炎蒸遠市城。 피:염증: 원: 시:성
유유히 속세 떠난 산림의 흥취가 이네.	悠然物外山林興。 유연 물외: 산림 흥:
이 몸은 벌써 가볍다네.	此身呵已輕。 차:신가 이:경
이 마음은 더욱 맑다네.	此心呵更淸。 차:심가 갱:청
대체로 시 때문에 말랐지, 병 때문이 아닐세.	多因詩瘦非因病。 다인 시수: 비 인병:
선생님예	勸先生, 권: 선생
이제는 진지 많이 드시고예,	從今强飯, 종금 강:반:
크게 〈답사행〉[1] 노래 하시소예.	高唱踏莎行。 고창: 답사 행

1_ 답사행 : 사패詞牌.

기쁜 비[1] | 풍유민

南正宮 玉芙蓉 喜雨
남정:궁 옥부용 희:우:

촌과 성에 우물물 마르더니,	村城井水乾。 촌성 정:수: 건
멀고 가까운 강물 끊기더니,	遠近河流斷。 원:근: 하류 단:

요즘 새로 좋은 비가 죽죽 오시네.	近新來好雨連綿。 근:신래 호:우: 련면
농가에서는 수수밥을 입에 대더니,	田家接口蜀秫飯。 전가 접구: 촉출 반:
서당에서는 거여목 소반[2] 나오더니,	書館充腸苜蓿盤。 서관: 충장 목숙 반
풍년이 들겠네.	年成變, 년성 변:
즐거운 얼굴, 웃는 얼굴.	歡顏笑顏。 환안 소:안
가을 되면 곡식 거두어 마당 가득 쌓겠네.	到秋來納稼滿場園。 도:추래 납가: 만: 장원

1_ 모두 2수인데 하나만 뽑았다.

2_ 거여목 소반 : 거여목은 나물 이름. 가축의 사료로도 사용한다. 그 줄기를 살짝 데쳐 껍질을 벗기고 양념을 하면 나물로 먹을 수 있다. 거여목의 소반은 서당 훈장의 식사가 빈약한 것을 비유한 것이다. 당唐나라 설령지薛令之가 동궁시독東宮侍讀(皇太子 교육 담당 관원)으로 있을 때, 그 관청이 푸대접받는 것을 보고 다음과 같은 시를 지었다. "아침 해가 둥그렇게 떠올라, / 선생님의 소반을 비춘다. / 소반에는 무엇이 있을까? / 거여목이 난간처럼 가득하구나. / 밥이 껄끄러워 술을 뜨기 어렵고, / 국이 멀게서 저를 놀리기 쉽다. / 다만 조석은 때우겠다만, / 어떻게 추운 겨울을 보낼까?"(朝日上團圓, 照見先生盤。盤中何所有, 苜蓿長欄干。飯澀匙難進, 羹稀筯易寬。只可謀朝夕, 何由保歲寒。)

조는 기생 | 풍유민

南雙調 鎖南枝 盹妓
남쌍조: 쇄:남지 준:기

장난치는 손님이 자리를 뜨지 않아,	打趣的客不起席, 타:취:적 객 불기:석

위 눈까풀이 아래 눈까풀을 괴롭혀요.

上眼皮欺負下眼皮。
상: 안:피 기부: 하: 안:피

억지로 정신을 차려도 참을 수 없어,

强打精神扎掙不的,
강:타: 정신 찰쟁 불적

비파를 끌어안고서 하품을 했고요,

懷抱琵琶打了個前拾。
회포: 비파 타:료:개 전습

한 곡조 부른다는 것이 잠꼬대 같군요.

唱了一曲如同睡語,
창:료: 일곡 여동 수:어:

흩어지지 않는 잔칫상이 어디 있을까요?

那裏有不散的筵席。
나:리: 유: 불산:적 연석

삼경야반에 길은 또 울퉁불퉁,

半夜三更路兒又蹺蹊,
반:야: 삼경 로:아 우: 교혜

이리 비틀 저리 비틀 짐도 못 돌보고요

東倒西歆顧不的行李。
동도: 서기 고:불적 행리:

엄벙덤벙 집으로 돌아와서는요

昏昏沉沉來到家中,
혼혼 침침 래도: 가중

잠결에 꿈결에 아는 사람을 모시고요

睡裏夢裏陪了個相識,
수:리: 몽:리: 배료:개: 상식

날이 환하도록 자고 보니, 아,
당신이로군요.

睡到了大明才認的是你。
수:도:료: 대명재 인:적 시:니:

왕반 王磐

W a n g P a n

왕반王磐(약 1470~1530, 자 鴻漸, 호 西樓)은 장가구張可久의 기풍을 이은 명대明代의 대표적인 시인이다. 그 기풍은 남방의 청순함과 화려함이다.

왕반은 강소성 고우시高郵市 사람이다. 그는 부귀공명을 헌신짝처럼 여긴 명사名士로 한 번도 벼슬하지 않았다. 오직 산수문학山水文學에 마음을 쏟으며 자유롭게 일생을 지냈다. 그는 산곡에 뛰어났을 뿐만 아니라, 거문고(琴)·바둑·시·그림에도 조예가 깊었다.

그의 산곡은 남방의 청순·화려함 외에 북방의 소탈·상쾌함도 띠고 있었으며 유희적인 작품도 잘 지었다.

나발[1] | 왕반

北中呂 朝天子 詠喇叭
북중려: 조천자 영 나발

나발이여, | 喇叭。 나발

날라리여, | 鎖哪。 소나:

소리는 작아도 울림은 크다오. | 曲兒小腔兒大。 곡아 소: 강아 대:

관선의 내왕이 빽빽하고 어지럽지만, | 官船來往亂如麻。 관선 래왕: 란: 여마

모두 당신이 몸값 올리기에 달렸소. | 全仗你擡身價。 전장: 니:대 신가:

군졸이 들으면 군졸이 걱정하고, | 軍聽了軍愁, 군청료: 군수

백성이 들으면 백성이 무서워하오. | 民聽了民怕。 민청료: 민파:

어떻게 무슨 진짜인지 가짜인지를 가리겠소! | 那裏去辨什麼眞和假。 나:리: 거:변: 십마 진화가:

보는 동안에 이 집이 불려서 쓰러졌고, | 眼見的吹翻了這家。 안:견:적 취번료: 저:가

저 집이 불려서 깨어졌소. | 吹傷了那家。 취상료 나:가

그냥 불어대어 강물 모든 거위 날아가고 말았소. | 只吹的水盡鵝飛罷。 지:취적 수:진: 아비 파:

1_ 탐관오리들의 등쌀에 강江(京杭大運河일 듯)을 오르내리는 군졸이나 백성이 법에 없는 부역에 시달리는 것을 고발한 것이다. 『요산당외기』堯山堂外紀(明 蔣一葵 지음)에, "정덕正德 연간(1506~1521)에 환관들이 정권을 농단하여, 강을 왕래하는 사람들은 한가한 날이 없게 되었다. 그들이 올 때마다 호두號頭를 불어

장정을 모아, 사사로이 부역을 시켰으므로 백성들은 살 수 없었다. 왕서루王西樓(즉 王磐)는《나발》(詠喇叭) 1수를 지어 이를 고발했다."라는 기사가 있다.

화병의 살구꽃을 쥐에게 뜯기고[1] | 왕반

北中呂 朝天子 甁杏爲鼠所嚙
북중려: 조천자 병행: 위서: 소:교

비스듬히 꽂은	斜揷。 사삽
살구꽃 한 가지,	杏花。 행:화
옆으로 펼친 한 폭 그림으로 삼았소.	當一幅橫披畫。 당:일폭 횡피 화:
『모시』[2] 가운데 누가 쥐는 이가 없다고 했소?	毛詩中誰道鼠無牙。 모시중 수도: 서: 무아
그럼 어떻게 화병 받침대를 갉아서 쓰러뜨린 것이오?	却怎生咬到了金甁架。 각즘:생 교도:료 금병가:
물은 침상 끝으로 흘러갔고,	水流向床頭, 수:류 향:상두
봄은 바람벽 밑에 끌려왔소.	春拖在牆下。 춘타 재:장하:
이러한 정리를 어찌 참아 넘기겠소!	這情理寧甘罷。 저:정리: 녕:감파:
어디 가서 그놈을 송사할꼬?	那裏去告他。 나:리:거: 고:타

누구한테 그놈을 고소할꼬?

何處去訴他。
하처:거: 소:타

역시 단단히 고양이나 꾸짖고 욕할 수밖에 없겠소.

也只索細數着貓兒罵。
야:지:색 세:수:착 묘아 매:

1_ 곡패는 곡사 1구의 자수, 평측을 규정하지만, 이러한 정자正字 외에 시인이 임의로 몇 자 덧붙일 수도 있는데 이를 친자襯字라 한다. 친자는 노래에 지장 없는 한 사설을 늘어놓을 수 있다. 같은 〈조천자〉이지만 앞 《나발》과 이 《화병의 살구…》에서, 글자 수가 다른 것은 친자 때문이다. 곡패에서 규정한 〈조천자〉 정자는 2。2。5。/ 7。5。/ 4, 4。5。/ 2。2。5。이다. 장양호 《은퇴》 〈조천자〉(본서 1041쪽), 풍유민 《벼슬에서 풀려 집으로 돌아와》 〈조천자〉 참조(본서 1080쪽).

2_ 모시毛詩 : 『시경』의 다른 이름. 『시경』詩經(召南, 行露)에, "누가 쥐는 이가 없다고 했소? 어떻게 나의 바람벽을 뚫은 것이오?"(誰謂鼠無牙, 何以穿我墉。)라는 구절이 있다.

닭을 잃고 | 왕반

北中呂 滿庭芳 失雞
북중려: 만:정방 실계

평생 담박한 살림이니,

平生淡薄。
평생 담:박

닭이 보이지 않는다고

鷄兒不見,
계아 불견:

얘야 속 태우지 말아라.

童兒休焦。
동아 휴초

집집마다 모두 노는 솥과 부뚜막이 있으니,

家家都有閒鍋竈。
가가 도유: 한과조

멋대로 삶든지 굽든지 놔두어라.	任意烹炮。 임:의: 팽포
국으로 끓이면 그에게 호떡[1] 세 조각 붙여 줘라.	煮湯的、貼他三枚火燒。 자:탕적 첩타 삼매 화:소
꼬치로 볶으면 그에게 후추 한 움큼 보태줘라.	穿炒的、助他一把胡椒。 천초:적 조:타 일파: 호초
도리어 내가 손님 치르는 걸 덜어 준다.	到省了我開東道。 도:성:료 아:개 동도:
아침 다 가도 울지 않아	免終朝報曉。 면: 종조 보:효:
해가 높도록 줄곧 자겠구나.	直睡到日頭高。 직 수:도: 일두 고

1_ 호떡 : 원문은 화소火燒. 밀가루를 반죽하여 발효시킨 뒤 원형, 또는 사각형의 납작한 모양으로 구워낸 식품. 표면에 깨를 뿌리지 않았다.

시소신 施紹莘

Shi Shaoxin

시소신施紹莘(1581~약 1640, 자 子野, 호 峯泖浪仙)은 명대明代 곡단曲壇에서 독특한 기치를 올린 시인이다. 명나라 말엽에 와서 산곡은 문학적 생명보다는 음악적 생명만 찾는 유미唯美의 외곬으로 흘러, 산곡의 생명감이 날로 쇠퇴해졌던 것인데, 그는 이러한 굴레를 벗어 던지고 일가를 이룬 것이다. 그의 산곡은 남·북방의 장점을 겸비한 것이니, 그의 기풍은 청순하며 또한 소탈한 것이다.

시소신은 화정華亭, 지금의 상해시 송강현松江縣 사람이다. 여러 번 과거에 응시했으나 낙방하고 평생을 제생諸生(學生)으로 지냈다. 그는 이래서 정원을 꾸미고 기첩을 사들여, 봄가을 좋은 철이면 친구들과 미인들과 함께 즐겁게 놀았다. 그는 스스로 작곡도 하고 연주도 했다. 그는 낭만적인 풍류인이었다. 그는 염곡豔曲을 많이 지었으나, 남녀 간 깊은 정을 읊은 것이지 성애性愛를 그린 것은 아니다.

빗속 풍경 | 시소신

南商調 黃鶯兒 雨景
남상조: 황앵아 우:경:

보슬비에 젖는 기름진 밭.	嫩雨濕肥田。 눈:우: 습 비전
검은 구름 몰리고,	暗雲堆, 암:운퇴
날은 저물려 하오.	欲暮天。 욕모:천
사방 들판 아득히 들리는 사람 부르는 소리.	平迷四野聞人喚。 평미 사:야: 문 인환:
서쪽 마을에 깃발[1]이 걸렸고,	西村旆懸。 서촌 패:현
동쪽 하늘에 무지개 걸렸소.	東天鱟懸。 동천 후:현
고기잡이 노래하며 그물 말리는 수양버들 강변.	漁歌晾網垂楊岸。 어가 랑:망: 수양 안:
나무다리 가,	木橋邊, 목교변
문 두드리는 소리 속,	敲門聲裏, 고문 성리:
도롱이 삿갓, 멀리 돌아가는 배.	蓑笠遠歸船。 사립 원: 귀선

1_ 깃발 : 술집을 광고하는 주기酒旗일 듯. 두목《강남의 봄》주 3 참조(본서 809쪽).

팽개치자 | 시소신

南中呂 駐雲飛 丢開
남중려: 주:운비 주개

차라리 팽개치자.	索性丢開。 색성: 주개
다시는 그이를 마음에 품지 말자.	再不把他記上懷。 재:불 파:타 기:상: 회
신령님이 계시어	怕有神明在。 파: 유:신명 재
내 심통 사납다고 성내시면 어쩌나.	嗔我心腸歹。 진 아:심장 대:
바보야!	獃。 애
어데 신령님이 계시냐,	那裏有神來。 나:리: 유:신 래
팽개치면 어떠하냐?	丢開何害。 주개 하해:
저들만 보아라.	只看他們, 지:간: 타문
하나하나 나를 쓰레기처럼 버렸거늘,	一個個抛我如塵芥。 일개:개: 포아: 여 진개:
필경 신령님도 명백하시지 못한 거야.	畢境神明欠明白。 필경: 신명 흠: 명백

연꽃[1] | 시소신

南商調 清江引 詠荷
남상조: 청강인: 영:하

물의 선녀가 사랑스럽게 내미는 앳된 얼굴—	水仙可憐潮嫩臉。 수:선 가:련 조눈:검:
언니와 동생이 살며시 짝을 지어요.	姊妹偷携伴。 자:매: 투 휴반:
정에 끌리는 마음의 실마리가 많아,	牽情意緒多, 견정 의:서: 다
떨어진 꽃잎—옷을 갈아입고요,	落瓣衣裳換, 락판: 의상 환:
저녁 단장 마치며 나오니 그 상냥스러운 모습.	晚粧出來全帶輭。 만:장 출래 전 대:연:

1_ 모두 4편 가운데 제2편. 연꽃의 외모를 묘사한 것이 아니라 그 정신을 표현한 것.

6

송·금·원·명·청 시

송대 이후 도서는 전래하던 두루마리 형태(簡册, 卷軸, 帖裝)를 벗어나 한 페이지씩 책장을 넘길 수 있는 형태가 나왔다. 제본술은 이제 닥나무 종이 1장에 2페이지씩 인쇄하여 가운데를 안으로 접고 풀로 붙이는 호접장胡蝶裝, 밖으로 접고 풀로 붙이는 포배장包背裝, 그리고 풀이 아니라 실로 꿰매는 선장線裝으로 발전하였다. 호접장은 오대五代부터 원대까지, 포배장은 남송부터 명대 중엽까지, 선장은 명대부터 민국 초기까지 유행하였다. 청나라 말년에는 서양의 양장洋裝을 받아들였다. 이 동안 인쇄체는 송조체宋朝體, 명조체明朝體, 청조체淸朝體로 다양해졌다.

송대부터 개인 시집이 나왔다. 시인은 자기 작품을 과감하게 솎아내지 못하여, 그 시집은 수천 수씩이나 수록하고 있다. 독자들은 옥석을 가리기 어렵다. 송대 이후 좋은 시는 많아도 만인이 애송하는 명작을 지목하기는 쉽지 않다.

중국 문학사에서 중세 후기는 산문, 근세 전기는 희곡, 근세 후기는 소설로 그 주류가 바뀌고, 시는 이미 절정을 지나 내리막길로 들어섰다. 그러나 작시는 청나라 말년까지 시행된 과거科擧 시험과목이었으므로, 또 커뮤니케이션 수단이었으므로, 많은 사람이 작시를 계속하였다.

매요신 梅堯臣

Mei Yaochen

매요신梅堯臣(1002~1060, 자 聖兪)은 송宋나라 초기 시단에 청신하고 평담한 시를 내놓은 시인이다. 당시 많은 시인들은 만당晩唐의 리상은李商隱을 추종, 시의 외형적인 아름다움에만 주력하다가 정작 내용을 소홀히 한, 이른바 서곤체西崑體에 몰두하고 있었다. 그러나 달의達意를 모토로 하는 매요신 등에 의하여 송시宋詩의 독특한 세계가 열렸다.

매요신은 안휘성 선주시宣州市 사람이다. 과거科擧를 통하지 않아 높은 벼슬에는 올라가지 못했다. 50세 때 겨우 동진사同進士 자격을 얻고, 55세 때, 국자감직강國子監直講(국립대학 교수)이 되었다. 그 이듬해 과거의 시험위원이 되었는데, 이때 소식蘇軾 형제가 합격, 그들로부터 선생으로 대접받았다. 그는 59세 되는 여름 사월 개봉開封을 휩쓴 전염병으로 세상을 떠났다. 이때의 관직은 상서도관원외랑尙書都官員外郎이었다.

매요신은 가족에 대한 애정을 많이 노래했다. 특히 망처亡妻에 대한 애도는 유례를 찾기 힘든 것이다. 그리고 종래 시에 나오지 않던, 상식적으로 시 제재題材가 되기 어려울 듯한 것들, 예컨대 모기·파리·지렁이·구더기 따위를 굳이 취하기도 했다. 그는 대개 일상생활의 주변의 것을 주로 읊었지만, 또한 지방관의 오랜 경험에서 목격한 농민 · 어민의 불평 · 비애를 대신 호소하는 사회시社會詩도 적지 않다.

모여드는 모기[1] | 매요신

聚蚊
취:문

해가 떨어지고 달도 어두운데, 日落月復昏,
일락 월 부:혼

모기는 차츰 틈바귀에서 나온다. 飛蚊稍離隙。
비문 초: 리극

하늘에 모이니 우레[2]가 우르르, 聚空雷殷殷,
취:공 뢰 은:은:

뜰에서 춤추니 연기가 뭉게뭉게. 舞庭煙冪冪。
무:정 연 멱멱

거미그물 펼쳐봐야 쓸데없고, 蛛網徒爾施,
주망: 도이: 시

버마재비 도끼[3]도 찍지 못한다. 螗斧詎能磔。
당부: 거:능 책

전갈 또한 나쁜 놈을 도와서 猛蝎亦助惡,
맹:갈 역 조:악

뱃속의 독을 쏘려고 하지만, 服毒將肆螫。
복독 장 사:석

두 날개를 가지지 못하여 不能有兩翅,
불능 유: 량:시:

사각사각 어두운 담을 탄다. 索索緣暗壁。
삭삭 연 암:벽

귀한 양반은 큰 저택에 살면서 貴人居大第,
귀:인 거 대:제:

인어의 깁[4]으로 침상을 둘러쳤다. 蛟綃圍枕席。
교초 위 침:석

아아, 너는 그 속에 들어가 嗟爾於其中,
차이: 어 기중

창끝 같은 입을 뽐낼 것이거늘! 寧夸觜如戟。
녕과 취: 여극

모질구나, 가난한 사람에게 붙어 忍哉傍窮困,
인:재 방: 궁곤:

수척한 몸도 불쌍치 않다니! 曾未哀癯瘠。
증미: 애 구척

뾰족한 주둥이로 다투어 달려들며, 利吻競相侵,
리:문: 경: 상침

피를 빨아 제 몸을 살찌운다. 飮血自求益。
음:혈 자: 구익

박쥐는 공연히 빙빙 돌 뿐, 蝙蝠空翺翔,
편복 공 고상

언제 쫓거나 잡거나 해주었는가? 何嘗爲屛獲。
하상 위: 병획

매미는 이슬에 배가 불러서 鳴蟬飽風露,
명선 포: 풍로:

또한 태평으로 노래만 한다. 亦不慙喙息。
역불 참: 훼:식

윙윙[5]거리면서 난 척하지 마라, 薨薨勿久恃,
횡횡 물 구:시:

동녘이 밝을 때가 있을 것이다. 會有東方白。
회:유: 동방 백

1_ 이 시는 1034년, 강서성 덕흥德興 현령으로 있는 중에 지은 듯하다. 모기가 사람에게 해충이라는 관점에서, 민중의 피를 빨아먹는 세력에 대한 비난을 담았다. 여기 나오는 '박쥐'는 검찰관檢察官, '매미'는 시인詩人으로 견줄 수

있을 듯하다.

2_ 우레 : 『한서』漢書 「중산정왕전」中山靖王傳에, "모여든 모기 우레가 된다."(聚蚊成雷)라 하였다.

3_ 버마재비 도끼 : 버마재비가 앞발을 치켜든 모습이 도끼처럼 보여서 하는 말이다.

4_ 인어의 깁(蛟綃) : 남해南海에 산다는 인어(蛟, 鮫)가 짠 깁. 그 값은 백금百金이 넘는다 한다. 여기서는 침대를 둘러친 휘장, 또는 모기장을 가리킨다.

5_ 윙윙 : 『시경』《닭이 웁니다》에, "벌레들이 윙윙 나니"라 하였다(본서 66쪽).

농민 이야기[1] 매요신

田家語
전가어:

공동연대 1040년에 조서가 내리기를, "무릇 백성으로서 3인의 장정이 있으면 그 1인을 병적에 올리되, 교校와 장長을 세워 궁전수弓箭手라 부르고, 불측의 사태에 대비할 것"이라 하였다. 담당관은 많은 인원으로써 상부에 잘 보이기 위해 군郡의 관원에게 급히 재촉하였다. 군의 관원은 두려워 제대로 처리도 하지 아니하고 그냥 현령縣令에게 맡겼다. 그리고는 서로 사람을 끌어 모았으므로 늙은이나 어린이도 이를 면치 못하였다. 이리하여 상하에서 모두 시름 근심에 싸였고 또 하늘에서는 비가 지루하게 내렸다. 이 어찌 임금님께서 평민을 돌보시는 뜻을 보좌하는 것이라 하겠느냐? 이에 《농민 이야기》를 시로 지어 민정民情을 보이려 하는 것이다.

누가 말했던가, 농가는 즐겁다고? 　　誰道田家樂,
수도: 전가 락

봄의 세금을 가을에도 못 채우는데! 　　春稅秋未足。
춘세: 추 미:족

마을 아전은 나의 문을 두드려,	里胥扣我門, 리:서 구: 아:문
낮과 밤으로 몹시도 들볶는다.	日夕苦煎促。 일석 고: 전촉

한여름에 홍수가 지더니,	盛夏流潦多, 성:하: 류료: 다
허연 물이 집보다도 높았다.	白水高於屋。 백수: 고 어옥
흙탕물이 망쳐 버린 우리 채소,	水既害我菽, 수:기: 해: 아:숙
메뚜기가 먹어치운 우리 곡식.	蝗又食我粟。 황우: 식 아:속

지난달에 내려온 조서[2]를 보니	前月詔書來, 전월 조:서 래
주민등록 다시 하란다고.	生齒復板錄。 생치: 부: 판:록
장정 셋 있으면 하나를 뽑아	三丁籍一壯, 삼정 적 일장:
모질게 활쏘기를 시킨다.	惡使操弓韣。 악사: 조 궁독

고을[3] 공문은 이제 더욱 엄하니,	州符今又嚴, 주부 금 우:엄
늙은 아전은 채찍을 들고	老吏持鞭扑。 로:리: 지 편복
어린이와 노인까지 잡아들이니,	搜索稚與艾, 수색 치: 여:애:

남은 것은 지체 시각 장애인뿐. 唯存跛無目。
유존 파: 무목

농촌에서 감히 원망이나 할까? 田閭敢怨嗟,
전려 감: 원:차

아비 자식이 각각 슬피 운다. 父子各悲哭。
부:자: 각 비곡

남쪽 밭일을 어떻게 할 텐가? 南畝焉可事,
남무: 언가:사:

화살 사느라 송아지 팔았는데! 買箭賣牛犢。
매:전: 매: 우독

시름 쌓여 장맛비 오는데, 愁氣變久雨,
수기: 변: 구:우:

솥 항아리는 비어 죽도 없다. 鐺缶空無粥。
쟁부: 공 무죽

시각 지체 장애인은 밭일 못하니 盲跛不能耕,
맹파: 불능 경

늦거나 이르거나 죽을 운명! 死亡在遲速。
사:망 재: 지속

내 듣고 참으로 부끄러운 것은 我聞誠所慙,
아:문 성 소:참:

공연히 국록만 탐한 것이다. 徒爾叨君祿。
도이: 도 군록

오히려 《돌아갈까나》[4] 읊으며 却詠歸去來,
각영: 귀거:래

나무 하러 깊은 산골로 향할까? 刈薪向深谷。
예:신 향: 심곡

1_ 이 시는 1040년 가을, 하남성 양성襄城 현령을 그만두기 바로 직전에 지은 듯하다.

2_ 조서詔書 : 송宋나라 인종仁宗(1022~1063 재위) 조진趙禎이 내린 것이다. 서하西夏 임금(趙元昊)의 군사가 자주 쳐들어왔으므로, 이를 방비하기 위해, 1040년 유월에, 정규병 이외에 궁전수弓箭手 · 노수弩手 · 창수槍手라고 부르는 민병을 징발하여 국경지방을 방비케 했다. 여기에는 지금의 산동성·하남성 이북의 민가民家에서 대체로 한 집에 21세 이상 남자(丁)가 셋 있을 경우 한 사람꼴로 징발했다.

3_ 고을 : 원문은 주州, 송나라의 정식 명칭은 부府이다. 자서의 군郡도 이것을 가리킨다.

4_ 《돌아갈까나》(歸去來) : 진晋나라 도연명陶淵明이 관직을 버리고 농촌으로 돌아가면서 그 심경을 읊은 부賦 이름.

로산 산길[1] | 매요신

魯山山行
로:산 산행

마침 내 자연 사랑과 잘 맞아,
適與野情愜,
적여: 야:정 협

높은 산 낮은 산이 수도 없다.
千山高復低。
천산 고 부:저

좋은 봉우리 곳에 따라 바뀌고
好峰隨處改,
호:봉 수처: 개:

그윽한 산길 홀로 가다 잃는다.
幽徑獨行迷。
유경: 독행 미

서리 내리니 곰은 나무로 오르고,
霜落熊升樹,
상락 웅 승수:

수풀 비어 사슴은 개울물 마신다.
林空鹿飲溪。
림공 록 음:계

사람 사는 집은 어디쯤 있는가? 人家在何許,
인가 재: 하허:

구름 밖에서 들려오는 닭 울음. 雲外一聲雞。
운외: 일성 계

1_ 이 시는 1040년 가을 하남성 엽현葉縣에서 서쪽으로 여수汝水의 지류를 거슬러 간 곳에 있는 로산魯山을 찾아가 지은 것이다. 로산魯山은 '로나라 로'魯 외에 또 '이슬 로'露로 쓰기도 한다.

왕안석 王安石

Wang Anshi

왕안석王安石(1021~1086, 자 介甫)은 정치가로서의 이름이 문학자로서보다 더 높다. 그러나 산문散文에 있어서는 당송팔대가唐宋八大家의 한 사람이며, 시에 있어서도 뛰어난 작품을 남겼다.

왕안석은 원래 강서성 림천臨川 사람이지만, 대부분의 시기를 강소성 남경南京에서 지냈으므로 실질적으로는 남경이 그의 고향이 되었다. 왕안석은 22세 때 진사進士에 급제, 지방관·경제관료를 지내다가, 50세 때에는 동중서문하평장사同中書門下平章事(宰相)가 되었다. 당시 송나라는 료遼(거란族), 서하西夏(탕구트族)에 대하여 막대한 재물을 바치면서 그들의 군사적 위협을 막고 있었으므로 대내적으로는 거의 파산지경에 이르렀었다. 왕안석은 혁신적인 젊은 임금(神宗, 趙頊)을 도와, 정부의 재정을 바로잡고 군대를 정예화하고 평민의 생활을 향상시키기 위하여 정치적인 개혁—신법新法을 시행했다. 그러나 이상은 좋았으나 시행하는 과정에서 신법당新法黨·구법당舊法黨이 갈라져 당쟁黨爭이 심하였으며, 공교롭게도 흉년까지 겹쳐 왕안석은 재상의 자리를 내어 놓았다. 일 년이 채 못 되어 다시 재상에 복직되었으나 다음 해(1076) 사직하였다. 왕안석은 남경에 은퇴하여 일종의 연금을 받으면서 유유자적한 노후를 보냈다.

왕안석은 절구絶句에 특히 성공한 시인이다. 시어詩語에 대해 예리한 감각을 가졌으며(杜甫·韓愈를 본땀) 또 고심苦心하면서 이것을 살렸기에, 그 대구는 아름다운 무드를 이룩하고 있다. 그의 시는, 특히 청장년기의 시는, 정치가로서의 그의 신념을 반영한 것도 많다.

복사꽃 피는 고장 노래[1] | 왕안석

桃源行
도원 행

망이궁[2] 안에서 사슴을 말이라고 하더니,
진나라 백성 반 남아 장성 아래[3] 죽었다.
시국을 피한 사람은 상산 노인[4]뿐 아니라,
복사꽃 피는 고장에 복사 심은 이도 있었다.

望夷宮中鹿爲馬。
망:이 궁중 록 위마:
秦人半死長城下。
진인 반:사: 장성 하:
避時不獨商山翁,
피:시 불독 상산 옹
亦有桃源種桃者。
역유: 도원 종:도 자:

여기에 복사 심고 봄은 몇 차례 지났는가?
꽃 따고 열매 먹고, 가지는 땔나무 되었다.
아들 손자 자라나면서 세상과 멀어지니,
비록 부자는 있었어도 군신은 없었다.[5]

此來種桃經幾春。
차:래 종:도 경 기:춘
採花食實枝爲薪。
채:화 식실 지 위신
兒孫生長與世隔,
아손 생장: 여:세: 격
雖有父子無君臣。
수유: 부:자: 무 군신

어부는 배에 흔들리어 가던 길 잃었다가,
꽃 사이에서 만나보고 놀라 서로 묻는다.
세상에서는 옛날 **진**나라 알지 못하고
산중에서는 지금 **진**:나라[6] 알지 못한다.

漁郎漾舟迷遠近。
어랑 양:주 미 원:근:
花間相見驚相問。
화간 상견: 경 상문:
世上那知古有秦,
세:상: 나:지 고: 유:**진**
山中豈料今爲晉。
산중 기:료: 금 위**진**:

듣건댄, 장안[7]에는 또 전진이 날린다고. 聞道長安吹戰塵。
문도: 장안 취 전:진

봄바람에 고개 돌리니 언뜻 수건이 젖는다. 春風回首一沾巾。
춘풍 회수: 일 첨건

중화님[8] 가신 뒤로 다시 아니 오시니, 重華一去寧復得,
중화 일거: 녕부:득

천하는 어지럽다, **진**나라[9] 몇이 지나갔나. 天下紛紛經幾秦。
천하: 분분 경 기:**진**

1_ 도연명《복사꽃 피는 고장》 참조(본서 384쪽).

2_ 망이궁望夷宮 : **진**秦나라 2세 황제(전 210~전 207 재위) 호해胡亥가 살았던 궁전 이름. 『사기』史記 「진시황본기」秦始皇本紀에, "조고趙高(환관)는 모반을 일으키려 하였으나, 임금의 신하들이 말을 듣지 않을까 겁나서 테스트를 해보기로 하였다. 사슴을 2세 황제 호해에게 바치고 '말입니다.'라고 하였다. 임금은 웃으면서, '승상丞相(趙高)은 잘못이오, 사슴을 말이라 하다니!' 그래서 좌우의 신하들에게 물었더니, 신하들은 잠자코 있는 사람도 있었고, 말이라고 아첨하는 사람도 있었다." 뒤에 조고는 2세 황제 호해를 시해하였다.

3_ 장성長城 아래 : **진**나라 시황제始皇帝(전 247~전 210 재위), 영정嬴政이 만리장성을 쌓을 때, 많은 인민들이 부역 나가서 강제노동 때문에 죽었다. 이 두 구절에서 왕안석은 역사적 사실을 충실히 따랐다기보다는 자기 편의에 맞추었다. 사슴 테스트를 했을 때 2세 황제 호해는 망이궁에 있지 아니했으며, 또 2세 황제 호해의 사슴 얘기와 시황제 영정의 장성 얘기를 얼버무렸다. 다만 왕안석의 시심詩心은 **진**나라의 사실의 대강을 추려서 화란禍亂의 시말始末을 찾고자 한 것으로 보아야 할 것이다.

4_ 상산商山 노인 : **진**나라 말년 난리를 피하여 네 사람의 노인이 상산商山, 지금의 섬서성 상주시商州市 동쪽 산에 들어가 숨었다. 네 노인은 동원공東園公, 록리선생甪里先生, 기리계綺里季, 하황공夏黃公이다.

5_ 군신君臣은 없었다 : 왕안석이 유토피아의 성격으로 무정부無政府를 생각한 것은 주목할 사상이라 하겠다.

6_ **진**秦나라 / **진**:晉나라 : **진**나라가 망한 뒤 **한**:漢 **위**:魏를 거쳐 **진**:나라가 서기까지에는 약 500년이 흘렀다. '세상'은 바깥세상, '산속'은 '복사꽃 피는 고장'(桃源)을 가리킨다.

7_ 장안長安 : 전한前漢 수도. 도연명의 **진**:晉, 왕안석의 **송**:宋 시대에는 이미 수도가 아니었으나, 수도의 뜻으로 쓴 것이다.

8_ 중화重華님 : 중국 고대의 이상적인 성천자聖天子 순舜 임금의 이름이다.

9_ **진**나라 : 이 구절에서는 **진**나라 난리를 뜻한다.

명비 가락 2수 | 왕안석

明妃曲二首
명비곡 이:수:

1[1]

명비[2]가 처음 한나라 대궐 문 나설 때,
눈물 젖은 봄바람에 살쩍이 처지었네.
발걸음 지척지척 얼굴 빛 어두웠지만,
상감님도 어찌 할 바 몰랐던 것이네.

明妃初出漢宮時。
명비 초출 한:궁 시
淚濕春風鬢脚垂。
루:습 춘풍 빈:각 수
低徊顧影無顏色,
저회 고:영: 무 안색
尙得君王不自持。
상:득 군왕 불 자:지

돌아와 부질없이 단청장이를 탓하니,
눈에 아른거리는 모습은 평생 처음이라.
고운 자태는 본래 그려낼 수 없는 것,
당시에 애매하게 모연수[3]만 죽였노라.

歸來却怪丹青手。
귀래 각괴: 단청 수:
入眼平生未曾有。
입안: 평생 미:증유:
意態由來畫不成,
의:태: 유래 화: 불성
當時枉殺毛延壽。
당시 왕:살 모 연수:

가면 다시 못 오는 것 속으로 알았기에, 一去心知更不歸。
일거: 심지 갱: 불귀

가엽게도 한나라 옷 해어지도록 입었네. 可憐着盡漢宮衣。
가:련 착진: 한:궁 의

인편 찾아 남쪽 나라 소식 묻고자 하나, 寄聲欲問塞南事,
기:성 욕문: 새:남 사:

오직 해마다 기러기만 날아갈 뿐이라네. 祗有年年鴻雁飛。
지유: 년년 홍안: 비

집안 식구 만 리 밖에 전하고 싶은 말씀은, 家人萬里傳消息。
가인 만:리: 전 소식

담요 쌓은 궁전에 잘 있으니 염려 마시라네. 好在氈城莫相憶。
호:재: 전성 막 상억

그대 보지 못하는가, 지척 사이 장문궁에 갇힌 아교[4]를! 君不見咫尺長門閉阿嬌,
군불견:지:척 장문 폐: 아교

인생에 실의한 자는 남북 가릴 것 없다네. 人生失意無南北。
인생 실의: 무 남북

1_ 모두 2수 가운데 제1수. 1059년, 왕안석이 39세 때 지었다. 왕소군이 흉노 왕에게 시집간 이야기는 중국 문학의 시들지 않는 소재이다. 이 시가 발표되자, 구양수歐陽修 · 사마광司馬光 · 매요신梅堯臣 등이 화답하는 시를 지었다. 후일 원대 마치원馬致遠의 《한궁추》漢宮秋, 근대 조우曹禺의 《소군출새》昭君出塞도 소재를 같이한다. 중국과 이웃나라, 한족과 이른바 소수민족 사이에 대한 해석이 시대 상황에 따라 새롭게 시도되는 것이다. 이 시는 왕소군을 깊이 동정하는 외에, 봉건 군주의 강퍅함과 우매함이 인재를 파묻고 목 조르는 것을 함축적으로 책하고 있다. 끝머리에서 남북을 구분하지 않은 점, 즉 한족과 이민족을 가리지 않은 점에 대하여 논란이 있었다.

2_ 명비明妃 : 왕소군. 성명은 왕장王嬙, 자는 소군昭君인데 진晉 문제 사마소司馬昭의 이름을 피하여 명군明君, 명비라고 한다. 왕소군은 한나라 원제元帝(전 48~전 33 재위) 때 궁중에 뽑혀 들어갔으나 승은하지 못하다가, 기원전 33년, 흉노 호한야 선우呼韓邪 單于가 화친을 청하여 왕소군이 흉노 왕에게 시집가

게 된 것이다.

3_ 모연수毛延壽 : 화가. 왕소군 화상을 못되게 그린 것으로 후인들이 추측한다.

4_ 장문궁長門宮에 갇힌 아교阿嬌 : 한나라 무제 류철 때 황후 진아교陳阿嬌는 총애를 잃고 장문궁長門宮으로 쫓겨났다. 그 뒤 아교는 사마상여司馬相如에게 황금 100근을 주고 장문부長門賦를 지어 받아 황제에게 올리고 총애를 되찾았다 한다.

2[1]

명비가 처음 오랑캐에게 시집갈 때,	明妃初嫁與胡兒。 명비 초가: 여: 호아
담요 수레 백 량[2]에 모두 오랑캐 계집.	氈車百兩皆胡姬。 전거 백량: 개 호희
정답게 말하고 싶지만 말할 곳 없어,	含情欲說獨無處, 함정 욕설 독 무처:
비파에게 호소하니 내 마음 알아줄까.	傳與琵琶心自知。 전여: 비파 심 자:지
황금 발목[3] 잡은 손에 봄바람 이는데,	黃金捍撥春風手。 황금 한:발 춘풍 수:
기러기 보며 타며 오랑캐 술을 권한다.	彈看飛鴻勸胡酒。 탄간: 비홍 권: 호주:
한나라 궁전 시녀는 남몰래 눈물짓고,	漢宮侍女暗垂淚, 한:궁 시:녀: 암: 수루:
사막 걷는 사람은 도리어 고개 돌린다.	沙上行人却回首。 사상: 행인 각 회수:
한나라 은혜 얕고[4] 오랑캐 은혜 깊지만,	漢恩自淺胡自深。 한:은 자:천: 호 자:심

삶의 즐거움은 알아주는 마음[5]에 있는 것. | 人生樂在相知心。 인생 락재: 상지 심

가련타, '푸른 무덤'[6] 이미 무너졌지만, | 可憐青冢已蕪沒, 가: 련 청총: 이: 무몰

오히려 슬픈 노래는 오늘에 남아 있네. | 尙有哀絃留至今。 상: 유: 애현 류 지: 금

1_ 원제 명비곡, 2수 가운데 제2수.

2_ 백 량百輛 : 수레 백 량은 제후의 혼례에 합당한 규모. 흉노가 왕소군을 맞으면서 성대한 예의를 갖춘 것이다. 뒤에 "오랑캐 은혜가 깊다"라고 말한 근거가 될 수 있다.

3_ 발목撥木 : 현악기 줄 퉁기는 데 쓰는 조각. 백거이《비파 노래》주 13 참조(본서 643쪽).

4_ 한나라 은혜 얕고 : 남송 초 범충范冲이 이 구절을 들어 왕안석을 "임금도 아비도 없다."고 비난했지만, 황제의 무정함을 풍자하고, 오랑캐를 공평하게 본 것이라 하겠다.

5_ 알아주는 마음 : 흉노 땅에서 말이 통하지 않아 비파에 호소하였으며, 겉으로 술 권하면서도 눈은 남으로 가는 기러기를 보았으니 왕소군은 은혜 상관없이 가련한 여인이었다.

6_ 푸른 무덤 : 왕소군 무덤, 내몽골 호흐호트(呼和浩特) 시 남쪽 9킬로미터, 대흑하大黑河 남안 충적평원 위에 있다. 인공으로 흙을 쌓은 무덤 높이가 33미터이다. 멀리서 보면 푸르게 보여, 역대로 푸른 무덤(青冢)이라 불렀다.

장강 위에서 | 왕안석

江上 강상:

장강 물은 서풍을 맞아 출렁인다. | 江水漾西風。 강수: 양: 서풍

장강 꽃은 붉은 저녁을 벗어난다. | 江花脫晩紅。 강화 탈 만:홍

이별의 정을 피리에 갖다 얹어, | 離情被橫笛, 리정 피: 횡적

거친 산 동쪽으로 불어 넘긴다. | 吹過亂山東。 취과: 란:산 동

과주에 배를 대고[1] | 왕안석

泊船瓜州
박선 과주

경구 과주[2]는 한 가닥 물 사이일 뿐, | 京口瓜州一水間。 경구: 과주 일수: 간

종산[3]은 다만 두어 겹 산 넘어 있다. | 鍾山祇隔數重山。 종산 지격 수:중 산

춘풍에 장강 남쪽 기슭 절로 푸르니,[4] | 春風自綠江南岸, 춘풍 자:록 강 남안:

명월은 언제 돌아가는 나를 비출까? | 明月何時照我還。 명월 하시 조: 아:환

1_ 아마 1074년에서 1075년 사이에 지은 것인 듯하다.

2_ 경구京口 과주瓜州 : 경구는 강소성 진강시鎭江市이다. 과주는 강소성 양주시揚州市 서남에 있다. 경항대운하와 장강이 교차하는 남안에 경구, 북안에 과주가 있다. 대운하를 따라 내려온 배가 장강을 건너 소주시蘇州市, 항주시杭州市로 가는 강남 운하가 시작되는 목이다. 이 나루는 붉은 흙탕물이 바다처럼 넓은데, 지금은 카페리로 건널 수 있다. 1997년 7월 25일 역자가 현장을 탐방했다.

3_ 종산鍾山 : 강소성 남경시南京市 동북에 있는 산. 지금은 자금산紫金山이라 부른다. 왕안석은 그 부근에서 살았다. 손문을 모신 중산릉中山陵도 여기 있다.

4_ 푸르니 : 이 구절은 왕안석이 시어詩語 선택에 있어 고심했던 것으로 유명하

다. 애초에는 '이를 도'到 자로 썼다가, '지날 과'過 자로 고쳤고, 다시 '들 입'入 자로 고쳤으며, 또 '찰 만'滿 자로 고쳤고, 이렇게 하기 십여 번 만에 최후로 '푸를 록'綠 자가 확정된 것이다.

남포[1] | 왕안석

南浦
남포:

남포에서 꽃 따라 가다가,
배를 돌려 길을 잃는다.
그윽한 향기[2] 찾을 곳 없다.
해는 화교[3] 서쪽에 진다.

南浦隨花去,
남포: 수화 거:
廻舟路已迷。
회주 로: 이:미
暗香無覓處,
암:향 무 멱처:
日落畫橋西。
일락 화:교 서

1_ 남포는 남경시南京市의 서남쪽, 장강長江에 면하고 있는 지명이다.

2_ 그윽한 향기 : 매화梅花를 가리킨다. 강기《그윽한 향기》〈암향〉 주 1 참조(본서 988쪽).

3_ 화교畫橋 : 단청 올린 다리.

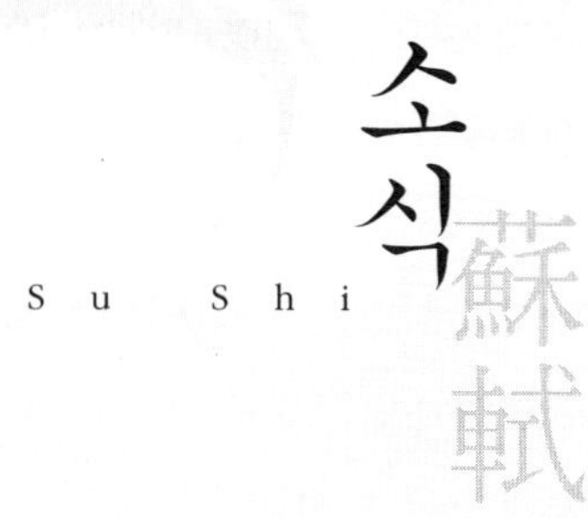

소식 蘇軾

Su Shi

소식蘇軾(1037~1101, 자 子瞻, 호 東坡居士)은 송시宋詩에 새로운 생명을 부여한 시인이다. 아버지 소순蘇洵(1009~1066), 아우 소철蘇轍(1039~1112)과 함께 부자 세 사람이 모두 문학자로서, 세상에서는 삼소三蘇라고 이름났다. 즉 아버지는 로소老蘇, 형은 대소大蘇, 아우는 소소小蘇이다.

소식은 시인인 동시에 유명한 학자요 정치가였다. 송나라는 농업·수공업·상업이 크게 번성하여, 그 서울 개봉開封은 당시 세계 제일 가는 대도시였다. 그러나 주변 강력한 외국의 침략을 막기 위한 군사비 지출도 엄청난 것이었다. 이른바 사회적 모순이 증가됨에 따라, 이를 해결하기 위한 방도로 왕안석王安石을 영수로 하는 개혁파, 즉 신법당新法黨이 나왔지만 세인의 많은 불평을 샀다. 소식은 그 반대세력인 구법당을 편들었는데, 그의 일생은 이들 사이 권력싸움에 따라 현달되기도 하고 영락되기도 했다.

소식은 사천성 미산眉山 사람이다. 그의 어머니는 독실한 불교 신자이며 교양 있는 부인이었다. 어머니로부터 글을 배운 소식은, 불교의 영향도 함께 받았다. 1056년, 소식은 아버지·아우와 함께 고향을 떠나 서울 개봉開封(하남성)으로 갔다. 소식의 형제는 우수한 성적으로 과거(省試, 殿試의 進士乙科, 또 制科)에 급제하여 관리로서 평탄한 출발을 했다. 특히 당시의 시험관은 구양수歐陽脩, 매요신梅堯臣 등 유명한 문학자였는데, 이들의 인정을 받은 것은 큰 플러스였다. 어머니와 아버지의 장례를 치르기 위해 두 번 고향에 내려간 것을 빼고는 늘 벼슬·귀양 길을 따라 객지에서 지냈다.

소식은 초기에, 신법당이 득세할 때, 항주杭州(절강성)의 통판通判(부지사), 밀주密州(산동성 諸城)·서주徐州(안휘성)·호주湖州(절강성)의 지사 등 외지로 돌았다. 소식은 관원으로서 공개적으로 정치를 비판하지는 않았지만 그 시에 풍자가 없을 수 없었다. 1079년, 급기야 천자를 비방하였다는 죄목으로 구속되어 100일 동안 심문을 받아 자신은 사형을 면치 못할 줄 알았는데 요행히 판결은 황주黃州(호북성) 유형으로 결정되었다(烏臺詩案). 소식은 황주에서 머문 5년 동안에 황무지를 일구어 농사를 지으며, 여기에 동파東坡라 이름 붙이고, 자기의 호를 동파거사東坡居士라고 불렀다. 그는 상주常州(강소성)에서 밭을 얻어 일생을 농부로 보내려고도 했다. 그러나 그때, 1085년, 정국이 일변하여 구법당이 득세하게 되자, 소식은 기거사인起居舍人(내각의 서기관), 한림학사翰林學士(비서관)를 지냈으며, 뒤에는 절서로浙西路(절강성)의 총독, 뒤미처 리부吏部·병부兵部·례부禮部의 상서尙書(장관), 겸시독학사兼侍讀學士(황제의 스승)를 지냈으며 태황태후太皇太后의 신임이 두터웠다. 1094년, 신법당이 다시 부활되자, 소식은 혜주惠州(광동성 惠陽), 창화군昌化軍(해남성 儋州市)으로 귀양 갔다. 수년간 유배지를 전전하다가 풀려나 제거옥국관提擧玉局觀(일종의 명예직)이 되었다. 1101년, 여행하던 중에 지금의 남경南京 부근에서 병(아메바 赤痢, 林語堂 설)이 나서, 상주常州(강소성)에서 영면했다. 남송南宋 효종孝宗(1162~1189 재위) 조춘趙春이 문충文忠의 시호를 내렸다.

소식의 시는 모두 2,400수 가량 있는데, 칠언시七言詩가 뛰어나다. 그의 시는 3기로 나눌 수 있다. 1기(1059~1071)는 청년기라 부를 수 있는데, 본격적으로 벼슬길에 나서기 이전의 작품들로 아직 별 특색을 갖추지 못한 시들이다. 이때의 작품들 가운데 본서에서는《자유와 작별하고》 이하 2수를 들었다. 소식의 경쾌한 스타일을 볼 수 있다. 2기(1071~1085)는 소식이 여러 주州의 지사로 지내던 때와 황주黃州에서 귀양살이 할 때의 작품들로 예술적으로 완전히 성숙하고 자유분방한 특성이 잘 나타난 시들이다. 황정견黃庭堅 · 진관秦觀 등이 사사師事를 청한 것도 이 시기이다. 특히 황주의 귀양살이 시절에는 인생의 진리에 대해서 조용하게 사색하고 불교사상에 차츰 접근해 갔다. 본서에서는《석창서의 취묵당》 이하 5수를 골랐다. 3기(1086~1101)는 일시 조정에 재차 들었다가 다시 해남도海南島로 귀양 갔던 시절의 작품들이다. 3기의 초반에는 2기의 기풍을 계속한 것이었으나 후반에는 화도和陶(陶淵明 詩에 次韻)를 많이 지었으며, 맑게 갈앉은 깊은 곳으로부터 빛을 내는 훌륭한 작품들도 많이 썼다. 본서에서는《리세남의 추경에 적음》 이하 3수를 뽑았다.

소식의 시는 재기才氣에 내어맡기어, 기괴 · 분방 · 웅장한 것이었다. 소식은 구양수와 더불어 문학의 복고復古를 주장했지만, 가장 낭만적이고 정열적이며, 자유를 사랑한 시인이었다. 그는 로자老子 · 장자莊子 · 도연명陶淵明을 사랑하고 불경佛經 · 도장道藏(도교 경전)을 즐겨 읽었으며, 스님 · 도사와 교유하고 첩을 얻고 기생을 사귀었으며, 술에 취하고 크게 노래를 불렀다. 그는 인생 · 예술에 대해서 깊이 이해했던 시인이었다. 다만 모든 면에 있어 극단을 피하는 중용中庸의 태도를 지켜, 인생으로부터 해탈할 수 있었다.

소식의 시가 조잡하다는 평이 있는 것은, 그의 그칠 줄 모르는 빠른 사고의 전개와 그러한 생활과 관련이 있을 것이다. 그는 같은 표현, 같은 구절을 몇 번이고 거듭하면서도, 조금도 거리끼지 아니했다(小川環樹, 『蘇軾』, 東京: 岩波書店, 1969).

소식은 또한 사詞의 대가이기도 하다. 소식의 사는 따로 떼어 제4편, 사에 묶었다(본서 890쪽).

자유와 작별하고[1] | 소식

辛丑十一月十九日, 旣與子由別於鄭州西門之外, 馬上賦詩一篇, 寄之
신축 십일월 십구일 기:여:자:유 별어정:주 서문지외: 마:상:부:시 일편 기:지

술도 안 마시고 어찌 취해서 건들거리나? 不飮胡爲醉兀兀,
불음: 호위 취: 올올

이 마음 벌써 돌아가는 말[2]을 좇아 떠나갔다! 此心已逐歸鞍發。
차:심 이:축 귀안 발

돌아가는 사람은 오히려 부모 생각하겠지만, 歸人猶自念庭闈,
귀인 유자: 념: 정위

지금 나는 무엇으로 적막한 가슴을 달래나? 今我何以慰寂寞。
금아: 하이: 위: 적막

산에 올라 고개를 돌리니, 언덕이 가려서 登高回首坡隴隔,
등고 회수: 파롱 격

다만 검은 모자만 보이다 말다 하는구나! 但見烏帽出復沒。
단:견 오모: 출 부:몰

된추위에 너의 갖옷 얇은 것을 염려하는데, 苦寒念爾衣裘薄,
고:한 념:이: 의구 박

홀로 야윈 말을 타고 새벽달을 밟는구나! 獨騎瘦馬踏殘月。
독기 수:마: 답 잔월

나그네는 노래하네, 집에 있는 사람 즐겁다고. 路人行歌居人樂,
로:인 행가 거인 락

머슴은 내가 지나치게 탄식한다는 눈치구나. 僮僕怪我苦悽惻。
동복 괴:아: 고: 처측

역시 인생에는 이별이 있는 법임을 안다만,	亦知人生要有別, 역지 인생 요: 유:별
그래도 세월이 너무나 빠르게 흐르는구나!	但恐歲月去飄忽。 단:공: 세:월 거: 표홀

찬 등불[3] 밑에 함께 지내던 옛날 기억하지만,	寒燈相對記疇昔, 한등 상대: 기: 주석
밤 비 쓸쓸한 소리는 언제 함께 듣겠나?	夜雨何時聽蕭瑟。 야:우: 하시 청 소슬
네가 이 뜻은 잊어서 아니 됨을 안다면,	君知此意不可忘, 군지 차:의: 불가: 망
부디 높은 벼슬에 애써 매달리지 말아다오.	愼勿苦愛高官職。 신:물 고:애: 고관 직

1_ 원제는 "신축년 동짓달 열아흐레 자유와 더불어 정주 서문 밖에서 작별한 뒤에, 말 위에서 시 한 수를 지어 그에게 부치다"라는 뜻이다. 신축년은 1061년, 자유子由는 소식의 아우 소철蘇轍의 자字, 정주 서문鄭州西門은 북송 수도 개봉開封(하남성)의 서문, 신정문新鄭門을 가리킨다. 소식은 이때 나이 26세로, 봉상부鳳翔府(섬서성)의 첨판簽判에 임명되어 부임하는 길인데, 이때 아버지 소순蘇洵과 함께 개봉開封에 있던 아우 소철이 성문 밖까지 나와 형을 배웅했던 것이다. 소식의 형제는 우애가 돈독했는데, 이 시는 그러한 정을 잘 나타낸 것이다.

2_ 돌아가는 말 : 소철이 탄 말을 가리킨다. 다음 구절의 '돌아가는 사람'도 역시 소철을 가리킨다.

3_ 찬 등불 : 이 구절과 다음 구절에 대해서는, "일찍이 '밤 비 올 때 침상을 나란히 하자'(夜雨對床)는 얘기가 있었기에 하는 말이다."라는 원주原注가 있다. '밤 비 올 때 침상을 나란히 하자'는 것은 위응물韋應物(736~약 790)의 《원상전진 두 사람에게 주는 시》(與元常全眞二生詩)에 "어찌 알랴, 비바람 부는 밤에, / 다시 이처럼 침상을 나란히 하고 자게 될 것을?"(寧知風雨夜, 復此對床眠。)을 가리킨다. 소식과 소철은 이 구절을 읽고 크게 감동했으며, 함께 일찍 퇴직하여 은거하자고 약속했었다.

자유의 시에 화답하여[1] | 소식

和子由澠池懷舊
화:자유 면:지 회구:

인생이 여기저기 떠도는 것 무엇 같을까?
응당 기러기가 눈 진흙 밟는 것 같겠지.
진흙 위에 우연히 발톱 자국 나겠지만,
날아간 기러기가 동쪽 서쪽 따지겠는가?
늙은 스님[2] 이미 죽어 새 탑이 올라섰다.
무너진 바람벽 옛날 쓴 시 찾을 길 없다.
지난날 험한 산골길 아직 기억하는가?
길 멀어 사람 지치고 당나귀[3] 울었었지.

人生到處知何似,
인생 도:처: 지 하사:
應似飛鴻踏雪泥。
응사: 비홍 답 설니
泥上偶然留指爪,
니상: 우:연 류 지:조:
鴻飛那復計東西。
홍비 나:부: 계: 동서
老僧已死成新塔,
로:승 이:사: 성 신탑
壞壁無由見舊題。
괴:벽 무유 견: 구:제
往日崎嶇還記否,
왕:일 기구 환 기:부:
路長人困蹇驢嘶。
로:장 인곤: 건:려 시

1_ 면지현澠池縣(하남성)은 서안 - 락양 사이, 지금의 국도 310과 철도 롱해선이 통하는 길에 있다. 1056년에 소식이 아버지 소순, 아우 소철과 함께 사천성 미산眉山의 고향으로부터 개봉開封 서울로 나올 때 여기를 지난 바 있다. 아우 소철은 당시를 회상하여 지은 시가 있는데, 이 시는 그 시에 화답한 것, 1061년에 지었다.

2_ 늙은 스님 : 소철 시 원주(原注)에, "옛날 자첨子瞻(蘇軾의 字)과 더불어 시험 보러 가는 길에 절간에서 머물며 늙은 스님 봉한奉閑의 바람벽에 시를 적었다."는 말이 있다.

3_ 당나귀 : 이 구절 끝에, "지난날에 말이 이릉二陵 길에서 죽었으므로 당나귀를 타고 면지에 이르렀다."라는 원주가 있다. 이릉二陵 길은 효산崤山산맥 아래 길. 이 길은 서안 - 락양 사이 길 가운데 험하기로 유명하다. 면지 남쪽에 있다.

석창서 취묵당[1] | 소식

石蒼舒醉墨堂
석창서 취:묵당

인생은 문자를 알면서부터 우환[2]이 시작된다. 人生識字憂患始,
인생 식자: 우환: 시:

이름이나 대강 적으면[3] 그만두어도 괜찮다. 姓名粗記可以休。
성:명 조기: 가:이: 휴

무엇 하러 초서를 쓰면서 빠르다고 자랑하는가? 何用草書誇神速,
하용: 초:서 과 신속

책을 펼치면 어리벙벙, 남 근심스럽게 하는데. 開卷惝怳令人愁。
개권: 창:황: 령:인 수

나도 전부터 좋아는 하지만, 스스로도 우습다. 我嘗好之每自笑,
아:상 호:지 매: 자:소:

그대는 이 병에 걸렸으니, 어떻게 고칠 텐가? 君有此病何能瘳。
군유: 차:병: 하능 추

스스로 말하기를, 이 속에 지극한 즐거움 있다고, 自言其中有至樂,
자:언 기중 유: 지:락

뜻대로 되는 것이 소요 세계[4]와 같다고 하니! 適意無異逍遙遊。
적의: 무이: 소요 유

근자에 서재 짓고 취묵당이라 이름 붙인 것은, 近者作堂名醉墨,
근:자: 작당 명 취:묵

좋은 술 마시듯 온갖 시름 스러진다는 뜻이리라. 如飮美酒消百憂。
여음: 미:주: 소 백우

그러니 알겠다, 류자[5]의 말도 허망치 아니함을, 乃知柳子語不妄,
내:지 류:자:어: 불망:

병들면 흙이나 숯이 산해진미보다 좋다던 것을! 病嗜土炭如珍羞。
병:기: 토:탄: 여 진수

그대는 이 예술에 대해 지성이라고 하겠다—	君於此藝亦云至, 군어 차:예: 역운 지:
담장에는 쓰다 버린 붓이 산처럼 쌓여 있고,	堆牆敗筆如山丘。 퇴장 패:필 여 산구
흥이 나면 단숨에 종이 백 장이 없어지니,	興來一揮百紙盡, 흥:래 일휘 백지: 진:
날쌘 말이 훌쩍 천하를 밟고 간 듯하구나.	駿馬倏忽踏九州。 준:마: 숙홀 답 구:주

나의 글씨는 본보기도 없이 멋대로 쓴 것이라,	我書意造本無法, 아:서 의:조: 본: 무법
갈겨쓴 점과 획은 남이 알아보기 어렵다.	點畫信手煩推求。 점:획 신:수: 번 추구
어찌하여 나에게 특히 좋은 평가를 해주면서,	胡爲議論獨見假, 호위 의:론: 독 견:가:
글씨 한 자 종이 한 조각 모두 수장하는가?	隻字片紙皆藏收。 척자: 편:지: 개 장수

종요·장지[6] 못하지 않은 사람은 그대이고,	不減鍾張君自足, 불감: 종장 군 자:족
아래로 라휘·조습[7]은 나도 또한 나으리니,	下方羅趙我亦優。 하:방 라조: 아: 역우
못 가에 나가[8] 다시 애써 배울 필요 없을 듯,	不須臨池更苦學, 불수 림지 갱: 고:학
온전한 비단[9] 가져다가 이불이나 만들 것이라.	完取絹素充衾裯。 완취: 견:소: 충 금주

1_ 석창서는 경조京兆(서안시) 사람으로 자字는 재미才美. 초서草書에 뛰어났으며 또한 서예의 수집가였다. 이 시는 1069년 팔월경에 지은 것이다. 이때 소식은 34세로 개봉부開封府에서 중앙정부 관원으로 있었다.

2_ 문자 …… 우환 : 식자우환識字憂患이란 성어는 여기서 나온 듯. 식자우환은 한자 성어이지만 중국 일본 사전에는 없고, 우리나라는 예부터 썼다. 『한국한자어사전』(서울 : 단국대학교출판부, 1996) 참조.

3_ 이름이나 대강 적으면 : 한나라 고조高祖 류방劉邦과 천하를 다툰 항우項羽가 젊었을 때, "글자란 이름이나 적으면 족한 것, 배울 만한 것이 못된다."라고 말한 고사故事가 배경이 되고 있다.

4_ 소요逍遙 세계 : 『장자』莊子 「소요유」逍遙遊에서 나온 말. 아무 데도 속박되지 아니하는 자유의 경지를 가리킨다.

5_ 류자柳子 : 당나라 류종원柳宗元. 그가 최암崔黯에게 준 편지에, "무릇 사람이 문장을 좋아하고 서예를 잘하는 것은 모두 병입니다. 내 일찍이 심복心腹을 앓는 사람을 보았더니, 흙과 숯을 먹고 시고 짠 것을 좋아하면서 이를 얻지 못하면 크게 슬퍼했습니다."라 하였다. 다음 구절도 여기에 의한 것이다.

6_ 종요鍾繇 · 장지張芝 : 중국 삼국시대 서예가.

7_ 라휘羅暉 · 조습趙襲 : 중국 삼국시대 서예가. 장지는, "아래로 라휘 · 조습에게 견준다면 낫다."고 자부한 바 있다. 이 시구는 장지의 말을 끌어 쓴 것이다. 량梁나라 유견오庾肩吾가 지은 『서품』書品이란 책에서도 종요 · 장지는 왕희지王羲之와 함께 '상지상'上之上에 두고, 라휘 · 조습은 '중지하'中之下에 두었다.

8_ 못 가에 나가 : 역시 장지의 고사. 그는 언제나 못 가에 나가 글씨 연습을 하여 못 물이 검게 되었다 한다.

9_ 온전한 비단 : 장지는 의복에 쓸 비단도 먼저 글씨를 쓴 뒤, 이를 빨아서 옷 해 입었다 한다.

전당의 술고에게 부침[1] | 소식

常潤道中有懷錢塘寄述古
상윤:도:중 유:회 전당 기: 술고:

강남에 풀 자라고 꾀꼬리 마구 날지만,
草長江南鶯亂飛。
초:장: 강남 앵 란:비

해마다 일마다 나의 뜻과는 어긋난다.
年年事事與心違。
년년 사:사: 여:심 위

후원에 핀 꽃은 또 쓸쓸히 떨어지는데,
花開後院還空落，
화개 후:원: 환 공락

처마 아래 제비는 안 돌아온다[2] 탓한다.
燕入華堂怪未歸。
연:입 화당 괴: 미:귀

세상의 사업과 명예, 어느 날에 있는가?
世上功名何日是，
세:상: 공명 하일 시:

잔 들고 헤아려 보니, 몇 사람이 없는가?
樽前點檢幾人非。
준전 점:검: 기:인 비

지난해 버들개지 마구 날아다닐 적에는,
去年柳絮飛時節，
거:년 류:서: 비 시절

황금 새장을 열어 흰 비둘기 날렸었지.[3]
記得金籠放雪衣。
기:득 금롱 방: 설의

1_ 원제는 "상주·윤주 길에서 전당을 그리며 술고에게 부치다"라는 뜻이다. 전당錢塘은 절강성 항주杭州, 술고述古는 당시 항주 지사知事 진陳씨로서 소식의 친구였다. 소식은 1071년 동짓달에 항주 통판通判이 되어 있다가 1073년 겨울에 강소성 상주常州 윤주潤州(鎭江市)로 파견되어, 상주에서 해를 넘겼다. 이 시는 아마 이때 지은 것인 듯하다. 이 시는 5수의 연작으로 되어 있는데 여기서는 한 수만 뽑았다.

2_ 안 돌아온다 : 집주인, 즉 시인 자신이 아니 돌아옴을 말하는 것이다.

3_ 비둘기 날렸었지 : 이 구절 밑에는 작자의 원주가 있다. "항주杭州 사람들은 비둘기를 날려서 태수를 위해 축수祝壽하였다."

유월 스무이레 망호루[1] | 소식

六月二十七日望湖樓醉書
륙월 이:십칠일 망:호루 취:서

검은 구름 먹물 엎어도 산을 못 가리니,
黑雲翻墨未遮山。
흑운 번묵 미: 차산

하얀 비 구슬 튀기며[2] 배에 마구 든다.
白雨跳珠亂入船。
백우: 도:주 란: 입선

땅을 말아 오는 바람이 불어 흩트리자,
捲地風來忽吹散，
권:지: 풍래 홀 취산:

망호루[3] 누각 아래 물은 하늘과 같구나.
望湖樓下水如天。
망:호 루하: 수: 여천

1_ 1072년, 35세 때, 소식이 항주杭州 통판通判으로 있으면서 지은 것이다.(1089년, 52세 때, 항주 지사가 된 것은 후일담임.) 5수 가운데 제1수.

2_ 구슬 튀기며 : 이 계절에는 소낙비 올 때가 많다. 1997년 7월 30일, 음력 유월 스무엿새, 역자는 서호에서 이 광경을 목도할 수 있었다.

3_ 망호루望湖樓 : 서호에서 600미터 떨어진 항주 성내 봉황산鳳凰山 위에 있었다. 서호 안 백제白堤 서쪽 끝에 있었던 망호정望湖亭과는 별개이다.

서호의 아침 해 저녁 비 2수[1] | 소식

飮湖上初晴後雨二首
음:호상: 초청 후:우: 이:수:

1

아침 해 손님 맞아 겹친 언덕에 곱다.
朝曦迎客艷重岡。
조희 영객 염: 중강

저녁 비 사람 잡아 술 나라로 이끈다.	晩雨留人入醉鄕。 만:우: 류인 입 취:향
이 뜻 그대로 좋은데, 그대 알지 못하오?	此意自佳君不會, 차:의: 자:가 군 불회:
한 잔은 마땅히 수선왕[2]에게 따를 것이라.	一杯當屬水仙王。 일배 당촉 수:선 왕

1_ 원제는 "호수 위에서 술 마시는데 처음에는 날이 맑더니 나중에는 비가 오다"라는 뜻이다. 호수는 서호西湖를 가리킨다. 서호는 절강성 항주시杭州市 서쪽에 있는 명승지로서, 거기에는 소식이 쌓은 둑(蘇堤)이 지금도 있다. 시는 1073년에 지은 것이다.

2_ 수선왕水仙王 : 원주에, "호수 위에는 수선왕 당집이 있다."라고 했다. 이것은 수신水神의 이름, 수선화水仙花 꽃과는 무관하다.

2[1]

물빛은 반짝반짝 날씨 맑아 좋더니	水光瀲艶晴方好, 수:광 렴:염: 청 방호:
산색은 어슬어슬 비 오셔도 뛰어나다.	山色空濛雨亦奇。 산색 공몽 우: 역기
서호를 서시[2]에 견주어 보고자 하니	欲把西湖比西子, 욕파: 서호 비: 서자:
엷은 치장 짙은 화장 모두 어울린다.	淡妝濃抹總相宜。 담:장 농말 총: 상의

1_ 시 2는 서호를 읊은 명작 가운데에서도 가장 적절하다는 평을 받았다. 서호를 서시에 비긴 것에 많은 독자가 공감하기 때문이다.

2_ 서시西施 : 중국 춘추春秋시대 말엽 월나라 미인. 서시의 고향 절강성 저기시諸曁市는 서호에서 60킬로미터 떨어진 곳에 있다. 서시는 월나라 임금 구천勾踐이 오나라 임금 부차夫差를 패망시키는 데 큰 공을 세웠다. 리백《자야의 오나라 노래, 여름 노래》 주 2 참조(본서 535쪽).

해회사에 묵으며[1] | 소식

宿海會寺
숙 해:회:사:

남여를 타고서 사흘이나 산 속을 간다.
籃輿三日山中行。
람여 삼일 산중 행

산 속은 실로 아름답지만 넓은 평지 드물다.
山中信美少曠平。
산중 신:미: 소: 광:평

아래로는 땅속으로, 위로는 하늘로 던져지며,
下投黃泉上青冥。
하:투 황천 상: 청명

실 같은 길, 언제나 원숭이들과 경쟁한다.
線路每與猿猱爭。
선:로: 매:여: 원노 쟁

겹친 누각과 답답한 골짜기에서 만나니,
重樓束縛遭澗坑。
중루 속박 조 간:갱

두 다리는 시큰시큰 빈속은 쪼르륵거린다.
兩股酸哀飢腸鳴。
량:고: 산애 기장 명

북으로 날리는 다리는 걸음마다 삐걱삐걱.
北度飛橋踏彭鏗。
북도: 비교 답 팽갱

담장은 백 걸음,[2] 마치 옛 성곽과 같다.
繚垣百步如古城。
료원 백보: 여 고:성

큰 종 옆으로 치니 천 손가락[3]이 마중한다.
大鍾橫撞千指迎。
대:종 횡당: 천지: 영

높은 방에 인도하고, 밤에 빗장도 안 건다.
高堂延客夜不扃。
고당 연객 야: 불경

삼나무에 옻 칠한 목간통, 강물이 넘친다.
杉槽漆斛江河傾。
삼조 칠곡 강하 경

애초에 때 없었지만, 씻으니 더욱 가볍다.
本來無垢洗更輕。
본:래 무구: 세: 갱:경

침상에 쓰러져 코를 고니 사방이 놀란다. 倒牀鼻息四鄰驚。
도:상 비식 사:린 경

둥둥, 오경[4] 북소리 하늘 아니 밝는다. 紞如五鼓天未明。
담:여 오:고: 천 미:명

아침 죽 먹으라는 목탁소리 맑게 울리니, 木魚呼粥亮且清。
목어 호죽 량: 차:청

사람 소리 안 들리고 신발 소리만 난다. 不聞人聲聞履聲。
불문 인성 문 리:성

1_ 해회사는 절강성 항주시杭州市 오산吳山에 있었다. 량梁나라 무제武帝(502~549 재위) 소연蘇衍 때 창건하였으며, 오대五代 오월吳越나라 임금이 거액을 들였기에 이 부근에서는 가장 큰 절이었다 한다. 이 시는 1073년에 지은 것이다. 해회사는 1966년 문화혁명 때 파괴되어, 지금 재건을 준비하고 있다 한다. 1997년 7월 29일 역자가 현장을 탐방했다.

2_ 걸음 : 보步, 1보는 5척. 송대 1척은 31.2센티미터이다.

3_ 천 손가락 : 즉 100명을 가리킨다.(한 사람은 열 손가락이 있음.)

4_ 오경五更 : 오전 4시 전후이다.

정혜원 부근 해당화 한 그루[1] | 소식

寓居定惠院之東, 雜花滿山, 有海棠一株, 土人不知貴也

우:거 정:혜:원:지 동 잡화 만:산 유:해:당 일주 토:인 불지귀:야:

강성[2]은 장기 서리고 초목이 무성한데, 江城地瘴蕃草木。
강성 지:장: 번 초:목

오직 명화만 홀로 가장 그윽하구나. 只有名花苦幽獨。
지:유: 명화 고: 유독

빵긋 웃으며 대나무 울짱을 넘겨보매	嫣然一笑竹籬間, 언연 일소 죽리 간
복사 오얏 산에 가득해도 다 속물이라.	桃李滿山總麤俗。 도리: 만:산 총: 추속
또한 조물주 깊은 뜻 있음을 알겠으니,	也知造物有深意, 야:지 조:물 유: 심의:
짐짓 아름다운 사람을 빈 골에 두었다.	故遣佳人在空谷。 고:견: 가인 재: 공곡
자연스러운 부귀는 하늘이 주신 모습이니,	自然富貴出天姿, 자:연 부:귀: 출 천자
금 쟁반 받쳐 화려한 집으로 옮기지 말라.	不待金盤薦華屋。 불대: 금반 천: 화옥
빨간 입 술 머금어 얼굴은 달무리 지고,	朱脣得酒暈生臉, 주순 득주: 운: 생검:
푸른 소매 깁 아래로 살빛 붉게 어린다.	翠袖卷紗紅映肉。 취:수: 권:사 홍 영:육
숲 깊고 안개 어두워 새벽 빛 더디더니,	林深霧暗曉光遲, 림심 무:암: 효:광 지
따뜻한 해 산들바람에 봄 잠 푹 잤구나.	日暖風輕春睡足。 일난: 풍경 춘수: 족
빗속에서 눈물 흘리니 또한 처량하고,	雨中有淚亦悽愴, 우:중 유:루: 역 처창:
달 아래 사람 없으니 더욱 정숙하구나.	月下無人更淸淑。 월하: 무인 갱: 청숙
선생[3]은 배불리 먹고 할 일 하나 없어,	先生食飽無一事, 선생 식포: 무 일사:

어슬렁어슬렁 거닐며 배를 쓰다듬는다.	散步逍遙自捫腹。 산:보: 소요 자: 문복
인가이든 절간이든 가리지 아니하고	不問人家與僧舍, 불문: 인가 여: 승사:
막대 세우고 문 두드려 큰 대나무 본다.	拄杖敲門看修竹。 주:장: 고문 간: 수죽
문득 절세미인을 늙은 몸으로 맞이하여,	忽逢絶艶照衰朽, 홀봉 절염: 조: 쇠후:
말없이 탄식하면서 병든 눈을 닦는다.	歎息無言揩病目。 탄:식 무언 개 병:목
누추한 고장 어디에서 이 꽃을 얻었는가,	陋邦何處得此花, 루:방 하처: 득 차:화
호사가가 촉나라[4]에서 가져온 것 아닐까.	無乃好事移西蜀。 무내: 호:사: 이 서촉
뿌리 한 쪽도 천리 옮기기 쉽지 아니하니,	寸根千里不易致, 촌:근 천리: 불이: 치:
씨를 머금고 온 것은 큰 기러기였으리라.	銜子飛來定鴻鵠。 함자: 비래 정: 홍곡
하늘 끝에 떨어졌으니 둘의 생각 같겠지—	天涯流落俱可念, 천애 류락 구 가:념:
때문에 한 동이 마시고 이 노래 부르자.	爲飮一樽歌此曲。 위:음: 일준 가 차:곡
밝는 아침 술 깨면 다시 혼자 오겠지만,	明朝酒醒還獨來, 명조 주:성: 환 독래
눈처럼 펄펄 날리면 어찌 참아 건드리랴.	雪落紛紛那忍觸。 설락 분분 나:인: 촉

1_ 원제는 "잠시 기거하던 정혜원 동산에 잡화 가득한 가운데 해당화 한 그루가 있었다. 고장 사람들은 그 귀한 줄 모른다"라는 뜻이다. 1080년 황주黃州(호북성)에서 지었다. 해당화는 사천성 특산인데 이곳에 와서 잡초와 섞여 있는 것이 마치 귀양 온 자기와 비교된 듯. 이 시는 송대부터 많은 호평을 받고 판각한 것도 대여섯이나 되어, 소식이 가장 득의하게 여긴 시였다.

2_ 강성江城 : 호북성 황주시黃州市. 장강 연안에 있다.

3_ 선생 : 소식 자칭.

4_ 촉蜀나라 : 사천성, 소식의 고향이다.

정월 스무날 봄을 찾다[1] | 소식

正月二十日與潘郭二生出郊尋春, 忽記去年是日同至女王城作詩, 乃和前韻

정월 이:십일 여:반곽이:생 출교심춘, 홀기: 거:년시:일 동지:녀:왕성 작시, 내:화전운:

동풍[2]은 동문으로 들어오려 아니하는데,
東風未肯入東門。
동풍 미:긍: 입 동문

말을 몰아 지난 해 그 마을을 찾았네.
走馬還尋去歲村。
주:마: 환심 거:세: 촌

사람은 가을 기러기처럼 제때 왔지만,
人似秋鴻來有信,
인사: 추홍 래 유:신:

옛일은 봄꿈 같아서 전혀 흔적[3]이 없네.
事如春夢了無痕。
사:여 춘몽: 료:무흔

강성에서 마신 하얀 술 석 잔이 진하여,
江城白酒三杯釅,
강성 백주: 삼배 엄:

시골 노인 검은 얼굴 웃음이 따뜻하네.
野老蒼顔一笑溫。
야:로: 창안 일소: 온

해마다 이 모임을 갖자고 약속하였으니,

已約年年爲此會,
이:약 년년 위: 차:회:

옛 친구는 초혼[4] 노래 부를 것 없다네.

故人不用賦招魂。
고:인 불용: 부: 초혼

1_ 원제는 "정월 스무날에 반·곽 두 사람과 함께 교외로 나가 봄을 찾다가, 홀연 작년 이날 함께 여왕성에 이르러 시 지은 일이 기억나매, 이에 앞 시운을 따라 시를 짓다"라는 뜻이다. 1082년 작. 정월 스무날은 시인의 황주黃州(호북성) 귀양살이가 만 2년 되는 날이다. 반·곽은 당지에서 새로 사귄 친구. 반병潘丙은 술집 주인이고, 곽구郭遘는 저자에서 약 파는 사람이었다. 유배지에서 사귄 우정이 돋보인다. 소식은 다음 정월 스무날에도 시를 지었다. 황주에서 10리 떨어진 곳에 영안성永安城, 속칭 여왕성이 있었다 한다.

2_ 동풍 : 봄바람.

3_ 봄꿈 / 흔적 : 이 구절은 심복沈復의 『부생육기』 첫 페이지에 인용되었다.

4_ 초혼招魂 : 죽은 이의 혼을 부르는 것을 말하지만, 경우에 따라 산 사람의 혼을 부르는 것도 말한다. 이때 소식은 귀양살이를 하고 있었는데, 서울에 있던 친구들(故人)이 그를 불러들일 계획을 꾸미고 있었던 듯. 그러나 소식은 "초혼 노래 부를 필요가 없다"고 사절하는 것이다.

리세남 가을 경치에 적다[1] | 소식

書李世南所畫秋景
서 리:세:남소:화: 추경:

들의 물길 여기저기 물 불었던 흔적.

野水參差落漲痕。
야:수: 참치 락 창:흔

성긴 수풀 얼기설기 서리 내린 뿌리.

疏林攲倒出霜根。
소림 기도: 출 상근

작은 배 노를 저어 어디로 돌아가오?

扁舟一棹歸何處,
편주 일도: 귀 하처:

집은 강남 노랑 단풍 든 촌에 있다오.

家在江南黃葉村。
가재: 강남 황엽 촌

1_ 리세남은 자字가 당신唐臣, 소식과 동시대 사람으로 나이는 조금 적으며, 벼슬이 대리승大理丞(司法事務官 격)이었다. 화가로서 산수山水, 특히 '겨울 숲'(寒林)에 뛰어났다. 이것은 그림에 적어 넣은 시이다. 원래 2수였으나 1수만 뽑았다. 1087년에 지은 것.

동짓달 송풍정 매화[1] 소식

十一月二十六日松風亭下梅花盛開
십일월 이:십륙일 송풍정 하: 매화 성:개

춘풍령[2] 고개 넘어 회수 흐르는 남쪽 촌은—

春風嶺上淮南村。
춘풍 령:상: 회남 촌

옛날에 매화꽃으로 해서 넋이 빠졌던 곳.[3]

昔年梅花曾斷魂。
석년 매화 증 단:혼

어찌 알았으랴, 떠도는 신세 다시 만날 줄을,

豈知流落復相見,
기:지 류락 부: 상견:

남만 지방 비바람[4]도 시름겨운 황혼 무렵에!

蠻風蛋雨愁黃昏。
만풍 단:우: 수 황혼

긴 가지는 반나마 여지[5] 갯가에 떨어지는데,

長條半落荔枝浦,
장조 반:락 려:지 포:

누운 나무는 홀로 광랑[6] 동산에 빼어나다.

臥樹獨秀桄榔園。
와:수: 독수: 광랑 원

으스름 빛깔이 밤 경치를 붙잡을 뿐 아니라,

豈惟幽光留夜色,
기:유 유광 류 야:색

쌀쌀한 맵시[7]가 겨울 온기를 밀어내는 듯.
直恐冷豔排冬溫。
직공: 랭: 염: 배 동온

송풍정 아래 얼키설키 가시덤불 속에서,
松風亭下荊棘裏,
송풍 정하: 형극 리:

두 줄기 옥 꽃술[8]이 아침 햇빛을 기다린다.
兩株玉蘂明朝暾。
량:주 옥예: 명 조돈

바다 남쪽 신선의 구름[9]이 섬돌에 내리는가?
海南仙雲嬌墮砌,
해:남 선운 교 타:체:

달빛 아래 하얀 옷자락[10]이 중문에 이르는가?
月下縞衣來扣門。
월하: 호:의 래 구:문

술이 깨어 꿈에서 일어나 나무를 맴돈다.
酒醒夢覺起繞樹,
주:성: 몽:각 기: 요:수:

불가사의한 뜻은 있다만 끝내 말이 없다.
妙意有在終無言。
묘:의: 유:재: 종 무언

선생[11]은 홀로 자작한다고 탄식하지 마소라,
先生獨飮勿歎息,
선생 독음: 물 탄:식

다행히 지는 달이 술 단지를 넘보나니![12]
幸有落月窺清尊。
행:유: 락월 규 청준

1_ 원제는 "동짓달 스무엿새, 송풍정 아래에 매화가 흐드러지게 피다"라는 뜻이다. 이 해는 1094년, 소식이 혜주惠州(광동성)에 귀양 와서 그곳 가우사嘉祐寺에 붙여 지낼 때이다. 송풍정은 혜주 미타사彌陀寺 뒷산 꼭대기에 있으며, 처음엔 준봉峻峯이라 부르다가, 소나무(松) 스무 그루를 심었더니 바람(風)이 좋아 송풍松風이라 부르게 되었다 한다. 매화는 보통 이른 봄에 피는 꽃이지만 혜주惠州는 열대지방(北回歸線 약간 남쪽)이라 동짓달에 핀 것이다.

2_ 춘풍령春風嶺 : 호북성 마성시麻城市 동쪽 50킬로미터 거리에 있으며 매화가 유명하다. 회수淮水는 강 이름, 하남성 동백산東柏山에서 발원하여 안휘성·강소성을 거쳐 황하로 들어간다.

3_ 옛날에 …… 빠졌던 곳 : 이 구절 밑에 다음과 같은 원주가 있다. "나는 옛날(1080년) 황주黃州(호북성)로 가다가, 춘풍령春風嶺 위에서 매화를 보고 절구絶

句 2수를 지었고, 다음 해 정월에 기정岐亭(마성 서남 40킬로미터 거리)으로 가는 길에서 율시律詩를 지었다. 그 시에는 '지난해 오늘 관산 가는 길에서, / 이슬비 매화꽃에 바로 넋이 빠졌다.'(去年今日關山路, 細雨梅花正斷魂。)라 하였다."

4_ 남만南蠻 지방 비바람 : 원문은 만풍단우蠻風蛋雨, 만蠻과 단蛋은 모두 중국 남쪽지방에 사는 이민족. 혜주惠州는 당시 미개한 지방이었다.

5_ 여지荔枝 : 무환자과無患子科에 속하는 상록교목. 남방 원산이다. 여지(*Litchi chinensis*). 물이 많고 맛이 달고 싱긋한 이 열매는 양귀비楊貴妃가 무척 좋아했다는 전설이 있다.

6_ 광랑桄榔 : 야자과椰子科에 속하는 상록교목. 남방 원산이다. 사탕야자(*Arenga pinnata*). 목재가 단단하며, 화서花序로는 사탕을 만들고, 뿌리에서는 전분을 얻으며, 엽병葉柄으로는 노끈을 꼴 수 있다. 이 구절의 '누운 나무', 앞 구절의 '긴 가지'는 모두 매화를 가리킨다.

7_ 쌀쌀한 맵시 : 원어는 랭염冷豔, 차가운 아리따움, 매화를 형용한 말이다.

8_ 옥玉 꽃술 : 역시 매화를 가리킨다.(또한 시인 자신을 비유한 것으로 볼 수 있다. 즉 소식의 고결한 인격이 유배되어 미개지방 가시덤불에서 썩으면서도 아침 햇빛을 기다리니, 이는 광명 천지로 나아가려는 희망을 버리지 않은 것이다.)

9_ 바다 남쪽 신선의 구름 : 매화가 흐드러진 모습을 형용한 것이다.

10_ 달빛 아래 하얀 옷자락 : 매화의 청초한 모습을 형용한 것이다.

11_ 선생 : 시인 자신을 가리킨다.

12_ 지는 달이 술단지를 넘보나니 : 시인의 마음을 알아주는 것은 새벽에 지는 달뿐이라는 감회가 어린 것이다.

징매역 통조각 2수[1] | 소식

澄邁驛通潮閣二首
징매: 역 통조각 이: 수:

1

고달픈 나그네는 귀로가 멀다고 들었는데,

倦客愁聞歸路遙。
권: 객 수문 귀로: 요

날듯한 누각 아래 긴 다리가 또렷하다.

眼明飛閣俯長橋。
안: 명 비각 부: 장교

가을 갯가에 내리는 흰 백로만 보다가, 貪看白鷺橫秋浦,
탐간: 백로 횡 추포:

저녁 밀물에 빠지는 푸른 숲을 모르네. 不覺青林沒晚潮。
불각 청림 몰 만:조

1_ 1100년, 65세 때 지은 것이다. 징매현澄邁縣(해남성)은 중국 남단 해남도海南島 북부, 해남성 해구시海口市에 가깝다. 통조각通潮閣은 징매 서쪽에 있다. 소식은 해남도에서 귀양살이하는 중, 렴주廉州, 지금의 광서장족자치구 합포현合浦縣으로 이동하라고 하여 유월에 출발하여 바다, 경주해협瓊州海峽을 다시 건넜다.

2

남은 목숨 해남의 촌에서 늙으려 했더니, 餘生欲老海南村。
여생 욕로: 해:남 촌

하느님이 무양[1]을 보내어 나를 초혼한다. 帝遣巫陽招我魂。
제:견: 무양 초 아:혼

까마득한 하늘 아래 송골매 빠지는 곳, 杳杳天低鶻沒處,
묘:묘: 천저 골 몰처:

머리카락 한 올 푸른 산이 중원 땅이라. 青山一髮是中原。
청산 일발 시: 중원

1_ 무양巫陽 : 『초사』楚辭 《초혼》招魂에 나오는 무당 이름. "하느님이 무양에게 말씀하시되, / '아래 세계에 한 사람이 있는데, / 내가 그를 돕고 싶구나. / 혼백이 떨어져 흩어졌으니, / 네가 점을 쳐보아라.'…… / 무양이 이에 부르기를, '혼이여 돌아오소서,'"(帝告巫陽曰: 有人在下, 我欲輔之, 魂魄離散, 汝筮予之。……乃下招曰: 魂兮歸來,) 이 시에서 '하느님'은 송나라 휘종徽宗(1100~1125 재위) 조길趙佶을 가리킨다. 소식은 바다 밖 섬에서 귀양살이하다가 다시 중국 본토로 돌아가게 된 즐거움을 마치 한 번 죽었다가 재생된 것과 같다고 읊은 것이다.

황정견 黃庭堅

Huang Tingjian

황정견黃庭堅(1045~1105, 호 山谷道人)은 소식蘇軾과 함께 송시宋詩의 대표이며, 중국 문학사에서 최초의 자각적 시파詩派인 강서파江西派의 비조였다.

황정견은 강서성 수수修水 사람이다. 그는 젊었을 적에 집안이 퍽 가난했던 듯, 약방을 열어 생계를 삼으려고도 했다. 그는 23세 때 과거에 급제했으나 파당 때문에 계속 지방관으로만 돌았다. 41세 때(1085년), 겨우 중앙의 관리가 되었다. 비서성秘書省의 교서랑校書郞으로서 실록實錄 편집이 주임무였다. 이렇게 7년 가량 지내는 사이에 소식蘇軾 형제 등 많은 문인과 사귀었다. 뒤에 모친상을 당하여 벼슬에서 떠났는데, 1094년에 탈상은 되었지만 다시 관계에는 들어가지 못하고, 유죄流罪 내지는 방랑생활을 10년 가량 보내다가 의주시宜州市(광서자치구) 귀양지에서 병몰했다. 신변에는 근친이 하나도 없이 쓸쓸한 만년이었다.

황정견의 시는 종래 그 난해성難解性이 많이 거론되어 왔다. 그와 거의 동시대에 이미 주석注釋이 시도되었다. 주정적主情的·직관적直觀的인 당시唐詩에 대하여 그의 시는 주지적主知的이고 시종일관 냉정한 작풍作風을 견지하고 있지만, 가끔 문맥文脈의 단절이 나타나 독자를 당혹시킨다. 그는 또한 단순한 서경시敍景詩를 쓰기보다는 자연과 인간과의 의미를 해석하고 명확한 의지로써 자연을 제 손으로 만들어내는 적극적인 시도를 했다.

청명[1] | 황정견

清明
청명

좋은 명절 청명에 복사 오얏꽃 웃지만,	佳節淸明桃李笑, 가절 청명 도리: 소:
밭 사이 거친 무덤은 시름겨울 뿐이라.	野田荒壟只生愁。 야:전 황롱: 지: 생수
천둥에 놀란[2] 누리는 뱀들이 꿈틀하고,	雷驚天地龍蛇蟄, 뢰경 천지: 룡사 칩
비가 흡족한[3] 들판은 풀들도 부드럽다.	雨足郊原草木柔。 우:족 교원 초:목 유
제사 밥 빌어먹고 처첩에게 뽐내던 사람,[4]	人乞祭餘驕妾婦, 인걸 제:여 교 첩부:
불에 타서 죽어도 벼슬을 마다하던 선비.[5]	士甘焚死不公侯。 사:감 분사: 불 공후
어질든 어리석든 천년 뒤에 누가 알까?	賢愚千載知誰是。 현우 천재: 지 수시:
눈 가득 쑥대밭은 모두 같은 둔덕[6]이라.	滿眼蓬蒿共一丘。 만:안: 봉호 공: 일구

1_ 1068년, 24세 때의 작품. 청명淸明날의 정경을 그리며 인생무상의 뜻을 새겨 본 것이다. 청명은 4월 5일경이다. 중국에서는 이날 성묘省墓한다.

2_ 천둥에 놀란 : 경칩驚蟄(3월 5일경) 절기에 처음으로 천둥(春雷)이 치며, 동면하던 동물이 깨어난다고 한다.

3_ 비가 흡족한 : 우수雨水(2월 18일경)의 절기를 말하는 듯.

4_ 사람 : 이 얘기는 『맹자』孟子 「리루하편」離婁下篇에 나온다. 본처와 첩을 거느리고 사는 한 남자가 매일 외출하였다가 술이 거나해 돌아오면서 부자 친구의 대접을 받은 것이라고 말했는데, 사실은 공동묘지에 가서 남들이 제사 지내고 남은 대궁을 빌어먹었던 것이었다.

5_ 선비 : 이 얘기는 춘추시대春秋時代 개자추介子推의 고사에서 나온 것이다. 개자추는 세상을 버리고 산 속에 들어가 숨었는데, 진晉 문공文公(전 637~전 636

재위) 중이重耳가 그를 찾느라고 숲에 불을 질렀으나 끝내 나오지 않고 타 죽었다고 한다. 이를 애처롭게 여겨 이날 불을 피우지 아니했는데, 이것이 한식寒食의 유래가 되었다.(한식 유래는 다른 설도 있음.) 한식은 동지冬至(12월 22일경)부터 105일째 되는 날이다. 한식·청명은 겹치기 일쑤이다.

6_ 쑥대밭 둔덕 : 무덤을 가리킨다.

사슴과 갈매기[1] | 황정견

次韻公擇舅
차:운: 공택구:

간밤 꿈속에 메조 밥[2] 반쯤 익더니,
昨夢黃粱半熟,
작몽: 황량 반:숙

잠깐 만나서 고리 옥[3] 한 쌍 얻었다.
立談白璧一雙。
립담 백벽 일쌍

놀란 사슴[4]은 들의 풀이 필요하고,
驚鹿要須野草,
경록 요:수 야:초:

우는 갈매기[5]는 가을 강을 원한다.
鳴鷗本願秋江。
명구 본:원: 추강

1_ 원제는 "공택 외숙 님 시에 차운하다"라는 뜻이다. 1080년 시월, 서주舒州(안휘성 潛山縣)에 있으면서 지은 것이다. 공택公擇 외숙의 성명은 리상李常이다. 리상은 학자·장서가로서 황정견이 소년 시절에 그 집에 얹혀 살면서 직접 글을 배웠다. 당시 리상은 회남서로淮南西路(안휘성 북부) 제점형옥提點刑獄(法務監察官)으로 서주에 있었다. 이것은 황정견의 자연에 대한 애착, 자연과의 융합을 갈망하는 마음을 그린 것. 이 시는 흔치 않은 6언시이다.

2_ 메조 밥(黃粱) : 이 구절은 다음 구절과 함께 순간에 잃었다 순간에 얻었다 하는 부귀영화의 덧없음을 얘기한 것이다. 당나라 때 로생盧生이란 젊은이가 도사道士 려옹呂翁의 베개를 빌려 잠을 잤더니, 메조 밥을 채 다 짓기도 전에, 50년 부귀공명을 다 누린 꿈을 꾸었다는 고사가 있다.

3_ 고리 옥(白璧) : 둥근 고리 모양의 옥玉. 이것은 전국시대戰國時代 우경虞卿의

고사에서 나온 것이다. 우경은 조趙나라 효성왕孝成王(전 266~전 245 재위) 단丹을 설득하여, 한 번 만나서는 황금黃金과 '흰 고리 옥'(白璧)을 얻고, 두 번 만나서는 상경上卿이 되었다고 한다.

4_ 사슴 : 이 구절은 '절대적 판단 기준은 없다'는 『장자』莊子 「제물론」齊物論의 얘기에서 원용한 것이다. 사람이 하찮게 보는 풀도 사슴은 좋아하듯이, 일반이 희망하는 부귀공명보다 시인 황정견은 자연으로 돌아가고 싶다는 뜻으로 해석해야 할 듯.

5_ 갈매기 : 자유로운 생활을 상징함. 『렬자』列子 「황제편」黃帝篇에, 갈매기 떼들이 여느 때는 늘 가까이 날아오더니, 그들을 잡으려는 생각을 품자 멀리 달아났다는 얘기가 있다.

쾌각에 올라[1] | 황정견

登快閣
등 쾌:각

미련한 자식처럼[2] 관청 일 끝내 버리고,
癡兒了却公家事,
치아 료:각 공가 사:

쾌각에서 동서 맑은 저녁 경치 기댄다.
快閣東西倚晩晴。
쾌:각 동서 의: 만:청

낙엽 다 떨어진 천 산, 하늘은 너르다.
落木千山天遠大,
락목 천산 천 원:대:

말개진 강[3] 물 한 줄기, 달은 또렷하다.
澄江一道月分明。
징강 일도: 월 분명

붉은 현은 이미 님[4] 때문에 끊었지만,
朱絃已爲佳人絶,
주현 이:위: 가인 절

검은 눈[5]은 잠깐 좋은 술로 풀어진다.
靑眼聊因美酒橫。
청안: 료인 미:주: 횡

만리 밖으로 돌아가는 배, 피리를 불자.
萬里歸船弄長笛,
만:리: 귀선 롱: 장적

이 마음 나하고 갈매기가 맹세했거늘! 此心吾與白鷗盟。
차:심 오여: 백구 맹

1_ 1082년, 38세 때, 태화太和(강서성 泰和縣)에서 지은 것이다. 이 시도 지겨운 관리생활을 벗어나서 갈매기와 벗하는 자유로운 생활을 찾으려는 시인의 마음을 읊은 것이다. 쾌각快閣은 874년에 창건되었으며, 태화太和의 자은사慈恩寺 경내에 있는 누각. 이 시로 인해서 유명해졌으므로 몇 차례나 보수를 가하여 청淸나라 말기까지 명소名所로 남았다.

2_ 미련한 자식처럼 : 『진서』晉書 「전함전」傳咸傳에, "'낳은 자식이 미련해도 관청 일은 할 수 있다'고 말하지만, 관청 일도 그리 쉽지는 않다. 그 일을 끝내면 바로 미련하게 되는데, 그것도 즐겁다."라는 얘기에서 나온 것이다. 이 구절은 바보도 할 수 있다는 관청 일이 자기에게는 어렵지만, 그래도 하찮은 짓이라고 하면서, 진정 자유로운 생활이야말로 자기가 원하는 것이라는 자조自嘲와 자기긍정自己肯定의 모순되는 복잡한 감정이 섞인 것이다.

3_ 강 : 감강贛江. 대유령大庾嶺에서 발원한 장수章水와 무이산武夷山에서 발원한 공수貢水, 이 두 물이 감주시贛州市에서 합친 다음 계속 북류하여 파양호鄱陽湖에 들어간다. 길이 744킬로미터. 쾌각은 이 강에 면하고 있다.

4_ 님 : 지기知己를 가리킨다. 옛날 거문고의 명인 백아伯牙가 그의 친구 종자기鍾子期가 죽자 자기의 음악을 들을 줄 아는 사람이 없는 것을 슬퍼하여 거문고의 현絃을 끊었다.

5_ 검은 눈 : 즐거운 눈을 뜻한다. 진晉나라 시인 원적阮籍은 좋아하는 사람이 오면 '검은 눈'(靑眼)으로 바로 보고, 싫은 사람이 오면 '흰 눈'(白眼)으로 흘겨보았다 한다. 백안시白眼視와 반대되는 말이다.

황기복에게[1] | 황정견

寄黃幾復
기: 황기:복

나 북해에 살고 그대 남해[2]에 살아, 我居北海君南海,
아:거 북해: 군 남해:

기러기도 편지 못 전한다고 사절.	寄雁傳書謝不能。 기:안: 전서 사: 불능
복사 오얏 봄 바람 한 잔 술에,	桃李春風一杯酒, 도리: 춘풍 일배 주
강 호수[3] 밤 비 십 년 등불이라.	江湖夜雨十年燈。 강호 야:우: 십년 등
집이라고 바람벽 네 곳에 섰을 뿐.[4]	持家但有四立壁, 지가 단:유: 사: 립벽
병 고쳐도 팔뚝 세 번 안 잘라야지.[5]	治病不蘄三折肱。 치:병: 불기 삼 절굉
생각컨댄, 글 읽다 머리 세었구나.	想得讀書頭已白, 상:득 독서 두 이:백
장기[6] 서린 개울 잔나비 우는 등나무.	隔溪猿哭瘴溪藤。 격계 원곡 장:계 등

1_ 1085년, 41세 때 산동성 덕주시德州市의 덕평진德平鎭에서 지은 것이다. 황기복은 이름이 개介(1088년 졸), 자가 기복이다. 황정견과는 동향 친구. 황정견에게 『장자』莊子를 읽도록 권하기도 하면서 사상적으로도 영향을 주었다. 황기복이 죽자, 황정견은 그 묘지명을 지었다.

2_ 남해 : 당시 황개黃介가 지사로 있던 광동성 사회시四會市를 가리킨다. 황정견이 있던 덕평德平은 발해만渤海灣에서 120킬로미터 거리에 있고, 황개가 있던 사회四會는 주강구珠江口에서 100킬로미터 거리에 있으니, 모두 바닷가에 가깝다.

3_ 강 호수 : 황정견·황개 두 사람의 고향(江西省)을 가리킨다. 장강長江 남쪽 지방은 강과 호수가 많다. 이 두 구절은 명사名詞 또는 명사구名詞句로만 이루어져 있으며, 그 사이의 공백空白은 독자의 자유로운 해석을 기다리고 있다. 이러한 단절斷絶·비약飛躍은 황정견 시의 특성의 하나이기도 하다. 그대와 함께 술 마신 즐거움과 그 뒤 십 년 나 홀로 등불 대하는 외로움을 대비한 듯.

4_ 바람벽 네 곳에 섰을 뿐 : 한漢나라 사마상여司馬相如는 가난해서 집안에 아무것도 없이 바람벽만 넷이었다 한다. 이 구절은 가난한 살림이라는 말이다.

5_ 팔뚝 세 번 잘라야 : "팔뚝을 세 번 자르고서야, (즉 시행착오를 한 뒤에야) 양의良醫라는 것을 안다."는 『춘추좌씨전』春秋左氏傳 「정공십삼년」定公十三年의 말을 인용한 것이다. 황개黃介는 이 이상 경험할 필요 없이 고생을 겹쳐 받고

있다는 말을 하는 것인 듯하다.

6_ 장기 : 중국 남부 열대지방 하천에 피어오르는 유독有毒한 증기.

악양루에서 군산을 보며 2수[1] 황정견

雨中登岳陽樓望君山二首
우:중 등 악양루 망: 군산 이:수:

1[1]

황야 가서 죽을 고생, 살쩍이 희끗희끗. 投荒萬死鬢毛斑。
투황 만:사: 빈:모 반

살아 왔다, 구당협 염여퇴[2] 목구멍을! 生入瞿塘灩澦關。
생입 구당 염:여: 관

강남[3] 이르기 전에 먼저 한바탕 웃는다, 未到江南先一笑,
미:도: 강남 선 일소:

악양루 위에서 군산을 맞이하였으니! 岳陽樓上對君山。
악양 루상: 대: 군산

1_ 원제는 "우중에 악양루에 올라 군산을 바라보다"라는 뜻이다. 2수 가운데 제1수이다. 1102년 정월, 58세 때, 악주岳州(호북성 岳陽市)에서 지은 것이다. 당시 황정견은 사천성에서 수년간 귀양살이를 한 뒤 장강을 타고 귀향하는 길이었다. 악양루岳陽樓는 악주의 서문西門이다. 당唐나라 때 장열張說(667~730)이 창건한 것으로 3층의 누문, 동정호洞庭湖 동북안에서 바라보는 명소이다. 두보《악양루에 올라》(본서 666쪽)가 유명하다. 군산君山(해발 58미터)은 동정호 가운데 있는 산, '상수 신'(湘君. 본서 135쪽)과 '상수 부인'(湘夫人, 본서 139쪽)이 놀았던 곳이라 하여 군산君山, 또는 상산湘山이라고 하며, 또 동정산洞庭山이라고도 한다. 악양루와 군산 사이는 8킬로미터이다.

2_ 구당협 염여퇴 : 장강長江 가운데 위험한 수로水路의 하나. 리백《장간의 노래》 주 7 참조(본서 533쪽).

3_ 강남江南 : 황정견의 고향을 가리킨다.

2

강 가득 비바람, 홀로 난간에 기댄다.

滿川風雨獨憑欄。
만천 풍우: 독 빙란

틀어 올린 상아의 열두 쪽 머리.[1]

綰結湘娥十二鬟。
관:결 상아 십이: 환

애석하다, 호수를 마주 안 보고 있어!

可惜不當湖水面,
가:석 불당 호수: 면:

은빛 산더미 사이로 푸른 산 본다.

銀山堆裏看青山。
은산 퇴리: 간: 청산

1_ 틀어 올린 상아湘娥의 열두 쪽 머리 : 동정호 군산君山의 산형山形을 형용한 말. 조그만 쪽을 열두 개나 틀어 올린 여인의 머리 같은 모양이라는 뜻. 리하 《머리 빗는 미인》에는 열여덟 쪽이라는 말이 나온다. 동 주 7 참조(본서 796쪽). 또 신기질 《건강 상심정에 올라》 〈수룡음〉에도 산의 모양을 쪽 머리에 비유한 말이 있다. 동 주 3 참조(본서 964쪽).

락성사에서[1] | 황정견

題落星寺
제 락성사:

락성 스님[2]이 깊숙이 집을 엮으니,

落星開士深結屋,
락성 개사: 심 결옥

룡각 노인[3]이 와서는 시를 읊더라.

龍閣老翁來賦詩。
룡각 로:옹 래 부:시

이슬비 산을 감추어 객은 오래 묵고,	小雨藏山客坐久, 소:우: 장산 객좌: 구:
장강 하늘에 닿아 돛배는 더디 온다.	長江接天帆到遲。 장강 접천 범도: 지
쉬는 방 맑은 향기는 세속과 멀어서,	宴寢清香與世隔, 연:침: 청향 여:세: 격
훌륭한 그림[4] 많은 것 아무도 모른다.	畫圖妙絶無人知。 화:도 묘:절 무인 지
벌집 같은 방들은 들창이 열려 있고,	蜂房各自開戶牖, 봉방 각자: 개 호:유:
곳곳에서 차 끓인다, 등꽃[5] 한 가지!	處處煮茶藤一枝。 처:처: 자:다 등 일지

1_ 모두 4수, 이것은 제3수이다. 1102년 팔월, 57세 때, 강주江州(강서성 九江市)에서 썼다. 황정견은 이 해 유월에 태평주太平州(안휘성 當塗縣)의 지사를 9일간 하고 면직되었는데, 이것은 1094년부터 죽 유배·유랑 생활을 하던 중 유일한 사환仕宦이었다. 그러다가 마침내 궁벽한 의주宜州(광서자치구) 유배지에서 쓸쓸히 세상을 떠났다. 락성사落星寺는 강서성 파양호鄱陽湖의 북단, 장강長江과 접하는 부분인 팽려호彭蠡湖 위에 있던 절. 옛날 여기에 별이 떨어져 큰 바위로 변했다는 전설이 있다.

2_ 락성落星 스님 : 원주原注에, "절 스님 택륭擇隆이 정좌하기 위한 작은 집을 지었는데, 락성사落星寺의 명소가 되었다."라고 했다.

3_ 룡각龍閣 노인 : 시인의 외숙 리상李常을 가리킨다. 《사슴과 갈매기》 주 1 참조(본서 1141쪽). 그는 1088년에 룡도각 직학사龍圖閣直學士에 임명되었다.

4_ 훌륭한 그림 : 원주에, "택륭 스님은 그림이 아주 많다. 그런데 한산寒山·습득拾得의 그림이 가장 훌륭하다."라고 하였다. 한산寒山 약전 참조(본서 417쪽).

5_ 등꽃 : 원문은 등藤, '등나무 지팡이', 또는 '등나무 땔감'이라고 해석하기도 한다.

륙유 陸游

Lu You

륙유陸游(1125~1210, 자 務觀, 호 放翁)는 애국시인이었다. 륙유가 세상에 태어난 다음 해 북송北宋은 비극적으로 멸망하고, 림안臨安(절강성 杭州市)으로 천도한 남송南宋은 일시적인 소강상태를 이루었다. 당시 재상 진회秦檜는 화친파로서, 주전론자들을 많이 파면했다. 륙유의 아버지(陸宰)도 파면당한 관원의 한 사람이라, 그 주변에는 주전파의 비분강개하는 선비가 많았다. 이러한 레지스탕스의 분위기 가운데 그는 애국시인으로 자라났다(一海知義, 『陸游』, 東京: 岩波書店, 1968).

륙유는 절강성 소흥紹興 사람이다. 그 집안은 조부(陸佃)가 북송의 부수상을 지낸 명문이었으나, 그의 나이 24세 때 아버지가 사망한 뒤로는 가난살이를 면치 못했던 듯하다. 륙유는 과거科擧를 볼 때, 진회秦檜의 아들(秦塤) 때문에 부당하게 낙방되어, 정식 관리의 코스를 밟지 못하고 지방관의 보좌관(主簿, 通判 따위)을 지냈다. 38세 때, 진회가 죽고 난 뒤 겨우 진사출신進士出身의 자격을 얻었다.

륙유는 46세 때 기주夔州(사천성 奉節縣)의 통판通判으로 부임, 십여 년간 사천성을 전전했다. 특히 일선 지방이었던 흥원興元(섬서성 南鄭縣)에 머물렀던 기간은 그의 시에 큰 계기를 주었다. 이전에 지은 항전抗戰·애국愛國의 시가 관념적이었음을 깨닫고 새로이 붓을 가다듬어 목전目前의 사실을 가지고 단숨에 굵은 선으로 힘 있는 시를 짓게 된 것이다. 그러나 그의 북진책이 실현되지 못하자 종일 청루에서 술타령을 하거나 사냥질로 지냈다. 이때 지은 호가 방옹放翁이다. 그 뒤로도 여러 지방의 관원으로 떠돌았다. 58세부터 85세로 죽기까지는 일종의 연금을 받으며 대개 고향에서 빈한하나마 한가하게 지냈다.

륙유는 본질적으로 서정시인이었다. 인생과 자연을 놓고 미세한 현상에 눈길을 돌려 섬세한 붓으로 그려내는 송시宋詩의 특징은 그의 시에서도 증명된다. 다만 청년시절의 불운했던 혼인관계, 국가의 굴욕적인 상태, 사회의 여러 가지 모순이 그를 격앙으로 치닫게 한 듯하다. 륙유는 다작多作의 시인이기도 하다. 현행본에는 1만 수 가량이 수록되어 있지만, 그는 생전에 아마 2만 수는 작시한 듯하다.

산남의 노래[1] | 륙유

山南行
산남행

내 산남 다니기 이미 사흘 지나고 보매,	我行山南已三日。 아:행 산남 이: 삼일
동아줄 같은 한길은 동서로 뻗어 있고.	如繩大路東西出。 여승 대:로: 동서 출
편한 냇물과 기름진 들은 끝이 없는데,	平川沃野望不盡, 평천 옥야: 망: 불진:
밀밭은 푸르고 뽕나무는 우거져 있다.	麥隴青青桑鬱鬱。 맥롱: 청청 상 울울
진나라[2] 가까운 고장, 기풍이 씩씩하여,	地近函秦氣俗豪。 지:근: 함진 기:속 호
그네뛰기 공차기[3] 모두 편을 가른다.	鞦韆蹴鞠分朋曹。 추천 축국 분 붕조
구름 닿은 거여목 들판 말굽소리 힘차고,	苜蓿連雲馬蹄健, 목숙 련운 마:제 건:
줄지은 버드나무 길에 수레소리 드높다.	楊柳夾道車聲高。 양류: 협도: 거성 고
옛날부터 전해오는 뚜렷한 흥망의 자취,	古來歷歷興亡處。 고:래 력력 흥망 처:
눈에 보이는 산천은 오히려 전과 같다.	擧目山川尙如故。 거:목 산천 상: 여고:
한신 장군[4]의 단상에는 찬 구름이 낮고,	將軍壇上冷雲低, 장:군 단상: 랭:운 저
제갈 승상[5]의 사당에는 봄 해가 저문다.	丞相祠前春日暮。 승상: 사전 춘일 모:

나라는 반백 년[6] 동안 중원을 잃고 있지만, 國家四紀失中原。
국가 사:기: 실 중원

장강 · 회수[7] 진격은 성공하기 쉽지 않다. 師出江淮未易吞。
사출 강회 미: 이:탄

북소리 하늘에서 내려올 날이 있으리니, 會看金鼓從天下,
회:간: 금고: 종천 하:

오히려 관중[8]을 근거지로 삼아야 하리라. 却用關中作本根。
각용: 관중 작 본:근

1_ 1172년에 사천 선무사四川宣撫使의 간판공사幹辦公事 겸 검법관檢法官으로 흥원興元(섬서성 漢中市)에 있을 때 지은 것이다. 48세 때이다. 산남山南은 당대唐代 행정구획의 하나로 장안長安 남쪽에 있는 종남산終南山 이남 일대가 소속되었다. 그 행정중심의 하나가 흥원興元이었다. 당시 장안長安은 금군金軍의 수중에 들어 있었으니, 흥원興元은 금군에 대치하는 남송南宋의 최전선 기지였다. 일생 동안 금金나라에 대한 무력항쟁을 주장한 륙유는 흥원에 와서 이곳이 군사적으로나 경제적으로나 북방 회복의 근거지임을 실감했던 것이다.

2_ 진秦나라 : 섬서성 일대를 가리킨다. 이곳에 근거를 둔 전국시대의 진秦나라는 군사력이 우세했던 전통이 있다. 이곳은 륙유 당시 모두 금金나라가 점령하고 있었다.

3_ 그네뛰기 공차기 : 그네뛰기는 여성들의 놀이, 공차기는 남성들의 놀이이다.

4_ 한신韓信 장군 : 한나라 고조高祖 류방劉邦이 중국을 통일했을 때 전공이 가장 뛰어났던 장군. 그를 대장군大將軍에 임명했던 단壇이 한중시 근교에 있다.

5_ 제갈諸葛 승상 : 제갈량諸葛亮을 가리킨다. 삼국시대 촉蜀나라의 재상이다. 그 사당은 섬서성 면현勉縣(옛 이름 沔陽)에 있다. 한중시 서북 40킬로미터 거리이다. 한신과 제갈량은 용무勇武 · 지모智謀의 사람이었다.

6_ 반백 년 : 원문은 사기四紀이다. 1기는 12년이니 48년이 된다. 그러나 금金나라 대군이 침입하여 북송北宋이 망한 때(1126)부터 이 시를 지은 해(1172)까지는 47년째이니, 원시의 4기는 개수概數를 나타낸 것이다. 중원中原은 중국 중심부. 구체적으로는 락양洛陽(하남성)을 중심으로 하는 황하黃河 유역 일대. 북송의 서울, 개봉開封(하남성)도 포함된다.

7_ 장강長江 · 회수淮水 : 당시 금金나라는 회수淮水 이북을 차지하고, 남송은 회수 이남을 차지하였다. 회수 · 장강 사이는 양군의 공방攻防이 거듭되던 곳이었다.

8_ 관중關中 : 지금의 섬서성 일대. 륙유는 당시 상관이었던 사천 선무사四川宣撫

使 왕염王炎에게 건의하여, 중원을 회복하기 위해서는 장안長安을, 장안을 탈환하기 위해서는 먼저 롱우隴右(섬서성 서부)를 점령해야 한다고 주장했다.

한중 지경에서 묵으며[1] | 륙유

歸次漢中境上
귀차: 한:중경:상:

구름 잔도[2] 병풍 산을 달포나 다니다가,
雲棧屛山閱月遊。
운잔: 병산 열월 유

말굽이 이제 한중을 밟는 것이 기쁘구나.
馬蹄初喜蹋梁州。
마:제 초희: 답 량주

진 · 옹[3]으로 이어진 땅, 평지와 고원이 크다.
地連秦雍川原壯,
지:련 진옹: 천원 장:

형 · 양[4]으로 내리는 물, 낮 밤으로 흘러간다.
水下荊揚日夜流。
수:하: 형양 일야: 류

오랑캐 잔당은 비실비실 별 수 없건만,
遺虜孱孱寧遠略,
유로: 잔잔 녕 원:략

외로운 신하[5]만 말똥말똥 잠 못 이룬다.
孤臣耿耿獨私憂。
고신 경:경: 독 사우

좋은 기회가 훗날의 회한 될까 두려운데,
良時恐作他年恨,
량시 공:작 타년 한:

대산관[6] 끝에 또 하나의 가을이 왔구나.
大散關頭又一秋。
대:산: 관두 우: 일추

1_ 원제는 "돌아오는 길에 한중 지경에서 묵다"라는 뜻. 1172년, 48세 때, 가을에 공무로 잠시 랑중閬中(사천성)에 갔다가 다시 한중漢中(섬서성) 지경에 들어와 숙박했을 때 지은 것이다.

2_ 잔도棧道 : 지형이 깎아지른 절벽에 길을 내는 한 방법. 절벽 중턱에 나무로

선반처럼 달아 만든 길이다. 산악지대인 사천 지방 풍물의 하나이다. '구름 잔도'라 하였으니, 련운잔連雲棧을 생각한 듯. 장양호《은퇴》〈조천자〉 주 1 참조(본서 1041쪽).

3_ 진·옹秦雍 : 섬서성·감숙성 일대의 옛 이름. 그 지형은 '황토 고원'(原)과 '냇가 평지'(川)가 이어져 장관을 이룬다. 당시 금金나라 영토였다.

4_ 형·양荊揚 : 중국의 동남부를 가리킨다. 호북성 형주荊州(江陵縣), 강소성 양주揚州는 모두 장강 연안에 있다. 당시 남송南宋 영토였다. 이 시는 장강 상류인 가릉강嘉陵江 기슭에서 썼을 것이다. 가릉강은 한중 서부를 흐른다.

5_ 외로운 신하 : 시인 자신을 가리킨다. 앞 시《산남의 노래》에서와 같이 륙유는 북방을 회복하기 위해서는 이곳 섬서성에서 군사행동을 벌여야 한다는 주장이었다.

6_ 대산관大散關 : 섬서성 보계寶雞 서남에 있는 관문. 당시 남송과 금나라의 국경선상에 있었다.

검문의 가랑비[1] | 륙유

劍門道中遇微雨
검:문도:중 우:미우:

옷은 길 먼지에 또 술 자국이라.
衣上征塵雜酒痕。
의상: 정진 잡 주:흔

하염없는 나그네, 가는 곳마다 넋 빠진다.
遠遊無處不消魂。
원:유 무처: 불 소혼

이 몸은 시인이 합당한 모양인가?
此身合是詩人未,
차:신 합시: 시인 미:

가랑비 속 나귀[2] 타고 검문으로 들어간다.
細雨騎驢入劍門。
세:우: 기려 입 검:문

1_ 원제는 "검문 길에서 가랑비를 만나다"라는 뜻이다. 1172년 동짓날, 안무사(按撫使)의 참의관(參議官)이 되어 홍원(興元, 漢中市)에서 성도(成都市)로 부임

하는 길에 지은 것이다. 검문(劍門)은 지명. 사천성 검각현(劍閣縣)의 북쪽에 있다. 섬서성에서 사천성으로 넘어오는 길목이다.

2_ 나귀 : 나귀를 타고 여행하고 나귀 등에서 시를 지은 유명한 시인으로는 당나라의 리백(李白)·리하(李賀) 등이 있으므로, 제3구 "시인"은 그 연상(聯想)을 품고 있는 것이다. 그리고 제4구 "가랑비 속 나귀 타고"라 한 것은 보통 시인이라면 걸맞는 낭만적인 모습이지만, 자기도 그렇게 되고 마는 운명인가 하는 탄식이 품어져 있다. 이 시는 시인으로서의 자각과 함께 그것을 벗어나려는 기분, 두 가지를 함께 포함하고 있다. 륙유는 시인이었지만 그에 앞서 나라를 위한 정치 일선에 나서 국토 회복을 도모하려는 뜻이 강렬했던 것이다.

밤에 배를 정박하고[1] | 륙유

夜泊水村
야:박 수:촌

허리에 찬 화살 깃은 닳아빠진 지 오랜데,
腰間羽箭久凋零。
요간 우:전: 구: 조령

한숨이 난다, 연연산[2] 승첩을 못 새기다니!
太息燕然未勒銘。
태:식 연연 미: 륵명

늙은이도 오히려 사막을 가로지를 터인데,
老子猶堪絶大漠,
로:자: 유감 절 대:막

제군들은 어찌 신정[3]에서 눈물만 짜는가?
諸君何至泣新亭。
제군 하지: 읍 신정

육신은 나라 위해 만 번 죽어도 좋은 것,
一身報國有萬死,
일신 보:국 유: 만:사:

살쩍은 사람 위해 두 번 검어지지 않는다.
雙鬢向人無再青。
쌍빈: 향:인 무 재:청

기억한다, 강과 호수 위 배 대었던 곳에서
記取江湖泊船處,
기:취: 강호 박선 처:

모래톱 내리는 기러기[4] 소리 누워 듣던 일! 臥聞新雁落寒汀。
와:문 신안: 락 한정

1_ 원제는 "물가 촌락에서 밤에 배를 정박하다"라는 뜻이다. 1182년, 58세 때 지은 것이다. 륙유는 이보다 두 해 앞서, 56세 때, 수재민을 구하기 위해 사사로이 관유미官有米를 방출했다가 면직당했으므로, 이때는 고향에서 사록祠祿(일종의 연금)을 받아 구차한 생활을 지탱하고 있었다.

2_ 연연산燕然山 : 몽골 중서부를 달리는 큰 산맥, 항가이(Hanggai 杭愛) 산맥이다. 공동연대 89년에 후한後漢의 두헌竇憲이 북흉노北匈奴를 대파하고, 이 산에 올라 전공을 바위에 새기었다.

3_ 신정新亭 : 지금의 강소성 강녕현江寧縣 남쪽에 있는 정자 이름. 동진東晉(317~420) 때, 나라의 북반北半을 빼앗기고 지금의 남경南京으로 쫓겨와 있으면서, 사대부들은 이 정자에서 잔치를 베풀다가 국토 회복의 방법이 없음을 한탄하고 함께 울었다 한다. 함련 경련은 젊은이들이 국토통일을 위해 힘쓰지 않고 허송세월하고 있음을 개탄하는 말. 앞 구절의 '늙은이'는 시인 자신을 가리킨 것이다.

4_ 기러기 : 잃어버린 나라의 북반부를 생각게 하는 계기로 쓰인 것이다. 말련은 한적한 분위기를 가볍게 터치한 듯하지만 그 속에는 뜨거운 애국의 열정이 숨겨져 있다.

림안에 봄비 개이고[1] 륙유 臨安春雨初霽
림안 춘우: 초제:

세상 맛 여러 해째 깁처럼 엷어졌는데, 世味年來薄似紗。
세:미: 년래 박 사:사

누가 시켰나, 말 타고 서울로 오라고? 誰令騎馬客京華。
수령: 기마: 객 경화

작은 누각에서 밤새도록 봄비를 듣더니, 小樓一夜聽春雨,
소:루 일야: 청 춘우:

깊은 골목 밝은 아침에 살구꽃을 판다.[2] 深巷明朝賣杏花。
심항: 명조 매: 행:화

종이 조각 빗대 놓고 한가히 초서 쓰고, 矮紙斜行閒作草,
왜:지: 사행 한 작초:

맑은 창가에서 재미로 차 거품 내어 본다. 晴窗細乳戲分茶。
청창 세:유: 희: 분다

흰옷은 먼지 난다고[3] 너무 탓하지 말아라, 素衣莫起風塵嘆,
소:의 막기: 풍진 탄:

청명[4] 되기 전 집에 다다를 수 있으리니. 猶及淸明可到家。
유급 청명 가: 도:가

1_ 원제는 "림안에 봄비가 처음 개이다"라는 뜻이다. 1186년 봄, 62세 때, 남송 서울 림안臨安(杭州市)에서 지은 것이다. 이때 륙유는 엄주嚴州(절강성 建德市)의 지사심득知事心得(부지사)에 임명되어 임금께 알현하기 위해 상경했던 것이다. 그러나 이 임관은 희망에 찬 것은 아니었다. 이 시는 함련 대구로 특히 유명한데, 시 전체의 분위기는 당시 그의 정치에 대한 실망으로 덮여 있다.

2_ 살구꽃을 판다 : 꽃장수가 이른 아침에 꽃을 소리쳐 파는 것은 남송南宋 도회都會의 풍물이었다.

3_ 흰 옷은 먼지 난다고 : 이 구절은 진晉나라 륙기陸機의 시(爲顧彦先贈婦), "서울엔 먼지도 많다. / 흰옷이 검게 바뀐다."(京洛多風塵, 素衣化爲緇。)라는 구절에서 나온 것이다. '먼지'는 도회의 더러운 인간관계를 비기는 것으로 볼 수 있다.

4_ 청명 : 24절기의 하나. 양력 4월 5일경이다.

심원 2수[1] | 륙유

沈園二首
심:원 이:수:

1

성 위에 해 비꼈는데 화각[2] 소리 슬프다.
城上斜陽畫角哀。
성상: 사양 화:각 애

심원은 다시 예전 연못과 누대가 아니다.
沈園非復舊池臺。
심:원 비부: 구: 지대

상심하고 선 다리 아래 봄 물결은 초록빛,
傷心橋下春波綠,
상심 교하: 춘파 록

일찍이 놀란 기러기[3] 그림자 던졌던 곳.
曾是驚鴻照影來。
증시: 경홍 조:영: 래

1_ 모두 2수. 1199년, 75세 때, 고향에서 지은 것이다. 심원沈園은 소흥紹興(절강성) 근교 우적사禹跡寺 곁에 있었던 심沈씨의 정원. 륙유는 20세경에 외가의 조카뻘 되는 당완唐琬과 결혼하여 금슬이 좋았으나, 시어머니와 며느리 사이가 나빠서 얼마 지나지 않아 이혼, 당완은 조사정趙士程이란 남자와 재혼하고, 륙유도 다른 여자(王氏)와 재혼했다. 그 뒤 륙유는 31세 되던 봄에 심원에 놀러갔다가, 마침 놀러 나온 당완·조사정 부부를 만났는데, 당완은 남편에게 말하고 사람을 시켜 륙유에게 주효를 보내어 왔었다. 당완은 그 뒤 곧 저 세상으로 떠났는데, 륙유는 만년에 이르기까지 그녀를 잊지 못했다. 이《심원》 2수 이외에 그녀를 생각하고 지은 시가 몇 편 더 있다.

2_ 화각畫角 : 쇠뿔 같은 것에 그림을 그려서 불게 된 악기, 군악기의 일종.

3_ 놀란 기러기 : 미인의 모습을 비긴 말. 위魏나라 조식曹植의《락신부》洛神賦에서 나온 말. 여기서는 자기보다 앞서 간 전처의 모습을 형용한 것이다.

2

꿈이 깨어지고 향이 스러진 지 사십 년.
夢斷香消四十年。
몽:단: 향소 사:십 년

심원의 버들은 늙어, 솜털 아니 날린다. 沈園柳老不吹綿。
심:원 류:로: 불 취면

이 몸은 곧 회계산[1] 흙이 될 터이지만, 此身行作稽山土,
차:신 행작 계산 토:

옛 자취 더듬으니 문득 눈물이 주르륵. 猶弔遺蹤一泫然。
유조: 유종 일 현:연

1_ 회계산會稽山 : 륙유의 고향 소흥紹興(절강성) 부근에 있는 산. 춘추시대 말엽 월越나라 임금 구천句踐이 오吳나라 군사에게 패하여 최후로 쫓긴 곳.

아들에게[1] | 륙유 示兒

시:아

죽으면 만사가 허무한 것 원래 알지만, 死去元知萬事空。
사:거: 원지 만:사: 공

다만 구주[2]의 통일을 못 보아 슬프다. 但悲不見九州同。
단:비 불견: 구:주 동

우리 국군 북진하여 중원[3]을 찾는 날, 王師北定中原日,
왕사 북정: 중원 일

집안 제사 때 잊지 말고 아비에게 알려라. 家祭無忘告乃翁。
가제: 무망 고: 내:옹

1_ 원제는 "아들에게 보이다"라는 뜻이다. 1209년 섣달, 85세 때, 고향에서 지은 것으로, 륙유가 "세상을 하직하는" 시이다. '아들'들은, 이때, 62세 되는 장남 이하 33세 되는 막내까지 6명이 있었다.

2_ 구주九州 : 중국 전토. 중국 고대에 전국을 9주州로 나누었기 때문이다. 『구가』《큰 생명 신》 주 5 참조(본서 146쪽).

3_ 중원中原 : 중국 중앙부. 황하 중류 일대를 가리킨다. 당시 1209년에는 주르친족 금金나라 영토였다. 그 뒤 1234년에는 몽골 군사가 금나라를 멸망시키고, 1279년에는 남송南宋까지 멸망시키어, 마침내 전 중국은 몽골족 원元나라 지배하에 들어갔다.

원호문 元好問

Yuan Haowen

원호문元好問(1190~1257, 자 裕之, 호 遺山)은 망국의 시인이었다. 13세기 유라시아 대륙을 휩쓴 몽골 폭풍이 중국을 덮쳤을 때 중국 문화의 정통으로 자처했던 그는 이 비극을 형상화形象化하는 데 성공했다.

원호문은 순수한 한인漢人은 아니었다. 그의 먼 조상은 탁발씨拓跋氏였다. 탁발씨는 만주滿洲 선비족鮮卑族의 한 부족으로서 남북조시대 위(北魏)나라를 세웠는데, 서기 496년 한화漢化정책에 따라 원元씨로 성을 바꾼 것이다. 그리고 원호문이 섬긴 왕조는 같은 만주滿洲 주르친(Jurchin 女眞)이 세운 금金나라였다. 그러나 그가 받고, 잇고, 물린 문화는 한족漢族의 문화였다. 그는 이 정통문화의 계승자로서 금나라를 봤기에 다른 이민족인 몽골(Mongol 蒙古)에게 망하는 금나라에 대하여 비분강개하는 애국시를 지은 것이다(小栗英一, 『元好問』, 東京: 岩波書店, 1969).

원호문은 산서성 흔주忻州 사람이다. 사대부 집안에 태어나, 생후 7개월 만에 숙부에게 양자로 보내졌다(生父는 元德明, 養父는 元格). 어려서 신동 소리를 듣던 그는 일곱 살에 이미 시를 지었다. 청년기는 관리였던 아버지를 따라 산동성·하북성·섬서성과 산서성 등 타향에서 보냈다.

1214년(25세)에 몽골군이 침입하여 원호문의 고향(忻州)에서만도 10여 만 명이 학살되고, 그의 형도 피살되었다. 1216년에 몽골군이 재침할 때 그는 가족과 함께 피란길을 떠났다. 그는 1221년에 진사進士가 되고, 1226년부터 1231년까지는 여러 고을의 현령縣令을 지냈다.

1232년(43세) 섣달에 금나라 임금(哀宗, 完顏守緖)이 몽골군의 침공을 피해 서울(汴京)을 떠나자, 1233년 정월에 서면원사西面元師 최립崔立이 쿠데타를 일으켜 실권을 장악하고는 몽골군 수부타이(速不台)에게 항복을 통고했다. 이때 원호문은 상서성 좌사원외랑尙書省左司員外郞(局長급)에 발탁되었다. 그러나 사월 스무아흐레에는 연금軟禁되는 신세였다.

1235년(46세)에 해금解禁이 된 뒤로는 약 20년 간 망국의 유신遺臣으로서, 당시 최고의 시인 · 문화인으로서, 학문을 연구 · 진흥시키는 데 보냈다.

원호문의 시는 모두 1,500여 편인데 본서에서는 금나라 멸망을 전후하여 지은 애국시《기양》,《설향정 잡가》,《일천이백삼십삼년 사월 스무아흐레》와 폭풍이 지나간 뒤의 담담한 심정을 보이는《외갓집 남쪽 절간》을 뽑았다.

기양3수[1] | 원호문

岐陽三首
기양 삼수:

1

기병돌격대 연이은 병영, 새도 날지 못한다.	突騎連營鳥不飛。 돌기: 련영 조: 불비
북풍[2]은 휘익휘익, 눈이 올 듯 찌푸린 날씨.	北風浩浩發陰機。 북풍 호:호: 발 음기
삼진[3]의 요새는 예나 이제나 한결같거늘,	三秦形勝無今古, 삼진 형승: 무 금고:
천리[4]의 소문이 옳은지 그른지 말해다오.	千里傳聞果是非。 천리: 전문 과: 시:비
날뛰는 고래 무리에 인해[5]가 말라 버렸고,	偃蹇鯨鯢人海涸, 언:건: 경예 인해: 학
분명한 뱀과 개에게 철산[6]이 에워싸였다.	分明蛇犬鐵山圍。 분명 사견: 철산 위
막다른 길에 원 서방[7]은 뾰족한 수 없구나.	窮途老阮無奇策, 궁도 로:원: 무 기책
멍하니 바라보는 기양, 옷에 가득한 눈물.	空望岐陽淚滿衣。 공망: 기양 루: 만:의

1_ 기양岐陽은 지금의 섬서성 봉상현鳳翔縣이다. 1231년 정월부터 몽골 대군의 포위 공격을 받은 봉상은 사월에 함락되었다. 이때 시인의 나이는 마흔두 살. 사월에는 현령縣令으로서 남양南陽(하남성)에 부임했는데, 함락의 소식을 듣고 이 연작 3수를 지었다.

2_ 북풍 : 몽골 군대를 상징한다. 앞 구절의 '기병돌격대'도 몽골군을 가리키는 것이다.

3_ 삼진三秦 : 지금의 섬서성. 항우項羽가 진秦나라를 접수한 뒤, 그 땅을 옹雍·새塞·적翟 세 나라로 갈랐는데, 이것을 합쳐서 삼진三秦이라 부른다.

4_ 천리千里 : 봉상에서 남양까지는 약 650킬로미터.(송원 때 천리는 560킬로미터임.)

5_ 인해人海 : 많은 사람. 몽골군은 적군이 항거하다가 패하면 주민들까지 몰살시켰다.

6_ 철산鐵山 : 불설佛說에서 말하는 철위산鐵圍山. 수미산須彌山을 중심으로 하여 여덟 개의 산과 바다가 있는데, 맨 바깥에 철위산이 있다고. 이 산은 둥근 바퀴(圓輪) 모양으로 되어 있으며, 해와 달과 함께 밤낮 회전한다고 한다. 금金나라 군사가 지키던 기양岐陽(봉상현)을 가리킨다.

7_ 원 서방 : 원적阮籍을 가리킨다. 원적은 삼국시대 위魏나라의 문인, 유명한 죽림칠현竹林七賢의 하나. 원적은 기행奇行이 많았다. "그는 혼자 수레를 몰고 마구 달리다가 수레가 갈 수 없는 막다른 길에 이르면 소리쳐 울면서 돌아왔다"고 한다. 여기서는 시인 자신을 가리킨다.

2

백이[1] 지세 관중 땅에 풀이 퍼지지 못한다.	百二關河草不橫。 백이: 관하 초: 불횡
십년 전쟁 지치어 진나라 서울[2]은 어둡다.	十年戎馬暗秦京。 십년 융마: 암: 진경
서쪽으로 바라보는 기양, 아무 소식 없는데—	岐陽西望無來信, 기양 서망: 무 래신:
동쪽으로 흘러가는 롱수,[3] 통곡 소리 들린다.	隴水東流聞哭聲。 롱:수: 동류 문 곡성
들의 덩굴은 정이 있어서 흰 뼈를 휘감지만,	野蔓有情縈戰骨, 야:만: 유:정 영 전:골
지는 햇살은 무슨 뜻으로 빈 성을 비추는가?	殘陽何意照空城。 잔양 하의: 조: 공성
누굴 따라 자세히 푸른 하늘에 물어보겠나?	從誰細向蒼蒼問, 종수 세:향: 창창 문:
어찌 치우에게 병기 다섯 가지[4]를 주셨냐고!	爭遣蚩尤作五兵。 쟁견: 치우 작 오:병

1_ 백이百二 : 진秦나라 땅을 가리킨다. 진나라는 천연의 요새로서 적군의 100분의 2, 즉 2%의 병력으로써도 막아낼 수 있다는 기록이 『사기』史記 「고조본기」高祖本紀에 나온다.

2_ 진나라 서울 : 함양咸陽(西安市 북), 금나라는 경조부京兆府라 불렀다.

3_ 롱수隴水 : 롱隴은 진秦나라 서방에 해당되는 지역의 총칭, 대개 지금의 감숙성 동부에 해당된다. '롱수'는 거기 흐르는 강물이다.

4_ 치우蚩尤 / 병기 다섯 가지 : 치우는 중국 고대 신화의 인물. 살육을 즐기었고, 병기를 처음 만들었으며, 황제黃帝와 겨루다가 패망했다고 한다. '다섯 가지 병기'는 과戈(한쪽 가지 창), 수殳(팔모 몽둥이), 극戟(양쪽 가지 창), 추모酋矛(스무 자 길이 창), 이모夷矛(스물넉 자 길이 창)이다.

3

범 아홉 마리[1]가 눈뜨고 지키는 진나라가	眈眈九虎護秦關。 탐탐 구:호: 호: 진관
초나라 제나라[2]처럼 밥상의 고기 되었다.	懦楚孱齊机上看。 나:초: 잔제 궤상: 간
우공의 토지 등급에서 륙해[3]로 꼽혔거늘!	禹貢土田推陸海, 우:공: 토:전 추 륙해:
한나라 영토 경계는 천산[4]까지 닿았거늘!	漢家封徼盡天山。 한:가 봉요: 진: 천산
북풍은 펄럭펄럭, 날라리[5] 소리 슬프다.	北風獵獵悲笳發, 북풍 렵렵 비가 발
위하[6]는 썰렁썰렁, 전사자의 뼈가 시리다.	渭水瀟瀟戰骨寒。 위:수: 소소 전:골 한
서른여섯 봉우리[7]는 장검처럼 버티었지만,	三十六峰長劒在, 삼십 륙봉 장검: 재:
신선 손바닥[8]은 아깝게도 한가롭기만 하다.	倚天仙掌惜空閑。 의:천 선장: 석 공한

1_ 범 아홉 마리 : 범처럼 용맹한 장군 아홉 명. 1218년에 금나라 선종宣宗 완안순完顔珣(吾睹補)이 섬서성 관문을 지키기 위해 수어사守禦使 아홉 명을 배치했는데, 이것을 가리키는 듯.

2_ 초楚나라 제齊나라 : 이 시詩보다 100년쯤 앞서, 금나라 군사가 중원으로 처음 쳐들어왔을 때, 그 힘을 업고 세워진 두 괴뢰국. 초나라는 원래 북송의 중서시랑中書侍郎이었던 장방창張邦昌이 1127년에 개봉開封에서 즉위한 것. 제나라는 원래 북송의 제남濟南 지사였던 류예劉豫가 1130년에 즉위한 것. 곧 금나라 의사에 따라 폐지되었다.

3_ 우공 …… 륙해 : 우공禹貢은 『서경』書經의 한 편. 우禹가 즉위하기 전에 전 중국의 토지를 측량·조사하여 공물貢物과 세금의 제도를 제정했다는 책. 중국에서 가장 오랜 지리서로 친다. 륙해陸海는 '대륙의 바다'라는 뜻, 진秦 땅을 가리킨다. 진나라는 넓고 물산이 풍부하기 때문이다. 『한서』漢書 「동방삭전」東方朔傳에 나온 말이다.

4_ 천산天山 : 기련祁連산맥을 가리킨다. 흉노匈奴 말로 기련祁連은 하늘(天)이라는 뜻이다. 기련산맥은 감숙성 회랑의 남쪽을 따라 달리는 산맥이다. 공동연대 이전 99년 오월에 한漢나라 리광리李廣利가 인솔하는 한군漢軍은 흉노匈奴의 우현왕右賢王과 천산天山에서 싸웠다는 기술이 『사기』史記 「리장군전」李將軍傳에 보인다. 지금 천산은 신강 위구르 자치구에 따로 있다. 이상 두 구절은 왕년의 금金나라가 강성했음을 얘기하는 것이다.

5_ 날라리(胡笳) : 군악기의 일종. 여기서는 몽골군이 부는 날라리라는 뜻이다.

6_ 위하渭河 : 섬서성 남부를 동서로 흐르는 강. 서안西安 북쪽을 지나 동관潼關 못 미쳐 황하黃河와 합류한다.

7_ 서른여섯 봉우리 : 섬서성 화산華山(해발 2,160미터)의 서른여섯 봉우리이다.

8_ 신선 손바닥 : 화산華山 산꼭대기의 세 봉우리 가운데 하나. 바위에 갈라진 틈들이 있어 다섯 손가락처럼 보이기에 '신선의 손바닥'(仙掌)이라 부르는 것이다.

설향정 잡가[1] | 원호문

俳體雪香亭雜詠
배체: 설향정 잡영:

락양[2] 대궐과 성문은 재와 연기 되었다.

洛陽城闕變灰煙。
락양 성궐 변: 회연

괵나라 우나라[3]의 종말이 눈앞에 닥쳤다. 暮虢朝虞只眼前。
모:괵 조우 지: 안:전

행원[4]의 제비 한 쌍에게 물어봐 주겠나, 爲向杏園雙燕道，
위:향: 행:원 쌍연: 도:

어디에 둥지 틀고 명년을 지내겠느냐고. 營巢何處過明年。
영소 하처: 과: 명년

1_ 모두 15수, 이것은 제2수이다. 배체俳體는 유희적 색채를 띤 시문詩文. 설향정雪香亭은 금나라 수도 변경汴京(開封市) 궁성에 있는 정자 이름. 1231년 섣달에 금나라 임금이 몽골군의 침공을 피해 변경을 떠나자, 다음해 정월에 쿠데타를 일으킨 최립崔立이 실권을 잡고 몽골군에게 항복했다. 사월 열아흐렛날에 왕실의 남녀 500여 명은 몽골군에 의하여 변경汴京으로부터 그 인접한 청성青城으로 연행되어 갔다. 원호문은 비반 궁녀들이 떠난 고궁故宮에서 영화롭던 지난날에 대한 감개를 이 시로 읊은 것이다. 때는 1233년, 시인의 나이 44세이다.

2_ 락양洛陽 : 수도의 대명사. 락양은 중국 최고最古의 도시 가운데 하나이다. 여기서는 변경汴京을 가리킨다.

3_ 괵虢나라 우虞나라 : 지금의 산서성 남부에 있던, 춘추시대의 두 작은 나라. 모두 진晋나라에게 병탄되었는데, 그때 "오늘은 괵나라를 빼앗고 내일은 우나라를 빼앗는다."는 말이 『춘추』春秋 「공양전 희공이년」公羊傳僖公二年에 보인다. 금나라의 운명이 풍전등화 같다는 뜻이다.

4_ 행원杏園 : 당나라 때 장안長安에 있던 정원 이름. 위 주 2 락양과 같이 빌린 말이다. 쌍쌍이 나는 제비는 사이 좋은 남녀의 상징. 임금과 비빈을 뜻한다.

일천이백삼십삼년 사월 스무아흐레[1] 원호문

癸巳四月二十九日出京
계:사: 사:월 이:십구:일 출경

일선지대에 처음 위문금품 보냈을 적에,[2] 塞外初捐宴賜金。
새:외: 초연 연:사: 금

이미 남침하는 기병은 발걸음 재촉했었다.	當時南牧已駸駸。 당시 남목 이: 침침
다만 파상[3]에서 병정놀이 한 것은 알았지만,	只知灞上眞兒戲, 지:지 파:상: 진 아희:
누가 중국 대륙이 침몰될 줄 생각했을까?	誰謂神州遂陸沈。 수위: 신주 수: 륙침
화표[4]에 학이 찾아오면 말씀이 있겠지만,	華表鶴來應有語, 화표: 학래 응 유:어:
동반 사람[5]은 떠나면서 무슨 마음이었을까?	銅槃人去亦何心。 동반 인거: 역 하심
흥망에 대해 누가 하느님의 뜻을 알까?	興亡誰識天公意, 흥망 수식 천공 의:
청성[6]만 남아 있어 고금의 역사를 본다.	留着靑城閱古今。 류착 청성 열 고:금

1_《설향정 잡가》를 노래한 지 며칠 안 되는 사월 스무아흐렛날에, 원호문도 망국亡國 금金나라의 관리였으므로, 몽골군에게 잡혀서 청성靑城으로 연행되어 갔다. 여기서 그는 망국亡國의 현실에 이른 과정을 되새기며 비분을 새로이 하여 이 시를 지은 것이다.

2_ 위문금품 보냈을 적에 : 금나라 정부에서는 몽골군에 대비하여, 일선지대에서 수고하는 장병을 위문하기 위하여, 대정大定(1161~1189) 때부터 특별 연회용 자금을 여러 차례 하사했다.

3_ 파상灞上 : 지명. 서안시西安市 동쪽을 북류北流하여 위하渭河로 들어가는 강이 파수灞水인데, 파상은 그 강가에 있다. 『사기』史記 「강후주발세가」絳侯周勃世家에, "한나라 문제文帝 류항劉恒은 흉노匈奴의 침공에 대비하여 파상灞上(長安 동), 극문棘門(長安 북), 세류細柳(長安 남)에 군사를 주둔시켰다. 어느 날 문제 류항은 사전 통고 없이 불시에 이 세 주둔지를 시찰했는데, 파상·극문에서는 장군 이하 총출동하여 임금을 맞이했으나, 세류에서는 임금이 가도 경계태세를 풀지 않고 까다롭게 확인 절차를 마치고 난 다음에야 들어오게 했다. 서울로 돌아간 임금은 세류의 장군인 주발周勃을 칭찬하면서 파상·극문에서는 병정놀이를 하는 것이냐고 말했다."고 한다.

4_ 화표華表 : 역정驛亭이나 번화가에 세운 푯대(標柱). 두 기둥 위에 나무를 건너질렀다. 이 시구는 다음과 같은 고사에서 나왔다. "한나라 정령위丁令威는 신

선도를 배워 학鶴으로 변해서 고향으로 돌아왔다. 그(鶴)는 성문의 화표에 앉았다가, '새야 새야, 정령위야. / 집 떠나서 천년 만에, 이제 방금 돌아왔다. // 성곽은 옛날 같지만, 백성들은 같지 않다. / 어이 신선 안 배울까? 무덤들이 둥글둥글.'(有鳥有鳥丁令威, 去家千年今始歸。城郭如故人民非, 何不學仙冢纍纍。) 하고 노래하면서 날아갔다."(『搜神後記』).

5_ 동반銅槃 사람 : 한나라 무제武帝 류철劉徹이 장안長安 궁전 안에 세웠다는 신선의 동상. 그 손바닥은 장명약長命藥을 만드는 데 쓸 이슬을 받기 위해 구리 쟁반(銅槃)으로 만들었기에 이런 이름이 붙은 것이다. 이 시구는 다음과 같은 고사에서 나왔다. "삼국시대 위魏나라 명제明帝 조예曹叡는 이 동상을 락양洛陽으로 옮길 것을 명령했다. 동상을 수레에 실을 때 동상은 눈물을 줄줄 흘렸다."고 한다.(李賀의 金銅仙人辭漢歌序) 이상 두 구절은 변경汴京의 함락, 금나라의 멸망을 슬퍼하는 것이다.

6_ 청성青城 : 변경汴京(開封市) 남쪽 교외에 있는 작은 성. 원호문의 자주自注에, "국초國初에 송나라를 빼앗을 때 청성에서 항복을 받았다."라고 했다. 1127년에 금나라 장군 네무호(黏沒喝)가 송나라 휘종徽宗 조길趙佶과 흠종欽宗 조환趙桓을 잡아놓고 항복을 받은 곳(北宋의 終末). 1233년에는 몽골의 장군 수부타이(速不台)가 역신逆臣 최립崔立의 항복을 받아 금나라 왕족·비빈들이 잡혀온 곳. 금나라는 다음 해, 1234년에 완전히 멸망했다.

외갓집 남쪽 절간[1] 원호문

外家南寺
외:가 남사:

빽빽한 오동 추나무[2] 저녁연기 흔들리니,	鬱鬱楸梧動晚煙。 울울 추오 동: 만:연
마당 가득 바람 이슬로 가을 벌써 느낀다.	一庭風露覺秋偏。 일정 풍로: 각 추편
눈에 익은 언덕이 골짜기[3]로 바뀌었구나.	眼中高岸移深谷, 안:중 고안: 이 심곡
시름 속 석양에 매미가 기승을 부린다.	愁裏殘陽更亂蟬。 수리: 잔양 갱: 란:선

고향 떠난 양반[4]도 돌아온 오늘이 있는가? 去國衣冠有今日,
거:국 의관 유: 금일

외갓집 배 밤[5]으로 어린 시절 기억난다. 外家梨栗記當年。
외:가 리률 기: 당년

머리가 세도록 인간 세상을 두루 돌다가, 白頭來往人間徧,
백두 래왕: 인간 편:

전처럼 절간 창 앞의 평상을 빌려 잠든다. 依舊僧窗借榻眠。
의구: 승창 차:탑 면

1_ 1239년에 고향인 흔주시忻州市(산서성)에서 지었다. 원호문은 금나라가 멸망하자 일시 청성에 연금되었다가 풀려 나온 뒤 다시 벼슬하지 아니하고 학문에 힘을 기울였다. 이때 시인의 나이는 50세.

2_ 오동 추나무 : 오동은 벽오동(*Firmiana simplex*). 추나무는 원문 추楸(*Catalpa bungei*), 개오동(梓, *Catalpa ovata*) 비슷하다.

3_ 언덕이 골짜기로 : 10년이면 강산이 변한다는 뜻. 고향 떠난 지 24년 만에 귀향한 것이다(48세 때 일시 귀향한 적은 있음).

4_ 양반 : 원문은 의관衣冠. 의관을 차리는 사람, 관리의 뜻이다. 여기서는 시인 자신을 가리킨다.

5_ 배 밤(梨栗) : 어린 시절의 상징. 도연명《아들 책망》주 8 참조(본서 380쪽). 리상은《개구쟁이》주 4 참조(본서 833쪽).

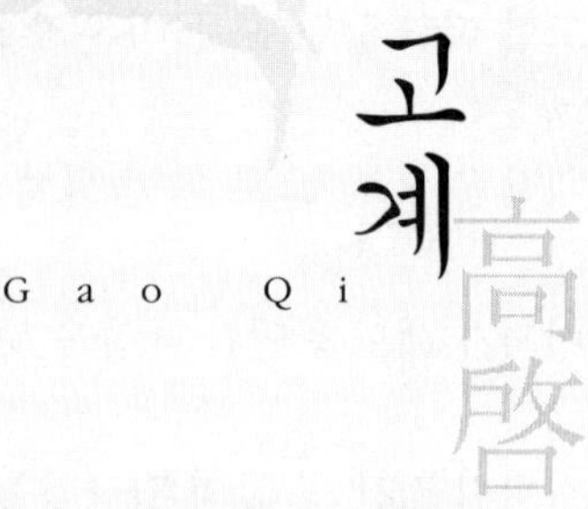

고계 高啓

Gao Qi

고계高啓(1336~1374, 자 季迪, 호 青邱子)는 원元나라 말기의 난세에 태어난 시인이다. 그의 시국관은, 소위 태평성대는 너무 잘 짜인 질서 때문에 천재가 활약 못하고 난세에서만 새로운 질서를 세우는 큰 사업을 할 수 있다고 보았다. 그러나 자기는 난세에 태어났지만 그러한 기량器量이 없어 시만 쓴다고 했다(「婁江吟稿序」). 그는 난세에서 오히려 자유로웠던 시인이라고 하겠다.

고계는 강소성 소주蘇州 사람이다. 그는 절강성 항주杭州 · 소흥紹興에 잠시 여행했던 일과 남경南京에 출사했던 일을 빼고는 일생의 대부분을 소주와 그 근교에서 보냈다. 소주는 춘추시대 오吳나라의 고도古都로 그 문화적인 환경이나 경제적인 실력이 뛰어난 곳이었으며, 당시 중원을 휩쓸던 태풍 속에서도 가장 평화롭던 곳이었다. 그러나 소주에 근거하고 있던 장사성張士城의 왕국이 뒤에 명明나라 태조太祖(1368~1398 재위)가 된 주원장朱元璋의 군사에게 패하자 소주는 쑥밭이 되었다.

고계는 신왕조(明)의 부름에 따라 남경으로 가서 한림원翰林院 국사편수國史編修가 되었고, 반년 만에 호부시랑戶部侍郎(財務部次官)으로까지 발탁되었다. 그러나 급격한 승진을 불안하게 느끼고 고향으로 돌아왔다. 그는 서른아홉 살 때에 무고誣告를 받아 요참腰斬되었다.

고계의 시는 모두 2,000여 편이 있는데 본서에서는 그의 자서전적 역작인《청구자 노래》와 목동 · 농민의 생활을 읊은《소 치기 노래》,《벼 베기 풍경》등 3편을 뽑았다.

청구자 노래[1] | 고계

青邱子歌
청구자: 가

강가에 청구青邱가 있다. 나는 그 남쪽으로 이사하고, 그 이름을 따서 스스로 청구자青邱子라고 호를 지었다. 한가한 생활이라 할 일도 없어, 종일토록 고심하면서 시가를 읊조렸다. 그 사이에 지은 것이 《청구자 노래》. 시가에 미쳤다는 비웃음을 풀기 위해, 스스로의 마음을 표현한 것이다.

(1)

청구자 님은	青邱子, 청구자:
끼끗한 모습,	臞而淸, 구 이청
본래는 오운각[2] 아래의 신선이었다.	本是五雲閣下之仙卿。 본:시: 오:운 각하:지 선경
어느 해 인간 세상으로 귀양 왔을까?	何年降謫在世間, 하년 강:적 재: 세:간
사람들에게 성명도 알리지 않는다.	向人不道姓與名。 향:인 불도: 성: 여:명
미투리 신지만 여행하기 싫어하고	躡屩厭遠遊, 섭갹 염: 원:유
호미는 메지만 밭갈이에 게으르다.	荷鋤懶躬耕。 하:서 란: 궁경
장검이 있지만 마구 녹슬고,	有劍任鏽澀, 유:검: 임: 수:삽
도서가 있지만 마구 뒹군다.	有書任縱橫。 유:서 임: 종:횡

오두미[3] 벌기 위해 허리 굽히려 아니하고	不肯折腰爲五斗米, 불긍: 절요 위: 오:두: 미:
칠십성[4] 따기 위해 혀를 놀리려 아니한다.	不肯掉舌下七十城。 불긍: 도:설 하: 칠십 성
다만 시구 찾는 것만 좋아하여,	但好覓詩句, 단:호: 멱 시구:
스스로 읊조리고 스스로 화답한다.	自吟自酬賡。 자:음 자: 수갱

새끼로 허리 매고[5] 밭둑 사이에서 지팡이 끄니,	田間曳杖復帶索, 전간 예:장: 부: 대:삭
이웃 사람은 알지 못하고 비웃기만 한다.	傍人不識笑且輕。 방인 불식 소: 차:경
지껄이는 소리, 로魯나라 곧은 선비[6]구나,	謂是魯迂儒, 위:시: 로: 우유
초楚나라 미친 양반[7]이지.	楚狂生。 초: 광생

(2)

청구자 님은 듣고도 전혀 개의치 않는다.	青邱子聞之不介意, 청구자: 문지 불 개:의:
읊조리는 소리 입 밖으로 끊임없이 "으어으어".	吟聲出吻不絶咿咿鳴。 음성 출문: 불절 이이명
아침에 읊조리면 주림이 잊혀지고,	朝吟忘其飢, 조음 망 기기
저녁에 읊조리면 불평이 가셔진다.	暮吟散不平。 모:음 산: 불평

그가 고심하면서 읊조릴 때에는
當其苦吟時,
당기 고:음 시

건들건들 술에 만취한 듯.
兀兀如被酲。
올올 여 피:정

머리칼 빗을 틈도 없고,
頭髮不暇櫛,
두발 불가 즐

집안일 돌볼 새도 없고.
家事不及營。
가사: 불급 영

아이가 울어도 가여운 줄 모르고,
兒啼不知憐,
아제 불지 련

손님이 찾아도 맞이할 줄 모른다.
客至不果迎。
객지: 불과: 영

안회의 가난[8]을 근심치 아니하고,
不憂回也空,
불우 회야: 공

의돈의 재물[9]을 바라지 아니하고,
不慕猗氏盈。
불모: 의씨: 영

헌 누더기를 부끄리지 아니하고,
不慙被寬褐,
불참: 피: 관갈

화려한 갓끈을 탐내지 아니하고.
不羨垂華纓。
불선: 수 화영

청룡 백호[10]가 고전하여도 참견치 아니하고,
不問龍虎苦戰鬪,
불문: 룡호: 고: 전:투:

햇님 달님[11]이 경주하여도 아랑곳 아니하고.
不管烏兔忙奔傾。
불관: 오토: 망 분경

(3)

물 가에 혼자 앉으며
向水際獨坐,
향: 수:제: 독좌:

숲 속을 혼자 거닐며,	林中獨行。 림중 독행
원기[12]를 분석하고	斲元氣, 착 원기:
원정[13]을 탐구하니,	搜元精。 수 원정
자연의 만물은 모두 비밀을 숨기기 어렵다.	造化萬物難隱情。 조:화: 만:물 난 은:정
우주의 아득한 궁극까지 마음의 칼을 날리니,[14]	冥茫八極遊心兵, 명망 팔극 유 심병
그대로 그 무형의 정신을 음성으로 바꾼다.[15]	坐令無象作有聲。 좌: 령:무상: 작 유:성

미세함은 매어 단 이[16]를 가를 듯,	微如破懸蝨, 미여 파: 현슬
웅장함은 바다의 고래를 잡을 듯,	壯若屠長鯨。 장:약 도 장경
청정함은 신선 이슬을 마신 듯,	淸同吸沆瀣, 청동 흡 항:해:
험준함은 가파른 산을 밀친 듯.	險比排崢嶸。 험:비: 배 쟁영
번쩍번쩍 맑은 하늘에 구름이 열리고,	靄靄晴雲披, 애:애: 청운 피
부쩍부쩍 얼었던 땅에서 풀이 솟는다.	軋軋凍草萌。 알알 동:초: 맹

하늘 뿌리에 높이 오르고 달 동굴[17]을 더듬는다.	高攀天根探月窟, 고반 천근 탐: 월굴
서각 횃불로 우저[18] 비추니 온갖 괴물 나타난다.	犀照牛渚萬怪呈。 서조: 우저: 만:괴: 정

멋진 서정抒情은 갑자기 귀신과 만나고,	妙意俄同鬼神會, 묘:의: 아동 귀:신 회:
고운 서경敍景은 언제나 강산과 다툰다.	佳景每與江山爭。 가경: 매:여: 강산 쟁
별과 무지개는 빛다발을 보태고,	星虹助光氣, 성홍 조: 광기:
안개와 이슬은 꽃향기를 키운다.	煙霧滋華英。 연무: 자 화영
소악[19]에 어울리는 그 음향,	聽音諧韶樂, 청음 해 소악
대갱[20]에 견줄 만한 그 묘미.	咀味得大羹。 저:미: 득 대:갱

(4)

인간 세상에서 나의 즐거움은 따로 없다,	世間無物爲我娛, 세:간 무물 위 아:오
스스로 악기 되어 '땡그랑' 울리고 싶을 뿐.	自出金石相轟鏗。 자:출 금석 상 굉갱
강변 초가집에 비바람 일다가 개였을 때,	江邊茅屋風雨晴, 강변 모옥 풍우: 청
문 닫고 실컷 자고 나니 시가 처음 나온다.	閉門睡足詩初成。 폐:문 수:족 시 초성
타구를 두드리며[21] 소리 높이 노래한다,	叩壺自高歌, 고:호 자: 고가
속인의 귀가 놀랄까 돌보지도 아니하고.	不顧俗耳驚。 불고: 속이: 경

군산[22] 노인 불러 신선들 가지고 놀던 긴 피리를 들고 오라 하여	欲呼君山老父攜諸 仙所弄之長笛, 욕호 군산로:부: 휴 제 선 소:롱:지 장적
내 이 노래에 맞춰 달밤에 불게 하고 싶지만,	和我此歌吹月明。 화아: 차:가 취 월명
두렵구나, 삽시간에 물결 높다랗게 일어나	但愁欻忽波浪起, 단:수 훌홀 파랑: 기:
날짐승 · 길짐승이 놀라고 산이 무너질 것이.	鳥獸駭叫山搖崩。 조:수: 해:규: 산 요붕
하느님께서 들으시고 노하시어	天帝聞之怒, 천제: 문지 노:
하얀 두루미를 아래로 보내시리.	下遣白鶴迎。 하:견: 백학 영
지상 세계에서 또 못된 장난치지 못하도록,	不容在世作狡獪, 불용 재:세: 작 교:회:
다시금 비패 채워 백옥경[23]으로 소환하시리.	復結飛珮還瑤京。 부:결 비패: 환 요경

1_ 청구靑邱는 강소성 소주蘇州 교외, 오송강吳淞江 연안에 있는 지명. 고계高啓의 처가가 있는 곳이라 고계도 여기에서 많이 살았다. 서기 1358년, 처음으로 청구자靑邱子라는 호를 지었을 때의 작품이다.

2_ 오운각五雲閣 : 오색구름 이는 누각, 천상의 신선이 있는 곳인 듯. 시인의 상상에 의한 신조어이다.

3_ 오두미五斗米 : 쌀 다섯 말, 하급 관리의 봉급이다. 도연명陶淵明의 고사에서 나온 말. 리백《꿈에 본 천모산》 주 15 참조(본서 558쪽).

4_ 칠십성七十城 : 전국시대 제齊나라 성城의 총수. 제나라는 진秦의 중국 통일 때 망했다가 뒤에 진 · 한이 교체되는 혼란기에 일시 주권을 찾았다. 한나라 고조高祖 류방劉邦을 위해서 세객說客 력이기酈食其는 변설로써 제나라로부터 종속국 되기로 화의를 받았다. 그러나, 장군 한신韓信은 이를 무시하고 제나라를 공격하였다. 제나라는 멸망하기 전, 력이기가 속인 것으로 단정하여

그를 삶아 죽였다. 이 작품의 시대 배경도 진·한 교체기에 못지않은 난세로 력이기처럼 공명을 세우는 것은 오히려 화근이 될 위험이 있었다.

5_ 새끼로 허리 매고 : 춘추시대 영계기榮啓期는 새끼로 허리를 매는 가난 속에서도 생활을 즐겼다고. 그가 즐긴 이유는 첫째 사람으로 태어난 것, 둘째 사람 중에서도 남자로 태어난 것, 셋째 아흔 살의 장수를 누린 것이라고 한다(『列子』天瑞篇).

6_ 로나라 곧은 선비 : 로魯는 춘추시대, 지금의 산동성 곡부시曲阜市에 있던 나라. 공자孔子의 출신지. 공자가 세상을 떠난 뒤에도 유가학파儒家學派의 근원지가 되었다. 로나라 선비들은 특히 한漢나라 초기에 전쟁으로 포위된 성중에서 세미나를 계속한다든지, 한나라 고조 류방의 즉위식에 의식을 정하기 위해 초청했어도 참석지 않는 등, 현실을 무시한 이상주의적인 행동이 많았다.

7_ 초나라 미친 양반 : 초나라는 춘추·전국시대, 지금의 호북성 일대에 있던 나라. 『론어』論語「미자」微子에, "초나라 '미친 양반'(이상 찾기에 급해 행동이 과격한 사람) 접여接輿가 공자孔子의 수레 앞을 지나가면서 노래했다. '봉황새(孔子)야, 봉황새야, 너의 덕이 쇠하였구나. / 지난 일을 어찌 하리, 오는 것을 따라야지. / 그만 두소, 그만 두소. 요즘 벼슬 좇는 이는 위태롭소.'(鳳兮鳳兮, 何德之衰。往者不可諫, 來者猶可追。已而已而, 今之從政者殆而。)"

8_ 안회顔回의 가난 : 안회는 공자가 가장 아꼈던 제자의 한 사람. 가난해서 뒤주가 늘 비었다고 한다(『論語』, 雍也).

9_ 의돈猗頓의 재물 : 의돈은 춘추시대 로魯나라의 전설적인 부자. 소금장수·목축업으로 부富를 이루었다고 한다.

10_ 청룡 백호 : 당시는 몽골족이 통치하던 원나라 말기, 주원장朱元璋(明 太祖) 이하 장사성張士誠·진우량陳友諒·한림아韓林兒·명옥진明玉珍·방국진方國珍 등 군웅이 할거하던 시대였는데, 시에선 이것을 말한 듯.

11_ 햇님 달님 : 원문에는 오토烏兎, 즉 해 속에 있다는 까마귀(烏)와 달 속에 있다는 토끼(兎)로 되어 있다. 이들이 경주한다는 것은 시간時間이 빨리 간다는 뜻이다.

12_ 원기元氣 : 세계 물질의 본원. 원정과 비슷하다.

13_ 원정元情 : 세계의 가장 본질적인 것. 원기와 비슷하다.

14_ 우주 …… 날리니 : 시인이 시를 찾아서 정신, 곧 마음의 칼을 우주의 무한한 곳까지 편력시킨다는 뜻이다.

15_ 그대로 …… 바꾼다 : 구체적으로 인식되지 아니하는 우주만물의 무형의 정신을 구체적인 음성을 갖춘 언어로써 표현한다는 뜻이다. 고계는 이런 작업을 시인의 사명으로 본 것이다.

16_ 매어 단 이(懸蝨) : 명궁名弓 기창紀昌이 궁술을 연마할 때의 이야기. 그는 스

승 비위飛衛의 가르침에 따라 활을 쏘기 전에 보는 법을 익혔다. 창문 앞에 이 한 마리를 쇠꼬리 털로 매어놓고 삼 년 동안 쳐다봤더니 수레바퀴만큼 커졌다고. 이것을 쏘아봤더니 그 가슴을 꿰뚫고 쇠꼬리 털은 까딱없었다고 한다(『列子』, 湯問). 이하 14구句는 모두 고계가 그의 시의 다양한 내용을 말한 것이다.

17_ '하늘 뿌리'(天根) / '달 동굴'(月窟) : '하늘 뿌리'는 대지大地의 별명. 또는 별 이름. 저수氐宿, 즉 저울자리(Libra)의 α ι γ β 네 별. '달 동굴'은 달 속을 말한다.

18_ 서각犀角 횃불로 우저牛渚 : 우저는 못 이름, 강소성 남경南京 남쪽에 있다. 그 물 속에는 괴물이 많다고 전해진다. 동진東晉의 온교溫嶠가 그곳을 지나다가 그 전설을 듣고 서각犀角(무소 뿔)의 횃불로 비춰봤더니 과연 많은 괴물이 있었다고 한다(『晉書』, 溫嶠傳). 우저牛渚는 글자풀이로 '소 물가'이기에 서각, 즉 무소 뿔 횃불을 사용한 것인 듯하다.

19_ 소악韶樂 : 전설시대의 이상적 군주인 순舜임금의 음악이라 한다. 완전한 음악의 대명사.

20_ 대갱大羹 : 양념이나 간을 치지 아니한 고깃국. 가장 자연스러운 맛이기에 최고의 맛으로 치는 것이다(『禮記』, 禮器篇).

21_ 타구를 두드리며 : 왕돈王敦(266~324)은 술을 마시면 자주 조조曹操(155~220)의 시, "늙은 천리마 마판에 누웠지만, / 그 뜻이 천리에 있듯이, / 열사는 늘그막에도 / 그 마음 죽지 않는다."(老驥伏櫪, 志在千里。 烈士暮年, 壯心不已。)를 읊었다고 한다(『世說新語』, 豪爽).

22_ 군산君山 : 호남성 동정호洞庭湖 북쪽 기슭에 있는 산 이름. 려향운呂香筠이라는, 피리 좋아하는 상인이 동정호로 여행 갔다가 군산 앞에 배를 대었더니, 한 노인이 찾아와서 피리 부는 법을 가르쳐 주겠다고 했다. 그는 피리 세 개를 꺼내 가지고 설명했는데, "가장 큰 것은 하느님 앞에서 부는 것이라 인간세계에서 불면 세상이 뒤집어지고, 둘째 것은 신선 앞에서 부는 것이라 인간세계에서 불면 큰 재해가 일어나고, 가장 작은 것은 우리 친구들끼리 부는 것인데 인간세계에서 불면 불안이 일어난다." 그리고는 가장 작은 피리를 불었더니, 과연 호수에는 풍파가 일고 큰 소동이 났다고 한다(『太平廣記』에 인용된 『博異志』에 보임).

23_ 비패飛珮 / 백옥경白玉京 : 비패는 신선이 차는 노리개. 그것을 차면 공중을 날 수 있는 듯. 백옥경은 하늘 위 옥황상제玉皇上帝가 산다는 가상적인 하늘의 서울.

소치기 노래[1] | 고계

牧牛詞
목우사

너희 소의 뿔은 둥글게 굽었고, 爾牛角彎環,
이:우 각 만환

우리 소 꼬리는 닳아 빠졌다. 我牛尾禿速。
아:우 미: 독속

함께 짧은 피리 들고 긴 채찍 들고, 共拈短笛與長鞭,
공:념 단:적 여: 장편

남쪽 두둑 동쪽 언덕 서로 좇는다. 南隴東岡去相逐。
남롱: 동강 거: 상축

비낀 해, 먼 풀밭에 소의 걸음 더디다. 日斜草遠牛行遲。
일사 초:원: 우행 지

소 지치고 소 주린 것, 우리만 알지. 牛勞牛飢惟我知。
우로 우기 유아: 지

소 위에서 노래하고, 소 아래 앉고, 牛上唱歌牛下坐。
우상: 창:가 우하: 좌:

밤에 돌아오면 또 소 옆에 눕는다. 夜歸還向牛邊臥。
야:귀 환향: 우변 와:

오랜 세월 소를 치니 별 근심 없다만, 長年牧牛百不憂。
장년 목우 백 불우

구실 때문에 우리 소 팔릴까 봐 걱정. 但恐輸租賣我牛。
단:공: 수조 매: 아:우

1_ 이 시는 소를 치는 생활을 노래하는데, 끝에 가서는 정치에 대한 풍자를 포함하고 있다.

벼 베기 풍경[1] | 고계

看刈禾
간: 예:화

농사일도 힘이 드는구나,	農工亦云勞, 농공 역운 로
오늘 비로소 추수를 한다.	此日始告成。 차:일 시: 고:성
거두는 일 뒤질세라,	往穫安可後, 왕:확 안가: 후:
서로 재촉하는 맑은 가을.	相催及秋晴。 상최 급 추청
아비 자식 밭에 드니,	父子俱在田, 부:자: 구 재:전
낫질 소리 삭삭삭.	札札鐮有聲。 찰찰 렴 유:성
황금물결 차차 걷히니,	黃雲漸收盡, 황운 점: 수진:
끝없이 펴지는 빈 들판.	曠望空郊平。 광:망: 공교 평
저녁에 짐을 지고	日入負擔歸, 일입 부:담: 귀
노래하며 돌아오는 길.	謳歌道中行。 구가 도:중 행
참새 떼도 즐거운가,	鳥雀亦羣喜, 조:작 역 군희:
쪼며 날며 짹짹짹.	下啄飛且鳴。 하:탁 비 차:명

올해는 제법 풍년이라	今年幸稍豐, 금년 행: 초:풍
집마다 곳간이 차련만,	私廩各已盈。 사름: 각 이:영
어찌타, 가난한 저 여자[2]	如何有貧婦, 여하 유: 빈부:
외톨로 이삭을 줍는가?	拾穗猶惸惸。 습수: 유 경경

1_ 이 시에도 추수의 즐거움을 노래하고 있지만 끝에는 이삭 줍는 여자의 모습을 보였다.

2_ 여자 : 『시경』詩經 「소아」小雅 《큰 밭》(大田), "여기 떨어진 이삭은, / 저 과부의 이득이오."(此有滯穗, 伊寡婦之利。)란 구절에서 나온 것이다.

원굉도 袁宏道

Yuan Hongdao

원굉도袁宏道(1568~1610, 자 中郞)는 명나라 말기에 일어난 새로운 문학 운동(公安派)의 기수였다. 그의 시론은 반의고反擬古, 이것은 시인이 그 독자적인 가치를 주장, 수립해야 한다는 것이다.

원굉도는, 정치사적으로는 쇠퇴·혼미했지만 문화사적으로는 개성 있는 광채를 나타내었던 명나라 말기에 호북성 공안公安에서 태어났다. 그의 형제(형 宗道, 아우 中道)는 모두 문학가로서 이름을 날렸다.

원굉도는 스물다섯 살에 진사進士가 되고 오현吳縣(蘇州)의 지현知縣, 국자감國子監의 박사博士(대학교수)를 역임하고 리부 원외랑吏部員外郞까지 되었다가 마흔네 살에 병몰했다.

이월 열하루 숭국사 달을 밟다[1] | 원굉도

二月十一日崇國寺踏月
이:월 십일일 숭국사: 답월

차가운 색깔에 잠긴 가람,[2]	寒色浸精藍, 한색 침: 정람
밝은 빛에 현판이 뚜렷하다.	光明見題額。 광명 견: 제액
달을 밟고 거리거리 쏘다녔지만,	踏月遍九衢, 답월 편: 구:구
여기처럼 환한 곳은 없다.	無此一方白。 무차: 일방 백
스님들 모두 대문을 닫고서	山僧盡掩扉, 산승 진: 엄:비
달을 피한다, 손님을 피하듯.	避月如避客。 피:월 여 피:객
빈 섬돌에 써놓은 나뭇가지,[3]	空堦寫虯枝, 공계 사: 규지
의젓한 풍격이 바위처럼 굳세다.	格老健如石。 격로: 건: 여석
서리가 불어 속속들이 시리니,	霜吹透體寒, 상취 투:체: 한
술은 횡격막을 따뜻하게 않는다.	酒不煖胸膈。 주: 불난: 흉격
몸에 모전[4]을 두어 겹 걸쳐 본다.	一身加數氈, 일신 가 수:전

중심가 큰길에 인적이 끊여 있다. 天街斷行跡。
천가 단: 행적

딱딱이 치는 사람이야 있지마는, 雖有傳柝人,
수유: 전탁 인

늘 보는 일이라 아랑곳 않는다. 見慣少憐惜。
견:관: 소: 련석

아깝도다, 맑고 차가운 빛이 惜哉淸冷光,
석재 청랭: 광

긴긴 밤에 모래톱[5]만 비추다니. 長夜照沙磧。
장야: 조: 사적

1_ 1599년에 지음. 숭국사崇國寺는 당시 북경北京 황성皇城 서북 끝에 위치했다. 원袁씨 삼형제는 이곳에서 가끔 시주詩酒의 자리를 열고 인생론을 폈다.

2_ 가람伽藍 : 승가람마僧伽藍摩(samgharama)의 약어. 승려가 살면서 불도를 닦는 곳. 절에 딸린 집들을 이른다.

3_ 써놓은 나뭇가지 : 환한 달빛을 받아 섬돌에 드리운 나뭇가지 굽은 그림자가 마치 초서를 쓴 것처럼 보인다는 말이다.

4_ 모전毛氈 : 솜털로 짠 직물.

5_ 모래톱 : 숭국사 부근에는 십찰해什刹海라는 호수가 있다. 그 북쪽 덕승문德勝門 옆으로 개울 물이 흘러 들어온다. 그 물가의 모래톱을 가리키는 듯하다.

늦봄에 동료들과 성 밖에서 술을 마시다[1] | 원굉도

暮春偕同署諸君子飮郭外
모:춘 해 동서: 제군자: 음: 곽외:

감실감실 봄물은 잔주름 짓는데, 滑滑春流瀉縠紋。
골골 춘류 사: 곡문

이내에 비치는 석류빛 치맛자락. 嵐光映照石榴裙。
람광 영:조: 석류 군

오늘은 바람과 달[2]만 얘기하는데, 今朝止許談風月,
금조 지:허: 담 풍월

어느 날 구름과 물[3]을 묻겠는지? 何日相從問水雲。
하일 상종 문: 수:운

보슬비 그치어 산새는 기뻐하고, 細雨乍收山鳥喜,
세:우: 사:수 산조: 희:

밭두둑 걸으니 풀꽃은 향기롭다. 亂畦行盡草花薰。
란:휴 행진: 초:화 훈

해당화 가지 아래 삐딱한 사모,[4] 海棠枝底烏紗側,
해:당 지저: 오사 측

어느새 뿔잔을 충분히 돌렸구나. 未覺飛觥到十分。
미:각 비굉 도: 십분

1_ 원굉도의 시는 청려清麗한 것이 그 특징. 이 시는 경련 대구가 특히 유명하다.

2_ 바람과 달 : 풍월風月 읊는 것.

3_ 구름과 물 : 속세를 떠난 자유로운 고장을 상징한다.

4_ 사모紗帽 : 관리의 정모. 검은 사紗로 만들었다. 오사모烏紗帽라고도 한다.

죽지사[1] | 원굉도 竹枝詞
죽지사

상인들 만나면 더욱 망연자실할 뿐이니, 賈客相逢倍惘然。
고:객 상봉 배: 망:연

사천성 편나무 남나무 기나무 재나무야—[2] 楩楠杞梓下四川。
편남 기:재: 하: 사:천

하늘 아래 날뛰는 금장식 범[3]이 무서워, 青天處處橫璫虎,
청천 처:처: 횡 당호

딸 팔고 아들 판 돈으로 세금을 갚는다. 鬻女陪男償稅錢。
육녀: 배남 상 세:전

1_ 이것은 원래 사천성 동부 중경重慶 아래 장강長江 연안 지방 민요이다. 당나라 중엽부터 이 멜로디를 이용, 새로운 민요조의 작품을 쓰기 시작했다. 류우석 〈죽지사〉 참조(본서 787쪽). 이 시에서는 당시 문란한 세정稅政을 비판하고 있다. 원굉도는 〈죽지사〉를 모두 14수 썼다.

2_ 편楩나무 · 남楠나무 · 기杞나무 · 재梓나무 : 모두 사천성에서 산출되는 나무로, 귀중한 건재建材가 된다. 이 나무들은 장강長江 수로를 이용하여 중앙으로 운송한다. 신종神宗 주익균朱翊鈞은 본래 사치한데다가 화재로 궁전이 소실되자 전국에서 대량의 목재를 거둬들였다. 편楩나무는 미상. 남楠나무는 학명이 *Phoebe nanmu* 또는 *Phoebe zhennan*. 기杞나무는 구기자(*Lycium chinensis*), 재梓나무는 개오동나무(*Catalpa ovata*)이다.

3_ 금장식 범 : 범이 사람을 해치듯 민중을 괴롭히는 관리, 특히 환관宦官을 가리킨다. 명나라에서는 영종英宗(1435~1449 재위) 주기진朱祁鎭 때부터 환관들이 군대와 검찰의 권한 등을 차지하고 작폐가 심했다. 환관들은 관冠에 금장식을 달았다.

오위업 吳偉業

Wu Weiye

오위업吳偉業(1609~1672, 자 駿公, 호 梅村)은 망국의 시인이었다. 그의 시 1,000수는 모두 멸망한 명나라를 조상弔喪하는 사시史詩이다.

오위업은 중국 문화의 빛나는 중심지의 하나인 강소성 소주시蘇州市에 가까운 태창시太倉市에서 태어났다. 그는 스물세 살에 진사進士가 되었으며, 벼슬은 동궁강독관東宮講讀官, 국자감사업國子監司業(국립대학교 부총장)까지 되었다. 1644년, 그의 나이 서른여섯 살에 명나라가 망하자 그는 고향에서 자살을 기도했으나 미수에 그쳤다.

청나라가 들어서고 나서, 오위업은 망국의 슬픔을 시에 침잠시키며 복고조의 많은 장편시를 썼다. 그는 10년 동안 절개를 지키다가, 1653년, 그의 나이 마흔다섯 살 때 청나라 조정의 강압에 굴복, 국자감제주國子監祭酒(국립대학교 총장. 제주를 우리나라에서는 좨주로 읽음.)에 취임했다. 2년이 채 못 되는 짧은 기간이었지만, 이 훼절毁節은 그로 하여금 평생토록 회한悔恨에 빠지게 했다. 그 뒤로는 소주의 등위산鄧尉山에 있는 매화나무 숲에서 은거하다가, 예순세 살의 나이로 죽었다. 유언에서 그는 다만 '시인 오매촌의 무덤'(詩人吳梅村之墓)이라는 묘비를 세워

달라고 했다.

본서에서는 그의 대표적인 장편 사시史詩, 《원원이 가락》과, 그가 절개를 굽히고 청나라에 벼슬할 때의 자조적인 심경을 보여주는 《회음을 지나는 감회》를 뽑았다.

원원이 가락[1] | 오위업

圓圓曲
원원곡

(1)

정호[2]에서 임금님 세상을 버리신 그 날,	鼎湖當日棄人間。 정:호 당일 기: 인간
적을 치고 서울 되찾으려 옥관[3]을 떠났다.	破敵收京下玉關。 파:적 수경 하: 옥관
통곡하는 정부군 모두 상복을 입었는데,	慟哭六軍俱縞素, 통:곡 륙군 구 호:소:
끓어오른 분노는 오직 미인[4] 때문이었다.	衝冠一怒爲紅顔。 충관 일노: 위: 홍안
미인의 기구한 팔자는 나의 관심 아니다.	紅顔流落非吾戀。 홍안 류락 비 오련:
역적[5]은 천벌을 받아, 스스로 술에 빠졌다.	逆賊天亡自荒讌。 역적 천망 자: 황연:
번개처럼 황건적 쓸고, 흑산적[6]도 눌렀다.	電掃黃巾定黑山, 전:소: 황건 정: 흑산
선왕과 양친[7] 영전에 곡하고 재회하였다.	哭罷君親再相見。 곡파: 군친 재: 상견:

(2)

만난 것은, 생각하면, 처음 전·두[8]의 집.	相見初經田竇家。 상견: 초경 전두: 가
귀족 저택에서 노래 춤이 꽃처럼 피었었지.	侯門歌舞出如花。 후문 가무: 출 여화
척리에서 공후[9] 켜는 몸에도 허락되었다,	許將戚里箜篌伎, 허:장 척리: 공후 기:

장군이 보낸 수레를 탈 수 있는 기회가.	等取將軍油壁車。 등:취: 장:군 유벽 차

고향은 본래 고소성 하고도 완화리.[10]	家本姑蘇浣花里。 가본: 고소 완:화 리:
원원이는 아명인데, 비단 옷이 예뻤다.	圓圓小字嬌羅綺。 원원 소:자: 교 라기:
오나라 부차[11] 임금님 동산에서 놀던 꿈에,	夢向夫差苑裡遊, 몽:향: 부차 원:리: 유
궁녀가 부축해 가면 임금님 일어나셨지.	宮娥擁入君王起。 궁아 옹:입 군왕 기:
전생은 틀림없이 연밥 따던 서시[12]였으리,	前身合是採蓮人, 전신 합시: 채:련 인
대문 앞은 가로 세로 온통 횡당[13] 물.	門前一片橫塘水。 문전 일편: 횡당 수:

횡당에서 노 한 쌍 나는 듯이 저었으니,	橫塘雙槳去如飛。 횡당 쌍장: 거: 여비
어느 호족[14] 어른이 억지로 태워 갔나?	何處豪家强載歸。 하처: 호가 강: 재:귀
이참에 어찌 박명치 않을 줄 알았으리.	此際豈知非薄命, 차:제: 기:지 비 박명:
이때는 다만 눈물이 옷자락 적시었으리.	此時只有淚沾衣。 차:시 지:유: 루: 첨의

하늘 채울 기세로 궁전까지[15] 들어갔건만	薰天意氣連宮掖。 훈천 의:기: 련 궁액
밝은 눈동자 하얀 이,[16] 반기는 사람 없다.	明眸皓齒無人惜。 명모 호:치: 무인 석

후궁에서 빼어다가 좋은 집[17]에 숨겨두고, 奪歸永巷閉良家,
탈귀 영:항: 폐: 량가

새 노래를 가르치니, 손님들은 탄복했다. 教就新聲傾坐客。
교:취: 신성 경 좌:객

손님들 잔 돌리는 사이 붉은 해 저무니, 坐客飛觴紅日暮。
좌:객 비상 홍일 모:

한 곡조 애달픈 현, 누굴 향해 호소하나? 一曲哀絃向誰訴。
일곡 애현 향:수 소:

허여멀쑥한 귀족[18] 집안 가장 젊은 양반이 白皙通侯最少年,
백석 통후 최: 소:년

이 꽃가지 꺾으려고 고개를 자주 돌렸다. 揀取花枝屢迴顧。
간:취: 화지 루: 회고:

한시바삐 팔팔한 새를 조롱에서 꺼내라. 早携嬌鳥出樊籠。
조:휴 교:조: 출 번롱

은하수에서 기다리면 어느 때 건너가랴? 待得銀河幾時渡。
대:득 은하 기:시 도:

원통하다, 출전명령 죽어라 하고 재촉이니. 恨殺軍書底死催,
한:살 군서 저:사: 최

괴롭게 남긴 약속[19]은 사람 행동 그르쳤다. 苦留後約將人誤。
고:류 후:약 장인 오:

약속한 정은 깊었건만 만나기 어려웠는데, 相約恩深相見難。
상약 은심 상견: 난

하루아침 역적 무리[20]들이 장안을 메웠다. 一朝蟻賊滿長安。
일조 의:적 만: 장안

가련타, 시름겨운 여인은 누각 앞 버들에서 可憐思婦樓頭柳,
가:련 사부: 루두 류:

하늘가 흩날리는 버들개지 운명을 보았다.	認作天邊粉絮看。 인:작 천변 분:서: 간

두루두루 록주[21]를 찾아 안채를 에워쌌고,	遍索綠珠圍內第, 편:색 록주 위 내:제:
억지로 강수[22]를 불러 난간에서 끌어냈다.	强呼絳樹出彫欄。 강:호 강:수: 출 조란
장사가 온전하게 승리[23]하지 못했더라면,	若非壯士全師勝, 약비 장:사: 전사 승:
어떻게 가인[24]을 말 태워오도록 했겠나?	爭得蛾眉匹馬還。 쟁득 아미 필마: 환

가인이 말 타고 차례차례 들어오는데,	蛾眉馬上傳呼進, 아미 마:상: 전호 진:
머리카락 흩렀지만 가슴은 진정되었다.	雲鬟不整驚魂定。 운환 불정: 경혼 정:
촛불을 켜고 맞이한 곳은 바로 전쟁터,	蠟炬迎來在戰場, 랍거: 영래 재: 전:장
눈물로 화장이 지워져서 얼룩진 얼굴.	啼粧滿面殘紅印。 제장 만:면: 잔홍 인:

피리 불고 북 치며 진천[25]으로 들어가니,	專征簫鼓向秦川, 전정 소고: 향: 진천
금우도[26] 위에는 병거가 천 대나 되었다.	金牛道上車千乘。 금우 도:상: 거 천승:
야곡관[27] 구름 깊은 곳에 신방을 꾸몄고,	斜谷雲深起畫樓, 야곡 운심 기: 화:루
대산관[28] 달 기우는 곳에 화장대 열었다.	散關月落開妝鏡。 산:관 월락 개 장경:

전하는 소문이 강 마을[29]에 널리 퍼졌다,
傳來消息滿江鄉。
전래 소식 만: 강향

오구목[30] 빨간 단풍이 서리 맞기 열 번.
烏桕紅經十度霜。
오구: 홍경 십도: 상

노래 선생은 무사하다고 고마워하였고,
敎曲妓師憐尙在,
교:곡 기:사 련 상:재:

비단 빨던 여자들은 옛날을 추억하였다.
浣紗女伴憶同行。
완:사 녀:반: 억 동항

옛날 같은 둥지에서 진흙 머금던 제비가,
舊巢共是銜泥燕,
구:소 공:시: 함니 연:

이제 높은 가지 올라 봉황새가 되었구나.
飛上枝頭變鳳凰。
비상: 지두 변: 봉:황

술잔 앞에 놓고 늙음을 슬퍼하고 있는데,
長向尊前悲老大,
장향: 존전 비 로:대:

어떤 사위는 제후[31] 되어 거드럭거리는구나.
有人夫壻擅侯王。
유:인 부서: 천: 후왕

당시에는 그저 명성도 귀찮기만 하였다,
當時祇受聲名累。
당시 지수: 성명 루:

귀인 외척 명사 호족 다투어 초청하니.
貴戚名豪競延致。
귀:척 명호 경: 연치:

〈구슬 한 섬〉[32] 노래 부르면 시름은 만 섬,
一斛明珠萬斛愁,
일곡 명주 만:곡 수

국경의 산을 떠도느라 허리가 여위었다.
關山漂泊腰肢細。
관산 표박 요지 세:

미친 바람에 낙화 날린다고 원망했더니,
錯怨狂風颺落花,
착원: 광풍 양 락화

가없는 봄빛이 하늘과 땅에 찾아왔다.[33]
無邊春色來天地。
무변 춘색 래 천지:

(3)

일찍이 듣자하니, 절세미인이 있었기에
嘗聞傾國與傾城。
상문 경국 여: 경성

오히려 주랑[34]은 명망을 얻었다 하였다.
翻使周郎受重名。
번사: 주랑 수: 중:명

아내가 어찌 천하대사에 상관있으랴!
妻子豈應關大計,
처자: 기:응 관 대:계:

영웅이 너무 다정다감한 것이 아니랴!
英雄無奈是多情。
영웅 무내: 시: 다정

온 집안 백골은 누런 먼지가 되었지만,
全家白骨成灰土,
전가 백골 성 회토:

한 명의 미녀는 푸른 역사를 비추리라.
一代紅粧照汗青。
일대: 홍장 조: 한:청

그대는 보지 못했나, 관와궁[35] 낙성될 때
원앙새가 잠들었음을?
君不見館娃初起鴛鴦宿。
군불견: 관:와 초기: 원앙숙

월나라 처녀[36]는 꽃처럼 자꾸만 보고 싶다.
越女如花看不足。
월녀: 여화 간: 불족

'향초 오솔길'[37]은 먼지 일고 새 지저귄다.
香逕塵生鳥自啼,
향경: 진생 조: 자:제

'음향 회랑'[38]은 사람 떠나고 이끼 푸르다.
屧廊人去苔空綠。
섭랑 인거: 태 공록

우조 노래와 궁조[39] 가락은 만리의 수심,
換羽移宮萬里愁。
환:우: 이궁 만:리: 수

구슬 가곡 비취 무용은 옛날 량주[40] 곡조.
珠歌翠舞古梁州。
주가 취:무: 고: 량주

그대 위해 부르리, 오나라 궁전 악곡[41]을. 爲君別唱吳宮曲,
위:군 별창: 오궁 곡

한수[42] 물은 낮밤 없이 동남으로 흐른다. 漢水東南日夜流。
한:수: 동남 일야: 류

1_ 명나라 장군 오삼계吳三桂가 그의 애첩 진원원陳圓圓 때문에 조국을 팔아넘긴 것을 풍자한 시. 진원원 약전은 다음과 같다. ―강소성 오문吳門(蘇州市) 명기 진원원은 절세미인이었다. 명나라의 끝 임금 의종毅宗 주유검朱由檢은 귀비貴妃 전田씨를 총애하고 황후皇后 주周씨를 멀리하였다. 황후의 아비 주규周奎는 원원이를 사서 임금에게 바쳐, 그 은총을 되찾으려 하였다. 그러나 임금의 마음이 움직이지 않았으므로, 원원이는 주규의 집에 머물게 되었다. 이때 오삼계가 그녀를 보고 데려가려고 했으나, 공교롭게도 출정명령이 내렸다. 오삼계가 산해관山海關(하북성)에서 청나라 군대와 대치하고 있었을 때, 유적流賊 리자성李自成이 배후에서 북경을 습격, 임금은 자살했다. 리자성은 오삼계에게 귀순을 권고했다. 그러나 오삼계는 원원이가 리자성의 부하에게 잡혀 있다는 말을 듣고 격노하여 바로 청나라 군대에 항복, 그 선도先導가 되었다. 그리하여 리자성을 토벌하고 원원이를 찾았다.―

2_ 정호鼎湖 : 지명. 하남성 령보시靈寶市 양평향陽平鄕 황제릉黃帝陵 남쪽이라 전한다. 중국 고대의 전설적 임금 황제黃帝가 구리로 솥(鼎)을 부어 만들었는데, 솥이 완성되자 하늘에서 용이 내려오더니, 황제를 태우고 그대로 승천했다고 한다. 이 시에서는 1644년 삼월 열아흐레, 의종 주유검이 북경 황성 안 매산煤山에서 스스로 목숨 끊은 것을 가리킨다.

3_ 옥관玉關 : 감숙성 돈황현敦煌縣 서쪽에 있는 관문. 이 시에서는 오삼계吳三桂가 청나라 군사와 대치하고 있었던 하북성 산해관山海關을 떠나 리자성李自成을 토벌하러 북경北京으로 회군한 것을 가리킨다. 산해관에서 북경까지는 약 300킬로미터이다.

4_ 미인美人 : 진원원을 말한다. "통곡하는……" 이하 2구는 그 풍자가 너무나 통렬하여, 오삼계는 황금을 시인에게 보내어 삭제해 달라고 간청했다고 한다.

5_ 역적 : 리자성을 가리킨다. 리자성의 반란군이 처음 북경에 입성했을 때는 군기가 비교적 엄정했지만, 차츰 부패하여 뇌물 · 약탈이 묵인되었다고 한다.

6_ 황건적黃巾賊 / 흑산적黑山賊 : 황건적은 후한後漢 말엽의 비적. 장각張角을 괴수로 하여 수십만의 세력을 가졌다. 흑산적 역시 후한後漢 말엽의 비적, 장우각張牛角을 괴수로 하여 세력이 백만을 넘었다고 한다. 이 시에서는 리자성을 가리킨다.

7_ 양친 : 리자성이 북경을 함락시켰을 때, 오삼계의 아비 오양吳襄도 포박, 뒤에

살해하였다.

8_ 전·두田竇 : 전한前漢의 무안후武安侯 전분田蚡과 위기후魏其侯 두영竇嬰. 모두 외척으로 세력을 다투었다. 이 시에서는 황후 주씨의 아버지 주규周奎를 가리킨다.

9_ 척리戚里 / 공후箜篌 : 척리는 한나라 때, 임금의 친척(戚)이 살았던 동리(里), 장안長安(西安市)에 있었다. 역시 주규周奎를 가리킨다. 공후는 하프 비슷한 악기 이름.

10_ 고소성姑蘇城 / 완화리浣花里 : 고소성은 소주시蘇州市의 옛 이름. 완화리는 서시西施가 비단 빨래를 했다는 완사계浣紗溪에서 연상한 것인 듯.

11_ 부차夫差(전 496~전 473 재위) : 춘추시대 오吳나라 임금. 부차는 월越나라 임금 구천句踐이 바친 서시를 총애하여 고소대姑蘇臺를 쌓고 환락에 탐닉하였다.

12_ 서시西施 : 리백 〈자야의 오나라 노래, 여름 노래〉 주 2 참조(본서 535쪽).

13_ 횡당橫塘 : 저수지 이름. 소주蘇州 서남쪽에 있다.

14_ 호족豪族 : 역시 주규를 가리킨다.

15_ 궁전까지 : 원원이는 주규周奎의 주선으로 후궁에 들어갔었다.

16_ 밝은 눈동자 하얀 이(明眸皓齒) : 미인의 표현. 두보《강가에서 슬퍼하며》에 같은 표현, "밝은 눈 하얀 이는 지금 어디에 있나?"가 있다(본서 596쪽). 이 구절은 원원이의 미모가 명나라 의종 주유검 눈에 띄지 않은 것을 말한다.

17_ 좋은 집 : 황후 아비 주규의 집을 가리킨다.

18_ 허여멀쑥한 귀족 : 오삼계는 얼굴이 잘 생기고 용력勇力이 절륜했다 한다.

19_ 약속 : 오삼계는 출전하면서 원원이를 그 아버지 오양吳襄의 집에 놔두고 재회를 굳게 약속했다. 이 약속을 지키기 위해 오삼계는 진퇴進退를 잘못 판단, 청나라 군대에 항복하여, 마침내 조국을 배반하게 된 것이다.

20_ 역적 무리 : 리자성 군대를 가리킨다.

21_ 록주綠珠 : 미녀의 이름. 진晉나라 석숭石崇(249~300)의 애첩으로, 요염하고 피리(笛)를 잘 불었다. 손수孫秀란 자가 달라는 것을 거절했더니 거짓 어명을 빙자하여 석숭을 포박했다. 그때 록주는 높은 누각에서 투신자살했다. 여기서는 원원이를 가리킨다.

22_ 강수絳樹 : 미녀의 이름. 위魏나라 문제文帝(220~226 재위) 조비曹丕는 한 편지(答繁欽書)에서, "지금 춤을 잘 추는 사람으로는 강수보다 나은 사람이 없으며"라 하였다. 여기서는 역시 원원이를 가리킨다.

23_ 온전하게 승리 : 오삼계가 청나라 군에게 항복, 그 힘을 빌렸기에 자기 부하를 다치지 않았다. 그처럼 '온전하게 승리'하지 못하였다면 리자성을 쳐부술 병력이 없었을 것이라는 풍자이다.

24_ 가인佳人 : 역시 원원이를 가리킨다.

25_ 진천秦川 : 장안長安(西安市)을 중심으로 한 섬서성 일대.

26_ 금우도金牛道 : 섬서성 면현沔縣(勉縣)으로부터 서쪽으로 가다 남쪽으로 꺾여 사천성 검각현劍閣縣 검각관劍閣關에 이르는 길. 약 180킬로미터. 진秦나라 이후 관중關中(섬서성)으로부터 촉蜀(사천성)으로 들어가는 데는 모두 이 길을 이용했다.

27_ 야곡관斜谷關 : 섬서성 미현郿縣(眉縣)의 서남 포야곡褒斜谷 입구에 있다.

28_ 대산관大散關 : 섬서성 보계현寶雞縣의 서남에 있다. 섬서성에서 사천성으로 가는 요로이다. 이상 4구는 1652년, 비적 장헌충張獻忠의 잔당이 사천성 지방에서 소요를 일으키고 있었으므로 오삼계吳三桂가 사천성 면죽현綿竹縣에 진주하고 평정에 힘을 기울인 것을 말하는 것이다. 이 일대 대략적인 거리 : 장안 —(120킬로미터)— 야곡관 —(60킬로미터)— 대산관 —(240킬로미터)— 면현 —(220킬로미터)— 검각관 —(180킬로미터)— 면죽 —(140킬로미터)— 성도. 오삼계는 이때 원원이를 데리고 사랑을 즐겼던 듯.

29_ 강 마을(江鄕) : 원원이의 고향 소주蘇州 부근은 운하가 종횡으로 뻗쳐 있고 크고 작은 호수도 많다.

30_ 오구목烏臼木(*Sapium sebiferum*) : 열대 아시아 원산으로 관상용으로 재배한다. 중국 남방 소택지沼澤地에 많고 가을이면 빨간 단풍이 든다고 한다.

31_ 제후諸侯 : 오삼계는 후일 청나라에서 영달하여 운남왕雲南王에 책봉되었다.

32_ 구슬 한 섬(一斛珠) : 악곡의 이름. 리욱 《저녁 단장 마치고》 〈일곡주〉 주 1 참조(본서 865쪽).

33_ 봄빛이 …… 찾아왔다 : 이상 6구는 전에 리자성에게 원원이가 잡혔을 때의 얘기를 다시 회상한 것이다. 봄빛은 물론 오삼계를 상징한 것이다.

34_ 주랑周郎 : 삼국시대 오吳나라 장군, 주유周瑜를 가리킨다. 주유는 교喬씨의 두 자매 중의 한 사람을 아내로 삼고 있었는데, 조조曹操가 두 자매를 차지하기 위해 대군을 끌고 와서 유명한 적벽대전赤壁大戰이 일어났다고 하며, 이 대전에서 주유가 크게 이겨 명망을 얻었다 한다. 이것은 속설인데, 『소설 삼국지』의 유명한 얘기이다. 이 구절의 뜻은, 여자로 해서 결과적으로 애국愛國하게 된 경우도 있긴 하지만, 대개는 여자가 망국의 장본이라고 말하는 것이다. 역시 오삼계의 매국 행위를 풍자한 것이다.

35_ 관와궁館娃宮 : 오나라 임금 부차가 서시를 위해 세운 궁전 이름. 강소성 소주蘇州의 서남쪽에 그 유적이 있다.

36_ 월나라 처녀 : 월나라 임금 구천이 부차에게 진상한 여자, 즉 서시.

37_ 향초 오솔길(採香逕) : 춘추시대 오나라 임금이 미녀를 시켜 향초香草를 따게 했던 오솔길, 소주蘇州 서쪽 향산香山에 있다.

38_ 음향 회랑(響屧廊) : 춘추시대 오나라 왕궁의 회랑 이름. 회랑의 널빤지가 특별한 설계로 되어 있어, 그 위로 나막신을 신고 걸으면 아름다운 음향이 울렸다고 한다. 유적은 소주蘇州의 령암산靈巖山에 있다. 이상 4구는, '원원이 고향'—소주—'오나라 궁전'—서시로 연상이 이어지면서 망국亡國 명明나라에 대한 추억을 노래한 것이다. 소주 지방은 또한 시인 자신의 고향이기도 하며, 만년을 이곳 등위산鄧尉山의 매화나무가 많은 '향기로운 눈 바다'(香雪海)에서 지냈으며(그의 호 매촌은 여기서 딴 것임), 죽어서는 령암산靈巖山의 절 옆에 묻혔다.

39_ 우조羽調 / 궁조宮調 : 음악의 조調 이름. 예컨대, 서양 음악의 G조, A조 따위.

40_ 량주梁州 : 악곡 이름. 당나라 개원開元 연간(713~741)에 서량부西涼府의 곽지운郭知雲이란 자가 바친 곡조. 이 구절은 량주의 곡조에 맞춰 부르는 노래가 구슬을 굴리는 듯, 그 무용은 비취 새가 나는 듯하다는 뜻이다.

41_ 오吳나라 궁전 악곡 : 오나라 임금 부차가 서시와 함께 환락을 같이한 것을 노래한 악곡.

42_ 한수漢水 : 섬서성·호북성을 동남쪽으로 흐르다가 한구漢口에서 장강과 합류하는 강. 흐르는 물에 인생과 인간 역사의 덧없음을 견준 것은 중국 시가에 많이 나오지만, 여기서 특히 한수漢水를 택한 것은 만주 사람 왕조인 청淸에 대해 한漢을 내세우기 위한 뜻이 비친 듯.

회음을 지나는 감회[1] | 오위업

過淮陰有感
과:회음 유:감:

언덕에 올라 한스럽게 팔공산[2]을 바라보니, 登高悵望八公山。
등고 창:망: 팔공 산

보배 나무 붉은 벼랑은 올라갈 길이 없구나. 琪樹丹崖未可攀。
기수: 단애 미:가: 반

음부경 병서를 연구한다고 황석공[3]을 만나랴? 莫想陰符遇黃石,
막상: 음부 우: 황석

홍보원[4] 비결을 연마하여서 청춘이나 지키지! 好將鴻寶駐朱顏。
호:장 홍보: 주: 주안

떠돌이 세상, 죽음 하나 남겨 놓고 있을 뿐.	浮世所缺止一死, 부세: 소:결 지: 일사:
티끌 세계, 아홉 번 달인 영약 얻을 길 없다.	塵世無繇識九還。 진세: 무요 식 구:환
나는 본래 회남왕 아래 개 닭[5] 노릇을 했지만,	我本淮王舊雞犬, 아:본: 회왕 구: 계견:
신선 따라 못 가고 인간 세상으로 떨어졌다.	不隨仙去落人間。 불수 선거: 락 인간

1_ 모두 2수, 이것은 제2수이다. 명明나라가 멸망한 뒤 고향에 은거하면서 절개를 지켰던 오위업은 청淸나라 정부의 강압에 굴복, 1653년에 북경北京으로 가서 이듬해 국자감제주國子監祭酒(국립대학 총장)가 되었다. 이 시는 부임하는 도중 강소성 회음현淮陰縣에서 자조自嘲의 심경을 노래한 것이다.

2_ 팔공산八公山(해발 241미터) : 안휘성 봉대현鳳臺縣 회하淮河 남쪽에 있다. 회음에서 팔공산은 서쪽으로 직선거리 약 240킬로미터에 있다. 그 정상에는 회남왕淮南王 류안劉安의 8명의 빈객, 즉 팔공八公이 연단술鍊丹術로 황금을 만들어 묻어놨다고 전해진다. 이 산이 신선설과 관계가 있기 때문에 다음 구절에 '보배 나무'(琪樹), '붉은 벼랑'(丹崖) 등의 말이 나온 것이다.

3_ 음부경陰符經 / 황석공黃石公 : 『음부경』은 황제黃帝가 지었다고도 하며, 한나라 장량張良이 지었다고도 하는 병서兵書, 또는 도가道家의 책이라고도 한다. 오위업은 여기서 '장량의 병서'로 간주하고 있다. 황석공은 장량張良에게 태공망太公望의 병서를 전수했다는 사람. 장량張良은 진秦나라를 멸하고 한漢나라를 세우는 데 큰 공을 세웠다.

4_ 홍보원鴻寶苑 : 회남왕淮南王은 『홍보원』이란 비밀 서적을 갖고 있었는데, 거기에는 신선 귀신 연금술 등이 기재되어 있다고 전한다.

5_ 개 닭 : 회남왕淮南王이 영약을 먹고 신선이 되어 승천했을 때, 마당에 떨어진 찌꺼기를 주워 먹은 닭이나 개도 하늘로 올라갔다는 전설이 있다(神仙傳). 여기서는 오위업 자기도 의종毅宗 주유검朱由檢을 위해 순사殉死해야 했는데, 사기死期를 잃은 것, 즉 자살 미수를 자조自嘲한 것이다.

왕사진 王士禛

Wang Shizhen

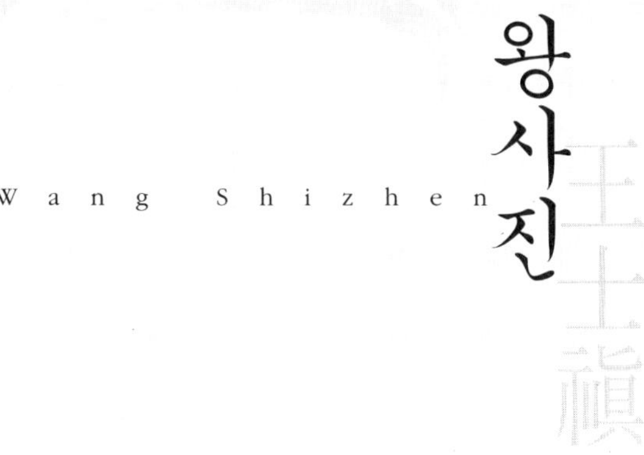

왕사진王士禛(1634~1711, 자 貽上, 호 阮亭, 漁洋山人)은 청淸나라 초기 시단의 맹주였다. 그는 축복받은 천부의 시인으로, 감미로운 우수憂愁의 시구로써 사람들의 마음을 매료했다.

왕사진의 시론은 신운설神韻說, 신비로운 운치를 시의 생명으로 본 것이다. 이것은 시경詩經 육의六義의 하나인 흥興(본서 56쪽)의 정신을 계승한 것이다. 그는 흥興의 프리즘을 통하여 자연 안에 몰입했다. 전통문화를 사모하고 화려한 미美를 동경한 그는 특히 칠언절구七言絶句에서 뛰어났다.

왕사진은 산동성 환대桓台 사람이다. 스물다섯 살에 진사進士에 급제, 스물여섯 살에는 양주揚州(강소성)의 추관推官(지방법관)이 되어 그 유능함을 날렸다. 벼슬길은 순조로워 형부상서刑部尙書까지 되었고 일흔여섯의 장수를 누렸다.

왕사진王士禛의 이름은 그가 죽고 난 뒤, 청나라 세종世宗(1722~1735 재위) 윤진胤禛의 휘諱에 저촉된다 하여, 청나라에서 사정士正으로 고쳤다가 다시 사정士禎으로 고쳤다. 그러나 지금은 생전의 이름으로 환원하는 것이 마땅하겠기에 본서에서는 왕사진王士禛으로 썼다.

왕사진의 시는 모두 3,000여 수, 본서에서는 그의 신운설을 작품으로 성공시킨 률시 1수와 절구 4수를 뽑았다.

다시 오른 연자기[1] | 왕사진

曉雨復登燕子磯絶頂
효:우: 부:등 연:자:기 절정:

민산[2]에서 흐른 만리 물결 눈에 가득하다. 岷濤萬里望中收。
민도 만:리: 망:중 수

가파른 연자기 절정에서 단장을 흔든다. 振策危磯最上頭。
진:책 위기 최: 상:두

오와 초[3]는 청청하다, 개펄 끝에 나뉘어. 吳楚靑蒼分極浦,
오초: 청창 분 극포:

강과 산은 평평하다, 새 가을이 찾아와. 江山平遠入新秋。
강산 평원: 입 신추

영가[4]에 남으로 옮겨온 사람 모두 스러지고, 永嘉南渡人皆盡,
영:가 남도: 인 개진:

건업[5]에는 서풍이 불고 강물 절로 흐른다. 建業西風水自流。
건:업 서풍 수: 자:류

술을 뿌리며 다시 '천연 해자'[6]를 슬퍼한다. 灑酒重悲天塹險,
쇄:주: 중비 천참: 험:

모래톱 가득히 물오리 멱 감고, 해오리 난다. 浴鳧飛鷺滿汀洲。
욕부 비로: 만: 정주

1_ 원제는 "새벽 비 속에 연자기 절정을 다시 오르다"라는 뜻. 연자기는 강소성 남경南京 북쪽, 장강 남안에 있는 명승지로, 제비(燕子) 모양으로 된 작은 암산岩山이다. 1660년, 왕사진이 강남향시江南鄉試의 시험관으로 남경南京에 있을 때 지은 것인 듯하다.

2_ 민산岷山 : 민산은 장강 황하의 분수령이다. 민산의 주봉은 사천성 송반현松潘縣 설보정雪寶頂(5,588미터)이며, 그 남록에서 발원한 민강岷江은 성도시成都市를 지나 의빈시宜賓市에서 장강에 들어간다. 길이 735킬로미터. '만리'는 장강長江(6,300킬로미터)을 다 생각한 것이다.

3_ 오吳와 초楚 : 모두 춘추시대의 나라 이름. 오吳는 지금의 강소성 일대, 초楚는 지금의 호북성·호남성 일대였다. 오吳와 초楚가 나뉘는 곳은 지지地誌(方輿勝覽)에 의하면 예장豫章(강서성 南昌市)이지만, 이 시에서는 남경南京 부근, 즉 연자기燕子磯 아래 개펄의 끝으로 보았다.

4_ 영가永嘉 : 진(西晉)나라 회제懷帝 사마치司馬熾의 연호(307~312). 당시 내란으로 뒤끓던 진(西晉)나라에 북방으로부터 흉노족(劉氏)이 쳐들어와 민족이동이라고 부를 정도로 많은 인사들이 강남 지방으로 피난 왔으며, 임금 사마치는 흉노에게 잡혀 죽었다. 317년에, 왕족의 한 사람인 랑야왕瑯琊王 사마예司馬睿가 건강建康(南京市)에서 즉위하여 나라의 명맥을 이었다(東晉 元帝). 이 얘기는 말할 것도 없이 명나라 말엽의 사정을 암시한 것이다. 1644년, 명나라 의종毅宗 주유검朱由檢이 자살하고 청나라 군사가 북경北京에 입성한 뒤, 남경南京에서는 복왕福王 주유숭朱由崧을 추대했으나 곧 청나라 대군에게 남경도 격파되었다.

5_ 건업建業 : 지금의 남경시南京市. 여기서는 망국의 서울이라는 뜻이 포함된다.

6_ 천연 해자 : 장강長江을 가리킨다. 남경 부근의 장강은 강폭이 넓어, 적군이 쉽게 건너기 어렵다. 장강이 해자 —성벽을 방비하는 인공 하천(護城河)— 역할을 잘한다는 뜻이다. 588년, 수隋나라 문제文帝 양견楊堅이 그 아들 양광楊廣을 시켜 50만 대군으로 진陳나라를 치게 했는데, 진나라 후주後主 진숙보陳叔寶의 궁정에서는 '장강은 천연 해자'라고 믿고 아무 대책 없이 일락에 빠져 있다가 589년에 멸망했다. 그리고 또 1645년, 청나라 대군이 장강을 건너오고 있는데도 남경 임시 정부(福王)에서는 '장강은 천연 해자'라고 믿고 대책 없이 있다가 성이 깨어졌다.

장강 위에서[1] | 왕사진

江上
강상:

오와 초 나뉘는 곳[2] 노정은 어떠한지?
吳頭楚尾路如何。
오두 초:미: 로: 여하

안개 비 가을 깊어 흰 물결도 어둡다.
烟雨秋深暗白波。
연우: 추심 암: 백파

저녁 썰렁한 밀물 타고[3] 강을 건넌다.
晚趁寒潮渡江去,
만:진: 한조 도:강 거:

숲에 가득한 누런 잎, 기러기 떼 소리.
滿林黃葉雁聲多。
만:림 황엽 안:성 다

1_ 모두 2수, 이것은 그 한 편이다. 1660년, 시인의 나이 스물여덟 살 때, 팔월에, 강소성 양주揚州의 추관推官(法官)으로 있던 중 강남향시江南鄕試의 시험관에 임명되어 남경으로 가는 배 위에서 지은 것이다.

2_ 오吳와 초楚 나뉘는 곳 : 앞 시《다시 오른 연자기》주 3 참조.

3_ 밀물 타고 : 장강長江이 강소성 남경시南京市 부근을 지나면 바다에 가까워(300킬로미터) 조석간만의 영향을 받는다. 양주시揚州市는 남경보다 하류에 있으므로 바다에 밀물이 들어올 때, 강을 거슬러 오르기 쉽다. 양주에서 남경으로 가려면, 먼저 약 20킬로미터의 운하(大運河)를 나와, 장강을 약 60킬로미터 거슬러 올라야 한다.

진주 절구[1] | 왕사진

眞州絶句
진주 절구:

강가에는 많구나, 낚시꾼의 집이.
수양버들 길 마름[2] 못 모두 엉성하다.
좋구나, 해 기울자 바람 잔 뒤가.
강 반쪽 단풍 아래에서 농어를 판다.

江干多是釣人居。
강간 다시: 조:인 거
柳陌菱塘一帶疎。
류:맥 릉당 일대: 소
好是日斜風定後,
호:시: 일사 풍정: 후:
半江紅樹賣鱸魚。
반:강 홍수: 매: 로어

1_ 모두 5수인데, 이것은 그 중의 하나이다. 진주眞州는 지금의 강소성 의징시儀徵市, 장강 북안의 어항漁港이다. 양주와의 거리는 육로로 약 30킬로미터, 수로로 약 40킬로미터이다. 1663년, 역시 시인이 양주에서 추관으로 있었을 때 지은 것이다.

2_ 수양버들 / 마름: 수양버들 원문은 류柳(*Salix babylonica*), 마름 원문은 릉菱(*Trapa bispinosa*)이다.

우중에 지나가는 고관[1] | 왕사진

雨中度故關
우:중 도: 고:관

잔도[2]는 만 길 산에 날아갈 듯 흐를 듯.
수루[3]는 저녁 구름 사이 보일 듯 말 듯.
서풍이 갑자기 쏴아하고 비를 몰아오니,
고관을 나서는 길 가득한 회화나무[4] 꽃.

危棧飛流萬仞山。
위잔: 비류 만:인: 산
戍樓遙指暮雲間。
수:루 요지: 모:운 간
西風忽送瀟瀟雨,
서풍 홀송: 소소 우:
滿路槐花出故關。
만:로: 괴화 출 고:관

1_ 고관故關은 지금의 낭자관娘子關. 산서성 평정현平定縣과 하북성 정형현井陘縣 사이에 있는 관문. 하북성과 산서성을 통하는 중요한 길목이다. 지금의 국도 307, 철로 석태선石太線이 통한다. 1672년 칠월 초아흐레, 사천성 향시鄕試 시험관을 마치고 오는 길에 고관을 지나면서 지었다.

2_ 잔도棧道 : 벼랑에 나무로 선반처럼 매어 달아 만든 길.

3_ 수루戍樓 : 성 위에 만든 망대.

4_ 회화나무 : 원문 괴槐(*Sophora japonica*). 홰나무.

호단해를 배웅하며[1] | 왕사진

送胡耑孩赴長江
송: 호단해 부: 장강

청초호[2] 기슭에 가을 물이 질펀하다.
황릉묘[3] 어귀에 저녁연기가 푸르다.

青草湖邊秋水長。
청초: 호변 추수: 장
黃陵廟口暮煙蒼。
황릉 묘:구: 모:연 창

서풍 가운데 조용하고 평안한 돛단배—

布帆安穩西風裏,
포:범 안온: 서풍리:

내처 산을 보며 오다가 악양[4]에 닿는다.

一路看山到岳陽。
일로: 간:산 도:악양

1_ 원제는 "장강으로 가는 호단해를 배웅하다"라는 뜻. 호경증胡景曾의 자字가 단해端孩. 무창武昌(호북성) 사람으로 왕사진과는 동문同門이다. 1685년, 왕사진이 남해南海에 제고祭告(국가적인 종교의식)하러 광주廣州(광동성)로 갔을 때, 호단해도 광주에 있었으며 사월에 광주를 떠날 때에는 배를 타고 배웅해 주었다. 이 시는 아마 북으로 돌아오는 길에 지은 것인 듯하다. 왕사진은 이해 구월에 귀환했다.

2_ 청초호青草湖 : 호남성 상음현湘陰縣의 북쪽, 상강湘江 물이 흘러드는 곳, 동정호洞庭湖 남단이다. 푸른 풀이 많기에, 또는 청초산青草山이 있기에 지어진 이름이라 한다.

3_ 황릉묘黃陵廟 : 호남성 상음현 북쪽, 동정호 어귀에 있다. 순舜임금의 두 왕비인 아황娥皇·녀영女英을 모신 곳이라 전한다.

4_ 악양岳陽 : 동정호 북쪽, 장강 남쪽 사이에 있다. 청초호에서 악양 사이에는 청초산青草山·군산君山 등이 있으며, 거리는 약 70킬로미터이다. 악양루岳陽樓는 동정호를 전망하기에 아주 좋은 명승지이다. 두보《악양루에 올라》참조(본서 666쪽).

공자진 龔自珍

Gong Zizhen

공자진龔自珍(1792~1841, 자 璱人, 호 定盦)은 19세기 전반에 시대의 몰락을 미리 내다본 우수憂愁의 시인이다. 그의 시는 청淸나라 말엽 새로운 여명기의 많은 선각자에게 큰 감동을 주었다.

공자진은 절강성 항주杭州 사람이다. 부조父祖는 모두 높은 벼슬을 지냈으며, 외조부 단옥재段玉裁는 청대淸代 음운학音韻學의 대가였다.

공자진은 여덟 살 때 이성에 눈을 뜰 정도로 조숙했으며, 일찍부터(19세) 관직에 봉사했다. 그러나 진사進士가 된 것은 여러 번의 실패 끝, 서른여덟 살 때의 일이다. 그는 진사가 된 뒤, 례부禮部(외교 · 교육부 해당)의 주사主事로 한 십 년 간 봉직하다가, 마흔여덟 살에 돌연히 관직을 버리고 서울을 떠나 강남으로 내려갔다. 그는 거기서 쉰 살 때 급서急逝했다.

공자진이 진사進士가 되려고 그처럼 힘을 썼던 것은 중앙 정치무대에 직접 관여하기 위해서였지만, 아마 그 일이 여의치 못했고, 또 모종의 사건(戀愛인 듯)이 생겨서 급히 귀향했던 듯하다. 본서에서는 몰락하는 시대에 이상향을 동경한 민요조(樂府體)의 《호떡 노래》와 낭만적인 《서쪽 교외의 낙화》 그리고 그 이상향을 실현시키기 위한 선구자 · 영웅을 고대하는 《일천팔백삼십구년 잡시》에서 2수의 절구를 뽑았다.

호떡 노래[1] | 공자진

餺飥謠
박탁요

할배 때엔 동전 한 푼에	父老一青錢, 부:로: 일 청전
호떡이 달님처럼 둥그렇더니,	餺飥如月圓。 박탁 여월 원
아이 적엔 동전 두 푼에	兒童兩青錢, 아동 량: 청전
호떡이 돈짝만한 크기로구나.	餺飥大如錢。 박탁 대: 여전
쟁반 안 호떡은 한 푼이 비싼데,	盤中餺飥貴一錢, 반중 박탁 귀: 일전
하늘 위 달님은 한 쪽이 나갔다.	天上明月瘦一邊。 천상: 명월 수: 일변
아하, 시장 안의 익은 음식이여, 하늘 위의 달님이여.	噫市中之餕兮天上月。 희 시:중지 준:혜 천상: 월
나는 너희 둘이 커지고 작아지는 것 헤아릴 수 있지만,	吾能料汝二物之盈虛兮, 오 능료: 여: 이:물지 영 허혜
너희 둘은 나를 과객[2]으로 비추겠지.	二物照我爲過客。 이:물 조:아: 위 과:객
달님이 호떡에게 하는 말,	月語餺飥, 월어: 박탁
"둥근 것은 이지러지나니."	圓者當缺。 원자: 당결

호떡이 달님에게 하는 말, 餺飥語月,
박탁 어:월

"돌고 돌아 끊임이 없다오." 循環無極。
순환 무극

크기가 돈짝만 해도 大如錢,
대: 여전

다시 달님처럼 둥그렇게 되리라. 當復如月圓。
당복 여월 원

아이를 불러서 이렇게 말했다. 呼兒語若,
호아 어:약

"오백 년[3] 뒤 너희 손자의 손자를 배부르게 하리라." 後五百歲俾飽而元孫。
후: 오:백 세: 비:포: 이 원손

1_ 박탁餺飥은 밀가루로 구워 만든 빵의 일종. 역시에서는 편의상 호떡으로 옮겨 봤다. 1882년, 서른한 살 때 지었다. 악부체樂府體로 동요의 맛을 살린 것이다.

2_ 과객過客 : 지나가는 길손. 리백李白의 글(春夜宴從弟桃李園序)에, "천지는 만물萬物의 주막(逆旅), 광음은 백대百代의 과객過客이라."는 구절이 있다.

3_ 오백 년 : 오백 년을 하나의 주기周期로 성인聖人이 나타난다는 생각이 『맹자』孟子 「공손축 하」公孫丑下 · 「등문공 하」滕文公下 등에 보이며, 또 불교사상에서도 오백 년을 하나의 단위로 본다.

서쪽 교외의 낙화[1] | 공자진 西郊落花歌
서교 락화가

풍의문[2] 밖 600미터쯤 되는 곳에 아름드리 해당화 팔구십 그루가 있다. 꽃피는 철이면 구경군의 거마가 너무 많아 나는 가지 않는다. 삼월 스무엿새(양력 4월 20

일)에 큰바람이 불었다. 다음날에는 바람이 조금 잤기에 례부禮部의 금응성金應城, 효렴[3] 왕단汪潭, 상사[4] 주조곡朱祖穀, 나의 아우 자곡自穀과 함께 성을 나가 술을 마셨다. 그리고 이 작품을 얻었다.

서쪽 교외의 낙화는 천하의 구경거리,
西郊落花天下奇,
서교 락화 천하: 기

옛날부터 봄을 슬퍼하는 시[5]만 읊었다.
古來但賦傷春詩。
고:래 단:부: 상춘 시

서쪽 교외의 거마가 하루아침에 없어지자,
西郊車馬一朝盡,
서교 거마: 일조 진:

정암 선생[6]은 술을 받아 와서 이것을 감상한다.
定盦先生沽酒來賞之。
정:암 선생 고주: 래 상:지

선생의 봄 마중은 남이 알지 못하고,
先生探春人不覺,
선생 탐:춘 인 불각

선생의 봄 배웅은 남이 또한 웃는다.
先生送春人又嗤。
선생 송:춘 인 우:치

벗을 부르니 역시 서너 명은 되는구나.
呼朋亦得三四子,
호붕 역득 삼사: 자:

성을 벗어나자 모두 놀라서 어리둥절하다.
出城失色神皆癡。
출성 실색 신 개치

마치 전당의 조수[7]가 밤에 솟구치는 듯.
如錢唐潮夜澎湃,
여 전당조 야: 팽배:

마치 곤양의 접전[8]이 새벽에 휩쓰는 듯.
如昆陽戰晨披靡。
여 곤양전: 신 피미

마치 팔만 사천[9] 하늘 선녀가 얼굴을
씻고 나서
如八萬四千天女洗
臉罷,
여 팔만: 사:천 천녀: 세:
검: 파:

일제히 이곳에 연지 물을 쏟아 부은 듯.	齊向此地傾胭脂。
제향: 차:지: 경 연지

괴상한 용과 봉은 떠돌아다니고 싶어하는데,	奇龍怪鳳愛漂泊,
기룡 괴:봉: 애: 표박

금고[10]의 빨간 잉어는 오히려 왜 하늘 오르려는 시늉을 할까?	琴高之鯉何反欲上天爲。
금고지 리: 하 반:욕 상: 천 위

옥황상제의 궁중은 씻은 듯 부신 듯하니,	玉皇宮中空若洗,
옥황 궁중 공 약세:

삼십육층 하늘[11]에는 미인이 하나도 없다.	三十六界無一青蛾眉。
삼십 륙계: 무일 청 아미

또 마치 선생이 평생 우수[12]에서 못 헤어난 것처럼,	又如先生平生之憂患,
우:여 선생 평생지 우환:

황홀하게 온갖 괴상한 짓이 나타나 헤아릴 수 없다.	恍惚怪誕百出難窮期。
황:홀 괴:탄: 백출 난 궁기

선생의 독서는 삼장[13]을 모두 읽었지만,	先生讀書盡三藏,
선생 독서 진: 삼장:

아름다운 말씀이 많은 유마경[14]을 가장 좋아했다.	最喜維摩卷裏多清詞。
최:희: 유마 권:리: 다 청사

또 서방정토에는 낙화 쌓인 깊이가 네 치[15]라고 들었기에,	又聞淨土落花深四寸,
우:문 정:토: 락화 심 사:촌

눈을 감고 상상해 보면서 더욱 넋이 빠졌다.	冥目觀想尤神馳。
명목 관상: 우 신치

서방정토에는 사람이 갈 수가 없는데,	西方淨國未可到,
서방 정:국 미:가: 도:

붓을 들면 묘사가 어찌 그리 유려할까?	下筆綺語何灕灕。 하:필 기:어: 하 리리
어떻게 하면, 나무에 끊임없이 피는 꽃이 비 오실 때마다 새뜻하게 되어,	安得樹有不盡之花更雨新好者, 안득 수:유: 부진:지 화 갱:우: 신호: 자:
삼백예순 날[16] 마냥 꽃 떨어지는 때 될 수 있을까?	三百六十日長是落花時。 삼백 륙십 일 장시: 락 화 시

1_ 1827년, 서른여섯 살 때 지은 고시古詩이다.

2_ 풍의문豐宜門 : 지금 북경에는 정식이든 별명이든 이런 문이 없다. 다만 금나라 중도中都(북경)의 남문을 풍의문이라 하였다. 그 위치가 우안문右安門 밖에 있었으니, 시인 당시 아마 우안문을 풍의문으로 불렀을지 모르겠다. 우안문으로 나가면 풍태구豊台區에 금나라 중도 유적, 만천万泉공원이 있다.

3_ 효렴孝廉 : 향시鄕試의 합격자, 거인擧人의 아칭.

4_ 상사上舍 : 국자감國子監 3사舍의 하나, 요즘 대학원 연구생에 해당.

5_ 봄을 슬퍼하는 시 : 낙화落花의 장관을 읊은 것이 아니라 가버린 봄의 슬픔만 읊었다는 것이다.

6_ 정암定盦선생 : 시인 공자진의 호. 시인 자신을 제3자처럼 쓴 것이다.

7_ 전당錢塘의 조수 : 전당강錢塘江의 유명한 해소海嘯를 가리킨다. 소식《참료자에게》〈팔성감주〉 주 2 참조(본서 906쪽).

8_ 곤양昆昜의 접전 : 곤양은 지금의 하남성 엽현葉縣(당시 섭현). 서기 23년, 후한後漢 광무제光武帝(25~57 재위) 류수劉秀가 1만이 못 되는 군사로 왕망王莽(전 45~후 23)의 40만 넘는 대군을 격파한 역사적인 전투가 여기서 벌어졌다.

9_ 팔만 사천 : 불전佛典에서 극히 많은 수를 표시할 경우에 쓰는 숫자이다.

10_ 금고琴高 : 전국시대 거문고(琴)의 명수. 한 이백 년 동안 각지로 놀러 다니다가 '빨간 잉어'를 타고 승천했다 한다(『列仙傳』).

11_ 삼십육층 하늘 : 도가道家에서 말하는 하늘의 계층.

12_ 선생의 우수憂愁 : 시인 공자진의 일생과 시는 우수가 그 특성이다.

13_ 삼장三藏 : 불전佛典에 있어서의 경經(석가모니 어록), 율律(일상생활 규범), 논論(경전 해석연구) 등 3부문의 총칭. 즉 불전 전반을 가리킨다.

14_ 유마경維摩經 : 불전의 하나. 『유마힐소설경』維摩詰所說經의 약칭이다.

15_ 네 치 : 약 13센티미터. 『무량수경 상』無量壽經 上에, "바람은 흩어진 꽃잎을 날려, 불토佛土에 가득 채운다. ……발로 그 위를 밟으면 '네 치'나 빠진다. 발을 들면 다시 전과 같이 된다."라는 구절이 있다.

16_ 삼백예순 날 : 즉 1년을 가리킨다.

일천팔백삼십구년 잡시(2수)[1] | 공자진 己亥雜詩 기:해: 잡시

· 1

아득한 이별의 슬픔, 빛나는 태양[2]이 기운다. 浩蕩離愁白日斜。
호:탕: 리수 백일 사

시인의 말채찍이 동쪽을 가리키니, 하늘 끝. 吟鞭東指卽天涯。
음편 동지: 즉 천애

떨어진 붉은 꽃잎은 무정한 물체가 아니라, 落紅不是無情物,
락홍 불시: 무정 물

봄의 진흙으로 바뀌어서 다시 꽃을 돕는다. 化作春泥更護花。
화:작 춘니 갱: 호:화

1_ 모두 315수, 본서에서는 2수만 뽑았다. 역시 · 1은 원시의 제2수이다. 이 연작은 1839(己亥)년 사월에 벼슬을 그만두고 북경北京을 떠난 뒤 그해 섣달까지의 기간에 지은 것으로 1840년에 정리했다. 공자진은 전에도 몇 번이나 몸에 해롭다고 하여 시 쓰기를 애써 끊곤 했지만(戒詩), 이 시를 쓰고 난 뒤로는 다음 다음해, 즉 1841년에 급서急逝하기까지 시 쓰기를 끊었다. 이 연작은 종래 시인의 생애의 축도縮圖이며 시사詩史로 간주되어 왔다.

2_ 빛나는 태양(白日) : 이 말은 보통 한낮의 해를 가리키지만, "이별하는 슬픔"의 강렬함을 강조하는 뜻으로 서녘에 지는 해를 그렇게 표현한 것이다.

· 2[1]

나라의 생명력은 바람과 천둥에 기대거늘,	九州生氣恃風雷。 구:주 생기: 시: 풍뢰
말 만 필[2] 모두 벙어리 되니 필경 서럽다.	萬馬齊瘖究可哀。 만:마: 제음 구: 가:애
하늘이여 다시 한번 기운을 가다듬어	我勸天公重抖擻, 아:권 천공 중 두:수:
격식에 매이지 마시고 인재를 내려주소서.	不拘一格降人材。 불구 일격 강: 인재

1_ 역시 · 2는 원시 제125수 이다. 이 시 끝에 다음과 같은 자주自注가 붙어 있다. "진강鎭江(강소성)을 지나다가 '하느님'(玉皇)과 '바람 신'(風神), '천둥 신'(雷神)을 제사하는 사람을 만났다. 참예하는 사람이 만萬을 헤아렸다. 도사道士가 나더러 기도문을 지어 달라고 부탁했다."

2_ 말 만 필(萬馬) : 정치에 대한 많은 발언자를 가리킨다.

황준헌 黃遵憲

Huang Zunxian

황준헌黃遵憲(1848~1905, 자 公度)은 청淸나라 말엽의 대시인일 뿐 아니라, 중국 고전시古典詩 최후의 위대한 시인이다. 일찍이 서양을 둘러본 그는 반봉건·반식민지·후진국 상태에 있는 자기 조국을 부흥시키기 위해 여러 가지 활동을 했고, 시로써도 강렬한 우국憂國 충정을 노래했다.

황준헌은 광동성 매주梅州에서 학가(Hakka 客家) 집안에 태어났다. 신동 소리를 듣던 그는 일찍부터 많은 시를 지었다. 그는 스물아홉 살 때(1876) 거인擧人이 되고, 그 해 주일공사관駐日公使館 참찬參贊(書記)이 되어, 다음 해 일본에 부임했다. 그 뒤 마흔일곱 살 때까지 일본·미국·영국·싱가포르 등지에서 외교관으로 지냈다. 무술변법戊戌變法(1898) 뒤 고향에 은퇴하고 있다가 쉰다섯 살의 나이로 타계했다.

그의 시는 의고擬古에 반대하고 민요 기풍을 따랐다. 그는 새로운 언어로써 당시의 정치·사회 사건에 관한 시를 많이 지었다.

환준헌은 주일외교관으로 있을 때, 당시 열강의 틈바구니에서 풍전등화 같았던 우리나라를 위해서, 또한 청淸나라의 국가이익에 맞추어, 미국美國과의 국교를 개설할 것을 권고한 『조선책략』朝鮮策略을 썼다. —

당시(1880) 수신사修信使로 일본에 가 있던 김홍집金弘集이 이 『책략』을 가지고 귀국, 고종高宗에게 바쳤는데, 이것은 뒤에 개화파와 수구파 양대 세력이 격돌하게 된 원인의 하나가 되었다.

항복한 제독[1] | 황준헌

降將軍歌
항장:군가

포위망[2] 속에서 나는 듯 돌진하는
　한 척의 군함—
衝圍一舸來如飛,
충위 일가: 래 여비

모든 장병들 멍청히 바라보며 북소리 멎었다.
衆軍屬目停鼓鼙。
중:군 촉목 정 고:비

뱃머리에 선 사람[3]은 백기를 들었으니,
船頭立者持降旗,
선두 립자: 지 항기

제독이 파견하여 항복하러 온 것이었다.
都護遣我前致詞。
도호: 견:아: 전 치:사

"아군은 힘이 지쳐 지탱할 수 없는 형세,
我軍力竭勢不支,
아:군 력갈 세: 불지

외떨어진 섬에 고립되니 위태롭기 그지없소.
零丁絶島危乎危。
령정 절도: 위호 위

무력한 우리는 달리 해볼 도리가 없소.
龜鼈小豎何能爲,
귀별 소:수: 하 능위

섬 안에 남은 병사는 모두 부상당했소.
島中殘卒皆瘡痍。
도:중 잔졸 개 창이

"그 나머지는 미망인과 전쟁고아일 뿐.
其餘鬼妻兵家兒,
기여 귀:처 병가 아

솥바닥에 밥도 없소, 시렁에 옷도 없소.
鍋底無飯枷無衣。
과저: 무반: 가 무의

흘간산[4] 꼭대기 참새처럼 춥고 주리니,
紇干凍雀寒復饑,
흘간 동:작 한 부:기

5천 명의 목숨이 실낱과 같소.
五千人命懸如絲。
오:천 인명: 현: 여사

“우리 이제 전사하면 저들은 어디로 가겠소?	我今死戰彼安歸, 아:금 사:전: 피: 안귀
금성탕지[5]와 같은 이 섬과 이 바다.	此島如城海如池。 차:도: 여성 해: 여지
옆으로 가지런히 늘어선 군함—	橫排各艦珠纍纍, 횡배 각함: 주 루루
대포가 1백 문, 소총이 1천 정.	有礮百尊槍千枝。 유:포: 백존 창 천지
“또한 탄약도 산처럼 쌓여 있소.	亦有彈藥如山齊, 역유: 탄:약 여산 제
전군의 작전권도 나에게 있소.	全軍旗鼓我所司。 전군 기고: 아: 소:사
본래는 양군이 서로 자웅을 겨루어	本願兩軍爭雄雌, 본:원: 량:군 쟁 웅자
벌레나 모래[6]가 되려고, 피를 뿌리려고 하였소.	化爲蟲沙爲肉糜。 화:위 충사 위 육미
“군함과 함께 생사를 같이하려고 하였소.	與船存亡死不辭, 여선 존망 사: 불사
그러나 오늘은 통틀어 그대의 지휘에 맡기오.	今日悉索供指麾。 금일 실색 공 지:휘
이는 산 목숨을 위해 자비를 바라는 것.	乃爲生命求恩慈, 내:위: 생명: 구 은자
하늘이 증인이 되어[7] 굽어 살피시리.”	指天爲正天鑒之。 지천 위정: 천 감:지
중장[8]은 허락하였다. 약속 어기지 않고	中將許諾辭不欺, 중장: 허:낙 사 불기

이튿날 아침에 바로 항복을 받았다.	詰朝便爲受降旗。 힐조 변:위: 수: 항기
양군에서 우레처럼 퍼져 나오는 환성.	兩軍雷動懽聲馳, 량:군 뢰동: 환성 치
파란 도깨비불, 어두운 달빛, 스산한 바람이 불었다.	燐靑月黑陰風吹。 린청 월흑 음풍 취
귀백[9]의 재촉은 늦출 길 없는 법.	鬼伯催促不得遲, 귀:백 최촉 불득 지
부용[10]을 진하게 태워 술잔에 담아 마셨다.	濃薰芙蓉傾深巵。 농훈 부용 경 심치
앞에서는 관을 덮고 뒤에서는 시신을 떠메니,	前者闔棺後輿尸, 전자: 합관 후: 여시
장군 하나, 부관 둘, 참모 세 사람.	一將兩翼三參隨。 일장: 량:익 삼 참수
양군은 눈물을 흘리며 놀라워한다.	兩軍雨泣咸驚疑, 량:군 우:읍 함 경의
항복한 마당에 다시 죽으니 누굴 위한 죽음일까?	已降復死死爲誰。 이:항 부:사: 사: 위:수
가련하구나, 제독의 뼈가 고향으로 돌아갈 때—	可憐將軍歸骨時, 가:련 장:군 귀골 시
하얀 표기 펄럭펄럭, 빨간 깃발[11] 처진다.	白幡飄飄丹旐垂。 백번 표표 단조: 수
한가운데엔 '고무래 정' 자[12]가 높다랗게 걸려 있고,	中一丁字縣高桅, 중일 정자: 현: 고외
돌아봐야 황룡기[13]는 하나도 없다.	廻視龍旗無孑遺。 회시: 룡기 무 혈유

바다 물결 철썩철썩, 슬픈 바람 슬프다.	海波索索悲風悲, 해:파 색색 비풍비
슬프고도 슬프다.	悲復悲, 비 부:비
아으, 아으, 아으.	噫噫噫。 희 희 희

1_ 1895년, 청일전쟁淸日戰爭에서 패전한 청淸나라의 수사제독水師提督(해군 제독) 정여창丁汝昌을 애도한 노래. 청일전쟁은 노대국 청나라의 허점을 만천하에 공개하여 열강들이 중국 대륙을 반식민지화하고 뒤미처 과거의 중국의 종말을 의미하는 청淸제국의 멸망을 불러오는 빌미가 되었다. 따라서 이 시는 한 제독의 항복·자살을 애도하는 외에, 깊은 우국憂國의 열정이 담긴 작품이다. 정여창丁汝昌은 흥선興宣대원군 이하응李昰應을 청나라로 납치해 간 하수인의 하나였다.

2_ 포위망 : 이 해전은 산동성 위해위威海衛(지금의 威海市) 앞 바다 류공도劉公島에서 있었다.

3_ 뱃머리 …… 사람 : 1895년 12월 12일(양력), 청나라 해군 광병호廣丙號 함장 정벽광程璧光이 진북호鎭北號에 백기白旗를 달고 일본군 기함을 찾아가 정여창丁汝昌의 글을 전했다.

4_ 흘간산紇干山 : 산서성 대동시大同市 동쪽에 있는 산. 여름에도 눈이 있어, "흘간산 꼭대기에서 참새가 얼어죽는다."(紇干山頭凍死雀)는 민요가 있다.

5_ 금성탕지金城湯池 : 방비가 아주 튼튼한 요새를 가리킨다.

6_ 벌레나 모래 : 주周나라 목왕穆王(전 1001~전 947 재위) 희만姬滿이 남정했을 때, 전군이 모두 죽었는데, 군자는 잔나비 또는 두루미가 되었고 소인은 벌레 또는 모래가 되었다 한다(『太平御覽』에 인용된 『抱朴子』).

7_ 하늘이 증인이 되어 : 굴원 〈리소, 애타는 호소〉 (2)단에, "저 하늘께서 증인이 되시리."(본서 163쪽)라는 구절이 있다.

8_ 중장中將 : 일본의 연합함대사령장관 해군중장 이동우정伊東祐亨. 1895년 2월 14일에 청나라 도원道員 우창병牛昶炳이 이동과 류공도劉公島 항약降約 11조를 맺었다.

9_ 귀백鬼伯 : 염라대왕. 한대악부 〈호리는 누구네 땅〉에 "귀백 님은 어찌 그리 재촉만 하시는고"(본서 215쪽)라는 구절이 있다.

10_ 부용芙蓉 : 아편. 정여창은 아편을 복용하고 자살했다.

11_ 하얀 표기 …… 빨간 깃발 : 모두 장례식의 깃발이다.

12_ '고무래 정'丁 자 : 정여창의 성씨 정丁을 쓴 깃발. 과거 중국의 해군에서는 기함旗艦의 마스트에 사령관의 성씨를 쓴 깃발을 달았다.

13_ 황룡기黃龍旗 : 청淸나라 국기.

감회[1] | 황준헌

感懷
감:회

세상의 학자들은 시서[2]를 암송하며,
언제나 자기들의 재주를 자만한다.
고개 젖히고 상고시대 역사를 설명하고,
손바닥 치며 천하국가 정치[3]를 해설한다.

世儒誦詩書,
세:유 송: 시서
往往矜爪嘴。
왕:왕: 긍 조:취:
昂頭道皇古,
앙두 도: 황고:
抵掌說平治。
저:장: 설 평치:

처음에는 삼대의 흘륭함[4]을 얘기하고,
나중에는 백세의 기다림[5]을 얘기한다.
중간에는 오늘의 어지러움을 얘기하면서,
눈물 콧물 흘리며 소리 내어 운다.

上言三代隆,
상:언 삼대: 륭
下言百世俟。
하:언 백세: 사:
中言今日亂,
중언 금일 란:
痛哭繼流涕。
통:곡 계: 류체:

차전법의 설계도[6]를 모사하느라	摹寫車戰圖, 모사: 차전: 도
손에 못이 박힌다, 백 장이 넘으니.	胼胝過百紙。 변지 과: 백지:
정전법의 계획서[7]를 입수하고선	手持井田譜, 수:지 정:전 보:
땅에 재어 그린다, 한 번 해보려고.	畫地期一試。 화:지: 기 일시:
고인이 어찌 우리를 속이랴?	古人豈我欺, 고:인 기: 아:기
예와 이제와 형세가 다른데 어찌하랴?	今昔奈勢異。 금석 내: 세:이:
학자들아 문밖을 나서지 않았거든,	儒生不出門, 유생 불출 문
오늘 국가 대사를 논하려 하지 마소라.	勿論當世事。 물론: 당세: 사:
시대를 파악하려면 현재를 알아야 하고,	識時貴知今, 식시 귀: 지금
진실에 통달하려면 세태를 겪어야 한다.	通情貴閱世。 통정 귀: 열세:
아 위대하도다, 천고의 현인들이여.	卓哉千古賢, 탁재 천고: 현
그들만이 시대병을 고칠 수 있었다.	獨能救時弊。 독능 구: 시폐:
가의[8]는 국경지역 안정책을 썼고,	賈生治安策, 가:생 치:안 책
강통[9]은 외래민족 이주론을 썼다.	江統徙戎議。 강통: 사:융 의:

1_ 모두 3수인데, 이것은 그 중 제1수이다. 이 시는 황준헌 평생의 주장을 대표하는 작품이다.

2_ 시서詩書 : 『시경』詩經과 『서경』書經을 중심으로 하는 과거 지식인들의 필수적인 고전. 교양敎養으로서는 훌륭하지만 실무實務에는 절실하지 못한 점을 여기서는 비판하는 것이다.

3_ 천하국가 정치 : 원문은 평치平治. 『맹자』孟子 「공손축」公孫丑에, "만약 천하국가를 평화롭게 다스리려고(平治) 한다면 지금 세상에 있어 나를 두고 누가 할 것인가?"라는 구절이 있다. 엘리트의 자부심을 의식시키는 말이다.

4_ 삼대의 훌륭함 : 과거 지식인들은 이상적인 시대의 전범典範으로 중국 고대의 하夏 · 은殷 · 주周 3대를 꼽았다.

5_ 백세의 기다림 : 성인聖人을 기다리는 것. 『례기』禮記(中庸)에, "백세百世로써 성인을 기다리며 마음이 흔들리지 않는다."라는 구절이 있다. 백세百世는 약 3천 년이다.

6_ 차전법車戰法의 설계도 : 남송南宋의 애국자로서 주전론자였던 리강李綱이 전쟁에는 보병步兵 · 기병騎兵보다 전차戰車가 낫다고 하면서 그 설계도를 그린 것을 의식한 말인 듯. 또는 당唐나라의 재상 방관房琯이 안록산安祿山의 군사와 싸울 때, 전차戰車로 싸워 졌다는 고사를 의식한 것인 듯.

7_ 정전법井田法의 계획서 : 정전법은 은殷 · 주周 때 시행되었다는 토지 제도. 일정한 땅을 우물 정井 자 형으로 9등분하여 주위는 여덟 집에서 나누어 경작하고 중앙을 공전公田으로 하여 주위 여덟 집이 공동으로 경작, 국가에 세금으로 바쳤다는 것이다. 이 구절은 전한前漢을 뒤엎고 잠시 나타난 신新나라의 왕망王莽이 정전법을 부활하려고 시도했다가 실패한 것을 의식한 것인 듯.

8_ 가의賈誼 : 한나라 문인. 정치에 대한 큰 이상을 품었는데, 흉노匈奴의 침략을 막기 위한 방책으로 《치안책》治安策을 피력한 바 있다.

9_ 강통江統 : 진晉나라 사람. 당시 외적 저강氐羌의 침범을 물리치기 위해 외래 민족을 이주시키자는 《사융론》徙戎論을 지었다. 가의 · 강통은 모두 외적의 침략에 저항한 선인의 예이다.

잡감[1] | 황준헌

雜感
잡감:

대지는 혼돈[2]에서 파낸 것,
大塊鑿混沌,
대:괴: 착 혼:돈:

휘적휘적 큰 하늘이 돈다.
渾渾旋大圜。
혼혼 선 대:환

례수[3]도 헤아리지 못하니,
隸首不能算,
례:수: 불능 산:

그 뒤 몇 만년 지나갔는지.
知有幾萬年。
지유: 기:만: 년

복희씨 헌원씨[4] 글자 만들어,
羲軒造書契,
희헌 조: 서계:

이제 비로소 오천 년이다.
今始歲五千。
금시: 세: 오:천

나를 후대 사람이 본다면,
以我視後人,
이:아: 시: 후:인

하 · 은 · 주[5] 삼대 앞에 놓겠다.
若居三代先。
약거 삼대: 선

고루한 서생은 옛날이 좋아
俗儒好尊古,
속유 호: 존고:

날마다 헌 책만 뒤지면서,
日日故紙研,
일일 고:지: 연

육경[6]에 오르지 않은 글자는
六經字所無,
륙경 자: 소:무

감히 시편에 적지 못한다.
不敢入詩篇。
불감: 입 시편

옛 사람이 버린 술지게미[7]	古人棄糟粕, 고:인 기: 조박
이를 보고 침을 흘린다.	見之口流涎。 견:지 구: 류연
답습하고 또 표절까지 하며,	沿習甘剽盜, 연습 감 표도:
함부로 남에게 죄를 씌운다.	妄造叢罪愆。 망:조: 총 죄:건
황토[8]로 같이 빚은 사람이니,	黃土同摶人, 황토: 동 박인
고금에 잘 나고 못 나고 없다.	今古何愚賢。 금고: 하 우현
오늘도 홀떡 옛날로 바뀌니,	卽今忽已古, 즉금 홀 이:고:
어느 때부터 시대를 구분하나?	斷自何代前。 단: 자:하대: 전
밝은 창문에 유리[9]가 환하고	明窗敞流離, 명창 창: 류리
높은 향로에 향기가 탄다.	高爐爇香煙。 고로 설 향연
왼쪽에는 단계 벼루[10]를 놓고	左陳端溪硯, 좌:진 단계 연:
오른쪽에 설도[11] 종이를 펼쳐,	右列薛濤箋。 우:렬 설도 전
나의 손으로 내 말[12] 적으니	我手寫吾口, 아:수: 사:오구:
옛사람 어찌 거리낄까?	古豈能拘牽。 고: 기:능 구견

지금 유행하는 속어를 갖고	卽今流俗語, 즉금 류속 어:
내가 책으로 엮어둔다면,	我若登簡編。 아: 약등 간:편
오천 년 뒤에 읽는 사람은	五千年後人, 오:천 년 후:인
고색창연하다 놀라리라.	驚爲古爛斑。 경위 고: 란:반

1_ 모두 5수인데, 이는 제2수이다. 시를 논한 시. 작시에서의 답습 표절을 엄중히 비판하면서 시대를 표현하고 구어로 묘사하는 새로운 시를 지어야 함을 주장했다. 중국 시계詩界 혁명에 중요한 의의가 있다. 1868년, 21세 때 지은 것으로 추정한다.

2_ 혼돈混沌 : 지구가 형성되기 전 상태는 혼돈이었다. 한산《무제시·3》주 1 참조(본서 420쪽).

3_ 례수隷首 : 황제의 신하, 수학자. 도량형을 만들었다 한다.

4_ 복희씨伏羲氏 헌원씨軒轅氏 : 복희씨는 삼황의 하나, 팔괘八卦를 그렸다 한다. 헌원씨는 황제黃帝, 오제의 하나다.

5_ 하夏·은殷·주周 : 하나라는 공동연대 이전 21세기부터 전 16세기까지, 은나라는 전16세기부터 전 11세기까지, 주나라는 전 11세기부터 전 221년까지 존속한 왕조이다.

6_ 육경 : 시경詩經·서경書經·례경禮經·악경樂經·역경易經·춘추春秋로 중국에서 가장 중요한 고전. 당나라 류우석劉禹錫은 "중양절을 앞두고 '떡 고'餻자를 운자로 하는 시를 지으려다가, 육경을 찾아보니 그 글자가 없어, 아예 그만두었다."고 한다.

7_ 술지게미 : 『장자』莊子「천도편」天道篇에, "환공桓公이 책 읽고 있는 것을 본 륜편輪扁이란 장인이 무엇을 읽느냐고 물어, 성인 말씀이라고 말했다. 그러자 그 성인이 살아 있느냐고 물어, 이미 죽었다고 말했다. 그 말을 들은 륜편은 그러면 읽고 있는 것이 옛 사람의 술지게미에 지나지 않는다고 말했다."라고 한다.

8_ 황토 : 『태평어람』太平御覽에 인용한 『풍속통』風俗通에, "속설에 이르기를, 천지가 개벽했을 때 사람이 없었으므로 녀왜女媧가 황토를 빚어 사람을 만들었다."라고 하였다.

9_ 유리流離 : 유리(글라스). 지금은 유리를 파리玻璃로 적는다. 보석의 일종으로

류리琉璃를 따로 적는다. 19세기 후반 중국에서 큰 유리창은 호사였다. 이하 4구는 오늘이 예전보다 우월한 환경임을 말한 듯.

10_ 단계端溪 벼루 : 광동성 고요현高要縣 단계에서 생산되는 벼루. 석질이 좋고 조각이 뛰어난 명품이다.

11_ 설도薛濤(768~831) 종이 : 설도는 당나라 때 명기. 음률 시문에 뛰어났다. 그가 디자인한 송화지松花紙와 빨간 색지는 시인들에게 인기 있었다. 사천성 성도시成都市에서 생산한다.

12_ 나의 손 / 내 말(我手寫吾口) : 이 구절은 훗날 백화운동의 시동을 건 것으로 평가된다. 언문일치를 모르던 당시로서는 혁명적 사고였다.

부록

중국 시인 연표

중국 지명 일람표

중국 시인 연표

1) 『중국시가선』에 수록한 시인들 위주로 작성한다.
2) 좌란은 주요사항이고, 우란은 대조사항이다. 우란 가운데 ▲는 한국을 표시한다.
3) 인물은 사망 연도 기준으로 배열한다.
4) 굵은 글자로 쓴 **인물**은 본서에 수록한 시인이다. 고딕 글자는 **역대왕조**이다.
필기체 글자는 *중국문학사 시대구분* ①~⑥이다.
5) 기호 ※는 문자·도서 매체의 대략적 발전 시기를 표시한다.

하夏(약 전 21세기~) **상商**(약 전 16세기~)	▲ **고조선**(전 2333~)
−1100 ※갑골문 ※금문金文 **서주西周**(약 전 1050~전 771) 『시경』(일부) −1001	

상고부터 ①고대: 민요 ※붓 ※세로쓰기 ※간책(상고~동진) —901	
공화 1년(전 841) —801	그리스 도시국가(약 전 900)
동주東周(춘추 · 전국시대) **춘추春秋시대(전 770~전 476/전 403)** 『춘추』(전 722~전 481 기사 수록) —701	호메로스《일리아스》 《오디세이아》(약 전 800) 로마 건국(전 753)

※백서(춘추~육조) —601	우파니샤드 철학(약 전 650)
『시경』『서경』 성립(약 전 600) —501	로마, 공화정 시작(전 509)
공자(전 551~전 479), 『시경』 정리 **전국戰國시대(전 475/전 403~전 221)** 『전국책』(전 453~전 246 기사 수록) 『론어』(약 전 450) —401	석가모니(전 566~약 전 486) 테미스토클래스, 살라미스 해전 (전 480) 제1회 불전 결집(약 전 477)

로자(~약 전 380~) —301	소크라테스(전 469~전 399) 플라톤(전 427~전 347) 알렉산드로스 군대, 인도 침공 (전 327) 아리스토텔레스(전 384~전 322)
장주(약 전 370~약 전 300) 맹가(전 372~약 전 289) **굴원**(약 전 339~약 전 278) 순황(약 전 298~약 전 235) **진秦(전 221~전 206)** 협서률 공포(전 213~전 191), 분서 ※소전 몽념(~전 210), 붓 개량 ※붓 **서한西漢(전 206~8)** ※례서 **항적**(전 232~전 202) —201	포에니 전쟁(전 264~전 146) 아쇼카 왕(약 전 273~전 232 재위) 아르키메데스(전 287~전 212)
장건, 서역 출사(전 138~전 126) 오경박사 설치(전 136) 악부 설립(약 전 120) 사마상여(전 179~전 117), 《자허부》 —101	로제타스톤 새김(전 196) ▲ 락랑군 설치(전 108)

사마천 『사기』(전 90) **류철**(전 156~전 87) ※초서 왕소군, 흉노에 출가(전 33) —01 공동연대 이전(BCE) 1년	▲ **신라**(전 57~676~935) ▲ **고구려**(전 37~668) ▲ **백제**(전 18~660)
01 공동연대(CE) 1년 **신新**(9~23) **동한東漢**(25~220) 불교 전래, 백마사 건립(68) 반고(32~92), 『한서』(미완)	▲ 고구려, 국내성 천도(3) 예수(전 4~33) 흉노, 남북 분열(48)
101 채륜, 종이 개량(105) ※종이 왕일(119 전후), 『초사장구』 허신 『설문해자』(121) ※권축(동한~송초) 로마 황제 아우렐리우스 사자, 중국 도착(166) 석경, 태학에 건립(175) 건안(196~220) ②중세전기: 서정시 정현(127~200), 『모시정전』	

201 건안칠자(208) 조조(155~220) 구품관인지법 공포(220) **삼국三國시대(220~280)** ※해서 **조식**(192~232) 죽림칠현(약 260) **원적**(210~263) **서진西晉(265~316)**	▲ 고구려, 환도성 천도(209) ▲ 왕인, 『론어』 일본에 전수(285)
301 좌사《삼도부》(305), 락양 지가 오름 **동진東晉(317~420)** 곽박(276~324), 『산해경도찬』 왕희지《란정집서》(353) ※행서 돈황 천불동 조성(약 353~)	로마, 그리스도교 공인(313) ▲ 고구려, 불교 전래(372) 게르만 민족 이동(375~) 성서 라틴어 번역(383) ▲ 백제, 불교 전래(384) 로마, 동서 분열(395~서 476, ~동 1453)
401 구마라습 장안 도착(401), 불경 한문 번역 간보『수신기』(약 416) **남북조南北朝(420~589)** **도연명**(365~427) **사령운**(385~433) 류의경『세설신어』(약 444) **포조**(414~466) 심약 "사성팔병설" (480) **사조**(464~499) 류협『문심조룡』(약 500)	 ▲ 고구려, 평양 천도(427) ▲ 백제, 웅진 천도(475)

501 종영 『시품』(약 518) 소통 『문선』(531), 「고시19수」 수록 고야왕 『옥편』(543) 서릉 『옥대신영』(약 575) **유신**(513~581) **수隋(581~589~618)** 륙덕명 『경전석문』(583) 불교 성행(6세기)	▲ 신라, 불교 공인(527) ▲ 백제, 부여 천도(538)
601 륙법언 『절운』(601) 과거제 창설(606) **당唐(618~907)** ※첩장/선풍엽(당대) 공영달 『모시정의』(642) 현장 『대당서역기』(645), 불경 한문 번역 **왕범지**(약 590~660) 리선 『문선주』(661) **왕발**(650~677) **류희이**(651~679) **진자앙**(약 659~700)	▲ 을지문덕, 살수 전투(612) 헤지라(622) 무하마드(570~632) ▲ 양만춘, 안시성 전투(645) 제2회 코란 결집(651~653) ▲ 안동도호부 설치(668) ▲ **통일신라(676~935)** ▲ 설총, 이두 정리(692) ▲ **발해(698~926)**
701 **소미도**(648~705) **심전기**(약 656~약 714) **장약허**(약 660~약 720) **왕한**(~710~) **한산**(8세기) **장구령**(678~740) **맹호연**(689~740) **왕지환**(688~742) **하지장**(약 659~약 744) **최호**(~754) **왕창령**(약 698~약 757) 안사의난(755~763) ③중세후기: 산문 **왕유**(701~761) **리백**(701~762) **고적**(약 702~765) **장계**(~753~) **두보**(712~770) **잠삼**(약 715~770) **원결**(719~772) 전기(722~780)	▲ 《헌화가》(702~737) ▲ 혜초 『왕오천축국전』(727) ▲ 목판 『무구정광대다라니경』(751)

801 **맹교**(751~814) **리하**(791~817) **류종원**(773~819) **한유**(768~824) 백거이 작품, 인쇄 판매(824) **장적**(약 767~약 830) **왕건**(약 767~약 831) **원진**(779~831) **로동**(약 775~835) **류우석**(772~842) **가도**(779~843) **백거이**(772~846) **두목**(803~852) **리상은**(812~약 858) **금창서**(미상) **온정운**(812~약 870) ※목판	▲장보고, 청해진 대사(828) ▲《처용가》(873~885)
901 **오대五代(907~960)** 위장(약 836~910) ※호접장(오대~원) 조승조 『화간집』(940) **료遼**(946~1125), 거란(907~) 계승 **풍연사**(903~960) **북송北宋(960~1127)** **리욱**(937~978) 『태평어람』(983)	거란, 야률아보기 즉위(907~) ▲ **고려**(918~1392) ▲고려, 반도 통일(936) ▲과거제 실시(958) ▲국자감 설립(992)
1001 진팽년 『광운』(1008) **서하西夏(1032~1227)** 필승, 교니(膠泥) 활자 인쇄(약 1048) **류영**(약 987~약 1053) **매요신**(1002~60) 소순(1009~66) 구양수(1007~72) **장선**(990~1078) 증공(1019~83) **왕안석**(1021~86) 사마광 『자치통감』(1086) **진관**(1049~1100)	▲강감찬, 귀주 전투(1019) ▲고려대장경 판각(1087) 십자군 전쟁(1096~1291)

1101 **소식**(1037~1101) **황정견**(1045~1105) **안기도**(약 1030~약 1106) 소철(1039~1112) **금金**(1115~1234), 여진(1113~) 계승 **주방언**(1056~1121) **하주**(1052~1125) **남송南宋**(1127~1279) **악비**(1103~42) **리청조**(1084~약 1151) **주돈유**(1081~1159) ※송조체 ※활자판 ※포배장(남송~명) 주희 『시집전』(1177), 『초사집주』(1199)	여진, 아구타 즉위(1113~) ▲ 김부식 『삼국사기』(1145) 파리대학 설립(1150) ▲ 이규보 『동명왕편』(1193)
1201 **신기질**(1140~1207) **륙유**(1125~1210) **강기**(약 1155~약 1221) 엄우 『창랑시화』(약 1235) 곽무천 『악부시집』(송대) **원호문**(1190~1257) **오문영**(약 1200~약 1260) **원元**(1271~1368), 몽골(1206~) 계승 『대송선화유사』(1279) 왕진, 목활자 인쇄(약1298) **관한경**(약 1220~약 1300), 『두아원』	몽골, 테무진 즉위(1206~) 영국, 마그나카르트타 제정(1215) 몽골, 서역 침공(1219~24) ▲ 몽골 침입(1231~59) ▲ 금속활자 『상정예문』(1234) ▲ 고려대장경 판각(1236~51) ▲ 일연 『삼국유사』(1285) 마르코 폴로 『동방견문록』(1299)
1301 **백박**(1226~약 1307) 『전상평화 삼국지a』(1310) **장염**(1248~약 1320) **마치원**(약 1250~약 1321) 주덕청 『중원음운』(1324) **관운석**(1286~1324) **장양호**(1270~1329) 왕실보(약 1250~약 1337), 『서상기』 **교길**(~1345) **장가구**(~1348~) 고명 『비파기』(약 1356) **명明**(1368~1644) **고계**(1336~74) 고병 『당시품휘』(1393~98)	단테 『신곡』(1304~08) ▲ 북경에 만권당 설치(1314) ▲ 이제현 『서정록』(1316) 보카치오 『데카메론』(1352) ▲ 금속활자 『직지심경』(1377) ▲ **조선**(1392~1897)

1401 정화, 남양 원정(1405~33) 『영락대전』(1408) 『오경대전』『사서대전』(1414) ※명조체 ※선장(명~청) 『대명일통지』(1461) 『삼국지 통속연의』(약 1494) 『서상기』(1498)	▲주자소 설치(1403) ▲세종대왕, 한글 반포(1446) 구텐베르크, 활자 인쇄(약 1450) ▲『고려사』 배포(1454) ▲『두시언해』(1481) 콜럼버스, 아메리카에 상륙(1492)
1501 왕수인(1472~1528), 『전습록』 **왕반**(약 1470~1530) 『청평산당화본』(약 1542) 『수호전』(약 1566) 만력(1573~1620) ⑤근세후기: 소설 오승은 『서유기』(약 1570) 귀유광(1506~71) **풍유민**(1511~약 1580) 탕현조 『목단정환혼기』(1598)	루터, 종교개혁(1517) ▲『신증동국여지승람』(1530) 코페르니쿠스, 지동설(1543) ▲이황(1501~70), 『퇴계집』 ▲이이(1536~84), 『율곡집』 영국군, 무적함대와 해전(1588) ▲정철(1536~93), 『송강가사』 ▲이순신, 노량 해전(1598)
1601 마테오리치, 북경 교회당 설립(1601) 리지(1527~1602), 『분서』 『금병매』(약 1606) **원굉도**(1568~1610) 『원곡선』(1616) 『삼언』(1621) 『이박』(1632) **시소신**(1581~약 1640) 『금고기관』(약 1644) **청淸(1644~1911)**, 후금(1616~) 계승 금성탄(약 1608~61), "6재자서" **오위업**(1609~72) 『료재지이』(1679) **납란성덕**(1655~85) 홍승 『장생전』(1688) 오초재 『고문관지』(1695) 공상임 『도화선』(1699)	셰익스피어 『햄릿』(1602) 갈릴레이, 천체망원경(1609) 성서 영어 번역(1611) ▲이수광 『지봉유설』(1614) 세르반테스 『돈키호테』(1616) 후금, 누르하치 즉위(1616~) ▲허균(1569~1618), 『홍길동전』 ▲후금=청 침입(1627, 1636) 뉴턴 『만유인력의 법칙』(1687) ▲김만중 『구운몽』(1689)

1701 『전당시』(1704) **왕사진**(1634~1711) 『강희자전』(1716) 『고시원』(1719) 『삼국연의c』(~1722) 『당송팔가문』(1739) 『대청일통지』(1740) 오경재 『유림외사』(1750) 『당시삼백수』(1763) 조설근 『홍루몽』(1763~65) 『고문사류찬』(1779) 『사고전서』(1782) 고악 『홍루몽』 증보판(1792)	▲백두산 정계비 설치(1712) 디포 『로빈슨크루소』(1719) ▲김천택 『청구영언』(1728) 몽테스키외 『법의 정신』(1746) 대영박물관 설립(1753) ▲『춘향가』(1754) 미국 독립선언(1776) 스미스 『국부론』(1776) ▲박지원 『열하일기』(1780) 칸트 『순수이성 비판』(1782) 프랑스 인권선언(1789) 제네펠더, 석판 인쇄(1798)
1801 ※청조체 ※석판 아편전쟁(1840~42) ⑥현대: 신문학 **공자진**(1792~1841) 문강 『아녀영웅전』(1850) 태평천국(1850~64) **장춘림**(1818~68) 심복 『부생륙기』(약 1877) ※활자 ※신문/잡지 ※양장(청말~현재) 엄복(역) 『진화와 윤리』(1896) 림서(역) 『동백꽃 부인』(1899) 갑골문 발굴(1899)	넬슨, 트라팔가 해전(1805) 괴테 『파우스트』(1832) 마르크스 공산당선언(1848) 뒤마 『동백꽃 부인』(1848) 다윈 『종의 기원』(1859) ▲김정호 『대동여지도』(1861) 톨스토이 『전쟁과 평화』(1869) ▲신재효(1812~84), 판소리 정리 ▲성서 한글 번역(1882) ▲갑오경장(1894) 헉슬리 『진화와 윤리』(1894) ▲**대한제국(1897~1910)**
1901 **황준헌**(1848~1905) 과거제 폐지(1905) 돈황 문서 유출(1907~08) 왕국유 『인간사화』(1908) **중화민국(1912~)** 오사운동(1919) 로신 『아Q정전』(1921) ※펜 **중화인민공화국(1949~)** 문자 개혁(1956) ※약자 ※가로쓰기 문화대혁명(1966~76) ※피씨	 ▲일제 강점(1910~45) 아인슈타인 상대성원리(1915) ▲대한민국 임시정부(1919~45) ▲한글 맞춤법 통일안(1933) 제2차 세계대전(1939~45) ▲**대한민국(1948~)** ▲육이오전쟁(1950~53) 암스트롱, 달에 착륙(1969)

중국 지명 일람표

산^은 산정, 강~은 합류 또는 입해 지점의 경위도를, 내륙하~ 산맥^, 분지 호수~는 대략적인 중간의 경위도를 표시한다.

한글	한자	약자	〔지방〕	북위	동경	현지음	로마자
가릉강~	嘉陵江		〔사천〕	29°30′	106°30′	지야링 지양	Jialing Jiang
가순누르~	居延海		〔내몽〕	42°35′	100°50′		Gaxun Nur
가어	嘉魚		〔호북〕	29°55′	113°55′	지야위	Jiayu
가욕관∴	嘉峪關	嘉峪关	〔감숙〕	39°50′	98°10′	지야위관	Jiayuguan
갈석산^	碣石山		〔하북〕	39°40′	119°05′	지예스산	Jieshi Shan
감강~	贛江		〔강서〕	29°30′	116°05′	간 지양	Gan Jiang
감주 시	贛州		〔강서〕	25°50′	114°55′	간저우	Ganzhou
강녕	江寧	江宁	〔강소〕	31°55′	118°50′	지양닝	Jiangning
강릉	江陵		〔호북〕	30°20′	112°10′	지양링	Jiangling
강유	江油		〔사천〕	31°45′	104°45′	지양유	Jiangyou
강음	江陰	江阴	〔강소〕	31°55′	120°15′	지양인	Jiangyin
개봉 시	開封	开封	〔하남〕	34°45′	114°20′	카이펑	Kaifeng
거연해~	居延海		〔내몽〕			→ 가순누르	Juyan Hai
건구	建甌		〔복건〕	27°00′	118°20′	지옌어우	Jian' ou
건덕	建德		〔절강〕	29°30′	119°15′	지옌더	Jiande
검각	劍閣	剑阁	〔사천〕	32°00′	105°25′	지옌거	Jiange
검각관∴	劍閣關	剑阁关	〔사천〕	32°10′	105°30′	지옌거관	Jiangeguan
검양	黔陽	黔阳	〔호남〕	27°20′	110°05′	치옌양	Qianyang
견성	鄄城		〔산동〕	35°35′	115°30′	쥐옌청	Juancheng
경덕진 시	景德鎭	景德镇	〔강서〕	29°20′	117°10′	징더전	Jingdezhen
경하~	涇河	泾河	〔섬서〕	34°30′	109°05′	징 허	Jing He
경현	涇縣	泾县	〔안휘〕	30°40′	118°25′	징 시옌	Jing Xian
계림 시	桂林		〔광서〕	25°10′	110°10′	구이린	Guilin

한글	한자	약자	〔지방〕	북위	동경	현지음	로마자
계평	桂平		〔광서〕	23°20′	110°05′	구이핑	Guiping
계현	薊縣	蓟县	〔하북〕	40°00′	117°20′	지 시옌	Ji Xian
고밀	高密		〔산동〕	36°25′	119°45′	가오미	Gaomi
고북구	古北口		〔하북〕	40°40′	117°10′	구베이커우	Gubeikou
고안	固安		〔하북〕	39°25′	116°15′	구안	Gu' an
고요	高要		〔광동〕	23°00′	112°25′	가오야오	Gaoyao
고우	高郵	高邮	〔강소〕	32°45′	119°25′	가오유	Gaoyou
고원	固原		〔녕하〕	36°00′	106°15′	구위옌	Guyuan
고정산^	皐亭山		〔절강〕	30°20′	120°15′	가오팅 산	Gaoting Shan
곡강∴	曲江		〔섬서〕	34°15′	108°55′	취 지양	Qu Jiang
곡부	曲阜		〔산동〕	35°35′	117°00′	취푸	Qufu
곤륜산^	昆侖山	昆仑山	〔신강〕	36°25′	87°20′	쿤룬 산	Kunlun Shan
곤명 시	昆明		〔운남〕	25°00′	102°40′	쿤밍	Kunming
공동산^	崆峒山		〔녕하〕	35°30′	106°30′	콩통 산	Kongtong Shan
공래	邛崍	邛崃	〔사천〕	30°25′	103°25′	치용라이	Qionglai
공안	公安		〔호북〕	30°05′	112°10′	공안	Gong' an
공의 시	鞏義	巩义	〔하남〕	34°45′	112°55′	공이	Gongyi
과보산^	瓜步山		〔강소〕	32°15′	118°55′	과부 산	Guabu Shan
관작루∴	鸛雀樓	鹳雀楼	〔산서〕	34°50′	110°20′	관췌 러우	Guanque Lou
광주 시	廣州	广州	〔광동〕	23°05′	113°10′	광저우	Guangzhou
광풍	廣豊	广豊	〔강서〕	28°25′	118°10′	광펑	Guangfeng
구강 시	九江		〔강서〕	29°45′	116°00′	지유지양	Jiujiang
구당협~	瞿塘峽	瞿塘峡	〔사천〕	31°00′	109°35′	취탕시야	Qutang Xia
구용	句容		〔강소〕	31°55′	119°10′	쥐룽	Jurong
구의산^	九疑山		〔호남〕	25°10′	112°10′	지유' 이 산	Jiuyi Shan
군산^	君山		〔호남〕	29°20′	113°00′	쥔 산	Jun Shan
귀양 시	貴陽	贵阳	〔귀주〕	26°35′	106°40′	구이' 양	Guiyang
귀지	貴池		〔안휘〕	30°35′	117°25′	구이츠	Guichi
금대	金臺	金台	〔북경〕			→ 황금대	
금사강~	金沙江		〔운남〕	28°45′	104°35′	진사 지양	Jinsha Jiang
금전촌	金田村		〔광서〕	23°30′	110°05′	진티옌춘	Jintiancun

한글	한자	약자	〔지방〕	북위	동경	현지음	로마자
금화 시	金華	金华	〔절강〕	29°10′	119°40′	진화	Jinhua
급현	汲縣	汲县	〔하남〕			→ 위휘 시	
기련산^	祁連山	祁连山	〔감숙〕	39°10′	98°30′	치리엔 산	Qilian Shan
기륭 시	基隆		〔대만〕	25°10′	121°45′	지룽	Jilong
기현	祈縣	祈县	〔산서〕	37°25′	112°20′	치 시엔	Qi Xian
길안 시	吉安	吉安	〔강서〕	27°05′	114°55′	지안	Ji' an
남경 시	南京		〔강소〕	32°05′	118°40′	난징	Nanjing
남녕 시	南寧	南宁	〔광서〕	22°50′	108°20′	난닝	Nanning
남령^	南嶺	南岭	〔광동〕	25°10′	113°30′	난 링	Nan Ling
남성	南城		〔강서〕	27°30′	116°35′	난청	Nancheng
남양	南陽	南阳	〔하남〕	33°00′	112°35′	난양	Nanyang
남창 시	南昌		〔강서〕	28°35′	115°55′	난창	Nanchang
남충 시	南充		〔사천〕	30°50′	106°05′	난총	Nanchong
남풍	南豊		〔강서〕	27°10′	116°30′	난펑	Nanfeng
내강 시	內江		〔사천〕	29°30′	105°00′	네이지양	Neijiang
내황	內黃	内黄	〔하남〕	35°55′	114°50′	네이황	Neihuang
녕덕	寧德	宁德	〔복건〕	26°35′	119°30′	닝더	Ningde
녕원	寧遠	宁远	〔호남〕	25°35′	111°55′	닝위옌	Ningyuan
녕파 시	寧波	宁波	〔절강〕	29°50′	121°30′	닝보	Ningbo
니옌첸탕글라^		念青唐古拉	〔티베〕	31°00′	94°00′		Nyainqentanglha
다륜	多倫	多伦	〔내몽〕			→ 도론누르	Duolun
단양	丹陽	丹阳	〔강소〕	32°00′	119°35′	단양	Danyang
담주 시	儋州		〔해남〕	19°30′	109°30′	단저우	Danzhou
당도	當塗	当涂	〔안휘〕	31°30′	118°30′	당투	Dangtu
당현	唐縣	唐县	〔하북〕	38°40′	114°55′	탕 시엔	Tang Xian
대동 시	大同		〔산서〕	40°05′	113°20′	다퉁	Datong
대량	大梁		〔하남〕			→ 개봉 시	
대려	大荔		〔섬서〕	34°45′	109°55′	다리	Dali
대련 시	大連	大连	〔료녕〕	38°55′	121°35′	다리엔	Dalian
대명	大名		〔하북〕	36°20′	115°10′	다밍	Daming
대별산^	大別山		〔호북〕	31°10′	115°40′	다비에 산	Dabie Shan

한글	한자	약자	〔지방〕	북위	동경	현지음	로마자
대북 시	臺北	台北	〔대만〕	25°00′	121°30′	타이베이	Taibei
대산관∴	大散關	大散关	〔섬서〕	34°15′	107°00′	다산관	Dasanguan
대운하~	大運河	大运河	〔절강〕	30°15′	120°05′	다 윈허	Da Yunhe
대유령^	大庾嶺	大庾岭	〔광동〕	25°20′	114°20′	다위 링	Dayu Ling
대청하~	大清河		〔하북〕	39°00′	117°00′	다칭 허	Daqing He
대파산^	大巴山		〔사천〕	32°00′	109°00′	다바 산	Daba Shan
대현	代縣	代县	〔산서〕	39°05′	112°55′	다이 시옌	Dai Xian
대흥	大興	大兴	〔북경〕	39°40′	116°20′	다싱	Daxing
덕주 시	德州		〔산동〕	37°25′	116°20′	더저우	Dezhou
덕청	德清		〔절강〕	30°30′	120°05′	더칭	Deqing
덕평	德平		〔산동〕	37°25′	116°55′	더핑	Deping
덕흥	德興	德兴	〔강서〕	28°55′	117°30′	더싱	Dexing
도론누르	多倫	多伦	〔내몽〕	42°10′	116°25′		Dolonnur
도원	桃源		〔호남〕	28°55′	111°30′	타오위엔	Taoyuan
도현	道縣	道县	〔호남〕	25°30′	111°30′	다오 시옌	Dao Xian
돈황 시	敦煌		〔감숙〕	40°10′	94°40′	둔황	Dunhuang
동관∴	潼關	潼关	〔섬서〕	34°30′	110°15′	통관	Tongguan
동로	桐廬	桐庐	〔절강〕	29°50′	119°40′	통루	Tonglu
동백산^	桐柏山		〔하남〕	32°20′	113°15′	통바이 산	Tongbai Shan
동재	桐梓		〔귀주〕	28°05′	106°50′	통즈	Tongzi
동정호~	洞庭湖		〔호남〕	29°20′	113°00′	동팅 후	Dongting Hu
동해	東海	东海	〔강소〕	34°30′	118°40′	동하이	Donghai
등봉	登封		〔하남〕	34°25′	113°00′	덩펑	Dengfeng
등왕각∴	滕王閣	滕王阁	〔강서〕	28°40′	115°55′	텅왕 거	Tengwang Ge
등충	騰沖	腾冲	〔운남〕	25°00′	98°30′	텅총	Tengchong
라부산^	羅浮山	罗浮山	〔광동〕	23°50′	114°40′	루어푸 산	Luofu Shan
라싸 시	拉薩	拉萨	〔티베〕	29°35′	91°10′		Lhasa
락산 시	樂山	乐山	〔사천〕	29°35′	103°45′	러산	Leshan
락안	樂安	乐安	〔강서〕	27°35′	115°50′	러안	Le'an
락양 시	洛陽	洛阳	〔하남〕	34°40′	112°30′	뤄양	Luoyang
락하~	洛河		〔하남〕	34°45′	113°05′	뤄 허	Luo He

한글	한자	약자	〔지방〕	북위	동경	현지음	로마자
란성	欒城	栾城	〔하북〕	37°50′	114°35′	루완청	Luancheng
란주 시	蘭州	兰州	〔감숙〕	36°00′	103°45′	란저우	Lanzhou
람전	藍田	蓝田	〔섬서〕	34°10′	109°20′	란티엔	Lantian
랑산^	狼山		〔내몽〕	41°10′	106°50′	랑 산	Lang Shan
랑중	閬中	阆中	〔사천〕	31°35′	105°55′	랑종	Langzhong
래수	淶水	涞水	〔하북〕	39°25′	115°40′	라이수이	Laishui
래양	萊陽	莱阳	〔산동〕	36°55′	120°40′	라이양	Laiyang
략양 시	略陽	略阳	〔섬서〕	33°20′	106°10′	뤼예양	Lüeyang
려강	廬江	庐江	〔안휘〕	31°15′	117°15′	루지양	Lujiang
려산^	廬山	庐山	〔강서〕	29°30′	115°55′	루 산	Lu Shan
려산^	驪山	骊山	〔섬서〕	34°20′	109°15′	리 산	Li Shan
려순	旅順	旅顺	〔료녕〕	38°50′	121°15′	뤼순	Lüshun
력성	歷城	历城	〔산동〕	36°35′	117°00′	리청	Licheng
령릉	零陵		〔호남〕	26°10′	111°35′	링링	Lingling
령무	靈武	灵武	〔녕하〕	38°05′	106°20′	링우	Lingwu
령벽	靈璧	灵璧	〔안휘〕	33°30′	117°30′	링비	Lingbi
령보 시	靈寶	灵宝	〔하남〕	34°30′	110°50′	링바오	Lingbao
령천	靈川	灵川	〔광서〕	25°25′	110°20′	링추완	Lingchuan
로산	魯山	鲁山	〔하남〕	33°45′	112°50′	루산	Lushan
로주 시	瀘州	泸州	〔사천〕	28°50′	105°25′	루저우	Luzhou
로프노르	羅布泊	罗布泊	〔신강〕	40°30′	90°10′		Lop Nor
롱산^	隴山	陇山	〔섬서〕	34°45′	106°35′	롱 산	Long Shan
롱현	隴縣	陇县	〔섬서〕	34°50′	106°50′	롱 시엔	Long Xian
뢰수~	耒水		〔호남〕	26°50′	112°35′	레이 수이	Lei Shui
뢰양	耒陽	耒阳	〔호남〕	26°25′	112°50′	레이양	Leiyang
료양 시	遼陽	辽阳	〔료녕〕	41°15′	123°10′	랴오양	Liaoyang
료하~	遼河	辽河	〔료녕〕	40°40′	122°10′	랴오허	Liao He
루란∴	樓蘭	楼兰	〔신강〕			→ 크로라이나	Loulan
류주 시	柳州		〔광서〕	24°20′	109°25′	리유저우	Liuzhou
륙합	六合		〔강소〕	32°20′	118°50′	리유허	Liuhe
륜대	輪臺	轮台	〔신강〕	41°40′	84°20′	룬타이	Luntai

한글	한자	약자	〔지방〕	북위	동경	현지음	로마자
률수	溧水		〔강소〕	31°40′	119°00′	리수이	Lishui
률양 시	溧陽	溧阳	〔강소〕	31°25′	119°25′	리' 양	Liyang
림구	臨朐	临朐	〔산동〕	36°30′	118°30′	린취	Linqu
림기 시	臨沂	临沂	〔산동〕	35°05′	118°20′	린' 이	Linyi
림동	臨潼	临潼	〔섬서〕	34°20′	109°10′	린퉁	Lintong
림분 시	臨汾	临汾	〔산서〕	36°05′	111°30′	린펀	Linfen
림장	臨漳	临漳	〔하북〕	36°30′	114°35′	린장	Linzhang
림조	臨洮	临洮	〔감숙〕	35°25′	103°50′	린타오	Lintao
림천	臨川	临川	〔강서〕	27°55′	116°10′	린추완	Linchuan
림청	臨清	临清	〔산동〕	36°50′	115°40′	린칭	Linqing
림해 시	臨海	临海	〔절강〕	28°50′	121°05′	린하이	Linhai
림현	林縣	林县	〔하남〕	36°00′	113°50′	린 시옌	Lin Xian
마성 시	麻城		〔호북〕	31°10′	115°00′	마청	Macheng
마외∴	馬嵬	马嵬	〔섬서〕	34°20′	108°20′	마웨이	Mawei
마카오	澳門	澳门	〔오문〕	22°10′	113°30′		Macao
만안	萬安	万安	〔강서〕	26°25′	114°45′	완' 안	Wan' an
만영	萬榮	万荣	〔산서〕	35°25′	110°50′	완룽	Wanrong
만인총∴	萬人塚	万人塚	〔운남〕	25°35′	100°20′	완런 종	Wanren Zong
만현 시	萬縣	万县	〔사천〕	30°50′	108°20′	완시옌	Wanxian
망해산^	望海山		〔료녕〕	41°40′	121°40′	왕하이 산	Wanghai Shan
매주 시	梅州		〔광동〕	24°20′	116°05′	메이저우	Meizhou
맹진도	孟津渡		〔하남〕	34°50′	112°35′	멍진두	Mengjindu
맹현	孟縣	孟县	〔하남〕	34°50′	112°50′	멍 시옌	Meng Xian
멱라 시	汨羅	汨罗	〔호남〕	28°50′	113°05′	미뤄	Miluo
멱라강~	汨羅江	汨罗江	〔호남〕	29°00′	113°00′	미뤄 장	Miluo Jiang
면양 시	綿陽	绵阳	〔사천〕	31°25′	104°40′	미옌' 양	Mianyang
면죽	綿竹	绵竹	〔사천〕	31°20′	104°10′	미옌주	Mianzhu
면지	澠池	渑池	〔하남〕	34°45′	111°45′	미옌츠	Mianchi
면현	沔縣	勉县	〔섬서〕	33°10′	106°40′	미옌 시옌	Mian Xian
무산	巫山		〔사천〕	31°15′	109°50′	우산	Wushan
무산^	巫山		〔사천〕	31°15′	110°00′	우 산	Wu Shan

한글	한자	약자	[지방]	북위	동경	현지음	로마자
무순 시	撫順	抚顺	[료녕]	41°50′	123°55′	푸순	Fushun
무위 시	武威		[감숙]	37°55′	102°35′	우웨이	Wuwei
무이산^	武夷山		[복건]	27°00′	117°00′	우이 산	Wuyi Shan
무이산 시	武夷山		[복건]	27°40′	118°00′	우이산	Wuyishan
무즈타그^		木孜塔格	[신강]	36°25′	87°20′		Muztag
무창	武昌		[호북]	30°30′	114°20′	우창	Wuchang
무한 시	武漢	武汉	[호북]	30°30′	114°20′	우한	Wuhan
무협~	巫峽	巫峡	[사천]	31°00′	110°00′	우 시야	Wu Xia
무호 시	蕪湖	芜湖	[안휘]	31°20′	118°20′	우후	Wuhu
문하~	汶河		[산동]	36°35′	119°30′	원 허	Wen He
미산 시	眉山		[사천]	30°05′	103°50′	메이산	Meishan
민강~	岷江		[사천]	28°40′	104°30′	민 쟝	Min Jiang
민산^	岷山		[사천]	33°05′	103°40′	민 산	Min Shan
바얀할^		巴顔喀拉	[청해]	34°15′	97°30′		Bayan Har
박주 시	亳州		[안휘]	33°50′	115°45′	보저우	Bozhou
방부 시	蚌埠		[안휘]	32°55′	117°20′	벙부	Bengbu
백구하~	白溝河	白沟河	[하북]	39°05′	116°00′	바이거우 허	Baigou He
백두산^	白頭山	白头山	[함남]	42°00′	128°00′		Paektu San
백수	白水		[섬서]	35°10′	109°35′	바이수이	Baishui
백제성∴	白帝城		[사천]	31°05′	109°30′	바이디 청	Baidi Cheng
보계 시	寶雞	宝鸡	[섬서]	34°20′	107°10′	바오지	Baoji
보산	保山		[운남]	25°05′	99°10′	바오산	Baoshan
보정 시	保定		[하북]	38°50′	115°30′	바오딩	Baoding
보타산^	普陀山		[절강]	30°00′	122°25′	푸투오 산	Putuo Shan
복양	濮陽	濮阳	[하남]	35°45′	115°00′	푸양	Puyang
복주 시	福州	福州	[복건]	26°05′	119°20′	푸저우	Fuzhou
봉계	蓬溪		[사천]	30°45′	105°40′	펑시	Pengxi
봉구	封丘		[하남]	35°00′	114°25′	펑치유	Fengqiu
봉대	鳳臺	凤台	[안휘]	32°35′	116°40′	펑타이	Fengtai
봉래	蓬萊	蓬莱	[산동]	37°50′	120°45′	펑라이	Penglai
봉상	鳳翔	凤翔	[섬서]	34°25′	107°20′	펑시양	Fengxiang

한글	한자	약자	〔지방〕	북위	동경	현지음	로마자
봉양	鳳陽	凤阳	〔안휘〕	32°50′	117°30′	펑양	Fengyang
봉의	鳳儀	凤仪	〔운남〕	25°35′	100°20′	펑이	Fengyi
봉절	奉節	奉节	〔사천〕	31°05′	109°30′	펑지예	Fengjie
봉현	鳳縣	凤县	〔섬서〕	33°55′	106°30′	펑 시옌	Feng Xian
봉황대∴	鳳凰臺	凤凰台	〔강소〕	32°05′	118°40′	펑황 타이	Fenghuang Tai
부릉	涪陵		〔사천〕	29°40′	107°20′	푸링	Fuling
부수	扶綏		〔광서〕	22°35′	107°55′	푸쑤이	Fusui
부춘강~	富春江		〔절강〕	30°05′	120°05′	푸춘 지양	Fuchun Jiang
부현	鄜縣	富县	〔섬서〕	36°00′	109°20′	푸 시옌	Fu Xian
북경 시	北京		〔북경〕	39°55′	116°20′	베이징	Beijing
북망산^	北邙山		〔하남〕	34°40′	112°30′	베이망 산	Beimang Shan
북진	北鎮	北镇	〔료녕〕	41°35′	121°45′	베이전	Beizhen
분강~	湓江		〔강서〕	29°45′	115°55′	펀 지양	Pen Jiang
분양	汾陽	汾阳	〔산서〕	37°15′	111°45′	펀양	Fenyang
분하~	汾河		〔산서〕	35°30′	110°40′	펀 허	Fen He
사시 시	沙市		〔호북〕	30°20′	112°15′	사스	Shashi
사하	沙河		〔북경〕	40°10′	116°15′	사허	Shahe
사현	泗縣	泗县	〔안휘〕	33°30′	117°50′	쓰 시옌	Si Xian
사홍	射洪		〔사천〕	30°50′	105°20′	서훙	Shehong
사회 시	四會	四会	〔광동〕	23°20′	112°40′	쓰후이	Sihui
산해관∴	山海關	山海关	〔하북〕	40°00′	119°45′	산하이관	Shanhaiguan
살호구	殺虎口	杀虎口	〔산서〕	40°15′	112°20′	사후커우	Shahukou
삼대	三臺	三台	〔사천〕	31°05′	105°05′	싼타이	Santai
상강~	湘江		〔호남〕	29°00′	113°00′	시양 지양	Xiang Jiang
상구 시	商丘		〔하남〕	34°25′	115°40′	상치유	Shangqiu
상담 시	湘潭		〔호남〕	27°50′	112°55′	시양탄	Xiangtan
상덕	常德		〔호남〕	29°00′	111°40′	창더	Changde
상도∴	上都		〔내몽〕	42°05′	116°15′	상두	Shangdu
상요 시	上饒	上饶	〔강서〕	28°25′	117°55′	상라오	Shangrao
상음	湘陰	湘阴	〔호남〕	28°40′	112°50′	시양 인	Xiangyin
상주 시	常州		〔강소〕	31°45′	119°55′	창저우	Changzhou

한글	한자	약자	〔지방〕 북위	동경	현지음	로마자
상주 시	商州		〔섬서〕 33°50′	109°55′	상저우	Shangzhou
상해 시	上海		〔상해〕 31°15′	121°25′	상하이	Shanghai
서강~	西江		〔광동〕 22°15′	113°20′	시 지양	Xi Jiang
서금	瑞金		〔강서〕 25°50′	116°05′	루이진	Ruijin
서녕 시	西寧	西宁	〔청해〕 36°35′	101°50′	시닝	Xining
서안 시	西安		〔섬서〕 34°15′	108°55′	시안	Xi' an
서주 시	徐州		〔강소〕 34°15′	117°10′	쉬저우	Xuzhou
서창 시	瑞昌		〔강서〕 29°40′	115°40′	루이창	Ruichang
서호~	西湖		〔절강〕 30°15′	120°05′	시 후	Xi Hu
석가장 시	石家莊	石家庄	〔하북〕 38°05′	114°30′	스지야주왕	Shijiazhuang
석천	石阡		〔귀주〕 27°30′	108°15′	스치옌	Shiqian
선주 시	宣州		〔안휘〕 30°55′	118°45′	쉬옌저우	Xuanzhou
선화	宣化		〔하북〕 40°35′	115°00′	쉬옌화	Xuanhua
설화산^	雪花山		〔산서〕 34°45′	110°30′	쉬예화 산	Xuehua Shan
섬현	陝縣	陕县	〔하남〕 34°45′	111°10′	산 시옌	Shan Xian
섭현	葉縣	叶县	〔하남〕		→ 엽현	
성도 시	成都		〔사천〕 30°40′	104°05′	청두	Chengdu
성자	星子		〔강서〕 29°25′	116°00′	싱즈	Xingzi
성현	成縣	成县	〔감숙〕 33°40′	105°40′	청 시옌	Cheng Xian
소관 시	韶關	韶关	〔광동〕 24°50′	113°35′	사오관	Shaoguan
소관∴	蕭關	萧关	〔감숙〕 36°35′	107°05′	시야오관	Xiaoguan
소산 시	蕭山	萧山	〔절강〕 30°10′	120°15′	시야오산	Xiaoshan
소수~	瀟水	萧水	〔호남〕 26°15′	111°35′	시야오 수이	Xiao Shui
소양 시	邵陽	邵阳	〔호남〕 27°15′	111°30′	사오양	Shaoyang
소주 시	蘇州	苏州	〔강소〕 31°20′	120°35′	쑤저우	Suzhou
소흥 시	紹興	绍兴	〔절강〕 30°00′	120°35′	사오싱	Shaoxing
송강	松江		〔상해〕 31°00′	121°15′	쏭지양	Songjiang
송반	松潘		〔사천〕 32°40′	103°35′	쏭판	Songpan
수수	修水		〔강서〕 29°00′	114°30′	시유수이	Xiushui
수주 시	隨州		〔호북〕 31°40′	113°20′	쑤이저우	Suizhou
수현	壽縣	寿县	〔안휘〕 32°35′	116°40′	서우 시옌	Shou Xian

한글	한자	약자	〔지방〕	북위	동경	현지음	로마자
숙천	宿遷	宿迁	〔강소〕	33°55′	118°20′	쑤치옌	Suqian
숭산^	嵩山		〔하남〕	34°30′	113°00′	쑹 산	Song Shan
숭안	崇安		〔복건〕			→ 무이산 시	
스와터우	汕頭	汕头	〔광동〕	23°20′	116°40′		Shantou
승덕 시	承德		〔하북〕	40°55′	117°55′	청더	Chengde
승현	嵊縣	嵊县	〔절강〕	29°35′	120°50′	성 시옌	Sheng Xian
신안	新安		〔하남〕	34°45′	112°10′	신' 안	Xin' an
신야	新野		〔하남〕	32°30′	112°20′	신' 예	Xinye
신정	新鄭		〔하남〕	34°25′	113°45′	신정	Xinzheng
신창	新昌		〔절강〕	29°25′	120°55′	신창	Xinchang
신향 시	新鄉		〔하남〕	35°15′	113°50′	신시양	Xinxiang
심양	沁陽	沁阳	〔하남〕	35°05′	112°55′	친' 양	Qinyang
심양 시	瀋陽	沈阳	〔료녕〕	41°45′	123°25′	선' 양	Shenyang
심양강~	潯陽江	浔阳江	〔강서〕	29°45′	116°00′	쉰' 양 지양	Xunyang Jiang
싸꺄	薩迦	萨迦	〔티베〕	28°50′	88°00′		Sa' gya
싸르후∴	薩爾滸	萨尔浒	〔료녕〕	41°55′	124°15′		Sarhu
아모이	厦門	厦门	〔복건〕	24°30′	118°05′		Xiamen
아미산^	峨眉山		〔사천〕	29°30′	103°20′	어메이 산	Emei Shan
악양 시	岳陽	岳阳	〔호남〕	29°20′	113°10′	위예양	Yueyang
악양루∴	岳陽樓	岳阳楼	〔호남〕	29°20′	113°10′	위예양 러우	Yueyang Lou
악주 시	鄂州		〔호북〕	30°20′	114°50′	어저우	Ezhou
안경 시	安慶	安庆	〔안휘〕	30°30′	117°00′	안칭	Anqing
안구	安丘		〔산동〕	36°25′	119°10′	안치유	Anqiu
안륙	安陸	安陆	〔호북〕	31°15′	113°40′	안루	Anlu
안문관∴	雁門關	雁门关	〔산서〕	39°10′	112°50′	옌먼관	Yanmenguan
안서	安西		〔감숙〕	40°30′	95°45′	안시	Anxi
안양 시	安陽	安阳	〔하남〕	36°05′	114°20′	안' 양	Anyang
알타이^	阿爾泰	阿尔泰	〔몽골〕	46°30′	94°00′		Altay
압록강~	鴨綠江	鸭绿江	〔평북〕	39°50′	124°20′		Amnok Kang
야랑∴	夜郎		〔귀주〕	28°25′	106°40′	예랑	Yelang
약라닥제^		雅拉達澤	〔청해〕	35°05′	95°45′		Yagradagzê

한글	한자	약자	〔지방〕	북위	동경	현지음	로마자
양번 시	襄樊		〔호북〕	32°00′	112°05′	시양판	Xiangfan
양산	陽山	阳山	〔광동〕	24°30′	112°35′	양산	Yangshan
양성	襄城		〔하남〕	33°50′	113°25′	시양청	Xiangcheng
양양	襄陽	襄阳	〔호북〕	32°00′	112°05′	시양양	Xiangyang
양자강~	揚子江	扬子江	〔상해〕			→ 장강	
양주 시	揚州	扬州	〔강소〕	32°25′	119°25′	양저우	Yangzhou
양해산^	陽海山	阳海山	〔광서〕			→ 해양산	
언기	焉耆		〔신강〕	42°00′	86°30′	옌치	Yanqi
에베레스트^		珠穆朗玛	〔티베〕	28°00′	86°55′		Qomolangma
여남	汝南		〔하남〕	33°00′	114°20′	루난	Runan
여주 시	汝州		〔하남〕	34°10′	112°50′	루저우	Ruzhou
역수~	易水		〔하북〕	39°30′	116°10′	이 수이	Yi Shui
역현	易縣	易县	〔하북〕	39°20′	115°25′	이 시엔	Yi Xian
연대 시	煙臺	烟台	〔산동〕	37°30′	121°25′	옌타이	Yantai
연안	延安		〔섬서〕	36°35′	109°30′	옌' 안	Yan' an
연주	兗州	兖州	〔산동〕	35°30′	116°50′	옌저우	Yanzhou
엽혁	葉赫	叶赫	〔길림〕	42°55′	124°30′	예허	Yehe
엽현	葉縣	叶县	〔하남〕	33°35′	113°20′	예 시엔	Ye Xian
영가	永嘉		〔절강〕	28°05′	120°35′	용지야	Yongjia
영제 시	永濟	永济	〔산서〕	34°50′	110°25′	용지	Yongji
영주 시	永州		〔호남〕	26°15′	111°35′	용저우	Yongzhou
오강	吳江	吴江	〔강소〕	31°10′	120°35′	우지양	Wujiang
오강	烏江	乌江	〔안휘〕	31°50′	118°25′	우지양	Wujiang
오대산^	五臺山	五台山	〔산서〕	39°05′	113°35′	우타이 산	Wutai Shan
오원	五原		〔내몽〕	41°05′	108°10′	우위엔	Wuyuan
오주 시	梧州		〔광서〕	23°30′	111°20′	우저우	Wuzhou
오흥	吳興	吴兴	〔절강〕			→ 호주 시	
옥문관∴	玉門關	玉门关	〔감숙〕	40°20′	93°45′	위먼관	Yumenguan
온주 시	溫州	温州	〔절강〕	28°00′	120°35′	원저우	Wenzhou
우룸치 시		乌鲁木齐	〔신강〕	43°45′	87°35′		Urumqi
원강 시	沅江		〔호남〕	28°50′	112°20′	위엔지양	Yuanjiang

한글	한자	약자	〔지방〕	북위	동경	현지음	로마자
원강~	沅江		〔호남〕	29°00′	111°50′	위엔 지양	Yuan Jiang
위남	渭南		〔섬서〕	34°30′	109°30′	웨이난	Weinan
위시	尉氏		〔하남〕	34°25′	114°10′	웨이스	Weishi
위원	渭源		〔감숙〕	35°10′	104°15′	웨이위옌	Weiyuan
위하~	渭河		〔섬서〕	34°35′	110°15′	웨이 허	Wei He
위해 시	威海		〔산동〕	37°30′	122°10′	웨이하이	Weihai
위휘 시	衛輝	卫辉	〔하남〕	35°25′	114°05′	웨이후이	Weihui
은천 시	銀川	银川	〔녕하〕	38°25′	106°10′	인추완	Yinchuan
음산^	陰山	阴山	〔내몽〕	41°00′	110°00′	인 산	Yin Shan
의도	宜都		〔호북〕		→	지성 시	
의무려산·		医巫闾山	〔료녕〕	41°40′	121°40′	이우뤼 산	YiwulüShan
의빈 시	宜賓	宜宾	〔사천〕	28°45′	104°35′	이빈	Yibin Shi
의성	宜城		〔호북〕	31°40′	112°10′	이청	Yicheng
의양	宜陽	宜阳	〔하남〕	34°30′	112°10′	이양	Yiyang
의주 시	宜州		〔광서〕	24°20′	108°35′	이저우	Yizhou
의징 시	儀徵	仪徵	〔강소〕	32°15′	119°10′	이정	Yizheng
의춘	宜春		〔강서〕	27°40′	114°20′	이춘	Yichun
이하~	伊河		〔하남〕	34°40′	112°45′	이 허	Yi He
익양	弋陽	弋阳	〔강서〕	28°25′	117°25′	이양	Yiyang
임구	任邱		〔하북〕	38°40′	116°05′	런치유	Renqiu
자귀	秭歸	秭归	〔호북〕	31°00′	110°40′	즈구이	Zigui
잠강 시	湛江		〔광동〕	21°10′	110°25′	잔지양	Zhanjiang
잠산	潛山	潜山	〔안휘〕	30°35′	116°35′	치옌산	Qianshan
장가계	張家界	张家界	〔호남〕	29°20′	110°30′	장지야지예	Zhangjiajie
장가구	張家口	张家口	〔하북〕	40°50′	114°50′	장지야커우	Zhangjiakou
장강~	長江	长江	〔상해〕	31°30′	121°50′	창 지양	Chang Jiang
장구 시	章丘		〔산동〕	36°40′	117°30′	장치유	Zhangqiu
장사 시	長沙	长沙	〔호남〕	28°15′	112°55′	창사	Changsha
장액	張掖	张掖	〔감숙〕	38°55′	100°30′	장예	Zhangye
장정	長汀	长汀	〔복건〕	25°50′	116°20′	창팅	Changting
재동	梓潼		〔사천〕	31°35′	105°10′	즈퉁	Zitong

한글	한자	약자	〔지방〕 북위	동경	현지음	로마자
저기 시	諸暨	诸暨	〔절강〕 29°40′	120°10′	주지	Zhuji
저성	諸城	诸城	〔산동〕 36°00′	119°25′	주청	Zhucheng
적벽∴	赤壁		〔호북〕 29°50′	113°35′	츠비	Chibi
전당강~	錢塘江	钱塘江	〔절강〕 30°25′	120°30′	치옌탕 지양	Qiantang Jiang
정원	定遠	定远	〔안휘〕 32°30′	117°40′	딩위옌	Dingyuan
정주 시	鄭州	郑州	〔하남〕 34°45′	113°40′	정저우	Zhengzhou
정주 시	定州		〔하북〕 38°30′	115°00′	딩저우	Dingzhou
정형	井陘	井陉	〔하북〕 38°05′	114°10′	징싱	Jingxing
제남 시	濟南	济南	〔산동〕 36°40′	117°00′	지난	Jinan
제녕 시	濟寧	济宁	〔산동〕 35°25′	116°30′	지닝	Jining
제원	濟源	济源	〔하남〕 35°05′	112°35′	지위옌	Jiyuan
조서산^	鳥鼠山	鸟鼠山	〔감숙〕 35°05′	104°05′	냐오수 산	Niaoshu Shan
조양 시	朝陽	朝阳	〔료녕〕 41°35′	120°30′	차오양	Chaoyang
조주	潮州		〔광동〕 23°40′	116°35′	차오저우	Chaozhou
종남산^	終南山		〔섬서〕 33°55′	109°05′	종난 산	Zhongnan Shan
종상	鍾祥	锺祥	〔호북〕 31°05′	112°35′	종시양	Zhongxiang
주강~	珠江		〔광동〕 22°45′	113°40′	주 지양	Zhu Jing
주지	周至		〔섬서〕 34°10′	108°10′	저우즈	Zhouzhi
준현	浚縣	浚县	〔하남〕 35°40′	114°35′	쥔 시옌	Jun Xian
중경 시	重慶	重庆	〔중경〕 29°30′	106°30′	충칭	Chongqing
중조산^	中條山	中条山	〔산서〕 34°45′	110°30′	종티야오 산	Zhongtiao Shan
지성 시	枝城		〔호북〕 30°20′	111°25′	즈청	Zhicheng
진강 시	鎭江	镇江	〔강소〕 32°10′	119°25′	전지양	Zhenjiang
진령^	秦嶺	秦岭	〔섬서〕 33°45′	108°40′	친 링	Qin Ling
징매	澄邁	澄迈	〔해남〕 19°40′	110°00′	청마이	Chengmai
차이담 분지		柴达木盆地	〔청해〕 37°30′	94°30′		Qaidam Pendi
찰찬강~		车尔臣河	〔신강〕 38°30′	86°30′		Qarqan He
창계	蒼溪	苍溪	〔사천〕 31°40′	105°55′	창시	Cangxi
창려	昌黎		〔하북〕 39°40′	119°10′	창리	Changli
창오	蒼梧	苍梧	〔광서〕 23°25′	111°10′	창우	Cangwu
천산^	天山		〔신강〕 42°00′	80°00′	티옌 산	Tian Shan

한글	한자	약자	〔지방〕	북위	동경	현지음	로마자
천수 시	天水		〔감숙〕	34°35′	105°45′	티옌수이	Tianshui
천진 시	天津		〔천진〕	39°10′	117°10′	티옌진	Tianjin
천태	天台		〔절강〕	29°10′	121°00′	티옌타이	Tiantai
천태산^	天台山		〔절강〕	29°20′	121°10′	티옌타이 산	Tiantai Shan
청강	清江		〔강서〕	28°00′	115°30′	칭지양	Qingjiang
청도 시	青島	青岛	〔산동〕	36°05′	120°20′	칭다오	Qingdao
청의강~	青衣江		〔사천〕	29°35′	103°45′	칭이 지양	Qingyi Jiang
청풍	清豊		〔하남〕	35°55′	115°05′	칭펑	Qingfeng
청해~	青海		〔청해〕			→ 코코노르	Qing Hai
충현	忠縣	忠县	〔사천〕	30°20′	108°00′	종 시옌	Zhong Xian
침주 시	郴州		〔호남〕	25°45′	113°00′	천저우	Chenzhou
카스 시		喀什	〔신강〕	39°25′	76°00′		Kaxgar
코코노르~	青海		〔청해〕	37°00′	100°00′		Koko Nor
콜라 시	庫爾勒	库尔勒	〔신강〕	41°40′	86°05′		Korla
쿠물			〔신강〕			→ 하미 시	Kumul
쿠차	庫車	库车	〔신강〕	41°40′	82°55′		Kuqa
크로라이나∴	樓蘭	楼兰	〔신강〕	40°30′	89°40′		Kroraina
타림 분지		塔里木盆地	〔신강〕	39°00′	83°00′		Tarim Pendi
타림강~		塔里木河	〔신강〕	41°00′	83°00′		Tarim He
탕음	湯陰	汤阴	〔하남〕	35°55′	114°20′	탕인	Tangyin
태강	太康		〔하남〕	34°05′	114°50′	타이캉	Taikang
태백산^	太白山		〔섬서〕	33°55′	107°45′	타이바이 산	Taibai Shan
태산^	泰山		〔산동〕	36°15′	117°05′	타이 산	Tai Shan
태원 시	太原		〔산서〕	37°55′	112°30′	타이위옌	Taiyuan
태창	太倉	太仓	〔강소〕	31°25′	121°05′	타이창	Taicang
태항산^	大行山		〔하북〕	38°00′	114°00′	타이항 산	Taihang Shan
태호~	太湖		〔강소〕	31°10′	120°10′	타이 후	Tai Hu
태화	泰和		〔강서〕	26°45′	114°50′	타이허	Taihe
투르판 시	吐魯番		〔신강〕	42°55′	89°10′		Turpan
파동	巴東	巴东	〔호북〕	31°00′	110°25′	바동	Badong
파양	鄱陽	波阳	〔강서〕	29°00′	116°35′	보양	Boyang

한글	한자	약자	〔지방〕	북위	동경	현지음	로마자
파양호~	鄱陽湖	鄱阳湖	〔강서〕	29°00′	116°20′	포양 후	Poyang Hu
파중	巴中		〔사천〕	31°50′	106°45′	바종	Bazhong
파하~	灞河		〔섬서〕	34°25′	109°05′	바 허	Ba He
팽산	彭山		〔사천〕	30°10′	103°50′	펑산	Pengshan
팽수	彭水		〔사천〕	29°20′	108°10′	펑수이	Pengshui
팽택	彭澤	彭泽	〔강서〕	29°50′	116°30′	펑저	Pengze
평산당∴	平山堂		〔강소〕	32°25′	119°25′	핑산 탕	Pingshan Tang
평정	平定		〔산서〕	37°50′	113°35′	핑딩	Pingding
포성	褒城		〔섬서〕	33°10′	106°55′	바오청	Baocheng
포성	蒲城		〔섬서〕	34°55′	109°35′	푸청	Pucheng
풍교∴	楓橋	枫桥	〔강소〕	31°20′	120°30′	펑 치야오	Feng Qiao
풍릉도	風陵渡	风陵渡	〔산서〕	34°35′	110°20′	펑링두	Fenglingdu
하곡	河曲		〔산서〕	39°25′	111°05′	허취	Hequ
하란산^	賀蘭山	贺兰山	〔녕하〕	38°50′	105°55′	허란 산	Helan Shan
하미 시		哈蜜	〔신강〕	42°50′	93°25′		Hami
하진	河津		〔산서〕	35°35′	110°40′	허진	Hejin
하포	霞浦		〔복건〕	26°55′	120°00′	시야푸	Xiapu
한구	漢口	汉口	〔호북〕	30°35′	114°15′	한커우	Hankou
한단 시	邯鄲	邯郸	〔하북〕	36°35′	114°30′	한단	Handan
한수~	漢水	汉水	〔호북〕	30°35′	114°15′	한수이	Han Shui
한중 시	漢中	汉中	〔섬서〕	33°05′	107°00′	한종	Hanzhong
함곡관∴	函谷關	函谷关	〔하남〕	34°45′	110°55′	한구관	Hanguguan
함양 시	咸陽	咸阳	〔섬서〕	34°20′	108°45′	시옌' 양	Xianyang
합비 시	合肥		〔안휘〕	31°50′	117°20′	허페이	Hefei
합포	合浦		〔광서〕	21°40′	109°10′	허푸	Hepu
항산^	恒山		〔산서〕	39°40′	113°45′	헝 산	Heng Shan
항주 시	杭州		〔절강〕	30°15′	120°05′	항저우	Hangzhou
항주만~	杭州灣	杭州湾	〔절강〕	30°30′	121°30′	항저우 완	Hangzhou Wan
해구 시	海口		〔해남〕	20°00′	110°20′	하이커우	Haikou
해양산^	海洋山		〔광서〕	25°30′	110°55′	하이양 산	Haiyang Shan
해하∴	垓下		〔안휘〕	33°25′	117°35′	가이시야	Gaixia

한글	한자	약자	〔지방〕	북위	동경	현지음	로마자
허창 시	許昌	许昌	〔하남〕	34°00′	113°50′	쉬창	Xuchang
형산^	衡山		〔호남〕	27°15′	112°40′	헝 산	Heng Shan
형산^	荊山		〔호북〕	31°30′	111°30′	징 산	Jing Shan
형양	衡陽	衡阳	〔호남〕	26°50′	112°35′	헝양	Hengyang
형주	荊州		〔호북〕			→ 강릉	
혜양	惠陽	惠阳	〔광동〕	22°45′	114°30′	후이양	Huiyang
혜주 시	惠州		〔광동〕	23°05′	114°20′	후이저우	Huizhou
호주 시	湖州		〔절강〕	30°55′	120°05′	후저우	Huzhou
호흐호트 시		呼和浩特	〔내몽〕	40°40′	111°40′		Hohhot
홍콩		香港	〔향항〕	22°10′	114°05′		Hong Kong
홍택호~	洪澤湖	洪泽湖	〔강소〕	33°15′	118°35′	홍저 후	Hongze Hu
화산^	華山	华山	〔섬서〕	34°25′	110°05′	화 산	Hua Shan
화현	和縣	和县	〔안휘〕	31°45′	118°20′	허 시옌	He Xian
환대	桓臺	桓台	〔산동〕	36°55′	118°05′	환타이	Huantai
환현	環縣	环县	〔감숙〕	36°25′	107°20′	환 시옌	Huan Xian
활현	滑縣	滑县	〔하남〕	35°30′	114°30′	화 시옌	Hua Xian
황금대∴	黃金臺	黄金台	〔북경〕	39°55′	116°30′	황진 타이	Huangjin Tai
황주 시	黃州	黄州	〔호북〕	30°25′	114°50′	황저우	Huangzhou
황하~	黃河	黄河	〔산동〕	37°45′	119°05′	황 허	Huang He
황학루∴	黃鶴樓	黄鹤楼	〔호북〕	30°30′	114°20′	황허 러우	Huanghe Lou
회계산^	會稽山	会稽山	〔절강〕	29°40′	120°30′	구이지 산	Guiji Shan
회남 시	淮南		〔안휘〕	32°35′	116°55′	화이난	Huainan
회녕	懷寧	怀宁	〔안휘〕	30°20′	116°35′	화이닝	Huaining
회안	淮安		〔강소〕	33°30′	119°05′	화이안	Huai'an
회하~	淮河		〔안휘〕	33°10′	118°10′	화이 허	Huai He
효산^	崤山		〔하남〕	34°30′	111°15′	시야오 산	Xiao Shan
흔주 시	忻州		〔산서〕	38°25′	112°45′	신저우	Xinzhou
흡현	歙縣	歙县	〔안휘〕	29°50′	118°25′	서 시옌	She Xian
홍성	興城	兴城	〔료녕〕	40°35′	119°55′	싱청	Xingcheng
홍안	興安	兴安	〔광서〕	25°35′	110°35′	싱' 안	Xing'an

찾아보기

1) 인명과 지명은 한글로 적고, 시제詩題 시구詩句는 한자로 적는다.
2) 악부제(남북조) 사패 곡패 무제(따위)에는 제1구를 병기한다.
3) 쪽 숫자의 *는 시인 시집을 소개하는 글이 있는 곳이다.

인명

ㄷ

ㄹ

❙ㅇ❙

ㅈ

지명

ㄱ

| ㅇ |

| ㅈ |

시제詩題 · 시구詩句

ㄱ

ㄴ

ㄷ

❙ ㄹ ❙

❙ ㅁ ❙

| ㅇ |

ㅈ

▌ㅌ▌

▌ㅍ▌

▌ㅎ▌

중국 시인 약도(변경부)
0
200
400
600
800
1,000km
우룸치烏魯木齊
천 산 산 맥
투르판吐魯番
알타이 산맥
하미哈蜜
쿠차庫車
륜대輪台
연기焉耆
콜라
타 림 강
타림 분지
크로라이나
로프누르
감숙
옥문관玉門關
안서安西
추천酒泉
돈황敦煌
가욕관嘉峪關
찰 찬 강
신강
기祁
장액張掖
련連
무위武威
곤 륜 산 맥
무즈타그
차이담 분지
코코노르靑海
산山
서녕西寧
청해
황 하
란주
바 얀 할 산 맥
티베트
사천
니엔첸탕글라 산맥
성도成都
라싸
에베레스트
싸꺄
아미산峨眉山
히 말 라 야 산 맥
강톡
사디아
금金
사沙
강江
아솜
임펄
미치나
등충騰衝
만인총萬人塚
보산保山
곤명昆明
콜카타
다카
윤남
북 회